5360 - 86

5360 N 86
Sub plein
Bleu

LES
CLOCHES DE CORNEVILLE

ÉMILE COLIN — IMPRIMERIE DE LAGNY

LES
CLOCHES DE CORNEVILLE

Grand Roman inédit

PAR

ÉMILE TAILLEBOURG

PARIS

LIBRAIRIE ILLUSTRÉE, MONTGREDIEN & CIE

Jules **TALLANDIER**, Succ^r

8, RUE SAINT-JOSEPH, 8 (2e ARR^t)

—

Tous droits réservés.

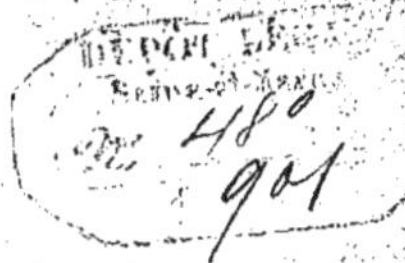

Tous droits réservés.

Première Livraison Gratuite.

LES
CLOCHES DE CORNEVILLE

Grand Roman Inédit

Par Émile TAILLEBOURG

Les Livraisons 2 et 3 réunies sont en vente aujourd'hui au prix exceptionnel de 10 CENTIMES

Librairie Illustrée MONTGREDIEN et Cⁱᵉ, 8, rue Saint-Joseph, PARIS

LES
CLOCHES DE CORNEVILLE

Tout le monde connaît, tout le monde aime, tout le monde sait par cœur et chante, pour ainsi dire à chaque instant, **LES CLOCHES DE CORNEVILLE,** le célèbre opéra-comique de Planquette — ce triomphe de la bonne grâce, de la gaîté, de la belle humeur françaises, qui a été joué un nombre incalculable de fois à Paris, et dans toutes les villes de France, comme à l'étranger.

La prodigieuse popularité de cette pièce ravissante a suggéré à un écrivain plein de verve, doué d'un souffle puissant, la pensée d'écrire, sous le même titre, un grand roman populaire évoquant les amours, les plaisirs, les passions, les fêtes, les intrigues, les luttes, les crimes et les gloires de l'époque la plus fameuse de nos annales.

Inspiré par la légende portée au théâtre avec tant de succès, Emile **TAILLEBOURG** a pu, à force de volonté, de travail, de recherches, soulever et reconstituer un monde… un monde évanoui, qui, aujourd'hui, revit, marche, palpite, combat et resplendit en pages enchanteresses.

Dans le roman des **CLOCHES DE CORNEVILLE,** véritablement incomparable par l'envergure et l'originalité, il a fait surgir un drame colossal, où reparaissent avec Jean Gaspard, Henri de Corneville, Grenicheux, Germaine, Serpolette, etc., etc., tous les personnages mis en scène ou nommés dans la pièce, au gré d'innombrables péripéties folâtres ou attendrissantes, amusantes ou terrifiantes, distribuées en quatre parties, ou plutôt en quatre actes intitulés : *Le Drame des Deux Châteaux, Les Sacrifices d'enfants, Les Amours d'un Galérien, Le Mariage du P'tit Mousse.*

Il convient d'ajouter qu'Emile **TAILLEBOURG** semble avoir possédé un véritable don de prescience. Pendant qu'il évoquait dans son ardente imagination, en sa laborieuse solitude, les bonnes Cloches de Corneville, celles-ci revenaient à la vie réelle… on en versait le métal en fusion dans le moule du fondeur… et le 7 octobre dernier, jour de leur inauguration solennelle à Corneville-sur-Risle (Eure), Émile **TAILLEBOURG,** par une curieuse coïncidence — quelques-uns penseront peut-être par un fait extraordinaire de télépathie et de suggestion. — écrivait la dernière ligne de son livre.

C'est assez dire que, sous leur nouvelle forme, **LES CLOCHES DE CORNEVILLE** ne perdront rien de leur magique attraction ; et que le roman dont nous entreprenons la publication doit avoir des millions de lecteurs et de lectrices, — comme la pièce du même nom a eu des millions de spectateurs et de spectatrices !

L'Illustration due à Carrier, l'un des plus habiles illustrateurs de notre temps, complétera le magistral ensemble de cet incomparable roman.

Les Livraisons 2 et 3 réunies, prix exceptionnel, **10** *centimes.*

IL PARAIT RÉGULIÈREMENT :

Deux Livraisons à 10 cent.	**Une Série à 50 centimes**
PAR SEMAINE	TOUS LES 20 JOURS

En vente partout, Marchands de journaux, Kiosques et Gares
et chez les Éditeurs.

LES
CLOCHES DE CORNEVILLE

PREMIÈRE PARTIE

LE DRAME DES DEUX CHATEAUX

I

AMOUR !

La nuit se fait sombre, des vapeurs opaques voilent le dôme constellé du ciel de mai ; les colonnes d'air, ébranlées dans leurs profondeurs,
annoncent une perturbation de la nature.

Sous leur impulsion puissante, les nuages accélèrent leur course et se
choquent ; des éclairs blafards sillonnent l'espace.

A leur fugitive lueur, surgissent de l'ombre les faîtes prestigieux et les
contours imposants de l'illustre Abbaye, dont les voûtes ont entendu
tant de pieux concerts, prolongés pendant des siècles.

Deux voix jeunes, l'une plus claire et plus douce, l'autre plus vibrante, se croisent dans l'espace.

— Fabrice !

— Hélène !

Et deux formes presque aériennes se glissent l'une vers l'autre sous les arbres vénérables qui se profilent le long des arceaux de l'antique monastère.

— Fabrice !... murmura de nouveau la jeune fille.

— Hélène !... répéta le jeune homme.

Ils se joignent ; leurs lèvres se recherchent avidement.

— Vous êtes bien sûr au moins que personne ne vous a vu ? demanda Hélène.

— N'ayez crainte, tout Corneville dort. Je suis venu par les courtils, en faisant un long détour.

— Et vous n'avez rien entendu ?

— Rien, si ce n'est les cahots d'une charrette, qui, sans doute très chargée, s'en allait lourdement sur la route, avec les « hue » et les « huhaut » de son conducteur, dont la voix, de loin, m'a paru être celle de Jean Gaspard.

— Jean Gaspard, à cette heure !...

— Pourquoi pas ? C'est un original fini et un serviteur dévoué. Le fermier du marquis ne boude pas sur la besogne, il a toujours quelque chose à faire quand les autres ont terminé leur travail, et on le rencontre surtout quand on ne s'y attend guère.

— Pourvu qu'il ne vous ait pas reconnu !

— Ah ! pour cela non, par exemple ! Vous pouvez être bien tranquille. Quel qu'il fût, l'homme de la charrette ne m'a pas reconnu, il était bien trop loin de moi pour m'apercevoir.

— Mon Dieu ! quand donc ces terreurs cesseront-elles ?... Quand nous croirons-nous libres de nous aimer ?...

— Est-ce notre faute si la nature nous a créés l'un pour l'autre ?...

— Et si elle nous fait vivre dans le même lieu comme pour nous dire : « Fondez vos cœurs l'un dans l'autre !... Unissez vos âmes dans un même chant de félicité ! »

— D'enivrement céleste !... Voyez-vous, Fabrice, lorsque je suis seule et que ma pensée se reporte sur vous, c'est comme une symphonie idéale qui me pénètre le cœur... qui me fait rêver d'un bonheur inconnu !... Il me semble alors que la vie à nous deux serait la réalisation de ce rêve ! Je me ferais avec délices la plus humble des servantes de mon père, s'il consentait à vous appeler son fils.

— Et moi, je vouerais au marquis de Corneville une gratitude sans fin !... Il n'y aurait pas d'heure du jour où je ne croirais que mon exis-

Ils se joignent; leurs lèvres se recherchent... (Page 4.)

tence lui appartient... car il me l'aurait conservée... car sans vous, Hélène... sans vous... il n'y aurait pour moi ni joie ni bonheur en ce monde... sans vous je ne pourrais vivre !...

Et une émotion qui prenait sa source au plus profond du cœur faisait trembler sa voix à mesure que les paroles tombaient, entrecoupées, de ses lèvres.

Mais le marquis oubliera-t-il que celui qui caresse le rêve de devenir l'époux de sa fille n'est qu'un petit officier de justice, le très humble et très obscur bailli de sa seigneurie ?...

Il était plus que permis d'en douter — et là était la question torturante, angoissante, qui hantait, sans leur faire grâce d'une minute, l'esprit des deux jeunes gens.

Certes, Fabrice de Préval était loin d'être ce qu'on appelle le premier venu. Sans doute il était pauvre et il n'occupait dans la hiérarchie de la carrière où il s'était engagé qu'un poste bien modeste.

Mais ces conditions d'infériorité relative ne pouvaient-elles pas être considérées comme surabondamment rachetées par toutes les qualités qu'il possédait, par sa haute distinction naturelle, par son esprit souple, cultivé, par son caractère chevaleresque, par son bouillant courage, tous dons infiniment précieux auxquels se joignaient les plus brillants avantages physiques.

Est-ce que la noblesse française n'avait pas toujours fait le plus grand cas de la bravoure, de la grâce et de l'élégance, de l'intelligence, quand elles étaient alliées à une naissance suffisamment honorable ?

Est-ce que tout cela n'était pas le cas du bailli ?

En outre, messire Fabrice n'avait que vingt-cinq ans, et, tous préjugés à part, pouvait bien, semble-t-il, aspirer aux partis les plus sortables.

Telle était assurément l'opinion d'Hélène de Corneville...

C'est ce qu'elle se répétait à chaque instant, c'est ce qu'elle pensait sans aucun doute en ce moment même, alors qu'elle se pressait amoureusement contre l'élu de son cœur.

Tout à coup la foudre déchire violemment la sombre voûte des nuées, trace dans les airs un long sillon de feu...

Le couple tressaille, frémit...

Mais, au même instant, une vibration vague... à peine distincte... une sorte de mélodie qui n'a aucune cause apparente et qui émane des régions supérieures de l'atmosphère, — du faîte de l'Abbaye peut-être — leur parvient, les ravit, les plonge dans une subite extase...

— Entendez-vous ?... murmure Hélène, craignant d'être la dupe d'une illusion.

— Oui, j'entends, répond le jeune homme. On dirait un orchestre divin...

Le tonnerre gronde de nouveau.

Et la même vibration, perceptible à peine, se propage en légères ondes sonores dans l'espace, plongeant les deux jeunes gens, qui, cette fois, n'ont pas frémi, dans un ravissement égal au premier.

— Quelle céleste musique ! murmure Hélène.

— Elle s'allie au tendre duo de nos âmes !... dit le jeune homme d'une voix pénétrée.

— Nos âmes chantent plus longuement qu'elle !...

— Elles chanteront toujours !... module Hélène.

Et, en même temps, la sublime harmonie, franchissant d'un coup toute l'échelle des gammes séraphiques, paraît inonder les champs de l'étendue, épandant des flots de grâces spirituelles sur les enfants de la terre.

Étroitement serrés l'un contre l'autre, Hélène et Fabrice, muets de surprise et de bonheur, éprouvent dans toute sa plénitude le charme de l'ineffable cantique.

Mais bientôt l'enchantement cesse, ils se ressaisissent dans un baiser et, avant que son ami ait pu la retenir, Hélène fuit en soupirant plutôt qu'elle n'articule : « A demain ! »

Oui, « à demain ! » c'est le refrain invariable, toujours trop vite arrivé, de leur beau couplet d'amour, suave, éthéré entre tous, qu'ils répètent ainsi tous les soirs avec une ardeur et une foi toujours croissantes.

« A demain ! » c'est le mot ami, le mot consolateur qui adoucit pour leur âme les rigueurs de l'attente, et renouvelle en quelque sorte incessamment les ressources d'énergie et de courage dont ils ont besoin pour soutenir la lutte.

Mais d'autres « à demain » suivront le « demain » qu'ils appellent chaque soir si avidement. Et de quoi le « demain » décisif sera-t-il fait ?

Le sort, le plus souvent si cruel, se piquera-t-il de justice en leur faveur ?

Une heure viendra-t-elle où Hélène et Fabrice s'appartiendront l'un à l'autre, indissolublement unis par les liens les plus sacrés, devant Dieu et devant les hommes ?...

La taille d'Hélène était svelte, admirablement cambrée ; ses mains et ses pieds pouvaient rivaliser avec ceux de Cendrillon, dont le conte fameux de Perrault venait de révéler l'irrésistible attrait ; d'abondantes boucles de cheveux noirs ruisselaient sur ses épaules élégamment modelées ; ses yeux bleus, où se reflétait une ineffable douceur, étaient frangés de cils longs et soyeux s'abaissant délicieusement sur ses paupières. Ajoutez à cela des sourcils d'une courbe délicate, un nez digne du ciseau de la statuaire antique, un teint de lait et de roses, une bouche idéalement petite où le sourire dévoilait des dents éblouissantes.

Si Fabrice de Préval conduit un jour à l'autel la fille des seigneurs de Corneville, pour lui parée de la couronne nuptiale, les lys pourront s'incliner, et les cloches, les Douze Cloches de l'Abbaye, qui, tout à l'heure, murmuraient peut-être un vague poème d'espérance et d'allégresse, pourront bondir à toutes volées : les chapelains du château n'auront jamais eu, dans les fastes de la race qui l'habite, à bénir un couple plus merveilleux !

II.

POISON ET MAGIE

Tandis que Fabrice s'éloigne lentement, le cœur encore palpitant des instants d'ivresse qu'il vient de goûter, sa bien-aimée glisse dans les ténèbres, effleurant à peine le sol de ses pas.

Après avoir franchi une grille du parc qu'elle a laissée entre-bâillée à dessein, elle s'enfonce dans une longue allée; puis elle traverse précipitamment les cours du château, longeant les murailles chaque fois qu'elles peuvent lui prêter un abri.

Longuement elle contourne ensuite le corps du magnifique logis, jusqu'au moment où elle se trouve devant une fenêtre basse, toujours assez mal close, par laquelle elle saute lestement dans une pièce donnant accès à un escalier dérobé.

Arrivée au premier étage, elle s'engage, en étouffant de son mieux le bruit de sa marche, dans le large corridor où est situé son appartement.

Quand elle atteint enfin le seuil de sa chambre, elle s'arrête... Ô surprise ! sa porte, qu'elle a cependant pris soin de fermer en partant, est ouverte !... Singulièrement troublée à cette vue, elle se dit avec effroi que sans doute on est venu, que sans doute on s'est aperçu de son absence.

Pour la première fois elle interroge sa conscience, et les craintes lui viennent... Est-il bien permis, son amour si pur et si chaste ?... Au risque d'encourir un blâme des plus durs, n'aurait-elle pas dû en faire l'aveu à son père ?... Quelle opinion aura-t-on d'elle ?... Que va-t-elle devenir ?...

Tout un monde de pensées torturantes l'étreint en quelques secondes. L'angoisse la cloue sur place, elle a les membres glacés, la tête en feu !...

Si le marquis son père allait brusquement surgir devant elle comme un implacable justicier !...

Elle tremble pour elle... Elle tremble pour son ami...

Un pas qu'elle entend soudain porte au comble son épouvante. A bout de forces, elle s'affaisse et tombe lourdement sans connaissance...

Évanouissement fatal ! Le bruit de la chute peut réveiller tout le château... Déjà le pas de tout à l'heure s'accentue... Le corridor est soudain baigné de lumière.

Et, au même instant, se fait entendre un cri... immédiatement étouffé...

— Ah! ces fleurs!... Je comprends!... je comprends... (Page 11.)

Ce cri est poussé par une femme, qui, les yeux hagards, les traits convulsés, les cheveux en désordre fouettant ses épaules demi-nues, se détache dans le rayonnement d'un flambeau qu'elle porte d'une main toute tremblante.

Et cette femme a la geste violent, éperdu!...

Oui, vision tragique! Car il n'y a pas eu dans cette soirée que l'orage classique propice à l'idylle... Il y a soufflé une autre tempête que celles qui s'apaisent par intermittences sous l'influence des bonnes fées protectrices des duos d'amour !...

Le beau château de Corneville sent encore palpiter dans ses antiques murailles l'âme des vieux manoirs hantés de terribles drames !...

Et cette nuit même, il est frôlé par l'aile farouche des mauvais rêves !...

Sous l'influence de la température particulièrement orageuse, la jeune épouse du comte de Lucenay, qui occupait momentanément dans la demeure des seigneurs de Corneville un appartement situé non loin de celui d'Hélène, était bercée par un demi-sommeil qui ne parvenait pas à éloigner de son chevet les pensers inquiets, tout en ne lui laissant qu'une vague perception des choses environnantes, — quand soudain il lui sembla qu'elle devenait le jouet d'une indéfinissable ivresse, qu'elle aspirait d'un seul coup les parfums les plus exquis.

Et elle s'abandonnait avec délices à cette sensation étrange, lorsqu'un large éclair, illuminant la chambre où elle reposait, lui montra tout près d'elle une ombre effrayante !..

C'était un être humain enveloppé des pieds à la tête de vêtements noirs, qui, debout, immobile, drapé comme d'un suaire de ténèbres, dardait sur elle des regards de flamme.

La comtesse Elisabeth de Lucenay eut un violent soubresaut.

Une sueur froide inonda ses tempes... ses dents claquèrent...

Elle voulut parler, mais ce fut en vain.

Une folle terreur la paralysait, tandis que l'ombre se retirait lentement.

Cependant, grâce aux lueurs persistantes de l'orage, qui lui montraient qu'elle était bien seule, la comtesse, douée d'une âme forte, se rassura bientôt ; elle en vint même à douter du témoignage de ses yeux, et se persuada qu'elle avait été le jouet d'un horrible cauchemar...

Pour se remettre complètement, elle se leva et se dirigea vers la fenêtre, qu'elle entr'ouvrit afin de mieux respirer.

Et tout de suite, elle fut singulièrement remuée, à la vue d'Hélène de Corneville traversant le jardin pour rentrer au château.

Cette fois, certes, elle n'était pas la dupe d'une illusion. Elle ne pouvait se dissimuler qu'elle avait reconnu, à sa taille, à sa tournure, à toutes ses allures la gracieuse enfant, sa compagne, pour ainsi dire, de chaque heure, qu'elle croyait si fermement en train de reposer dans l'appartement le plus voisin du sien.

— Ah ! mon Dieu !... fit-elle ; Hélène dehors... et seule !... à cette heure !... Que tout cela est étrange !...

Et un frisson la saisit.

Toutefois, elle réussit à se dominer.

Elle alluma un flambeau et prêta une oreille attentive, tout en se rapprochant de la porte.

Au même moment, la chute toute proche d'un corps frappa l'oreille de la comtesse. Élisabeth ne fit qu'un bond hors de sa chambre, et se trouva en présence d'Hélène gisant inanimée sur le sol.

Son émotion fut extrême, mais elle recouvra presque instantanément son sang-froid.

Rassemblant toute son énergie, toutes ses forces, la comtesse soulève la jeune fille et réussit à l'entraîner.

Bientôt, mademoiselle de Corneville est dans sa chambre... Elle respire les sels que lui présente Élisabeth et revient à elle peu à peu.

L'instant où elle recouvre la mémoire la remplit d'inquiétude et de confusion, car elle se dit que la dame de Lucenay sait peut-être tout.

Alors, elle articule timidement :

— Que vous êtes bonne, madame !... Comment ai-je le bonheur de vous avoir auprès de moi ?

— Ma chère enfant, répond la comtesse, après toutes les marques d'affection que vous m'avez prodiguées, n'est-il pas bien naturel que je sois auprès de vous quand vous souffrez ?

Et d'une voix profondément attendrie, madame de Lucenay ajoute :

— Parlez au nom du ciel !... Je vous en conjure, ma chère Hélène !... Pourquoi cet évanouissement ? Vous avez eu peur !... bien peur !... Qu'avez-vous vu ?... Qu'avez-vous rencontré ?

Pour toute réponse, Hélène de Corneville baisse les yeux, et son visage se fait plus pâle encore.

— De grâce, insiste la comtesse, parlez !

La jeune fille balbutie quelques mots inintelligibles attestant une extrême lassitude.

— Pauvre petite ! se dit son amie ; elle a éprouvé une commotion terrible ! Mais on dirait qu'elle est en proie à un nouveau malaise !...

Et, en prononçant ces mots, la comtesse se sent elle-même prise de vertiges. Elle a de nouveau l'impression d'une senteur délicieuse qui la remplit de bien-être...

Mais elle se souvient ! Elle se rappelle le charme fatal, et, les yeux de nouveau dilatés par la terreur, littéralement affolée, elle s'écrie d'une voix étranglée en montrant un splendide bouquet placé sur un meuble voisin du lit d'Hélène :

— Ah ! ces fleurs !... Je comprends !... je comprends !... C'est le parfum de tout à l'heure... Non, je n'ai pas rêvé... Sans doute, ce sont elles que je respirais avant de voir le messager du crime et de l'enfer !... sans doute, elles étaient dans sa main, quand il s'approchait de mon lit !... Et c'est lui qui a ouvert votre porte et la mienne !... Oui ! oui ! il est venu ici !... il voulait vous empoisonner !... car on empoisonne avec les fleurs !... A Paris... à Versailles, tuer ainsi est un jeu !... Exili et la

Brinvilliers ont fait école parmi les grandes dames et les grands seigneurs !... Je jurerais qu'il y a ici quelqu'un de la Cour !...

A cette violente sortie, Hélène se retourne.

Elle aussi voit les fleurs toutes resplendissantes d'un incomparable éclat, et s'étonne...

Comment ne les a-t-elle pas remarquées plus tôt ?... Comment se trouvent-elles là ?...

La surprise de la jeune fille ne laisse plus aucun doute dans l'esprit de la comtesse, où germait un soupçon terrible.

Et la dame de Lucenay, prise d'un accès de rage, court vers le bouquet, le saisit, ouvre violemment la croisée, et le lance dans le vide !

Puis elle revient triomphante vers Hélène, et baise avec transport les mains diaphanes de l'enfant presque expirante, en disant :

— Vous êtes sauvée, Hélène !... mon Hélène !... J'ai conjuré le terrible sort !... J'ai chassé loin de vous CELLES QUI ALLAIENT VOUS TUER !

La fenêtre étant restée ouverte, l'air du dehors, maintenant bien rafraîchi par l'averse, ranime graduellement Hélène, et achève de calmer son amie.

. . . .
. . . .

La plupart des chambres à coucher du château de Corneville se trouvaient réunies dans une même aile des bâtiments, tandis que la partie centrale était réservée aux appartements de réception.

L'autre aile, l'aile gauche, contenait des pièces d'un caractère tout historique, telles que la Salle des Armures où s'alignaient intacts et superbes tous les harnois de guerre des vieux sires de Corneville, l'immense chambre, dite chambre de Charles IX, et une vaste bibliothèque qui ne recevait plus que de rares visites, depuis que le marquis de Corneville avait, pour ainsi dire, perdu l'usage de la vue.

C'était dans le même couloir que donnaient à la fois la chambre d'Hélène de Corneville, celle où habitait en ce moment la dame de Lucenay, sa charmante amie, et celle du marquis ; mais cette dernière était située à l'autre extrémité, au delà d'un coude du corridor, près d'un petit escalier conduisant à l'office.

Presque aussitôt après l'inexplicable apparition qui troubla si fort Élisabeth de Lucenay, une forme, rappelant assez sensiblement celle dont il vient d'être question, surgit à l'autre bout du couloir et s'arrêta devant la porte de l'appartement du marquis.

Cette porte n'était sans doute pas fermée, car elle s'ouvrit sans bruit, et l'Ombre, dont la silhouette menue et gracieuse était drapée d'un grand voile noir, se glissa dans l'entre-bâillement.

L'Ombre poussa même la précaution jusqu'à refermer la porte derrière elle.

La pièce où elle venait de pénétrer était éclairée, malgré l'heure avancée, par une longue et mince « chandelle » de cire vierge, blanche, qui brûlait avec une petite flamme.

La faible lueur laissait deviner de belles tapisseries et un riche mobilier, chef-d'œuvre de la Renaissance.

L'Ombre s'avança, ou plutôt glissa lentement jusqu'auprès d'un lit à colonnes, au baldaquin blasonné, d'où pendaient de somptueuses courtines tissées de soie et d'or.

Le vieux marquis de Corneville reposait dans ce lit, et l'Ombre sembla examiner curieusement sa noble tête que le sommeil rendait plus majestueuse. Il paraît que l' « apparition » tenait à s'assurer de la régularité du sommeil du marquis, car elle l'observa un bon moment, puis, tranquillisée de ce côté, elle se mit en devoir d'examiner les meubles de la pièce.

Un petit coffre de forme élégante posé sur une console l'attira tout d'abord ; elle s'en approcha, puis, lentement, une main fine et blanche, fort jolie pour une main de spectre, sortit de dessous le grand voile noir, et palpa légèrement les tiroirs, qui cédèrent et s'ouvrirent.

Silencieusement, sans le moindre froissement, chose naturelle chez un spectre, la petite main fouilla les tiroirs et ressortit vide.

L'un d'eux résista cependant, mais les spectres ne s'arrêtent pas pour si peu : la petite main disparut sous le voile, et reparut aussitôt armée d'un fin instrument d'acier recourbé, semblable à ces crochets que, de nos jours, on nomme « rossignols ».

L'Ombre fit une pesée, la serrure du tiroir grinça légèrement, et il s'ouvrit.

Il faut croire que ce dernier tiroir ne contenait pas ce que l'Ombre cherchait, car elle eut un geste visible de mécontentement et se dirigea rapidement vers un grand bahut en bois d'ébène.

Ici, la petite main blanche agita de nouveau le mignon crochet d'acier, mais cette nouvelle serrure, plus compliquée que l'autre, sans doute, résista.

L'Ombre s'impatientait cependant, et la petite main blanche s'agitait sensiblement, faisant briller une superbe bague.

Tout à coup le crochet s'échappa de la susdite main, et tomba sur le dallage de marbre qu'aucun tapis ne recouvrait en cet endroit ; décidément, si l'Ombre était bien de l'autre monde, le crochet n'avait rien d'aérien, car il rendit un son métallique bien caractérisé.

Le Spectre ne put réprimer une exclamation de colère que n'eût pas désavouée un être humain.

Le marquis, réveillé en sursaut, se dressa sur son lit.

— Qu'est-ce ?... Qu'y a-t-il ?... qui est là ?... demanda le vieillard en essayant de distinguer d'où venait ce bruit.

M. de Corneville avait la vue très affaiblie par suite d'une blessure reçue à la guerre, et le peu de clarté jetée par la cire qui brûlait l'empêchait de discerner d'un premier coup d'œil ce qui se passait.

Mais comme il se retournait pour s'étendre de nouveau, il aperçut la masse noire de l'apparition.

— Décidément, je rêve ! murmura-t-il. Je me figure voir quelqu'un... Mes pauvres yeux me trompent...

Mais la cire jette une lueur plus vive, et ses yeux se fixent sur l'Ombre qui, d'ailleurs, sort de son immobilité et s'avance lentement.

Il se dressa alors, sur son séant, de nouveau, et regarda d'un œil fixe, effaré, en proférant :

— Qui êtes-vous ?... Que venez-vous faire ici à pareille heure ?...

Et il voulut sortir de son lit.

Mais la Forme, étendant vers lui le bras d'un geste impérieux, articula bas, d'un ton menaçant :

— Ne bougez point, ne criez point... pas un mouvement, pas un mot !... Vous entendez bien.

Le vieillard sembla obéir. Il ne bougea pas, il ne cria pas. Immobile dans son lit, il fixait avec une rare fermeté ses regards affaiblis sur l'apparition.

Et sur ses traits se peignait une curiosité intense. S'il ne bougeait ni ne parlait, il ne tremblait pas, non plus, le vénérable marquis de Corneville.

En cette circonstance si étrange, qui eût intimidé si fort le commun des mortels, il était, lui, calme et impassible comme il convenait au chef de l'illustre maison dont il portait le nom.

Et un instant l'Ombre sembla fascinée par cette attitude si résolue.

Les deux acteurs de cette scène muette s'observaient et semblaient se défier l'un et l'autre avec une égale assurance.

Plus impressionnée peut-être que celui qui recevait sa fantastique visite, l'Ombre brusqua la situation en se portant rapidement vers le lit, tout en rejetant le sombre voile qui la revêtait entièrement.

D'une voix étrange, sans notes, sorte de souffle non humain, ainsi que doivent l'avoir les spectres, l'Ombre proféra ces mots :

— Roland, me reconnaissez-vous ?

Le vieillard secoua négativement la tête.

Alors, l'Ombre tourna son visage vers la lumière. C'était celui d'une femme encore assez jeune et jolie, n'était son extrême pâleur.

Le gentilhomme, les mains crispées sur son lit, se pencha et examina une seconde les traits du spectre.

Puis tout à coup il fit entendre ce cri étouffé :

— Alice !

Dominant son émotion :

— Vous ressemblez à mon épouse regrettée... à ma bien-aimée Alice... oui, tel était son visage lorsque Dieu me l'a ravie... Mais le ciel ne peut me la rendre... Je suis dupe d'une illusion...

Et au souvenir de celle qu'il avait tant aimée, une grosse larme roula sur la joue amaigrie du marquis.

— Roland, Roland, vous blasphémez ! Alice, c'est moi ! Je suis bien celle que vous pleurez !

Le marquis répliqua d'une voix caverneuse, avec un geste brisé :

— Ne blasphémez pas vous-même ! Ne raillez pas les vivants dans les morts ! Qui que vous soyez, ne prolongez pas un jeu impie !

— Dieu et les saints me gardent de railler ! J'ai reçu de Dieu l'inspiration de quitter un instant le séjour des morts, repartit l'Ombre de sa voix glacée, et sans paraître s'occuper de l'apostrophe qui venait de lui être adressée. Regardez-moi bien, ajouta-t-elle avec une âpre insistance, et vous verrez que je suis votre femme !

Comme le marquis gardait le silence, paraissant abîmé dans une rêverie profonde :

— Eh quoi ! fit-elle avec hauteur, vous ne répondez pas ? Vous doutez encore ! Eh bien, voici qui va vous convaincre !

Et elle présenta à la lumière la main spectrale où étincelait la bague.

— Ne reconnaissez-vous pas maintenant, dit-elle, l'anneau à vos armes que vous avez passé à mon doigt, le jour de nos fiançailles, et que depuis lors j'ai toujours porté, avec lequel on m'a ensevelie ?...

La tombe même n'a pu me séparer de cet anneau, symbole d'une union qui m'a donné tant de bonheur et de fierté, que la mort elle-même, Roland, n'a pas brisée, et qui se prolongera à jamais, croyez-le bien, dans le ciel !

— Qu'entends-je ?... De telles paroles me bouleversent l'âme ! Elles me causent une félicité ineffable !... Si je pouvais croire que Dieu permît une semblable chose !...

Alors, l'Ombre, d'un souffle plus véhément :

— Vous avez donc perdu toute croyance religieuse, Roland ?... vous avez donc renié cet enseignement de la théologie qui établit si fermement qu'avec une permission spéciale de Dieu les morts peuvent se mettre en communication avec les vivants et leur apparaître dans la réalité, et pendant l'état de veille !... Douteriez-vous de l'apparition de l'ombre du prophète Samuel à la prière du roi Saül ?... Douteriez-vous de l'apparition de saint Stanislas insérée au Bréviaire romain ?... Douteriez-vous qu'après la mort de Notre-Seigneur, plusieurs d'entre les morts sortirent de leurs tombeaux et furent vus dans Jérusalem? Non, non, n'est-ce pas?... Douteriez-vous que c'est votre épouse qui vous parle en ce moment?

L'Ombre était bien forte en théologie, et sa rare érudition étonnerait de nos jours ; mais à cette époque où l'on se passionnait pour les controverses religieuses, les spectres eux-mêmes étaient fort instruits en ces matières.

Le marquis était violemment ému, et, en vrai croyant, il répondit, les larmes aux yeux :

— Oui, c'est vous, Alice, Alice !... c'est bien vous !... car on ne pourrait imaginer une si parfaite ressemblance !... ces yeux de feu... ce teint pâle... cette profusion de cheveux noirs... oui, Alice, c'est bien vous !...

Et après une minute de silence où il parut songer :

— Ou peut-être n'êtes-vous pas morte comme on l'avait cru !... oui, peut-être n'êtes-vous pas morte !

— Je suis du royaume des ombres, à jamais ! répondit-elle d'une voix sépulcrale.

— Je ne vois en vous que mon Alice !... Venez sur mon cœur !... Que je vous embrasse longuement, chère Alice !... Alice bien-aimée !

Mais elle répliqua avec une extrême vivacité :

— Les ombres sont immatérielles... impalpables ! Ne tentez pas de me toucher... de porter sur moi votre main. Elle ne saisirait que le vide !

Et elle passa sans transition à cette question :

— Vous croyez bien en Dieu, n'est-ce pas, comme toujours ?

— Certes !

— En sa toute-puissance ?

— Oh ! oui.

— Vous croyez sans aucune hésitation qu'il m'a évoquée momentanément d'entre les morts ?

— Oui... Mais dans quel dessein ?

— Dans le dessein d'accomplir un acte de suprême réparation.

— Un acte de suprême réparation ?... répéta-t-il avec un étonnement excessif... Et que je dois accomplir, moi !

— Oui ! confirma-t-elle avec force en dardant sur lui des yeux qui brûlaient comme deux charbons ardents.

— Expliquez vous ! s'écria le marquis, profondément remué.

— Vous avez reçu, il y a quelque vingt ans, un dépôt... Que votre mémoire ou plutôt que votre conscience se réveille... Il s'agit d'une fortune que quelqu'un de très grand... de très puissant vous a remise pour un enfant qui est un homme aujourd'hui. Ce secret, nous étions deux à le posséder... Actuellement, vous seul le possédez dans le monde des vivants.

Le marquis se redressa en poussant un cri : « Ah! misérable!... » (Page 18.)

— C'est vrai ! fit le marquis, stupéfait ; je garde un dépôt...

L'Ombre eut un air triomphant, et dit d'un organe altier et qui perdait de plus en plus son timbre spectral pour redevenir très humain :

— Ce dépôt... restituez-le !

— Mais j'ai toujours l'intention de le faire, et j'exécuterai, en temps voulu, les volontés de celui qui me l'a confié...

— Le temps est venu! Dieu le veut! déclara l'Ombre d'un ton inspiré.

Donnez-moi cette somme, je vais la porter cette nuit même à celui à qui elle est destinée.

— C'est moi qui dois la lui remettre ! se récria le vieillard.

— Dieu veut que ce soit moi, et cette nuit même, entendez-vous ! insista l'Ombre.

Et la voix du spectre était devenue criarde comme celle d'une femme en colère.

Pour le coup, c'en était trop, et le marquis retrouva brusquement le sens de la réalité que l'étrangeté émouvante de cette scène lui avait fait perdre. Il reconquit subitement son sang-froid, et d'un ton soupçonneux fit cette réflexion :

— Tout cela est singulier ! Pourquoi une trépassée remettrait-elle à un vivant une somme d'argent qui est, il me semble, une chose palpable ?

— C'est la volonté de Dieu ! se contenta de répondre le fantôme.

Le marquis de Corneville eut un geste d'incrédulité et articula avec impatience :

— Laissez-moi, qui que vous soyez !

— Roland, Alice, votre ancienne épouse dans le monde matériel, va rentrer au sépulcre. Hâtez-vous d'accomplir la volonté de l'Éternel !

— Non, Dieu ne s'est pas manifesté à moi !

— Il m'envoie !

— Allons donc, c'est plutôt le démon !

— Obéissez à Dieu ! menaça le spectre.

— Non ! N'insistez plus ! Retirez-vous, ou j'appelle !...

— Taisez-vous ! Dieu va vous châtier par ma main !

Et la lame d'un poignard que l'Ombre dégagea des plis de son voile jeta de sinistres éclairs à la lueur du flambeau.

— Tu n'es pas Alice ! s'écria le marquis, plein d'indignation... tu n'es qu'une vile créature !

Et saisissant brusquement la main crispée sur le manche du poignard, il tordit le poignet du fantôme avec violence.

L'Ombre poussa un cri de douleur, mais retrouvant de la vigueur dans sa souffrance même, elle se rua sur le châtelain, qui, affaibli par l'âge et placé dans une position paralysant en partie ses forces, ne put résister au choc, et tomba à la renverse sur son lit...

Une lutte silencieuse s'engagea.

Tout à coup le marquis se redressa en poussant un cri :

— Ah ! misérable !...

Puis, il retomba sur sa couche, évanoui, tandis qu'un filet de sang coulait sur ses draps.

L'Ombre, à la vue de ce sang, resta un moment atterrée, affolée. Puis, redevenant maîtresse d'elle-même, elle se pencha vers le lit comme elle avait fait en entrant, et s'étant assurée que le vieillard respirait encore, qu'il n'était, en réalité, qu'évanoui, elle se mit à fureter partout, à la hâte, ouvrant des tiroirs, forçant des serrures.

— Rien!... rien!... proféra-t-elle, exaspérée. Il ne reste plus qu'un tiroir!... Voyons!...

Elle va forcer une dernière serrure appartenant à un petit meuble qu'elle n'avait pas encore exploré, lorsque la porte de la chambre s'ouvre, et une voix d'homme retentit sourdement :

— Vite, vite !... Quelqu'un est levé, on marche dans le couloir ! Sauvez-vous !... Avez-vous trouvé ce que vous cherchiez?

— Non, répond l'Ombre, en opérant toujours.

— Vous allez vous perdre !... et me perdre !... Et sans résultat!

Soudain, des gémissements s'élèvent, venant du lit.

— Qu'est-ce donc? fait l'homme. Auriez-vous attenté aux jours du marquis?... Répondez donc !

— Non, il s'est blessé en voulant me désarmer!

— Partez ! partez ! on vient! reprend l'homme avec un effarement extrême.

Et, saisissant l'Ombre, il l'entraîne, tout en rabattant sur le visage de celle-ci son grand voile noir.

— Malédiction! murmura-t-elle, en suivant son guide... Cette fortune... je l'aurai malgré tout !

III

« VA, PETIT MOUSSE! »

L'orage, qui avait troublé une partie de la nuit, s'était dissipé, et quand parut l'aurore, la journée s'annonça magnifique d'éclat et de sérénité. Il n'y avait plus un nuage au ciel ; une immense nappe d'azur s'étendait au-dessus des prés, des vergers, des jardins, des haies, des charmilles. La campagne normande s'éveillait toute souriante, pleine de grâce et de fraîcheur, avec ses herbages luxuriants, ses pelouses coquettes formant, sur l'une et l'autre rive de la Rille, des tapis de plusieurs lieues, où s'ébattaient d'innombrables troupes de chevaux, près desquelles paissaient çà et là des groupes compacts de vaches et de bœufs, le tout piquant dans l'intense émeraude dont était parée la terre, des milliers de taches blanches, noires et rousses se rapprochant, s'éloignant tour à tour au gré de la fantaisie la plus capricieuse et la plus gaie. Avec le doux ramage des oiseaux, répercuté à l'infini dans les bois, sur les toits, dans les champs, mille bruits s'élevaient.

Bientôt se dessina, dans sa perspective générale et dans tous les détails de sa distribution extérieure, l'imposante et souriante demeure Renaissance qui abritait les destinées de la famille de Corneville.

Un des bras de la Rille baignait la façade du château posé sur les douves du manoir qui l'avait précédé, et dont une heureuse inspiration avait su conserver l'antique pont-levis, toujours baissé, qui était l'entrée d'honneur de cette brillante résidence.

Au-devant de la rivière s'étendait une immense cour enclavant plusieurs « journaux » de sol gazonné encadrés, pour les trois autres côtés, entre deux rangées de communs affectant la forme de logis bas, juxtaposés et reliés au premier plan par une grille monumentale de fer forgé, formant à son centre, placé dans l'axe du pont-levis, un magnifique portail doré surmonté des armoiries de la maison, — une tour, dans un vol de colombes, soulignée de la devise : *Per amorem*. (Par amour.)

De chaque côté du portail, la grande grille était flanquée intérieurement d'un saut-de-loup de six toises. Mais à cela se bornait l'appareil de défense ou de menace de la demeure seigneuriale. Seule, une grosse tour à machicoulis qui apparaissait près de l'aile gauche, après l'eau brusquement élargie, hissant sur tout le voisinage son hautain manteau de lierre, arborait l'antique orgueil de la baronnie investie des droits de haute, moyenne et basse justice.

Une croix toute proche indiquait la présence d'une chapelle appuyée au vénérable donjon.

A droite du château se profilaient les lignes aimables d'un luxueux parterre, dessiné dans le style de l'époque, laissant entrevoir au-dessus des rangées d'arbres d'agrément savamment alignés, un attique d'aspect tout païen, couronnant très vraisemblablement une salle de spectacle.

Les toits à grande pente du noble bâtiment s'enlevaient sur un fond de futaies magnifiques, qui appartenaient bien manifestement au parc, accompagnement nécessaire d'un si majestueux ensemble.

On eût cherché en vain, dans les environs, les fourches et les échelles d'aspect sinistre qui, en tant d'autres lieux, faisaient pressentir et soulignaient la souveraineté nobiliaire.

Une jolie route bien entretenue sur laquelle s'échelonnaient, à droite et à gauche, les maisons du bourg, se cintrait devant le portail du château, en un agréable rond-point, au milieu duquel s'élevait une fontaine gothique, dont jaillissait incessamment une eau claire où ne se faisaient pas faute de puiser les gens du lieu.

L'herbe poussait drue à Corneville. Le lait y était abondant, et aussi le cidre mousseux, présent de ses légions de pommiers. On y trouvait de la viande et du poisson en abondance ; chacun en mangeait à sa guise, et il était difficile, quand on arrivait dans le pays, de distinguer les auberges des autres maisons. A Corneville, toute maison semblait une hôtellerie, ou peu s'en fallait, grâce à la propreté avenante de sa façade, aux cossus panaches de fumée qui coiffaient presque constamment ses cheminées, à un véritable luxe, toujours très apparent, de bonne et solide vaisselle de cuivre toujours frottée avec soin, toujours polie comme un miroir.

Dès qu'il en franchissait le seuil, le voyageur y humait une odeur succulente, et ses regards n'avaient pas besoin de chercher l'endroit d'où elle émanait, car dans cette localité le fourneau était toujours au premier plan de chaque intérieur, comme chose de prédilection. Il tenait dans chaque logis la place d'honneur, mais les honneurs qu'on lui rendait n'avaient rien d'oisif, car il était toujours, ou peu s'en fallait, en pleine activité.

Corneville avait deux grandes renommées : ses cloches, ses fameuses cloches qui le rendaient célèbre dans toute la France, et son marché légendaire, fameux dans toute la Normandie, source notoire d'un bien-être peu commun pour ses habitants, qui n'était pas sans faire bon nombre de jaloux à Tocqueville, à Valletot, à Brestot, à Condé-sur-la-Rille, à Appeville, à Maneville, à Montfort-sur-Rille et dans bien d'autres lieux encore du voisinage.

D'autre part, le bourg de Corneville pratiquait en grand l'élevage du cheval dans les plantureuses prairies qui avaient constitué pour la meilleure part la prébende de l'Abbaye, au temps de la splendeur de cet établissement des moines Augustins.

En outre, les habitants de Corneville étaient presque complètement exempts de l'impôt seigneurial, qui, à l'époque où commence ce récit, pesait si lourdement sur la plupart des bourgs et des villages de France.

Les richesses en numéraire des seigneurs de Corneville, jointes à leur générosité naturelle, leur permettaient, en effet, d'abandonner à leurs vassaux presque tous les revenus féodaux de leur domaine.

A Manneville, à Condé-sur-Rille, à Valletot, à Brestot, on disait volontiers : « Ah ! ces jouisseurs de Corneville !... Ils sont tous bourgeois dans cet endroit-là !... En voilà un pays où l'on ne travaille guère entre les repas, et où les repas sont nombreux !... On y est tout le temps à table ! »

Les villages voisins exagéraient bien un peu en tenant ces propos qui ne leur étaient certainement pas inspirés par un pur sentiment de bienveillance ou d'admiration.

Ils en disaient bien d'autres, d'ailleurs, sur le compte de messieurs les Cornevillois et de mesdames les Cornevilloises. Ils ne se gênaient pas pour insinuer qu'il y avait immémorialement plus d'un badin rapport entre le nom du pays et l'humeur de ses habitantes.

En effet, à entendre certains bons apôtres des environs, Corneville devrait exclusivement son nom aux bonnes farces qui, paraîtrait-il, auraient trop souvent accidenté la vie des ménages, et il était notoire que les habitants de Corneville ne protestaient que faiblement contre cette interprétation du nom de leur localité, ce dont les méchantes langues des alentours ne négligeaient pas de s'emparer pour faire remarquer que mesdames les Cornevilloises avaient bien de la chance d'avoir des maris si philosophes.

Médisance à part, on travaillait à Corneville, mais raisonnablement, et jamais à jeun.

Telle était la loi du lieu, à laquelle chacun se conformait avec empressement, à commencer par les gens du marquis, lesquels se piquaient, en la matière, de donner l'exemple.

Régisseur matois, valets fringants, femmes de chambre délurées, coquettes lingères, maître d'hôtel et cuisiniers pansus, cocher galonné, préludaient aux occupations de leur ministère respectif, en se réunissant, tous les jours, dès la première heure, dans l'office, qui était, comme chacun sait, la pièce attenante à la cuisine seigneuriale.

Ce matin-là comme les autres les vit tour à tour prendre place autour de la longue table affectée aux repas du personnel de la maison, et dont la présidence revenait d'ordinaire à très digne et très sage dame Reine Montlouis, l'honorée gouvernante de la domesticité du château.

— Tiens, Gervais est en retard ce matin ! fait observer Jérôme, le long et fluet valet de chambre du marquis, en attaquant un énorme quartier de jambon. C'est drôle !... car enfin ce n'est pas dans ses habitudes !

— D'ordinaire, même, il est l'un des premiers ! repart Claude, le joufflu domestique du comte de Corneville, le fils du marquis.

— Il possède un bon appétit ! dit du bout des lèvres Marthe, la mijaurée suivante de la comtesse de Corneville.

Marthe et Claude faisaient, comme on dit vulgairement, leurs embarras, ils se donnaient de grands airs et regardaient de haut leurs camarades, comme il convient à des domestiques qui sortent du commun... Dame ! Claude et Marthe avaient accompagné dans un voyage de quelque durée à Versailles leurs maîtres respectifs qui venaient de les renvoyer à Corneville pour préparer leurs appartements, et ils ne se privaient pas de faire sentir aux autres serviteurs, restés sur place, qu'ils les considéraient comme de bons lourdauds.

— Le fait est qu'il a un fameux coup de fourchette ! s'écrie le cocher Baptiste, qui n'avait pas l'air, non, plus, de donner sa part au chien.

— Et des dents de loup ! continue Blaise, le maître jardinier, qui lui-même est armé d'une mâchoire des plus formidables.

A ce moment, le fermier Jean Gaspard se montre au seuil.

Et tous de se lever à demi, en le saluant.

— Quelqu'un de vous aurait-il vu, ce matin, madame Reine ? demande tout à coup la jolie chambrière Ursule d'un ton quelque peu railleur. On la dit indisposée.

— Pauvre madame Reine,... fait Marthe en esquissant un sourire des moins charitables ; c'est peut-être le mal d'amour...

Et l'on rit... l'on rit aux éclats.

— Oh ! si l'on peut dire !... repart mademoiselle Ursule, qui paraît vraiment scandalisée ; une personne comme madame Reine peut être courtisée...

— Courtisée !... s'écrie la grosse ravaudeuse Toinon en se pâmant, je le crois bien, une jeunesse comme celle-là !...

— Pensez donc, appuie Jérôme en engloutissant une nouvelle tranche de jambon, quarante-cinq printemps au moins !

— Tu peux bien dire, renchérit Claude, quarante-six étés, aux pommes !

Mais alors la gracieuse Marinette, interrompant d'une voix plus flûtée :

— Pardon, monsieur Claude ! comme vous nous arrangez ça ! Vous nous en contez de belles ! L'été est passé, quand les pommes sont mûres !

— Ma foi, ça c'est vrai, approuve le jardinier Blaise, qui a toutes les apparences de la compétence ; lorsque les pommes sont mûres, on n'est pas loin de l'automne.

A seule fin sans doute de prolonger l'incident, Claude, qui, sous son air de ne pas y toucher, cache un pince-sans-rire fieffé, ajoute sentencieusement :

— Cela dépend des pommes.

— Et aussi des pays, opine sous son blanc chaperon l'excellent officier de bouche Guillaume, ajoutant avec une indubitable candeur, uniquement, on peut le croire, pour profiter d'une occasion de rendre hommage à l'expérience d'un homme qui a beaucoup voyagé :

— N'est-ce pas, monsieur Gaspard ?

Chose étrange, maître Gaspard, qui, d'ordinaire, ne tarit pas, dès qu'on le met sur le chapitre des observations recueillies dans ses voyages, reste bouche close, sans paraître autrement flatté de l'interpellation.

Mais l'entendue Margot intervient :

— Taisez-vous, mauvais plaisants, avec vos pommes et vos automnes ! Vous voudriez bien nous faire accroire que madame Reine a dépassé l'âge d'être courtisée ; madame Reine, apprenez-le, a plus de galants que vous ne croyez !

Et se rendant compte peut-être d'une gêne passagère qui semble tout à coup peser sur la joviale assemblée, de l'air d'une personne qui se dit intérieurement à l'adresse de celles qui l'entourent : « Vous craignez que je n'aie la langue trop longue, mais rassurez-vous, » elle conclut, non sans guetter l'effet qu'elle compte produire :

— Pour moi, j'en connais un qui fait joliment les yeux doux à son magot.

A ces mots, des regards d'intelligence s'échangent entre tous les convives, à l'exception d'un seul, qui paraît ne prêter aucune attention à tous ces propos, peut-être parce qu'ils l'intéressent au plus haut degré.

Ce convive distrait n'est autre que celui qui vient d'être vainement interpellé par l'homme au chaperon blanc.

Le lecteur a déjà reconnu maître Gaspard, qui est véhémentement soupçonné par les gens du château de faire le siège des grâces de l'honorable gouvernante, sans trop prendre garde à leur degré de maturité bien constaté.

Pour cette raison, les plaisanteries et les quolibets plus ou moins discrets ne sont jamais ménagés à Gaspard. Mais le malin fermier feint toujours de ne pas comprendre. Il sait que dame Reine, fille unique d'un majordome du château, décédé depuis peu, a hérité d'un bien fort honnête, et que, de plus, vivant depuis de longues années déjà dans la maison, elle jouit de toute la confiance du marquis. De cette confiance il suppute les profits en homme connaissant bien le milieu où il vit, et habitué à tout escompter.

Maître Gaspard n'est ni grand ni petit, ni beau ni laid, ni bon ni méchant. Il frise la quarantaine, à bon pied, bon œil, et plus d'un tour dans son sac. C'est le type du finaud, dans un pays où tout le monde est réputé tel.

Il a, comme on dit vulgairement, le nez creux, et sait toujours d'où souffle le vent, peut-être parce qu'il a été marin.

Il s'était embarqué, à dix-huit ans, sur un vaisseau de guerre de Sa Majesté pour y faire non la guerre, mais la cuisine. A chacun son caractère, ses aptitudes. La cuisine était pour Gaspard affaire de calcul plus que de vocation, et Gaspard est avant tout et en toute circonstance homme de calcul.

A force de confectionner des sauces pour MM. les officiers du bord, il avait fait son beurre, et chacune de ses campagnes lui avait rapporté un joli bénéfice. Mais l'appétit vient en mangeant.

Les six ans bien sonnés que dame Reine a de plus que lui ne lui importent pas à l'égal du sac d'écus dont elle est notoirement nantie, et dont il se complaît à soupeser mentalement à chaque heure du jour et même de la nuit les provocantes et bedonnantes rondeurs.

Le tout est pour lui de la décider à devenir madame Gaspard. Il n'a

Marthe n'a que le temps de s'élancer entre les deux hommes... (Page 27.)

négligé aucune occasion directe ou indirecte de faire connaître ses vœux à dame Reine, qui, personne fort avisée et fort positive, elle aussi, a, sans en rien laissé deviner, compris tout le parti qu'il était possible de tirer de l'esprit d'ordre et des instincts intéressés d'un soupirant tel que le madré fermier du château de Corneville et de ses dépendances.

— Jasez, jasez toujours, se contentait de penser maître Gaspard ; rira bien qui rira le dernier.

Tout à coup, mademoiselle Ursule, frappant nerveusement sur la table pour obtenir le silence, reprend la phrase qu'elle a commencée :

— Je voulais dire, — et je ne sais pas pourquoi vous ne m'avez pas laissé achever, — que madame Reine pouvait être courtisée pour le bon motif, mais qu'elle n'était pas femme à s'en laisser conter.

— Pour sûr ! réplique Marthe de son air le plus pincé ; c'est bon pour madame la notairesse ! En voilà une délurée !... et avec sa mine de sainte-n'y-touche, elle n'a pas sa pareille pour déranger les ménages ! Quelle gourgandine !... Et quelle intrigante !

— Comme vous y allez ! se récrie Claude. On voit bien que la femme de notre tabellion n'est pas une amie de votre maîtresse !

— Monsieur Claude, vous n'êtes qu'un impertinent ! Et vous mériteriez bien que ce que vous venez de dire revînt aux oreilles de M. le comte de Corneville, votre maître !

— Tiens, tiens, fit malicieusement une petite voix féminine, voilà nos voyageurs qui se brouillent... C'est joliment drôle.

— Oui ! articule nettement Jean Gaspard, — qui n'est pas fâché de profiter de l'occasion pour humilier à fond le glorieux, et de donner, en outre, un bon coup de patte à toute l'assistance, — si tu trouves le pain de la maison trop sec et trop dur à gagner, mon garçon, je te conseille de chanter sur ce ton-là ! Tu sais, les murs ont des oreilles, et s'il y a de bons camarades parmi nous, il y en a aussi qui ont la langue rudement aiguisée et qui ne cherchent qu'une occasion de nuire.

Claude, tout pâle et redoutant les suites de son inconséquence, allègue pour sa défense :

— Je n'ai pas cru faire mal. Ce que j'ai dit, tout le monde en est instruit... Il n'est pas un chat à Corneville qui ne sache que madame la comtesse ne peut voir même en peinture la Dufresnoy.

— Raison de plus, objecte Gaspard, pour que nous autres..., nous n'en parlions pas, car dans le village tous ceux qui jasent de madame Dufresnoy le font à tort et à travers, et ne craignent pas de mettre M. le comte dans leurs cancans.

— Non, fait Marthe, je ne dirai rien. Et j'aurais bien mieux fait de me taire. Mais que voulez-vous, chaque fois qu'il est question de cette... personne, c'est plus fort que moi, je ne puis m'empêcher de lâcher ce que j'ai sur le cœur.

Alors Boniface, le maître d'hôtel, d'un ton à la fois protecteur et affectueux :

— Voyons, ma petite Marthe, soyez franche, déchargez-le, votre petit cœur. Quoi qu'en dise M. Gaspard, qui est grincheux comme tout, aujourd'hui, — je vous en demande bien pardon, monsieur le fermier moi, je suis franc ! — nous sommes ici tous de braves gens incapables de nous faire une crasse les uns aux autres !

— C'est vrai ! s'écrient d'une seule voix hommes et femmes. Bien parlé, monsieur Boniface !

Et M. Boniface, encouragé par ce succès oratoire, poursuit d'une voix vibrante d'émotion :

— Je ne dis jamais que la vérité, et la vérité est toujours bonne à dire. D'ailleurs, comment en serait-il autrement ? Vous n'ignorez pas le proverbe : tel maître, tel valet. Nos maîtres étant la franchise et la loyauté mêmes, nous ne pouvons que leur ressembler !

— Bravo ! bravo ! tonna en chœur l'auditoire, grisé par l'encens de ce compliment à deux fins.

— Voyons, mademoiselle Marthe, suggère Boniface d'un ton de plus en plus insinuant, paterne, est-ce que Jérôme donnerait dans le polisson ? Le coquin vous fait-il des traits ? Et, par hasard, l'auriez-vous pincé rôdant autour des cotillons de la belle madame Bonaventure ?

— Ouais ! proteste Jérôme furieux. De quoi vous mêlez-vous, monsieur le beau parleur ? Vous feriez bien mieux de vous occuper de M. le tabellion, lorsqu'il vient tous les soirs débiter ses sornettes à mademoiselle Ursule !

En entendant prononcer son nom, la femme de chambre de mademoiselle Hélène de Corneville se lève furieuse et clame :

— Vous n'êtes qu'un maraud, mon petit monsieur Jérôme ! et je vous apprendrai à parler autrement !

M. Boniface, lui, rouge de colère, hurle en montrant le poing à Jérôme :

— Failli chien ! tu mérites que je t'assomme ! Et je ne sais ce qui me retient...

Et, repoussant sa chaise, d'un bond, il est près de Jérôme.

Celui-ci l'imite.

Marthe n'a que le temps de s'élancer entre les deux hommes pour les séparer. Et sa voix glapissante jette à la face du maître d'hôtel, tout à l'heure triomphant, cette injure épique, contre laquelle personne ne s'élève :

— Monsieur Boniface, vous n'êtes qu'un imbécile !

— Un im-bé-cile !... un im-bé-cile !... bredouille, exaspéré, Boniface. Ah ! c'est par trop fort !... Vous n'êtes qu'une pécore !

Jean Gaspard, si maussade il y a un instant, a bien changé de physionomie. Le malin fermier du château de Corneville ne se possède pas de joie. Il rit aux larmes :

— Vous verrez, s'exclame-t-il, qu'ils vont le battre après l'avoir tant applaudi !... Le mieux, c'est que Baptiste profite de l'occasion pour lutiner Margot sous la table ! — Tu fais tes coups en sourdine !... Mais je te vois, mon gaillard ! — Toi aussi, Claude, tu te mêles de chatouiller Toinon !... Jusqu'à M. Guillaume qui dore la pilule à Marinette !... — Tous mes compliments, mesdames et messieurs, vous ne vous ennuyez pas !

— Tiens, tiens, dit Blaise, c'est aujourd'hui comme au jour de l'an : lorsque les petits enfants du pays viennent souhaiter la bonne année à madame la comtesse, qui leur donne leurs étrennes à tous. Chacun reçoit son paquet !... Quand finira la distribution ?

— Je crois, représente alors fort judicieusement la gente et modeste Jeanne, peu soucieuse vraisemblablement d'avoir sa part dans la *distribution*, que M. Gervais ferait joliment bien d'arriver ! Pour peu qu'il tarde encore, il n'aura plus que les restes !

— Gervais ! Mais je crois bien l'avoir aperçu tout à l'heure chez M. Cyprien, annonce madame Reine, qui fait soudain son entrée.

— Monsieur Cyprien ?... répète Ursule. Le joli barbier, en vérité !... Si j'étais un homme, il ne me toucherait jamais la figure de son rasoir, celui-là !

— Mais vous voudriez bien qu'il la touchât de sa bouche... et pas pour vous mordre, réplique dame Reine.

— Moi, madame ?...

— Eh bien ! quel mal y aurait-il à cela ?. . M. Cyprien n'est pas le premier venu, je suppose... Et votre choix, ma chère, est un sûr garant de votre jugement. Il est seulement dommage que...

— Que, madame ?

— Que M. Cyprien soit un endurci.

— Mais je n'ai rien à faire de M. Cyprien, moi !... Et il en pleut des hommes comme lui !... Qu'est-ce que c'est après tout ?... Un...

— Un homme très bien de sa personne, très obligeant, très pieux, pas commun du tout, et, de plus, très bien vu de M. le marquis.

— Vous souvenez-vous, reprend Jérôme, comme M. Cyprien a soigné le petit gars au père Thibault, quand il est tombé, l'automne dernier, du poirier des Moines ?

— Oui, certes ! répondent les voisins de Jérôme, M. Cyprien a fait là une bien jolie cure !

— A propos, savez-vous, interroge Gaspard, ce qu'est devenu le p'tit de Thibault ? Eh bien ! il s'est embarqué comme mousse, et, je m'en flatte, c'est sur ma recommandation, à telles enseignes qu'il est inscrit sur les rôles de l'équipage du *Béarnais*, qui donne, en ce moment, une belle chasse à messieurs les Hollandais.

— A la santé du p'tit gars ! s'écrient tous les domestiques mâles du château en élevant leurs *moques* pleines de cidre pétillant.

— Au bonheur du p'tit Jean ! ajoutent les femmes.

On trinque, et l'on boit.

— Alors, propose judicieusement Gaspard, entonnons la chanson du *Petit Mousse*.

Et tous chantent :

> Va, petit mousse,
> Où le vent te pousse,
> Où te portent les flots, les flots;
> Sur ton navire
> Vogue ou chavire (*Bis*)
> Dans le fond des eaux.

> Entre le ciel et l'onde,
> Marchant vers l'horizon,
> Ton navire est ton monde,
> Ton pays, ta maison.
> Va, va, petit mousse,
> Vole où le vent te pousse,

> Va, va, va, va, petit mousse, etc.

> Peut-être qu'une reine
> Te donnera sa main ;
> Peut-être qu'une baleine
> Te mangera demain.
> Va, va, petit mousse,
> Vole où le vent te pousse, etc.

IV

LA PÊCHE DE GERVAIS

— Mais, décidément, où est Gervais? fait Jean Gaspard après avoir lancé le dernier mot du dernier couplet. Depuis que j'ai l'honneur d'être le fermier du château de Corneville, ce n'est que la seconde fois qu'il lui arrive d'être en retard à un repas. Et encore la première fois, ce retard avait quand même trait à la question gastronomique : il pêchait dans la Rille, tandis que nous nous mettions à table. Il pêchait... Bon !... Mais avec mes filets !... mes filets qu'il usait !... dont il coupait des mailles !... des filets qu'en définitive j'ai achetés à beaux deniers comptants !... Tiens, tiens, mais j'y pense... continue-t-il tandis que sa physionomie revêt une teinte d'inquiétude, qui sait si cette fois encore il ne pêche pas?...

— Avec vos filets ? interrompt dame Reine en riant. Eh bien ! vous ne vous trompez pas, monsieur Gaspard !... non, vous ne vous trompez pas, hélas !

— Oh ! s'exclama le fermier en levant les deux mains en l'air, comme pour prendre le ciel à témoin d'une telle licence.

Ce geste hyperbolique provoque l'hilarité, hilarité toutefois contenue dans une certaine limite, eu égard à la situation relativement supérieure qu'occupe au château *mons* Jean Gaspard.

Madame Reine, que celui-ci vient d'interrompre par son exclamation de désespéré, reprend :

— Je me suis contentée de vous dire tout à l'heure que M. Gervais était avec M. Cyprien, parce que je ne voulais pas exciter votre mauvaise humeur. Mais puisque vous vous doutez d'autre chose maintenant, je n'ai plus à vous en faire un secret. Eh bien ! oui, je l'ai vu, après avoir quitté la demeure de M. Cyprien, pêcher avec vos filets.

— Ah ! s'écria Gaspard, dont la face se rembrunit encore à ces paroles qui semblent retourner le fer dans la plaie ; ce sont mes filets... toujours mes filets qu'il met à contribution ! Et quand ils seront tout usés, il ne les remplacera pas ! Il faut que je les lui enlève, à ce maître gourmand !... et qu'une autre fois je les fasse sécher dans un endroit où il ne puisse les trouver !... Maudit gars, va !

Et sur ces mots il s'élance hors de l'office.

Du coup, des rires éclatent sans contrainte.

— Quel pingre !... dit Baptiste.

— Quel ladre fieffé ! renchérit Claude.

Et le maître d'hôtel Boniface, qui avait été à Paris au service d'un grand personnage, le comte de Guiche, et qui avait entendu parler des pièces de théâtre de Jean-Baptiste Poquelin, plus connu sous le nom de Molière, ajoute :

— Il rendrait des points à Harpagon lui-même, le principal personnage de la célèbre comédie : l'*Avare*.

Un instant après, Gervais apparaît au seuil de la porte.

— Quel entrain, mes amis ! s'esclaffe-t-il. Vous vous faites une vraie bosse !... Vous n'auriez pas pu m'attendre, hein ! moi qui travaillais pour vous !

— Vous avez encore pris les filets de M. Gaspard, dit Toinon. Il va bien vous arranger, allez !... Vous ne l'avez pas rencontré ?

— Non, mademoiselle Toinon.

— Heureusement pour vous ! repart dame Reine en souriant.

— Il t'aurait rudement secoué ! continue Guillaume.

— Il t'aurait peut-être flanqué dans la Rille, tout grand et tout gros que tu es ! opine Claude.

— Pour tenir compagnie à ceux que tu voulais attraper ! complète Blaise.

— Enfin, interroge Marthe, qu'avez-vous pêché, monsieur Gervais ?

— Deux goujons pour tout potage, et encore ils étaient si petits que j'ai dû les rejeter à l'eau pour leur donner le temps de grandir.

— Ce n'est pas le pendant de la pêche miraculeuse ! repart Ursule.

— J'en suis assez marri ! bougonne Gervais en faisant un mouvement qui découvre un objet qu'il cherchait à dissimuler derrière son dos.

— Tiens, vous avez un bouquet !... clame Toinon. Un gros bouquet encore !... Mazette !... D'où tenez-vous ces belles fleurs ?

— Ah voilà !... répond le retardataire en prenant sa place à table avec des airs mystérieux.

— C'est pour mademoiselle Toinon, hein ? fait en minaudant mademoiselle Margot.

— Ah ! vous croyez donc qu'il pense à moi ! replique la ravaudeuse. M. Gervais est un volage !... un papillon !

— Quel papillon !... un papillon monstre alors ! repart Boniface, le beau parleur, qui, oubliant l'incident d'il y a un instant, ne demande qu'à briller de nouveau dans la conversation.

— Mais, reprend Claude, tu ne nous dis pas pour qui est ce bouquet, l'ami !

— Il est pour moi donc ! Je l'ai gagné ! répond avec autorité le jeune gars, dont la vigueur physique avait subjugué l'épaisse Toinon, plus sensible à ce genre d'attraits qu'aux grâces d'un Antinoüs.

Et il agite triomphalement le bouquet en l'air.

Chose singulière !... ce bouquet, disposé dans toutes les règles de l'art du fleuriste le plus exercé, est composé de fleurs énormes, formant de violents contrastes de couleurs, et qu'il est difficile de nommer, du moins à première vue. De plus, par l'étrangeté de leur aspect, elles causent autant de surprise que d'admiration.

— Gagné ?... répète Guillaume.

— Oui, en vertu du droit d'aubaine.

Et, ce disant, il pose le bouquet universellement convoité sur un meuble placé derrière lui, en défendant d'y toucher.

— Que veux-tu dire ? insiste Guillaume, avec ton droit d'aubaine ?

Satisfait sans doute au plus haut point de sa réponse qui lui paraissait vraisemblablement aussi précise que concluante, Gervais juge inutile d'y rien ajouter, et préfère essayer de rattraper le temps perdu par l'activité imprimée au maniement de sa fourchette.

Au bout de quelques instants, quand il eut apaisé les premières ardeurs de son appétit, il daigne, en se retournant à demi sur son siège, et en montrant le bouquet, proférer ce mot explicatif :

— Je l'ai reçu sur la tête !

Et, à part lui, en souriant :

— Quelle craque !... Je l'ai tout bonnement ramassé dans le jardin.

— Mais d'où l'as-tu reçu sur la tête ?

— Ah ! voilà !... Tu m'en demandes trop !

— Alors on te l'a envoyé du ciel ? dit en riant Blaise.

— Je n'y connais personne.

— Ne ferais-tu pas la cour à mademoiselle de Corneville ? interroge en tapinois Guillaume. C'est là un bouquet de marquise.

— En effet, opine Marthe, c'est un bouquet digne de mademoiselle, seule !... Il est seulement dommage qu'il se soit un peu aplati sur une tête... si dure !

— Nous direz-vous enfin, reprend Margot, à qui vous le destiniez, monsieur Gervais ?

— Jarnidieu, ma belle, quelle envie vous avez de cette merveille ! riposte le valet.

— Sois bon garçon, au moins, laisse-le-nous respirer, fait plaisamment Guillaume.

Avant que le jeune gars ait eu le temps de répondre, Toinon, la jolie et plantureuse ravaudeuse, s'était déjà emparée des fleurs.

— Tiens, c'est drôle, dit-elle en les approchant de son visage, elles ne sentent rien ; c'est curieux tout de même, pour de si belles fleurs !...

Et, rêveuse, elle ajoute :

— Voilà des roses comme je n'en ai jamais vu à Corneville. D'où peuvent-elles bien venir ?

— Nous n'allons pas attendre chacune notre tour ! s'écrie Marthe, tandis que madame Reine commence à respirer le bouquet.

Et sans plus de respect pour le rang hiérarchique de dame Reine dans la domesticité du château, elle allonge sa main mutine. Tous l'imitent, et bientôt, dodelinant du chef, de droite à gauche, et de gauche à droite, comme des magots de la Chine, ils luttent instinctivement contre le sommeil qui les gagne. Enfin, malgré des efforts héroïques, tous les convives laissent incliner leurs fronts vers la table.

— Ah ! fait en s'abandonnant à un rire inextinguible Gervais, qui, seul, ne dort pas. Les voilà tous qui font ron ron maintenant ! Ah ! mes bons et mes bonnes, vous en avez bu du vieux cidre, pendant que je me morfondais à pêcher pour vous ! Et vous vous êtes assez moqués de moi ! Je vais vous jouer une bonne farce à mon tour !

Et sur ce, le jovial garçon pique de sa fourchette dans les plats de chacun les meilleurs morceaux, sans oublier de se verser de larges rasades, tout en jetant, de temps à autre, à la dérobée, des regards narquois sur les dormeurs.

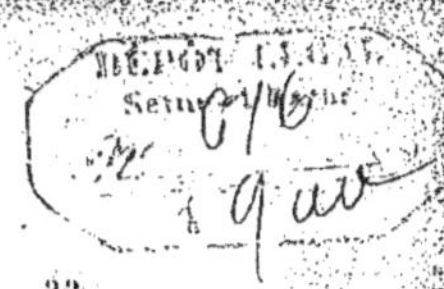

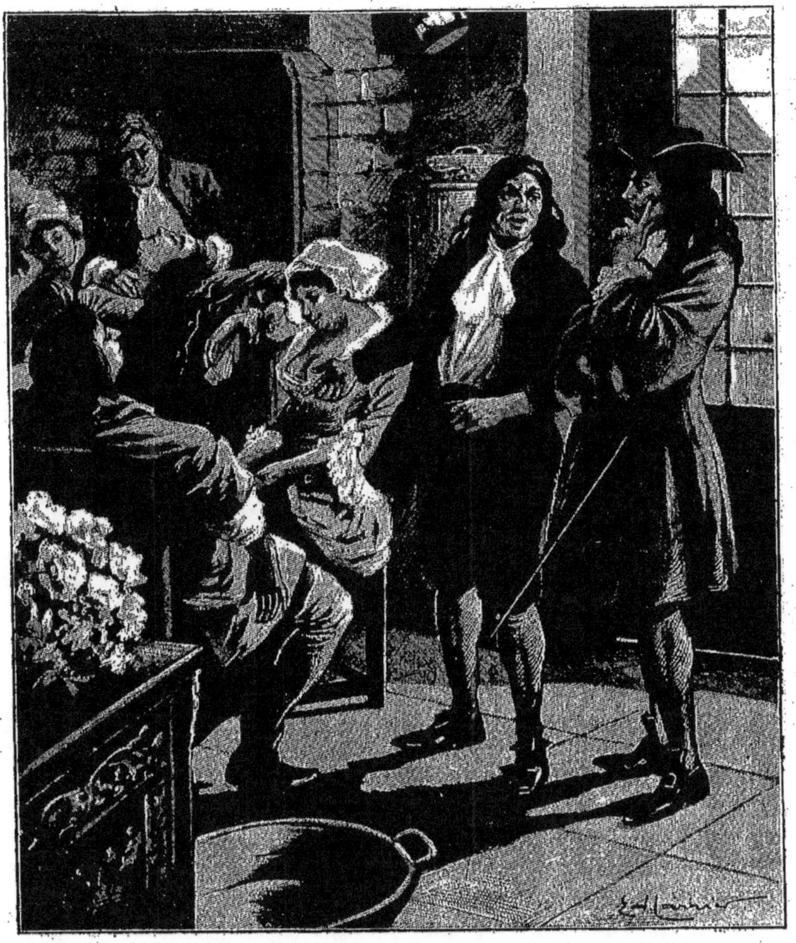

— ... Seraient-ils ivres?... et de si bonne heure!... (Page 35.)

— Hein!... articule-t-il tout à coup. Qui grogne comme ça?... Suis-je
bête?... Ce sont mes chers... et mes très chères camarades qui ronflent...
Pardon, mes amis... pardon, mes jolies petites poules, de vous avoir
quasiment confondus avec des compagnons de Saint-Antoine... A votre
santé à tous !

Et il ingurgite d'un seul coup le contenu de sa *moque*, qu'il emplit
chaque fois jusqu'aux bords.

— Mais ma pauvre Toinon dort aussi, elle !... Si, du moins, elle faisait exception à la règle commune !...

Soudain il se retourne, se lève en saluant et en titubant légèrement, ce qui n'est que trop naturel.

C'est Jean Gaspard qui rentre, et qui, à la vue de Gervais, lui crie dans les oreilles :

— Est-ce que vous avez bientôt fini de vous servir de mes filets, vous ?

— Regardez, monsieur le fermier, dit en riant le valet, heureux de pouvoir détourner ainsi l'orage de sa tête.

Gaspard est en présence d'un tableau inénarrable !

Il regarde, sans comprendre tout d'abord... Il est littéralement stupéfait.

— Ah ! c'est trop fort !... éclate-t-il enfin moitié plaisamment, moitié sérieusement. En voilà des paresseux !

Et il appelle :

— Madame Reine !... Guillaume !... Monsieur Boniface !... Mademoiselle Marthe !... Mademoiselle Ursule !... Blaise !... Vous tous !... Hé ! hé !... hé donc !

Mais nul ne fait le moindre mouvement... ne répond par le plus bref monosyllabe. On les dirait tous en proie à la plus profonde léthargie.

Il s'arrête, découragé... ne pouvant s'expliquer un état si anormal... un tel sommeil en plein jour !

Il ne peut s'empêcher de rire... rire que partage Gervais, le gros malin.

On ne peut rire indéfiniment, et comme l'hilarité de Gaspard prenait fin, un bruit de pas retentit au dehors, et une ombre passa devant la porte de la cuisine.

C'était un visiteur matinal qui venait au château, et, familier de la maison, avait dû, prenant par le plus court, pénétrer par le jardin pour gagner la petite entrée voisine de l'office.

À son costume sévère et à son élégante tournure, maître Jean Gaspard reconnut le jeune bailli Fabrice de Préval.

Celui-ci allait faire sa visite hebdomadaire au marquis de Corneville.

Le chatelain l'interrogeait toujours avec beaucoup de bonté sur les affaires du bourg, sans jamais vouloir peser sur la conscience du juge, qu'il savait, d'ailleurs, droit, indépendant, et fier.

Le marquis Roland de Corneville n'était pas, au surplus, du nombre des seigneurs qui avaient besoin de demander des services à leurs officiers de justice.

Les arrêts rendus lui suffisaient, et s'il avait pris l'habitude d'entretenir de Préval à jour fixe durant quelques instants, c'était bien moins pour faire ce qu'on pourrait appeler un peu familièrement la police du lieu, que pour s'informer des besoins à prévenir, des maux à soulager, des plaies à guérir dans l'étendue du bourg.

Le bailli était pour la population de Corneville non l'instrument intéressé du marquis, mais l'instigateur le plus en vue de ses libéralités de toute nature.

Loin d'exploiter le justiciable, comme le faisaient alors tant de juges seigneuriaux et royaux, il en était à proprement parler la Providence. Aussi tout Corneville lui avait-il voué une considération et une affection sans bornes.

Gaspard, s'avançant vers la porte, salua respectueusement le bailli.

Fabrice, intrigué par la mine à la fois gouailleuse et un peu ahurie du fermier, s'arrêta et demanda :

— Vous avez une drôle de tête ce matin, Gaspard, et pourquoi vous livriez-vous à cet accès d'hilarité que j'ai entendu de l'autre bout du jardin ?

— Ah ! si vous saviez, monsieur le bailli ! si vous voyiez cela !...

— Quoi ? fit de Préval.

— Sauf votre respect, monsieur le bailli, déclara Gervais à son tour, si vous vouliez vous donner la peine d'entrer dans la cuisine... vous pourriez bien rire, vous aussi !

Le bailli franchit les deux marches de la porte, et tout de suite s'arrêta frappé de l'étrangeté du spectacle : les domestiques étendus dans des poses bizarres dormaient toujours ; des ronflements particulièrement sonores indiquaient même la lourdeur de leur sommeil.

— Qu'est-ce que cela veut dire ? Que leur est-il arrivé ?... Seraient-ils ivres ?... Et de si bonne heure !...

A cette question du bailli, Gaspard répondit avec un hochement de tête :

— Je n'y comprends rien, mais on pourrait les interroger...

— Si l'on parvenait à les réveiller, ajouta Gervais, qui secoua vigoureusement Boniface.

Le dormeur retomba pesamment sur la table.

— Diable ! s'écria Gaspard ; si l'on essayait du passage de la Ligne !

— Que voulez-vous dire ? demanda le bailli, qui, le sourcil froncé, semblait réfléchir profondément.

— Je veux dire qu'un ancien marin, qui, comme moi, a franchi dix fois la Ligne sait comment le bonhomme Tropique baptise les nouveaux marins lors du passage de l'Équateur, et que je vais réveiller tout ce monde-là !

Saisissant un baquet plein d'eau, il aspergea énergiquement le visage de chaque dormeur.

Mais le sommeil qui s'était emparé subitement des serviteurs de Corneville était bien profond, car Gaspard n'obtint tout d'abord que quelques mouvements des ronfleurs ; cependant, peu à peu, et en renouvelant les aspersions qu'il accompagnait de coups de poing pour les hommes, de forts pincements de bras pour les femmes, le fermier tira du sommeil tous les convives.

Ces malheureux étaient, d'ailleurs, tout hébétés et pouvaient à peine parler ; enfin, l'air vif du matin qui pénétrait par les fenêtres acheva de dissiper l'ivresse qui s'était emparée d'eux.

M. de Préval attendait avec une impatience visible qu'on pût interroger les dormeurs.

— Comment vous êtes-vous laissé aller ainsi au sommeil ?... demanda enfin le bailli à Boniface, qui se secouait, tel qu'un barbet sortant de l'eau.

— Je... je n'en sais... trop rien... c'est-à-dire je me suis endormi pendant qu'on cassait la croûte... Ah ! je me souviens, j'ai respiré le bouquet... et puis plus rien !...

— C'est le satané bouquet de Gervais ! cria Toinon, qui, décidément, retrouvait sa langue et ses esprits plus vite que les autres. Lorsque j'ai respiré l'odeur de ces roses, la tête m'a tourné !...

— Oui ! oui !... et à nous tous aussi ! fit-on en chœur.

— Ce bouquet !... voulut protester Gervais.

— Explique-toi, Gervais, dit le juge.

— Voici la chose en deux mots, monsieur le bailli : Je venais de pêcher...

— Avec mes filets !... interrompit Jean Gaspard.

— Je ne les ai pas abîmés, puisque je n'ai attrapé que deux petits goujons, monsieur le fermier. Et encore je les ai rejetés à l'eau...

— Qu'est-ce que cela me fait que tu les aies rejetés à l'eau ! Tu ne les en avais pas moins attrapés avec mes filets !

— C'est vrai. Mais je vous dis qu'ils étaient si petits que...

— Continue, fit le juge.

— Et je me rendais à l'office pour déjeuner quand... patatras !... je reçois... non, je butte dans quelque chose. En me baissant, je vois ce gros et beau bouquet à terre. C'était une bonne aubaine. Je me baisse, le ramasse, et l'emporte en ayant soin de le tenir caché derrière mon dos pour faire une surprise à ces dames. Toutes le veulent. Je ne le donne à aucune, mais je permets qu'on le respire. Femmes et hommes ne l'ont pas plus tôt respiré qu'ils se mettent à dormir !...

Le front du bailli devenait de plus en plus sombre, et à la vue du sourcil froncé de M. de Préval, les domestiques commencèrent à se rendre compte de la gravité du fait.

— C'est de la sorcellerie ! murmura madame Reine.

— Il y a là quelque manœuvre criminelle ! souffla Claude à l'oreille de Margot.

— C'est vrai, monsieur le bailli n'a pas l'air content ! répondit la fille de service.

M. de Préval reprit d'un ton impérieux qu'on ne lui connaissait pas encore :

— Gervais et vous, monsieur Gaspard, vous n'avez ni l'un ni l'autre respiré le bouquet ?

— Non, monsieur le bailli, répondirent les deux hommes.

— C'est bien cela !… ils ne se sont pas endormis, eux ! murmura le magistrat entre ses dents.

Puis il continua à haute voix :

— Ne vous inquiétez pas, mes enfants, de ce qui vous est arrivé : fatigués déjà par l'orage, vous avez été étourdis par le parfum de roses d'une espèce particulière qui invite beaucoup au sommeil. — Gervais, vous allez m'envelopper soigneusement le bouquet et le porter chez moi ; vous défendrez que personne y touche, et vous le déposerez dans mon cabinet de travail.

Sur ces mots, M. de Préval, salué de tous, se dirigea vers le château pour se faire annoncer chez le marquis.

V

DIPLOMATIE

Lorsque le bailli demanda à voir M. de Corneville, Sulpice, le premier valet de chambre qui, étant de service, n'avait pu prendre part au déjeuner des domestiques, lui répondit :

— Mon maître ne m'a pas encore appelé.

— Mais M. de Corneville se lève de meilleure heure d'ordinaire… Aurait-il veillé tard ?

— Non pas que je sache, monsieur le bailli, répondit le serviteur ; je suis même un peu inquiet, et je vais voir…

Sulpice tenta d'ouvrir la porte qu'avait ouverte l'Ombre ; il n'y put parvenir : elle était fermée en dedans.

Il resta un instant stupéfait ! Jamais le marquis n'en poussait le verrou la nuit. Le domestique, sur un signe du bailli, insista de nouveau.

— C'est toi, Sulpice? demanda le marquis à travers la porte.

— Oui, monsieur.

— Je t'ouvrirai dans un instant.

— Monsieur le bailli est là.

— C'est bien. Prie-le d'attendre.

M. de Préval eut un soupir de soulagement.

Quelques instants après, la porte s'ouvrit, et le marquis fit signe au bailli d'entrer.

Fabrice venait comme toutes les semaines lui rapporter les chroniques du bourg, et lui apprendre les menues nouvelles qui amusaient le vieux seigneur un peu seul dans son immense château.

Il commença donc son petit récit, tandis que le marquis l'écoutait, assis dans son grand fauteuil.

Tout en parlant, le bailli observait M. de Corneville, non sans être frappé de son extrême pâleur.

Il constata que le marquis avait peine à lui répondre, et il fit la remarque qu'à plusieurs reprises, le vieillard buvait des gorgées d'une liqueur ressemblant beaucoup par la couleur à celle que fabriquaient les religieux de l'abbaye de Bomport.

Par moments, le marquis poussait un soupir étouffé qui ressemblait à une plainte.

Comme à l'ordinaire, le bailli put annoncer à M. de Corneville, que le rôle des affaires civiles et des affaires criminelles de la semaine se résumait encore une fois dans ce mot si agréable au vieillard : « Néant. » Mais pendant qu'il parlait, ses yeux errant dans la pièce aperçurent à terre, dans un coin, près de la toilette du marquis, quelque chose qui l'émotionna au point de lui couper un instant la parole.

Pour éviter d'attirer l'attention du châtelain, M. de Préval entreprit le récit d'un accident de chasse qui s'était produit récemment dans le pays, et durant ce temps, ses regards se fixaient sur l'objet mystérieux qui l'avait frappé : c'était comme un paquet à demi épars de linges fortement tachés de sang. En reportant ses yeux sur le lit, Fabrice put également ment constater que le drap rejeté dissimulait mal des taches analogues. Le marquis avait donc eu au moins une hémorragie... Mais de quelle nature?

Le bailli n'osa pas questionner M. de Corneville à ce sujet. Mais il résolut de savoir ce que le marquis cachait. Le voyant très las, il abrégea sa visite, et, suivant l'usage, après s'être informé des nouvelles du comte et de la comtesse Raoul, demanda la permission d'aller faire sa cour aux dames.

— Mon fils et sa femme vont bien, d'après ce que m'ont affirmé leurs domestiques, Claude et Marthe, qui viennent d'arriver ; ils rentreront dans deux ou trois jours... Ma fille doit être auprès de madame de Lucenay, et elles auront grand plaisir à vous voir.

Quelques instants après, le bailli était introduit auprès des deux femmes.

Le temps qui s'était écoulé depuis les événements de la nuit avait rendu le calme à leur physionomie. Elles s'étaient efforcées de refouler toutes leurs émotions au fond de leurs cœurs.

Fabrice, très ému en revoyant Hélène, si tôt après l'entrevue délicieuse de la soirée, sut se contenir merveilleusement.

Avec la plus parfaite galanterie, il s'enquit des nouvelles de la comtesse et de la jeune fille, et leur demanda si l'orage ne les avait pas incommodées.

— Quel orage? fit Hélène vivement. Ma foi, moi, je n'ai rien entendu.

Fabrice se réjouit intérieurement de cette réponse qui tendait à éloigner tout soupçon de l'esprit de madame de Lucenay, dans le cas où celle-ci se serait aperçue de l'absence d'Hélène.

Il lui répondit avec à-propos :

— Cela prouve, mademoiselle, que vous vous êtes couchée de bonne heure, et que vous avez consciencieusement dormi.

Madame de Lucenay, qui n'avait pas perdu un mot de ce petit dialogue, eut un sourire presque imperceptible.

Le jeune homme, qui n'était pas un sot, et qui n'avait pas, non plus, selon une expression quelque peu triviale, mais expressive, les yeux dans sa poche, surprit ce sourire qui l'étonna et l'embarrassa. Mais il n'osa pas, même du regard le plus discret, en demander la signification à son amie.

Il poursuivit sur le même ton :

— Tout le monde ne pourrait pas en dire autant... Et, ajouta-t-il, il s'est passé des faits bizarres, cette nuit, au château...

Cette fois, la comtesse ne sourit point.

— Que voulez-vous dire?... demanda-t-elle avec un léger tressaillement.

Et, en même temps, elle jetait sur la jeune fille un coup d'œil plein d'intérêt et d'anxiété.

— Les gens du château ont dû, eux, moins bien reposer cette nuit que mademoiselle de Corneville. Figurez-vous que je viens de surprendre toute la valetaille de la maison dormant à table avec des ronflements de soufflets de forge... Ils n'auraient pas entendu tirer le canon ! Je crois même que les Douze Cloches de l'Abbaye auraient pu se mettre en branle sans les arracher à cette torpeur bien étrange !... Pour les faire revenir, on a dû employer les grands moyens : Gaspard a pris de l'eau dans un fort baquet et s'est mis bravement à les débarbouiller de sa grosse main calleuse. Mais cela n'est rien encore... continua le bailli avec une certaine âpreté. Il y a eu quelque chose de bien plus fort... oui, de bien plus fort !...

— Quoi donc ? interrogèrent les deux femmes. Vous excitez notre curiosité !

— Ils se sont mis à raconter une histoire véritablement incroyable... Ils ont prétendu que le sommeil leur était venu en respirant des fleurs que ce gros lourdaud de Gervais avait trouvées sous votre fenêtre, mademoiselle... Cela n'a pas le sens commun !...

La comtesse ne put maîtriser un nouveau tressaillement accompagné d'un autre coup d'œil très inquiet à Hélène.

Ce nouveau coup d'œil et ce nouveau tressaillement n'échappèrent pas au bailli...

Un juge doit tout voir... Si amoureux qu'il fût, messire Fabrice était un juge aussi malin qu'un autre, et de plus un juge normand, ce qui n'est pas peu dire !

Toutefois, ne voulant pas paraître interroger la très haute demoiselle, il s'empressa d'ajouter, mais d'une voix qui sonnait faux :

— Ah ! voilà un joli conte !... Ces gaillards ont dû tout bonnement avoir le cerveau un peu détraqué par l'orage... Les éclairs leur ont causé une telle peur qu'ils ont dû se cacher dans la cave en faisant de grands signes de croix pour conjurer l'Esprit du Mal !... Mais quand on est tapi contre les futailles depuis un bon moment déjà, on pense à leur contenu, et de là, la nature est en feu, à se rafraîchir il n'y a qu'un pas... Et lorsque tout ce monde-là, hommes et femmes, s'est copieusement rafraîchi !...

Mme de Lucenay prit la parole :

— Voyons, monsieur le bailli, est-il bien charitable... est-il bien juste même de plaisanter ainsi les serviteurs du marquis ?... Pour mon compte, je serais bien incapable d'apprécier le degré de violence de l'orage dont vous parlez, puisque je n'en ai eu connaissance que par vous... Mais sans m'être réfugiée au cellier, par exemple, sans avoir vidé aucun flacon, j'en ai ressenti moi-même les effets d'une façon bien prononcée.

— Vous, madame ?... fit le bailli avec un étonnement qui n'était pas feint. En vérité ?...

— Je vous l'affirme.

— Mais comment cela ?...

— J'étais couchée depuis une heure environ... Il y avait déjà long-temps que la nuit était survenue... Du moins, il m'a semblé qu'il en était ainsi... Alors j'ai fait un rêve étrange... mais si étrange... que je me demande encore comment on peut faire un pareil rêve... Enfin, voici ce que j'ai rêvé :

Des senteurs délicieuses m'arrivaient... Puis quelque chose de semblable à une forme humaine horriblement noire dardait sur moi des yeux

DÉPÔT LÉGAL

— ... Qu'aurait pu être votre rôle dans une telle aventure? (Page 43.)

de braise tout en s'approchant... Elle se baissait ensuite vers mon visage... avidement... Puis elle se retirait lentement... elle quittait ma chambre... Comment était-elle entrée, puisque j'avais fermé ma porte en dedans ?... Mon songe ne me le dit pas...

Tandis que madame de Lucenay parlait, M. de Préval suivait ses paroles avec une attention profonde, comme s'il cherchait à se rendre compte exactement de la distance qui pouvait séparer le rêve de la réalité.

Madame de Lucenay continuait :

— Peu après, délivrée de cette oppression qui m'étreignait, je me levais... j'allais à la fenêtre... Et alors je voyais passer dans le jardin... qui ?... oh ! c'est extraordinaire !... absurde !...

M. de Préval se sentit pâlir malgré lui.

— ... Je voyais passer mademoiselle de Corneville !...

Hélène pâlit à son tour et faillit s'évanouir sous le regard de la comtesse.

Quant au bailli, il baissa le front pour dissimuler son émotion.

Et, comme la jeune femme tenait les yeux fixés sur eux deux, ils demeurèrent interdits, presque tremblants.

La comtesse ne laissait pas deviner sur sa physionomie l'impression que pouvait lui causer leur attitude.

Elle reprit du même ton :

— Un instant après j'entendais dans le couloir le bruit de la chute d'un corps !... Je sortais... et je voyais mademoiselle de Corneville étendue sur le plancher... privée de connaissance... Je la relevais... je l'entraînais dans sa chambre... je lui faisais reprendre ses sens... et en la ramenant à sa couche, je voyais un bouquet... un splendide bouquet sur une table près de son chevet...

Lui attribuant son état de langueur... et le malaise qui s'emparait de moi... je le saisissais violemment et je le jetais par la fenêtre !...

A ces paroles succéda un silence, qui témoignait assez de l'impression produite par le récit de la comtesse.

Le trouble d'Hélène était extrême, et une surprise douloureuse se lisait aisément sur les traits de Fabrice.

Madame de Lucenay ayant baissé les yeux, reprit tranquillement, du moins en apparence, l'ouvrage de tapisserie qui était dans ses mains à l'arrivée du bailli.

— Vous ne riez plus, monsieur le bailli, fit-elle au bout d'un instant en maniant avec une élégante dextérité les longues aiguilles chargées de laines multicolores.

— Non, madame, répondit d'une voix ferme le jeune homme vite remis, je ne ris plus, je réfléchis.

— Cela vous sied, monsieur le bailli. Mais pourrais-je connaître le résultat de vos réflexions ? Que pensez-vous de mon rêve ?

— Je pense, madame, qu'il a dû vous causer une grande frayeur... et, d'autre part, qu'il vous a laissé des souvenirs singulièrement précis.

— N'est-ce pas qu'il est terrible, mon rêve, et que vous-même en eussiez été épouvanté ?

— Sans exagérer mon courage et mon sang-froid, je crois, madame, qu'il m'aurait surtout intéressé, et je regrette vivement de n'y avoir pas occupé une petite place... Mais êtes-vous bien sûre, au moins, madame, que je n'y aie pas joué un bout de rôle ?

— Grands dieux, monsieur de Préval, qu'aurait pu être votre rôle dans une telle aventure ? Ce n'aurait pas été, j'imagine, celui du spectre ?

— Non, madame ; mais celui d'un curieux qui eût été fort aise d'éclaircir, sans délai, le mystère dont s'entourent certaines visites, et de bien déterminer certains points laissés en dehors de votre narration...

Il m'eût notamment importé de savoir comment s'y prennent les ombres pour jouir du privilège de l'ubiquité, et se jouer aussi aisément des obstacles qu'opposent généralement un huis solide et une bonne serrure. Même dans un songe, il est toujours bon de savoir comment s'ouvrent tout à coup les portes qui sont bien fermées.

L'arrivée inopinée du marquis interrompit le cours de ces humouristiques observations.

L'intelligent et sympathique bailli de Corneville dut prendre congé de ses nobles hôtes.

Arrivé devant l'office, il demanda si l'on avait bien porté chez lui le bouquet, cause de tant de trouble et de tant d'inquiétudes.

Il partit, bien décidé à ne souffler mot à personne de ces étranges histoires, tout en se réservant d'agir, dès que le moment propice serait venu.

. . . .

Aussitôt que le marquis eut quitté le boudoir où, sans rien changer à ses habitudes, il était venu saluer simplement la comtesse de Lucenay qu'il n'avait pas encore vue de la matinée, Elisabeth retourna vers la jeune fille.

— Voyons, ma chérie, lui dit-elle brusquement en lui pressant affectueusement les mains, parlons de vous. Je n'oublierai jamais, vous pouvez en être certaine, les égards et les soins que vous m'avez prodigués depuis que je suis ici.

Dès la première fois que je vous ai vue, je me suis sentie poussée vers vous par un attrait irrésistible : votre douceur, votre grâce m'ont tout de suite gagné le cœur. Je pressentais toutes vos qualités avant de les connaître.

Je sais maintenant quel trésor est votre âme, je sais que votre bonté égale votre beauté, votre distinction, votre rang.

Et c'est pourquoi je vous aime infiniment, c'est pourquoi je vous suis dévouée autant qu'à mon propre sang, surtout en ce moment où il me semble que tant de menaces pèsent sur vous, que vous avez besoin de tant de sollicitude, de tant de dévouement.

Hélène tressaillit au mot « menaces », et voulut protester. Madame de Lucenay ne lui en laissa pas le temps et continua :

— Ah ! ne protestez pas... vous ne m'empêcherez pas, ma chérie, permettez-moi le mot, de vous protéger, de vous défendre avec toute l'ardeur et toutes les énergies de mon âme.

— Madame, dit Hélène avec élan, je ne vous empêche pas de m'aimer, car moi aussi je vous aime de tout mon cœur. Mais je ne puis admettre que vous croyiez avoir de l'obligation à mon égard. Moi aussi, depuis longtemps, j'ai été touchée par l'exquise sensibilité que révèlent tous vos gestes, par l'air de noblesse simple et obligeant, souverainement bon, dont est empreinte toute votre personne, par le charme si pénétrant de vos regards et de votre voix.

Quand je vous ai sue seule et souffrante, mon cœur est de lui-même allé vers vous, chère madame. Avais-je à cela le moindre mérite ? Non, sans doute. Mais vous, madame, vous avez eu celui de ne rien laisser paraître de vos souffrances, et, si j'ose l'ajouter, des tristesses et des chagrins qui ne peuvent échapper à la perspicacité de l'amitié, quelque empire que vous exerciez sur vous-même, pour partager mes lectures, mes promenades, mes menus travaux.

Vous m'avez prodigué les marques de l'affection la plus délicate et la plus prévenante.

Soyez bénie, madame, pour tout le bien que vous m'avez fait !

— Vous me comblez, chère enfant, de louanges que je n'ai pas méritées, repartit, profondément émue, la comtesse de Lucenay, qui avait écouté avec ravissement ces paroles pleines d'effusion de la jeune fille.

De ces choses charmantes je ne veux retenir que le don de votre cœur. Et c'est à ce cœur que je fais appel pour me mettre à même de me sacrifier un peu pour vous, comme vous vous êtes beaucoup sacrifiée pour moi.

Voyons, mignonne, entre nous, là, bien franchement, dites-moi, ce grand malaise où je vous ai trouvée, cette nuit, et que rien ne faisait prévoir quand je vous ai quittée deux heures auparavant, n'a pas été sans avoir une cause. Au nom du ciel, dites-moi tout, à moi votre autre vous-même, votre grande sœur, et, en quelque sorte, votre petite mère.

Et avec une caresse suprême dans l'intonation :

— Vous entendez, Hélène, dites-moi tout... Oui, tout !

La jeune fille baissa les yeux et s'efforça manifestement de parler. Mais ce fut en vain. Aucune réponse ne vint à ses lèvres.

— Allons, mon enfant, pourquoi ces hésitations ? pourquoi cette crainte ? N'avez-vous pas pleine confiance en moi ? Croyez-vous que je ne sache pas voir les dangers auxquels vous vous exposez ?

Évidemment, quand vous êtes tombée à la porte de votre chambre, vous veniez d'avoir une grande peur... Ne pouvez-vous m'en dire le motif ?... Quand on le veut, on peut toujours tout dire.

N'ai-je pas moi-même trouvé tout à l'heure le moyen de raconter à M. le bailli de fort étranges choses auxquelles je n'ai prêté la forme du rêve que pour rendre la narration plus facile à moi qui narrais, et moins pénible à entendre aux personnes qui l'écoutaient ? Je lui ai dit que j'avais fait un songe, mais ce soi-disant songe devait vous rappeler la réalité par trop de points pour que vous fussiez dupe un seul instant de cette fiction.

J'ai usé de ce biais parce que je ne voulais pas assumer le ridicule d'une personne qui fabrique des histoires de revenant, et aussi parce que je tenais à donner discrètement l'éveil à la justice.

— C'était vrai... le spectre et le reste ? demanda Hélène.

Madame de Lucenay reprit avec fermeté :

— Mais, chère Hélène, il n'y a rien d'imaginaire dans mon récit, absolument rien. Dieu merci, j'ai été élevée dans des idées et dans des croyances qui exercent et fortifient trop la raison pour ne pas offrir une barrière infranchissable aux chimères de la superstition.

Le spectre qui a frôlé mon lit était bien certainement fait de chair et d'os.

Cette sinistre visite ne m'a pas donné le change : si des esprits de ce genre ont la bouche hermétiquement close, ils ont les yeux bien ouverts... et des yeux jetant un éclat qui permet presque de reconnaître le regard à travers le masque.

Ils ont aussi des mains pour tenir des armes de toute nature et les fausses clefs qui ouvrent devant eux les portes des pièces où ils ont intérêt à pénétrer.

Ils ont aussi de bonnes jambes pour fuir le plus lestement du monde, dès que le but de leur entreprise est atteint ou manqué.

Cet esprit était évidemment un homme ou une femme qui, selon toute vraisemblance, ne venait pas pour la première fois au château de Corneville, et qui en doit connaître parfaitement les êtres, sinon les maîtres.

Je n'ai aucun doute à cet égard. Et je gagerais même, à la souplesse et à l'élégance des mouvements de l'apparition qu'elle n'est autre qu'une femme jeune, charmante et de qualité.

Cette femme jouait une comédie lugubre sans doute, mais qui ne dépasse pas le caractère de certains intermèdes des ballets les plus goûtés de Versailles.

Je ne doute pas davantage que ce ne soit elle qui ait déposé le bouquet que j'ai trouvé dans votre chambre, bouquet assez lourd, croyez-le bien, pour n'être pas l'ombre d'un bouquet. Et il avait été récemment cueilli, aussi vrai que mon fantôme est une personne du meilleur monde, aussi vrai que j'ai trouvé mademoiselle Hélène de Corneville étendue sans mouvement au seuil de sa chambre.

C'est assez vous dire, ma chère enfant, que, dans votre intérêt même vous devez maintenant, en ce qui vous concerne, satisfaire ma bien légitime curiosité.

Hélène de Corneville tenta un effort pour répondre, mais sans pouvoir y parvenir.

Son beau visage s'empourpra, son sein se souleva, et un flot de larmes jaillit de ses yeux.

Pénétrée d'une pitié sans bornes, la comtesse attira doucement la jeune fille à elle, et, l'embrassant maternellement, lui dit en baissant la voix, comme si elle craignait d'être entendue du dehors :

— Ma pauvre Hélène, puisque, décidément, vous ne voulez pas me confier votre secret, je me ferai un scrupule de vous pousser davantage. Du reste, ce serait, à tout prendre, une barbarie inutile de ma part, car ce secret, je le possède, à n'en pas douter...

Hélène tressaillit.

— Comment, madame... articula-t-elle péniblement. Que voulez-vous dire ?

La comtesse répondit avec un sourire plein de bonté :

— Vous m'entendez bien, chère enfant. Je comprends d'ailleurs, votre émotion, qui est fort naturelle. Mais ne craignez rien. Je ne suis redevable de ce secret à aucune divulgation. Non, personne ne me l'a révélé ; je n'ai dû de le connaître qu'aux aveux contenus dans l'attitude de ceux-là mêmes qu'il intéressait le plus fort.

Et comme Hélène, vivement intriguée, levait sur la comtesse des yeux interrogateurs, Mme de Lucenay continua, toujours souriante :

— Ma mignonne, je ne vous ai pas dévoilé toutes les raisons de l'artifice auquel j'ai eu recours pour instruire M. de Préval des événements extraordinaires dont j'ai été témoin cette nuit. J'avais pour agir ainsi, encore un autre motif : il m'a plu de tendre un piège à deux personnes également intéressantes et dignes d'estime, mais aussi je dois bien le dire, toutes deux également étourdies, également imprudentes...

En leur racontant mon soi-disant songe, j'ai, pour leur bien, voulu savoir, par l'impression qu'il pourrait produire sur leur physionomie si franche, si ouverte, ce que je n'aurais jamais osé leur demander. Et je n'ai eu qu'à m'applaudir de mon stratagème : pendant que je parlais, aux endroits qui, d'après mes soupçons, les intéressaient le plus particulièrement toutes deux, ces personnes se sont trahies par un trouble, un embarras, des manières qui attestaient suffisamment combien elles étaient d'intelligence : l'un rougissait tandis que l'autre pâlissait ; tous deux tressaillaient, tous deux baissaient la tête en même temps...

Hélène de Corneville pâlissant et rougissant, baissa encore la tête, renouvelant ainsi son aveu, car elle ne pouvait soutenir le clair regard de la comtesse, qui poursuivit :

— A ma place, un juge enquêteur commis, pour les mêmes faits, à instruire un bel et bon procès de séduction, ne s'y serait pas mépris, et ce qu'il y a de terrible à penser, c'est que ce juge ne se fût, certes, pas montré clément envers l'homme de robe qui eût poussé l'oubli de ses devoirs jusqu'à oser porter ses regards sur la fille de son seigneur !

Et ce même juge eût été, j'en ai bien peur, inflexible pour la fille de grande race, qui, au risque de briser le cœur du plus vénérable des pères et de faire déchoir à jamais le juste orgueil de sa maison, n'eût pas craint de s'écarter du droit chemin, et de se laisser prendre ainsi qu'une servante qu'on abuse au miroir des banales et communes amourettes !

A ces mots, Mlle de Corneville se dressa, comme mue par un ressort, et, en relevant la tête, s'écria fièrement :

— Madame, vous nous adressez un outrage immérité ! M. de Préval est le plus loyal des hommes ! S'il a pour moi une affection que vous avez pu surprendre, il joint à cette affection un respect absolu. Nul n'a plus que lui le souci des grandeurs, et des devoirs de ma race !... nul n'est plus dévoué à l'honneur de ma maison !

— J'en suis persuadée, ma chère enfant ! fit vivement la comtesse. Tout ce que je connais moi-même de M. de Préval m'inspire la plus grande estime. Moi aussi, je suis convaincue que c'est un parfait gentilhomme, incapable d'une vilenie. Mais il n'en est pas moins vrai que vous agissez tous deux comme des écervelés, qui, avec les intentions les plus honnêtes, courent tout simplement à leur perte, et peuvent, d'un moment à l'autre, tomber dans l'abîme que je viens de vous faire entrevoir !... Je vous aime trop, ma chère Hélène, pour ne pas vous crier : « Casse-cou ! » lorsque je vous vois au bord d'un tel précipice !

Et comme Hélène, abattue, écoutait, à présent, avec docilité, la comtesse continua en lui prenant de nouveau les mains, et en les pressant entre les siennes :

— Que serait-il advenu de vous, chère petite, si vous eussiez rencontré, cette nuit, le marquis, votre père, au moment où vous rentriez au château !...

— Oh ! madame, je serais morte de honte et d'épouvante !

— Non, ma chère enfant, vous ne devez pas avoir honte de M. de Préval, mais vous devez redouter plus que tout au monde de vous exposer de nouveau à un semblable péril, pour vous et pour M. de Préval lui-même, envers qui l'opinion serait plus impitoyable encore que le marquis votre père.

Vous quittiez M. Fabrice quand je vous ai vue traverser le jardin. Sans doute vous veniez d'échanger le plus doux et le plus innocent des serments, vous fiant, vraisemblablement, à la bonne étoile qui vous avait protégés jusqu'alors.

— Il est vrai, madame, répondit Hélène avec la fermeté que donne une bonne conscience, M. de Préval et moi nous nous aimons d'un amour qui n'a rien de banal ni de commun. Les banales et communes amours sont bonnes pour les jeunes seigneurs qui se présentent de temps en temps ici, conviés aux fêtes offertes par mon frère.

Ceux-là excellent, j'en conviens, dans tous les divertissements, ils n'ont pas leurs pareils pour donner le ton de la mode et du bel air, pour débiter les sornettes qui font pâmer les oisifs de la cour.

Ils dansent dans la perfection, se griment à merveille, et portent autant de madrigaux logés dans la mémoire que de rubans et d'affiquets cousus à leurs habits.

Mais tous ces êtres brillants, pimpants, dorés, ont un caillou à la place du cœur : leur cœur est aussi dur que leurs manières sont jolies.

M. de Préval, lui, est simple, sans faste, sans morgue, et toujours prêt à compatir aux infortunes d'autrui. Si vous saviez combien il est juste !... combien il est humain !... Un de mes plus grands plaisirs est de le voir, à son insu, rendre la justice. Une besogne aride et ingrate pour tant d'autres lui vaut, chaque fois qu'il s'en acquitte, un concert de bénédictions qui chante plus haut dans mon âme que toutes les fanfares d'orgueil des noms et des titres portés par les plus altières maisons de la terre !...

Il ne troquerait pas contre une couronne comtale la joie intime qu'il éprouve lorsqu'il voit deux adversaires sortir de son tribunal pleinement réconciliés, grâce à ses bienveillants et judicieux conseils.

« J'ai encore fait aujourd'hui, dit-il alors, l'économie d'un jugement ; ma journée n'est pas perdue ! »

— Ah ! le brave homme ! s'exclama la comtesse, admirant, elle aussi.

— Oui, brave homme !... Fabrice peut se piquer de l'être !... Mais c'est aussi un homme brave !... Et l'épée, qu'il a, d'ailleurs, le droit de porter par sa naissance, lui sied aussi bien que le rabat !

On l'a vu, de reste, le jour où il eut à juger le différent d'un paysan de Corneville et d'un grand seigneur de passage, un duc et pair, je crois. Le cocher de ce seigneur avait failli écraser l'enfant du paysan, et comme

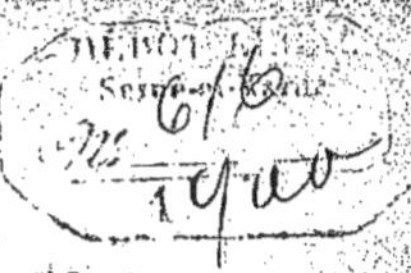

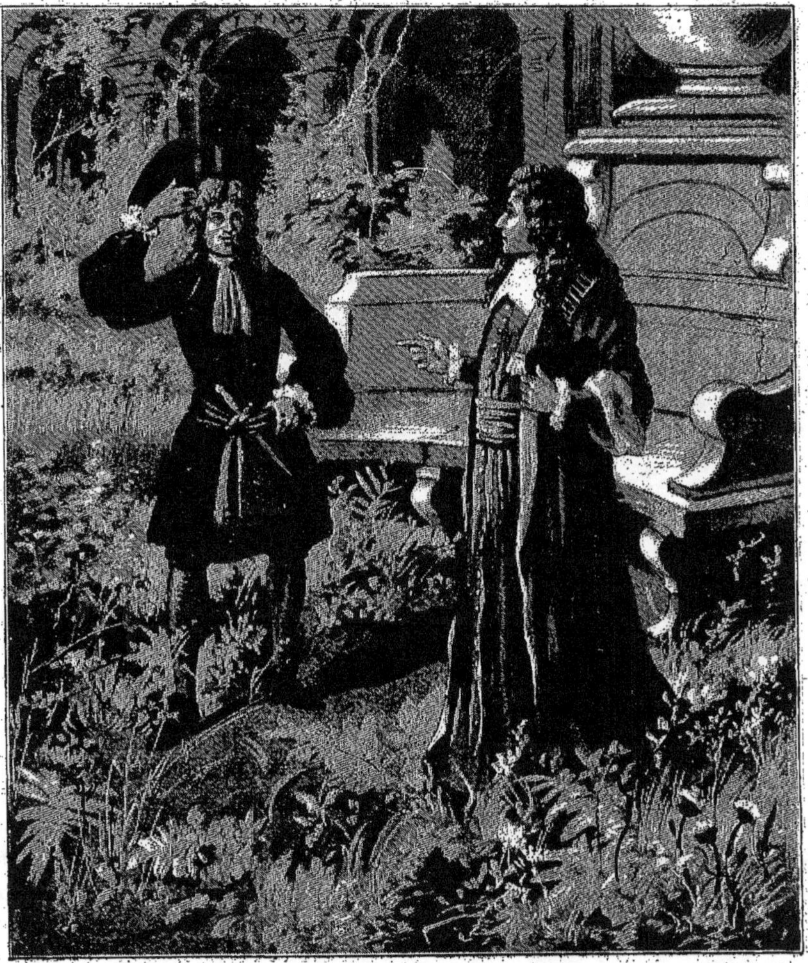

— Bonjour, mon jeune et docte ami... (Page 52.)

celui-ci se récriait, il l'avait cinglé de son fouet, en lui adressant les épi-
thètes les plus injurieuses.

Le maître du cocher avait menacé notre homme d'un terrible châtiment à cause, disait-il, de son insolence. Celui-ci aurait répliqué : « La
justice de Corneville n'est pas comme tant d'autres ! »

M. de Préval jugea en faveur du pauvre homme, malgré le très haut
rang de la partie adverse. A l'issue de l'audience, le personnage de cour

toisa le juge d'un air de hauteur et lui dit, la main sur la garde de son épée : « Il est heureux pour vous, monsieur, que votre qualité de magistrat vous mette à l'abri de... » — « Qu'à cela ne tienne ! interrompit Fabrice, je suis à vos ordres sur-le-champ ! » Ils convinrent de se battre...

Dès que j'appris qu'ils s'étaient éloignés de Corneville, l'épouvante m'envahit !... Il me semblait à chaque instant qu'on allait rapporter M. de Préval sanglant, percé de coups, exhalant, dans un faible souffle, mon nom de ses lèvres livides !...

Bientôt je poussai un cri de joie : je venais de le voir reparaître sur le chemin qui traverse le parc !... Et il était sain et sauf !...

Il avait tenu le duc au bout de son épée et lui avait crié : « Monsieur, je vous laisse la vie. Je souhaite que la leçon vous profite ».

— C'est un véritable chevalier.

— Un Préval a été tué, les armes à la main, devant Antioche !... Un autre a combattu sous les yeux de Lusignan, qui le considérait comme un de ses plus braves chevaliers.

— Je constate avec une vive satisfaction que M. de Préval est digne de vous sous tous les rapports. Certes, en l'épousant, devant Dieu et devant les hommes, vous ne vous mésalliez pas, et je suis d'avis que dès à présent votre devoir à tous deux est bien tracé.

Le vôtre, chère Hélène, est de ne plus jamais quitter seule votre demeure et de fuir, avec le même zèle que vous avez mis peut-être à les rechercher, toutes les occasions qui pourraient vous rapprocher de lui...

Et comme le visage de la jeune fille se contractait douloureusement, la comtesse continua :

— Le devoir de M. de Préval est de demander le plus tôt possible votre main à votre père.

— Mais, madame, protesta avec véhémence Hélène de Corneville, c'est notre arrêt de mort à tous deux que vous prononcez là ! Je connais Fabrice ! Je suis certaine qu'il ne pourrait pas supporter la douleur de ne plus me voir, de ne plus entendre, chaque soir, comme auparavant, ma voix, qui, durant quelques instants, le console et l'encourage !

Je ne saurais, quant à moi, lui infliger un si cruel supplice, surtout sans avoir eu le temps de l'en prévenir !

Et quant à mon père, je tremble à l'idée de lui faire l'aveu que vous m'avez arraché. Fabrice n'est qu'un officier de mon père ; il est de bonne lignée, mais de mince fortune !

— Je vous comprends, Hélène, et je me figure aisément toutes les angoisses que vous pouvez éprouver. Heureusement, je suis là, et je veux votre bonheur. Si vous suivez les conseils que je viens de vous donner, je ferai tout ce qui sera en mon pouvoir pour vous adoucir l'amertume du sacrifice provisoire que je vous impose.

M. de Préval sera par mes soins averti aujourd'hui même que vous êtes décidée à ne plus reparaître, autrement qu'en public, devant lui, jusqu'au jour où il sera autorisé par le marquis lui-même à vous faire sa cour.

Il saura aussi que je me constitue, dès à présent, son alliée, et que je vais me mettre en campagne, dès demain au plus tard, pour triompher des résistances probables de votre père.

— Vous feriez cela, madame !

— Je m'y engage trop spontanément, ce me semble, pour que vous puissiez douter de mon zèle. Et j'ajoute que je compte fermement réussir. Ne m'interrogez pas, je ne vous dirai pas un mot de plus. Mignonne, né pleurez plus, ne tremblez plus. Je réponds de tout. Le reste est mon secret.

VI

L'AMAZONE MYSTÉRIEUSE

Lorsque Fabrice de Préval quitta le château pour retourner au bourg, il longea l'aile droite opposée au donjon et, après avoir contourné le parterre, traversa le jardin potager qui s'étendait jusqu'aux bâtiments de l'abbaye.

Il marchait, la tête basse, le pauvre bailli, et malgré l'impassibilité apparente de son visage, de sombres pensées l'agitaient.

Il commençait à s'apercevoir des imprudences qu'il avait commises et avait fait commettre à sa bien-aimée Hélène.

Il comprenait combien il y avait de distance entre le très petit gentilhomme qu'il était, et la riche demoiselle du lieu.

Il se rendait compte, le malheureux, que c'en était fait des doux entretiens du soir, peut-être même des entrevues de l'après-midi.

En effet, depuis quelques semaines, Hélène trouvait toujours un prétexte pour prolonger, en les dirigeant du côté de l'Abbaye, les promenades qu'expliquait suffisamment le retour de la belle saison associé au besoin de faire de l'exercice, particulièrement recommandé pour sa santé.

Après une excursion sommaire sur les bords de la Rille, c'était toujours vers les ombrages voisins de l'antique monastère que la ramenaient ses pas. C'était là qu'elle venait souvent avec le comte son frère, et régulièrement avec la comtesse de Corneville, qui l'adorait, associer l'admiration des splendeurs de la fin du jour à la méditation des mystères du passé.

C'était là aussi que l'attendait quotidiennement le salut respectueux du jeune bailli, toujours ramené, lui aussi, à la même heure vers le banc de pierre monumental où venaient volontiers s'asseoir les maîtres du château de Corneville, et que les gens du bourg appelaient pour cette raison « le banc du marquis ».

Arrivé devant ce banc, qui évoquait en lui le souvenir de si douces heures, Fabrice s'arrêta un moment.

Il fut tiré de sa rêverie par un pas léger sur le sable, et se retourna brusquement...

Un jeune homme, vêtu d'un costume simple et sombre, qui faisait valoir l'élégance de ses formes, s'avançait rapidement dans sa direction.

Il portait un petit chapeau sans plume et n'avait pas d'épée ; ce n'était donc pas un gentilhomme. Cependant, tout dans son allure dénotait la race, et, malgré la simplicité de sa mise, on ne pouvait le confondre avec les bourgeois aisés du pays.

De taille moyenne, le nouveau venu était admirablement proportionné, depuis son pied cambré et sa jambe fine et nerveuse jusqu'à sa main, blanche, effilée, presque féminine, et son cou gracieusement attaché à des épaules un peu tombantes.

L'ovale allongé de son visage, sa fine moustache blonde et ses beaux cheveux de la même nuance, bouclés, et que ne souillait aucune poudre, étaient bien d'un gentilhomme. Ses grands yeux bleus, qui, d'ordinaire, avaient une expression rêveuse, devenaient étincelants et d'un éclat irrésistible, lorsque, par hasard, la colère s'emparait de lui.

Détail assez curieux : on voyait briller à sa ceinture une fort belle dague dont le pommeau était incrusté d'or ; seuls, les chirurgiens-barbiers avaient le droit de porter cette arme.

— Bonjour, monsieur de Préval, dit le nouvel arrivant en saluant respectueusement le bailli.

— Bonjour, mon jeune et docte ami, répondit affectueusement le magistrat, vous venez du château ?

— Oui, je viens de chez M. le marquis, répondit le jeune homme.

Une lueur passa dans l'œil de Fabrice, et, brusquement, il demanda :

— Cyprien, vous avez été appelé par M. de Corneville ?

Le jeune homme se troubla sous le regard inquisiteur du bailli et balbutia :

— Oui, je suis venu... il m'a fait appeler pour lui faire la barbe.

— Mon enfant, reprit M. de Préval, le comte ne se fait faire la barbe que tous les deux jours, et vous la lui avez faite hier...

— Mais cependant...

— Inutile de mentir, Cyprien, et quoique le marquis vous ait fait jurer de ne rien dire, vous devez parler au magistrat, qui vous délie de votre serment.

— Comment savez-vous... fit naïvement le jeune homme.

— Un bailli doit tout savoir. C'est pourquoi je vous interroge... Vous avez été appelé pour panser une blessure que le marquis s'est faite... ou a reçue cette nuit, et qu'il veut tenir secrète... De quelle nature était cette blessure ?

Le jeune homme, dominé, répondit :

— C'est un coup de poignard à la poitrine. Le marquis m'a affirmé qu'il s'était blessé en voulant décrocher une arme d'une panoplie...

— La blessure était-elle sérieuse ?

— Non, la lame avait entamé les chairs obliquement à l'épaule et a fait une longue estafilade... Chez un jeune homme, la blessure serait même insignifiante, mais le marquis est âgé, et comme l'hémorragie a été abondante, il est affaibli et aura besoin de plusieurs jours pour se remettre.

Le bailli réfléchit un instant, puis :

— Cyprien, vous ne m'avez rien dit et je ne vous ai rien demandé... Maintenant autre chose : croyez-vous qu'on puisse répandre dans un bouquet des parfums qui seraient si pernicieux qu'ils pourraient provoquer le sommeil ?

— Et même la mort, acheva froidement le chirurgien-barbier. Certes, cela est possible et même très à la mode à Paris. Si j'en crois ce que m'écrit mon ancien professeur, maître Nicolas Lémery, chimiste dans cette ville, professant en l'hôtel de Condé, et un des plus grands savants du royaume.

— Pouvez-vous analyser ce poison ?

— Non, je ne suis qu'un pauvre barbier, un peu connaisseur, j'ose le dire, en matière de simples et de médecine courante, mais je n'ai pas dans mon laboratoire les instruments nécessaires à une aussi délicate recherche. Si vous avez une telle analyse à faire, il faudrait vous adresser à maître Lémery en personne.

— C'est bien, je vous remercie, fit M. de Préval, et je vais faire préparer une petite caisse que vous serez bien aimable d'expédier à votre éminent ami.

— Ce sera fait dès que vous le désirerez.

— Vous l'aviserez que c'est par mandat du bailli de Corneville, agissant comme magistrat criminel, qu'il recevra un bouquet à analyser.

Cyprien ouvrit de grands yeux, et fut frappé de l'air grave du bailli, mais il n'osa l'interroger.

— Je vais au bourg, et je m'y tiens à votre disposition, déclara le jeune barbier en s'éloignant.

Il avait à peine disparu, lorsqu'un moine déboucha de l'allée conduisant à la grande entrée de l'Abbaye.

C'était un beau type de religieux arrivé à cette époque de la vie où les cheveux commencent à grisonner, et les traits à s'accentuer, sans que le corps donne des signes de décrépitude.

Avec sa longue barbe ombrageant sa poitrine, avec sa stature d'athlète, dom Martin, prieur des Augustins de Corneville, représentait encore dignement cette illustre Confrérie, presque disparue à l'époque de notre récit, puisqu'il n'y avait plus que trois moines errant dans le vieux cloître.

Le Père Martin s'avançait gravement, les deux mains dans les manches de son ample vêtement, le capuchon rejeté en arrière découvrant sa tête tonsurée et son front intelligent.

— Bonjour, mon père, dit le bailli en s'inclinant respectueusement.

— Bonjour, mon enfant, répondit le digne prieur en adressant au jeune homme un sourire affectueux.

— Vous allez faire une petite promenade ? risqua le bailli, cachant sous cette phrase une interrogation.

— Non, mon enfant, répondit naïvement le bon moine ; je vais voir le marquis, qui m'a fait demander, et qui veut, paraît-il, se confesser.

Le bailli tressaillit et dissimula son émotion.

Ayant salué le digne prieur, il s'éloigna rapidement dans la direction du village.

Tout en marchant, il se livrait à toutes sortes de réflexions, qu'il émettait par moments presque à haute voix, tant sa préoccupation était vive.

— Oui, il se passe des choses étranges au château ! murmura-t-il ; on y place des bouquets empoisonnés, et l'on y poignarde le maître du lieu !... La blessure du marquis n'est pas grave, dit Cyprien... Qu'a-t-il donc vu et entendu cette nuit pour envoyer chercher son confesseur hors les époques de la sainte communion ?...

Et, de plus en plus préoccupé, le bailli regagna sa demeure. S'il s'était attardé quelques instants de plus aux abords de l'Abbaye, il eût aperçu un spectacle qui eût peut-être dissipé les sombres nuages dont était voilé son front : deux adorables femmes s'avançaient lentement, se tenant enlacées ; l'une était la blonde et vive comtesse de Lucenay ; l'autre la brune et mélancolique Hélène de Corneville.

Le couple charmant se rendait au « banc du marquis », situé au pied d'un énorme poirier, non pas une de ces quenouilles porte-fruits qu'on voit dans les jardins, mais un de ces poiriers normands gros et grands comme des chênes, et qui donnent à profusion de petites poires avec lesquelles on fait un cidre délicieux.

Ce poirier, qu'on appelait le « Poirier des Moines », était célèbre dans le pays tant par la dimension de ses branchages que par la qualité de son poiré, mais la foudre l'avait étêté quelque quinze ans auparavant, et il se mourait peu à peu. Le tronc s'évidait considérablement, et le nombre des branches mortes augmentait chaque année.

Une seule branche encore puissante se dressait vers l'Abbaye; et poussait ses ramifications jusqu'au massif de maçonneries ajourées qui servait de clocher au couvent des Augustins et qui abritait les cloches — les fameuses Cloches de Corneville.

C'est donc à l'ombre du feuillage de ce vieux poirier que s'assirent les deux jeunes femmes.

— Ma chère Hélène, disait madame de Lucenay, que je suis heureuse d'être ici !

— Vous ne regrettez pas le château de Lucenay ? fit la jeune fille.

— C'est mal, n'est-ce pas, de se trouver heureuse loin de son mari ?... repartit la comtesse. Eh bien, il faut que je vous l'avoue, j'ai une sérieuse affection pour lui, mais son caractère sombre, la sécheresse de son cœur, la sévérité de son visage me glacent et m'attristent... Depuis la fatale mesure prise par S. M., depuis la révocation de l'édit du bon roi Henri qui nous donnait à nous autres protestants la tranquillité et la paix, l'humeur de mon mari s'est encore assombrie... Nous ne sommes plus en sécurité.

— Comment, vous croyez...

— Oui, nous avons des nouvelles de nos frères du Midi : les persécutions sont entreprises contre eux; et bientôt peut-être y serons-nous compris nous-mêmes.

— Oh ! vous savez bien que mon père et tous nos amis, qui sont aussi les vôtres, ne feront rien contre vous !

— Certes, ma bonne Hélène, je sais bien que le Révérend Martin lui-même, tout en me déclarant, chaque fois qu'il me rencontre, que je serai vouée aux flammes de l'Enfer, ferait tous ses efforts pour me sauver si, par hasard, je tombais dans la Rille; mais des ordres peuvent venir de Versailles, et le roi a toujours soin d'envoyer des commissaires pour les exécuter, craignant que l'amitié ne l'emporte chez les autorités locales sur la passion religieuse.

— C'est bien affreux, ces luttes religieuses ! fit tristement la douce Hélène.

— Mon mari, reprit la pauvre comtesse, a été très affecté par ce malheur, et son long voyage en Angleterre et aux Pays-Bas m'inquiète... J'ai peur qu'il ne se compromette dans quelque complot, mais, d'autre part, je suis si heureuse de pouvoir vivre ainsi auprès de vous que je ne sais si je dois m'attrister ou me réjouir, alors que l'absence de Gaston me rend libre...

Hélène embrassa tendrement l'infortunée jeune femme, et, pour la détourner de ses idées mélancoliques, lui dit :

— Vous ne croyez pas aux miracles, vous autres protestants ?

— Cela dépend.

— Connaissez-vous la légende de nos cloches ?

— Non. Oh ! contez-moi cela, j'adore les légendes.

Hélène, heureuse d'amuser son amie, commença :

— L'Abbaye, dont vous voyez ce qui reste, a jeté autrefois un vif éclat qui l'a rendue longtemps célèbre dans toute la Normandie ; son histoire fut toujours intimement liée à celle des sires de Corneville.

En effet, le fondateur du couvent des Augustins fut un cadet de Corneville, Gontran, qui, entré de bonne heure dans les ordres, avait fait un pèlerinage aux Lieux Saints ; et, de retour dans le pays, il voulut fonder une abbaye près du château de son frère aîné.

— Voilà, chère Elisabeth, pour l'origine de l'Abbaye.

La légende est curieuse. Vous voyez bien, là-haut, cette sorte de pierre qui contient les cloches ?

— Oui, ce court clocher est d'une forme bien ancienne !

— Eh bien, il contient douze cloches, autant qu'il y eut d'apôtres ; elles sont d'un métal curieux, et dont la formule n'est plus connue, ce qui fait l'étrangeté de leurs sons ; de plus, chacune représente une note, de telle sorte qu'elles puissent accompagner le plain-chant des moines et jouer des airs variés.

— Mais on ne les entend jamais ! s'écria madame de Lucenay.

— Ah ! voilà où commence le mystère ! fit Hélène en souriant ; elles ne chantent que quand elles veulent !

— Comment cela ?

— Oui, personne ne peut les faire sonner, car pour parvenir au clocher, il faut y grimper avec des échelles que l'on applique en dehors, et comme la tour est haute, l'opération nécessite beaucoup d'hommes, beaucoup d'échelles, et présente naturellement beaucoup de danger.

— Eh bien, mais... et l'escalier ?

— Il n'y en a pas, et il n'y en a jamais eu, car on n'en trouve aucune trace. Au-dessous du clocher, il y a la voûte de la chapelle, et il n'y a pas même de trous dans cette voûte pour laisser pendre les cordes des cloches.

— Alors on ne les entend jamais ?

— Si, parfois ces cloches sonnent seules.

Et, malgré elle, Hélène devint rêveuse et baissa la voix :

— Eh bien, Gaspard, demanda-t-elle d'une voix harmonieuse... (Page 60.)

— Elles sonnent, murmura-t-elle, toutes les fois qu'un grand événement survient dans la famille de Corneville ou dans l'État... et cela sans qu'aucune force humaine les mette en branle !

Madame de Lucenay, malgré son esprit fort, resta un moment silencieuse, puis elle repartit :

— Comment expliquer une pareille chose ?

— C'est ici que se place la légende : on prétend que le saint homme qui construisit l'Abbaye, Gontran de Corneville, avait voulu lui-même faire les plans et diriger les travaux de l'importante construction.

Durant de longues années, les travaux se poursuivirent, tandis que dom Gontran passait ses jours dans la prière et dans l'exercice de la charité.

Tout le monde admirait son travail ; un vilain moine seul raillait la sévère architecture de Gontran.

Pendant que de hauts échafaudages entouraient le clocher, on profita des treuils pour hisser les cloches et les mettre en place. Puis, un beau jour, après vingt longues années de travail, on abattit les échafaudages.

L'archevêque de Rouen vint en grande pompe consacrer la chapelle et les bâtiments, et résolut d'y célébrer la première messe.

L'autel resplendissait de lumière. Une foule énorme de fidèles se pressait dans la chapelle, et le chœur était occupé par les moines, tous recueillis et émus, sauf un à la figure inquiétante, celui-là même qui avait jadis plaisanté le digne abbé.

Cet affreux moine tout bossu, tout contrefait, ricanait d'une manière indécente, et murmurait :

— Cela va être bien amusant tout à l'heure !

Au moment où l'évêque allait quitter le cloître pour se rendre à la chapelle, le bon père Gontran donna l'ordre au frère sonneur de monter sonner la messe.

— Je viens d'arriver, et je ne sais pas où est l'escalier du clocher, dit le frère sonneur.

— L'escalier... du clocher... murmura le Révérend Gontran, interrompant son chapelet... mais l'escalier... je... Ah ! mon Dieu, protégez-moi !... Qu'ai-je fait ?... j'ai oublié dans mes plans de mettre un escalier pour monter au clocher !...

Ce fut un désastre !...

On ne pouvait songer à construire des échafaudages pour monter au clocher ; ce serait trop long, et avant qu'on eût trouvé et installé des échelles, la nuit serait venue.

Monseigneur l'archevêque de Rouen était furieux, et dans un coin le vilain moine riait... mais riait aux éclats !...

Il prit à part le digne abbé, et lui dit quelques mots à voix basse.

Ces mots que personne n'entendit firent bondir le vieux Gontran, qui se signa avec épouvante.

Puis, après avoir réfléchi un instant, il se tourna vers l'archevêque.

— Monseigneur, dit-il, Dieu me punit... J'ai péché par orgueil, j'ai voulu continuer seul ce monument à la gloire de Dieu, et j'ai dû avoir des arrière-pensées de vanité en laissant le souvenir de la périssable

créature que je suis... Cette aberration est le châtiment...Je renonce à,
mon titre de prieur abbé des Augustins, je jette à vos pieds ma mitre,
mes insignes, ma crosse, je vais revêtir la robe de bure des frères quêteurs, et je finirai ma vie en mendiant sur la grande route.

Tout en parlant, Gontran jetait à terre ses ornements sacerdotaux. Mais
soudain un murmure argentin et sonore s'élève, se répand dans l'espace,
des sons harmonieux courent dans les galeries du cloître, vibrent dans
les corridors, emplissent le vaisseau de la grande chapelle, puis les voix
montent, enflent, s'étendent sur la campagne, parviennent jusqu'aux
villages, portant aux oreilles de leurs habitants une hymne d'allégresse!... Ce sont Elles!... ce sont les Cloches de l'abbaye de Corneville
qui lancent leurs douze notes à toutes volées, balancées par une main
invisible... par la main de Dieu!...

On crie au miracle!... La foule se prosterne tandis que l'archevêque
lui-même revêt l'abbé de ses ornements sacerdotaux et le conduit à l'autel, après s'être incliné devant le saint homme en faveur de qui Dieu faisait le miracle.

Quant au vilain moine bossu, il avait cessé de rire au premier coup
de cloche, et tout à coup il disparaissait en laissant derrière lui un petit
nuage de fumée qui sentait le soufre!...

Le saint père Gontran raconta plus tard que ce moine lui avait dit tout
bas d'invoquer le diable, qui seul serait capable d'élever un escalier en
quelques minutes et de le sauver ainsi de l'humiliation.

Voilà, ma chère Elisabeth, conclut Hélène, la légende des Cloches de
Corneville.

— Elle est fort touchante, et voyez comme je suis curieuse : je meurs
d'envie de voir de près ces fameuses cloches!

— Hélas! il n'y a pas d'autre moyen d'y monter que d'avoir des ailes!

La conversation des deux jeunes femmes continua sur ce ton enjoué,
et la pauvre petite comtesse oubliait ainsi les heures sombres de la
vie, sans se douter que l'avenir lui réservait des heures plus cruelles
encore...

Jean Gaspard, une fois les maîtres du château réveillés, avait vaqué à
ses diverses occupations.

Dès que son travail quotidien fut achevé, il signifia que lui aussi allait
pêcher, et que ce ne serait pas seulement Gervais qui se servirait de son
épervier.

L'ayant chargé sur son épaule, il se dirigea à travers champs du côté
de la Rille, mais quand il fut sur les bords de la jolie rivière, il passa
indifférent près des endroits les plus poissonneux, et alla se poster près
du gué...

Là, il attendit, et quand aucune silhouette de campagnard ne fût plus en vue, il disparut dans un buisson épais. Décidément, maître Jean Gaspard, fermier du domaine de Corneville, avait une drôle de manière de pêcher !...

Après une assez longue attente, le galop d'un cheval se fit entendre ; le bruit provenait du chemin aboutissant au gué sur l'autre rive de la Rille.

Bientôt une femme montée sur une superbe jument normande parut au bord de l'eau. C'était évidemment une dame de qualité : tout l'indiquait, depuis son vaste feutre noir à plumes blanches jusqu'à l'éperon d'or qui était fixé à sa mignonne botte de peau de chevreau. Elle était vêtue d'une jupe et d'un corsage de velours vert à broderies d'or d'une grande élégance, moulant des formes séduisantes.

Mince, élancée, la jeune femme avait une grâce ondulante et presque féline où s'alliait la souplesse à la vigueur.

Elle maniait sa jument, bête ardente et vigoureuse, avec une sûreté d'amazone consommée.

Après avoir jeté un coup d'œil autour d'elle, la belle dame porta un petit sifflet à ses lèvres.

Au son strident de cet instrument, Jean Gaspard sortit de son buisson, et s'avança jusqu'à la rivière.

D'un bond, l'amazone lança le noble animal dans le courant et lui fit traverser le gué, puis s'arrêta net auprès de Gaspard, qui la salua respectueusement.

C'était une bien jolie personne, mais cependant ses traits exprimaient on ne sait quoi d'inquiétant avec ses épais sourcils noirs, ses yeux splendides brûlant d'un feu intense dans un visage d'une pâleur mate ; il y avait dans la beauté de cette femme quelque chose de sinistre, et, pour dire franchement le mot, de mauvais...

— Eh bien, Gaspard, demanda-t-elle d'une voix harmonieuse, qu'y a-t-il de nouveau ?

— Pas grand'chose, noble dame.

— Il me faut ce bouquet ! déclara-t-elle avec une expression de volonté absolue.

— Impossible, madame la marquise, répliqua le fermier en fronçant le sourcil.

— Pourquoi cela est-il impossible ? interrogea-t-elle.

— Parce que M. de Préval l'a fait porter chez lui, précieusement enveloppé.

— Diable ! s'écria la marquise ; c'est grave !... J'aviserai... j'irai voir M. de Préval. Vous n'avez pas autre chose à me dire ?

— Non, madame la marquise.

— Eh bien, je vous appellerai dès que j'aurai besoin de vous.

Et, enlevant son cheval, l'amazone repassa le gué et disparut.

Jean Gaspard reprit son épervier dans le buisson, mais comme il était sec, il jugea bon de le mouiller. Il le lança, à cet effet, au hasard dans la Rille... et ramena une carpe de cinq à six livres qui dormait au soleil un peu auparavant.

— Allons, murmura-t-il en riant, on ne dira pas que j'ai été à un rendez-vous d'affaires, au lieu de pêcher, et Gervais fera une drôle de tête, lui qui s'est donné tant de peine pour ne rien prendre !...

VII

LES LUCENAY

Rien n'était plus touchant que l'affection d'Hélène de Corneville pour sa charmante compagne, la comtesse de Lucenay ; elle ne connaissait celle-ci que depuis deux ans, mais elle en avait fait tout de suite sa meilleure amie, et comme les deux châteaux de Lucenay et de Corneville n'étaient distants que de quatre lieues l'un de l'autre, qu'en outre Pont-Audemer était situé entre eux, comme pour leur servir de trait d'union, les relations étaient devenues fréquentes.

Elisabeth était née en Hollande, et c'est là que le comte l'avait connue et épousée.

M. de Lucenay appartenait à une grande et noble famille, dont il était le dernier représentant, tout au moins pour une branche.

Le premier des Lucenay faisait partie de la croisade d'Égypte entreprise par le plus pieux des rois au cours de l'an de grâce 1248.

En arrivant, un an après, devant Damiette, il n'avait pas pris le temps d'aborder et s'était jeté à la mer en même temps que Louis IX, aux côtés duquel il se tenait.

Un autre Lucenay s'était signalé, en 1364, à Cocherel, dans le terrible combat livré par le fameux Du Guesclin au redoutable captal de Buch, Jean de Gailly, marchant à la tête des Navarrais.

Le sire de Lucenay avait couru sus au captal et l'avait abattu sanglant d'un coup de sa hache d'armes, puis sans broncher, malgré le retour offensif d'un gros de combattants portant la bannière de ce chef, il lui avait crié :

« Captal, rends-toi, ou je te tue ! »

Et le Navarrais s'était rendu, et ses guerriers, à la vue d'une poignée de Français qui étaient accourus à la rescousse, avaient pris la fuite.

Sur la demande de Du Guesclin, qui avait exalté la valeur de ce Luce-nay, Charles V avait érigé la baronnie de ce nom en comté.

Tous les membres de cette maison se distinguèrent tour à tour dans la carrière des armes, soit comme vassaux du roi, conduisant librement leur ban à la guerre, soit comme officiers investis de hauts commandements dans l'armée régulière qui avait succédé aux compagnies levées par les possesseurs de fiefs.

C'était une lignée de cœurs audacieux, dont la fougue avait trop souvent dégénéré en violence.

Scipion de Lucenay, esprit exalté, mystique, s'était lié, dans un voyage qu'il avait fait à Genève, en 1546, avec Jean Calvin et avait assi-dûment fréquenté l'académie fondée par le « Réformateur ». Il avait bientôt abjuré le catholicisme, et fait souche de fervents huguenots.

En 1569, son fils Roger avait combattu à Moncontour aux côtés de Coligny, et avait été blessé d'un coup d'arquebuse au fort de la mêlée.

Trois ans après, à la Saint-Barthélemy, le même seigneur partageait le sort tragique de l'Amiral.

Gaston-Frédéric de Lucenay, le représentant actuel de cette âpre race avait servi, fort jeune, avec honneur, dans la marine en qualité d'en-seigne de vaisseau.

A vingt ans, il suivait le comte de Navailles et le duc de Beaufort à Candie dans l'expédition contre les Turcs, expédition entreprise par Louis XIV pour secourir les Vénitiens.

Il se faisait aussitôt remarquer par de véritables prouesses accomplies à bord de la *Sémillante*, corvette dont le commandement lui avait été confié.

Mais quand il vit Candie aux mains des ennemis de la Chrétienté, il se sentit envahi par un dégoût insurmontable, qui l'amena bientôt à quitter le service et à rentrer dans ses terres.

Brave, énergique à l'égal de ses ancêtres, il était aussi comme eux, violent, irascible. Capable de concevoir de grands desseins, il ne pouvait oublier ce qu'il considérait comme une injure, et prenait volontiers des résolutions extrêmes, qu'il mettait aussitôt à exécution sans se préoccu-per des conséquences. Il ne supportait aucune contrainte, aucun blâme, aucun reproche ; il allait où la passion le poussait. Il était sans cesse, en quelque sorte, la proie d'une fougue qui s'excitait d'elle-même.

Il avait eu trois duels… il avait tué ses trois adversaires qu'il avait mis littéralement dans l'impossibilité de se défendre par la soudaineté et la furie de ses attaques.

La vue du sang l'enivrait !… Il avait des instincts de fauve.

Voilà pour le moral.

Voici pour le physique :

Grand, mince, les cheveux d'un noir de jais ; des sourcils fortement arqués ; des yeux d'un bleu sombre avec des reflets métalliques, un teint bruni par le hâle des océans, par les chasses fréquentes, les courses à cheval, la vie libre au grand air, la seule que pût comprendre cette nature indomptable et indomptée.

Ses lèvres fines, surmontées d'une moustache épaisse démasquaient, en s'écartant, des dents blanches et longues, faisant penser à celles d'un loup.

Son menton pointu allongeait l'ovale de son visage, déjà accentué.

L'ensemble de sa physionomie était certes, celui d'un homme de race... mais de la race du brigand des airs dont il rappelait le bec crochu par son nez énergiquement aquilin, à la courbure heurtée, saillante.

Quiconque voyait pour la première fois ce profil irrégulier, empreint de caractère, farouche, se détournait comme devant un être qu'on redoute instinctivement, et qu'on fuit, mais ses traits durement accusés, souverainement expressifs, se gravaient à jamais dans la mémoire quand on l'avait regardé un instant seulement.

Il n'était pas de son siècle, il ne s'y sentait pas à l'aise et son imagination ardente, enflammée le transportait souvent d'un coup d'aile au temps où ses impétueux aïeux s'élançaient du fond de leur superbe manoir sur leurs coursiers bardés de fer, à la tête de leurs hommes d'armes, pour aller promener la terreur dans le plat pays, ou pour tenter, sous une grêle de projectiles meurtriers, l'assaut d'un formidable donjon !

Il y avait comme une harmonie préétablie et bien manifeste entre cet homme altier, sombre de visage, aux allures énergiques, et la demeure de Lucenay qui était restée toute féodale, sans l'ombre d'un rajeunissement ou d'un adoucissement dans l'aspect.

Toujours restauré avec soin, le château de Lucenay représentait dans toute sa pureté le manoir primitif. Perché sur une éminence il montrait de loin sa tour sévère du plein Moyen-Age dominant et inspectant d'un côté toute la vallée de la Rille en aval de Pont-Audemer, et de l'autre la route de Honfleur.

De près on pouvait constater qu'il avait conservé tous ses défenses ; il ne lui manquait ni une courtine ni une poterne, et quand on avait franchi le pont-levis, relevé chaque jour une heure avant le coucher du soleil, on se trouvait devant un porche surmonté des armoiries de Lucenay, un lion regardant le soleil avec la devise *Fortiter et semper* (bravement et toujours) donnant accès à un large et profond vestibule, qui apparaissait comme écrasé par le surbaissement défiant de sa voûte, et qu'on devait traverser avant de pénétrer dans la cour, où se trouvait le logis seigneurial paré des grâces austères de l'art gothique.

Là, Coligny avait trouvé à plusieurs reprises le gîte ami et sûr. Depuis lors, les Lucenay, de père en fils, montraient avec un orgueil ému à tous leurs hôtes, comme la pièce d'honneur de leur maison, la chambre de l'Amiral rehaussée et comme pavoisée d'un imposant portrait en pied du grand chef huguenot, attribué à François Clouet.

Dans un voyage aux Pays-Bas, où l'avaient déjà plusieurs fois conduit des préoccupations d'un ordre politique et religieux, le comte Gaston Frédéric avait remarqué la beauté toute gracieuse et le grand air d'une jeune fille autour de laquelle tous les hommages se pressaient.

Et, lui aussi, subissant cette attraction quasi-magnétique, il avait admiré la noble créature, qui n'avait pas été sans être frappée de cette haute mine, si différente des figures de son entourage, plus ou moins fades.

A leur première rencontre, il dut comprendre le beau regard de vierge posé sur lui, le regard clair et droit exprimant toutes les confiances et toutes les ingénuités de l'enfant pure et décidée, qui lui disait : « Si je dois un jour enchaîner ma vie, je sens que je ne pourrai rencontrer un protecteur plus fier, avec un cœur d'époux plus haut et plus fort. »

Quelques instants après, le comte apprenait que celle qu'il aimait déjà était la fille du comte de Ravenstein, qu'elle était née en Hollande, à la Haye. Son aïeul Philippe de Ravenstein, avait pris part à la bataille de Guinegate et à la campagne du Luxembourg.

Élisabeth de Ravenstein avait une fortune digne de sa naissance, mais, — on doit le dire à l'honneur du comte de Lucenay, — il n'était pas de ceux qui mêlent le calcul aux élans du cœur.

Toute spontanée fut l'inclination à laquelle il céda, et bientôt il ne put maîtriser le sentiment qui l'avait envahi.

Il sentit le besoin de lier son existence à la sienne.

Elle aurait trouvé doux de le voir toujours, de ne plus le quitter.

Lorsqu'il s'éloigna, elle lui dit, non sans hésiter : « Adieu ».

Mais lui, à qui l'intonation n'avait pas échappé, se chargea de traduire la pensée véritable qu'elle n'osait énoncer, en appuyant intentionnellement sur ces deux mots hardiment articulés : « Au re-voir ! »

De retour en Normandie, il oublia momentanément l'état bien grave des affaires qui avaient motivé son voyage pour ne plus songer qu'à la ravissante personne dont l'image le poursuivait sans cesse.

Il ne tarda pas à repartir pour La Haye.

Le comte de Ravenstein le reçut fort honorablement.

Des rapports affectueux s'établirent rapidement entre ces deux hommes d'une même religion, d'éducation semblable, de mêmes goûts, professant en toute chose les mêmes principes.

Lorsque le comte de Lucenay demanda officiellement en mariage la

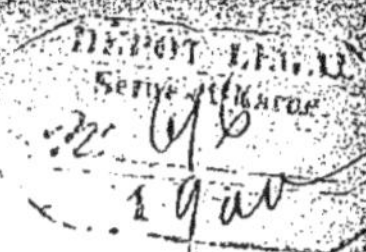

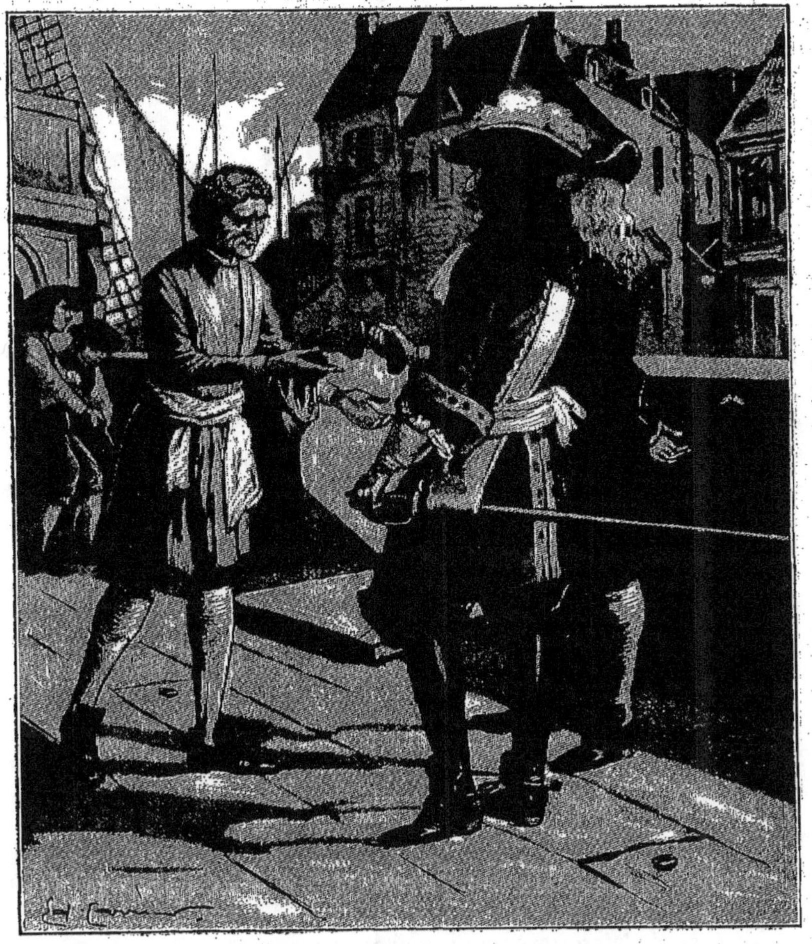

Et il tendit deux mains tannées... (Page 72.)

main de leur fille, le comte et la comtesse de Ravenstein, qui semblaient n'attendre que cette démarche, l'accueillirent avec empressement.

L'union se célébra avec une grande pompe.

L'antique écusson des Ravenstein, brodé en or sur fond de velours à côté de celui des Lucenay, éclatait sur les murs du temple, où se trouvait réunie la plus haute noblesse protestante de la cité...

Eperdument épris de sa femme, le comte lui avait voué un culte passionné qui dépassait la mesure des affections ordinaires et qui, par sa violence même, aurait effrayé une personne plus expérimentée que la tendre Élisabeth, heureuse d'un tel amour.

La lune de miel avait été longue...

VIII

LE MAGOT DE JEAN GASPARD

Un jour vers la fin de septembre 1685, le comte, après un entretien des plus affectueux, avait annoncé à sa femme qu'il partait le lendemain pour un voyage d'un mois... peut-être plus. Surprise autant que marrie, Élisabeth n'avait osé cependant interroger son époux sur le motif de ce voyage, tant lui imposèrent la décision et la réserve du comte.

Le lendemain, avant l'aube, M. de Lucenay avait fait seller le meilleur cheval de ses écuries, défendant au palefrenier de réveiller les gens du château.

Revêtu d'un costume des plus simples, il n'emportait qu'un léger bagage.

Quelques instants après, il s'était éloigné dans la direction du Nord...

Il eut bientôt fait de traverser la région boisée qui s'étend jusqu'à Foulbec, où un pont est jeté sur la Rille. Il passa ce pont, et, tournant vers l'Ouest, gagna le bois Armel, dont les taillis se prolongent en un long demi-cercle tout autour du Marais-Vernier.

Pendant deux petites heures environ, il chemina sous le rideau de verdure qui aboutit au promontoire dominant la Seine vers le grand Saint-Aubin.

Après avoir laissé reposer sa jument pendant quelques minutes sous les derniers bouquets d'arbres, il lui fit sentir de nouveau l'éperon, et fut, en suivant le fleuve, porté d'une foulée sous les murs de Quillebœuf.

Quillebœuf était à cause de la proximité de la mer, en même temps qu'un port de commerce très fréquenté, un point stratégique de la plus haute importance commandant directement Rouen et tout le bas du fleuve.

Le mystérieux cavalier entra rapidement dans la ville, suivit plusieurs rues assez tortueuses, et déboucha sur le quai.

Alors il promena ses regards autour de lui, et presque aussitôt, il parut vivement satisfait, en voyant amarré, à peu de distance de l'endroit où il se trouvait, un brick portant à sa corne d'artimon le pavillon hollandais, bien reconnaissable à ses trois couleurs horizontales, et dont la rouge forme la bande supérieure, la blanche, la mitoyenne ; la bleue, l'inférieure.

Le comte s'arrêta en face du navire, qui se présentait alors par le travers, parallèlement au quai, et lut en haut de la coque, sous le beaupré, le nom RUYTER, qui glorifiait orgueilleusement, sinon insolemment, dans les eaux françaises, le grand marin, ennemi implacable de notre pavillon, que seul avait pu vaincre notre admirable Duquesne.

Il parut échanger un coup d'œil d'intelligence avec le commandant du bord, qui se tenait debout sur le tillac, et qui était vêtu d'un uniforme moitié civil, moitié militaire, comme tout officier de marine marchande, appartenant à une grande compagnie.

Peu après, le *Ruyter* se reliait au quai par une forte et large planche affectée à cet usage.

Le comte de Lucenay mit pied à terre et gravit le pont improvisé, tandis qu'un matelot, muni sans doute d'instructions préalables, prenait les rênes du cheval et le conduisait dans une ruelle du port, où attendait un paysan qui emmena la bête.

Le capitaine s'inclina devant le comte comme devant une personne de distinction signalée à sa déférence, et s'entretint brièvement avec lui.

Lucenay se préparait à descendre dans sa cabine, quand il aperçut sur le pont un homme très simplement vêtu, qui allait poser le pied sur la planche conduisant au quai, mais qui s'était subitement arrêté, et le considérait avec une attention mêlée d'étonnement.

Cet homme pouvait avoir de trente-huit à quarante ans, possédait un nez mince et long, des yeux petits et vifs, enfoncés dans leurs orbites, des sourcils broussailleux, un teint presque bilieux, avec une chevelure rousse, épaisse comme une toison de mérinos.

Il était long, osseux, sec... A mesure que ce personnage, au physique peu attrayant, dévisageait Lucenay, la physionomie de celui-ci se rembrunissait.

Bientôt, son mécontentement devint manifeste.

— La peste soit de l'importun ! grommela-t-il entre ses dents. Voilà une figure de connaissance, si je ne me trompe !... On dirait un gars de Corneville !

Mais « la figure de connaissance » s'était approchée du comte, au point de l'empêcher d'esquiver un entretien, dans le cas où il aurait eu cette intention.

— Pardon, monseigneur, articula humblement l'homme en se courbant bas et en faisant rouler son bonnet de laine brune entre ses mains, tandis qu'il imprimait dans sa bouche le même mouvement de rotation à un objet familier qui ne pouvait être qu'une... *chique*, je ne crois pas me tromper, c'est bien à monsieur le comte de Lucenay que j'ai l'honneur de m'adresser?

— Tu l'as dit, fit le gentilhomme, qui rasséréné sans doute par une pensée subite, était devenu presque souriant. Je crois bien, moi aussi, que nous nous sommes déjà vus quelque part.

— En effet, monseigneur, j'ai servi sous vos ordres, sur *la Sémillante*, cette belle goélette qui...

— Ton nom? interrompit Gaston.

— Jean Gaspard, le cuisinier du bord.

— C'est bien cela!... J'y suis! repartit le comte. Mais bien des années se sont écoulées depuis. Qu'es-tu devenu durant tout ce temps?

— Vous êtes bien bon de m'avoir reconnu, monseigneur. J'étais loin d'espérer que j'aurais l'honneur de vous rencontrer dès mon arrivée à terre.

— En effet, c'est assez singulier... répondit le comte d'un ton énigmatique. D'où viens-tu ainsi?

— J'arrive de Hollande, monseigneur, mais pas en ligne droite... j'ai fait des zigzags.

— Ah! tu as voyagé? questionna distraitement Lucenay.

— Je le crois bien que j'ai voyagé depuis que j'ai quitté la jolie corvette, que vous commandiez, monseigneur, et où j'avais l'avantage d'être cuisinier pour vous servir. Oh! oui, que j'ai voyagé!... que j'ai roulé ma bosse!... ajouta-t-il en riant bruyamment.

Et il fit de nouveau passer l'objet familier, plus haut désigné, d'un côté de la bouche à l'autre :

— J'ai d'abord été aux Indes... puis dans l'Amérique du sud... en Afrique... en Océanie... J'ai vu Java... Madagascar... la Chine... des nègres... des teints de chocolat... de pain d'épice... des bayadères... des anthropophages... des perroquets magnifiques... des singes plus grands que des hommes... des singes plus petits que des rats.. qu'on appelle des ouis... ta... ta... non, des ouistitis... Mahé!... Alger!...

— Et ton navire n'a pas été capturé par les pirates barbaresques? demanda en souriant le comte, qui faisait un effort visible pour lui prêter une certaine attention.

— Sauf votre respect, il s'en est fallu du temps que met ma chique pour passer dans ma bouche, de bâbord à tribord, ou de tribord à bâbord!

Et il fit opérer une manœuvre semblable à sa « carotte » de tabac mâché :

— Un de ces satanés navires avait déjà tiré un coup de canon pour nous intimer l'ordre d'arrêter... Il a bien fallu carguer nos voiles... Que faire contre un tel mécréant, dont tous les sabords vomissaient sur nous leur feu d'enfer ?... Il vire de bord et vient droit sur nous... Il nous présente son travers et se range contre le nôtre... De sorte que nous avions l'air de naviguer de conserve avec un vaurien d'écumeur de mer !... Nom d'un marsouin !...

Heureusement que la nuit est venue au moment où le capitaine... un grand moricaud... grand comme un mât de misaine... allait avec quelques-uns de ses chenapans nous honorer de sa visite... Puis, avec la nuit une tempête !... mais une tempête !... C'est égal, je n'ai jamais rencontré une tempête si intelligente !...

— Ah ! proféra Lucenay, qui avait l'air d'écouter.

— Oui, oui, une tempête intelligente !... Elle a emporté le bâtiment de pirates à bâbord... et elle a lancé le nôtre à tribord !... Le matin plus rien !... plus de forbans !... plus de moricauds !...

Nous avions perdu notre mât de beaupré... nos vergues de cacatois... nous avions manqué de perdre notre grand mât... Un homme était tombé à la mer !... Mais enfin cela valait mieux que d'être dévalisés du tillac à la cale par ces maudits brigands, puis vendus comme esclaves au marché d'Alger !...

J'ai aussi vu Alexandrie... en Égypte... où l'on m'a parlé de py... ramides... où il y avait des Pharaons enterrés !... Mais, par exemple, où j'ai vu des sorciers, c'est en Chine. Figurez-vous, monseigneur, que je passais tranquillement dans une rue quand j'entends un grand cri... Je m'élance, et je vois un enfant tout effrayé qu'un homme poursuivait avec un poignard que les gens de par là nomment *kriss*... Avant que je le défende, il est saisi au cou par l'assassin, enlevé de terre, frappé de coups de kriss, puis couché sur le sol tout sanglant !... Je crie... On s'arrête... on s'attroupe... Mais personne ne dit rien à l'assassin... Je l'attrape au cou !... Il se met à rire... oui, à rire... Je le crois fou et je demande aide aux assistants... Ils rient tous...

Une petite main secoue mon vêtement... une petite voix me demande grâce... C'étaient la main et la voix du petit, qui s'était jeté entre son assassin et moi ! Et il riait comme si de rien n'était !... Et pourtant je l'avais vu percé de coups... s'affaler plein de sang sur le sol !... puis rester sans bouger !... mort, quoi !... bien mort !... Je n'y comprends encore rien !... Mais je me suis juré de n'avoir plus peur des sorciers... Et pourtant j'ai manqué de devenir fou !... oui, fou !... C'en est là de la sorcellerie, je crois !... Ah ! ces sorciers de Chine !...

— Et maintenant où vas-tu ? interrompit doucement le gentilhomme, dont l'esprit semblait bien loin des souvenirs évoqués par le loquace Normand.

— Je vais à Corneville, au pays de mes aïeux, cuisiniers de père en en fils.... hauts et puissants seigneurs de la Broche... de la Lèchefrite...

et autres lieux... Nom d'un Marsouin ! qu'est-ce que je dis là ? Pardon, monseigneur, mais c'est qu'on me donnait aussi ces titres à bord du *Witt*, du *Jacques Cartier*, du *Tour du Monde*... Et voilà, je quitte à jamais la grande tasse d'eau salée... et je pose ma chique !... Nini, c'est fini !

Et d'un geste résolu, presque héroïque, il lança la susdite « chique » presque entièrement usée, du reste, par-dessus le bastingage.

Puis il reprit :

— Oui, à jamais ! car je suis presque riche à présent !... je puis acheter un bon lopin de terre.

— Riche ? répéta machinalement M. de Lucenay.

— Mais oui, monseigneur... j'ai amassé un petit magot qui a échappé à tous les naufrages...

— Et comment as-tu fait ?

— J'étais fort dans l'art culinaire, car je peux le dire, je chassais de race. J'aurais certainement succédé à mon père, si, lorsque le décès du brave homme est survenu, je n'avais été fort loin de Corneville, à bord du *Béarnais*. M. le marquis de Corneville ne pouvait m'attendre, et, malgré mes droits héréditaires, c'est un autre qui a eu le tablier blanc de mes ancêtres...

Durant tout le verbiage du cuisinier, le comte était resté plongé dans une sorte de rêverie qui expliquait peut-être la longue patience de cet homme si emporté. Il faut dire aussi que ce hautain gentilhomme, tout en se laissant parfois aller à de terribles violences, savait admirablement se dominer, lorsque dans son esprit calculateur un plan avait été conçu.

Le cuisinier, enhardi par ce silence approbateur, continua son récit, expliquant qu'à bord du *Béarnais* il ne pouvait gagner assez largement sa vie ; c'est pour cela qu'il s'était ensuite embarqué sur le *Huyghens*, bâtiment hollandais, où il put gagner davantage.

— Comment cela ? interrogea de Lucenay avec un geste d'étonnement.

— Dans mes nouvelles fonctions je fis merveille, et l'on fut bientôt à même d'observer à bord les phénomènes les plus intéressants : les Hollandais sont, en général, de bons marins, vous le savez, monseigneur, mais un peu lourds... Quelle ne fut pas la joie du capitaine Fortrohop, en voyant, au bout de quelque temps, ses pesants matelots sauter de vergue en vergue avec l'agilité de jeunes chats. Tout son monde était devenu leste, ingambe, vif comme la poudre, et parmi ces gens qui ne courent jamais, c'était à qui passerait devant l'autre pour exécuter un ordre, et, surtout, quand sonnait l'heure des repas, pour arriver le plus vite à la gamelle.

» Le digne capitaine était dans l'admiration. A chaque instant on l'entendait dire entre ses dents : « Quel entraînement ! quel entraînement !... Voilà des gaillards qui se sont réellement assouplis depuis quelque

temps ! Ah ! la République peut être fière de l'équipage du *Huyghens !...*
Il est vrai, continuait à monologuer tout bas l'excellent commandant,
que je n'y ai pas ménagé ma peine...

» Mes camarades et mes maîtres Vanpetersboom, Vanmullem, Der
Stappen, Junius Tromp, et Ruyter en personne crèveraient de jalousie
en voyant manœuvrer mes écureuils ! »

» Moi, je disais dans mon coin : « Va, cause toujours, mon bonhomme !
tes marins n'auraient pas l'agilité dont tu es si fier, sans les judicieuses
réformes introduites par Jean Gaspard dans leur ordinaire. C'est parce
qu'ils avaient trop mangé que ces gens-là étaient si lourds. Ils ne devaient
leur élasticité qu'à l'hygiénique rationnement auquel je les ai soumis. »

— Tu les laissais crever de faim, coquin ! s'écria le comte.

— Oh ! mais je nourrissais fort bien les officiers du bord, qui trouvaient
qu'il y avait progrès !

— Tous mes compliments, maître Gaspard, conclut énigmatiquement
le comte de Lucenay, tu es un fort habile homme, et j'admire ta façon
de faire ta pelote ; mais alors, ajouta-t-il avec une légère nuance de regret, peut-être même d'inquiétude, tu n'as plus besoin de rien ?

— Ah ! monseigneur va trop loin !... on a toujours besoin de quelque
chose !

— C'est possible, mais enfin tu es à ton aise. Et moi qui comptais t'offrir...

— Quoi donc, monseigneur ? interrompit l'ex-Vatel du *Béarnais*, les
yeux brillants de convoitise.

— Que t'importe, puisque tu as un bon petit magot ?

— Je ne suis pas si heureux que vous croyez : depuis que Guillaume
Colardeau m'a ravi la place de mes aïeux, je n'ai plus eu qu'une idée,
qui me tourmente jour et nuit : je voudrais arriver à être le fermier du
château de Corneville ; mais il faut avoir déjà de l'argent, et c'est pour
y parvenir que j'ai mis au régime les marins de Fortrohop.

Hélas ! je suis encore loin de posséder la somme voulue pour la réalisation de mon rêve ; et, sans espoir de retrouver jamais une place comme
celle du *Huyghens*, je rentre au pays pour tout de bon, bien pauvre, en
comparaison de ce que je voulais être.

Et ses petits yeux cupides s'emplissaient de lueurs que n'aurait pas
égalées en vivacité le scintillement de l'or sous les rayons du soleil.

— Mais si je te proposais...

— Proposez, monseigneur, proposez !

— Eh bien, il s'agit tout simplement de ne dire à personne... à personne au monde, entends-tu, que tu m'as rencontré... Tu acceptes ?

— Comment, monseigneur, si j'accepte !... Mais de tout cœur !... Et si
j'avais quatre mains je vous les tendrais !... Mais je n'en ai que deux !...
En tout cas, les voici !

Et il tendit deux mains tannées, graisseuses, aux doigts fébriles, déjà tout prêts à serrer les ducats qu'il croyait voir briller au travers des mailles de la bourse de son noble interlocuteur.

— J'ai ta parole?

— Vous avez ma parole, monseigneur!... Je vous jure le secret sur la mémoire de tous les Gaspard qui se sont succédé de père en fils au service des très puissants et très hauts marquis de Corneville!

— J'ai confiance en toi! Prends!

Et il lui mit dans la main une bourse toute gonflée de pièces d'or.

Gaspard la saisit avec avidité, la palpa, la soupesa prestement, et la fit disparaître dans les profondeurs de sa poche.

— Quelle aubaine!... pensa-t-il.

— Tu en auras le double à mon retour, si tu as été discret!

— Oh! monseigneur peut me payer d'avance, car je me tiendrai coi.

Et il tendit de nouveau ses deux mains.

— Quand je reviendrai! repartit le comte avec une certaine hauteur.

— C'est juste, monseigneur! c'est juste!

— Ah! encore un mot!

— Parlez, monseigneur.

— Tu écouteras tout ce qu'on dira sur moi à Corneville, au marché de Pont-Audemer, et partout où mon nom sera prononcé, et tu me rapporteras fidèlement ces propos.

— Monseigneur, j'inscrirai jour par jour tout ce qui intéressera votre noble personne et je vous ferai un rapport fidèle à votre retour.

— C'est bien. Au revoir, fit le comte de Lucenay.

Et tournant le dos à Jean Gaspard, il se mit à parler au capitaine...

Bientôt le navire appareilla, et Jean Gaspard s'éloigna rapidement à travers les rues de Quillebœuf...

IX

RIVALITÉ

Le comte Raoul de Corneville, fils du marquis, semblait faire une opposition vivante avec le comte de Lucenay : autant celui-ci était sombre, sévère, et parfois cruel, autant celui-là était enjoué, affectueux expansif, et profondément bon.

D'une taille athlétique, il avait une physionomie très douce, enjouée

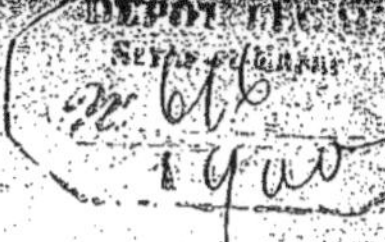

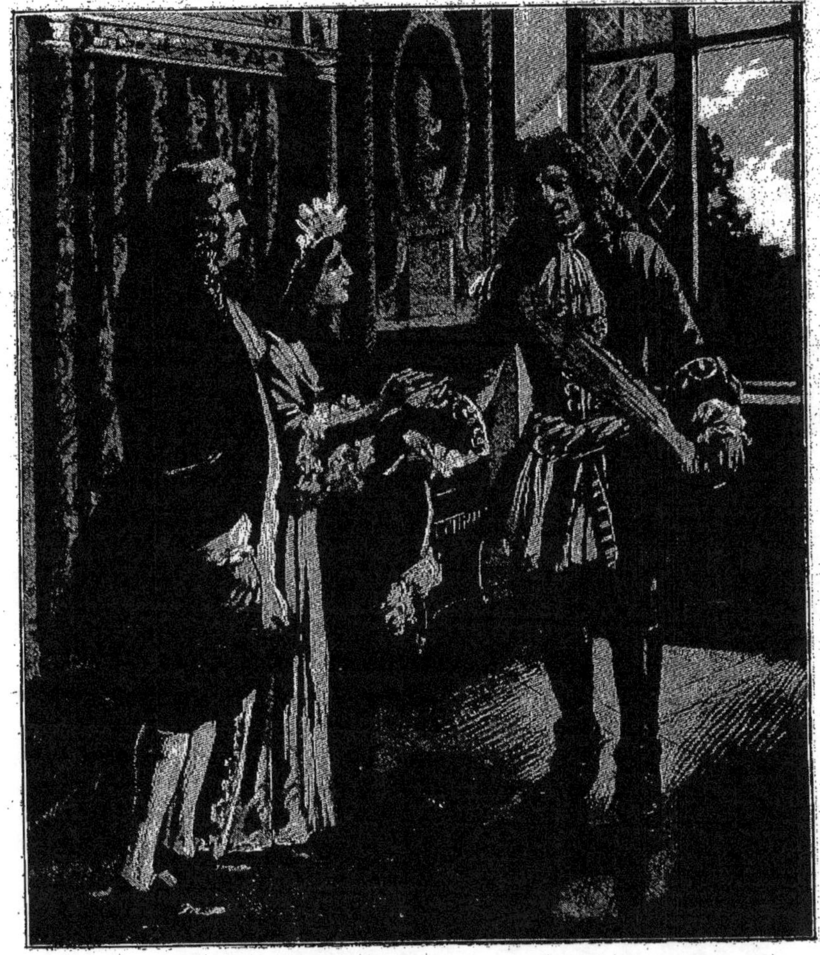

— Bravo, s'écria Geneviève, nous allons en découdre... (Page 78.)

même. Son regard était franc, ouvert, sympathique, et jetait, aux heures de combat, des éclairs d'audace, d'héroïsme.

Il avait servi quinze ans dans la marine, d'abord aspirant sur la frégate le *Béarnais*, où il s'était lié avec le comte de Lucenay, son compatriote.

Il avait été un des officiers les plus distingués du *Richelieu* et du *Sully*.

Après avoir pris sa part des plus rudes combats livrés aux flottes hollandaises, il était revenu mener auprès de son père la vie calme et indépendante du grand seigneur retiré dans ses terres.

Il avait laissé dans le corps de la marine le souvenir d'un vaillant officier et d'un chef doux et humain.

Provoqué deux fois en combat singulier par deux officiers envieux de ses mérites, il eût pu tuer ses adversaires : il s'était contenté de les mettre hors de combat. Et cette conduite lui avait valu un mot flatteur de l'amiral sous les ordres duquel était placé le *Richelieu*.

Une inaltérable bonne humeur, un esprit naturel des plus vifs, dégagé de toute prétention, des façons aussi simples qu'aisées faisaient de lui un seigneur accompli, et, selon l'expression de l'époque, le type parfait de l' « honnête homme ».

Raoul était un peu plus jeune que Gaston, il avait trente-cinq ans et, à l'époque de notre récit, il n'était marié que depuis un an.

Il était depuis quelque temps à Versailles, où il s'était rendu avec la comtesse pour tenir une promesse qu'il lui avait faite dès les premiers jours de leur union.

En effet, la jeune femme, restée orpheline de bonne heure, qui avait été élevée avec la plus extrême sévérité par son aïeul le vidame Ogier des Blancards de Fontenaye, n'avait jamais vu la cour, et elle était très désireuse d'y être présentée.

Le marquis de Corneville, qui avait été attaché à la personne du roi Louis XIV, écrivit à ce sujet au duc d'Harcourt, son ami d'enfance, qui jouissait d'un crédit considérable auprès du roi. Le duc répondit que Sa Majesté verrait avec plaisir les deux nouveaux époux.

Après quelques mois passés dans ce milieu si brillant et si frivole, le jeune couple commença à regretter le calme des belles campagnes normandes, et, le printemps aidant, le comte et la comtesse résolurent de rentrer au bercail plus tôt qu'ils ne devaient le faire.

Ces deux cœurs droits et honnêtes n'avaient pu se faire aux dessous de ce milieu dépravé et aux petites infamies que cachaient les belles manières et les habits dorés des courtisans...

Ils avaient senti partout la haine, l'envie, la cupidité se dresser contre les nouveaux venus, et ils revenaient avec joie au bon vieux château des ancêtres.

Le marquis fut heureux de ce retour, et Hélène en versa des larmes de joie.

Il fut aussitôt décidé que des fêtes de toutes sortes allaient être organisées.

— Et d'abord, déclara Raoul, nous allons donner un beau laisser-courre en forêt de Brotonne, où l'on ne s'amusera pas moins qu'à Versailles !

Avec l'ardeur qui le caractérisait, le comte se jeta à corps perdu dans les préparatifs de ces divertissements.

Yolande, qui connaissait déjà madame de Lucenay, fut très heureuse d'aider Hélène à la distraire, et ce fut tout de suite un bien joli groupe que celui des trois amies.

Au moral, les deux comtesses se ressemblaient. Elles étaient également sensibles, également bonnes, compatissantes, également prêtes à tous les dévouements.

Elles différaient au physique : la comtesse Yolande de Corneville était plus grande, plus forte que la blonde dame de Lucenay. Elle avait des formes aussi nobles, mais plus amples, avec des yeux noirs pleins de jour et de feu, une abondante chevelure du jais le plus intense relevée sur la tête en torsades épaisses.

Mais tous leurs amis étaient unanimes à déclarer que ces différences de beauté donnaient à la société des deux jeunes femmes un charme de plus.

Les apprêts de la chasse ne furent pas un mince événement dans la vie du riant château de Corneville. Il s'agissait d'une chasse sérieuse, telle qu'on la comprenait à cette époque dans la plantureuse Normandie, d'une chasse qui devait, par conséquent, durer plusieurs jours, et pour laquelle il convenait de renouveler les équipages.

Tous les châtelains du voisinage, et même des seigneurs habitant assez loin devaient y prendre part ; à cet effet, tous devaient venir s'installer au château de Corneville, dont les maîtres tiendraient table ouverte, et il était naturellement entendu à l'avance, qu'on se reposerait des longues chevauchées de chaque jour pour mieux se préparer à celle du lendemain... en dansant toute la nuit.

Madame de Lucenay, la comtesse Yolande et la toute gracieuse Hélène s'étaient réunies en conseil avec le comte Raoul et le bailli Fabrice de Préval, qui avait été mandé pour compléter le comité de la chasse. Le marquis avait dit en souriant :

— Mes enfants, vous êtes jeunes, amusez-vous, faites ce que vous voudrez de la maison ; pourvu que vous me laissiez mon appartement, disposez du reste.

— Mon père, je vous jure que nous éviterons de troubler votre repos, repartit le comte, tout heureux de cette bonté.

Le comité délibérait :

— Nous avons d'abord un cerf à courir avec mon équipage, dit Raoul.

— Pardon, représenta de Préval, mais je crois que pour graduer les effets, nous devrions courir quelques chevreuils le premier jour.

— Et l'équipage, où le trouver ? demanda le comte.

— Si vous voulez bien accepter mes petits chiens anglais, ils sont bien mis dans la voie du chevreuil.

— C'est vrai, vous avez une meute !

— Oh ! très modeste, mais d'une bonne tenue.

— Eh bien, on courra, le mardi, le chevreuil ; le mercredi, le cerf... jeudi, repos et déjeuner au bord de la Rille... et vendredi...

— Le sanglier ? proposa madame de Lucenay.

— Oui, le sanglier, avec l'équipage de Du Mesnil.

— Oh ! ce sera superbe ! s'écria la comtesse Élisabeth.

— Et maintenant la liste des invités ! dit gaiement la comtesse de Corneville, tandis que son mari, ses tablettes à la main, se disposait à écrire.

La liste fut longue. Dès qu'elle fut terminée, des domestiques montèrent à cheval, se transportèrent à dix lieues à la ronde pour distribuer les lettres d'invitation.

Quant à Raoul, il se fit seller une vigoureuse jument habituée à faire ses quatre lieues à l'heure, durant plusieurs heures de suite, et se mit en route pour le gros bourg de Routot, situé aux trois quarts du chemin de Corneville à la forêt de Bretonne.

C'était près de Routot que se trouvait le château de Du Mesnil, si l'on peut donner le nom de château à une habitation de dimensions restreintes construite au commencement du règne de Louis XIII, sur l'emplacement d'une petite commanderie depuis longtemps en ruines.

C'était là qu'habitaient le marquis et la marquise Du Mesnil.

Ils étaient d'assez mince noblesse malgré leur titre de marquis. L'ancêtre, maître Doublon, était argentier de François Ier. Lorsque le roi-chevalier fut fait prisonnier à Pavie, le brave Doublon, qui était fort riche, mit sa fortune à la disposition de la reine régente pour lever des troupes.

Au retour de l'auguste captif dans son royaume, la fortune du digne Doublon était très écornée ; mais le monarque préféra lui octroyer des lettres de noblesse que de lui rendre les sommes avancées. François lui donna le titre de marquis Du Mesnil, du nom de la terre, que l'argentier avait achetée avec la vieille masure de l'ordre de Malte.

Le fils unique de Doublon Du Mesnil vécut à la cour des reliefs de la fortune de son père, sans trop faire parler de lui ; mais les enfants de ce fils furent mêlés aux guerres de religion ; ils se battirent en fervents catholiques, et se firent une situation honorable à la pointe de leur épée.

Lors de la lutte entre Henri III et les Guises, un Du Mesnil était dans la garde du roi. Il s'appelait le marquis Du Mesnil tout court... le nom de Doublon s'était sans doute perdu en route.

Enfin, au début du règne de Louis XIII, le grand-père du marquis actuel, vieux soldat des guerres soutenues contre l'Espagnol, se retira dans le domaine paternel, et y fit bâtir le castel où se rendait Raoul de Corneville.

Dès que le jeune comte fut introduit dans le salon du château, un homme d'une quarantaine d'années, à la démarche et à la tournure distinguées, vint au-devant de lui.

Le marquis Du Mesnil était un seigneur de haute mine, mais qu'une vague tristesse semblait dominer ; la douceur de sa physionomie et la simplicité de son costume étaient d'un savant ou d'un philosophe plutôt que d'un joyeux baron normand.

Et, cependant, à l'appel du clairon de guerre ou de la trompe de chasse, cet homme, d'ordinaire si froid, si impassible, tressaillait de la tête aux pieds, et tout alors respirait en lui l'énergie et la résolution.

— Bonjour, mon cher Raoul, dit-il en tendant affectueusement la main au comte, je suis bien heureux de vous revoir parmi nous, et j'ignorais que vous eussiez quitté la cour.

— Je suis de retour depuis deux jours seulement, mais pour longtemps, sinon pour toujours, répondit de Corneville.

— Quoi ! vous renoncez déjà aux fêtes et à la vie brillante de Versailles ?

— Oh oui ! et avec joie ! J'ai passé là-bas tout mon temps à regretter ma belle Normandie et mon existence tranquille !

— C'est juste, dit le marquis avec une nuance de mélancolie très marquée, vous avez une jeune et jolie femme qui vous adore et que vous aimez... Que faut-il de plus pour être heureux ?

— Madame Du Mesnil se porte bien ? demanda Raoul comme répondant à la pensée secrète du marquis.

— Geneviève va venir vous donner elle-même de ses nouvelles. Elle doit être dans son laboratoire.

— Son laboratoire ? interrogea le comte avec étonnement.

— Oui, madame Du Mesnil a des fantaisies parfois bizarres, et elle s'est mis en tête de soigner elle-même les pauvres du voisinage. Elle se fait venir de Paris tout un matériel baroque de cornues et d'alambics, et elle passe son temps à distiller des simples pour faire des médicaments.

— Mais où la marquise aurait-elle appris...

— Oh ! elle a quantité de gros bouquins qu'elle lit et apprend même par cœur, tant elle les dévore tous les jours !... Mais la voici.

La porte du fond du salon venait de s'ouvrir, et une femme d'une beauté étrange pénétrait dans la pièce. Sa marche était onduleuse, presque serpentine ; elle portait un simple vêtement d'intérieur qui faisait valoir la pureté des formes de son corps ; sa chevelure noire encadrait un pâle visage de deux sombres bandeaux entre lesquels brillait l'éclair de son regard aigu et pénétrant.

C'était une singulière créature qui, malgré sa beauté, repoussait et attirait à la fois.

A la vue du comte de Corneville, elle se fit gracieuse, caressante presque, et tandis que ses longs cils voilaient à demi l'éclat insoutenable de ses grands yeux sombres, sa voix prenait une douceur infinie pour lui dire :

— C'est vous, monsieur de Corneville, qui avez le courage de venir relancer de pauvres ermites dans leur trou de campagne ! C'est là un grand sacrifice pour un homme habitué aux splendeurs et aux élégances de Versailles !

Si Jean Gaspard, l'honnête fermier de Corneville, avait alors vu et entendu la personne avec laquelle il s'était entretenu trois jours auparavant au gué de la Rille, il eût été vraiment stupéfait du changement : la tigresse se faisait chatte !

— Lorsque l'ermitage abrite des yeux comme les vôtres, repartit le comte, affectant le ton de galanterie à la mode, le diable est bien prêt de se faire ermite !

— Oh ! si vous faites assaut de bel esprit avec Geneviève, nous ne sommes pas près de connaître le but de votre visite, fit aimablement le marquis.

— Le but de ma visite ?.. répéta le comte en riant. Il est terriblement intéressé !

— Que désirez-vous donc ? demanda Geneviève.

— Je viens prier le marquis de me prêter son concours et celui de sa meute pour une série de chasses que j'organise en ce moment.

— Bravo ! s'écria Geneviève, nous allons en découdre, et M. Du Mesnil va être forcé de faire prendre l'air à ses chiens, qui se perdent au chenil !

Le comte de Corneville expliqua son plan, qui plut beaucoup à madame Du Mesnil, et, partant, au marquis, qui semblait tout heureux de la joie de sa femme . . . .

. . . .

Le lundi, veille de la première journée de chasse, était arrivé, et les invités, qui habitaient trop loin pour rentrer tous les jours chez eux, commencèrent à s'installer au château de Corneville.

Le dîner fut suivi d'une réception, où les voisins les plus proches vinrent présenter leurs hommages au marquis de Corneville et à sa famille.

Au fur et à mesure que les invités pénétraient dans la cour d'honneur ils jetaient la bride de leurs montures à leurs domestiques, puis ils franchissaient le pont-levis, et gravissaient les degrés du large escalier de marbre qui conduisait au magnifique vestibule du rez-de-chaussée.

Parvenus là, les nobles personnages étaient introduits par les serviteurs dans la vaste et luxueuse salle des invités. Les maîtres de céans les recevaient avec les témoignages de la plus grande cordialité et les présentaient successivement à la comtesse de Lucenay, qui, d'ailleurs, connaissait nombre d'entre eux.

Parmi les noms que jetait d'une voix sonore le serviteur placé au seuil du grand salon, certains retentissaient avec un fracas qui, à lui seul, disait toutes les gloires du vieil armorial de la province, en rappelant des siècles de services rendus aux rois de France et à l'État.

Ceux-là appartenaient à la noblesse d'épée qui avait conquis dans le lointain des âges son blason, au prix d'exploits légendaires.

D'autres rappelaient les procédures acharnées, les contentieux formidables, les chicanes épiques qui avaient divisé pendant des éternités les seigneurs, les paroisses et les particuliers de la contrée douée du plus haut degré de combativité avocassante, procédurière et juridique.

Ceux-ci représentaient dans une large proportion la noblesse de robe presque aussi batailleuse, influente et populaire dans ce pays que la noblesse d'épée elle-même.

D'autres enfin n'évoquaient que des souvenirs médiocres, mais largement rachetés par l'exagération des prétentions personnelles, la solennité outrée des allures et le perpétuel étalage d'un sentiment d'importance qui n'était pas quelquefois sans friser le grotesque.

Quelle que fût la valeur intrinsèque des généalogies, tous les arrivants étaient l'objet des mêmes égards de la part des châtelains. Ainsi le voulait le bon ton, dans une réunion de plaisir d'où toute morgue devait être exclue, à laquelle la gaieté seule devait présider, et ce bon ton-là était trop dans la tradition et dans l'humeur de la famille de Corneville pour qu'elle pût être exposée à s'en écarter.

Un imperceptible sourire courut sur les lèvres de l'assistance quand on annonça le chevalier de Belphégor de la Salpinière.

Le titulaire de ce nom plaisamment pompeux était un petit jeune homme au front quelque peu bas et déprimé, aux joues rebondies et fleuries, portant une perruque d'un blond très chaud... pour ne pas dire franchement rousse.

Les yeux du chevalier Belphégor de la Sapinière offraient cette singulière particularité qu'il paraissait dormir, dès qu'il les tenait baissés, et qu'il ne pouvait les relever, sans lancer des regards chargés d'effluves incendiaires manifestement destinés dans sa pensée à foudroyer indistinctement toutes les belles, et à triompher instantanément des plus prudes.

Avec une grâce maniérée, il papillonnait d'une demoiselle ou d'une dame à l'autre, débitant à chacune un compliment recherché.

C'était le type du gentillâtre gonflé de vanité. Mais comme il était incapable d'une méchante action, qu'il avait, au contraire, de la franchise, et du cœur, on supportait son babil immodéré et ses façons assez ridicules.

Des groupes s'étaient formés, et des entretiens se nouaient, s'animant peu à peu.

Un nouvel arrivant attira l'attention par son entrée un peu bruyante et par les marques d'amitié qu'il prodigua au comte Raoul ; c'était le jeune et fringant vicomte de Nefville, charmant garçon, mais cerveau brûlé dont les frasques occupaient tout le bailliage de Pont-Audemer.

Il avait hérité, un an auparavant, à la mort de son père, d'un château à Quillebœuf et d'un riche domaine ; aussi ses folies redoublaient-elles.

— Du Mesnil est-il des nôtres? demanda-t-il tout de suite au comte de Corneville.

— Ah! je vous vois venir, bel amoureux! s'écria gaîment Raoul. Eh bien, oui, le marquis et la marquise viennent d'arriver au château pour suivre les deux premières chasses.

— Je crois que vous avez tort, mon cher, fit un gentilhomme qui avait entendu la conversation ; vous chassez un gibier que vous ne forcerez pas.

— Je suis fou de la belle Geneviève! répliqua le jeune étourneau.

— Mon pauvre Nefville, reprit Raoul, madame Du Mesnil est une femme étrange, de glace, disent les uns, de feu, prétendent les autres, mais, à la vérité, très sérieuse... trop sérieuse même, et sur laquelle on n'a jamais glosé.

— Je méprise les conquêtes faciles, et, d'ailleurs, il est des instants où elle m'effraie...

— Son regard est un gouffre... murmura Raoul, rêveur.

— C'est cela!... J'aime les précipices! fit Nefville en riant.

— La voici! dit Raoul en s'élançant au-devant du marquis et de Geneviève, qui, arrivés un moment auparavant, venaient de descendre de leur chambre, où ils avaient fait un bout de toilette.

A la vue du comte, qui, s'avançait vers elle, madame Du Mesnil éprouva une légère émotion, et ses yeux, qui se voilaient de longs cils noirs, reflétèrent une douceur indéfinissable.

Elle lui dit de sa voix harmonieuse en lui tendant une main petite, fine, et qu'on devinait souple sous le gant :

— Bonjour, mon cher Raoul.

Puis elle alla au marquis et le salua avec un respect affectueux en apparence.

Le vieux seigneur, en jetant sur elle son vague regard, tressaillit tout d'abord... même, ses traits s'assombrirent ; mais, comme à la suite d'une

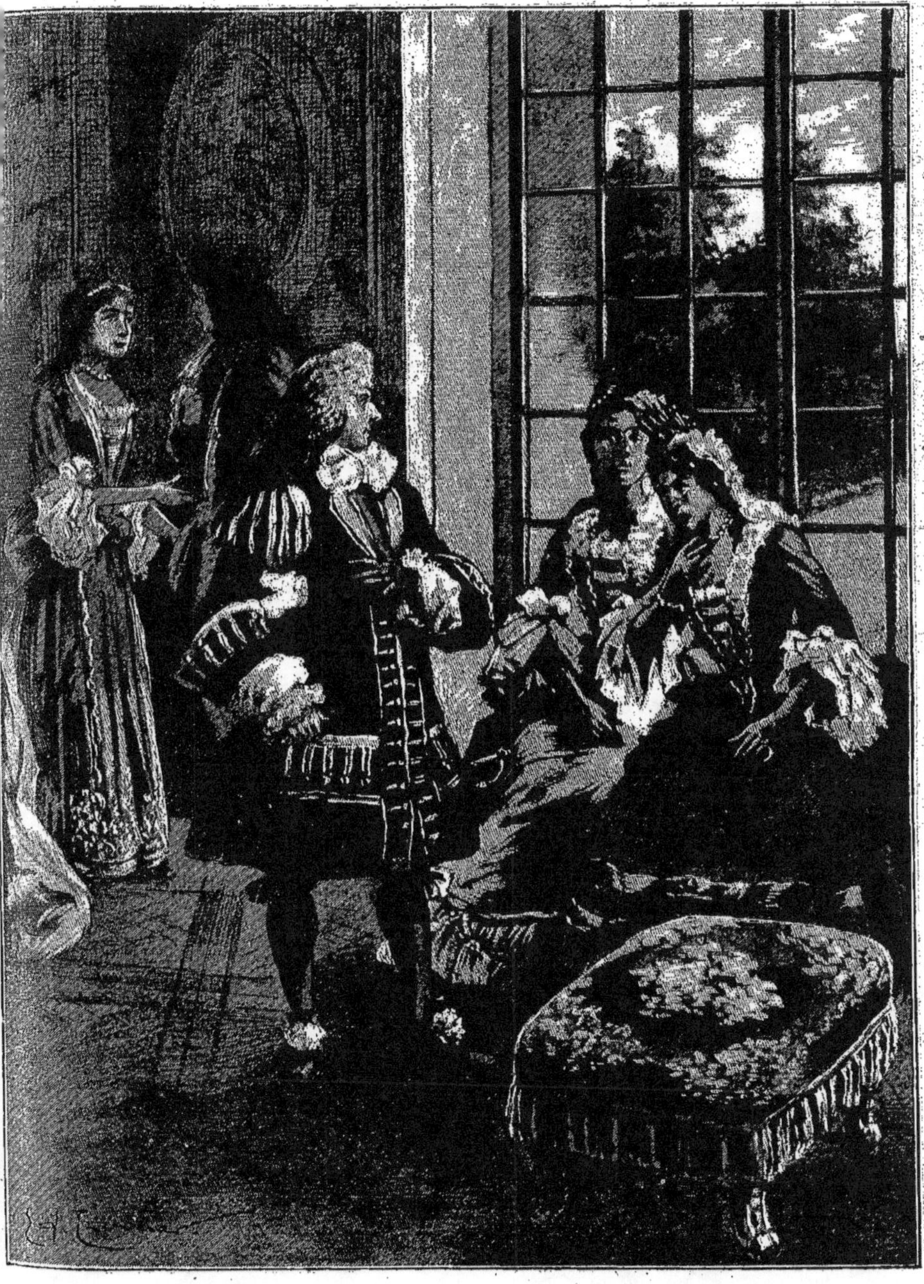

— Que voulez-vous dire? monsieur, articula-t-elle... (Page 83.)

réflexion intérieure, ils s'éclairèrent aussitôt, et il lui pressa la main comme à une parente envers laquelle il n'aurait pas la moindre arrière-pensée.

Yolande conduisit à un siège la petite nièce de la défunte marquise Alice de Corneville, — car tel était seulement le degré de parenté entre Geneviève et cette dernière, — et lui dit avec intérêt, en s'asseyant auprès d'elle :

— Vous vivez toujours loin du monde ? M. Du Mesnil n'a pas obtenu encore ce qu'il demandait ?

— Hélas ! non, ma toute belle, et je crains que ce ne soit encore long !

— Mais je croyais que M. de Louvois vous avait accordé...

— Oui, on a offert à mon mari un grade insignifiant. Vous comprenez que je ne pouvais accepter. Il faudra que je retourne bientôt à Versailles afin de voir une tante du marquis, personne très bien vue du père Le Tellier, qui est, comme vous savez, confesseur de madame de Maintenon.

— Oh ! alors, avec un tel appui, le succès est assuré d'avance, et je vous en félicite, dit Yolande en souriant.

— Et moi aussi, madame la marquise, je vous en félicite, fit d'un accent gazouilleur le chevalier de la Sapinière, qui venait vers elle comme une abeille attirée par la vue d'une nouvelle fleur. Mais ce qui me touche le plus est en vous, madame, en vous seule !

— Et qu'est-ce donc, monsieur Belphégor ? demanda la jeune femme.

— C'est votre beauté suprême !... incomparable ! ajouta-t-il étourdiment, comme s'il n'avait pas remarqué la présence de la maîtresse du lieu, que sa gaucherie eût pu blesser, si Yolande n'eût été douée d'un esprit supérieur.

— Mais vous m'avez déjà dit tout cela. Vous vous répétez.

— On répète bien au soleil qu'il est éblouissant... à la lune qu'elle est charmante.

— Bien riposté, monsieur Belphégor ! reprit en souriant la dame de Corneville.

— N'est-ce pas, madame ? se rengorgea le jeune fat. Voulez-vous me permettre de vous exprimer un regret, belle marquise ?

— Exprimez, chevalier, exprimez... Ce sera, toutefois, de votre part, le jus d'une orange déjà bien pressée, ajouta-t-elle d'un ton aigre-doux.

— Eh bien, reprit-il sans paraître s'arrêter à cette mordante saillie, je regrette de ne vous avoir pas connue au moins en même temps que M. Du Mesnil, parce que je lui aurais disputé votre main au prix de mon sang.

— Voilà qui est chevaleresque. Cependant qui vous dit ?...

— Que vous m'auriez préféré ? interrompit-il.

— Oui.

— Oh ! j'aurais accompli de telles prouesses, que je vous aurais bien forcée à exaucer mes vœux.

— Un cœur n'est pas toujours subjugué par les prouesses ou par des actes extraordinaires, au point de se donner par admiration. Nous ne sommes plus à l'époque des Chevaliers de la Table Ronde, où pour conquérir une belle, l'épée prévalait souvent sur l'esprit.

— J'aurais donc trouvé en vous une cruelle? questionna M. Belphégor, sans sourciller à cette dernière épigramme, soit qu'il n'en saisît pas absolument le sens, soit qu'il affectât de n'y prendre garde.

— Tout au moins, une indifférente, monsieur Belphégor! répondit Geneviève, dont le regard aigu se portait comme malgré elle sur Raoul de Corneville, qui s'entretenait, debout, avec madame de Lucenay.

— Cependant, madame, répliqua le jeune homme, blessé au vif dans sa vanité excessive, et par ces paroles et par le ton qui les accompagnait, je vaux, sans trop de présomption, certain gentilhomme que vous ne paraissez pas dédaigner.

L'œil de la marquise lança un éclair.

— Que voulez-vous dire, monsieur? articula-t-elle d'un timbre de voix irrité.

— Que j'ai des yeux pour voir.

Le moindre défaut de M. de la Sapinière était de ne pas savoir faire à mauvaise fortune bon cœur. A ce moment précis, le rustaud l'emportait manifestement chez lui sur le galantin.

Mais alors la comtesse de Corneville crut que son devoir de parente et de maîtresse de maison l'obligeait à intervenir, et elle entraîna Geneviève près du marquis, son beau-père.

Durant ce temps, Raoul s'était installé auprès de madame de Lucenay, pour laquelle il sentait une profonde sympathie. Éprouvant pour elle un sentiment de franche amitié dégagée de toute arrière-pensée, il n'en était que plus à l'aise pour goûter le plaisir de sa société.

Enveloppée d'une véritable atmosphère d'affection émanant d'Yolande, d'Hélène et de Raoul, la jeune femme se laissait aller à la gaieté de la soirée, et lorsque les musiciens préludèrent, elle se sentit comme envahie par la griserie du divertissement.

Ce fut avec elle que Raoul ouvrit la fête en exécutant une « courante. »

Tandis que le noble couple traçait, aux applaudissements de tous, les pas assez compliqués de cette danse ou « marche », si en honneur alors dans tous les châteaux, Geneviève Du Mesnil, très sombre, s'était retirée dans un coin du salon, refusant l'invitation du malheureux Nefville, qui, après avoir vainement insisté auprès d'elle, fut prié par

Yolande d'engager une certaine petite campagnarde qu'avaient dédaignée tous les jeunes gens.

La belle Geneviève n'avait plus son sourire caressant si profondément charmeur, et ses lèvres minces découvraient des dents blanches, mais un peu trop aiguës, qui donnaient à ses traits quelque chose de sauvage.

La chasse qui eut lieu le lendemain valut un grand succès au petit équipage de M. de Préval; découplé trois fois, il prit trois beaux chevreuils.

Le bailli, qui, sur une indication d'Hélène, avait servi le premier, fit les honneurs du pied à la dame de Lucenay; ces honneurs échurent ensuite à la jeune fille, et de Nefville ayant dagué la troisième proie, offrit le même hommage à Geneviève Du Mesnil, qui faillit le refuser, tant l'énervait la vue de Raoul chevauchant à côté de madame de Lucenay.

Le soir, la marquise prétexta une violente migraine, et se retira dans sa chambre, dès que le repas eut pris fin.

Elle avait annoncé qu'elle allait se mettre au lit, mais elle resta toute vêtue et debout... Elle s'approcha de la fenêtre, et l'ouvrit. Un air tiède et pur pénétra dans la pièce et lui rafraîchit le front... Elle s'accouda sur le balcon de pierre, aspirant les senteurs fortes du foin en fleurs... tout en ne paraissant éprouver que de l'indifférence pour les charmes de cette nuit sereine...

Elle semblait guetter les bruits qui montaient des cuisines situées au rez-de-chaussée.

Des voix que de copieuses libations faisaient bruyantes indiquaient que des domestiques en sortaient parfois pour prendre le frais dans le potager.

En entendant une de ces voix, Geneviève tressaillit, et portant à ses lèvres un léger sifflet d'argent, elle modula un son si faible, si léger qu'on ne pouvait reconnaître si c'était un signal ou bien quelque note perdue de la chanson d'un tout jeune rossignol.

La voix continua de se faire entendre:

— Mes amis, je vous quitte, j'ai du travail à préparer... La chasse de demain sera très brillante, et il faut que je donne des ordres ce soir même... Bonsoir.

— Bonsoir, monsieur Gaspard... bonsoir, monsieur Gaspard, firent des voix d'hommes et de femmes.

Un sourire de satisfaction se dessina sur les lèvres de la marquise, et elle se retira de la fenêtre, qu'elle referma, en ayant soin de joindre, à l'intérieur, les deux rideaux de soie...

Un instant après, on grattait à sa porte...

— Entrez, Gaspard! dit-elle bas, et avec vivacité.

Le rusé fermier montra au seuil son visage en lame de couteau, et, après avoir embrassé la pièce du regard, se glissa sans bruit, referma la porte doucement, puis alla s'incliner respectueusement devant la marquise.

— J'ai des choses importantes à vous dire, et des instructions à vous donner, débuta-t-elle.

Le long nez du fermier frétilla d'aise comme le museau d'un limier qui sent une voie franche : ce nez-là flairait d'une lieue les pièces d'or !

— Aux ordres de madame la marquise... murmura-t-il avec un sourire avenant.

— Vous êtes un habile coquin, maître Gaspard ! reprit la jeune femme.

— Madame la marquise est trop bonne... je ne mérite vraiment pas ses éloges, déclara le fermier avec une fausse modestie.

— Je sais ce que je dis, et tout en vous félicitant de votre habileté, je vous avertis qu'un jour ou l'autre elle vous fera pendre.

Jean Gaspard sentit un léger frisson parcourir son corps... il ne goûtait pas ce genre de plaisanterie...

— Comment, poursuivit-elle, vous mangez à plusieurs râteliers !... vous travaillez pour d'autres, tandis que je paie !...

Le fermier de Corneville dessina un beau geste d'indignation :

— Oh ! madame !... Me croire capable d'un tel acte !...

Elle répliqua fermement :

— Je sais que vous avez été chargé par M. de Lucenay de le mettre au courant des faits et gestes de tout le pays durant son absence, et même de lui tenir un registre des actions de sa femme.

— La foudre tombant aux pieds du drôle ne l'eût pas plus abasourdi !... Perdant toute contenance, il balbutia :

— Quoi ! madame la marquise serait instruite...

— Je suis instruite de tout ce qui m'est utile, monsieur Gaspard !... Ce n'est pas que je vous reproche de vous être chargé d'espionner ici et ailleurs pour le compte de M. de Lucenay... ce que je vous reproche, c'est de me l'avoir caché.

Jean Gaspard respira :

— Si j'avais pu croire que ce petit détail pût intéresser madame la marquise, je me serais empressé...

— C'est bien. Écoutez-moi... Qu'avez-vous l'intention de raconter à M. de Lucenay sur sa femme, lorsqu'il vous questionnera, à son retour ?

— Mais... qu'elle a été très heureuse ici et très bien traitée par les dames, par le marquis, par tout le monde... et qu'il ne s'est rien passé d'extraordinaire.

— Ah ! il ne s'est rien passé !... Ah ! la dame de Lucenay a été bien traitée !... répéta Geneviève avec une mordante ironie. Eh bien, mon pauvre Jean Gaspard, je retire mes éloges de tout à l'heure... car vous n'êtes qu'un âne bâté qui volez l'argent de M. de Lucenay !

— Moi, madame la marquise !... proféra le fermier, atterré.

— Allons, mon garçon, réfléchissez un peu. Est-ce que, par hasard, vous êtes dupe de ce qui se passe ?

— Dupe ?... Oh ! non !... Je vois bien des choses...

— Ce retour inopiné du comte Raoul ne vous dit rien ?... Croyez-vous que ce soit pour divertir sa sœur ou sa femme qu'il donne ces chasses ?...

— C'est vrai... reconnut le fermier. Il a même dit l'autre jour, à son père : « Il faut bien distraire madame de Lucenay. » Ah ! béta que j'étais ! s'écria-t-il soudain en se frappant le front. Je comprends à présent !...

— Vous commencez enfin à voir clair ! fit-elle avec un geste de triomphe. Mais n'avez-vous pas remarqué que la dame de Lucenay, triste et sombre d'ordinaire, est devenue bien gaie depuis le retour inattendu du comte Raoul ?

— C'est vrai !... c'est vrai ! confirma spontanément le drôle.

— Et n'avez-vous pas remarqué aussi, hier soir, que, tandis que vous surveilliez les laquais qui portaient les rafraîchissements, le comte ne quittait plus Élisabeth ?

— Parfait ! parfait ! s'écria le fermier. Voilà mon compte-rendu tout préparé !

Et emporté par la joie, il ajouta entre haut et bas :

— Il me sera payé cher !... les maris trompés sont généreux !

— C'est bien, articula Geneviève. Tu m'as compris, coquin !... Tu les surveilleras, bien et tu me donneras un double de ton compte-rendu.

Puis, prenant sur une table une bourse de soie brodée d'or, elle en tira quelques louis qu'elle jeta ensuite dans le bonnet de laine de l'honnête fermier, à qui elle donna congé.

Restée seule, elle ne put retenir un éclat de rire :

— C'est trop drôle, se dit-elle, ai-je eu assez de flair, avec ce Gaspard ! J'ignorais absolument les relations qui pouvaient exister entre ce coquin et le comte de Lucenay, mais des gens de cette espèce peuvent toujours être soupçonnés de tout. Je sais ce rustre si attaché à l'argent, que j'ai pu le supposer vendu aux autres comme à moi-même : mais on ne peut pas choisir ses instruments, il faut se servir de ceux qu'on a... Très fort ce comte de Lucenay. Ce peut être pour moi un fameux allié. Enfin, j'ai plaidé le faux pour savoir le vrai, et ma tactique a réussi à merveille... Quoi qu'il arrive maintenant, le comte sera prévenu, c'est l'important.

Mais alors le rire abandonna ses lèvres, un nuage épais s'appesantit sur son front.

Et son monologue intérieur prit fin sur cette conclusion sinistre :

— Élisabeth de Lucenay, tu m'enlèves celui que je veux voir à mes pieds ; malheur à toi !

X

CHASSE MOUVEMENTÉE

Il était venu, le grand jour où l'équipage des Corneville allait enfin donner.

Des gens heureux, c'étaient les piqueurs et les valets de chiens, qui, las des longs mois d'inactivité, avaient applaudi de tout cœur aux projets du comte.

L'équipage était parti, la veille, avec les relais de chevaux pour Brotonne, où l'on devait se réunir.

Le marquis possédait, en effet, un joli pavillon de chasse, dans cette petite localité située à l'entrée de la forêt du même nom.

Le premier piqueur, La Folie, avait fait le bois lui-même, et avait détourné un cerf à sa cinquième tête, un dix-cors jeunement avec ses biches et un vieux solitaire qui devait être une fière bête, à en juger par son pied. Aussi était-il tout fier lorsqu'il se présenta devant le comte, après avoir franchi les deux petites lieues qui le séparaient du château, pour lui faire un si merveilleux rapport.

Le comte Raoul était déjà dans la cour avec un certain nombre de gentilshommes.

Bientôt, les dames apparurent dans des tenues de cheval qui n'avaient rien de commun avec les mièvres et pâles costumes que nous avons, depuis, empruntés aux Anglais.

Ce n'étaient que longues robes de velours de toutes nuances, que vastes feutres aux riches plumes flottantes, et les housses et les selles magnifiquement brodées faisaient valoir les puissants chevaux normands, à côté desquels les malingres pur-sang de nos jours feraient triste figure.

Une des premières amazones prêtes fut Geneviève Du Mesnil. Le comte s'approcha d'elle, et la félicita sur l'élégance de son costume de velours cramoisi finement brodé d'or. Il était trop homme du monde pour s'abstenir d'adresser à la jeune femme quelques-uns de ces compliments agréablement tournés, avec une légère pointe de marivaudage, fort alors dans le goût de l'époque, et dont, en pareil cas, chaque maître de maison croyait devoir s'imposer la dépense : néanmoins, il se sentait mal à l'aise, lui, le galant seigneur, lorsque le regard à la fois aigu et caressant de la marquise, reposait sur lui!...

Avec une coquetterie consommée, la marquise retenait Raoul auprès d'elle. Au moment où elle allait enfin le prier de l'aider à monter à cheval, Yolande vint à elle et l'embrassa. Elle lui rendit gracieusement son baiser, car, chose surprenante, elle ne se sentait, devant la jeune comtesse, nullement jalouse de l'homme pour lequel elle éprouvait un amour violent, ou plutôt un de ces désirs brutaux dont l'aiguillon pénétrait parfois au fond de ses sens et de son cœur de marbre.

— Vous permettez que mon mari vous quitte un instant pour me mettre en selle? demanda la comtesse de Corneville.

— Mais, comment donc?... c'est le devoir du mari de servir sa femme en toute circonstance, répondit Geneviève en souriant : elle comptait bien que son tour viendrait, et que la dame de Lucenay tardant à paraître, Raoul serait retenu auprès d'elle à l'instant où Élisabeth arriverait dans la cour, ce qui, dans sa pensée, meurtrirait le cœur de celle qu'elle croyait sa rivale.

Raoul s'étant placé le dos tourné à la tête du palefroi, avait pris dans sa main le pied gauche de sa femme, et, l'enlevant de terre, l'avait posée sur sa selle, puis lui avait passé le pied dans l'étrier.

Il venait, en outre, de l'aider à arranger les plis de sa jupe, et il retournait vers la marquise lorsque Nefville, le devançant, se précipita vers celle-ci pour lui offrir sa main.

Raoul, profitant de la circonstance, s'élança vers Élisabeth, qui, en ce moment, descendait les marches du perron, accompagnée du marquis de Corneville. Geneviève vit le mouvement, et se persuada qu'entre eux deux se dressait l'obstacle redouté.

C'était l'instant que choisit le pauvre écervelé de Nefville, pour offrir ses bons offices à la marquise.

Celle-ci allait l'accueillir avec rudesse, mais une réflexion subite l'arrêta : elle pensa qu'on l'observait peut-être, et que les femmes qui se trouvaient là, envieuses de sa beauté, seraient trop heureuses de son abandon, et, lors, elle se fit chatte ; elle remercia le jeune homme avec une grâce infinie, s'attardant, le pied dans sa main, et lui faisant longuement arranger les plis de sa jupe, ce qui transporta au septième ciel le fol amoureux.

A Brotonne, on trouva la meute et les piqueurs.

La Folie se présenta de nouveau au rapport. Il portait au fond de sa casquette, bien posées sur des feuilles vertes, des fumées (1) du vieux

____

(1) Terme de vénerie désignant la fiente des bêtes fauves.

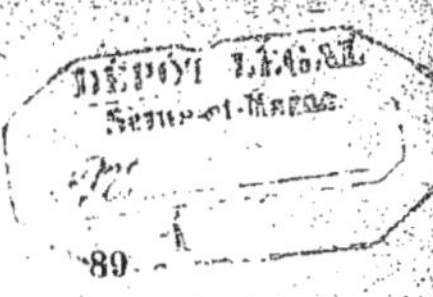

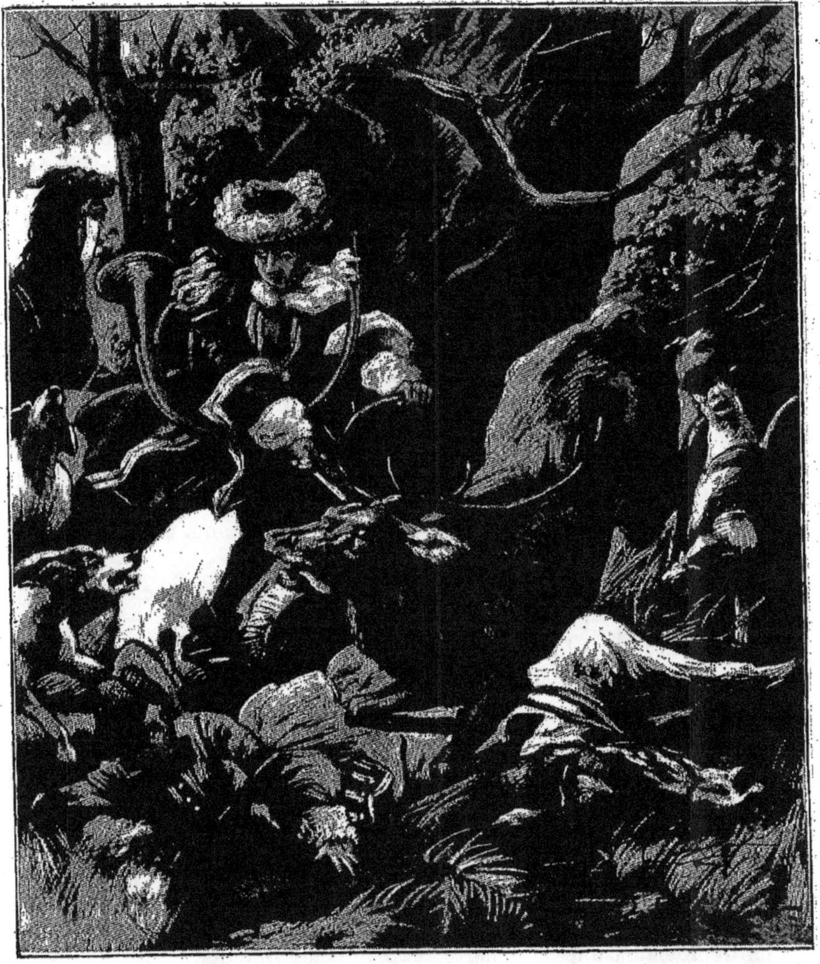

Déjà ses andouillers sanglants effleuraient la poitrine de la jeune femme...
(Page 93.)

cerf, et il fit voir à Raoul et au marquis Du Mesnil les traces de l'animal imprimées sur une touffe de terre grasse qu'un valet avait apportée.

Le comte prit gravement les fumées, et, après les avoir examinées avec la plus scrupuleuse attention, selon l'usage consacré, il déclara que c'était un cerf superbe.

— Ah ! fit La Folie, il va nous donner du fil à retordre, et je ne sais si, à cause des dames, nous ne ferions pas mieux d'attaquer l'autre, qui doit être à sa neuvième tête.

— Bah! mon vieux La Folie, est-ce que tu te rouillerais?... s'écria gaiement Raoul. Et aurais-tu peur d'une longue chevauchée?...

— Oh! pardine, non, monsieur le comte! Allez, marchez! comme on dit chez nous, et si les dames restent en route, il y aura plus d'un gentilhomme pour leur tenir compagnie!

— Je serais curieux, repartit Du Mesnil, de savoir combien d'invités assisteraient à l'hallali dans le cas où le cerf nous mènerait à grandes allures!

— Vous mourez d'envie comme moi de courir sus à l'animal fabuleux de La Folie, hein?

— Oh! oui! répondit le marquis, tandis qu'un éclair de joie brillait dans son regard.

— Allons, c'est décidé, termina le comte en s'approchant du groupe des amazones; mesdames et messieurs, nous allons courre un cerf qui nous mènera peut-être jusqu'à la nuit... c'est une bête splendide, a déclaré La Folie, et comme il ne se trompe jamais, nous aurons une rude besogne!

Si quelques dames firent la moue, en revanche les jeunes gens applaudirent.

Yolande se pencha vers Élisabeth et Hélène, et leur dit :

— Si la chasse nous mène trop loin, nous l'abandonnerons, et je vous conduirai chez un de nos fermiers qui a du lait excellent et de la crème délicieuse.

Les deux jeunes femmes parurent goûter fort cette manière de suivre une grande chasse.

Une seule femme avait manifesté une joie réelle.

Tandis que les jeunes gentilshommes plaisantaient les dames, en les mettant au défi de se trouver à l'hallali, la marquise souriait en pensant que s'il en était une qui pût suivre le comte Raoul, c'était bien elle, l'intrépide amazone, si experte aux exercices violents.

Dès qu'on eut atteint l'enceinte, on découpla les limiers de la meute, qui donnèrent aussitôt de la voix.

Peu après, à une extrémité du massif d'arbres, un bramement se fit entendre, et les chasseurs virent déboucher, dans une grande allée, un cerf de haute taille, au pelage foncé...

C'était bien le magnifique animal annoncé par La Folie. Oncques bois plus élevés ne s'étaient dressés sur une tête plus fière; son col était garni d'un poil long et touffu formant une sorte de courte crinière; il marchait assez lentement, et ce ne fut que la vue des chasseurs qui lui fit hâter le pas... Puis, d'un bond, il s'élança dans le fourré, de l'autre côté de l'avenue. Quelques secondes après, les limiers apparaissaient le nez au vent, le suivant à ses chauds effluves.

La meute fut alors découplée, et la chasse commença.

L'animal d'équipage ne se décida pas tout d'abord, et se fit battre dans une série de fourrés à la lisière du bois sans gagner la forêt, puis sentant la meute derrière lui, effrayé par les sons des cors, il prit son parti et fila droit devant lui à une allure vertigineuse, se dirigeant vers le fond de la boucle de la Seine qui entoure la forêt de Brotonne.

Bientôt il eut effectué la plus grande partie du parcours. Alors, il commença ses ruses.

Tandis que le comte de Corneville, le vicomte de Nefville et le marquis Du Mesnil menaient la chasse de très près, les invités s'égrenaient par petits groupes. Seule, Geneviève, montée sur son admirable jument noire, se maintenait près de Raoul, s'entretenant avec lui.

Elle remarquait avec une certaine satisfaction que le cheval de son mari faiblissait. En effet, M. Du Mesnil tenait à réserver sa meilleure bête pour la chasse du vendredi, parce que c'était son équipage qui devait courir ce jour-là, et qu'il n'aurait pas à le quitter. Aussi commença-t-il à ménager sa monture, qui soufflait un peu, n'étant pas accoutumée à ce train d'enfer.

Le cerf avait exécuté le parcours que La Folie lui avait, d'avance, tracé; et, après avoir touché les grèves du fleuve au-dessus de La Neuville, il était revenu sur la Vaquerie en traversant des espaces vides qui appartiennent en quelque sorte au lit de la Seine.

A ce moment, chassé à vue par les chiens, il avait pris une course folle...

Le cerf bondissait sans fatigue apparente par-dessus les haies, et Raoul sonnait la vue avec entrain, car il pensait que la bête, fatalement épuisée par tant d'efforts ne tarderait pas à se faire traquer dans une partie très épaisse de la forêt, où des fourrés alternaient avec de grands taillis.

Il y avait là des relais de chiens frais, et la lutte dût-elle se prolonger encore, le cerf irait certainement se faire prendre aux marais voisins de Bourneville.

— Eh bien, mon cher comte, que dites-vous de ma jument? demanda à Raoul la marquise, qui galopait à côté de lui.

— Je dis que c'est une excellente bête, mais j'ajoute qu'elle est montée par une personne qui est la première écuyère de la Normandie, répondit galamment le jeune homme.

— Vous êtes un flatteur, car vous savez bien que c'est la bête qui fait le cavalier.

— Je maintiens que c'est le contraire, et j'en ai eu vingt preuves pour une. Mais où est donc le cerf?

— Disparu ! s'écria la jeune femme avec étonnement.

L'animal avait fait un brusque crochet, et sentant qu'il avait gagné une forte avance, il était rentré sous bois pour ruser de nouveau.

Le comte jeta un coup d'œil en arrière... Il reconnut qu'il était seul avec la marquise.

Cette vue lui plut, il fut heureux de penser qu'il serait seul des chasseurs, présents à l'hallali, et qu'il aurait beau jeu pour les railler gaiement, en leur montrant que ce qu'ils n'avaient pu faire, une femme l'avait fait.

Quant à Geneviève, elle était transfigurée. Cette créature étrange se sentait surexcitée par la lutte, et elle éprouvait une joie intense de ce tête-à-tête qu'elle ne devait qu'à son énergie.

Maintenant, les chevaux trottaient à une allure modérée, car il était à prévoir que le cerf abandonnerait tout grand parti, et ne se ferait battre que dans un rayon restreint.

Au loin, ne retentissaient ni appels, ni cris, ni sons de trompe : tout le monde s'était écarté de la chasse, y compris La Folie...

Raoul réfléchissait à la singularité de la situation, et il ne put s'empêcher de dire en souriant à Geneviève :

— Il me semble que vous avez perdu votre mari ?

— Vous le regrettez ?

— Moi ?... Je suis enchanté de vous voir venir jusqu'au bout de la chasse ; cela me permettra de vous faire les honneurs du pied.

Elle voulut sonder le cœur de son compagnon :

— Comment, vous ne réservez pas ces honneurs à madame de Lucenay.

— Madame de Lucenay ?... répéta le comte en éclatant de rire.. Ah ! elle est bien loin, derrière nous, avec Yolande et Hélène ; je gagerais qu'elles sont allées boire du lait à la ferme de Votteville, qui doit bien être à deux bonnes lieues d'ici.

La marquise fut étonnée de l'accent assez indifférent de Raoul, mais elle supposa qu'il y avait sous ce ton si dégagé une petite dissimulation.

L'entretien fut interrompu par un grand bruit dans le fourré.

— Le cerf tient tête ! s'exclama Raoul en lançant sa monture dans les broussailles.

D'un bond, Geneviève se retrouva à ses côtés.

Le taillis, très épais sur les bords, était éventré au milieu par une large clairière, au centre de laquelle se dressait un chêne séculaire, dans le lieu où est aujourd'hui le rond de Nagu.

Ramassé sur lui-même, le cerf s'était acculé à l'arbre énorme, et, presque agenouillé, il ne présentait aux chiens qu'une ramure gigantesque dont les nombreux andouillers acérés labouraient déjà pour ainsi dire, ses agresseurs.

— Taïaut! taïaut! criait Raoul, tandis que les chiens se ruaient tous à la fois, encouragés par les appels de leur maître.

Si le cerf s'était acculé, c'était plutôt par rage que par faiblesse, car en un instant cinq ou six chiens roulaient à terre en hurlant de douleur.

Raoul, qui avait dégaîné son couteau de chasse pour servir la bête, c'est-à-dire pour la frapper dès qu'elle serait coiffée par les chiens, arrêta brusquement son cheval, car il reconnut qu'elle était loin d'être sur ses fins.

En effet, quittant brusquement son abri, elle fondait par moments sur le cercle formé par la meute, qui, alors, s'élargissait sensiblement.

Geneviève, moins expérimentée, voulut, sans doute, étonner et séduire par son courage celui qu'elle aimait. Poussant donc sa monture, elle se précipita au milieu des chiens, brandissant un mince couteau de chasse dont la lame d'acier fin devait être une arme terrible dans une main vigoureuse.

Le comte vit le danger et la rappela... Mais il était trop tard...

L'animal avait deviné les intentions de la chasseresse, et, se détournant aussitôt de la meute hurlante, il se redressa, bondit en avant, la tête basse, et porta un furieux coup de ses cornes dans la direction du poitrail de la jument de Geneviève.

La jument, bête de sang, leste et vigoureuse, l'évita en s'enlevant d'un coup de reins. Mais en retombant, elle cogna les bois du cerf de ses deux sabots de devant, et, trébuchant aussitôt, roula à terre, tandis que le cerf reculait d'un pas sous la violence du coup.

De Corneville crut la marquise blessée. Mais elle avait évité en partie le choc, et elle tentait de dégager sa jupe de la fourche pour se relever, lorsque le fauve, excité par la couleur rouge et éclatante du vêtement, s'élança sur elle...

Déjà ses andouillers sanglants effleuraient la poitrine de la jeune femme, quand Raoul, qui avait sauté à terre, bondit sur lui, et lui plongea son couteau dans la gorge sans pouvoir, d'ailleurs, maîtriser son furieux élan, qui heurta la marquise.

L'animal s'abattit lourdement à côté de Geneviève, qui s'évanouit... Raoul, en proie à une vive émotion, se précipita vers elle, et s'efforça de la ranimer.

Tandis que les chiens, qui n'étaient plus tenus à distance par les fouets des meneurs, se ruaient sur le corps du vaincu et le mettaient en pièces, Raoul étendait la marquise sur l'herbe, et cherchait à se rendre compte de la nature de ses blessures.

La jument, tôt relevée, était déjà hors de vue.

Le chapeau de la belle amazone gisait au loin, et son admirable chevelure noire se déroulait en flots bouclés sur l'épais tapis de mousse.

Une respiration précipitée soulevait la poitrine, tandis qu'une vive rougeur colorait les joues, pâles, d'ordinaire, de la jeune femme.

Un observateur moins troublé que le comte aurait vraisemblablement remarqué que cet évanouissement se prolongeait d'une façon peut-être anormale.

Raoul reconnut qu'aucune blessure n'ensanglantait ce beau corps... Pour être tout à fait sincère, je dois dire qu'il était très ému d'un accident si sérieux, sans le regretter positivement.

Tout à coup, Geneviève tressaillit, et d'une voix faible comme un soupir, mais cependant très distincte, elle proféra ces mots :

— Je suis heureuse !... Je voudrais mourir ainsi !...

Sur ces entrefaites, un galop lointain retentit sous bois.

Geneviève eut un geste de dépit, et dans son regard sombre passa une lueur farouche, indice certain d'une âme terrible.

Ce regard n'échappa point à Raoul, qui frémit un instant, en proie au trouble que donne un pressentiment sinistre.

Tandis que Geneviève réparait le désordre de sa toilette, le comte de Corneville se porta au devant des cavaliers, qui n'étaient autres que le marquis Du Mesnil, La Folie, de Nefville, avec d'autres invités. Il leur expliqua l'accident survenu, en glissant autant que possible sur l'acte de courage et de sang-froid auquel la marquise devait la vie. Mais celle-ci, qui venait de le rejoindre, en fit immédiatement l'historique complet.

Tous les chasseurs félicitèrent chaudement Raoul. Un seul... un envieux... se montra avare d'éloges ; c'était le jeune vicomte, inconsolable de s'être laissé entraîner par deux ou trois chiens qui avaient pris un change sur la voie d'un jeune cerf.

XI

GALANTE MÉSAVENTURE

Le lendemain fut consacré à un déjeuner sous une tente au bord de la Rille, dans un site des plus ravissants.

Les invités étaient nombreux, et si les chasseurs de qualité tenaient le haut bout de la table, on comptait quelques bourgeois importants qui, de par leurs professions, frayaient avec la noblesse, tels que maître Barnabé Dufresnoy, le tabellion de Corneville, avec sa belle épouse Pauline.

Le chirurgien-barbier Cyprien se tenait très modestement au bas bout de la table où il se contentait de dévorer fort juvénilement des yeux madame Dufresnoy.

C'était un heureux mari que M. Dufresnoy : dès que le repas fut terminé, toute la jeunesse se précipita auprès de sa femme, et la bombarda littéralement d'un feu roulant de galanteries... Les dames d'un âge mûr s'éloignèrent en se pinçant les lèvres d'un air scandalisé, tandis que les autres invités se dispersaient dans les alentours.

— Regardez donc le fringant Belphégor! disait le petit de Nefville à madame Du Mesnil, comme le voilà enflammé pour la Dufresnoy !

— Je ne comprends pas qu'on l'ait invitée ici... cette petite bourgeoise... fit Geneviève. A moins, ajouta-t-elle en appuyant sur les mots, que le lit n'anoblisse...

— Que voulez-vous dire? demanda de Nefville.

Sur ces entrefaites, Élisabeth de Lucenay s'approcha du groupe.

A sa vue, madame Du Mesnil reprit haut :

— Dame, il paraît que le beau Raoul de Corneville n'est pas insensible à ses charmes, et il court des histoires très amusantes sur ce qui se passe durant les absences de son... tabellion de mari.

Un rire général accueillit ces propos, mais l'effet attendu par Geneviève ne se produisit pas.

Élisabeth de Lucenay ne parut éprouver aucune émotion, et elle dit simplement :

— Vous m'étonnez, madame... Je croyais que M. le comte de Corneville aimait beaucoup sa charmante jeune femme.

— Vous avez raison, interrompit de Nefville; c'est une vieille histoire que les amours de Raoul et de la Dufresnoy... le comte a eu, depuis, bien des successeurs.

Madame Du Mesnil se laissa aller à un geste de désappointement; elle en était pour ses frais de perfidie.

— Mais, à propos, madame, dit Élisabeth, pardonnez à mon étourderie, j'oubliais de vous demander de vos nouvelles... Vous avez failli être blessée par le cerf, hier... Ne vous ressentez-vous pas de cet accident?

— Sans M. de Corneville, qui a exposé sa vie pour moi, j'étais perdue ! répondit Geneviève. Ah! il a été d'une bravoure et d'une adresse...

— Heureux homme que ce comte Raoul! insinua de Nefville; il a eu le plaisir de vous relever, madame... et celui de vous donner des soins où il a dû goûter, avec le caractère chevaleresque que nous lui connaissons, la plus délicate et la plus précieuse des récompenses.

— Ta, ta, ta, vicomte, vous en parlez bien à votre aise... N'empêche que ce pauvre M. de Corneville s'est vu à une singulière fête !... il ne devait savoir comment s'y-prendre pour me porter secours.

Et de Nefville d'insinuer :

— Je ne vois pas, quant à moi, que le comte ait été si fort à plaindre. Et je gage que...

— Taisez-vous, monsieur le curieux !... n'ajoutez pas à ma confusion.

Et s'adressant à Elisabeth :

— Figurez-vous, madame, que j'étais évanouie, et que j'ai dû donner bien du mal à ce pauvre Raoul. J'imagine qu'il a dû se trouver dans un étrange embarras, moins grand, cependant, que le mien, ajouta-t-elle en minaudant, lorsqu'en revenant à moi, je me suis surprise horriblement chiffonnée, et Dieu me pardonne, presque dévêtue...

La dame de Lucenay ne sourcilla point...

— Décidément, elle est très forte ! se dit Geneviève ; et il me sera impossible de l'amener à se trahir.

Durant cette conversation, la belle madame Pauline Dufresnoy occupait de façon toute particulière le bon chevalier Belphégor et tout un essaim de petits jeunes gens, qui avaient inventé pour la circonstance une série de jeux dits innocents où paraissait particulièrement se délecter l'humeur galante de la gente notairesse.

Cependant, M. Dufresnoy, le grave tabellion, causait affaires avec un vieux baron du voisinage qui avait une terre à vendre.

Petit, gros, insipide, Dufresnoy possédait bien la tête de l'emploi. Au premier abord, il présentait une mine débonnaire ; mais en l'examinant de près on constatait que ses lèvres minces et son œil d'un bleu gris, dont le regard fuyait toujours, dénotait fourberie et méchanceté.

Ses doigts crochus et ses pommettes saillantes indiquaient également la cupidité, et c'était, en effet, une très vilaine âme que celle de M. Barnabé Dufresnoy.

D'ailleurs, la grassouillette madame Dufresnoy, dont les aventures folichonnes défrayaient la chronique du lieu, savait allier au goût certainement trop accusé de la bagatelle le sentiment bien compris des intérêts de l'étude exploitée par son digne époux.

Raoul, qui allait de groupe en groupe, faisant les honneurs de la fête à ses invités, se trouva tout à coup, et par le simple fait du hasard, seul encore une fois avec Geneviève. Celle-ci, qui guettait peut-être cette occasion, s'approcha aussitôt de lui, et, s'appuyant à son bras, se mit à

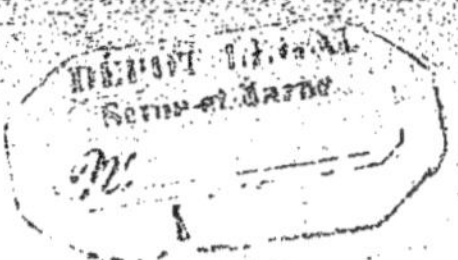

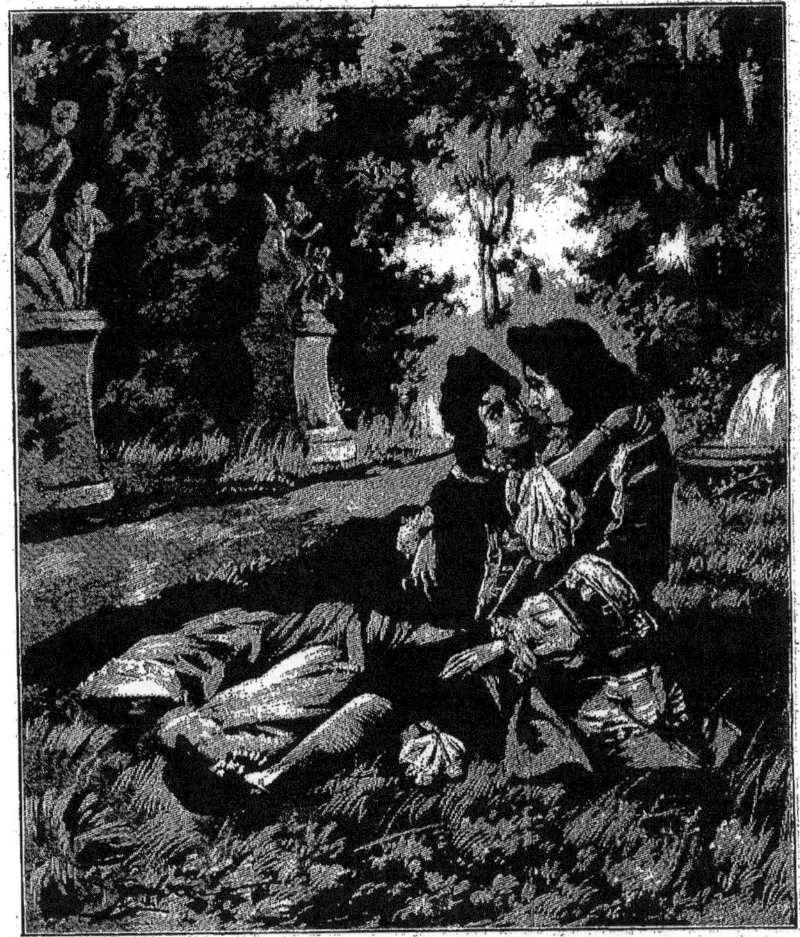

— Raoul, murmura-t-elle, je t'aime... (Page 99.)

marcher lentement le long de la rivière, l'entraînant par une superbe allée de châtaigniers vers les profondeurs du parc.

— Eh bien, cher sauveur, lui dit-elle, vous me fuyez donc?...

— Vous fuir?... répéta-t-il, comme inconsciemment, d'abord.

— C'est à croire : je n'ai pas pu vous rencontrer un instant depuis ce matin.

— Je me devais à mes invités.

— Et maintenant ?... fit-elle, caressante.

— Maintenant, vous le voyez, je suis à vous... Vous ne souffrez plus, je pense ?

— Merci !... Je ne souffre plus... je suis remise de l'émotion du danger couru... mais il est un autre sentiment dont je ne me remettrai pas, c'est celui de la reconnaissance...

Et plus étroitement serrée contre son cavalier, elle l'enveloppa d'un regard profond, à la douceur infinie...

Cette femme redoutable, dont la haine pouvait faire frissonner un homme, avait, quand elle le voulait, des caresses ineffables dans ses yeux étincelants.

— Vous exagérez... répliqua Raoul, troublé en sentant palpiter le corps souple de la ravissante créature.

— Non, Raoul, je n'exagère pas... et vous me comprenez.

— Je comprends que la reconnaissance remplit seule votre cœur, mais je n'ai fait que ce que je devais.

— Pourquoi mentir ?... pourquoi jouerais-je la comédie comme les prudes qui n'ont qu'un but : sauver les apparences ?... Raoul, je ressens pour vous une inclination que vous avez devinée... Oh ! ne protestez pas !... Ne me parlez pas de mes devoirs... Je ne suis pas une de ces femmes que les grands mots arrêtent !...

La marquise avait saisi la main du comte, qui était en proie à un trouble violent...

Ils arrivaient alors à l'entrée d'un bosquet formé par une opulente charmille arrondissant au-dessus de leurs têtes un dôme odorant de chèvrefeuilles et de jasmins en fleurs, sous lequel se dressaient, rangés en demi-cercle, de vénérables marbres où le ciseau de Michel Anguier, le Praxitèle normand, avait jadis taillé des Amours rieurs et des Nymphes mutines.

Le son argentin d'une source, qui venait non loin de là se déverser dans un joli bassin de granit rose, à demi enfoui dans la mousse, ajoutait aux grâces sensuelles du lieu.

Une demi-obscurité régnait en ce coin isolé sur le seuil duquel s'éveillait comme un souvenir réduit des temples antiques élevés à la déesse de Cythère. Un banc de verdure y attendait les deux promeneurs, qui cédèrent à son invitation muette.

Tous deux aspiraient avec une sorte de recueillement les délices de l'endroit, tous deux s'abîmaient dans une méditation voluptueuse, éprouvant un indicible plaisir à sentir courir dans leurs veines leur sang tumultueux et jeune... Ravi pour un instant au sentiment des réalités extérieures, Raoul s'imaginait-il qu'il était de l'essence des êtres charmants qui se trouvaient groupés autour de lui par la fantaisie du vieux statuaire? Entendait-il retentir à ses oreilles et dans son sein les strophes brûlantes des cantiques de la chair?... Les effluves ambiants le grisèrent... un vertige s'empara de lui; son bras enlaça la taille de la marquise... Il se pencha vers elle... leurs visages se frôlèrent.

Geneviève rapprocha sa tête, ses lèvres effleurèrent celles du comte enivré... de ses deux bras, elle entoura son cou, et elle l'étreignit dans un baiser d'une énergie, d'une ardeur toute sauvage.

— Raoul, murmura-t-elle, je t'aime! je t'appartiens! Je t'ai toujours appartenu! Dès l'âge le plus tendre, je te cherchais! Et, plus tard, tu le sais, je t'ai voulu! Je n'ai négligé aucune occasion de te le faire comprendre. Je sais bien aussi que tu m'aimais; tu me l'avais dit dans la salle des Armures, le jour où tu me montrais avec un juste orgueil les portraits de tes ancêtres, les très puissants seigneurs de Corneville. Oh! ces portraits! Déjà ils me parlaient, déjà ils semblaient m'appeler parmi leur lignée!

Et la jeune femme, sans dénouer la fiévreuse étreinte dont elle enserrait le comte, ne put s'empêcher de faire un retour amer et mélancolique vers le passé :

— C'est pourtant vrai, n'est-ce pas, Raoul, que nous devions, que nous voulions être l'un à l'autre? Tu voulais que je fusse, un jour, maîtresse avec toi de ce domaine, oui, tu voulais me faire comtesse de Corneville! Et notre vœu se fût réalisé, sans le hasard maudit par la faute duquel notre entretien fut entendu et rapporté au marquis, ton père.

Le jeune homme, plongé dans une sorte d'extase, les yeux mi-clos, laissait sommeiller la conscience de son individualité; il entendait bien plus qu'il n'écoutait, et paraissait bercé beaucoup plus qu'intéressé par le verbe abondant de sa compagne.

— Oui, hasard maudit! répéta-t-elle avec feu. Et il a fallu qu'Hélène, sous le prétexte de copier un des personnages de la Grande Tapisserie, vînt juste à ce moment avec dame Reine dans la salle des Armures. Dame Reine fit son métier en dénonçant notre tête-à-tête. Et cette petite Hélène, qui n'a jamais pu me sentir, s'est chargée du reste. Le marquis de Corneville, ne voulut voir en moi qu'une intrigante ouvrant ses précoces batteries contre son immense fortune, et, depuis lors, je ne fus plus jamais invitée au château jusqu'à ton mariage, dont Hélène s'est réjouie beaucoup trop hautement devant moi!

A ces mots, le comte parut sortir insensiblement de son rêve :

— Vous dites, Geneviève... Pardonnez-moi, je n'ai que vaguement entendu vos dernières paroles.

Et la marquise, impétueusement :

— Je dis que je t'ai perdu, mais que je te reprendrai, malgré cette mijaurée comtesse de Lucenay qui cherche à t'ensorceler! malgré celle qui occupe ma place ! malgré ta pimbêche de sœur qui a toujours été jalouse de moi !

— Que dites-vous ? fit alors le comte de Corneville, se redressant brusquement.

— Rien que la vérité ! Votre sœur, je vous le répète, ne m'a jamais aimée. Et je sais bien pourquoi. Elle m'a toujours haïe parce qu'on disait sans cesse devant elle que j'étais belle. Eh bien, moi aussi je la hais ! je la hais !

— Comment ! comment ! c'est d'Hélène que vous parlez ainsi ! Mais quelle chimère vous forgez-vous ? Hélène, mais c'est la douceur, c'est la tendresse, c'est la bonté même. Oh ! la pauvre enfant. Mais elle vous a toujours aimée comme elle aime tout ce qui est beau, tout ce qui est grand, tout ce qui est noble, tout ce qui est bon.

— Tu la défends bien chaudement ! Mais moi je ne lui pardonnerai jamais le mal qu'elle m'a fait !

— Taisez-vous, je vous en prie. Je ne puis vous laisser profaner ainsi mes plus chères affections.

L'altière marquise, se redressant à son tour, s'écria :

— Ah ! sotte que j'étais ! Tu me dessilles les yeux !... Tes plus chères affections, dis-tu. Tu ne penses pas seulement à Hélène en t'exprimant ainsi, tu te révoltes parce que j'ai commis un autre crime : j'ai parlé en termes trop peu séants de la belle Élisabeth, dont le mari fait de si longs voyages, de cette sainte-n'y touche dont le comte Raoul de Corneville s'est institué, au grand scandale de tous, l'écuyer servant.

Chose étrange, celui qui était l'objet de cette injure indirecte ne s'en émut pas. Tandis que Geneviève fulminait cette apostrophe véhémente, le comte de Corneville se montrait souriant et calme ; à la vérité, il était tout entier absorbé par une vision intérieure, dont le charme sans doute était bien grand, car elle le rendait tout à la fois sourd et aveugle. Il n'entendait plus aucune des paroles de la marquise ; il ne voyait pas la beauté surhumaine dont la douleur et la colère revêtaient la jeune femme. Il n'avait d'yeux que pour une image suave, exquise, céleste, en qui se reflétaient toutes les vertus. Il n'avait d'oreilles que pour les reproches à la fois bien douloureux et bien tendres qu'il se figurait lui être adressés par une voix connue et aimée entre toutes... De sa gorge serrée un cri est près de s'échapper : « Pardon, Yolande ! pardon ! »

Telle est sa pensée unique. Et, se ressaisissant tout à fait, il flagelle celle qui avait prétendu l'entraîner dans le mal de cette sanglante réplique :

— Je ne comprends véritablement pas vos insinuations contre la comtesse de Lucenay : la comtesse Élisabeth est une honnête femme qui n'oubliera jamais ce qu'elle doit à son honneur, et qui, comme telle, ne saurait inspirer que le plus profond respect.

La marquise Du Mesnil apparut soudain à Raoul avec un visage rendu hideux par la haine. Alors, sans attendre l'irréparable injure qui venait déjà sur des lèvres chargées d'horrible venin, le gentilhomme s'inclina légèrement, et, offrant le bras à la marquise avec la banale galanterie qui constituait dans l'occurrence le moindre des égards dus à une femme de qualité, il lui dit :

— Me permettez-vous de vous reconduire auprès de nos amis, qui doivent commencer à s'inquiéter de notre absence ?

Geneviève, se dominant au prix d'un violent effort, acquiesça légèrement de la tête, et, tout en passant son bras sous celui du comte, repartit d'une voix sensiblement altérée :

— Soit, monsieur de Corneville ! Vous avez la prudence. Moi, j'ai la mémoire ! . . . .

XII

LA CONDITION

Le lecteur se demande certainement ce qu'est devenue la gracieuse et touchante jeune fille, Hélène de Corneville. Je vais satisfaire sa légitime curiosité. Hélène, qui, depuis quelque temps, recherchait volontiers la solitude pour s'entretenir plus librement avec sa pensée intime, promenait sa rêverie mélancolique, à quelque distance de là, sur les bords ombragés de la Rille. Elle effeuillait machinalement une des roses qui ornaient son corsage, lorsque des pas se mêlèrent aux siens.

— Hélène, fit-on doucement.

Elle reconnut aussitôt la voix de son ami, cette voix qui éveillait chaque fois en elle autant de trouble que de plaisir.

— Ah ! c'est vous, Fabrice ! dit-elle avec une pointe de malicieuse taquinerie ; je vous croyais engagé dans la partie de colin-maillard de madame Dufresnoy.

— Fi donc, mademoiselle, quelle singulière idée !

— Où vous faisiez assaut d'esprit avec le chevalier Belphégor de la Sapinière.

— Pas davantage, grâce à Dieu, et vous êtes vraiment cruelle de me prêter des rôles qui auraient à ce point éloigné ma pensée de vous. Tout autre est la vérité.

— Que faisiez-vous donc?

— J'épiais madame de Lucenay, attendant impatiemment l'occasion de lui parler de nos affaires.

— Cette bonne comtesse... elle m'a bien promis de nous aider ; mais je crains qu'elle ne se fasse des illusions.

— Voyez plutôt, représenta le bailli en montrant deux personnes qui, sorties d'un bouquet d'arbre, s'avançaient à découvert dans leur direction ; voici la comtesse qui est en grande conversation avec le marquis, votre père, et quelque chose me dit qu'elle s'occupe de nous.

— Dieu vous entende, Raoul !

Quelques minutes après, la comtesse de Lucenay, qui avait aperçu les jeunes gens, venait seule les rejoindre.

— J'ai tenu ma promesse, mignonne, dit-elle en prenant affectueusement les mains de la jeune fille, et je viens d'avoir avec votre père un sérieux et dernier entretien. Le marquis m'a déclaré ceci :

« J'estime beaucoup le bailli Fabrice de Préval ; il est de bonne extraction, et, certes, la maison de Corneville est assez fortunée pour ne pas trop regarder au bien de ceux qui recherchent son alliance ; cela ne veut pas dire que j'aurais songé à en faire mon gendre... mais je dois avouer que je suis depuis quelque temps hanté par une pensée assez singulière à son égard... Vous allez être bien étonnée, madame, mais, foi de Corneville, je vous assure que je serais bien embarrassé de refuser la main d'Hélène à M. de Préval, si l'on venait me dire qu'il s'est acquitté de quelque travail fabuleux, qu'il a fait une découverte étonnante ; par exemple... comment vous dirai-je cela, qu'il a trouvé le secret de la sonnerie des cloches de Corneville.

— Le secret des cloches de Corneville !... répétèrent tout abasourdis les deux jeunes gens qui depuis quelques instants semblaient transfigurés par l'étonnement et la joie.

Quel secret ?

— Le secret de leur sonnerie spontanée.

— Mais puisque c'est un miracle... objecta Hélène.

— Ou, du moins, un fait reconnu comme tel, ajouta Fabrice.

— Miracle tant que vous voudrez, repartit avec vivacité madame de Lucenay, mais je sais bien une chose, c'est que si j'étais monsieur le bailli, je ne voudrais pas me résigner à ignorer quoi que ce soit de l'histoire du bailliage de Corneville : un bailli n'est pas un homme comme un autre, il doit tout savoir, et c'est justice, puisque tout le monde vient s'incliner devant son tribunal. Si miraculeux que puisse être le fait en question, rien ne dit qu'il ne se puisse opérer un autre miracle en votre faveur, mes chers amis, grâce auquel M. de Préval pourrait obtenir quelques lumières sur ce grand secret. Ne faites pas cette petite moue qui m'afflige, ma bonne Hélène. Pourquoi douteriez-vous des bonnes intentions du Très-Haut à votre égard? n'avez-vous pas tous les titres à sa sollicitude, et ne serait-il pas naturel que la Providence daignât regarder d'un œil particulièrement favorable l'héritière d'une maison qui n'a jamais séparé sa gloire de celle de l'Abbaye, et qui a tant contribué à propager en tous lieux la renommée de celle-ci... Voyons, monsieur de Préval, en votre qualité de magistrat, vous avez l'habitude des enquêtes, des recherches méticuleuses et prolongées pour arriver à découvrir la vérité. Pourquoi donc n'entreprendriez-vous pas des investigations pour atteindre un but qui vous est si cher? Si un magistrat ne se laisse rebuter par aucune difficulté pour parvenir à démêler les fils d'une intrigue dans les procès qu'il peut être appelé à instruire, pourquoi hésiterait-il à donner la mesure de sa perspicacité et de son activité dans sa propre cause? Oui, monsieur Fabrice, la curiosité sied bien à un juge, et du moment où il y va de votre bonheur, je ne craindrais pas, si j'étais à votre place, de mettre tout sens dessus dessous pour satisfaire la mienne.

— Permettez, madame, il n'est, certes, rien que je ne fasse pour mériter la main de mademoiselle de Corneville. Je suis prêt à entreprendre tous les travaux, comme à braver tous les dangers pour me rapprocher de celle que j'aime plus que ma vie. Mais à moins de ressembler au brave Don Quichotte de la Manche, à moins de donner dans la plus pure extravagance, et peut-être de friser les pratiques de la sorcellerie, je ne vois pas comment je pourrais un instant songer à m'engager dans un domaine aussi surnaturel. N'était l'inviolable respect que je professe pour le chef de la maison de Corneville, je croirais vraiment que monsieur le marquis a outrepassé les droits que lui donne sa haute situation, pour se gausser de moi. Dans ce cas, madame, laissez-moi vous dire qu'un refus formel et nettement articulé eût de sa part été plus humain et plus courtois que l'expression d'une exigence qui peut ressembler à un cruel badinage.

La comtesse ne fut nullement décontenancée par cette manifestation de dépit; elle parut, au contraire, beaucoup s'amuser, et, souriant de plus belle, elle reprit avec la plus parfaite obligeance :

— Bon, voilà maintenant que vous vous échauffez et que vous prenez de l'ombrage ! Voulez-vous que je m'arrache les cheveux ou que je me couvre la tête de cendre pour expier la faute de votre impétuosité, de votre imprudence? Le marquis est à mille lieues de vouloir plaisanter, et, s'il le voulait, ce ne serait ni à vos dépens, ni en une telle matière. Écoutez plutôt tous deux, avec la plus grande attention ce que je vais vous dire :

« Le marquis, sait que son ancêtre Claude-Jason possédait un livre, lequel compte parmi les premiers qui furent imprimés, où, sur la foi d'un vieux manuscrit, signalé comme ayant été distrait à une certaine époque des archives de l'Abbaye de Corneville, il était dit qu'un jour entrerait dans la famille des sires châtelains de ce lieu, *un escuyer mult vaillant et saige, de grant clergie et de hault cuer, ains povre de deniers, qui eust faict invention du secroi d'icelles cloches.*

« Ce passage du vieux livre a toujours, m'a dit le marquis, intrigué les seigneurs de Corneville, qui, tous, se le sont transmis héréditairement par une tradition orale, comme une curiosité relative à leur maison. Sans qu'aucun d'eux ait pensé voir se réaliser là la prophétie exprimée par cette manière d'oracle, puisque, s'il en faut croire la chronique du château, il n'y avait jamais eu de filles jusqu'à présent chez les Corneville. Votre père, ma chère Hélène, m'a conté que quelque temps après votre naissance il fut frappé par l'idée que l'enfant qui venait de lui être donnée, pourrait, un jour, contribuer à vérifier l'antique prédiction faite à sa race. Et il m'a confessé que cette particularité lui était revenue en mémoire, dès que je lui eus fait connaître vos sentiments réciproques. Comme je lui exprimais l'intérêt que je portais à son récit, en m'étonnant de la fidélité extraordinaire avec laquelle avait pu être conservé ce texte, il s'écria vivement : « — Vous ne doutez pas, au moins, madame, de cette fidélité de nos souvenirs? Le livre en question contient littéralement les mots que je viens de vous citer. Si vous voulez bien vous mettre à cette table, et prendre la peine de les transcrire, je vais vous les dicter. » Je m'empressai d'obéir au désir exprimé par le marquis, et je traçai sous sa dictée les lignes que voici.

En même temps, la comtesse tira de son corsage un papier soigneusement plié. Cependant, elle ne le tendit pas immédiatement à Fabrice, comme son geste l'avait d'abord indiqué, et poursuivit :

— Le marquis me dicta, sans aucune hésitation, exactement comme s'il avait eu le livre sous les yeux, en me désignant avec la plus grande précision ces mots surannés d'un aspect si barbare, et qui cependant me causaient une si grande joie par la facilité avec laquelle ils me semblaient pouvoir s'appliquer au cas présent. Mais ce n'est pas tout : quand j'eus fini d'écrire, le marquis me dit : « — Madame, vous vous demandez sans doute pourquoi je vous ai invitée à prendre cette peine. Je ne vais pas tarder à vous en instruire... » En même temps, il se leva et s'achemina vers ce cabinet de Venise dont vous m'avez fait admirer plusieurs fois, chère Hélène, le beau bois de cèdre et les superbes ferrures travaillées d'une façon si originale par les artistes des lagunes...

Il en fit jouer successivement les trois serrures avec les trois clefs qu'il porte toujours sur lui, m'avez-vous dit... Et, durant quelques instants, je pus considérer l'intérieur de ce meuble merveilleux représentant la

L'animal emporté s'était élancé dans le vide... (Page 110.)

façade du château de Corneville avec ses trois étages, ses tourelles, ses fenêtres, ses toits, le tout plaqué de nacre et d'ivoire, et semé d'arabesques d'or... Vous n'avez peut-être pas eu l'occasion de voir ce meuble, monsieur de Préval, c'est un véritable prodige de minutie et d'habileté.

— Oui, fit Hélène, c'est une très belle chose à laquelle mon père tient, je crois, autant qu'au château même. Au siècle dernier, lors des guerres civiles qui désolèrent la Normandie, le château de Corneville, alors tout récemment reconstruit, put donner au roi Charles IX, une hospitalité sûre pendant quelques semaines. La reine-mère Catherine de Médicis en prenant congé, avec le roi, du baron Jason, invita celui-ci, pour lui témoigner sa reconnaissance et celle de Sa Majesté, à venir prochainement les visiter au Louvre, où il lui serait octroyé telles grâces et faveurs qu'il pourrait en exprimer le désir. Le sire de Corneville ne se le fit pas répéter, et il profita d'une trêve bientôt survenue pour se rendre à Paris. Il fut très honorablement reçu au Louvre. Après la présentation, le roi Charles le prit à part dans sa chambre, en faisant écarter les autres seigneurs, qui pensèrent en mourir de dépit, et lui lut deux poésies qu'il venait de rimer. La première était un sonnet dédié à madame Marguerite sa sœur; la seconde était un rondeau adressé au poète Pierre de Ronsard, prieur de Saint-Côme, et prince de la Pléiade. Puis, Madame Catherine à son tour l'envoya quérir, et accompagnée de l'escadron volant, composé des beautés les plus célèbres du royaume, lui fit visiter, ses grands appartements ornés des plus beaux meubles.

« Ces meubles étaient, pour la plupart, dans des étuis en cuir gaufré et doré. La reine-mère ordonna à ses laquais de retirer ces étuis, opération qui n'avait lieu que très rarement, et qui demandait beaucoup de soin, pour découvrir à la vue de mon ancêtre les merveilles qu'ils contenaient. Le baron Jason ouvrit de grands yeux devant les émaux et les faïences de la reine exécutés par le célèbre Palissy, devant les lits de velours noir brodés de perles, aux colonnes de jais ou d'ébène garni d'argent, devant les tables en marqueterie posées sur des châssis dorés, et fut ébloui de la richesse des bahuts, des guéridons, des crédences, des escabelles et des grands siéges en bois d'ébène incrusté d'ivoire.

« Quand il eut tout vu, examiné, madame Catherine l'invita à dire ce qu'il avait le plus admiré. Après mille compliments sur les trésors qu'il venait de contempler, le sire de Corneville conclut que rien ne l'avait ravi à l'égal de certain cabinet décoré de piliers d'argent, godronné au coin des layettes (1), tout en marqueterie, représentant un théâtre à l'intérieur. Et, rappelant à Sa Majesté sa récente promesse, il sollicita pour toute faveur qu'elle voulût bien lui faire connaître l'artisan qui avait façonné ce meuble divin. Sa Majesté lui accorda incontinent cette grâce, et le baron revint, peu de jours après, à Corneville, avec un Italien nommé Ludovico Ginelli, célèbre menuisier et tourneur en ébène et autres bois. Ginelli passa vingt années à confectionner ce meuble, qui n'était pas achevé à la mort du sire Jason.

La comtesse Élisabeth et le bailli Fabrice avaient écouté avec intérêt ce trait curieux des fastes intimes de la maison de Corneville.

(1) Tiroirs.

Madame de Lucenay reprit son récit en ces termes :

— Après quelques recherches, le marquis trouva dans un tiroir un parchemin paraissant remonter à une haute antiquité. Il me le tendit en disant : « — Madame, si, comme je crois l'avoir déjà constaté, vous possédez l'art de déchiffrer les très anciens manuscrits, vous pouvez lire vous-même dans celui-ci les mots que je viens de vous dicter. » Entraînée par la curiosité, j'entrepris bravement la tâche qui m'était offerte, et grâce au soin qu'avait eu mon père de me former, tout jeune, à la lecture des plus vieux exemplaires de la Bible, j'y réussis sans trop de peine, ce qui me valut les chaudes félicitations du marquis. Ma chère Hélène, votre père me dit alors : « Vous pouvez donner connaissance à M. de Préval de la prophétie du vieux livre. Quoiqu'il ne soit plus guère de mode aujourd'hui d'ajouter foi aux antiques prédictions, je respecte très volontiers celle-ci, et je suis tout disposé à la laisser se vérifier, si M. de Préval remplit la condition requise pour l'alliance d'un *escuyer vaillant et povre* avec la maison de Corneville. Et pour lui donner un gage de nos sentiments, je vous autorise à lui montrer, même à lui laisser la copie de ce passage en lui racontant exactement tous les détails de notre conversation. »

Madame de Lucenay remit alors à Fabrice les lignes qui lui avaient été dictées par le père d'Hélène.

— Je ne doute plus, madame, des bonnes intentions de M. le marquis, déclara Préval, très ému, et j'en reçois de vos mains avec infiniment de gratitude le précieux témoignage, qui dépasse toutes mes espérances. Ma joie, certes, serait extrême, si je pouvais raisonnablement avoir la prétention de réussir dans l'entreprise à laquelle M. de Corneville veut bien me convier.

— Vous réussirez, Fabrice, s'écria Hélène, avec feu. Mettez-vous à l'œuvre, et si votre courage venait à faillir, remémorez-vous le vers du Cid :

« Sors vainqueur d'un combat... .

— « ... Dont Chimène est le prix », continua madame de Lucenay. A merveille, Hélène ! Monsieur de Préval, vous voilà au pied du mur. La voix de l'amour et celle du génie vous pressent à la fois.

— Hélas ! repartit Fabrice en souriant légèrement, je ne suis pas Rodrigue. Rien ne dit que je trouverai... Si j'échoue ?

— Eh bien, je ferai en sorte de vous seconder.

— Vous souriez toujours, madame, reprit Hélène, suspendue aux lèvres de la comtesse, et votre ton est celui de la confiance. Vous croyez donc bien réellement à la possibilité de notre bonheur ?

— Oui, ma chère enfant, oui.

La bonne humeur de la jeune femme ne faisait que mieux témoigner de sa sincérité. Ses yeux brillaient manifestement du plaisir d'aider à faire deux heureux en préparant l'union de ces deux êtres jeunes et beaux, si irrésistiblement attirés l'un vers l'autre.

Fabrice saisit la main de la jeune femme, et y déposa un baiser des plus respectueux. Puis prenant brusquement congé d'Hélène avec un regard plein de promesses, il s'éloigna en disant :

— Je vais de ce pas commencer mes recherches.

XIII

LE SAUT DU SEIGNEUR

La dernière journée de ces fêtes cynégétiques était venue, et le marquis Du Mesnil, qui aimait la chasse avec passion, s'était levé de grand matin pour faire le bois avec son piqueur. Comme il a été dit plus haut, on devait chasser le sanglier, et l'on avait choisi cette fois, pour lieu de rendez-vous, le hameau de Bellemarre, toujours au sud mais plus à l'est de la forêt de Brotonne.

Le marquis avait bien vite détourné un des nombreux sangliers qui baugeaient dans ce canton de la forêt.

Dès l'arrivée des cavaliers et des dames, la chasse commença.

On avait fait un solide déjeuner, bien qu'il fût à peine neuf heures du matin, car la battue pouvait durer jusqu'au soir, le sanglier étant un animal résistant. Bien menée par Du Mesnil, son piqueur et Raoul, elle se déroula tout d'abord avec les péripéties ordinaires, le sanglier rusant et ne prenant pas de grands partis...

Mais à force de se faire battre, la bête sauvage, qui était de forte taille, et qui avait de l'expérience, prit une résolution, et, fonçant dans l'épaisseur d'un taillis, sembla se diriger vers la Seine, au nord-est de la forêt.

— Il va se faire prendre au haut de la falaise! s'écria le marquis.

— A moins qu'il ne saute en bas comme ce sanglier qui est tombé du sommet du « Saut du Seigneur » et s'est cassé les reins! répliqua Raoul.

— En avant! en avant! clama le jeune de Nefville, qui, suivi de Belphégor de la Sapinière, prit les devants.

Toute la chasse se précipita derrière eux, coupant au plus court par divers chemins.

La marquise Geneviève s'était approchée du groupe formé par Hélène, Yolande et Élisabeth.

Aux mots « le Saut du Seigneur », elle avait eu un mauvais sourire.

« Le Saut du Seigneur » était un lieu réputé dangereux au plus haut point : la forêt bordait jusqu'à sa limite extrême la falaise, qui surplombait la Seine, et l'allée y aboutissant se terminait par un petit rond-point. Or, un jour, emporté par l'ardeur de la chasse, un gentilhomme des environs était arrivé à grande allure dans cet endroit, et n'ayant pu maîtriser son cheval avait roulé avec lui dans le gouffre... De là, cette dénomination de « Saut du Seigneur ».

— De quel côté prenez-vous ? leur demanda-t-elle.

— Nous allons suivre ces messieurs, répondit Yolande en désignant des cavaliers d'un certain âge, qui s'engageaient à une allure modérée dans une grande allée.

— Je vais avec vous, reprit simplement la marquise, qui poussa sa jument à côté du cheval d'Élisabeth.

Hélène et Yolande prirent la tête ; les deux autres amazones arrivèrent à une ou deux longueurs.

Soudain, Geneviève, se tournant vers madame de Lucenay, lui dit :

— Prenez garde, madame, la sangle de votre cheval est lâche, et la selle pourrait bien tourner.

La comtesse de Lucenay n'était pas une hardie écuyère, et son premier mouvement fut d'arrêter sa monture.

— Qu'y a-t-il ? demanda Hélène en se retournant.

— Ce n'est rien, répondit Geneviève ; le cheval de madame de Lucenay a fait sans doute gros ventre au départ, et la sangle ne tient plus. Je vais la resserrer.

Hélène et Yolande continuèrent leur chemin sans se préoccuper autrement de l'incident.

Geneviève mit pied à terre, s'approcha du cheval, sembla assez longuement arranger quelque chose sous le ventre de la bête, puis, avant de s'éloigner, voulut desserrer un peu la gourmette.

A ce moment, elle glissa entre les dents du cheval une petite boulette qu'il mâcha avec une évidente satisfaction.

Élisabeth n'avait rien vu de ce manège.

— Comment allez-vous remonter sur votre cheval ? demanda-t-elle à la marquise.

Celle-ci sourit sans répondre. Plaçant son pied mignon dans l'étrier, elle s'enleva comme un homme, sans être embarrassée par les longs plis de l'amazone adroitement relevée, et retomba gracieusement en selle.

Aussi loin qu'on pouvait voir, l'avenue était déserte. Après quelques moments de trot, Élisabeth demanda :

— De quel côté ont tourné ces dames? Je n'ai pas pensé à regarder...

— Je les ai observées, répondit Geneviève. Elles ont tourné à droite, au bout de l'allée.

— Je me laisse guider par vous, reprit madame de Lucenay : vous connaissez bien mieux que moi la forêt.

— Et je vais vous faire couper par un raccourci grâce auquel nous regagnerons l'avance prise par Hélène et Yolande.

Pendant un instant, tout alla bien, mais bientôt le cheval d'Élisabeth commença à donner des signes d'agitation.

Il allongeait son trot, se cabrant, et fournissant des réactions plus dures, lorsque son écuyère essayait de modérer l'allure.

— Vous avez un cheval bien chaud, bien ardent, dit Geneviève ; vous devriez le laisser prendre le galop, il vous fatiguerait moins, et s'assouplirait un peu.

Élisabeth suivit docilement le conseil, et laissa partir sa monture.

Le résultat fut désastreux, l'animal prit une course désordonnée, tandis que ses yeux s'injectaient de sang, et que des flots d'écume couvraient son poitrail.

Geneviève, impassible, suivait à quelque distance, sur sa superbe jument, qui accentuait son allure.

— Mais je ne peux plus arrêter mon cheval! cria la dame de Lucenay, avec épouvante.

— Sciez-lui la bouche, dit simplement sa compagne ; nous voici dans une allée très longue, vous aurez le temps de l'arrêter.

En effet, les deux femmes débouchaient dans une belle avenue de hêtres, et à quelque distance de là des fanfares éclatantes sonnaient la vue.

— Voyez-vous, nous avons rejoint la chasse, votre cheval va se calmer, cria-t-elle à Élisabeth.

Mais celle-ci ne répondit pas : elle luttait contre sa monture, qui, s'emballant tout à fait, partit à fond de train, et atteignit en quelques secondes l'extrémité de l'avenue. Tout à coup le rideau d'arbres s'ouvrit devant la malheureuse... Le petit rond-point apparut et tout de suite l'espace s'étendant à l'infini, le gouffre, l'eau, la Seine !

Élisabeth n'eut qu'une seconde cette vision devant les yeux, et ne put que pousser un cri d'épouvante, tandis que la marquise, très distancée depuis un instant, criait à la malheureuse de jeter son cheval à travers bois.

L'animal emporté n'avait fait qu'un bond dans le vide, entraînant celle qui le montait dans une chute effroyable !

Geneviève s'était arrêtée près du précipice, forçant sa jument, qui résistait et renâclait de terreur, à rester sur le bord extérieur.

Penchée au dessus de l'abîme, la figure crispée par un rire satanique, la monstrueuse créature regardait l'épouvantable drame !

Le cri d'Élisabeth retentit douloureusement aux oreilles des chasseurs qui, suivant de près la meute, longeaient la crête de la falaise.

— Il y a un malheur ! s'écria Raoul.

Et suivi de M. Du Mesnil, il coupa à travers bois.

Le premier spectacle qui s'offrit à leurs yeux fut Geneviève, qui, agenouillée sur le bord du précipice, donnait tous les signes du plus violent désespoir !

— Là !... là ! murmura-t-elle en montrant le vide.

— Qu'y a-t-il ?... Parlez ! s'écria le marquis.

— Madame de Lucenay !... son cheval emporté !... c'est affreux !...

En voyant la terre éboulée, égratignée, couverte d'empreintes de fers à cheval, Raoul et le marquis devinèrent la catastrophe.

— Madame de Lucenay est tombée !... Mais il faut descendre !... il faut aller à son secours !

— Elle est perdue !... elle est tuée ! on ne revient pas d'une telle chute ! dit le marquis d'une voix grave en mettant pied à terre... Mais descendons, on ne peut laisser son corps !

— Oui, fit Raoul, allons la chercher !

— Mais c'est impossible ! s'écria Geneviève avec un effroi réel ; vous allez vous tuer aussi !

— Non ! déclara le marquis avec une froide résolution. Il y a un sentier de chasse, et le corps de madame de Lucenay, ainsi que celui de son cheval, sont certainement restés dans les broussailles d'un ressaut qui se trouve à cinquante ou soixante pieds au-dessous de cette terrasse.

Les deux hommes attachèrent leurs chevaux, et se mirent en demeure de descendre l'étroit sentier serpentant aux flancs de la falaise.

Gênés par leurs bottes et par leurs éperons, ils marchaient lentement, les mains cramponnées aux buissons et aux genêts.

Du haut de la plate-forme, Geneviève les regardait descendre avec une étrange émotion.

Au bout d'une dizaine de minutes, des siècles pour Geneviève, Raoul et le marquis arrivèrent au ressaut large de plusieurs mètres qui bordait la falaise, mais le point de jonction du sentier était assez éloigné de l'endroit où s'était produite la chute. Il fallait que les deux hommes se frayassent un chemin à travers les buissons et les arbustes qui atteignaient dix et douze pieds de haut.

A ce moment, le marquis s'arrêta :

— C'est ici ! murmura-t-il en se découvrant, et en se signant.

Raoul s'élança, écartant les branches...

Un spectacle affreux s'offrit aux regards !

Le cheval en tombant s'était abîmé sur un chêne rabougri qui formait le milieu d'une touffe d'arbustes, et la masse de l'animal avait broyé l'arbre, dont les éclats l'avaient éventré, déchiqueté littéralement... Ce n'était plus qu'un effroyable amas de chairs sanglantes et d'entrailles déchirées...

Sous la force du choc, la malheureuse comtesse de Lucenay avait rebondi à dix pieds de là, et gisait à terre sur une herbe épaisse... Le corps de la pauvre Élisabeth semblait intact, et, sauf la pâleur effrayante de son gracieux visage, elle eût paru dormir.

Raoul s'agenouilla près d'elle, et prit sa main inerte... Elle était glacée... Soulevant sa belle tête, il approcha son visage de ses lèvres, et il lui sembla sentir un souffle imperceptible.

— Je crois qu'elle respire! s'écria-t-il.

Du Mesnil, s'agenouillant à son tour, souleva le corps, et, délaçant le corsage, chercha le cœur.

Il battait légèrement.

— Elle vit! murmura-t-il. C'est un miracle!... mais elle doit être bien gravement blessée!...

La malheureuse tressaillit... Le déplacement qu'on venait de lui faire subir devait lui avoir fait éprouver une violente douleur, car elle poussa un léger gémissement.

La robe en se relevant avait découvert ses jambes... l'une d'elles, horriblement déjetée en dehors, attira l'attention du marquis.

— Elle a une jambe cassée! s'écria-t-il.

En effet, la pauvre jambe inerte avait cet horrible flottement que donne la fracture complète.

Avec ce sang-froid et cette présence d'esprit qui ne l'abandonnaient jamais, le marquis, écartant les branches, appela:

— Geneviève, vous êtes là-haut?

— Oui, répondit une voix, ces messieurs m'ont rejointe.

— Dites-leur d'envoyer deux valets de chiens avec des cordages.

— Eh bien, vous avez trouvé? interrogea la misérable.

— Oui, madame de Lucenay est grièvement blessée!

— Elle vit!... s'écria la marquise.

— Oui, mais elle est bien mal. Rentrez au château et faites préparer la grande chambre. On va l'y transporter.

Geneviève eut un froncement de sourcils, puis une pensée atroce:

— Elle n'est pas morte!... Mais cette chute à travers les arbres a dû la défigurer...

Se berçant de cette pensée, elle se fit remettre en selle, et galopa jusqu'au château Du Mesnil, distant d'une bonne lieue.

Une heure après, le fatal cortège arrivait dans la cour du château.

Il se produisit un petit bruit métallique... (Page 145.)

Durant le trajet, Élisabeth était revenue à elle, mais pour délirer sous l'empire d'une terrible fièvre.

Raoul avait expédié un piqueur à Corneville pour en ramener Cyprien, le barbier-chirurgien.

Le jeune homme fit diligence, car il arrivait au Mesnil peu de temps après l'infortunée Élisabeth.

S'emparant tout de suite de la direction des soins à donner à la blessée, il commença par faire confectionner un appareil. Après avoir emboîté la jambe cassée dans les éclisses qu'il vissa fortement, il prit dans sa trousse deux flacons, mélangea quelques gouttes de chaque liquide avec un peu d'eau ; puis il desserra les dents de la blessée, et lui fit avaler la préparation.

Un quart d'heure après, l'agitation tombait, et la dame de Lucenay s'endormait d'un sommeil troublé parfois par de sombres hallucinations.

Lorsque Geneviève avait constaté que le beau corps d'Élisabeth était intact, elle s'était sentie prise d'une effroyable rage, mais l'horrible créature devait dissimuler.

Quand madame de Lucenay se fut assoupie, elle voulut s'installer à son chevet.

La nuit était venue. Yolande et Hélène désiraient rester, mais il fut décidé que l'une des deux seulement veillerait.

Madame du Mesnil, en voyant Hélène s'asseoir près du lit dans un vaste fauteuil, se retira également.

Cyprien, après avoir jugé de l'effet de sa potion, s'était dirigé vers la grande salle du château, où se tenaient Raoul, le marquis et quelques gentilshommes restés pour emporter des nouvelles de la blessée.

— Eh bien ? fit le marquis, traduisant par cette interrogation l'anxiété de tous.

— La blessure par elle-même ne présente aucune gravité, et dans six semaines madame de Lucenay pourra se promener à son gré, mais je ne sais pas si l'ébranlement de la chute n'a pas causé des lésions dans l'intérieur du corps, et je ne serai rassuré que d'ici à quelques jours.

— Comment, vous pourriez craindre une issue fatale ? demanda M. de Préval, qui s'était approché de Cyprien.

— Oui, monsieur le bailli ; j'ai vu des personnes ayant fait de grandes chutes se relever sans blessures apparentes, et mourir subitement quelques heures après.

Lorsque le chirurgien-barbier de Corneville prononça ces dernières paroles, une portière qui dissimulait l'entrée des appartements de madame du Mesnil et qui occupait le fond de la salle s'agita légèrement, et si l'attention de tous n'avait été tournée vers Cyprien, on eût pu voir dans l'entre-bâillement de la lourde tenture reluire un œil noir.

Au bout de quelques minutes de conversation avec les gentilshommes, Cyprien, qui s'était comporté avec un tact et une aisance parfaits, se retira discrètement.

— Quel étrange garçon que ce Cyprien ! fit le marquis du Mesnil ; il a une façon de s'exprimer et une allure extraordinaires. On n'a pas une minute l'impression qu'on parle à un croquant.

— C'est vrai! s'écria le petit de Nefville, et il aurait grande mine, l'épée au côté!

— Il y a un mystère dans la naissance de cet enfant, dit M. de Préval.

— Oui, cela doit être, repartit Raoul, et mon père lui porte un intérêt trop vif pour qu'il n'en sache pas plus long ; mais c'est le secret du marquis de Corneville, et je n'ai pas à l'approfondir.

Sur ces derniers mots, les invités se séparèrent, et seuls Raoul et de Préval restèrent au château.

Au moment de regagner la chambre où il était logé, le bailli fit mander Cyprien.

Il l'entretint une minute dans l'embrasure d'une fenêtre, et, lui serrant la main, il le quitta sur ces mots du jeune homme :

— C'est bien, monsieur le bailli, je reviendrai...

.   .   .   .

Il est minuit, l'heure des spectres et des crimes... Tout repose au château du Mesnil.

Dans la vaste chambre, Élisabeth de Lucenay, étendue sur un lit de douleur, pousse, dans son sommeil factice, de sourds gémissements... La malheureuse s'agite par moments sous l'empire de la fièvre ou se débat contre l'horrible vision du gouffre qui emplira longtemps ses yeux...

Hélène, la douce et charmante créature, fatiguée, épuisée par la longue chevauchée et l'émotion de l'horrible drame, s'est endormie dans le grand fauteuil malgré sa ferme résolution de rester auprès de son amie jusqu'au matin.

Il est vrai que le moindre appel la réveillerait, mais la plainte monotone du délire rassure plutôt son sommeil.

Il doit y avoir du vent au dehors, car les grandes tapisseries de haute lice qui garnissent le fond de la pièce derrière le lit s'agitent légèrement, comme si l'air passait par quelque porte mal fermée...

Lentement, très lentement une des tentures se soulève, et une ombre s'avance sans bruit vers le lit, mais cette ombre-là est bien un corps en chair et en os, c'est la fine silhouette, la démarche souple et onduleuse de Geneviève du Mesnil...

La châtelaine s'approche de la couche où gémit la pauvre Élisabeth...

Elle regarde longuement celle qu'elle croit toujours sa rivale, elle se repaît avec un sourire sinistre du spectacle de ses souffrances...

A la lueur mourante d'une cire, qui, usée jusqu'au bout, va s'éteindre, elle examine le visage d'Hélène, endormie, puis s'approche d'une petite table où se trouve un gobelet en argent contenant le reste de la potion préparée par Cyprien...

Il se produit un petit bruit métallique, comme si un objet dur avait heurté la paroi du gobelet. Geneviève se retourne... Hélène n'a pas bougé... Lentement, très lentement, la belle et cruelle marquise disparaît de nouveau sous la tenture, tandis que brille dans sa main un petit flacon de cristal...

Décidément, il y a du vent dans le château, car les tentures s'agitent encore, mais à l'opposé, du côté du corridor accédant à la chambre.

La tapisserie de la grande porte se soulève et une autre ombre, celle-ci plus arrêtée, plus précise dans ses contours, s'avance sans bruit...

La cire jette sa dernière lueur, et Hélène, si elle se réveillait, reconnaîtrait peut-être le jeune et bon Cyprien.

Cyprien, — car c'est lui — se penche sur le gobelet, dont il goûte le contenu avec son doigt, puis il prend le coquet vase d'argent et le vide dans une petite fiole qu'il extrait de sa trousse.

Après en avoir essuyé l'intérieur, il remet une autre dose de potion dans le vase et se retire, et, murmurant très bas : « Voilà qui pourra intéresser maître Nicolas Lemery. »

La cire jette une dernière lueur et s'éteint...

. . . .

Le lendemain matin, dès les premières clartés du jour, Geneviève est à la porte de la chambre de la blessée, chez laquelle Cyprien est entré. Par discrétion, sans doute, elle attend l'avis du jeune médecin et les nouvelles qu'il doit rapporter de son matinal examen.

— Comment va notre pauvre blessée ? demanda-t-elle avec une inquiétude qui n'était pas jouée.

— Mais beaucoup mieux, répondit le barbier-chirurgien ; elle a repris de la potion que je lui avais laissée, et la fièvre est tombée. Tout fait espérer qu'il n'y a pas de lésions internes.

Geneviève tressaillit, et ses yeux exprimèrent pendant une seconde un vif étonnement, qui n'échappa point au jeune homme, quoiqu'il eût fait place aussitôt à une joie en apparence sincère.

La marquise, ayant pénétré dans la chambre, s'approcha de la table, et tout en souriant à Hélène trempa son doigt dans le petit restant du médicament qui humectait encore le fond du gobelet.

Ayant profité d'un moment où Hélène était tournée vers le lit, elle porta son doigt à ses lèvres.

Geneviève eut un mouvement de surprise : elle ne trouva pas la saveur qu'elle s'attendait à reconnaître... La potion avait dû être changée!... Cette femme d'une énergie terrible eut un frisson devant ce fait mystérieux, et elle resta un moment sans pouvoir répondre à Hélène, qui lui parlait. Elle se retira bientôt, et rentra dans ses appartements.

Pendant ce temps, Cyprien déclarait au marquis Du Mesnil qu'il fallait transporter madame de Lucenay au château de Corneville, où il serait plus commodément pour la soigner. Il le priait donc de vouloir bien faire mettre en état une litière qu'il avait vue sous la remise et qui allait servir à ce transport.

Malgré les protestations et les étonnements que cette décision provoquait, Cyprien insista. L'étrange ascendant que ce jeune homme prenait sur ceux qui l'approchaient était tel que tous s'inclinèrent devant sa volonté formelle.

Quelques heures après, le triste cortège allait se mettre en marche, et Geneviève, s'approchant du bailli, lui dit :

— C'est de la folie que de transporter cette pauvre femme en cet état !

— Non, madame, répondit Cyprien en plongeant son clair regard dans les yeux noirs de la marquise, ce n'est pas de la folie, mais de la prudence.

Le regard étincelant de la marquise pesa lourdement sur celui du jeune homme, qui soutint le choc, et ce fut Geneviève qui fut obligée de baisser les yeux la première.

Le marquis de Corneville avait été profondément ému de l'affreux accident arrivé à la charmante amie de sa fille, et dès qu'il eut présidé à l'installation de la blessée, il fit partir un cavalier pour Lisieux avec mission d'en ramener un praticien célèbre dans toute la région par son habileté à guérir les fractures.

Celui-ci, aidé de Cyprien, qu'il félicita de ses premiers soins, opéra si bien qu'au bout d'un mois madame de Lucenay pouvait faire quelques pas.

Tout le monde s'évertuait à distraire la convalescente, et Yolande ainsi que son mari s'efforçaient de lui être agréables de toutes manières.

Yolande ne prenait aucun ombrage de la franche amitié que son mari éprouvait pour Élisabeth, car elle sentait, avec son cœur de femme aimante, combien cette amitié était pure de toute mauvaise pensée.

XIV

PERFIDIE

Il y avait déjà quelques semaines que la comtesse de Lucenay avait pu recommencer à marcher, c'était à peine si une légère claudication peu visible rappelait encore son accident, lorsqu'une après-midi — on était alors dans les premiers jours du mois d'août 1687 — un cavalier couvert de poussière arriva à la porte du château. C'était M. de Lucenay, qui avait débarqué, le matin, à Quillebœuf.

Le comte et la comtesse de Corneville lui firent le plus aimable accueil.

Lucenay les remercia, mais d'un ton et d'un air qui paraissaient contraints, d'avoir bien voulu garder sa femme durant une grande partie de son absence, et demanda où elle était.

— Dans un appartement non éloigné du nôtre, répondit Yolande. Elle s'apprête à sortir avec mon mari. Nous nous partageons pour elle, ajouta-t-elle en souriant, lorsque nous ne pouvons pas tous deux lui tenir compagnie.

Venez avec moi, mon cher comte, je vais vous conduire à elle.

La charmante jeune femme le précéda ; ils traversèrent le corridor, et bientôt Yolande s'arrêta :

— C'est là, dit-elle en lui montrant une porte fermée.

Elle frappa en articulant gaiement :

— C'est moi, ma chère Élisabeth. Mais je ne suis pas seule.

— Et avec qui donc êtes-vous, ma chère Yolande ? demanda Élisabeth derrière la porte.

— Ouvrez d'abord.

— Pardon, comte, reprit Élisabeth, qui croyait avoir affaire à Raoul. Je suis à vous.

— Ouvrez, ouvrez, il n'y a pas de regards indiscrets à craindre.

Et s'adressant bas à Gaston, qui allait se faire reconnaître :

— Voulez-vous bien vous taire ?

— J'ouvre... j'ouvre, répondit la comtesse de Lucenay, qui semblait se hâter de se mettre en état décent de recevoir.

La porte s'ouvrit, et Élisabeth, qui n'avait pas eu le temps de terminer sa toilette, apparut en peignoir de batiste, et redevenue belle, presque reposée malgré un reste de pâleur.

— Gaston ! s'écria-t-elle en s'élançant vers lui, les bras ouverts, et le visage subitement coloré par la joie de revoir celui qu'elle attendait depuis si longtemps.

— Le bonheur vous remet des roses aux joues, ma chère Élisabeth, dit la comtesse de Corneville. Je vous laisse à ce bonheur. A tout à l'heure.

Et légère et gaie comme toujours, elle retourna sur ses pas.

— Vous ne m'embrassez donc pas, monsieur ? dit la jeune femme avec une câlinerie ravissante ! C'est bien mal, allez...

— Si... si, répondit Lucenay en déposant sur son front, un froid baiser.

— Sur le front... comme le premier jour des fiançailles. Fi ! fi ! monsieur ! Vous ne m'aimez donc plus ?

Et comme son mari ne répondait pas, elle fixa sur lui ses beaux yeux, voilés tout à coup par une certaine tristesse, et reprit :

— Qu'avez-vous donc Gaston?... Pourquoi cet air de réserve?... de contrainte presque? Vous n'êtes donc pas heureux de me revoir, comme je le suis, moi, de vous revoir, après une si longue séparation?... Mais, entrons.

Ils entrèrent.

Elle referma la porte, et reprit encore :

— Voyons, parlez, répondez-moi !

— Ce n'est pas ici que j'espérais... que je comptais vous retrouver, madame, fit enfin le comte. Je vous avais laissé au château de Lucenay... chez nous...

En route, j'ai été fort surpris d'apprendre votre séjour ici. Je ne croyais pas, en vous quittant à Lucenay, vous retrouver à Corneville.

— Mais, mon ami, on ne vous a donc pas dit que le comte et sa femme étaient venus me chercher ?

— Si... Mais pourquoi?

— Mais pour me procurer quelques distractions... pour faire diversion à mon chagrin, à l'ennui causé par votre longue absence. Si j'avais su où vous écrire, je vous aurais mandé tout cela.

M. de Lucenay qui ne pouvait répondre à cette observation si juste, se contenta d'articuler :

— Si mon absence a été longue, ne vous en prenez qu'aux circonstances.

— Malgré tout, voyez-vous, ils ont bien fait de m'amener ici, car à Lucenay je me montais la tête et je doutais de vous... il me semblait que vous m'aviez abandonnée.

Le comte se tut d'abord sous le coup de ce reproche à peine voilé. Mais emporté soudain par un sentiment intérieur, il repartit :

— Ma longue absence a eu pour mobile un grand projet d'avenir.

— Que ne le disiez-vous?... Embrassez-moi. Et si vous aimez toujours votre Lisbeth, ainsi que vous vous plaisiez à m'appeler, vous remercierez Dieu comme moi de m'avoir sauvée de la mort...

— De la mort?...

— Sans doute. Vous n'avez donc pas su, en arrivant, l'accident qui m'est survenu?

A ces mots, le comte tressaillit, et, tout pâle, d'une voix profondément altérée :

— Un accident... à vous?...

— Un accident de cheval... j'ai failli être tuée sur le coup!

— Mais c'est terrible !... proféra le hautain gentilhomme, secoué manifestement par la plus violente émotion.

Et la comtesse Élisabeth put voir, au même instant, des larmes sillonner le mâle visage de son époux.

A cette preuve non équivoque d'amour, l'adorable jeune femme sentit tout son être se fondre dans un élan de tendresse infinie.

Et perdant soudain le souvenir de tout ce qu'elle avait souffert, elle l'entoura de ses bras en murmurant avec passion :

— Maintenant je suis sûre que vous m'aimez toujours !... comme auparavant !...

Et lui, l'homme ardent, extrême en tout, l'étreignit avec transport.

Un volcan grondait toujours en lui... volcan d'amour ou de haine.

On pouvait dire de lui que son âme était toujours au seuil d'une violence.

Il était dans sa destinée de n'être jamais médiocrement heureux ou malheureux !

. . . .

Vers six heures, le comte et la comtesse de Corneville furent rejoints par leurs hôtes.

Hélène, elle, était alors dans le pavillon qui occupait un des angles du château à l'abri de la vieille tour.

Elle s'y était retirée pour penser à Fabrice, tout à son aise.

— Mon cher comte, proposa Raoul, vous plaît-il que nous vous montrions les réparations faites au beffroi depuis votre dernière visite?

— Très volontiers, répondit Lucenay. Mais je ne vois plus mademoiselle de Corneville.

— Serions-nous privés de sa compagnie dans cette petite pérégrination ? demanda madame de Lucenay.

— Ma sœur va nous retrouver, répondit Raoul.

— A la fin de ses rêveries, ajouta en souriant Yolande ; de ces rêveries qu'elle semble préférer à nous.

— Toutes les jeunes filles ont leurs heures de rêverie, repartit gaiement Élisabeth. Elles entrevoient l'image du doux ami qui doit partager, un jour, leur existence. N'est-il pas vrai, ma chère Yolande ?

Et elle regarda son mari, en lui adressant le plus expressif des sourires.

— Oui, répondit la châtelaine de Corneville en levant aussi sur son époux ses beaux yeux noirs où rayonnait un pur amour.

Ils arrivèrent à la vieille tour — à la tour du beffroi — d'où l'on faisait le guet à l'âge féodal, et qui était restée à peu près intacte.

Une pierre s'était descellée vers le bas, et avait entraîné la chute successive de plusieurs autres, qui en disparaissant avaient infligé, au monument, le stigmate d'une plaie béante des plus disgracieuses.

Raoul s'adressa à Gaston :

— Ah! c'est toi, Gaspard!... (Page 122.)

— Vous vous souvenez bien de l'excavation qui déparait l'état de conservation de ce monument?

— Comme je me souviens de vous avoir dit que c'était grand dommage de laisser subsister une telle dégradation dans un édifice si intéressant.

— Aussi ai-je profité de votre excellent conseil. Maintenant voyez; cherchez, le trou est bouché, hein!

— C'est à se demander s'il a existé, déclara Gaston.

— Que cela ne vous étonne point! J'ai fait poser les mêmes pierres, et employer le même ciment, après qu'on lui eut fait subir une certaine préparation, propre à lui rendre son ancienne vertu.

J'ai reconstitué le passé aussi exactement et pieusement que possible; il n'y a donc eu de changé que les bras des ouvriers qu'il m'était impossible de ressusciter.

— N'importe, c'est déjà un très beau résultat.

Une ombre qui avait envahi le front du comte de Lucenay, malgré la gaieté qui régnait dans ses paroles comme dans celles du comte de Corneville, acquit plus d'intensité, et il ne put s'empêcher de murmurer :

— Ah! pourquoi sommes-nous déchus, nous autres, de nos anciennes prérogatives!...

On sortit du beffroi, et l'on se disposait à regagner l'autre aile du château, quand M. de Lucenay vit passer Jean Gaspard à quelques pas d'eux.

Il s'arrêta en disant :

— Ah! c'est toi, Gaspard!... Eh bien, que fais-tu maintenant?

Et, tandis que Jean Gaspard s'approchait en se découvrant, et en roulant son bonnet de laine entre ses mains, de Lucenay continua, parlant à Raoul et à Yolande :

— C'est mon ancien cuisinier à bord de la frégate le *Béarnais*.

— Monseigneur, répondit l'ex-coq en saluant humblement le noble groupe, je suis actuellement fermier des terres de Corneville, grâce à la bonté de M. le marquis et au petit pécule que je m'étais amassé en naviguant. J'ai remplacé, à la Saint-Martin dernière, le père Benoît qui venait de se retirer.

— J'en suis enchanté pour toi. Mais n'avais-tu pas à bord du *Béarnais* des camarades de ce pays-ci? et ce disant le comte s'excusa auprès de ses autres interlocuteurs.

— Que je ne vous retienne pas, mes amis. Je suis à vous dans un instant, histoire de me remémorer un peu les souvenirs du service avec mon ancien cuisinier; car Jean Gaspard, mon cher Raoul, est devenu notre maître-queux peu après votre départ du *Béarnais*, et j'ai été assez content de lui.

— Oui, oui, dit en riant Raoul, Gaspard m'a conté cela!

Pendant que le comte, la comtesse de Corneville et madame de Lucenay poursuivaient leur promenade, Gaston restait avec le fermier.

— Tu n'as rien dit, commença le gentilhomme, de notre rencontre à bord du *Ruyter*?... Tu m'as bien tenu ta parole?

— Jean Gaspard n'a qu'une parole, monseigneur.

— C'est bien, reprit le comte.

Et, plongeant une main dans sa poche, il en dégagea une bourse qui paraissait pleine d'or comme la première, et sur laquelle l'ex-cuisinier fixa, comme sur la première encore, des regards d'ardente convoitise.

Il lui semblait voir scintiller les louis à travers les mailles du fin tissu de soie.

— Tu es satisfait de ta condition? redemanda le comte.

— Très satisfait, monseigneur.

— Je te crois : tu as de si bons maîtres.

— Oh! oui, monseigneur, très bons.

Et les yeux de Gaspard, comme sollicités toujours par une force magnétique, se reportaient du comte sur la bienheureuse bourse.

— Tu étais à la chasse, lors de l'accident survenu...

— A madame la comtesse de Lucenay?... Oui, monseigneur. Et il a causé un fier chagrin au château. C'était, paraît-il, une si grave blessure!... Heureusement que madame la comtesse a été soignée d'une façon rare...

— Qu'entends-tu par là?

— Je veux dire que le médecin réputé le meilleur de Lisieux a été mandé par monsieur le marquis, et, qu'en plus, le chirurgien-barbier d'ici, M. Cyprien, qui est très habile en tout, lui a prodigué ses soins chaque fois que le médecin s'absentait... C'était, du reste, le médecin qui prescrivait ce qu'il fallait faire jusqu'à son retour.

Et, les yeux de nouveau attirés par la bourse, il fit à part lui :

— Elle est aussi gonflée par les pièces d'or qu'une bonne voile peut l'être par le vent du nord-ouest!...

Il reprit haut, croyant aller au-devant des désirs de son noble interlocuteur :

— Certes, madame la comtesse a été soignée d'une façon tout à fait rare!... On ne la quittait jamais!... ni nuit, ni jour!... on s'était comme ancré auprès de son chevet!...

Et lorsqu'elle a été remise à flot!... Oh! pardon, monseigneur... sur pied... elle n'a pas manqué de distractions..

— Ah! fit avec intérêt Gaston.

Madame la comtesse Raoul de Corneville... Mademoiselle Hélène... M. le marquis quelquefois... M. le comte de Corneville... Tous se sont mis en quatre pour elle.

— M. le comte de Corneville?... Quelles distractions pouvait-il donc donner à madame de Lucenay?... madame la comtesse de Corneville plutôt... de femme à femme, c'est plus aisé.

— Pardon, monseigneur, pardon ! Mon maître a été très bon !... très bon !... excellent !... Il a navigué, lui aussi, souvent de conserve avec madame la comtesse de Lucenay.

— Mais plus souvent peut-être encore en la compagnie de madame la comtesse de Corneville et de mademoiselle Hélène ou de l'une des deux ?

— Non, monseigneur, non ! Ce n'est pas que j'aie l'intention de rabaisser le mérite... le dévouement de madame et de mademoiselle de Corneville, Dieu m'en garde ! mais elles n'étaient pas toujours libres. Et alors c'était monsieur le comte qui se chargeait de madame la comtesse de Lucenay...

Et il jeta un autre coup d'œil à la bienheureuse ! Et comme si la bienheureuse le faisait plus prévenant, avait le don de délier sa langue de plus en plus, il continua perfidement :

— Oui, c'était alors monsieur le comte de Corneville qui promenait madame la comtesse de Lucenay. Et il ouvrait toujours toute grande l'écoutille de ses yeux, et celle de ses oreilles, pour voir si madame la comtesse paraissait lasse, ou si elle avait besoin de quelque chose.

— Comment sais-tu tout cela, mon pauvre Gaspard ?

— Mais je le voyais bien comme tout le monde, monseigneur ! vous pouvez interroger n'importe qui ! Il vous dira comme moi ! Chacun disait, émerveillé : « Monseigneur n'en faisait pas plus pour notre digne maîtresse ! »

— Qu'est-ce que tu dis?... fit Gaston d'un ton que le fermier interpréta dans le sens du doute.

— Je dis, monseigneur, que tout cela est la vérité... Je n'ai pas la prétention de vanter mon maître auprès de monseigneur... Qu'est-ce que je suis moi ?... Mais monseigneur m'interroge, et je réponds à monseigneur avec sincérité.

— Alors il promenait souvent... très souvent la comtesse de Lucenay?... fit Gaston en appuyant sur les mots.

— Oui, monseigneur !

— Mais Corneville n'est pas si grand... Où pouvait-il la promener ?

— Par tout Corneville... dans les environs... du côté de l'Abbaye... du bois.

— Ah ! du bois?

— Il paraît que c'était l'air qui convenait le mieux pour la santé de madame, qui n'était pas sortie depuis longtemps.

— Alors elle respirait cet air dans le bois même... où il est encore meilleur que sur la lisière ?

— Ah! oui! oui! Je les ai vus y entrer moi-même... Pour cela je les ai bien vus... Ah! c'est que mon maître était toujours aux petits soins... aux petites attentions... Le médecin avait dit que l'air du bois était bal... balsamique... un nom comme cela... à cause des pins... Et mon maître écoutait le médecin.

— Tu es bien sûr de tout cela?

— Comme je suis sûr que nous avons navigué ensemble... oh! à des titres divers... sur le *Béarnais!*

— C'est tout ce que tu sais... sur ton excellent maître? interrogea Lucenay d'un ton ironique.

— Ma foi, je crois que c'est tout, monseigneur. Vous voyez que mon maître était... gentil... pour madame la comtesse de Lucenay.

— Gentil...

— Enfin... je ne sais pas, moi... gentil... oui, gentil, comme nous disions du commissaire du bord, quand il grattait moins que d'habitude sur ce qui revenait à chacun à la fin du mois. Et la meilleure preuve de la gentillesse de mon maître, c'est qu'il n'a pas logé madame la comtesse de Lucenay dans le pavillon réservé aux hôtes, mais qu'il l'a logée dans un appartement voisin du sien.

— Je le sais.

— Ah! vous voyez donc bien, monseigneur, que mon excellent maître avait à cœur d'être agréable en tout à madame de Lucenay.

— Et madame la comtesse de Lucenay, de son côté, paraissait reconnaissante... n'est-ce pas, à monsieur le comte de Corneville?

— Pour sûr! Ça se voyait bien à la façon dont elle s'appuyait sur lui. Oh! madame la comtesse de Lucenay paraissait très reconnaissante....

J'ai vu aussi une nuit... mais, par exemple, je n'ai jamais su qui c'était, deux ombres qui allaient l'une à l'autre comme deux navires qui veulent s'accoster... Et elles se sont accostées... Mais je n'ai rien entendu non plus de ce qu'elles disaient, parce que le vent faisait rage... C'étaient peut-être deux revenants... On dit que le château de Corneville en est hanté!...

— Mais es-tu bien sûr, interrogea le comte avec un emportement qu'il ne put réprimer, es-tu bien sûr de ce que tu dis encore là?

— Mais sans doute, monseigneur! répondit Gaspard, surpris de ce ton, puisque j'ai vu!

— Tiens! prends ce que je t'ai promis! Et silence encore sur tout!

Et il lui tendit brusquement la bourse qui continuait à attirer les yeux du fermier, de telle façon qu'on aurait pu croire qu'ils allaient jaillir de leurs orbites.

Gaspard se jeta sur sa proie, et l'engloutit instantanément dans les profondeurs d'une de ses poches.

— Il est certain, se dit l'honnête fermier, tandis que le comte s'éloignait, que mes rencontres avec mon ancien officier sont merveilleusement profitables ! Je viens encore de bâcler une bonne affaire !

Mais il n'était pas moins certain, hélas ! que le comte de Lucenay portait désormais au cœur la morsure du terrible serpent de la jalousie !...

Le lendemain, dans la matinée, maître de lui, il remercia chaleureusement les châtelains de Corneville, leur fit ses adieux, et après qu'Élisabeth eut embrassé tendrement Yolande et Hélène, ils reprirent tous deux, dans leur carrosse, qui était venu les chercher, le chemin du château de Lucenay.

Durant le trajet, tout en se montrant plein d'égards pour sa femme, tout en paraissant l'aimer comme par le passé, le comte témoigna de fréquentes préoccupations, il eut de nombreuses absences, il parla peu, et porta manifestement le poids de pénibles pensées.

Sa dévouée, sa douce épouse s'efforça de le ramener à lui-même, de le dérider.

Vains efforts. Sa tristesse s'aggrava.

C'est dans cette disposition d'esprit que rentra chez lui Lucenay.

Élisabeth était profondément affectée ; elle souffrait cruellement...

Dès lors les jours se passent ainsi, lourds et mornes.

Le moral du comte paraît se frapper de plus en plus. Non seulement il ne recherche plus sa femme, mais il la fuit parfois. D'autres fois, il lui arrive de lui jeter des regards mauvais, en essayant de lire dans ses yeux...

A certains moments, en présence d'Élisabeth, ses sourcils se froncent, se contractent violemment. Puis il s'éloigne soudainement d'elle, comme s'il avait peur de lui-même. . . . .

Depuis deux mois le comte de Lucenay est revenu dans la demeure de ses pères. Un matin, il trouve sur la table de son cabinet de travail une petite lettre à la suscription d'une écriture féminine.

Elle est adressée à M. le comte de Lucenay, en son château.

Étonné, par cette écriture qu'il ne connaît pas, le comte déchire l'enveloppe et court à la signature, mais il n'y a pas de nom, et l'on a signé simplement : « Une amie. »

Il lit rapidement, fiévreusement, le billet anonyme :

« Monsieur de Lucenay,

» Je vois que depuis deux mois vous avez renoncé aux voyages. Cela vaut mieux pour votre honneur. Votre ravissante femme n'est peut-être pas de cet avis, et elle préférerait sans doute le séjour de Corneville, où elle se complut si fort, malgré son accident.

» Il est heureux qu'au retour de votre long voyage vous n'ayez pas trouvé près de votre femme un gentil poupon... comme il advint, dit-on, aux chevaliers partis pour les croisades. Mais M. Raoul de Corneville a su y mettre de la discrétion. »

L'effet de cette lecture fut terrible !... Le comte de Lucenay resta enfermé tout le jour sans vouloir prendre aucun aliment, et ce ne fut que le soir qu'il parut à table, mais avec un visage si décomposé que sa femme fut saisie d'effroi.

Les idées les plus folles passèrent par la tête de cet homme aux passions si violentes : tantôt il voulait tuer sa femme, ainsi que Raoul, tantôt il pensait à un duel à mort avec le jeune châtelain de Corneville ; il enfermerait ensuite sa femme dans une demeure isolée, inconnue de tous.

La nuit se passa, puis ayant pris la résolution de s'informer de nouveau, il redevint maître de lui.

Élisabeth avait depuis quelques jours une grande nouvelle à annoncer à son mari, et elle n'avait osé encore le faire, le voyant si sombre.

Enfin, elle se décida... Pauvre Élisabeth ! Elle avait le visage tout épanoui, tandis qu'elle parlait, son cœur débordait de bonheur.

Mais aux premiers mots qu'elle prononça, la physionomie du comte devint effrayante !... Élisabeth s'arrêta épouvantée... Elle crut qu'il allait se jeter sur elle !...

— Ah ! vous allez être mère, madame ! s'écria le malheureux. Eh bien ! il faut prendre des précautions pour conserver ce premier enfant : vous allez vous retirer dans votre appartement, et vous n'en bougerez pas.

Écrasée, terrifiée, la malheureuse Élisabeth s'enfuit dans sa chambre, et, se jetant à genoux, elle murmura :

— Mon Dieu, mon mari devient fou !... Qu'ai-je fait pour être frappée d'un si terrible malheur ?...

A partir de ce jour, la dame de Lucenay fut morte pour le monde, un de ses amis ne la revit ; et son mari la séquestra littéralement.

XV

GRANDE DAME ET SORCIÈRE

La marquise Geneviève sort de son oratoire, où elle est allée comme tous les jours faire ses dévotions, fort ostensiblement, au vu de sa domestique, par simple convenance, sans doute, et par décorum. Car son âme tourmentée restait loin d'un tel lieu ; ses lèvres sèches ne murmuraient jamais une seule prière, son cœur n'avait jamais d'élan vers le ciel. De cuisants soucis, des pensées farouches la possédaient tout entière...

En quittant son oratoire, elle s'engageait le plus souvent dans une longue galerie contournant, au rez-de-chaussée, tout le corps de logis du Mesnil, et, arrivée devant une porte basse, isolée, elle s'arrêtait, tirait une clef de sa poche. Elle se trouvait bientôt dans une pièce de forme rectangulaire et qu'on appelait au château le « retrait de madame la marquise. » On y voyait bien deux fauteuils de forme raide, aux dossiers très élevés dont la tapisserie sur un fond sombre représentait les armoiries de la famille du Mesnil consistant en un lévrier brodé en noir, sur champ de gueules, avec la devise : *longius usque* (toujours plus loin) ; un imposant guéridon recouvert d'une étoffe brune et unie, sans fleurs, sans papillons, sans oiseaux ; deux sièges bas, rembourrés de cuir doré, aux pieds droits ; de grands rideaux écarlates, aux plis lourds, formant comme une hautaine et tragique tenture ; mais on y voyait surtout des rayons nombreux, des consoles, des escabeaux frustes et un nombre infini de cristaux et de poteries qui n'avaient aucun rapport avec les objets qu'on a l'habitude de trouver dans le cabinet d'une jolie femme ; il y avait là des cornues, des mortiers, des creusets, une multitude de fioles de toutes-tailles, contenant, les unes des liquides, les autres des poudres de toutes couleurs ; des collections d'herbes sèches ou vertes encore ; des insectes dont la vie avait abandonné le corps, les uns beaux, diaprés, les autres hideux ; et dans l'âtre d'une cheminée monumentale de la Renaissance, chargée d'attributs mythologiques, un alambic.

Comme on le reconnaît, le mobilier « du retrait de madame la marquise » ne manquait pas d'originalité, et présentait de quoi faire singulièrement travailler les imaginations, si l'accès n'en eût pas été rigoureusement interdit aux profanes.

C'est là que par une grise après-midi d'octobre, nous surprenons la dame Du Mesnil jetant un rapide coup d'œil pour s'assurer que tout est bien à sa place, que nul n'a violé ce sanctuaire mystérieux. De sa bouche aux lèvres crispées ces paroles tombent bientôt comme un glas sourd et funèbre :

— Ah ! misère !... Je l'ai cru à moi, et il m'a dédaignée !... je l'ai recherché, sollicité de toutes les forces de mes sens, je me suis offerte à lui, délirante, j'ai voulu lui livrer la beauté de mon visage, les séductions de mon corps, pour la possession desquels d'autres se seraient traînés à mes genoux, et il m'a dédaignée !... C'est à perdre la raison ! c'est à douter de tout !... Combien je devrais le haïr !... ce Raoul !... combien je

— Flavie, tu vas aller au Bourg-Achard, quérir la Raisin... (Page 130.)

devrais avoir soif de me venger de lui!... Je l'avais au cœur, cette rage
quand je lui ai dit il y a quelques mois : « J'ai la mémoire. » Mais de
quoi me sert-elle aujourd'hui, cette mémoire?... si ce n'est à me dire :
«Tu l'aimes, quand même ce Corneville!» chaque heure, à chaque minute:
c'est l'aiguillon du scorpion qui devient son propre instrument de sui-
cide!... oui, elle me tue! car mon amour, quoi je fasse, ne peut se détacher de lui!... Il règne sur moi, il me possède! Oh! abjection!... ô

honte!... Dédaignée, moi!... Pourquoi donc, Nature, m'as-tu comblée de tous tes dons?... Est-ce pour m'en faire sentir toute la fatale impuissance?... pour m'accabler d'une sanglante ironie?... Que ne les as-tu répartis sur d'autres! Et j'aurais écoulé mes jours dans le calme plat, dans les frivolités mièvres, dans les mille riens des banales existences! Il fallait me créer humble parmi les humbles, sans reflet, sans éclat, sans passions. Au lieu de cela, tu as fait de mes sens un brasier, et de mon âme un volcan! Tu veux donc que je te maudisse!... que je ne voie en toi qu'une impitoyable marâtre, une furie!... Mais je m'égare!... Si tu m'as tant donné, c'est que tu as de grandes vues sur moi!... c'est que tu veux que je triomphe par la fascination de ma personne, par l'ascendant de mon âme de feu! Aide-moi donc alors, et sans retard! Mets à mon service, s'il le faut, les ressources de l'Esprit du Mal! J'accepte d'avance toutes les complicités, pourvu que j'aie le succès!

Elle se tut, et parut s'abîmer dans la méditation.

Tout à coup, elle reprit comme si un but précis avait émergé des flots tumultueux de sa pensée :

— C'est bien, je vois, je veux... j'agirai!

Et elle agita assez longuement une sonnette d'argent. Une chambrière se présenta.

— Flavie, dit la marquise, tu vas aller au Bourg-Achard, quérir la Raisin, en lui recommandant de m'apporter le baume sur-le-champ. Retiens bien ce mot : le baume.

Flavie se remémora :

— La Raisin, ah ! oui, la bonne femme qui est venue, il y a deux ans, soigner madame.

Et il y avait comme une ironie dans ce mot : soigner.

— Tais-toi! fit vivement la châtelaine. Tu diras à cette femme de se mettre en route dans la soirée, à la pleine nuit, vers neuf heures. Quand elle sera entrée au château, tu veilleras à ce qu'on ne referme pas la porte, avant que j'en aie donné l'ordre.

Pars, et songe bien qu'on doit ignorer où tu vas.

— Madame la marquise sera obéie de point en point, assura la femme de chambre, en se retirant rapidement. Il est trois heures et demie. Je serai de retour vers sept heures.

Geneviève, restée seule de nouveau, proféra ces mots d'une voix à peine perceptible :

— C'est bien cela, il me reste à connaître et à expérimenter les véritables ressources du grand Art, dont il est si difficile d'atteindre les secrets sans un guide exercé. Dès ce soir, j'apprendrai... je saurai... Ah! mon but sera donc atteint !

Ses lèvres se refirent muettes. Mais bientôt une crainte l'assaillit :

— Si elle ne venait pas !... murmura-t-elle. Si elle était absente, si elle avait quitté le pays... si même elle était morte !... ou si elle n'en valait guère mieux !... Si j'apprenais qu'elle fût bien malade, je courrais chez elle !... je l'arracherais à la mort !... C'est qu'il me la faut !... je l'ai vue à l'œuvre, je la connais, elle doit en savoir long et elle ne doit reculer devant rien.

Elle passa le reste de la journée en proie à l'anxiété, quittant son cabinet, y revenant, l'abandonnant encore, puis y retournant et y restant enfin comme si là seulement elle pouvait, au milieu des objets chers à sa vue et doués d'une force secrète, espérer l'arrivée de celle qu'elle attendait. Elle compte les heures, les minutes, les secondes, marche d'un pas agité, saccadé, s'assied, mais se relève aussitôt, va aux fenêtres, soulève les rideaux, interroge l'espace au delà de la grille du château... Sa poitrine est oppressée, son sein bondit par intermittences, ses yeux ont l'éclat de la fièvre, d'une fièvre ardente !...

Enfin, le crépuscule indécis se substitue à la clarté franche du jour, puis lui-même fait place à la nuit... une nuit calme, sereine, qui attend l'apparition de la lune et des étoiles pour s'en faire une couronne discrètement lumineuse. On sonne à la porte du castel. Enfin !... D'un bond, Geneviève est à la croisée, elle écarte le rideau, et son regard aigu plonge à travers l'immense cour. La grille s'ouvre, et la silhouette d'une femme apparaît. C'est Flavie !

La marquise l'interroge ardemment :

— Vient-elle ?

Sa vie, son âme... son être tout entier semblent avoir passé dans cette question. Flavie le comprend, et, haletante, elle répond :

— Oui... la Raisin va venir.

Le poids qui comprimait le cœur de la châtelaine s'allège alors. Elle respire bruyamment, longuement, avec délices, ses yeux brillent d'un éclat moins fiévreux, et elle dit :

— C'est bien ! Prends ! Dès que la Raisin sera venue, tu pourras aller te reposer.

Et elle met deux pistoles dans la main de la messagère, qui, littéralement éblouie, se confond en remerciements.

— Va, maintenant ajoute-t-elle, et guette-la, sans en avoir l'air, pour l'amener ici toi-même.

La servante disparaît.

— À présent, contenons-nous, du calme, redevenons la marquise Geneviève du Mesnil, se dit l'altière jeune femme.

Malgré cette résolution, elle ne put toucher à aucun des mets qui lui furent présentés, quand elle eut passé dans la salle où son repas était servi.

Vers onze heures, Geneviève, qui était retournée dans son cabinet, entendit approcher des pas :

— C'est elle ! fit la marquise avec un violent battement de cœur; ce ne peut être qu'elle. Cependant, elle eut assez d'empire sur elle-même pour rester immobile dans son fauteuil. Presque au moment, Flavie introduisait dans le « retrait » une femme de moyenne taille, assez corpulente, très alerte, au teint coloré, tenant au bras gauche un large panier, et de la main droite s'appuyant sur un bâton.

— Vous êtes accourue à mon appel, c'est bien ! dit la dame du Mesnil à la nouvelle venue dès que la femme de chambre se fut éloignée.

La Raisin, de la sorte nommée par sobriquet, était veuve d'un certain Bénard, maréchal-vétérinaire assez connu dans le canton comme guérisseur de bestiaux, mais aussi véhémentement soupçonné par les gens avisés de passer une bonne partie de ses journées et même de ses nuits à la recherche de la pierre philosophale ou à tels autres exercices plus suspects encore.

Elle s'inclina légèrement, braqua deux yeux ronds et roux, de l'effet le plus inquiétant, sur la grande dame qui l'avait fait mander, pour lire sur sa physionomie, mais les demi-ténèbres où était plongée l'immense pièce et que la marquise ne semblait point disposée à combattre autrement que par le rayonnement incertain d'un pâle flambeau, rendirent son examen stérile. Elle embrassa alors d'un regard circulaire tous les objets, mais ne put distinguer d'abord que les plus volumineux. Cependant, ses yeux s'habituant graduellement au défaut de clarté, elle put mieux définir leur nature.

— Ce que vous voyez vous surprend, n'est-ce pas la Raisin ? Et vous comprenez que je fais de l'alchimie ? interrogea Geneviève en la regardant fixement comme pour lire dans le replis les plus secrets de son âme.

Mais la Raisin, qui commençait à se familiariser avec la demi-obscurité darda sur elle un regard inquisiteur, et répliqua d'un ton et avec un sourire équivoques :

— Ah ! madame la marquise fait de l'alchimie !... Et elle a supposé que je pouvais l'aider ?

— Précisément, ma bonne Raisin.

— Et sur quoi madame la marquise Du Mesnil a t-elle pu fonder sa supposition ? demanda la matrone d'un ton soupçonneux et craintif à la fois.

Nous disons « la matrone », parce que la profession avouée de la Raisin était celle de sage-femme.

— Mon Dieu, répondit la dame avec un léger embarras, Bénard, votre mari, passait pour un fort habile homme. Il est bien à croire qu'il a pu vous communiquer quelques-uns de ses talents. D'ailleurs, vous-même ne me l'avez-vous pas laissé entendre assez clairement quand je vous ai employée, en me promettant de les utiliser pour mon service, dès que je vous aurais fait dire ces simples mots : « Apportez-moi le baume. »

— Et madame la marquise n'a jamais parlé de moi à personne ? interrogea la veuve d'un accent plus soupçonneux et plus craintif encore.

— Rassurez-vous, personne dans le château ne vous connaît, sauf Flavie, qui m'est toute dévouée.

— Au surplus, si l'on poursuivait une alchimiste comme moi, on pourrait bien poursuivre une alchimiste comme vous !

— Parlez plus bas ! fit la dame du Mesnil du ton de l'inquiétude.

Les soupçons et la crainte de la Raisin semblèrent se dissiper. Elle reprit, toutefois :

— Et madame la marquise cherche, comme défunt Bénard, la pierre philosophale, le secret de faire de l'or ?

— Oui.

— Madame la marquise a étudié sans doute le gros livre de Zozime, l'inspiré d'Hermès Trismégiste ?

— Imparfaitement.

— A-t-elle consulté les écrits du dominicain Albert le Grand et du moine Roger Bacon ?

Geneviève ne répondit pas d'abord : elle regarda de nouveau fixement son interlocutrice, puis laissa tomber d'un ton piqué ces mots où se trahissait un dédain affecté :

— Ma science ne va pas jusque-là.

— Vous m'étonnez !... Avez-vous au moins lu Tecaire, Livabius, Glauba ?

— Non, certes.

— Vous m'étonnez encore plus !... Feriez-vous de l'alchimie par intuition, car enfin, si vous ne connaissez aucun de ces doctes alchimistes...

— En fait de savants, je ne connais que Glaser, le fameux apothicaire dont l'officine est si célèbre à Paris.

— Ah ! oui, Christophe Glaser, le chimiste suisse, qui débite à profusion certaine poudre mirifique...

Et la Raisin décocha un regard significatif à la marquise, regard dont celle-ci ne parut nullement émue. La veuve de l'alchimiste continua :

— Mais quand vous m'avez reçue, il y a deux ans, dans ce même cabinet, je n'y ai pas vu tous les objets que j'y trouve aujourd'hui... J'aperçois de belles choses... Voilà trois jolies petites poupées de cire... Très intéressante, cette planche d'argent gravée... et représentant... eh ! eh !... aussi vrai que nous sommes-là toutes deux... les Gémeaux, le Lion, la Balance, le Sagittaire, le Scorpion... et autres figures planétaires... C'est curieux... on ne peut plus curieux. Mais, dites donc, madame la marquise, poursuivit-elle d'un ton quelque peu caustique, en promenant partout ses regards fureteurs, je ne vous conseillerais pas de dire à M. le curé que vous possédez de ces jolies chandelles noires faites de bonne poix, ma fi!... ni ce miroir... Et toutes ces figures de plomb... de vraies réussites à mariage, quoi! Sans compter cette verge d'Aaron ici... Pour l'heure voilà qu'on trouve dans les châteaux de quoi faire sulfurer vifs de pauvres gens comme nous !... C'est égal, toute madame Du Mesnil, toute marquise que vous êtes, ne vous y fiez pas !... Si jamais vous receviez ici une personne à qui pousserait la fantaisie de jaser, l'Official mettrait bientôt le nez dans tous ces flacons... Et, alors, malheur à ce donjon! Il pourrait bien être rasé net !... Si vos vassaux se prenaient d'une belle colère, — les manants ne sont pas toujours commodes, — madame la marquise pourrait bien se trouver portée sur un lit de fagots, où son marquisat, sa châtellenie et sa personne donneraient à frais communs un fameux feu d'artifice.

La dame Du Mesnil regarda fixement la Raisin.

— Vous voulez m'effrayer, lui dit-elle avec aplomb; je le vois bien, mais c'est peine inutile, je ne crains rien.

— Tout beau !... et la Tournelle de Rouen, donc!

... C'en est une, celle-là, qui a la dent mauvaise, elle emporte le morceau !... Et avec le morceau vient le reste !

Geneviève, impatientée et blessée à la fois, lui coupa durement la parole :

— Qu'est-ce à dire?... Que signifie ce verbiage?... Je ne vous comprends pas.

Mais la Raisin, sans se démonter :

— Vous ne me comprenez pas, belle dame !... Mais moi je me comprends très bien, allez, marchez ! Et il n'est pas malaisé de deviner où le bât blesse madame la marquise!... Ainsi que toutes les dames du bel air, madame la marquise se sera entichée d'un fringant muguet de cour à la blonde perruque savamment ondulée, de galant maintien et de joyeux devis, fleurant bon, étalant ses rubans, ses dentelles et son jabot comme un papillon fait briller ses couleurs.

— Assez! interrompit la jeune femme, médiocrement amusée par ces impertinences.

— Et il se trouve, continua sans s'émouvoir l'audacieuse créature, que cet Adonis est occupé ailleurs... qu'il en conte à quelque caillette qui l'encourage volontiers.

— Assez, vous dis-je!

— Ah ! le dépit se fait jour!... montre le bout de l'oreille!... Madame veut à tout prix conquérir le bonheur et le repos... Ah! si madame connaissait les mots à l'aide desquels on enchante le liquide doté du pouvoir de rendre amoureuses les lèvres qui en seraient imprégnées... si elle pouvait en même temps connaître les formules, dessiner les gestes, souffler les fluides qui font entrer la créature exécrée dans le cercle maudit... où sèchent en un instant amour, jeunesse, beauté... où expirent les puissances de Christ... où le Bouc est plus fort que la Croix... où le Verbe appartient à la Haine et au Mal !...

Tout cela fut débité froidement, avec lenteur, avec des pauses pour mieux subjuguer l'esprit de la châtelaine.

— Et si cela était !... repartit avec véhémence cette dernière, irrésistiblement tentée.

— Ah ! ah ! ah !... c'est là votre alchimie !... Je m'en doutais bien !... Je sais de reste à quoi peut servir tout cet attirail qui est sous mes yeux. Madame la marquise a des chagrins et des désirs qui dépassent la mesure ordinaire !

Et faisant un pas vers une statuette assez mal dissimulée par deux flacons d'inégale grandeur, elle la saisit et dit :

— Oh ! les jolis jouets qu'on fait à présent !... On est duchesse ou marquise ou comtesse ou baronne, on assiste au petit lever de la reine, on monte dans les carrosses du roi, on commande à un peuple de laquais, on a droit de haute, moyenne et basse justice : billot, pilori, échelle, fourches patibulaires, on est là tout entière dans ce morceau de cire qu'a modelé une rivale et que peut détruire une larve infime comme moi... comme la Raisin...

La dame du Mesnil, passant de l'extrême défiance à l'entière confiance, se croyant certaine à présent du concours recherché, s'adressa ainsi à sa ténébreuse confidente :

— C'est bien. Je comprends que je puis compter sur vous. Et vous, de votre côté, vous pouvez compter sur la pleine reconnaissance de votre élève, qui vous contentera sous tous les rapports. Mais pardonnez-moi, je vous ai laissée jusqu'ici avec ce grand panier au bras... vous devez en être singulièrement incommodée. Souffrez que je vous en décharge.

Et elle allongea la main. La marquise en était aux prévenances.

Mais la Raisin résista doucement.

— Préférez-vous le déposer vous-même ?

— Merci, madame, il ne me gêne pas ; d'ailleurs, j'en ai l'habitude.

— A votre volonté. Mais veuillez au moins vous installer à votre aise dans ce fauteuil.

Et elle lui avança un des deux sièges armoriés. Mais la Raisin déclina encore cette flatteuse invitation, en alléguant humblement :

— Je sais rester à ma place, madame la marquise. Je n'aime pas à franchir la distance qui me sépare des grands, tout en les obligeant de mon savoir quand ils en réclament l'aide mystérieuse.

La marquise repartit avec quelque sécheresse :

— C'est prêcher de sagesse.

— Et c'est la pratiquer : je me contente de cette escabelle. Asseyez-vous dans le fauteuil, vous, madame la marquise... Alors madame n'en est encore qu'à épeler, elle ne sait pas encore lire couramment...

Et elle baissa la voix :

— Dans le grimoire de magie ?

— Non, la Raisin.

— Et c'est bien entendu, madame, comme elle me l'avait donné à entendre *l'autre fois*, veut tâter du grand Art... de la magie. C'est pourquoi sans doute elle m'a fait dire d'apporter le baume...

Geneviève fit un signe affirmatif de la tête.

La Raisin reprit :

— Ainsi on est noble, on est puissant, on jouit de tous les respects, de tous les honneurs, et l'on veut s'aventurer dans un tel guêpier ?

— Guêpier, soit ! Mais je m'y engage.

— Voilà qui est courageusement parlé. Mais écoutez encore. Savez-vous où l'on va quand on met le pied dans les pratiques de notre art ?... Savez-vous que c'en est fait à jamais des jours sans nuages qui se sont écoulés au foyer domestique... qu'il ne se retrouvera plus pour l'être humain qui se sera livré au Damné une heure de joie pure ou de sécurité véritable... qu'il faut toujours avoir l'oreille tendue, qu'il faut toujours guetter, parce qu'on est toujours épié, soi-même, qu'il faut toujours trembler pour tout ce qui vous entoure, pour sa vie, pour sa mémoire ?...

Où nous autres nous disons : « étude, science, divination, magie, » le monde, lui, dit tout court : « Sorcellerie ! » Et dans ce mot, il met toute la haine, toute la férocité qu'inspirent l'habitude du joug, l'ineptie, l'ignorance, La matière stupide se venge ainsi de l'effort glorieux fait par l'Esprit pour soulager ses maux. Les victimes ne veulent pas qu'on les délivre, les sourds ne veulent pas entendre, les aveugles ne veulent pas voir, les esclaves trouvent doux de peiner toujours et d'engendrer toujours dans les larmes et dans l'affliction. Ils trouvent naturel que ceux qui naissent soient de génération en génération éternellement voués au bâton et au fouet. Et dès que ce mot « sorcier » est prononcé, le genre humain perd tout ce qui peut lui valoir ce titre. Les vierges qui pour la première fois sourient au bien-aimé, les mères qui allaitent leur premier-né se changent en Euménides. Lâches comme l'hyène, elles ont la férocité du tigre, et leurs petits, qu'elles nourrissent avec tant d'amour, boi-

Le reptile s'enroula immédiatement autour du bras... (Page 143.)

vent avec leur lait leurs folles épouvantes, leurs préjugés barbares, et l'inextinguible passion du sang injustement versé. Tenez, moi, telle que vous me voyez...

Et, à ce moment, la Raisin baissa la voix :

— Je ne puis sans frémir voir jouer un petit enfant, car il me semble déjà apercevoir le monstre qui, quinze ou vingt ans plus tard, traquera, branchera, écorchera, sans pitié, sans remords, son prochain coupable du grand crime d'avoir cherché à connaître, d'en savoir plus long que lui... Et c'est pourquoi...

Elle parla plus bas encore :

— Je comprends la guerre aux berceaux, qui à l'œil perspicace cachent mal autant de nids de bourreaux.

— Vraiment, fit alors la marquise d'un ton prodigieusement intéressé, c'est pour cela que...

Et il y avait certainement, malgré la solennité de la situation, un peu d'aristocratique raillerie dans son accent comme dans son regard. Elle laissa, d'ailleurs, sa phrase interrompue. Et la réfractaire du dix-septième siècle, affectant sans doute de n'avoir pas entendu, continua sur le même ton :

— Une fois, — c'était du temps des Guises, — le cheval d'un archer prit ombrage à la vue d'une longue corde que tissait, à Montbéliard, près de la porte Saint-Pierre, une femme au teint bronzé, qui avait nom Henriette Borgne, et qui était cordière de profession. Le cavalier ressentit une violente secousse, et se trouva à ce point indisposé qu'il put à peine rentrer son cheval à l'écurie. Le même jour, il voit passer la cordière sous la fenêtre de sa caserne. Aussitôt, il se recule vivement, pâle comme un mort, tandis que ses cheveux se dressent sur sa tête, et dit à ses camarades : — « Je suis ensorcelé ! » Ils s'épouvantent comme lui. Se ressaisissant, il va se plaindre au surintendant des églises. Pauvre Henriette Borgne !... L'Inquisition exerça, dès lors, sur elle sa surveillance, et, dès lors aussi, elle fut perdue.

— Comment finit-elle ? interrogea la marquise. On la jeta dans les cachots ?

— Non pas, on la fit monter sur le bûcher. Elle périt dans les flammes, tout comme Léonora Galigaï, maréchale d'Ancre et sœur de lait de Marie de Médicis, la régente, s'il vous plaît. L'écriteau placé au-dessus du bûcher dressé pour cette grande dame sur la place de Grève, à Paris, portait en grosses lettres : « SORCELLERIE, MAGIE », et le populaire qui lisait ces mots était blême à la fois d'effroi et de colère. L'écriteau ajoutait que cette femme avait fabriqué des images de cire. Et la Raisin prononça après une pause calculée :

— Comme celles que je vois ici rangées sur ce meuble.

Elle reprit :

— Avez-vous entendu parler d'Henri Boguet, le grand juge de Saint-Claude ?

— Non.

— Connaissez-vous le « Discours des Sorciers », qu'on appelle aussi le « Petit Code », et l' « Instruction pour un juge en fait de sorcellerie ? »

— Pas davantage.

— C'est dommage, car ce magistrat n'y va pas par quatre chemins. Dans le dernier ouvrage dont je viens de parler il a écrit : « Je veux qu'on sache que je suis ennemi juré des sorciers et que jamais je ne les épargnerai. Je désirerais qu'ils fussent tous mis en un seul corps pour les faire brûler tout à une fois en un seul feu. » Il est juste de reconnaître que Boguet ne manquait pas de galanterie. Il donnait la meilleure part de ses rigueurs aux femmes; « les sorcières », a-t-il dit, sont plus nombreuses, ont fait plus de mal que les sorciers. Et il invitait tous les honnêtes gens à se liguer unanimement pour détruire cette « vermine infernale. » C'était ainsi que le juge de Saint-Claude qualifiait les dames suspectes d'avoir quelque teinture de magie. Il n'en faisait, d'ailleurs, pas moins bonne mesure aux hommes. Arrivé au terme de sa carrière, le juge de Saint-Claude se vantait d'avoir anéanti quinze cents sorciers.

— Par quel mode ? interrogea la marquise.

— Par le mode le plus doux, le plus bénin comme il est convenu de dire en justice officielle : le feu... oui, le feu ! toujours le feu ! Pour nous le « Petit Code » et même le grand ne varient point. Pour les assassins, les larrons, les monnayeurs, les conspirateurs il y a, suivant la qualité du condamné et l'humeur de son juge, la hache, la hart, la roue, précédées des poucettes appelées aussi « grésillons », de la sellette, de l'échelle, des tenailles et pinces rougies, de l'eau, de l'étau, du brodequin, du collier, de l'estrapade, du chevalet. Nous autres, nous avons le chevalet, l'estrapade, le collier, le brodequin, l'étau, l'eau, les pinces et tenailles rougies, l'échelle, la sellette, les grésillons, et, en plus, le dénouement invariable : la combustion finale. Bois, paille, huile, résine, soufre, poix, voilà notre viatique assuré, à nous autres, pour nous en aller dans l'autre vie. C'est une règle qui n'admet pas d'exception... En 1661, juste au commencement du présent règne, il y avait dans le Quercy, à Cahors, je crois, un jeune homme, de trente ans et une fort jolie fille de vingt s'aimant éperdument. Ils allaient s'unir quand un nommé Darsinole les accusa de lui avoir envoyé six démons dans une pomme. Ce fut assez pour qu'on les nommât sur-le-champ dans le pays : « Les Fiancés du Diable. » Leur arrestation ne se fit guère attendre, et le bourreau s'essaya de son mieux à les faire jaser. On leur donna la question ordinaire d'abord, la question extraordinaire ensuite, et, pour finir, ils furent condamnés à être pendus, puis brûlés. La corde à laquelle était suspendue « Juliette » s'étant rompue, la jeune fille fut étranglée, et portée ensuite sur les fagots qui lui avaient été préparés... Soupçonnée de démonologie, Marie Carlier, âgée de treize ans, est restée pendant plusieurs heures assise sur le chevalet; il fallut à trois reprises augmenter les poids attachés aux cordes enroulées sur le treuil de justice pour lui faire confesser son crime. Le lendemain, au point du jour, on la brûla vive... Louis Gauffredi, prêtre, a rendu, lui aussi, son âme dans le brasier le 30 avril 1671. Ainsi fut-il puni par le Parlement de Provence pour avoir ensorcelé des femmes par son souffle... Et il avait, paraît-il, soufflé beaucoup...

En 1685, il y a tout juste deux ans, Jean Brugnon, prêtre, a subi, par le fait de messeigneurs les membres du Parlement de Normandie, le sort de Jeanne d'Arc, au même lieu, sur la place du Vieux-Marché, à Rouen... Vous avez bien entendu, bien compris tout ce que je viens de dire, marquise du Mesnil ?

— Oui... Et après ?... Est-ce tout ? dit la grande dame en se dressant superbe d'audace et de fierté. M'avez-vous vue une seule fois, pendant que vous parliez, trembler... ou seulement tressaillir ? Je marche toujours droit au but que je me suis tracé, et j'ai tous les courages. La loi peut disposer de mon corps, mais ma volonté est à moi, et nul ou rien n'en pourra jamais triompher. J'ai vu de plus près que vous les supplices dont vous parlez, et je n'ai pas plus frémi que je ne frémis en ce moment. Croyez-m'en, les rigueurs de l'Official ne sont pas faites pour moi ; nous sommes dans notre maison de trop bons catholiques pour avoir à les redouter. La Sainte Église a besoin de moi : je lui rends des services assez signalés, et elle me fait justice. Sachez-le, aujourd'hui l'hérésie lui chault plus que la sorcellerie, et nous pouvons traiter bien tranquillement ensemble nos petites affaires. Celui-là seul doit trembler qui contrarie mes passions. La fortune est assurée à qui les sert. Livrez-moi tous vos secrets, ne me celez rien, aidez-moi de tout votre pouvoir, et moi aussi je vous aiderai. Croyez-vous que je ne vous ai pas comprise, devinée toute ? Si vous souffrez de l'antipathie haineuse de la foule, par laquelle, bien que n'ayant jamais été dénoncée, vous vous sentez vaguement inquiétée, vous souffrez bien plus encore de l'étroitesse du cercle où se meuvent votre intelligence et votre activité. Les sorciers savent-ils bien tout ce qu'ils se piquent de connaître ? J'en doute, mais je crois volontiers qu'ils savent beaucoup, et que tout ce que l'homme pourra découvrir de plus efficace pour étendre son pouvoir procèdera de la magie et de l'alchimie. Vous possédez, je l'ai remarqué, une instruction étonnante pour votre condition. Vous m'intéressez grandement à tous égards, et je ne demande qu'à sceller avec vous un pacte d'action et de silence qui nous unira toute la vie durant.

C'était au tour de la Raisin d'écouter. Celle-ci, d'ordinaire si soupçonneuse, maintenant suspendue aux lèvres de la marquise, buvait littéralement ses paroles :

— Si vous me rendez dans le cours de cette nuit les services que j'attends de vous il vous sera loisible de saluer avec joie l'aurore prochaine ;

votre destin sera fixé. Vous pourrez rêver l'argent, la réputation, le bonheur; je vous donnerai tout cela.

— Mais comment? fit la Raisin, déjà fascinée par ces brillantes promesses, sans cesser cependant d'être maîtresse de sa raison.

— En vous emmenant avec moi à Paris, où je vous attacherai à ma personne, où je vous associerai à toutes mes entreprises... en ouvrant à l'exercice de vos talents ce champ magnifique, incomparable : la Cour.

XVI

L'ÉPREUVE

La Raisin, cette fois persuadée, répondit simplement :

— Je vous crois.

Soudain un coup retentit à l'horloge.

Elle tressaillit, et, se levant comme mue par un ressort, elle dit à Geneviève :

— Le moment est venu. Vous pouvez prendre mon panier.

La jeune femme, à son tour, se leva et prit le panier.

Cela ne suffit pas. Ouvrez-le, et regardez au fond.

Cet ordre ne fut pas sans impressionner la marquise.

Elle considéra le panier avec une certaine circonspection, et obéit en déployant un effort de volonté.

Mais à peine avait-elle soulevé le couvercle, qu'un frémissement courut par tous ses membres : sa main avait subi un contact qui lui avait donné une sensation de vie effrayante et de froid mortel. Malgré toute son énergie, elle recula, ses traits devinrent livides, ses cheveux se hérissèrent, une sueur glacée baigna ses tempes, et elle proféra d'une voix étouffée :

— Un serpent !...

— Eh bien, eh bien, fit la Raisin avec dédain, nous avons peur maintenant... J'avais raison de me défier de vous autres, les femmes du grand monde. C'est pitié, vraiment !

— J'ai été surprise, répliqua avec hauteur la châtelaine, qui s'était déjà ressaisie.

— Se mettre dans ces états pour si peu !... Il ne vous aurait plus manqué que de crier !

— Une autre que moi eût peut-être crié ! Vous êtes dure, la Raisin !

— Je le suis bien pour moi ! Quand on cherche les grands secrets, toute faiblesse est dérisoire chez l'initié comme chez l'élève !.

Et, reprenant son panier, elle souleva, à son tour, le couvercle, que la marquise avait laissé retomber, et en retira le reptile, qu'elle garda dans ses mains avec le sang-froid le plus imperturbable.

La marquise s'approcha bravement de la magicienne.

— Ah ! vous vous aguerrissez, dit celle-ci. C'est bien. Touchez maintenant. Le reptile est aimé du Maître. Et quiconque veut plaire au Maître doit caresser son favori.

Et, joignant l'action à la parole, elle passa à plusieurs reprises sa main sur les anneaux flexibles de la bête hideuse.

Bravement, Geneviève l'imita au moment où le reptile dirigeait vers elle sa tête menaçante. La Raisin encouragea d'un geste la jeune femme, et lui dit :

— Maintenant donnez votre bras.

Geneviève lui tendit le bras.

— Non, pas ainsi ! gronda la Raisin. Satan n'a que faire de cette manche d'étoffe à l'épais tissu. C'est le bras nu qu'il faut livrer à l'embrassement de l'aspic. Le Rituel est précis, et l'on ne saurait enfreindre ses prescriptions.

Elle remarqua aussitôt l'effet produit sur la jeune femme par cette injonction : elle la vit tressaillir et pâlir de nouveau. Évidemment, une lutte des plus vives était engagée entre la volonté et les nerfs de la grande dame. Le combat fut court... les nerfs eurent le dessous.

— Attendez, dit la marquise ; je suis à vous.

Et elle se retira derrière un paravent.

Quelques instants après, elle parut à demi dévêtue et vint se placer résolument devant la sorcière, qui ne put retenir un cri d'admiration :

— Quel beau corps !... quel noble buste ! Luciferus se délectera de l'offrande qui lui en est faite !

— Je suis aussi belle, n'est-ce pas, que Cléopatra, la tant fameuse reine d'Égypte ? Dois-je comme elle présenter mon sein à l'aspic ?

— Certes, répondit la magicienne avec une gravité qui n'excluait pas la flatterie, vous êtes aussi belle que cette reine. Voici bien la chair tentatrice, enchanteresse ! Et jamais mon Maître n'aura bu la volupté à une coupe plus exquise. Mais il serait superflu et peut-être mal d'outrepasser la somme de joies qu'il s'est réservé de goûter. Il suffit que la femme désireuse de lui engager sa foi prête son bras à l'enlacement magique.

Sans qu'un frisson courût sur son épiderme, sans qu'un muscle de sa face remuât, la dame du Mesnil s'exécuta dans un geste superbe.

Alors, la sorcière, plaçant la tête du reptile sur le poignet de la marquise, débita d'une voix rapide, mais bien scandée, cette formule idoine à l'acte présent :

— Adonaï, Erpès, Cypris, Conductor, Ligator, Marmor, Ginovefa, Bothrax, Sanguis, Anguis, Cruo... fu ! fu ! fu !

Et le reptile s'enroula immédiatement autour du bras blanc et ferme de la noble dame, l'enlaçant de sa fauve spirale. Il eut tôt fait de gagner l'épaule, sur laquelle il posa doucement sa tête aplatie.

D'une pâleur marmoréenne, l'œil fixe, Geneviève supporta l'horrible embrassement avec l'immobilité d'une statue.

— Cruo... fu ! fu ! commanda la sorcière, présentant le panier.

A ces mots, la bête des réprobations effectua sa retraite vers son momentané logis d'osier et s'y replia sur elle-même.

— C'est bien, déclara la sorcière. Vous avez échappé au sort de la reine Cléopâtre, dont vous parliez tout à l'heure : l'aspic ne vous a fait aucun mal, et le Diable n'en est pas moins content. Dès à présent, vous pouvez entrer dans le giron des disciples de magie. Mais il faut tout me dire : Quelle est la personne que vous désirez expédier au royaume des ombres ?

— Vous nommer cette personne !... Et pourquoi ?

— Vous figurez-vous, repartit la magicienne avec un petit rire sec, que le Maître souffre de ces cachotteries ? Le Malin veut tout savoir avant de rien donner ; avec lui, il faut jouer cartes sur table. Dites le nom de votre rivale.

Et comme Geneviève hésitait.

— Adieu, articula-t-elle brusquement en lui tournant le dos.

La jeune femme la retint d'un geste fébrile. Un nom passa entre ses lèvres, imperceptible et rapide comme un souffle :

Élisabeth.

— Élisabeth, répéta la Raisin, qui, paraît-il, avait l'oreille fine. Bon ! Est-elle femme ou fille ?

— Femme.

— Roturière ou dame ?

— C'est une femme de qualité.

— Je m'en doutais. Son titre ?

— Comtesse.

— De ?

Et au prix d'un dernier effort sur elle-même, la dame du Mesnil, vaincue par l'énergique volonté de l'être qui était devant elle, mais honteuse de la violence qu'elle subissait, laissa tomber ces trois syllabes :

— Lu... ce... nay.

— La comtesse Élisabeth de Lucenay, répéta lentement la Raisin comme pour se graver ces mots dans la mémoire. Et l'homme dont vous voulez être aimée ?

Le visage de Geneviève trahit une nouvelle hésitation.

— Allons ! reprit la sorcière avec autorité. Mon prince le veut !

Geneviève du Mesnil laissa encore une fois sortir un nom de ses lèvres, mais il fut prononcé si bas... si bas, qu'on eût dit un soupir insaisissable. La Raisin cependant l'entendit et ne put réprimer un tressaillement. Peut-être allait-elle faire une réflexion, mais un regard foudroyant de la marquise l'arrêta.

— Il suffit, articula-t-elle avec déférence. Nous allons commencer par l'aimé.

Et, fouillant dans son panier, elle en retira un petit flacon :

— Voici le philtre par excellence dont la recette a été découverte par Mathieu Bergas, le grand-prêtre des Pastours, qui vivait il y a trois cent soixante-quinze ans. C'est une huile de tortue éléphantine, mêlée à quatre-vingt-cinq scrupules de pierre d'antimoine, laquelle a été elle-même réduite dans une décoction d'ambre et de pavot, relevée d'une once de benjoin au safran infusée dans du lait d'ânesse blanche, où l'on a pilé un demi-quarteron de sauterelles velues et de mouches cantharides, en disant six Pater et six Ave, avec les changements prescrits par le Livre Noir. Prenez cette fiole. Vous serez aimée éperdument du comte Raoul de Corneville, dès qu'une goutte de ce philtre aura humecté ses lèvres.

Lors, la grande dolente d'amour sentit son être entier inondé de joie... Et dans un élan spontané de gratitude, oublieuse de son rang et de tous ses préjugés, la dame du Mesnil pressa chaleureusement la main de l'humble créature en lui disant d'un organe profondément pénétré :

— Merci !

La Raisin, à ce mot et à cet accent, eut une inspiration, mais, cette fois, d'un ordre tout humain : d'un air significatif, elle tendit la main à son adepte, qui fouillant vivement dans son escarcelle, comme disait le poète Scarron, y prit une poignée d'or et la versa dans la main ouverte tout en spécifiant :

— Ce n'est bien entendu, qu'un à-compte.

Sur ces entrefaites, l'horloge tinta de nouveau.

— Minuit ! fit la sorcière. Partons !

— Où faut-il aller ? demanda avec soumission la châtelaine.

— Au cimetière, répondit-elle froidement.

— Au cimetière ?... répéta Geneviève avec stupéfaction.

— Oui, confirma l'autre sans sourciller. Ici l'envoûtement d'amour !... Là-bas l'envoûtement de haine !... Nous n'avons pas un instant à perdre. Prenez la statuette et en route !

La marquise obéit passivement, après s'être enveloppée d'une mante.

... D'un coup elle traversa complètement la tête de la statuette...
(Page 151.)

— Partons ! dit-elle à son étrange compagnonne. Marchez doucement,
ne faites aucun bruit ; mon mari est absent, et je crois bien que tout le
monde dort, à commencer par Flavie, ma chambrière, qui doit être bien
fatiguée de sa course, mais les murs peuvent avoir des oreilles.

La Raisin se le tint pour dit, et, tout comme la châtelaine, qui la précédait, se mit à marcher à pas de loup, en se gardant bien de laisser
sonner sur les dalles le bout ferré de son bâton rustique.

La porte du castel était restée entr'ouverte en suite de l'ordre donné par la marquise.

A ce moment précis, la dame Du Mesnil remarqua avec satisfaction que la lune était voilée d'un nuage comme pour mieux assurer le secret de sa fantastique escapade.

Tout le monde dormait au château comme le supposait la marquise ; tout le monde dormait, aussi au hameau, situé à quelque distance du tertre, qui depuis des siècles donnait l'hospitalité de la dernière demeure aux bonnes gens de la paroisse.

. . . .

. . . .

« A LA MEILLEURE DES FILLES.

« Ci-gît Joséphine-Françoise Magloire, décédée à l'âge de 18 ans, le » 19 juillet 1679. *Requiescat in pace.* »

Telle est l'épitaphe qu'on peut lire à la clarté de la lune, brillant de nouveau dans son plein, sur la croix d'une tombe aux abords presque masqués par un rideau de feuillages épais.

— La meilleure des filles !... murmura la Raisin avec un ricanement amer. Quelle plaisanterie !... Quelle comédie !... Pitié de nous ! Il est donc écrit que tout doit mentir sous le ciel, la mort comme la vie !... Quels babillages sur toutes les tombes et quelles hâbleries ! Chacune prêche pour son saint, c'est-à-dire pour son hôte, qui, à l'entendre, n'a jamais péché. C'est toujours un bon père, un bon fils, une enfant dévouée et un honnête homme ! La mort est une réhabilitation ; du fourbe le plus éhonté, du pire larron, du plus infâme scélérat, elle fait une perle, un modèle de vertu. Je l'ai connue, la Françoise !... Ses parents n'en pouvaient rien faire ; ils la rouaient de coups inutilement !... Elle était gourmande, voleuse, impudique !... Ils n'ont jamais été plus heureux que depuis qu'elle est morte des suites d'un refroidissement qu'elle gagna en courant la prétentaine, d'ici à Corneville et à dix lieues à la ronde. Et, cependant, voyez cette inscription... une véritable oraison funèbre, quoi ! Allons, allons, justice pour tous ! Les morts sont des maîtres imposteur. qui usurpent l'estime générale et qui jouissent d'un repos immérité ! Heureusement, il y a des sorciers et des sorcières assez éclairés pour ne pas frissonner à leur approche, assez intrépides pour les inquiéter et les tourmenter, le cas échéant !...

La Raisin était donc bien, si l'on peut s'exprimer ainsi, une révoltée intégrale, elle abominait la vie à son origine, dans son cours et en son au-delà. La guerre aux tombeaux complétait chez elle la guerre aux berceaux !

— Arrêtons-nous ici, conclut-elle haut. Nous ne pouvons, au surplus, être mieux dissimulées.

Ce disant, elle posa son panier à terre et en souleva le couvercle. Elle siffla doucement : fu !... fu ! comme pour apaiser le reptile, déjà lové, tout en le contenant d'une main. Elle plongea l'autre dans l'intérieur du panier et en ramena un lourd paquet de feuilles qu'elle plaça soigneusement sur le sol, puis une large fer de pelle aux bords tranchants, qu'elle vissa solidement à l'extrémité ferrée du bâton dont elle se servait pour marcher.

— Prenez cette pelle, dit-elle laconiquement à la marquise, et creusez !

— Creuser où ? demanda la jeune femme en acceptant l'outil improvisé.

— Dans cette tombe.

— Dans cette tombe !... répéta-t-elle, toute saisie.

— Mais c'est une profanation !

— Croyez-vous me l'apprendre ?... fit la sorcière avec un rire sarcastique.

Et d'un ton impérieux :

— Creusez !

— Mais... voulut encore protester la jeune femme, en proie malgré tout à une terreur visible, et croyant peut-être déjà voir Françoise Magloire levant sur elle sa main spectrale.

La sorcière darda sur les yeux troublés de son élève un regard implacable et répéta d'un accent qui n'admettait pas de réplique :

— Creusez !

A moitié vaincue, mais dominée par l'horreur du forfait, Geneviève demeura immobile.

Alors, sa compagne, frémissant d'impatience :

— J'attends !

Et la marquise, craignant, si elle n'obéissait sur-le-champ, d'être abandonnée par la Raisin, comme celle-ci l'en avait déjà menacée, oublia tout ce qui pouvait rester de crainte salutaire, de croyance en Dieu au fond de son âme en perdition, et en vint à se dire :

— Je ne dois plus reculer devant rien !

C'était la dernière lutte entre l'Esprit du Bien et l'Esprit du Mal. La Raisin feignit de ne pas remarquer ce suprême combat, pensant dans son for intérieur :

— Qu'importe, je la tiens !

Et au bout de quelques secondes, elle réitéra sa farouche injonction.

La dame du Mesnil, asservie sans retour à la Bête impure, commença l'œuvre abominable. . . . .

Et la lune ne se voila point, et pas un trépassé ne sortit de son sépulcre pour crier à la sacrilège : « Anathème sur toi ! » et les couches profondes de l'air ne se déchirèrent pas, et la foudre n'éclata pas, et la terre ne trembla pas. . . . .

Encouragée par la sérénité de la nuit, reflétant l'apparente passivité des choses qui n'est, au fond, que la majesté de l'ordre immuable, Geneviève crut pouvoir faire fi des terreurs du vulgaire. Et ses mains si fines, si blanches, qui auraient répugné à manier le plus léger outil de jardin, préludèrent à la tâche infâme. . . . .

Des gouttes de sueur mouillèrent ses tempes et ses cheveux. Elle dut presque aussitôt s'arrêter pour reprendre haleine et s'essuyer le front de son élégant mouchoir de batiste.

A côté d'elle bruissait comme un vol de paroles étouffées et indistinctes. C'était la sorcière qui débitait les formules de l'incantation homicide.

Le vol des paroles secrètes, incomprises, bourdonnait toujours. Geneviève recommença de creuser, les mains endolories à en crier. Au bout d'un instant elle s'arrêta encore, comme si elle était sur le point de défaillir. Mais elle se ressaisit presque aussitôt et se remit à l'horrible besogne. Bientôt, ses pieds la soutinrent à peine, ses artères se distendirent, un tumulte emplit ses oreilles ; mais éperonnée par sa haine, elle continua de s'affermir en l'acharnement mauvais. Elle eût très vraisemblablement poussé l'intensité du geste jusqu'à l'accomplissement de l'acte inqualifiable, si ses forces le lui eussent permis. Mais Satan, bon prince, n'en demandait pas tant.

— C'est bien, dit la Raisin, étonnée au fond par le zèle et l'entrain de sa néophyte ; le Rite est exécuté. Mon maître est satisfait !

Ces paroles de la magicienne coïncidèrent avec un bruit assez singulier tenant le milieu entre le son que peut émettre une voix humaine et celui qui peut sortir du gosier d'un oiseau. On eût dit qu'il était composé de deux notes distinctes, non dénuées d'analogie avec les deux syllabes du mot liturgique hébreu si usité dans les offices : *amen*.

Ce fut l'impression de Geneviève, qui ne put s'empêcher de dire à sa compagne :

— C'est singulier !... N'avez-vous pas entendu ?...

— Quoi ? répondit vaguement la magicienne, dont l'attention avait été brusquement attirée par un mouvement du tas d'herbe placé par elle si soigneusement à ses côtés.

— Mais cette voix... On aurait juré que cela disait : a-men.

— Ah ! oui, *amen*, ainsi soit-il, comme à la messe et aux vêpres. C'est

votre imagination qui travaille. Moi, je n'ai entendu que le bruit du vent
qui s'est élevé il y a quelques minutes.

— Après tout, c'est possible, reprit la châtelaine, rassurée, car je vois
votre tas d'herbe qui s'en va.

La Raisin, sans répondre, comme si elle profitait de l'indication, qui,
d'ailleurs, ne lui apprenait rien, se baissa rapidement pour ramasser le
« tas d'herbe » fugitif. Elle eut quelque peine à le saisir, comme si le
vent l'entraînait toujours. Enfin, elle mit la main dessus, l'éleva en l'air,
et, le présentant à Geneviève, dit :

— Regardez-le, mon tas d'herbe, voyez comme il est dru, et quels
yeux il vous fait !

— Mais c'est un crapaud, me semble-t-il.

— Vous l'avez dit, madame. Et un beau crapaud, que j'élève depuis
longtemps avec un soin de mère. C'est, que, voyez-vous, le crapaud est
un intermédiaire influent auprès de la Puissance que je sers. Il est particulièrement agréable à mon Chef parce que ses yeux, qui ne sont jamais
clos, ont la fixité froide qui ne pardonne point. Les oiseaux, la couleuvre... et, à ce propos, je vous révèle en passant que telle est l'espèce
de reptile qui vous a tant effrayée durant un instant chez vous tout à
l'heure... la belette, les mouches, les papillons, rien ne lui résiste.

La Raisin disait vrai et professait sur le rôle du batracien immonde la
théorie la plus saine, en sorcellerie, s'entend. On parlait beaucoup, à
l'époque, d'un prêtre-mage, l'abbé Ouen, qui avait essayé de faire mourir
un crapaud par le regard. Dans ce combat singulier, le magnétisme de
l'animal prévalut sur celui de l'homme. Plus le prêtre s'acharnait à fas-
ciner le crapaud, plus ce dernier s'enflait, se dressait sur ses quatre
pattes, faisait entendre un souffle rauque, et projetait de ses yeux
immuables deux flammes rougeoyantes, à jet soutenu, qui terrassèrent le
fluide de son ennemi, à qui elles infusèrent, pour parler comme les
maîtres des sciences occultes, l'invincible faiblesse d'un évanouissement.
Il faut ajouter, d'après les mêmes autorités, que la dame Martibsarend
dansait au Sabbat avec quatre crapauds, l'un vêtu de velours noir, portant sonnettes aux pattes, sur l'épaule gauche ; l'autre, sans sonnettes,
sur l'épaule droite, les deux derniers aux deux poings. (*sic*). Mais la
Raisin n'avait pas apporté de si loin le hideux batracien, uniquement
pour en faire l'objet d'une conférence démonologiaque. Passant sa main
sous son vêtement, elle prit une aiguille piquée sur son corsage et la
donna à Geneviève en lui disant :

— Voyez, elle est toute enfilée de fil noir, comme il est dit au Livre
de Bel. Si vous voulez toujours triompher dans vos desseins, il vous faut
boucher à jamais les yeux de cette bête-ci, en les lui cousant avec cette
aiguille.

— Vous vous moquez, fit Geneviève. Vous me prescrivez une chose impossible.

— Non pas, cet acte est absolument nécessaire pour l'Envoûtement de Haine ; il est simple, d'ailleurs, mais je ne disconviens pas qu'il exige une force de fluide extraordinaire pour neutraliser le regard du patient. Et comme vous avez montré beaucoup de volonté jusqu'ici, et que le temps presse, je vais vous aider en le contenant. Geneviève, impatiente d'arriver à son but et d'en finir, aborda résolument l'entreprise : elle s'approcha, armée de son aiguille, et, s'avisant d'un stratagème assez ingénieux, elle ferma à demi les yeux, juste au moment où la terrible flamme rougeoyante allait frapper sa rétine de son jet si troublant. Elle brusqua l'épreuve en crevant de deux coups d'aiguille les yeux de la bête. La Raisin voulut bien déclarer cette fois encore que le Rite était accompli et le Maître satisfait.

— Il ne nous reste plus maintenant, ajouta-t-elle, qu'à enfouir le crapaud, ainsi accommodé, dans la tombe de la Magloire.

Geneviève, buvant jusqu'au bout le calice des œuvres serviles du satanisme, exécuta en s'aidant de la pelle qu'elle venait de manier si résolument, le nouvel ordre qui lui était donné.

— Passons à la statuette, dit alors la Raisin.

Et tandis que la marquise cherchait l'objet enveloppé dans sa mante, dont elle s'était débarrassée pour procéder à sa macabre besogne, elle ajouta :

— Il est bien entendu, n'est-ce pas, que vous avez pris soin de modeler la représentation de votre rivale avec une cire entièrement vierge, car s'il en était autrement, d'autres influences pourraient traverser l'enchantement et détourner le sort ?

— Oui.

— Avez-vous fait entrer dans sa composition première de l'huile baptismale et des cendres d'hosties brûlées?

— J'y ai mis de l'huile destinée aux fonts baptismaux. Quant aux hosties, j'ignorais...

— Cette figurine offre-t-elle une certaine ressemblance avec votre rivale ?

— Oui. Pour cela, oui, j'en réponds.

— Portez-vous des vêtements taillés dans ceux de la comtesse ?

— Vous dites?... interrogea la marquise, visiblement ahurie.

— Avez-vous au front un peu des cheveux de la dame? continua imperturbablement la magicienne, comme si elle énonçait la chose la plus naturelle. Non, je le vois. Avez-vous, du moins, aux doigts un peu de ses ongles?... en la bouche, une de ses dents ?

— Non, répondit Geneviève avec accablement; je n'ai rien de tout cela... Comment pouvais-je imaginer...

— Alors, déclara brusquement la Raisin, je dois renoncer à l'envoûtement de la Dagyde, envoûtement dans lequel il doit entrer des matières créant un lien direct entre l'envoûteur et l'envoûté. Nous devons nous contenter de l'envoûtement ordinaire.

— Et probablement il est moins sûr, moins efficace que l'autre? questionna Geneviève avec anxiété.

— Oui et non, répondit avec flegme la sorcière. De toute façon, votre but sera atteint, mais peut être ce que vous désirez sera-t-il donné sous une forme différente de celle que vous avez rêvée.

— Je ne comprends pas... Expliquez-vous.

— Je ne puis vous dire un mot de plus.

Et au même moment la Raisin, qui avait pris la statuette, tendit sur sa tête une petite corde tirée, elle aussi, du fameux panier, et y fit un nœud solide. Après quoi, elle prononça la grande formule :

— ARATOR, LEPIDATOR, TENTATOR, SOMNIATOR, DUCATOR, COMESTOR, DEVORATOR, SEDUCTOR, *vous tous compagnons et ministres de Destruction et de Haine, Semeurs de Discordes qui agissez librement ces maléfices, — quoiqu'il ne soit pas nécessaire de vous conjurer afin que vous accouriez ! — je vous prie et je vous conjure cependant jusqu'à ce que vous administriez et consacriez cette image pour la haine et le malheur d'Élisabeth de Lucenay !*

Se tournant ensuite vers Geneviève, elle ordonna :

— Associez-vous de votre haine à mon évocation, identifiez-vous avec la démarche et les traits de votre rivale, ne pensez qu'à elle, ne voyez qu'elle, concentrez toutes vos facultés pour vivre un instant en elle, et répétez par trois fois : « Comtesse Élisabeth de Lucenay ! »

La marquise fit un appel suprême à sa mémoire, se représenta dans ses moindres détails les traits, les allures, les grâces, la beauté, la distinction de la comtesse, et sentit s'accumuler en se précisant, au point de se matérialiser presque, tous les fluides de la haine, dont son cœur était empli ; elle enveloppa alors la statuette d'un regard de flamme sauvage, abominable, et par trois fois elle prononça : « Comtesse Élisabeth de Lucenay ! » Puis emportée par une force irrésistible, elle ajouta spontanément trois fois aussi, d'une voix sourde, mais d'autant plus frémissante de rage : « Je te hais !... je te hais !... je te hais !...

— Complétez le charme, dit la Raisin, en « tricotant » la dame avec cette aiguille.

Geneviève larda la figurine avec la même fureur que si elle eût frappé Élisabeth elle-même... D'un coup elle traversa complètement la tête de la statuette. Et la Raisin, convaincue, autant que solennelle :

— C'est par la tête que vous en serez débarrassée !

— Bon, fit la marquise, redevenue hautaine. Mais dans combien de temps ?

Et comme la Raisin tardait à répondre :

— Vous ne vous imaginez pas, je suppose, que je me sois damnée sans avoir l'intention d'obtenir bonne et prompte satisfaction ?

— Dans sept lunes révolues et trois autres à la suite d'icelles, votre âme sera en liesse.

— Eh quoi ! faudra-t-il attendre si longtemps ? n'ai-je pas montré une docilité suffisante à toutes les volontés du Maître pour n'être pas exaucée plus tôt ?

— Si fait, vous avez été sans crainte et ferme, impavide à souhait ; je vous ai admirée quand vous avez offert votre bras aux baisers de...

— La couleuvre que vous avez dénommée faussement aspic.

— L'erreur était nécessaire pour l'épreuve à laquelle je devais vous soumettre, et d'autre part l'emploi d'une couleuvre est rigoureusement indiqué pour tout envoûtement d'amour.

— Il n'y a donc pas eu de ma faute ?

— En aucune sorte, pour ce qui dépend du courage et de la volonté ; mais la science vous faisait défaut, de graves omissions d'initiation ont eu lieu dans la préparation des matières de la statuette ; ces manquements aux rites et ceux qui ont suivi retardent le charme. Il fera peut-être sentir son effet plus tôt, mais le délai que je viens de fixer ne sera certainement pas dépassé.

— Soit, dit la marquise, prenant enfin son parti de l'attente. Mais l'envoûtement d'amour, quand agira-t-il ?

— Dès que le philtre aura touché les lèvres du comte.

Geneviève du Mesnil devint rêveuse.

Au bout de quelques instants, la Raisin, qui avait remis le fer de la pelle dans son panier, et s'appuyait de nouveau sur son bâton de voyage, dit avec déférence :

— Je vais bientôt quitter madame la marquise, après l'avoir remise en son chemin. Quand me fera-t-elle la grâce de m'appeler auprès d'elle ?

La marquise réfléchit un instant, puis répondit :

— Je vous manderai au Mesnil trois jours avant mon départ pour la Cour.

La Raisin s'inclina profondément en promettant d'être aux ordres de Madame la marquise.

La lune avait disparu sous une grosse nuée. Les deux femmes sortirent du cimetière. En longeant extérieurement le mur du champ funèbre pour gagner le chemin de traverse, elles aperçurent des lueurs qui dansaient çà et là, non loin d'elles.

— La tuer !... répéta le vieillard en se levant vivement. (Page 156.)

— Oh ! voyez donc, fit Geneviève avec un léger haut-le-corps, nous sommes entourées de feux follets. On dirait qu'ils nous escortent.

— Oh ! que non ! voilà déjà un bon bout de temps que j'en vois. Les feux follets ne sont guère à craindre ; ce sont, comme vous le savez, des gaz qui se dégagent des sépultures et qui sont bien inoffensifs. Il y en a eu beaucoup cette nuit, et nous devons nous en féliciter, car il n'y a rien de tel pour écarter les curieux et les indiscrets.

XVII

DEUX AMIS

Le dimanche, dans la matinée, la petite maison de Cyprien, qui s'annonçait à tout venant par une enseigne parlante : un plat à barbe que dominait un visage barbouillé de mousse de savon présentait un va-et-vient perpétuel.

Tout Corneville passait dans le coquet salon du barbier, où de brillantes fleurs des champs, fraîchement écloses, s'épanouissaient dans de gracieux vases, à côté de roses exhalant un parfum aussi suave que les nuances en étaient variées.

Les jours de fêtes carillonnées, la presse était bien plus grande encore ; et Cyprien n'avait jamais été surmené comme il le fut certain dimanche de mai 1688, qui se trouvait coïncider avec la fête de la Pentecôte. Le brave garçon, ce jour-là, n'aurait jamais pu seul, malgré son activité et son habileté, suffire à sa tâche, s'il n'avait eu à sa disposition un aide aussi zélé qu'adroit dans la personne du jeune Fouinard. Cet élève, ainsi qu'il s'intitulait pompeusement lui-même, était un pauvre être chétif mal tourné, que ses parents, de dignes cultivateurs, avaient dû, en désespoir de cause, confier à Cyprien pour en faire avec le temps un virtuose du rasoir et de la lancette et, aussi un bon arracheur de dents, spécialité qui complétait logiquement le métier de barbier, comme on pouvait s'en convaincre en jetant un coup d'œil derrière la vitrine sur un grand bocal presque rempli de molaires, d'incisives, de canines... piège ingénu tendu traditionnellement à la douleur. Le nombre inspirait la confiance. On se disait mentalement à cette vue : « Puisqu'il y en a tant... c'est que l'opération doit être supportable. »

Fouinard, — le lecteur sagace doit déjà l'avoir deviné, — n'était pas un nom de chrétien, mais simplement une appellation fantaisiste, un surnom dû à la mine curieuse, éveillée, et au menton pointu comme celui d'un polichinelle du vilain petit bonhomme dont le rasoir voltigeait en ce moment à l'égal de celui de son maître sur les joues rubicondes des dignes villageois.

Telle apparaissait la physionomie de Fouinard. Au fond, c'était un esprit délié, malgré sa nature un peu renfermée comme la tortue dans sa carapace, mais il savait très habilement, sans avoir l'air d'y toucher, faire jaser son monde, et il pouvait à bon droit se targuer de connaître tous les secrets du pays, après avoir expédié son contingent dominical de barbes. Or, ce même dimanche, ayant servi un domestique de Lucenay qui était parti de nuit de cette localité pour venir passer la journée chez des parents à Corneville, il demanda à Cyprien un moment d'entretien, dès le premier coup de la messe de neuf heures, moment où la pimpante boutique se vidait de ses clients, empressés de rendre à l'église du bourg.

Le barbier-chirurgien, qui allait toujours à la messe à l'Abbaye, messe à laquelle assistait le marquis et qui se célébrait à dix heures, profita de cet instant de loisir pour écouter Fouinard. A la suite d'un assez long entretien, il sortit et se dirigea vers le château, où il demanda à être introduit auprès du marquis. Celui-ci, avisé, le reçut aussitôt avec son urbanité habituelle. Il était assis ou plutôt étendu dans un grand fauteuil, où il méditait sans doute profondément ; mais il ne parut aucunement dérangé par l'arrivée du jeune barbier. Il y avait même dans son attitude à l'égard de celui qu'il appelait «son médecin ordinaire» une sorte de nuance affectueuse qui, pour un observateur attentif, aurait paru dépasser le ton de bonhomie dont le noble seigneur de Corneville aimait à user à l'égard de ses vassaux et de ses familiers.

Il serait permis de dire, si ce n'était l'incommensurable distance qui existait entre le puissant baron et l'infime *frater*, que celui-ci fut accueilli avec de véritables égards.

— Tu as une communication à me faire, mon enfant... une communication de quelque urgence ?

— Monsieur le marquis, veuillez d'abord me pardonner la liberté que j'ai cru devoir prendre, répondit le jeune homme ; mais je viens d'apprendre une nouvelle si grave, que je n'ai pas hésité à vous en instruire au plus tôt.

— Qu'y a-t-il donc ?... Parle, mon cher enfant !

— Voici ce qui vient d'être raconté dans ma boutique par un domestique du château de Lucenay.

— Le comte de Lucenay est absolument inabordable depuis son retour, il paraît toujours en colère, à chaque instant on l'entend maugréer, gronder de vagues menaces, mais dès qu'il se sent observé, il s'arrête et ne cause à personne...

— Ah ! interrompit le marquis. Que se passe-t-il dans la vie de cet homme ?...

— Il y a entre lui et la comtesse son épouse, reprit Cyprien, des scènes, paraît-il, très pénibles pour la noble dame.

— En quoi la pauvre Élisabeth peut-elle mériter un pareil traitement ?... murmura le marquis, levant les yeux au ciel, comme pour le prendre à témoin d'une telle iniquité.

— Ce n'est pas tout, poursuivit le chirurgien-barbier, le comte a défendu à son épouse de sortir de ses appartements et a placé des gardes aux portes, leur enjoignant de ne laisser arriver quiconque jusqu'à elle, sauf sa femme de chambre.

— Mais c'est une véritable séquestration!...

— J'avais été appelé, il y a quelque temps, par monsieur le comte pour donner des soins à madame la comtesse, et j'avais eu lieu de constater la mauvaise mine de la pauvre dame, qui tremblait tandis que je l'interrogeais sur son état, en présence de son époux.

— Et de quel mal souffrait-elle? demanda avec un vif intérêt le châtelain de Corneville.

— Monseigneur, répondit après un instant d'hésitation le modeste praticien, il est des cas bien graves, bien délicats, et je craindrais de trahir la confiance...

— Tu as raison! interrompit vivement le digne gentilhomme. Ne parle pas, si ta conscience ne le permet pas!

Cyprien se tut un instant, réfléchit, puis reprit :

— J'achèverai, monsieur le marquis, car si d'un côté le secret professionnel me lie, de l'autre, M. le comte de Lucenay ne m'a pas demandé le silence... et la situation de la comtesse me paraît assez grave pour que je triomphe de mes scrupules. Madame de Lucenay est enceinte, et je crois la délivrance plus proche que ne le suppose son mari.

— Infortunée!... fit le seigneur au cœur compatissant.

— Le comte reçoit de fréquents émissaires, et son humeur s'assombrit de jour en jour... Au château, on est en proie aux plus terribles craintes... on croit même que, dans un de ses accès de colère aveugle, il pourrait se porter à la dernière extrémité envers la comtesse!... la tuer!

— La tuer!... répéta le vieillard en se levant vivement.

Et il se tut. Il reprit :

— Je te remercie, mon enfant... tu as bien fait de me prévenir. En te retirant, va chez M. le bailli, et prie-le de venir me parler à la sortie de la messe. En passant devant l'Abbaye, tu parleras aussi au révérend prieur, tu lui demanderas de ma part de dire à la messe de tout à l'heure une prière à l'intention de madame la comtesse de Lucenay... une prière fervente !

Tandis que le jeune homme s'éloignait rapidement pour prévenir le magistrat du désir de M. de Corneville, et remplir une mission absolument conforme à ses propres sentiments, le marquis, replongé dans son vaste fauteuil, s'abandonnait à une profonde rêverie, puis murmurait :

— Brave cœur!... âme d'une noblesse infinie!.. Il doit tout à sa propre nature... car ni un père ni une mère n'ont développé en lui les instincts délicats et généreux... Comme il s'élève, comme il grandit au moral, tandis qu'au physique il se fortifie et s'affine chaque jour !...

Tout en se parlant à lui-même, il venait de se dresser et de s'approcher de la fenêtre, d'où il suivait avec une vive satisfaction la démarche élégante et la fine silhouette du jeune chirurgien.

— Quelle allure fière et distinguée !... laissa-t-il tomber encore en souriant, et comme lui siérait une épée battant sur sa jambe nerveuse !... elle semblerait avoir toujours été portée par lui !... Oui, elle lui siérait à ravir !... Que peuvent, que doivent penser les personnes du monde un peu clairvoyantes, lorsqu'elles voient une telle tournure à l'enfant trouvé qu'éleva l'humble femme du jardinier du couvent?... Le comte de Lucenay lui-même ne m'a-t-il pas dit un jour en le voyant passer : « Il est certain qu'il y a du grand seigneur dans bien des enfants trouvés !... » Ah ! voici le bailli qui vient ici... Encore un brave cœur, celui-là, et que je verrais avec plaisir s'allier à mon sang, si l'antique prophétie pouvait se réaliser !... Il me plaît par la noble indépendance de son caractère, par son courage chevaleresque, qui semble rappeler celui des anciens preux... Et cependant... je puis bien me l'avouer à moi-même... j'aurais été fier, heureux aussi de donner Hélène en mariage à Cyprien... de le compter au nombre des membres par alliance de ma famille, où il n'aurait pas été déplacé... Mais comme le pauvre bailli marche lentement et paraît triste... il semble en proie à une rêverie qui fait peine... Qu'a-t-il?... Ah ! je devine sans nul doute : le pauvre garçon est désolé de n'avoir pu encore trouver le secret de la sonnerie spontanée des Cloches de Corneville... Et le marquis ne put s'empêcher d'esquisser un bienveillant sourire.

Tandis que le bailli Fabrice de Préval était mis au courant par le marquis Roland des événements du château de Lucenay, Cyprien retournait au village, et, chemin faisant, lui aussi réfléchissait à son sort, si étrange et si triste... celui de l'enfant trouvé, élevé par une vieille femme qui travaillait au jardin de l'Abbaye... Il n'avait jamais eu de goût pour le rude labeur des champs, et grâce au prieur dom Martin qui l'avait pris en affection, il avait pu de bonne heure apprendre à lire et à écrire... puis, se jetant à corps perdu dans l'étude, il s'était mis à chercher les simples employés par les moines pour la confection des baumes et des remèdes... il s'était ensuite offert pour aider le barbier du village et, à sa mort, avait pris sa clientèle, puis le marquis lui avait fait accorder le brevet d'aide-chirurgien à la suite de l'examen brillant qu'il lui avait fait passer à Rouen. . . . .

Cyprien se mêlait parfois à la société de ceux qu'il appelait modestement ses seigneurs, qui le traitaient toujours avec la plus grande bonté. C'est lui qui charmait les loisirs de la soirée en racontant les vieilles légendes du couvent de Corneville, où il passait de longues heures, s'entretenant avec dom Martin, ou furetant dans les archives intéressantes du vieux monastère.

Le marquis l'avait également autorisé à puiser dans la grande bibliothèque du château, et Cyprien s'était donné la tâche de mettre en ordre les papiers de la famille de Corneville qu'il disputait aux rats et aux araignées. Il jouissait au château de la même réputation qu'au village, où l'on estimait sa science et ses connaissances variées. Mais il était continuellement rêveur et souvent s'abîmait en de chagrines pensées. D'où venait cette mélancolie? était-elle inhérente à sa nature? Non. Il n'y était enclin que depuis qu'il avait atteint l'âge de raison, depuis que son jugement s'était formé, et qu'il avait pu se demander pourquoi il ne portait pas comme tout le monde un nom de famille... car Cyprien n'était qu'un prénom!... « Cyprien!... Cyprien!... répétait-il avec amertume; Cyprien qui?... »

Il se souvenait bien de la femme qui le soignait, qui le caressait, qui l'embrassait quelquefois, et qu'il appelait sa mère... mais il se souvenait aussi qu'elle ne l'appelait pas son fils...

Quant à son père, il comprenait bien qu'il ne l'avait jamais connu... que celui qui lui avait donné la vie ne lui avait pas donné son nom... qu'il l'avait frustré de sa tendresse... de son amour... frustré de tout...

Et lorsqu'il était seul à l'Abbaye, livré à ses douloureuses réflexions, il se prenait à envier le sort des autres villageois, qui n'avaient pas, il est vrai, son instruction, ses talents d'agrément — car il était aussi poète et musicien — qui ne jouissaient pas comme lui d'une certaine considération personnelle au château, mais qui du moins étaient nés dans des conditions régulières, pouvaient parler et marcher la tête haute... revêtir de leurs noms patronymiques un acte, un contrat, une convention quelconque, tandis que lui... si ce cas se présentait... il ne le pourrait pas... il ne pourrait signer que de ce prénom : Cyprien!...

Un jour, au village, il avait surpris une conversation, étant couché dans une haie le long de la route. Deux paysans parlaient de lui et raillaient sa science, qui les étonnait.

— Il serait bien plus malin s'il trouvait le nom de son père! ricanait l'un.

Et l'autre de répondre :

— Il n'a même jamais connu sa mère !

— Oui, mais son père pourrait peut-être bien n'être pas si loin qu'on croit.

— Oui, oui, je comprends,.. tu veux dire que le marquis pourrait bien lui dire le nom de sa mère.

— Le marquis... répétait Cyprien, tandis que les paysans s'éloignaient. Pourquoi parler de lui?... de notre châtelain?... N'aurait-il pas pu aussi bien parler d'un autre?... Et encore pourquoi parler d'un autre?...

Et cette idée l'obsédait.

Ce n'était pas qu'il ressentît de l'éloignement pour ce seigneur, il se sentait plutôt attiré vers lui. Et puis, le marquis lui témoignait tant de bontés!... Et le comte et la comtesse aussi!...

Ce qui faisait de Cyprien un être bizarre par-dessus tout, c'était son amour, sa passion pour les bonnes Fées de métal babillard et carillonneur, pour les douze cloches de l'Abbaye de Corneville.

Quel en était le motif? C'était son secret jusqu'alors... son secret à lui.

Ce jour-là en rentrant chez lui, Cyprien, envahi plus que jamais par d'étranges idées, murmura tout bas :

— Je sens en moi quelque chose de mieux que ma condition... il me semble être supérieur aux gens qui m'entourent... à ces braves cultivateurs... Mon Dieu, si c'est le démon de l'orgueil qui s'empare de mon esprit, protégez-moi ! défendez-moi !   . . . .

 . . . .

Quand Fabrice de Préval quitta le château à son tour, il n'était guère moins soucieux et moins troublé que Cyprien.

Les nouvelles que lui avaient données le marquis, relativement à la séquestration de la comtesse de Lucenay et aux dangers courus par la jeune femme, l'avaient douloureusement frappé. Il n'avait pu entendre sans un véritable déchirement de cœur, le récit de la situation faite à une personne pour laquelle il éprouvait une sympathie si profonde et à laquelle il devait la plus vive reconnaissance... Était-ce assez dire ?... Non.

A une heure critique entre toutes, la comtesse de Lucenay avait apparu dans sa vie, comme un génie bienfaisant, qui tout-à-coup l'avait transporté en plein azur, dans la patrie des rêves heureux. N'était-ce pas elle qui avait plaidé, et plaidé victorieusement sa cause, celle d'Hélène, auprès du marquis de Corneville ? N'était-ce pas elle qui lui était venue dire cette chose jugée par lui et par Hélène tout d'abord si invraisemblable, si impossible à espérer, que le marquis avait bien voulu entendre parler de son amour pour sa fille, qu'il avait même consenti à considérer l'éventualité d'un mariage si disproportionné au point de vue des fortunes et du rang ?

N'était-ce pas elle qui lui avait appris que le puissant châtelain était disposé à le recevoir dans sa famille, lui, l'humble écuyer, à en faire son gendre, son second fils?... Et c'était là, il faut bien le dire tout ce qu'il avait retenu de la conversation que la comtesse Élisabeth lui avait rapportée.

A la vérité, ce consentement était subordonné à une condition
étrange, et même quelque peu extravagante, dont l'accomplissement
devait être des plus laborieux, si jamais elle pouvait être réalisée. Il
fallait trouver le secret de la sonnerie spontanée des Cloches de Corneville ; et ce n'était pas une petite affaire. C'était même une si grosse affaire
qu'il y avait des chances pour qu'une telle condition fut aisée à éluder.
Le bon sens semblait l'indiquer... Pour qu'il y eut lieu de redouter le
contraire, il faudrait supposer que le marquis de Corneville n'eût pas été
en possession de toute sa raison, que ce fut tout au moins un esprit absolument chimérique, une sorte de songe-creux ou de maniaque, particulièrement accessible aux inspirations et aux croyances superstitieuses.
Or, le marquis, honnête homme des pieds à la tête, dans toute l'acception contemporaine du mot, — sans être le moins du monde « libertin »,
comme on disait aussi alors pour exprimer ce que nous entendons
aujourd'hui par le qualificatif « libre-penseur » ; — possédait une intelligence éminemment saine et parfaitement équilibrée et il était vraiment impossible de le croire capable de s'imaginer que les fables et les
contes de fées, pouvaient jouer un rôle dans la vie.

Ainsi raisonnait Fabrice ; et le jeune homme osait penser qu'il y avait
une grande part de bienveillance dans l'application que le marquis voulait bien lui faire de la prophétie concernant « l'escuyer povre et saige »,
que M. de Corneville, en lui envoyant cette antique prédiction, avait
surtout exprimé l'intérêt qu'il voulait bien lui témoigner. L'amoureux
bailli n'était pas éloigné de voir dans la « condition ». relative aux
Cloches, une sorte d'artifice employé par le père de sa bien-aimée pour
atténuer ce qui aurait pu y avoir d'excessif comme sacrifice d'amour-
propre dans le fait de lui dire purement et simplement : « Je consens à
vous donner la main de ma fille... »

Pour tout résumer d'un mot, il lui semblait qu'il était agréé, en principe, et que, quelque heureuse circonstance aidant, la comtesse de
Lucenay saurait bien obtenir le consentement définitif du chef de la
maison de Corneville... Puis quand il arrêtait sa pensée sur cette éventualité, son esprit se troublait... Il se demandait s'il n'était pas le jouet
d'un vertige, d'où pouvait lui venir une telle confiance, s'il n'était pas
fou de s'imaginer qu'il pouvait entrer ainsi, tout de go, en quelque
sorte, dans une des plus illustres maisons de France, » il se disait qu'il
avait tort de s'exalter ainsi, et qu'il ne savourerait probablement jamais
les délices de la coupe jugée par lui-même un instant auparavant si voisine de ses lèvres,

Suivre le conseil de Madame de Lucenay, commencer des recherches.
une enquête dans l'Abbaye et au château pour arriver à découvrir le
secret des Cloches, il n'y songeait guère, tant une pareille recherche lui

— Il y a autre chose, continua Pauline. (Page 166.)

paraissait ardue, compliquée et illusoire. Tout lui manquait pour l'entreprendre ; la paix de l'esprit, le courage, la patience, et surtout la foi. Il doutait radicalement de la possibilité d'arriver à réaliser la prophétie, pour une bonne raison : c'est qu'il avait toujours considéré, sans en rien dire, bien entendu, la fameuse légende comme... une légende.

Fabrice de Préval, je l'ai déjà dit, n'était pas un sot ; il savait qu'il ne fallait jamais heurter les croyances des foules, et il se gardait bien de porter atteinte à celle-là ; mais comme on dit vulgairement, il en prenait et il en laissait...

« On raconte dans le pays et aux environs, monologuait-il, que les Cloches de l'Abbaye sonnent dans certaines circonstances, et naturellement, sonnent seules, puisqu'il n'y a pas d'escalier, pour arriver au clocher ; c'est possible, et cela doit être vrai, puisque tout le monde le dit. Pour mon compte, je ne les ai jamais entendues, et je ne tiens pas autrement à vérifier l'authenticité du fait...

Il ne voyait qu'une chose de claire, de bien claire, c'est que le supplice de son cœur ne lui laissait pas de répit, et qu'ils étaient, Hélène et lui, condamnés à subir peut-être longtemps encore la torture peinte trop faiblement mille fois par ce mot : attendre.

Pour un peu, le pauvre garçon se fût écrié mentalement, lui aussi, comme le faisait Cyprien, à la même heure : « Mon Dieu, défendez-moi ! protégez-moi ! »...

Et il y avait de fait plus d'une analogie entre le cas de ces deux jeunes gens qui intéressaient si vivement et *presque également* le marquis de Corneville.

Tous deux étaient jeunes, intelligents, sympathiques.

Tous deux portaient le sceau de la gravité sans affectation qui, chez des hommes de leur âge, est toujours un signe de distinction particulièrement goûté.

Abstraction faite de sa condition si modeste, le barbier-chirurgien avait autant de dignité dans la démarche, autant de tenue que le magistrat de Corneville.

Évidemment Cyprien paraissait plus enjoué que le bailli, et cela semblait tout naturel. Il doit bien y avoir, pensait chacun, quelque différence entre l'état d'esprit d'un barbier et celui d'un juge. Mais la profession n'y était au fond pour rien. La vérité est que si le jeune Cyprien pouvait consentir parfois à goûter les plaisirs qui s'offraient à lui, le bailli était complètement dominé et absorbé par la passion qu'il éprouvait pour Hélène de Corneville. Mais quand on avait pratiqué un peu le premier, on s'apercevait bien vite que la frivolité chez lui s'arrêtait à la surface...

Cyprien se sentait attiré par la cordialité de Fabrice, et le bailli appréciait singulièrement la bonne grâce, mêlée de réserve, du barbier. Il goûtait non moins, si ce n'est davantage encore, son penchant si accusé pour l'étude ; il faisait cas de son instruction, et il s'arrêtait souvent pour causer dans sa petite boutique.

Il n'était pas rare non plus de voir Cyprien gravir les degrés de la maison du bailliage en dehors des heures d'audience ; il portait souvent à Fabrice des fleurs, des plantes cueillies dans ses promenades ; et souvent on aurait pu les voir ensemble parcourant de vieux livres, examinant de vénérables parchemins.

A leur insu, les deux jeunes hommes étaient poussés l'un vers l'autre par certaines affinités de caractère, par une certaine analogie de situation qu'ils percevaient confusément peut-être, mais dont vraisemblablement ils ne se rendaient pas compte, et qui cependant n'était que trop frappante : tous deux étaient isolés, presque abandonnés, peut-on dire, tous deux marchaient seuls dans la vie, et tous deux sentaient qu'ils allaient vers un destin dont ils ne pouvaient répondre...

Cyprien, on le sait, n'avait jamais connu ses parents, et ne savait rien de sa naissance. Fabrice avait été, dans le plus bas âge, privé de son père et de sa mère enlevés à peu de mois de distance par une épidémie qui avait promené le deuil dans le Perche, où ses parents habitaient un petit domaine héréditaire, dont le mince revenu leur avait cependant permis jusque-là de nourrir cinq enfants — quatre autres garçons et une fille, l'aînée de la famille. L'épidémie qui avait coûté la vie au chevalier de Préval et à sa femme, enleva aussi les quatre garçons. De toute la lignée, elle n'épargna que la fille aînée, Gertrude de Préval, qui entrait dans ses dix-huit ans, et Fabrice âgé seulement de quelques semaines. Un parent très éloigné, messire Hugues de Cial, chanoine de l'église Saint-Martin d'Argentan, fit recevoir Gertrude dans le couvent des Ursulines de cette ville, et mit Fabrice en nourrice.

Quand Fabrice eut l'âge de connaissance, Gertrude avait prononcé les vœux qui la séparaient pour toujours du monde, et c'est à peine si tout enfant il l'avait aperçue quelquefois dans son austère costume de religieuse qui l'effrayait fort. Hugues de Cial l'avait placé au séminaire de Séez, et, pendant longtemps, il avait été destiné à la prêtrise, mais comme il entrait dans ses dix-sept ans, le vénérable chanoine de Saint-Martin mourut laissant pour toute fortune au jeune homme les quelques deniers provenant de ses économies personnelles, car le domaine de Préval avait dû être vendu pour constituer la « dot » monastique de Gertrude, au moment où la sœur de Fabrice avait pris le voile.

Très hésitant sur sa vocation, le jeune Fabrice se fut alors, sans nul doute, engagé dans un régiment, si quelqu'un lui en eût donné le conseil. Livré exclusivement à lui-même et aux inspirations de la vie qu'il avait menée jusque-là, il s'avisa de se rendre à Caen pour y étudier le droit dont il possédait déjà une teinture assez forte, puisée dans les livres du chanoine. Il compta bientôt parmi les plus studieux écoliers de la célèbre université normande. Il passa ses examens avec éclat et, muni de ses grades, il vécut pendant quelques années des minces rétributions que lui valaient les conseils et les répétitions donnés aux étudiants possédant plus d'argent que d'aptitude ou d'application.

Malgré son savoir et sa bonne conduite, l'existence se présentait pour lui sous un jour rude et maussade, quand il fit la rencontre du marquis de Corneville, qui, engagé dans un gros procès, était venu à Caen consulter les lumières des maîtres de la science. Entre temps le marquis fit connaître aux savants professeurs, avec qui il se trouvait en relations, qu'il ne serait pas fâché de tenir de leurs mains un sujet instruit, actif et recommandable à tous égards, pour remplacer le bailli de sa châtellenie, mort depuis peu, vieil ignare et ivrogne fieffé, véritable honte de sa charge, devenu l'objet de la risée publique. Désigné au choix de M. de Corneville, Fabrice accepta avec empressement les propositions que lui fit celui-ci, et il partit avec le marquis Roland, qui était très pressé de retourner dans ses terres, — n'emportant qu'un regret, celui de ne pouvoir aller saluer madame sa sœur, cloîtrée au couvent d'Argentan.

Il lui écrivit toutefois dès qu'il fut installé à Corneville, pour lui faire part de sa nouvelle situation. La réponse se fit attendre. Elle finit par arriver cependant sous la forme d'un billet très court, très correct, et très froid, qui serra le cœur du pauvre garçon, en lui démontrant avec une trop manifeste évidence, qu'il était bien seul sur la terre.

La vie si facile et si agréable du bourg de Corneville, les bontés du marquis et de toute sa famille atténuèrent pendant un temps chez Fabrice la sensation d'atroce solitude qui l'étreignait aux premières heures de son séjour, dans un pays tout nouveau — pas assez toutefois pour que le jeune homme ne sentît de temps en temps se rouvrir au fond de son être l'incurable blessure de son isolement.

Malgré l'amitié, la confiance et le respect que tous lui témoignaient, Fabrice souffrait, c'était certain, et ce fut Hélène qui, la première, s'en aperçut avec ce don d'intuition tout particulier que possèdent certaines femmes d'élite pour découvrir les secrets des hommes les plus réservés et les plus énergiques. Dès lors, elle lui témoigna tant d'affectueuse sollicitude qu'il ne tarda pas à en être troublé. Pendant longtemps, ni Fabrice ni Hélène ne purent lire clairement dans leur propre cœur. Tout ce qu'Hélène savait, c'est que Fabrice était malheureux, et qu'elle voulait chasser bien loin et à tout jamais les nuages qui obscurcissaient parfois le front du jeune homme... tout ce que savait Fabrice, c'est qu'il éprouvait un embarras étrange, fait tout à la fois de timidité, d'admiration et de plaisir, chaque fois qu'il se trouvait en présence de la fille des Corneville. Sans peut-être qu'ils y prissent garde, l'un et l'autre, ils multiplièrent les occasions de se rencontrer, et bien qu'Hélène se trouvât rarement seule au château, quoiqu'elle sortît toujours accompagnée, malgré la banalité obligatoire des paroles qu'ils pouvaient échanger dans ces conditions, ils arrivèrent à sentir qu'ils s'aimaient, et à se le faire respectivement comprendre.

Une grande transformation alors s'opéra chez Fabrice ; tout changea d'aspect, tout s'anima devant ses yeux ; l'existence qu'il trouvait si vide lui parut avoir un but et un sens : il aimait, il était aimé, il rapportait tous ses sentiments, toutes ses pensées à un autre être qui trouvait en lui le foyer alimentant la flamme de sa propre existence. Il n'était plus seul... Sa tristesse s'en alla, tandis qu'il goûtait les premières et délicieuses ivresses de l'amour partagé.

Elle revint, hélas, quand il dut mesurer la distance qui séparait son rêve de la réalité. Et il souffrit de nouveau comme un damné.

En vain, Cyprien qui était très observateur, et qui avait tout deviné peut-être, prodigua au pauvre amoureux toutes les marques d'une amitié aussi prévenante que discrète.

Fabrice ne voulut pas de l'aide que lui offrait implicitement le jeune barbier. Il résolut de soutenir seul le poids de la lutte. Si tenté qu'il pût être de le faire, il ne confia ni ses espérances, ni ses chagrins à Cyprien — et celui-ci n'avoua jamais à Fabrice qu'il rougissait d'être un enfant trouvé.

XVIII

VICTIME !

C'était une maison solide et de belle apparence que celle de M. Barnabé Dufresnoy, tabellion de Corneville ; elle était remarquable par des sculptures et par des ornements de bois peint en noir datant d'un siècle déjà, mais dont la couleur paraissait fraîche encore.

L'intérieur tenait les promesses de l'extérieur, et plus d'un hobereau du voisinage eût envié le mobilier de Mᵉ Dufresnoy ; c'est que, suivant l'expression populaire, le digne notaire avait « du foin dans ses bottes. »

Ce soir-là, Mᵉ Dufresnoy venait d'achever un succulent dîner, et dégustait une vieille eau-de-vie de cidre d'un arome exquis, tout en devisant avec la jolie Pauline, son épouse.

Il jubilait, l'excellent homme, car, dans l'après-midi, il avait conclu un marché qui lui avait fait gagner cent pistoles, et, mille livres, à l'époque, représentaient un bénéfice fort honnête pour un tabellion campagnard.

— As-tu des nouvelles de Lucenay, mignonne? demanda-t-il brusquement à Pauline.

— Barnabé, mon ami, vous êtes décidément doué d'une grande sagacité de jugement, fit la grassouillette personne avec une admiration qui ne devait pas être feinte.

— Alors, j'avais raison?

— Parfaitement.

— Et il se passe des choses graves à Lucenay?

— Oui, j'ai découvert tout un drame.

— Raconte, ma poulette, raconte, dit le digne homme en s'enfonçant dans son vaste fauteuil et en ramenant sa robe de chambre sur ses jambes.

On remarquera que si maître Dufresnoy tutoyait sa femme en bon bourgeois, celle-ci avait trop fréquenté la noblesse pour ne pas savoir qu'il était de bon ton de dire « vous » à son mari.

— Suivant vos indications, je me suis rendue au château de Lucenay sous prétexte d'entretenir la comtesse d'une pauvre femme devenue brusquement veuve avec une ribambelle d'enfants.

Lorsque je demandai la comtesse de Lucenay, on me répondit que « madame de Lucenay était invisible. »

— Oh! oh! fit le tabellion.

— Sur mon insistance je ne réussis qu'à voir la chambrière qui me conta sous le sceau du secret que personne ne pouvait arriver jusqu'à sa maîtresse.

— Diable!

— Et qu'elle ne pouvait pas même recevoir ses parents!

— Ah! ah! ponctua M. Dufresnoy en rejetant les pans de sa robe de chambre, tandis qu'il se penchait en avant comme un homme vivement intéressé.

— Oui, elle est comme recluse, par ordre du comte. Celui-ci, d'ailleurs, semble être tout à fait hors de lui, au dire des gens du château; et il s'abandonne fréquemment à des colères terribles sans motifs. Il erre par la campagne, toujours sombre, effrayant à voir.

— Pauvre petite femme!... fit Dufresnoy de l'accent de la commisération.

— Il y a autre chose, continua Pauline.

— Quoi donc? Dis vite, ma poulette, ne me fais pas languir.

— Eh bien, le bruit court que madame de Lucenay serait enceinte et très malade :

— Tiens, tiens, c'est curieux!...

— A quoi songez-vous? demanda madame Dufresnoy.

— A rien... Poursuis.

— J'aurais voulu m'en assurer, et j'ai demandé si un médecin était venu. Pas un n'a été appelé. Le petit Cyprien a été mandé par le comte, et lui seul a pu voir madame de Lucenay.

— C'est malheureux : c'est un garçon discret, on ne saura rien de lui.

— C'est vrai, il est très réservé; cependant...

Et madame Dufresnoy, légèrement embarrassée, se tut.

— Cependant? interrogea l'époux.

— Peut-être... pourrai-je... obtenir... balbutia-t-elle.

— Tiens, tu vois que tu es une femme précieuse. Tu connais le moyen de faire parler le petit Cyprien?

— Mon Dieu... je ne dis pas, mais enfin ce garçon semble avoir pour moi une amitié assez grande, et si je l'encourageais un peu, peut-être parlerait-il.

— Je le disais bien... Pauline, mon enfant, va voir Cyprien... sois aimable avec lui, et rapporte-moi le renseignement. Tout en disant cela, le tabellion avait une mine à deux fins.

Pauline abonda aussitôt dans son sens :

— Puisque vous me l'ordonnez, je ferai le nécessaire, dit-elle en minaudant... Mais que complotez-vous donc?

— Ma chérie, les Lucenay ont une grosse, très grosse fortune... Si, par hasard, un enfant leur naissait, ce serait un riche héritier. Le père est à moitié fou, et de plus, m'a tout l'air d'être embarqué depuis quelque temps dans des affaires qui finiront par tourner mal pour lui. Sa femme est malade... elle peut mourir en couches; d'autre part, si c'est le comte qui succombe, la veuve aura besoin d'un conseiller expérimenté pour la guider... Dans ces conditions...

— Il y a une fortune à gagner pour Barnabé Dufresnoy, acheva Pauline en se levant...

— Tu vas chez Cyprien?

— Oui.

— Bonne chance! conclut philosophiquement l'honnête tabellion.

Depuis quelque temps, la belle Dufresnoy n'était pas sans remarquer l'impression qu'elle avait faite sur Cyprien; d'un autre côté, comme le jeune barbier ne pouvait, à ses yeux, tirer à conséquence, elle ne se sentait aucune envie de l'inscrire sur la longue liste de ses conquêtes... Mais souvent femme varie... et elle le trouvait maintenant assez intéressant pour que sa mission ne lui parût pas trop pénible...

Cyprien fut tout bouleversé de la visite de madame Dufresnoy, à cette heure tardive.

Il la reçut de son mieux, la faisant asseoir dans l'unique grand fauteuil, qui avec quelques sièges plus modestes, ornait son petit salon.

Elle lui dit qu'elle venait pour avoir des nouvelles de madame de Lucenay, car elle savait qu'il avait été appelé à soigner la comtesse.

Cyprien se tint d'abord sur la réserve, mais madame Dufresnoy insista et… obtint tous les renseignements qu'elle pouvait désirer.

La jolie Pauline excellait véritablement à servir les intérêts de son mari.

Elle avait pu apprendre que madame de Lucenay était très mal, qu'elle était, d'autre part, sur le point d'accoucher, et que M. de Lucenay avait à chaque instant des accès de rage inspirés par une jalousie inexplicable.

Le jour suivant, M⁰ Dufresnoy reçut le malin fermier de Corneville, mons Gaspard, qui venait lui demander conseil pour le placement de quelques économies.

Leur conversation fut très longue, et quand les deux hommes se quittèrent, ils étaient au mieux.

Dans une vaste chambre du grand château de Lucenay, est dressé un lit supporté par quatre colonnes de bronze florentin et surmonté d'un dôme de velours d'Utrecht, orné de panaches ondoyants d'où pendent de magnifiques rideaux très sombres, à peine entre-baillés.

A qui eût écarté ces rideaux eût apparu une vision aussi séduisante que touchante. Dans ce lit était couchée une femme d'une vingtaine d'années, à l'abondante et soyeuse chevelure d'un blond cendré, aux yeux de saphir ombragés de longs cils, et au-dessus desquels se dessinaient des sourcils admirables, courbés et précis comme s'ils avaient été tracés par le pinceau d'un Titien.

Elle était revêtue habituellement de tous les charmes, parée de tous les attraits; mais à présent des plis assombrissent l'ivoire de son front ; ses yeux sont chargés de langueur, de tristesse, de souffrance ; ses joues, ordinairement nacrées et rosées, sont envahies par une teinte pâle, presque livide ; son beau corps, dont les contours harmonieux se trahissent sous la couverture, tressaille parfois, secoué par des douleurs aiguës…

La comtesse Élisabeth de Lucenay est en proie à ces douleurs terribles qui sont mêlées de joie quand leur interruption passagère laisse à l'âme la faculté de se ressaisir et de penser…

Oui, mêlées de joie, car l'épouse ne sera plus désormais seule en l'absence de celui dont elle partage la destinée, elle aura un petit être à aimer, à caresser, à soigner, à choyer…

— Je suis le chevalier de Haute-Roche... (Page 176.)

Et lorsqu'il aura grandi, qu'il aura un babil charmant, elle pourra l'enivrer et s'enivrer elle-même de tendresse.

Voilà ce que se disent la plupart de celles qui abordent l'épreuve de la maternité, qui voient venir le moment où elles vont revivre dans le doux fruit que leur sein a conçu.

Mais est-ce bien ce que se disait alors la comtesse Élisabeth de Lucenay?

Hélas ! non... outre l'épreuve de la proche maternité, qu'aggravait sa complexion si délicate, et si frêle, elle subissait le poids de cruels et terribles soucis, de lourds accablements...

Et ses mains blanches, diaphanes se portaient souvent à ses yeux pour essuyer de ses doigts amaigris les perles humides qui venaient poindre au bord de ses cils...

Ah ! souffrances physiques, tortures morales, rien ne lui est épargné !...

On dirait que la nature, après l'avoir créée belle, riche, illustre, après avoir déversé sur elle, en un mot, toutes ses faveurs, veut lui faire expier tout cela à force d'inquiétudes, d'angoisses et de douleur...

Elle avait d'abord goûté dans leur plénitude toutes les félicités en la compagnie de l'homme à qui elle avait donné sa jeunesse et sa foi, à qui elle avait voué comme un culte d'amour, et prodigué les trésors exquis de son âme vierge.

Tout à coup, par un revirement inexplicable, son époux semble se détourner d'elle, il ne répond plus à ses élans d'affection, puis il l'abreuve d'amertumes...

Sa vie, dès lors, n'est plus qu'une série de cruelles épreuves...

Et à cette heure si grave, elle se trouve seule, complétement abandonnée. Elle ne voit jamais auprès d'elle l'homme dont elle porte le nom. Sans avoir près de son lit un médecin, qui l'encourage, qui prépare sa délivrance, elle attend... les tortures de l'enfantement...

D'autres craintes la tourmentent : dans une des rares entrevues qu'elle avait eues avec son mari, celui-ci lui avait annoncé que bientôt il faudrait fuir cette France inhospitalière, parce que le roi avait révoqué l'édit du bon Henri, qui avait assuré la liberté de conscience. .

Des émissaires de sa religion étaient venus au château, le prévenir que des persécutions terribles commençaient partout contre leurs frères :

— Mon Dieu !... se disait-elle en dehors de ses luttes avec ses défaillances, ses spasmes, mon Dieu, ayez pitié de lui... de moi, qui souffre le double martyre du corps et de l'âme, dans cette chambre où nul ne vient me voir, me réconforter de douces paroles... On dirait que la vie a fui ce château !... C'est horrible !... horrible !... Où donc est le comte ?... Où est mon époux ?... M'a-t-il donc à tout jamais délaissée ?...

Et je vais être mère !... mère !... répétait-elle avec des sanglots convulsifs.

Vaincue par l'émotion, elle s'enfermait ensuite dans un silence douloureux, lui aussi...

Il y avait comme une atmosphère lourde dans cette pièce, une atmosphère irrespirable, toute chargée de contrainte, contenant comme une vague révélation... Un secret fatal semblait planer sur elle et sur tout le manoir !...

Un soir, Élisabeth entendit un bruit de pas qui approchait :

— Serait-ce le comte ?... murmura-t-elle avec un vague espoir.

La désillusion fut prompte.

C'était une femme de chambre qui venait prendre des ordres.

— Madame la comtesse a-t-elle besoin de quelque chose? demanda-t-elle.

— Merci, répondit la patiente, en secouant légèrement la tête; et, comme chaque jour elle posa cette question :

— Où est monsieur le comte ?... où est mon mari?...

Comme chaque jour, aussi la femme de chambre répondit en faisant un mouvement pour sortir :

— Je ne sais, madame.

— Restez encore un peu, dit-elle doucement.

— Mais je ne le puis, madame.

— Comment, vous ne le pouvez...

— J'ai ordre simplement de vous servir.

— Ah !... Et cet ordre est de qui ?

— De monsieur le comte, madame.

— Monsieur le comte vous a défendu de rester auprès de moi?...

— J'ai dit à madame, fit la servante, embarrassée, que j'avais simplement ordre de la servir. Et puisque madame n'a besoin de rien...

Et elle fit un pas pour se retirer :

— Vous paraissez oublier ce que vous me devez... reprit-elle avec une certaine sévérité.

— Madame... fit la camérière, dont l'embarras augmentait.

— Voyons, je vous ai toujours jugée comme une bonne fille... comme une personne qui m'est dévouée. Je ne me suis pas trompée, n'est-ce pas ?

— Oh! non, madame.

— Eh bien, parlez, dites-moi tout ce que vous savez ! Il n'est pas possible que vous n'ayez rien de plus à me dire. Parlez, je suis disposée à tout entendre...

— Tout ce que je sais, madame, c'est...

— C'est...

— Que monsieur le comte nous a recommandé à tous de ne laisser entrer personne, pas même les châtelains de Corneville. Ainsi, mademoiselle Hélène est venue il y a un instant, et a dû se retirer sans vous voir.

— En vérité ?... fit Élisabeth avec l'accent de l'affliction et d'une vive indignation.

— Oui, madame... les ordres sont aussi formels !... Et monsieur le comte m'a enjoint, à moi, de ne vous donner que ce dont vous auriez besoin et de me retirer immédiatement...

La malade eut un soupir étouffé.

— C'est bien tout ce que vous savez ? reprit-elle d'une voix dolente.

— C'est tout, je le jure à madame la comtesse. Et si je savais autre chose, je le dirais... madame a toujours été si bonne pour moi !

— Merci... Allez maintenant !

La femme de chambre sortit.

La jeune femme retomba dans son isolement, dans ses terreurs, dans son désespoir.

Puis, quand elle eut secoué sa nouvelle torpeur, elle n'eut que la force de gémir :

— Mon père ! oh ! mon père !...

Et des pleurs, des pleurs brûlants ruisselèrent sur ses joues hâves, qui naguère avaient l'éclat de la fleur dans son épanouissement.

La femme de chambre n'a confié à sa maîtresse que la stricte vérité : Lucenay avait intimé à ses gens l'ordre que personne ne pût, sous aucun prétexte, arriver à la comtesse.

Et cette consigne était absolue : nul, quelle que fût sa qualité, son degré de parenté, sa profession, ne pouvait en être excepté, sans l'autorisation du maître de la maison.

Tous les domestiques du château éprouvaient un vif sentiment de pitié pour leur excellente maîtresse, mais c'était une pitié toute stérile !... C'est ainsi que mademoiselle Hélène de Corneville, malgré ses protestations, ses instances, ses larmes mêmes, n'avait pu réussir à voir son amie... Le comte et la comtesse de Corneville s'étaient transportés également à Lucenay, avaient renouvelé pour leur compte la même tentative sans être plus heureux...

Il leur avait été répondu par un refus aussi respectueux que le premier, mais aussi formel. En vain, ils avaient insisté ; en vain, ils s'étaient emportés. Tout avait échoué contre l'inflexibilité des ordres donnés aux serviteurs. Ils avaient alors demandé à parler au comte. Mais on leur avait dit que M. de Lucenay n'était visible pour personne.

Le comte et la comtesse s'étaient retirés indignés et ne pouvant rien comprendre à ce qui se passait au château de Lucenay.

Hélas ! c'était bel et bien la séquestration de sa femme qu'avait froidement ordonnée M. de Lucenay, et cet ordre s'exécutait à la lettre, avec une ponctualité absolue.

De fait, madame de Lucenay n'appartenait plus à ce monde. Elle était rayée du nombre des vivants.

Sa chambre était devenue un sépulcre anticipé, aussi impitoyablement muré qu'une oubliette, aussi hermétiquement sourd et clos qu'un *in pace*, où devait se dérouler, inutile, son drame d'atroce douleur!... qui devait étouffer tous les cris, tous les appels de sa détresse!...

Entre tous les visages humains, un seul avait pu se montrer à elle, et il avait dû disparaître rapidement pour n'être pas surpris !

Si, du moins, il lui était donné de voir son père et sa mère!... ceux qui ont comblé son enfance de soins si tendres... auprès de qui elle a vécu si heureuse... Ah! si elle pouvait les voir!... Quelle consolation elle puiserait en cet ineffable moment!... Quelle joie pour son cœur!...

Elle leur avait adressé un appel ardent dans une missive trempée de ses larmes; elle les avait conjurés de venir, de se hâter, s'ils voulaient encore la trouver vivante !

Puis, ne recevant aucune réponse, elle leur avait écrit encore, et en termes plus suppliante !... Et elle les attendait, les attendait toujours!... Mais le temps s'écoulait, et avec lui s'envolait son espoir!... Qu'étaient-ils devenus?... Dieu les avait-il rappelés brusquement à lui?... Et, à cette idée, ses yeux se noyaient de pleurs, ses traits pâlissaient encore, et sa tête s'emplissait de terribles vertiges.

L'excessive faiblesse, qui avait fait retomber sa tête sur l'oreiller tout moite d'une sueur abondante, allait s'aggravant à chaque seconde.

Tout à coup une crise violente brise ses membres!... Elle pousse un cri terrible, strident, qui résonne lugubrement au dehors.

Des pas qui approchaient se précipitent alors, puis la porte s'ouvre brusquement, et un homme, suivi de la femme de chambre, Gertrude, se porte rapidement vers le lit de la patiente.

Son costume et son allure mystérieuse indiquent assez que c'est le médecin que réclame depuis des jours l'infortunée comtesse.

C'était un de ces grotesques pédants qui dissimulaient une ignorance profonde sous un fatras de citations grecques et latines qu'ils lançaient à tort et à travers.

Celui-ci bredouillait déjà, tout en se penchant vers la comtesse et en l'examinant, quelques obscures litanies, quand la camériste l'interrompit sans aucun égard pour sa très savante personne :

— Je vous demande bien pardon, monsieur le docteur, mais je ne comprends rien à ce que vous dites.

— Cela, répondit l'Esculape, ne m'étonne guère, car il n'est pas d'usage que les chambrières aient étudié. Ce n'est pas vous, ma fille, qui pouvez entendre le latin et le grec.

— Alors, fit la servante avec une admiration demi-sincère, demi-narquoise, vous expliquez à ce moment le mal de madame en latin.

Mais lui, se rengorgeant, avec un accent bien marqué de suffisance :

— Non, en grec.

— Madame ne sait pas le grec, ni moi non plus. Parlez en français comme tout le monde.

— Mais c'est une citation d'Hippocrate que je me fais à moi-même pour mieux me remémorer l'argument de Galien.

— Ce sont des médecins de Rouen comme vous, sans doute. Mais puisque vous êtes venu sans eux, vous n'avez pas besoin de leur opinion. La vôtre doit vous suffire.

Il sourit dans sa barbe pointue, comme son bonnet, de cette naïve répartie, et répliqua, tandis que la malade s'agitait dans son lit :

— Mais c'est que l'accouchement menace d'être laborieux... et je ne sais trop laquelle de ces deux opinions... les seules qui influent sur moi...

— Il fallait amener ces messieurs avec vous !

— Ce serait logique, s'ils étaient encore de ce monde ! murmura l'émule des deux antiques savants.

Et, tout perplexe, il baissa la tête pour se consulter mentalement.

— Quand vous ne parlez pas en grec, reprit malicieusement Gertrude, vous réfléchissez...

Pendant ce temps-là, madame souffre !

— Oui, madame souffre ! répéta comme inconsciemment son interlocuteur. Faudra-t-il donc recourir à l'accouchement prématuré, artificiel ?... se demanda-t-il à lui-même.

Et à part lui :

— Diable ! diable ! c'est que je suis novice en pareille matière !

Il reprit haut, pour se donner une contenance :

— Tout à l'heure elle ne souffrira plus, la nature va agir.

La comtesse eut des gémissements et s'agita péniblement :

— Mais, monsieur, soulagez donc madame !... aidez-la donc !... comme ferait tout autre médecin !

— C'est ce que j'essaie de faire !... c'est ce que j'essaie de faire ! répondit le malheureux, qui perdait de plus en plus la tête...

. . . .

Durant ce temps, le comte de Lucenay, plus sombre que de coutume, se tenait dans la grande salle du château, où des serviteurs empressés mettaient le couvert du souper.

La nuit était venue, et un vent lourd et chaud soufflait aux fenêtres ouvertes.

Par moments, de vagues éclairs lointains reverbéraient sur le paysage.

M. de Lucenay s'était accoudé sur un coin de la table, la tête entre ses mains ; sa rêverie était si profonde qu'il ne s'apercevait pas qu'on allait et venait autour de lui.

Il parlait même parfois à mi-voix, pensant tout haut, tant sa préoccupation était grande :

— C'est pour cette nuit, murmurait-il. Le médecin ne redescend pas !... L'enfant maudit va naître... cet enfant qui n'est pas le mien... Le tuerai-je ?... Pourquoi ?... Il est innocent du crime de sa mère... En tout cas je ne lui laisserai pas cet enfant... Le châtiment sera plus terrible !...

A ce moment précis s'éleva un bruit de chevaux qui semblait venir de la route de Honfleur et qui allait toujours grossissant...

Les domestiques s'étaient regardés, étonnés. Plusieurs s'approchèrent des fenêtres. Ils ne distinguèrent rien d'insolite. Mais le bruit se rapprochait et bientôt on entendit une voix forte qui donnait des ordres. Presque au même instant la cloche du porche résonna, tirant enfin le comte de sa rêverie.

— Qu'est-ce? interrogea-t-il.

Il s'adressait au majordome qui entrait, effaré.

— Il y a, monseigneur,... c'est un lieutenant de dragons qui veut pénétrer dans le château avec ses hommes. Il demande à parler tout de suite à monsieur le comte.

— Des dragons?... ce n'est pas ici une auberge ! s'écria Lucenay, tandis que son visage prenait une expression de colère qui fit trembler le pauvre majordome.

— Au nom du roi ! dit une voix forte.

Et un grand diable d'officier de l'arme bien connue qui « faisait merveille » dans les Cévennes parut sur le seuil de la vaste salle.

Le comte s'élança en avant, l'œil étincelant !... Sa main tourmenta le pommeau de son épée... Puis, tout à coup, il s'arrêta, la physionomie soudainement adoucie...

— Au nom du roi? répéta-t-il, d'une voix calme, interrogeant le nouveau venu?... Qu'est-ce à dire?

L'officier, s'étant avancé, laissait voir son visage tanné et balafré, coupé en deux par une énorme moustache noire...

— Monsieur de Lucenay, articula-t-il avec un accent méridional très prononcé, en s'inclinant non sans une désinvolture qui visait à être de l'aisance, je suis envoyé chez vous par ordre du roi afin de faire une enquête. On affirme que votre château est un nid de parpaillots, et que vous-même appartenez à la secte hérétique, dite religion réformée.

Gaston de Lucenay ne sourcilla pas, son visage resta comme figé, et aucun sentiment ne se refléta sur ses traits.

Le tigre était pris... il allait ruser, et semblait plus terrible peut-être, faisant patte de velours.

Le comte ayant réfléchi quelques secondes, sa bouche se crispa dans un sourire, et ce fut d'une voix presque enjouée qu'il répondit :

— Lieutenant, c'est un plaisir pour moi que de loger un officier de Sa

Majesté. J'appartiens, il est vrai, à la religion réformée, qui était celle de mes parents, mais je n'en suis pas moins un fidèle sujet du roi, et je m'efforcerai de donner satisfaction à vos désirs. Puis-je savoir quels sont au juste vos ordres ?

L'officier fut surpris, presque embarrassé, car il arrivait prêt pour la lutte, et recevait, au contraire, un accueil aimable.

— Je suis heureux, monsieur le comte, de vous trouver en si bonnes dispositions. Ma mission est un peu pénible ! je dois faire une perquisition dans le château, en examiner tout, interroger les serviteurs et vos hôtes, s'il y en a... Et enfin je dois appuyer la démarche que d'ici deux jours un digne moine fera auprès de vous et de votre famille pour vous amener à embrasser notre sainte religion catholique.

Tandis qu'il parlait, Lucenay, qui s'attendait à ce petit discours, toujours le même, songeait...

Tout à coup, relevant la tête :

— Diable ! votre mission est compliquée !... Lieutenant, s'écria-t-il, gaiement, après une course que je juge longue, à la poussière qui vous couvre, il me semble qu'il vous serait plus agréable de dire deux mots à ce pâté de venaison et aux vieux flacons que vous voyez sur cette table que de commencer immédiatement votre enquête. Mais j'oublie de demander à qui j'ai l'honneur de parler.

— Je suis le chevalier de Haute-Roche, lieutenant en premier au Royal Dragons, et je vous avoue que la dernière étape m'a singulièrement creusé l'estomac, et décroché le palais !

— Hola, Ferté !... Michel !... Mettez un couvert en face du mien pour monsieur de Haute-Roche, et qu'on monte des vins de Gascogne ! commanda le comte de Lucenay.

Et se tournant vers le chef de la troupe, dont le visage s'épanouissait, il lui posa cette question :

— Combien avez-vous de cavaliers avec vous ?

— J'en ai vingt-six, plus un exempt et deux bas-officiers.

— Je vais donner l'ordre de servir à part les deux bas-officiers et de faire faire bonne chère à tous... y compris l'exempt. Mais, au fait, monsieur de Haute-Roche, vous appartenez à la famille de Haute-Roche de Gascogne, n'est-ce pas ?

— En effet, répondit le lieutenant en se rengorgeant.

— Les Haute-Roche... vieille et bonne noblesse !... Vous êtes à la limite de l'Armagnac...

Et du Quercy, acheva le hobereau gascon, de plus en plus fier et ne se rendant pas compte que son accent indiquait affirmativement son origine.

— Vous excuserez la comtesse si elle n'assiste pas au souper, elle est en couches en ce moment.

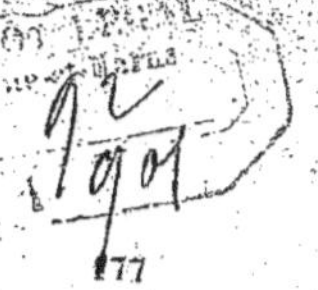

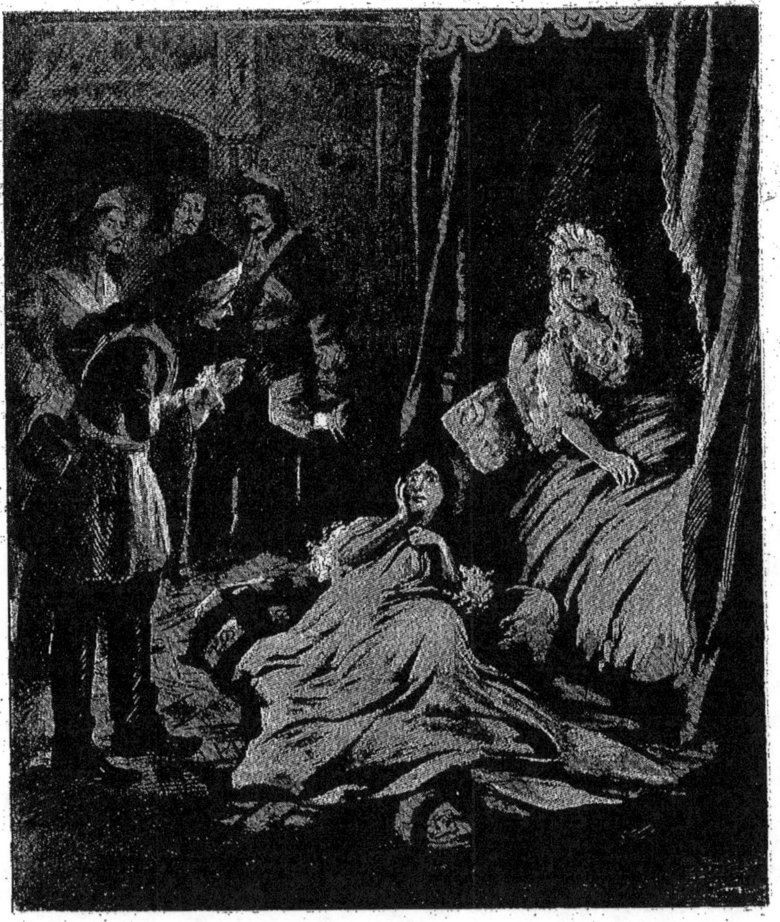

— Des soldats !... s'écrie la comtesse avec épouvante... (Page 180.)

— Voilà un enfant que nous ferons baptiser ! s'écria le Gascon.

— Nous ferons cela demain. Ce soir il faut nous reposer. A chaque jour sa tâche.

Bientôt, le repas commença, et le comte semblait se dérider de minute en minute. La gaieté qui s'emparait de l'officier glaçait de terreur les serviteurs de Lucenay, devinant l'orage terrible qui grondait dans le cœur du comte !...

Orage aussi fort que celui qui s'amassait dans le ciel, tandis que le souper avançait.

Le chevalier de Haute-Roche était bien un des plus faméliques cadets de Gascogne et son estomac avait une capacité merveilleuse : les bouteilles des vins les plus généreux fondaient entre ses mains, le comte s'étant donné visiblement à tâche de le griser.

A un moment donné, la femme de chambre de madame de Lucenay vint parler bas à son maître.

— Que dites-vous ?... C'est une fille ? interrogea le comte à demivoix.

— Oui, monseigneur.

— Madame la comtesse ?

— Elle repose, et je vais aller dormir un peu à côté d'elle. Je la veillerai toute la nuit.

— C'est bien.

Et d'un geste le châtelain la congédia.

— Oui, mon cher comte, balbutiait le lieutenant de Haute-Roche, très ivre, voilà comme je comprends l'hospitalité... Si vous venez jamais à Haute-Roche... vous verrez mon bon, quel accueil vous feront mes amis et mes parents.

— Vous étiez tout à l'heure en train de m'expliquer comment on avait eu la pensée de vous envoyer ici.

— Voici la chose... oui, la voici, balbutia le Gascon avec un hoquet... on nous a fait venir de Rouen sur l'ordre du gouverneur de Quillebœuf.

— M. de Saint-Fulgent ! interrompit brutalement le comte en frappant la table de son poing.

— Oui, c'est cela, tu l'as dit... Saint-Fulgent, un imbécile !... Oh ! oh ! oui, un imbécile !... Il m'avait dit de raconter que c'était directement sur l'ordre du gouverneur de Rouen que je m'étais mis en route !... Mais à un ami comme toi je n'ai rien à cacher...

— Buvez donc, mon cher, votre verre est vide, répliqua le comte en versant une rasade au cadet.

M. de Lucenay réfléchissait : De Saint-Fulgent était un de ses ennemis. Jadis ils avaient eu ensemble une querelle, mais cela motivait-il suffisamment une semblable mesure ? Saint-Fulgent devait être l'instrument d'une autorité supérieure.

— Ne disiez-vous pas, reprit-il, que Saint-Fulgent avait été conseillé ?

— Oh ! oui, la lettre... j'ai parlé de la lettre.

— Donnez-moi donc quelques détails sur la lettre, fit le comte en se penchant à demi, l'œil étincelant.

— Eh bien ! Saint-Fulgent avait reçu une lettre sans signature dénonçant M. de Lucenay comme le chef d'une association de parpaillots qui voulait mettre la Normandie à feu et à sang.

— Voyez-vous comme les gens sont méchants !... ricana le comte. Et dans cette letre?

— On disait qu'il fallait au plus vite vous arrêter, seul moyen de vous mettre hors d'état de nuire.

— On ne parlait pas de ma femme dans la lettre?

— De madame de Lucenay?... balbutia l'ivrogne.

Attendez donc... Non... je ne savais même pas qu'il y eût une madame de Lucenay...

— Cette lettre, rugit le comte... cette lettre n'était-elle pas signée « Raoul de Corneville? »

— Raoul!... Oh! oh! oh!... Raoul?... Mais puisque je te dis qu'elle n'était pas signée... Tiens, tu me fais rire avec ton Raoul...

Et l'ivrogne s'abattit lourdement sur la table.

Le comte le secoua... Un ronflement sonore lui apprit qu'il n'y avait plus de chevalier de Haute-Roche, au moins, pendant quelques heures.

Son masque tomba. Une rage terrible s'emparait de lui!

— Ah !... l'auteur de la lettre a bien soin de ne pas parler de la protestante Élisabeth de Lucenay : c'est pour que mon arrestation le débarrasse de ma personne sans causer d'ennuis à sa maîtresse !... Eh bien, le beau Raoul peut compter sur moi pour déjouer ses projets !

Le comte sonna. Le majordome parut.

— Rustaud est dans la petite écurie ?

— Oui, monsieur le comte.

— Fais-le conduire sous le hangar, près du lavoir derrière le château. Si les dragons demandent des explications, on répondra qu'on le mène boire.

— Bien, monsieur le comte.

— Dis à Ferté de porter par la poterne la selle de voyage, la bride et tous les harnais, et de tenir Rustaud prêt dans un quart d'heure. Tu mettras toi-même mes deux pistolets à deux coups dans les fontes. Renouvelle la poudre des bassinets...

— Bien, monsieur le comte.

M. de Lucenay se dirigea vers sa chambre et revêtit rapidement un costume sombre, ceignit son épée et passa une petite demi-cuirasse d'acier fin.

— L'orage va me favoriser, murmura le comte en entendant les coups de tonnerre qui se succédaient. . . . .

. . . .

La comtesse de Lucenay, un peu remise de sa fièvre, dort profondément. Son enfant, qu'elle ne veut quitter ni jour ni nuit, repose à côté d'elle. Sa fidèle servante est couchée sur un matelas étendu à terre, près du lit. Elle aussi a succombé au sommeil.

Au dehors, le vent souffle bruyamment, la pluie tombe à torrents, fouettant les vitres des fenêtres de la pièce, qu'éclairent deux chandelles de cire blanche. Parfois, les éléments acquièrent une telle violence, qu'ils menacent de tirer brusquement les deux femme de leur sorte de léthargie.

Mais elles continuent à ne faire aucun mouvement.

Soudain, la porte s'ouvre doucement, et un homme pénètre sur la pointe du pied, il glisse plutôt qu'il ne marche vers le lit.

L'homme est déjà près de la couche où dort la chambrière. Il se baisse, s'assure du sommeil de la Gertrude, passe dans l'intervalle qui est entre la couche de la domestique et le lit de la comtesse, se penche sur celui-ci avec précaution, s'assure aussi que la châtelaine dort... Il enlève lestement la petite fille, sans l'embrasser, sans la regarder...il la tient dans ses bras, marchant avec des précautions infinies jusqu'à la porte !... Il franchit le seuil... et disparaît !...

La mère et sa gardienne dorment toujours !... Trois heures se passent. Les deux femmes sont réveillées par un grand tumulte, des pas résonnent pesamment, avec un bruit de fer, sur les dalles sonores... tout près de la chambre...

Tout à coup les dragons entrent tenant à la main des lanternes qu'ils élèvent à la hauteur de leur visage.

— Des soldats !... s'écrie la comtesse avec épouvante...

Et la pauvre femme, qui s'était dressée à demi, retomba sur son oreiller.

La femme de chambre, terrifiée, restait immobile, et ne proférait aucune parole...

Un bas-officier, qui s'était avancé au milieu de la pièce, prit respectueusement la parole :

— Ne craignez rien, madame la comtesse. C'est une ronde que nous faisons.

Mais la comtesse n'entendait plus. Elle avait perdu tout sentiment.

— Rien, dit le bas-officier. Partons.

La troupe évacua la chambre.

Un instant après, Gertrude, qui était sortie, rentrait.

— Ah ! ils sont partis ! fit-elle avec joie. — Madame !... madame, ils ne trouveront pas monsieur le comte !...

M. le comte s'est enfui !

La comtesse, à ce cri, revint subitement à elle et se retourna sur sa couche :

— Ma fille !... où est ma fille ?... s'écria-t-elle tout à coup avec des yeux hagards... Ah ! ce sont les soldats qui me l'ont ravie !...

— A moi !... au secours ! cria la femme de chambre, affolée en s'élançant au dehors.

— Ma fille !... ma fille !... Ils m'ont volé ma fille !... répéta la mère avec une intonation rauque. Il faut que je la retrouve !

Et descendant de son lit, elle tenta de marcher, criant d'une voix qui râlait dans sa gorge :

— Ils m'ont pris mon enfant !... Rendez-le-moi, misérables !

Puis elle tomba à genoux en poussant un horrible éclat de rire !...

La comtesse de Lucenay était folle !...

. . . .

La Raisin n'avait pas fait une vaine promesse à la marquise Geneviève dans le cimetière du Mesnil.

L'envoûtement de la « Dagyde » portait ses fruits.

XIX

GERMAINE

Pour que nos lecteurs se rendent bien compte des raisons qui avaient poussé M. de Lucenay à s'enfuir de son château, il est bon d'expliquer en deux mots ce que venaient y faire les dragons.

Louis XIV, qui, avec le concours de génies administratifs tels que Colbert, Louvois ; de génies guerriers tels que Condé, Turenne, Vauban ; et de génies maritimes tels que Duquesne, Jean Bart, était parvenu au comble de la puissance et de la gloire, s'était cru assez fort pour violenter les consciences comme il avait violenté les nations.

Aussi, bien que les protestants eussent cessé de former un parti politique au sein du royaume, bien qu'ils eussent toujours observé toutes les lois du pays, il avait résolu de les convertir par la force et, à cet effet, il avait logé chez eux des gens de guerre qui se livraient à tous les excès. On envoya dans les Cévennes, principal foyer du protestantisme, des régiments de dragons qui commirent des violences épouvantables, en souvenir desquelles on donna le nom de « dragonnades » aux expéditions de ce genre.

Et cela n'avait pas été tout : le monarque absolu, violant, à l'instigation de madame de Maintenon, la parole donnée par le plus populaire des rois, Henri IV, avait, en 1685, révoqué l'édit de Nantes, qui accordait aux calvinistes le libre exercice de leur religion.

Le comte et la comtesse de Lucenay avaient été frappés par cette inique et impolitique mesure qui proscrivait un quart de la population de l'État, arrêtait les progrès de notre industrie et donnait au monde l'affligeant spectacle d'un peuple dépossédé, errant, sans avoir commis aucun crime et cherchant asile loin de sa patrie !

Mais la Normandie n'ayant pas été signalée comme une des provinces les plus *infectées de l'hérésie*, au moins la partie de la Normandie avoisinant l'estuaire de la Seine, l'effort de la persécution ne s'était pas tout d'abord porté de ce côté, et ce ne fut qu'au bout d'un laps de temps assez long qu'on s'occupa de rechercher ou plutôt d'exiger des conversions dans le bailliage de Pont-Audemer. . . . .
. . . .

La nuit est sombre, un vent violent souffle par rafales... Par moments, des éclairs éblouissants illuminent la campagne et font paraître la nuit plus noire et la pluie plus dense, dès qu'ils cessent...

Une poterne du château s'est ouverte. Un homme drapé dans un épais manteau brun, le feutre rabattu sur les yeux, jette un coup d'œil sur le revers des fossés.

— Personne !... murmure-t-il. Les sentinelles sont rentrées se mettre à l'abri de la pluie. J'ai eu raison de bien accueillir ce cadet de Gascogne. Le vin de ma cave a fort adouci tous ces gens-là.

M. de Lucenay, — car c'était lui, — s'avance sur l'étroit ponceau, et, une fois de l'autre côté de la douve, se dirige vers un modeste bâtiment qu'on pouvait apercevoir à quelques toises des fossés.

C'était un petit hangar au milieu duquel se trouvait un homme de la campagne.

— Ferté, tu es là ? interrogea le comte.

— Oui, monseigneur, et Rustaud se démène : l'orage l'excite.

— Il n'aime pas à être dérangé la nuit, ce pauvre Rustaud, dit M. de Lucenay en flattant de la main la belle bête, qui hennit de plaisir en reconnaissant la voix de son maître.

Le comte vérifia rapidement le harnachement du cheval, regarda si les pistolets étaient dans les fontes, et cela avec le souci d'un homme de guerre qui sait que sa vie peut dépendre d'une sangle mal serrée, d'un ardillon de boucle mal engagé.

Pour ce travail, M. de Lucenay a déposé à terre son grand manteau et un objet assez volumineux qu'il tenait sous son bras, dissimulé dans les plis de l'étoffe. Il ramassa le manteau et l'objet, puis avec beaucoup de précaution commença de descendre la pente rapide du tertre sur lequel était placé le château, suivi de Ferté, qui tenait le cheval par la bride.

Arrivé au bas de la déclivité, le comte se mit en selle sans quitter son fardeau.

Il congédia Ferté et alla au pas jusqu'au champ qui conduit de Foulbec à la croisée de la route de Honfleur à Rouen.

En quelques minutes d'un bon trot il atteignit Berville, et, une fois sur la grande route, il prit le galop.

Chose étrange, tout bon cavalier qu'il est, le seigneur de Lucenay se tient, cette nuit-là, mal à cheval, il n'a pas son assiette habituelle. Craindrait-il de heurter à chaque pas la charge qu'il porte, charge que Ferté a prise pour une cassette et qui est... un enfant.

Dans cette nuit, pour lui si douloureusement mémorable du 11 au 12 mai 1688, le comte est indifférent à la pluie, au tonnerre, au vent, il a l'âme troublée par les combats qui se livrent en lui... Alors il livre à la solitude les secrets de son âme sombre!... il jette d'une voix rauque ces paroles sans suite tandis que son sein se soulève brusquement, faisant tressaillir l'être fragile qui est contre sa poitrine :

— Je la crois coupable et je la punis dans son enfant!... dans son enfant que je lui enlève!... de la vue de laquelle je la sèvre à jamais!... qu'elle pleurera de toutes les larmes de ses yeux!... pour qui elle n'aura que des anxiétés poignantes!.. des sanglots déchirants!... Ah! elle a cru pouvoir se donner impunément à *lui!*... *lui* prodiguer ses caresses impures!... son amour infâme!... léguer à l'enfant qui en naîtrait mon nom!... Malédiction!... Je ne sais ce qui me retient de briser contre ce rocher le fruit de ses amours, ce misérable petit être qui ne m'inspire que de l'horreur!... Il me semble que je serais soulagé d'un poids écrasant!... d'une souffrance infernale!... Il ne resterait plus alors qu'*elle!*... à qui je ferais subir toutes les tortures que j'ai subies!... que je subis encore!...

Il arrête brusquement son cheval lancé au galop!... la face livide, les yeux convulsés, tout injectés de sang, il gronde :

— Oui, un mouvement vers ce quartier de roc et tout est dit!... tout!... Et le ciel et la terre m'absoudront!... Allons !

Et d'un geste atroce, il élève en l'air la frêle créature, prêt à la plaquer sur le rocher maudit que le démon seul a pu évoquer sur son chemin !...

Il la tient un instant suspendue au bout de ses bras tendus comme des barres d'acier!... déjà il lui imprime une secousse menaçante !... Il est décidé!... elle va se briser là. Demain le voyageur verra à cette place de pauvres restes sanglants et, passera en se signant.

On dira que les bêtes sauvages ont dévoré un enfant, et l'on ne soupçonnera rien, rien... Mais la pression des doigts et la secousse arrachent un vagissement et une plainte confuse au petit être. Cette plainte est son salut!... l'homme frémit!... un sentiment de pitié le retient amollit les fibres de son cœur. Il pousse un soupir. Ses deux bras se détendent... Il ramène l'enfant... la replace contre sa poitrine.

— Qu'allais-je faire ?... balbutia-t-il. Tuer une innocente qui est peut-être, au contraire, ma chair, mon sang !... Oh ! Nature, ne peux-tu donc éclairer ceux qui doutent ?...

Et, détournant ses regards du bloc de granit qui les avait fascinés dans une vision de meurtre, il se remet en route fébrilement... Le misérable veut arriver vite, parce qu'il a peur de lui-même !... il est pressé de confier à d'autres mains ce qu'il exècre ou idolâtre presque, tour à tour.

Secouée par les plus terribles incertitudes, déchirée par les plus cruels combats, l'âme du comte de Lucenay offre une effrayante analogie avec l'état des éléments... ciel, terre, tout est bouleversé autour de lui, mais la pluie qui fouette son visage calme peu à peu la fureur qui le dévore.

Dans sa chevauchée tragique, le comte dépasse Saint-Germain, puis Saint-Paul, et, faisant un brusque crochet, se jette dans un sentier qui sillonne les prés de la Rille. Il a traversé successivement deux bras de rivière sans s'apercevoir qu'il avait de l'eau jusqu'aux genoux, quand une habitation qui paraît perdue dans la campagne frappe ses regards.

— La demeure de Gaspard ! fait-il. J'ai entrepris une tâche, je l'accomplirai !

Et il s'efforce de chasser de son esprit les noirs fantômes qui l'obsèdent !

— C'est ma destinée, reprend-il. Pourquoi tenter de m'y soustraire ?... Quand j'aurai déposé cette enfant dans des mains sûres, je m'éloignerai à jamais comme je l'ai résolu, de la femme dont j'ai lieu de soupçonner la fidélité !... soupçon qui fait de ma vie un enfer !...

Soudain il croit entendre un bruit derrière lui. Il se retourne, effaré, en murmurant sourdement :

— Seraient-ce les dragons lancés à ma poursuite ?...

D'un œil fixe, ardent, il interroge de tous côtés l'espace qu'il a franchi. Mais il ne distingue aucune troupe, aucune silhouette.

— C'est le vol pesant d'un oiseau de nuit, se dit-il.

Et il s'élance en avant.

Il est bientôt au terme de sa course.

L'habitation de Jean Gaspard, située sur le bord du chemin de Corneville, et contiguë à l'immense parc du château de cette dernière localité, se trouve assez loin du bourg, dans une solitude complète.

Le comte, qui connaissait bien la maison du fermier, voyant la porte d'entrée fermée, jugea inutile de frapper avant de s'être assuré s'il ne trouverait pas l'issue de derrière ouverte.

Il fit le tour de la maison, vit une porte entre-bâillée, et poussa son cheval dans la cour du modeste bâtiment.

... Déjà il lui imprime une secousse menaçante... (Page 183.)

Le fermier, qui avait l'oreille fine, ne fit qu'un bond hors de son lit ;
à demi-vêtu, il se dirigea vivement, après avoir allumé une lanterne, du
côté où il entendait des pas ; il se porta bravement vers son nocturne
visiteur, et l'ayant examiné attentivement, il s'écria d'une voix qui témoignait de sa profonde stupéfaction :

— Monsieur le comte de Lucenay !...

— Oui !... J'ai à te parler. Mais tais-toi !

Et descendant de cheval, le comte jeta les rênes au fermier, sans se dessaisir de son léger fardeau, puis pénétra dans le logis.

Gaspard l'y rejoignit presque aussitôt, aiguillonné par une curiosité sans bornes.

Lucenay était entré dans une chambre où brûlait une chandelle. Il déposa la petite fille sur un lit très simple, mais d'une extrême propreté, puis s'assit sur une chaise que lui avança le maître du logis.

— Assieds-toi aussi, lui dit-il, voyant qu'il restait debout devant lui, par déférence.

— Oh! monsieur le comte!... se récria respectueusement Gaspard.

— Assieds-toi, te dis-je.

Gaspard prit un escabeau :

— Tu m'écoutes bien ?

— Très bien, monseigneur !

Et le fermier, qui s'était posté en face de son noble interlocuteur, tendit en avant la tête, ouvrant toutes grandes ses oreilles :

— Prends d'abord ceci, dit l'ex-officier de marine.

Et tirant d'une de ses poches une bourse bondée à rompre les mailles, il la mit dans les mains calleuses et rapaces qui déjà s'allongeaient impatiemment.

— Pourquoi me payer d'avance, monsieur le comte ?... avant même que je sache... crut devoir cependant articuler le madré compère.

Et sans se donner le temps d'achever une phrase qui eût été certainement laborieuse, il engouffra prestement la bourse, qu'il avait enveloppée d'un regard cupide, dans les profondeurs d'une poche de son gros sarrau de toile... L'acte démentait les paroles.

Lucenay poursuivit d'un organe un peu altéré :

— L'enfant qui repose là est... ma fille.

— Votre fille, monseigneur !.. Mais je vais lui donner tous mes soins !

— Reste là... Sa mère est au plus mal... Peut-être a-t-elle déjà succombé...

— Madame la comtesse ne serait plus !...

— Dans le cas où elle survivrait... retiens bien ce que je te dis... tu n'as pas à lui rendre l'enfant !... tu n'as à la rendre à personne !... Tu n'as même à dévoiler à qui que ce soit le secret de sa naissance !... c'est une nièce que t'a envoyée sa mère, au lit de mort, pour que tu l'élèves... c'est tout ce que tu voudras !...

Mais il est bien convenu que ce n'est pas ma fille, entends bien ! Je te ferai parvenir, par un moyen ou par un autre, une somme plus que suffisante pour subvenir à tous les frais. Tu garderas cette pauvre petite.

— Elle ne sera pas malheureuse avec moi, monseigneur !... foi de Gaspard, elle ne subira aucune avarie, tant que ça dépendra de moi !...

Je filerais plutôt mon câble jusqu'au bout que de la laisser manquer de quelque chose !

— J'ai confiance en toi !... Tu la garderas une douzaine... ou une quinzaine d'années, selon les circonstances... Fais d'abord choix d'une bonne nourrice... Je reviendrai le plus tôt possible ! ajouta t-il d'une voix plus altérée.

Fut-ce pitié, fut-ce tendresse ? Le comte se levant brusquement, alla vivement au petit être et l'embrassa : une larme tremblait alors au bord de ses paupières.

Et Jean Gaspard, l'avide, le cupide Jean Gaspard se sentit tout remué.

— Oh ! monseigneur, dit-il, avec un bel élan de sincérité, Dieu vous la conservera !... J'en prendrai soin comme de mon propre sang, jusqu'au jour où je la rendrai à vos caresses, à votre amour de père !

— De père !... Tais-toi !

Et un revirement subit s'étant opéré en lui, il retourna froidement à sa place, les yeux tout à coup secs, se rassit et s'enferma un instant dans un complet mutisme.

Ainsi, cet homme qui portait au cœur une blessure incurable, qui souffrait tout ce que peut faire souffrir la torture du sentiment de l'honneur unie à celle de l'amour et de la haine, qui avait eu tout à l'heure une minute d'exaltation sauvage, de furieux délire, avait oublié d'un coup toutes ses douleurs, toutes ses colères, au moment de se séparer de l'innocente créature dont il était désormais le seul appui en ce monde.

Il avait senti quelque chose de doux, de tendre, remuer en lui, il avait eu la sensation de la paternité, de ce don merveilleux que Dieu nous dispense pour nous soutenir et nous consoler au milieu des plus terribles épreuves de la vie ; puis à l'audition de ce simple mot de « père », il avait été précipité des riantes hauteurs de la tendresse, de l'amour paternel dans le plus profond des abîmes que peut creuser le doute !

Il reprit d'une voix assez calme :

— Je viendrai la prendre, et je te récompenserai grandement.

— Merci, monseigneur !

— Tu jures de me tenir parole en tout ?

— Je vous le jure, monseigneur !

— C'est bien. Maintenant donne-moi l'hospitalité pour cette nuit. J'ai besoin d'un peu de repos. Mais d'abord va me chercher quelques gouttes de lait de ta chèvre pour... elle.

Il articula ce dernier mot sourdement.

Le fermier s'éloigna et rentra presque aussitôt.

Il portait du lait dans un bol, et une cuiller. Il s'excusa en ébauchant un sourire.

— Je suis novice en pareille matière, monsieur le comte, mais si vous voulez bien me laisser le soin d'allaiter mademoiselle avec cette cuiller...

— Merci, mon ami, je la ferai boire moi-même.

— Mais pour vous, monseigneur, ne voulez-vous rien ? demanda timidement Gaspard.

— Je n'ai besoin de rien. Mais il faut que je te parle encore. Tu sais que j'ai du bien.

— Oh ! oui, seigneur ! s'écria le fermier avec une expression d'admiration et de convoitise non dissimulée.

— Tu ne connais que mes biens de Normandie, mais en Hollande et en Angleterre j'ai des domaines dix fois plus grands et que le roi de France ne peut atteindre !

— Le roi de France ?... interrogea Gaspard.

— Je vais bien t'étonner ; mais apprends que les dragons occupent le château de Lucenay.

— Les dragons ?... répéta encore le fermier.

— Oui, je suis de la religion réformée, reprit le comte d'une voix sombre, et notre bon roi ne nous permet plus de prier Dieu comme il nous plaît... On va confisquer mes biens, je suis proscrit, mais ne t'inquiète pas, continue à bien me servir, et quatre fois l'an tu recevras de l'or que te remettra un matelot venant de Quillebœuf...

J'ai encore un service à te demander. A Corneville on savait très prochain l'accouchement de madame la comtesse de Lucenay. On y a appris probablement aussi l'arrivée fortuite des soldats chargés de perquisionner chez moi et de s'assurer de ma personne. On peut venir d'un instant à l'autre par ici.

Eh bien, il s'agirait pour toi d'éloigner, par un moyen quelconque, toute personne qui pourrait essayer de pénétrer dans ton logis, où je ne dois pas être vu...

Le fermier réfléchit un moment, se grattant doucement le front comme si de ce grattement devait surgir une idée.

— J'ai trouvé ! s'écria-t-il tout à coup de l'air triomphant d'Archimède à Syracuse. Monseigneur, lorsqu'il vous plaira de vous coucher, voici mon lit. J'ai justement changé de draps ce matin.

Et il ajouta, non sans quelque suffisance :

— Vous êtes sous la garde de Jean Gaspard !

Puis il s'élança hors de la chambre.

Le comte quitta son siège en murmurant :

— L'enfant avant moi !

— Et, l'enlevant doucement du lit, il se rassit, l'installa sur ses genoux aussi commodément que possible, et se mit en devoir de lui donner quelque nourriture.

Ce faisant, il eut encore des retours d'amertume, de colère concentrée, mais la pensée salutaire que l'innocente qui était devant lui ne pouvait être rendue responsable du crime possible de sa naissance réussit à le dominer entièrement.

Et comme le petit être, en cet instant bien calme, bien reposé, semblait refléter une expression de douceur angélique, le gentilhomme au cœur de fauve, vaincu par tant de fragilité et de grâce toute naissante, reporta la nouvelle née sur la couche et resta un moment penché sur elle, l'œil attendri, humide, puis l'embrassa avec un inconscient transport...

S'étendant sur le bord du vaste lit de campagne, il chercha à prendre quelque repos.

.   .   .   .

.   .   .   .

Le soleil se leva sur un ciel pur.

Dans le bourg de Corneville, les paysans sortaient de leurs demeures pour se rendre compte des dégâts que l'orage de la nuit avait pu causer.

Cyprien, toujours matinal, était allé entendre la première messe, et revenait de l'église, lorsqu'il fut arrêté par un groupe de paysans.

— Qu'y a-t-il! demanda le barbier.

— Il y a que le château de Lucenay est plein de dragons qui sont arrivés cette nuit, répondit un paysan, c'est Mathurin le colporteur qui a donné la nouvelle ici.

— Il paraît que le comte est en fuite et que la comtesse est malade, ajouta un autre.

— Des dragons au château de Lucenay!... fit un jeune gars. Mais pourquoi faire?

— Ah! voilà! je n'en sais pas plus long que toi! répondit le premier villageois en haussant les épaules.

— Au château de Lucenay!... répéta une vieille femme. Que s'y passe-t-il donc?... C'est peut-être pour chasser les esprits malins qui rôdent toujours dans la contrée!

— C'est possible! repartirent en chœur quelques hommes et quelques femmes.

— Que vous êtes bêtes, vous autres! s'écria le bedeau Richomme. Est-ce que dans ce cas, il ne vaudrait pas mieux une confrérie de pénitents armés de goupillons qu'une compagnie de soldats armés de mousquets!

— Monsieur le bedeau a raison! glapit un enfant de chœur.

— Mes amis, dit Cyprien à son tour, l'apparition de soldats du roi au château de Lucenay a bien certainement un but plus grave et moins fantastique que vous ne le supposez! Qui sait s'ils n'ont pas une mission concernant monsieur le comte lui-même?

— Il doit y avoir quelque chose là-dessous! repartit un jeune paysan à la mine futée. Quand on voit M. de Lucenay, on croirait voir le diable ! Il vous reluque toujours avec des yeux de braise !

— Pour sûr, appuya le bedeau, il y a quelque chose qui n'est pas naturel, et le comte m'a toujours fait l'effet d'un maître parpaillot !

— A moi aussi ! s'exclamèrent plusieurs voix.

Une femme d'un âge mûr prit la parole :

— Vous avez beau dire tous, ce serait un grand malheur s'il arrivait du désagrément au comte, quand ce ne serait que pour madame la comtesse, qui est si bonne, si charitable ! Elle nous l'a bien prouvé, tout le temps qu'elle a passé ici !... avant et après son accident, la pauvre chère dame !

— Ah ! ça, c'est vrai ! approuva chaleureusement la foule des auditeurs déjà ramenée et toute prête à un revirement.

— Sans compter, fit observer un assistant, que nos bons maîtres en éprouveraient du chagrin. Ils aiment tant, eux aussi, madame la comtesse.

. . . .

Dès le matin, Jean Gaspard, qui avait couché dans une petite pièce attenante à la chambre principale de sa maison, s'était habillé et botté comme pour faire une longue route.

Il s'était rendu aux communs du château, où il s'était fait harnacher le massif courtaud normand qui avait l'habitude de le porter, puis il était revenu à sa maison.

Ayant pris délicatement l'enfant sur le grand lit, sans réveiller le comte, dont il respecta le sommeil agité, il se mit en devoir de donner un peu de lait à la pauvre petite.

Cela fait, le fermier réfléchit un moment, puis se décidant subitement ;

— Je vais la confier à la jolie petite femme de Grenicheux...

Elle vient d'avoir un bébé, c'est bien l'affaire.

Cette résolution prise, Jean Gaspard l'exécuta aussitôt. Enveloppant le petit être dans un coin de son manteau, ainsi que l'avait fait le comte, il se hissa sur son cheval, à l'aide de la borne la plus voisine, et se mit en route à une allure modérée.

Il prit la route conduisant à Pont-Audemer, et après avoir contourné la ville, joignit les bords de la Rille, qu'il suivit jusqu'à son embouchure.

Arrivé au petit village de pêcheurs appelé La Roque-sur-Rille, il gagna une chaumière isolée.

Frappant à la porte de la bicoque sans descendre de cheval, il appela :

— Grenicheux !... Grenicheux !

— Voilà ! voilà ! répondit une voix de femme.

Et une appétissante blonde de vingt à vingt-deux ans apparut dans l'embrasure de la porte.

— Ah ! c'est monsieur Jean Gaspard, fit-elle avec une nuance de respect qui flatta le fermier.

— Oui, ma belle enfant, déclara le visiteur, c'est M. Jean Gaspard en personne, je viens vous proposer une bonne affaire.

— Ah ! ce ne sera pas un mal, repartit la jeune femme avec un soupir qui en disait long ; ce pauvre Grenicheux avec sa pêche ne réussit seulement pas à me donner de quoi manger à ma faim !

— Eh bien, mon enfant, cela va cesser, mais d'abord débarrassiz-moi de cet objet qui m'empêche de descendre de cheval.

Et il tendit gravement à la jolie pêcheuse son léger fardeau.

— Ah ! mon Dieu, un bébé !... Oh ! qu'il est mignon !... Mais il souffre !... il a faim, lui aussi !

— C'est une fille ! dit Gaspard. Et je veux vous confier le soin de l'élever.

Sans répondre au fermier, la jeune mère avait ouvert son corsage et donné le sein à la pauvre petite, qui téta gloutonnement.

— Dès qu'il eut mis le pied sur le plancher des vaches qu'il préférait de beaucoup aux larges reins de son courtaud, il expliqua, en baissant les yeux avec affectation, non sans se rengorger :

— J'ai l'an dernier fait connaissance d'une jeune fille de bonne condition.

A ce préambule, le gracieuse petite pêcheuse leva son nez retroussé et dévisagea Jean Gaspard.

Elle semblait se dire : « Avec cette tête de hibou on ne doit guère faire de conquêtes ! »

Avec une fatuité complète, il continua :

— J'ai pris toutes les précautions nécessaires pour ne pas compromettre ma maîtresse. Personne n'a connu, personne ne connaît notre liaison, Mais hélas, elle est devenue enceinte.

La pauvre enfant a pu dissimuler sa position jusqu'au dernier moment, et il y a deux jours elle a mis au monde dans le plus grand secret ce pauvre petit être.

Mais vous comprenez qu'il est de toute nécessité de cacher le fruit de notre faute, et j'ai pensé à vous...

— Je nourris justement mon petit garçon, qui a deux mois, j'en nourrirai deux, voilà tout !

— C'est ainsi que je l'entends, reprit-il, et je vous donnerai un louis d'or de vingt livres tous les mois.

A ce chiffre, Jeanne Grenicheux fut éblouie !... un louis d'or était une de ces choses merveilleuses dont il était quelquefois question chez Grenicheux, sans qu'on en ait jamais vu l'ombre.

— Un louis d'or !... murmura la pêcheuse avec admiration.

— Oui, ma belle, et tous les mois à pareille date je viendrai embrasser mon enfant, et vous remettre pareille somme.

Le marché fut accepté avec enthousiasme, et si Jeanne Grenicheux était satisfaite de l'affaire qu'elle faisait, Jean Gaspard n'en était pas moins content, car sur les cinquante louis d'or donnés par Lucenay, pour le trimestre, il lui en restait quarante-sept !

Il fallut à toute force que Jean Gaspard entrât boire un coup de petit cidre dans la chaumière du pêcheur, on peut croire qu'il oublia quelque peu la jeune fille qu'il avait séduite, car il pinça galamment la taille de la jolie pêcheuse et l'embrassa sur les deux joues pour mieux conclure le marché.

Lorsque le fermier fut remonté à cheval, et qu'il eut repris la route de Pont-Audemer, la femme du pêcheur défit les langes et le maillot de la petite Germaine... Jean Gaspard avait, en effet, indiqué ce prénom comme étant celui de l'enfant.

Ce prénom était celui que le comte de Lucenay avait donné à la petite devant le fermier, et celui-ci n'avait eu aucun motif de le changer.

Lorsque Jeanne Grenicheux eut détaché les langes du bébé, elle constata, par la finesse et la qualité des tissus dont il était vêtu, qu'il devait avoir une origine des plus élevées

Dans l'angle du maillot une broderie représentait un écusson surmonté d'une couronne de comte ; ce détail frappa la jeune femme.

— Il y a là sûrement quelque grave histoire, se dit Jeanne, et si le fermier donne un louis d'or pour garder l'enfant, il a dû en recevoir bien plus pour la faire disparaître. Mais puisque je trouve mon compte, je serais bien bête de chercher à me mêler des affaires des grands... cela rapporte encore plus d'ennuis que d'argent !

Et sur cette réflexion philosophique, elle se mit à bercer la petite Germaine . . . .

. . . .

. . . .

XX

GERVAIS CHANTE

Il était environ sept heures du soir, quand le curé Médéric, le digne pasteur des ouailles de Corneville, vint instruire les châtelains du lieu des bruits qui couraient dans le bourg, relativement à l'arrivée de la force armée au château de Lucenay, et qui, chose fort étrange, leurs domestiques ayant sans doute et pour la même raison imité la discrétion des habitants, n'étaient pas encore parvenus jusqu'à eux.

Le spectre, maintenant, battait en retraite... (Page 200.)

L'excellent ecclésiastique conféra longuement avec toute la famille de Corneville, et quand l'entretien eut pris fin, il ne douta pas un seul instant que le comte Raoul ne s'empressât de se transporter à Lucenay pour engager le châtelain et la châtelaine du lieu à entrer tous deux incontinent dans le giron de la sainte Église catholique, apostolique et romaine.

— Mon fils, dit le marquis au comte Raoul, après le départ du prêtre, je crois que vous devez chercher à voir M. de Lucenay, et essayer d'user de votre influence en sa faveur, dans le cas où il serait personnellement inquiété.

— Pourquoi? repartit vivement Raoul après un instant de réflexion. Le cas du comte est bien simple; c'est un protestant avéré qui sent et qui a toujours senti le fagot de dix lieues. Tant qu'il a convenu à Sa Majesté d'user de tolérance à son égard, en considération de ses services passés, j'estime que nous pouvions décemment le voir, car il ne nous appartenait pas d'être plus royalistes et plus orthodoxes que le roi lui-même.

Mais si le vent a changé aujourd'hui, si le temps de la tolérance est passé, je crois qu'il serait peu prudent et assez malséant à de bons et loyaux gentilshommes comme nous, de nous embarquer dans quelque aventure qui pourrait n'être pas du goût de Sa Majesté.

D'ailleurs, à parler franc, M. de Lucenay ne m'a jamais personnellement inspiré une bien vive sympathie. Nos caractères ne se sont jamais parfaitement accordés, et je pense, mon père, que nous n'avons pas, en ce qui le concerne, à nous départir d'une sage réserve, dans la circonstance présente. Mais je reconnais que nous avons le devoir de prendre des nouvelles de la comtesse Élisabeth, qui est une femme accomplie, autant, je crois, que malheureuse.

Si vous le trouvez bon, mon père, nous enverrons, dès maintenant, à Lucenay un de nos serviteurs avec mission de se renseigner aussi exactement que possible sur la situation de la comtesse.

— C'est cela! s'écria Hélène avec une extrême vivacité, c'est cela! Au moins, nous serons rassurés relativement assez vite... si nous devons l'être... ajouta-t-elle avec une nuance accusée de tristesse.

— Oui!... Pauvre Élisabeth!... murmura douloureusement à son tour la comtesse Yolande, apitoyée au fond du cœur.

— Eh bien, j'ai jeté les yeux sur l'homme qu'il nous faut, reprit le comte. C'est Gervais. De tous les serviteurs du château, nul n'est mieux campé, n'est plus solidement bâti. Je suis bien certain qu'il n'aura pas peur, le cas échéant, de parler à un soldat.

— Oh! certainement! confirma la comtesse. Gervais est taillé en athlète.

— Va donc pour Gervais! conclut le comte Raoul. Je vais l'envoyer chercher.

Un instant après, Gervais était en présence de ses maîtres.

— Gervais, lui dit doucement le comte, je vais te charger d'une mission qui te fera honneur, si tu ne t'écartes d'aucune de mes instructions, que voici. Tu vas partir pour Lucenay. Tu connais le chemin... Tu ne diras à personne que nous t'y envoyons. Tu t'aboucheras là-bas avec un de tes camarades du château. Tu t'informeras auprès de lui de l'état de

santé de madame la comtesse et du motif de la présence des soldats dans
le pays... Tu te renseigneras exactement sur ce qui s'y passe, et je ne
doute pas que tu n'y réussisses à la condition de rester calme et d'être
prudent. Si tu as besoin d'aller à l'auberge pour faire parler quelqu'un,
aie soin de remplir son verre beaucoup plus fréquemment que le
tien...

Tu tâcheras de voir les soldats afin de t'assurer par toi-même de leur
contenance. Si tu crois pouvoir le faire, tu te lieras avec l'un d'eux, et tu
l'interrogeras, sans en avoir l'air, sur leur rôle. Si tu en rencontres quelques-uns, n'aie pas peur d'eux, et ils ne te molesteront pas : ton calme et
ta carrure les tiendront en respect. Mais ce qu'il t'importe surtout de savoir, c'est l'état de la comtesse.

Dès que tu seras pleinement renseigné, tu rentreras en hâte, et tu me
rendras compte aussitôt du résultat de ta petite expédition...

As-tu bien retenu mes recommandations ?

— Oui, monseigneur.

— Tu les exécuteras à la lettre ?

— A la lettre, monsieur le comte.

— C'est bien. Voici deux louis pour faciliter ta commission..

Gervais sortit. Il s'accoutra rapidement pour son trajet, acheva copieusement un dîner copieusement commencé, se versa force rasades pour
éloigner toute mélancolie de son esprit, durant le voyage qu'il allait faire
seul, et il se mit en route d'un pas délibéré.

La vertu du bon vieux cidre mousseux de Corneville, ne se borna pas
à le préserver de la mélancolie, elle lui communiqua une dose peu banale
de gaieté : il débuta par faire risette à la lune qui éclairait si gentiment
ses pas, aux étoiles qui semblaient former au-dessus de sa tête un dôme
de saphir tout constellé de diamants, puis il se mit à entonner à tue-tête
d'une voix profonde de basse-taille ce couplet fort répandu en Normandie :

> Quand on lui propose une affaire,
> Prudemment, le Normand répond
> Sans dire oui, sans dire non.
> Vous savez la phrase ordinaire :
> Allez, marchez ! pour tout c'est bon,
> Ça ne dit pas oui, ça ne dit pas non.
> On prétend qu'une fille même
> Ici, quand un jeune garçon
> Lui dit : Voulez-vous que je vous aime ?
> N'répond pas oui, mais ne dit pas non.
> C'est la coutume en Normandie.
> Et dès l'école, assure-t-on,
> Avec prudence, on s'étudie,
> A ne dire ni oui ni non (*bis*.)

Et comme les échos de la vallée l'accompagnaient, durant un temps il eut l'illusion de n'être pas seul. Mais dès qu'il eut fini de chanter, quand il n'entendit plus résonner que le bruit monotone de son pas, et qu'il ne fut plus distrait que par son ombre qui se profilait démesurément à côté de lui, il se dit :

— Que je suis bête ! Au lieu de roucouler ça, j'aurais dû brailler : « Les soldats du roi ! » Ç'aurait eu plus d'à-propos ! Eh ! mais, il en est toujours temps !... Seulement rien ici pour s'humécter le gosier !

I

> Nous étions bien cinq cents gueux,
> Tous les cinq cents d'une bande,
> Et je voyais chacun d'eux,
> Qu'à ma guise je commande,
> Obéissant à ma voix
> Comme au roi de tous les rois,
> Toure loure la lon déridera lon lon la.

II

> On sait que les soldats du roi
> Ont des casques et des toques,
> Uniforme, palefroi,
> Quand nous n'avons que des loques,
> Mais dans les combats, nu-pieds,
> Nous triomphons sans souliers.
> Toure loure la lon déridéra lon lon la.

III

> Et les belles d'alentour,
> Qui se connaissent en hommes,
> Nous préfèrent chaque jour
> Aux plus riches gentilshommes.
> Chacune a pour amoureux
> Deux ou trois des cinq cents gueux.
> Toure loure la lon déridera lon lon la.

Hum ! hum ! je commence à avoir le gosier sec ! murmura-t-il dès qu'il eut lancé, de concert avec les échos bavards et moqueurs son : « lon lon la. »

Gervais avait commis une faute, c'était de dîner trop longuement, de sorte que s'étant mis en route à la nuit tombante, il était tout à fait nuit lorsqu'il dépassa les dernières maisons du bourg.

— Je serai bientôt, pensait-il, à la maison de Jean Gaspard. Une fois là, je descendrai dans la prairie, et alors mon vieux Gervais, en route, tu tiendras le bon bout !

Soudain il s'arrête brusquement... il ne pense plus à la soif, aux gueux ni aux soldats du roi, pas plus qu'à la lune, ou aux étoiles, il écarquille les yeux, se remet timidement en marche, tantôt avançant, tantôt reculant d'un pas et, ouvrant des yeux plus grands encore comme pour s'assurer s'il a bien vu, puis il reste fixé au sol par une épouvante sans nom !...

Ses cheveux se dressent sur sa tête !... ses jambes titubent, et le cri qui allait jaillir de ses lèvres devenues tout à coup livides expire au fond de sa gorge desséchée !...

Mais pensant encore qu'il est peut-être le jouet d'une illusion, il s'efforce de surmonter sa terreur et se frotte les yeux !...

Puis il regarde furtivement. Hélas ! ce n'est point une illusion ! C'est bien une grande figure qui se dresse devant lui !... une grande figure toute blanche !... blanche des pieds à la tête telle qu'un spectre revêtu de son suaire !... Et on dirait qu'elle tient au bout de chaque main une flamme !... une flamme qui flamboie et qui fait pâlir les rayons blafards de la lune !...

Gervais, le pauvre Gervais, si allègre tout à l'heure, si bruyant, veut de nouveau reculer... fuir ! mais il ne le peut plus !... Il est littéralement cloué au sol !... il y adhère irrésistiblement !... avec la puissance d'un rocher !... ses dents claquent... son œil se voile... Il se sent sur le point de choir... il va s'affaisser... et certes il voudrait bien pouvoir s'enfoncer, disparaître dans les entrailles de la terre.

— Un fantôme !... balbutie-t-il enfin.

Et il se sent déjà emporté par lui dans quelque froid sépulcre !...

Tout à coup l'horrible apparition secoue une main, et des étincelles... des étincelles ravies à l'enfer sans nul doute, s'épandent dans l'espace !...

— Oh !... fait le messager en baissant la tête.

L'horrible apparition secoue l'autre main, et les mêmes étincelles s'éparpillent dans les airs !...

— Oh !... répète Gervais..

Et il baisse la tête plus bas.

Alors le spectre agite les deux mains à la fois !...

Et le valet se courbe en cerceau !... en proie à un effroi parvenu à son comble !...

Mais voilà que le fantôme se rapproche de Gervais !

Celui-ci, comme décloué enfin du sol, réussit à reculer, en se redressant peu à peu, il recule... recule toujours !... Puis une idée saugrenue troue son épaisse cervelle :

— Qu'est-ce qu'on peut donner à un revenant pour le faire rentrer dans sa tombe ?... Qu'est-ce qu'on peut bien lui donner ?... Rien, puisqu'il n'a plus besoin de rien... se répond-il avec découragement.

Et comme le revenant avance toujours, Gervais recule encore !... Des deux, le plus livide est peut-être le dernier !

— O mon Dieu, murmura-t-il, inspirez-moi !

Et subitement presque :

— Merci, ô mon Dieu, qui m'avez inspiré !... Oui, des prières !... des prières pour le repos de son âme !... des prières psalmodiées par des prêtres... payés pour cela... convenablement payés !... un beau service !... à prix d'or !

Et ses idées se confondant, se brouillant de plus en plus, il répéta inconsciemment :

— A prix d'or !... à prix d'or.

Il plongea en même temps une main dans sa poche, il en retira les deux louis que lui avait remis le comte de Corneville et les jeta devant lui. Il lui sembla bien voir aussitôt briller les yeux du fantôme, mais comme celui-ci continuait son mouvement en avant, il murmura avec désespoir.

— Il n'en veut pas !... oh ! si je pouvais fuir !... rentrer au château !... car il va finir par m'emporter !... Des jambes, ô mon Dieu !... donnez-moi des jambes !

Et comme s'il se sentait la soudaine légèreté du cerf, il tourna irrévérencieusement le dos au fantasque voyageur et prit sa course vers Corneville.

Le spectre s'arrêta dès lors, se tint un instant dans une immobilité complète, puis... chose singulière !... il se baissa, ramassa les deux pièces d'or, pivota sur lui-même et retourna tranquillement à sa première place, comme satisfait de pouvoir s'offrir un service bien psalmodié. Il jugeait probablement qu'il était trop tôt pour réintégrer son domicile de l'au-delà.

A peine, en effet, était-il huit heures et demie !... ce qu'il, lui était loisible d'établir par l'entrée en scène de certaines étoiles. Et puisqu'il avait obtenu la permission exceptionnelle de s'absenter avant minuit, il voulait, au moins, jouir amplement de son congé. Ce n'était peut-être là qu'un raisonnement de fantôme. Mais, en somme, il ne péchait nullement par sa justesse. . . . .

. . . .

Quant à Gervais, sa légèreté soudaine ne se démentait pas. La terreur l'éperonnait ! Il traversa rapidement le bourg, atteignit l'entrée du château, et la franchit avec la rapidité d'un trait.

Arrivé là, enfin il osa se retourner. Un soupir de satisfaction aussi bruyant que celui qui s'échapperait d'un soufflet de forge s'exhala de ses puissants poumons.

— Ouf !... je ne suis pas poursuivi ! se dit-il.

Et il monta immédiatement chez son maître, à qui il fit part, devant le marquis, la comtesse et Hélène, de ce qui lui était survenu.

Malgré leurs préoccupations, les châtelains ne purent réprimer un furtif sourire, et le comte s'écria :

— Tu es fou, mon pauvre Gervais !... Tout ce que tu viens de débiter là, n'est que le produit de ton imagination surexcitée par la vue de quelque objet qui a revêtu pour toi l'apparence d'un spectre !

— Mais non, monseigneur !... mais non, je vous assure ! Et la preuve...

— Pauvre Gervais ! interrompit le marquis.

— Et la preuve, reprit le valet, c'est que je n'ai plus vos deux louis, monsieur le comte !

— Eh bien, tu les a jetés dans un instant de délire provoqué par ton extravagante vision !

— Pardonnez-moi, monseigneur, mais...

— N'insiste pas. Je vais aller avec toi jusque-là. Voyons, avec moi tu n'auras pas peur, je suppose ! Je tiens à te convaincre une fois pour toutes de la folie de tes superstitions !

Et ayant pris affectueusement congé des siens le comte s'éloigna, n'emportant pour toute arme qu'une canne.

Gervais le suivit, la tête basse, semblable à une victime résignée allant au sacrifice.

Dès que le comte de Corneville fut sur la route, il hâta le pas.

Gervais trottait derrière lui, se maintenant exactement dans le cadre des épaules de son maître. Ah ! que n'eût-il donné en ce moment pour être transporté dans une carriole fermée de tous côtés, qui pût le dérober à tout regard !... Ils cheminèrent ainsi quelque temps.

Tout à coup le comte s'arrêta, aussi brusquement que Gervais s'était arrêté, alors qu'il était seul. Et celui-ci qui pour rien au monde ne se fût écarté de son abri, opéra le même mouvement.

— Tu as dit vrai ! proféra le gentilhomme d'une voix parfaitement calme, et sans qu'un seul muscle de son visage se contractât.

— Vous voyez, monseigneur ! souffla le domestique.

Quant à lui, il ne tenait plus à voir, et pour cela il avait même fermé les yeux, de sorte qu'il avait répondu, comme du fond d'un rêve. S'il avait voulu les ouvrir seulement une seconde, il aurait reconnu d'un coup la même vision terrifiante.

— Qui que tu sois, dit l'ancien marin, qui avait intrépidement affronté tempêtes, canonnades, abordages, tu ne m'effraies pas !

Et il fonça sur le spectre, la canne haute, en criant :

— Suis-moi, Gervais !

— Oui, monseigneur ! répondit le valet, toujours comme du fond d'un rêve.

Bien qu'il dût trotter plus vite, il se garda bien de rouvrir les yeux. Aussi les épaules du comte cessèrent bientôt de « l'encadrer »; il ne tarda pas à se trouver assez loin de la grande route, trompé par le bruit de son pas retentissant qu'il prenait à la fois, dans son trouble, pour celui de son maître et pour le sien propre.

Pour peu que ce manége eût continué, qui sait jusqu'où serait allé Gervais ?...

Le spectre, contrairement à la façon dont il s'était conduit avec le premier passant, c'est-à-dire avec Gervais, maintenant, battait en retraite, et ce manége ne pouvait durer indéfiniment.

Soudain, et tandis que le comte se heurtait à une borne qui marquait les toises de la route, et s'efforçait de ressaisir son équilibre, violemment ébranlé, l'apparition s'évanouit comme un flocon de fumée.

Lorsque Raoul releva ses regards de son côté, il ne la distingua plus. Pendant quelques instants, il resta en proie à une stupéfaction profonde.

Quant à Gervais, il avait perdu momentanément le souvenir.

— Voilà un fait véritablement extraordinaire ! dit-il enfin.

Le comte se remit en marche, mais lentement, comme quelqu'un qui cherche à sonder un mystère.

Il se trouva ainsi, à son insu, devant la porte d'entrée de la maison du fermier de son domaine.

La porte était entr'ouverte. Le comte allait la pousser, lorsqu'il pensa à Gervais, et se retourna.

— Allons, l'animal s'est enfui ! s'écria-t-il gaiement. Et cependant il devrait être rassuré puisque nous sommes arrivés chez Gaspard.

— Holà, Gervais, viens ! Il n'y a plus de revenants !

Ne recevant aucune réponse de son domestique, le gentilhomme poussa la porte, et entra.

XXI

LE MEURTRE

Lucenay, épuisé par l'émotion et par la fatigue, s'était endormi lourdement.

Il était neuf heures lorsqu'il s'éveilla, et il attendit avec impatience le retour du fermier, qui n'eut lieu que vers midi.

Cette longue chevauchée avait, d'ailleurs, fatigué Gaspard, et il

... Le meurtrier était effrayant à voir!... (Page 204.)

s'excusa auprès du comte de Lucenay, en lui expliquant que l'enfant était en sûreté loin de Corneville.

— Il est tard? demanda le gentilhomme.

— Midi sonne en ce moment à l'église.

— J'ai dormi longtemps. Personne n'est venu ici?

— Non, monsieur le comte.

Les dragons ont perdu votre trace.

— Oui, mais ils vont chercher... fouiller le château et les environs... ils viendront au village de Corneville.

— C'est déjà fait, dit Gaspard avec un sourire qui atténuait la gravité de la nouvelle.

— Eh bien, mais ils vont me découvrir!...

— Non, pas pour le moment.

— Mais que s'est-il passé?

— Tandis que vous dormiez, j'ai couru le pays après avoir fermé ma porte à clef, et clos les volets afin de bien montrer que ce vieux garçon de Jean-Gaspard était sorti, et qu'il n'y avait âme qui vive dans sa maison.

Au village, on savait la nouvelle, et bientôt deux cavaliers se montrèrent à l'entrée du bourg. C'étaient des dragons.

Comme je flânais, et comme ils me prenaient pour quelque personnage de la localité, ils daignèrent m'interroger.

— Cela tombait à merveille, fit le comte avec un pâle sourire.

— En effet, car ce fut bientôt moi qui, retournant les questions, obtins d'eux les renseignements suivants : l'un des bas-officiers, nommé Morvan...

— Diable! tu sais même les noms?

— Oui, monsieur le comte, répondit l'ex-cuisinier en se rengorgeant, cela dégourdit un homme que d'avoir servi dans la marine et sous vos ordres!...

Je disais donc qu'un bas-officier du nom de Morvan était entré dans la salle où dormait votre excellent ami le lieutenant de Haute-Roche...

Il avait prévu l'incident, et sans essayer de réveiller son chef, il avait pris les mesures nécessaires pour vous retrouver.

La perquisition dans le château étant demeurée vaine, il avait attendu le jour et lancé des cavaliers dans toutes les directions pour rechercher les traces de votre passage et savoir de quel côté vous vous étiez enfui. Bien entendu, je l'ignorais, mais en fidèle serviteur du roi, je donnai quelques indications qui devaient permettre aux deux dragons de vous retrouver... j'abondais ainsi dans leur sens.

— Et que diable, leur as-tu dit?

— Je leur ai expliqué que vous deviez avoir des accointances avec des marins de Honfleur, et que vous aviez dû suivre la rive gauche de la Rille pour vous rendre dans ce port, où vous trouveriez facilement un navire en partance pour l'Angleterre. J'ai même ajouté... Que Votre Seigneurie me le pardonne !...

— Je te pardonne en faveur de l'intention. Va, parle !

— J'ai même ajouté, donc : Ce damné parpaillot doit trouver là tout un nid d'hérétiques prêt à l'accueillir !

— L'intention était bonne, mais la phrase est un peu dure...

— Elle a plu aux dragons, qui sont partis au grand galop dans la direction de Honfleur.

— Que me conseilles-tu, Gaspard?

— D'attendre la nuit, monseigneur, car les chemins allant vers Quillebeuf ne sont pas sûrs pour vous en plein jour.

— C'est bien, fit le comte avec un soupir. Je dormirai pour tâcher d'oublier... Et ma... et cette enfant?

— Je l'ai confiée à d'honnêtes gens de la Roque-sur-Rille, qui viennent d'avoir un bébé. La mère en nourrira facilement deux.

Lucenay, après avoir pris quelque nourriture, s'était tenu coi dans la maison bien close, dormant ou rêvant tout le jour.

Il se préparait à partir, lorsque le comte Raoul de Corneville était survenu avec Gervais si effrayé par le spectre qui, ce soir-là, défendait si bien les approches de la maison de Jean Gaspard.

La porte de la demeure entr'ouverte expliquait assez quel était le fantôme...

Le comte de Lucenay, qu'intéressait la comédie, s'était approché du seuil. Soudain, il tressaillit en entendant le pas sec et nerveux de Raoul... Il n'y avait pas à s'y tromper, ce n'était pas un craintif paysan.

M. de Lucenay allait fermer la porte, lorsque Raoul de Corneville appela Gervais.

— Cette voix !... murmura le mari d'Élisabeth, en serrant les poings. C'est lui !... C'est Dieu qui me le livre !

Il souffla la lumière, et, passant dans la petite pièce attenante à la grande chambre, il se cacha derrière le battant de chêne.

Raoul fut surpris par l'obscurité en pénétrant dans la maison.

— J'avais cru voir de la lumière... se dit-il à mi-voix. Mais d'où vient que la porte est ouverte?... Gaspard n'est pas là... Il faudrait cependant y voir.

Il s'approcha de la cheminée, souffla sur un tison, reste du feu qui avait servi à préparer un modeste dîner.

Une poignée de petites branches éclaira la pièce.

— Le lit est froissé, mais il n'y a personne... murmura-t-il.

Et il se promena un instant de long en large, attendant la rentrée de

Gaspard, qui ne devait pas être loin, pensant à l'envoyer au château de Lucenay avec ce poltron de Gervais, qui, pensait-il, aurait ainsi plus de cœur au ventre.

Cependant une colère grondait, épouvantable, dans le cœur du comte de Lucenay.

La présence de celui qu'il croyait l'amant de sa femme avait réveillé toute sa fureur, et, caché derrière la porte de la petite chambre, il épiait Raoul comme un chat guette une souris.

Raoul, de son côté, s'impatientait et parlait à haute voix :

— Qu'est donc devenu cet animal de Gaspard?... Et Gervais lui-même où est-il?... Il faudrait cependant arriver à Lucenay avant que la nuit soit trop avancée.

Le mari d'Élisabeth entendit cette phrase et bondit au milieu de la pièce.

— Ah! tu vas rejoindre ta maîtresse parce que sans doute tu me sais en fuite, misérable et lâche séducteur! s'écria-t-il.

Et levant un de ses pistolets, le forcené fit feu...

Au même instant, Raoul de Corneville, atteint en pleine poitrine, s'abattit tel qu'une masse inerte sur le sol...

Debout de toute sa hauteur, le regard flamboyant, les traits convulsés, le pistolet fumant à la main, le meurtrier était effrayant à voir!... Et aucune trace de remords de l'acte épouvantable qu'il venait d'accomplir ne venait adoucir l'expression satanique de ses traits. Il ne se croyait pas un assassin! il se croyait un justicier.

Sur le seuil de la porte, Jean Gaspard apparaît soudain, cherchant à distinguer ce qui se passe dans la pièce, qu'éclaire imperceptiblement le feu mourant.

— Oh! mon Dieu, mon Dieu!

Qu'est-ce?... On a tiré?... C'est vous?... interroge-t-il avec effroi.

Avant que Lucenay ait pu répondre, un bruit de galop de chevaux retentit.

— Par ici! cria une voix. Le coup de feu vient de la maison!

D'un bond, le fermier rentre et ferme la porte derrière lui.

— Les dragons!... murmura-t-il avec terreur, tandis que les cavaliers s'arrêtaient au seuil de la porte.

— Jetez bas cette porte, qu'on vient de refermer, commande une voix impérative, que Gaston reconnaît pour être celle du lieutenant de Haute-Roche.

— Monsieur le comte, que faire? interroge anxieusement Gaspard.

— Où est mon cheval? demande le gentilhomme d'une voix stridente.

Jean Gaspard fait quelques pas, et de son pied heurte un obstacle.

Il distingue confusément une forme humaine.

— Un homme… mort !… balbutie-t-il. Qu'avez-vous fait, monsieur le comte ?…

— Mon cheval ! rugit de Lucenay ; mon cheval !

— Derrière la maison, sous le hangar !

Le meurtrier pousse un éclat de rire satanique, et à la lueur agonisante du foyer, il aperçoit des soldats.

Il fait aussitôt feu du second coup de son pistolet… Un soldat tombe… Dans l'obscurité croissante, les autres hésitent… reculent.

Le comte ouvre précipitamment la fenêtre intérieure et s'élance dans la cour ; en une seconde, il prend son cheval par la bride, et gagne les prés, à la faveur de la porte de derrière qu'il avait, dès son arrivée, donné l'ordre à Gaspard de laisser entr'ouverte.

Dans la maison, la riposte ne se fait pas attendre du côté de la troupe, presque instantanément revenue à elle. Quatre éclairs sillonnent les ténèbres… quatre détonations retentissent… Les balles passent par-dessus Gaspard, qui s'était prestement jeté à terre, et vont s'aplatir sur les murs.

Tandis que, sa longue rapière au poing, le lieutenant de Haute-Roche se rue dans la chambre, un dragon se baisse vers l'âtre et en remue les cendres : des flammes reparaissent, projetant des clartés.

— Oh ! oh ! il y a des morts ! dit le lieutenant.

Et tandis que deux autres hommes allument une torche de résine, il s'approche de l'un des corps gisants.

— Mais ce n'est pas ce parpaillot de Lucenay !… s'écrie l'officier à la vue du corps le plus voisin de l'âtre ; c'est cependant un gentilhomme…

— M'est avis, mon lieutenant, que nous nous sommes trompés ! fit un bas-officier.

— Ah ! tant pis, mon cher Morvan, il n'avait qu'à ne pas tirer sur nous, ce joli cœur !… nous n'aurions pas eu à répondre !

— C'est juste !… Pourquoi a-t-il tiré ?… Et c'est ce pauvre Fréville qui est atteint !

Et en disant ces mots, le bas-officier montrait un des trois hommes couchés, qui se redressait déjà.

— Je n'ai été qu'effleuré, dit le dragon en se tâtant une jambe, ce ne sera rien.

Les soldats relevèrent alors le comte de Corneville, et l'étendirent sur une table ; le malheureux ne donnait plus signe de vie.

D'autres s'apprêtaient à en faire autant pour Gaspard, lorsque ce dernier fit un brusque mouvement.

— Tiens, celui-là non plus n'est pas mort ! s'écria Morvan.

— Ce doit être le paysan maître du logis, opina le cadet de Gascogne.

Un dragon s'avança et dit :

— C'est le fermier de Corneville, celui qui nous a si mal renseignés ce matin !

— Ah çà, maraud ! es-tu mort ? clama le lieutenant au Royal-Dragons en poussant du pied le corps de Gaspard.

— Je crois que oui... répondit Jean d'une voix dolente.

— Attends, je vais confirmer ton opinion, en te passant mon épée au travers du corps ! fit de Haute-Roche.

A l'instant, Gaspard fut sur pied !

A la vue du corps de Raoul de Corneville, il oublia de feindre, et poussant un grand cri :

— Ah ! mon pauvre maître !... on l'a tué !... c'est affreux !... affreux !

— Quoi !... c'est le seigneur de Corneville ! s'écria à son tour M. de Haute-Roche, bouleversé par ce meurtre, dont il croyait que ses soldats étaient les auteurs.

— Oui, c'est le comte Raoul !... Quel malheur !... Quel coup pour son père !... pour monsieur le marquis !... gémit le fermier, heureux de cette diversion qui lui donnait le temps d'inventer une fable.

— Mais enfin pourquoi a-t-il tiré sur nous ?

A cette question fort embarrassante, Jean trouva une réponse victorieuse, ou, du moins, qu'il jugea telle :

— Il a cru avoir affaire à des voleurs de grand chemin.

— Dites donc, monsieur le fermier, tâchez de mieux parler des dragons du roi ! dit Morvan.

— Mais, monsieur le bas-officier, le comte Raoul entrait pour me dire qu'il avait aperçu sur la route une sorte de revenant qui avait tenté de l'effrayer. Il ajoutait que ce devait être une comédie des voleurs qui rôdent dans la campagne. C'est à cet instant que vous avez enfoncé la porte.

— Parbleu, répliqua un des militaires, nous venions d'entendre un coup de feu provenant de la maison, nous n'allions pas passer notre chemin comme des benêts.

— Pardonnez-moi, je perds la tête !... Je me souviens maintenant... mon pauvre maître venait de décharger son pistolet pour chasser le mauvais plaisant. En vous entendant arriver, il a même dit : « Le brigand amène du renfort ! »

— Voici le pistolet ! dit le bas-officier en se baissant et en ramassant une arme assez luxueuse.

— Ainsi ce malheureux gentilhomme est votre maître ? demanda de Haute-Roche, toujours sous le coup de l'émotion.

— Oui, mon lieutenant, c'est bien le comte Raoul de Corneville.

— Pauvre comte !... fit l'officier, très digne, avec un accent de douleur sincère.

Et se tournant vers ses hommes :

— Mes amis, nous avons fait de la belle besogne !

Et un grand silence se fit, attestant la stupeur de tous.

Haute-Roche le rompit au bout de quelques instants en disant au fermier sur un ton radouci :

— Quant à vous, mon ami, rappelez bien vos souvenirs, et répondez-moi nettement. N'avez-vous pas vu passer par ici le comte de Lucenay?

— Non, monsieur l'officier, répondit Gaspard avec assurance, je ne l'ai pas vu.

— Vous le connaissez bien, cependant?

— Je le connais, comme je connais mon maître.

Sur ces entrefaites, un soldat, qui examinait le corps inerte de l'infortuné Raoul, s'écria :

— Il respire encore !...

Chacun put s'assurer du fait, et en éprouva une vive satisfaction.

De Haute-Roche ordonna incontinent à Gaspard de courir chercher le curé et un médecin, s'il y en avait un à Corneville. En même temps le lieutenant s'engageait à s'occuper de son mieux du blessé.

Le fermier bénit du fond du cœur le lieutenant, qui lui fournissait ainsi un prétexte de disparaître momentanément. Le gaillard sentait le besoin de se ressaisir complétement, et de se tracer un plan de conduite qui lui permît de se tirer d'affaire. Il pressentait même que s'il jouait serré, cette catastrophe pourrait devenir pour lui une source de fortune.

A peine notre homme avait-il fait une centaine de toises dans la direction du bourg qu'il entendit un bruit assez singulier dans les taillis qui bordaient le chemin.

Pour un mystificateur qui aimait tant à effrayer les autres, Gaspard avait une qualité qui n'avait rien d'étonnant chez un ancien marin : il n'était pas poltron. Et il joignait au courage une curiosité extrême; aussi s'arrêta-t-il net, cherchant à voir ce qui avait pu produire le bruit qui l'avait frappé, et qui ressemblait à celui que peut causer le frôlement des branchages par un animal de proportions assez considérables.

Mais il y avait dans ce frôlement quelque chose de discret, de timide même qui tenait plus de l'homme que de la bête.

Était-ce un braconnier qui posait des collets?... ou pis encore?

Gaspard ne pensa pas, un instant, et pour cause, qu'il pût avoir affaire à un revenant; il opinait plutôt pour un braconnier. Et comme il avait entendu de nouveau bouger des branches à quelques pas devant lui, il marcha résolument vers cet endroit.

Quoique n'y voyant goutte, Gaspard s'écria d'un ton impératif :

— Qui va là?... Nommez-vous ou je...

Il brandit un bâton noueux, sur lequel il s'appuyait, l'arme unique dont il disposait.

— Sainte Vierge !... répondit une voix tremblante ; c'est monsieur Gaspard !

— Sans doute, c'est moi !... Mais vous, qui êtes-vous et que faites-vous ici ?

— Oh ! ne vous fâchez pas, monsieur Gaspard !... Si vous saviez comme j'ai eu peur !... Est-ce que les revenants sont partis ! Oh ! ces chevaux, ce tapage... c'est bien tout l'enfer qui était déchaîné !...

— Ah ! je te reconnais, tu es Gervais... Je comprends, tu t'es caché, quand tu as entendu les dragons, au lieu de suivre ton maître.

— Comment, mon maître... Vous savez donc....

— Mon pauvre garçon, il s'agit de bien autre chose que de revenants ! M. le comte de Corneville est mort... ou ne vaut guère mieux ! Ce sont des dragons qui l'ont tué.

— Juste ciel ! fit Gervais ; que dites-vous là, monsieur Gaspard ?... Est-ce possible ?...

Et le malheureux resta comme pétrifié.

Mais Gaspard, comme on dit vulgairement, ne perdait pas le nord.

— Voilà une terrible affaire, mon pauvre gars ! reprit-il. Et je ne sais pas trop comment tu te tireras de là ! Dans tous les cas, tu ne vas pas rester « muché » dans un trou comme un renard ou un blaireau. Tu vas vite prendre tes jambes à ton cou et filer au bourg !...

Il s'agit d'aller prévenir M. le curé Médéric et notre barbier-chirurgien, avec M. le bailli, et de les ramener le plus tôt possible !... Il n'y a pas un instant à perdre !...

Moi, je vais au château annoncer la nouvelle au marquis. Va, tu peux prier pour moi, mon pauvre Gervais ; je n'ai pas deux gouttes de sang dans les veines, et je ne sais comment je vais m'y prendre, quand je serai devant le marquis. Enfin, au petit bonheur !... Que le bon Dieu et saint Augustin me protègent !

Quant à toi, détale et cours ! A tout péché miséricorde ! Si tu nous aides maintenant, personne ne saura que tu t'es sauvé tout à l'heure, quand ton maître était en danger. Ce n'est pas moi qui causerai, pour sûr !

— Oh ! monsieur Gaspard, que vous êtes bon ! Je ferai tout ce que vous me dites de faire ! Je vais courir de toutes mes forces !... Et je vais ramener M. le curé avec M. Cyprien. Il est savant, M. Cyprien, il empêchera M. le comte de mourir ! Bien certainement !

— Je le souhaite ! dit Gaspard. Mais ne jasons plus. Sauve-toi vite ! Si, d'aventure, tu rencontrais quelqu'un, ne va pas bavarder ! Au château, on ne doit rien savoir que par moi, et tu ne dois dire à personne que j'y vais.

Tous trois, prosternés, dirent en même temps la prière des morts.
(Page 215.)

— Oh! pour ca, vous pouvez compter sur moi! Je resterai muet comme une carpe de la Rille.

— Tu diras simplement que M. le comte se trouve chez moi et qu'il est bien mal

Et au moment de s'élancer sur la route, Gervais, enfin sorti du bois, éprouva le besoin de se jeter aux genoux du fermier pour le remercier encore une fois.

— Écoutez, monsieur Gaspard, larmoya le pauvre garçon, je vous promets que vous n'aurez plus à vous plaindre de moi... Je ne pêcherai plus jamais avec vos filets.

Et se relevant immédiatement, il s'éloigna de toute la vitesse de ses jambes.

— Le diable emporte l'imbécile! s'exclama Gaspard. M'en voilà enfin débarrassé! Ce n'est pas trop tôt! Allons vite à nos affaires!

Et pendant que Gervais se hâtait d'accomplir sa mission, Gaspard, lui, se rendait directement chez... le tabellion.

Dufresnoy relevait des comptes dans son cabinet de travail. La servante introduisit immédiatement le fermier, qui était un familier de la maison.

Après un bref entretien, le fermier se retira, et retourna sur le théâtre du drame.

Durant ce temps, Gervais frappait à la porte de Cyprien.

Le jeune chirurgien mit du temps à ouvrir.

— Qu'est-ce? demanda-t-il, lorsqu'il parut enfin. Ah! c'est toi, Gervais! y aurait-il quelqu'un de malade au château?

— Je crois bien!... M. le comte est bien mal!

— Tu dis?... fit le praticien, stupéfait.

— Oui, monsieur Raoul de Corneville est chez Jean Gaspard... Et il est bien mal! Hélas! monsieur Cyprien, ce n'est que trop vrai!

— Voyons, que me contes-tu là?... Entre! Explique-toi!

Et quand le valet eut franchi le seuil:

— C'est comme je vous le dis, monsieur Cyprien, mon maître agonise, les dragons l'ont tué... Je vais prévenir M. le bailli et M. le curé.

Cyprien emporta à la hâte sa trousse et quelques médicaments, espérant qu'il aurait bientôt la clef de ce terrible mystère. Pour l'instant, il n'avait qu'un souci... mais un souci puissant... celui de tout tenter pour sauver le comte Raoul de Corneville.

Et c'est sans doute pourquoi il oublia de fermer sa porte derrière lui...

Il s'élança littéralement sur la route de Pont-Audémer, où était située la maison de Gaspard.

De son côté, Gaspard était revenu à la hâte chez lui, en courant même, et une vive anxiété se trahissait sur son visage.

Le tabellion, en peu de mots, lui avait montré tous les périls de sa situation. En l'effrayant, il n'y avait pas eu peine à lui faire dire tout ce qu'il savait.

— Décidément, pensa-t-il, si tout cela doit me rapporter, un jour, beaucoup d'argent, me voilà pour le moment de fiers ennuis!...

L'honnête Jean Gaspard n'en menait pas large en rentrant dans son logis.

On avait d'abord pensé à transporter le blessé sur le lit, mais on avait réfléchi qu'il aurait été impossible de le déshabiller dès qu'il aurait été étendu dans l'espèce de niche qui formait l'alcôve.

Aussi préféra-t-on le laisser sur la table, et ce fut là que Gaspard, puis bientôt Cyprien le trouvèrent à moitié dévêtu.

Le barbier-chirurgien ne remarqua personne, ne proféra pas un seul mot, et se jeta pour ainsi dire sur le corps de son protecteur.

C'est à peine s'il entendit Gaspard lui expliquer que le comte avait été atteint par un coup de feu, qu'on ne savait encore rien au château, qu'il s'était mis en route pour aller y donner l'alarme, mais qu'après réflexion, il avait cru préférable d'attendre jusqu'au matin.

Cyprien examina rapidement la plaie et chercha la direction de la balle.

Il eut un hochement de tête très significatif :

— C'est très grave ! murmura-t-il. La balle a perforé le poumon droit !... Hémorragie à l'intérieur !...

— Peut-il en revenir ? interrogea avec une certaine anxiété le lieutenant de Haute-Roche.

— C'est peu probable... répondit tristement le praticien. Je vais toujours faire un pansement. Nous transporterons ensuite monsieur le comte chez moi. J'y serai bien plus à l'aise pour lui donner tous les soins.

La vérité est que Cyprien, dans son absolu dévouement à la famille de Corneville, voulait lui épargner l'épreuve terrible de la fin probable d'un tel drame ! Et c'est pourquoi il ne fit pas transférer le comte au château.

— On pourra prendre, dit Gaspard, le matelas de mon lit pour garnir la civière.

— Merci, Gaspard. Il va être fait selon votre désir, répondit Cyprien, tout en s'acquittant de sa pénible besogne.

Cependant Gaspard s'était approché de la fenêtre qui avait été laissée entre-bâillée par Lucenay, lors de sa fuite, et l'avait refermée. Il eût craint que cette fenêtre, restant ouverte, n'eût donné l'éveil à l'officier qui aurait pu être tenté de s'assurer si quelqu'un ne s'était pas échappé par là.

Un quart d'heure après, comme le curé Médéric et Fabrice, qui n'étaient pas chez eux quand Gervais s'y était présenté, n'arrivaient pas, le funèbre cortège prit le chemin de la maison de Cyprien. . . . .

. . . .

Était-ce l'ombre de Fouinard, l'apprenti-barbier, qui avait apparu sur le seuil de l'habitation de Cyprien quelques minutes après le départ de celui-ci ?

Ce n'était guère probable, car cette ombre, petite à la vérité, avait, ma foi, la plus gracieuse tournure. Elle se dirigea tout de go vers la confor-

table maison de maître Dufresnoy, s'y introduisit sans la moindre cérémonie, et grimpa lestement jusqu'au premier étage.

Arrivée là, elle ouvrit sans façon la porte du cabinet où travaillait encore l'excellent Barnabé. Et il fut alors possible de constater, à la faveur
de la lumière, qu'elle n'était autre que la sémillante Pauline, qui venait
probablement de demander des renseignements au beau Cyprien.

— Quoi de nouveau, ma bobonne? questionna l'honnête notaire. Tu
as la mine tout effarée. Qu'est-il donc survenu?

— Des choses terribles!

— Ah bah!

— Figurez-vous que je suis sortie pour aller voir une pauvre femme
en mal d'enfant...

— Elle va mieux? interrogea le notaire avec un sourire narquois.

— Oui, oui, répondit la jeune femme avec un léger embarras; mais
vous ne me demandez pas ce qui vient d'arriver.

— Je ne fais que cela... répliqua le notaire avec un calme imperturbable.

— Eh bien, les dragons qui poursuivent le comte de Lucenay sont
dans le bourg!... Et une bataille s'est livrée chez Jean Gaspard!

— Ce pauvre Gaspard!... fit l'honorable époux en gratifiant son nez
d'une prise de tabac, qu'il aspira avec le plus grand flegme.

— Et au cours de cette bagarre les dragons ont tué... Devinez qui?

— Raoul de Corneville, répondit froidement Barnabé.

Pauline faillit tomber à la renverse :

— Comment, tu sais...

— Oui, répondit froidement le tabellion, s'amusant intérieurement du
trouble de Pauline, je sais... je sais même que le comte de Lucenay était
dans la demeure de Gaspard et qu'il a pu s'enfuir...

— Ah!...

— Que de plus il n'est pas bien prouvé que ce sont les dragons qui
ont tiré sur notre châtelain.

— Ah!... ah!...

— J'ajoute que M. de Lucenay s'est présenté chez le fermier, pour
s'y cacher et pour lui confier l'enfant que madame Élisabeth a mis au
monde la nuit dernière.

A cette énumération de faits qui lui étaient inconnus, Pauline se laissa
aller dans un fauteuil avec un geste d'admiration des plus sincères pour
son rusé maître et seigneur, qui était si bien informé.

Elle jeta ce cri :

— Barnabé, vous êtes véritablement unique!...

— Tu exagères, poulette ; ce n'est pas le moment de plaisanter. Causons sérieusement.

— Oui, causons, fit-elle comme un écho.

— Voici la situation : Le comte de Lucenay, huguenot, en fuite, proscrit... Ses biens seraient donc confisqués... Mais sa femme reste... toutefois malade... mourante même... et une fillette enlevée à sa mère... Tu m'écoutes attentivement?

— Oui.

— Dans le cas où la mère abjurerait, les confiscations...

— N'auraient plus lieu d'être, interrompit-elle doucement.

— C'est cela même!... Mais comme il y a une enfant, — ce que je me charge d'établir, — il y aura séquestre des biens avec jouissance pour la mère, si elle vit...

— Pourquoi ce séquestre? demanda Pauline.

— Parce que le père en sa qualité de proscrit, sera frappé de mort civile... que la fillette son héritière a été enlevée... que par suite de cette disparition, elle ne sera déclarée morte qu'après un intervalle de trente ans...

— Mais ne disiez-vous pas que Lucenay l'avait déposée entre les mains de Jean Gaspard?...

— Et qu'il ne l'en avait pas retirée?... Oui.

— Eh bien, elle n'est plus considérée comme disparue.

— Mais Gaspard a dû recevoir du comte mission de la tenir cachée... Et alors il se pourrait bien qu'on ne la retrouvât point.

— Oh!... oh!... proféra la femme Dufresnoy avec toutes les marques du plus vif étonnement.

— Non, on ne la retrouvera pas... répéta le tabellion avec plus de force. Et comme je serai nommé séquestre de par mes fonctions de tabellion, je gérerai cette grande fortune durant les trente années...

— Mais serez-vous bien nommé séquestre?... Est-ce que vos fonctions suffisent pour...

— Oui, si tu veux bien t'occuper de cette affaire... aller à Rouen faire une visite... intelligente... aux conseillers du Parlement. Tu es une fine mouche... J'irais bien moi-même, mais je ne puis quitter Corneville, surtout au moment où ce pauvre comte Raoul peut trépasser... le marquis son père aura besoin de mes services.

La belle Pauline Dufresnoy sourit agréablement et dit simplement :

— Je me charge des démarches à Rouen . . . .

. . . .

Gaspard, Gervais et deux dragons avaient transporté la lugubre civière jusque dans la boutique de Cyprien, où ils l'avaient déposée avec des précautions infinies. Raoul, toujours évanoui, fut placé sur des matelas disposés d'après les indications du jeune chirurgien.

En route, Cyprien avait demandé à de Haute-Roche des détails sur la catastrophe. .

Et le chevalier avait répondu :

— Nous avons entendu du bruit dans la maison au moment où nous explorions les alentours du village... Et même nous sommes certains qu'on a tiré un coup de feu... Trouvant la porte fermée, nous l'avons enfoncée, et un de mes hommes est aussitôt tombé, atteint d'une balle. Ceux qui le suivaient ont alors exécuté une décharge générale... au hasard... dans les ténèbres, et lorsqu'on a fait de la lumière, nous avons trouvé le comte de Corneville étendu à terre...

L'officier se tut un instant, puis reprit :

— Voilà tout ce que nous savons... voilà tout ce que je puis vous dire... Je me retire, profondément désolé de cet affreux malheur sans avoir le courage de l'expliquer à M. le marquis de Corneville.

Sur ces derniers mots, le chevalier prit congé de Cyprien, et s'éloigna avec sa troupe.

Gervais retourna chez le curé Médéric et chez le bailli Fabrice qui, chose extraordinaire, étaient encore absents. Il ne trouva que la vieille gouvernante de l'un et la domestique de l'autre. Après avoir expliqué respectivement dans chaque maison, que M. le curé et que M. le bailli étaient attendus chez le barbier-chirurgien, il vint rejoindre Gaspard chez Cyprien.

Au moment où Gervais franchissait le seuil du barbier, un violent frisson secoua tout le corps du moribond, et ses lèvres s'écartèrent légèrement :

— Je perçois encore un souffle de vie, mais bien faible... bien faible, déclara Cyprien. Mes amis, ajouta-t-il, veuillez me laisser seul, avec notre malheureux seigneur. Entrez là, dans la chambre à côté. Je vous appellerai dès qu'il y aura lieu.

— Bien, monsieur Cyprien, articulèrent les deux hommes, profondément émus.

Les deux hommes partis, le barbier-chirurgien s'inclina vers le comte; l'œil fixe, dilaté, il guettait le moindre tressaillement de ses membres... et l'oreille tendue, il écoutait sa respiration qui diminuait graduellement, qui, à chaque instant, devenait de plus en plus sifflante.

— Va-t-il expirer?... se demanda le jeune homme avec angoisse.

Le même léger tressaillement du corps et la même légère agitation des lèvres le frappèrent de nouveau...

Les lèvres, que l'agonie commençait à bleuir, disaient :

— Père... femme... enfant...

— Enfant... répéta avec surprise Cyprien. Mais il n'a pas d'enfant...

Et il se tut, et réfléchit. Il reprit :

— A moins que la comtesse ne soit enceinte...

Le comte proféra ensuite, mais presque imperceptiblement :

— Enfant bientôt... et mère seule... Mon Dieu!...

Puis plus bas, plus vaguement encore... si bas et si vaguement, que le jeune homme dut rapprocher le plus possible son oreille de la bouche du moribond :

— Traître !... Lucenay !... assassin !...

Cyprien eut un violent saisissement... une stupeur profonde.

— Que m'a donc dit l'officier ?... murmura-t-il. Lucenay !... Lucenay, c'est bien le nom qu'il a prononcé... Ces mots infamants s'appliqueraient-ils à lui ?... Mais de quelle trahison parle-t-il ?... Ah ! oui, ce serait lui qui l'aurait tué traîtreusement !... non en duel !... le misérable !... Mais pourquoi ?... A la suite de quelle querelle ?...

Mais ces paroles ne sont peut-être dues qu'au délire de la fièvre !... N'importe, si je faisais mander le bailli... Il établirait peut-être une présomption, lui !... il en ferait la base de ses investigations, en attendant des preuves plus matérielles.

Et il ouvrait la bouche pour appeler Gervais, quand un jet de sang écumeux jaillit des lèvres tout à coup écartées du moribond, qui, dans un spasme, une dernière convulsion, sans doute, venait de se retourner.

— C'est la dernière lutte ! fit douloureusement le praticien.

Il se pencha sur le corps, posant sa main sur la région du cœur, et resta dans la même attitude pendant quelques instants.

— Le cœur ne bat plus ! articula-t-il enfin avec une tristesse infinie.

Les traits de la victime se détendirent et prirent l'expression du calme absolu, tandis que la pâleur du visage augmentait...

Alors, le jeune homme, avec une indicible douleur, abaissa les paupières de celui qui avait été son maître et son ami ; puis, étouffant les sanglots qui montaient à sa gorge, il appela d'une voix brisée Gaspard et Gervais, qui attendaient, angoissés :

— Tout est fini !... lui dit-il, monsieur le comte Raoul de Corneville vient d'expirer !... Mes amis, priez pour votre bon maître !

Si préparés qu'ils fussent à la catastrophe, le fermier et le valet ressentirent un véritable déchirement, ils se jetèrent à genoux près du lit où gisait le corps inanimé du gentilhomme, en faisant entendre des sanglots entrecoupés de cris rauques.

Cyprien de son côté laissa libre cours à ses larmes.

Puis tous trois prosternés, avec la même affliction et la même foi, dirent en même temps la prière des morts.

XXII

LA NUIT DU CRIME

Tout à coup on frappa à la porte. Cyprien alla ouvrir, et dans l'entre-bâillement de l'huis apparut le bailli Fabrice de Préval.

Le bailli se jeta dans les bras de Cyprien et l'étreignit, sans paroles, en un transport de douleur qui faisait peine à voir.

Se précipitant sur le lit, et tout hoquetant :

— Voyons, mon bon Cyprien, tout est-il bien fini ? N'y a-t-il plus un espoir ?...

— Hélas ! fit le jeune chirurgien, laissant retomber sa tête sur sa poitrine en une mimique trop expressive.

Un lourd silence se fit autour de la couche funèbre.

Le mandataire de la loi parla le premier :

— Jean Gaspard, veuillez nous dire ce que vous savez.

Le fermier raconta... ce qu'il voulut, et, en terminant, fit à Gervais une paire d'yeux qui signifiait : « Tais-toi ! »

Le valet se le tint pour dit, et aux questions du bailli ne répondit que par des gémissements.

Cependant, un violent combat se livrait en Cyprien. Il pensait :

— J'ai bien cru entendre dans la bouche du pauvre comte ces mots qui m'ont paru accusateurs... Mais ai-je le droit de répéter ces mots et de communiquer mon appréciation au bailli... Qui me dit après tout qu'ils ont bien le sens que je leur ai attaché sur le moment ?... Et puis ces paroles étaient si décousues... Ne serais-je pas taxé de calomnie ?... Si, cependant, d'un autre côté, les mots proférés par le mourant concernant une paternité n'étaient pas des mots en l'air... si l'état de santé de la comtesse... il y aurait une présomption...

Mais les dragons se sont déclarés spontanément les auteurs involontaires de ce meurtre... Tout bien examiné, bien pesé, je ne puis qu'imposer silence à mon antipathie irraisonnée pour le comte de Lucenay. Je ferai, toutefois, moi aussi, mon enquête, et je verrai à quoi je me déciderai.

— Mon cher Cyprien, dit le bailli, à défaut d'un certificat médico-légal à joindre à mon procès-verbal, je vous prie de m'expliquer verbalement par quelle lésion a été déterminée la mort.

— La balle en pénétrant dans la poitrine a rencontré le poumon droit,

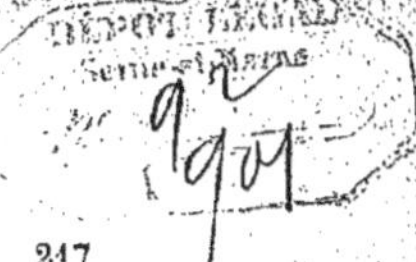

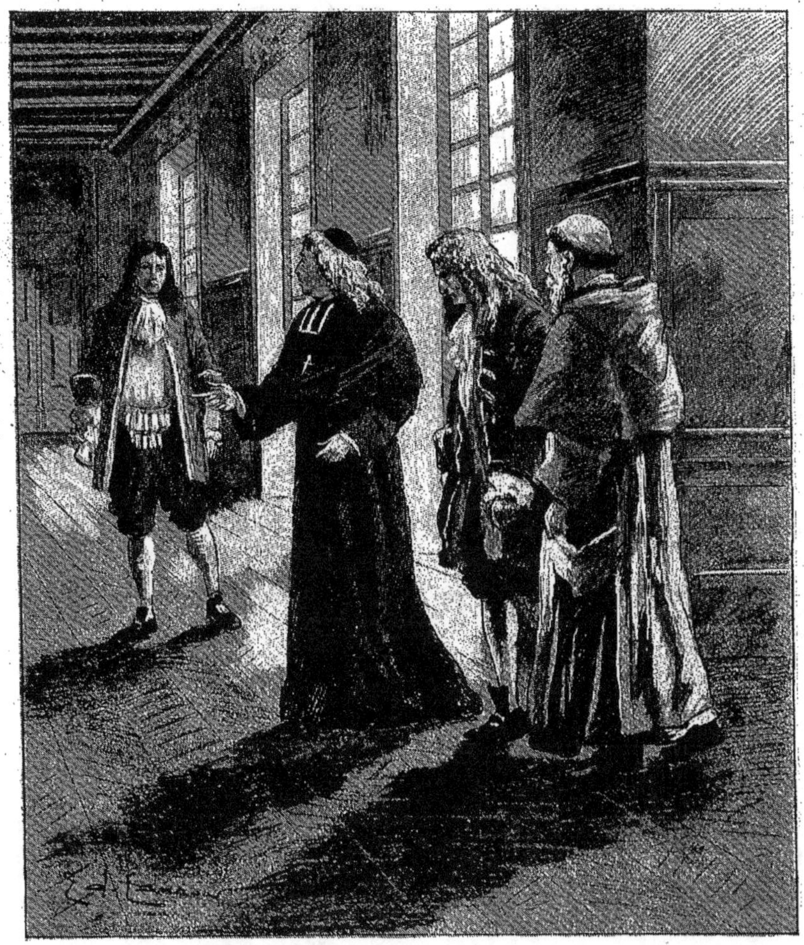

— Précède-nous, mon enfant, vers l'appartement... (Page 224.)

a légèrement déchiré la plèvre, qui le tapisse, puis a perforé cet organe lui-même, et y est restée logée.

— Merci, mon cher Cyprien, je rédigerai, cette nuit, le procès-verbal de ces déclarations, et je vous le ferai signer demain.

Puis, se tournant vers Gaspard :

— Menez-moi chez vous. Je veux voir par moi-même le lieu du malheur... ou du crime.

— Puis-je vous accompagner ? demanda Cyprien.

De Préval échangea un long regard avec lui, et comme s'il avait lu dans sa pensée :

— Venez avec moi ; cela vaut mieux, dit-il. Gervais veillera le corps, et, d'ailleurs, voici l'abbé Médéric.

En effet, le curé de Corneville entrait.

L'émotion rendait l'excellent prêtre méconnaissable. Ses traits étaient profondément bouleversés, et ce fut d'une voix tout altérée qu'il prononça :

— Le comte de Corneville !... Où est le comte ?

— Hélas ! monsieur le curé, répondit Cyprien avec un sanglot, il n'y a plus qu'un cadavre... Tout est fini depuis un instant.

— Mon Dieu ! fit l'abbé avec un gémissement qui fendait l'âme, ayez pitié de nous !... n'avons-nous pas tous ici et sans cesse marché dans la voix tracée par votre Sagesse ?... nous en sommes-nous écartés un instant ?... Non, n'est-ce pas, Seigneur ?... Pourquoi alors ?... Pardonnez-moi, reprit-il d'une voix humble et en baissant le front ; l'affliction où je suis plongé, allait m'égarer... Nous n'avons pas le droit de discuter vos desseins ?... Non !... non !... Mon enfant !... mon pauvre enfant !... mon Raoul infortuné !... Il m'était donc réservé de te survivre, et de porter ton deuil.

Puis, prenant de l'eau bénite d'une main mal assurée, il en jeta sur le corps et fit tout chancelant le tour de la pièce en récitant le *Requiem œternum da eo, Domine, et lux perpetua luceat eo.*

Il se prosterna ensuite sur le sol nu, et après avoir récité à voix basse une prière qu'on devinait d'une extrême ferveur, au mouvement des lèvres et à l'expression du visage, il fit signe au bailli et à Cyprien de passer avec lui dans une pièce voisine.

Un peu avant l'heure où succombait si tragiquement l'héritier de la maison de Corneville, le curé Médéric avait dû porter les secours de la religion, au chevet d'une pauvre femme demeurant dans un hameau éloigné du bourg. Ainsi s'expliquait l'absence prolongée du prêtre, qui avait appris seulement en rentrant chez lui la terrifiante nouvelle, d'après les quelques mots très sommaires dits par Gervais à sa servante, et que celle-ci lui avait répétés.

Le curé Médéric, qui avait, en quelque sorte, élevé Raoul de Corneville, et l'avait toujours aimé à l'égal d'un fils, conciliant admirablement, d'ailleurs, cette affection avec le respect de la situation élevée du comte, n'avait pu d'abord en croire ses oreilles. Il accusait Gervais d'extravagance, et voulait se persuader, tout en venant chez Cyprien, qu'il se dérangeait inutilement. Dès qu'il fut seul avec Fabrice, et Cyprien, il leur demanda des détails circonstanciés sur l'épouvantable événement.

Le bailli et le chirurgien lui contèrent tout ce qu'ils savaient, tout ce qu'ils avaient fait, et ne lui cachèrent pas qu'ils voyaient en lui la personne la mieux qualifiée pour aller porter la fatale nouvelle à la connaissance de la famille du comte.

Le digne ecclésiastique voulut bien se charger de cette pénible mission. Il promit d'aller au château, dès que l'heure le permettrait. En attendant, il veillerait, assisté de Gervais, le corps du cher défunt.

. . . .

Tandis que Fabrice et Cyprien s'acheminaient vers la demeure de Jean Gaspard, le jeune magistrat pensait :

— Malheureuse Hélène, quel va être ton réveil !... Je m'imagine ton désespoir !.., Et je ne pouvais être là pour te prodiguer mes consolations !...

Et cette idée le torturait au point de le faire chanceler par moments. Toutefois, ses jambes fléchirent sous lui, et il serait vraisemblablement tombé sans l'appui discret de Cyprien.

En arrivant à la demeure du fermier, de Préval se ressaisit au prix d'un effort de volonté des plus énergiques.

— M. le comte de Corneville, dit-il à Gaspard, est entré chez vous sans doute pour vous raconter que Gervais avait eu peur d'un fantôme, et qu'il avait abandonné son maître ?

— Oui. Et c'est alors que je l'ai laissé un instant seul, m'étant mis à la recherche de Gervais du côté du village.

— A quel moment êtes-vous revenu ?

— Lorsque j'ai entendu les coups de feu des dragons.

— Bien. Entrons.

Le bailli et Cyprien pénétrèrent dans la maison, dont la porte était défoncée.

— On a forcé la porte ? interrogea Fabrice.

— Oui. M. le comte l'ayant sans doute refermée, un soldat en aura fait sauter la serrure d'un coup d'épaule. C'est à cet instant que M. le comte a dû tirer, puisqu'un dragon a été blessé à la cuisse, ce qui a provoqué la décharge de ses camarades.

— Ah ! M. le comte avait un pistolet ?

— Sans doute, repartit Gaspard avec une nuance d'embarras. Mais les dragons ont dû l'emporter.

— Non, car le voici ! répliqua Cyprien en se baissant, et en ramassant près du lit un pistolet richement monté.

Le bailli examina attentivement l'arme et la mit dans sa poche.

La scène se reconstituait nettement pour lui.

Les dragons recherchaient M. de Lucenay. Ils avaient vu ou cru voir quelqu'un entrer dans la maison, et ils en avaient forcé l'entrée.

Le comte Raoul, très nerveux, avait tiré sur eux sans les reconnaître. Alors les soldats, se jugeant en légitime défense, avaient riposté en tirant sur celui qu'ils prenaient pour le comte de Lucenay.

Il parla dans ce sens à Cyprien, sans le convaincre. Toutefois, en retournant à la demeure de ce dernier, Gaspard, qui cheminait avec eux silencieusement, esquissait de temps en temps un geste approbatif.

Après un moment de silence, le chirurgien demanda au bailli de lui confier pendant quelques instants le pistolet du comte.

Le bailli le lui tendit.

Quand les trois hommes furent de retour, le curé Médéric retourna au presbytère pour se mettre en état de paraître décemment devant les hôtes du château.

Gaspard accompagna jusqu'au bailliage Fabrice de Préval, pressé de coucher sur le papier ses premières constatations.

Le bailli promit, d'ailleurs, à Cyprien, de revenir dès qu'il se serait acquitté de cette formalité.

Alors, le chirurgien-barbier renvoya Gervais : évidemment, il voulait rester seul avec le cadavre.

Lorsque Gervais fut parti, il prit la trousse qu'il devait à la munificence du marquis; il choisit parmi les instruments qui la garnissaient, une longue et fine pince.

Il l'introduisit lentement dans la plaie produite par le coup de feu, puis il chercha longtemps et s'arrêta dès qu'il sentit le contact d'un corps dur. La pince avait rencontré la balle.

Il retira le projectile, et, après l'avoir essuyé, il le glissa dans un des canons du pistolet. La balle descendit avec un léger frottement.

Cyprien reconnut qu'elle était du même calibre.

Il eut un tressaillement! Le calibre des pistolets d'arçon des dragons était bien plus fort.

Le jeune homme baissa la tête, réfléchit un instant, puis il enveloppa la balle dans un linge, et la plaça avec le pistolet dans le tiroir d'un meuble, qu'il referma soigneusement, en murmurant :

— Je remettrai le tout à M. de Préval, qui avisera.

Durant ce temps, le brave curé Médéric avait pris le chemin du château, et s'était arrêté un instant au monastère, afin de prévenir dom Martin et les deux moines de l'horrible malheur. Il avait ensuite repris sa route, accompagné du digne prieur.

Cette nuit-là, au château, le sommeil avait été fort léger et de courte durée; à l'inquiétude inspirée par le sort de la comtesse Élisabeth, était venue se joindre celle qu'avait fait naître le départ subit du comte Raoul, pour une localité occupée par des soldats qui avaient dû recevoir des ordres d'une excessive rigueur, non seulement à l'égard du comte de Lucenay, mais encore de toute personne soupçonnée de lui témoigner de la sympathie.

La comtesse Yolande et Hélène de Corneville s'étaient relevées presque en même temps, et la jeune fille s'était rendue chez sa belle-sœur, éprouvant le besoin de s'épancher dans un cœur ami, battant toujours à l'unisson du sien, de lui faire part de ses impressions, qui étaient surtout des appréhensions.

L'entretien s'engagea, triste, entre les deux jeunes femmes.

— C'est singulier, commença Hélène ; mais je n'ose vraiment continuer, s'interrompit-elle ; je ne voudrais pas céder à une frayeur puérile.

— Parlez, au contraire, ma sœur, parlez, fit Yolande d'un ton affectueux.

— Une heure environ après le départ de Raoul, il m'a semblé entendre un grand bruit au bout du parc, sur la route de Pont-Audemer.

— Ah !... un grand bruit... répéta Yolande. Moi, je n'ai rien entendu. Je sommeillais sans doute. Et de quelle nature était ce bruit ?

— Oh ! je ne sais pas exactement, mais depuis ce moment-là, je n'ai plus pu fermer les yeux. Il m'a semblé qu'il était arrivé quelque chose à mon frère !

— Mignonne, ne vous alarmez pas ainsi ! Raoul devait être déjà loin du parc quand ce bruit s'est produit, en admettant qu'il ait pu avoir quelque chose d'inquiétant. Et puis vous savez bien que Raoul est brave... très brave !... Et, de plus, il n'est pas seul.

— On ne peut guère compter sur Gervais qui s'est montré si poltron !

— Contre des revenants !... des lubies de son imagination !... se récria la comtesse avec un sourire involontaire. Mais avec des vivants, c'est, dit-on, un gaillard qui n'est pas commode du tout... J'ai souvent entendu dire au comte que Gervais à lui seul valait une escorte. J'attends le retour de Raoul sans crainte, sinon, sans impatience, car il me tarde comme à vous, ma chère enfant, d'avoir des nouvelles de notre pauvre Élisabeth.

Mais le ton de la comtesse n'était pas entièrement en harmonie avec ses paroles, et indiquait de façon assez manifeste qu'elle-même n'était pas exempte de tout tourment.

A mesure que le temps s'écoulait, la conversation languissait, les deux femmes s'abandonnant peu à peu à leurs réflexions intérieures.

Yolande engagea la jeune fille à prendre quelque repos.

Mais Hélène s'y refusa.

Les douze heures de minuit s'envolèrent du beffroi. Puis une heure sonna.

La comtesse tressaillit.

— Qu'avez-vous, ma sœur ? demanda la jeune fille.

— Oh ! rien... un léger frisson.

La conversation tomba encore. Les deux coups de deux heures martelèrent cruellement le cœur des deux jeunes femmes.

— Vous voyez bien, Yolande, s'écria Hélène, que j'avais raison d'avoir peur !... Certainement, il est arrivé quelque chose à Raoul !...

Dès lors, les périls qui menaçaient Élisabeth, s'éloignent un peu de leur esprit ; par un phénomène bien naturel, elles ne pensent plus qu'à celui qui leur est si cher.

— Oui, avoue Yolande, je me sens peur comme vous maintenant, Hélène !... Mon Dieu !... mon Dieu !...

Leur imagination s'exalte... elle entrevoit partout des dangers, elle les précise, leur donne une forme arrêtée.

Yolande plus âgée et d'une nature plus calme, tente de se persuader et de persuader à sa belle-sœur que leurs appréhensions ne reposent sur aucune base positive : le comte a peut-être eu quelque raison de rester au château de Lucenay... Il peut... il va, sans aucun doute, arriver d'un instant à l'autre... Mais ces raisonnements glissent sur leur esprit... leurs transes ne s'apaisent pas. Au contraire !... Et quelle que soit leur fatigue, elles ne peuvent se décider à se séparer. Il semble à l'une qu'elle puise du courage et de la force dans la présence de l'autre...

Elles veulent continuer à veiller de compagnie ; mais, graduellement, leur trouble s'accroît...

Autour d'elles, dans l'immense château, l'inquiétude s'est glissée aussi : Claude, le domestique du comte, n'a guère dormi, lui, non plus.

A deux heures, il est déjà levé, vêtu, et il va, vient comme un homme à qui les minutes semblent mortellement longues...

Enfin, n'y tenant plus, il descend sans bruit dans le parterre, puis rejoint une terrasse longeant sur une certaine étendue la route de Pont-Audemer. Un instant, il se figure entendre un bruit, très léger, venant de la direction opposée à celle que suivrait son maître pour rentrer chez lui.

Il prête l'oreille... Plus rien... le bruit s'est éteint...

Il retourne sur ses pas. Rentré dans la cour du château, il remarque une lumière à une des fenêtres de l'appartement du marquis. Mais il ne s'en étonne point trop : on sait que le marquis a l'habitude de veiller. Mais bientôt une autre lumière attire ses regards ; elle vient de la chambre de la comtesse. Madame de Corneville veille aussi, pense-t-il ; elle doit être bien tourmentée...

A la vérité, les deux femmes, dont les transes n'ont fait que grandir, sont à cette heure plus mortes que vives... Elles souffrent d'autant plus qu'elles n'osent donner l'alarme à leurs serviteurs... encore moins au marquis.

Quand l'horloge annonce cinq heures, elles tressaillent violemment ; mais aucune parole ne s'échappe de leurs lèvres : elles craignent de trop en dire...

Bientôt la nature, plus forte que leur volonté, réclame ses droits ; elles s'assoupissent légèrement.

A cet instant, Claude, qui de sa fenêtre guette toujours la route, est tout étonné d'apercevoir deux personnes tout près de la porte du parterre, mais qui semblent ne pas oser sonner.

Évidemment, ce doit être des habitués de la maison, en connaissant les aîtres, qui ont affaire au château, mais qui sont peut-être embarrassés de se présenter à une heure si matinale.

— Ciel! fait-il tout à coup, on dirait M. le curé avec un religieux !... N'est-ce pas M. le prieur ?... Voilà quelque chose d'extraordinaire !...

Quelques minutes après, il constatait, en ouvrant la porte du parterre, qu'il ne s'était pas trompé ; il se trouvait devant le curé Médéric et dom Martin, dont il remarqua immédiatement la tristesse et le trouble.

Les paroles expirèrent sur ses lèvres.

Eux lui recommandent, sans autre explication, le courage et la prudence, et lui demandent de les conduire chez le marquis.

Claude obéit tacitement...

Quand les visiteurs furent arrivés dans le vestibule de l'appartement du châtelain, Claude leur dit :

— Je vais chercher Jérôme afin qu'il vous introduise.

— Mon ami, le temps presse, réplique le curé; annonce-nous immédiatement toi-même...

Claude frappa à la porte.

Une voix prononça aussitôt :

— Entrez !

Le domestique entra, et ne fut pas peu étonné de voir le marquis Roland debout, tout vêtu, prêt à sortir.

— Mon fils est rentré, n'est-ce pas? interroge-t-il avec une extrême vivacité. Il vient ?

— Non, monsieur le marquis, c'est M. le curé avec M. le prieur qui désirent vous parler.

— M. le curé et M. le prieur à cette heure !... qu'y a-t-il donc ?... s'exclame le vieillard.

Et un certain tremblement agite ses membres, tandis qu'il ajoute :

— Qu'ils entrent !

Claude s'effaça pour livrer passage aux deux serviteurs de Dieu, puis se retira en refermant la porte. Il se tint, toutefois, à proximité.

Un quart d'heure environ s'écoula. La porte se rouvrit... Et un spectacle effrayant s'offrit aux yeux du serviteur : entre le curé et le prieur, et en quelque sorte porté bien plus qu'il n'est soutenu par eux, venait un être sans voix, sans mouvement, sans regard, au visage de cire, glissant plutôt que marchant, donnant la sensation d'une sorte d'automate lamentable.

Le groupe dolent s'avança avec lenteur dans le vaste corridor conduisant à l'appartement d'Yolande.

Puis le curé dit au domestique :

— Précède-nous, mon enfant, vers l'appartement de madame la comtesse.

Claude, pressentant un terrible malheur, fit appel à toute son énergie, pour obéir. Parvenu devant l'appartement de la châtelaine, il ouvrit brusquement d'un mouvement irréfléchi la porte d'un petit salon.

Avant que cette porte se fût refermée, il apprit, dans toute son horreur, la catastrophe épouvantable qui frappait, telle qu'un coup de foudre, toute la seigneurie : à peine a-t-il fait un pas dans la pièce, que madame Yolande et que mademoiselle Hélène, averties sans doute par le bruit, apparaissaient par une porte latérale, dont la lourde tenture venait d'être écartée ; à la vue du cadavre marchant que conduisaient les deux ministres de Dieu, elles jetaient toutes deux et en même temps ce cri déchirant :

— Raoul est mort !...

Le silence qui seul leur répondit et qui disait : « Oui ! » les abattit net sur le parquet !...

Claude, levant les bras au ciel, n'en put voir ni entendre davantage et s'enfuit, affolé et clamant :

— Sainte Vierge, nous sommes tous perdus !...

. . . .

Une heure après, le corps de l'infortuné comte Raoul reposait sur des coussins dans la chapelle du château, où il avait été transporté sans aucune pompe par les domestiques de sa maison, sous la conduite du bailli Fabrice de Préval, accompagné du tabellion Barnabé Dufresnoy, de Jean Gaspard et de Cyprien.

Le funèbre cortège avait eu peine à fendre les flots de la population, qui s'était trouvée sur pied malgré l'heure matinale, dès que la terrible nouvelle avait fait irruption dans le bourg.

Jamais deuil plus vrai, plus profond ne s'était manifesté au passage du cercueil d'un grand de la terre. Des larmes coulaient sur tous les visages, et l'on entendait à chaque instant dans la foule comme un bruit de sanglots étouffés. Tous sentaient qu'ils perdaient ou un bienfaiteur ou un ami ; tous tremblaient pour les chères santés du marquis, de la com-

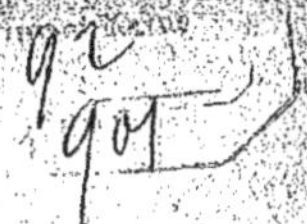

... Vous pouvez compter sur moi, monsieur le marquis... (Page 231.)

tesse et de mademoiselle Hélène, qu'on savait si sérieusement atteintes ou menacées; mais tous aussi comprenaient qu'un mystère peut-être formidable planait sur cette catastrophe qui leur était si peu et si mal expliquée.

Les bons vassaux, de la famille de Corneville n'osaient creuser la nouvelle énigme posée par cette mort si extraordinaire, attribuée aux balles des soldats du roi. Ils se demandaient avec un vague effroi si quelque calamité majeure n'allait pas les atteindre à leur tour. Et la consternation atténuait chez eux l'expression d'une douleur dont l'explosion dans toute autre circonstance eût été si bruyante.

Le lendemain, dans la matinée, après un office relativement sommaire célébré par le curé Médéric, pasteur de Corneville, et chapelain du château, assisté de dom Martin et de ses deux moines, représentant tout ce qui restait de l'ordre local des Augustins, la pierre recouvrant le sépulcre où dormait depuis des siècles la glorieuse lignée des hauts et puissants seigneurs et dames du lieu, s'ouvrit une fois de plus. Peu après, elle se refermait sur une grande espérance, brusquement éteinte par un drame dont le secret n'était peut-être pas à jamais englouti avec sa victime.

XXIII

BAILLI ET TABELLION

Il semblait qu'un miracle seul pût sauver de la mort imminente les proches du feu comte Raoul. Des prières avaient été dites dans l'église pour demander au ciel leur prompt rétablissement, et toute la population de Corneville s'était pressée dans le sanctuaire pour s'y associer.

Au bout de quelques jours, les habitants de la seigneurie si éprouvée purent croire que leurs vœux avaient été exaucés, car ils eurent la satisfaction de revoir debout au milieu d'eux occupés à leurs charités habituelles ceux qui leurs étaient si chers.

Faut-il le dire, personne ne s'en réjouit plus que le bailli, qui n'aurait certainement pu survivre à la perte de son amie.

Le sensible rétablissement d'Hélène laissait cependant place dans son cœur à un cuisant souci.

Fabrice avait été atterré par les foudroyantes nouvelles venues du château de Lucenay.

Depuis longtemps déjà, il était en proie aux plus vives inquiétudes relativement au sort de la comtesse. Depuis des mois il se mettait littéralement l'esprit à la torture pour trouver un moyen d'arriver jusqu'à elle.

Il se sentait poussé vers Élisabeth par une force irrésistible. Il ne voulait pas admettre qu'il pût continuer de vaquer à ses occupations ordinaires, en pensant que la créature la plus accomplie endurait à quelques pas de lui le plus cruel et le plus immérité des supplices. Homme d'honneur et chrétien comme il l'était, Fabrice se révoltait à l'idée qu'un autre homme incontestablement brave, dont le courage ne pouvait plus faire doute pour personne, gentilhomme des plus qualifiés, pût commettre une si épouvantable lâcheté.

Abuser à ce point de ses droits de seigneur et d'époux, accabler sans mesure la plus douce et la plus innocente des femmes lui semblait le plus odieux des forfaits.

Pour ce jeune homme doué des sentiments les plus chevaleresques, c'était chose impie que de torturer une femme sans défense, fût-elle coupable. Mais en user ainsi à l'égard d'un ange de vertu et de beauté comme Élisabeth, c'était une infamie qui ne pouvait avoir été inventée que par un démon de l'Enfer!...

Vingt fois Fabrice de Préval se dit qu'il n'était pas digne de porter l'épée qui battait à ses flancs, s'il n'allait la plonger dans le sein de l'être capable d'une si abominable méchanceté. Le bourreau de la comtesse méritait d'être tué comme un chien. Le bailli n'en doutait pas. Mais était-ce bien à lui, magistrat, qu'il pouvait convenir de se laisser entraîner à un homicide, si justifié qu'il fût, et pouvait-il d'autre part, songer à frapper le seigneur de Lucenay autrement qu'en un combat loyal et régulier?...

Certes, il avait songé à provoquer le mari d'Élisabeth, il se disait que devant Dieu il en avait le droit et le devoir; oui, cet acte de gentilhommerie élémentaire, il le devait à l'amie dévouée d'Hélène, à la généreuse et vaillante protectrice de leur amour. Mais il n'avait pas tardé à réfléchir que ni la société ni les lois ne lui permettaient de s'arroger une mission dont l'accomplissement était d'ailleurs si dangereux. Le roi Louis XIV n'entendait pas facilement raison sur le chapitre du duel, et un duel tel que celui-là eût évidemment fait trop de bruit pour ne pas parvenir jusqu'aux oreilles de S. M. ou des représentants les plus immédiats de son autorité.

Tandis qu'il rendait les derniers devoirs au comte de Corneville, et qu'il se livrait à l'enquête sur le meurtre, le pauvre bailli se désespérait de ne pouvoir courir à Lucenay, se mettre à la disposition de celle à laquelle il avait voué un véritable culte.

Quand il eut appris la catastrophe du château de Lucenay, l'invasion des soldats dans le manoir, la fuite du comte, il n'y tint plus, et courut tout d'une traite jusqu'à la demeure d'Élisabeth.

M. de Préval revint au bout de quelques heures, navré...

Cyprien, qui avait eu vent de son voyage, et qui attendait impatiemment son retour, s'était porté au devant de lui sur la route, dans l'espoir de le rencontrer, et de pouvoir le questionner discrètement; c'est ce qui eut lieu.

Fabrice lui apprit que l'infortunée comtesse était dans un état lamentable. Depuis la fatale nuit où le comte, échappant aux dragons, s'était enfui emportant, à son insu, l'enfant qu'elle venait de mettre au monde, Élisabeth n'avait pour ainsi dire pas prononcé une parole sensée. Tantôt elle se renfermait dans un mutisme étrange, tantôt elle se laissait aller à une exaltation extrême, au cours de laquelle elle ne proférait que des mots incohérents.

Ce fut à la suite d'une crise de cette nature qu'il fut permis au bailli d'approcher madame de Lucenay. Mais la malheureuse ne sembla pas le reconnaître.

Rien n'était plus affreux que le spectacle d'une pareille détresse. Quel abandon !... Quel isolement !... Tout le jour, la châtelaine de Lucenay errait au hasard, les traits bouleversés, les yeux égarés, dans une succession de salles vides. Elle n'avait plus pour la soigner que sa fidèle servante Gertrude.

Celle-ci apprit à Fabrice qu'elle avait avisé une vieille cousine habitant le Maine du délaissement de la comtesse, et qu'elle espérait voir arriver prochainement cette personne.

Fabrice s'était ensuite éloigné, non sans avoir remis quelques pièces d'argent à Gertrude, et lui avoir bien fait promettre de le tenir au courant de ce qui pourrait survenir à sa maîtresse.

Après avoir donné ces renseignements à Cyprien, le bailli n'hésita pas à se rendre au château. Là aussi, la comtesse Élisabeth possédait des amis sincères et dévoués qui, bien que plongés eux-mêmes dans le deuil, avaient le cœur trop haut placé pour ne pas prendre souci d'une si grande affliction. De cela le bailli ne doutait nullement ; la voix de son cœur l'instruisait avec certitude des sentiments que pouvaient éprouver ces nobles âmes, et il était bien sûr d'être sympathiquement accueilli en venant apporter aux maîtres de Corneville des nouvelles de la personne qui, naguère encore, faisait l'ornement et les délices de leur maison.

Sans le malheur effroyable qui venait d'y entrer, cette maison serait déjà redevenue celle d'Élisabeth, et la comtesse y eût été entourée de toutes les prévenances, de toutes les sollicitudes.

Voilà ce que se disait le bailli, et certes son instinct ne le trompait pas. Sans oser se l'avouer, peut-être se berçait-il en même temps du doux espoir d'entretenir Hélène quelques instants en particulier.

Malgré les deuils, malgré les malheurs qui l'entouraient, l'amoureux en lui n'abdiquait point. Il s'en aperçut lui-même, de reste, au tressaillement qu'il ressentit, quand, après avoir franchi quelques marches de l'escalier conduisant à l'appartement du marquis, il se trouva soudainement en présence d'Hélène. Ce qu'ils se dirent, pas n'est besoin d'être grand clerc pour le deviner. Avec les atténuations d'effusion que commandaient les circonstances et le lieu, les deux jeunes gens reprirent le beau duo d'amour qu'ils avaient récité avec tant de ferveur près des antiques arceaux du monastère, au début de ce récit. Ils n'eurent pas, toutefois, l'égoïsme d'oublier ceux qu'ils aimaient, et Hélène versa silencieusement d'abondantes larmes en apprenant l'horrible sort de son amie.

— C'est épouvantable! s'écria-t-elle enfin; nous ne pouvons la laisser ainsi, Fabrice! A tout prix, il faut retourner à Lucenay et l'enlever de ce lieu maudit!

Puis réfléchissant :

— Je ne puis la faire venir ici, hélas! le remède serait pire que le mal! Nous ne pouvons ni la soigner ni la consoler utilement. Il n'y a que du deuil ici, et ce deuil la tuerait sûrement! On ne peut cependant attendre cette parente du Maine, un pays d'où l'on ne vient que par chemins de traverse, dans lesquels on reste des éternités!...

Et comme Fabrice se taisait, cherchant vainement une issue à une situation si difficile, Hélène reprit :

A moins que je n'en parle à mon père, qui peut-être... Mais j'ai une idée : ce qu'il faut avant tout, à cette pauvre Élisabeth, c'est la compagnie de femmes bonnes et dévouées; ne m'avez-vous pas dit que vous aviez une sœur religieuse?

— Oui, en effet, répondit le jeune homme, qui avait compris immédiatement la généreuse inspiration de sa bien-aimée. Ma sœur aînée, l'unique parente que je possède, est au couvent des Ursulines d'Argentan. Je vais lui écrire pour lui demander de recevoir madame de Lucenay.

— Ah! c'est bien à vous, Fabrice!... Comme vous avez deviné ma pensée!... Ne perdez pas un instant, allez écrire, et que Dieu vous favorise!... Je vais présenter vos devoirs à mon père, et l'informer à son tour.

Le bailli, rentré chez lui, se mit, sans perdre une minute en devoir de déférer au vœu d'Hélène : il adressa à sa sœur une épitre très pressante, où il exposait la situation de la comtesse de Lucenay, et l'intérêt qu'il portait à cette personne si malheureuse, en termes relativement brefs, mais assez émouvants dans leur tact parfait et leur laconique dignité, pour toucher le cœur le plus glacé.

Fabrice, il faut bien le dire, se trouva un instant fort embarrassé par une difficulté à laquelle Hélène n'avait pas songé, et dont il ne s'était pas avisé davantage. Cette difficulté était, certes, en soi des plus sérieuses : tous deux avaient oublié que madame de Lucenay appartenait comme son mari à la religion proscrite. Comment pouvait-on, dès lors, songer à lui assurer l'hospitalité d'un couvent? Les couvents ouvraient bien, il est vrai, assez fréquemment leurs portes devant les femmes et les filles de la secte réformée, mais c'était plutôt en qualité de prisons que d'asiles protecteurs.

Toutefois, en y réfléchissant, la démence trop certaine d'Élisabeth arrangeait tout. Ce n'était pas une hérétique, c'était une malade que recevraient les bonnes sœurs Ursulines d'Argentan, et il était dès lors décent de faire appel en sa faveur à toute leur charité.

Ce raisonnement intérieur rassura Fabrice, et il ne pensa plus qu'à faire parvenir sa lettre par les voies les plus rapides et les plus sûres, — après avoir, au préalable, consulté le marquis, — qu'Hélène avait dû mettre au courant, sur le convenance de son projet et sur les meilleurs moyens de le réaliser.

Le marquis Roland fit à Préval l'accueil le plus paternel et le plus encourageant. Il le félicita fort de sa sollicitude pour madame de Lucenay, et approuva sans restriction la démarche qu'il voulait tenter pour Élisabeth.

— Malheureusement, ajouta-t-il, le cas est trop grave et trop urgent pour que nous pensions à utiliser la poste. La réponse serait par trop longue, à nous parvenir, et peut-être en procédant ainsi, nous exposerions-nous encore à d'autres inconvénients...

Sans plus s'expliquer, le châtelain reprit :

— Le mieux serait de dépêcher une personne de confiance qui devrait être à la fois en état de faire rapidement le chemin, et aussi d'impressionner favorablement mesdames les Ursulines d'Argentan...

Après une pause de quelques instants, il poursuivit :

— Il y a bien Gervais, qui est un robuste gars et qui possède un physique trop honnête pour inspirer la moindre défiance. Avec un bon cheval il serait tôt de retour. Malheureusement, le pauvre diable me paraît aussi poltron qu'il est fort. D'ailleurs, il est la cause involontaire mais directe de la catastrophe qui s'est abattue sur nous...

A ces derniers mots, l'émotion coupa la voix au digne seigneur, et Fabrice lui-même ne put retenir ses larmes.

— Mon enfant, prononça de nouveau le marquis au bout d'un instant, il ne faut pas cependant nous désespérer. Avec l'aide du Dieu tout-puissant, qui voit et gouverne tout, nous pouvons sans délai porter secours à notre chère et grande amie l'infortunée comtesse de Lucenay... Mais j'y songe... vous connaissez bien dom Martin, l'excellent prieur de Corneville ?

— Certes ! répondit le bailli. Et je l'aime autant que je le respecte.

— Vous avez raison, c'est le meilleur et le plus obligeant des hommes; c'est lui qui a pour ainsi dire élevé ce gentil garçon de Cyprien, et l'on ne peut que lui savoir gré de la peine qu'il a prise... Malgré ses quarante-six ans, dom Martin ne le cède encore à personne en verdeur et en agilité. J'ai eu plusieurs fois l'occasion de constater que ce digne moine était aussi un excellent écuyer. Je suis convaincu que dom Martin, qui aimait beaucoup madame de Lucenay, n'hésiterait pas un instant à enfourcher Lisette, mon excellente mule, qui va si bien à l'amble... sans compter que le prieur serait bien l'ambassadeur le mieux choisi qu'on pût adresser à des religieuses.

Et se levant vivement :

— Mon cher bailli, nous n'avons pas un instant à perdre : je vais de ce pas avec vous, si vous voulez bien m'accompagner, trouver dom Martin.

Le prieur de Corneville était occupé, ainsi que cela lui arrivait souvent, à des travaux de jardinage, quand le marquis et le bailli se présentèrent au monastère. Le marquis ne souffrit pas qu'on le dérangeât, et, guidé par le frère Ildefonsus, il se rendit avec Fabrice dans le clos où se trouvait dom Martin.

Celui-ci, comme on pense, ne fut pas peu surpris d'une telle visite. Après les premiers saluts échangés de part et d'autre, le marquis, coupant court à tout préambule, vint immédiatement au fait. Le prieur l'écouta attentivement, et quand il eut fini, il déclara simplement :

— Je vous remercie, monsieur le marquis, d'avoir pensé à moi dans une telle circonstance. Comme cavalier, je suis peut-être un peu rouillé, mais il n'est rien que je ne fasse pour vous être agréable et servir ceux que vous aimez. Je connais Lisette, qui est, en effet, une bête remarquable. J'en aurai bien soin, et elle saura bien suppléer d'elle-même à l'insuffisance de mes talents en équitation. A coup sûr, ajouta-t-il en souriant, nous ne manquerons ni l'un ni l'autre de bonne volonté.

Et d'un ton plus grave :

— La divine Providence m'aidera, je n'en doute pas, à réussir dans cette mission sainte. Vous pouvez compter sur moi, monsieur le marquis. C'est dit, je suis à vos ordres.

Dès le lendemain, à l'aube, dom Martin se mit en voyage.

Le soir du dixième jour il était de retour avec une réponse favorable. Lisette et l'ambassadeur avaient également fait merveille. . . . . . .

. . . .

Cet excellent Me Barnabé Dufresnoy allait se mettre seul à table, et cela un peu tristement, car il était privé de son aimable compagne, absente depuis une dizaine de jours, lorsqu'un bruit de ferraille, un grincement de roues et des claquements de fouet lui apprirent qu'un des vénérables véhicules usités en Normandie à cette époque s'arrêtait devant sa porte.

— Ah ! je parie que c'est ma charmante moitié ! s'écria le digne tabellion.

En effet, quelques seconde après, la grassouillette Pauline sautait au cou de son mari.

Celui-ci, coupant court à toute effusion, questionna immédiatement la voyageuse.

— Eh bien, quel résultat ?

— Ces messieurs de la Cour de Rouen sont vraiment fort obligeants ! répondit Pauline en minaudant.

— Ce qui veut dire ?

— Tout ce que vous leur demandez, ils vous l'accordent !

— Tu as réussi sur tous les points ?

— Oui, mais j'ai bien faim, et si vous voulez je vous raconterai tout à table.

— Parfaitement, approuva le bon Dufresnoy en passant dans la salle à manger, où sa coquette épouse le rejoignit bientôt.

Lorsque son appétit fut un peu calmé, Pauline Dufresnoy prit la parole, et fit le récit de ses démarches auprès des magistrats. Elle conclut en ces termes :

La Cour a décidé que cette pauvre Élisabeth de Lucenay ne pouvait décemment rester enfermée dans son château, soignée seulement par ses domestiques, et que du moment où l'art des médecins était impuissant à lui rendre la raison, elle devait être transférée au couvent des Dames-Nobles de Lisieux, où elle serait traitée avec tous les égards dus à son rang et à son état.

— Oui, elle est toujours restée dans le délire depuis la nuit de ses couches, et l'on n'espère plus la guérir, approuva le notaire.

— La Cour a, en outre, décidé de lui nommer un tuteur, et ce tuteur n'est autre que... le fidèle tabellion de la famille de Lucenay, Mᵉ Barnabé Dufresnoy.

— Très bien ! très bien ! murmura l'époux.

— M. Dufresnoy sera également le tuteur de la fille de la comtesse de Lucenay, de la petite Germaine, puisque tel est le nom que la mère lui a, paraît-il, donné.

— En effet. Mais la petite Germaine a disparu, et nul ne sait ce qu'elle est devenue.

— Sauf peut-être maître Jean Gaspard... murmura madame Dufresnoy.

— Chut ! fit le mari.

— Eh bien, je poursuis : la Cour de Rouen a jugé qu'en l'absence de l'enfant, et jusqu'à ce qu'on la retrouve, vous serez également son tuteur la représentant dans tous les actes de l'administration de sa fortune. La Cour enverra les pièces et les officiers de justice nécessaires pour faire exécuter sa décision.

... La fidèle Gertrude parut, le visage bouleversé. (Page 238.)

— C'est fort bien fait, et tu as travaillé comme un ange, ma poulette. Moi, non plus, d'ailleurs, je ne suis pas resté inactif : j'ai cherché à tirer les vers du nez de cette canaille de Gaspard, mais le maroufle est malin comme un singe, et je n'ai pu parvenir à savoir ce qu'il avait fait de la petite.

— Il n'a pas voulu vous renseigner sur le lieu où il l'avait mise en nourrice ?

— Non.

— Avez-vous insisté ?

— Certes ! Et ce qui est plus grave, c'est qu'il s'est décidé à parler.

— Eh bien ?

— Il m'a d'abord fait jurer de garder le secret, il m'a ensuite avoué que la fillette lui avait été confiée par son père avec mission de l'élever pendant un laps de temps indéterminé, puis de la lui rendre lorsqu'il la lui redemanderait.

— Mais cela ne fait pas précisément votre affaire, mon cher Barnabé, et me paraît même très dangereux.

— Je te crois, poupoule ! s'écria le tabellion en levant les bras au ciel, car si l'idée venait au comte de réclamer ses biens, il ne le pourrait, étant sous le coup d'une confiscation en sa qualité de parpaillot ; mais qu'il fasse sa fille catholique, tous les biens seront rendus ; Barnabé Dufresnoy redeviendrait alors un simple petit tabellion comme devant. Il faudrait renoncer à cette gestion magnifique, les biens de la maison de Lucenay actuellement sous le coup de la séquestration pour cause d'hérésie pourraient très bien être rendus un jour à Germaine, si l'on produisait pour celle-ci un extrait de baptême en bonne et due forme ; pour quelqu'un qui voudrait accaparer la fortune de Germaine il y aurait là une partie superbe à jouer, et je soupçonne fort ce coquin de Gaspard d'y songer.

Pauline Dufresnoy, très frappée de cette éventualité, ne perdit pas pour autant la tête.

— Mais ne disiez-vous pas que Gaspard vous avait révélé...

— Le lieu où était cachée l'enfant ? interrompit-il.

— Oui.

— Gaspard, je le répète, est un fieffé coquin ! Il m'a déclaré que l'enfant était en nourrice à Bourneville. Là-dessus, je me suis rendu dans cette localité pour y faire une enquête sérieuse, et...

— Et vous n'avez pas trouvé la plus légère trace de la petite fille ?

— Précisément !

La jeune femme prit un air important :

— Gaspard n'est pas seulement un coquin, c'est encore un imbécile !... Il veut jouer au plus fin avec nous... Eh bien ! il sera roulé !

Dufresnoy regarda Pauline avec une sincère admiration.

Puis :

— Poupoule, parle vite !... Tu as un plan !

Elle sourit :

— Oui, j'ai un plan, et il est bien simple ; le voici : un jour ou l'autre, le fermier ira voir l'enfant. Nous le ferons alors surveiller strictement à toute heure... sans relâche... et lorsqu'il s'éloignera de Corneville, on le suivra discrètement. De la sorte, nous saurons bien où est la petite Germaine, et alors nous aviserons.

— Superbe !.. Oui, idée merveilleuse !... Pauline, que je t'embrasse !

Et joignant l'action à la parole, il fit retentir deux gros baisers sur les joues de la séduisante et si intelligente créature.

Il ajouta ensuite négligemment :

— Mon Dieu, je n'ai pas grand'chose à te raconter... quelques propos du pays... notamment sur ton ami Cyprien...

La galante notairesse tressaillit et balbutia :

— Que dit-on ?

— Eh ! je te le répète, pas grand'chose.

— Mais encore...

— Eh bien, on se réjouit de ses succès médicaux... sa clientèle augmente à vue d'œil... le marquis ne peut plus se passer de ses soins depuis la mort de son malheureux fils et le fait mander tous les jours auprès de lui... Cyprien visite également la pauvre comtesse... on vient même le chercher de loin... la marquise Geneviève, qui est très sujette aux vapeurs, lui demande, paraît-il, de fréquentes consultations, car on le rencontre souvent sur la route du Mesnil.

— Geneviève du Mesnil se ferait soigner par Cyprien ?... répéta madame Dufresnoy avec un froncement de sourcils.

— Oui-da, ce fait est notoire, et Cyprien n'est pas à plaindre. C'est une fort jolie femme que madame la marquise !

Et après avoir réfléchi :

— C'est aussi une de mes clientes... mais bien maigre cliente, car ils ne sont pas du tout riches, ces du Mesnil !

Durant le bavardage de son seigneur et maître... maître bien doux, bien commode, d'ailleurs... la coquette Pauline réfléchissait. Elle reprit :

— Vous disiez que le marquis prend Cyprien en affection ?

— De plus en plus.

— Vous savez les bruits qui ont couru ?

— On m'a dit que Cyprien pouvait bien être le fruit d'un péché de jeunesse du marquis. Est-ce à cela que tu fais allusion ?

— D'abord, croyez-vous à ces on-dit ?

— Dame... je crois et je ne crois pas... je suis dans le doute... j'ignore...

— Mais si ces bruits avaient un fonds de vérité, le marquis pourrait bien laisser à son bâtard une somme importante, et madame du Mesnil...

Elle s'interrompit.

— Achève, poulette de mon cœur ! dit l'aimable époux.

— Et madame du Mesnil est assez cupide pour tenter d'exercer une influence sérieuse sur un tout jeune homme destiné à être riche un jour.

— Ah ! ah ! fit l'officier ministériel d'un ton malicieux, tu crois que la marquise ne serait pas si souffrante qu'elle veut bien le dire ?

— J'aviserai... Et, tenez, précisément, je me suis sentie très mal en route... et il m'en reste une violente migraine... Si la nuit ne la calme pas, j'irai demain matin consulter ce petit Cyprien.

— Revenons à Jean Gaspard, dit Dufresnoy. Je ne demande qu'à le faire surveiller étroitement. Mais par qui ?

La femme eut un cri et un geste de triomphe :

— J'ai l'homme sous la main !

— Qui est ? interrogea le notaire avec une extrême vivacité.

— Votre ancien clerc.

— Rufin ?

— Oui, Théodore Rufin !

— Mais il s'est fait moine !

— Et c'est justement au frère quêteur Théodore que je confierais cette mission, si je m'appelais Barnabé Dufresnoy ! Sa condition de quêteur l'oblige à trotter tout le temps dans toute la contrée, huché sur son âne ; il pourra s'attacher en quelque sorte aux trousses de Jean Gaspard, sans que celui-ci puisse en concevoir la moindre méfiance.

— Merveilleux !... Quelle conception ! fit Barnabé. Et tu crois que frère Théodore acceptera ?

— Il m'a confié, ces jours-ci, que le métier de moine de l'abbaye de Corneville ne nourrissait plus son homme... que le prieur dom Martin et le troisième frère, composant, avec eux deux, tout le chapitre, étaient de pieux personnages qui n'avaient cure que de jeûnes et de prières, tandis que lui, Rufin, ne pensait qu'à bien manger et bien boire.

— Ah ! du moment que mon ex-clerc est dans ces dispositions, il aura bien garde de refuser quelques écus !... Je me charge de les lui faire accepter !

— Et moi, je me charge de secouer ce galantin de Cyprien ! se dit mentalement la jolie madame Dufresnoy, qui avait le défaut d'être jalouse, autant qu'elle était légère. . . . .

. . . .

Le lendemain du retour de dom Martin, après avoir conféré de nouveau avec le marquis Roland, Fabrice se rendit à Lucenay, afin de prendre les mesures nécessaires pour conduire la comtesse Élisabeth chez les Ursulines d'Argentan.

Comme il pénétrait dans la cour du château, maître Barnabé Dufresnoy se présentait au pont-levis. Il était campé sur un vigoureux bidet et suivi d'un clerc.

Après les politesses d'usage, la conversation s'engagea sur l'état de la pauvre Élisabeth.

— Alors, la comtesse est en plein délire? demanda le tabellion.

— Hélas! fit le bailli, la chère dame est gravement atteinte.

— Vous êtes déjà venu la voir? questionna de nouveau M⁰ Barnabé, mettant pied à terre.

— Mais, oui. Et même je suis en ce moment ici pour m'occuper d'elle.

— Comment cela? fit Dufresnoy en dressant l'oreille tandis que le bailli le précédait, gravissant les degrés du perron.

— Mais j'ai l'intention de placer la comtesse dans un couvent où se trouve ma sœur, et où elle sera admirablement soignée.

— Je n'en doute pas, répliqua le notaire; mais permettez-moi de vous demander, monsieur de Préval, si vous êtes parent de M. ou madame de Lucenay.

— Pourquoi cette question? interrogea le bailli, étonné. Je ne suis uni par aucun lien de famille avec les Lucenay.

— Alors, à quel titre vous occupez-vous de madame de Lucenay?

— N'est-ce pas mon devoir? le château de Lucenay n'est-il pas dans le ressort du bailliage de Corneville?

— Ah! c'est fort juste, monsieur le bailli! s'écria le notaire avec un sourire narquois; mais sans manquer de respect à la justice du bailliage, il me semble que la Cour de Rouen est au moins aussi qualifiée pour exercer une tutelle de cette importance.

— Je suis le premier à le reconnaître, repartit le bailli; mais j'ai voulu agir sans délai, la comtesse ayant besoin de soins immédiats. La Cour de Rouen est bien loin, et les formalités sont bien longues!

— La Cour n'est pas si loin, puisqu'elle a aussi avisé.

— Qui s'est donc permis de saisir la Cour de Rouen? demanda Fabrice de Préval en fronçant le sourcil.

— Moi, Barnabé Dufresnoy, notaire de la famille de Lucenay, et, comme tel, tenu moralement de défendre en toutes circonstances les intérêts de la jeune enfant née de M. et de madame de Lucenay.

— Alors, vous avez osé...

— J'ai osé demander à la Cour de Rouen de fixer les conditions d'existence de madame de Lucenay, devenue incapable par sa folie de gérer ses biens et de se conduire. Et la Cour de Rouen...

Il s'interrompit.

— Et la Cour de Rouen?... demanda anxieusement Préval.

— Et la Cour de Rouen m'a nommé tuteur de la comtesse Élisabeth et de sa fille Germaine... si l'on retrouve jamais cette dernière, en attendant que le roi se soit prononcé sur la situation de cet hérétique de

Lucenay, actuellement en fuite. La Cour m'a également chargé de conduire madame de Lucenay au couvent des Dames nobles de Lisieux.

Une colère montait en M. de Préval, qui avait peine à se contenir. Il jugeait le misérable notaire à sa juste valeur, et voyait avec désespoir ce corbeau s'abattre sur la fortune des Lucenay.

Tandis que cette conversation avait lieu dans le vestibule, des serviteurs du château s'étaient rassemblés et l'écoutaient curieusement. Sans se préoccuper de leur présence, le bailli s'écria brusquement :

— La Cour de Rouen ne sait donc pas à qui elle a affaire ?... Sinon, elle ne vous livrerait pas cette malheureuse femme et sa fortune !

— La Cour a décidé, et je vais emmener sur l'heure la comtesse de Lucenay, répliqua Me Dufresnoy, en montrant un vieux carrosse qui entrait dans la cour intérieure.

— Et moi, je vais vous couper les oreilles, coquin ! rugit de Préval en portant la main à son épée.

Le notaire, effrayé malgré toute son outrecuidance, fit un bond en arrière.

— Prenez garde, monsieur de Préval !... vous allez vous mettre en rébellion contre un arrêt de la Cour !

— Et moi, je vous jure que vous n'emmènerez pas madame de Lucenay ! dit de Préval avec une froide résolution.

A cet instant, une porte s'ouvrit brusquement, et la fidèle Gertrude parut, le visage bouleversé.

— Ne vous querellez pas, messieurs, fit-elle ; aucun de vous n'emmènera notre pauvre maîtresse.

— Morte ?... s'écrièrent en même temps mais sur des tons bien différents les deux adversaires.

— Non, répondit la camériste. Mais plût à Dieu qu'elle fût morte !

— Parlez ! parlez ! s'exclama le bailli.

— Madame la comtesse a disparu... Trompant ma surveillance, elle s'est enfuie, dans un violent accès !... Je ne sais ce qu'elle est devenue !...

— Il faut la chercher ! s'écria Fabrice ; elle ne peut être loin.

En un instant tout le château fut en émoi, et les serviteurs de tous rangs, cochers, valets, cuisiniers, s'élancèrent dans diverses directions, tandis que Me Dufresnoy s'installait tranquillement devant une table et dressait le procès-verbal du fait.

Au bout d'une heure, on dut reconnaître que madame de Lucenay était introuvable. D'ailleurs, la pauvre Gertrude dut avouer qu'épuisée de fatigue, elle s'était endormie aux premières heures du jour, et que la fuite de la comtesse devait remonter à ce moment.

En effet, un bûcheron qui travaillait aux abords de la petite poterne par où passaient les paysans apportant les provisions au château, déclara avoir vu une sorte de spectre enveloppé de blanc fuir rapidement sous bois aux premières lueurs du jour. Le rustre avait pensé que c'était quelque revenant du sabbat que chassaient les rayons du soleil levant, qui, comme on le sait, mettent en fuite les revenants.

Il ne fut pas possible de découvrir d'autres traces du passage de la fugitive. Force fut donc au bailli de s'en retourner comme il était venu, désolé d'avoir si complètement échoué dans sa généreuse tentative, tandis que le misérable Dufresnoy rentrait chez lui, enchanté d'être débarrassé de la malheureuse femme, sans avoir à faire le voyage de Lisieux.

XXIV

L'ORDRE D'EXIL

Le marquis de Corneville avait été comme foudroyé par la mort de son fils, ainsi que nous l'avons dit... Durant les premiers jours qui suivirent la catastrophe, il demeura plongé dans une sorte de torpeur ; il n'accomplissait plus que machinalement les actes divers de la vie.

Toutefois, une réaction se fit en lui peu à peu. Dès qu'il se fut ressaisi, il se mit à interroger tous ceux qui l'approchaient sur la façon dont son fils avait succombé.

Une colère sourde l'envahit quand il dut s'avouer qu'aucune suite n'avait été donnée au rapport envoyé par le bailli Fabrice de Préval au Parlement de Rouen, que le roi ou ses représentants autorisés n'avaient rien fait pour châtier les auteurs du meurtre.

Le roi !... le roi !... Voir le roi ! parler au roi ! se plaindre au roi !... L'infortuné marquis de Corneville n'avait pas d'autre pensée. C'était devenu chez lui l'idée fixe ; le thème d'un monologue intérieur sans fin, qui commençait avec le jour et que la nuit elle-même n'interrompait pas, car le châtelain dormait peu, et les domestiques se contaient entre eux que Jérôme, son valet de chambre, entendant une fois, passé minuit, parler dans la chambre de son maître, et s'étant présenté pour lui demander ses ordres, l'avait trouvé debout, causant avec une personne qu'il ne voyait pas, et il avait compris ensuite, à quelques paroles du gentilhomme, que cette personne n'était autre que... Louis XIV.

Le marquis, trop absorbé, n'avait ni entendu, ni vu Jérôme, qui, de son côté, était resté sur le seuil pendant quelques instants, cloué par une curiosité assez justifiée, il faut le reconnaître...

Après avoir, à plusieurs reprises, prononcé d'une voix entrecoupée ces mots dolents, suppliants :

« Mon maître, mon prince, écoutez-moi... Prenez-moi en pitié, sire !... On a tué mon fils Raoul, qui vous avait été présenté, qui avait monté dans vos carrosses... Raoul, que vous aimiez !... »

Et le vieux seigneur s'était mis à pleurer comme un enfant.

Tout d'un coup, ses larmes avaient cessé, et il s'était dirigé vers un tableau placé à côté du fameux cabinet, que nous connaissons, et qui se trouvait, à ce moment, comme auréolé par les rayons que projetaient les chandelles de cire brûlant sur les hautes branches d'un grand candélabre d'or posé sur un petit meuble voisin du lit.

Jérôme connaissait bien ce tableau. Il l'avait souvent admiré, sans le comprendre, ni, à plus forte raison, sans pouvoir l'expliquer. Il se contentait de le trouver touchant...

Ce tableau représentait une femme sur la condition de laquelle on ne pouvait se méprendre. A son port de tête, à sa distinction, on voyait que c'était une femme de qualité et de la plus haute, sans doute. Pâle, livide, elle donnait la main à un petit garçon aux traits cachés dans la pénombre, lequel se serrait contre elle... Tous deux sans doute couraient un grand danger dans l'appartement somptueux où ils se trouvaient : en l'entre-bâillement d'une porte par laquelle ils venaient très vraisemblablement de passer apparaissaient des têtes farouches, des mines patibulaires.

Cette toile faisait peur réellement, vue de ce côté ; mais en la regardant bien on se rassurait : la femme et l'enfant, qui étaient évidemment des proscrits, des fugitifs, contre qui s'acharnait une force aveugle, brutale, capable de tous les crimes, n'étaient pas seuls : un homme leur parlait avec bienveillance, en tirant une porte sans doute brusquement ouverte devant eux. Et cet homme était jeune, et cet homme était beau, résolu surtout, portant avec une singulière aisance des vêtements bourgeois, d'une coupe très simple.

On aimait à considérer sa figure intelligente et déférente, autant que courageuse.

On sentait que ce bourgeois était un preux, prêt à tous les dévouements, à toutes les abnégations, et qu'il accomplissait en ce moment une action généreuse et osée à ce point qu'elle en faisait un héros !... Cela ne pouvait faire aucun doute : IL SAUVAIT la femme et l'enfant, qui paraissaient d'un rang si élevé.

Et Jérôme, qui avait le cœur bon, ne pouvait se défendre d'un attendrissement, chaque fois qu'il voyait ce groupe si intéressant.

Souvent son maître lui avait ordonné de prendre ce tableau et de

... Jean Gaspard accourut à temps pour baiser la main de son maître... (Page 245.)

l'approcher de ses yeux, assez pour qu'il pût revoir la scène et les personnages évoqués dans cette peinture, et, chaque fois, le marquis restait longtemps absorbé dans cette contemplation.

Le marquis avait dit, un jour, devant Jérôme en lui rendant le tableau pour qu'il le remît en sa place ordinaire : « — Comme ils sont ressemblants !... et c'est bien lui !... Ah ! maître Pierre Letellier est un habile homme ! Il a fait là une véritable merveille d'exactitude, où la mémoire n'est pour rien, car il n'y était pas, lui. »

Et Jérôme avait conclu de ces mots que le tableau de Pierre Letellier — un neveu et élève du grand Poussin, qui faisait à si juste titre l'orgueil de la Normandie, en sa qualité de gloire de la France, — se rapportait à un fait rappelant quelque chose *où le marquis était.*

Ce qui avait étonné Jérôme dans la nuit en question, c'est que son maître, dont il connaissait de reste l'attachement pour la toile de Pierre Letellier, la considérait alors comme s'il avait réellement pu la voir.

Et le valet pensa : « — Il faut vraiment que ce tableau tienne bien au cœur de M. le marquis ! »

Jérôme n'eut pas le temps de creuser son hypothèse, car, au même moment, le châtelain tombait à genoux devant le tableau, disant très haut, criant presque : « — Sire, sire ! vous n'étiez alors qu'un petit enfant. Nul ne vous craignait. Le peuple, aveuglé par des passions impies, ne vous respectait plus, ne vous connaissait plus !... Et votre mère, Sa Majesté la Reine, cette femme véritablement auguste, deux fois souveraine par le rang et par l'énergie, voyait le moment où tout son courage, tout son amour pour vous allaient devenir inutiles...

« C'en était fait d'elle et de vous, sire, encore un instant, et les furieux qui vous avaient poursuivi jusque dans les appartements les plus reculés du Palais-Royal, s'emparaient de vos personnes sacrées !...

« Heureusement, un ressort secret joua brusquement, et, dans le mur épais, où rien ne décelait une ouverture, une issue s'offrit, et déjà une main amie engageait la Reine dans un escalier dérobé où une personne seule pouvait passer...

« La Reine vous prit dans ses bras et continua de descendre. L'ami, le dévoué, qui avait ouvert à ses maîtres la voie du salut, n'hésita pas. Les émeutiers virent presque au même instant sa taille élevée se dessiner dans l'embrasure de la porte, qui avait cédé tout à coup...

« Ils le regardèrent, effarés, et sa résolution leur imposa. C'était un jeune homme, un soldat, familier par son service quotidien avec tous les êtres du palais ; mais qui avait dû, par ordre, dépouiller sa tenue...

« Il avait usé de son incognito pour sauver la Monarchie dans la personne de la femme et de l'enfant qui en incarnaient les destinées. Peu lui importait de se faire massacrer sur place ! Sa conscience et son dévouement lui donnaient la force de braver tous les périls... « — Merci, monsieur, venait de lui dire la Reine. Vous êtes bien un envoyé de Dieu ! »

« Et ces paroles inondaient de joie son cœur fidèle...

« Quelques jours après, sire, vous étiez à l'abri de la tempête. Mais Anne d'Autriche n'avait pas oublié le service rendu. Elle mettait votre petite main dans la mienne en vous disant : « — Mon fils, voici l'homme qui nous a sauvés de la mort par son courage, et de la faim, en nous donnant les pièces d'or pour acheter le pain dont nous vivons depuis trois jours !... Toute la vie, vous entendez, mon fils, nous serons les obligés de M. de Corneville ».

« Et vous avez répondu, sire : « — Mes enfants seront les obligés des siens, je serai toujours fier d'être son ami ; quand je prendrai le gouvernement, mon premier acte sera de créer M. de Corneville duc et pair ».

Et après une pause de quelques minutes, le marquis complétait ce monologue si saisissant par cette adjuration : « — Sire, ce n'est pas la pairie que je vous réclame, cette pairie que vous m'avez promise depuis si longtemps, et que vous ne m'avez jamais donnée, même comme prix du sang versé pour vous dans tant de combats, mais au nom de feu Sa Majesté la Reine votre mère, par le Dix février seize cent cinquante-un, je vous demande simplement justice ! Donnez des ordres, faites rechercher une bonne fois les assassins de mon fils, et si haut placés qu'ils soient, démasquez-les ! frappez-les ! Que leur procès s'instruise enfin ! »

Une semaine ne s'était pas écoulée que le marquis de Corneville prit un grand parti : il résolut d'aller solliciter une audience de Louis XIV afin de donner décidément les allures du dialogue efficace au stérile soliloque où se consumait sa vie.

Pour réussir dans son dessein, il comptait sur l'appui que pouvait lui prêter auprès de Sa Majesté le duc Henri d'Harcourt, qui n'était pas seulement un des plus grands seigneurs du royaume, jouissant d'un crédit considérable auprès du monarque, mais qui était aussi son compatriote et son ami.

Henri d'Harcourt était fils du maréchal de ce nom, qui s'était rendu si célèbre sous le sobriquet de « Cadet la Perle », dans les guerres de Catalogne et des Pays-Bas. Une affection à toute épreuve avait toujours uni les deux frères d'armes. Et le châtelain de Corneville, à cette heure douloureuse de sa vie, était sûr de ne pas faire appel en vain au dévouement d'un homme, qui pour occuper un rang des plus élevés à la Cour n'avait rien des faiblesses ni des lâchetés habituelles aux courtisans.

Le père de Raoul confia son projet à sa fille et à la comtesse Yolande, qui l'accueillirent avec les sentiments que devaient nourrir la sœur et la veuve de la victime pour laquelle il s'agissait d'obtenir enfin vengeance.

Le châtelain en toucha également deux mots au marquis du Mesnil lorsque celui-ci vint lui faire sa visite de condoléances.

Du Mesnil, dans la conversation, conta que sa femme, lasse de la vie obscure de province le tourmentait pour en sortir, et qu'il allait lui aussi, faire le voyage de Versailles pour solliciter un emploi dans les armées de Sa Majesté. Quand de retour au Mesnil, il répéta à Geneviève les confidences du marquis, la jeune femme eut un étrange sourire :

— Vous savez, mon cher, dit-elle après quelques instants que le père La Chaise était un grand ami de mon père. Vous aurez donc à lui faire une visite au débotté... avant de tenter toute démarche dans votre intérêt.

— Vous êtes une femme de tête, Geneviève, et je vous en sais gré tout en vous confessant que parfois vous m'inquiétez...

— Ne vous inquiétez pas, mon ami, et faites ce que je vous dis, car je suis persuadée que vous allez réussir... Je n'en dirai pas autant du pauvre Corneville.

— Ah ! vous croyez qu'il échouera.

— Je fais mieux que de croire, je suis sûre qu'il va au-devant d'une grande déconvenue, fit la marquise en soulignant son affirmation d'un regard singulier.

Le soir, rentrée dans sa chambre, elle écrivit pendant une bonne heure au Révérend Père d'Aix de La Chaise, confesseur du roi.

Dans sa longue missive, elle expliquait que le marquis Roland de Corneville, était sinon un huguenot, mais, du moins, un grand ami des huguenots, et que son fils avait été tué en favorisant de tous ses efforts l'évasion du comte de Lucenay — raison pour laquelle elle s'était dispensée d'assister aux obsèques du comte Raoul, et avait empêché son mari de s'y rendre. Elle ne disait pas dans son épître qu'elle avait alors écrit au marquis de Corneville une lettre des plus affectueuses, où elle expliquait que sa santé ne lui permettait pas de sortir, et qu'elle avait à toute-heure besoin des soins de son mari.

En écrivant au marquis de Corneville, Geneviève devait être sincère, car la mort de Raoul qu'elle aimait si passionnément avait dû être pour elle un coup terrible, mais cette femme singulière, si puissamment douée, s'était bientôt ressaisie, cherchant dans l'ambition et dans la politique, avec un aliment à sa terrible activité, le moyen d'oublier une passion désormais sans objet.

Elle y avait réussi au point de pouvoir parler de Raoul de Corneville avec cette désinvolture malveillante, pour ne pas dire avec une véritable hostilité...

Sa lettre était une sorte de rapport sur l'état des esprits dans la région, et ce travail, très habilement rédigé, aurait fait honneur à un des chefs de la société de Jésus.

— Allons, dit-elle en scellant l'enveloppe, je vais permettre au Révérend Père La Chaise de donner au roi une haute idée de l'organisation de sa police religieuse, et si en remerciement il ne fait pas obtenir une bonne compagnie à mon mari, c'est qu'il n'y aura plus de reconnaissance sur la terre !

M. de Corneville partit pour Versailles un matin de fort bonne heure dans son carrosse, n'emmenant comme domestique que Jérôme, après avoir reçu les adieux du petit nombre de personnes mises par lui dans le secret de son voyage. Le curé Médéric, le prieur dom Martin, le bailli Fabrice de Préval et Cyprien l'attendaient dans sa cour. Comme le curé s'inclinait devant le père de Raoul, le gentilhomme prit dans ses bras le vénérable ecclésiastique et le serra étroitement sur son cœur. Il embrassa de même tous les assistants, y compris le petit barbier-chirurgien, qu'il étreignit avec effusion. Cyprien pleurait, et aussi Fabrice. Les deux ecclésiastiques avaient le cœur gros, et ce fut d'une voix pleine d'émotion que les quatre hommes, auxquels venait de se joindre Jean Gaspard, accouru à temps pour baiser la main de son maître, adressèrent au marquis leurs bons souhaits et leurs vœux de prompt retour.

Cinq jours après, le voyageur arrivait à Versailles, et après quelques courts préparatifs de toilette, il se présentait chez le duc d'Harcourt.

Avant d'avoir remarqué les vêtements de deuil que portait Corneville, le duc n'avait pu s'empêcher d'éprouver un saisissement à la vue du visage si altéré de son ami.

Le marquis se jeta en sanglotant dans les bras grands ouverts qui lui étaient tendus, proférant d'une voix brisée pour répondre à la question muette qui lui était adressée en même temps :

— C'est Raoul qui est mort... j'ai perdu mon fils...

— Ciel, que dites-vous ?... s'écria le duc, est-ce possible !... le comte Raoul, ce cavalier superbe qui nous a quittés naguère, si plein de vie, si florissant de mine et de santé, ne serait plus !... Oh ! mon ami !... mon ami !...

Et M. d'Harcourt, profondément attendri, serrait avec une effusion attristée les mains tremblantes de l'infortuné vieillard.

Par respect pour une douleur qu'il se sentait impuissant à calmer, le duc garda tout d'abord le silence.

Au bout de quelques instants, il se décida cependant à énoncer les questions qui lui venaient sur les lèvres.

— Et quand s'est produit le malheur ?

— Il y a un mois juste qu'on me l'a pris... qu'on me l'a tué.

— Comment, on vous a pris votre fils... on l'a tué ?

— Oui, Raoul est mort assassiné...

— Grand Dieu, s'écria d'Harcourt, assassiné !...

En quelques mots vibrants d'émotion, le marquis raconta l'effroyable tragédie.

— Ainsi Raoul serait tombé sous un coup de feu tiré par les dragons ?

— Oui, mon ami, par les dragons.

— C'est extraordinaire !

— Dites épouvantable ! Mon fils tué comme un rebelle par des soldats !... lui, ancien officier de Saint-Louis, fleur de noblesse et de chevalerie, frappé par la force publique comme un insurgé !... comme un félon ! Ah ! Henri, franchement, mon fils avait le droit d'attendre autre chose de son prince, de ce roi pour lequel il aurait donné mille fois sa vie !

— Oh ! Roland, je comprends votre douleur, mais elle ne saurait s'égarer. Personne plus que Sa Majesté ne sera affecté d'apprendre une telle catastrophe, que vous avez eu bien tort, mon pauvre ami, soit dit sans vous gronder, de nous laisser ignorer si longtemps.

— Oh ! oui, je suis coupable, interrompit le marquis, de ne vous avoir pas écrit sur-le-champ à vous, si bon, si fidèle, si dévoué, à vous qui êtes de ceux dont jamais on n'a le droit de douter. Hélas ! j'ai une excuse, le coup a été si foudroyant, l'épreuve a été si dure ! Sans l'affection d'Yolande et d'Hélène, sans les soins qu'elles m'ont prodigués, je perdais la raison.

— Pauvres femmes, comme je les plains ! gémit le duc, sincèrement touché.

— Durant trois longues semaines, mon ami, je n'ai pu que souffrir... souffrir comme un démon ! La moindre action réclamant un peu d'énergie physique m'était interdite. Depuis que mes forces sont un peu rétablies, je pensais à venir ici pour m'épancher dans votre sein.

Et les deux hommes s'étreignirent de nouveau.

— Vous savez, Roland, reprit le duc, que vous êtes ici chez vous, que ma maison, mes voitures, mes chevaux, mes serviteurs, mes amis, tout vous appartient. Il n'est rien que je ne fasse pour vous consoler, pour vous distraire.

— Merci de tout cœur, Henri. Mais on ne me consolera ni me distraira jamais ! Tant que je vivrai, je veux me nourrir de ma douleur, l'étaler et la crier devant tous !

— De grâce, repartit le duc, qui commençait peut-être à s'effrayer de cette surexcitation, calmez-vous. Aucun de ces grands éclats ne vous rendra celui que vous avez perdu, et vous devez à vous-même de vous ménager pour conserver un père aux deux infortunées.

— Une seule chose, mon ami, pourra me calmer, et pour l'obtenir je sens que ce ne sera pas trop de tout votre crédit.

— Que voulez-vous dire? interrogea d'Harcourt. Quelle est cette chose ?

Le marquis répondit impétueusement :

— Cette chose, c'est l'ordre d'informer ! c'est le mandat d'amener à lancer contre les assassins de Raoul ! c'est l'injonction adressée aux gens du roi de s'émouvoir enfin de la mort du gentilhomme immolé il y a un mois par les soldats de Sa Majesté sans qu'aucune excuse, sans que l'expression d'aucun regret officiel ne me soient encore parvenues.

— Mais sans doute le roi ignore ce malheur, qu'il sera le premier à déplorer.

— Oh ! Henri, répliqua le marquis en secouant la tête. Croyez-vous, vous qui êtes de la cour, vous pour qui il n'y a ici aucun secret, croyez-vous que le roi puisse ignorer quelque chose ?... Croyez-vous que le gouverneur de la province, que l'intendant de la généralité, que ces messieurs du Parlement de Rouen n'aient pas été instruits ?... Croyez-vous que M. de La Reynie fasse mal son métier, et qu'il n'y ait pas eu en tout cas une puissance occulte !...

— Non, interrompit le duc d'une voix ferme, je ne sais qu'une chose que je puis vous garantir sous la foi du serment le plus solennel, c'est que personne à la cour, personne, vous entendez bien, n'a encore parlé de cette affaire. Il est donc parfaitement possible que le roi l'ignore, et j'ajoute que c'est ma conviction personnelle.

— Ainsi vous pensez qu'il me fera justice, si je vais l'en prier ?

— Sans aucun doute.

— Vous croyez que je pourrai arriver jusqu'à lui ? que mon visage ne lui sera pas importun, que mon deuil ne lui sera pas odieux ?

— Le roi vous a toujours considéré comme une personne à l'égard de laquelle il était lié par les plus formelles obligations, je ne dirai pas seulement comme un de ses amis, mais comme un de ses familiers les plus intimes. Plusieurs fois j'ai entendu Sa Majesté exprimer le regret qu'une infirmité si honorable vous tienne éloigné de son service et des lieux de sa résidence. Vous occupez dans son cœur, j'en suis persuadé, une place inaccessible à l'intrigue. L'an dernier encore, quand je lui ai présenté le malheureux Raoul, le roi lui a dit en des termes qui ont fait événement toute l'estime, toute l'amitié qu'il garde pour vous.

— Alors voulez-vous faire pour le père ce que vous avez fait pour le fils, voulez-vous aller lui demander de vouloir bien recevoir son vieil et bien infortuné serviteur ?

— Certes, oui, mon cher ami, et de grand cœur. Le temps de m'accommoder, et je cours à la grande entrée. Il n'est pas tard. J'espère arriver à temps. Attendez-moi ici.

Au bout d'une heure environ, le duc d'Harcourt rentra. Il avait l'air quelque peu sombre ; un souci évident lui mettait une ride au front.

— Eh bien ! interrogea Corneville d'un ton où l'inquiétude et le scepticisme se mêlaient à la curiosité, avez-vous réussi ?

— Vous verrez le roi aujourd'hui à quatre heures, quand il reviendra de sa visite aux nouveaux réservoirs.

— Où cela ?

— En arrivant au château, la première personne que j'ai rencontrée a été précisément le duc de Villequier, capitaine des gardes de quartier. J'ai dit deux mots à Villequier, que vous connaissez bien et qui vous aime. Vous savez comme moi combien il est vertueux et honnête homme. Il m'a déclaré que la liste des audiences était close pour aujourd'hui et pour demain, mais que si nous nous trouvions tous les deux vers quatre heures, dans la Cour Royale, au moment du retour de Sa Majesté, vous pourriez la saluer et en être favorablement accueilli.

— C'est entendu, dit Corneville d'une voix très grave. Henri, je vous remercie.

. . . .

Vers deux heures de l'après-midi, le duc fit atteler et sortit avec le marquis Roland, auquel il avait voulu, pour le distraire de son violent chagrin, ménager la surprise d'une promenade au sein des magnificences de ce Versailles qu'il avait tant connu quelque vingt ans auparavant, et dont sa vue, trop faible pour lui permettre d'exercer un commandement ou d'occuper une charge, n'était pas cependant incapable de distinguer les changements prodigieux.

Tous les souvenirs de jeunesse, de faveur et de joie du marquis Roland le reportaient vers un Versailles, maintenant disparu, qui lui-même avait succédé à un autre Versailles depuis longtemps totalement aboli. Le Versailles où le marquis avait brillé, des yeux meilleurs que les siens l'eussent alors cherché en vain. C'était le Versailles de pierre, ainsi appelé par l'admiration de l'époque qui avait vu l'architecte Le Vau substituer une imposante et déjà glorieuse construction à la modeste bâtisse que le roi Louis XIII avait fait édifier « pour ne pas coucher sur la paille » quand la chasse l'amenait dans la région, bâtisse appelée dédaigneusement par beaucoup « un petit château de cartes. »

Le marquis Roland en était resté aux embellissements et aux décorations qui avaient en quelque sorte servi de cadre au règne de la douce et bonne La Vallière, règne dont le clou, comme nous le disons aujourd'hui, avait été la célèbre fête dite de « l'Ile Enchantée », qui avait duré du 7 au 9 mai 1664.

Mais Roland de Corneville n'avait pas vu la fête du 18 juillet 1668, celle qui avait servi d'apothéose à un nouvel astre d'influence et de beauté, restée dans l'histoire sous le nom significatif de FÊTE DE VERSAILLES

— C'est bien, acquiesça le roi avec empressement, j'y vais. (Page 252.)

et qui fut comme le prologue presque immédiat de la venue d'un Versailles nouveau... du VERSAILLES DE MARBRE.

Corneville avait entendu beaucoup parler de Mansart le jeune et des splendeurs écloses au souffle de son génie. En d'autres circonstances, il eût sans nul doute parcouru, contemplé et visité avec une sorte de ferveur extasiée les merveilles fabuleuses qui avaient, en ce point privilégié de la terre, rassemblé tous les traits constitutifs du séjour d'un dieu.

Le duc d'Harcourt se fit mener droit en un lieu d'où l'on embrassait la prodigieuse perspective que formait l'incomparable palais surmontant la terrasse sans rivale étayée par les nobles piliers de l'Orangerie dominant tout l'échelonnement des plans inférieurs dessinés par les jardins, les bosquets, les pelouses, les rondeaux où se dressait un peuple de statues, de termes, de vases, de groupes allégoriques.

Arrivés là, ils descendirent de voiture, et le duc dit simplement à son ami en lui montrant ce coup d'œil unique au monde :

— Regardez bien, le spectacle en vaut la peine.

— Certes, fit le marquis au bout de quelques secondes, Versailles est bien changé.

Au même moment des jets d'eau se mirent à jouer, croisant presque au-dessus de leurs têtes leurs voûtes de gerbes étincelantes, et le duc dit encore à Corneville, rêveur :

— Que pensez-vous de ceci ? Voilà encore du nouveau. N'est-ce pas admirable ? Ce sont les machines inventées par M. de Francine. Mais cela n'est rien à côté de la grotte de Thétys : ne désirez-vous pas la voir ?

Le marquis répondit par un signe d'adhésion muette, et c'est à peine si M. d'Harcourt put lui arracher quelques monosyllabes élogieux pour ce chef-d'œuvre véritablement inimaginable de l'art du rocailleur secondé par les talents de l'ingénieur comme du physicien, et par le ciseau du sculpteur. C'est à peine s'il remarqua cette architecture si originale dont les coquillages des couleurs les plus diverses, la nacre, le corail et les plus curieuses pétrifications, avaient fourni la matière première.

Il n'eut qu'un regard vague pour les Tritons, les sirènes, les dragons, les masques, les lustres bizarres qui donnaient à ce lieu une animation toute fantastique, où l'on croyait voir voleter des oiseaux qui, à certains instants, semblaient chanter naturellement, grâce au mécanisme secret d'un orgue hydraulique imitant à s'y méprendre la voix de la gent ailée.

Évidemment, l'âme du marquis était loin de ces enchantements. Le duc d'Harcourt le comprenait bien, tout en redoublant ses efforts pour écarter l'obsession des pensers funèbres qui occupaient son compagnon.

— Pauvre homme !... se disait-il intérieurement ; il pense à son fils, et il ne remarque rien de ce qui l'entoure.

Le duc ne se trompait pas. Roland de Corneville, durant toute cette promenade, avait longuement songé à son fils. De tout ce qui avait passé sous ses yeux depuis une heure, rien ne l'avait frappé, pas même la présence d'une ville là où il avait laissé seulement quelques hôtels de grands seigneurs et quelques mauvaises auberges pour les gens de peu.

Mais en cet instant, il ne pensait pas seulement au passé lugubre, il cherchait à sonder, en ce qui le concernait, les secrets de l'avenir, il éprouvait une impression de malaise grandissant de moment en moment à la vue de ce monde étonnant que les créations de l'art faisaient surgir autour de lui et qui semblait se synthétiser en ces deux mots le résumant tout entier et l'exprimant mieux que tous autres : Caprice, Orgueil. Et Corneville se demandait ce que pouvait bien encore avoir d'humain l'homme qui était assez puissant pour s'évader des réalités terrestres en un rêve constellé de si osées magnificences.

— Ce n'est plus un mortel, se disait-il, c'est un dieu qui ne doit croire qu'à son omnipotence, qui ne doit plus avoir de parents ni d'amis.

Et c'est avec une anxiété réelle que le père de Raoul voyait s'approcher l'heure qui allait le mettre en présence du dieu.

Toutefois, quand vers quatre heures, il pénétra au bras du duc dans la cour où d'assez nombreuses personnes attendaient l'occasion d'obtenir un regard ou un sourire de Sa Majesté, le marquis avait recouvré assez de sang-froid pour refouler toute émotion extérieure incompatible avec la fierté d'un gentilhomme.

Quelque temps après, le roi revenait en carrosse de Montbauron, où il était allé visiter les Réservoirs.

Il était accompagné de Louvois, son ministre de la guerre, qu'il entretenait familièrement en apparence, mais sans que celui-ci, cependant, se permît de franchir la limite du respect absolu que Louis XIV avait imposée à sa cour, même à ceux qu'il honorait le plus de sa confiance en raison de l'importance de leurs attributions.

Le carrosse, attelé de huit chevaux d'une couleur uniforme et précédé de la compagnie de mousquetaires gris et des Cent-Suisses, arriva à grand fracas devant la grande porte ogivale de la Cour Royale, ralentit un peu son allure et pénétra dans l'immense enceinte.

Parvenu aux deux tiers environ, il s'arrêta sur un ordre du monarque, qui descendit, suivi du marquis de Louvois, et qui se trouva aussitôt environné d'une multitude de courtisans, le chapeau fort bas. Il leur rendit leur salut d'un simple signe de tête.

Avisant tout à coup le duc d'Harcourt, lequel avait eu soin de choisir une place qui le mit en évidence ainsi que le marquis de Corneville, Sa Majesté l'invita du geste à s'approcher.

Très satisfait intérieurement, d'Harcourt obéit tout en faisant signe à son ami de le suivre.

Tous les courtisans, témoins de cette distinction flatteuse du maître, ne doutant pas que le compagnon du duc ne fût un personnage fort avant, lui aussi, dans la faveur royale, regardèrent le nouveau venu avec un respect mêlé d'envie.

— Monsieur d'Harcourt, dit Louis XIV tout haut comme pour mieux marquer la considération dont jouissait auprès de lui ce grand seigneur, je vous aurais certainement emmené avec M. de Louvois si je vous avais aperçu lors de mon départ...

— Sire, voulut s'excuser le duc, j'étais employé au service de Votre Majesté.

Louis XIV sourit avec affabilité, et fit un mouvement pour pénétrer incontinent dans le château.

Alors le duc avec autant de déférence que de fermeté :

— Sa Majesté me permet-elle de lui présenter un de ses plus fidèles serviteurs et un de mes meilleurs amis ?... Monsieur le marquis de Corneville, ajouta-t-il, en s'effaçant tout à fait pour démasquer son compagnon.

Mais au même instant un page se présentait et annonçait au roi :

— Sire, madame la marquise de Maintenon sollicite l'honneur d'entretenir Sa Majesté.

— C'est bien, acquiesça le roi avec empressement, j'y vais.

Et se retournant tranquillement, il entra aussitôt dans le palais, laissant le duc et le marquis comme pétrifiés.

Tous les courtisans se précipitèrent en coup de vent sur les talons du maître, négligeant de saluer le duc et passant avec impertinence devant le marquis, devenu sans doute pour eux une quantité négligeable.

Un silence de plomb régna un instant entre les deux amis.

Le marquis parla le premier.

D'une voix altérée :

— Ainsi vous avez échoué ?

Le duc, profondément troublé, ne répondit pas tout de suite. Mais bientôt recouvrant son sang-froid et sa présence d'esprit, il repartit :

— Je n'ai pas échoué, mon ami, j'ai été dérangé au moment opportun. Voilà tout. Mais je reviendrai à la charge, soyez-en sûr.

Un pâle sourire effleura les lèvres du marquis ; mais pour ne point désobliger son ami, il s'efforça de reprendre sa sérénité.

Tous deux rentrèrent à l'hôtel d'Harcourt, ne sentant ni l'un ni l'autre en disposition d'esprit de chercher une distraction quelconque pour faire diversion, le duc à sa déconvenue subite, le marquis à la déception et à l'humiliation qui lui torturaient le cœur.

Un instant après, d'Harcourt sortit, appelé par une affaire de service.

Corneville, resté seul, s'abîma longuement dans les plus sombres réflexions, le visage de plus en plus tourmenté, de plus en plus livide.

Il en fut tiré par l'arrivée d'un valet de son hôte, qui lui remit sur un plateau de vermeil un pli scellé aux armes de France.

Le marquis fut d'abord vivement surpris, si surpris qu'il ne pouvait croire que ce message lui fût adressé.

Un message d'État à lui pauvre homme, si affligé, si dédaigné, qui comptait pour si peu désormais. Aussi n'en pouvait-il croire ses yeux.

Force lui fut cependant de se rendre à l'évidence, car la suscription était parfaitement lisible et très précise.

Il brisa donc le scel et lut ce qui suit sans s'interrompre :

« Monsieur le marquis, vous n'avez pas été sans remarquer l'extrême froideur, pour ne rien dire de plus, dont Sa Majesté a usé tantôt à votre égard.

» Le désir où je suis de vous éclairer exactement sur la situation qui vous est faite désormais auprès du roi me pousse à vous dire que vous vous tromperiez du tout au tout, si vous pouviez un moment vous figurer que Sa Majesté est capable de vous avoir oublié, et qu'Elle ne vous aurait pas reconnu à l'instant où vous vous êtes présenté à ses regards. Sa Majesté a gardé, au contraire, le souvenir très précis du service que vous vous lui avez rendu dans le passé, et dont Elle vous a plusieurs fois, dans l'occasion, exprimé sa royale gratitude.

» Mais elle sait aussi que depuis plusieurs années, sans avoir enfreint les lois ou être tombé dans l'apostasie, vous n'avez pas marqué un éloignement suffisant pour des personnes placées en dehors de notre Sainte Église, et qui, dans ces derniers temps, sont devenues des ennemies du royaume.

» Vous ne sauriez, en conséquence, vous étonner que tout en compatissant au deuil de votre maison, Elle vous ait témoigné avec la fermeté dont Elle ne saurait se départir en pareille circonstance, un mécontentement dont vous devez désormais considérer l'expression comme un ordre d'exil, au moins provisoire, dans vos terres.

» Louvois. »

Quand il eut achevé cette lecture, qui lui imprimait de temps en temps un tremblement nerveux, il murmura entre ses dents, où le souffle passait aigu, strident, tel qu'un sifflement :

— Merci !

Et il étreignit son cœur de ses deux mains pour l'empêcher d'éclater.

Puis il se ressaisit d'un puissant effort de volonté, et traça pour son hôte quelques lignes pleines de gratitude et de dignité, ferma la missive, frappa sur un timbre, et la tendit au serviteur qui se présenta, en lui recommandant de la remettre à son maître dès son retour.

— Ne le revoyant plus, pensa-t-il, je ne risquerai pas, du moins, de le compromettre.

Et quittant l'hôtel d'Harcourt, il reprit la route de Corneville.

XXV

« A DEUX DE JEU »

Vers la fin d'août de la même année 1688, l'attention des bonnes gens de Corneville fut attirée par l'arrivée d'un homme qu'à son extérieur on pouvait reconnaître pour un matelot. Il semblait avoir fait une assez longue route et tirait un peu la jambe, le marin, comme tout un chacun sait, n'étant pas bon marcheur.

Après avoir tourné le village, le matelot parut hésiter, en homme insuffisamment renseigné.

— La demeure de M. Jean Gaspard, le fermier de Corneville, s'il vous plaît? demanda-t-il à une commère qui filait sur le pas de la porte de la dernière maison du bourg.

— C'est droit devant vous, une maison isolée à deux cents toises d'ici, en dehors du pays, répondit la fileuse.

— Par notre bon stathouder, ce diable de paysan va me faire crever de fatigue! gronda le marin en continuant sa route.

Au coup frappé à sa porte, Jean Gaspard, qui était précisément chez lui, entr'ouvrit l'huis de son logis avec la prudence dont il ne s'écartait jamais, et en voyant une figure inconnue, d'ailleurs peu avenante, il fit mine de le refermer au nez de l'étranger ; mais celui-ci avait justement posé le pied sur le seuil, et l'huis resta entr'ouvert.

— Holà, maître Gaspard, cria-t-il, il ne vous suffit pas de nous avoir fait bourlinguer je ne sais combien de milles sur ce maudit plancher des vaches, et n'allez-vous pas encore essayer de me laisser dehors? Faut-il donc que je remporte le sac bien garni que j'ai mandat de vous remettre ?

L'homme toucha sa large vareuse, à la hauteur de la ceinture, et un son métallique des plus nets, des mieux nourris, se fit entendre. Gaspard le trouva sans doute bien harmonieux, car il ouvrit avec précipitation, disant :

— Entrez donc, camarade, je ne voudrais pour rien au monde laisser à la porte un marin, comme moi.

Le voyageur était à peine installé devant un grand pichet de cidre, qu'il glissa la main dans la poche de sa vareuse, et en retira une lettre qu'il tendit à Gaspard.

Celui-ci la lut lentement. Cette lettre était de M. de Lucenay. Le comte annonçait à Gaspard l'envoi de la somme promise, et lui demandait des nouvelles de sa fille Germaine.

Ayant achevé sa lecture, le fermier de Corneville jeta un regard interrogateur au matelot. Celui-ci comprit que le moment de s'exécuter était venu.

— Voici ce que le comte de Lucenay m'a chargé de vous remettre, dit-il.

Et d'un geste brusque, il lança sur la table un sac de grosse peau qui résonna à souhait sous le choc.

La main allongée et crochue de Jean Gaspard s'abattit sur la bourse, et en un instant de rutilants doublons d'Espagne s'alignèrent sur la table, puis disparurent dans la poche du digne fermier.

Alors, Jean Gaspard se mit en devoir de tracer quelques lignes dans lesquelles, après avoir accusé réception de l'argent, il donnait au comte les meilleures nouvelles de la santé de sa fille.

Le matelot plaça soigneusement dans sa poche la lettre de Gaspard et reprit la route de Quillebœuf, pressé, disait-il, de remettre les pieds sur le pont d'un bon navire, où l'on n'était pas obligé de « traîner sa cacasse durant des milles et des milles. »

Jean Gaspard avait vu avec ravissement arriver dans sa demeure les belles pièces d'or du comte Lucenay, non qu'il doutât de la parole de ce gentilhomme ; mais il connaissait les difficultés qui existaient entre le roi de France et le stathouder de Hollande, difficultés qui nuisaient considérablement aux communications des deux pays ; il n'était donc pas fâché de tenir le précieux métal.

Alors, il se rappela, comme par hasard, que l'échéance de la pension de Germaine approchait, et il pensa qu'il ne ferait pas mal d'aller voir par lui-même comment la famille Grenicheux soignait une aussi lucrative poule aux œufs d'or, et si la petite Germaine se portait aussi bien qu'il venait de l'écrire au comte, son père.

Comme fermier de Corneville, il ne pouvait pas s'absenter sans autorisation de son maître, ou, tout au moins, sans alléguer un prétexte de service.

Le soir donc, au dîner, Jean Gaspard annonça qu'il partirait le lendemain matin pour Pont-Audemer, où il resterait vingt-quatre heures, ayant toutes sortes d'affaires à régler pour le compte de son seigneur, et il eut soin d'envoyer le valet de chambre demander si M. le marquis avait des commissions pour la ville.

Tandis que Jean Gaspard expliquait le but de son excursion du lendemain, la silhouette d'un moine apparut une minute dans l'embrasure d'une fenêtre de la vaste cuisine, où personne ne l'aperçut.

Le soleil n'était pas levé depuis longtemps, lorsque le fermier de Corneville enfourcha son robuste courtaud qu'un valet d'écurie mal éveillé lui avait sellé et bridé.

Jean Gaspard, en homme avisé et qui veut aller loin, mit sa monture au pas, et se dirigea vers le village, qu'il traversa majestueusement, répondant avec dignité aux saluts des paysans.

L'air pur, le ciel bleu, une jolie brise rafraîchissante et toute chargée des bonnes senteurs de la prairie, devaient faire de la longue marche une délicieuse promenade.

Si de Corneville à Pont-Audemer il y avait à peine une lieue et demie, en revanche, il fallait compter près de trois lieues de cette ville au hameau de la Roque-sur-Rille, mais en prenant son temps comme le faisait le fermier, il n'y avait pas à craindre la fatigue surtout avec un cheval aussi paisible que le sien.

En sortant du village, Jean Gaspard aperçut au loin sur la route un moine occupé à resserrer les sangles qui retenaient un confortable bât sur le dos d'un grand âne brun. Un moine quêteur et son âne étaient à cette époque une rencontre qu'on faisait fréquemment sur les routes.

Jean Gaspard, d'assez mauvaise grâce, pour se conformer à l'usage, cherchait un sol parisis au fond de son escarcelle, lorsque le moine releva la tête.

— Tiens, c'est vous, frère Théodore ! fit le fermier en jetant la pièce de bronze.

— Merci, Gaspard, merci, mon garçon, repartit le moine d'un ton protecteur d'autant plus drôle qu'il s'adressait à un ancien compagnon de plaisir du temps où le frère Théodore n'était encore que Rufin, le petit clerc de maître Dufresnoy.

Jean Gaspard, ne manifestant aucune surprise, reprit :

— Vous voilà en route, et vous allez battre la campagne environnante ?

— Mon Dieu, oui, notre pauvre chapelle a besoin d'ornements, et, malgré les libéralités du marquis, nous ne pouvons arriver à faire le nécessaire ; aussi vais-je quêter le plus loin possible.

— Moi, je vais au marché de Pont-Audemer, conclut Gaspard d'un air dégagé, tout en saluant le moine.

Puis, pour échapper aux questions du frère Théodore, dont les yeux malicieux et chercheurs le gênaient, le fermier piqua des deux, et mit sa monture au trot.

Le moine, qui avait sans doute enfin rattaché ses sangles, se redressa et suivit des yeux le fermier de Corneville.

— Ah ! ah ! son cheval boite ! murmurait-il à mesure que Gaspard s'éloignait ; il n'ira pas loin sans être obligé de se mettre au pas... Voyons un peu sur la route, ce grand livre où toutes les aventures s'inscrivent,

— Holà, mon brave homme, n'avez-vous pas vu passer un voyageur
à cheval?... (Page 258.)

ce qui cause la boiterie d'un excellent cheval, comme celui de notre ami.
Ah ! voici les traces fraîches du courtaud de monsieur le fermier de
Corneville ! voici le fer du pied hors montoir de devant, et cassé en
deux; c'est sans doute un clou qui détermine la claudication de cette
pauvre bête.

Le moine releva la tête et guetta au loin l'apparition de Gaspard à la
montée d'une petite côte.

— Oui, le voilà au pas... Il descend de cheval et examine le pied... Il repart au pas... Allons, maître Asinus, il nous faut partir aussi.

Le frère Théodore enfourcha sa bête à son tour, et suivit le même chemin que Jean Gaspard.

Le pas d'un cheval est plus allongé que celui d'un âne ; aussi le moine perdit-il bientôt de vue le fermier, qui ne semblait guère, d'ailleurs, se préoccuper du quêteur, car il ne se retourna pas une seule fois pour inspecter la route ; en effet, il avait assez crié partout qu'il allait à Pont-Audemer pour ne pas s'en cacher.

Lorsqu'il fut parvenu à l'entrée de la ville, le moine s'arrêta devant une petite forge, où un maréchal-ferrant était très occupé à préparer des fers.

— Holà, mon brave homme, interrogea-t-il, n'avez-vous point vu passer un voyageur à cheval, il y a quelques instants ?

— Il en passe beaucoup, mon Père, et si vous n'avez pas un signalement plus complet.

— C'est un homme roux, avec un grand manteau et un bonnet de laine brune ; son cheval boite.

— Du pied de devant hors montoir ? acheva le maréchal.

— C'est cela !

— Eh bien, oui, il a passé il y a près d'une demi-heure. Même que je lui offert de ferrer son cheval, et il m'a répondu que ce n'était pas la peine parce qu'il allait bientôt arriver au but de son voyage, et qu'on s'occuperait de son cheval à l'auberge.

— Merci, mon ami, que Dieu répande sur vous toutes ses bénédictions, dit frère Théodore en talonnant son âne, qui se remit en marche.

Tout en s'éloignant, le rusé personnage murmurait :

— Que Satan m'emporte ! Je crois que j'ai fait fausse route, et que maître Jean Gaspard venait réellement pour affaires à Pont-Audemer. A moins que...

Le malin frocard réfléchit une minute, puis, ayant obliqué à droite, dans une ruelle, il déboucha sur la place du marché. Devant lui se dressait une vaste hôtellerie à l'enseigne du Grand-Cerf.

Franchissant le seuil pavé de la cour, le moine se dirigea vers un garçon d'écurie qui étrillait un vigoureux cheval de trait.

— Avez-vous vu, ce matin, le fermier de Corneville ? demanda frère Théodore, après avoir répondu au salut du valet.

— Maître Jean Gaspard ? Ah ! dame, oui, je l'avons vu, il n'y a point un quart d'heure.

— Il est descendu ici ?

— Nenni. Je ne disons point cela, mon frère !

— Alors, que dites-vous, mon ami ?

— Je disons que je l'avons vu, mais qu'il est reparti à la forge, à Laurent, faire ferrer son cheval, et qu'il a commandé à dîner pour ce soir, lorsqu'il viendrait d'une course au loin, je ne savons point où.

Le moine contint une exclamation de joie, et après avoir écrasé le garçon d'écurie sous une majestueuse bénédiction, il remonta sur son âne, et se dirigea vers la maison du maréchal-ferrant qui avait nom Laurent.

Au moment où il arrivait à l'angle de la rue, un cavalier quittait la forge, et le moine n'eut que le temps de se dissimuler sous l'auvent d'une porte pour échapper aux regards inquisiteurs que Jean Gaspard, — car c'était lui, — jeta autour de lui avant de se mettre en route.

Frère Théodore tenait son adversaire !

En effet, ce fut pendant une heure une véritable poursuite d'Indien. Frère Théodore, poussant son âne avec un dur aiguillon, avait obtenu de la pauvre bête un trot soutenu, et conservait toujours sa même distance de Gaspard, qui fréquemment enlevait son courtaud. Quand il fut hors de la ville, la route zigzaguante, bordée d'épaisses haies et de chênes rabougris, tordus par le vent de mer, se prêtait admirablement à cette chasse à l'homme.

Bientôt, du haut d'un petit renflement de terrain, le moine put distinguer la mer ou plutôt la baie de Seine.

Frère Théodore poussa une exclamation joyeuse, et talonna derechef son pauvre âne, qui commençait à s'étonner d'une allure si peu conforme aux habitudes de son maître.

— Allons, si mon homme ne s'arrête pas à la Roque-sur-Rille, se dit-il, c'est qu'il va prendre un bateau, car la route par terre ne va pas plus loin.

Et, sans plus s'inquiéter de Gaspard, il lança son âne à travers champs, gagnant l'extrémité du village opposée à la partie où aboutissait la route.

Cependant Jean Gaspard, après avoir à plusieurs reprises regardé derrière lui, s'était engagé dans la ruelle, conduisant à la berge de la Seine, et pénétrait chez les Grenicheux, après avoir attaché sa monture à la porte de la chaumière.

Ce fut Jeanne Grenicheux qui le reçut, son mari étant parti pour tendre des filets à la mer.

Tandis que la jeune femme causait avec le fermier, on aurait pu remarquer au loin sur la plage, la robe brune d'un religieux qui allait et venait comme s'il inspectait quelque chose.

Après quelques compliments galants débités à madame Grenicheux, le fermier de Corneville déclara qu'on allait baptiser la fillette, qu'elle en serait la marraine, et qu'il l'enverrait prévenir, dès qu'il serait temps pour elle d'apporter la petite fille à l'église.

Il se dirigea alors vers la modeste cure de Roque-sur-Rille.

L'abbé Clichetot, curé de ce hameau de pêcheurs, n'était pas un aigle, c'était tout simplement un très brave homme, d'une crédulité égale à celle de ses ouailles, et qu'un fin renard de la trempe de Jean Gaspard devait facilement leurrer.

Le plan du fermier était simple : en faisant baptiser Germaine, il la mettrait à même de réclamer la fortune de son père, mise sous séquestre, le jour où lui, Gaspard, aurait à lui révéler sa qualité.

Pour atteindre ce but, il demanda un entretien au prêtre, il lui raconta sous le sceau de la confession, que l'enfant n'était pas de lui, mais d'un grand seigneur qui la lui avait confiée ; il ajouta que ce secret devait être gardé même à l'égard de la femme Grenicheux, sa nourrice, et qu'il fallait procéder au baptême, tout en laissant le nom de famille en blanc dans l'acte à dresser.

Le fermier de Corneville appuya ses dires d'une grosse offrande pour les pauvres, et envoya chercher la femme du pêcheur.

Le baptême eut lieu entre quatre personnes : l'abbé Clichetot, son sacristain, Gaspard, et Jeanne Grenicheux.

Jean Gaspard avait appris que quelques jours avant la naissance de l'enfant, la comtesse de Lucenay avait déclaré que si c'était une fille, elle lui donnerait les prénoms de Clémence-Lucienne-Germaine, qui étaient, le premier, un de ceux de la comtesse de Corneville, et le troisième, celui du père de la comtesse, transformé en prénom féminin.

La cérémonie terminée, Jean Gaspard fit jurer à Jeanne Grenicheux de n'en souffler mot à personne, et le bon abbé Clichetot, entrant tout à fait dans les vues de Gaspard pour le remercier de ses libéralités, tint à obtenir, lui aussi, de la superstitieuse villageoise le même serment sous peine des flammes éternelles.

S'étant fait délivrer une copie de l'acte de baptême, le fermier reprit le chemin de Corneville, où il arriva en fort belle humeur, après s'être arrêté un peu plus que de raison, à Pont-Audemer, où il avait vidé allègrement plusieurs pichets pour réparer ses fatigues et célébrer le résultat de son voyage.

Il eût vraisemblablement été moins gai, s'il avait su qu'une heure auparavant frère Théodore avait fait son entrée dans la ville, tirant par la bride son pauvre bourricot, exténué, et qu'il s'était rendu tout droit au hameau de la Roque-sur-Rille, chez un pêcheur du nom de Grenicheux. . . . .

. . . .

XXVI

L'HABIT NE FAIT PAS LE MOINE

Dom Martin, le digne prieur de l'Abbaye de Corneville, n'était pas un de ces moines ambitieux qui, désireux d'exercer une grande autorité, cherchent constamment à augmenter l'importance de leur abbaye.

Amoureux de sa tranquillité, ne prenant plaisir qu'à des recherches historiques ou à de doctes travaux, le révérend prieur se tenait pour satisfait, à la condition que les deux derniers moines de l'Abbaye des Augustins ne fissent pas parler d'eux, et ne troublassent point sa quiétude. Il laissait à Dieu le soin de faire un miracle, s'il était dans ses desseins de rendre à ce couvent son ancienne splendeur.

Mais nul n'est complètement heureux dans ce bas monde, et si le jeune frère Ildefonsus édifiait le pays par son attitude pieuse, en revanche, frère Théodore causait de fréquents scandales par ses trop copieuses libations, et son insistance à vouloir confesser de trop près les jolies filles du lieu, voire même quelques femmes en puissance de maris ; aussi ces derniers se plaignaient-ils bruyamment...

Dom Martin fut donc fort aise, lorsque, dans les premiers jours de septembre, frère Théodore vint lui demander l'autorisation d'entreprendre un voyage en Terre-Sainte.

Les difficultés et les dangers inhérents à l'exécution d'un tel projet n'effrayaient pas du tout frère Théodore ; il comptait, tout d'abord, faire le tour de la Normandie, en prêchant la pénitence, moyen par lequel il comptait recueillir quelques aumônes, qui lui permettraient de se mettre en route.

Le digne supérieur n'eût garde d'enrayer un si bel élan, mais il constata dans son for intérieur que frère Théodore s'était déjà fortement lesté de l'excellente eau-de-vie de cidre qu'on distillait aux environs de Corneville.

L'ex-clerc de maître Dufresnoy, une corde nouée autour des reins, un gros bâton à la main, quitta le monastère dès le lendemain matin, et, dans le dessein, sans doute, de faire ses adieux à celui qui avait été son patron, alors qu'il portait parmi les hommes le nom de Rufin, il se rendit chez le tabellion.

L'entrevue dura assez longtemps, et quand elle eut pris fin, le digne moine s'éloigna dans la direction de Pont-Audemer, au grand contentement des habitants de Corneville, enchantés de voir un ermite de cette trempe, s'en aller faire le diable ailleurs.

A quelque distance du bourg, frère Théodore avisa une charrette qu'un campagnard conduisait à la ville, et en habile homme, il se hissa sur le véhicule, pensant qu'il ne fallait dédaigner aucune économie de chemin sur le parcours de Corneville à Jérusalem.

A Pont-Audemer, il rencontra un soldat de fortune, qui, monté sur un vieux cheval, se rendait à Quillebœuf, afin de s'embarquer pour les Pays-Bas, où il devait s'engager dans quelque compagnie franche. Le respectable quadrupède avait encore les reins solides, et le soudard fut bien heureux de prendre en croupe un religieux qui lui donnât sa bénédiction, afin de le garantir contre le risque de la guerre.

Frère Théodore quitta son compagnon à une bifurcation de la route, et se dirigea vers La Roque-sur-Rille, où il arriva au coucher du soleil.

Ce hameau n'était guère visité par les pèlerins ou les prédicateurs; aussi, dès qu'on fut informé qu'un moine prêcheur venait de s'y montrer, lui fit-on un accueil empressé.

Ce fut à qui le logerait, l'hébergerait, et le brave curé de La Roque dut le réclamer avec la plus vive instance.

Le lendemain, le saint homme prêcha après la messe, puis, réconforté par un copieux déjeuner, il se transporta sur la plage, où, les bras croisés sur la poitrine et la tête inclinée, il parut s'abîmer dans la prière.

Soit hasard, soit préméditation, sa promenade l'amena devant la cabane des Grenicheux.

Le mari, le marteau à la main, était en train de radouber tant bien que mal son canot, retourné sur le sable.

Il salua humblement le moine, qui s'arrêta, et sembla prendre un vif intérêt à son travail.

— Il est bien endommagé, votre bateau ! dit frère Théodore après un moment de silencieux examen.

— Hélas ! mon père, le pauvre picoteux est bien fini, et un jour ou l'autre, le patron et lui couleront au fond de la baie de Seine.

— Il ne faut jamais désespérer de la miséricorde divine, déclara sentencieusement le moine; les voies de Dieu sont impénétrables.

Grenicheux eut un hochement de tête qui indiquait à la fois son respect pour le Seigneur, et un certain doute, quant à l'intervention de l'Éternel dans la réfection des vieux bateaux.

A la vue du religieux, madame Grenicheux était sortie de sa cabane, berçant son fils dans ses bras, la petite Germaine venant de s'endormir dans son berceau.

— J'ai dit que les voies de Dieu étaient impénétrables, reprit plus haut le moine, et je vais vous en donner une preuve... Quel est votre nom ?

— Grenicheux, mon père, répondit le pêcheur.

— Voyez jusqu'où va l'intervention divine ! s'écria frère Théodore du ton de l'exaltation : je marchais au hasard, plongé dans la prière, et la main de Dieu m'a conduit chez l'homme que j'avais l'intention de visiter.

— Comment, mon père, vous vouliez nous voir ?... demanda la femme du pêcheur.

Le moine, qui, depuis un moment, dévisageait la jolie Jeanne, se tourna tout à fait vers elle, et répondit :

— Oui, Jeanne Grenicheux, je voulais vous voir tous deux, car vous pouvez devenir les défenseurs d'un innocent persécuté, tandis qu'actuellement vous êtes, sans le savoir, les complices d'infâmes persécuteurs.

Le pêcheur et sa femme furent terrifiés par cet exorde, et ce fut d'une voix pleine d'angoisse que l'homme proféra :

— Ah ! mon Dieu !... qu'avons-nous fait ?...

Frère Théodore prit un front sévère, et interpellant la jeune femme, à laquelle il semblait s'intéresser plus particulièrement :

— C'est votre fils que vous tenez dans vos bras ?

— Oui, mon père.

— Où est la fillette que vous a confiée Jean Gaspard ?

— Quoi, vous savez ?... s'exclamèrent à l'unisson le mari et la femme.

— Je sais tout ! répondit gravement l'ex-clerc de maître Dufresnoy. Dieu m'a éclairé, et je sais ce que vous ignorez.

— Quoi donc, mon père ? questionna Jeanne dont la curiosité était excitée au plus haut point.

— La vérité !

— Parlez, mon père, parlez ! répondit-elle vivement.

— Eh bien, mon enfant, vous êtes la complice involontaire d'un crime !

— Ah ! mon Dieu !

— Oui... le fermier de Corneville vous a confié une petite fille pour l'élever...

— En effet... mon père.

— Quelle fable... Quel mensonge horrible vous a fait le misérable ! Répondez sans détour.

Grenicheux fit signe à sa femme qu'il l'autorisait à parler.

— Voici la chose en deux mots, mon père, commença Jeanne : Jean Gaspard, que nous connaissions, est venu, pas longtemps après la foire, nous apporter une fillette qui avait deux ou trois jours au plus, nous disant qu'elle était son enfant, qu'il l'avait eue d'une jeune fille de la noblesse, qu'il fallait l'élever en cachette, et qu'il nous donnerait un écu d'or par mois.

— Un écu d'or... répéta le religieux en faisant une grimace de dédain, peste ! c'est bien maigre ! Il en percevait bien plus que cela, le coquin !

— Alors, reprit Jeanne, comme nous ne sommes pas riches, et que j'avais assez de lait pour nourrir deux enfants, j'ai accepté.

Le moine caressa de l'œil la belle poitrine de la jeune femme, dont il distinguait les engageants contours à travers la chemise de grosse toile entr'ouverte, et parut approuver son raisonnement.

— Eh bien, mes enfants, je vais tout vous dire : cette fillette n'est pas la progéniture du fermier...

— Progéniture... répétèrent les deux époux du ton de gens qui ne comprennent pas la signification d'un mot.

— Je veux dire qu'elle n'est pas issue de Jean Gaspard, qu'en un mot il n'est pas son père.

— Ah ! firent-ils tous deux en écarquillant les yeux.

— Comment, vous doutez !... Est-ce que Jean Gaspard, avec son physique, est capable de séduire seulement une vachère ?

Grenicheux sourit, et sa femme rougit.

L'ex-clerc reprit avec une entière assurance :

— C'est la fille d'une très haute dame qui est... morte.

— Ah ! firent-ils encore.

— Des gens très puissants ont eu intérêt à faire disparaître cette pauvre créature. Voilà pourquoi ils l'ont confiée à ce sacripant de Gaspard.

Il s'arrêta une ou deux secondes, tandis que ses deux auditeurs stupéfaits paraissaient toujours suspendus à ses lèvres. Il continua :

— Malheureusement, il est impossible en ce moment d'atteindre ces hauts personnages, qui ont volé l'héritage de l'enfant.

— Ah ! mon Dieu !... Est-ce possible ?... s'exclama le pêcheur.

— Oui, mon ami, cela est si possible que cela est ! Seulement, d'honnêtes personnes s'occupent de la recherche des coupables, et dans quelques mois... ou dans quelques années... justice sera rendue. Ce jour-là, l'innocence persécutée triomphera, et les spoliateurs... les ravisseurs... les suppôts du crime, en un mot, recevront leur juste châtiment !

En prononçant ces mots, frère Théodore semblait transfiguré, et les yeux levés vers le ciel, il paraissait appeler Dieu à son aide.

Retombant bientôt sur la terre, il aborda le côté pratique :

— Vous n'avez pas la méchante intention, je suppose, de vous prêter aux sombres projets qu'on nourrit à l'égard de la fillette, fit-il d'un ton chargé de sévérité, comme il convient à tout ministre de Dieu sur la terre.

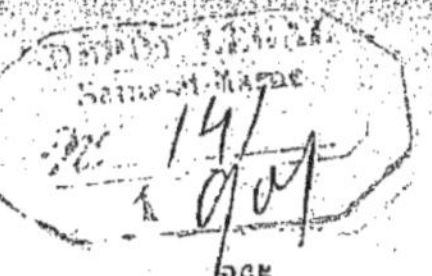

DÉPÔT LÉGAL
Seine-et-Marne
N° 141
1901

— Mais c'est épouvantable! s'écria-t-elle... (Page 265.)

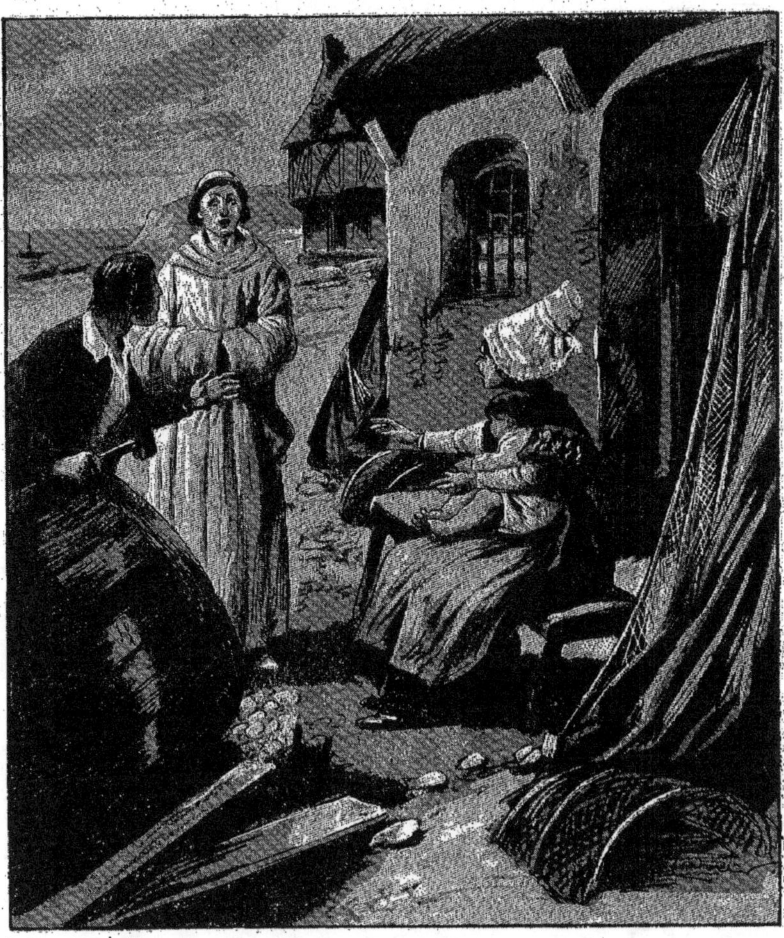

— Quels projets ?... demanda Jeanne avec frayeur.

— Les ravisseurs de l'enfant ont peur qu'elle ne se soit retrouvée, et un jour certainement Gaspard reviendra vous réclamer la pauvre mignonne...

— Et alors ?... fit la jeune femme, haletante d'émotion.

— Ce sera pour la tuer! clama le moine.

— Mais c'est épouvantable! s'écria-t-elle.

— Épouvantable! répéta le mari. Mais cela ne sera pas?

— Que comptez-vous faire? interrogea frère Théodore, avec une nuance d'ironie.

— Je refuserai de rendre la petite.

— Pauvre fou!... Mais vous seriez arrêté... enlevé... jeté dans quelque sombre cachot!... si même vous n'étiez tout simplement assommé au coin de quelque chemin!... ces gens-là sont si puissants!

Pour le coup, les Grenicheux tremblèrent, et Jeanne se mit à pleurer. Frère Théodore feignit l'attendrissement.

— Allons, calmez-vous, mes enfants.

Et d'un ton tout paternel:

— Je vais vous indiquer la conduite à tenir.

— Dites vite, mon père! s'écria Jeanne.

— Votre bateau a fait un bien long service, n'est-ce pas?

— Hélas! oui, mon père, répondit le mari, à qui il s'adressait.

— Que diriez-vous d'un neuf... d'un tout neuf?... non pas d'un petit picoteux bon à courir les fond de vase de la Seine... mais d'une bonne barque à forte quille, avec du bon lest dedans et capable... vous entendez bien?... de tenir la haute mer?... Oui, que diriez-vous d'une telle embarcation, et toute neuve?...

— J'ai pu faire un rêve de ce genre... soupira le pêcheur; mais je ne m'y suis jamais arrêté.

— Quel serait le prix d'un tel bateau?

— Il coûterait avec ses agrès... faut-il compter les agrès?

— Comptez tout.

— Eh bien, à moins de vingt écus d'or on ne l'aurait pas au chantier.

— Bien... Autre chose à présent: affectionnez-vous particulièrement La Roque-sur-Rille et l'embouchure de la Seine?

— Ma foi, non, mon père; la pêche n'y est guère abondante, et j'aimerais mieux la grande mer, où il y a de beaux et bons poissons.

— Êtes-vous familier avec les côtes de Normandie?

— J'ai fait le cabotage jusqu'en Bretagne.

— A merveille!... Si vous aviez à vous établir quelque part, quel endroit vous attirerait le plus?

Grenicheux, homme honorable dans toute l'acception du mot, mais doué d'une forte dose de naïveté et entièrement troublé par les discours du moine, se laissait aller au courant de la conversation, et répondait chaque fois comme du fond d'un songe.

Il réfléchit une seconde, puis articula:

— Les côtes de Normandie: on fait de fameuses pêches au Mont-Saint-Michel.

— Va pour Avranches, conclut frère Théodore. Eh bien, écoutez-moi,

Grenicheux ; je vous donnerai vingt écus d'or pour acheter la barque toute gréée... dix autres écus pour votre voyage... et enfin douze autres pour la première année de pension de l'enfant... Ces conditions vous vont-elles ?

— Ouais!... je le crois bien!... Et à toi, Jeanne ?

— Sans doute !

— Allez, marchez !... Qu'y a-t-il à faire ?

— Vous allez, sans vous en ouvrir à qui que ce soit, vous embarquer avec votre femme et les deux enfants sur un bâtiment faisant le cabotage, et vous rendre à Avranches, où vous vous installerez. Échappant ainsi à Jean Gaspard et à ses patrons secrets, vous mettrez la fillette en sûreté, et l'élèverez jusqu'au jour où ses vengeurs viendront vous la demander.

— Oh ! mon Dieu, c'est trop beau !... Oui, pour sûr, je rêve !... murmura presque inintelligiblement Grenicheux, les mains jointes.

— Non, vous ne rêvez pas ! repartit le tentateur, qui épiait tous ses mouvements et ses moindres paroles !...

Non, vous ne rêvez pas, Grenicheux !!

Et il se faisait une physionomie toute souriante...

— Mais, demanda le pêcheur, qui venait de réfléchir, comment ferons-nous pour reconnaître les protecteurs de l'enfant ?... qu'est-ce qui nous dira que ce sont eux ?

— C'est bien simple... Ils se présenteront, soit avec moi... soit sans moi, et vous diront alors : « Nous venons de la part de frère Théodore... » Seulement ayez bien soin... je ne saurais trop vous le recommander... de tenir tout cela dans un secret absolu.

Les époux Grenicheux en firent le serment, et il fut convenu que le pêcheur emprunterait le canot d'un ami et se rendrait tout de suite à Honfleur, où il s'informerait si un bateau n'était pas en partance pour le Cotentin. Il profiterait de la marée descendante pour aller et de la marée montante pour revenir ; il serait donc de retour dans la nuit.

Tandis qu'il se mettait en route, frère Théodore s'installait dans la chaumière, où il ne tarda pas à prendre ses aises.

Il trouvait tout à fait de son goût le tête-à-tête avec la charmante Jeanne, et ne se fit pas faute de le prolonger.

Lorsqu'il se décida à quitter la chaumière, la jeune femme témoigna d'une vive émotion, et le moine lui dit :

— Je serai à Avranches en même temps que vous, et nous aviserons.

Le lendemain matin, le moine, qui avait couché à la cure, se rendit de bonne heure chez Grenicheux, qu'il trouva occupé à faire ses paquets et à enfermer dans des caisses ses filets et ses lignes.

Un cotre partait, en effet, le surlendemain, de Honfleur pour Cherbourg. Dans cette dernière ville, le pêcheur trouverait facilement une barque pour le conduire à Avranches.

Frère Théodore prit dans la poche de sa robe un lourde bourse, y puisa les vingt louis de la barque, les dix louis du voyage et les douze louis de la pension. Il posa le tout sur la table, le comptant devant le pêcheur. Celui-ci, tout ébloui à la vue de tant d'or, ne ramassa pas tout d'abord le métal rutilant, il le contempla un instant. Avec une envie manifeste mêlée d'une sorte d'appréhension, sur un geste de sa femme, il l'empocha.

Alors, le moine, après avoir échangé un signe d'intelligence avec Jeanne, sortit majestueusement de la cabane, en traçant un grand geste de bénédiction autour de lui ... .

. . . .

Le soir même, une ombre se glissait prudemment le long des vergers avoisinant la demeure de maître Dufresnoy, à Corneville.

Cette ombre, très au courant des dispositions des lieux, arriva rapidement à un petit enclos situé derrière le jardin du tabellion, en franchit la barrière, et s'approcha de la porte de derrière du mur de clôture du jardin.

Cette ombre ou plutôt cet homme, — car on ne pouvait distinguer dans le crépuscule la robe d'un moine, — se baissa et retira du pilier de la porte une pierre qui ne tenait presque plus.

Plongeant le bras dans la cavité, il saisit une clef qui avait dû y être introduite par un trou aboutissant à l'autre côté du mur.

Il ouvrit la porte à l'aide de cette clef, la referma derrière lui, et remit ladite clef à sa place.

L'adresse et la précision de cette petite manœuvre semblaient indiquer une longue habitude, et auraient pu confirmer les soupçons de certains plaisants qui prétendaient que le clerc Rufin, en basochien ultrazélé, revenait jadis, pendant la nuit, travailler clandestinement à l'étude, quand son patron était absent.

Au bout d'une heure, le moine ressortait par le même procédé, et quittait Corneville sans avoir été vu par les habitants de ce village. . .

. . . .

Une huitaine de jours après ces événements, Jean Gaspard prétexta un voyage à Quillebœuf, et se dirigea vers La Roque-sur-Rille pour prendre des nouvelles de la petite Germaine.

Il ne s'arrêta nulle part, et ne descendit de cheval que devant l'habitation de Grenicheux.

Après avoir frappé à la porte, il essaya de pénétrer à l'intérieur, mais ce fut en vain : l'huis résista, la serrure était fermée.

— Comment !... se dit-il, personne ! Ils seraient à la pêche tous deux !... Il est imprudent d'emmener les enfants en mer !... J'en blâmerai vertement ces têtes de linottes !... Et je leur dirai sèchement de ne pas recommencer !... Il est vrai que leur petit ne me regarde en rien... Mais en définitive, la petite me regarde !... et ne regarde que moi.

A cet instant, ses regards tombèrent sur la carcasse du vieux bateau, que le pêcheur avait démoli pour en faire des caisses d'emballage, et dont le nom paraissait encore sur l'arrière :

La Mouëtte de Seine.

— Son bateau !... et démoli !... Qu'est-ce que cela veut dire ?...

Et le fermier, saisi d'inquiétude, se disposait à remonter à cheval pour se rendre aux habitations les plus voisines, lorsque deux pêcheuses apparurent sur la plage.

Il se porta rapidement vers elles, et leur demanda d'une voix anxieuse.

— Où donc sont les Grenicheux?

— Dame, ils sont partis ! répondit la plus âgée des deux femmes.

— Partis !... répéta Gaspard, tout abasourdi, Gaspard qui n'en pouvait croire ses oreilles, bien que la réponse eût été faite nette, très précise. Partis !... Mais où?... Mais quand?... Pourquoi?...

— Allez, marchez !... ne questionnez pas tant si vite, mon beau seigneur, repartit avec calme la Normande; on va vous répondre.

— Eh bien ?... fit avec plus d'anxiété encore le questionneur, qui en toute autre circonstance eût été agréablement chatouillé de cette épithète, lui convenant pourtant si peu : « Mon beau seigneur. »

— Les Grenicheux sont partis, il y a tantôt une semaine, avec les deux enfants, même qu'on a pensé que c'était le père qui leur avait fait dire de venir... La Jeanne m'a dit comme cela qu'elle allait à Honfleur auprès de la personne qui lui avait confié la petite...

— Je croyons bien, interrompit l'autre pêcheuse, que ce moine leur avait été envoyé pour cela.

Jean Gaspard comprit une partie de la vérité, et, à force de réflexion, il parvint à deviner à peu près ce qui s'était passé les jours précédents...

Un dernier espoir, mais bien faible, lui restait : Jeanne Grenicheux avait-elle dit la vérité ?... est-ce bien à Honfleur que le couple a transporté ses pénates ?

Alors, poussant son malheureux courtaud, qui était bien fatigué, il franchit, à grandes allures, les quatre lieues qui le séparaient de ce port.

Mais là, toutes ses recherches, toutes ses investigations furent infructueuses... Alors, il revint tristement sur ses pas accablé, anéanti par l'écroulement de son rêve.

C'est qu'aussi la situation de Jean Gaspard était loin d'être brillante ;
il perdait l'aubaine trimestrielle que lui rapportait la confiance de Lucenay... il s'exposait à la colère toujours si redoutable du comte, colère
qui le faisait frissonner des pieds à la tête, quoique le comte fût exilé
au loin... il se disait aussi que si le père de Germaine venait à résipis-
cence, s'il abjurait le protestantisme pour embrasser le catholicisme, ce
serait, dans ce cas, la justice même du roi qui lui demanderait compte
de la disparition de l'enfant.

Une seule chose pouvait un peu rassurer le fermier, c'était la connaissance du terrible secret de M. de Lucenay... oui, le cadavre de Raoul de
Corneville était sa sauvegarde vis-à-vis du père de Germaine.

Tandis qu'il se livrait à toutes ces sombres réflexions, une idée se développait dans son cerveau : qui avait tout intérêt à lui enlever l'enfant,
si ce n'était Dufresnoy, lequel allait sans doute être chargé de la gestion
des biens des Lucenay ?...

Il ignorait, c'est vrai, l'endroit où lui, Gaspard, avait caché la fillette,
mais il avait dû le faire suivre...

Une lumière se fit alors dans son esprit de rusé compère : Théodore
Rufin, avait quitté le pays quelques jours auparavant... Or, il était autrefois clerc chez Dufresnoy... Et c'était, lui avait-il été dit, un moine qui
avait fait partir le pêcheur !...

Le madré Normand entrevit toute la vérité. Aussi, rentré très avant
dans la nuit, attendit-il le jour avec la plus vive impatience, pour voler
chez maître Dufresnoy, qu'il espérait bien faire jaser, si malin qu'il pût
être. Le notaire fut un peu surpris de la visite si matinale de son ami,
mais il n'en laissa rien paraître sur sa physionomie.

Jean Gaspard, qui connaissait de reste la finesse du renard à qui il
avait affaire, voulut frapper sur-le-champ un grand coup.

Il déclara donc à brûle-pourpoint :

— Maître Dufresnoy, c'est très mal à vous, d'avoir fait enlever la petite Germaine par ce damné coquin de Rufin !... oui, c'est très mal
d'agir ainsi à l'égard d'un ami dévoué tel que moi !

Tout habile, tout maître de lui qu'était le tabellion, il demeura un moment ahuri de la clairvoyance du fermier ; mais comme il était beau
joueur, il prit franchement son parti et laissa percer un aveu :

— Eh bien, après ?

Son accent frisait même l'insolence.

— Vous avez donc fait cela ?... Vous l'avouez ?... rugit le fermier en
se levant, furibond.

Mais le notaire, sans se déranger, d'un organe très calme, répondit :

— Vous avez prétendu jouer au plus fin avec moi !... Tant pis pour
vous !

— Et vous croyez que cela va se passer comme cela! hurla Gaspard en marchant sur le tabellion, les poings tendus.

— Allons, mon garçon, calmez-vous, ou je vous fais arrêter, dit froidement Dufresnoy.

— M'arrêter, moi!... Mais c'est vous qui... que...

— Assez!... finissons-en! s'écria le notaire en se dressant à son tour. Je suis chargé par la cour de Rouen des intérêts et de la tutelle de la petite Germaine, absente... J'ai appris que cette enfant avait été cachée, séquestrée par Jean Gaspard, fermier de Corneville... je l'ai fait reprendre, ainsi que la loi me le prescrit.

— Ah! fit encore Gaspard.

— Je veux bien ne pas envoyer le coupable à la potence.

— A la potence... répéta le fermier ahuri.

— Mais c'est tout ce que je puis faire.

Jean Gaspard comprit que Dufresnoy s'était gardé de toute manière; aussi se contint-il, et résolut-il de biaiser.

— Alors, vous allez produire Germaine et la faire remettre en possession de ses biens à Lucenay?...

— Je pourrais et je devrais agir de la sorte, car j'aurais ainsi seize ans de tutelle tranquille, mais peut-être prendrai-je une autre décision, qui n'aura pour effet que de faire gagner un peu d'argent à ce pauvre Jean Gaspard, auquel j'ai, je l'avoue, joué un vilain tour.

Et le tabellion se mit à rire avec un air de bonhomie.

Le fermier comprit qu'il y avait moyen de s'entendre et se fit très humble.

Le notaire lui expliqua alors qu'il avait plus d'intérêt à laisser la fillette grandir au loin, ignorante de sa situation, pour jouer, un jour, la comédie de la découverte, et lui extorquer une forte somme en récompense, tout en réalisant, d'ailleurs, jusqu'à ce jour, de beaux bénéfices dans une gérance de biens en tutelle qui serait très productive.

Pour le silence de Gaspard, le tabellion offrait de lui donner une somme à déterminer, qu'il lui verserait, chaque année, entre les mains... De plus, il y aurait du côté des Corneville une autre opération peut-être, car la santé du marquis périclitant de jour en jour, et celle de la comtesse, veuve de Raoul, restant des plus précaires, il y aurait là, bientôt, certainement... une nouvelle tutelle fort intéressante...

— J'aime beaucoup les petits enfants... c'est ma faiblesse, conclut le tabellion avec le rire d'un ogre qui sent la chair fraîche...

Jean Gaspard, alléché, ébloui par les projets de son interlocuteur, approuva tous ces calculs qui suaient le crime!...

XXVII

LES CLOCHES SONNENT

Quelques semaines après, par une belle matinée d'octobre, la première gelée de la saison avait jonché le sol de feuilles rougissantes, et les paysans se hâtaient de se rendre aux champs pour faire les labours d'automne, lorsqu'un bruit étrange, divin, immense, emplit les airs.

O prodige ! il n'y a pas y s'y tromper !... ce sont les Cloches, les douze Cloches de Corneville qui retentissent ensemble, éperdument, follement !...

Et aussitôt, de toutes les habitations, grandes ou petites, s'élancent des hommes, des femmes, des enfants qui, exultant, le visage tout rayonnant d'allégresse, se jettent d'une voix vibrante d'émotion ces exclamations :

— Le miracle !... le miracle !... L'entendez-vous ?... Elles sonnent, nos Cloches !... nos bonnes Cloches !... Qu'y a-t-il donc ?

— Je ne sais pas, mais c'est certainement bon signe ! Elles nous apportent une heureuse nouvelle !.

— Pour sûr, une heureuse nouvelle !... Cette bêtise !.. Est-ce que les Cloches de l'Abbaye se mettent à sonner pour autre chose ?...

— C'est juste, mais que nous annoncent-elles ?

Et les douze Cloches lancées à toute volée, semblent chanter :

> Digue ! digue ! digue !... digue ! digue ! don !...
> Sonne ! sonne ! sonne !... sonne ! sonne donc !
> Digue ! digue ! digue !... digue ! digue ! don !
> Sonne ! sonne ! sonne !... joyeux carillon !

Et tous les habitants modulent avec ravissement le délicieux refrain.

Les Cloches sonnent encore, qu'on voit apparaître un cavalier venant du château.

C'est le bailli Fabrice de Préval qui s'avance vers les groupes.

Le bailli exultant, lui aussi, s'arrêta au milieu des habitants et, d'un geste, les réunit autour de lui.

— Bonnes gens, dit-il, je vous apporte une grande nouvelle...

Une voix s'éleva du sein de la foule :

... Il fit tomber sur la multitude une vraie pluie d'argent. (Page 274.)

— Les Cloches de l'Abbaye nous ont annoncé le bonheur qui arrive au château.

— C'est vrai, reconnut bravement le bailli, le miracle des Cloches s'est renouvelé... Eh bien, bonnes gens, le sire marquis de Corneville vous fait savoir que la noble épouse de son défunt fils vient de mettre au monde un enfant du sexe masculin...

Une acclamation colossale salua ces paroles, et tous de s'écrier :

— Noël ! Noël !... Voilà pourquoi sonnent les Cloches !

Le bailli reprit :

— Il sera loisible à chacun de voir notre jeune seigneur, selon l'ancien usage, dans la grand'salle du château. Paysans et bourgeois, réjouissez-vous : le nom de Corneville ne périra pas !... Suivant la coutume, des fêtes et des réjouissances auront lieu au château après le baptême. Mais vous pouvez voir le comte nouveau-né, dès à présent. Vous y êtes tous conviés. Portez à ceux qui aiment nos châtelains le joyeux avis :

— Vive monseigneur ! s'exclamèrent des voix.

— Vive monseigneur ! répéta la foule à l'envi avec une clameur formidable.

Dès lors le charme fut rompu. L'abattement qui pesait sur tous depuis le meurtre du comte fit place à la gaieté la plus vive.

Et les Cloches sonnaient encore à toute volée :

> Digue ! digue ! digue !... digue ! digue ! don !
> Sonne ! sonne ! sonne !... sonne ! sonne donc !
> Digue ! digue ! digue !... digue ! digue ! don !
> Sonne ! sonne ! sonne !... joyeux carillon !

Toute la population continuait à faire chorus.

Le fils, disait-on, aurait toutes les qualités de son père, si regretté ; il perpétuerait la lignée des bons seigneurs du lieu. Au moins, la terre de Corneville ne passerait pas en des mains étrangères après la mort du marquis actuel.

Et l'on se réjouissait de plus belle, en pensant qu'on était délivré de tout sujet de crainte à cet égard.

Fabrice reprit encore :

— Largesse de la part de monsieur le marquis et de madame la comtesse !

Et puisant à pleines mains dans une escarcelle que tenait Gervais, marchant à ses côtés, il fit tomber sur la multitude une vraie pluie d'argent.

Les cris redoublèrent. Les habitants prirent ensuite leurs ébats, un grand nombre se précipitèrent dans la cour du château, pour y goûter le plaisir de la danse rustique, les autres se livrèrent aux divertissements les plus variés.

Une heure après, tous se rendirent en groupes dans la grand'salle, et purent contempler à loisir dans un berceau élégant, mignon comme un jouet et chaud comme un nid, — un nid recouvert de dentelles, et tapissé de la plus fine toile de Hollande, le petit être qu'ils devaient reconnaître un jour pour leur « hault et puissant » seigneur,

L'enfant, lui, dormait et ne s'occupait guère dans ses rêves, s'il en pouvait avoir, des vanités de ce monde.

Le marquis était sorti de l'espèce d'abattement dans lequel l'avait plongé la mort de son fils ; mais la vue de l'enfant destiné à perpétuer son nom, de celui qu'il aurait dû désirer comme une consolation du ciel, sembla redoubler sa douleur.

La venue du nouveau-né lui faisait sentir plus cruellement, en effet, l'absence du comte Raoul, et la pensée que cet enfant posthume ne recevrait jamais les baisers de son père, provoquait en lui des crises de larmes qu'il dissimulait fièrement en s'enfermant des journées entières dans sa chambre...

On l'entendit même un jour murmurer :

— Je n'ai plus besoin de vivre, maintenant qu'il existe un héritier de mon nom.

Et, de fait, le châtelain prit ses dispositions, comme s'il ne devait pas vivre longtemps.

L'effet produit sur la comtesse Yolande fut tout différent : l'égoïsme dominant de la mère prit chez elle le dessus ; elle ne vit plus qu'une chose, son enfant, le fruit de ses entrailles !...

Elle parut recouvrer quelques forces, et l'on crut à la possibilité de la sauver...

Henri de Corneville ne demandait, lui aussi, qu'à vivre. S'il était né dans de tragiques conditions et d'une mère bien affaiblie, il n'en était ni moins vigoureux, ni moins ardent à prendre le sein d'une robuste nourrice, qui avait été choisie entre plusieurs par le médecin de Rouen.

Son aïeul, qui l'avait fait ondoyer dès sa venue au monde, décida que le baptême allait avoir lieu avec le cérémonial en usage à Corneville, c'est-à-dire accompagné de réjouissances de toutes sortes, auxquelles devaient prendre part les paysans et les bourgeois.

Gaspard, le brave fermier de Corneville n'était guère de bonne humeur, depuis quelque temps ; c'est qu'après avoir nourri, caressé d'ambitieux projets, il avait trouvé son maître dans la personne du notaire, et qu'il se voyait relégué au second plan. Il ne pouvait plus espérer la lucrative situation de protecteur de la riche héritière de Lucenay. Mais comme il était doué d'une forte dose de philosophie, il se résignait en redoublant d'assiduité auprès de dame Reine, dont il convoitait plus que jamais le magot.

Entre temps, il s'occupait des préparatifs du baptême.

Il venait de quitter dom Martin, le révérend prieur, lorsqu'il rencontra le frère Ildefonsus, qui lui dit, en l'abordant le premier :

— Monsieur Gaspard, pensez-vous que les cloches sonneront d'elles-mêmes, pour le baptême, comme elles ont sonné pour la naissance ?

Tandis qu'un sourire où perçait une certaine ironie errait sur ses lèvres minces, le fermier répondit :

— Mon frère, je vous retourne votre question : croyez-vous que les cloches sonnent toutes seules ?

— Comment ne le croirais-je pas ?... répondit le candide frère convers. Il n'y a aucun moyen de parvenir au clocher où elles sont logées !

— Alors, ces sonneries... c'est un miracle ? reprit son interlocuteur, qui était une manière d'esprit fort.

— Que croyez-vous donc ?

— Dame, vous savez, mon frère, ce qu'on dit dans le pays ?

— Non... Que dit-on ?

— Que ce sont les moines qui sonnent les cloches, et qu'il est très aisé pour un homme jeune et leste de grimper dans le grand poirier dont les branches entrent dans le clocher.

— C'est une méchante invention ! s'écria le jeune moine scandalisé, je vous le jure...

Et comme Jean Gaspard avait un sourire équivoque, frère Ildefonsus poursuivit :

— Tenez, le jour de la naissance de l'héritier de Corneville, j'étais seul avec notre abbé, dans sa cellule. Frère Théodore, lui, était au village, même qu'il en est revenu très ému...

— Vous voulez dire... très ivre.

— Vous n'êtes pas indulgent, Jean Gaspard !

— Continuez, cher frère.

— Aucun de nous trois n'avait donc pu avoir grimpé au poirier...

— Alors, mon digne frère, c'est un laïque qui sonne les cloches.

— Écoutez encore... la fête se tient au pied du poirier. Si les cloches sonnent, elles ne pourront certainement pas être mises en branle par une personne placée dans l'arbre, car tout le monde s'en apercevrait.

— C'est juste, conclut malicieusement Gaspard pour en finir... vous avez, ma foi, bien raison, et si les cloches sonnent comme vous le dites là, devant tout le monde, je dirai aux malins du pays qu'ils ont tort de causer comme ils le font . . . .

. . . .

Le baptême eut lieu par un temps magnifique, paré de toutes les splendeurs d'une pure et douce journée d'automne.

La cérémonie religieuse se passa sans incident.

La comtesse Yolande, qui se levait pour la première fois, fut portée à l'église dans un vaste fauteuil par Gervais et Claude.

Elle était si pâle, si frêle que tous les assistants échangeaient entre eux, à la dérobée, des signes de respectueuse commisération ; néanmoins, une pensée intime la soutenait, et un sourire de bonheur illuminait sa physionomie si triste, lorsque ses regards se dirigeaient vers son fils, le robuste bébé que la nourrice portait dans ses riches atours.

Quand on fut sorti de l'église, la comtesse fit placer son fauteuil près du banc du marquis, sous le poirier des Moines. C'était là qu'allaient avoir lieu les jeux et les réjouissances.

Aux sons d'un brillant orchestre, les paysans et les paysannes défilèrent d'abord devant leur futur seigneur, baisant la mignonne main du petit être destiné à devenir, un jour, marquis de Corneville.

Puis, divers jeux se succédèrent : courses en sac, courses à âne, jeu de l'oie, et autres.

Enfin, un son de caisse retentit, et Jean Gaspard, héraut improvisé de la fête, annonça :

— La danse des œufs va commencer.

Aussitôt, un long murmure court dans les rangs de la jeunesse.

La danse des œufs était une vieille coutume régionale qui tenait au cœur des habitants de Corneville.

Aux jours des grandes réjouissances, le marquis décidait qu'il y aurait un divertissement de ce genre. On disposait alors un emplacement bien uni, l'aire à battre d'une ferme, par exemple, et l'on plaçait sur le sol quantité d'œufs séparés par des intervalles inégaux.

Des couples de jeunes garçons et de jeunes filles se formaient, puis exécutaient tour à tour une sorte de danse fort en honneur dans le pays, et qui ressemblait beaucoup aux anciens « branles » rustiques. Il était malaisé, on le comprendra sans peine, de faire des pas cadencés sans écraser un ou plusieurs œufs. Mais aussi quelle joie pour l'heureux couple qui parvenait à triompher de cette difficulté.

La règle voulait que les jeunes gens sortis victorieux de l'épreuve fussent mariés dans l'année, même au cas où les parents auraient refusé précédemment de consentir à leur union, car c'était le seigneur du lieu qui ordonnait leur hymen, et dotait, d'ailleurs, les nouveaux époux.

Plus d'une idylle, dépourvue de la sanction des parents, pouvait ainsi toucher au port, et recevoir la consécration du dénouement légal. C'est dire que l'annonce de Jean Gaspard fit battre plus d'un cœur d'amoureux et d'amoureuses. Bientôt, les garçons se rangèrent sur une ligne, à la droite du marquis, et les filles sur une autre ligne, à la gauche, près de l'infortunée comtesse, qu'Hélène soutenait de son bras passé sous l'oreiller posé dans le grand fauteuil.

A quelques pas en avant du poirier des Moines, on avait ménagé un espace bien plan et bien battu, sur un terrain dûment résistant.

L'excellent officier de bouche du château, maître Guillaume, apparut alors avec son chaperon et son tablier d'une blancheur immaculée, portant un grand panier au bras. Il était suivi de plusieurs « galopins de cuisine » qui, eux aussi, tout de blanc vêtus et coiffés, portaient des paniers de dimension moindre. Des nœuds de rubans multicolores relevaient le costume de chacun des membres de ce petit cortège, et lui donnaient l'aspect d'une troupe d'acteurs chargés d'exécuter un prélude théâtral. Il n'en fallait pas plus pour mettre la foule en belle humeur, et de tous côtés retentirent de joyeux applaudissements.

Mais à mesure que Guillaume et ses élèves éparpillaient à terre le contenu des paniers, des cris divers se faisaient entendre :

— Ils sont trop près les uns des autres ! disait une belle fille.

— Il y en a de trop ! geignait un gars. Et l'on n'a même pas la place de son pied.

— Monsieur Guillaume !... monsieur Guillaume ! criait une petite brune qui n'était autre que Marinette ; laissez un petit passage, tout au moins !

— Tu es donc bien pressée de te marier, la belle ! reprit le grand pontife des fourneaux du marquis.

Et un rire général fit passer au pourpre le frais visage de la sémillante lingère.

Lorsque tout fut prêt, Fabrice de Préval, qui avait dépouillé dans la circonstance la robe et les insignes de sa charge pour revêtir un élégant costume de gentilhomme, quitta la place qu'il occupait auprès du marquis, et vint se placer devant l'enceinte improvisée, que limitaient les cordes soutenues par des pieux fichés en terre, alternant avec des mâts auxquels étaient suspendues des guirlandes de feuillage.

Mais déjà la jeunesse présente s'impatientait : plus d'un gars et d'une fille du pays, très renseignés sur le programme et les conséquences de la danse des œufs, témoignaient par un entrain significatif qu'ils brûlaient de prendre part à l'épreuve.

Fabrice s'en aperçut :

— Je vois avec plaisir, dit-il en souriant, que les amateurs seront en nombre, et qu'on n'aura pas besoin de chercher longtemps ceux qui commenceront.

Vous connaissez les clauses et conditions de la danse, continua-t-il ; chaque couple est tenu de faire cinq fois le tour de l'aire pendant que les musiciens jouent leur morceau. Après le cinquième tour, si aucun œuf n'a été cassé, le mariage est de droit dans le courant de l'année, et monsieur le marquis fait à ces habiles danseurs une dot de cent écus.

Il y eut un moment d'émotion, et tout le monde se regarda. Un grand garçon à la contenance embarrassée, au visage rouge comme une pivoine, sortit des rangs et s'avança vers le bailli :

— Ah ! c'est toi, Jacques Bonnard, le sabotier ! Mais tu es seul... A quoi penses-tu donc ?...

Un éclat de rire homérique accueillit cette malicieuse observation. Alors, le villageois, dont la large face devenait toute cramoisie, se dirigea en se dandinant gauchement vers les jeunes filles, qui ressentirent un trouble secret, car si le sabotier ne passait pas pour gagner autant qu'un charron, par exemple, en revanche c'était un gars bien découplé et doué d'une figure respirant la bonne humeur, la franchise ; de plus, à cette époque, les campagnardes n'étaient pas aussi intéressées que de nos jours, et laissaient à leurs parents le soin de se préoccuper de la question des écus. Plus d'une lança des regards hardis, quêteurs au sabotier.

Mais Jacques Bonnard avait les yeux fixés sur la petite brune qui avait interpellé Guillaume et qui, les yeux baissés, les mains croisées, attendait... Jacques lui tendit la main, et aussitôt le bailli dit à haute et intelligible voix :

— Bonnard va danser avec Margot Vallé !... Musiciens, allez ! marchez !

Le couple s'était avancé vers l'aire. Si la pauvrette tremblait un peu comme un oiseau qui, pour la première fois, ouvre ses ailes, afin de franchir un espace plein de périls, en revanche le sabotier avait repris son assurance. Aux premières mesures, le couple se mit en mouvement, suivant le rythme musical. C'était une danse qui manquait de grâce par suite des précautions perpétuelles à prendre, et plusieurs fois la vigueur du gars lui fut utile, car lorsque la jeune fille, lassée, ne pouvait plus diriger ses pas, il l'enlevait de terre juste au moment où elle allait heurter un des redoutables écueils formés par les œufs.

Les deux premiers tours s'accomplirent lentement, sans encombre. Mais nul n'ignorait que le danger était dans le dernier, et qu'il fallait l'exécuter d'autant plus vite qu'on avait mis plus de temps à faire les premiers.

Jacques Bonnard pressa le mouvement, et son pied effleura un œuf.

Mais Cyprien, qui se tenait tout près, se baissa, ramassa l'œuf et fit constater qu'il n'était même pas fêlé. La musique allait jeter ses dernières mesures, et le pauvre amoureux de presser ses mouvements... de les presser encore...

La crainte se manifesta sur tous les visages de ceux qui s'intéressaient aux deux danseurs... on pressentait le moment où la pauvre Margot commettrait la gaucherie irréparable... Tout à coup Bonnard, qui suait à grosses gouttes, et dont le cœur battait à se rompre, eut une idée que l'amour seul peut inspirer : il enleva littéralement sa bien-aimée audessus du sol, et fit les pas exigés par le mouvement de la danse, tout en la portant, en quelque sorte, à bras tendu... Tous les œufs demeurèrent intacts, et Cyprien, avec une joie visible, fit constater le fait par l'assistance.

Des applaudissements éclatèrent, couvrant en partie la voix de la mère Vallé, qui clamait ou plutôt vociférait :

— Ah ! le gueux !... le voilà qui va épouser la plus riche héritière de Corneville !... Et je ne peux pas la lui refuser, puisque c'est notre maître qui la lui baille !...

Après ce premier succès, il se produisit un moment d'hésitation : tous ceux qui avaient leurs raisons pour s'intéresser spécialement à la danse des œufs n'avaient pas la vigueur de Jacques Bonnard. Mais toutes les filles non plus n'avaient pas la même timidité que Marguerite Vallé ; cette pensée les enhardit, et ils se présentèrent au bailli, qui leur donna des numéros d'ordre. La danse reprit avec des résultats divers.

Quand certains lourdauds faisaient une omelette, les huées et les rires éclataient de toutes parts... Mais chaque fois aussi qu'un nouveau couple se tirait avec honneur de la délicate épreuve, les applaudissements de la masse les saluaient... surtout ceux de Gaspard, et pour cause !...

Durant les danses, le fermier de Corneville n'avait pu dissimuler une certaine préoccupation : il allait et venait, s'approchant des parents placés derrière les jeunes gens, ou s'entretenant fréquemment avec dame Reine Montlouis.

Soudain, comme aucun prétendant ne se présentait plus pour tenter la périlleuse et chère aventure, il s'approcha de la dame de ses pensées... intéressées, et lui parla bas.

Celle-ci rit aux éclats d'abord. Puis, comme si elle se décidait brusquement, elle fit un signe de tête affirmatif.

Jean Gaspard s'avança alors vers le bailli et lui posa à brûle-pourpoint cette question :

— Une personne libre de sa main peut-elle être admise aussi à la danse des œufs ?

— Mais, oui, du moment qu'elle sait à quoi elle s'engage en cas de réussite, répondit Fabrice de Préval, sans trop réfléchir.

— Je m'engage à épouser Jean Gaspard, fermier de Corneville, si nous faisons les cinq tours sans casser d'œufs, déclara la gouvernante de la domesticité du château, d'une voix ferme, en allant au bailli.

Aussitôt des rires étouffés et des plaisanteries plus ou moins risquées s'élevèrent comme un feu roulant du sein de l'assistance : on s'attendait si peu à un tel incident !...

Toutefois, avant de quitter sa place, dame Reine avait soufflé quelques mots à ses voisines, que ces dernières s'empressaient de répéter au reste de l'assemblée.

Ces quelques mots devaient être bien drôles, car chacun se tenait les côtes, s'esclaffait de rire.

DÉPOT LÉGAL
Seine-et-Marne
N° 14
1907

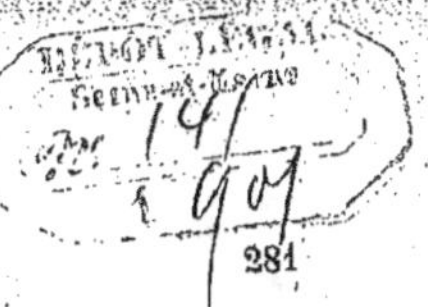

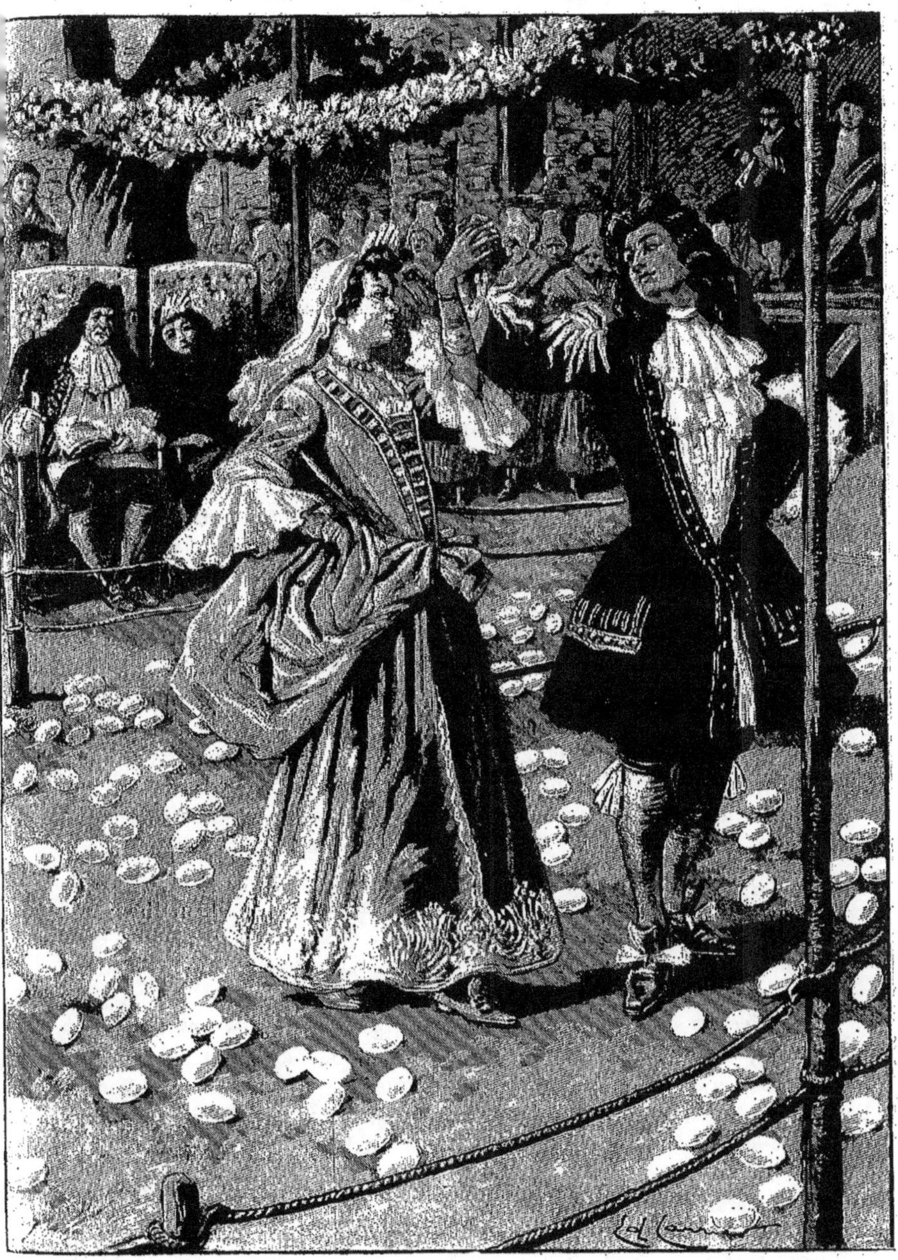

Les deux jeunes gens, rayonnants de bonheur, s'avancèrent pleins de grâce... (Page 284.)

 36e Liv.

Les trois premiers tours s'accomplirent parfaitement, mais lentement :

— Plus vite ! plus vite, mon pauvre Gaspard. L'orchestre va se taire ! fit la gouvernante, tout en regardant le fermier d'un air narquois.

Et, joignant l'action à la parole, elle entraîna son cavalier à une allure des plus rapides ; le poussant et le tirant de telle sorte, qu'il enleva son dernier tour en quelques secondes ; mais le malheureux avait écrasé une vingtaine d'œufs, à la bruyante joie des assistants et de la gaie commère, qui, plantant là, brusquement le fermier, le laissa les pieds englués dans les *jaunes* et les *blancs*, au beau milieu du champ de danse... Il était tout ébahi !...

Mais tout n'était pas fini pour le pauvre mystifié, c'était seulement la première phase de sa mésaventure que lui avait infligée un subit caprice de Reine Montlouis, personne très positive, mais malicieuse, à ses heures : en voulant se retenir sans augmenter le volume de l'omelette, il eut un mouvement trop vif, mal calculé, son pied glissa, et il s'abattit tout de son long, sur les œufs, encore entiers, ceux qu'avait protégés le dieu des amours, épaves qu'il brisa d'un seul coup... avec un petit bruit flou !...

Quand il se releva, tout penaud, tout confus, jurant, mais un peu tard, comme le héros d'une des fables de M. de La Fontaine, qu'on ne l'y prendrait plus, il était jaune et blanc de la tête aux pieds !...

Pauvre Gaspard, il avait voulu réaliser son rêve de conjungo sans bourse délier, il avait compté sur la dot en perspective pour payer les frais de sa noce, et non seulement il en était pour sa déconvenue, mais encore il perdrait le bénéfice des œufs restants qui revenait de droit au fermier !... Pauvre, pauvre Gaspard !... Il ne croyait pas à la possibilité d'un tel mécompte, quand il applaudissait si bruyamment, si sincèrement les couples chanceux.

Un rire homérique avait éclaté..., et se continuait !... Et le malheureux ne pouvait exhaler ostensiblement son dépit, attendu que le marquis et la comtesse elle-même, toute malade qu'elle était, prenaient leur part de la commune hilarité...

Fabrice, le bailli Fabrice, qui n'avait pas trouvé le secret de la sonnerie spontanée des cloches, s'approcha sur ces entrefaites de Hélène de Corneville, et lui adressa tout bas quelques paroles, probablement fort importantes, peut-être aussi importantes que la découverte du fameux secret, sans que le marquis Roland le remarquât, distrait qu'il était par l'incident burlesque dont Gaspard avait été le héros. Le vénérable châtelain fut bien étonné, lorsque sa fille lui dit :

— Mon père, voulez-vous me permettre de danser ? Cela m'amuserait tant de voir s'il est si difficile de ne pas écraser d'œufs !

Le marquis sourit et répondit :

— Le jeu est drôle, j'en conviens. Mais tu ne peux pas danser seule.

La jeune fille rougit, et son embarras la rendit muette.

Le marquis continua :

— Le fait est que je ne vois ici aucun danseur pour toi.

La danse des œufs était une institution toute roturière, à l'usage seulement du peuple et des bourgeois. En Normandie, du moins, il n'était pas de coutume que la noblesse y participât ; au surplus, aucun gentilhomme des environs ne figurait dans l'assistance, et c'était là évidemment le sens de l'observation du marquis.

Les lèvres de la jeune fille s'agitèrent légèrement. Un nom y vint, mais il fut proféré si bas que son père ne put tout d'abord l'entendre.

À ce moment précis, Fabrice de Préval, qui n'était qu'à quelques pas de la jeune fille, et qui la couvait littéralement des yeux, s'avança en proie à une émotion des plus vives.

Quoiqu'il n'eût rien pu entendre non plus, il savait pertinemment le nom que la jeune fille avait indistinctement proféré ; il n'en doutait, certes pas, ce nom était le sien.

Mademoiselle de Corneville lui donnait l'insigne preuve d'amour qu'il venait de lui demander.

Elle si belle, si noble, placée à un rang si élevé, elle allait devant tous proclamer qu'elle le voulait, qu'elle le réclamait pour époux.

Oh ! combien il lui était reconnaissant, combien il était touché de la distance énorme qu'elle franchissait, pour venir jusqu'à lui ! Comme il admirait l'effort immense qu'un tel aveu comportait !

Mais, en même temps, il ne lui échappa point que la pauvre enfant pouvait être trahie par ses forces, et qu'au moment où elle payait si vaillamment de sa personne, il lui devait de ne pas lui laisser porter seul le poids de la lutte. Il comprit qu'il lui fallait rassembler tout son courage, toute son énergie pour faire connaître lui-même au marquis le vœu audacieux de son cœur, et bien qu'il n'eût pas rempli la « condition » qui lui avait été imposée, bien qu'il n'eût pas découvert le secret des Cloches, et que la bonne fée de leurs amours, l'adorable et si malheureuse comtesse de Lucenay, ne fût plus là pour leur inspirer la confiance et la foi, emporté par sa passion, il ne fit en quelque sorte qu'un bond pour se mettre en face du marquis. Il allait parler, quand Hélène, le remerciant d'un regard ineffable, repartit cette fois d'une voix plus assurée :

— Mais, mon père, il y a monsieur de Préval !...

— C'est juste. — Eh bien, monsieur le bailli, ajouta le marquis avec une bonhomie parfaite, voulez-vous vous exécuter ?

Fou de joie, incapable d'articuler un mot de consentement ou de remerciement, le bailli entraîna la jeune fille. A la vue de ce couple sensationnel, l'assistance laissa échapper un cri de surprise, puis des chuchotements coururent. — Le marquis, réfléchissant alors, s'écria :

— Hélène, mon enfant, ce n'est pas sérieux ce que tu m'as demandé... Tu ne peux vraiment...

Il ne put achever : une main diaphane s'était doucement posée sur ses lèvres, la comtesse Yolande murmurait à son oreille d'une voix suppliante :

— Laissez-les tenter l'épreuve, et si Dieu est pour leur amour, il les fera triompher.

— Mais je ne puis tolérer... voulut répliquer le châtelain.

— Mon père, reprit la jeune veuve, c'est moi qui vous demande cette grâce... c'est peut-être la dernière... ne la refusez pas à une mourante...

Le marquis Roland abaissa son vague regard sur la comtesse, dont le pâle visage reflétait toute la bonté d'âme, et, malgré ses efforts, des larmes perlèrent sur ses paupières, tandis qu'il répondait :

— Yolande, j'accède à votre désir ; mais il nous faut rentrer, car je crains la fraîcheur pour vous...

Les deux jeunes gens, rayonnants de bonheur, pleins de confiance comme si leur pur et ardent amour était un sûr garant de l'adresse qu'ils avaient à déployer, et par suite de leur succès, s'avancèrent pleins de grâce. Tous les regards, qui témoignaient d'une respectueuse sollicitude, convergèrent vers eux et ne les quittèrent plus. Ce n'était pas la curiosité banale des gens de Corneville, considérant béatement les ébats plus ou moins lourds de Bonnard, le sabotier, et du fermier Gaspard : c'était comme une palpitation tangible de l'âme de tout le bourg, confondu dans une même émotion faite de surprise, d'admiration et d'attente.

Ils commencèrent... Conformément au langage de l'époque, l'aimable dieu de l'Hymen parut d'abord les prendre sous sa protection : le premier tour s'accomplit sans l'ombre d'une mésaventure. La joie qui inondait les cœurs d'Hélène et de Fabrice se refléta sur leurs visages. Quant à la satisfaction des assistants, elle fut générale, et d'autant plus intense qu'ils auraient été profondément désolés d'un échec : cette union ne devait-elle pas être un gage de bonheur pour eux tous dans l'avenir ?

Le deuxième tour s'opéra dans les mêmes conditions ; c'était d'un bon augure, et d'un augure si encourageant qu'aucun mouvement révélant de la fatigue, même celle qui aurait pu résulter de la tension de l'esprit, d'une certaine inquiétude toute naturelle, en définitive, ne se manifesta chez les danseurs. L'attention générale redoubla, les respirations haletèrent. Les musiciens de l'orchestre eux-mêmes semblaient plutôt suivre des yeux les deux nobles et beaux jeunes gens que les notes qui étaient devant eux. Grave imprudence. Tout à coup retentit un couac des plus malencontreux… Hélène fait aussitôt un faux pas ; son pied mignon frôle un œuf qui roule assez loin sur le sol… Fabrice tremble… Hélène pâlit… les spectateurs manifestent leur inquiétude et la musique s'arrêta brusquement comme les danseurs… l'œuf devait être écrasé !… Il l'était certainement !…

En était-ce fait des espérances du couple si sympathique, si cher à tous ? Y avait-il désastre ou simplement alerte ? Les cœurs battaient si fort que personne n'était aller constater l'exact degré de gravité de l'accident.

Cyprien qui avait été tout d'abord ému comme tous, se ressaisit le premier, il entra dans l'enceinte, et se dirigea vers l'œuf qui avait roulé.

— Mais il ne paraît pas endommagé… murmura-t-il quand il en fut tout proche… Voyons !

Après l'avoir ramassé et retourné entre ses doigts, il le montra à la foule en s'exclamant :

— Noël, Noël aux beaux fiancés ! L'œuf est intact !

La foule battit des mains, et fit entendre de frénétiques acclamations. Fabrice et Hélène reprirent leur danse accompagnée par l'orchestre, et achevèrent le tour si pathétiquement interrompu, sans encombre. De bruyants vivats saluèrent spontanément leur succès définitif… De nouvelles exclamations apprirent au marquis Roland, qui revenait après avoir accompagné sa belle-fille et son petit-fils, à quelques pas de là, qu'Hélène et Fabrice étaient sortis triomphants de la délicate épreuve. La joie des paysans lui prouvait qu'il avait bien fait de céder à la prière de la comtesse Yolande. Aussi, s'avançant au milieu d'eux, il prononça d'une voix haute et ferme :

— Mes bons amis, mademoiselle Hélène de Corneville, et monsieur le bailli Fabrice de Préval ayant dansé leurs cinq tours sans casser un œuf, le règlement de Corneville leur sera appliqué. Donc, ledit bailli et ladite demoiselle seront unis dans le courant de l'année par le mariage.

Les deux jeunes gens, transportés, ravis, se jetèrent aux pieds du marquis, dont ils prirent vivement les mains pour les baiser, tandis que, dans la foule, la mère de Margot Vallée murmurait :

— Il n'y a rien à dire, et Margot peut bien épouser son sabotier, puisque le marquis donne sa fille à ce sans-le-sou de petit bailli !

Hélène et Fabrice se mirent à la tête des autres couples favorisés par la danse des œufs, et suivis de tout le bourg se rendirent processionnellement au château, où, après avoir présenté aux maîtres de céans leurs compagnons de bonheur, les deux jeunes gens remercièrent ceux à qui ils devaient leur félicité, en des termes débordant de reconnaissance et de tendresse.

On se dirigea ensuite vers le monastère pour rendre grâces à Dieu.

A peine la foule commençait-elle à pénétrer sous son vaste portail, que les cloches sonnèrent à toutes volées, et avec une allégresse dont rien n'avait encore donné l'idée jusque-là.

Le miracle !... encore le miracle !... s'exclama tout le peuple débordant d'enthousiasme et de foi.

XXVIII

TENTATRICE

La nouvelle des fiançailles d'Hélène de Corneville se répandit vite dans les environs, et si les honnêtes et simples populations des campagnes en éprouvèrent du contentement, ailleurs l'impression fut tout autre.

Chez maître Dufresnoy, qui d'ailleurs assistait à la danse des œufs, et avait applaudi chaudement aux résultats de l'épreuve, ce fut de l'indignation.

— Comment, s'écria le tabellion, le marquis donne sa fille à un homme de petite noblesse et sans un sou vaillant !

— Un intrigant qui va chercher à mettre la main sur la fortune des Corneville ! renchérit madame Dufresnoy.

— Oui ! oui !... Tu as raison, poulette !... Il le tentera !...

Dès la mort de la pauvre comtesse... ce qui ne peut tarder... et dès que le marquis sera allé rejoindre ses ancêtres dans l'autre monde, ce faquin, devenu l'oncle du petit Henri de Corneville par son mariage, se fera nommer son tuteur... et alors...

— Et alors, continua une voix de femme, maître Barnabé Dufresnoy perdra une belle occasion de protéger l'orphelin en s'enrichissant à ses dépens !

Le notaire et sa femme sursautèrent et se retournèrent terrifiés !...

La belle Geneviève Du Mesnil était debout dans l'embrasure de la porte, l'amazone relevée sur un bras et fouettant nerveusement de sa fine cravache la botte qui chaussait son pied mignon.

Étourdis par leurs propres lamentations, les deux époux n'avaient pas entendu ouvrir la porte qui communiquait entre l'étude et leur appartement.

Le couple fut d'abord interdit.

Dufresnoy, le premier, essaya de balbutier quelques paroles. Mais Geneviève l'arrêta net :

— Allons, maître Dufresnoy, ne perdons pas de temps, et causons sérieusement !

Et comme la femme du tabellion faisait un mouvement pour se retirer, elle ajouta :

— Restez, ma chère, je vous en prie, vous êtes de bon conseil, et je sais que votre mari ne fait rien sans vous consulter.

La galante notairesse, visiblement flattée, se rassit :

— Dufresnoy, mon ami, commença la marquise, après s'être commodément installée dans un fauteuil, je viens, je vous l'ai dit, causer sérieusement avec vous.

— Parlez, madame la marquise, dit le tabellion avec une nuance d'inquiétude ; je suis votre dévoué serviteur.

— Et vous avez peur, ne sachant pas où je veux en venir ! fit-elle d'un ton quelque peu sarcastique...

— Mais non... je... je vous... suis très dévoué.

— C'est bon ! c'est bon !... Écoutez-moi : j'ai à vous entretenir du mariage de ma cousine Hélène de Corneville... Vous savez que nous sommes, elle et moi, petites-cousines. En ma qualité de parente de la famille de Corneville, je pourrais, au cas où la branche actuelle s'éteindrait, prétendre à l'héritage.

— Rien n'est plus exact, adhéra subséquemment le tabellion, qui fut, ainsi que sa femme, stupéfait de la violence des ambitions et de la portée des calculs de la marquise.

— Alors, vous comprenez que l'union d'Hélène, par cela même qu'elle ajoute aux chances de la durée de la famille, ne me soit pas très agréable.

— C'est très juste, reconnut Dufresnoy en regardant fixement Geneviève. Et vous venez sans doute pour savoir si cette union aura lieu.

— Non, je viens vous dire : elle n'aura pas lieu... si nous nous entendons.

— Ah ! ah ! fit simplement le tabellion.

— Oui... Je suis en relations avec madame de Maintenon, qui, comme vous le savez, jouit de la grande faveur du roi depuis plusieurs années.

— On dit même que le roi l'a épousée secrètement.

— C'est possible. Eh bien, madame de Maintenon, qui est très peinée de voir les huguenots exercer leur néfaste influence dans notre Normandie, a su quelle intimité a existé entre Hélène et l'hérétique comtesse de Lucenay. Grâce à des renseignements très précis, madame de Maintenon a su que les mauvaises doctrines avaient trouvé une adepte dans Hélène de Corneville. Un jour ou l'autre, il sera procédé à une enquête discrète aux fins de confirmer ces renseignements, et l'on s'adressera sans doute à maître Dufresnoy.

— Ah! je comprends! s'exclama le notaire. Cela me suffit... nous appuierons la dénonciation.

— Ai-je dit qu'il y avait eu dénonciation ? interrogea avec une feinte naïveté la marquise.

— Non, madame, vous ne l'avez pas dit, mais je l'ai compris.

— Ah! moi, je ne m'en doutais pas... mais puisque vous le dites...

Et la scélérate eut un sourire qui en disait long.

— Vous êtes tuteur de la fille disparue du comte de Lucenay, poursuivit-elle.

— Oui, madame, la cour de Rouen m'a fait l'insigne honneur de me désigner comme curateur des biens de la comtesse de Lucenay.

— Il n'y aurait pas d'empêchement, reprit Geneviève, continuant son idée, si par malheur le jeune Henri se trouvait seul au monde, à ce que vous fussiez également chargé de la gérance des biens et domaines de Corneville.

Le tabellion eut un éblouissement et resta un moment étourdi de la pénétration de cette maîtresse femme.

— Oui... il serait possible, balbutia-t-il ; on pourrait me confier aussi cette pénible mission, le cas échéant.

Geneviève Du Mesnil se leva :

— Maître Dufresnoy, vous êtes un homme intelligent... Écoutez-moi bien. Si jamais un tel malheur arrivait à Corneville, comptez sur mon appui pour obtenir cette curatelle. Et si, dans la suite, le petit Henri mourait avant d'atteindre sa majorité... les héritiers de Corneville sauraient reconnaître votre zèle et votre dévouement.

Et, sans attendre la réponse du notaire, la marquise disparut comme elle était venue.

Restés seuls, les deux époux se regardèrent, atterrés. S'ils étaient capables l'un et l'autre de bien des vilenies pour satisfaire leur cupidité ou leurs vices, ils n'avaient pas l'envergure des grands criminels, et un tel cynisme, une telle audace dans l'infamie les épouvantaient.

Pauline Dufresnoy exprima en quelques mots leur sentiment commun :

— Cette femme est un monstre, et je plains ceux qui se trouveront sur son chemin. D'ailleurs, il court de mauvais bruits sur elle; on prétend qu'elle connaît des poisons terribles ! . . . .
. . . .
. . . .

En quittant la maison du notaire, la marquise retrouva à la porte son valet, qui tenait son cheval par la bride.

— Ah! oui, je crois déjà avoir entendu cette légende, fit le jeune
homme. (Page 291.)

Elle lui dit de l'attendre là, et se dirigea à pied vers la petite maison de Cyprien, distante de deux cents pas à peine.

La nuit était venue, et personne ne la remarqua, les lumières s'étei-
gnant de bonne heure à Corneville.

Lorsqu'elle frappa à la porte, Cyprien travaillait dans son petit laboratoire. Étonné, il ouvrit, et ne put s'empêcher de montrer un réel
saisissement en voyant la marquise.

La vérité est qu'une émotion des plus vives faisait battre son cœur.

Cyprien était jeune, et sous une apparence assez frêle, il possédait un sang des plus riches et une nature des plus impressionnables.

Il avait appris bien des choses en causant avec la belle Pauline, et d'autre part, il avait remarqué que la marquise Du Mesnil, contre laquelle il était si fort prévenu naguère, l'avait, depuis quelque temps, mandé bien souvent pour des motifs futiles.

Plusieurs fois il avait senti Geneviève tressaillir au contact de sa main, et il s'en était voulu jusqu'à un certain point de se familiariser insensiblement avec la caresse brûlante de ses grands yeux noirs.

D'une voix bien différente de celle avec laquelle elle s'exprimait un instant auparavant devant le notaire et sa femme, la marquise s'excusa de déranger le jeune homme.

— Je viens vous consulter sur la santé de mon mari, dit-elle. Figurez-vous qu'il est triste, sombre, qu'il perd l'appétit et semble languir...

— Mais ceci ne me paraît pas un mal simplement physique, déclara Cyprien en offrant son fauteuil ; c'est plutôt une cause morale qui...

— Quelle cause morale ?... repartit Geneviève avec vivacité. Mon mari vient de recevoir sa nomination de capitaine des mousquetaires, et nous allons partir pour Versailles.

— Peut-être monsieur le marquis regrette-t-il son château du Mesnil, sa vie tranquille auprès de sa femme bien-aimée.

— Allons donc... bien-aimée... Est-ce que le marquis, s'il m'aimait réellement, ne serait pas heureux de me conduire à la cour où je brillerais... Ah ! je n'ai jamais été aimée !...

Le terrain devenait brûlant... L'étrange femme était renversée dans le fauteuil, courbant sa taille flexible, moulée dans son amazone qui dessinait les contours de son admirable gorge.

Le cœur de Cyprien battit plus vite, un flot de sang lui monta aux tempes. Quel jeune homme n'eût été troublé comme lui en entendant parler cette femme, étalant au même moment et dans toute sa splendeur, son éblouissante beauté ?

Pensait-il encore au terrible soupçon qui lui était venu pendant la nuit passée au chevet de la comtesse de Lucenay, dans le château du Mesnil ?... En tout cas, la marquise Geneviève lui imposait davantage que Pauline Dufresnoy.

Une invincible timidité l'empêcha de répliquer.

La marquise rompit le silence, lui disant brusquement :

— Cyprien, mon ami, dites-moi un peu si ce qu'on raconte dans le pays est vrai...

— Que raconte-t-on, madame ? demanda le barbier-chirurgien, avec étonnement.

— On prétend que le mystère qui entoure votre enfance pourrait bien s'éclaircir un jour, et cela par le fait du marquis de Corneville, qui serait à ce sujet plus édifié que personne.

— Ah! oui, je crois avoir déjà entendu raconter cette légende, fit le jeune homme avec un pâle sourire. On me fait bien de l'honneur, alors que je ne suis sans doute qu'un malheureux enfant trouvé, abandonné sur la route par quelque pauvre fille séduite.

— Mais, enfin, le marquis de Corneville vous a fait élever; il vous a toujours témoigné beaucoup d'intérêt et vous prodigue des marques de sa bienveillance... Vous n'êtes, certes, pas l'enfant de quelque paysan, vous n'avez qu'à vous regarder pour juger que tout en vous dénote la race... Allez, marchez!... Cyprien, vous êtes des nôtres, et quel que soit le secret qui pèse sur votre berceau, je n'ai aucun doute, quant à moi, et je le jure, mon ami, vous êtes bien de maison noble!

— Que je paraisse supérieur aux paysans au milieu desquels je vis, cela est possible, répondit le chirurgien; mais je ne puis me tromper sur les sentiments qui animent le marquis de Corneville à mon égard; il a pour moi de l'amitié... j'oserais dire de l'estime... mais rien de plus.

Geneviève Du Mesnil se leva, et, s'avançant vers le jeune homme, dont elle saisit la main, elle lui dit :

— Je reviendrai vous voir, Cyprien... Croyez-moi, soyez ambitieux, vous pouvez aspirer à monter très haut, et si jamais vous aviez besoin de l'appui d'une femme qui commence à avoir du crédit à la cour, venez à la marquise du Mesnil, elle vous aidera!

Avant qu'il eût pu lui répondre, elle avait gagné la porte, en lui adressant de la main un salut qui semblait un baiser.

XXIX

DÉFROQUÉ

Grenicheux, sa femme et les deux enfants — la petite Germaine de Lucenay et le petit Pierre Grenicheux — son frère de lait, étaient arrivés en bonne santé à Granville, où le brave pêcheur s'était empressé d'acheter une bonne barque, et de s'installer dans une gentille maisonnette, qu'il avait louée en débarquant, séduit par sa situation isolée à l'extrémité du quai.

Il faut dire que Grenicheux avait horreur des commérages de femmes, et que de plus la beauté de madame Grenicheux l'avait rendu un peu ombrageux. Il n'aimait donc pas à fréquenter les autres pêcheurs, et ne tenait pas à voir sa demeure envahie par les bavardes.

Notre homme, lorsqu'il avait acheté sa barque, s'était renseigné sur la possibilité de s'associer avec quelque bon pêcheur de la ville, connaissant bien la côte, et n'ayant lui-même pas de barque.

On lui indiqua un vieillard qu'un grand malheur venait d'éprouver : un coup de vent avait roulé son bateau au large, et la mer l'avait rejeté, évanoui, à la côte, tandis que ses deux fils, deux beaux gars, s'étaient noyés.

Le malheureux resté seul, gagnait sa vie en s'embarquant tantôt avec les uns, tantôt avec les autres.

Compagnon sombre et taciturne, le père Garot fit bien l'affaire de Grenicheux, qui personnellement, n'était guère loquace. Ses affaires allaient si bien dès le début, qu'on parlait avec admiration et un peu de jalousie du pêcheur de la baie de Seine qui pouvait en remontrer aux Bas-Normands.

Madame Grenicheux n'avait donné aucun signe de satisfaction lors de son installation à Granville, et ne se réjouissait guère de la situation nouvelle de son mari, qui était cependant bien plus brillante que l'ancienne.

Elle interrogeait souvent Grenicheux pour savoir s'il ne recevait pas de nouvelles des protecteurs mystérieux de la petite fille, et si le digne religieux n'allait pas bientôt revenir les voir.

Grenicheux ne laissait pas d'être agacé par ces perpétuelles questions. Un jour même il lui dit :

— M'est avis que si tu as besoin de te confesser, mieux vaut t'adresser au curé d'ici que d'attendre ce diable de moine qui ne me revient qu'à demi, et qui me semble faire de la drôle de besogne.

Jeanne Grenicheux n'insista pas, mais elle laissa éclater une joie très vive lorsque frère Théodore franchit la porte de la maison, quelques jours plus tard, juste au moment où le bateau de son mari dépassait le musoir de la jetée.

Contraste assez saisissant : le visage du moine n'exprimait rien moins que la gaieté. Frère Théodore était des plus soucieux en pénétrant sous le toit du pêcheur.

L'entretien fut long, très long même, et une voisine, grande dévote, qui en attendait impatiemment la fin pour demander des indulgences au saint homme, finit par coller son oreille à la porte pour savoir ce qui se passait. Elle ne fut pas peu scandalisée en entendant ce qui suit :

— Jeanne, ma mie, disait le moine, on n'est pas louis d'or. Dans notre état comme dans les autres, il y a des méchants et des jaloux. On a fait un rapport à monseigneur l'archevêque de Rouen contre moi, on a prétendu que j'étais ivrogne, avare, cupide, et même impudique. Une bonne âme qui me veut du bien l'a su et me l'a répété. D'un jour à l'autre, je puis être cité devant l'Official, qui ne badine pas avec les mauvais moines, et je pourrais très bien aller expier en prison mes prétendues fredaines. La vérité est que je t'aime de toutes les forces de mon être, et que cette passion me tourne la tête. Depuis que je t'ai vue, je ne sais plus prier ni prêcher, et je sens bien que je n'ai pas la vocation des ordres. Aussi je n'hésite pas. Je renonce à la vie monastique, je m'en vais tout droit à Paris, où je saurai bien faire mon chemin. Avec l'argent que m'ont donné dernièrement les protecteurs de la fillette, j'ai amplement de quoi m'établir dans la grande ville. D'ailleurs, cela me dispensera de continuer à m'occuper de cette affaire, qui pourrait bien mal tourner pour moi.

Et il ajouta à part lui :

— Cette petite ne m'intéresse plus. Je crois bien avoir tiré de cette histoire ce qu'elle pouvait me donner.

— Quoi! vous allez me quitter, je ne vous reverrai plus ! s'exclama la pêcheuse, très émue.

— Laisse-moi finir, ma belle Jeanne, et tu verras. Je disais que je me fixerai à Paris... ce sera peut-être même à Versailles, pour être plus près de la cour.

— Oh! que vous aurez de la chance de voir la cour! s'écria-t-elle en joignant les mains.

— Eh bien, ma Jeanne, si tu veux fuir avec moi, je t'offre de partager mon existence. Je suis venu ici exprès, au risque d'être pincé en chemin, pour te faire cette proposition. Qu'en dis-tu?

— Ma foi, ce n'est pas de refus. J'en ai assez de cet ours mal léché, sale, qui pue toujours le poisson et le goudron.

— Alors, mon amie, c'est bien simple. Le jour tombe, il faut partir sur l'heure, avant que le bateau de ton mari rentre.

— Comme cela?... tout de suite?

— Oui. Tu hésites?

— Non... Mais j'ai des préparatifs à faire.

— Je vais t'aider.

— Et votre costume?... fit observer la jeune femme en montrant la robe du moine.

— Je suis vêtu en dessous, et je vais laisser ma robe à ton mari!

La pêcheuse éclata de rire, tandis que Rufin se dépouillait de sa robe de bure, et la jetait sur le lit de Grenicheux.

A ce moment, le petit garçon cria, réveillé par la faim, sans doute, Jeanne eut un moment d'inquiétude :

— Et mon fils ?

— Laisse-le à ton mari, comme la petite dont je pense bien que tu ne vas pas nous embarrasser, et qui pourrait nous compromettre dangereusement.

Un combat s'éleva dans le cœur de Jeanne, la mauvaise épouse chez qui tout bon sentiment n'était pas complétement étouffé. Enfin, elle se prononça : elle voulut bien sacrifier Germaine, quoiqu'elle l'aimât déjà beaucoup ; mais elle ne pouvait se résoudre à se séparer de son fils. A cela rien ne pouvait la décider, ni le bonheur d'être à Paris, ni celui de voir la cour, ni le plaisir et l'orgueil d'avoir pour compagnon de tous les instants de son existence un homme qu'elle jugeait plus instruit que son mari, qui ne sentait, comme lui, ni le poisson ni le goudron, et qu'elle trouvait sans doute mieux tourné.

— J'emmènerai mon petit gars ou je resterai ici, déclara-t-elle avec un une suprême énergie, pour couper cour à toute réplique.

Le moine défroqué fit une assez laide grimace, mais céda en se contentant de maugréer :

— Ah ! que les femmes sont assommantes avec leurs sentiments ! — Allons, c'est convenu, dit-il, on emporte ton fils. Mais que fais-tu donc ?...

— Je donne le sein à la petite, car mon mari ne rentrera qu'à la marée, et il n'aurait pas de lait à cette heure-là pour lui en donner.

Les deux complices profitèrent de la nuit qui était venue pour gagner rapidement le centre de la ville ; et bientôt ils arrivèrent à l'hôtel du « Cheval Blanc » où Rufin avait, en arrivant, retenu deux places dans le coche de Caen.

La voisine n'avait pu écouter toute cette conversation sans frémir, et elle était allée raconter chez les pêcheurs des environs cette chose épouvantable d'un moine qui voulait enlever la femme de Grenicheux.

Les commères et les pêcheurs s'en émurent beaucoup moins qu'elle, les premières détestant cordialement la jolie femme, et les seconds ayant constaté la jalousie de Grenicheux, se réjouissaient du bon tour qui lui était joué.

Le coup fut rude pour Grenicheux, qui pleura autant sa femme que son fils ; il ne trouva un peu de consolation que dans la sincère affection du père Garot, qui lui remonta souvent le moral et soigna Germaine de son mieux.

Malheureusement, si le vieux pêcheur fut affectueux à l'égard de son patron, la population, qui détestait en Grenicheux l'étranger au pays, l'homme venu de loin, ne lui épargna pas ses quolibets et ses railleries. Aussi, au bout de quelques semaines, Grenicheux se décida-t-il à modifier encore une fois son existence.

Il se rendit discrètement avec son bateau au village de Boqueville, en emportant Germaine qu'il mit en pension chez de braves paysans.

En revenant, il fit part au père Garot, atterré, de sa résolution de quitter le pays et de s'embarquer sur un navire de guerre :

— Mon vieux, voici ce que je te propose : je te laisse mon installation, mes filets et mon bateau à deux conditions : tu paieras la petite somme que j'ai promise tous les ans pour l'entretien de Germaine chez les fermiers de Boqueville, et tu diras partout que je suis parti pour la Bretagne avec la fillette...

Personne au monde ne doit savoir où est Germaine, que je reprendrai plus tard, lorsqu'elle sera plus grande, et qu'elle pourra vivre auprès de moi.

Le père Garot finit par accepter le marché, mais après avoir fait de vains efforts pour obtenir de Grenicheux qu'il renonçât à son projet de départ. Un beau matin, le père Garot conduisit Grenicheux à Cherbourg, où ce dernier allait s'engager.   .   .   .   .

.   .   .   .

Cependant, les semaines et même les mois se passaient, sans que maître Barnabé Dufresnoy reçût de nouvelles de la petite Germaine et de frère Théodore, qui ne paraissait ni à Corneville, ni même chez le notaire, en entrant par la porte du jardin.

Dufresnoy commença par être étonné, puis devint inquiet.

Que voulait dire cette disparition de frère Théodore ?... Y avait-il là-dessous quelque tour de Jean Gaspard ?

Si grande que fût la distance, le tabellion se décida à faire le voyage de Granville, conseillé en cela par sa femme, au moins aussi inquiète que lui.

En arrivant, la première chose que fit le notaire, fut de se rendre dans le quartier des pêcheurs.

Un grand gaillard chargé de filets passa près de lui. Il l'arrêta et lui demanda :

— Où est la maison du pêcheur Grenicheux ?

— Grenicheux ?... Grenicheux ?... Ah ! Grenicheux le cornard ! fit le marin.

— Que voulez-vous dire ?... repartit le notaire d'un ton sec, car le digne homme avait horreur de ce genre de plaisanterie.

— Je veux dire, que ce Grenicheux, venu de je ne sais où, avait une jolie femme, et qu'elle l'a planté là, enlevée par un moine.

— Damné Rufin ! murmura Barnabé Dufresnoy avec rage ; je comprends tout, et je m'explique son silence !...

Il reprit à haute voix :

— Et alors où demeure cet infortuné Grenicheux avec ses enfants ?

— Il n'y demeure plus, répondit l'homme.

— Comment cela?

— Oui, puisqu'il s'est ensauvé du pays, vu qu'on se moquait un tantinet de lui.

La foudre s'abattant aux pieds du tabellion ne l'eût pas plus abasourdi que cette fatale nouvelle.

— Parti!... parti! répéta-t-il machinalement. Mais pour quel endroit?...

— Ah! dame, il ne l'a dit à personne... à moins que ce ne soit à son compère Garot, qui a gardé sa barque et sa maison.

— Mais les enfants?

— Je ne sais point ce qu'ils sont devenus.

— Tenez, voici une livre tournois, mon ami. Conduisez-moi chez ce Garot.

Cinq minutes après, le notaire pénétrait chez Garot, qui, précisément, n'était pas à la mer, et réparait un tramail déchiré par quelque marsouin.

En voyant entrer un étranger richement habillé, le pêcheur se précipita obséquieusement au-devant de lui et interrogea :

— C'est-y du poisson qu'il vous faut, monseigneur?

— Non, mon ami, c'est un renseignement.

Le front de Garot se rembrunit, car il se rappela tout aussitôt la promesse faite à Grenicheux, et comprit que c'étaient les persécutions qui commençaient.

Le notaire s'aperçut du changement, et ne se rendant naturellement pas compte du motif, il crut y voir le dépit d'un homme intéressé. Aussi s'empressa-t-il d'ajouter :

— D'ailleurs, ce renseignement vous rapportera plus que la plus belle pêche!

Et il fit étinceler entre ses doigts un beau louis d'or.

Garot ne parut pas très sensible à cette vue, mais ayant arrangé son plan, il s'efforça de sourire, et dit au visiteur :

— Monseigneur, je suis prêt à vous fournir le renseignement, si cela est en mon pouvoir.

— Voici la chose, commença Dufresnoy : vous avez été le compère d'un nommé Grenicheux, et il vous a laissé en partant son installation et sa barque.

— C'est bien cela.

— Pourquoi Grenicheux est-il parti?

— Parce que les pêcheurs le raillaient sur le départ de sa femme, qui s'est ensauvée avec un homme.

— Ah! diable! le pauvre garçon!... Mais où s'est-il rendu en quittant le pays?

... Il montra une cassette en chêne renforcée de ferrures. (Page 301.)

— Dame, il ne me l'a pas dit.

Le questionneur fit un geste de désespoir, et reprit :

— Voyons, procédons par ordre... Comment la femme a-t-elle été enlevée ?

— C'est un moine qui est venu une après-midi au moment où Grenicheux prenait la mer pour ne rentrer que dans la nuit. Ils ont causé longtemps, puis le moine a quitté sa robe, et on l'a vu en justaucorps comme un soldat ; il conduisait la Jeanne, qui portait un enfant.

— Ils ont emmené l'enfant !... Ah ! les coquins !... Oh ! la canaille de Rufin ! ne put s'empêcher de vociférer le tabellion, d'ordinaire si posé.

— Tiens ! tiens ! fit à part lui Garot. Il paraît connaître le moine...

— Par où sont-ils partis ?... Quel était l'enfant qu'ils emmenaient interrogea précipitamment Dufresnoy en posant le louis d'or sur la table.

— Ils ont pris le coche de Caen, d'après ce qui m'a été dit, à l'hôtel du « Cheval Blanc » Quant à l'enfant, c'était tout de même ben la fillette qu'était si mignonne...

La ruse du vieux pêcheur réussit pleinement : Barnabé fut pris au mensonge comme un oiseau à la glu. D'un bond le tabellion fut sur le quai et se dirigea d'un pas hâtif vers le « Cheval Blanc ».

Garot s'était fait ce raisonnement, que Grenicheux tenait à cacher l'endroit où il avait laissé Germaine, mais ne tenait nullement à tenir secrète la frasque de sa femme, que tout le monde connaissait. Dans ces conditions, il lui était bien facile par un mensonge de lancer les gens qui rechercheraient Germaine sur la piste de Jeanne Grenicheux.

XXX

LE CHEVALIER DE VERDERONNE

Le lendemain du jour où Cyprien reçut la visite de la marquise du Mesnil, le marquis de Corneville fit mander le barbier-chirurgien à neuf heures du matin.

Le jeune homme fut introduit dans la chambre du seigneur. Celui-ci l'accueillit avec sa bienveillance habituelle, quoique sa physionomie et son attitude exprimassent une grande tristesse et un véritable abattement :

— J'ai besoin de vous, Cyprien, mais avant de mettre votre science à l'épreuve, il faut que je vous explique quelle est la situation et ce que j'attends de vous.

Le barbier, un peu surpris, s'inclina respectueusement.

Le marquis continua :

— Cyprien, vous allez avoir vingt et un ans, vous allez être majeur, et, quoique depuis longtemps, vous soyez un homme par le sérieux de votre caractère, j'ai cru devoir différer l'entretien suprême que je vais avoir avec vous, parce qu'une volonté que j'ai juré de respecter en a décidé ainsi. Avant d'avoir cet entretien, j'ai désiré mesurer l'étendue de mon malheur, et savoir si à la perte si cruelle de mon fils n'allait pas se joindre un autre deuil.

Cyprien comprit l'allusion du marquis. Il n'ignorait pas que depuis quelques jours l'état de la comtesse Yolande s'était fort aggravé, et que plusieurs savants docteurs étaient venus la voir.

— Mon enfant, reprit le châtelain, vous n'êtes qu'un modeste barbier de village, mais vous avez étudié la médecine et la chirurgie, mieux qu'on le fait d'ordinaire dans votre profession, vous êtes fort instruit, et votre savoir n'a d'égal que votre modestie.

Le jeune homme voulut protester.

— Ne vous défendez pas, je sais que vous n'avez pas en vous cette confiance qui perd les meilleurs médecins, mais cela me rassure encore plus. Ma belle-fille est beaucoup plus mal depuis quelques jours.

— En effet, dit Cyprien, il est venu de grands médecins au château...

— Ce sont des ânes! interrompit le marquis. Je leur ai demandé la vérité brutale et toute cruelle qu'elle pût être. Tous m'ont fait des réponses différentes variant de l'optimisme la plus invraisemblable au pessimisme le plus désespérant. Je ne sais que penser, il me faut la vérité... Allez, Cyprien, voyez ma pauvre Yolande qui vous attend. Laissez-la croire que vous allez la guérir, et revenez me dire ce que vous pensez de son état. Ne me cachez rien!

— Je ne suis qu'un pauvre ignorant à côté des médecins qui sont venus ici, répliqua Cyprien, mais je m'efforcerai d'être à la hauteur de la confiance que vous placez en moi.

Et saluant profondément le marquis, le jeune homme s'éloigna d'un pas ferme. Tandis qu'il se rendait chez la malade, le vieux seigneur de Corneville laissait tomber sa tête dans ses mains en murmurant :

— Dire qu'il y a un père qui a le bonheur de posséder un tel fils, et qu'il ne le reconnaîtra peut-être jamais!

Un quart d'heure après, Cyprien rentrait dans la chambre du marquis.

Devant la mine assombrie du jeune homme, le marquis eut un soubresaut.

Se ressaisissant, le vieux soldat leva la tête, et dit d'une voix qu'il s'efforçait d'affermir :

— Mon enfant, j'aurai du courage ; parlez.

— Monsieur le marquis, je ne sais si je puis me prononcer...

— Inutile de feindre et de chercher à me cacher la vérité. Cyprien, s'écria le seigneur de Corneville, vous êtes trop loyal et trop franc pour savoir composer votre visage, et en vous voyant entrer, j'ai tout compris... Yolande est perdue?...

— Oui, monsieur le marquis.

— Il n'y a aucun espoir ?

— Aucun.

— Et ce sera fini...

— Dans quelques jours ou dans quelques heures !

Un sourd gémissement s'échappa de la gorge du malheureux vieillard :

— Et dire que sans l'horrible assassinat de mon pauvre fils par les soldats du roi, tout cela n'arriverait pas ! Ah ! maudit roi ! tyran exécrable !... Le peu qu'il me reste à vivre sera consacré à te combattre !

Le marquis de Corneville, enflammé de courroux, terrible à voir, resta un moment les poings crispés, l'œil perdu dans l'espace où il semblait suivre un rêve effroyable...

Il se domina subitement, et dit à mi-voix :

— Tenons notre serment. Après cela, je n'aurai plus rien à faire sur cette terre, et je pourrai... Écoutez, Cyprien, je vais avoir des choses graves à vous dire. Ce sera peut-être long. Asseyez-vous.

Le jeune homme voulut décliner l'honneur qui lui était fait.

Alors le marquis toujours très sombre, mais d'une voix solennelle :

— Vous pouvez vous asseoir en ma présence, monsieur, car vous êtes gentilhomme, je puis vous l'affirmer sur l'honneur, et d'une lignée peut-être plus haute que la mienne...

Il y avait une sorte d'amertume dans ces dernières paroles, mais Cyprien, affolé, n'y fit pas attention.

— Moi, Cyprien... un gentilhomme ?... s'écria-t-il, en proie à la plus vive émotion...

— A partir d'aujourd'hui, répondit le châtelain de Corneville, vous n'êtes plus Cyprien... tout court, vous êtes... le chevalier de Verderonne.

— Mon Dieu, comment cela se fait-il ?...

— Écoutez-moi, chevalier, et ne m'interrompez pas : votre mère fut une fille de bonne noblesse, mais pauvre. Orpheline de bonne heure, vivant près d'une vieille tante, pauvre aussi et d'humeur acariâtre, elle entra dans la maison d'une grande dame de la cour, à qui elle servit de lectrice. Un seigneur très puissant, qui vit encore, et qui, à l'époque, était un brillant jeune homme, la vit et conçut pour elle une fantaisie, un de ces caprices passagers juste à la mesure du cœur des beaux muguets de cour. Votre mère était une digne enfant trop confiante, trop naïve pour ce milieu perverti ; elle fut éblouie. Elle crut à un amour là où il n'y avait qu'un désir. Elle fut pendant de courts instants la maîtresse de ce puissant seigneur. Vous êtes le fruit de cette intrigue sans lendemain. Votre père voyant, dans la suite, le désespoir de votre mère, lui jura de s'occuper de vous, et votre pauvre mère, qui ne survécut à votre naissance que quelques jours, mourut rassurée, sinon consolée.

— Pauvre mère !... soupira Cyprien, tandis que de grosses larmes roulaient sur ses joues.

— Brave cœur ! murmura le châtelain ; il n'a que de l'affection et de la pitié pour ceux qui ont fait de lui un bâtard !

Le vieillard reprit :

— Votre père, à cette époque, était mon ami ; il me révéla le secret de votre naissance et me demanda de vous faire élever. En même temps il me mit en possession de ceci.

A ce moment, le marquis tira de sa poche un parchemin qu'il tendit au jeune homme.

— Ce sont, dit-il, des lettres patentes accordant la noblesse et le nom de Verderonne au petit enfant qui m'a été confié et qui a été baptisé, dans la nuit du 19 novembre 1667, à Paris, en l'église Saint-Sulpice, sous le nom de Cyprien-Charles-Auguste, né de père et mère inconnus...... Vous vous appelez donc le chevalier de Verderonne, et comme tel je vous donne l'accolade.

Alors le marquis tira son épée, et du plat frappa l'épaule du jeune homme. Puis, il le prit dans ses bras, et le baisa tendrement sur la joue.

— Que m'importe ce titre, murmura Cyprien profondément ému, puisque je n'ai ni père ni mère. A tous les parchemins, que tant de riches bourgeois paieraient d'une fortune, je préférerais bien les baisers d'une mère ou l'étreinte d'un père !

— Mon enfant, dit doucement M. de Corneville, votre pauvre mère est morte parce qu'elle avait trop de cœur. Prenez garde, vous aurez à lutter, la vie est pleine de traverses ; cuirassez-vous d'un triple airain ; sinon les flèches de l'adversité vous feront de terribles blessures... Votre père a pensé que votre titre ne pourrait aller sans l'argent nécessaire pour commencer votre carrière, et il m'a nanti d'une forte somme que je devais vous remettre à l'âge de vingt et un ans en même temps que votre titre de noblesse. Cette somme, la voici.

Le châtelain avait ouvert la porte à secret du fameux cabinet d'ébène, que l'Ombre crocheteuse n'était pas parvenue à forcer jadis, et il montra une cassette en chêne renforcée de ferrures, qu'il eut beaucoup de peine à soulever.

— Il y a là-dedans quarante mille livres en or, dit-il, et soixante mille livres en pierreries, diamants, perles, rubis, saphirs, turquoises et émeraudes. Ces cent mille livres sont votre dot, et vous permettront de faire votre chemin dans quelque carrière que vous choisissiez.

Cyprien, ébloui, écrasé, ne disait rien, se demandant s'il rêvait.

Le marquis avait ouvert la cassette et en retira une bague en or dont le chaton, travaillé dans le goût italien, supportait une topaze brûlée.

— Cette bague, mon cher chevalier, sera pour vous à toutes les heures de votre existence un souvenir, et peut-être, un jour, un talisman. Elle vient de votre père qui l'avait donnée à votre mère, et la pauvre femme mourante me l'a remise pour vous.

Cyprien, qui n'avait pas fait un geste pour prendre la précieuse cassette, saisit la bague et la porta à ses lèvres, la couvrant de baisers, tandis qu'il murmurait :

— Pauvre mère, voilà donc tout ce qui me reste de toi !

Le marquis respecta, un moment, l'émotion qui s'était emparée du jeune homme, puis il conclut :

— Voilà, mon cher enfant, ce que je devais vous donner et ce que j'ai réussi à vous garder au prix de grands périls. Prenez, je vous prie, votre bien !... Ma conscience est maintenant soulagée d'un grand poids, ajouta le châtelain, je puis disposer maintenant librement, de ma vie, ne devant plus rien à personne ! . . . .

. . . .

Le jeune homme s'approcha alors du « cabinet » entr'ouvert, et en retira entièrement son trésor.

Tandis que Cyprien, ou plutôt le chevalier de Verderonne regagnait sa maisonnette, portant aisément sous son bras vigoureux, malgré son poids, la tant précieuse cassette, les pensées les plus contradictoires se disputaient son âme. Tantôt il voyait s'ouvrir devant lui une brillante et glorieuse carrière, tantôt il regrettait sa vie calme et paisible. Mais bientôt, la jeunesse aidant, l'esprit d'aventure triompha ; et quand il franchit le seuil de sa maison, il avait résolu de prendre son essor et de marcher hardiment vers sa destinée.

XXXI

LA NICHE ROUGE

L'huissier qui montait la garde à la porte des appartements de la marquise de Maintenon n'était pas de bonne humeur : la favorite était revenue subitement de Saint-Cyr, où elle devait rester plusieurs jours, et le brave homme était obligé de lutter contre le flot envahisseur des courtisans qui cherchaient à être admis au grand lever de la pseudo-reine... courtisans féminins bien entendus et d'autant plus difficiles à contenir qu'ils appartenaient au sexe improprement appelé faible.

Après avoir un peu boudé la veuve de Scarron, le sarcastique écrivain, ces dames de la cour venaient maintenant adorer celle dont la puissance grandissait chaque jour.

— Non, madame la comtesse, non, madame la marquise de Maintenon ne recevra pas ce matin, elle est revenue souffrante, affirmait l'huissier.

— Lavallée, madame la marquise m'a fait dire qu'elle recevrait, déclarait une duchesse de vieille date et dont les ancêtres remontaient peut-être plus haut que ceux de la famille d'Aubigné.

Mais Lavallée resta inflexible jusqu'à ce qu'un prêtre à la figure sévère, presque ascétique, se présenta pour passer.

— Mon père, dit Lavallée en s'inclinant sous la bénédiction lancée à la ronde, madame la marquise vous a demandé déjà deux fois.

— C'est bien, mon ami; si je ne suis pas venu plus tôt, c'est que j'avais des devoirs à remplir.

Et sans daigner jeter les yeux sur la foule des belles solliciteuses, le père Le Tellier franchit gravement l'auguste seuil clos pour tout le monde.

Au dernier rang des dames de la cour on remarquait depuis longtemps une jeune femme dont la mise modeste et la grande beauté attiraient tous les regards.

Inconnue de toutes, elle devint rapidement l'objet des conversations. Quoiqu'elle se sentît le point de mire de tous ces regards, la jeune femme ne parut pas le moins du monde embarrassée.

— Qu'est-ce que cette provinciale ? fit une marquise du bout des lèvres.

— Elle n'a, certes, jamais été présentée à la cour, déclara une comtesse.

— Mais cependant elle n'aurait pu venir jusqu'ici, répliqua une jeune fille qui accompagnait sa mère.

La mère se mit à rire.

— Que tu es sotte, Sophie! s'écria-t-elle; il suffit pour parvenir jusqu'à l'antichambre qu'elle soit noble et munie d'une lettre d'introduction; mais elle ne pourra pas dépasser cette galerie...

— A moins qu'elle ne soit mandée par la marquise de Maintenon, repartit une blonde.

— Ce qui est peu probable, prononça une autre dame, en ricanant.

La jeune femme, objet de ces propos, avait pourtant très habilement évolué, et presque insensiblement était arrivée à se rapprocher de Lavallée.

Elle parla bas à l'huissier, qui d'abord, se récria vivement. Mais alors la jeune femme prit dans son corsage un pli qu'elle remit au cerbère, avec une feuille de papier qu'elle lui montra.

A la vue de la signature, Lavallée eut un haut-le-corps, et, au grand étonnement des personnes présentes, il disparut par la porte, aussitôt refermée.

Lavallée traversa la salle des gardes du roi et s'engagea dans un long passage fort étroit, qu'il suivit jusqu'au bout, puis entra dans une autre antichambre toute pareille de forme, terminée par une grande porte, à laquelle il gratta.

La porte s'entre-bâilla au bout de quelques instants. Lavallée parla bas à une jeune personne blonde, mince, qui n'était autre que la femme de chambre de service, ce jour-là, de madame la marquise de Maintenon.

La pièce à laquelle cette porte donnait accès était tout simplement, dans son expression la plus intime et la plus redoutable, le sanctuaire du pouvoir le plus absolu que la France ait connu. Entre la porte et la cheminée on voyait un fauteuil adossé à la muraille avec une table devant et un « ployant autour ».

Ce fauteuil était celui du roi le plus puissant qui fût jamais. La table était le bureau du monarque, et le ployant servait « au ministre qui travaillait. » De l'autre côté de la cheminée, était creusée une niche de damas rouge sous laquelle était placé un autre fauteuil, le fauteuil où se tenait madame de Maintenon.

La marquise avait aussi devant elle une table plus petite que celle du roi. Plus loin, un lit dans un enfoncement; vis-à-vis les pieds du lit, une porte, et cinq marches à monter.

Tel était le décor, singulièrement imposant par sa simplicité, du lieu où furent décidées la révocation de l'Édit de Nantes et les dragonnades.

Madame de Maintenon, assise dans son fauteuil sous la niche de damas rouge, écoutait le père La Chaise, parlant debout à une distance respectueuse, lorsque la femme de chambre vint lui présenter un pli sur un plateau d'or.

Elle l'ouvrit, et le lut, puis le tendit au prêtre, qui le parcourut à son tour :

— C'est une personne pieuse, et qui nous a rendu de grands services en Normandie, déclara le révérend père; grâce à elle, nous avons pu atteindre des hérétiques qui se croyaient bien cachés dans ce vieux pays catholique, et si un dangereux conspirateur a pu s'enfuir, cela n'a tenu qu'à la maladresse d'un officier.

— J'ai fait donner une compagnie de mousquetaires à son mari, et je crois avoir promis de l'aider à faire ses premiers pas à la Cour. Mais avant cela, je voudrais la connaître.

— Je suis heureuse de vous voir, madame, et c'est moi qui vous
remercie. (Page 306.)

— Elle a, d'ailleurs, d'après sa lettre, de nouvelles indications à vous
donner.

— C'est bien, je vais la recevoir.

Ce fut une profonde émotion lorsque Lavallée, courbant l'échine devant l'inconnue, prononça d'une voix forte :

— Madame la marquise de Maintenon reçoit madame la marquise du
Mesnil.

Puis se tournant vers la foule des dames de la cour, il ajouta :

— Madame la marquise ne recevra plus ce matin.

Ah ! il fallait que Geneviève fût d'une rude trempe pour ne pas se sentir écrasée sous les regards haineux et envieux de toutes celles qu'on renvoyait, tandis qu'elle pénétrait dans le sanctuaire.

Ce fut toujours avec le même maintien modeste, et presque timide, que la rusée Geneviève pénétra chez madame de Maintenon.

Elle exécuta ses trois révérences de cour, comme si elle saluait la reine elle-même, mais cela fut fait le plus simplement du monde, sans la moindre affectation, et la conseillère de Louis XIV fut heureuse de trouver ce tact chez une personne qui l'intéressait à l'avance.

— Très forte et bien jolie, murmura le père La Chaise, entre ses dents.

— Madame la marquise a été bien bonne pour moi, dit Geneviève, et si je me permets de lui rappeler la promesse qu'elle a bien voulu me faire, c'est qu'elle m'y a autorisée.

— Je suis heureuse de vous voir, madame, et c'est moi qui vous remercie des services que vous avez rendus au Roi et à notre sainte Religion.

Maupertuis, le capitaine des mousquetaires gris, m'a, d'ailleurs, fait un rapport très favorable sur M. Du Mesnil, et si vous n'étiez venue me rappeler ma promesse de vous présenter à la cour, j'allais vous y faire mander.

— Si j'ai eu la hardiesse de me présenter devant madame la marquise c'est que ma tâche n'était pas encore finie, et que je voulais signaler à sa haute attention les germes d'hérésie qui poussent encore dans notre province.

— Parlez, mon enfant, expliquez-vous.

Lentement, posément, avec d'habiles réticences, Geneviève expliqua que si le départ du comte de Lucenay avait enrayé momentanément les menées des huguenots, leur propagande n'en continuait pas moins.

Une jeune amie de la comtesse de Lucenay manifestait depuis quelque temps des tendances inquiétantes.

— Quelle est cette jeune fille ? demanda la marquise, tandis que le père La Chaise dardait sur elle les regards les plus inquisiteurs.

— C'est mademoiselle Hélène de Corneville.

— Est-ce une parente du marquis que le roi a dû tout récemment exiler dans ses terres ?

— C'est sa fille.

— C'est bien ; nous aviserons ; en attendant, faites préparer votre robe de la présentation, car je demanderai, dès aujourd'hui, à Sa Majesté de fixer le jour où M. du Mesnil et vous, madame, serez admis à monter dans ses carrosses.

Tandis que Geneviève, marchant à reculons, s'inclinait par trois fois jusqu'à terre, devant madame de Maintenon, celle-ci ajouta en souriant :

— Vous allez avoir de grands frais pour votre installation. Je demanderai au roi de vous aider sur sa cassette particulière, car je sais que les du Mesnil ne se sont pas enrichis au service de l'État. Je voudrais pouvoir en dire autant de bien des courtisans.

La marquise avait su déguiser sa générosité dans un compliment.

XXXII

L'EMBUSCADE

La prédiction de Cyprien se réalisa de point en point : en quelques jours, les forces d'Yolande de Corneville déclinèrent rapidement, et, un soir, comme le soleil se couchait dans un ciel splendide, la pauvre femme rendit le dernier soupir, étendue sur une chaise longue, où elle s'était fait porter pour respirer l'air apaisant de la fin du jour.

Il semblait qu'un vent mauvais avait soufflé sur la demeure seigneuriale, et tout en voyant passer le marquis écrasé par la douleur, au bras de sa fille Hélène, presque défaillante elle-même, les braves gens du village murmuraient tout bas :

— Il y a certainement un sort sur le château !... M. le marquis devrait s'éloigner pour quelque temps !

Les paysans avaient bien raison, à leur point de vue ; un mauvais sort planait en effet sur la demeure bâtie par le baron Jason... Était-ce bien un mauvais sort ? Non, mais la cupidité, l'envie et la haine qui veillaient de toutes parts, cherchaient le point vulnérable à la cognée pour abattre le vieux chêne de la maison de Corneville !

Cependant, l'union d'Hélène et de Fabrice allait s'accomplir. Ils avaient été tous deux frappés au cœur par ces deuils consécutifs, si brusques, si imprévus, mais ils s'aimaient, et cet amour, en vertu de la loi de nature, qui s'impose à tous, l'emportait chez eux sur tout autre sentiment. Du fond de leur tristesse, ils appelaient de tous leurs vœux le jour qui devait consacrer leur hymen.

Le marquis lui-même en pressait les préparatifs, malgré le deuil nouveau, ou plutôt même à cause de ce deuil, comme s'il craignait instinctivement qu'un autre malheur ne vînt fondre sur sa maison à la suite des deux premiers.

Le personnel de la domesticité s'éclaircissait comme pour souligner les grands vides que la mort avait faits dans le château. Marthe, que le décès de sa maîtresse si chérie et respectée, laissait sans emploi, était bien restée quelque temps encore dans la noble demeure, cherchant à se rendre utile de son mieux, mais l'ennui résultant du défaut d'occupations suivies, et une certaine délicatesse de sentiment qui lui faisait éprouver des scrupules à vivre d'un pain qu'elle ne trouvait pas suffisamment gagné l'avaient décidée à quitter la maison. Et Jérôme, le valet de chambre du marquis Roland, qui venait d'hériter d'un bien dans le pays, imita cet exemple pour se faire aubergiste. Par la même occasion le gaillard qui en tenait toujours pour Marthe, lui offrit son cœur pour le bon motif; celle-ci ne se le fit pas dire deux fois, et prit au mot le jouvenceau, trop heureux de penser qu'elle allait devenir une des plus accortes maîtresses d'hôtel de la contrée. Toutefois, avant de priver le marquis de ses services, Jérôme avait demandé à son camarade Claude, qui n'avait plus de fonctions déterminées depuis la mort du comte Raoul, s'il consentirait, le cas échéant, à le remplacer auprès du châtelain. Claude avait répondu affirmativement et s'était fait aussitôt agréer. Quant à Gervais, le solide gars, si osé pour pêcher avec les filets du fermier Gaspard, mais si poltron devant les revenants, vrais ou faux, il s'était, — on ne sut trop pourquoi, à moins que ce ne fût pour trouver un saint protecteur auprès de ces mêmes revenants, — offert comme domestique à dom Martin. Et celui-ci, qui voyait en lui un honnête et digne garçon éprouvé déjà au service du marquis, l'avait accepté sur-le-champ. Gervais était devenu une sorte de frère lai et n'était plus à même de voir aussi souvent qu'auparavant la pauvre Toinon, qui continuait d'exercer ses modestes attributions au château.

De dépit, la pauvrette entra en condition dans une famille de petits bourgeois à Pont-Audmer. Il n'était pas jusqu'à ce mirliflore de Guillaume le docte officier de bouche, digne rejeton d'une lignée de maîtresgueux émérites, naguère si exubérant, d'entrain, de verve, de gaieté, qui ne se sentît devenir morose, taciturne comme si ces départs successifs influaient fâcheusement sur lui et le prédisposaient à déserter, lui aussi.

Vers la mi-novembre, Cyprien qui n'ayait jusqu'alors rien changé à son genre de vie, confia sa boutique au petit Ésope son apprenti, il déclarait qu'il allait passer quelques jours à Rouen, où un illustre médecin donnait depuis quelque temps des leçons qui faisaient sensation. Toute réflexion faite, il avait décidé de préluder au séjour dans la capitale du royaume, par une visite au chef-lieu de la province. Mais avant de partir, il avait revu longuement le marquis, et longuement aussi, il s'était entretenu avec Fabrice de Préval et mademoiselle Hélène de Corneville.

Peu de jours après son départ, un individu vêtu de noir aux allures de quelque bas-procureur, était arrivé dans le bourg. Il s'était aussitôt présenté chez maître Dufresnoy, qui s'était enfermé avec lui dans son cabinet de travail. L'entretien avait été fort long, et comme l'étranger se retirait, on l'avait entendu prononcer ces paroles : « Je vous remercie encore une fois, maître Dufresnoy, des renseignements que vous m'avez donnés, et je rappellerai à qui de droit votre loyauté en cette affaire. » Les langues avaient marché à ce propos, et quelques commères avaient émis l'avis que le quidam avait été sans doute dépêché par quelque grand seigneur pour acheter des propriétés dans la région.

C'était un samedi que devait avoir lieu le mariage. Aussi, dès le jeudi, les préparatifs du banquet réservé seulement au marquis, aux nouveaux époux, au prieur, au curé, et à Dufresnoy, occupaient-ils le personnel restant au château. Ainsi en avait décidé le chef de la maison de Corneville, qui avait pris un terme moyen conforme aux circonstances. Il avait arrêté de suivre pour le mariage d'Hélène les traditions de la famille, mais en écartant tous les hôtes étrangers, pour n'avoir pas à leur faire partager une contrainte pénible. Quant au repas qu'il était d'usage aussi de donner aux paysans, il fut convenu qu'il aurait lieu comme précédemment dans le parc, mais que, vu la circonstance, il ne serait pas suivi du bal traditionnel. Au surplus, ajouta mélancoliquement le marquis, je doute que ces braves gens aient le cœur à danser...

Il y avait alors, dans le village, un pauvre garçon d'une vingtaine d'années, petit, chétif, malingre, toujours fort timide et embarrassé de sa personne, et que l'on considérait généralement comme idiot, peut-être uniquement parce qu'il n'ouvrait que très rarement la bouche, et se contentait alors d'user de monosyllabes. Il s'appelait Mathieu, et on le désignait toujours sous le nom bien peu charitable de Mathieu-la-Bête.

Il vivait des aumônes du marquis, et le plus souvent il couchait dans les communs de la demeure seigneuriale.

Doué d'un bon naturel, ce malheureux cherchait toujours à rendre service, et comme si le peu d'intelligence qui logeait dans sa cervelle s'était spécialisé, concentré, pour ainsi dire, sur un seul point, il avait acquis une certaine habileté dans l'art de capturer les belles truites de la Rille.

Agacé par les taquineries des paysans, il s'isolait le plus souvent, et ne pêchait jamais que seul.

Mathieu n'eut garde d'oublier le rôle qui lui incombait pour les préparatifs des noces de mademoiselle de Corneville. Il pêcha pendant plusieurs jours du matin au soir, avec autant de conscience que d'adresse, et ce fut lui, sans aucun doute, qui apporta — Dieu sait avec quelle discrétion et quelle modestie — les plus belles pièces dans les viviers du château.

Un matin, comme il se dirigeait vers la rivière, il se croisa sur la route avec un cavalier bien monté. Celui-ci lui cria :

— Holà, mon garçon, écoute un peu par ici !... Mathieu s'arrêta, ouvrant la bouche dans un large sourire, qu'il voulait rendre agréable.

— Me v'là, mon bon seigneur, me v'là, dit-il sans bouger de place.

Le cavalier poussa son cheval vers lui :

— Tu vas à la pêche ? lui demanda-t-il en lui voyant des lignes sur l'épaule.

— Tiens ! vous avez deviné cela, mon doux seigneur ! dit naïvement le pauvre d'esprit.

Le cavalier fronça le sourcil et faillit se mettre en colère, croyant à une raillerie, mais il avait sans doute un intérêt puissant à ne pas faire d'éclat, car il se contint.

— Comment t'appelles-tu, manant ? interrogea-t-il.

— On me nomme Mathieu-la-Bête, répondit le pauvre garçon avec un rire strident.

— Ah ! bien, je comprends, fit le cavalier, dont le visage se dérida.

— Et à demi-voix, il ajouta :

— J'ai de la chance, voilà bien ce qu'il me fallait. — Écoute, mon garçon, je voudrais t'acheter le poisson que tu auras pêché ce soir.

— Ah çà ! c'est pas possible, mon bon monsieur.

— Pourquoi donc ?

— Parce que tout ce que je prends appartient à mon maître.

— Et ton maître, c'est...

— Bé dame, vous devez bien le savoir, puisque vous avez bien deviné que j'allais à la pêche.

— Cela ne fait rien, dis-moi le nom de ton maître.

— Oh ! oh ! s'écria Mathieu en se tenant les côtes, il ne connaît pas le marquis de Corneville, le plus grand seigneur de toute la Normandie !...

Le cavalier ne se fâcha pas de l'hilarité du manant, et parut, au contraire, très satisfait.

— Tu es des gens de Corneville, mon gaillard ? demanda-t-il en riant à son tour.

— Dame, puisque je vais pêcher pour la noce de mam'zelle Hélène.

— C'est juste, et cette noce a lieu quel jour ?

— Après-demain donc... Ah ! ce qu'on va manger, j'en crèverai pour sûr ! déclara l'autre avec une conviction comique.

— D'ici là, dit le cavalier en mettant la main à sa poche, tu pourras boire à sa santé.

— Si j'avais de l'argent, dame, oui, mais il ne vient plus beaucoup de monde au château de Corneville, et je n'ai guère l'occasion de gagner des pièces blanches à tenir les chevaux.

— Eh bien, tu vas tenir le mien; et voici une livre pour la peine.

Le cavalier jeta ses guides au pauvre diable, ébloui par la vue de la monnaie d'argent.

Le voyageur devait être quelque soudard dépenaillé, cherchant fortune par monts et par vaux, car sous un manteau singulièrement râpé, avec une longue cuirasse toute bosselée, il laissait voir au ceinturon une paire de vieux pistolets qui faisaient le respectable contre-poids d'une lourde épée à coquille d'acier un peu rouillée.

Le cavalier, prenant familièrement Mathieu par une épaule, lui dit :

— Un renseignement, mon ami.

— Deux... trois... quatre, cria le pauvre diable, enthousiasmé par la pièce de vingt sols.

— Non, merci, un seul me suffit... Mademoiselle Hélène de Corneville doit-elle sortir aujourd'hui ?

— Sans doute, comme d'habitude dans l'après-midi, pour aller voir les malades de Pincheloup. Ils ont tous la fièvre quartaine dans ce pays-là... Vous savez, Pincheloup, à côté de Lillebec.

— Ah ! bien... Et par qui est-elle accompagnée ?

— Par des domestiques; et puis il y a son fiancé, M. le bailli.

— Quel homme est-ce ce bailli ? demanda machinalement le soldat sans songer qu'il parlait à une sorte d'idiot.

Mathieu, ahuri, répliqua :

— Il a deux jambes, deux bras...

— Assez, espèce de brute ! interrompit le cavalier avec colère, coupant court à l'énonciation. Je te demande s'il est brave, et s'il est de taille à se défendre, au cas où on l'attaquerait.

— Ah ! ah ! ah ! je vous crois qu'il se défendrait ! répondit Mathieu en poussant un grand éclat de rire. Si vous saviez l'histoire des trois soldats... Ah ! ah ! ah !

— Conte-moi l'histoire, dit le cavalier, très intéressé subitement.

Mathieu, dont la langue se déliait à vue d'œil, et qui, sous l'influence du contentement causé par l'aubaine dont il venait d'être gratifié, devenait sous ce rapport véritablement méconnaissable, dégoisa :

— Eh bien, v'là la chose : — un jour, il passa par le pays trois soldats... ils étaient à cheval...

— A quel régiment appartenaient-ils ? demanda le voyageur machinalement.

— C'étaient des traînards qui marquaient mal... Tenez, ils étaient comme qui dirait dans votre genre.

Le soldat leva son poing avec un juron, puis le laissa retomber, dominant encore un peu sa colère.

— Abrège ton récit, rustre, commanda-t-il rageusement.

— Eh bien, les trois traînards avaient battu une pauvre vieille, et lui avaient volé les provisions qu'elle portait au marché. Alors M. le bailli a sauté à cheval et les a poursuivis.

— Seul? interrogea le soldat, stupéfait.

— Seul... Dame, il n'avait pas besoin de quelqu'un.

— Oh! oh! diable! continue.

— Il les rattrape devant la ferme à Giboulet qui l'a conté, vu qu'il a assisté à la scène. Il leur crie qu'ils aient à le suivre au château de Corneville pour rendre compte de leur méfait. Voyant qu'il est seul, les trois soldats tirent leurs épées et le chargent. Alors, le bailli en fait autant, mais il jette son cheval de côté, passe près de celui qui était le plus à gauche, et l'embroche d'un grand coup d'épée.

— Peste!

— A dix pas de là il fait virer son cheval, fonce sur les deux autres qui s'étaient retournés sur lui, troue le front à celui de droite et coupe le poignet de l'autre... Il a ensuite emmené les deux blessés au château, où la maréchaussée de Pont-Audemer est venue les prendre.

Le cavalier resta un moment rêveur, puis, remontant à cheval, il dit simplement :

— Merci, mon ami, et tâche d'attraper beaucoup de poisson.

Piquant ensuite des deux, il s'élança au galop sur la route de Pont-Audmer.

Tout en s'éloignant, il murmurait :

— Nous avons bien fait de venir en nombre... Il faudra peut-être bien en découdre

Il était cinq heures, quand Hélène de Corneville revint de sa charitable excursion dans les environs de Lillebec, cheminant vers le village de Saint-Paul. Sa jument, douce et bonne bête, avait d'elle-même pris le pas, et le cheval du bailli, réglant son allure sur la sienne, avait également quitté le trot. Les deux jeunes gens marchaient côte à côte, tandis qu'à une dizaine de longueurs venaient les fidèles Claude et Blaise, montés sur des courtauds, et portant chacun une sacoche pleine de médicaments.

— Dans deux jours, vous serez à moi, murmurait tendrement le bailli... dans deux jours, nous partirons comme Cyprien, je veux dire, comme notre cher chevalier, qui doit être bien marri de ne pouvoir assister à notre mariage, vu l'impossibilité où il se serait trouvé de continuer à être, en une telle cérémonie, Cyprien tout court, et sa répugnance à révéler

L'infortuné Préval, tiré en arrière, ne tarda pas à tomber sur le dos.
(Page 314.)

brusquement dans le pays son changement de condition... nous irons
faire un beau voyage.

— Oui, mais court, répondit Hélène, car il ne faut pas que nous lais-
sions mon pauvre père trop longtemps seul : son humeur sombre m'inquiète.

— Vous avez raison, Hélène, et...

Le bailli n'acheva pas sa phrase : ils arrivaient à l'entrée du bois

Saint-Paul, dans un endroit où la route formait un coude derrière lequel s'ouvrait un chemin forestier. Fabrice, qui venait d'accélérer un peu son allure, aperçut soudain quatre cavaliers immobiles barrant le passage à la hauteur de ce chemin.

— Que veulent ces gens?... dit-il en arrêtant sa monture d'une main, tandis que de l'autre il retenait la jument d'Hélène.

Quatre autres cavaliers sortirent du bois au même moment.

Tous étaient masqués et vêtus d'amples manteaux.

Les nouveaux venus poussèrent droit à la jument d'Hélène, et l'un d'eux tenta d'arracher la jeune fille de sa selle en la saisissant à bras-le-corps, tandis que les trois autres fondaient sur le bailli, l'épée haute.

D'un vigoureux coup de cravache, Hélène cingla le visage de son agresseur, qui recula, tout ensanglanté. En même temps, Fabrice dégaina avec une rapidité foudroyante, et, enlevant son cheval, il frappa si violemment un des assaillants du pommeau de sa lame qu'il lui fit mordre la poussière ; puis se retournant brusquement, il allongea au plus rapproché un furieux coup de taille qui le désarma, et le jeta à bas de sa monture.

Les quatre cavaliers de garde sur la route firent mine alors de s'avancer vers le groupe formé par Hélène, le bailli et les deux bandits restés en selle.

La situation devenait critique. Les deux domestiques le comprirent et, quoique armés de simples houssines, ils se rapprochèrent résolument d'Hélène et de Fabrice.

— Demi-tour, vous autres, et portez-vous à vingt pas en arrière ! Surtout, ouvrez l'œil ! cria le cavalier qui semblait être le chef aux quatre sentinelles. Nous nous chargeons de la dame !

Puis apostrophant les deux valets :

— Et d'abord vous deux, maîtres benêts, voici pour vous !

Ce disant, il fondit sur les deux pauvres diables et les chargea du plat de son épée avec une telle vigueur que leurs sacoches, leurs houssines et leurs personnes jonchèrent vite le sol.

Fabrice, qui n'avait fait qu'un bond vers sa fiancée, la couvrait intrépidement de son corps, et il réussit durant quelques instants à écarter les assaillants, en frappant furieusement autour de lui.

Mais tout à coup une corde siffla dans les airs et s'abattit sur le bailli, qui se sentit étranglé. L'infortuné Préval, tiré en arrière avec une extrême violence, vida les arçons. Renversé d'abord sur la croupe de son cheval, il ne tarda pas à tomber sur le dos.

— Bravo, Folle-Avoine ! clama le chef des drôles. Joli coup de lasso !

Au même moment, Hélène, qui cherchait des yeux son défenseur, aperçut le cheval de son ami galopant sans son maître.

Elle ne put retenir alors un cri de désespoir :

— Ciel!... ciel!... Fabrice, où êtes-vous ?

Un faible gémissement lui fit tourner la tête, et elle vit à quelques pas le jeune homme étendu sans mouvement.

Hélène de Corneville crut que son fiancé était tué, et toutes ses forces l'abandonnèrent ; avant même que les coquins eussent pu la toucher, elle tomba privée de connaissance, et sa chute fut si malheureuse que sa tête porta contre une grosse pierre. Son large chapeau de feutre fut projeté au loin par le choc, et un flot de sang inonda ses joues pâles rendues plus blanches encore par l'ébène de sa chevelure dénouée.

A cette vue, Fabrice, qui, au prix des plus grands efforts, était parvenu à se mettre sur son séant, essaya, par un mouvement d'une suprême énergie, de se dresser tout à fait; il ne réussit qu'à resserrer l'étreinte du nœud coulant qui emprisonnnait sa gorge. Il s'abattit de nouveau.

Et Folle-Avoine de ricaner cyniquement, en disant :

— Trop tôt, mon beau muguet; il faut nous faire le plaisir de rester tranquille encore un instant.

Au risque de rompre le col du malheureux, le coquin tira de plus belle.

Au même instant, le chef des hommes masqués jeta cet ordre bref :

— A la clairière !

Aussitôt, deux de ses acolytes mirent pied à terre, et, confiant leurs chevaux à leurs compagnons, ils s'approchèrent vivement de la jeune fille inanimée; ils la prirent non sans précaution, l'un supportant le buste, l'autre tenant les pieds.

Ils s'enfoncèrent ensuite dans le bois avec leur délicat fardeau, pendant que leurs camarades prenaient le même chemin.

Les deux cavaliers qui avaient été jetés à terre fermèrent la marche en menant leurs chevaux par la bride. Folle-Avoine seul restait en arrière, continuant à maintenir le bailli.

Tout d'un coup un roulement de carrosse se fit entendre, et le coquin lâcha aussitôt la corde en décochant à Fabrice ce dernier trait d'ironie :

— Maintenant, l'ami, vous pouvez reprendre votre promenade, si le cœur vous en dit. Pour moi, je décampe !

Et Folle-Avoine piqua des deux pour rejoindre ses camarades.

Claude et Blaise, qui avaient été si rudement renversés du haut de leurs montures, étaient demeurés immobiles dans leurs positions respectives, comme s'ils avaient eu les côtes brisées ou quelque membre hors de service. Cependant, il n'en était rien, car à peine le dernier sacripant était-il hors de vue, qu'ils se relevaient à demi tous deux.

Dans cette posture, ils se tâtèrent consciencieusement, et, rassurés sur leur solidité relative, ils parvinrent au prix de nouveaux efforts à se dresser sur leurs pieds.

Reprenant possession d'eux-mêmes, ils échangèrent un regard qui disait combien ils étaient penauds... combien ils étaient terrifiés. Ils pensaient : Disparue, mademoiselle Hélène de Corneville, leur bonne maîtresse, confiée à leur dévouement, placée sous leur fidèle garde!... tuée peut-être!... Quelle aventure!... quelle catastrophe!... Comment la raconter au marquis?...

Et, involontairement, ils se souvinrent de Gervais, dont la poltronnerie avait causé en partie la mort de Raoul!... Et une sueur froide inondait leurs tempes.

Mais, au bout d'un instant, ils se ravisèrent : après tout, ils n'ont pas fui comme Gervais, qui laissa son maître seul aux prises avec ses meurtriers ; ils se sont élancés, quoique sans armes, au secours de leur maîtresse, et ce n'est pas de leur faute, s'ils ont été renversés par des gens armés.

Toutefois, ces réflexions, quoique très justes, ne dissipent pas leurs craintes. D'ailleurs, ils éprouvent un véritable chagrin, une douleur profonde... Ils sont en proie à une angoisse intense.

Tout à coup, Claude abaisse ses yeux vers le sol, et voit confusément, car le jour baisse, Fabrice étendu sur le dos, le cou serré dans une corde.

— Monsieur le bailli!... s'écrie-t-il. Mon Dieu, ils l'ont peut-être tué, lui aussi !

— Oui !... fait Blaise. Les misérables !...

Et tous deux, obéissant à une même inspiration, se signent rapidement, fébrilement, puis tombent à genoux, adressent au ciel des prières accompagnées de pleurs pour le salut de mademoiselle Hélène et pour celui du bailli...

Le jour a fait place au crépuscule. Quelques nuées voilent l'azur du firmament qui était tout à l'heure si pur, et où un gai soleil éclairait une scène sanglante.

Un vent violent s'élève, la nature s'assombrit, tout prend avec les approches de la nuit une teinte de plus en plus vague, de plus en plus sinistre; mille bruits divers montent des profondeurs du bois voisin, les grands arbres craquent lugubrement, balancent leurs rameaux d'une façon désordonnée, fantastique...

Les deux hommes précipitent leurs prières, multiplient leurs signes de croix. Cette agitation de la nature après cette scène de violence les pénètre d'un réel effroi. Cependant ils perçoivent un gémissement... puis un autre... et, alors, ils se ressaisissent.

— C'est monsieur le bailli ! profère Blaise en se remettant debout.

— Oui ! confirme Claude en se relevant aussi.

Secourons-le !

Ils s'élancent vers Préval, qu'ils trouvent couché face contre terre. Ils lui soulèvent la tête avec précaution, et parviennent à la dégager du nœud formé par la corde.

— Il est sauvé ! se disent-ils alors.

Mais la face de Fabrice est toute congestionnée, ses yeux sont striés de sang, ses lèvres et ses oreilles sont presque bleuâtres, et tout autour du cou il porte des traces visibles de strangulation ; le malheureux ne peut articuler aucune parole, ni faire aucun mouvement, car Folle-Avoine, avant de partir, a tiré énergiquement sur le lasso, sans doute pour mettre son prisonnier hors d'état de le poursuivre immédiatement, et c'est tout au plus si l'infortuné bailli peut faire entendre quelques soupirs.

— Va-t-il mourir?... souffla Claude à Blaise, avec un accent de terreur.

Claude, sans répondre, s'éloigna pendant quelques instants, cherchant à terre la sacoche aux médicaments qu'il avait perdue dans le feu de l'action. Il la trouva bientôt, et sans en explorer autrement le contenu, allant au plus pressé, il en tira un flacon de sels, qu'il déboucha, et il le fit respirer au patient.

Fabrice se ranima progressivement, et bientôt il murmura assez distinctement :

— Où suis-je?...

L'asphyxie n'était qu'à son début, mais un peu de tension exercée en plus sur la corde, et c'en était fait des jours de Fabrice de Préval !... la jeunesse et la vigueur de son tempérament aidèrent à le faire revenir à son état presque normal. Il ne lui resta bientôt qu'une forte courbature provenant de sa lutte acharnée, inégale contre les bandits, et de la violence de sa chute.

Claude et Blaise n'avaient pas répondu sur-le-champ à sa question : ils attendaient qu'il eût repris un peu le cours de ses facultés mentales.

Ils lui remémorèrent alors le tout. Et comme leur esprit était de nouveau frappé par leur propre récit, comme ils repassaient de mémoire par les mêmes transes, ils ne prirent pas garde à une rumeur qui s'approchait comme une marée montante, et ne distinguèrent pas des lueurs qui venaient.

Aussi furent-ils fort saisis, lorsqu'ils se trouvèrent au centre d'un groupe tumultueux formé par des gens de Corneville et de Saint-Paul, à la tête duquel se tenait le marquis Roland.

Préval avait alors complétement repris possession de ses esprits, et recouvré en partie ses facultés physiques. Il se releva, ses regard seportèrent sur le père d'Hélène avec une expression navrante, et il articula avec peine, d'une voix entrecoupée par l'émotion :

— Mademoiselle Hélène enlevée... blessée... disparue.

— Que dites-vous là?... fit le marquis, foudroyé. Expliquez-vous!... vite! vite! ajouta-t-il d'une voix tremblante.

Le jeune homme obéit, et malgré sa douleur, malgré ses propres souffrances, fit le récit de l'inqualifiable attentat dans tous ses détails.

Le pauvre père l'écoutait, l'œil hagard, le corps secoué par un tremblement nerveux, la poitrine soulevée par des spasmes... C'était pitié que de le voir ainsi...

Tout à coup des larmes s'échappèrent de ses yeux, et il chancela comme s'il allait choir... On le retint à temps. Il demanda en gémissant l'endroit où était tombée sa fille... Le fiancé fit quelques pas en trébuchant, et le lui montra d'un geste brisé la place encore tachée de sang de la noble enfant. Et alors on vit pleurer ces deux hommes, dont l'un avait été si fort, si énergique, et dont l'autre était dans toute la vigueur de la plus mâle jeunesse.

Un tel spectacle attendrit vivement ceux qui en étaient témoins.

XXXIII

LA POURSUITE

Tous étaient profondément affligés, beaucoup pleuraient la belle et noble demoiselle qui avait toujours été pour eux un ange de douceur et de bonté.

Le marquis Roland, en proie à une mortelle crise de désespoir, allait et venait, se démenait au milieu de la stupeur générale.

— Non, ce n'est pas possible, s'écria-t-il enfin ; un crime pareil dans ces pays !... Et je n'en savais rien !... Sans les chevaux qu'on a vu revenir seuls et qui ont donné l'alerte au bourg, j'ignorerais encore tout !... Qui, mais qui donc a pu avoir une telle audace ?... Ces misérables étaient sans doute payés, à moins que...

Et faisant appel à toute sa force d'âme, il reprit en se tournant vers l'assistance :

— Ils ne sauraient être encore bien loin. Mes amis, poursuivons-les !

— Oui ! oui ! cria la masse des villageois.

— Mais par où ont-ils passé ?

— Par le chemin à droite, répondit Blaise, montrant à la clarté des torches le chemin forestier.

— Monsieur le marquis, déclara le bailli, je vais avec vous.

— Y pensez-vous ?... répliqua le châtelain, le voyant si faible.

Mais le pauvre garçon, soutenu par Blaise et Claude, se mit en devoir de suivre M. de Corneville, qui, appuyé sur le bras de Guillaume, s'était engagé dans le chemin forestier avec tout le cortège de paysans.

— Surtout pas de cris, recommanda le marquis à ses compagnons, qui ne pouvaient maîtriser que difficilement l'expression de leur chagrin ou de leur colère. Si les misérables sont près d'ici, comme je le crois, nous ne devons pas les effrayer, mais bien nous appliquer à les surprendre.

On lui obéit ; mais quelques-uns, à ce moment, prirent leurs couteaux et coupèrent à la hâte dans les arbres bordant le chemin de fortes branches dont ils s'armèrent ; d'autres se contentèrent de ramasser des pierres et d'en remplir leurs poches.

On releva d'abord des pistes très nettes de chevaux, et quand on eut atteint un endroit assez spacieux formant carrefour, qui devait être la clairière dont avait parlé le chef des cavaliers, on remarqua des traces non équivoques du passage récent d'une voiture.

A peu de distance de ce point, le sol se relevait et présentait des reliefs assez accusés qu'escaladaient plusieurs chemins partant du carrefour. Dans l'un d'eux, plus large, apparut une trace continue de roues. L'examen attentif d'un autre, le plus rapproché de celui-là, révéla l'existence de nombreuses empreintes de pas de chevaux fraîchement et solidement ferrés.

Devant ces constatations, qui avaient pris du temps, car elles n'avaient pu être effectuées qu'à la lueur vague des torches mille fois abaissées et relevées, portées dans tous les sens, une douloureuse incertitude s'empara des cœurs : de quel côté se diriger ?... les cavaliers ont pu aller d'un côté et la voiture de l'autre... Le mieux serait de suivre la trace de la voiture, si l'on était bien sûr que celle-ci contînt mademoiselle de Corneville... Mais cette voiture n'est peut-être qu'un moyen de donner le change... Peut-être est-elle vide ?... peut-être aussi n'appartient-elle pas aux cavaliers ?

Hélas ! pendant ces tergiversations, les ravisseurs de la noble demoiselle gagnaient graduellement du terrain, et chaque minute qui s'écoulait accentuait leur avance.

Quel contre-temps !... Les signes de bonne volonté se multipliaient autour du marquis, mais visiblement le découragement naissait dans la masse. Comme on ne décidait rien, au bout de quelques minutes, quelques-uns jetèrent leurs bâtons improvisés, d'autres commencèrent à vider leurs poches des projectiles qu'ils y avaient placés. On sentait que l'ordre du retour était imminent, lorsque tout à coup un bruit des plus caractéristiques arriva aux oreilles des batteurs du bois.

Il n'y avait pas à s'y tromper : c'était le bruit saccadé que produit le trot d'un cheval, bruit assez lointain encore, mais déjà distinct. Et tous, bien certains du fait, de se serrer autour du marquis et de Fabrice.

Celui-ci qui, ranimé par l'air vif du soir, allait décidément beaucoup mieux, prenait tout naturellement le commandement effectif.

— Vous entendez, monsieur le bailli ? c'est bien un cheval qui vient ? demanda une voix. Je parie qu'avant peu nous allons avoir du nouveau.

— Oui, répondit Fabrice, j'ai entendu, mais pour le moment je n'entends plus rien. On aurait bien dit, en effet, un cheval qui s'approchait d'ici ; il se sera sans doute arrêté, à moins que nous ne nous soyons trompés.

— Non, Fabrice, affirma le marquis, vous avez bien entendu : si ma vue est faible, j'ai, grâce à Dieu, conservé l'ouïe assez fine, et je suis certain qu'un cavalier est entré tout à l'heure dans les Pâtis, mais il aura brusquement changé de direction... Pourquoi ? continua le vieillard ; c'est singulier, car je ne connais pas de chemin de traverse par là... En connaîtriez-vous un, Fabrice ?

— Non, monsieur le marquis ; mais ce qu'il y a de plus bizarre, c'est que j'entends de nouveau le même bruit venant du Val-Sauvage.

— C'est vrai, confirma le marquis.

Et se tournant vers les villageois, tous très émus, parce qu'ils avaient entendu, eux aussi :

— Surtout du courage ! Rappelez-vous bien mes recommandations !

Alors le bailli échangea quelques paroles à voix basse avec le marquis Roland. Et reprenant haut, il commanda :

— Dix hommes en avant du côté des Pâtis, et dix autres du côté du Val-Sauvage ! Vous entendez, mes enfants, vous allez vous échelonner en marchant, deux par deux, à deux toises environ les uns des autres. Vous irez un de chaque côté du chemin en éclaireurs, vous prêterez l'oreille, et vous ouvrirez l'œil sérieusement autour de vous ! Si vous entendez ou si vous apercevez quelque chose de suspect, vous vous rallierez tous en criant : « A moi, Corneville ! » et nous arriverons à la rescousse !

Deux escouades se formèrent immédiatement, et s'éloignèrent chacune dans la direction qui lui avait été assignée.

— Ma fi, s'écria bientôt Guillaume, m'est avis qu'ils ne verront rien du tout, ni les uns ni les autres.

— Et pourquoi cela ? demanda Fabrice.

Mais au fait, interrompit le marquis, es-tu bien sûr de ce que tu nous contes là? (Page 326.)

— Parce que le bruit est maintenant par le chemin qui conduit au Pré Jason.

— Que dis-tu là ?

— Tenez, monsieur le bailli, vous n'avez que deux pas à faire. Vous entendrez comme j'ai entendu.

— Oui, dit Fabrice, — qui s'était transporté à l'entrée du troisième chemin, lequel appuyant fortement à droite contournait les hauteurs voisines et filait vers la rivière en traversant bientôt une prairie portant le nom de l'illustre ancêtre du châtelain actuel, — oui... j'entends effectivement tinter des grelots, j'aperçois même comme un filet de lumière. C'est étrange, cette lumière va de haut en bas et de bas en haut sans avancer... D'ailleurs, c'est fini encore une fois, je n'entends plus rien.

Les paysans les plus rapprochés du bailli en dirent autant pour leur compte, et chacun de deviser à sa guise sur ces faits extraordinaires. Claude fit tout bas, parlant au jardinier :

— Ouais ! mon pauvre Blaise, tout ça n'est pas clair et finira mal. Il y a un sort, bien vrai, sur le château et sur nous tous !... Ces maudits cavaliers vont nous amener quelque diablerie ! Qu'en penses-tu ?.

— Ma foi, c'est bien possible ! répondit philosophiquement le pauvre Blaise, quoique manifestement mal impressionné, lui aussi.

— Voici nos gens qui reviennent, dit alors Préval ; les torches se rapprochent.

Les deux escouades d'éclaireurs ayant rallié le carrefour, tous les batteurs du bois se trouvèrent réunis.

Les nouveaux venus firent part au marquis et à Fabrice du néant de leurs recherches. On ne savait que penser, et ce fut un instant poignant pour tous. Il n'y avait pas à se dissimuler que toute tentative de poursuite devenait désormais chimérique, et que les individus qui avaient enlevé et peut-être tué mademoiselle de Corneville devaient être loin. Mais personne n'osait parler de reprendre le chemin du bourg : on respectait trop pour cela l'immense douleur du marquis et du bailli ; on sentait bien qu'il n'y avait rien à faire, du moins, quant à présent, pour les aider à retrouver morte ou vive celle qu'ils avaient perdue, mais personne ne voulait se l'avouer, et encore moins le faire comprendre à ceux qui étaient si cruellement frappés. On attendait qu'ils prissent une résolution, tout en continuant de regarder alternativement du côté des Pâtis et du Val-Sauvage.

Tous étaient tournés vers les deux chemins qui avaient été parcourus par les éclaireurs, tous, à l'exception de Guillaume, qui avait son idée et qui voulait recommencer à faire le guet à l'orée du chemin du Pré-Jason. Quelle ne fut pas la surprise de l'excellent homme lorsque, au moment où il traversait le carrefour pour aller prendre ce poste d'observation, il heurta un corps vivant qui s'avançait contre lui. Ce corps ne se distinguait pas des ténèbres, très épaisses dans cet endroit situé en dehors du rayonnement des torches.

Guillaume n'était pas peureux, mais se sentant poussé par quelque chose d'inévitable, d'irrésistible, dont il ne pouvait avoir raison et auquel il ne pouvait se dérober, il jeta de la voix la plus retentissante, le cri d'alarme convenu :

— A moi, Corneville !

Une clameur farouche répondit à cet appel, et en moins de temps qu'il ne faut pour le dire, Guillaume et l'obstacle étrange qui l'avait heurté furent littéralement inondés de lumière. Mais au même moment, dans le cercle de clarté intense projeté par les torches qui avaient surgi toutes sur ce point, se dessina la maigre et familière silhouette du fermier de la maison de Corneville, monté sur sa jument, la Bonnette.

Et tous les paysans de crier en chœur :

— C'est trop fort ! c'est monsieur Jean Gaspard !

Et alors le fermier de maugréer :

— Eh bien, oui, c'est moi. Qu'y a-t-il là d'extraordinaire ?... Que faites-vous donc là, vous autres ? Est-ce que vous vous amuseriez à poser des collets ou à couper le bois de monsieur le marquis ?... Que je vous y prenne !

Il n'eut pas le temps d'en dire plus long.

— Non, Gaspard, ces braves gens ne font aucun mal, prononça une voix que le fermier reconnut tout de suite comme étant celle du bailli. Ils sont venus pour prêter main forte à monsieur le marquis et à moi, victimes d'un épouvantable malheur.

Là-dessus, Gaspard, changeant de ton et de couleur :

— Que dites-vous, monsieur le bailli !... Un malheur au marquis et à vous !... Quel est-il ? Dites-le-moi, je vous en supplie !

Le marquis s'était rapproché.

A la vue de son maître, le fermier sauta à bas de sa selle, et, se découvrant, prit une attitude aussi compatissante que respectueuse.

— Mon ami, dit le châtelain d'une voix encore tremblante, un crime épouvantable a été commis ! Ma fille m'a été prise ! On l'a enlevée !... Assassinée !

— Grand Dieu ! fit le fermier. Est-ce possible !

— Hélas ! répondit le marquis, ce n'est que trop vrai ! Nous fouillons le bois depuis une heure pour découvrir les brigands !

— Ils sont donc par ici ? demanda Gaspard, se remettant un peu.

— Nous avons tout lieu de le croire, déclara Fabrice ; ils n'ont pas encore eu le temps de s'éloigner beaucoup, car les chemins ne sont guère bons pour des gens à cheval.

— C'est vrai, dit le fermier, et ils ne sont pas beaucoup meilleurs pour les piétons. J'en sais quelque chose, car je suis sorti depuis midi.

J'étais allé surveiller la grande coupe de bois qu'on fait en ce moment près des Pâtis.

— Et vous n'avez rien vu par là ? demanda Fabrice avec vivacité.

— Je n'ai pas vu grand monde, répondit le fermier, et je me suis fait bien du mauvais sang après nos bûcherons. Il y en a trois ou quatre qui vont assez bien, mais les autres n'ont pas grand cœur à l'ouvrage ; en vérité, si l'on n'était pas toujours dessus, ces gaillards mangeraient le pain de M. le marquis à ne rien faire.

— Et tu n'as rien vu d'insolite, Jean, dans la campagne, par là ? questionna le marquis, intervenant. Et les ouvriers n'ont rien remarqué non plus ?

— Je demande bien pardon à monsieur le marquis, moi, je n'ai rien vu, mais les bûcherons levaient le nez en l'air tout le temps et racontaient qu'il y avait des soldats dans le pays.

— Des soldats ?...

— Oui, nos gars le disaient. Mais comme ils jasent souvent à tort et à travers, je pensais que c'était l'histoire de se croiser les bras, et je ne m'en suis pas soucié davantage.

— Mais toi, insista le châtelain, tu n'as pas aperçu ni rencontré de soldats ?

— Que nenni ! Il m'a semblé entendre des cavaliers du côté du Val-Sauvage.

— A ton idée, étaient-ils en grand nombre ?

— Je ne saurais dire à monsieur le marquis : je surveillais mes hommes, qui en avaient bien besoin...

— Quelle heure était-il ? interrompit Fabrice.

— C'était comme qui dirait vers les quatre heures, peut-être un peu après. Il m'est venu à l'esprit que c'étaient sans doute des exprès envoyés aux provisions par maître Guillaume.

Sur quoi l'honnête cuisinier encore tout estomaqué de sa mésaventure avec la Bonnette, se récria, non sans indignation :

— Jolis exprès, monsieur Gaspard ! En vérité, vous en parlez à votre aise ! C'étaient bien plutôt des messagers de Satan, et s'ils étaient en mon pouvoir je les aurais bientôt pendus haut et court !

— Et c'est tout ce que tu as observé ? reprit le châtelain.

— Ce n'est, certes, pas grand chose, monsieur le marquis, j'en conviens, mais j'étais occupé. Vers les cinq heures, comme le jour commençait à tomber, je suis allé faire un tour d'inspection dans les environs du Pré Jason, pour m'assurer que personne, sous prétexte de pêcher pour la noce, ne s'amusait à se servir de mes filets, comme il advient à chaque instant. J'ai prolongé ma promenade jusqu'au Marais Blanchet.

— Jusqu'au Marais Blanchet ! s'écrièrent en même temps le marquis et Fabrice. Mais c'est à deux pas d'ici, c'est loin de Corneville.

— Aussi ne m'y suis-je pas arrêté. J'ai vu de là des gens qui se donnaient beaucoup de mouvement pour faire avancer un carrosse sur la côte, et j'ai marché dans leur direction pour leur offrir un coup de main.

— Un carrosse !... s'exclamèrent d'une même voix le marquis, Fabrice et tous les villageois, littéralement suspendus aux lèvres du fermier.

— Oui, c'était une assez grande voiture dans laquelle il devait y avoir du monde, car des têtes passaient aux vitres. Des hommes poussaient aux roues en jurant ; d'autres frappaient sur les chevaux, qui n'en pouvaient mais...

— Et dans tout ce monde tu n'as reconnu personne ?

— Il était presque nuit, et au moment où j'arrivais près d'eux, ces gens ont filé grand train.

Ces dernières paroles de Gaspard produisirent un effet de stupéfaction sur les auditeurs, y compris le marquis et Fabrice, qui échangèrent un regard navré.

— Il y a de cela combien au juste ? demanda le bailli à Gaspard.

— Il y a peut-être bien une heure. Je ne sais pas trop, car j'ai mis beaucoup de temps à traverser le Marais-Blanchet, où Bonnette enfonçait à chaque instant.

— Hélas ! soupira Fabrice, tout espoir de rejoindre ces coquins est perdu ; quoi que nous fassions, nous ne pourrons pas les rattraper.

Un douloureux gémissement sorti de la poitrine du marquis prouva que telle était aussi l'opinion du père de mademoiselle Hélène.

Fabrice, cependant, n'avait pas fini d'interroger Gaspard :

— Pouvez-vous nous décrire au moins, poursuivit-il en s'adressant au fermier, la forme, les dimensions et la couleur du carrosse ?

— Je l'ai dit tout à l'heure, monsieur de Préval, c'était une voiture assez grande, elle était peut-être noire, elle était peut-être grise ; il faisait si peu clair que j'ai peine à répondre sur ce point.

— Mais l'attelage ? Combien y avait-il de bêtes ? Étaient-ce des chevaux dignes de ce nom ou des rosses ?

— C'étaient de bons chevaux, ceux du moins que j'ai vus, et qui tiraient à plein collier.

Étonné de la singularité de ces réponses, peut-être par trop « normandes », le marquis reprit d'une voix sévère :

— Mais tu ne nous dis pas combien il y avait de chevaux ?

— Que monsieur le marquis m'excuse, je n'en ai vu que deux de l'endroit où j'étais, mais il y en avait peut-être trois, il y en avait peut-être quatre...

— Il y avait quatre chevaux à la voiture qui s'est embourbée dans les ornières de la côte ! s'écria, à ce moment, la voix d'un nouveau venu, auquel nul n'avait pris garde, que personne n'avait vu arriver, et qui avait l'air d'être tombé du ciel au milieu des auditeurs de Gaspard.

Ce nouveau venu n'était autre que Mathieu-la-Bête, portant une ligne sur son épaule, et tenant au bras un panier.

— J'ai bien vu la voiture, reprit le gars, car je suis allé pêcher juste en face de là pour avoir de belles carpes, de beaux brochets, et sauf votre respect, monsieur Gaspard, j'aime mieux ma ligne et mes amorces que vos filets, car vous ne rapportez jamais grand chose, quand vous vous en servez.

— T'as donc bien pris du poisson ? fit une voix.

— Tenez, regardez dans mon panier, vous verrez !

— Mon pauvre Mathieu, répliqua Guillaume d'un ton singulièrement dolent, tu pourras te régaler de ta pêche tant que tu voudras, personne n'y goûtera ; les noces sont finies, mon ami, Corneville est dans le deuil, et tu n'y trouveras pas un chat qui songe à faire bonne chère.

Mathieu, à ces mots, ouvrit de grands yeux effarés. Pendant qu'un des villageois lui racontait brièvement l'horrible catastrophe, le malheureux, dont le cœur était bon, et qui se rappelait le bien que lui avaient fait les châtelains de Corneville, pleurait à chaudes larmes. Sa douleur était déchirante, et le bailli comprit qu'on pouvait attendre toute la vérité de ce pauvre diable, qui avait dit tout de suite ce qu'il savait du carrosse, et qui devait encore savoir autre chose.

— Mon ami, lui dit-il avec une extrême douceur, tu as bien vu un carrosse arrêté sur la côte au-dessus d'ici, en pêchant au Marais-Blanchet?

— Oui, monsieur le bailli.

— Tu es bien sûr qu'il était traîné par quatre chevaux?

— Oui, déclara énergiquement Mathieu. J'ai vu aussi les cavaliers qui l'accompagnaient.

— Vous entendez, Gaspard, repartit Fabrice ; il y avait des cavaliers.

— Mathieu-la-Bête a de meilleurs yeux que moi, allégua le fermier en faisant une assez vilaine grimace. Dame, il est plus jeune que moi aussi. J'avais d'aussi bons yeux que lui quand j'embarquai sur « le Béarnais. »

— Mais, au fait, interrompit le marquis, es-tu bien sûr de ce que tu nous contes là, mon pauvre Mathieu?

— Autant que je suis sûr de la parole de Dieu et de monsieur le curé. J'ai vu les cavaliers, je les ai comptés, il y en avait douze en tout avec le beau Noré.

La précision de cette réponse, en intriguant tout le monde au plus haut point, leva tous les doutes. L'assurance et la bonne foi de Mathieu étaient trop évidentes pour qu'on pût songer à discuter son témoignage.

L'émotion était extrême et aussi la curiosité. Tous répétaient :

— Le beau Noré?... le beau Noré?

C'était comme une question qui volait de bouche en bouche, et qui ne recevait aucune réponse. Le marquis et le bailli, très impressionnés, causèrent encore une fois à voix basse. Puis ayant fait venir Mathieu tout près de lui, M. de Corneville lui dit :

— Voyons, mon enfant, que viens-tu de nous raconter? Tu connais donc quelqu'un parmi les gens qui conduisaient ce carrosse? Quel est ce Noré dont tu parles?

— Noré, monsieur le marquis, Noré? Mais c'est Noré, le mauvais gars de Routot, que tout le monde connaît bien là-bas comme un failli chien, comme un gueux qui a fait tous les métiers, et plutôt les mauvais que les bons. Il a brûlé une maison à Villiers-sur-Rille et a frôlé la corde de bien près, je vous en réponds, avant d'être soldat.

— Il a été soldat!... fit le marquis en tressaillant.

— Oui, il a servi pendant cinq ou six ans dans le régiment de Picardie. Puis il a été chassé, et maintenant il court la campagne avec des coquins de son espèce.

On savait que Mathieu-la-Bête était venu au monde dans les environs de Routot, qu'il y avait longtemps vécu de la charité du curé de la paroisse, et qu'il avait coutume d'aller deux fois l'an voir son bienfaiteur jusqu'à la mort de celui-ci, survenue récemment. On buvait, pour ainsi dire, les paroles du pauvre gars, et beaucoup commençaient à penser que Mathieu-la-Bête ne méritait pas tout à fait son sobriquet. Le bailli lui posa une dernière question :

— Et c'est bien cet homme que tu as vu au Marais-Blanchet avec les cavaliers escortant un carrosse? Tu es bien certain de l'avoir reconnu? Noré a pu changer depuis que tu ne l'as vu.

— Pour sûr, le beau Noré, répondit Mathieu avec un éclair de malice dont ses traits étaient peu coutumiers, le beau Noré n'a pas eu le temps de changer depuis ce matin.

— Depuis ce matin? répéta le bailli, stupéfait, tandis que les villageois s'exclamaient à l'envi. Tu as donc vu le beau Noré ce matin?

— Je l'ai vu comme je vous vois, monsieur le bailli. Et à preuve, c'est qu'il m'a parlé longtemps. Je l'avais bien reconnu, mais je faisais semblant de rien.

— Ah! il t'a parlé? reprit le bailli. Et que t'a-t-il dit?

— Dame, bien des choses. Ça n'en finissait pas tout ce qu'il m'a demandé sur mademoiselle Hélène.

— Sur mademoiselle Hélène ?... repartit le marquis, en proie à un véritable saisissement...

— Oui, monseigneur.

Et Mathieu répéta au châtelain point par point la conversation qu'il avait eue avec le chef des cavaliers.

Jean Gaspard, — chose singulière, — ne cessait de faire des signes furtifs au jeune pêcheur pour l'engager à se taire ; mais c'était en vain.

Et quand celui-ci eut terminé :

— Le doute n'est plus permis ! s'exclama M. de Corneville.

— La vérité se fait jour ! s'écria le bailli.

— C'est bien ce Noré qui a fait le coup ! clama la foule.

Tout à coup Mathieu se remit à pleurer, à sangloter, et il fut impossible de rien plus tirer de lui.

<h1 style="text-align:center">XXXIV</h1>

MALÉDICTION !

Alors le marquis et Fabrice reprirent à pas lents, et suivis des paysans consternés, le chemin du bourg. Arrivés au château, le père et le fiancé d'Hélène demeurèrent seuls.

Les deux hommes gardèrent d'abord un morne silence. Longtemps ils restèrent côte-à-côte, — dans le cabinet de travail du marquis, — comme suffoqués par l'émotion, incapables d'articuler une parole. Tous deux souffraient une égale torture, faite de douleur et de rage.

En pensant à ce qu'ils venaient de perdre, tout leur courage s'en allait, et par instants ils se sentaient près de défaillir. Enfin n'y tenant plus, d'un élan tout spontané, ils se jetèrent dans les bras l'un de l'autre et restèrent longtemps étreints, en laissant un libre cours à leurs larmes. Quand la crise de douleur se fut quelque peu usée par son excès même, et qu'ils purent commencer de réfléchir sur leur situation, Fabrice parla le premier :

— Il n'y a pas de doute, nous avons affaire à de misérables soudoyés. Ce Noré n'est évidemment qu'un instrument. Mais dans les mains de qui ?... Quel peut être le motif et quel peut être le but d'un semblable crime ?

Le marquis, éclatant enfin, répéta sourdement les derniers mots de Fabrice :

Mon cher comte, que je suis heureux de vous voir, s'écria le jeune vicomte.
(Page 333.)

— Quel pouvait être le motif, quel pouvait être le but de l'assassinat
du comte Raoul ? Qui donc a tué mon fils ? Et pourquoi ? Nous avons
entendu Mathieu-la-Bête. Il nous a dit qu'il avait vu une cuirasse briller
sous le manteau du sacripant dont vous venez de prononcer le nom. Ce
Noré... ne vous y trompez pas, Fabrice... ce Noré est un soldat qui a
exécuté un ordre comme les dragons qui ont assassiné mon bien-aimé
Raoul. Ah ! c'en est trop !

Et en proie à un véritable accès de fureur, le marquis faisant un pas vers une console sur laquelle était placé un magnifique buste en marbre du Roi-Soleil, saisit violemment l'auguste effigie et la jetant sur le sol devant Fabrice, terrifié, il brisa, puis piétina fiévreusement la majesté qui faisait trembler l'Europe. Et dans la noble demeure où tout respirait depuis tant de siècles le loyalisme, la foi, l'honneur monarchique les plus inaltérables, retentit ce cri d'implacable révolte :

— Ah ! décidément, tu veux, roi maudit, que ma haine pour toi dépasse l'amitié qui jadis nous unissait, tu ne m'épargnes aucune injure, aucun supplice. Eh bien ! soit, je te rendrai coup pour coup, je briserai ta puissance comme je brise ce marbre...

Infortuné marquis, infortuné bailli, ils ne savaient pas tout, hélas ! Mathieu-la-Bête, trop ému, n'avait pas tout dit ! Il n'avait pas raconté toute la scène dont il avait été le témoin. Et cette vision était étrange, en vérité !

Tandis qu'il pêchait au Pré-Jason, il avait vu, à mi-côte, juste en face de lui, des soldats, entourant un carrosse près duquel se tenait dans une pose de commandement une femme dont la condition paraissait des plus simples. D'autres soldats allaient et venaient ; à un certain moment, ils se rapprochèrent de la voiture, portant quelque chose d'étendu, de vacillant, de flottant auquel semblait noué un grand voile gris ; guidés par la femme dont il vient d'être parlé, ces hommes, qui étaient tous masqués, introduisaient ensuite avec mille soins dans le lourd véhicule leur mystérieux fardeau.

Puis le cocher, un vigoureux gaillard, lançait ses chevaux d'une main sûre, et l'attelage partait à fond de train...

Si Mathieu-la-Bête avait pu franchir la Rille, et se rapprocher davantage de l'endroit où se passait cette scène, il aurait remarqué que la femme qui donnait des ordres aux soldats était d'un certain âge, qu'elle avait des yeux vairons, un visage haut en couleur et des façons brusques, qu'elle était montée dans le carrosse avec de grands airs qui lui seyaient peu, et que le chef des cavaliers, avant de prendre la tête de l'escorte, s'était incliné devant cette bizarre créature comme devant une puissance.

FIN DE LA PREMIÈRE PARTIE

DEUXIÈME PARTIE

LES SACRIFICES D'ENFANTS

I

CONSPIRATION

La journée avait été belle, et, contrairement à ce qui avait lieu d'ordinaire, la brume, qui, vers le déclin du jour, envahit la baie de Seine, n'avait pas encore dérobé aux habitants de Quillebœuf les hautes falaises de Tancarville.

Sur le môle du petit port, deux pêcheurs, un jeune et un vieux, regardaient les navires qui remontaient la Seine ; on était au mois de mai, et la nuit venant tard, ils avaient plaisir à respirer l'air pur du soir.

— Tiens, voilà un beau bâtiment ! s'écria le jeune homme ; quelle hauteur de mâture ! il aura de la peine à remonter, car il doit avoir un rude tirant d'eau !

— D'après son gréement, ce doit être un Hollandais, dit le vieux pêcheur ; mais il n'a pas les flancs arrondis et la large proue d'un bon marchand.

— C'est vrai, reprit le jeune homme, il est bien mince et bien élancé pour un bâtiment des Indes. Mais quelle manœuvre fait-il donc ?

En effet, le navire mystérieux avait quitté le chenal de la Seine, que suivaient les bateaux montant vers Rouen, et il s'avançait hardiment dans la passe menant au port de Quillebœuf.

Bientôt un bruit sourd, caractéristique, indiquait aux deux flâneurs que le navire mouillait.

Le bâtiment évita sur les ancres d'avant, puis, exécutant un gracieux mouvement de volte-face, il vira de bord, et s'arrêta, la proue dirigée vers le large.

Les quelques voiles qui étaient encore larguées furent serrées avec une promptitude qui ne se rencontre pas à bord des navires de commerce.

— Décidément, voilà un visiteur pour nous, dit le vieux marin, répondant à la question du jeune homme : et le diable m'emporte, si ce n'est pas un navire de guerre !

— Mais on ne voit ni canons ni sabords, murmura le jeune pêcheur.

— Avec ça que c'est difficile de les cacher avec une bande de toile peinte ; à l'heure du combat, il suffit de quelques coups de couteau pour mettre à nu les embrasures.

— Pour moi, c'est une belle frégate hollandaise qui honore notre port de sa présence.

— Et pourquoi se cache-t-elle ainsi ? fit le jeune marin.

— Tu m'en demandes trop long, et il n'est pas bon de se mêler des affaires des grands. Tu sais que l'on dit que ça ne va pas bien entre notre bon roi Louis le quatorzième et le stathouder Guillaume d'Orange ; c'est sans doute pour cela que la frégate hollandaise ne fait pas fière mine.

Allons-nous-en, car il ne faut voir ni approfondir certaines choses.

Sur ce bon conseil, les deux pêcheurs s'éloignèrent.

A ce moment même, un canot, vigoureusement enlevé par quatre rameurs, débordait de l'échelle de bâbord du navire hollandais et se dirigeait vers le môle, où il débarqua deux passagers, puis retourna tout de suite au bâtiment.

De ces deux hommes l'un était grand, mince, pâle, de mine sombre et de traits énergiques ; l'autre, de haute stature aussi, était plus lourd, plus épais, et son teint fleuri, sa face sensuelle, lui donnaient l'aspect d'un lourd Flamand.

— Vous connaissez le chemin du château ? demanda avec un accent prononcé le gros homme à son sévère compagnon.

— Je connais Quillebœuf comme vous Amsterdam, répliqua le voyageur en français, mais sans le moindre accent.

Puis, sans être remarqué grâce à l'obscurité de la nuit qui tombait, le plus svelte des deux hommes, suivi de son compagnon, se dirigea à travers des ruelles, grimpant le long du coteau, vers le château féodal qui dominait la ville.

Le chemin qu'avaient pris les voyageurs les amenait non pas en face du grand pont-levis auquel aboutissait la grande route, mais devant un petit pont de planches donnant accès à une poterne.

C'était l'entrée de service ; et lorsque le plus jeune des deux arrivants en eut fait claquer le marteau, ce fut un valet de cuisine qui vint ouvrir.

D'un coup d'œil il inspecta le costume très simple des deux hommes, et constatant qu'ils ne portaient pas l'épée, et qu'ils n'étaient pas suivis de domestiques, il pensa sans doute que ce devait être des marchands.

— Que voulez-vous ? demanda-t-il d'un ton rogue.

— Dites à votre maître, monsieur de Nefville, que les deux personnes qu'il attend sont arrivées.

A cette phrase, le valet s'effaça respectueusement et, laissant passer devant lui les visiteurs, il leur indiqua un escalier en colimaçon qui aboutissait à la grande antichambre du premier étage ; puis, tandis que ceux-ci montaient, il tira trois fois la corde d'une cloche.

A leur arrivée au haut de l'escalier de service, les deux compagnons trouvèrent un majordome très galonné qui, s'inclinant devant eux, leur dit :

— Monseigneur et maître, monsieur le vicomte de Nefville, vient d'être prévenu et...

A ce moment, le majordome fut interrompu par l'arrivée en coup de vent d'un beau jeune homme à la tournure élégante et fière.

— ... Et le voici ! acheva le majordome en s'inclinant.

— Mon cher comte, que je suis heureux de vous voir, s'écria le jeune vicomte de Nefville, en tendant les mains au voyageur à la tournure aristocratique.

— Chut ! n'oubliez pas, de Nefville, que je suis le baron de Singham, et permettez-moi de vous présenter mon ami le marquis de Risperdam, qui a toutes les bonnes grâces de son Altesse Guillaume, prince d'Orange.

— Enchanté de faire votre connaissance, reprit le petit vicomte ; mais si vous le voulez bien, nous allons passer dans mon cabinet de travail.

Et en prononçant ces mots, le vicomte eut un sourire qui en disait long.

C'est qu'en effet la pièce où il introduisit ses visiteurs était tout autre chose qu'un cabinet de travail.

Partout, sur les murs et sur les meubles se voyaient des armes de toutes sortes et des engins de chasse.

Au milieu, sur une longue planche, gisaient encore des épées mouchetées et des masques d'escrime, tandis qu'en un coin éclairé par des flambeaux une table supportait un nombre imposant de bouteilles aux flancs évasés.

— Tenez, vous voyez que je vous attendais, et je constate que vous êtes exacts.

— C'est que la frégate *La Frisonne* est une bonne marcheuse, déclara le marquis de Risperdam avec orgueil.

— Sommes-nous prêts? interrompit Singham, regardant fixement Nefville, quand notre monde sera-t-il réuni?

Le vicomte de Nefville se dirigea vers un grand bahut de chêne, qu'il ouvrit :

— Voici un paquet de lettres... ce sont des convocations. J'ai en bas quatorze serviteurs qui vont partir dans toutes les directions ; ils crèveront leurs chevaux, mais toutes les convocations seront en main cette nuit, et demain nos amis seront ici.

— Nous allons donc causer maintenant, dit M. de Singham, qui semblait décidément pressé.

— Avant de dîner? interrogea le vicomte avec un effroi comique.

— Après dîner, oui, cela vaudra mieux, appuya le marquis de Risperdam qui jouissait de l'heureux appétit d'un Hollandais . . . .

. . . .

Le vicomte de Nefville appartenait à une vieille famille catholique de Normandie, et il venait de perdre son père.

Resté seul, maître d'une assez jolie fortune, ce jeune cerveau brûlé ne cherchait que plaies et bosses, passant son temps à la chasse, dans les soirées, et dans les intrigues politiques, celles-ci surtout très goûtées de la noblesse de la région.

Cet état d'âme et sa situation de propriétaire du beau château qui dominait Quillebœuf l'avaient fait choisir comme cheville ouvrière du complot à la tête duquel venait se mettre ce mystérieux comte, qui se faisait appeler le « baron de Singham ».

Lorsque le dîner fut achevé, le vicomte fit apporter quelques flacons d'eau-de-vie et de vins des îles, puis renvoya les laquais.

— M. de Risperdam, demanda alors le jeune homme, nous donnez-vous l'assurance que votre maître, Son Altesse Guillaume de Nassau, nous prêtera le concours de ses troupes, afin de soutenir nos légitimes revendications?

— Certes ! répliqua le gros gentilhomme ; Son Altesse est prête à vous soutenir, suivant les conventions et aux conditions que vous savez.

— C'est-à-dire le paiement par le duché de Normandie d'une somme de vingt mille écus de six livres, durant dix ans.

— Ou bien, compléta l'envoyé du stathouder, moyennant la cession du port et de la ville de Quillebœuf à la Hollande.

— L'exécution de cette dernière clause ne deviendrait exigible que dans le cas où deux années de suite s'écouleraient, sans que nous versions le tribut stipulé. Mais n'ayez crainte, monsieur de Risperdam, le tout sera régulièrement payé : nous voulons avant tout conserver l'intégrité du territoire de notre province.

— C'est exact et bien naturel, dit le baron de Singham en échangeant un coup d'œil ironique avec son compagnon, le lourd Hollandais.

— Durant dix années, reprit le jeune Nefville, les Provinces-Unies nous devront main forte pour conquérir et conserver l'indépendance de notre chère Normandie...

Sur un signe imperceptible du baron de Singham, le marquis de Risperdam détourna le cours de la conversation.

— Êtes-vous prêt ? interrogea-t-il. Comment avez-vous procédé pour vos préparatifs ? Sur quels concours comptez-vous ?

Le vicomte eut un geste de naïve satisfaction.

— J'ai agi avec prudence, déclara-t-il, et je n'ai pas mis dans notre secret un trop grand nombre de personnes.

— Bien ! dit Singham, très attentif.

— J'ai choisi dans la région comprise entre Honfleur, Quillebœuf et Lisieux un certain nombre de seigneurs riches, ou dont le nom exerce une grande action sur la noblesse du pays, et je les ai prévenus de notre résolution de proclamer l'indépendance de la province.

— Qu'ont-ils répondu ? demanda Risperdam.

— Ils ont tous accepté avec enthousiasme, et il a été décidé que le signal du mouvement partirait d'ici.

— Pourquoi vous êtes-vous borné à ce côté du pays ? interrogea le baron de Singham.

— Mais, mon cher comte !...

— Baron ! interrompit Singham en souriant.

— Mais, mon cher baron, si j'avais avisé toute la noblesse normande de Rouen à Cherbourg, le roi serait déjà au courant de nos projets.

— C'est, ma foi, bien raisonné ! fit Risperdam avec une admiration qui flatta l'amour-propre du petit vicomte.

— Et, d'ailleurs, reprit Nefville, il ne faut pas que la révolte éclate dans les grands centres, où il existe des garnisons, et où le peuple peut leur prêter le concours de ses milices.

— Le peuple ? interrogea Singham.

— Eh oui, il ne faut pas se faire d'illusions, toute cette masse grouillante de bourgeois et de corporations des grandes villes ne sera pas très favorable à notre entreprise, car ils semblent encore préférer le roi de France à leurs seigneurs...

Il vaut infiniment mieux que le mouvement parte d'un petit coin retiré comme l'est Quillebœuf; il aura ainsi le temps de grandir et de recruter des partisans, avant que l'éveil soit donné, avant que Rouen ou Caen ait pu mettre des troupes en ligne, et nous ferons la guerre de partisans, la seule qui puisse avoir raison des troupes royales...

— Bravo ! superbe ! fit Singham avec une admiration dont le vicomte ne saisit pas l'ironie.

Puis, tandis que de Nefville versait à boire, le baron passa derrière le siège de Risperdam et lui glissa à l'oreille :

— Son plan s'accorde parfaitement avec le nôtre.

— Parmi les conjurés comptez-vous le marquis de Corneville ? reprit à haute voix le baron de Singham.

— Oui, certes ! s'écria le jeune écervelé ; ce vieux brave homme, à demi aveugle, n'est plus un guerrier bien redoutable, mais il a conservé un grand prestige dans toute la Normandie, et l'appui de son nom est très utile...

— Je ne crains pas qu'il me reconnaisse, car ma voix seule pourrait me rappeler à son souvenir, et j'ai pris l'habitude de la changer... Mais les autres conspirateurs ?

— Vous ne voulez pas être connu ?

— Non.

— Je ne crois pas que ceux qui se trouveront ici demain vous aient beaucoup vu, et, d'ailleurs, cette barbe...

— Qui est postiche, interrompit Singham en soulevant légèrement sa fausse barbe.

— Ah ! je ne m'en étais pas aperçu ! s'écria le petit vicomte en riant aux éclats.

— Réglons donc les derniers détails, ajouta-t-il, avant de prendre quelques heures de repos, car nos amis arriveront les uns après les autres, et plusieurs d'entre eux cette nuit même, afin de ne pas attirer l'attention.

— En effet, ce mouvement inusité...

— Oh ! mais j'annonce depuis huit jours une grande chasse en forêt de Brotonne, repartit de Nefville.

— Parfait ! parfait ! s'exclama le gros Hollandais en riant ; la farce est bien imaginée !

. . . .

Tandis que les trois conspirateurs arrêtaient les grandes lignes de la grave affaire qui les réunissait, une scène d'un tout autre genre se passait dans une maison du quartier bas de Quillebœuf, et il est probable que le baron de Singham et le marquis de Risperdam auraient été moins joyeux, s'ils avaient eu connaissance des propos qui se tenaient, ce soir-là, dans la maison de maître Vernier, capitaine au long cours.

Assis près d'une table où les restes d'un bon repas se voyaient encore, deux hommes s'entretenaient à mi-voix.

L'un était de courte stature, trapu, bâti en force, et quoique l'âge eût blanchi ses cheveux et fait grisonner un collier de barbe qui entourait

— Voici ce que j'ai décidé, dit le marquis en se levant. (Page 343.)

le bas des joues et du cou, on sentait que maître Vernier était encore un solide marin.

Son interlocuteur était certainement un gentilhomme, quoique son costume sombre et d'étoffe presque grossière eût pu dénoter un bourgeois.

Grand, mince, ce personnage portait en lui une sorte de tristesse qui revêtait son visage aux lignes pures d'une expression de rêverie et de résignation.

Bien qu'il fût jeune encore, des fils blancs apparaissaient dans sa fine moustache brune, et deux rides profondes balafraient un front où se lisaient l'intelligence et la droiture.

L'inconnu parlait avec animation :

— Mon cher Vernier, que je suis heureux de vous voir. Ah ! certes, je ne me doutais pas, en acceptant de passer quelques jours chez vous pour jouir des charmes de la mer par cette belle saison, que j'allais tomber dans un pareil guêpier.

— Cher monsieur, vous m'avez causé une grande joie en vous rendant à mon invitation et en consentant, vous, le marquis Roger du Mesnil, capitaine aux mousquetaires noirs, à quitter votre résidence passagère de Rouen et à honorer de votre présence ma modeste demeure.

Quant à la conspiration, je n'ai pas servi fidèlement et loyalement sur les vaisseaux du roi pendant si longtemps pour ne pas m'appliquer de toutes mes forces à la faire avorter.

— Vernier, mon ami, je suis, moi aussi, fidèle au roi... J'ai fait serment de lui donner jusqu'à la dernière goutte de mon sang, et je tiendrai mon serment.

— Mais savez-vous que des honneurs de toutes sortes vous attendent, sans compter peut-être le régiment que le roi vous octroiera pour avoir sauvé son royaume d'un tel péril ?

— Les honneurs ! s'écria amèrement du Mesnil ; c'est là une chose qui me touche peu... je ne suis pas ambitieux, et rien ne m'attache à la vie ni à ses joies...

— Mais, madame la marquise ?... interrogea le capitaine Vernier, assez surpris de ce langage de la part d'un gentilhomme comblé en apparence des faveurs de la fortune.

— Oui, Geneviève, en effet, devrait me rattacher à l'existence... mais, hélas ! c'est le contraire. Elle est ambitieuse, adonnée aux intrigues de la cour, et, parfois, son âme sombre, compliquée, m'effraie comme un gouffre qui s'entr'ouvrirait subitement devant moi...

Geneviève doit briller dans cette cour, où elle a voulu aller, mais nos deux cœurs sont si éloignés l'un de l'autre, nos idées sont si différentes que lorsque je la vois il me semble être en face d'une étrangère...

Ah ! j'avais rêvé tout autre chose en liant ma destinée à la sienne, et le bonheur, un instant entrevu, a fui !...

Le marquis du Mesnil laissa tomber sa belle tête sur sa poitrine et parut s'abîmer dans une profonde méditation, que le vieux marin respecta.

Brusquement, le marteau de la porte, retentissant dans le silence de la nuit, rappela le marquis à la situation présente.

— On frappe !... ce doit être lui ! s'écria-t-il. Allons, l'action commence ! Que Dieu m'aide pour la défense de mon roi !

Le capitaine au long cours, qui était allé ouvrir, rentra précédant un jeune homme à la physionomie noble, mais empreinte, elle aussi, de mélancolie.

Le nouveau venu portait également un costume peu soigné, vulgaire même, mais un observateur intéressé aurait reconnu aisément à sa fière tournure que ce n'était là qu'un déguisement dont il s'affublait.

— J'avais hâte de vous revoir ! s'écria du Mesnil avec un bon sourire.

— J'ai reçu votre message comme je venais de visiter nos hommes au château ; j'ai déposé la casaque, ai endossé ce costume, puis je me suis mis en route.

— Vous avez bien marché.

— J'ai fait les seize lieues qui séparent Rouen de Quillebœuf en cinq heures, dont une pour laisser reposer mon cheval.

— Il doit être fourbu.

— Non ; il pourra repartir.

— Mais j'oublie que M. Vernier, notre hôte, ne vous connaît pas encore.

Et, cérémonieusement, le marquis présenta tour à tour :

— M. Fabrice de Préval, brigadier dans ma compagnie.

— M. Vernier, mon ami, un vieux brave qui a combattu sur mer, comme nous allons combattre sur terre : pour le roi et pour la France !

De Préval s'inclina.....

A la suite de quelle circonstance le jeune bailli, que nous avons laissé à Corneville après la lutte inégale et désespérée contre les ravisseurs de sa fiancée était-il entré dans la vie militaire ? comment le petit robin de naguère se trouvait-il avoir endossé la martiale casaque et coiffé le grand feutre empanaché des mousquetaires de Sa Majesté, corps d'élite, étroitement attaché à la personne du maître absolu de la France, et dont l'accès était particulièrement difficile, même aux gentilshommes de noblesse bien et dûment vérifiée par le généalogiste de la cour ?

Voici ce qui s'était passé :

Depuis la disparition de celle qu'il aimait, Fabrice ne vivait plus. Il recherchait les endroits les plus retirés, s'interdisait presque l'usage de la parole, et en était arrivé, lui si consciencieux, si scrupuleux, à négliger complètement les devoirs de sa charge.

« M. le bailli se meurt de chagrin depuis qu'il a perdu sa belle fiancée », disaient tous les justiciables du bailliage, avec un apitoiement sincère.

Dans une nouvelle visite de condoléance, que M. du Mesnil avait faite au marquis de Corneville, le capitaine des mousquetaires avait rencontré le malheureux bailli, et il avait été profondément touché de son accablement lamentable.

M. du Mesnil aimait Fabrice, dont il connaissait bien et appréciait au plus haut point l'honnêteté parfaite, la rare loyauté, l'énergie et la générosité toute chevaleresque.

Il se disait que ce vaillant jeune homme, si bien doué au physique et au moral, n'était pas à sa place et que c'était un crime de le laisser végéter dans une situation obscure et sans avenir.

Comprenant que Fabrice avait au fond le tempérament d'un soldat, se rappelant l'histoire qu'on lui avait contée de son duel mémorable avec le duc et pair de passage à Corneville, M. du Mesnil s'avisa de faire au fiancé d'Hélène une proposition, bien inattendue, certes, du modeste magistrat, mais qui, de la part du capitaine des mousquetaires noirs, n'avait rien que de fort naturel.

Après avoir pris congé du marquis, qu'il avait essayé de consoler de son mieux, il fit signe à Fabrice, qui avait assisté à l'entretien.

Le bailli comprit, et demanda au marquis la permission de reconduire M. du Mesnil.

Une fois dehors, celui-ci coula amicalement son bras sous le bras de M. de Préval, et dit :

— Mon jeune ami, je comprends tout votre chagrin, et nul n'en est plus touché que moi, car nul plus que moi n'admire l'adorable personne qui allait être votre femme ; nul ne serait plus heureux d'apprendre qu'elle vous est rendue ; nul ne partage au même degré, je vous l'assure, votre indignation et votre douleur.

Mais, enfin, il faut se faire une raison : vous êtes un homme ; ce n'est pas en restant ici que vous retrouverez les traces de votre fiancée, que vous découvrirez les criminels qui vous l'ont ravie.

Ici, en restant dans l'état où je vous vois, vous ne pouvez que vous consumer, dépérir lentement en privant Hélène, si, comme je l'espère, elle est encore vivante, de la seule chance d'être secourue et vengée.

— Que voulez-vous dire ? murmura faiblement Fabrice.

— Je veux dire que, hormis vous, Hélène n'a plus de soutien dans la vie. D'où lui viendrait l'assistance... le réconfort ? Ce n'est pas, à coup sûr, de son aïeul, mon bien cher et vénérable ami, le marquis de Corneville, dont le malheur, plus encore que les années, a usé les forces.

Ce n'est pas du faible rejeton qui vient à peine de naître, et sur lequel ne peuvent reposer que de bien fragiles espoirs.

Il n'y a que vous, mon ami, qui puissiez faire la lumière et la justice, et si Hélène doit jamais revoir la demeure de ses pères, vous seul pouvez la ramener, vous seul pouvez la sauver !

— Ah ! certes, je ne demanderais pas mieux, soupira Fabrice ; mais le moyen... sans relations, sans crédit ?...

Que puis-je contre des gens certainement trop puissants ! Ma situation est épouvantable, je n'y vois pas d'issue...

— Vous êtes un enfant, permettez-moi de vous le dire, Fabrice. Et j'ajoute, sans vous en vouloir, pauvre ami, un enfant aveugle et injuste. Vous comptez pour rien, je le vois, mon amitié. Vous avez bien tort, car je vous apporte le moyen de sortir de l'isolement et de l'impuissance qui vous accablent. Pour que votre vie change d'aspect, pour entrer dans une existence nouvelle, où, d'un instant à l'autre s'ouvriront devant vous les plus larges horizons, où vous pourrez encore une fois envisager la perspective du bonheur, vous n'avez qu'à me suivre.

Et comme Fabrice, étonné, ouvrait de grands yeux :

— Oui, vous n'avez qu'à venir avec moi, à Versailles. Je vous présenterai à Sa Majesté. Vous êtes bien né, bien tourné. Je lui dirai que vous avez tout ce qu'il faut pour faire un bon soldat, et je suis certain qu'Elle m'autorisera à vous prendre dans ma compagnie, où une place se trouve justement vacante.

Un éclair passa dans l'œil de Fabrice.

— Vous êtes bon ! oui, vous êtes bon ! s'écria-t-il en serrant avec effusion les mains de son interlocuteur. Le métier des armes me souriait fort jadis, et je crois bien que là seulement je pourrai trouver le moyen de revivre en poursuivant de mon mieux le but que je veux, que je dois atteindre : rechercher Hélène, punir le crime. Mais j'ai ici d'autres devoirs : un vieillard à consoler, un enfant à protéger.

M. du Mesnil sourit avec bienveillance :

— Mon cher Fabrice, vos intentions sont des meilleures, mais je ne crois pas franchement que, dans votre état présent de désolation, vous puissiez exercer sur le chagrin de M. de Corneville une influence apaisante. Votre désespoir ne saurait consoler le sien, et je crois bien plutôt que le pauvre homme, qui aurait surtout besoin de repos et d'oubli, souffrira désormais plus qu'il ne se remettra, par votre présence.

La justesse de l'argument frappa visiblement Fabrice. Du Mesnil continua :

— Quant à l'enfant, les soins matériels, vous le savez, ne lui manqueront pas : il y a encore au château quelques serviteurs dévoués...

Et comme le bailli hochait la tête d'un air de doute :

— En tout cas, il y a le bon curé Médéric, et l'excellent prieur dom Martin, qui veilleront sur le petit Henri avec une tendresse toute paternelle ; et je ne crois pas que l'enfant soit menacé d'un danger quelconque que ne puissent prévoir et conjurer ces dignes amis de la famille.

— Qui sait ?... fit douloureusement le bailli.

— Oh ! je vous comprends. Vous voulez dire qu'une véritable fatalité pèse sur la maison de Corneville, qu'elle est guettée par des ennemis acharnés et sans scrupules, et qu'elle n'a peut-être pas épuisé la série des deuils et des catastrophes. Mais j'ai l'expérience même du passé, je ne vois pas, si la Providence réserve à cette demeure, déjà tant éprouvée, de nouvelles infortunes, qu'il puisse être donné à qui que ce soit de les éviter.

— C'est vrai, acquiesça non sans amertume de Préval, je n'ai pu sauver Hélène... ni le comte Raoul.

Le marquis repartit :

— Personne, hélas ! n'aurait pu les sauver : il est des excès de fatalité contre lesquels ne peut prévaloir aucune vigilance... aucun courage... aucun dévouement ; croyez-m'en, pour l'instant ce qu'il faut, c'est réagir. Faites vos adieux au marquis, répétez-lui ce que je viens de vous dire ; sa haute intelligence comprendra sans aucun doute les raisons qui vous auront dicté cette résolution, et son grand cœur fera le reste. Vous entrerez aux mousquetaires avec son autorisation ; et j'en suis certain, vous emporterez avec vous le meilleur de ses espoirs. Mais il n'y a pas de temps à perdre... nous partons demain. Vous êtes décidé, n'est-ce pas ?

— Oui, fit résolument Fabrice, dont le visage transfiguré reflétait une franche joie, en se jetant avec transport dans les bras de son ami. Vous me sauvez, je le sens, et vous réalisez le plus cher de mes rêves. A demain. Je serai prêt... Mousquetaire !.. Avec un chef tel que vous... Je servirai bien le roi... Et je retrouverai Hélène, je le jure !

M. du Mesnil avait vu juste : le marquis de Corneville reçut avec émotion, mais sans faiblir, les adieux de Fabrice.

Il fut le premier à reconnaître que la séparation s'imposait, et il félicita chaudement le jeune homme d'aller où l'appelait sa véritable vocation.

Tout en prodiguant au fiancé d'Hélène les marques de sa bienveillance la plus affectueuse, il pressa lui-même ses préparatifs avec l'énergie que donne le sentiment de l'accomplissement d'un grand devoir de conscience.

Huit jours après, Fabrice de Préval était installé dans la compagnie des mousquetaires noirs commandés par le marquis du Mesnil, dont la faveur devait presque aussitôt le faire brigadier.

Cette parenthèse un peu longue, mais indispensable, étant fermée, nous revenons au conciliabule chez Vernier...

Le capitaine des mousquetaires noirs mit Fabrice au courant de la conversation qu'il venait d'avoir avec le vieux marin.

La noblesse de Normandie, dont les intrigues n'avaient pas échappé au gouverneur de Rouen, se remuait beaucoup depuis quelque temps. Maintenant cette agitation était devenue bel et bien une bonne conspiration.

— Au diable ! je comprends maintenant vos ordres ! s'exclama Fabrice.

— Et vous comprenez pourquoi il fallait le secret, et ne point paraître en brillant uniforme.

— Oui ; et vous voyez aussi que j'ai bien l'air d'un marchand voyageant pour ses affaires.

— A une condition, fit du Mesnil en souriant.

— Laquelle ?

— C'est que vous ne cherchiez pas continuellement la garde d'une épée absente pour y porter votre main gauche.

De Préval ne put s'empêcher de sourire aussi.

— Mais, reprit M. du Mesnil, Vernier va lui-même résumer ses renseignements.

— C'est très simple, répondit le vieux marin : les conspirateurs sont convoqués au château de Nefville, qui domine Quillebœuf à l'ouest. Dans l'après-midi de demain, une trentaine de seigneurs et de nombreux serviteurs seront réunis. D'autre part, ce soir même, une frégate hollandaise a mouillé devant le môle, et peut-être n'est-elle pas seule dans ces parages.

— Ah ! diable, fit le brigadier.

— Le stathouder Guillaume d'Orange a traité, paraît-il, avec les conjurés et leur fournit son appui : la frégate doit être bondée de soldats...

— Mais la petite garnison de Quillebœuf pourra-t-elle résister au premier choc ? interrompit Fabrice.

— Non, mon ami, répondit M. du Mesnil ; elle résistera d'autant moins qu'on la livrera...

— Comment ?... M. de Trahor est avec eux !

— De Trahor est fidèle à son roi, répliqua le marquis avec une animation croissante ; mais son cornette, un nommé de Terras, est tout acquis à la cause de l'insurrection, et il doit lâchement trahir...

— Mais il faut prévenir M. de Trahor !

— Si vous prévenez le lieutenant du roi, interrompit le vieux marin, qui s'était contenté d'écouter jusqu'alors, vous prévenez Terras en même temps, puisqu'il surveille son chef ; et, se sentant devinés, les conjurés remettront l'affaire à une autre date et à un autre endroit, où nous ne serons pas avisés...

— Au fait, comment avez-vous eu connaissance du complot ?

— De Terras, qui vient assez fréquemment chez moi, m'a fait des ouvertures pour obtenir l'appui des équipages de ceux de mes bâtiments qui sont en ce moment au Hâvre-de-Grâce ; j'ai feint d'abonder dans son sens, et je l'ai fait causer. C'est ainsi que j'ai pu prévenir M. du Mesnil, qui était mon hôte depuis quelques jours.

— Voici ce que j'ai décidé, dit le marquis en se levant et en arpentant fiévreusement la vaste pièce ; il faut laisser la conspiration éclater, puis l'écraser, en anéantissant ses troupes.

— Mais les chefs ? demanda Fabrice.

— Nous ferons notre possible pour en prendre vivants un certain nombre que le gouverneur pourra faire juger et exécuter à Rouen avec un grand éclat.

— Vous laissez les conspirateurs s'emparer de Quillebœuf ?

— Oui, des ordres sont donnés : la milice de Honfleur se met en marche cette nuit, elle rejoint la cavalerie de Pont-Audemer à deux lieues d'ici... Celle-ci est suivie des troupes de Lisieux qui sont en route également. En même temps que je vous avisais, mon cher Préval, de mettre en route vos mousquetaires, je prévenais le gouverneur de Rouen de m'envoyer le régiment de dragons. De cette façon, nous sommes en mesure de parer à tous les événements.

— Que dois-je faire ?

— Retournez au-devant de votre détachement, et prenez-en le commandement. Où est le rendez-vous ?

— A l'entrée de la forêt de Brotonne, à Bourneville.

— Bien ; maintenant, dès le bruit d'une bataille, vous entrez en ville du côté du fort tandis que les troupes de Pont-Audemer et de Honfleur attaquent le château de Nefville ; comme elles auront de l'artillerie, cela leur sera facile. Vous autres, vous profiterez de la surprise pour pénétrer dans le fort.

A la suite de ces derniers ordres, Fabrice de Préval prit congé de son capitaine. Il s'accorda ensuite un repos de quelques heures. A l'aube, il partit dans la direction de la forêt de Brotonne, où les mousquetaires sous ses ordres devaient être cachés.

Tout le long du chemin qu'il eut à parcourir, il rencontra des cavaliers enveloppés de grands manteaux, mais qui ne dissimulaient qu'imparfaitement leurs armes et leurs cuirasses.

Ces cavaliers, suivis de nombreux laquais également armés, n'étaient autres que les conjurés se rendant au château de Nefville.

II

SINGHAM L'ASSASSIN

Bien avant le jour, la grande cour intérieure du château de Nefville présentait une animation insolite qui ne fit qu'augmenter avec le lever d'un radieux soleil de mai.

Partout ce n'étaient que valets conduisant des chevaux dans les écuries et que gentilshommes discutant avec animation tout en se dirigeant

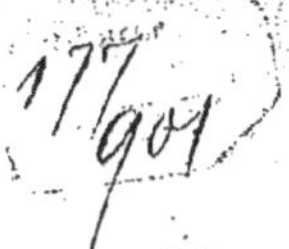

Et il tendit sa main loyale au baron qui la pressa en réprimant un
frémissement. (Page 351.)

vers la salle des gardes, où le personnel du château ne suffisait pas à les
débarrasser de leurs manteaux et de leurs armes, qu'ils quittaient, sauf
l'épée, dont un gentilhomme ne devait jamais se séparer.

Au fur et à mesure de leur arrivée, les invités étaient introduits dans
une vaste salle dont les fenêtres donnaient sur la mer.

Là, des échansons apportaient d'instant en instant des flacons de vin
d'Anjou et aussi quelques bouteilles d'un joli petit vin de Gascogne

que les bateaux normands rapportaient de leurs voyages à Bordeaux ; mais les vieux seigneurs réclamaient la vraie boisson normande, le cidre, dont la belle couleur d'or réjouit le cœur d'un bon Normand.

Dans l'embrasure d'une fenêtre, deux hommes se tenaient debout, examinant avec curiosité les arrivants que Nefville, infatigable, recevait avec sa bonne grâce et sa bonne humeur ordinaires ; c'étaient le marquis de Risperdam et le baron de Singham.

— Eh bien, que vous disais-je ? murmura Singham à l'oreille de son compagnon ; croyez-vous qu'ils ont le diable au corps, ces bons Normands ?...

— Jamais je n'aurais cru que des gens heureux et tranquilles aillent se faire casser la tête pour l'indépendance de leur pays, quand, en réalité, il n'y a qu'une question d'amour-propre.

— Vous autres Flamands vous ne comprenez pas notre caractère... Mais regardez donc ! s'écria Singham en s'interrompant brusquement, voilà notre vaisseau arrivé !

En effet, par la fenêtre ouverte, on distinguait tout l'estuaire de la Seine jusqu'au Hâvre-de-Grâce ; le brouillard du matin se levait, et sur les flots tranquilles de la baie on distinguait un gros navire qui avait mouillé à égale distance de Tancarville et de Quillebœuf, n'osant sans doute s'approcher de terre à cause de son gros tonnage.

De dimensions bien supérieures à celles de la frégate, ce bâtiment devait être un vaisseau de ligne, quoique ses hauts bordages ne semblassent pas percés de sabords. C'était le renfort attendu par Singham.

A ce moment, — il était environ dix heures du matin, — le vicomte de Nefville jugea le moment venu de prendre la parole... Les laquais et les sommeliers disparurent sur un signe du maître, et le petit vicomte, rouge d'animation et d'orgueil, demanda un instant de silence.

Les conversations s'éteignirent, les figures devinrent graves, et ce fut au milieu d'un profond silence que de Nefville commença :

— Mes chers amis, vous avez bien voulu répondre à mon appel, tous vous êtes venus, sachant qu'il y avait de gros risques à entreprendre une telle campagne, mais résolus à donner votre vie pour l'indépendance de notre belle Normandie...

Ici, un tonnerre d'acclamations coupa la parole au petit vicomte.

— Croyez bien, continua l'orateur, que j'ai pris toutes les précautions. Je vais avoir l'honneur de vous présenter les envoyés de Son Altesse Guillaume de Nassau ; ils viennent au nom du stathouder vous apporter l'appui effectif des troupes des Pays-Bas... Les navires qui les suivent sont à l'ancre devant Quillebœuf.

Un nouvel accès d'enthousiasme permit au vicomte de faire avancer les deux envoyés, qu'il présenta :

— Le baron de Singham, mon meilleur ami ; — le marquis de Risper-dam, confident de Son Altesse le stathouder de Hollande.

De nouvelles acclamations saluèrent ces présentations, et Singham allait prendre la parole, lorsque le vicomte lui fît signe d'attendre.

En effet, de Nefville s'était levé, et ayant ouvert la porte donnant sur la salle des gardes, il descendit les quelques marches qui y accé-daient.

Il rentra bientôt, guidant un grand et beau vieillard devant lequel il s'inclina.

Puis se tournant vers les gentilshommes, il dit à haute voix :

— Monsieur le marquis de Corneville, qui vient se joindre à nous.

Toute l'assistance se leva à ce grand nom, et s'inclina profondément devant le vieillard si vénéré dans toute la Normandie.

— Lui !... murmura Singham en éprouvant une violente commotion intérieure.

Le marquis salua avec toute l'aisance d'un très grand seigneur, en promenant sur l'assemblée ce regard vague que donne l'affaiblissement de la vue.

De Nefville fit asseoir le nouvel arrivant dans un grand fauteuil qu'il avait réservé près de lui et dit :

— Le baron de Singham va vous exposer, messieurs, le plan de la campagne que nous allons entamer.

Singham se leva et commença d'une voix sourde que Nefville fut étonné d'entendre, car le baron déguisait admirablement sa voix d'or-dinaire chaude et vibrante :

— Messieurs je suis non seulement avec vous comme représentant de Son Altesse, mon noble maître, mais aussi de cœur car j'aime le beau pays de Normandie...

Il y eut un mouvement d'étonnement...

— Je me porte garant des affirmations du baron de Singham, que je connais depuis de longues années, s'écria le petit vicomte.

Pendant cette interruption, l'œil perçant de Singham s'était fixé sur le marquis de Corneville.

— Il ne reconnaît rien en moi ! pensa-t-il encore, tandis que sa phy-sionomie s'éclairait.

Et il reprit :

— J'ai plus que vous ne pouvez le supposer l'amour de la Normandie... de cette riche et admirable province que j'ai parcourue jadis avec un plaisir indicible... et dont tous les aspects restent gravés dans ma mé-moire pour ne plus s'en effacer jamais... non ; jamais !...

Sa voix d'emprunt s'était insensiblement modifiée... elle acquérait graduellement des tons naturels, chauds, émus, et paraissait tenir sous le charme l'auditoire, au sein duquel elle faisait palpiter l'amour sacré du sol natal.

— Il va se trahir !... fit à part lui le vicomte.

Et son regard inquiet interrogea les physionomies. Mais aucune, pas même celle du marquis, ne semblait révéler un souvenir.

Et l'orateur, satisfait sans doute, lui aussi, d'un résultat qu'il n'avait osé espérer, la poursuivit sans plus se soucier de cette précaution matérielle :

— Qu'était la Normandie ?... Une terre en dehors du domaine de la couronne. Qu'étaient vos ancêtres à vous, marquis de Corneville... à vous, vicomte de Nefville... à vous tous, seigneurs assemblés en ce lieu pour la plus sainte des entreprises ?... Ils étaient libres, indépendants et maîtres d'eux-mêmes n'étant que vassaux de la couronne.

La Normandie a été incorporée à cette couronne, en conservant, toutefois, quelques-unes de ses vieilles franchises.

Et tandis qu'il parlait, son geste s'animait, sa face se transformait, dévoilant un homme d'une énergie peu commune, d'une trempe d'acier, et ses yeux d'un bleu sombre comme les flots de l'Océan tourmenté, semblaient lancer dans la vaste enceinte de superbes éclairs.

Il continua d'un organe saccadé, vibrant :

— Mais Louis XIV est venu, ce roi néfaste, ce despote enflé d'une superbe vaine...

— Bien !... bien ! cria-t-on de toutes parts.

— Et la Normandie s'est vu confisquer ses dernières franchises. Elle est tombée au rang de toute province enclavée dans le giron royal...

Il continua tandis que son ton devenait plus en plus haineux, et sa voix plus stridente :

— Et n'est-ce pas ce même Louis XIV qui a conduit, un jour, dans l'exaltation de l'orgueil, le deuil de toutes vos libertés ?... entendez-vous, le deuil de toutes vos libertés ?...

— C'est vrai ! s'exclama le marquis de Corneville du ton d'une sourde irritation.

— C'est vrai ! rugirent tous les conjurés.

— Eh bien ! il faut arracher la Normandie à Louis XIV !... à cet ogre royal !

— Il le faut ! répéta avec force le marquis en se levant au milieu du tumulte.

L'orateur, fort de cette adhésion, continua :

— La Normandie sera émancipée !... Elle sera érigée en duché libre !

Et maintenant que nous sommes sûrs de la coopération du chef de la plus illustre de ses maisons, nous le créerons duc souverain sous la dénomination de Corneville, duc de Normandie !

Ces mots furent accueillis avec un enthousiasme indescriptible.

— Vive Corneville! tonna la masse des conjurés.

L'imposant vieillard se dressa tout d'une pièce, salua avec une noblesse infinie, et prononça d'une voix profondément émue :

— Si grand que soit cet honneur, je l'accepte avec reconnaissance !... Je consacrerai à la grandeur de notre pays les derniers instants que Dieu voudra bien m'accorder !...

— Merci, monsieur le baron!

— Merci, mes amis!

Et il se rassit.

Singham reprit :

Le vicomte de Nefville sera investi des fonctions de gouverneur de Rouen. Acceptez-vous cette nomination?

— Oui! oui! cria-t-on de toutes parts.

— Maintenant, messieurs, au lieu de vous demander pour moi une fonction d'une importance moindre, mais où je pourrai vous être utile, je vous demande simplement le poste de gouverneur de Quillebœuf...

Il y eut un silence. On ne le connaissait pas, en somme, ce Hollandais, et ce fou de Nefville avait tant d'amis.

Singham s'assombrit, et il fut sur le point de se livrer à un de ces éclats qui étaient si fréquents chez cette nature violente.

Le marquis de Corneville sauva heureusement la situation :

— La demande de l'envoyé de Son Altesse le stathouder est juste, et il est convenable de lui donner le commandement du port par où nous recevons les secours de son maître.

Les hésitations disparurent :

— C'est juste... Accepté... Continuez, crièrent plusieurs voix.

Singham reprit :

— Quant aux autres commandements, il est naturel que ce soit le duc de Normandie qui les signe.

Il s'arrêta une minute, puis reprit d'une voix vibrante :

— Et maintenant l'action va commencer; dans quelques instants, vous serez maître de Quillebœuf, et dans quelques jours de la province...

Son accent devenait prophétique :

— Le temps des victoires de Louis a fui. Il marche lui-même vers le néant; mais avant que la mort le saisisse, il verra s'effondrer son royaume...

L'Espagne, la Hollande, l'Empereur et les prince de l'Empire, la Suède s'unissent en ce moment pour l'écraser... Le chêne frémit déjà sous la cognée qui va l'abattre, et vous, messieurs, vous allez arracher la Normandie au désastre en la faisant libre, indépendante et respectée!

— Sauvons notre pays! rugirent les conjurés en agitant leurs épées.

Le baron de Singham reprit : .

— Le marquis de Risperdam, ambassadeur de Son Altesse auprès de vous, prend avec moi, au nom de Son Altesse, le prince d'Orange, stathouder de Hollande, l'engagement formel d'appuyer d'un fort débarquement de troupes à Quillebœuf, la tentative d'affranchissement de la Normandie.

Et se tournant vers la place d'honneur :

— Monsieur le marquis de Corneville, futur duc souverain, vous connaissez les conditions de ce concours ?

— Monsieur le vicomte de Nefville m'a mis au courant de la situation. .

— Vous voyez donc, messieurs, que toutes les mesures ont été prises ; il ne reste, dès maintenant, qu'à agir.

Un silence plana sur l'assemblée.

Puis comme cédant tout à coup à l'impulsion d'une pensée intérieure, le marquis de Corneville se leva et se porta lentement d'un pas que servait mal sa vue presque éteinte, vers l'ombre qu'était pour sa vue affaiblie le baron de Singham.

Celui-ci, à l'approche de cette grande figure où éclatait toujours la douleur du trépas violent et mystérieux de son fils et de l'étrange disparition de sa fille, tressaillit fortement, et quoi qu'il fît pour éviter les regards cependant sans vie du marquis, ses yeux demeurèrent comme rivés sur eux, jusqu'à ce que le vieillard fût arrivé jusqu'à lui...

Alors, un autre tressaillement secoua ses membres, et il passa sur son front pâle une main convulsive.

D'où naissait cette agitation ?... Quel rapport... quelle affinité pouvait exister entre le marquis de Corneville et le baron hollandais ?

Deux hommes seuls, au milieu de cette assemblée, savaient qui il était... le marquis de Corneville aurait-il deviné ?... Mais alors quelle explosion d'indignation et peut-être de haine pour celui qui était à ses yeux la cause de son malheur !...

Mais Singham se raidit... se domina.

De tout ce qui s'agitait dans son cerveau, rien ne parut au dehors, et seule l'expression de son visage devint plus dure.

Le marquis de Corneville, une fois arrivé devant l'envoyé du stathouder, prit la parole avec un calme qui rassura l'envoyé :

— Monsieur de Singham, dit-il, je savais vous trouver en cette réunion ainsi que M. Risperdam : vous m'aviez été annoncés tous deux par M. le vicomte de Nefville ; vous, monsieur, comme envoyé secret, et M. de Risperdam comme envoyé officiel. Tout à l'heure, je vous ai entendu parler en termes chaleureux de la Normandie... je vous ai entendu exprimer votre désir d'obtenir la charge de gouverneur de Quillebœuf.

Et j'ai été spontanément au-devant de ce désir : vous m'aviez gagné, conquis par l'affirmation de votre amour de notre sol natal.

Mais je désirerais que votre prédilection pour notre pays et que votre dévouement à notre cause s'expliquassent davantage. Avant de conférer le gouvernement d'une place à un étranger...

— Un étranger... se récria involontairement le confident de Guillaume de Nassau.

— Quelle que soit votre inclination pour la Normandie, vous n'en êtes pas moins un étranger, monsieur !

Le baron de Singham eut un soupir de soulagement : il était tranquille !

Il ne s'agissait pour lui que de calmer les patriotiques appréhensions du marquis de Corneville.

— Il me serait difficile, dit-il lentement, de donner ici même, à l'instant, la preuve de mon attachement désintéressé à votre cause,... Ces raisons, monsieur de Nefville les connaît... L'avenir prouvera ma sincérité... En attendant, je demanderai à notre hôte... au futur gouverneur de Rouen... de répondre de moi.

— Je réponds, en effet, sur mon honneur, du baron de Singham ! s'écria le vicomte avec une extrême vivacité et d'un accent chaleureux.

Le marquis de Risperdam sourit imperceptiblement, et jeta un regard sur son compagnon.

Mais si ce dernier couvait la pensée d'une félonie, rien ne témoignait de ce sentiment dans son maintien plein de correction et de dignité.

— L'attestation spontanée de notre cher et estimable compatriote me suffit ! s'écria le noble vieillard.

Votre main, monsieur de Singham !...

Et il tendit sa main loyale au baron, qui la pressa en réprimant un frémissement.

— La Normandie sera mon pays dorénavant! conclut le baron d'un accent profond.

— Je te crois!... fit Risperdam à part lui, tandis qu'un second sourire semblable au premier errait sur ses lèvres sensuelles.

Le marquis de Corneville regagna lentement sa place, ne laissant percer aucune émotion de son entrée presque subite dans un complot qu'il n'aurait jamais songé à provoquer, dont la pensée n'aurait jamais effleuré son esprit.

Il était le conjuré de l'heure, de la circonstance.

La fatalité le menait.

Il voulait venger son fils et sa fille.

Le malheureux « trahissait » par honneur, par devoir.

L'heure avançait...

Le marquis de Risperdam se pencha vers Singham et lui dit à voix basse :

— Il serait temps de donner le signal aux navires et de commencer.

— C'est juste, répondit le baron sur le même ton ; tous ces bavards nous font perdre un temps précieux.

— Messieurs, l'action va s'engager, dit-il gravement. Ce sont vos têtes et la mienne que nous allons jouer... Le temps des discours est passé... la parole est à la poudre, et à nos bonnes épées !

— Bataille ! bataille ! hurlèrent les gentilshommes, tandis que les épées cliquetaient dans les fourreaux.

A ce moment, Nefville, qui était sorti depuis un moment, vint parler bas à Singham.

— Mes amis, dit le baron à haute voix, on m'annonce l'arrivée de M. de Trahor.

Il y eut un moment d'étonnement.

Le baron continua :

— C'est moi qui ai prié le lieutenant du roi de venir au château pour une communication urgente. Trois hommes de l'équipage de notre frégate sont dans le vestibule. Ils se saisiront de lui, et la défense du port de Quillebœuf sera ainsi décapitée, puisque l'officier sous les ordres de M. de Trahor est des nôtres, et doit se joindre à nous au premier signal en nous ouvrant la poterne du fort.

Il y eut un léger mouvement : ces têtes folles, ces révoltés portaient haut le sentiment de leur noblesse et de leur dignité, et il leur répugnait de débuter par une sorte de vilenie en attirant le lieutenant du roi dans un guet-apens.

— Il ne lui sera fait aucun mal, n'est-ce pas ? demanda une voix.

— Trahor est un brave officier qui fait, en somme, son devoir, dit un autre.

Le baron de Singham sentit le danger, et coupa court aux commentaires :

— M. de Trahor sera prisonnier, et aucun mal ne lui sera fait. Cette mesure était nécessaire afin d'éviter une effusion d'un sang précieux. Il ne fallait pas qu'au début de la guerre nous fassions tuer vingt ou trente gentilshommes et le double de soldats, pour enlever une vieille bicoque comme le fort de Quillebœuf.

— C'est juste, fit le marquis de Corneville, le moins de sang possible de part et d'autre.

Un nouveau murmure, mais cette fois-ci approbatif, se fit entendre.

Pendant ce court dialogue, M. de Trahor était entré dans le vestibule du château, et de là le majordome l'avait aussitôt conduit dans une petite pièce isolée située dans une tourelle et ayant vue sur la mer.

Il enleva son casque, puis arracha sa fausse barbe. (Page 355.)

Le lieutenant du roi n'était pas un aigle : c'était un brave soldat de fortune fidèle à la consigne qui lui était donnée, faisant bien son service, bon à ses subordonnés et tenant bien son petit détachement.

Il aimait la pêche et la chasse au gibier d'eau ; il était donc très heureux à Quillebœuf.

Comme le personnage inconnu qui l'avait fait demander était un peu long à venir, il s'était approché de la fenêtre, et examinait la mer.

Un mouvement inusité se faisait en dessous de la fenêtre sur l'épaulement de terrain qui bordait le fossé du château du côté de la mer.

Des serviteurs allaient et venaient, disposant deux petits bûchers.

Bientôt de chacun des deux foyers, une longue colonne de fumée noire s'éleva en l'air...

— Que diable font-ils ?... se demanda le lieutenant du roi.

Un regard jeté sur la mer lui arracha un cri de surprise : une noire colonne de fumée se dessinait au-dessus de la frégate à l'ancre à l'entrée du port, tandis qu'au loin un énorme navire qu'il n'avait pas encore aperçu, se couronnait d'un nuage noir produit évidemment par un feu subitement allumé.

Au bord du fossé, les domestiques du vicomte inondèrent les deux feux, qui s'éteignirent aussi.

Pour une intelligence, même de moyenne force, il y avait un échange de signaux d'un caractère tout particulier...

Trahor en était là de ses réflexions lorsqu'il se sentit subitement saisi, renversé et bâillonné...

Trois forts gaillards, qui parlaient entre eux une langue du Nord, le tenaient sous leurs genoux, et le ligottaient proprement, avant qu'il pût avoir le temps de trouver une explication à toutes ces fumées ! . . .

. . . .

Depuis un quart d'heure qu'il était étendu sur le dos, le malheureux lieutenant du roi s'était livré à de sombres réflexions que la douleur interrompait parfois, car ses liens lui entraient dans les chairs, et son bâillon l'étouffait.

M. de Trahor comprenait qu'il était tombé dans un piège, mais il se demandait pour le compte de qui pouvait travailler le vicomte de Nefville, et de quelle lutte entre les grands de la terre il était la victime, lorsque la porte de la pièce s'ouvrit, et le baron de Singham parut.

L'envoyé de la Hollande avait eu le temps de quitter son costume de voyage, et de revêtir une superbe tenue de combat : col et gorgerin d'acier, demi-cuirasse dorée et justaucorps de cuir.

Ainsi armé, le chef couvert d'un casque, et deux riches pistolets passés dans le ceinturon qui soutenait sa lourde épée, le baron était vraiment beau et terrible à voir.

Devant Trahor étendu sur le sol, le confident du stathouder eut un geste de triomphe.

Il s'approcha du malheureux, qu'il poussa du pied.

— Eh bien, Trahor, comment trouvez-vous que j'ai joué la partie ?

Le lieutenant du roi ne répondit pas... et pour cause.

Singham se pencha sur lui, et lui enleva son bâillon.

— Trahor, répéta-t-il, vous avez perdu la partie...

— Qui êtes-vous?... pourquoi m'avez-vous pris ainsi? demanda le pauvre officier.

— Tu ne me reconnais pas? fit Singham avec un ricanement. Eh bien, regarde!

Et, nerveusement, il enleva son casque, puis arracha sa fausse barbe.

— Lucenay! hurla le lieutenant du roi; ah! misérable!... Du moment où il y a un crime à commettre, je devais vous retrouver.

— Monsieur de Trahor, dit le comte de Lucenay, reprenant, avec son identité, sa fierté et sa froideur, vous m'avez dénoncé, vous m'avez persécuté, et par vous je suis devenu un meurtrier sans patrie, sans famille... Je ne me venge pas... je punis!

— Je n'ai fait qu'accomplir un devoir... en vous signalant au roi... comme un hérétique... articula péniblement le lieutenant du roi.

— Ce devoir ne vous incombait pas directement. Vous pouviez l'éluder.

— J'aurais agi contre ma conscience... de catholique.

— Et c'est votre conscience... de catholique qui m'a fait bannir impitoyablement!... qui m'a fait jeter du sol de mes aïeux sur un sol étranger!... qui a fait de moi un proscrit sans feu ni lieu!... un misérable paria!... qui m'a lancé dans les bras de nos ennemis!...

— Vous livrez Quillebœuf aux ennemis du roi! rugit de Trahor en tentant, mais en vain, de briser ses liens.

— Je donne la ville que vous n'avez pas su défendre à mes amis, à mon nouveau maître, au stathouder Guillaume de Nassau!

De Trahor, affolé, voulut crier, mais le bandeau s'abattit de nouveau sur ses lèvres.

Alors Singham ou plutôt Lucenay, soulevant le pauvre homme dans ses bras, le dressa contre la fenêtre :

— Tenez, monsieur le lieutenant du roi, lui dit-il avec un éclat de rire sardonique, regardez comme on prend Quillebœuf.

Éperdu, mais attiré malgré lui, de Trahor ouvrit les yeux, et regarda.

Une agitation étrange régnait sur les deux navires de guerre : les bandes de toile qui couvraient les sabords avaient été arrachées; les deux rangs de canons de la frégate, et les trois rangs de canons du vaisseau de ligne allongeaient leurs gueules sombres.

Autour des deux bâtiments, une nuée d'embarcations étaient mises à la mer.

Bientôt elles s'emplirent de troupes dont les armes reluisaient au beau soleil de mai, et toutes se dirigeaient à force de rames vers le rivage.

Pendant ce temps, la grande porte du château s'ouvrait, et une cinquantaine de gentilshommes en tenue de combat, ayant au milieu d'eux le marquis de Corneville, et commandés par le vicomte de Nefville, sortaient de la cour intérieure, descendant au grand trot de leurs chevaux vers la ville, tandis que derrière eux deux cents serviteurs armés pressaient le pas pour les rejoindre.

— Tu vois le fort ! rugit de Lucenay. Eh bien, dans cinq minutes, de Terras nous en ouvre les portes !

Et maintenant tu en as assez vu... tu vas mourir !

Saisissant dans sa ceinture un pistolet, le traître reprit :

— Recommande ton âme à Dieu !

De Trahor, par un effort surhumain, parvint à déchirer, en partie, son bâillon avec ses dents.

A travers les lambeaux de l'étoffe, sa voix passa sifflante :

— Lâche et traître, je meurs, la conscience tranquille et en gentilhomme... Toi, tu mourras tremblant et suppliant, sur un gibet !...

Le comte de Lucenay pressa la détente, et le lieutenant du roi s'abattit sur le sol.

Cependant, en un dernier spasme, il put encore murmurer :

— Sur un gibet !...

Le baron, abandonnant le cadavre de sa victime, s'élança vers la cour, où il se mit en selle pour rejoindre la petite colonne.

De Terras, suivant ce qui avait été convenu, avait réuni les quatre-vingts soldats de la garnison, et les quelques artilleurs du fort, puis les avait prévenus que de graves événements allaient se passer.

Bientôt, par la porte ouverte de l'avancée du petit fort, un cortège pénétra dans la vaste cour. En tête marchaient le marquis de Corneville, le baron de Singham et le vicomte de Nefville. Derrière, les gentilshommes suivaient.

C'est ici que commençait le rôle de Terras dans la tragi-comédie qui se passait.

L'officier s'avança vers le front de sa petite troupe, et d'une voix forte adressa l'allocution suivante :

— Bas-officiers et soldats... par suite d'événements qu'il serait trop long de vous expliquer en ce moment, la Normandie redevient un duché libre, dont le duc régnant est M. de Corneville ici présent.

C'est donc de lui que nous relevons tous, officiers et soldats, et c'est par lui que seront réglées les nouvelles conditions d'existence de la province.

Je vous annonce que le duché de Normandie augmente votre paie et vos diverses indemnités d'un tiers ; il accorde la levée de toutes vos punitions...

Comme un seul homme les soldats crièrent :

— Vive le duc de Normandie !

De Terras continua :

— La guerre est déclarée entre le duché de Normandie et le roi de France !

Il y eut un murmure d'étonnement et peut-être d'inquiétude dans les rangs. Les soldats étaient assez indifférents aux modifications politiques du royaume, mais l'idée qu'ils allaient faire la guerre à celui qui était leur roi la veille, les gênait un peu, et puis ils craignaient surtout que la Normandie ne fût pas en état soutenir la lutte.

De Terras sentit le point faible et reprit avec vivacité :

— Cette guerre, nous ne serons pas seuls pour la soutenir : le stathouder Guillaume de Nassau a signé un traité d'alliance avec la Normandie, et ses troupes débarquent en ce moment sur divers points de la côte.

Les figures des soldats s'épanouirent :

— Et, tenez, entendez-vous ?... Les voici !

A ce moment, les troupes de débarquement apparaissaient à l'entrée du fort, musique en tête.

Leur colonne, forte de cinq à six cents hommes, pénétra rapidement dans la vaste cour et se rangeant de manière à envelopper la petite troupe.

De Terras n'avait pas achevé son discours, et, sûr du résultat, il conclut :

— M. le baron de Singham ici présent est nommé gouverneur de Quillebœuf ; c'est à lui que vous obéirez.

— Vive le gouverneur ! vive la Hollande ! vive le duc de Normandie ! crièrent les soldats.

— Maintenant, messieurs, dit Singham, il s'agit de mettre le fort en état de défense. J'ai parmi mes hommes une compagnie de pionniers qui vont exécuter les travaux nécessaires, et ce soir même on débarquera l'artillerie.

— Ce sont vos troupes qui occuperont le fort ? demanda de Nefville.

— Oui : il vaut mieux que le petit effectif de Français dont vous disposez prenne contact avec la population et serve de cadre pour la levée de troupes que vous allez faire.

De Nefville allait réclamer, mais un cavalier s'avança et lui parla avec animation.

Aussitôt le comte, se tournant vers Singham, lui dit :

— On m'apporte la nouvelle que des troupes venant de Pont-Audemer sont en route pour Quillebœuf.

— Nous avons trop perdu de temps, fit le baron ; il va falloir combattre aujourd'hui.

La garnison de Pont-Audemer est-elle forte ?

— Deux cents hommes de pied et cinquante cavaliers, répondit un seigneur des environs de la ville.

— C'est bien, fit Singham en regardant le gros de Risperdam, qui écoutait attentivement, vous avez avec vous, messieurs, près de deux cents hommes bien montés et bien armés ; portez-vous au-devant de la colonne, et la surprenant ainsi, vous serez facilement maîtres d'elle.

Cette première victoire aura un gros retentissement, et tout le pays sera soulevé.

— Bravo ! crièrent tous les gentilshommes sans défiance, heureux de se battre de suite.

A peine la petite colonne s'était-elle éloignée, que le baron de Singham, s'approchant de M. de Terras, lui dit froidement :

— Monsieur, vous êtes mon prisonnier ; rendez-moi votre épée.

— Que voulez-vous dire ? fit le malheureux officier, stupéfait.

— Je veux dire que le port de Quillebœuf appartient à la Hollande, dont le pavillon flotte sur sa tour.

De Terras se retourna.

Un grand étendard des Provinces-Unies était déployé sur le sommet de la tour.

Au même moment, les six cents soldats hollandais se ruèrent sur la petite troupe, qui fut décimée avant d'avoir pu se défendre.

De Terras, tirant son épée, voulut en frapper Singham, mais il fut maîtrisé, et comme il se défendait en criant au baron : « Traître ! misérable ! » un soldat le frappa de la crosse de son mousquet, et l'abattit évanoui.

— C'est fait ! dit Singham en éclatant de rire.

— Vous êtes rudement fort, mon cher ! déclara le marquis de Risperdam tout joyeux, et Son Altesse a eu raison de vous confier l'expédition. Les Normands sont joués, et voici la Hollande maîtresse d'un excellent port en terre de France ! . . . .

. . . .

La forêt de Brotonne jouissait à l'époque de notre récit d'une médiocre réputation : elle était traversée par un grand chemin de Caudebec à Lisieux, qui franchissait la Seine à la Mailleraye, où un vaste bac transportait les piétons, les cavaliers et même les voitures ; mais c'était tout, et les routes, ou plutôt les sentiers de la forêt n'étaient guère frayés que par les chevaux et les chiens des veneurs.

Les fauves de toutes sortes abondaient dans les halliers, et l'hiver, les loups venaient hurler dans les rues de Bourneville, gros bourg situé à l'entrée de la forêt.

Cependant ce n'étaient pas les loups, les renards et les sangliers qui causaient la mauvaise réputation de la forêt de Brotonne : certaines histoires qui couraient le pays détournaient les promeneurs de ses belles futaies.

On disait qu'un jour deux riches marchands anglais, accompagnés de six domestiques, et conduisant de nombreux mulets chargés de caisses de belles étoffes, de dentelles précieuses et d'armes de prix, avaient passé le bac de la Mailleraye, et s'étaient engagés dans la forêt ; à Bourneville, où ils auraient dû rester deux ou trois heures plus tard, on ne les avait pas vus sortir du bois, et l'on n'entendit plus jamais parler d'eux.

Deux jours après, le cheval d'un des deux marchands avait été trouvé à l'entrée de Bourneville, dans un champ de blé, dont la pauvre bête mangeait la paille.

A quelque temps de là, des hommes qui ressemblaient plutôt à des soldats d'aventure qu'à des marchands offraient à des prix dérisoires de bien belles soieries et de bien riches dentelles dans les châteaux du bailliage de Pont-Audemer. Lorsqu'on voulut les interroger sur la provenance de ces marchandises, ils avaient déjà quitté le pays.

On racontait également qu'un jour le baron de Saint-Aubrée ayant chassé en forêt de Brotonne, sa fille, qui suivait la chasse, s'écarta un peu trop du gros des chasseurs, et s'égara dans la forêt. Malgré toutes les recherches, on ne put retrouver que son cheval. Mademoiselle de Saint-Aubrée était fort jolie, et avait, en outre, la mauvaise habitude de porter de riches bijoux, même à la chasse.

Tout ceci était cause que la route de la Mailleraye à Bourneville n'était fréquentée que de jour et par des voyageurs nombreux et bien armés ; aussi, la nuit, on n'y rencontrait guère que des braconniers qui risquaient la potence pour colleter un chevreuil.

Ceux-ci ne craignaient d'ailleurs rien d'autre, car le braconnier et le bandit s'entendaient à merveille à cette époque.

Si le matin du jour où la conspiration éclatait à Quillebœuf, un de ces malheureux braconniers s'était aventuré dans la partie Est de la forêt, il eût été bien étonné du spectacle qui se serait offert à ses yeux.

Dans une petite allée herbeuse, une longue file de chevaux attachés aux broussailles mettait une animation inusitée en ce coin d'ordinaire solitaire.

Sur le bord opposé de l'allée, des cavaliers revêtus du sévère uniforme de mousquetaires noirs causaient et jouaient aux dés, tandis que des valets de camp portaient çà et là des flacons et d'appétissantes provisions.

A une extrémité de la ligne, un brigadier, à la fière allure, se promenait de long en large, les mains derrière le dos, s'entretenant avec un ou deux des cavaliers.

Fabrice de Préval avait une toute autre mine sous son bel uniforme que dans son sévère costume de bailli, et l'on comprenait bien l'amour d'Hélène pour ce beau et noble gentilhomme.

Quoique sa pensée de toute heure fût pour celle qu'il aimait et recherchait depuis qu'elle avait disparu, de Préval avait en ce moment de graves préoccupations professionnelles.

Évidemment, il était perplexe, il attendait.

Il était arrivé à un carrefour lorsqu'un galop de cheval amorti par l'herbe se fit entendre : un mousquetaire apparut et s'arrêta net devant le brigadier :

— Le colonel de Corrouges vient avec cents chevau-légers ; les dragons suivent à distance... l'artillerie a pris la grande route et doit nous rejoindre à Bourneville.

— C'est bien ! Allez manger un morceau, mon ami, répondit paternellement le brave Fabrice.

Puis appelant son valet, qui lui amena un cheval, il se mit en selle et s'avança au devant du colonel de Corrouges.

Celui-ci, vieil officier des campagnes contre l'Espagne et les Pays-Bas, aimant la guerre pour la guerre, était tout joyeux.

Il avait reçu un émissaire de Pont-Audemer lui annonçant que des troupes et des milices étaient en marche. Il n'avait pas de nouvelles de Honfleur, mais il était tranquille de ce côté.

En un instant, le plan d'attaque fut réglé : on devait rencontrer à Bourneville du Mesnil, qui donnerait les derniers renseignements.

En effet, le capitaine des mousquetaires noirs s'était fait apporter au village son uniforme et ses armes.

Bientôt, les différentes troupes, continuant leur mouvement de concentration, occupaient le bourg.

Ce fut avec une grande impatience que le colonel de Corrouges attendit de longues heures, et il parlait déjà de marcher en avant sans attendre du Mesnil, lorsque celui-ci parut à l'entrée du village sur un cheval couvert d'écume :

— Vous êtes signalés ! cria-t-il en sautant à terre, et vous allez être attaqués d'ici un quart d'heure ; la révolte est maîtresse du fort et de la ville.

— Combien sont-ils ? demanda de Préval.

— Deux cents cinquante cavaliers.

— Nous en avons huit cents, répliqua le colonel.

Et il ajouta avec une nuance de regret :

— Ils ne sont pas assez nombreux ; la bataille ne sera pas longue.

— Oui, mais il y a six cents hommes d'infanterie hollandaise dans la ville et dans le fort, sans compter les équipages des navires qui peuvent débarquer.

— Oui, fit Préval, ce sera plus dur, mais l'infanterie de Pont-Audemer et notre artillerie suffiront amplement.

228
901

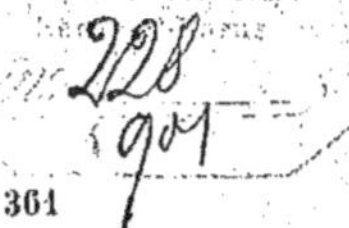

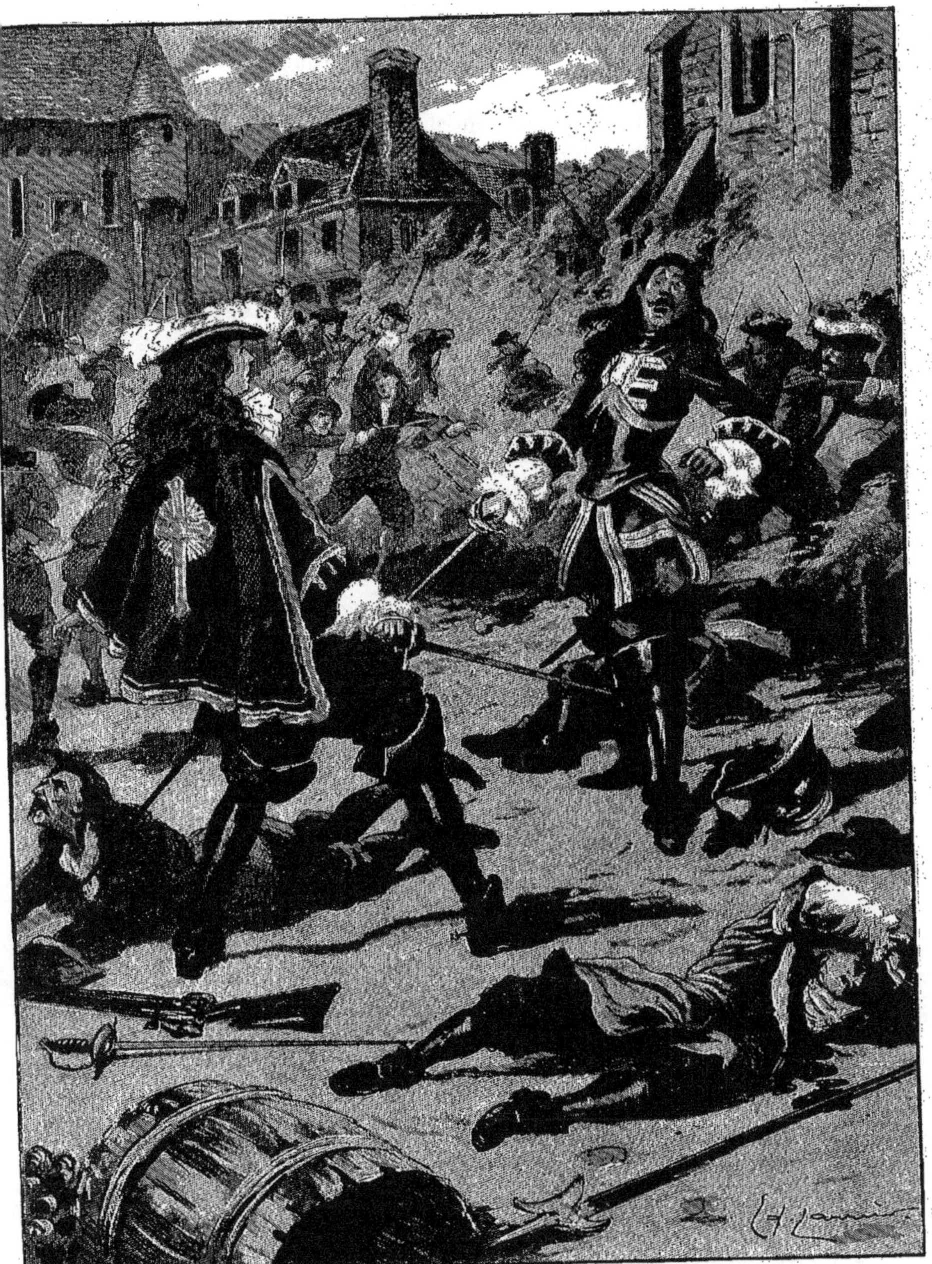

— De Préval ! fit l'envoyé du stathouder, reculant également. (Page 365.)

46e Liv.

En quelques minutes, M. du Mesnil était habillé et enfourchait son cheval.

A ce moment, la troupe de gentilshommes normands apparut au haut de la petite côte qui précède le village.

Aussitôt le colonel de Corrouges déploya ses troupes, les chevau-légers à l'aile gauche, les dragons à l'aile droite, les mousquetaires au centre ; et, malgré qu'on fût au bas d'un terrain en pente, il donna l'ordre de charger.

Il faut rendre cette justice que la petite troupe de gentilshommes se sentant perdue, il n'y eut pas parmi elle une hésitation.

Ils chargèrent l'épée haute aux cris de : « Vive la Normandie ! Vive Corneville ! »

Les troupes répondirent par un grand cri de : « Vive le roi ! »

Mais si les cinquante seigneurs marchèrent franchement, bravement à la mort, il n'en fut pas de même des serviteurs formant le gros de la troupe : ces soldats d'occasion se seraient très probablement bien battus, s'ils avaient eu le nombre pour eux ; mais, se sentant si peu contre tant d'ennemis, ils ralentirent bientôt leur allure, de telle sorte qu'au moment du choc, il n'en restait plus qu'une trentaine derrière le petit peloton des gentilshommes ; les autres fuyaient éperdument à travers la plaine.

Dès le premier choc, du Mesnil cria :

— Bas les armes, messieurs ! rendez-vous !

Mais en un instant, vingt mousquetaires et autant de cavaliers du côté des Normands étaient renversés de leurs chevaux, morts ou blessés.

Le reste des conspirateurs fut désarmé, tandis que les chevau-légers sabraient les fuyards.

Cependant Fabrice de Préval avait pu, avec une douleur indicible, apercevoir le marquis de Corneville entouré par plusieurs mousquetaires, qui le désarmaient respectueusement...

De Nefville, quoique s'étant battu comme un lion, n'était que légèrement blessé.

Il s'agissait maintenant de reprendre Quillebœuf ; du Mesnil expliqua au colonel de Corrouges que les Hollandais s'étaient emparés du fort et organisaient une sérieuse résistance.

— Nous avons du canon ; on annonce enfin l'arrivée de notre infanterie... Nous ferons, s'il le faut, le siège de Quillebœuf.

Et le vieux colonel donna des ordres pour que l'on se mît en marche.

.   .   .   .

.   .   .   .

Le baron de Singham avait de suite jugé que le château de Quillebœuf ne pouvait pas supporter une attaque sérieuse, car, construit deux cents ans auparavant, il était à l'épreuve des moyens d'attaque de cette époque et non de l'artillerie actuelle.

Aussi ne comptait-il pas combattre à Quillebœuf ; son calcul était simple : il fallait deux jours au moins, avant que le gouverneur de Rouen se rendît compte de la gravité de la révolte, et deux autres jours avant qu'il eût amené des troupes dans la région.

En quatre jours, l'escadre qui croisait sur la côte en face de Dieppe aurait débarqué une armée, et, d'autre part, les Normands soulevés arrêteraient les troupes royales un certain temps.

Le baron comptait vis-à-vis des seigneurs équivoques sur la prise de possession de Quillebœuf au nom de la Hollande, en déclarant qu'il était de toute nécessité que le point de débarquement fût au pouvoir des Provinces-Unies.

— Quand nous aurons cinquante mille hommes en Normandie, disait le gros de Risperdam, nous prouverons à ces jeunes écervelés qu'il vaut mieux avoir comme duc le jeune Guillaume d'Orange que ce vieil aveugle de Corneville !

Les deux conjurés en étaient là de leurs réflexions, lorsqu'un cavalier couvert de poussière entra dans la cour intérieure du château de Quillebœuf.

Le baron de Singham fut frappé à la vue de la figure décomposée du cavalier, et l'interrogeant aussitôt :

— Qu'y a-t-il ? Qui êtes-vous ?

— Je suis Gaspard, l'intendant de monsieur le marquis de Corneville... Je viens de la bataille...

— Eh bien ! quels étaient ces cavaliers signalés ?

— Des démons ! s'écria le bonhomme avec une naïve terreur.

— Mais ce n'est pas cela que je vous demande ! cria Singham avec un geste menaçant. Je vous demande à quel régiment ils appartenaient et combien ils étaient !

— Douze cents !... quinze cents au moins ! déclara Gaspard, que la terreur affolait et qui voyait plus que double ; il y en avait de toutes sortes : des dragons, des chevau-légers... et d'autres en velours noir, superbes !

— Mais c'est la garnison de Rouen ! fit Singham ; nous sommes trahis ! Enfin, que s'est-il passé ?

— En un instant, nous avons été tous anéantis !... massacrés !... Il ne resta plus personne !...

— Pour un homme massacré vous parlez fort bien, interrompit Risperdam en riant.

— Monsieur le marquis et tous ces messieurs ont combattu vaillamment, et j'ai reçu dans mes bras le marquis mourant, que je n'avais pu protéger malgré tous mes efforts...

Gaspard brodait avec talent, car il commençait à se rassurer, mais le gros de Risperdam ne le laissa pas continuer :

— Vous auriez pu tout au moins venger un peu sa mort, et vous ne l'avez même pas essayé, fit-il ironiquement, en montrant les deux superbes pistolets tout armés qui ornaient la ceinture de Gaspard.

Dites plutôt que vous avez fui comme un lapin !

Gaspard, arrêté net dans sa narration, se tut.

— Qu'allez-vous faire ? lui demanda Singham, très sombre.

— Me cacher chez un ami, fit Gaspard naïvement.

— C'est bien, sauvez-vous... nous, nous allons en découdre !

Et aussitôt, très maître de lui, Singham donna des ordres pour qu'on mît le village en état de défense.

Une heure s'était à peine écoulée, que les cavaliers du roi apparurent en face de l'entrée principale de Quillebœuf.

A la vue des nombreux soldats et des préparatifs de défense, le colonel prit ses dispositions pour une attaque sérieuse. Un camp fut préparé à un quart de lieue, et les cavaliers, mettant pied à terre, se préparèrent à l'assaut, tandis que l'artillerie ouvrait le feu sur les barricades.

Pendant ce temps, les troupes de pied se dirigeaient vers le château de Nefville, conduites par du Mesnil.

Le château n'avait pas été mis en état de défense, et il suffit au capitaine des mousquetaires noirs de se présenter à la grande porte pour qu'elle lui fût ouverte par des marmitons tandis que des chambrières le dévisageaient curieusement...

C'était là toute la garnison !...

Tandis que quelques hommes s'emparaient du château et l'occupaient, du Mesnil, que Vernier avait mis au courant de la disposition des lieux, se fit ouvrir la poterne par où étaient venus les envoyés du stathouder et qui donnait dans la ville même.

Puis, accompagné de cent soldats et de deux cents miliciens de Honfleur, il descendit rapidement vers le port afin de couper la retraite aux Hollandais.

En route, le brave capitaine au long cours le rejoignit, et la petite colonne déboucha sur le quai.

A la vue des nombreux canots, des navires hollandais qui attendaient des ordres, du Mesnil disposa ses hommes et fit commencer le feu sur les chaloupes hollandaises.

Ce fut une panique indescriptible !... Sans songer à répondre à cette attaque, les matelots larguèrent les amarres et gagnèrent le large de manière à se mettre hors de la portée des fusils et des grenades.

C'était tout ce que voulait du Mesnil. Aussi après avoir laissé un détachement pour tenir les canots en respect, il remonta dans la ville et prit les Hollandais à revers.

Le combat fut terrible ; les troupes de Singham étaient composées de soldats d'élite, et, se sentant perdus, les malheureux firent des efforts désespérés.

Au milieu d'eux, calme, impassible, le gros Risperdam se battait avec autant de flegme que s'il avait ouvert le bal chez le vicomte de Nefville.

Singham, ou plutôt Lucenay, au contraire, était effrayant à voir : une rage folle s'était emparée de lui, et il bondissait comme une bête fauve. Chaque fois qu'il fonçait dans la mêlée, un homme tombait !

A un moment donné il n'était plus entouré que de quelques soldats. Le gros de Risperdam, frappé d'un coup de manche de pique sur la tête, s'était évanoui. Ce fut cet instant suprême qui le mit face à face avec Fabrice de Préval pour la première fois.

Le jeune homme, qui avait vu tomber sous les coups du baron les meilleurs de ses cavaliers, s'élança sur lui, l'épée haute.

Singham para la première attaque, mais l'épée de Fabrice frappa son casque, dont la jugulaire se rompit... et la coiffure en tombant entraîna la fausse barbe.

Fabrice fit un bond en arrière.

— Le comte de Lucenay !... s'écria-t-il.

— Fabrice de Préval ! fit l'envoyé du stathouder, reculant également.

Puis, comme s'il ne voulait pas croiser le fer avec l'ancien bailli, le baron se rua sur quelques miliciens qui l'attaquaient par derrière, et, en renversant deux, il prit sa course vers les quais.

Arrivé au bord de la jetée, il monta dans un petit bateau à fond plat servant à la pêche, et qui avait ses avirons.

D'un coup de son épée sanglante il trancha l'amarre, et, ramant vigoureusement, il rejoignit sous une pluie de balles les canots, qui, sur son ordre, rejoignirent les navires.

Un quart d'heure après, tandis que le vaisseau de ligne gagnait le large, la frégate mettait à la voile, et, en évoluant pour prendre le chenal, venait raser la jetée de Quillebœuf, sur laquelle une partie des troupes se tenait massée.

Au moment où les batteries du navire dominèrent le port, le baron de Singham commanda :

— Feu partout !...

Et une volée de mitraille et de boulets s'abattit sur les troupes, couchant à terre une longue rangée de morts et de blessés... C'était l'adieu du comte de Lucenay à sa patrie ! . . . .

. . . .

III

LE CŒUR D'UN GRAND ROI

Malgré l'heure matinale, il régnait, ce jour-là, une vive animation dans la salle des gardes du roi, au palais de Versailles. C'est qu'aussi Sa Majesté, quoiqu'il fût à peine neuf heures, était passée chez madame de Maintenon qui l'avait fait prier de vouloir bien lui faire la grâce de se rendre chez elle.

Pour que le roi Louis XIV eût ainsi enfreint la règle d'une étiquette qu'il rendait tous les jours, plus sévère, il fallait qu'il se fût produit subitement de grands événements.

Les dames et les courtisans, bientôt avisés, étaient accourus en nombre, et une brillante société devisait dans la salle des gardes, lorsque brusquement, la porte donnant sur le palier du grand degré s'ouvrit et livra passage à M. de Louvois accompagné de M. de Seignelay, le fils du grand Colbert.

Les deux hauts personnages furent introduits chez madame de Maintenon.

— Il faut que ce soit grave ! murmura le capitaine des gardes françaises, M. de Saint-Paul, en se penchant complaisamment à l'oreille d'une jolie blonde, déjà habillée et poudrée.

— Oh ! oui, répondit la jeune femme ; faire mander chez la marquise à une telle heure les ministres de la guerre et de la marine !

— Et vous voudriez bien savoir de quoi il retourne ? demanda finement l'officier à son interlocutrice.

— Mais il n'y a personne qui puisse me renseigner, déclara la jolie femme.

M. de Saint-Paul, qui faisait, depuis longtemps, une cour assidue à la mignonne comtesse de Châteauvert, dame d'honneur de madame de Maintenon, fut trop heureux de pouvoir satisfaire sa curiosité.

Aussi, reprit-il d'un ton triomphant :

— Si, il y a quelqu'un, et ce quelqu'un, c'est moi !

— Oh ! dites-moi tout, je vous en prie ! fit la dame d'honneur avec un sourire ensorcelant.

— Eh bien, voici la chose, répondit le capitaine des gardes françaises en baissant encore le ton : ce matin, un cavalier est arrivé au château, avec le jour.

— C'est assez banal.

— Ne m'interrompez pas... vous allez voir. Ce cavalier, qui était arrivé à franc étrier, était en nage et tout couvert de boue, mouillé et crotté à ce point, qu'on ne voulait pas, en bas, le laisser entrer. Alors, il cria au factionnaire :

« Un message pour le roi ! »

On le laissa gagner la petite cour, où il descendit de cheval.

La pauvre bête était elle-même dans un tel état, qu'elle est à peu près morte actuellement.

A l'examen qu'on fit du messager, on distingua, sous la boue dont il était maculé, l'uniforme des mousquetaires noirs, et, çà et là, des déchirures, traces de récentes estocades.

— Il venait donc de se battre ? s'écria la comtesse.

— Oui, madame, et de bien se battre, car le capitaine du Mesnil est un vaillant officier !

— Ce serait le mari de la marquise Geneviève ? interrompit la jeune femme avec surprise !

— Précisément. Et, chose curieuse, le pli du gouverneur était adressé directement au roi. Ce pli fut remis au premier gentilhomme de la chambre, qui fit attendre du Mesnil un moment. Le roi devait avoir laissé des instructions pour le cas où il lui arriverait des nouvelles, car on le réveilla, et, tout aussitôt, il donna l'ordre d'introduire du Mesnil, malgré les excuses de celui-ci, qui n'osait se présenter dans son accoutrement.

Après quelques minutes d'entretien, Sa Majesté congédia le brave messager, qui s'est rendu chez sa femme pour changer de vêtements. Du Mesnil, qui est un ami et un compatriote à moi, me conta, en traversant cette salle, que le gouverneur de Rouen venait, à la suite d'une révolte qui avait éclaté en Normandie, de repousser un parti de Hollandais fraîchement débarqué à Quillebœuf.

Il paraît même que le gouverneur de la Normandie a signalé la belle conduite du capitaine du Mesnil, car Sa Majesté lui a fait très bon accueil ; et comme il s'excusait du désordre de sa tenue, elle lui a dit : « Monsieur du Mesnil, il m'est plus agréable de voir un fidèle serviteur tel que vous, en tenue de combat, que bien des courtisans sous leurs brillants costumes de cour. »

Les questions qui venaient aux lèvres de la comtesse de Châteauvert furent arrêtées par un mouvement des seigneurs et des dames : le roi, sortant de chez madame de Maintenon, passait accompagné des deux ministres.

Louis XIV paraissait soucieux, et il ne fit attention à personne.

Presque aussitôt, un huissier s'avança et prononça :

— Il n'y aura pas, ce matin, de petit lever chez madame la marquise.

Tandis que les assistants se dispersent lentement à la suite de cet avis une femme à la démarche majestueuse, à la tournure élégante et gracieuse s'avance vers l'huissier, qui s'incline devant elle, et disparaît un moment pour reparaître bientôt.

— Madame la marquise reçoit madame du Mesnil dit-il en s'effaçant.

Geneviève pénétra dans l'étroit couloir qui conduisait à la première antichambre de l'appartement de madame de Maintenon. Quand elle eut traversé la seconde pièce, laquelle précédait cet appartement, elle se trouva en présence d'une demoiselle d'honneur qui se tenait devant la porte de la chambre occupée alors par sa maîtresse, et qui la lui ouvrit après l'avoir saluée avec déférence.

La jeune femme eut à peine franchi le seuil, qu'elle exécuta ses révérences de cour avec le même cérémonial que si elle avait été introduite auprès d'une reine de France.

Madame de Maintenon, déjà vêtue comme elle avait la coutume de le faire lors des audiences qu'elle donnait, c'est-à-dire en toilette de demi apparat, se tenait avec beaucoup de dignité, dans son grand fauteuil placé près de la cheminée, au centre du renfoncement tendu de damas rouge, dont nous avons déjà parlé.

A la vue de la jeune femme, elle se leva et, allant à elle, l'embrassa.

— Madame, lui dit-elle, je suis contente de vous voir pour vous féliciter de la belle conduite de votre mari.

Le gouverneur de Rouen a conté au roi comment il a surpris la trahison, et par quelles sages dispositions il a permis aux troupes d'écraser l'ennemi dès ses premiers pas. Le marquis, votre mari, est tout à fait en faveur, et j'en suis bien heureuse !

Geneviève du Mesnil parut vraiment touchée de l'accent si affable de la marquise, mais, en la remerciant, elle laissa échapper un gros soupir.

— Qu'avez-vous, mon enfant ? interrogea madame de Maintenon avec intérêt. Pourquoi du chagrin, au lieu de vous réjouir ? D'où naît ce soupir ?

— Madame, pardonnez-moi, mais si la victoire accordée par Dieu aux armes du roi me remplit de joie, il y a des parents à moi dont la conduite me contriste bien fort... Je suis au désespoir, madame, reprit-elle après un instant d'interruption, quand je pense à la félonie d'un membre de ma famille aussi marquant que le marquis de Corneville.

Elle s'interrompit de nouveau, tandis que ses bras retombaient le long de son corps et que des larmes roulaient sur ses joues.

Madame de Maintenon, émue, lui montra d'un geste bienveillant le

Le marquis, profondément ému, ne put que se jeter aux pieds du roi...
(Page 376.)

pliant qui se trouvait près de son fauteuil et lui répondit d'une voix douce :

— Asseyez-vous auprès de moi, ma chère enfant. J'ai en effet, entendu parler de ce Corneville, mais croyez bien que la faute d'un parent ne peut retomber sur vous... Au fait, dites-moi, qu'est devenu ce grand coupable ? A-t-il péri dans le combat ?

— Plût à Dieu que le misérable eût succombé... nous n'aurions pas la douleur de le voir monter sur un échafaud... Corneville a été conduit au château de Pont-de-l'Arche. C'est, du moins, ce que m'a dit mon mari, et comme sa condamnation est certaine...

— Il est vrai, mon enfant, qu'il sera bien difficile de le soustraire au châtiment qu'il a mérité, par son crime de haute trahison... Mais enfin ne vous frappez pas ainsi ! si mon faible crédit pouvait !...

La visiteuse tressaillit, et d'un geste respectueux arrêta sa puissante protectrice dans la voie où elle paraissait vouloir s'engager.

— Oh ! madame, croyez bien que pour rien au monde je ne voudrais intercéder en faveur non seulement d'un traître, mais d'un hérétique qui s'est allié à Guillaume d'Orange pour porter les armes contre son roi !... non ! non ! articula-t-elle avec une énergique indignation... Mon devoir avant tout ! Je n'ai pas hésité naguère à vous signaler la conduite de sa malheureuse fille Hélène, de même je suis la première aujourd'hui à désirer que la justice du roi suive son cours contre cet indigne.

J'oserais simplement demander qu'on abrégeât les tortures morales de ce rebelle, et qu'on lui épargnât autant que possible les tortures physiques : je ne puis oublier, quoi que je fasse, qu'il est mon parent...

— Que voulez-vous dire ?

— M. du Mesnil affirme que pour faire un grand exemple, M. de Corneville et quelques-uns de ses complices seront jugés à Paris et avec des formes solennelles...

Ne pourrait-on pas expédier l'affaire, et juger à Rouen simplement, sans bruit ces criminels ?... Ne croyez-vous pas, madame, qu'une rapide exécution serait préférable ?... Pourquoi attirer l'attention de tous sur ce fait que des sujets du roi ont pu concevoir l'idée de démembrer le royaume ? Ne craignez-vous pas qu'un trop grand éclat dans une affaire de cette nature puisse faire naître la contagion de la révolte ?

Et la rusée créature se tut, attendant anxieusement l'effet de ses perfides insinuations.

Le résultat fut conforme à ses secrets désirs. Madame de Maintenon, après avoir réfléchi quelques instants, s'écria :

— Ma chère enfant, vous avez raison, le châtiment suffit, et le bruit dans tel procès ne pourrait que grossir l'importance d'un événement très inquiétant par lui-même. Telle est mon opinion, et je serais bien heureuse que Sa Majesté l'adoptât. Quant à votre parent...

— Oh ! madame, repartit vivement l'astucieuse jeune femme, je l'abandonne et, ne sollicite votre pitié que pour son petit-fils, qui est son unique héritier... un enfant en bas âge...

— Dieu ne veut pas que les enfants portent la peine des crimes de leurs pères.

Il est à penser qu'on saura pourvoir à ses besoins et à son éducation...

. . . .

Geneviève du Mesnil avait bien manœuvré : elle redoutait le retentissement d'un procès au cours duquel le rôle du marquis de Corneville dans la conjuration, rôle surtout de façade et d'apparat devrait très vraisemblablement perdre de sa gravité, ce qui pourrait amener le souverain à gracier le vieillard, pour qui plaidaient tant de circonstances atténuantes ; oui, le roi pouvait avoir pitié de son ancien serviteur, devenu presque aveugle, aigri par tant de chagrins, et qui avait pu se laisser mettre en avant par des hommes habiles comme le drapeau d'une révolte dont il n'avait saisi ni la portée ni l'odieux.

Qui sait si Louis XIV n'aurait pas voulu interroger lui-même le marquis de Corneville sur les causes véritables de sa trahison, comme Henri IV avait, dans des circonstances à peu près identiques, interrogé le baron de Biron ?

C'eût été là un grand danger pour Geneviève, qui avait été la cheville ouvrière de l'enlèvement de mademoiselle de Corneville, et dont la main n'avait peut-être pas été étrangère à la confection du fatal billet anonyme où le comte Raoul avait été dénoncé à M. de Lucenay comme l'amant de sa femme... Et l'on doit reconnaître qu'elle ne pouvait mieux s'y prendre pour conjurer le péril.

Au même moment, le marquis du Mesnil recevait au bas des petits degrés les félicitations obséquieuses d'une foule de courtisans dont il avait jusqu'alors ignoré le nom et le visage, et qui lui prodiguaient les salutations et les compliments dont il était à la mode d'accabler les personnages qu'on avait des raisons de croire en crédit.

S'étant dégagé de ce flot d'importuns avec une certaine rudesse, le brave du Mesnil s'était dirigé vers le logement des ministres.

Il allait à la recherche d'un de ses amis, M. de Versillon, attaché au cabinet de Louvois.

Le sieur de Versillon, brave homme de petite noblesse normande, avait su, par son intelligence et son travail, se créer auprès de Louvois une situation qui n'allait pas sans une certaine influence, que personne ne soupçonnait, et dont lui-même ne se rendait qu'imparfaitement compte, restant toujours aussi simple et aussi modeste que par le passé.

Dans cette position, grâce à cet effacement, M. de Versillon vivait tranquille et heureux, sans un ennemi, chose rare en ce milieu de jalousie et de haine ; sans ambition le brave homme ne recherchait guère que les jouissances de la bonne chère et du bon vin, sans toutefois s'y abandonner, jamais d'une façon immodérée — défaut bien véniel après tout à côté des vices souvent effroyables de ce temps.

L'estime qu'avait pour lui M. de Louvois lui permettait de rendre de menus services que les courtisans lui reconnaissaient par des cadeaux de gibier, de fruits et de crus généreux.

M. de Versillon n'exerçait réellement son influence qu'en faveur de M. du Mesnil, pour qui il professait une sincère et respectueuse affection.

Après les premières effusions et le récit de son entrevue avec le roi, le mari de Geneviève aborda un autre sujet.

— Pouvez-vous m'obtenir une audience particulière du roi ? demanda-t-il à brûle-pourpoint à son ami.

Le commis de M. de Louvois sursauta :

— Une audience particulière du roi !... mais vous n'y pensez pas !... Vous demandez cela, tout capitaine des mousquetaires que vous êtes, comme s'il s'agissait de commander un pâté de perdreaux ou un salmis de bécasse !... Les audiences particulières sont très rares, et c'est toujours le roi qui en a l'initiative.

— Mon bon Versillon, répliqua le marquis d'une voix sourde, si je vous demande ce service, c'est que je sais combien la chose est difficile, mais mon indiscrétion a une excuse : il s'agit de la vie d'un homme que j'aime, que je vénère, et dont seul le roi peut assurer le salut.

— Allons, bon !... De qui s'agit-il donc ?

— De M. le marquis de Corneville.

Le marquis de Corneville !... En un tel danger, mais que diable, a pu faire notre brave compatriote ?

— Hélas, il s'est laissé mettre à la tête d'une sédition assez baroque qui vient d'échouer à Quillebœuf.

— Ah ! sapristi !... corbleu !... ventrebleu ! c'est une rude tâche, et alors, vous voulez demander au roi la grâce de ce rebelle ?

— Oui, répondit gravement le marquis.

M. de Versillon se recueillit un moment, puis il reprit froidement :

— Écoutez, mon bon ami, je ne me permettrai pas de vous donner de conseil, et encore moins de vous suggérer d'abandonner un ami dans l'infortune, mais avant de vous faire obtenir cette audience...

— Vous espérez réussir ? interrompit le capitaine des mousquetaires avec un rayon de joie dans le regard.

— Laissez-moi finir... Avant, dis-je, de vous faire obtenir l'audience désirée, il faut que vous vous rendiez bien compte que vous jouez votre avenir. Et c'est dommage, car il s'annonce fort bien.

Et comme M. du Mesnil esquissait un geste de surprise, Versillon continua :

— Ne faites pas l'étonné... Nous connaissons ce que vous venez de faire. Votre conduite à Quillebœuf vous met en belle posture ici, croyez-moi, il faut toutefois en user prudemment...

Sa Majesté aime à reconnaître brillamment les services qui lui sont rendus, mais Elle ne peut souffrir qu'on lui en réclame le paiement sans attendre qu'Elle s'exécute d'elle-même.

— Oui, je comprends... je ne puis solliciter la grâce de Corneville qu'en paraissant demander le prix de mes modestes services... balbutia du Mesnil avec une certaine amertume.

— Oui, mon cher. Et cela peut influer d'une façon fâcheuse sur votre avenir, je ne saurais trop vous le répéter.

— Eh ! que m'importe l'avenir... je ne recherche que l'oubli...

Le marquis avait laissé tomber sa tête sur sa poitrine, et il resta douloureusement songeur...

Versillon respecta l'affliction de son ami, durant un instant, puis, comme s'il avait été mû par la même pensée que lui, il demanda :

— Est-ce que madame Du Mesnil ne pourrait rien, elle qui est si puissante, dit-on, auprès de la marquise de Maintenon ?

— Non, ma femme n'a rien à voir ni à faire en cette occurrence, et je préfère même lui céler cette démarche.

— C'est juste, fit Versillon, elle est trop ambitieuse... pardonnez-moi cette franchise... pour admettre votre dévouement... Eh bien, soyez ce soir dans la grande galerie, à l'heure où le roi passe pour se rendre au souper, et attendez les événements. . . . .

. . . .

A l'heure dite, M. du Mesnil, en costume de cour, se trouvait mêlé à la foule des seigneurs et des dames qui guettaient le passage du roi, dans l'espoir que le maître arrêterait sur eux, un de ces regards qui, pareils aux rayons du soleil, semblaient dispenser à tout ce qui l'entourait, la vie, l'abondance et la joie.

M. de Saint-Paul, le galant capitaine aux gardes, allait et venait de ci, de là, et grâce à son bavardage, un certain nombre de personnes avaient été mises au courant des événements de Quillebœuf et du rôle joué par le marquis du Mesnil.

Aussi le digne capitaine se vit-il bientôt le centre d'un cercle de curieux qui s'efforçaient par tous les moyens d'entrer en rapport avec lui.

Le marquis, avec sa nature sérieuse et réservée, eut vite fait, comme précédemment, d'échapper aux fâcheux, et, prenant Saint-Paul par le bras, il l'entraîna vers une extrémité de la galerie, alors presque déserte.

A ce moment, un grand fracas de portes ouvertes et le brouhaha de la foule des courtisans annoncèrent l'arrivée du roi.

Louis XIV paraissait de fort bonne humeur, et tous les visages reflétant immédiatement l'état d'âme du souverain, s'épanouirent en un joyeux sourire.

Parvenu au milieu de la galerie, le Roi-Soleil, se tournant vers M. de Louvois et semblant ne s'adresser qu'à lui, tout en élevant le verbe, s'exprima ainsi :

— Je vais prendre ma collation dans mon cabinet, nous avons à travailler, monsieur de Louvois...

Puis s'interrompant :

— A propos, qu'on mande tout de suite M. du Mesnil; j'ai besoin de le voir.

Un murmure courut dans l'assistance, tandis que les plus malins s'empressaient de prévenir le marquis, lequel, de l'angle où il s'était retiré, n'avait point paru entendre les paroles du roi.

Ce fut avec une bien vive émotion que le capitaine des mousquetaires noirs se dirigea vers Sa Majesté.

Dès qu'il fut à la distance prescrite par le cérémonial, il s'inclina profondément, et quand le monarque, accompagné de Louvois, prit le chemin de son cabinet de travail, le mari de Geneviève suivit, sur un geste d'invitation de Sa Majesté.

Arrivé dans son cabinet, Louis XIV s'assit, et fit signe à son ministre de la guerre de prendre place sur un pliant qui était près de la table, déjà servie.

Il mangea, un instant en silence, avec son bel appétit ordinaire, tout en observant, à la dérobée, le capitaine de mousquetaires.

Il repoussa d'un signe de la main, un plat en vermeil que lui tendait un officier de bouche, et se tournant vers le capitaine.

— Je vous ai mandé, monsieur du Mesnil, afin que vous me donniez quelques détails sur la part prise par les divers conjurés dans cette triste échauffourée de Quillebœuf; j'ai reçu tout à l'heure la liste des prisonniers avec des renseignements minutieux, mais je ne serais pas fâché de vous entendre personnellement.

Le marquis eut un éblouissement : le roi lui-même ouvrait la voie toute grande à sa requête, et lui facilitait singulièrement ainsi la tâche qu'il avait entreprise.

L'officier des mousquetaires noirs ne put s'empêcher de donner une pensée reconnaissante à son ami Versillon.

Une fois encore, il bénissait l'étrange puissance du confident de M. de Louvois.

Ce fut d'une voix d'abord mal asssurée qu'il commença son récit, fournissant toutefois avec une grande netteté les renseignements recueillis par lui, avant et après le combat.

Il dépeignit Nefville comme un cerveau brûlé, soumis à l'influence du mystérieux baron de Singham, entraîné par lui et entraînant lui-même les autres seigneurs normands, toujours quelque peu mécontents et turbulents.

Il s'efforça de montrer le vieux seigneur de Corneville, tout accablé d'infirmités, presque aveugle, victime inconsciente de ces écervelés.

— Corneville!... murmura le royal auditeur, le regard comme tout à coup perdu dans le passé... vieille noblesse!... Grand cœur!... Comment a-t-il pu se fourvoyer ainsi?

— Ah! sire, s'exclama le conteur, si j'osais...

— Quel est le sens de ces paroles, monsieur? fit le roi, visiblement intrigué.

— Je prierais humblement Votre Majesté, reprit le capitaine, de prendre en pitié ce pauvre vieillard, cet ancien serviteur qui vous fut si dévoué.

Ces paroles firent tressaillir le roi, et un couteau avec lequel il jouait inconsciemment, tomba à terre.

Du Mesnil, plus proche de la table que le valet qui servait voulut le ramasser, et s'y prit assez maladroitement.

— Laissez donc, monsieur du Mesnil, dit le roi avec un de ces sourires qui opéraient parfois un charme sur les hommes comme sur les femmes, nous sommes ici en petit comité, la main d'un vaillant soldat n'est pas faite pour un emploi de ce genre.

A chacun son rôle.

De fait, ce que vous me demandez, c'est la grâce du marquis de Corneville... le chef des traîtres pris les armes à la main?

Le capitaine, enhardi par la bienveillance qui se dépeignait dans l'attitude du roi, risqua son dernier enjeu :

— Sire, la folie seule a pu pousser à un tel acte ce vieillard dont toute la vie appartient à Votre Majesté et qui protégea l'enfance de son roi... à une heure si périlleuse!... Les infortunes étranges qui l'ont accablé depuis deux ans ont seuls pu troubler une raison autrefois si haute.

Le visage de l'auguste interlocuteur se rembrunit un moment, ses regards se baissèrent et restèrent fixés sur la table, tandis qu'il maniait de nouveau le couteau d'argent qu'il avait laissé choir un instant auparavant.

Tout en piquant le bois du coquet petit meuble, il murmurait des phrases inachevées qui prouvaient la tension de son esprit pour évoquer un passé déjà bien éloigné :

— C'est vrai... je le vois encore... au Palais-Royal, tout près de ma mère... Beau cavalier... noble cœur... tout de dévouement... de discrétion...

Et pourtant cette révolte absurde... cette félonie !...

Du Mesnil frissonnait comme quelqu'un qui est supendu entre la vie et la mort, tandis que M. de Louvois, impassible, semblait étudier en curieux l'agitation visible du monarque.

Louis XIV releva subitement la tête ; sa face altière s'était empreinte d'une expression de grandeur et de majesté qui lui prêtait véritablement un caractère de suprême beauté morale.

Il laissa tomber ces mots d'une voix grave, presque solennelle :

— Monsieur du Mesnil, apprenez que le roi Louis XIV peut oublier une offense, mais qu'il n'oublie jamais un service. M. de Corneville ne peut, en un instant de folie, effacer le souvenir de tout son passé. Il ne figurera donc point au procès qui va être jugé par la cour de Rouen.

Le marquis, profondément ému, ne put que se jeter aux pieds du roi en balbutiant des remercîments confus.

Celui-ci, en abandonnant la main pour la baiser, ajouta :

— Seulement, pour l'exemple... je ne puis lui faire incontinent grâce pleine et entière.

On retiendra M. de Corneville en lieu sûr, jusqu'à ce que le procès soit jugé et que la sentence générale soit exécutée. J'ordonnerai alors une enquête, qui, je l'espère, permettra de faire l'oubli sur cette triste affaire.

Il lui sera loisible alors de retourner dans ses terres pour y finir ses jours, que je prie Dieu de prolonger assez pour qu'il se pénètre de la gravité de son crime.

Si le marquis du Mesnil, qui se retirait rayonnant de joie, avait pu suivre le bon valet servant, il aurait eu lieu d'être moins satisfait ; le serviteur avait en effet, quitté le cabinet du roi, tandis qu'on desservait la table, et s'était rendu directement à travers un dédale de couloirs de service vers l'appartement de madame de Maintenon.

Arrivé en face d'une petite porte dissimulée dans une boiserie de chêne, il avait gratté d'une façon discrète. La porte alors s'était ouverte, et l'homme s'était trouvé dans la pièce précédant le salon de la marquise-reine.

Une camériste lui demanda :

— Il a quelque chose d'urgent?

— Oui.

— Venez. Madame va vous recevoir.

Une minute après, il était en présence de madame de Maintenon.

— Qu'y a-t-il, Bastret? interrogea cette dernière.

Curieusement le comte de Famars jeta un coup d'œil sur l'ordre... (Page 380.)

— Le roi vient d'accorder à M. du Mesnil la grâce du marquis de Corneville.

Un éclair de courroux passa dans l'œil de la marquise.

— Il va être mis en liberté?

— Non pas tout de suite, mais à la fin du procès de haute trahison.

— Eh bien, murmura la toute-puissante dirigeante avec un sourire énigmatique, il n'y a rien de perdu...

IV

LE BAC DE MARLY

C'était une quinzaine de jours après l'entrevue de Louis XIV et du marquis du Mesnil ; la matinée avait été fort belle, et l'après-midi, très chaude, indiquait une tendance orageuse très marquée. Aussi les deux paires de chevaux de poste qui traînaient un carrosse poussiéreux à travers les rues de Saint-Germain faisaient-ils peine à voir.

Cependant, grâce aux cris et aux coups de fouet des postillons, le malheureux attelage s'engagea dans la rampe qui conduisait au bas du Pecq. Les portières du carrosse étaient ouvertes, et les voyageurs qu'il contenait cherchaient à respirer un peu l'air frais qui montait de la Seine.

Le voyageur qui occupait la portière de droite regardait en avant sur la route comme s'il guettait quelqu'un.

— Enfin où est passé René ? demanda-t-il brusquement à son voisin de gauche.

— Ne t'inquiète donc pas, mon pauvre ami, ton neveu n'est pas perdu ! répliqua son interlocuteur en riant.

— Eh ! je ne me moque pas mal de lui, je voudrais savoir s'il a retenu le bac, car je ne tiens pas à passer une heure au bord de la Seine avec cet orage qui monte !

— Et qui tombera certainement de toute manière avant notre arrivée à Paris, reprit le voyageur de gauche.

— Que le diable t'emporte, tout conseiller au Parlement que tu es ! s'écria le petit vieillard irascible et quinteux qui se trémoussait dans le carrosse comme un diable dans un bénitier. En voilà une aimable prédiction !... Un orage au moment d'arriver à Paris !... C'est agréable !

— Et je crois qu'il tombera d'ici une demi heure, reprit avec un flegme amusant celui auquel son interlocuteur venait de donner le titre de conseiller au Parlement.

— Je vois René, interrompit joyeusement le petit vieillard ; il est arrivé à temps au bac qui est resté à la rive !

— Le cavalier qui nous a dépassé ?

— N'a pas pu embarquer... Ainsi que je l'espérais, René a pu obtenir du passeur qu'il ne le traversât pas et attendît, pour nous traverser tous ensemble.

— Tu crois que ce passage nous raccourcit beaucoup ? demanda le conseiller à son compagnon.

— Mais certainement, car s'il fallait aller tourner par Marly et Saint-Cloud nous en aurions pour deux heures de plus de route, tandis que là nous filons jusqu'au pont de Rueil, et nous sommes très vite rendus au faubourg du Roule, par où nous pénétrons dans Paris.

— Tu sais, mon cher de Famars, que tu es le maître de céans et mon hôte, et qu'en conséquence c'est toi qui me conduis.

A ce moment, le carrosse vint se ranger le long de la rive, près d'un vaste bac à l'usage des chevaux et voitures.

Péniblement, avec mille précautions, le comte de Famars, aidé des deux laquais, sortit du lourd carrosse par la portière de droite, geignant et pestant contre la maladresse des serviteurs qui ne savaient pas lui éviter des heurts malencontreux.

C'est qu'aussi le vieux comte, ancien mestre de camp, avait rapporté de ses campagnes force blessures et rhumatismes qui le rendaient singulièrement perclus.

Quant à son inséparable ami, David Chartier de Candeil, conseiller au Parlement de Paris, il avait sauté allègrement à terre, et s'était approché d'un des cavaliers arrêtés devant le bac.

— Eh bien, René, allons-nous pouvoir passer ? demanda-t-il.

— Mais, oui, tout de suite, répliqua le grand et beau jeune homme à la mine joyeuse qui n'était autre que le neveu du comte de Famars. Je suis arrivé ici comme monsieur allait s'embarquer, et lui ayant décliné nos noms et qualités, il a bien voulu ne pas exiger le passage.

Le jeune cavalier mis en cause par le baron de la Suze, c'était le nom du neveu de M. de Famars, jetant la bride de son cheval à un valet d'aspect lourdaud et paysan, s'avança et salua les deux voyageurs du carrosse.

C'était un élégant et fier gentilhomme, mais pour des hommes expérimentés comme l'ancien mestre de camp et le conseiller, il était facile de voir que ce jeune homme arrivait de sa province et qu'il n'avait pas les usages de la Cour.

Ce fut avec une vive rougeur et un embarras visible prouvant sa timidité que le jeune homme compléta le renseignement :

— M. Cortil de la Suze m'ayant demandé ce léger et bien minime service, je ne pouvais vraiment pas le lui refuser.

— Il y a des gens qui auraient été bien heureux, au contraire, de me faire la farce de me laisser rager au bord de l'eau, déclara d'une voix aigre le comte de Famars.

— Ce ne peut être le cas, fit ironiquement David Chartier en riant, car monsieur est trop jeune pour que tu puisses croire avoir quelque motif de le cribler de tes épigrammes, mauvaise langue !

Malgré le respect qu'il devait à son oncle, le baron René de la Suze éclata de rire, ce qui amena son oncle à lui déclarer qu'il le déshérite - rait.

— Ce n'est pas tout cela, l'orage approche, dit le conseiller, et il faut nous presser. — Batelier, pouvez-vous prendre le carrosse, les quatre chevaux, plus les deux montures de ces cavaliers et les deux courtauds de leurs domestiques.

— Hum ! dit le batelier... cela fait un carrosse et huit chevaux !... Les hommes ne comptent pas.

— Ce batelier est un philosophe, fit le comte de Famars ; il attache plus d'importance aux bêtes qu'aux hommes.

— Oui, fit David Chartier, mais il ne répond pas !

Après avoir regardé le ciel, le fleuve, son bateau et le carrosse, le ba- telier consulta son aide du regard, et conclut :

— Ça nous donnera autant de mal en un passage qu'en deux, mais vous y gagnerez du temps.

— Et tu gagneras double tarif ! lui cria le baron de la Suze, compre- nant où tendait l'hésitation.

Le batelier tout joyeux allait aider les postillons à faire entrer le car- rosse dans le bac, lorsque le fracas d'une autre voiture descendant la rampe lui fit lever la tête. Un lourd carrosse peint de couleurs sombres arrivait à fond de train à l'embarcadère ; il était précédé d'un cavalier reconnaissable à son uniforme pour un exempt. Autour et derrière la voiture galopaient une dizaine de dragons. L'exempt, tout essoufflé, s'élança vers le batelier et lui cria :

— Ne prenez pas ce carrosse ; vous allez nous passer d'abord !

— Et de quel droit venez-vous passer devant des gens de qualité ? cria d'une voix rageuse le comte de Famars.

— Service du roi ! répondit froidement l'officier de police en tendant au batelier un papier ordonnant à tous de faciliter la marche d'une voi- ture accompagnée de dragons.

Curieusement, le comte de Famars jeta un coup d'œil sur l'ordre et vit qu'il était signé du gouverneur de Rouen.

A ce moment, les voyageurs se retournèrent pour regarder le carrosse que son postillon amenait sur le ponton d'embarquement. Ils purent constater que les fenêtres étaient fermées par des mantelets de bois et que les cavaliers en surveillaient étroitement les portières, qui étaient cadenassées au dehors.

— Oh ! un prisonnier de marque ! fit David Chartier.

— Et qui va sans doute à la Bastille, déclara René de la Suze.

— Où tu auras probablement la joie de voir ton vieil oncle finir ses jours, ricana le comte de Famars.

— Châtiment que lui aura attiré sa langue acérée, ajouta David Chartier.

— Le plus gai de la chose, reprit le comte de Famars de plus en plus grincheux, c'est que nous voilà cloués ici pour une demi-heure.

En effet, le carrosse mystérieux s'engageait sur le bac, et déjà le batelier attachait les chevaux à l'avant du bateau, lorsqu'un éclair éblouissant accompagné d'un violent coup de tonnerre sillonna l'air. Les chevaux du carrosse eurent peur et reculèrent, de sorte que le lourd véhicule heurta le bordage du bateau, qui craqua sinistrement.

— Allons, bon, ils vont démolir le bac maintenant ! grommela l'ancien mestre de camp.

Il n'y avait, heureusement, pas de dégâts visibles, et le carrosse-prison commença sa traversée. Tandis que le bateau effectuait le transport de la voiture et de quatre dragons d'abord, puis du restant des cavaliers ensuite, le comte de Famars, son ami David Chartier de Candeil et le jeune baron René Cartil de la Suze s'entretenaient avec le jeune homme qui les avait précédés au bord de la Seine.

Cependant le baron de la Suze s'excusait auprès de son oncle de n'avoir pas nommé le jeune homme qui avait si obligeamment attendu les voyageurs.

— Monsieur le chevalier Cyprien de Verderonne, qui arrive de Rouen, dit-il en présentant le cavalier.

— Votre famille est normande ? demanda David Chartier.

Le chevalier de Verderonne ou plutôt notre vieille connaissance, le jeune Cyprien rougit de nouveau et répondit simplement :

— Orphelin de très bonne heure, j'ai été élevé par les soins du marquis de Corneville.

— De Corneville... interrompit de Famars. Oh ! Le pauvre diable vient de se mettre dans une bien mauvaise affaire !... Mais, à propos, puisque vous venez de Rouen, vous allez nous donner des nouvelles... Nous n'avons entendu parler de l'affaire que par des bruits qui sont venus nous chercher dans les bois de Dieppe où nous chassions ces jours-ci, si l'on peut dire qu'un podagre comme moi chasse encore !

— C'est une bien triste et bien cruelle histoire, dit mélancoliquement Cyprien, et l'on raconte que les prisonniers qui sont en ce moment au château de Pont-de-l'Arche et de Rouen sont tous destinés à la hache du bourreau.

— Bah ! répliqua l'ancien mestre de camp, les jours héroïques sont passés, et la prison est plus à la mode aujourd'hui que l'échafaud.

David Chartier hocha tristement la tête.

— On meurt aussi en prison, et c'est plus long.

— On s'évade comme M. de Beaufort.

— Oui, quand on est jeune ou de grande lignée, fit le conseiller ;
mais les gentilshommes normands n'ont pas d'amis puissants.

— Et le marquis de Corneville est bien vieux, ajouta Cyprien.

— Pauvre Corneville !... fit de Famars, je l'ai connu à une époque où
il servait le jeune roi avec un dévouement qui ne faisait pas prévoir sa
tentative de révolte... Il y a même une certaine histoire de femme.

— De Famars, interrompit le conseiller avec une nuance de reproche,
ce n'est pas le moment où ce malheureux va payer de sa tête...

— Eh ! mais cette histoire est tout à son honneur, et le beau rôle était
pour lui, tandis que le roi...

— Allons, bon ! ricana le baron de Suze, mon oncle s'attaque au roi...
C'est la Bastille alors !

— En tout cas, voici le bac qui revient, et le carrosse qui s'éloigne !

Cyprien de Verderonne, puisque tel était le titre que lui donnait la
lettre de noblesse que le marquis lui avait remise, éprouva une sensation pénible à voir se perdre à l'horizon le carrosse mystérieux. Il lui
semblait depuis que cette voiture l'avait dépassé, qu'un lieu indéfinissable l'unissait à elle, et qu'elle emportait quelque chose de lui. Mais
bientôt la manœuvre d'embarquement et les premières gouttes de l'orage
firent diversion à ses pensées.

Les chevaux effrayés par les éclairs et le bruit du tonnerre furent difficiles à embarquer, et les deux cavaliers se hissèrent en selle pour en
être plus maîtres, tandis que les deux voyageurs du carrosse se tenaient
à l'avant du bac.

Les deux domestiques préférèrent mettre pied à terre et rester à la tête
de leurs chevaux.

Le vent soufflait par rafale, et les deux mariniers avaient une peine
énorme à maintenir le bac dans la direction, en halant sur la corde qui
allait d'une rive à l'autre. Il fallut bientôt faire appel à l'aide des deux
laquais qui étaient descendus du siège d'arrière du carrosse, et l'effort
réuni des quatre hommes avait peine à résister au vent, tandis que la
pluie commençait à fouetter.

Tout à coup une rafale plus violente souleva de véritables vagues qui,
clapotant contre le bordage du bac, sautèrent presque sur les pieds des
chevaux du carrosse. Ceux-ci, effrayés, reculèrent, et les massives roues
de derrière vinrent frapper le bordage opposé, au même endroit que
l'autre carrosse avait déjà frappé.

A ce choc, les planches déjà fatiguées cédèrent, laissant pénétrer l'eau
à flots. Des cris d'épouvante s'échappèrent de la poitrine des laquais et
des mariniers, tandis que le comte de Famars s'écriait :

— Allons, bon ! ces marauds vont nous faire noyer avec leur vieux
bachot !

En effet, le bac se remplissait, et les chevaux affolés augmentaient encore le mal en se débattant.

Seuls, les deux jeunes gens conservaient leur sang-froid et maintenaient leurs montures.

— Monsieur de la Suze, dit Cyprien avec le plus grand calme, votre cheval nage-t-il bien ?

— Oui, monsieur, répondit le jeune homme.

— Eh bien ! prenez monsieur votre oncle en croupe ; moi, je me charge de son ami.

Et, joignant l'action à la parole, il aidait le conseiller à se hisser sur la croupe de son cheval.

— Et maintenant sautons à l'eau, car le bac pourrait bien finir par chavirer avant de couler.

Puis se tournant vers son domestique :

— Gervais, prends le valet de monsieur de la Suze, et fais comme nous.

Quelques secondes après, les trois montures et les six hommes nageaient vers la rive qu'on venait de quitter, tandis que le bac, déserté, s'enfonçait plus lentement.

D'ailleurs, les deux laquais et les deux postillons s'étaient emparés des coussins et des sièges du carrosse, avec lesquels ils s'étaient fait des radeaux ou tout au moins des flotteurs. Quant aux mariniers, appuyés sur les grandes perches qui leur servaient à la manœuvre, ils nageaient vers la rive la plus proche.

Bientôt le bac s'enfonça brusquement, entraînant les quatre chevaux de poste et le carrosse.

La situation des cavaliers n'était pas brillante. La Seine était large en cet endroit ; les chevaux écrasés par leur double charge, ayant la tête recouverte à chaque instant par les vagues, respiraient difficilement.

— Monsieur le conseiller, vous allez vous glisser à ma place, lorsque je vais avoir quitté la selle, dit Cyprien.

— Qu'allez-vous faire ? demanda David Chartier.

— Je vais soulager mon cheval en nageant.

— Mais vous allez vous sacrifier...

— Pas le moins du monde, et, si j'étais seul, je serais arrivé à terre avant mon cheval.

En effet, Cyprien s'était laissé glisser de côté, et une main à la bride de son cheval, nageant de l'autre, il le guidait vers la rive.

Un coup de reins de la courageuse bête lui apprit qu'il avait pied, et cherchant le sol, il trouva le fond.

A ce moment, il se retourna et jeta un coup d'œil sur ses compagnons d'infortune. Gervais et son compagnon se tiraient fort bien d'affaire ;

l'ancien serviteur de Corneville avait trop souvent passé ainsi la Rille grossie par les pluies pour être embarrassé, mais il n'en était pas de même du petit baron. Sa monture, plus fine, plus élégante que celle du chevalier de Verderonne, était une jolie bête de ville, bonne pour parader à la cour aux portes des carrosses dorés, mais elle n'avait ni la vigueur ni l'expérience du robuste cheval normand de Cyprien.

Affolée par les vagues qui lui passaient sur la tête, la malheureuse jument, écrasée, en outre, par le poids des deux cavaliers, était littéralement épuisée, et d'un coup d'œil Cyprien jugea qu'elle n'arriverait pas à la rive. D'un bond il fut en selle, et, enfonçant les éperons dans le ventre de son cheval, il le força de se jeter de nouveau dans le fleuve.

La vaillante bête, comme si elle comprenait la tâche qu'elle allait accomplir, nageait avec aisance vers le groupe formé par le mestre de camp et son neveu. Bientôt, en effet, la jument du baron s'enfonça pour remonter encore une fois, et coula de nouveau, cette fois définitivement.

A ce même moment, Cyprien atteignait l'endroit où se débattaient les deux hommes.

— Mettez-vous chacun d'un côté et tenez-vous bien à l'arçon de la selle ! criait-il en saisissant M. de Famars par le bras, tandis que le baron de la Suze se plaçait de l'autre côté du cheval.

Ce fut dans cette position qu'il ramena ses deux compagnons à l'embarcadère du bac.

Le premier mot de M. de Famars, tandis que David Chartier le soutenait pour sortir de l'eau, fut :

— Avoir été si souvent épargné par le feu et le fer pour périr par l'eau, c'eût été trop bête !

Cependant les laquais étaient parvenus à regagner la rive, et ces mêmes hommes qui n'avaient fait aucune attention à leurs maîtres, tant qu'il s'agissait de sauver leur peau, s'empressaient maintenant, se lamentant sur la perte des bagages qui ne permettait pas de donner des vêtements secs à monsieur le comte ou à monsieur le conseiller.

Du château de Saint-Germain, la scène n'avait pas passé inaperçue, et comme on avait reconnu de loin qu'on avait affaire à des gens de qualité, des gentilshommes et des majordomes s'étaient élancés, accompagnés d'une nombreuse valetaille, heureux de trouver dans cet incident une distraction à une existence un peu monotone depuis que le roi ne faisait que de courtes apparitions au château, les jours de liesse en forêt de Saint-Germain.

Tandis qu'on s'empressait et qu'on conduisait le comte de Famars au château, René de la Suze s'approcha de Cyprien et lui dit simplement :

Le personnage interpellé lâcha sa proie et se retourna d'un bond. (Page 389.)

— Vous nous avez sauvés tous par votre énergie et votre sang-froid ; sans vous nous allions mourir d'une fin bête et ignoble indigne d'un gentilhomme...

Cyprien, toujours modeste, voulut protester.

— Laissez-moi achever ce que je voulais dire, monsieur de Verderonne, je n'oublierai jamais ce que vous avez fait pour nous, et souvenez-vous qu'en quelque circonstance que ce soit, à votre premier appel, le baron

René Cortil de la Suze se trouvera à vos côtés, prêt à tirer l'épée pour vous, fût-ce contre le diable !

Il y avait tant de sincérité vraie dans le ton de cette phrase que Cyprien en fut tout ému. Il se contenta de serrer la main du brave garçon, qui, vite entouré par des jeunes gens de sa connaissance, se mit à narrer l'épisode avec force louanges à l'égard du chevalier de Verderonne. L'ex-barbier de Corneville, qui se sentait beaucoup plus embarrassé par les louanges des gentilshommes qu'il ne l'avait été par les difficultés du sauvetage, demanda simplement à sécher superficiellement ses vête-ments devant un feu allumé dans une des grandes salles des gardes du château, et Gervais ayant bouchonné les deux chevaux, il se disposa à reprendre sa route, par Marly, cette fois. Au moment où il allait se re-mettre en selle, David Chartier à demi vêtu parut au perron, et s'avança rapidement vers lui.

— Voilà notre sauveur qui s'enfuit ! s'écria-t-il gaiement. Mais vous ne partirez pas avant d'avoir noté sur vos tablettes l'adresse de David Chartier de Candeil, qui veut que vous veniez le voir dès après-demain.

Cyprien balbutia une vague excuse :

— Si je ne reçois pas votre visite après-demain et si vous ne venez pas partager mon modeste dîner, je vous fais rechercher par tous les sbires du Châtelet... car n'oubliez pas que mon titre de conseiller me donne des prérogatives judiciaires ! ajouta le brave homme en riant.

Devant l'insistance du magistrat, Cyprien ne put que s'incliner en signe d'acceptation. Il crut, en outre, de bon goût d'indiquer sa future adresse, en quittant ses nouveaux amis.

Ayant pris une vive allure tant pour réchauffer son cheval que pour se réchauffer lui-même, le jeune homme arriva bientôt aux portes de Paris.

Il éprouva une émotion plutôt pénible, lorsqu'il pénétra dans la grande ville par le faubourg du Roule ; il se sentait bien seul, bien perdu dans la grande ville, et, malgré son titre de chevalier de Verderonne et l'épée qui lui battait sur les talons, malgré la fortune rondelette qui alourdis-sait la croupe de son cheval, il regrettait Corneville et sa petite maison, où il avait laissé ses lancettes et ses rasoirs, ses livres chéris, et ses cornues.

Cette tristesse vague le quitta bientôt lorsqu'il arriva dans la partie animée et grouillante de la grande cité ; le spectacle si nouveau pour lui de la vie intime de la capitale le surprenait et l'étourdissait, et cette foule en marche lui donnait l'impression d'une ville en fête.

On lui avait recommandé comme hôtellerie une importante maison tenue par un Normand originaire des environs de Corneville, nommé Patard.

— Gervais, te rappelles-tu bien les indications que nous a données maître Dufresnoy ? demanda Cyprien à son domestique.

— Oui, monsieur Cyprien, répliqua le brave garçon, qui avait peine à s'habituer au titre du jeune homme ; c'est rue Dauphine sur la rive gauche de la Seine après avoir traversé le Pont-Neuf, et m'est avis que voilà sans doute ce fameux pont !

En effet, les voyageurs étaient arrivés à la hauteur du Pont-Neuf tout en suivant les berges de la Seine.

Il était six heures du soir, et, à cette heure de cette saison, l'animation était grande.

Les bateleurs surtout attirèrent l'attention de Cyprien, qui, du haut de son cheval dominait la foule et pouvait, par-dessus les têtes des spectateurs, écouter les boniments des marchands de poudres merveilleuses, des arracheurs de dents et autres industriels amassant le public par la bizarrerie de leurs costumes et la drôlerie parfois très fine de leur parade.

S'habituant rapidement au mouvement de la foule bariolée et si variée qui s'agitait autour de lui, Cyprien se mit à observer les spectateurs après avoir regardé les acteurs. Il y avait là un monde nouveau pour lui qui l'intéressait vivement.

Les femmes galantes, si nombreuses à cette heure en un tel lieu, s'amusaient à dévisager et à interpeller ce joli garçon reconnaissable à sa tournure pour un provincial.

— Oh ! le brillant cavalier ! disait l'une d'elles ; on aimerait à souper ce soir avec lui.

— Allons, tu vois bien que M. le marquis dédaigne de pauvres filles comme nous... il lui faut des dames de l'Opéra, répliquait une autre.

— Mais non, faisait une troisième, vous vous trompez toutes deux, ce beau garçon a laissé au pays une petite paysanne à laquelle il a juré fidélité !

Les trois femmes éclatèrent de rire tandis que Cyprien, agacé, poussait son cheval.

Un bon moine au teint fleuri et à l'œil allumé par de fréquentes libations s'approcha du chevalier de Verderonne.

— Mon fils, vous arrivez sans doute de voyage ? lui dit-il.

— Oui, mon père, dit Cyprien, étonné.

— Eh bien, mon enfant, vous avez dû pécher plus d'une fois en route, et votre conscience doit être chargée de plus d'une peccadille.

— Mais, mon père !... s'exclama le jeune homme.

— Laissez-moi finir, mon enfant ; je vous offre pour un petit écu toute une série d'indulgences que notre couvent reçoit directement de

Rome, et qui effaceront vos péchés comme un bon savon efface les taches du linge blanc.

— Je vous remercie, mon père, je n'ai besoin de rien, fit sèchement le jeune Cyprien, interloqué.

Le moine se fit pleurard et suppliant :

— Donnez-moi, au moins, quelque chose pour notre pauvre couvent dont la chapelle tombe en ruine.

Le chevalier de Verderonne jeta une menue pièce de monnaie dont le moine s'empara avidement. Et tandis qu'il continuait son chemin sur le pont il vit le digne moine pénétrer dans un cabaret de la place Dauphine.

Un gros marchand à la mine réjouie cria en passant à Cyprien :

— Vous auriez bien embarrassé ce moine qui vous importunait en lui demandant de vous conduire à son couvent.

— Comment cela ? fit Cyprien, de plus en plus étonné en arrêtant son cheval.

— Mais oui, c'est un ancien sergent recruteur qui s'est fait raser et s'habille ainsi pour mendier.

Le pauvre chevalier de Verderonne commençait à trouver que Paris était un bien mauvais lieu, et que la population du Pont-Neuf n'était guère estimable, lorsque sa vue fut charmée par une adorable apparition : Devant lui, marchait une jeune fille, presqu'une enfant, blonde, frêle, infiniment gracieuse avec ses grands yeux bleus.

Elle trottait de ce pas rapide, léger et pimpant, qui caractérisa de tout temps la Parisienne.

Coquettement habillée telle qu'une jeune fille de la bourgeoisie, la jolie enfant évitait le contact de la foule grossière qu'entouraient les bonisseurs.

Si sa démarche et sa physionomie étaient vives, enjouées et un peu espiègles, en revanche, il se dégageait de toute sa personne un parfum d'honnêteté, disons même de chasteté qui faisait comprendre aux plus obtus que c'était là une jeune fille vertueuse, quoiqu'on pût s'étonner que ses parents la laissassent courir seule sur le Pont-Neuf.

Il faut croire que cette impression n'avait pas atteint deux des promeneurs, car tandis que Cyprien dévorait la jeune fille des yeux, ces messieurs emboîtèrent le pas de la belle enfant, et lui décochèrent sans doute quelque impertinence, car elle se détourna et se jeta tête baissée à travers la foule.

D'un bond, les deux gentilshommes, — car c'étaient évidemment des hommes de qualité, — les deux gentilshommes, dis-je, s'élancèrent à la poursuite de la pauvrette qui s'efforçait de se frayer un passage vers une estrade très entourée.

Sans bien se rendre compte de ce qu'il faisait, le chevalier de Verderonne avait sauté à bas de son cheval et s'était mis aux trousses des
deux poursuivants de la jeune fille.

Ceux-ci l'avaient vite rejointe, et le plus grand des deux lui passa
effrontément son bras autour de la taille.

La pauvre enfant poussa un cri qui n'eut d'autre résultat que de faire
se retourner les badauds.

— A moi ! au secours ! cria la jolie blonde.

Mais, malheureusement pour elle, son cas laissait très froids les promeneurs du Pont-Neuf, habitués à voir le manège des filles galantes
faisant semblant de se défendre.

— Embrassera ! Embrassera pas ! criait la foule, amusée en voyant
l'enfant se débattre contre le galant.

La pauvrette se défendait vaillamment et désespérément, car elle sentait qu'elle n'avait pas de secours à espérer du public gouailleur, qui,
d'ailleurs, n'aurait pas osé prendre parti contre un homme de qualité.

D'ailleurs, les costumes militaires et les longues rapières des deux
hommes imposaient fatalement le respect à des manants soucieux de
leur vie.

Cependant la jeune fille allait être vaincue dans cette lutte inégale, et déjà les lèvres du gentilhomme, qui l'avait prise par la taille,
s'appuyaient sur son cou blanc que laissait à découvert son fichu
défait, lorsqu'une main solide s'abattit sur l'épaule du grossier personnage.

— Laissez donc cette jeune fille, monsieur ! dit une voix ferme ; si
vous êtes gentilhomme, vous devez savoir qu'on ne violente pas une
emme, que dis-je, une enfant !

Le personnage interpellé lâcha sa proie et se retourna d'un bond. Sa
colère n'avait d'égale que sa surprise.

— Qui est-ce qui ose se permettre de porter la main sur moi ! cria-t-il
d'une voix rauque.

— Moi, monsieur, et à votre disposition si cela ne vous convient pas !
répliqua fièrement le chevalier de Verderonne, car c'était lui qui venait
d'intervenir ainsi.

— Monsieur, vous allez me rendre raison de cette offense, si vous avez
seulement le droit de croiser le fer avec un gentilhomme !

— Un gentilhomme ?... répéta Cyprien avec une impertinente interrogation.

— Oui, monsieur, je suis le baron Othon de Vaalberg, capitaine au
service du roi.

— Et moi, je suis le chevalier de Verderonne, tout à vos ordres.

La foule s'amusait beaucoup de la scène, et plus d'un spectateur regrettait déjà que les édits contre le duel empêchassent les deux seigneurs de croiser le fer séance tenante.

Mais le second des deux officiers, petit gros homme à mine réjouie, intervint.

— Allons, Othon, mon ami, pas de stupide querelle ! ce n'est vraiment ni le lieu ni le moment pour se battre avec le premier venu, comme un étudiant en goguette !

— Capitaine au service du roi ?... fit Cyprien, frappé de l'accent du compagnon de son adversaire. Vous ne me dites pas, monsieur, de quel roi il s'agit.

— Comment cela ?

— Eh oui, votre compagnon me semble parler plus facilement la langue des officiers de Guillaume d'Orange, roi de Hollande et d'Angleterre, que notre belle langue française.

La réflexion sembla impressionner les deux officiers, car elle calma le baron de Waalberg, et ce fut son compagnon qui répliqua :

— Brisons là, monsieur de Verderonne, puisque tel est votre nom. Il ne nous convient point de nous donner en spectacle à la canaille du Pont-Neuf. Votre adresse ?

— Hôtel des ducs de Normandie, répondit Cyprien, qui semblait réfléchir depuis un moment.

— C'est bien ; nous nous retrouverons, ajouta le baron de Waalberg.

Les deux officiers écartant la foule d'un geste s'éloignèrent, tandis que Cyprien se dirigeait vers sa monture, entouré des murmures flatteurs de tout le peuple.

Et tandis qu'il pénétrait dans la rue Dauphine, suivi de son fidèle Gervais, le jeune homme murmurait :

— Quelle jolie, quelle ravissante enfant !... Mais où, diable ai-je déjà vu ce baron de Waalberg ?

V

VIEILLES CONNAISSANCES

Si le bon sommeil de la jeunesse, qui n'abdique jamais ses droits, avait rapidement fermé les paupières du chevalier de Verderonne, lorsqu'il fut étendu dans l'excellent lit de l'hôtellerie des ducs de Normandie, il n'avait pu cependant apporter le calme complet dans l'esprit du voyageur : la nuit du chevalier fut des plus agitées, hantée à chaque instant par des rêves et des cauchemars.

On n'a pas impunément dans une même journée sauvé des gens de la noyade, conquis des titres à la reconnaissance de personnages de marque, puis ébauché une idylle sur le Pont-Neuf. Il est vrai qu'aux sombres images se rapportant à l'accident de Saint-Germain, succédait souvent dans les songes de l'impressionnable dormeur une toute gracieuse et mignonne silhouette de jeune fille, à laquelle semblaient faire cortège toutes les ivresses, tous les enchantements.

Aussi, l'ex-barbier de Corneville, se rattrapant sur le tard, fit-il, comme on dit vulgairement, la grasse matinée.

Tout autre était le cas de Gervais, que les rêves n'avaient guère l'habitude de visiter. Le brave garçon, sans plus penser aux fatigues et aux émotions de la veille, n'avait fait qu'un somme, selon sa coutume. Aussi s'était-il levé de bonne heure, et, sans faire de bruit, il avait tout de suite gagné la cour et rendu visite à l'écurie pour s'assurer de l'état des chevaux.

Il s'occupait à les panser, quand un homme d'assez mauvaise mine franchit la vaste porte charretière, et se dirigea vers la partie de l'hôtel où maître Patard trônait déjà dans son petit bureau.

Ce matin même, Gervais avait déjà vu aller et venir dans l'hôtellerie bien des figures, dont quelques-unes lui auraient peut-être paru peu catholiques, s'il y avait fait attention ; mais Gervais avait continué de panser ses chevaux sans prendre garde à personne. Pourquoi le gros et grand garçon remarqua-t-il tout de suite le nouveau venu et le dévisagea-t-il d'une façon plutôt dénuée de sympathie ?... c'est qu'à défaut de l'expérience des villes, Gervais, avec ses airs lourdauds, s'il en fut, possédait une bonne dose de la finesse si réputée des paysans de sa province. Le valet de Cyprien ne pouvait pas, ne devait pas être normand pour rien.

Tout de suite, Gervais fut frappé de la démarche sournoise et du regard inquisiteur de l'individu.

Comme il prêtait l'oreille dans la direction du bureau où l'homme s'était rendu après avoir traversé la cour, il distingua nettement les paroles échangées entre le quidam et maître Patard :

— N'avez-vous pas reçu, hier, un voyageur qui s'appelle... attendez... attendez donc... le chevalier de Verderonne ?

— Parfaitement ; mais je ne crois pas qu'il soit levé, et vous ne pouvez le voir d'ici à un bon moment.

— Oh ! ce n'est pas que je veuille le voir... mais j'ai à vous parler.

Et l'individu de mauvaise mine entraîna maître Patard des marches du vestibule dans l'intérieur.

Gervais, dès lors, en fut pour ses frais de curiosité. Il aurait bien voulu savoir ce qui se disait, mais il ne pouvait décemment quitter ses chevaux pour aller écouter. Et puis, les deux interlocuteurs avaient dû s'enfermer pour se mettre hors de portée des oreilles de quiconque.

D'ailleurs, l'entretien fut court.

Maître Patard reparut presque aussitôt sur le seuil de la porte, accompagnant l'équivoque personnage.

L'attitude rogue de l'hôtelier s'était singulièrement modifiée, elle trahissait maintenant un embarras, une crainte, qui n'échappèrent pas à Gervais.

L'homme ne semblait pas disposé à s'en aller, car il fit quelques pas, en réfléchissant, vers le fond de la cour, tandis que l'hôtelier rentrait dans l'intérieur de son logis.

Puis, le gaillard prit son parti : les mains dans les poches d'un haut-de-chausses qui manquait de fraîcheur, mais qui avait dû connaître de jours meilleurs, il se dirigea franchement vers Gervais, qui semblait n'avoir jamais soupçonné sa présence, absorbé qu'il était à extraire avec l'attention la plus méticuleuse un caillou logé entre la corne et le talon du pied de son courtaud.

— Bonjour, mon garçon, fit le citadin d'un ton aimable.

— Bien le bonjour, mon bon monsieur, répondit Gervais de son air le plus niais, sans lâcher le pied de son cheval.

Le particulier mystérieux regarda longuement la large face rougeaude de Gervais que surmontait sa rouge tignasse, et il parut heureux de l'aspect candide du jeune paysan.

— Vous êtes au service du chevalier de Verderonne?

— Chevalier de Verderonne?... répéta Gervais avec une forte nuance d'interrogation.

— Eh bien, oui! Voulez-vous me répondre?

Sur ces mots dits d'un ton très sec, le brave Gervais de s'écrier :

— Eh! je ne demanderais pas mieux que de vous répondre, mon bon monsieur.

— Alors?

— J'étions à son service... sans l'être.

— Ah! en voilà une réponse!

— Allez, marchez! j' répondons ben.

— Enfin, voyons, allez-vous me dire une bonne fois si vous êtes, oui ou non, le laquais du chevalier de Verderonne?

La bonne figure de Gervais s'épanouit dans un rire énorme :

— Je ne fais que vous le dire depuis un quart d'heure, mon bon monsieur.

— Diable, c'est une jolie brute que ce rustre! murmura l'homme aux

... Un flot de lumière vint frapper le visage du cavalier. (Page 400.)

questions en enfonçant ses mains dans les poches du vénérable haut-de-chausses avec une irritation visible.

Il reprit à haute voix :

— Pouvez-vous me dire d'où vient M. de Verderonne ?

— Tout dret de chez nous, donc !

— Ah !... Et ce « chez nous », où est-ce ?

— En Normandie, bédame !

— Comment ça s'appelle-t-il « chez nous » ? ça doit avoir un nom, votre pays, que diable !

— Vous le savez ben, malin, c'est Pont-Audemer, répondit Gervais avec un gros rire.

Celui qui l'interrogeait avec tant de persistance, devait posséder une bien forte dose de patience ou être animé d'une grande envie de savoir... sa face blême en lame de couteau se crispait par moments, et comme il avait enfin retiré ses mains de ses poches, il frisait avec rage les quelques poils noirs qui lui tenaient lieu de moustaches... Cependant ce fut d'un ton calme qu'il continua :

— C'est juste, je le savais... je n'y pensais plus...

— Et la famille de M. de Verderonne se porte bien ?

— Bon, comment voulez-vous que je le savions, puisque j'étions à Paris ? déclara Gervais, qui, trouvant sans doute que l'entretien durait trop, reprit le pied de son cheval, et se mit à en fouiller la corne avec plus d'attention et de conscience que jamais.

Le « bon monsieur » parut frappé d'une pensée subite :

— Ah ! ça, murmura-t-il entre ses dents, est-ce que ce maraud se moquerait de moi ? est-ce qu'il serait plus malin qu'il n'en a l'air ?... Changeons de ton.

Et, joignant l'action à la pensée, il frappa sur l'épaule du laquais :

— Écoute-moi, mon garçon, je vais te donner ce bel écu de trois livres, si tu te décides à ne pas faire le normand, et à me répondre franchement.

Les yeux du Normand brillèrent à la vue de la pièce d'argent, et ce fut d'un tout autre ton qu'il répondit :

— Vous parlez ben, seigneur, et j' vas vous répondre de mon mieux, et ben franchement.

— Le chevalier de Verderonne vient directement de Pont-Audemer ?

— Oui, monsieur.

— Il y habitait depuis longtemps ?

— Depuis toujours !

— Bon. Et ses parents habitent la région ?

— Il vient de perdre son père ; et sa mère était morte depuis ben longtemps aussi.

— Ah ! voilà comme j'aime qu'on me réponde, tu vas gagner rapidement ton écu ! s'écria joyeusement l'individu. Dis-moi ce que vient faire à Paris ton maître.

Gervais n'hésita pas une seconde :

— M. le chevalier vient régler la succession de son père, qui a laissé un petit bien à Paris, et voir une de ses tantes qui a une charge à la cour.

L'homme parut satisfait et remit l'écu à Gervais. Il avait tourné les talons, lorsqu'il revint sur ses pas :

— A propos ! Veux-tu gagner d'autres écus ?

— Dame, oui, mon bon seigneur.

— Eh bien, pas un mot de notre conversation à ton maître, et tiens-toi prêt à me répondre, si j'ai besoin de t'interroger de nouveau.

A ce moment une voix sonore appela par une fenêtre du premier étage :

— Gervais ! Gervais ! monte m'aider à m'habiller !

— C'est mon maître qui m'appelle ! s'écria le laquais en s'élançant vers l'escalier, tandis que le « particulier » au museau de fouine s'esquivait rapidement.

Il faut rendre cette justice à Gervais, qu'il avait deux raisons pour se rendre si vite à l'appel de son maître : d'abord le zèle qu'il apportait à le servir en toute circonstance, et ensuite l'envie folle de conter sur-le-champ, ce qui venait de se passer, et rien ne prouve qu'il n'aurait pas fallu transposer l'ordre de ces deux mobiles en donnant la priorité au second.

Le chevalier de Verderonne fut très étonné de l'incident, sans y attacher autrement d'importance, et ce fut la tête remplie des idées les plus gaies qu'il sortit un instant après, se dirigeant vers l'entrée de la rue Dauphine.

Il reconnut facilement la maison où la veille avait disparu la jeune fille, car il avait remarqué que le rez-de-chaussée était occupé par un armurier-coutelier dont la boutique portait une enseigne sur laquelle on lisait : *A la dague royale*, puis : THIÉBAULT, ARMURIER, COUTELIER, ARQUEBUSIER DU ROI.

Après avoir hésité un moment, le jeune homme entra dans le magasin de l'armurier, et fit l'acquisition d'une épée dans le goût du jour pour remplacer celle que lui avait donnée le marquis de Corneville, et dont le modèle était passé de mode depuis quelque vingt ans.

Tout en examinant les armes que lui montrait le marchand, le chevalier jetait à chaque instant des regards furtifs sur les abords de la maison, pensant toujours voir se dessiner une gracieuse apparition féminine qui ferait battre son cœur — mais son espoir fut déçu.

De guerre lasse, Cyprien repassa le Pont-Neuf et se dirigea vers le Louvre, qu'il voulait voir, tout au moins du dehors.

Comme il arrivait devant le parvis de Saint-Germain-l'Auxerrois, il aperçut un mousquetaire noir qui s'était arrêté à sa vue et faisait mine de l'aborder.

Un éclair joyeux passa dans les yeux du chevalier, et tandis que le mousquetaire s'avançait vers lui, la main tendue, il s'écria :

— Mais c'est monsieur de Préval! c'est Fabrice!

D'un bond, les deux hommes s'étreignirent. Leur émotion était telle que pendant quelques instants, ils ne purent parler.

Mais leurs regards parlaient pour eux. Quiconque les eût vus ainsi étroitement enlacés, eût compris qu'il y avait entre eux un lien extraordinaire, véritablement sacré, de souvenirs, de regrets, d'affections.

C'était tout le *Drame des deux Châteaux* qu'évoquait cette rencontre de l'ancien bailli et de l'ancien barbier de Corneville, tous deux si radicalement et si brillamment transformés.

Leurs yeux et tous leurs gestes disaient assez qu'ils étaient unis par l'amitié la plus ardente, et de toute leur personne en même temps émanait quelque chose de profondément attendri et attristé, attestant surabondamment qu'il existait aussi entre eux la communauté d'une grande douleur.

Enfin ils parlèrent...

Cyprien, ou plutôt le chevalier de Verderonne expliqua à M. de Préval qu'il était à Paris depuis la veille, et il lui narra les incidents de son voyage.

Ensuite Fabrice lui raconta comment il était devenu mousquetaire.

Et après un échange de propos de circonstance, il demanda au jeune chevalier de vouloir bien lui retracer l'histoire de son changement de condition, histoire qu'il avait bien connue, mais dont les tristes événements de Normandie lui avaient quelque peu fait oublier les détails.

Le chevalier de Verderonne fit alors l'historique, très circonstancié, de ce qui s'était passé entre le marquis de Corneville et lui.

Fabrice de Préval l'écoutait silencieusement, marchant à ses côtés, sur la berge de la Seine, au pied des murs du Louvre.

Sa belle tête légèrement inclinée, le front soucieux, il suivait attentivement le récit du jeune homme.

Il profita d'une pause de son ami pour placer cette question :

— Alors, le marquis ne vous a donné aucun détail sur votre naissance ?

— Non, aucun.

— Il ne vous rien dit de vos parents ?

— Il m'a simplement fait connaître que ma mère était une fille de qualité, mais que, lui vivant, je ne saurais pas son nom.

— Et ce titre de chevalier de Verderonne?... Vous a-t-il fourni quelque explication à ce sujet?

— Il me l'a remis avec une note ainsi conçue :

« Ce titre appartient en toute propriété et vaudra lettre de noblesse à l'enfant élevé par le marquis de Corneville, sous le nom de Cyprien. »

— Est-ce que ce document est signé du roi?

— Oui, c'est un titre en règle portant la signature royale, avec le contre-seing du chancelier.

— C'est étrange !

— N'est-ce pas ? Et moi-même je suis étonné... effrayé.

— Mon ami, dit alors Préval avec un mouvement empreint d'une certaine solennité, le marquis en sait certainement plus long qu'il ne vous en a dit.

Pour mon compte, je n'ai pas été surpris de votre élévation. Personne à Corneville ne vous prenait pour le fils d'un paysan. Vous avez tout du gentilhomme : l'allure, les manières, la prestance.

Je me rappelle même un mot très significatif du marquis. Un jour que je ne sais quel mal appris se permettait de plaisanter devant lui à propos de votre naissance, M. de Corneville se prit à rire et me dit :

« De Préval, ce gamin-là est peut-être d'une lignée plus haute que la mienne ! »

— Qu'entendait-il par là ? murmura Cyprien, stupéfait.

— Je ne sais, mais tant que je vivrai, je me rappellerai ces mots, et vous-même, souvenez-vous-en bien. Gardez bien dans l'esprit ce que je vous dis là, devant le Louvre.

Cette révélation ne sembla pas produire sur Cyprien l'effet que pouvait en attendre Fabrice.

L'ancien barbier de Corneville semblait rêver.

C'est à peine s'il prononça, au bout d'un instant, quelques paroles en - trecoupées, où Préval crut distinguer ces mots articulés avec une sourde angoisse :

— Ma mère !... ma mère !

Après un silence, Préval lui demanda sur un ton plein de cordiale déférence :

— Et maintenant que comptez-vous faire ?

— Je ne sais trop... Ma nouvelle situation m'amuse et m'inquiète en même temps... Et puis, je regrette mes modestes recherches sur la chirurgie, la médecine... A tout prendre, ma petite fortune me permettrait de réaliser mon rêve.

— Quel était ce rêve ?

— Étudier à Paris sous les maîtres les plus habiles... Mais c'est assez parler de moi, il faut maintenant parler d'Eux...

Je connais votre cœur et je connais votre courage, Fabrice. Je suis sûr que vous avez déjà tout fait pour savoir ce qu'Ils sont devenus. Avez-vous réussi à découvrir les ravisseurs de mademoiselle Hélène ?

— Hélas ! hélas ! non, mon ami, soupira Fabrice en laissant douloureusement retomber sa tête sur sa poitrine.

Une fois j'avais cru les tenir et pouvoir la retrouver vivante, mais cette espérance n'a pas tardé à s'évanouir.

— Quant à moi, je connais mon devoir, et c'est pour l'accomplir que je suis surtout venu à Paris. Je n'ai point à juger la conduite du marquis de Corneville, je me rappelle seulement ce que je lui dois ; et si, comme j'en suis persuadé, il n'est pas mort, je ferai tout ce qui sera en mon pouvoir pour le retrouver... tout pour le sauver.

En disant ces mots, Cyprien relevait fièrement la tête, tandis que dans ses yeux brillait une flamme ardente.

Fabrice de Préval lui saisit les mains, avec émotion :

— Vous êtes un brave homme ! dit-il. Votre nouvelle situation n'a pas modifié votre belle âme !... Nous unirons donc nos efforts. Vous m'aiderez, et je vous aiderai.

Fabrice l'attira alors de nouveau contre son cœur, et l'y pressa longuement, la solitude du lieu permettant ces effusions.

Et les deux hommes scellèrent le pacte qu'ils venaient de conclure en versant quelques pleurs aussi cuisants que généreux.

— Monsieur de Préval confirma gravement le chevalier, en quelque lieu que ce soit, et, à toute heure, je serai prêt à vous apporter l'aide de mon épée.

En prononçant ces mots, Cyprien avait si grand air et si fière mine, que M. de Préval murmura de nouveau la phrase du marquis de Corneville :

« Il est peut-être d'une lignée plus haute que la mienne !... »

VI

DEUX ALLIÉS

Nous ne pouvons, à notre époque, nous faire une idée de ce qu'étaient le rues de Paris, sous Louis XIV, qu'en jetant un regard, lorsque l'occasion s'en présente, sur les quelques ruelles prodigieusement étroites et sordides, qui peuvent exister encore dans les quartiers les plus vieux de la capitale.

La circulation, déjà si laborieuse le jour, devenait presque impossible la nuit, car Paris n'était plus alors qu'un dédale noyé dans l'obscurité. Il n'y avait au commencement du grand règne d'autre mode d'éclairage public que celui qui était fourni par de rares lanternes des plus rudimentaires, et considérablement espacées. Des fois une clarté aveuglante sortait par la porte brusquement ouverte d'une taverne ou d'une hôtellerie; d'autres fois de minces rais de lumière filtraient à travers les étroites fenêtres d'un logis situé au rez-de-chaussée... Toutes les boutiques étaient hermétiquement fermées dès qu'avait sonné le couvre-feu. Bref, c'était encore la lune et les étoiles qui s'acquittaient le plus efficacement, malgré leur intermittence, du rôle dévolu depuis à la compagnie du gaz.

Quand les ténèbres étaient venues, on ne pouvait se diriger dans l'immense labyrinthe, qu'à la condition d'en connaître les moindres détours. Dès que l'on quittait le centre de Paris pour se rapprocher de l'enceinte, c'était pis encore, car les maisons fort disséminées laissaient entre elles des espaces souvent énormes, bordés de murs très élevés, au pied desquels on vous assommait très proprement, et en toute sécurité, les patrouilles du guet n'ayant pas l'habitude de se hasarder en de tels parages.

Et cependant, chose curieuse, la coupable industrie des tire-laine et autres malandrins n'était guère lucrative... c'est qu'aussi le danger était si net, si précis qu'on ne s'aventurait jamais à sortir seul la nuit, le passant isolé ne pouvait être qu'un pauvre diable sans sou ni maille ou quelque reître armé jusqu'aux dents, bien plus capable de pourchasser les voleurs que de les craindre.

Les gens de qualité ne marchaient qu'accompagnés de laquais porteurs de torches et bien armés; quant aux bourgeois, ils allaient par bandes avec leurs domestiques, munis de bons bâtons et coutelas, qu'appuyaient les pistolets de leurs maîtres.

Le soir même du jour où le chevalier de Verderonne avait retrouvé l'ancien charpentier de Corneville, dans la personne du Grand Thomas, un cavalier de fière mine s'avançait rapidement dans la rue Sainte-Catherine, au Marais, suivi d'un laquais sans livrée qu'on désignait alors sous le nom de grison, à cause du costume gris que les serviteurs portaient lorsqu'ils n'étaient pas vêtus aux couleurs de leur maître.

Arrivé à l'angle de la rue du Parc-Royal, il s'engagea dans la petite rue Neuve-Saint-Gilles, qui longeait le couvent des Minimes.

Devant lui, la rue se terminait par le chemin de ronde des remparts qui se dressaient comme un mur barrant la route.

— Voyons, dit le cavalier entre haut et bas, tandis qu'il arrêtait sa monture, c'est bien la rue Saint-Gilles, et voici les Minimes... J'entends même dix heures sonner à l'horloge du couvent... Une maison isolée avec un grand portail surmonté d'une sculpture représentant un hibou. Du diable si l'on peut rien voir par cette nuit noire... Ah ! voici un grand portail...

Se tournant vers son laquais, il lui dit :

— Allume un peu d'amadou, et fais de la lumière, John!

A cet ordre, le laquais battit le briquet et, soufflant sur l'amadou, eut vite fait d'allumer une petite torche, qui brilla d'une faible lueur factice, et s'éteignit.

— Allons, c'est bien cela, fit le cavalier; j'ai vu le hibou!

Il mit alors pied à terre, et jeta sa bride au domestique, qui descendit également de cheval.

Le cavalier frappa trois coups vigoureux avec le lourd marteau ou heurtoir sculpté de la porte, puis attendit quelques secondes, et laissa retomber encore une fois la figurine de bronze qui formait le marteau.

Un moment s'écoula, puis un des battants s'entr'ouvrit, et un flot de lumière provenant d'une grosse lanterne, évidemment tenue à la main, vint frapper le visage du cavalier.

Celui-ci n'avait pas bronché; sa figure, d'ailleurs, était dissimulée par un masque de velours noir.

L'homme porteur du falot l'abaissa après un rapide examen, et le dialogue suivant s'engagea avec la vivacité d'une conversation dont les questions et les répliques sont prévues et rédigées d'avance :

— Que voulez-vous? demanda l'homme à la lanterne.

— Savoir la vérité, répondit le cavalier.

— Par quel moyen?

— Par la science du Malin.

— Vous ne craignez rien?

— Ni l'eau, ni le fer, ni le ciel, ni l'enfer.

— C'est bien. Entrez, monsieur, on va vous recevoir, fit l'homme d'un ton plus naturel; et il ajouta :

— Avez-vous quelqu'un avec vous?

— Oui, j'ai mon valet qui tient nos deux chevaux.

— C'est bon, je vais ouvrir.

En effet, le porteur du falot ayant refermé la petite porte, ouvrit la porte charretière, qu'il referma également, dès que les visiteurs et leurs chevaux eurent pénétré sous la voûte.

Presque aussitôt les nouveaux venus virent surgir devant eux un autre individu de taille herculéenne, qui guida le valet vers le fond de la cour, tandis que précédant le maître de celui-ci, le premier domestique montait les degrés du perron, et traversant un vestibule de belle apparence, introduisait le gentilhomme dans un salon d'aspect étrange.

Les murs étaient tendus du haut en bas d'une draperie rouge-foncé, sur laquelle se détachaient des peintures dues évidemment à des maîtres — cela se voyait à la perfection du dessin comme au talent de la composition — représentant des scènes d'orgies démoniaques qui figuraient les principaux épisodes du Sabbat.

— Alors, voici quelque chose qui va te calmer ! s'écria La Raisin.

Dans un angle de la pièce, un grand portrait en pied, singulièrement austère de costume, et imposant, sinon inquiétant d'expression, avec au bas cette indication, en caractères gothiques : Nicolas Flamel... Comme meubles, rien que des fauteuils très hauts et non moins raides, d'étoffe rouge-rang, et une vaste table couverte d'un tapis figurant les signes du Zodiaque, où était posé un sévère chandelier de bronze à sept branches, fantastiquement ciselé, d'où ruisselaient des flots de lumière crue.

Le cavalier resté seul regardait les tableaux avec curiosité, lorsque la tenture s'agita légèrement, et aussitôt une femme se trouva devant lui, qui le regardait avec des yeux où luisait une flamme intense.

L'inconnu tressaillit légèrement, puis ôtant son feutre à grandes plumes, il salua avec une politesse mêlée à une certaine impertinence. D'un ton quelque peu protecteur et goguenard, il demanda :

— C'est à la célèbre Raisin que j'ai le plaisir de parler.

— A elle-même, répondit la femme avec un sourire.

Les paysans, qui jadis demandaient des sorts et des drogues à la sorcière de Bourg-Achard, l'auraient difficilement reconnue.

La Raisin était vêtue d'une robe de velours rouge très collante, aux manches vertes très évasées qui s'ouvraient, et pendaient jusqu'à terre ; sa tête était comme cerclée d'un diadème d'argent, rehaussé d'un serpent fait de pierres vertes et rouges qui se perdait dans les ondes luisantes de sa fausse chevelure bizarrement relevée.

Le long de la robe courait une riche broderie d'argent représentant également un serpent.

Après un court silence, elle reprit :

— Et vous venez me consulter, seigneur?

— Mais, oui, belle dame, je voudrais mettre un peu votre science à l'épreuve, et je ne regarderai pas au prix. Voici, d'ailleurs, des arrhes.

Et, ce disant, le cavalier tendit à la sorcière une bourse qui rendit un son métallique.

Celle-ci la reçut sans hâte, avec une sorte d'indifférence :

— Eh bien, alors, monsieur le vicomte, ôtez ce masque, qui doit vous tenir bien chaud en cette saison, et qui ailleurs est bien inutile ; personne ne peut vous voir ici.

Le cavalier tressaillit ; puis, très maître de lui, répondit avec un sourire :

— Déjà de la sorcellerie !

Et il dénoua les cordons de son loup :

— Mais, oui, il faut bien vous montrer mon savoir, monsieur le vicomte Othon de Vaalberg, puisque tel est le nom qu'il vous plaît de porter en ce moment.

Cette fois-ci, le coup avait porté, car le gentilhomme ne put s'empêcher de froncer le sourcil, tandis qu'il frappait du pied le sol.

— Qu'est-ce à dire, madame, et qu'entendez-vous par là? interrogea-t-il d'un ton rude.

La Raisin ne se laissa pas impressionner par l'attitude peu rassurante de son interlocuteur.

— Je n'entends rien autre que ceci : je donne à mes visiteurs le nom et le titre qu'ils veulent bien prendre, sans jamais me laisser abuser, moi qui vois tout, qui sais tout.

Il y avait dans ces quelques mots comme une sourde menace qui parut impressionner le visiteur.

Celui-ci, d'ailleurs, changea brusquement de ton :

— Allons, fit-il gaiement, je ne suis pas venu ici pour parler de mon nom, mais pour voir des choses peu ordinaires.

— Alors, suivez-moi, dit la Raisin... A moins que vous n'ayez peur !

— Moi, avoir peur !... Cela ne m'est jamais arrivé.

— Oh ! je sais qu'en face des hommes vous êtes brave jusqu'à la témérité.

— En face du diable, il en sera de même.

— Alors, venez.

Et, prenant son visiteur par la main, l'étrange créature souleva une draperie et fit passer M. de Vaalberg (car c'était bien lui) dans un étroit couloir, puis le poussa dans une pièce obscure.

Preque aussitôt, sans qu'aucune main y eût touché, un grand candélabre garni de chandelles de cire s'alluma, éclairant une vaste pièce de forme allongée.

Cette pièce était entièrement tendue d'une étoffe noire, mate, et sans aucun reflet ; le plafond même était noir.

Sur le sol, un épais tapis noir étouffait le bruit des pas.

Au milieu de la salle se dressait sur un soc de bois peint en blanc un squelette humain, seul ornement de cette vaste pièce, avec le candélabre, qui — Vaalberg pouvait maintenant s'en rendre compte — était formé d'ossements ingénieusement disposés.

— Ah ! s'écria le gentilhomme en riant, voilà de la diablerie, où je ne m'y connais pas... le beau décor pour voir Satan !

— On ne voit pas le Malin si facilement que cela, dit gravement la Raisin.

— Alors, qu'allez-vous me montrer ? Je pense qu'un squelette n'est pas une grande curiosité, et il suffit d'aller à certains jours faire un tour du côté de Montfaucon pour en contempler de semblables.

— C'est juste, seigneur, les squelettes n'ont rien de bien étonnant pour vous ; il y en a tant qui blanchissent dans la plaine de Quillebœuf !

Cette fois, le coup fut rude, car le vicomte de Vaalberg resta, un moment, silencieux :

— Allons, voyons, finissons, s'écria-t-il ; je suis venu ici sur la foi d'un ami qui est votre client, et qui m'avait promis autre chose que des réponses énigmatiques.

— Eh bien, je vais vous montrer... la Beauté antique.

— Oh ! oui, c'est cela, montrez-moi Vénus sortant de l'onde amère, comme dit, je crois, le vieil Homerus.

— Regarde !... dit simplement la sorcière.

Au même instant, les lumières s'éteignirent comme elles s'étaient allumées, une musique harmonieuse se fit entendre très lointaine, très vague, puis de vaporeuses clartés neigèrent à l'extrémité opposée de la pièce ; toujours grandissantes, elles ajourèrent bientôt tout le lourd tissu de la noire tenture, et le transformèrent en une sorte de dentelle à ce point lumineuse et immatérielle, qu'il fallait un effort d'attention pour remarquer sa présence.

Bientôt s'étala sur les murs et dans toutes les profondeurs de la scène du fantastique théâtre comme l'égayant reflet d'une printanière frondaison, qui mettait brusquement dans cet antre des pratiques mauvaises une atmosphère vivifiante de fleurs mi-closes, d'eaux claires, de nids, et au bout de quelques instants, par des superpositions de tons différents et des jeux d'ombres capricieuses, un dessin se précisa qui représentait un paysage au bord de la mer.

Au même moment, une violente bouffée d'air frais entra dans la pièce avec une odeur saline assez prononcée.

Vaalberg eut le sentiment du brusque contact avec le libre espace, avec l'infini ; et cette sensation le remua étrangement. Il lui sembla qu'il était projeté dans le « dehors » immense, et il ne put réprimer un léger frisson de surprise — toute physique.

— Comment, dit la Raisin qui surveillait tous ses mouvements, nous tremblons déjà. Est-ce que vous seriez vraiment capable d'avoir peur ?

— Peur ! moi, allons donc !... Je vous ai déjà dit que je ne craignais rien au monde, mais j'éprouve un petit froid qui tient probablement au déplacement d'air soulevé par les machines que vous faites jouer... Dites donc, surtout pas de vagues trop fortes ! Je veux bien voir la mer en plein Paris, mais je ne tiens pas à être aspergé, au moins, sans être prévenu.

— Chut ! fit tout à coup la Raisin avec autorité... Assez bavardé !... Regarde, te dis-je, regarde !...

Le paysage venait, en effet, de s'animer prodigieusement et valait la peine d'être considéré, pour ne pas dire savouré par un connaisseur exercé...

Hors l'émeraude étincelante des flots se détachait un admirable corps de femme qui paraissait prendre son point d'appui sur la crête des vagues argentées d'écume, et se dressait tout frissonnant au-dessus de l'abîme... on ne vit d'abord que des formes superbes, sur lesquelles roulait l'opulence de gerbe dénouée d'une incomparable chevelure d'or; la figure apparut bientôt, extasiante, exprimant par le sourire comme par le regard vraiment célestes, toutes les perfections et toutes les félicités.

Il n'y avait pas à s'y tromper, semblait-il, c'était bien Vénus Aphrodite, la reine des êtres...

Fasciné par cette vision merveilleuse, le vicomte de Vaalberg fit quelques pas en avant, les bras étendus, comme s'il voulait atteindre la déesse, mais un coup de sifflet retentit... et l'obscurité revint brusquement.

A ce moment, le fantastique candélabre se ralluma et le gentilhomme éclata de rire.

— Sorcière, tu te joues de moi!... J'ai eu le temps de voir ton artifice ; l'adorable créature qui vient de m'apparaître n'était qu'une figure de cire!...

Ah çà! me montreras-tu des réalités vivantes, et pourrais-je bientôt contempler quelques-unes des beautés extraordinaires que l'on dit trouver chez toi?

La Raisin eut un sourire énigmatique.

— Tu veux des réalités? dit-elle en baissant la voix.

— Oui.

— Attends un peu.

La Raisin prêta l'oreille.

Un coup de sifflet lointain vint mourir dans les sombres tentures.

— C'est bien, tu vas voir le modèle qui a posé pour la statue de cire.

— Ah ! tant mieux! je ne suis pas encore d'âge à me délecter uniquement du régal que peut donner l'admiration des statues.

Ce disant, le vicomte s'était insensiblement rapproché du fond de la pièce, tandis que l'obscurité se faisait de nouveau.

La musique mystérieuse résonna en accords vagues et pleins de langueur.

Le cadre lumineux s'éclaira lentement; mais cette fois-ci, ce n'était plus la statue qui occupait le milieu de ce qu'on peut appeler la scène ; à sa place une splendide créature — qui la rappelait étonnamment — surgissait rayonnante, éblouissante, incarnant tous les prestiges de la Beauté entatrice.

Il y avait toutefois une différence entre les deux « numéros » de cette représentation : la « chevelure » de la statue était féeriquement blonde; celle du « tableau vivant » était noire, du noir le plus intense ; la pose de la nouvelle déesse, dont tout le corps revêtu d'une gaze difficilement perceptible à l'œil, paraissait nu, à l'exception du visage caché sous un loup de velours sombre, était d'ailleurs superlativement gracieuse et engageante — et Vaalberg crut défaillir quand il vit « l'apparition » étendant la main dans la direction, dessinant de la manière la plus précise et la moins équivoque, le geste de l'appel...

A cette main brillait une bague fabuleusement belle, formée d'un énorme saphir entouré de gros brilants...

Littéralement affolé, l'officier bondit sur la charmeresse.

Il ne fit qu'un pas, car il s'abattit lourdement, les jambe prises en des fils inaperçus, tandis qu'un éclat de rire perlé, d'ironie cinglante, retentissait à ses oreilles.

Lorsque le vicomte de Vaalberg se fut relevé, la lumière était revenue, et le tableau vivant avait disparu.

Furieux, l'officier se rua, l'épée à la main vers le fond de la salle, et tenta de percer la tenture, mais partout la lame rencontrait la muraille, tandis que La Raisin, impassible, le regardait faire.

— Misérable sorcière !... rugit le gentilhomme en marchant vers elle ; as-tu donc juré de me faire périr de rage !...

— Pourquoi vouloir atteindre l'invisible ? lui répondit froidement l'étrange femme.

— Eh bien, coquine, c'est le visible que j'atteindrai !

Et déjà il fonçait sur elle, l'épée haute, comme s'il voulait la frapper du plat de la lame.

— Alors, voici quelque chose qui va te calmer ! s'écria La Raisin.

Instantanément, l'obscurité enveloppa de nouveau le vicomte et la sorcière ; et aussitôt le mur, placé derrière celle-ci, s'illumina, à son tour, intérieurement ; faisant apparaître la « scène » encadrée dans le décor sévère d'une chambre de vieux château.

Sur un magnifique lit à baldaquin entouré de colonnes, une femme était étendue, qui paraissait belle, mais dont l'extrême pâleur trahissait assez l'abattement et la faiblesse, tandis que près d'elle une servante tenait dans son bras un petit enfant...

L'effet de ce nouveau « tableau » fut terrible, et La Raisin entendit l'épée du gentilhomme rouler sur le tapis, et elle entendit aussi, en même temps, un douloureux gémissement qui ressemblait à un râle.

La vision ne dura que quelques secondes, le mur lumineux, et le noble décor, si suggestif, s'abîmèrent dans les ténèbres.

Quand l'obscurité se fut encore une fois dissipée, la sorcière vit près d'elle un Vaalberg singulièrement changé.

Ses traits avaient perdu leur expression arrogante, et il jetait autour de lui des regards égarés. Le spectacle dont il venait d'être témoin l'avait bien rudement touché !

Un bon moment, il resta troublé, interdit, puis il se secoua tel qu'un homme qui s'éveille d'un mauvais songe, et d'une voix mal assurée :

— Allons, épouse de Satan, donne-moi à souper !

— Vous avez faim, beau cavalier ?

— Non, j'ai soif.

— Vous voulez boire... peut-être, pour oublier ?

— C'est possible, répondit l'officier d'une voix brève. Je veux boire, et en compagnie d'une jolie personne qui ne soit pas une statue, et qui ne disparaisse pas au moment où elle vous fait signe de venir...

— Je suis à vos ordres, monsieur le vicomte, et je vais vous mener près de quelqu'un qui vous fera oublier votre méchante humeur.

— Une sorcière ?

— Belle à faire damner un saint !

— C'est bien ; conduis-moi.

— Venez ici, beau cavalier, reprit la sorcière avec une nuance de malice ; ici tout vient à ceux qui désirent, et ils n'ont pas un mouvement à faire... Donnez-moi la main et tenez-vous immobile, car vous risqueriez une mauvaise chute.

Ce fut encore une fois l'obscurité, et le vicomte de Vaalberg, s'étant placé juste au milieu de la salle, à côté de La Raisin, celle-ci lui prit la main.

Un coup de sifflet retentit, et le sol sembla manquer sous les pieds du gentilhomme, qui, malgré lui, étreignit le bras de son guide.

Le plancher semblait descendre lentement, avec ceux qu'il supportait.

Bientôt un choc annonça l'arrêt.

— Montez trois pas, dit La Raisin.

Et elle appela :

— Myrrha !

Une porte s'ouvrit d'où jaillit de la lumière, tandis qu'un bruit sec retentit derrière le vicomte de Vaalberg.

Il pensa que c'était le mécanisme qui l'avait amené, et qui remontait.

Il n'eut pas le loisir d'étudier la nature et le jeu des « trucs » de La Raisin, car le spectacle qui s'offrait à ses yeux, captiva immédiatement toute son attention.

Le décor avait complètement changé, et rien dans la nouvelle pièce ne rappelait la profession de la maîtresse du lieu.

C'était un ravissant intérieur mondain, un délicieux boudoir agencé dans un style tout nouveau, qui n'avait rien de la froideur et de la lourde majesté des salons du grand règne, où déjà apparaissaient toutes les grâces coquettes et l'exquise simplicité qui devaient caractériser le style du siècle suivant.

Les meubles plus légers, les étoffes plus pimpantes, l'aspect de toute chose plus clair et plus rieur, annonçaient le milieu de laisser-aller gamin et de délurée galanterie, qui n'allait pas tarder à s'épanouir dans ce qu'on devait appeler les « petites maisons » et aussi les « Folies » où tant de grands seigneurs et tant de grandes dames prirent leurs ébats au temps peu morose de la Régence.

Myrrha, la servante orientale qu'avait appelée la sorcière, et qui disposait, sur une table richement servie au milieu de la pièce, des candélabres aux cires parfumées, allait et venait, mettant la main aux derniers préparatifs d'un élégant souper.

— Vous voyez, seigneur, qu'il y a deux couverts, dit la sorcière ; il y en a un.

— Pour moi...

— En effet !

— Et le second ?

— Est pour une reine de beauté...

— Qui va venir ?

— Dans un instant, dès que cette jeune esclave turque aura terminé les préparatifs d'un repas dont, je l'espère, votre Seigneurie n'aura pas à se plaindre.

— J'aime surtout le bon vin.

— Et vous en êtes parfois privé ?

— Que signifie ? s'écria le vicomte en fronçant les sourcils.

— Dame ! je me suis laissé dire qu'à la cour de Guillaume on buvait plutôt de la bière anglaise que du vin de France.

Un éclair de colère passa dans les yeux de l'officier ; le vicomte porta encore de nouveau la main à la garde de son épée, mais il se contint.

— Maudite sorcière ! repartit-il d'une voix rauque. Je ne sais pas par quel sortilège tu peux pénétrer dans, l'âme et dans l'existence d'un homme, mais je te défends de faire allusion à ce que tu peux savoir ! Si tu tiens à la vie, pas un mot de plus, pas un mot, tu entends, de ce que tu peux deviner ou rêver !

— C'est bien, capitaine de Vaalberg, vous serez obéi, répondit La Raisin avec un rire insolent qui démentait la feinte humilité de ses paroles.

L'officier sentit, sans doute, que la lutte serait inégale. Encore une fois, il demanda :

— Et cette belle reine ?

— La voici.

A ce moment précis, tandis que l'esclave turque se retirait, une tenture se soulevait à l'autre extrémité du boudoir, — et une femme entra.

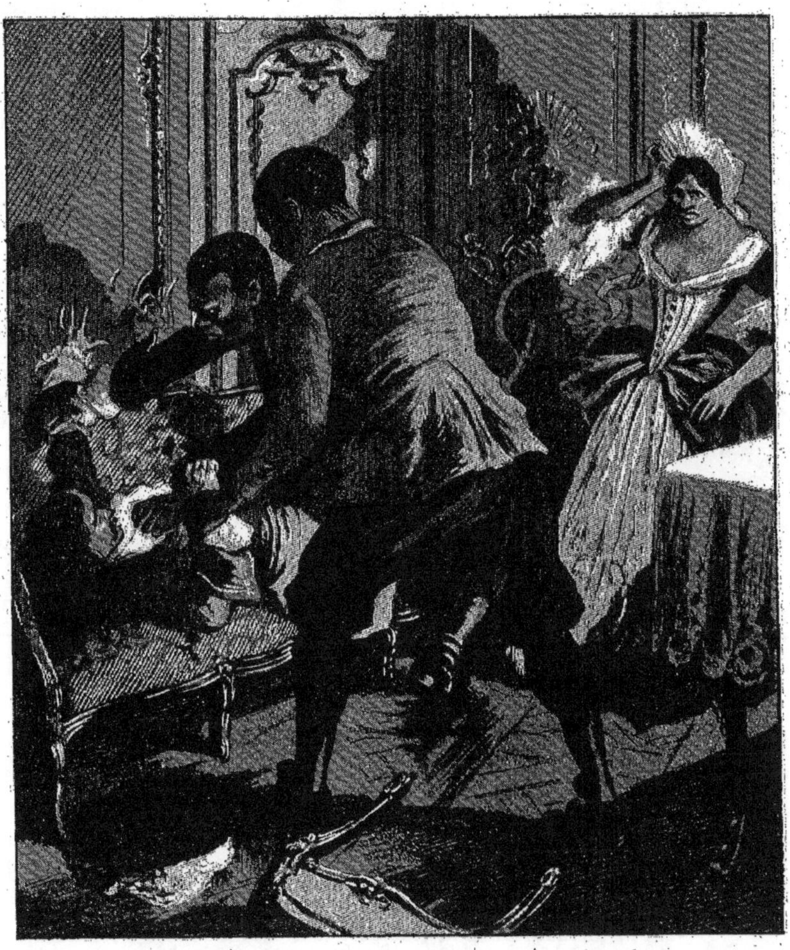

... Deux nègres de taille herculéenne le maintinrent solidement...
(Page 413.)

Elle était complétement enveloppée dans un grand manteau de velours noir, et son visage était recouvert d'un loup de velours rouge dont la dentelle cachait tout le bas de la figure. On ne voyait que le haut d'un front très blanc que surmontait une forêt d'admirables cheveux noirs.

Le vicomte, tout surpris, la regardait, silencieux, lorsque d'une voix singulièrement harmonieuse, l'inconnue lui dit :

— Eh bien, capitaine de Vaalberg, vous ne vous asseyez pas devant cette table si bien garnie?

— Belle dame, j'attendais que vous-même y prissiez place.

La dame rejeta son grand manteau, d'un geste qui la campa devant l'officier, en un décolleté des plus hardis.

D'une robe de soie rouge foncé, garnie de broderies et de pierreries vertes très bas échancrée, saillait un corps aux formes superbes.

L'éclat des lumières faisait valoir fabuleusement la peau satinée d'admirables épaules, ainsi que les trésors d'une poitrine au galbe irréprochable.

Les mains étaient cachées par des gants de nuance assortie à la robe allant au coude.

L'officier ne put contenir un geste d'admiration qui n'échappa point à l'inconnue, mais sans laisser rien paraître, elle s'avança avec une démarche onduleuse, presque féline.

— Vous osez souper avec une sorcière? demanda-t-elle.

— Lorsqu'une femme est aussi adorablement belle que vous l'êtes, elle ne peut avoir grand commerce avec le diable! s'écria le vicomte avec feu.

— Oh! que voilà d'erreurs en peu de mots! Comment pouvez-vous affirmer que je suis belle?

— Mais ces splendides épaules!... ce corps admirable!...

— Qu'est-ce que cela prouve? répondit une voix mordante, sinon que les hommes aiment à s'illusionner.

Avez-vous vu mon visage?

— Non, votre loup le cache entièrement, mais je suis sûr qu'il doit être adorable!

— Eh bien, il est affreux!... Voilà pourquoi je reste masquée. Puis, autre chose, vous ne savez donc pas que les plus terribles incarnations du démon prennent parfois la forme des plus ravissantes créatures?

— On le dit, murmura le vicomte, et il est ma foi trop certain qu'il y a de jolies femmes qui sont de vrais démons!

— Allons, à table, et trêve aux idées noires!

La dame masquée fit les honneurs du souper à son partenaire, avec la grâce et l'aisance d'une femme du plus grand monde.

Elle insistait pour servir le vicomte, qui protestait, et chaque fois qu'elle se levait, elle rapprochait son visage du sien; elle le frôlait alors de son épaule nue, lui faisant respirer les capiteux parfums qui s'exhalaient de sa coiffure et de ses vêtements, tandis qu'à travers les trous de son masque, l'éclat interne de ses yeux noirs brûlait, pour ainsi dire, les yeux du gentilhomme.

Si vigoureux, et bien trempé qu'il fût, Vaalberg qui, dès le premier instant, avait compris le danger, et s'était promis de conserver tout son sang-froid, était peu à peu envahi par un trouble irrésistible.

Ce trouble était-il dû seulement aux vins généreux de France, versés si adroitement à flots par les mains gantées ou à leur action combinée avec celle des pénétrantes essences qui lui montaient à la tête?

Le fait est que cet homme, si robuste, se sentait tout bouleversé et ne trouvait plus l'énergie à laquelle il s'était promis de faire appel... Il n'avait plus le sens précis des réalités extérieures, il cédait au charme de la situation, sans autrement se souvenir des sorcelleries de La Raisin, et tout ce qu'il pouvait y avoir d'horriblement suspect ou d'effrayant et dangereux dans tous ses manèges.

Le capitaine de Vaalberg était, je l'ai dit, un hardi compagnon, et il le prouvait bien par l'insouciance avec laquelle il poursuivait le cours de son aventure.

D'ailleurs, il ne s'ennuyait pas avec l'inconnue dont l'esprit valait certainement les attraits physiques; elle causait dans la perfection, effleurait tous les sujets, parlait de la Cour en personne qui la fréquente, jugeant avec une verve caustique et un à-propos parfait les choses et les hommes.

Vaalberg aurait dû, semble-t-il, ne s'en tenir que davantage sur la défensive. Au contraire, la distiction peu commune de sa compagne l'excitait prodigieusement.

Et lui aussi causait, révélant par des saillies saisissantes son instruction immense, son caractère de fer, son âme de feu.

Quelquefois, étonné par ce qu'il venait d'entendre, il se ressaisissait, et interrogeait son interlocutrice avec une âpre curiosité.

Il avait le courage ou la témérité de poser en un tel lieu, à une personne dont il ne savait rien, et qu'il ne pouvait juger que défavorablement; des questions dans ce goût :

— Alors, belle dame, c'est bien vrai, le Roi est tout à fait sous l'influence de la Marquise?

A quoi l'inconnue répondit :

— Madame de Maintenon obtient tout ce qu'elle veut, mais elle l'obtient surtout en n'ayant pas l'air ni même de le demander, de l'exiger, car le roi est très ombrageux, il peut subir une influence exercée discrètement, il ne supporterait pas une pression avérée.

— Peu importe, puisque le résultat est le même, et cette fameuse marquise le conduit dans une heureuse voie.

— Qu'entendez-vous par là? fit la belle sorcière.

— Je veux dire qu'à l'heure actuelle, la politique du roi, qui est évidemment celle de madame de Maintenon, remporte de beaux succès. Le prétendant Jacques II tient l'Irlande, et pour peu que Louis XIV continue à lui envoyer des secours et des généraux, il va débarrasser l'Angleterre de l'usurpateur Guillaume d'Orange.

L'inconnue regarda fixement le vicomte de Vaalberg, et laissa tomber ces mots négligemment :

— Vous êtes officier, monsieur ?

— Oui, belle dame, capitaine pour vous servir.

— Comment se fait-il qu'au moment où l'on se bat partout, vous passiez votre temps à étudier la sorcellerie, et à essayer de dévisager les sorcières chez La Raisin ?

Le vicomte de Vaalberg se mordit les lèvres, et ses sourcils se froncèrent. Mais la dame se pencha vers lui avec un mouvement lascif, et comme si elle eût regretté sa remarque, murmura :

— Que m'importe, après tout, monsieur Vaalberg ; je n'ai rien à voir dans votre conduite, ne nous doit-il pas suffire à tous deux d'avoir le plaisir de souper ensemble ?

Cela fut dit avec une telle caresse dans la voix de la mystérieuse femme, et l'admirable corps prit une attitude si provocante que Vaalberg se dérida bientôt :

— N'est-ce pas que vous pardonnez, fit la charmeresse plus câline encore ?

Pour toute réponse, Vaalberg se pencha brusquement vers sa voisine, et enlaça fiévreusement sa taille, tandis qu'il posait gloutonnement ses lèvres sur son épaule de satin, et tressaillait follement au contact de cette chair divinement parfumée.

La dame frissonna, mais ne protesta pas.

— Allons, dit-elle, buvez, et foin de la politique !... Parlons amour et magie. Dites-moi, avez-vous aimé sérieusement dans votre vie ?

Cette question rejeta sans doute le vicomte dans de sombres pensées, car son visage se rembrunit.

— Oui, j'ai aimé, en effet, et j'ai cruellement souffert, dit-il d'une voix grave, mais je veux oublier... Que dis-je ? j'ai oublié !

— Alors, votre cœur est libre ?

— Non, car vous venez de me le prendre !

— Oh ! comme cela, sans me connaître ! Il est donc bien faible, votre cœur ?

— Si ! vous connais ! Si ! je sais que vous êtes belle, je devine que votre visage est digne de votre corps... pourquoi d'ailleurs me cacher plus longtemps ces traits adorables ?

A mesure qu'il prononçait ces mots, le capitaine, qui tenait toujours la jeune femme enlacée, cherchait à desserrer son masque.

Celle-ci résista, et, se soulevant à demi, elle le repoussa.

— Vous avez tort de vouloir connaître mon visage. Qui sait l'horrible déconvenue que vous vous préparez ?

— Je ne crains pas de m'être trompé ! s'écria le vicomte qui commençait de s'échauffer singulièrement.

— Tu le veux absolument, fit-elle alors d'une voix altérée… C'est bien. Alors, regarde !…

Et, d'un geste, elle arracha son loup de velours rouge.

Un visage apparut, affreux, de lignes et de vulgarité : au milieu de la face un gros de nez de campagnarde, retroussé ridiculement, s'épatait et s'évasait, grotesque, tandis qu'une bouche lippue et bestiale sabrait l'ovale de la figure d'une large fente ; des taches de rousseur complétaient, en achevant de l'enlaidir, un teint beaucoup trop haut en couleur.

Le vicomte recula d'un pas avec un geste d'horreur qui fit rire aux éclats la soupeuse, mais ce rire la trahit : les traits n'avaient pas bougé !

Et Vaalberg, qui avait les yeux rivés sur elle, le vit bien :

— Allons donc, c'est encore un masque ! s'écria le capitaine, et le tour est bien exécuté, ma foi !… Tu m'as joué, ma belle ; mais c'en est assez, je veux voir tes véritables traits !…

Joignant l'action à la parole, l'officier, décidément un peu ivre, s'élança vers la dame qu'il étreignit brutalement.

Il allait lui arracher son second masque, lorsque la jeune femme poussa un cri d'appel.

Avant qu'il eût pu se rendre compte de ce qui allait se passer, le vicomte de Vaalberg se sentit saisi dans des bras puissants et enlevé de terre, puis posé brutalement sur un canapé où deux nègres de taille herculéenne le maintinrent solidement, malgré tous ses efforts pour échapper à leur étreinte.

— Misérables coquins, vous avez porté la main sur un gentilhomme ! reprit l'officier pris d'un rage impuissante.

— Vous avez bien porté la main sur une femme ! répliqua ironiquement l'inconnue.

— Une sorcière seulement ?

— Qui vous dit que je ne suis pas une femme de qualité ?… Et que savez-vous de moi, monsieur de Vaalberg ?… Portons-nous tous deux notre vrai titre ?…

Il y avait une telle dignité, une telle hauteur dans les paroles de la « sorcière », où perçait, d'ailleurs, quelque mordante allusion, que l'officier se calma net.

— Dites à vos esclaves de me lâcher, dit-il.

— Pas avant que vous m'ayez donné votre parole de m'obéir aveuglement, et de respecter le masque qu'il ne me plaît pas de retirer… pour le moment :

— Foi de Vaalberg, je le jure !

— Non, j'aime mieux : « Foi de gentilhomme. »

— Foi de gentilhomme, je le jure !

D'un signe elle congédia les deux serviteurs, qui abandonnèrent leur prisonnier et disparurent :

— Écoutez, beau cavalier, je vais vous questionner, et selon vos réponses, je saurai si vous êtes sincère.

— Parlez, fit le vicomte, tandis que l'étrange femme prenait place à ses côtés sur le canapé.

— Vous me disiez tout-à l'heure que j'avais pris votre cœur. Je n'en crois rien, et je pense que vos sens seuls s'émeuvent. Mais, voulez-vous partager avec moi cette coupe d'un vin des îles Canaries ?

Et ayant porté la coupe à ses lèvres, elle la présenta ensuite à celles du vicomte... en passant hardiment son bras nu autour de son cou.

Affolé, celui-ci but d'un trait le rarissime nectar.

— Maintenant, dit-elle, en vertu de la loi des sympathies, nous saurons l'un et l'autre nos pensées... Et, d'abord, dites-moi... Au service de quel roi êtes-vous, beau capitaine ?

Le vin des Tropiques n'avait pas étourdi le vicomte de Vaalberg, au point de lui ôter toute raison et toute prudence.

Il repondit :

— Quel roi servirai-je, si ce n'était le roi de France ?

— Dans quelle arme ?

— Je commande une compagnie.

— Ah ! fit la questionneuse, sans paraître autrement remarquer l'insuffisance de la réponse...

— N'avez-vous pas jadis commandé un navire ?

— Je ne suis, fit-il avec un air de timidité assez gauche, qu'un officier de fortune.

— Allons donc !... Donnez-moi votre main.

Et, ouvrant de force la main gauche du gentilhomme, elle se mit à réciter, comme une femme qui épelle :

— Vous avez été sur mer longtemps... puis, vous vous êtes marié... Je vois un drame dans votre vie... un exil volontaire... des combats... Vous n'êtes pas un homme vulgaire... Une grande ambition vous dévore... Vous grandirez et vous pourrez aspirer aux premiers honneurs... Mais prenez garde à vos passions... à votre caractère violent, emporté, à votre bravoure si fougueuse et imprudente... Vous êtes en France depuis peu, et vous n'y résidez pas seulement pour votre plaisir ; vous avez à remplir une mission d'importance.

Tandis qu'elle parlait, l'officier, arrivé à un degré d'exaltation plus marqué, suivait avec une agitation haletante, cette petite séance de chiromancie parfaitement à sa place, d'ailleurs, dans une maison vouée à tous les occultismes.

Son sang bouillonnait dans ses veines, une sorte d'emportement s'emparait de lui, et tout en tenant l'enivrante créature enlacée dans ses bras, il murmura sourdement :

— Eh bien, oui, je suis ambitieux ! Et si tu veux être à moi, tu m'aideras dans l'œuvre colossale que j'entreprends... Non, je ne suis pas un vulgaire officier de fortune...

Je porte un grand nom, je possède toute la confiance d'un prince autrement intelligent que ton roi de France... et je viens ici pour servir ses intérêts... Riche?... Je le suis plus que tous les gentilshommes dont tu parlais tout à l'heure, et puisque tu as accès à la cour, tu pourrais concourir à mon œuvre, joindre tes facultés aux miennes... Je t'aimerais et je te ferais riche... entre les plus riches, puissante à exciter l'envie de bien des femmes, qui ont un pied sur les marches d'un trône.

Et, plus tard, lorsque je serai monté si haut que personne n'oserait me regarder, tu viendrais à moi... tu partagerais mon sort !

Le vicomte de Vaalberg s'était levé, et, les yeux perdus dans l'espace, il semblait s'abandonner à un rêve...

Son interlocutrice, dissimulant un geste de triomphe, le regardait et l'écoutait en silence.

Elle avait laissé tomber ses gants, montrant des mains admirables, lorsque, brusquement, le capitaine abaissa ses regards :

— La bague !... rugit-il en saisissant d'une étreinte folle la belle jeune femme. Ah ! c'est toi la Vénus que La Raisin m'a fait voir tout à l'heure !

La « sorcière » voulut parler, mais il ne lui en laissa pas le temps.

— C'est bien la bague de la vivante créature, et c'est bien ce corps admirable !...

— Oui, c'est moi que tu as vue, et puisque tu veux une alliée, une associée ; eh bien, dis-moi ton ton nom, et tu verras mon visage !

La jeune femme continua à se pencher, haletante, en proie à une sauvage passion :

— Oui, je t'aimerai ! Je te servirai... Dis-moi ton vrai nom !...

Un vent de folie passa dans la tête du gentilhomme, qui, avec une sorte d'orgueil, proféra :

— Je suis le baron de Singham, le conseiller de Sa Majesté Guillaume d'Orange.

— Tu as un autre nom ?

— Non, celui-là... Jamais !

— Je te dis que je t'aime !... que ton âme faite de haine, d'ambition et d'orgueil, est digne de la mienne !... que je t'aimais déjà depuis longtemps pour ta vaillance, pour ton orgueil indomptable, pour ton génie, et que tu ne trouveras pas une autre femme plus capable de te comprendre !

— Encore une fois, ton vrai nom !... Je pourrais te le dire, mais je veux qu'il sorte de ta bouche !

De nouveau les bras de la belle créature se nouèrent autour du cou du baron de Singham, tandis que sa tête s'approchait de celle du gentil-homme, comme pour mieux entendre la réponse...

— Je m'appelle le comte de Lucenay !... murmura d'une voix étran-glée le confident de Guillaume. Et toi, qui donc es-tu ?

D'un geste la sorcière arracha son masque de cire.

— Geneviève du Mesnil !... s'écria Lucenay, au comble de la surprise et du ravissement.

— Oui, Geneviève qui t'aime !... murmura la marquise, tandis que le comte l'attirait contre son cœur.

VII

LES SECRETS DE LA BASTILLE

Si amoureux qu'il fût, Cyprien possédait une nature trop sérieuse, trop réfléchie pour négliger l'accomplissement du devoir supérieur qu'il s'était imposé.

Dès le lendemain de son entrevue avec l'ex-charpentier de Corne-ville, après avoir longuement rêvé au frais visage de sa gracieuse fille, il se prit à établir le plan de sa seconde journée à Paris.

Il estima que son premier soin devait être d'aller saluer messire David Chartier, et prendre des nouvelles de celui qu'il avait sauvé deux jours, auparavant.

Le conseiller avait exigé la promesse d'une prochaine visite. Le che-valier n'avait garde de l'oublier.

D'ailleurs, le magistrat ne le lui permit pas.

Craignant sans doute que par discrétion M. de Verderonne ne s'exé-cutât tout de suite, l'excellent homme crut devoir prendre les devants.

En effet, Cyprien était à peine levé qu'un laquais de bonne tenue et de costume sévère vint lui apporter un billet d'une grande et ferme

— Oh! maître, que vous êtes injuste?... (Page 419.)

écriture tracée par l'honorable conseiller au Parlement, qui invitait le jeune homme à dîner pour ce jour même, vers deux heures.

Le chevalier de Verderonne chargea le laquais de porter une réponse affirmative, et, s'étant habillé, il jugea qu'il avait le temps de se rendre chez maître Nicolas Lémery, son compatriote, avec qui il avait été maintes fois en correspondance.

Celui-ci, élève de Glaser, le fameux apothicaire-droguiste si en rénom à l'époque, passait pour un des représentants les plus hardis de la nouvelle école, — l'école de l'antimoine et des métaux. Ce fut, au vrai, un des maîtres les plus brillants de la chimie expérimentale au dix-septième siècle, et sa science, disait-on en Sorbonne, sentait même un peu le fagot, car sous le grand roi les découvertes scientifiques éveillaient encore des colères qui avaient vite prononcé le mot redoutable de sorcellerie ; et les tribunaux faisaient encore à l'occasion une forte consommation de fagots pour brûler les « sorciers ».

Nicolas Lémery avait, à l'époque de notre récit, une quarantaine d'années. Il jouissait d'une grande renommée, qui lui valait bien des visites et des importunités contre lesquelles il se prémunissait de son mieux en vivant au fond d'une rue étroite et retirée du quartier du Louvre, qui n'était autre que la rue des Lavandières.

Le chevalier de Verderonne se dirigea vers la demeure de Nicolas Lémery en homme parfaitement résolu à mettre de côté sa noblesse de fraîche date, pour continuer ses études.

Il trouva facilement la maison du chimiste-droguiste, et, après avoir parlementé avec une vieille servante de mine revêche, qu'il amadoua en lui parlant le patois normand, il fut introduit dans une pièce sombre, sorte de vestibule où on le fit attendre un bon moment.

Enfin, la servante revint :

— Allez ! marchez ! lui dit-elle, vous êtes bien chanceux, mon mignon seigneur, mon maître veut bien vous recevoir, et c'est, ma foi, ben rare !

Cyprien suivit la bonne femme, qui le poussa brusquement dans une vaste salle bizarrement meublée ou plutôt encombrée.

Ce n'était qu'un amoncellement de cornues, d'alambics, de fourneaux s'entassant sur des tables et de dimensions variées.

Au mur, des rayons de bibliothèque supportaient, les uns des livres et des liasses de manuscrits, les autres des bocaux remplis d'ingrédients les plus étranges et les plus divers, s'il en fallait juger par l'aspect.

Près d'une fenêtre bien éclairée, un homme dans la force de l'âge se tenait penché sur des verres dans lesquels il agitait des liquides successivement versés qu'il mélangeait peu à peu.

Enveloppé dans un grande robe noire qui traînait à terre, l'homme de forte taille semblait plus grand encore ; sa belle tête émergeait du sombre costume au-dessus d'un rabat blanc et d'un col rond qui mettait en valeur ses traits accentués.

La lèvre hautaine, le nez droit et les sourcils accentués lui donnaient une expression réfléchie, tandis que l'œil gris, vague, rêveur, semblait poursuivre la pensée au-delà du cadre étroit de la vie.

Il ne regarda pas tout d'abord le jeune homme, qui, n'osant le troubler, assistait immobile et muet à son expérience. L'opération achevée, le chimiste daigna lever les yeux sur son visiteur.

Tout d'abord ses sourcils se froncèrent, et son visage exprima le mécontentement.

— Monsieur, on m'avait annoncé le nommé Cyprien, barbier-chirurgien de Corneville, avec qui j'étais en relations par correspondance, et...

Le jeune homme l'interrompit :

— Et vous avez devant vous un gentilhomme que, vous prenez sans doute pour quelque godelureau, mais qui n'est autre que le... susdit barbier de Corneville.

Le savant contint un geste d'étonnement :

— Maître, je vais vous expliquer la chose en deux mots, continua le jeune homme : enfant abandonné, je fus élevé jusqu'à l'année dernière dans le secret de ma naissance et de mes origines...

A ce moment, le marquis de Corneville m'apprit subitement que j'étais né de parents de qualité, et que j'avais droit au titre de chevalier de Verderonne et à une petite fortune qu'il me remit...

— De sorte que, grisé de votre nouvelle situation, dit d'un ton sec le savant, vous avez abandonné la lancette, et vous êtes venu faire le joli cœur à la cour et à Paris.

Cyprien était sans doute informé des manières bourrues du savant, car il se contenta de répondre en souriant :

— Si cela était, que viendrais-je faire ici?

La riposte porta... Cependant le docte chimiste ne s'avoua pas vaincu :

— Vous êtes venu satisfaire quelque sotte curiosité !

Le chevalier de Verderonne se révolta :

— Oh ! maître, que vous êtes injuste ! Vous ne voulez donc pas admettre qu'un homme puisse préférer les plaisirs de la science, la recherche des admirables secrets de la nature aux banales satisfactions de la vie mondaine?

Eh bien, oui, je me sens poussé par une ardente curiosité, celle de savoir... celle d'apprendre, de pénétrer au fond des admirables découvertes qui déchirent peu à peu les voiles de la nuit et font luire le flambeau de la vérité devant les yeux des élus. Je veux à vos côtés poursuivre mes modestes travaux.

Je veux, guidé par votre main puissante, entrer dans le temple de la nature éclairée par le savoir, afin de chercher à trouver, dans ce qui tue, ce qui guérit...

Je veux pouvoir combattre les maux qui terrassent l'homme et remporter sur le mal des victoires cent fois plus belles que celles des champs de bataille qui coûtent tant de larmes et de sang!

Le jeune homme parlait avec un tel feu, une telle passion que le savant, qui avait levé la tête et le regardait fixement, sentit fondre toutes ses préventions et s'en aller toute son amertume.

Nicolas Lémery s'avança vers le chevalier de Verderonne, et, lui saisissant la main, la serra avec effusion :

— Allons, quoique vous ayez changé de situation, vous êtes bien toujours le brave enfant qui m'écriviez les lettres si intéressantes que j'ai gardées et qui sont là dans mon secrétaire.

Vous voulez travailler avec moi, Cyprien. Soit ! J'en suis fort aise : mon laboratoire vous est ouvert... Personne n'en a franchi le seuil, depuis que le roi a déchiré l'édit qui protégeait la liberté de la religion, et que les persécutions se sont abattues sur les Réformés...

Les résultats de vos premières études m'ont étonné, et il y a en vous l'âme d'un grand savant ! Mais ne craignez-vous pas de vous compromettre singulièrement en fréquentant un parpaillot comme Nicolas Lémery?

— Maître, j'ai résolu de faire de ma vie deux parts : l'une sera consacrée à la science, et je ne serai ici que Cyprien, un humble barbier, bien obscur, qui vient s'instruire ; l'autre appartiendra au monde... je veux dire à une tâche sacrée que j'ai entreprise, à un grand devoir que j'ai à remplir, et alors, en considération de cette tâche, de ce devoir, je serai le chevalier Charles-Auguste de Verderonne !

— La fougue de la jeunesse unie à la prudence de l'âge mûr... proféra Nicolas Lémery ; j'avais raison, ami, tu seras un homme fort suivant la Sainte Écriture. . . . .

. . . .

Lorsque le chevalier eut suivi jusqu'au bout la grave conversation du savant, et qu'il eut visité avec une sorte de respectueuse volupté le riche laboratoire où il allait pouvoir, lui aussi, expérimenter et manipuler tout à son aise, il était plus de midi. Il n'eut donc que le temps de revenir à l'hôtellerie des ducs de Normandie, pour faire toilette et monter à cheval.

Suivi de son fidèle valet, il prit le chemin de la rue des Barres, située au Marais, derrière l'église Saint-Gervais.

C'était là que dans un bel hôtel d'allure sévère résidait le conseiller David Chartier de Candeilles.

Lorsque Cyprien fut introduit dans le vaste salon où se tenait le magistrat, il aperçut tout de suite le comte de Famars et son neveu, le sympathique baron Cortil de la Suze.

Comme ce dernier s'avançait vers lui, tandis qu'il s'inclinait devant le conseiller, le chevalier entendit la voix aigrelette du vieux comte rhumatisant, qui disait :

— Ah ! voilà notre sauveur ; et dire que mes douleurs ne me permettent pas de lui sauter au cou !

Venez ça, monsieur de Verderonne, que je présente un héros à un...

Il s'arrêta, et avec un rire de crécelle, continua :

— A un de mes amis, M. Fèvre.

A ce moment, Cyprien aperçut, pour la première fois, un assez vilain petit bonhomme, mal bâti, qui se levait d'un immense fauteuil où il était plutôt étendu qu'assis.

Le comte de Famars fit la présentation :

— Le chevalier Charles-Auguste de Verderonne... mon sauveur, dont je vous ai déjà parlé... Mon ami Bertrand Fèvre, un excellent homme.

Le jeune homme serra une main sèche et nerveuse qui jurait avec le nom bourgeois de son propriétaire et qu'ornait, d'ailleurs, une énorme bague armoriée.

Bientôt on passa dans la salle à manger, où fut servi un somptueux repas, auquel le chevalier de Verderonne et le baron de la Suze firent grand honneur, ce qui réjouit David Chartier, très gourmand comme la plupart des gens de robe, et très fier d'un maître-queux qu'il avait enlevé au prince de Carignan.

Quant au comte de Famars, il goûtait à tout, critiquait tout et ne mangeait de rien, son estomac délabré se refusant à digérer autre chose que quelques aliments très simples et en petite quantité.

La conversation très vive, très primesautière, intéressa fort le jeune Normand, qui apprit ainsi en deux heures les potins et les cancans de la cour ainsi que bien des dessous de la vie de Paris.

Une boutade du comte de Famars le fit tressaillir :

— Eh ! mon cher Fèvre, fréquentez-vous toujours chez Glaser ? demanda le vieillard.

— Certes, et l'on y rencontre fort bonne compagnie ; tout le monde vient y chercher les drogues nouvelles.

Vers quatre heures on s'y croirait à la cour.

— C'est malheureux que je sois ainsi pincé par les jambes, car j'irais lui demander un remède pour me guérir.

— Vous guérir ?... murmura Fèvre en baissant la voix... Diable, prenez garde, car on dit que les médicaments de Glaser guérissent de tous les maux !

— Comment ?... Que dites-vous ?... reprit M. de Famars, avec un étonnement qui semblait surtout une façon de faire parler d'une chose qu'il connaissait déjà.

— Vous savez bien le bruit qui court ?

— Peut-être. Mais voici monsieur de Verderonne qui l'ignore certainement.

Cyprien, vivement intrigué par le mystère qui semblait planer sur l'officine du professeur Nicolas Lémery, acquiesça :

— Oh ! monsieur, dites-moi quel est ce bruit.

— Eh bien, on affirme que Glaser guérit les gens en les envoyant directement et tout bonnement dans l'autre monde ! s'écria Bertrand Fèvre... On appelle même « poudre de succession » une certaine poudre...

— Qui débarrasse des oncles récalcitrants les neveux pressés d'hériter ! interrompit la voix aigre du comte de Famars.

Et se tournant vers le baron de la Suze :

— Tu vois, René, voilà une précieuse indication, c'est là qu'il faut t'adresser !

Le jeune homme protesta :

— Tu es injuste, dit David Chartier, intervenant au débat, et je suis sûr que René n'achètera jamais de cette poudre à Glaser.

D'ailleurs, un jour ou l'autre, nous serons forcés d'agir contre lui, et les misérables qui sont ses clients !

— Prends garde, honnête conseiller, tu vas t'attaquer à des gens qui ne craignent pas le Parlement. On rencontre chez Glaser des personnages qui portent la couronne fermée dans leurs armes.

— Que m'importe, fit le conseiller avec une sorte de hauteur, je ne connais qu'une tête couronnée : le Roi, et le jour où il saura la vérité, et donnera des ordres, le Parlement saura les faire exécuter, dût la hache du bourreau joncher la grève d'une hécatombe de têtes princières !

Il y eut un moment de silence, et chacun se sentit ému par l'énergique déclaration de l'intègre magistrat.

Ce fut encore le comte de Famars qui rompit le silence :

— Alors, mon cher Fèvre, vous allez repartir pour les Flandres ?

— Oui. Je suis venu me retremper quelques jours à Paris, et je retourne à... mes affaires.

Se tournant vers Cyprien, Famars répliqua :

— Bertrand Fèvre fait commerce de toile de Hollande, et il en vend beaucoup en ce moment.

— A propos, continua-t-il en s'adressant au baron, avez-vous été voir La Raisin ?

— Ce fut ma première visite.

— Et vous a-t-elle fait assister à quelque scène de magie ?

— J'ai vu chez elle des choses fort intéressantes...

— Vous avez vu le Diable ? demanda le baron de la Suze, en riant.

— Pas encore, répondit Bertrand Fèvre avec un grand sérieux ; mais elle m'a promis de me le montrer à mon prochain voyage.

— Et elle vous a dit la bonne aventure ? interrogea le conseiller avec un sourire légèrement ironique.

— Oui, elle m'a annoncé que je mourrai dans mon lit... J'aurais préféré une autre mort.

— Laquelle donc? demanda Cyprien.

— J'eusse préféré tomber sur un champ de bataille !

Le marchand de toile lut l'étonnement dans les regards du jeune homme, et il reprit :

— Oui, dans mon âme de marchand, il y a comme cela des rêves militaires... C'est drôle, n'est-ce pas?

L'assistance se mit à rire; mais Cyprien était trop fin pour ne pas pressentir un mystère, et il parla d'autre chose.

Bientôt, d'ailleurs, on annonça au comte de Famars que sa chaise à porteurs était prête ; et le vieillard, appuyé sur son laquais favori et sur son neveu, gagna péniblement l'étrange véhicule qui n'était plus l'antique litière, et pas tout à fait encore la mignonne chaise à porteurs du dix-huitième siècle.

Le grand marchand de toile Bertrand Fèvre se retira avec lui.

Resté seul avec Cyprien, David Chartier lui demanda :

— Êtes-vous pressé, mon jeune ami, et avez-vous quelque engagement qui vous oblige à vous retirer ?

— Non, monsieur le conseiller, et je comptais même solliciter de vous quelques moments d'audience pour vous demander conseil.

— Eh bien, cela tombe à merveille, je suis libre, et comptais moi-même vous prier de prolonger votre séjour chez moi, afin de vous offrir spontanément l'aide que votre jeunesse semble vouloir réclamer à ma vieille expérience. Parlez donc en toute franchise.

— Je vous ai dit, monsieur, que je venais d'un petit bourg de Normandie, et que j'avais été élevé par le marquis de Corneville.

— En effet, et je suis même bien peiné de savoir ce pauvre marquis, que j'ai un peu connu jadis, en si mauvaise posture, à la suite de la triste échauffourée de Quillebœuf.

— Voilà précisément le sujet du conseil que j'avais l'honneur de vous demander.

— Voyons un peu !...

— J'aime le marquis comme un père, et je considère comme un devoir impérieux de chercher par tous les moyens possibles à lui venir en aide.

— Secourir un ennemi du roi !... un prisonnier d'État !... Diable, voilà un mauvais début pour un jeune homme qui veut faire son chemin dans le monde.

— Monsieur de Candeilles, s'écria le chevalier avec feu, ai-je donc la mine d'un de ces plats faquins qui abandonnent ceux qu'ils aiment, parce qu'ils sont en disgrâce ?

— Oh ! certes non, mon jeune et bien vaillant ami ! dit le vieux magistrat en riant. Et ce n'est point la peine de protester contre une accusation que je ne porte pas contre vous. Je voulais simplement vous montrer le danger.

— Qu'importe le danger lorsqu'on accomplit son devoir !

David Chartier serra la main du jeune homme, et murmura :

— Il y a encore de braves cœurs sur cette terre !

— Que croyez-vous que je puisse faire ?

— Voyons, soyons méthodiques... Qu'est devenu le marquis depuis l'échauffourée de Quillebœuf ?

— Ah ! voilà le point grave !... J'ai su qu'il n'avait pas été compris dans le procès qui se juge en ce moment devant la cour de Rouen, et il est à peu près certain qu'il n'a pas été transféré dans cette ville.

— Bien ! Et il est évident qu'il n'est plus à Pont-de-l'Arche, et qu'on laisse oublier l'affaire en le faisant disparaître dans une prison d'État...

— C'est mon avis.

— Il y a Vincennes, comme prison d'État, le château de Pierre-en-Csize, Sainte-Marguerite, l'île de Ré... et surtout...

— La Bastille, n'est-ce pas ?

— Vous l'avez nommée !

— Je vois, monsieur le conseiller, que vous y songiez comme moi. Alors, c'est à la Bastille qu'il faudrait s'informer.

— Diable !... Comme la jeunesse est présomptueuse ! Vous vous figurez qu'il s'agit d'aller à la terrible prison, et de demander au portier : « N'auriez-vous pas comme locataire M. de Corneville ? »

— Hélas ! vous avez raison, fit tristement le chevalier de Verderonne ; ce sera bien difficile !

— Allons, le voilà qui se désespère ! dit d'un ton enjoué le magistrat. Calmez-vous et apprêtez-vous à me suivre.

— Où cela ?...

— ... A la Bastille.

— Et nous pourrons y pénétrer ?

— Oui, mais jurez-moi de ne rien dire qui puisse montrer vos secrets désirs, et surtout de ne laisser paraître aucune impression, quoi que vous puissiez entendre !

— Je vous le jure.

— C'est bien. En route ! . . . .

. . . .

Une demi-heure après, David Chartier et son compagnon franchissaient la première poterne qui précédait le pont-levis de l'entrée principale de la Bastille.

Ce fut avec un serrement de cœur que Cyprien contempla de près les

— C'est ici qu'est enfermé le marquis de Corneville... (Page 428.)

formidables et sombres murailles qui renfermaient peut-être l'infortuné marquis de Corneville.

Tandis que du pont-levis il regardait les fossés profonds et les énormes tours, le magistrat parlementait au second guichet situé à l'entrée de la première cour de la prison.

Il faut croire qu'il était connu du guichetier, car celui-ci lui ouvrit la lourde porte de fer, sous laquelle il s'enfonça, suivi de son jeune compagnon. Un instant après, les deux visiteurs étaient introduits dans une sorte de salon sévèrement, mais luxueusement meublé.

— Nous voici dans le bureau du gouverneur, M. de Saint-Mars, dit David Chartier à Cyprien.

Au même moment une porte s'ouvrait et livrait passage à un homme d'une cinquantaine d'années, qui s'élançait joyeusement au-devant du magistrat, et l'embrassait avec l'effusion de mode à cette époque.

— Ah! te voilà, sauvage! s'écriait M. de Saint-Mars. Tu abandonnes tes amis? Tu renonces au pèlerinage de la Bastille? Tu as peur que je ne te garde sous les verrous?... Sais-tu que je ferais bien de ne plus te lâcher maintenant que je tiens mon plus précieux ami!

— Mon brave Saint-Mars, tes reproches cessent d'être justifiés, puisque je suis dans tes bras, répliqua Chartier en rendant ses accolades au gouverneur, et quant à ton projet de me garder dans ta vilaine demeure, je t'en défie bien, car... que dirait le Parlement?

— Ah! diantre, c'est vrai! Je ferais une belle besogne, et j'aimerais mieux déplaire au diable qu'à tous ces robins... Ils crieraient si fort qu'on les entendrait à Versailles!

Après un échange de nouvelles, et après une rapide présentation du chevalier de Verderonne, David Chartier attaqua le but de sa visite.

— Je viens, mon cher Saint-Mars, te demander si tu veux avoir l'obligeance de faire visiter la Bastille à mon jeune neveu, le chevalier de Verderonne, qui arrive de sa province et qui voudrait bien connaître cette terrible et célèbre prison.

— La chose est facile, car je suis le maître ici après Dieu et le Roi, étant seul responsable des prisonniers; messieurs, nous allons faire la grande promenade, et vous jouirez du haut des tours de la plus belle vue qu'on puisse avoir sur Paris.

Ayant agité une clochette au bruit de laquelle accourut un gardien, l'aimable gouverneur fit demander le guichetier en chef, et la promenade commença par les quartiers réservés aux « petits » prisonniers.

Saint-Mars jouait le rôle de cicerone et expliquait les divisions, les quartiers.

Il montrait les cellules où étaient enfermés de modestes folliculaires, auteurs de pamphlets, qui avaient plus ou moins égratigné l'amour-propre de tel ou tel grand du royaume; un petit gentilhomme coupable d'avoir séduit une fille de grande naissance, dont il convoitait la dot; un vieux savant accusé de magie, et quelques autres criminels de peu d'importance...

Au milieu de la visite, un guichetier tout essoufflé vint chercher le gouverneur, rapportant qu'un cavalier venu de Versailles demandait à voir sur-le-champ M. de Saint-Mars pour lui remettre un message.

— Ce doit être une lettre pressée de madame la marquise de Maintenon, dit Saint-Mars à David Chartier; continue ta visite avec ton jeune ami, je vous rejoins dès que j'aurai le message.

Cyprien vit luire un éclair de joie dans les yeux du vieux magistrat.

Et tout de suite David Chartier demanda négligemment au gardien :

— Nous entrons maintenant dans le quartier des grands détenus; avez-vous des personnages de marque?

Très flatté, et fier de ses prisonniers, le brave homme commença une longue énumération, citant les noms des détenus de distinction:

— Nous avons le petit Rabutin, M. de Santal, le comte de Chaige, l'aîné des frères Guermantes, l'abbé de Trélazé, M. de Royaumont, le prince de Nogent, le duc de Candilly, le chevalier de Champignolles...

Il allait achever lorsqu'il s'écria :

— Au fait, j'oubliais... Nous logeons aussi depuis deux jours le fameux marquis de Corneville, celui qui fut pris à Quillebœuf, les armes à la main... Il a eu de la chance, celui-là, de pouvoir sauver sa tête!

— Oui, en effet, j'ai entendu parler de cette affaire. Et dans quelle tour est le marquis?

— On l'a mis au quatrième étage de la tour du Coin.

— Alors, nous allons passer devant sa cellule en montant sur la plate-forme de la tour?

— Oui, je tâcherai de vous le montrer dans la pièce où il est enfermé.

Le cœur de Cyprien battait bien fort, lorsque tout à coup M. de Saint-Mars, débouchant d'un couloir transversal, rejoignit ses visiteurs.

Tout de suite, David Chartier constata une extrême préoccupation dans l'expression de son visage.

— Tu as l'air ennuyé... dit-il en souriant. Aurais-tu déplu à la marquise ?

— Non, non, elle est charmante, mais elle me réclame un service qu'il a fallu lui rendre et qui me taquinait un peu.

— Elle t'a prié de laisser évader un prisonnier?

— Oh! non, et je te demanderais même conseil à ce sujet, si je n'étais tenu au secret.

— Tu sais que je suis toujours à ta disposition, mais je ne te demanderai jamais de trahir les secrets d'État.

En tout cas, crois-moi, il est bon d'avoir des secrets avec la marquise.

— Bien, tu me donnes le conseil que j'allais te demander.

A ce moment, le guichetier, qui marchait en avant, fit mine de s'arrêter devant une porte.

D'un geste, M. de Saint-Mars lui ordonna de continuer.

— C'est ici qu'est enfermé le marquis de Corneville, dit le brave gardien.

— Qu'*était* enfermé, rectifia le gouverneur avec un coup d'œil sévère.

— Mais, monsieur le gouverneur... balbutia le gardien.

— Je dis « était enfermé », car M. de Corneville n'est plus à la Bastille, reprit le gouverneur avec précipitation. Il en est parti ce matin.

— Bien, fit David Chartier avec une fausse naïveté, tu as reçu l'ordre de le remettre en liberté.

— Je ne dis pas cela, mon cher Chartier ; je dis simplement qu'il n'est plus mon prisonnier, car on est venu le chercher avec un ordre de transfert.

— Et où l'a-t-on transféré ?

— L'ordre ne portait l'indication d'aucune destination.

David Chartier n'insista pas devant l'embarras évident du gouverneur et l'étonnement visible du gardien-chef.

Lorsqu'ils eurent contemplé la vue de Paris à vol d'oiseau du haut de la tour, les visiteurs redescendirent tout rêveurs, et M. de Saint-Mars, qui avait peu à peu repris sa belle sérénité, voulut leur montrer le fameux registre d'écrou sur lequel figuraient toutes les gloires de l'Armorial — ou peu s'en faut.

Sur la dernière page encore à demi-blanche, David Chartier et son compagnon purent lire ces mots :

Le marquis de Corneville entré le 26 mai 1690, sorti le 28 mai,
même année.

La seconde ligne était d'une écriture si fraîche que l'encre s'effaça légèrement sous le doigt du conseiller, lorsqu'il la montra au gouverneur en disant :

— Voilà un prisonnier qui ne t'aura pas gêné longtemps.

— N'est-ce pas ? fit M. de Saint-Mars avec un sourire embarrassé...

Lorsque le magistrat et le chevalier se retrouvèrent seuls sur le pont-levis, après avoir pris congé du gouverneur, David Chartier demanda au jeune homme :

— Eh bien, que pensez-vous de cela, mon jeune ami ?

— Je ne sais... je suis désespéré, affolé de notre malechance, et je ne sais pas quelle conclusion tirer ?...

— La conclusion, la voici, monsieur de Verderonne : la levée d'écrou a été faite pendant notre visite, et ce devait être l'objet de la lettre de madame de Maintenon.

— Comment, vous croyez ?

— L'encre n'avait pas eu le temps de sécher.

— Mais peut-être a-t-on emmené le marquis dans une autre prison ?

— Il est facile de nous en assurer.

Le magistrat s'approcha du gardien de la poterne.

— Mon ami, voudriez-vous me dire s'il a été emmené un prisonnier aujourd'hui?

Un écu qu'il tendit au pauvre diable lui délia la langue.

— Oh! non, monsieur, aucun prisonnier n'est sorti de la Bastille depuis plusieurs jours... Vous savez, on sort peu de la Bastille !

En s'éloignant, David Chartier répéta :

— On sort peu de la Bastille !

Et il ajouta plus bas à l'oreille de Cyprien :

— Surtout lorsqu'on ne figure plus sur la liste des prisonniers... car alors...

— Alors ?... répéta Cyprien avec angoisse.

— Alors, on vous y oublie!

VIII

LES VAUTOURS

Le bel été normand couvre le parc de Corneville de vertes frondaisons et répand des gerbes de fleurs odorantes dans les jardins du château ; dans les arbres séculaires des légions d'oiseaux chantent joyeusement, éperdument.

La fête éternelle de la nature suit son cours ; tout est harmonie et paix autour de l'antique monastère.

Quelques pierres de moins aux vieux murs de l'abbaye, quelques corneilles de plus nichées dans les alvéoles creusées par leur chute, quelques pousses de lierre plus hardies gravissant le clocher, tels sont les grands changements survenus dans le décor général du lieu.

Et à l'intérieur du château, c'est le deuil, c'est l'abandon! Les beaux appartements sont déserts, la poussière s'accumule sur les meubles, et les araignées attachent leurs toiles aux aciers des armures de la vaste salle des Gardes.

Plus de mouvement dans les couloirs, plus de piaffements dans les écuries, plus de va-et-vient de domestiques affairés dans les cours, plus d'aboiements joyeux des limiers conduits par les piqueurs.

Un silence morne règne sur le domaine, et les fourneaux des cuisines, éteints depuis longtemps, ont vu fuir leurs hôtes familiers, les gros grillons, qui sont allés égayer de leurs chants des foyers plus hospitaliers.

Le marquis, parti pour ne plus revenir, a laissé le seul héritier du nom, le jeune Henri de Corneville, aux mains de Javotte, la forte nourrice qui l'allaite sous la surveillance empressée de dame Reine, la gouvernante.

Gaspard, l'honnête Gaspard, a cru devoir congédier peu à peu tous les derniers serviteurs un peu en vue restés au château, supprimant ainsi les bouches inutiles, puisqu'il n'y avait plus de maîtres à servir.

Il s'est contenté de conserver la nourrice qui soigne le jeune comte, et une bonne cuisinière qui prépare pour dame Reine et pour lui d'excellents repas qu'il fait servir dans la salle à manger des petits appartements, où il s'est installé, couchant dans le propre lit du feu comte Raoul, sous prétexte de veiller de plus près sur l'héritier des Corneville, qui loge avec dame Reine dans la chambre de la comtesse.

L'honnête Gaspard est devenu *monsieur l'intendant* gros comme le bras, et il fait rentrer les fermages et les redevances avec une grande sévérité.

On regrette le marquis, si doux pour ses fermiers et ses débiteurs, mais on se dit qu'en somme Gaspard n'est pas maître de faire crédit, et qu'il devra des comptes à ses maîtres, lorsque le marquis ou mademoiselle Hélène reviendra.

Ce soir-là, nous trouvons l'excellent Gaspard assis sur le banc du marquis, sous le gros arbre au pied des murs du monastère ; il contemple d'un air pensif un superbe coucher de soleil, et digère paisiblement un savoureux dîner dont le « clou » a été un quartier de venaison, hommage d'un des gardes-chasse des bois de Corneville.

Cette quiétude fut troublée par l'arrivée d'un visiteur qui apparut soudain à quelques pas du banc de pierre.

L'intendant eut vite fait de reconnaître cette silhouette bedonnante aux jambes grêles, et il avait trop souvent observé la démarche sautillante du notaire de Corneville, pour ne pas avoir constaté qu'il allait se trouver en face de Mᵉ Barnabé Dufresnoy.

Son front se rembrunit légèrement, et il murmura :

— Que me veut cet aigrefin ?

Ce qu'il voulait, Gaspard allait bientôt le savoir.

En effet, Mᵉ Barnabé Dufresnoy, l'ayant aperçu, quittait l'avenue et obliquait vers le banc du marquis.

— Eh ! voilà justement cet excellent Gaspard ! s'écria-t-il en laissant échapper un petit rire sec et aigre.

— Ce bon monsieur Dufresnoy ! fit Gaspard avec une joie feinte. Quel bon vent vous amène ?

— Le désir de causer avec vous, mon cher Gaspard.

— Asseyez-vous donc ici, monsieur Dufresnoy.

Le notaire, une fois installé, reprit :

— Eh bien ! mon brave ami, vous êtes toujours aussi occupé ?

— Mon Dieu, oui, j'ai beaucoup de travail, répondit évasivement l'intendant.

— C'est que ce n'est pas une petite affaire que de gérer les propriétés de Corneville en l'absence de leur maître.

— C'est encore moins difficile que d'administrer les domaines de Lucenay en l'absence de leurs propriétaires, répondit Gaspard.

Il y eut là ce qu'on appelle en escrime une contre-attaque, et dans ce dialogue, inoffensif en apparence, on sentait comme un froissement de fer engagé.

Mais le notaire ne se laissa pas démonter.

— C'est précisément, dit-il, ce que j'écrivais, il y a quelques jours, à ces messieurs de la Cour de Rouen.

Cette fois-ci, ce fut Gaspard qui rompit sous le choc :

— Ah ! vous écriviez... à ces messieurs de la Cour ?

— Oui, et je disais à madame Dufresnoy combien il était difficile, sinon impossible à un homme n'ayant pas la pratique des affaires, ni l'éducation spéciale, ni même sous sa main le personnel administratif, de gérer un actif aussi important que celui de Corneville, et j'ajoutais qu'il fallait toute votre intelligence pour vous en tirer comme vous vous en êtes tiré jusqu'ici.

Gaspard, encore une fois, avait senti le fer de son adversaire, et il voulut riposter par une méchanceté.

— Madame Dufresnoy ? fit-il, jouant l'étonnement. Elle n'est donc pas absente ?

— Si, elle vient de faire un petit voyage, mais elle est rentrée cet après-midi.

— Ah ! c'est cela, car je l'avais rencontrée sur la route de Pont-Audemer en compagnie du jeune Belphégor de la Sapinière.

M⁰ Dufresnoy ne broncha pas, et ce fut avec un bon sourire sur les lèvres qu'il répondit :

— Mais, en effet, M. de la Sapinière, qui se rendait à Rouen, a bien voulu accompagner madame Dufresnoy.

Celle-ci m'a même dit le plus grand bien de ce jeune homme, qui est un des membres de la famille de Corneville, étant cousin issu de germain du feu comte Raoul.

Gaspard demanda assez naïvement :

— Madame Dufresnoy allait à Rouen ?

— Oui. Ne pouvant quitter mon étude, je laisse à madame Dufresnoy, qui s'y entend, le soin de faire les démarches lointaines. Je vous disais donc tout à l'heure qu'elle était revenue, et j'allais ajouter qu'elle rapportait l'ordonnance convoquant le conseil de famille, qui va s'occuper de l'avenir du jeune Henri de Corneville.

C'était là un coup droit qui porta et fit sursauter Gaspard.

— Comment cela?... Un conseil de famille?... interrogea-t-il d'une voix étranglée.

— Mais évidemment, répondit froidement le notaire; avant que la cour nomme un curateur chargé de gérer la fortune, il faut que les membres de la famille nomment un tuteur.

— Un tuteur?... Mais le marquis?... Mademoiselle Hélène?...

— Ah! mademoiselle Hélène est disparue... morte, peut-être...

Quant au marquis, qui n'est pas compris, paraît-il, dans le procès criminel de Rouen, il doit être enfermé dans quelque prison d'État, et, en tout cas, il est déchu de tous ses droits.

La Cour a donc décidé qu'un tuteur serait nommé, auquel elle adjoindrait un curateur chargé de la partie administrative.

Gaspard était inquiet, il souffrait, sentant le danger, devinant quelque coup terrible, mais ne le voyant pas encore venir.

Le notaire, de plus en plus souriant, continua :

— Il faut un homme expérimenté, instruit, présentant, en outre, les garanties et les connaissances requises, et je me suis offert...

Gaspard bondit :

— Mais il me semble, monsieur le notaire, que cette tâche revenait à l'intendant de Corneville! s'écria-t-il en se levant brusquement.

Me Dufresnoy demeura assis, et, toujours souriant, reprit son récit comme si aucune interruption ne l'avait coupé :

— J'avais eu d'abord l'idée de vous faire confier cette tâche, mais la Cour a exigé des capacités, des garanties que seule une fonction officielle pouvait offrir. C'est alors qu'il a été question de moi.

Cette fois, Gaspard ne contint plus sa colère :

— Raillez-moi par-dessus le marché, monsieur Dufresnoy!...

Eh bien, nous verrons lequel des deux aura raison, et je dirai toute la vérité au conseil de famille!...

Je démasquerai toutes vos manœuvres à l'égard des Lucenay!...

J'expliquerai que le comte de Lucenay m'ayant confié sa fille pour l'élever secrètement, vous l'avez fait enlever dans le but de la faire disparaître, et de gérer indéfiniment sa fortune!...

Je ferai voir...

D'un geste le notaire arrêta l'intendant.

— Vous montrerez également vos comptes depuis quelques mois, maître Gaspard, et vous expliquerez au conseil comment il se fait que tel fermier, qui vous a payé intégralement son fermage, est porté comme

— Ciel! Vous ne ferez pas cela!... s'écria Barnabé Dufresnoy. (Page 438.)

ayant demandé et reçu une remise de partie de ce fermage... comment
telle récolte vendue un bon prix ne figure dans vos comptes que pour
moitié... Comment aussi vous portez des traitements de serviteurs con-
gédiés brutalement et sans indemnité...

Cette fois, Gaspard fut assommé; il balbutia :

— Monsieur Dufresnoy!... monsieur Dufresnoy!...

Le notaire, imperturbable, continua :

— Et le tuteur, qui sera sans doute M. Belphégor de la Sapinière, mon ami et l'excellent ami de madame Dufresnoy...

Cette pointe cynique du notaire n'amena pas un sourire sur les lèvres de Gaspard, qui connaissait pourtant bien la chronique scandaleuse de Corneville, et n'ignorait pas la nouvelle liaison de madame Dufresnoy.

Il attendait, haletant, la fin de la phrase.

— Et le tuteur, continuait le notaire, fera sans doute prier le nouveau bailli de Corneville d'appréhender maître Gaspard, l'honnête intendant, lequel pourrait bien être pendu haut et court à l'arbre sous lequel nous nous trouvons, et qui pourrait aussi devenir l'arbre de justice de la seigneurie.

Gaspard s'élança hors de l'ombrage qui lui paraissait si doux tout à l'heure, regardant en l'air, avec une mine effarée, comme s'il voyait déjà s'allonger le fatal nœud coulant....

Barnabé Dufresnoy trouva sans doute suffisant l'effet produit, car il rappela du geste l'intendant :

— Allons, mon brave Gaspard, asseyez-vous à côté de moi, et ceci étant bien entendu, causons un peu.

Gaspard se laissa tomber sur le banc de pierre avec un gros soupir.

— Vous n'avez pas l'envergure suffisante pour travailler seul et entreprendre d'aussi grandes opérations, lui dit le notaire; mais si vous voulez bien être raisonnable, borner votre ambition, il ne me déplaira pas de vous employer, et d'utiliser vos qualités que je me plais à reconnaître.

Contre moi, c'est la pendaison; avec moi, c'est une honnête fortune, et de bons bénéfices sans responsabilités pour l'avenir.

Êtes-vous avec moi ou contre moi?

— Avec vous! avec vous! s'écria bien vite Gaspard dont la précipitation amena le sourire sur les lèvres minces et pincées du notaire.

— Dans ce cas, venez chez moi, et nous causerons tout à notre aise, en buvant un verre de ma vieille eau-de-vie de cidre que vous aimez bien.

Nous avons beaucoup de choses à préparer et peu de temps devant nous, car le conseil se réunira après-demain.

Gaspard, sans mot dire, suivit docilement le misérable Dufresnoy, dominé qu'il était par le génie malfaisant de ce coquin.

Tandis que les deux vautours s'éloignaient, les branches d'un buisson qui masquaient une petite porte du monastère s'écartèrent, et livrèrent passage au prieur dom Martin.

La belle figure du moine exprimait une profonde horreur.

Le digne prieur, joignant les mains, murmura :

— Seigneur mon Dieu, ayez pitié de la famille de Corneville, et daignez la protéger!...

— Donnez-moi la force et le courage qui me permettront d'accomplir jusqu'au bout mon devoir, et de faire triompher la Justice contre le Mal.

. . . .

. . . .

La réunion du conseil de famille fut imposante, et pour quelques heures, le château de Corneville avait repris la vie et l'animation des anciens jours.

Les divers membres de la famille arrivés dès le matin s'étaient vu servir un superbe déjeuner, auquel assistaient le notaire et sa digne épouse flanquée du chevalier Belphégor de la Sapinière.

Gaspard, majestueux, dirigeait le service tout en échangeant des signes d'intelligence avec Dufresnoy, qui l'avait stylé, mais qui, méfiant par tempérament, et connaissant bien les hommes, ne le perdait pas de vue.

La séance, presque solennelle, se tint dans la grande salle, dite Salle des Gardes ou des Ancêtres, dans laquelle étaient rangées les armures des anciens maîtres de Corneville.

Un délégué de la cour de Rouen, conseiller qui ne passait pas précisément pour un modèle d'austérité, et qui, durant le repas, avait été très empressé auprès de madame Dufresnoy, assistait au conseil, dont il dirigeait les débats.

Dès l'abord, il fut convenu que le conseil désignerait un tuteur qui remplacerait auprès du jeune Henri de Corneville, son grand-père disparu.

Belphégor de la Sapinière, dont le nom avait été jeté négligemment par Dufresnoy, fut élu malgré ses protestations et ses réserves basées sur sa jeunesse et sur son ignorance des affaires.

— La partie administrative ne doit pas vous préoccuper, lui fit remarquer M⁰ Dufresnoy, puisque c'est le curateur qui s'en occupe.

Le conseiller de la cour de Rouen déclara alors que le conseil devait choisir le curateur qui serait sans doute un officier ministériel, un notaire étant tout indiqué pour cette tâche délicate.

Les parents voyant devant eux un notaire, M⁰ Dufresnoy, déjà notaire de la famille, n'hésitèrent pas et le désignèrent tous d'une même voix.

M⁰ Dufresnoy, après avoir remercié et accepté comme à son corps défendant une telle reponsabilité, demanda à présenter quelques observations sur les cas qui pourraient se produire dans l'avenir.

— Il y avait, disait-il, plusieurs éventualités : ou le marquis vivant et rendu à la liberté revenait au château; dans ce cas le rôle du tuteur et le sien cessaient aussitôt... Plaise à Dieu que pareille chose nous arrive ! conclut-il sur ce point.

L'assemblée approuva ce vœu platonique, et M⁰ Dufresnoy continua :

— Ou bien le marquis ne reviendra pas... et notre rôle, au tuteur et à moi, prendra fin dès la majorité du jeune Henri, à qui nous rendrons compte de sa part.

Je dis « de sa part », messieurs, car...

Il y eut un vif mouvement d'attention.

— Car, continua le notaire, la moitié des biens de M. le marquis de Corneville appartient à mademoiselle Hélène de Corneville, également disparue, et que nous devons considérer, jusqu'à preuve du contraire, comme vivante.

— C'est très juste, déclara Belphégor, résumant l'opinion générale.

— Enfin, il est une dernière et si cruelle hypothèse que je n'ose l'envisager, murmura Me Dufresnoy avec une hypocrite grimace d'apitoiement, qui plongea Gaspard dans une admiration profonde pour la dissimulation de son complice.

— Parlez, maître Dufresnoy, dit gravement le conseiller, la justice ne doit pas s'attendrir.

— Eh bien, il y a le cas où un grand et dernier malheur viendrait frapper la maison de Corneville, je veux dire le cas où la mort nous ravirait le jeune comte Henri.

— Eh bien, que croiriez-vous devoir faire? fit le conseiller à la Cour de Rouen...

— Je continuerais à gérer la fortune du marquis pour le compte de mademoiselle Hélène, et je demanderais alors à la Cour de nouveaux pouvoirs, puisque le tuteur cesserait ses fonctions, le pupille n'existant plus, et mon titre ayant besoin d'être modifié.

— Et si un pareil malheur arrivait, déclara le conseiller, il est probable que la Cour rendrait justice à votre mérite et à votre honnêteté, en vous conférant les pleins pouvoirs qu'elle vous a déjà donnés pour les domaines de Lucenay.

Dufresnoy s'inclina, modeste, au milieu des murmures flatteurs de l'assistance, tandis que Gaspard, debout dans un coin de la pièce, le contemplait, ébahi de son astuce! . . . .

. . . .

Le château était vite retombé dans le silence et la tristesse, et rien ne semblait indiquer qu'il y eût un changement dans la vie bien froide, bien attristée du domaine.

Seulement, toutes les grosses opérations de gestion financière, fermages, redevances, locations, grandes ventes se passaient chez Me Dufresnoy; Gaspard ne gardait plus que les menues affaires qui devaient, d'ailleurs, lui donner encore de jolis bénéfices.

L'intendant, en somme, n'aurait pas dû se plaindre, mais sa nature inquiète, jalouse, envieuse, le portait peu à peu à secouer le joug de M° Dufresnoy.

Malgré tout M° Dufresnoy était heureux, pleinement heureux, il se voyait bientôt riche, très riche, et tout allait selon ses vœux, quand un soir, une brillante cavalcade fit son entrée dans Corneville ; un fort carrosse de voyage, escorté de plusieurs domestiques, vint s'arrêter devant la demeure du notaire.

Une belle dame mise à la dernière mode en descendit, au milieu des obséquieux saluts de toutes les commères du voisinage instantanément accourues.

Le tabellion reconnut tout de suite sa noble cliente et conseillère, la marquise du Mesnil.

Aussitôt les conventions anciennes qu'il oubliait lui revinrent en mémoire, et le vautour devina les serres de l'aigle qui venait lui ravir sa proie.

Dès les premiers mots échangés, ses craintes se confirmèrent.

Geneviève venait s'informer de ce qui avait été fait.

Et lorsqu'elle apprit la réunion du conseil de famille, elle eut un mouvement d'irritation :

— Qu'est-ce à dire, M° Dufresnoy ? s'écria-t-elle, et comment se fait-il que cette assemblée, dont la nouvelle m'était arrivée à Versailles, se soit tenue sans que j'en aie été avisée ?

— Mais, madame la marquise... balbutia le notaire.

— Il n'y a pas de « mais », vous dis-je !...

On aurait dû convoquer le marquis, mon mari, et moi, qui sommes cousins du marquis de Corneville !

Et quant au tuteur, si quelqu'un était indiqué, c'était bien mon mari !

— Je n'y avais pas songé... dit piteusement M° Dufresnoy.

— Ah ! vous n'y avez pas songé !...

Vous avez sans doute oublié nos conventions !...

Eh bien, Barnabé Dufresnoy, prenez garde !...

Si vous ne marchez pas droit, il y a au château de Pont-de-l'Arche des cellules qui sont de véritables oubliettes !...

On n'en sort jamais !...

Vous n'ignorez pas que madame de Maintenon me veut du bien...

Et, tenez, lisez ceci !

La marquise, avec un sourire cruel, tendit au notaire, terrifié, un parchemin.

— C'est une lettre de cachet !... signée du roi !... murmura le tabellion, plus mort que vif.

Puis changeant de ton :

— Mais elle est en blanc... il n'y a pas de nom.

Elle répliqua :

— Croyez-vous qu'il me serait difficile d'y inscrire le nom de Dufresnoy et de vous faire appréhender ?

— Ciel !... Vous ne ferez pas cela !... supplia Barnabé Dufresnoy en s'effondrant aux pieds de la marquise.

— Je le ferai, si vous me trahissez encore !

— Je jure que je serai votre esclave, madame la marquise ! sanglota le notaire.

— C'est bien, je vous crois, car je vous sais un homme prudent et trop sensé pour jouer au plus fin avec moi...

Et la preuve, c'est que je vais vous confier toutes mes pensées, tous mes désirs...

Si vous me secondez bien, dans quelque temps, je vous récompenserai largement, car enfin, je serai riche !

Et l'effrayante créature eut un geste de triomphe, tandis que le notaire, rassuré, s'asseyait sur un tabouret près d'elle, cherchant à rassembler ses idées pour mieux comprendre les volontés de sa terrible cliente.

— Quelle est la fortune des Corneville ? demanda-t-elle d'un ton impérieux.

Le notaire répondit aussitôt :

— Les revenus des terres et des divers droits et redevances s'élèvent à environ cinq cent mille livres.

— Tant que cela ? insista la marquise, avec un éclair de joie.

— Oui, depuis vingt ans le marquis de Corneville accumule ses revenus : il a presque doublé sa fortune.

— Vous savez que je suis l'héritière toute désignée du marquis, et que, sauf cet écervelé de Belphégor de la Sapinière, il n'y a pas de parent aussi proche que moi ?

— C'est fort juste, madame la marquise...

Et j'ajouterai que selon les us et coutumes du pays, vous avez droit aux deux tiers de l'héritage des Corneville, si la branche directe venait à manquer.

— Le tiers restant reviendrait alors...

— A M. de la Sapinière.

— Mais pour cela il faudrait...

— Qu'il n'y eût plus de propriétaires directs.

— Quels sont-ils ?

— Le marquis de Corneville...

— Le pauvre homme est bien vieux, bien malade...

La prison où la clémence du roi l'a fait enfermer, pour lui épargner l'échafaud, est bien malsaine...

Je ne serais pas étonnée d'apprendre sa mort d'ici peu de temps.

Ceci fut dit d'un ton incisif et mordant qui fit frissonner le notaire.

Geneviève poursuivit son interrogatoire :

— Ensuite que voyez-vous ?

— Il y a mademoiselle Hélène.

— On dit que cette pauvre fille a renoncé à Satan, à ses pompes et à ses œuvres, et qu'elle s'est consacrée au Seigneur...

Elle va prononcer ses vœux, à moins que son état de santé très précaire ne l'envoie plus tôt aux pieds de Dieu.

Le notaire sursauta et se dit en lui-même :

— Ah ça ! mais elle me semble bien au courant de ce qu'est devenue mademoiselle de Corneville !

Il reprit à haute voix :

— Reste enfin le dernier des Corneville, le jeune Henri...

— Ah ! oui, je venais prendre de ses nouvelles... Que devient-il, ce pauvre petit ?

— Mais il se porte à merveille, et devient un beau bébé qui promet d'être plus tard un solide gaillard, comme ses ancêtres.

— Ce sont quelquefois les enfants les plus vigoureux qui vivent le moins ; il faut si peu de chose pour qu'un enfant disparaisse... surtout lorsqu'il est héritier de cinq cent mille livres de rente.

La marquise avait prononcé ce mot avec une telle netteté dans l'intention, une telle précision dans la fin de la phrase, que Me Dufresnoy pâlit et resta un moment silencieux.

Cette âme de coquin vulgaire ne pouvait concevoir la résolution effrayante de la grande criminelle.

Ce fut la dame du Mesnil qui, la première, rompit le silence :

— Alors, ces trois Corneville morts ou retirés au couvent, il ne reste plus que moi, comme héritière ?

— Oui, madame la marquise, il ne reste que vous pour une partie, et M. Belphégor de la Sapinière pour une autre.

Elle repartit vivement :

— Ah ! c'est vrai, j'oubliais cet écervelé !... Mais il serait d'âge, ajouta-t-elle, de partir pour l'armée, car, en ce moment, on se bat partout.

— En effet, M. de la Sapinière disait l'autre jour à ma femme, qu'il voulait rejoindre M. de Luxembourg, dont il est un peu le parent.

Mais ma femme l'en dissuadait :

— Ah ! madame Dufresnoy... l'en dissuadait ? répéta la marquise avec un sourire énigmatique.

Elle ajouta plus bas :

— Je verrai madame Dufresnoy.

Le notaire entendit, car il dit précipitamment :

— J'ose espérer que madame la marquise me fera le grand honneur de descendre chez moi.

La marquise accepta sans façon.

Mais elle ajouta qu'elle avait quelques courses à faire dans le pays, et qu'elle irait ensuite embrasser le jeune Henri de Corneville.

A peine Geneviève eut-elle quitté le notaire, qui l'avait respectueusement accompagnée dans la rue, qu'elle se dirigea vers la maison occupée jadis par Cyprien, et située non loin de là, en face de l'église.

La maison n'avait pas changé d'aspect.

Le lierre et les rosiers grimpants en tapissaient toujours la façade, et elle conservait la physionomie coquette et calme qu'avait su lui donner Cyprien.

La marquise put constater que l'officine du chirurgien-barbier de Corneville était encore occupée, car son hôte se tenait sur la porte, et la regardait venir.

En effet, Fouinard, l'élève de Cyprien, avait reçu de celui-ci la mission de le remplacer durant son absence, ou tout au moins, de remplir ses fonctions.

Jean-Paul, dit Fouinard, avait, comme je l'ai dit plus haut, montré de bonne heure un esprit avisé, et une propension vers les travaux délicats et paisibles, bien suffisamment justifiée par sa faiblesse et sa difformité physiques.

C'est précisément parce qu'il s'était intéressé à cet enfant de chétive apparence, qui fuyait les jeux des vigoureux petits paysans, que Cyprien en avait fait une sorte d'élève, moitié serviteur, moitié apprenti.

Lorsque le chevalier de Verderonne avait rejeté la personnalité de Cyprien, comme le papillon déchire l'enveloppe de la chrysalide, il avait confié sans hésitation au petit Jean-Paul, devenu un jeune homme de dix-neuf ans, sa maison et sa clientèle.

Jean-Paul portait bien son surnom de « Fouinard », avec ses cheveux d'un blond roux, sa mine fûtée, et son visage allongé, au nez pointu, aux yeux vifs, mais d'une inquiétante mobilité, et aux lèvres minces, trop minces même pour n'être pas un indice trop certain, hélas! — de ruse et de méchanceté.

On aimait peu Fouinard à Corneville, et, peut-être à cause de sa sauvagerie, on le traitait de « faux et de dissimulé ».

En réalité, c'était un être étrange, mélange de bon et de mauvais, et dont les pires instincts avaient été refrénés, comme étouffés par la haute morale et la grande bonté de Cyprien.

Lorsqu'à dix-neuf ans, il s'était trouvé à la fois une manière de personnage, avec la bride sur le cou, tous ses mauvais penchants s'étaient

Le moine s'était levé... (Page 446.)

subitement développés, et toutes ses mauvaises passions s'étaient dé-chaînées.

Le jeune homme regardait venir la marquise du Mesnil, avec des yeux où luisait par moments une flamme sourde.

Ce n'était pas la première fois qu'il voyait la belle marquise.

Et celle-ci, lorsqu'elle était en villégiature au château du Mesnil, l'avait fait appeler deux fois : la première pour soigner sa cham-brière favorite qui avait besoin d'une saignée, et la seconde pour la charger de lui récolter des simples dont elle avait eu besoin sans doute pour les travaux mystérieux qu'elle accomplissait dans son labora-toire.

La marquise se dirigeait visiblement vers l'officine du barbier, et elle s'arrêta bientôt devant Fouinard qui, après s'être incliné ou plutôt presque prosterné devant elle, la fit entrer, et la conduisit dans la seconde pièce du rez-de-chaussée qui servait à la fois d'officine, de pharmacie et de laboratoire.

— Eh bien, mon petit Fouinard, dit Germaine d'un ton enjoué, avez-vous mes herbes, et la cueillette a-t-elle été abondante ?

Ce surnom de Fouinard, qui paraissait au jeune homme une insolence dans la bouche des paysans, ses clients, lui semblait une caresse dans celle de la marquise, séduisante.

— Madame la marquise va voir que j'ai fait mon possible pour la sa-tisfaire.

Il atteignit des gerbes de plantes et de racines suspendues dans un enfoncement obscur.

— Voici, dit-il, une botte de belladone...

Voyez, elle est en fleur, et son action est puissante à ce moment-là...

Ceci, ce sont des racines de digitale pourprée et des rameaux de la fleur, dont le suc est très actif...

Nous avons là une récolte abondante des deux ellébores : l'ellébore noire ou rose de Noël, dont j'ai pris seulement la racine, et l'ellébore fétide, très bonne pour la guérison de la folie.

— Quel est ce paquet ? fit la marquise en montrant une petite gerbe d'herbes allongées.

— C'est le sélin des marais, merveilleux remède contre l'épilepsie...

Et voici deux terribles plantes : la phellandrie et la ciguë, dont il faut user avec grande prudence, car si dans les cas d'épilepsie et autres ma-ladies de ce genre, telles que le haut-mal, elles peuvent guérir à faible dose, elles sont de foudroyants poisons pour peu qu'on en abuse...

Voici de même la fausse angostine, la sabine, la rue... utiles pour les maladies de femmes...

Fouinard baissa la voix, et, avec un regard en dessous, il ajouta :

— On emploie aussi ces herbes pour écarter l'éventualité d'une maternité qui pourrait gêner...

La marquise eut un sourire.

Le barbier continua :

— Voici enfin la colchique des prés et la valériane...

Madame la marquise est-elle contente de son serviteur?

— Oui, je suis tout à fait satisfaite, mon cher enfant, et je vois que vous êtes un habile botaniste...

— C'est beaucoup à celui qui m'a enseigné tout cela que reviennent vos éloges, madame, et M. Cyprien peut passer pour un grand savant, car je lui ai vu faire des cures merveilleuses quoiqu'il ne fût qu'un simple barbier et qu'il n'eût point le droit d'exercer la médecine.

— Oh! en effet, le petit Cyprien était un garçon très fort, murmura la marquise d'un air rêveur.

Et comme malgré elle, comme si elle se souvenait de certaines choses :

— Trop fort même!... Et il a bien fait de partir!...

— Certes, madame, il a bien fait de partir! répéta Fouinard, car son départ me procure le bonheur de vous servir !

Le jeune homme prononça ces mots avec une telle ardeur contenue, que la marquise le regarda fixement.

Son œil noir, parfois si dur et si cruel, changea subitement d'expression, et ce fut d'une voix douce comme une caresse qu'elle répondit :

— Me servir?... Le voudriez-vous? Vous dévoueriez-vous à moi corps et âme?

Fouinard se dressa de toute sa petite taille.

— Madame la marquise, dit-il d'une voix rauque, si vous daignez accepter l'hommage de ma vie, je vous appartiens corps et âme!...

Mais, hélas! que puis-je pour vous?

— Vous pouvez beaucoup, mon ami, et je vais vous expliquer ce que j'attends de vous, si j'accepte votre offre...

Dans le cas où vous deviendriez mon ami et mon aide, vous ne me quitteriez plus, et dans quelques semaines je vous emmènerais avec moi à Versailles.

Le malheureux enfant, affolé par les regards, par la douce voix de la misérable, laissait éclater toute la sauvage et précoce passion qui grandissait dans son âme.

Il s'agenouilla aux pieds de la marquise, et pour toute réponse, il murmura en couvrant le bas de sa robe de baisers :

— Tuez-moi si vous voulez, je suis votre esclave.

D'un geste doux et gracieux, Geneviève le releva, et lui dit avec enjouement :

— Causons sérieusement, mon jeune esclave. . . . .

. . . .

. . . .

Lorsqu'une demi-heure après, la marquise quitta l'officine, elle passa près de deux religieux qui sortaient de l'église villageoise de Corneville.

L'un était le bon curé Médéric, qu'elle salua cordialement, et l'autre le prieur dom Martin, devant lequel elle s'inclina avec une nuance de respect et de crainte : le regard droit et profond du religieux lui faisait peur.

En la voyant sortir de l'officine de Jean-Paul, le prieur de l'abbaye de Corneville murmura :

— Qu'est-ce que ce démon avait à faire chez le barbier ?

D'un pas lent, la tête basse, les bras croisés dans les vastes manches de sa robe de bure, le moine suivait lentement la route conduisant au château.

Il passa devant la porte du monastère sans s'y arrêter, et atteignit bientôt le château toujours morne et désert.

Dom Martin, en homme habitué, pénétra dans le vestibule et monta au premier étage.

Là, une série d'exclamations retentirent :

— Mon doux Jésus !.. Comment, monsieur le prieur, on vous a laissé monter sans vous annoncer !... sans vous accompagner...

Ah ! c'est qu'hélas ! il n'y a plus de serviteurs à Corneville, puisqu'il n'y a plus de maîtres !

Dame Reine, — car c'était elle, — leva les bras au ciel dans un grand geste de désespoir.

Mais le prieur l'arrêtant :

— Plus de maîtres à Corneville, dame Reine !... fit-il d'un ton sévère ; vous oubliez le comte Henri !

— Ah ! le pauvre mignon !... Jésus ! il est si petit que je ne le comptais pas pour maître, mais il est bien sûr que je serai toujours sa servante fidèle ; je donnerais volontiers tout ce que j'ai pour lui épargner souffrance et chagrin, car tout ce que j'ai vient des siens...

— Dame Reine, reprit dom Martin d'un ton grave, vous êtes une honnête femme, et je vous sais très dévouée au sang de Corneville.

Avez-vous l'intention de continuer à élever le jeune comte ?

— Mon père, je ne crois jamais avoir montré une autre intention, et même, si, par hasard... je me décidais à...

La gouvernante eut une hésitation.

— A quoi faire ? interrogea le prieur.

— A me marier... Cela ne m'empêcherait pas de continuer mes soins à mon jeune maître.

— Vous marier?... murmura le moine avec une nuance d'étonnement peu flatteur pour la digne femme.

— Mon Dieu, oui, monsieur le prieur...

Je ne suis plus jeune, mais la vie est bien triste sans affection. Alors j'ai pensé à me créer un intérieur.

— Et quel est votre futur? demanda le moine.

— Gaspard, notre intendant.

— Gaspard !

Il y avait une sorte d'irritation et de répugnance dans l'exclamation du prieur de Corneville ; mais, heureusement que dame Reine était trop émotionnée pour s'en rendre compte.

— Ce choix vous étonne, mon père? demanda-t-elle. Le désapprouvez-vous?

Dom Martin, le sourcil froncé, réfléchissait.

— C'est peut-être, au contraire, un secours du ciel! pensait-il, et j'avais tort de m'irriter...

La brave femme gênera le loup-cervier, et il vaut mieux le tenir par elle !

Il reprit à haute voix :

— Non, certes, je ne puis qu'approuver une telle union, et le jour venu, je bénirai votre mariage dans l'église de notre pauvre communauté. . . . .

. . . .

Quelques jours après, dame Reine était unie à Jean Gaspard.

Le coquin n'aurait, certes, plus pensé à épouser la gouvernante et sa rondelette dot, s'il avait pupour suivre ses rêves ambitieux...

Mais Mᵉ Dufesnoy lui ayant cassé bras et jambes, en le réduisant à la portion congrue, il cherchait ainsi une compensation en se rabattant sur le magot de dame Reine.

Dom Martin avait paru heureux de ce mariage, et pour lui l'union de la brave créature qu'était dame Reine avec le misérable Jean Gaspard était un moyen, sinon de modérer le coquin, du moins de le surveiller, de l'empêcher de commettre peut-être des crimes, de subir jusqu'au bout l'influence des vautours que le digne abbé voyait planer, en s'en rapprochant chaque jour davantage, au-dessus de l'héritage de Corneville.

Le mariage de Gaspard n'avait rien changé à la vie du château, et, tous les jours, Javotte, escortée de dame Reine, allait promener le petit Henri dans les environs du manoir. Le but favori de la promenade était le banc du seigneur, au pied du poirier des moines, où tant de beaux jours avaient vu s'asseoir les nobles personnes mortes ou disparues ; c'était là qu'Hélène et la comtesse de Lucenay avaient échangé tant de gracieuses confidences, et c'était là que le bébé orphelin, dernier des Corneville, s'essayait à faire ses premiers pas.

Depuis quelque temps, le prieur venait souvent les y rejoindre, et, en outre, il visitait régulièrement dame Reine, au château, s'informant de la santé de l'enfant, se préoccupant des moindres détails de son alimentation, surveillant minutieusement tous les soins qu'on lui donnait.

Par un après-midi très chaud, où l'on sentait monter un de ces gros orages qu'attiraient souvent les forêts voisines, dom Martin se trouva le premier assis sur le banc du Seigneur, et comme il était adossé au poirier, sa robe brune se confondait de loin avec le tronc de l'arbre.

Absorbé par la prière, il ne s'aperçut pas qu'un homme de petite stature et d'allure cauteleuse venait derrière lui et s'approchait très près du gros arbre, que lui cachait le religieux.

Le nouvel arrivant s'arrêta quelques secondes et repartit.

Ce fut seulement lorsque l'individu était déjà assez éloigné, qu'un craquement de branches sèches, brisées sous son pied, attira l'attention de dom Martin, qui jeta sur lui un coup d'œil distrait.

Quelques instants après, les deux femmes arrivèrent avec le bébé.

Celui-ci, qui s'était pris d'une grande affection pour le moine, lui tendit les bras.

Puis, la nourrice l'ayant posé à terre, il vint se rouler aux pieds de dom Martin, courant à quatre pattes dans l'herbe assez haute à cet endroit.

Le moine, de son côté, lui tendait les bras, et l'enfant allait atteindre le bas de sa robe, lorsque un léger sifflement se fit entendre, qui semblait sortir de dessous le banc de pierre.

Le visage du religieux se rembrunit subitement :

— Prenez l'enfant ! vite enlevez-le de terre ! cria-t-il à la nourrice.

Le son de sa voix était devenu rauque, et le ton était si impérieux que dame Reine, plus rapprochée, saisit le petit brusquement, et recula de quelques pas.

Le moine s'était levé, et demi-courbé, il cherchait quelque chose dans l'herbe.

De nouveau, le petit sifflement se fit entendre.

Cette fois, dom Martin avait trouvé ce qu'il cherchait.

Son pied nu, chaussé d'une simple sandale, s'abattit sur l'herbe, écrasant quelque chose.

Puis le moine se baissa et ramassa un objet qu'il montra d'un geste aux deux femmes épouvantées...

Il tenait à la main une petite vipère dont la tête écrasée pendait sanguinolente.

— Ciel ! une vipère !... s'écria dame Reine ! Comment a-t-elle pu se trouver là !...

On n'en trouve que dans la forêt de Brotonne, à six bonnes lieues d'ici !

— Jamais, n'est-ce pas, vous n'avez entendu dire qu'il y ait des vipères à Corneville ou dans les environs? interrogea le moine.

— Oh! non, mon père, et je vous assure que je n'ai jamais vu ces vilaines bêtes qu'en forêt, dans les bruyères et les fougères...

Mais, au fait, n'avez-vous pas été mordu, mon père?...

Vous avez écrasé ce monstre avec votre pied non protégé!...

— Dieu a pitié de ceux qui le servent et m'a épargné la morsure de cet animal! dit le prieur d'un ton grave.

Mais cela doit vous servir de leçon ; vous voyez combien vous devez prendre de précautions, avec quelle sollicitude vous devez veiller, si vous voulez élever le dernier des Corneville!...

Le soir, dom Martin, toujours préoccupé, se rendit chez son vieil ami le curé Médéric.

Comme il débouchait sur la place de l'église, il aperçut de loin Fouinard qui rentrait à son officine.

Chose curieuse, la silhouette du petit barbier lui rappela celle qu'il avait aperçue près du banc du Seigneur, et un rapprochement se fit dans son esprit :

— Qu'allait donc faire la marquise du Mesnil chez le barbier de Corneville, et pourquoi Fouinard rôdait-il cet après-midi autour du gros poirier? murmura dom Martin en pénétrant dans le presbytère.

Trois jours après, comme dom Martin était en train de prendre, avec les deux frères qui composaient tout le personnel de l'abbaye de Corneville, le très frugal déjeuner des moines, la cuisinière du château entra en ouragan dans le réfectoire, criant :

— Monsieur l'abbé, venez vite, dame Reine voudrait vous voir... Javotte est très souffrante, on ne sait ce qu'elle a!

Le prieur, le cœur serré par une inconsciente angoisse, courut plutôt qu'il ne marcha, jusqu'au château, qu'il trouva tout en l'air.

Dans la pièce du premier étage qui servait de salle à manger, Jean Gaspard, dame Reine et ce qui restait de l'ancien personnel du château se pressaient autour de Javotte, la nourrice du petit Henri de Corneville.

Celle-ci, étendue à demi-renversée dans un grand fauteuil, présentait un aspect effrayant : livide, les yeux demi-clos, les narines pincées, les lèvres tirées sur les dents serrées, la malheureuse semblait sur le point de rendre l'âme.

Par moments, des nausées violentes la secouaient :

— Que s'est-il passé? interrogea le moine d'une voix brève.

Gaspard prit la parole :

— Voici la chose en deux mots, mon père; nous étions à table, et l'on venait de servir le repas ; déjà nous avions le ragoût dans nos assiettes, lorsqu'on apporta la soupe au lait de M. le comte.

A ce moment, Javotte, qui avait commencé à manger, s'arrêta pour donner de la soupe à notre petit seigneur, et celui-ci refusa d'y goûter.

Javotte insistait, lorsque tout à coup elle changea de mine et nous déclara qu'elle avait mal au cœur...

Elle alla un instant s'asseoir dans le fauteuil où vous la voyez, et elle commença à se plaindre d'étourdissements, puis de douleurs de tête.

— J'étais occupée à lui faire un peu de tisane de fleurs de camomille, ajouta dame Reine, lorsque la crise est devenue plus forte, et qu'elle est arrivée à cet état...

— Voyons, précisons, fit le moine tout en essayant de faire boire quelques gorgées d'eau à la malheureuse nourrice, vous aviez commencé à manger?

— Oui, tous les trois, répondirent Gaspard et sa femme.

— Du même plat?

— Oui.

— Et vous ne vous êtes pas sentis incommodés?

— Oh! non, monsieur le prieur.

— La nourrice n'a pas mangé autre chose que vous?

— Non, fit dame Reine...

— Pardon, ma chère femme, dit Gaspard, la nourrice insistait pour que le petit Henri goûtât sa soupe, qu'il avait repoussée dès qu'elle lui eut mis la cuiller à la bouche.

Et pour l'encourager, Javotte a avalé plusieurs cuillerées de cette soupe.

Le brave moine sursauta, et d'une voix étranglée, il demanda :

— Le petit Henri est là? Il n'est pas malade, lui, au moins?

— Mais non, mon père, le voici qui passe dans la pièce voisine avec le petit chien que vous lui avez donné, dit dame Reine en soulevant une portière.

Le moine eut un soupir de soulagement.

Il reprit son interrogatoire :

— Où est la soupe du comte?

— La voici, fit la cuisinière, qui prit une assiette sur la table et la présenta au prieur.

Celui-ci flaira d'abord le plat contenant du lait dans lequel trempaient des tranches de pain.

Puis, délicatement du bout des doigts, il goûta le potage et cracha avec une grimace.

D'un geste, il appela le petit chien, qui flaira l'assiette et s'en détourna :

— Le chien adore le laitage... murmura le moine; il faut que cette soupe soit bien mauvaise... ou bien...

Javotte ne put que pousser un cri inarticulé! (Page 452.)

— Ou bien empoisonnée... murmura une voix à l'oreille du moine...

Il se retourna, et son regard se fixa sur Gaspard, qui venait de parler.

Le visage de l'intendant exprimait la surprise et l'épouvante au plus haut degré, et pour un observateur aussi perspicace que dom Martin, il n'y avait pas d'erreur possible.

Gaspard était terrifié par la découverte qu'il venait de faire, en même temps que les soupçons du prieur s'étaient précisés.

S'il y avait un crime, Gaspard en était bien innocent.

L'assiette de lait était restée à terre, et un gros dogue venant des écuries et qui s'était introduit grâce aux portes restées ouvertes, rôdait autour.

Après avoir tourné un instant autour de l'assiette, il finit par se jeter goulument dessus et par avaler le lait à grandes lampées.

Mais il s'arrêta bientôt, tournant sur lui-même, et il poussa un hurlement sinistre.

Dom Martin le regarda froidement se coucher, puis se rouler à terre, en d'horribles convulsions...

Bientôt l'animal se raidit et tomba dans une sorte de prostration.

Le prieur et tous les assistants gardèrent un silence plein de terrible émotion.

Cependant Javotte se sentait un peu mieux, tout en se plaignant de douleurs de tête et de vertiges...

Il lui semblait que le château se balançait, et que le plancher s'effondrait sous le fauteuil où elle était étendue.

En quelques mots, le moine expliqua aux personnes présentes ce qu'il fallait faire, et ordonna de l'emporter sur son lit, ajoutant qu'elle serait malade, mais qu'elle n'était pas en danger de mort.

— Il retint auprès de lui Gaspard et la cuisinière.

Celle-ci, brave fille et d'esprit très borné, était plus morte que vive, sentant vaguement planer sur elle une sourde menace.

— Écoutez-moi bien, mon enfant, lui dit le moine avec une douceur qui la rassura, c'est vous qui avez préparé cette soupe au lait?

— Oui, mon père, oui, c'est moi... et je ne sais...

— Vous n'avez pas besoin de chercher. Répondez simplement à mes questions.

— Avec quel lait avez-vous préparé ce potage?

— Avec le lait qu'on trait de la vache rousse qui est à l'écurie.

— Et ce lait est apporté tout de suite à la cuisine?

— Oui; même qu'on le met dans un pot en argent...

— On sait qu'il est destiné au jeune comte?

— Ah! dame, oui!

— Et ce pot d'argent reste à la cuisine?

— Oui, jusqu'à ce que j'y prenne le lait pour la soupe.

— Quand vous avez fait la soupe, il n'y avait pas d'étranger dans la cuisine?

— Les domestiques allaient et venaient.

— Je parle de personnes n'appartenant pas au château.

— Non, dame... Oh! si, au fait, il y avait bien le barbier de Corneville, qui était venu raser le cocher, qui est de noce ce soir à Bourg-Achard.

— Ah ! le jeune Fouinard était à la cuisine ?

— Oui, oui, je me souviens bien maintenant, même qu'il est très taquin et que pour me faire enrager, il faisait mine de boire du lait de M. le comte.

Dom Martin arrêta d'un geste l'entretien.

— C'est bien, dit-il, je suis fixé.

Et se tournant vers Gaspard, il ajouta :

— Vous entendez bien, Jean Gaspard, vous ne laisserez sans aucun prétexte Jean-Paul Fouinard s'approcher du château de Corneville, ni de son maître le comte Henri.

Si le misérable venait à rôder de trop près, eh bien, vous avez des chiens au château et des pistolets dans les râteliers de la Salle des Gardes !...

Sur ces mots, dom Martin quitta le château et se rendit au village, où il pénétra dans l'officine de Jean-Paul Fouinard.

Ce qui se passa entre les deux hommes, nul ne le sut, mais, le soir même, Fouinard avait chargé un paquet de ses hardes sur l'âne qu'il avait dans son écurie, et quand il fut pleine nuit, il partit sans rien dire à personne, pour une destination inconnue...

Gaspard, comme on vient de voir, n'avait pas été sans se rendre compte lui aussi, de l'attentat dirigé contre le jeune comte de Corneville, et comme il n'avait pas eu vent de la visite de la marquise Geneviève chez le barbier, il soupçonna le tabellion Me Dufresnoy d'avoir inspiré la criminelle tentative.

— Ah ! le vieux scélérat ! se disait-il, voyez-vous le malin, il voulait faire mourir notre pauvre petit maître, pour pouvoir mieux mettre la main sur Corneville !...

Mais Gaspard est là avec son épouse, et l'on veillera sur le cher enfant !

L'affection de Gaspard pour le jeune comte Henri était singulièrement avivée par la pensée que si l'héritier de Corneville venait à disparaître, le notaire, qui le tolérait encore, l'aurait vite chassé de son fermage...

Quelques jours se passèrent sans que rien d'anormal se produisît, la surveillance de dame Reine et de son mari était, d'ailleurs, très sérieuse, et le jeune enfant semblait n'avoir rien à craindre.

Un après-midi, des bateleurs comme on en voyait parfois dans le pays vinrent donner des soirées dans le village.

Ils montrèrent des animaux dont quelques-uns étaient complètement inconnus des villageois ; la petite troupe présentait deux ours des Pyrénées fort bien dressés, et qui dansaient à ravir ; puis des singes au visage grimaçant égayèrent fort les spectateurs campagnards par leurs gamineries, enfin, d'affreux serpents de grande taille plongèrent dans la terreur un public habitué aux modestes couleuvres et aux fines vipères de Normandie.

La troupe se dirigeait vers le château, lorsque fort obligeamment les paysans prévinrent les bateleurs qu'il n'y avait point de châtelains à Corneville.

— Ça ne fait rien, dit le chef de la bande, un grand diable de bohémien, au teint bronzé, il y a toujours des domestiques, et nous ferons toujours bien une petite recette.

Lorsque le tambour et les fifres retentirent dans la cour que la troupe avait envahie, sans que personne fût là pour lui en défendre l'accès, les derniers serviteurs ne purent résister à la curiosité, et tant par les portes des cuisines que par celles des appartements, apparurent des têtes voulant voir « les drôles de bêtes. »

Plus calmes, plus dignes, mais non moins curieux, dame Reine et Gaspard suivirent le mouvement, et contemplèrent du haut du préau la danse des ours.

Javotte tenait en ce moment le petit Henri, et elle eût bien voulu voir ce qui se passait, mais les fenêtres de la chambre située au bout de l'aile gauche étaient en retour, et il lui fut impossible de rien apercevoir.

Cependant la curiosité de la bonne fille s'allumait aux cris et aux exclamations des autres serviteurs; bientôt, elle ne pût résister davantage.

Le petit Henri dormait si bien dans son berceau!...

Quel mal y avait-il à s'éloigner une minute?...

Aussi Javotte, laissant la porte de la pièce ouverte afin d'entendre les appels de l'enfant, s'il s'éveillait et criait, se dirigea-t-elle rapidement vers la chambre du marquis, dont la vue donnait sur la cour d'honneur, et qui était située à l'autre extrémité du couloir.

Elle ouvrit la fenêtre, et, captivée par le spectacle, s'oublia un bon moment, dans l'admiration et la joie que lui causaient les bonds et les grimaces des singes.

Enfin toute chose ayant une fin, le spectacle s'acheva un peu brusquement, à un signal donné par le chef de la bande.

Javotte retourna précipitamment à la chambre du jeune comte, rassurée par le silence de l'enfant.

Elle ne remarqua rien d'anormal, tout d'abord, puis ses regards furent attirés par une couverture qui pendait hors du berceau.

Ayant voulu la reborder, elle ouvrit les rideaux et poussa un cri d'épouvante : le berceau était vide!...

Au même moment, dame Reine, remontant, pénétrait dans la chambre.

Javotte était plus morte que vive :

— Là!... là!... Il n'y est plus!... fit-elle d'une voix étranglée.

— Qui donc ? Qu'y a-t-il ?... demanda dame Reine.

— Le comte !... Parti !... Disparu !

— Ce n'est pas possible !... Ah ! mon Dieu... Mais qu'avez-vous fait ?...

— J'étais allée regarder par la fenêtre de la chambre du marquis...

— Et vous avez laissé l'enfant sans personne ?

— Hélas ! gémit la nourrice.

— Mais enfin ce petit n'a pu s'en aller tout seul !... quitter son berceau sans aide !... Ce n'est pas à vingt mois qu'un enfant se sauve... disparaît comme cela !

Tout à coup un éclair jaillit dans la cervelle un peu pesante de la bonne gouvernante :

— Les bohémiens l'ont enlevé !...

Gaspard, qui revenait, avait tout entendu et tout compris :

— Va prévenir dom Martin !... Moi, je cours après les bohémiens !

L'intendant de Corneville fit montre, en la circonstance, d'un grand sang-froid et d'une rare présence d'esprit.

S'emparant de deux pistolets chargés qu'il avait toujours à son chevet, il s'arma, en outre, d'une lourde colichemarde décrochée à une panoplie, puis, dégringolant les escaliers, il appela les domestiques, leur ordonnant de s'armer, eux aussi, et de le suivre.

Il partit le premier en courant, et, arrivé sur la route bordée par le bourg, il eut le plaisir d'apercevoir de loin la petite troupe des montreurs de bêtes qui s'en allaient à une allure paisible dans la direction opposée à Corneville.

A mesure qu'il s'approchait d'eux, dans sa poursuite, il ralentit son allure pour atteindre le gros de son armée, composée du cocher, d'un jardinier, de la cuisinière, du gardien de la porte, de la femme de ce dernier et de leur fils chargé du balayage du château.

Tout ce monde s'était armé de hallebardes, de vieux mousquets et de gigantesques épées.

La cuisinière, une robuste virago, portait sur son épaule une épée à deux mains qu'un homme aurait eu peine à manœuvrer, et qui avait été jadis conquise par un Corneville sur le chef d'une bande suisse.

Quand Gaspard se sentit soutenu, il intima l'ordre aux saltimbanques de s'arrêter.

Interpellant le chef, il lui cria :

— Coquin ! viens ici me dire ce que la bande a osé faire au château, et me rendre ce qu'elle nous a pris !

Les bohémiens étaient gens à la conscience peu tranquille, car le chef, avant de répondre, jeta un regard soupçonneux sur sa troupe.

Mais un signe discret de dénégation de ses acolytes lui apprit sans doute que, par hasard, on n'avait rien volé au château de Corneville.

— Seigneur, dit-il à Jean Gaspard, aucun de nous n'a rien pris au château, et si vous voulez vous expliquer...

— Ah! vous niez, coquin!... Vous ne voulez pas avouer, voleur d'enfant, que vous avez enlevé le jeune comte de Corneville, notre maître!

— Mais, seigneur, pour avouer une telle chose, il faudrait l'avoir faite!...

Et il aurait fallu savoir qu'il y avait un comte, un enfant, et où il se trouvait; d'ailleurs, en quittant le château, nous avons pris tout de suite la route, ainsi que vous avez pu le constater, et nous ne nous sommes pas arrêtés un instant!

Gaspard, brandissant sa colichemarde, et la main sur ses pistolets, allait insister lorsqu'une voix grave l'interrompit :

— Laissez-moi interroger ces hommes, dit le nouvel arrivant, qui n'était autre que dom Martin; ils n'ont rien pris, ils n'ont pas commis le crime, mais ils ont servi inconsciemment à son exécution.

A la vue du moine, les bohémiens se prosternèrent devant lui en gens dont la conscience était peu tranquille au point de vue religieux, et qui appréhendaient fort les bûchers toujours promis aux hérétiques.

Dom Martin s'avança vers le chef de la bande, fixant sur lui son regard d'aigle.

— Vous n'avez pas enlevé l'enfant qu'on vous réclame, mais votre présence au château a favorisé cet enlèvement.

Qui vous a envoyé présenter vos bêtes à Corneville?

Sous le regard inquisiteur du moine, le bohémien se troubla, puis, prenant son courage à deux mains, il débita rapidement l'aveu suivant :

— Je ne savais pas, mon bon père, le rôle qu'on voulait me faire jouer, et je regrette que pour quatre écus on nous ait embarqués dans une si vilaine affaire!

Nous avons rencontré, avant-hier, au marché de Pont-Audemer, un petit jeune homme à mine de renard, qui nous a donné vingt livres en nous disant de venir aujourd'hui, donner une représentation, à trois heures, au château de Corneville.

Il nous recommandait surtout de ne pas dire qu'il nous envoyait, voulant, disait-il, faire une surprise à sa bonne amie, domestique dans ce château.

— C'est bien ce que je pensais, dit dom Martin à Gaspard ; ces gens ont été à leur insu les instruments du misérable.

— Et le signalement est suffisant pour reconnaître Fouinard, murmura Gaspard à voix basse.

A ce moment, dame Reine, qui descendait la grande allée, en courant, se précipita au-devant du prieur.

— Oh! mon père! Quel affreux malheur! Je viens de voir Denis le bûcheron, il a croisé, il y a un quart d'heure, Fouinard, qui, monté sur un grand cheval, galopait avec un paquet en travers de sa selle...

Et au moment où il l'a croisé, il lui a semblé entendre des cris étouffés s'échapper du paquet qu'il portait !

— Allons, Dieu n'a pas voulu laisser vivre en paix le dernier des Corneville... murmura le prieur...

Et joignant les mains :

— Remettons entre les mains du Tout-Puissant, le sort de ce malheureux enfant qui est devenu la proie des méchants !

IX

LA PHARMACIE GLASER

La boutique des apothicaires du règne de Louis XIV ne ressemblait guère à l'officine de nos pharmaciens modernes, et si un de nos grands pharmaciens de première classe pouvait se trouver quelques minutes en présence de ces étranges magasins, il reculerait effrayé par les drogues fantastiques et les étranges produits entassés dans de sombres pièces où la bizarrerie des récipients rivalisait avec l'originalité des contenus.

Cependant, dès cette époque, il y avait déjà de notables différences entre les diverses officines, et l'on ne pouvait comparer la modeste boutique d'un petit apothicaire du Marais avec la brillante installation de maître Glaser.

A l'époque de notre récit, la boutique de Glaser occupait le rez-de-chaussée et le premier étage d'un immeuble formant l'angle de la rue Saint-Lambert, qui est la rue de Condé actuelle, et d'une petite ruelle presque en face de l'hôtel de Condé, appartenant au prince de Condé, et dont les communs et les jardins s'étendaient jusqu'à la rue des Fossés, actuellement rue Monsieur-le-Prince.

L'officine avait une belle façade sur la rue, percée de larges fenêtres que protégeaient des auvents, et sur l'appui desquelles se trouvaient d'étroites tablettes permettant de vendre au dehors par ces fenêtres les remèdes et médicaments.

Mais chez Glaser on n'usait de ce procédé que les jours de marché à la foire Saint-Germain, qui se trouvait tout à côté, et afin que les croquants ne pénétrassent pas dans l'intérieur fort élégant du magasin.

La véritable clientèle, d'un caractère tout aristocratique, venait flâner et bavarder l'après-midi dans les salles de l'établissement, au milieu des rangées de vases en porcelaine, en faïence, en cuivre, en étain, des fioles étranges, des coffrets précieux qui renfermaient les produits les plus rares et les plus vantés ; onguents, pommades, opiats électuaires, épices, gommes, essences, etc.

Des jeux de mortiers, depuis les plus gigantesques en bronze et en marbre jusqu'aux plus microscopiques taillés dans une agathe, s'alignaient sur des comptoirs au-dessus desquels pendaient des gerbes odorantes de plantes qu'on trouve encore chez nos herboristes.

Au milieu de tous ces produits, dans l'atmosphère chargée d'odeurs variées, toute une foule de gentilshommes et de belles dames s'agitait, caquetant et médisant sur tout et sur tous, comme il sied à des gens de qualité.

Des apprentis apothicaires, des valets de laboratoire, allaient et venaient, tandis que le maître, le célèbre Glaser, recevait les médecins venus pour faire exécuter leurs ordonnances.

Par un chaud après-midi de l'été, qui était fort beau, la clientèle de maître Glaser fut tout étonnée de voir apparaître derrière un des comptoirs une nouvelle figure.

L'air grave et réfléchi du nouvel élève de l'apothicaire attira l'attention des hommes, tandis que ses manières douces et gracieuses, et son physique séduisant firent une vive impression sur les nobles dames venues pour chercher des remèdes contre les « vapeurs » et les affreuses migraines, maladies qui étaient fort à la mode.

Mais il faut rendre justice à ce jeune étudiant et reconnaître qu'à l'opposé de ses camarades il semblait n'avoir qu'une idée, c'était de quitter les salles de vente et de remonter au premier étage, dans les laboratoires.

— Glaser, dites-moi donc quel est ce nouvel élève qui a si fière mine ? interrogea étourdiment la jolie comtesse de Chateauvers, venue exprès de Versailles pour chercher une essence très bonne à respirer lorsqu'elle avait des vapeurs.

Glaser, interrompu dans une longue dissertation avec un vieux médecin à tête d'oiseau de proie, hésita une seconde, cherchant des yeux.

— Ah ! je vois qui vous voulez dire, madame la comtesse, c'est le jeune Cyprien, un Normand fraîchement débarqué... un garçon d'un grand avenir, et dont la science est déjà bien supérieure à celle de beaucoup de mes collègues.

— Il est charmant, ce garçon, déclara tranquillement la petite comtesse.

— Je dirai même, ajouta Glaser en baissant la voix de manière à ne pas être entendu du médecin, que c'est un chirurgien de premier ordre,

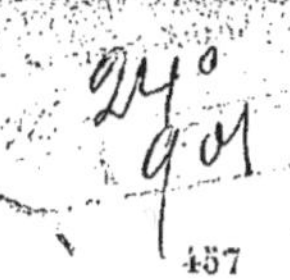

— Eh bien, oui, c'est moi, mes amis!.. (Page 459.)

et qu'en matière de médecine, il en remontrerait à la plupart de mes docteurs.

La porte de l'officine venait de livrer passage à une élégante jeune femme qui, s'étant approchée de la comtesse, entendit la fin de la phrase, et s'écria :

— Oh! ce ne serait pas difficile d'en remontrer aux plus malins de la Faculté, n'est-ce pas, Glaser?

— Madame la marquise, vous êtes sévère !... Prenez garde, si un médecin vous entendait !... La Faculté passe pour être vindicative !...

— Ah ! madame du Mesnil !... Quelle agréable surprise ! s'écria la comtesse en embrassant la nouvelle arrivante.

Il y eut un mouvement dans le groupe des clients.

Plusieurs personnes vinrent saluer la favorite de madame de Maintenon, dont le crédit grandissait chaque jour.

Glaser lui-même subissait l'influence de cette situation, car sur un signe de Geneviève, il leva un comptoir mobile, et il guida la marquise vers l'escalier conduisant à son laboratoire.

La marquise du Mesnil gravit lestement le colimaçon qui aboutissait au premier étage, et pénétra sans hésitation dans la pièce que Glaser se réservait jalousement.

Elle avait l'air d'être familiarisée avec les aîtres ; elle n'en était certainement pas à sa première visite.

Cependant, elle eut une nuance d'inquiétude, en apercevant un jeune homme penché sur un ballon de verre dans lequel bouillait une mixture noirâtre.

— Ce n'est rien, madame la marquise, dit vivement Glaser, mon jeune élève va se retirer.

À ces mots, le jeune homme leva la tête, et tressaillit en apercevant Geneviève.

— Madame du Mesnil, murmura-t-il en passant rapidement devant la marquise, et en s'inclinant si profondément, qu'elle put à peine distinguer son visage.

Cependant Geneviève eut un froncement de sourcils.

— On dirait que c'est...

Allons, je suis folle ! dit-elle.

Et se tournant vers Glaser, elle continua :

— Mes préparations sont prêtes ?

— Oui, madame la marquise, et je vais vous les remettre.

Mais je ne vous cacherai pas que c'est très délicat, et que de tels produits, en une si grande quantité...

— Eh bien !... fit Geneviève avec hauteur.

— Que madame la marquise me pardonne...

Mais il y a sur la place de l'Estrapade un instrument sur lequel je ne voudrais pas finir mes jours...

— Pourquoi de si sombres pensées ?... reprit madame du Mesnil, avec un ricanement sarcastique.

— Parce que, dit Glaser en baissant la voix, il se produit depuis quelque temps de curieux décès dans les grandes familles, et bon nombre de hauts personnages sont morts, bien à point pour leurs héritiers !

Geneviève ne put réprimer un léger tressaillement, mais très maîtresse d'elle-même, elle répliqua :

— Allons donc, maître Glaser !...

Vous n'avez donc pas confiance dans le crédit de la marquise de Maintenon !...

Et vous figurez-vous que je viens chercher ici la mystérieuse « poudre de succession » dont on parle à la Cour !...

Non ! Chassez ces craintes vaines !... Je soigne mes semblables, et tous ces prétendus poisons sont d'admirables remèdes, lorsqu'on sait les employer !

D'ailleurs, voici de quoi endormir vos craintes.

Et la belle et terrible créature jeta sur la table une bourse dont le son métallique alluma dans les yeux de l'apothicaire un éclair de joie cupide . . . .

. . . .

En quittant le laboratoire de son maître, Cyprien descendit à la boutique.

Depuis quelques jours, sur la présentation de Nicolas Lémery, il avait été admis comme élève libre, c'est-à-dire ne recevant pas de traitement.

Et il venait passer tantôt son après-midi, tantôt sa matinée à l'officine du grand apothicaire.

Mais il était plus souvent dans les laboratoires que dans le magasin.

La beauté, l'élégance de sa tournure l'avaient fait remarquer par les clientes de Glaser.

Cyprien fut bientôt accaparé par madame de Châteauvers, qui lui posait une série de questions saugrenues, auxquelles le jeune homme répondait patiemment.

La conversation prenait une tournure des plus intéressantes, quand elle fut interrompue par un murmure et des exclamations annonçant l'arrivée d'un client de marque :

— Comment, c'est lui !...

— Un revenant !...

Ces exclamations visaient un vieillard qui venait d'entrer, soutenu par deux laquais.

Une voix de crécelle, mordante et railleuse, éclata dans le tapage :

— Eh bien, oui, c'est moi, mes amis, et comme notre bon roi m'a interdit le séjour de Versailles, craignant sans doute que l'humidité du parc n'augmentât les rhumatismes gagnés à son service, en couchant sous la tente des camps, je suis obligé de venir embrasser mes anciens amis dans l'officine de l'apothicaire à la mode !

— Le comte de Famars !... murmura Cyprien en reconnaissant l'acerbe vieillard.

Pour prendre congé de la comtesse, qui s'était retournée afin de voir celui dont les épigrammes avaient blessé tant de gens, Cyprien se glissa dans une salle voisine, d'où il gagna le vestiaire des élèves.

Tandis qu'il quittait son tablier et revêtait un costume de petit bourgeois aisé, un autre visiteur s'introduisait par une porte dérobée, et demandait à une sorte de garçon de magasin s'il pouvait voir Glaser en particulier.

Celui-ci, qui reconduisait vers cette même sortie la belle marquise du Mesnil, se pencha vers Geneviève, et lui dit à demi-voix :

— Voici justement notre homme, et je sais ce qu'il vient faire chez moi.

— Que vous veut-il ?

— Il vient me demander le mot de passe pour être reçu par la Raisin.

La marquise eut un geste de triomphe :

— C'est bien !... murmura-t-elle.

Votre fortune est faite, mon cher Glaser.

Et tandis qu'il se glissait à travers un des nombreux couloirs qui séparaient diverses salles du rez-de-chaussée, elle put entendre l'apothicaire qui disait :

— Monsieur Bertrand Fèvre, veuillez donc vous donner la peine de monter à mon laboratoire. . . . .

. . . .

En quittant l'officine, Cyprien s'était dirigé sans hésitation vers le carrefour Bussy, et s'était engagé dans la rue Dauphine.

Il passa sans s'arrêter devant l'hôtel des ducs de Normandie, et pénétra dans l'allée de la maison du coutelier.

Depuis un mois et demi qu'il avait rencontré pour la première fois le Grand Thomas, ses relations avec le charlatan étaient devenues très intimes.

On ne voyait même plus guère que lui dans l'appartement de l'ex-charpentier de Corneville.

Il est inutile de dire que la charmante Marie était pour quelque chose dans la fréquence de ses visites, et les deux beaux jeunes gens se laissaient aller naïvement à l'amour grandissant qui les attirait l'un vers l'autre.

Cet amour si simple, si pur, n'avait pas d'histoire.

Il était né de leur première rencontre, et se développait sans qu'un seul mot l'eût révélé à l'un ou à l'autre, et sans qu'un incident vînt en troubler le cours.

Ces deux braves cœurs s'étaient ingénûment, pleinement, donnés l'un à l'autre, et c'était tout.

Le chevalier de Verderonne voyait tous les jours, pour ainsi dire, sa charmante amie, sans que le père eût le moindre soupçon ; c'est qu'aussi les deux amoureux avaient un merveilleux prétexte pour se voir en quelque sorte, à chaque instant.

Le Grand-Thomas, enflammé par le dévouement de Cyprien pour la famille de Corneville, avait tenu à concourir à l'œuvre de son jeune ami.

Il était, d'ailleurs, de bon conseil, et révélait, tous les jours, au chevalier de Verderonne la possession d'une influence occulte vraiment étrange.

Ce soir-là, Cyprien, arrivant de meilleure heure, trouva le logis vide, l'ex-charpentier de Corneville n'ayant pas encore quitté ses tréteaux du Pont-Neuf.

Ce fut Marie qui le reçut.

— Oh! quelle chance que vous veniez de bonne heure aujourd'hui, monsieur de Verderonne! s'écria-t-elle.

— Pourquoi cet « aujourd'hui »? interrogea le chevalier d'un ton de doux reproche.

— Mais parce que mon père a quelque chose de pressé à vous dire.

— Il y aurait du nouveau?

— Je crois bien!... Et il faut aviser tout de suite votre ami l'ancien bailli...

— Cela touche mademoiselle de Corneville?

— Oui. Figurez-vous que papa ou plutôt Gaultier Lartigues...

— Qu'est-ce que Gaultier Lartigues?

— Que vous êtes donc désagréable de m'interrompre!... Eh bien, Gaultier Lartigues est le premier aide de papa.

— Ah! bon! j'y suis!

— C'est heureux!... Eh bien, ce brave Lartigues a eu une idée, continua la jeune fille, avec une volubilité charmante; il s'est dit que l'enlèvement de mademoiselle de Corneville a dû être accompli par des spécialistes... des gens à moitié soldats, moitié voleurs, qui sont bons pour tous les coups de mains, où il y a des horions à recevoir, et de l'argent à gagner.

— Surtout de l'argent à gagner, appuya le chevalier, qui s'amusait à taquiner son amie en coupant son récit.

— Taisez-vous, monsieur, ou vous ne saurez rien! s'écria la jeune fille.

— Je n'ouvre plus la bouche, et je vais serrer les dents comme les clients de ce bon Brichon, lorsqu'ils ont peur de ces outils.

— Je continue le raisonnement de Lartigues : ces sortes de sacripants ont un quartier général, c'est le cabaret des sergents-racoleurs, place Dauphine...

Galtier Lartigues y va assez souvent s'y rafraîchir, et il paie assez souvent la goutte à tous ces tristes sires...

Il a donc interrogé à droite et à gauche, laissant tomber dans des oreilles bien ouvertes la phrase suivante :

— Je connais un seigneur très généreux qui donnerait une jolie pièce à celui qui l'aiderait à retrouver une jeune fille enlevée il y a près d'un an en Normandie.

Ce matin, avant d'aller au travail, il a passé au cabaret, et un grand diable est venu à lui :

« Est-ce vous qui connaissez un seigneur qui voudrait retrouver?...

— « Une jeune fille enlevée l'année dernière en Normandie? acheva Lartigues. Oui, c'est moi.

« Eh bien, amenez-le, j'ai son affaire! » expliqua le malandrin.

— Alors, interrogea Cyprien, si ému, qu'il ne pensait plus à taquiner Marie.

— Alors, rendez-vous est pris pour dans une heure.

— Je vais donc y aller.

— Oh! non, pas vous! vous êtes trop vif! vous gâteriez tout! ces gens-là sont méfiants!

— Mais je ne puis prévenir M. de Préval en aussi peu de temps.

— Eh bien, père ira, lui, et il saura de quoi il retourne.

A ce moment, une servante parut et fit signe à la vieille bonne normande qui causait près d'une fenêtre.

Elle quitta la pièce une minute, et rentra en disant :

— C'est M. de Préval qui demande si M. de Verderonne est ici.

— Oh! quelle bonne fortune! s'écria Cyprien.

Vous permettez, mademoiselle?

— Je crois bien!... Amenez-le!

En un instant, le brigadier des mousquetaires noirs fut au courant de ce qui se passait.

Et comme le Grand Thomas et ses aides rentraient au même moment, il partit aussitôt en compagnie de Gaultier Lartigues.

Le cabaret dont parlait Marie Brichon, situé à l'angle de la place Dauphine et du terre-plein du Pont-Neuf, avait plusieurs issues à travers le pâté de maisons formant l'angle du quai des Orfèvres.

Son enseigne était faite d'un grand tableau où était représenté assez naïvement un dragon à cheval trinquant avec un lansquenet également à cheval, tandis qu'entre eux un soldat d'infanterie tendait son verre à la hauteur des lèvres.

Des pancartes collées aux fenêtres à petits carreaux du cabaret indiquaient les noms des sergents recruteurs qui siégeaient là en permanence.

L'état de guerre prolongé donnait lieu à de nombreux engagements, et le cabaret était plein de jeunes gens aux trois quarts ivres, que de vieux chevronnés à mine patibulaire achevaient de griser, afin de leur faire signer des engagements qu'ils avaient tout prêts à côté d'eux sur les tables humides de boisson renversée.

Dans un coin, Lartigues avisa un grand diable à la tournure assez élégante, et dont le visage coupé d'une longue moustache aurait eu assez fière mine, si le vice n'y avait imprimé un stigmate indélébile, et ne lui avait donné une expression sournoise et brutale.

L'individu avait en face de lui un jeune ouvrier à l'air intelligent et honnête, mais que l'ivresse privait de toute expression.

— Oui, mon garçon, lui disait le grand diable, au Royal-Comtois, on a autant d'uniformes neufs qu'on en veut ; quant à la nourriture, c'est la même que pour les officiers, et l'on boit de bon vin à discrétion.

— A discrétion ? interrogea d'une voix pâteuse l'ouvrier.

— Oui, le tonneau est sur la table, on n'a qu'à tirer...

— Voilà un beau régiment !

— Je te crois !... Tiens, signe donc ça.

— Qu'est-ce que c'est ?

— C'est ton brevet de soldat au Royal-Comtois.

— Ah ! mais je ne dis pas... Je verrai...

— Allons donc, viens-y que je te dis, tu verras toutes les femmes courir après ton bel uniforme.

— Les femmes... Ah ! oui... c'est gentil !... balbutia l'ivrogne.

— Si tu voyais ça !... Au régiment on n'est pas obligé de courir après des gueuses comme celles du Pont-Neuf, on n'a qu'à se baisser pour ramasser des baronnes ou des marquises.

Le jeune ouvrier fut impressionné.

— Allons, t'es un bon enfant ! Donne-moi ton papier, je vais signer... Mais y a de belles femmes, n'est-ce pas ?

— Mais puisque je te le dis !

Le malheureux se pencha sur la table...

Et la main amollie par l'ivresse dessina un vague paraphe.

A ce moment, Gaultier Lartigues fit un signe au recruteur.

— Je suis à vous, monsieur Lartigues ! cria le grand diable.

Et d'un geste il tendit un verre plein à l'artisan, tandis qu'il empochait l'engagement.

— A tes succès auprès des dames, dit-il.

— A mes succès ! répliqua le nouveau soldat en vidant son verre et en laisser tomber lourdement sa tête entre ses mains.

Le recruteur le poussa légèrement.

Le malheureux roula de son banc sur le sol, où il se mit à ronfler.

— Je suis à vous, mon cher Lartigues, dit d'un air dégagé le recruteur.

— Voici le seigneur en question, se contenta de répliquer l'aide-dentiste.

Le racoleur du Royal-Comtois aperçut seulement alors Fabrice de Préval, qui se tenait à distance, et avait contemplé cette scène, le cœur soulevé par cet ignoble trafic de chair humaine, lui qui aimait son métier de soldat, et qui voyait avec tristesse la manière dont se recrutait l'armée.

— Seigneur, lui dit le grand diable en s'inclinant, je suis à vous.

Si vous voulez passer dans un petit cabinet, où nous serons mieux qu'ici, je me mettrai à votre entière disposition.

Un instant après, l'ancien bailli de Corneville était attablé dans un petit réduit en face du recruteur.

— Vous êtes, dites-vous, en état de fournir des renseignements sur un enlèvement ?... interrogea M. de Préval.

— Oui, seigneur.

— Il ne faut pas chercher à me tromper, car si je suis décidé à bien payer un rapport fidèle, je suis résolu à ne pas supporter qu'on me joue.

— Monsieur est dans l'armée, dit le recruteur, qui avait reconnu à la tournure et à l'allure militaires de l'ex-bailli, qu'il avait affaire à un officier.

— Précisément.

— Je suis soldat, dit avec une certaine fierté le recruteur, et je ne suis pas de ceux qui ne portent l'uniforme que dans les cabarets...

Si j'exerce l'industrie de recruteur, j'ai aussi fait trouer ma peau sur les champs de bataille, et l'on ne pourra pas soutenir que le sergent Noré, le beau Noré, comme on disait au régiment, ait jamais manqué à sa parole.

— C'est bien, donnez-moi une indication qui me montre qu'il s'agit bien du cas qui m'intéresse.

Le beau Noré baissa la voix :

— C'est à Corneville qu'a eu lieu l'enlèvement.

— Oui, c'est cela, fit fiévreusement M. de Préval.

— J'étais avec les hommes qui ont aidé à l'opération.

Le beau Noré était modeste : il se donnait un rôle effacé, alors qu'il avait joué le premier.

— Misérable ! cria M. de Préval en se levant.

— Mais il se rassit aussitôt :

— Je me suis laissé emporter... Continuez.

Le beau Noré ne se déconcerta pas :

— Je comprends votre irritation, monsieur, vous aimez sans doute la jeune fille.

Pardon, seigneur, un mot. (Page 467.)

Mais c'est, au contraire, une chance que le hasard m'ait fait engager dans cette affaire, car sans cela, vous n'auriez jamais rien su.

Le raisonnement parut toucher M. de Préval, qui dit simplement :

— Dites-moi ce que vous savez, et à la fin de l'entretien ces cinquante pistoles sont à vous.

A la vue des pièces d'or, les yeux du beau Noré étincelèrent :

— Voici, seigneur, la chose en deux mots :

Nous fûmes embauchés par un agent de la police secrète venu de Paris à Pont-Audemer, où il était chargé d'une mission de confiance :

Il s'agissait d'enlever une jeune fille sans que l'affaire fît trop de bruit.

— Mais pour le compte de qui ? demanda M. de Préval.

— Par ordre du roi !

— Mais pourquoi cette équipée, pourquoi cette manière si extra-légale de procéder ?

— On ne voulait pas d'éclat...

Cependant, au cas où la force publique serait intervenue, l'agent secret avait une lettre de cachet signée du roi.

— Comment, une lettre de cachet ?...

C'est impossible !

— Allons donc, puisque je l'ai entre les mains !

— Pourquoi était-elle entre vos mains à vous, qui n'étiez qu'un des aides ?...

Avez-vous cette lettre ?

Le beau Noré vit qu'il s'était trop avancé :

— C'est-à-dire que mon chef me l'avait confiée, craignant que s'il attrapait un mauvais coup, nous n'ayons plus de protection.

— C'est bien. Continuez.

Le beau Noré fit alors le récit complet de l'enlèvement, et raconta que la jeune fille fut d'abord conduite au couvent des Clarisses, à Saint-Agnetz, dans le Beauvaisis.

— En effet, j'avais retrouvé, bien par hasard, sa trace jusque-là... murmura Fabrice, tristement.

— C'était pour dépister les recherches de sa famille, car nous avions l'ordre de revenir trois jours après, mon chef et moi pour la reprendre, de sorte que nous n'étions plus que deux à garder le secret.

Le troisième jour, ou plutôt la troisième nuit, il nous fut enjoint d'attendre à la porte du couvent.

Là, le même agent de police nous rejoignit avec un carrosse, et la course recommença.

La jeune fille était assise au fond de la voiture, et tandis que mon compagnon galopait à la portière, je me tenais sur la banquette en face de cette pauvre petite.

Fabrice, haletant, se contenait pour ne pas éclater.

— Continuez, murmura-t-il d'une voix entrecoupée.

— Elle ne parla pas tout d'abord.

Puis, comme le voyage se prolongeait, elle me demanda :

— Allons-nous bien loin, cette fois-ci ?

« — Je n'en sais rien, mademoiselle, répondis-je.

« — Quand donc ce supplice sera-t-il terminé ?

« — Je ne puis rien affirmer; mais je crois que nous arriverons à destination avant le jour.

« D'ailleurs, ajoutai-je en regardant par le mantelet entr'ouvert, nous voici aux portes de Paris.

« — Dieu veuille que j'y reste... murmura la pauvre enfant; je suis sûre que Fabrice m'y retrouvera! »

M. de Préval tressaillit douloureusement, et dans un sanglot, murmura :

— Oui, je te retrouverai, ma bien-aimée!

Puis se dominant, il interrogea :

— Alors, elle est à Paris?

— Oui.

— Où cela?

— Dans un couvent du côté de la montagne Sainte-Geneviève, rue Saint-Jacques.

— C'est bien, je trouverai, dit M. de Préval en se levant.

Voici les cinquante pistoles promises.

Le beau Noré empocha les pièces d'or avec une satisfaction visible, mais il arrêta d'un geste l'officier, qui allait se retirer.

— Pardon, seigneur, un mot.

— Que voulez-vous?

— Vous avez bien compris que cette jeune fille était enfermée par ordre du roi?

— Eh bien?

— Et que vous ne pourriez pas aller la réclamer comme cela tranquillement?

— Sans doute.

— Soupçonnez-vous la cause de cet ordre?

— Non.

— Voici un petit détail qui vous intéressera; j'ai lu la lettre de cachet, et il y avait le motif.

— Ah! c'est juste, il y a parfois des motifs sur les lettres de cachet. Parlez vite!

— Je me souviens de ces mots : « Se saisir de mademoiselle Hélène de Corneville, convaincue de pactiser avec les réformés, ennemis de notre sainte religion, et l'enfermer en un couvent afin qu'elle se repente et revienne à de meilleurs sentiments. »

— Je comprends le coup maintenant! s'écria Fabrice. Mais quelle peut être la main qui l'a lancé? — C'est bien, mon ami, ajouta-t-il; voici dix pistoles de plus pour ce dernier renseignement.

De nouveau, le beau Noré le retint au moment où il franchissait le seuil du petit cabinet :

— Écoutez, seigneur, vous êtes généreux, vous avez l'air bien malheureux, permettez-moi de vous donner un conseil.

Si vous retrouvez votre amie rue Saint-Jacques... Eh bien, tâchez de l'enlever et disparaître avec elle...

Enfin, si vous avez besoin d'un homme qui n'ait pas peur d'un coup d'épée ou d'une balle de pistolet, eh bien, pensez au beau Noré, qui serait très heureux de travailler pour vous.

Fabrice de Préval regarda fixement le recruteur :

— Vous voudriez concourir... interrogea-t-il.

— A la délivrance de la jeune fille, acheva le beau Noré.

— Que vous avez aidé à ravir à sa famille, ajouta de Préval d'un ton de reproche.

— Oh ! monsieur, je comprends votre reproche, s'écria le beau Noré avec une nuance de tristesse qui frappa le brigadier des mousquetaires.

Oui, je suis un condottiere, un coureur de grand chemin, et l'on peut douter de moi.

Eh bien ! croyez-moi, monsieur, vous qui êtes officier, j'en suis sûr... tout en vous indique un soldat... vous avez dû vous rendre compte de ce qu'était le soldat de fortune, l'aventurier tel que moi.

J'ai combattu dans tous les rangs et dans toutes les armées au gré de ceux qui me payaient, mais je n'ai jamais trahi ceux auxquels j'ai vendu mes services, et toujours j'ai loyalement tenu mes engagements.

J'ai vingt blessures pour lesquelles j'ai reçu bien peu d'or, et cependant j'ai toujours fait fidèlement ce que je considérais comme mon devoir de soldat mercenaire.

Pourquoi voulez-vous que je porte intérêt à une jeune fille inconnue pour moi, alors qu'on me payait pour l'enlever, et qu'un ordre du roi me prouvait que si ma mission était secrète, elle n'en était pas moins légale et autorisée ?

Le raisonnement frappa M. de Préval par sa naïve logique.

D'autre part, il éprouvait une sorte de pitié pour ce brave et solide gaillard que la misère et peut-être quelques vices avaient fait descendre à ces dégradants métiers.

Peut-être y avait-il là pour lui un aide, un appui dans l'acte grave qu'il méditait d'accomplir.

— Voyons, vous voudriez, dites-vous, me servir ? Qu'est-ce qui me prouve que vous oserez entrer en lutte avec la volonté du roi ?

— La volonté du roi ?... dit Noré en ricanant.

De quel roi parlez-vous ? Le vôtre sans doute, car moi je n'en ai pas, en ayant servi déjà une douzaine au moins.

Tenez, l'autre jour, un capitaine qui avait fière mine m'a fait des propositions pour entrer au service d'un roi qui passe pour généreux !

— Que voulez-vous dire ?

— Oui, on m'a offert d'entrer au service de Guillaume d'Angleterre !

— Et pourquoi n'avez-vous pas accepté ? fit M. de Préval, soupçonneux.

— Parce que le capitaine qui voulait m'engager n'est pas revenu, déclara le beau Noré avec une grande sincérité.

— Alors, vous accepterez d'être à moi ?

— Certes, monsieur. Et j'avoue que j'aurai plaisir à risquer ma tête avec vous.

Vous m'avez donné, pour les quelques renseignements que je vous ai fournis, dix fois ce que je vous aurais demandé...

Donc, vous êtes généreux, et puis, croyez-le si vous voulez, mais je ne serais pas fâché tout en gagnant ma vie de réparer le mal que j'ai fait...

Ce serait, par ma foi, une bonne action qui se glisserait, par hasard, au milieu de bien des mauvaises !

Il y avait une certaine tristesse et une grande naïveté dans la tirade du recruteur, et Fabrice de Préval comprit qu'il disait vrai.

— Allons, marché convenu, monsieur Noré. Vous êtes à mon service à partir de ce soir, et vous ne vous en repentirez pas.

Tenez-vous ici le matin de neuf à dix heures, et le soir de quatre à six, en attendant mes ordres.

— Si l'on vient de votre part, comment se fera-t-on connaître ?

— On dira qu'on vient de la part du bailli.

Et sur ces mots, Fabrice de Préval quitta précipitamment le cabaret des recruteurs.

Cyprien avait attendu M. de Préval sans impatience, et le temps ne lui avait pas paru long, occupé qu'il était à dévider le fil d'un écheveau en compagnie de la charmante Marie Brichon.

D'ailleurs, le Grand-Thomas était rentré, et tout le monde guettait le retour du mousquetaire.

Lorsqu'il parut, Brichon s'élança au-devant de lui.

— Eh bien, demanda-t-il, qu'avez-vous appris ?

— Hélène est à Paris sans doute, car c'est ici qu'a été effectuée la dernière étape.

— Mais qui l'a fait enlever ? Pourquoi l'a-t-on ravie à sa famille?... à votre amour ? s'écria Cyprien.

— Ordre du roi... et probablement volonté de la terrible dévote madame de Maintenon...

On aura accusé ma pauvre Hélène de pactiser avec les protestants !

— Oh ! quels sont les misérables ?...

— Je ne sais.

— Le plus pressé, dit Brichon, est de la retrouver.

On verra après ce qu'il faudra faire.

— Oui, je suis de votre avis, reprit M. de Préval. Le renseignement est précis.

Elle a été conduite dans un grand couvent de la rue Saint-Jacques.

— Ce doit être celui des Carmélites.

— Je le saurai demain ! s'écria joyeusement la jeune Marie.

— Comment?... Que voulez-vous dire?... interrogea M. de Préval.

— Je veux dire que j'irai demain aux Carmélites, et que je saurai bien faire causer quelques-unes des sœurs !

— Mais vous avez donc vos entrées dans ce couvent, si fermé aux choses extérieures? demanda Cyprien avec étonnement.

— Vous ignorez donc que c'est moi qui répare les dentelles, les nappes d'autel et les broderies des surplis et des étoles des officiants du couvent? —

— Oh! mais, c'est une bonne fortune inespérée !

— Laissez-moi faire, et demain soir, ici même, vous aurez des nouvelles de mademoiselle Hélène de Corneville !

X

SŒUR LOUISE

Marie Brichon se leva de bonne heure le lendemain, et tout de suite, au lieu de vaquer aux soins du ménage comme elle faisait d'habitude, elle prépara un petit paquet contenant une fort belle nappe d'autel d'un précieux travail en point de Gênes qu'un assez long voyage avait sensiblement endommagée par places, mais qu'une habile et consciencieuse réparation avait remise en parfait état.

Puis elle se mit en route.

Évitant le quartier de l'Université, où son joli minois la faisait à son gré trop remarquer des écoliers toujours prêts à la poursuivre de leurs galanteries malséantes, la jeune fille gagna rapidement le palais d'Orléans, aujourd'hui palais du Luxembourg, et contournant le vaste enclos, puis la rue d'Enfer qui passait entre le couvent des Carmélites et celui des Chartreux.

En personne au courant des habitudes du couvent, elle ne s'adressa pas à la grande entrée qu'une large voie reliait au faubourg Saint-Jacques, presque en face du Val-de-Grâce.

Elle vint, au contraire, sonner à une petite porte qui flanquait une large porte charretière percée dans le mur du couvent du côté de la rue d'Enfer.

Un étroit guichet grillé s'ouvrit, et sans qu'on pût distinguer le visage de la tourière, une voix sèche demanda :

— Que voulez-vous ?

Puis aussitôt la voix s'adoucit :

— Ah ! c'est vous, mon enfant ! Vous pouvez entrer.

Le battant, garni de fer comme celui d'un guichet de prison, s'ouvrit pour laisser passer la fille du Grand-Thomas, et se referma presque aussitôt derrière elle.

Marie Brichon se trouvait dans une galerie à colonnettes légères qui entouraient une vaste cour sur laquelle donnaient les communs : cuisine, buanderie, lingerie, etc.

La sœur tourière était sortie de la petite cabane où elle était de faction, tout en repoussant l'énorme verrou de la porte, et, chose invraisemblable, on vit se dessiner un sourire presque gracieux sur les lèvres moustachues du vieux cerbère.

— Comment vont vos douleurs, sœur Perpétue ? demanda amicalement la jeune fille.

— Oh ! ne m'en parlez pas, mon enfant...

Le Seigneur veut m'éprouver, et il m'envoie le martyre sur la terre !... Je souffre horriblement, voyez-vous, et je ne peux qu'offrir mes souffrances au Très-Haut.

— Dieu ne défend pas aux humains de soulager leurs souffrances par des remèdes ! répliqua la fillette.

— Je ne le crois pas, et cependant le digne chartreux qui est venu dernièrement prêcher ici n'était pas de cet avis.

Mais le père jésuite qui me confesse m'a expliqué qu'il fallait faire des distinctions.

— Alors ?... interrogea Marie Brichon.

— Alors j'ai tenté de me soigner, mais sans résultat.

— Eh bien, ma bonne sœur, j'essaierai de vous soulager...

— Ah !

— Oui, je vous apporterai un baume que prépare mon père et qui est souverain pour les douleurs.

— Dieu vous entende, mon enfant !...

Je finirai par croire que vous êtes un ange du bon Dieu, envoyé sur la terre pour le bien de notre pauvre humanité.

Mais je vous retiens, mon enfant ; vous avez sans doute besoin de voir sœur Opportune, la directrice de la lingerie ?

— En effet, ma sœur, je rapporte de l'ouvrage.

— Eh bien, montez à la lingerie.

Vous n'avez pas besoin qu'on vous montre le chemin ?

— Ah ! je commence à le bien connaître !

Et la jeune fille, légère comme un oiseau, parcourut rapidement deux des quatre côtés du cloître entourant la cour.

Ayant atteint au fond de la cour une porte qui donnait accès dans l'intérieur des bâtiments du couvent, elle franchit ce nouveau seuil par où l'on pénétrait dans la partie plus fermée du couvent, celle où nul étranger ne devait entrer, et où cependant, par une bien flatteuse dérogation à la règle, la gracieuse enfant était reçue.

Après avoir gravi un étage, elle pénétra dans une vaste salle coupée de nombreux casiers où se trouvaient empilées d'innombrables réserves de vêtements et de linge destinés aux Carmélites.

Des sœurs converses allaient et venaient, sous la surveillance très sévère de mesdames les Carmélites; religieuses à la tournure, pour la plupart, fort aristocratique qui, Dieu me pardonne! les gourmandaient parfois rudement.

Le célèbre couvent des Carmélites du faubourg Saint-Jacques était en effet l'asile favori des femmes nobles qui voulaient fuir le monde et ensevelir leurs chagrins dans l'ombre du cloître.

D'ailleurs, quoique le monde finît à la porte du couvent, les distances étaient fortement marquées entre les modestes sœurs converses, sorte de domestiques, et les grandes dames qui avaient prononcé leurs vœux définitifs.

Il y avait entre la sœur Opportune et la sœur Perpétue la même distance que celle qui avait pu exister entre la marquise qu'avait été dans le monde la directrice de la lingerie et l'ancienne paysanne devenue tourière.

— Marie Brichon ne s'y méprenait pas, et ce fut avec une nuance marquée de respect qu'elle aborda sœur Opportune.

Celle-ci, qui venait de se fâcher, s'apaisa soudain :

— Voici Marie Brichon, dit-elle. — Vous arrivez bien à point, ma petite, et je suis fort satisfaite de vous voir. J'ai du travail très pressé à vous donner.

— Je suis à votre disposition, ma mère. Je vous apporte la nappe en point de Gênes.

— Merci, mon enfant, vous êtes une merveille d'habileté, continua la sœur Opportune en examinant les réparations.

Figurez-vous que nous sommes toutes bouleversées : nous allons d'ici quelques jours recevoir la visite de monseigneur l'archevêque de Paris, et nous aurons un beau sermon du révérend Père La Chaise, confesseur de Sa Majesté...

Sœur Louise, voici une charmante enfant qui possède une grande habileté. (Page 477.)

Aussi faut-il tout mettre en état pour leur faire honneur.

Et sœur Opportune entra en de longues explications relativement au travail qu'elle confiait à Marie Brichon ; en vain celle-ci essaya-t-elle à plusieurs fois d'amener la conversation sur les prochaines prises de voile et sur les nouvelles sœurs qui allaient prononcer leurs vœux.

La jeune fille désespérait de rien apprendre, lorsque la directrice de la lingerie s'écria :

— Ah! j'allais oublier que sœur Louise veut vous voir pour vous demander un conseil sur la façon dont vous faites ce joli point d'Alençon qui orne le précieux tissu dont est recouvert votre saint ciboire.

— Je vais me rendre, si vous le voulez, à la cellule de sœur Louise, déclara Marie avec empressement.

— C'est cela. Une sœur converse va vous conduire.

Après avoir traversé plusieurs salles où régnait une grande animation et parcouru de nombreux couloirs, la fille du Grand-Thomas se trouva devant la porte d'une cellule qui, suivant la règle du couvent, n'était fermée que par un loquet, et que toute sœur devait pouvoir ouvrir sans frapper.

Seulement il est avec le ciel des accommodements.

La sœur converse heurta le bas de la porte avec son pied comme par inadvertance, et laissa s'écouler un moment jusqu'à ce que l'occupante vînt ouvrir la porte elle-même.

La cellule avait l'aspect glacial de toutes les autres.

Sœur Louise, à la vue de Marie, eut un doux et triste sourire.

— Je suis heureuse de vous voir, ma petite Marie, dit-elle d'une voix qui avait sans doute été très harmonieuse, mais qu'une grande douleur avait dû casser et voiler.

— Et moi aussi, ma sœur, je suis bien contente de pouvoir vous être agréable, répondit la jeune fille avec une déférente affection.

— Venez ici, mon enfant...

Asseyez-vous sur ma chaise.

Et d'un geste, la religieuse indiqua l'unique siège en bois qui garnissait la cellule.

Sœur Louise avait dû être belle, non d'une beauté éclatante, mais d'une grâce fine et distinguée.

Ses yeux, flétris par les larmes, avaient encore une profonde douceur, comme le ciel lavé par la pluie à la fin d'une humide journée d'automne...

Tout en elle dénotait la délicatesse, la bienveillance et la tristesse d'un cœur aimant brisé par les heurts de la vie cruelle.

Dans ses moindres gestes et dans toute sa personne perçait la haute élégance d'une femme de race et d'une nature d'élite.

Tandis que Marie expliquait le mécanisme du point de dentelle dont sœur Louise lui demandait le secret, la jeune fille cherchait un moyen d'atteindre son but...

Mais brusquement elle prit une résolution :

— Sœur Louise, je vais vous demander quelque chose...

Mais j'ai peur que ce ne soit mal...

— Vous auriez une mauvaise pensée, ma pauvre enfant?... s'écria la sœur ; vous si pure, si douce!... Non, ce n'est pas possible...

Voyons, parlez !

— Je n'ose...

— Vous n'avez pas confiance en moi ?

— Oh ! si, ma sœur !... Mais je ne sais comment m'expliquer.

— De quoi s'agit-il ?

— De quelque chose que je voudrais savoir.

— Comment pourrais-je vous donner un renseignement quelconque, moi qui suis retirée du monde depuis quinze ans ?

— C'est sur le couvent.

— Oh ! cela est facile, car nous n'avons rien de caché ici, et notre vie, pour être recluse, se passe néanmoins au grand jour.

Marie eut un cri de doute.

— Quoi ! fit sœur Louise ; vous croyez que nous dissimulons quelque chose ?...

— Voilà... Une famille que j'aime, à laquelle mon père s'intéresse, a perdu une jeune fille...

Je dis « perdu », parce que la famille n'en a aucune nouvelle ; mais nous croyons savoir qu'elle est actuellement dans un couvent.

— Ah ?

— Je crois qu'elle est ici.

— Et ?...

— Et je voudrais... avoir de ses nouvelles.

— Ceci est délicat, en effet, mon enfant, car toute femme qui vient chercher ici l'oubli et le repos perd son identité...

Elle n'est plus qu'une sœur comme moi...

On ne peut donc pas lever le voile qui cache son passé, et si vous ne savez pas son nom en religion...

— Mais je ne crois pas qu'elle ait prononcé ses vœux.

— Le cas est peu différent. C'est une novice ?... Ou bien c'est une des rares pensionnaires admises ici ?...

De toute manière, il y a un mystère difficile à pénétrer, et la personne seule qui a voulu quitter le monde peut donner de ses nouvelles à ses amis et à ses parents.

— Mais la jeune fille en question n'a pas voulu quitter le monde ! s'écria Marie Brichon, avec vivacité.

— Que voulez-vous dire ?... s'écria sœur Louise en se départant de son calme.

— Voyez-vous, ma bonne sœur, dit la jeune fille en baissant la tête, j'avais tort de vous questionner...

Voilà que vous êtes fâchée contre moi !...

— Mais non, ma pauvre enfant. Mais vous me parlez par énigmes. Expliquez-vous !

— Eh bien, voici la chose en deux mots : Des gens ont enlevé la fille du seigneur de notre pays...

Ils l'ont emmenée à Paris pour l'enfermer dans un couvent qui doit être celui-ci, et cela sous l'inculpation de pactiser avec ceux de la religion réformée, ce qui est faux...

On a enlevé cette pauvre fille au moment où elle allait épouser un jeune gentilhomme qu'elle aimait et qui l'aimait.

Sœur Louise se leva toute droite, le sourcil froncé.

— Encore ces enlèvements dont le bruit est venu jusqu'à moi!... dit-elle comme se parlant à elle-même.

Étrange manière de ramener à notre sainte religion ceux qui pourraient être tentés de s'éloigner d'elle !...

Le cœur de Louis est donc bien changé pour qu'il agisse ainsi ?...

Il subit de bien mauvaises influences ! Quelle est cette jeune fille ? reprit-elle en s'adressant à Marie Brichon.

— Mademoiselle Hélène de Corneville.

— Une fille du marquis de Corneville ?... C'est étrange... murmura sœur Louise. Je ne pourrai donc pas en finir avec mes souvenirs...

Et faudra-t-il que le passé revienne toujours me poursuivre dans ma retraite... Corneville! cœur loyal, ami fidèle!... Le roi n'avait pas de plus dévoué serviteur ! Et c'est sa fille qu'il a fait enlever!...

Marie Brichon respecta un moment la rêverie dans laquelle était tombée sœur Louise. Puis elle demanda timidement :

— Mademoiselle de Corneville serait-elle ici ?

La religieuse tressaillit, et comme sortant d'un rêve, elle murmura :

— Peut-être, en effet, oui... je crois bien avoir rencontré une novice qui est arrivée depuis peu et qui est bien triste...

Elle s'appelle sœur Marthe. C'est une gracieuse jeune fille, très brune, aux yeux vifs...

Elle devait être gaie et enjouée lorsqu'elle était libre... mais elle paraissait bien abattue.

La religieuse réfléchit un moment, puis dit à Marie Brichon :

— Attendez-moi ici... Si une jeune sœur revient avec moi, ne faites, en ma présence, aucune allusion à la personne que vous cherchez.

Au bout d'un moment, sœur Louise revint, conduisant par la main une jeune novice toute pâle, toute défaite, qui se laissait guider presque inconsciente.

La malheureuse semblait profondément accablée, et ses yeux cernés indiquaient de fréquentes larmes.

A la vue de la charmante Marie, dont le coquet costume tranchait sur la robe bleu sombre des religieuses, un éclair de vie passa dans le morne regard de la novice : elle avait senti qu'un peu de la vie du dehors venait jusqu'à elle.

— Sœur Marthe, lui dit doucement sœur Louise, voici une charmante enfant qui possède une grande habileté dans l'art de la broderie.

Vous devriez lui demander de vous donner des leçons. Cela vous occuperait et vous distrairait, en dehors, bien entendu, des heures consacrées à la prière.

La novice eut un hochement de tête morne et résigné.

— Notre mère, dit-elle d'une voix éteinte, a défendu qu'on laissât aucune personne du dehors ni même aucune novice pénétrer dans ma cellule.

— Dans votre cellule, c'est possible, mon enfant, dit sœur Louise avec une hauteur qui n'avait rien de monastique, mais dans la mienne vous pourrez rencontrer Marie Brichon aussi souvent qu'il vous conviendra.

— Marie Brichon !... murmura la novice en cherchant dans sa mémoire ; il me semble que ce nom...

Sœur Louise l'interrompit brusquement :

— Je vous laisse un moment avec cette jeune fille,... Je vais à la chapelle, car c'est mon heure de garde.

Et se retirant rapidement, elle laissa la novice en tête à tête avec la fille du Grand-Thomas.

Dès que la porte de la cellule se fut refermée derrière sœur Louise, Marie Brichon laissa de côté la contrainte qu'elle s'était imposée et se rapprocha vivement de la novice.

— Êtes-vous mademoiselle de Corneville ? demanda-t-elle brutalement.

La jeune religieuse tressaillit violemment et ne put réprimer un geste d'effroi.

— Taisez-vous ! dit-elle à demi-voix ; si l'on vous entendait...

Je ne dois être ici que sœur Marthe.

— Alors, c'est bien vous mademoiselle Hélène ?...

— Chut !... Votre nom m'avait frappée, car il y a des Brichon à Corneville.

— Mon père est Brichon le charpentier.

— Celui qui a eu la jambe cassée ?

— Oui, et que vous avez soigné avec tant de bonté !...

Oh ! je vous ai tout de suite reconnue !

— Vous saviez que j'étais enfermée ici ?

— Oui... Et quelqu'un m'envoie vers vous.

— Mon père ?

— Non.

— Mais alors, qui donc ?... fit Hélène en rougissant.

— Notre ancien bailli, votre fiancé, M. de Préval, qui n'a cessé de vous rechercher depuis votre enlèvement.

— Oh! mon Dieu!... Mais c'est affreux!... je ne puis...

— Qu'y a-t-il donc qui vous désespère?... Nous allons vous faire quitter cette affreuse prison.

— C'est impossible!

— Comment?... Impossible!

— Oui. La mère supérieure m'a dit le jour de mon arrivée : « Mon enfant, ne tentez rien pour quitter cet asile... N'essayez pas de faire savoir à qui que ce soit que vous êtes ici, car la liberté de votre père paierait votre imprudence. »

— Oh! les misérables!

— Vous voyez bien...

— Qu'on vous a menti!... qu'on se joue de vous!... qu'on exploite votre piété filiale!... Oh! cela, je le vois bien!

— Que voulez-vous dire?...

— Votre père est...

Marie Brichon s'arrêta. Elle allait dire à la pauvre Hélène que son père était emprisonné... mort peut-être!...

Mais elle réfléchit que le coup était trop rude, et préféra laisser à Fabrice de Préval le soin de lui apprendre la fatale nouvelle.

— Mon père est... interrogea mademoiselle de Corneville toute tremblante?...

— Est en bonne santé, mademoiselle, et il n'a rien à craindre de ses persécuteurs.

— Je pouvais donc m'enfuir sans lui causer du mal?

— Je suis ici pour préparer cette fuite.

Mais ne perdons pas de temps : sœur Louise pourrait revenir...

Je devine que sa sortie a pour but de nous laisser préparer un départ qu'elle ne peut ouvertement encourager tout en désapprouvant l'emprisonnement dont vous êtes l'objet.

— Fuir, hélas! est bien difficile!

— Voyons un peu : où est votre cellule?

— Dans l'aile gauche, au troisième étage, sur la cour intérieure.

— N'y a-t-il pas de cellules de l'autre côté du couloir, et donnant sur la cour de la rue d'Enfer?

— Je ne sais ce que vous appelez la cour de la rue d'Enfer, mais la rangée des cellules en face de la mienne donne sur une sorte de grande cour où l'on décharge les provisions destinées à la nourriture du couvent.

— C'est bien cela... La nuit, votre cellule n'est jamais fermée?

— Non, jamais. On peut entrer et sortir à toute heure, puisqu'il faut aller à la chapelle deux fois dans la nuit.

— Et celles d'en face sont-elles occupées?

— Pas toutes.

— Bien. Maintenant, autre chose :

L'escalier par lequel vous descendez n'a-t-il pas au premier étage une porte donnant dans la lingerie ?

— Oui, je crois, en effet, l'avoir vue ouverte dans la nuit.

— Elle ne doit pas être fermée la nuit, non plus.

— Je ne crois pas.

— Oui, je pense que c'est possible.

— Cela suffit. Écoutez-moi bien.

Monseigneur l'archevêque viendra inspecter le couvent dans trois jours, c'est-à-dire samedi.

— Oui, la supérieure nous l'a annoncé hier.

— Ce soir-là il y aura dispense de la première prière qui est à minuit...

Mais malgré cela bon nombre de sœurs se rendront à la chapelle lorsque minuit sonnera...

Vous serez de celles-là, afin de profiter du mouvement qui se fait dans les couloirs...

Vous entrerez dans une des cellules inoccupées en face de la vôtre, et vous ouvrirez doucement la fenêtre.

— Vous savez qu'on ne peut voir au loin... interrompit Hélène; car il y a une hotte en bois.

— Vous n'avez pas besoin de voir, il suffit d'entendre.

— D'entendre quoi?

— A minuit juste, on sifflera doucement un air de menuet sous ces fenêtres.

Dès que vous l'aurez entendu, descendez jusqu'à la porte de la lingerie, et entrez-y en ayant soin de refermer la porte derrière vous...

Le reste nous regarde.

Maintenant, retournez dans votre cellule et ayez bon espoir : dans trois jours vous fuirez avec M. de Préval.

Et sur ces mots, l'espiègle Marie s'enfuit elle-même en courant rejoindre sœur Opportune, qui commençait à trouver qu'elle était bien longtemps chez sœur Louise...

Le grand jour de la visite de l'archevêque était arrivé, et une vive émotion régnait dans tout le couvent, qui, au grand complet, se pressa au sermon du père La Chaise.

Seule, la pauvre sœur Perpétue était privée de la grande joie d'entendre le révéré prédicateur, clouée qu'elle était par ses fonctions de tourière.

Elle fut distraite dans ses regrets par l'arrivée de Marie Brichon, à qui elle conta immédiatement son chagrin.

Celle-ci compatit beaucoup à sa peine, mais elle la consola en lui annonçant qu'elle lui apportait le fameux baume pour ses douleurs.

Il faut avouer que Brichon n'était pour rien dans sa fabrication, et que son auteur était l'habile chimiste Cyprien.

La sœur Perpétue ne douta pas un instant qu'un médicament apporté par ce petit ange de Marie ne dût la guérir immédiatement...

Aussi dans sa joie devint-elle très loquace.

De son côté, la jeune fille se laissa aller à bavarder beaucoup.

Et elle apprit assez facilement qu'à partir du moment où l'on sonnait le couvre-feu, on fermait à clef la porte de l'escalier accédant à la lingerie et donnant dans le cloître.

D'autre part, la seconde porte qui aurait permis de passer de la cour intérieure dans les bâtiments et qui accédait au rez-de-chaussée, c'est-à-dire aux cuisines, ne s'ouvrait que le matin et était également fermée à clef.

— Mais, ma bonne sœur, vous ne passez pas la nuit dans cette loge? demanda naïvement la jeune fille.

— Oh! non, mon enfant...

Je remonte à l'heure du couvre-feu dans ma cellule tout au bout du bâtiment.

Je ferme la porte de l'escalier de la lingerie derrière moi, et je descends, la première, le matin, pour l'ouvrir.

Je ne sais pourquoi on ferme cette porte, car il n'y a rien à voler ici...

Qui donc oserait escalader l'énorme mur qui ferme le couvent du côté de la rue d'Enfer?

— C'est très juste, sœur Perpétue...

Je me dis souvent que vous avez là à votre ceinture une série de clefs bien inutiles et bien lourdes.

Tout en causant, la jeune fille s'amusait à tripoter la clef.

— Tenez, vous avez dans la main celle de la lingerie, s'écria la sœur.

Au même moment, soit maladresse, soit par suite d'un plan arrêté, Marie Brichon défit le nœud de la cordellerie où pendaient les trousseaux...

Ce fut un fracas formidable!...

Les vingt-cinq ou trente clefs se répandirent sur le sol avec un grand bruit de ferraille.

Tout en s'excusant, la jeune fille les ramassa et les enfila de nouveau dans la corde, que la bonne sœur renoua à sa taille sans se donner la peine de vérifier si elles y étaient toutes.

La nuit venue, sœur Perpétue s'élança hors de sa loge, en boitant

Allons, mademoiselle, du courage! lui dit-il d'un ton de reproche. (Page 485.)

douloureusement, pressée qu'elle était de regagner sa cellule pour se frictionner avec le bienheureux liniment.

Après avoir péniblement contourné la cour en suivant la galerie couverte du cloître, elle franchit la porte de la lingerie et voulut la refermer derrière elle. Mais elle ne trouva pas dans son trousseau la clef qui allait à cette serrure.

— Bon ! elle aura roulé dans un coin du vestibule, lorsque cette gamine de Marie Brichon a dénoué ma cordelière...

Tant pis ! je ne retourne pas pour si peu ! La porte restera ouverte jusqu'à demain !

Sans plus se préoccuper de ce petit détail, sœur Perpétue gagna péniblement sa cellule.

Pour être juste, je dois dire qu'elle trouva un grand soulagement dans les frictions qu'elle exécuta avec la préparation de Cyprien.

Hélène de Corneville avait eu d'abord des nuits très agitées lors de son arrivée au couvent des Carmélites...

Le réveil au milieu de la nuit pour la longue station à la chapelle avait d'abord provoqué chez elle une insomnie complète...

Puis, peu à peu, elle s'était pliée aux usages de la maison, s'accoutumant ainsi que les marins au sommeil coupé par les quarts, et elle en était arrivée à s'endormir lourdement dès l'heure du coucher pour se relever machinalement au coup de cloche de minuit.

Cependant, le soir de la visite de l'archevêque, Hélène ne put s'endormir, et elle entendit successivement sonner les heures et les demies jusqu'à onze heures et demie.

A ce moment, elle se leva tout doucement.

Puis, s'agenouillant dans sa cellule, elle se mit à prier.

— Mon Dieu, disait-elle, pardonnez-moi ce que je vais faire !... Ce n'est pas un sacrilége, car je suis sûre... car vous ne pouvez vouloir qu'on se consacre à vous sans vocation !...

Vous êtes trop bon, mon Dieu, pour n'avoir pas pitié de moi !...

Pour accepter mon corps, lorsque ma foi n'est pas assez ardente pour que je me donne à vous de mon propre consentement...

Mon Dieu, pardonnez-moi, et protégez-moi !

Réconfortée par cette cette prière qui lui semblait si juste, la malheureuse enfant attendit quelques minutes. Les douze coups de minuit retentirent bientôt dans le silence de la nuit...

Mais la cloche n'appela pas à la prière nocturne.

Cependant, des pas nombreux retentirent...

Plusieurs religieuses passèrent devant la cellule d'Hélène, pour gagner l'escalier.

Celle-ci les laissa s'éloigner.

Puis elle poussa sa porte et traversa le couloir en étouffant ses pas.

Elle s'était assurée dans la journée que la cellule en face de la sienne était inoccupée.

Elle en fit jouer le loquet et s'approcha doucement de la fenêtre, qui était ouverte.

Du dehors, aucun bruit ne montait...

Mais, penchée contre la hotte de bois qui interceptait la vue des lieux voisins, elle écouta attentivement.

Il lui sembla bientôt entendre un hennissement...

Sans doute quelque cavalier attardé qui passait rue d'Enfer.

Puis le silence de la nuit fut brusquement interrompu par un léger sifflement.

Le siffleur devait être assez éloigné, car le rythme d'une pavane parvenait à peine jusqu'à l'oreille de la novice.

Mais la souffrance, et le silence du couvent avaient singulièrement avivé l'ouïe de la jeune fille, car il lui sembla que l'air joyeux retentissait contre son oreille...

Se raidissant contre l'émotion qui s'emparait d'elle, Hélène, en digne fille de Corneville, recouvra tout son sang-froid et descendit doucement l'escalier de la lingerie.

Arrivée devant la porte dont lui avait parlé Marie Brichon, elle l'ouvrit sans difficulté et pénétra dans le vaste magasin.

Elle se trouva tout de suite arrêtée par l'obscurité qu'épaississait encore la multitude des casiers occupant la vaste salle.

Il lui sembla qu'un pas léger venait à elle.

Une voix étouffée murmura :

— Mademoiselle Hélène...

Quand elle eut répondu un « oui » étouffé, une petite main saisit la sienne, et l'entraîna rapidement, la guidant à travers les dédales de la lingerie.

— Prenez garde, voici une porte et un escalier, dit doucement la voix ; nous allons descendre un étage.

Hélène se laissait conduire comme une aveugle...

Un souffle frais la frappa au visage, une porte se referma, et elle se trouva sous la galerie du cloître entourant la cour des cuisines.

La clarté vague que donnait une belle nuit d'été sans lune lui fit distinguer une ombre qui venait à elles.

— La jeune fille est avec vous, mademoiselle? demanda une voix rauque.

— Oui, monsieur Noré... la voici !

Et Marie Brichon amena sa compagne au milieu de la cour.

— Alors vivement à l'échelle !

Hélène, qui n'avait pas parlé jusqu'alors, suffoquée par l'émotion, murmura :

— Où me conduit-on ?

— Auprès de M. de Préval, qui vous attend de l'autre côté du mur que vous allez franchir, à l'aide de cette échelle.

Et d'un geste, le beau Noré montra une légère échelle de bois appliquée contre la porte charretière et aboutissant au sommet du haut portail de pierre qui l'encadrait.

— M. de Préval est là ? dit Hélène avec un battement de cœur qui étouffait sa voix.

— Oui, de l'autre côté...

J'ai eu toutes les peines du monde à l'empêcher de venir de ce côté-ci... Mais il a compris que son devoir était de garder le côté où il peut y avoir du danger.

— Il court un danger ?

— Oui, si nous ne partons pas tout de suite ! s'écria Marie Brichon, qui s'impatientait.

Hélène n'hésita pas...

Saisissant les montants de l'échelle, elle se mit à gravir rapidement les échelons, suivie par le beau Noré, qui, une main étendue, se tenait prêt à la soutenir en cas de faiblesse.

Mais Hélène était bien une Corneville.

Arrivée sur l'étroite crête du mur, elle se retourna et demanda avec calme :

— Que faut-il faire pour descendre ?

— Attendez que mademoiselle Marie soit montée à son tour, et nous allons passer l'échelle de ce côté.

En effet, la fille du Grand Thomas avait fait, à son tour, l'ascension du mur.

Le beau Noré, soulevant la longue échelle comme s'il se fût agi d'une simple perche, la bascula et la plaça le long du mur du côté de la rue.

— Je passe le premier si vous le permettez, mademoiselle de Corneville, dit-il.

Et, sans attendre la réponse, il commença à descendre à reculons, la main tendue vers Hélène, qui, sans hésitation, s'engagea à sa suite.

A peine Noré avait-il descendu deux ou trois échelons qu'une voix anxieuse lui demanda :

— Eh bien, Noré, avez-vous réussi ?

L'effet de cette voix sur Hélène fut foudroyant !...

La pauvre enfant chancela, et elle serait tombée si le beau Noré ne l'avait retenue.

— Allons, mademoiselle, du courage ! lui dit-il d'un ton de reproche. Ne vous laissez pas aller comme cela...

Vous voilà aux trois quarts sauvée !

— Hélène !... Hélène !... murmura la voix.

— Fabrice !... Oh ! mon Fabrice !... répondit la novice, se laissant glisser plutôt qu'elle ne descendit le restant de l'échelle.

Le beau Noré, une fois à terre, s'écarta...

Deux bras puissants saisirent la jeune fille, qui se sentit enlevée comme une plume...

Ce fut comme dans un rêve qu'elle entrevit la silhouette sombre d'un carrosse de voyage, près duquel se tenait un cavalier, la main sur son épée, et qui la salua.

Elle vit le beau Noré enfourcher un cheval que le cavalier tenait en main, et elle entendit une voix qui ne lui était pas inconnue, crier au postillon :

— Allons, Gervais, enlève tes chevaux, et ne flânons pas !

Et cela tandis que M. de Préval, qui était monté dans le carrosse à côté d'elle, rabattait les mantelets des portières.

XI

CAPRICE DE GRANDE DAME

David Chartier de Candeil avait pris très sincèrement le chevalier de Verderonne en grande affection, et il n'y avait pas d'occasion dont ce grave magistrat ne profitât pour se retrouver avec son jeune ami.

Cet homme de cœur avait su apprécier toutes les grandes qualités que possédait le vaillant garçon.

Celui-ci s'abandonnait à la sympathie qu'il éprouvait pour la droiture et l'esprit si élevé du digne conseiller au Parlement ; aussi leurs relations devinrent-elles très étroites.

Cyprien ne manquait pas d'aller deux fois par semaine déjeuner avec son vieil ami, et il sortait de chez lui tout leste de bons conseils et de sages avis.

Un matin donc, fidèle à cette habitude, le chevalier de Verderonne se fit annoncer chez le conseiller.

Le jeune homme était plus grave que d'ordinaire, et son visage reflétait une préoccupation visible.

A mesure qu'il se familiarisait avec sa nouvelle condition, et qu'il entrait plus avant dans le monde, il s'assimilait d'avantage les manières, les idées, les goûts, les désirs des gens de qualité.

Et sans renoncer à son amour pour l'étude, il sentait tressaillir en lui des fibres nouvelles, éclore des sentiments jusqu'alors inconnus.

Comme un généreux coursier qui frémit au bruit des armes, il s'émotionnait aux récits de bataille, et le sang aristocratique qui devait couler dans ses veines s'échauffait à la pensée des combats qui, à ce moment-là, se livraient partout.

La France était alors engagée dans une grande guerre européenne. L'avènement de Guillaume d'Orange au trône d'Angleterre et son adhésion à la ligue d'Augsbourg nous avaient obligés d'affronter l'Angleterre sur mer et de faire face sur terre aux Pays-Bas, à l'Allemagne, à l'Autriche, et bientôt aux divers États italiens, sur le continent.

Tandis que le maréchal de Luxembourg tenait campagne dans les Pays-Bas, et Boufflers sur la Moselle, le Dauphin, accompagné du marquis de Lorges, passait le Rhin.

D'autre part, Jacques II, le roi catholique détrôné par le protestant Guillaume d'Orange, avait débarqué en Irlande et gagnait chaque jour du terrain, soutenu par des troupes françaises amenées dans l'île, sous la conduite de l'amiral Château-Renault.

Le baron René de la Suze était en instance pour prendre une compagnie dans l'armée des Pays-Bas.

Cyprien, lui aussi, voulait partir, mais il pressentait des difficultés, et c'est ce qui assombrissait les beaux traits de son visage.

Le conseiller s'en aperçut tout de suite et lui demanda quelle contrariété il éprouvait.

Cyprien le lui apprit sans hésitation.

— C'est bien délicat, dit David-Chartier en hochant la tête.

Il y a deux manières de partir :

Soit en achetant une compagnie, ce que vos moyens ne vous permettent pas, soit en la demandant au roi.

Or, dans l'un et l'autre cas il faut faire vos preuves de noblesse. D'après ce que vous m'avez appris, vous n'avez comme seule pièce probante qu'un titre signé, il est vrai, de Sa Majesté et remontant à quelque vingt ans.

Mais si ce titre vous confère la noblesse, il laisse subsister un mystère absolu sur votre naissance, et matériellement, ce titre pourrait s'appliquer à tout autre qu'à vous.

Sur un geste de Cyprien, le conseiller continua :

— Certes, je ne mets pas en doute votre honnêteté ni votre bonne foi !...

Mais ceux qui seront chargés de la vérification peuvent le faire, doivent même le faire, et vous ne pouvez invoquer qu'un seul témoignage qui soit, décisif, c'est celui du marquis de Corneville.

— Hélas ! le pauvre marquis, s'il vit encore, est enseveli à jamais derrière les murs de la Bastille !

— Eh oui, c'est là le malheur, car ne fût-il qu'un jour présent à vos côtés, ce serait suffisant pour tout arranger.

— Alors ?... interrogea le jeune homme.

— Alors, je ne vois pas de solution en ce moment.

— Mais enfin il y a bien de pauvres diables sans nom, qui partent tous les jours !

— Et à quoi votre départ comme simple soldat vous mènerait-il ?

Vous iriez vous faire casser la tête obscurément, après avoir mené la vie rude et grossière des soldats sans espoir d'avancement et en renonçant à votre titre, à votre rang !...

— C'est juste, soupira le chevalier de Verderonne.

— Vous voyez qu'il faut rester parmi nous.

— A moins que...

— A moins que ?

— J'ai une idée !

— Laquelle ?

— On me prête une certaine connaissance de la chirurgie.

Or, je crois qu'on peut soigner ses semblables, disputer à la mort des existences précieuses, sans pour cela compromettre sa dignité.

— Certes, la pratique de la chirurgie est de celles qui sont permises à un homme de condition.

— Eh bien, j'ai envie de servir mon pays en allant soigner les blessés sur les champs de bataille.

— L'idée est belle et digne d'un grand cœur comme vous ! s'écria le conseiller en serrant la main du jeune homme.

Le jour où vous vous déciderez à mettre à exécution votre projet, je vous donnerai un moyen de l'accomplir très facilement.

En attendant, je vais vous montrer un coin de Paris que vous ignorez encore et qui vous intéressera.

— Quel est cet endroit ? interrogea curieusement le jeune homme.

— Connaissez-vous la promenade Saint-Bernard ?

— J'en ai vaguement entendu parler.

— Eh bien, venez avec moi...

Et, si le cœur vous en dit, vous pourrez prendre un bon bain en ce qui n'est pas désagréable, en ce chaud mois de Juin.

Un quart d'heure plus tard, les deux promeneurs faisaient leur apparition sur le quai Saint-Bernard, ou plutôt sur la belle avenue plantée d'arbres séculaires qui longeait la grève herbeuse et sablonneuse longeant la Seine en cet endroit.

C'était une véritable plage au sable fin descendant vers le fleuve superbe, qui ne se rétrécissait pas encore pour former les deux bras entourant les îles de Notre-Dame et de la Cité.

Seuls les terrains plats et ombragés de l'île Louvière se dressaient sur l'autre rive.

La plage s'enfonçant en pente douce sous le cours du fleuve était très favorable pour la baignade au pied, et de nombreux jeunes gens appartenant à la bourgeoisie, voire même à la noblesse, en profitaient pour faire des « pleine eau ».

Sur la berge même et dans la grande avenue, de nombreux spectateurs, et je dois à la vérité d'ajouter, de nombreuses spectatrices semblaient fort s'amuser du spectacle...

Quoique beaucoup de dames fussent masquées, les litières et les carrosses qui attendaient sur l'avenue, non loin du Marché aux Vins, prouvaient suffisamment qu'il y avait là des femmes de qualité et en grand nombre....

Sans être un puritain, le chevalier de Verderonne fut un peu choqué de voir tant d'élégantes contempler des exercices de natation du sexe fort, qui d'ailleurs ne se gênait guère pour aller à l'eau et en sortir.

Le conseiller s'écria :

— Oh ! mon jeune ami, vous ignorez les mœurs de notre temps !

... Tenez, voyez ces nobles demoiselles, se cachant les yeux sous leurs éventails, lorsqu'un jeune baigneur passe près d'elles !...

— Oui, c'est vrai... Mais alors...

— Attendez donc !... Leurs éventails sont percés de trous, ce qui leur permet de ne pas détourner la tête et de regarder tout à loisir.

D'ailleurs, trait bien caractéristique, ces dames ne viennent ici se promener que lorsque la saison des bains est commencée et n'y reviennent plus lorsqu'elle est achevée... C'est tout dire, n'est-ce pas ?

Cyprien n'eut pas le temps de répondre. Au même instant une dame s'approcha du conseiller.

— Bonjour, cher monsieur de Candeilles, dit-elle d'une voix harmonieuse.

Venez-vous donc avec l'intention de vous ébattre dans les ondes pures du fleuve ?

— Certes, non, belle dame, répondit le magistrat.

Si je suis en ces lieux enchanteurs, c'est afin de les montrer à mon jeune ami le chevalier Charles-Auguste de Verderonne, qui n'est pas encore au courant de toutes les curiosités de Paris.

Suivant l'usage, David Chartier n'avait donné ni son nom ni son titre

Vite un bateau! Qu'on aille à son secours! cria Geneviève. (Page 491.)

à son interlocutrice, qui était marquise, et dont il respectait l'incognito quoiqu'il l'eût facilement reconnue.

Quant à Cyprien, la voix de la jeune femme l'avait fait tressaillir...

Il se sentait mal à l'aise sous son regard inquisiteur qu'il voyait étinceler à travers les trous du masque, et qu'il sentait posé sur lui...

— Ah ! monsieur est nouveau venu parmi nous ? interrogea l'élégante personne d'une voix très douce...

Vous lui montrez le bain à la mode.

— Il va même, je crois, en profiter, dit le conseiller.

Cyprien acquiesça, heureux de saisir l'occasion d'échapper à l'examen persistant qui l'inquiétait....

C'est qu'il avait retrouvé dans l'inconnue, la voix étrange et la grâce onduleuse et féline de Geneviève du Mesnil; il était enchanté de s'éloigner, craignant qu'elle ne le reconnût lui aussi, et qu'elle ne se rappelât le barbier de Corneville.

Le jeune homme se trompait.

Si, par moments, une sorte de souvenir passait dans l'esprit de la vicieuse jeune femme, ce n'était qu'un vague rapprochement, une ressemblance lointaine qui ne la préoccupait pas.

Non, elle était impressionnée par l'élégance, par la distinction par la mâle beauté du chevalier de Verderonne, et comme il ne lui était advenu que trop souvent en des cas analogues, un désir brutal s'allumait dans son cœur.

Aussi surveillait-elle de près la baignade du chevalier, qui, en excellent nageur qu'il était, se portait fort loin du rivage.

Tenté par les ombrages de l'île Louvière, Cyprien se disposait tout bonnement à traverser le Seine dans toute sa largeur, au grand hébaïssement des autres baigneurs, pour la plupart médiocres nageurs.

Tandis que Geneviève et le conseiller suivaient de l'œil sa coupe savante, un nouveau venu qui errait non loin de là, depuis un moment, s'approcha du groupe.

En entendant la voix de Geneviève, il s'avança de façon qu'elle pût l'apercevoir.

A sa vue, la marquise tressaillit et, au même moment, elle l'appela d'un geste.

Comme David Chartier voulait se retirer par discrétion et peut-être aussi parce que le conseiller était peu liant de sa nature, la marquise présenta les deux hommes l'un à l'autre :

— Le capitaine Othon de Vaalberg... un officier de mes amis.

— Monsieur le conseiller David Chartier de Candeilles.

Le magistrat salua, et se mit à examiner son interlocuteur.

Celui-ci, après quelques banales politesses, se fit mettre au courant de ce qu'était le brillant nageur qui attirait l'attention de tous les promeneurs.

L'admiration que laissait éclater Geneviève semblait irriter fort M. de Vaalberg, et ce fut d'un ton impertinant qu'il s'écria :

— Allons donc ! voilà une belle prouesse!...

Si vous le voulez, marquise, j'en ferai autant !

Comme Geneviève paraissait douter de ses qualités de nageur, le capitaine s'éloigna un instant, puis confia ses vêtements à son laquais.

Bientôt il fut dans le fleuve.

Certes, c'était un fier nageur, fendant l'eau avec vigueur et sûreté.

Au bout d'un instant, il ne fut plus qu'un point au milieu de la Seine.

M. de Vaalberg avait refusé le concours d'un batelier qui s'offrait à le suivre, et il s'avançait fort rapidement vers l'île Louvière, que Cyprien venait de quitter pour revenir au quai Saint-Bernard.

Tout alla bien jusqu'aux deux tiers de la traversée, mais soit que le saisissement de l'eau eût été un peu vif, soit que la colère qui visiblement s'était emparée de lui en entendant Geneviève vanter le jeune baigneur l'eût fait dépenser trop rapidement ses forces, qu'il aurait dû ménager, le fait est que le capitaine donna bientôt des signes visibles de fatigue.

Cyprien, qui allait passer un plus haut que lui, s'en aperçut le premier.

Voyant que ce baigneur courait un danger, il se laissa porter sur lui par le courant.

Bientôt une crampe étreignit le capitaine de Vaalberg, qui cessa de nager régulièrement.

Il agita les bras, il fit un ou deux plongeons et, de la berge, on put deviner le drame.

L'angoisse grandissait parmi les spectateurs inquiets. Les plus émus de tous étaient David Chartier et la marquise...

Vite un bateau ! qu'on aille à son secours ! cria Geneviève tandis que deux bateliers se disposaient à quitter la berge.

— Dix pistoles à ceux qui le sauveront ! dit le conseiller.

Aussitôt les canots volèrent sur l'eau !

Mais on devinait qu'ils arriveraient trop tard...

— Oh ! mon Dieu !... Mais c'est affreux ! disait Geneviève ; c'est moi qui cause la perte de ce malheureux !...

Que faire ?... Personne n'arrivera à temps !... Voyez, monsieur le conseiller, il vient encore une fois de disparaître !

Et chaque fois il est plus long à remonter !

Le conseiller s'exclama :

— Oh ! mais voilà notre ami qui revient vers nous...

Il me semble qu'il se dirige vers le capitaine.

La marquise clama :

— Oui ! oui ! Oh ! le brave cœur, c'est cela ! Oui, oui ! Il va vers lui !... il le prend... il est sauvé ! Bravo, chevalier !

Quelques secondes après, un canot mettait à terre le capitaine de Vaalberg, à demi suffoqué. Aussitôt, on lui avait donné les secours nécessités par son état.

Il reprit ses sens peu à peu sous les frictions vigoureuses des bateliers ; bientôt il fut en état de se revêtir.

Mais en même temps qu'il revenait à lui, le capitaine se rendait compte du ridicule qui allait remplacer le premier mouvement de pitié.

Aussi, lorsque Geneviève lui demanda avec empressement de ses nouvelles, ses réponses furent-elles un peu maussades.

La marquise se lança bientôt dans un éloge hyperbolique du sauveteur qui l'avait empêché de couler à fond, et cela suffit pour donner un autre cours à l'irritation sourde de l'officier.

— Je vais faire remettre cette bourse au batelier qui m'a repêché, déclara-t-il d'un ton dégagé.

Elle répliqua sèchement :

— Mais le batelier qui vous a ramené à terre a reçu déjà une récompense de M. Chartier de Candeilles.

Ce n'est pas à lui que je faisais allusion, c'est au galant homme qui nageait non loin de vous, et qui vous a maintenu la tête hors de l'eau jusqu'à l'arrivée des barques.

— Ah ! j'ai un sauveteur de qualité !...

Mais où est-il que je l'embrasse, ce vaillant nageur ?

Il y avait une ironie visible dans ces paroles.

La marquise y répondit en appelant Cyprien, qui se tenait à l'écart :

— Monsieur de Verderonne, venez donc !...

Voici le capitaine de Vaalberg qui désire vous remercier.

A ce nom, le jeune homme tressaillit, et parut chercher dans sa mémoire en quelle circonstance il l'avait déjà entendu prononcer.

De son côté, le capitaine le dévisageait avec étonnement.

— Mais c'est le jeune provincial du Pont-Neuf !... murmurait ce dernier, tandis que de son côté Cyprien, le reconnaissant, se disait :

— On dirait le soudard qui poursuivait ma charmante Marie !...

Cependant le jeune homme s'avança, une main tendue vers son ex-adversaire.

Celui-ci hésita une seconde, puis toucha cette main en bégayant du bout des lèvres un vague remerciement pour le service rendu.

Malheureusement, la marquise, emportée par son admiration pour le chevalier de Verderonne, fit de nouveau l'éloge du jeune homme, en termes qui augmentèrent la mauvaise humeur du capitaine.

M. de Vaalberg prétexta un malaise bien naturel et s'éloigna en murmurant :

— Voilà un garçon qui se trouve toujours en travers de mon chemin et qui semble vouloir se dresser partout où une femme me plaît !...

Cela finira mal pour lui !. . . . .

. . . .

Deux jours après cette aventure, Gervais, en réveillant le chevalier de bon matin comme d'habitude, lui remit un billet parfumé qu'un valet sans livrée avait apporté la veille au soir.

L'ex-barbier de Corneville, tout étonné à l'aspect de cette missive qui semblait émaner d'une femme, l'ouvrit et ne trouva que ces mots :

« Si le chevalier de Verderonne veut se rendre demain soir, à dix heures à la maison située rue Neuve Saint-Gilles, en face des Minimes, et dont la porte est surmontée d'une houlette, il y rencontrera une femme jeune et qu'on dit belle, sur laquelle il a fait une vive impression.

« Pour pénétrer dans la maison il n'aura qu'à frapper trois fois et à dire : *Je suis celui qu'on attend.* »

Ce billet plongea le jeune homme dans une profonde rêverie.

Son amour-propre était chatouillé agréablement par cette brutale déclaration, bien dans le ton de l'époque, et cependant il hésitait à se rendre à ce piquant rendez-vous.

Au même moment la radieuse et pure image de Marie passa devant ses yeux, et cela suffit à lui faire prendre une résolution inébranlable, qui pouvait se traduire ainsi : Non ! il n'irait pas, pour rien au monde, rue Neuve-Saint-Gilles !...

XII

FRÈRE CHARLES

S'il est un nom magique dans notre histoire c'est certainement celui de Fleurus, cette petite ville du Hainaut belge, dont le territoire fut le théâtre de quatre batailles dont trois victoires françaises !... Fleurus qui vit les armées de Louis XIV écraser les troupes des nations alliées contre la France !... Fleurus qui vit les mêmes nations alliées fuir devant les Sans-Culottes de l'An deux !... Fleurus enfin qui se dressa au milieu de la bataille de Ligny, contemplant le dernier succès de Napoléon l'avant-veille de Waterloo !... Fleurus n'était au mois de juin 1690 qu'un modeste bourg des Pays-Bas, et rien n'annonçait encore la sanglante illustration qui devait lui être prodiguée à trois reprises dans l'espace de cent quinze ans.

Le 19 juin, le soleil s'était levé radieux sur les vastes campagnes de la Sambre ; l'eau claire de la rivière que ne contaminait aucune des usines actuelles, souriait joliment à travers les vertes frondaisons des grands arbres.

La nature entière était en liesse, et tout en elle invitait aux plaisirs et aux travaux des champs.

Cependant, un observateur attentif aurait pu discerner quelque chose d'anormal dans le grand et lourd silence qui planait sur la campagne.

Pas une chanson, pas un cri, pas un appel de paysan ne se faisait entendre ; pas un être vivant ne se montrait au milieu des cultures.

Aux portes des chaumières quelques têtes anxieuses paraissaient un instant, puis disparaissaient aussitôt.

Il y avait une étrange opposition entre l'effarement visible des êtres et le calme de la nature.

Cependant, au loin, un nuage de poussière se soulevait sur la route qui longeait la rive droite de la Sambre...

Bientôt le nuage creva, et un brillant détachement de cavalerie apparut marchant à une vive allure.

A l'élégante tournure des cavaliers et à la beauté de leurs chevaux, on pouvait juger que c'était une troupe d'élite, composée de gentilshommes.

En tête, chevauchaient deux jeunes gens qui devaient évidemment la commander.

L'un de ces cavaliers était un écuyer remarquable à la tournure distinguée et fine, et qui semblait tout joyeux.

Il s'écria brusquement :

— Mon cher Belphégor, avouez que nous avons de la chance que notre compagnie ait été désignée pour accompagner M. le duc du Maine !

— Certes, monsieur de la Suze, c'est un vrai bonheur, répliqua l'autre cavalier, un colosse à la bonne figure réjouie ; car si les gardes du corps et leur mestre de camp n'étaient pas venus rejoindre le maréchal de Luxembourg, nous serions encore à moisir dans quelques places du côté de la Moselle.

— Enfin, on va en découdre, car le maréchal me paraît avoir le diable au corps !

— Oui, mais moi, ma cuirasse m'étouffe avec ce diable de soleil.

— Oh ! voilà bien le Normand qui craint la chaleur...

Et que dites-vous de cette carabine dont on nous affuble maintenant et qui abîme le flanc des chevaux ?

— Je dis que je suis assez bon chasseur et qu'il me sera agréable de brûler un peu de poudre.

Je pense que ces messieurs sont de mon avis...

Ainsi interpellés, les gardes du corps protestèrent, approuvant ou discutant avec cette liberté que les soldats de la Maison du Roi, tous d'aussi bonnes familles que leurs officiers, savaient prendre hors du service.

Tout en devisant, les officiers lançaient de temps à autre de petits pelotons d'éclaireurs vers la rivière pour explorer les bouquets de bois et les agglomérations de fermes.

Des détachements de cavalerie légère faisaient de même sur le plateau.

Au loin, derrière, dans la poussière se dessinait assez confusément un épais fourmillement d'hommes qui ne pouvait être que l'infanterie d'une armée en marche.

Alors tout s'expliquait : les campagnes désertes, la terreur des paysans et le lourd silence qui précédait le fracas des troupes en colonne.

Bientôt un gros de cavalerie apparut.

Au milieu d'un brillant état-major d'officiers, un homme en uniforme d'officier général, rouge et or galopait à travers champs au-devant d'un autre groupe d'uniformes non moins brillant, non moins étincelant, qui venait du plateau.

Ce nouvel état-major, était d'ailleurs suivi d'une compagnie de mousquetaires noirs qui, comme le détachement de gardes du corps appartenait à la Maison du Roi.

Le premier officier-général s'inclina devant celui qu'escortaient les mousquetaires, avec une nuance de respect, qui pouvait paraître étrange s'adressant à un égal en grade, paraissant, qui plus est, fort jeune encore.

Le premier officier-général dit à celui qu'il venait de saluer avec une profonde déférence :

— Monseigneur, je vous cherchais pour vous demander si vous avez reçu les dernières instructions du maréchal.

— Oui, mon cher Gournay, répondit le général ainsi interrogé, lequel n'était autre que le duc du Maine, le célèbre fils légitimé de Louis XIV et de madame de Montespan.

Le prince ajouta :

— Mais je ne sais pas bien où se trouve le passage dont il parle, et j'ai peur que nous ne dépassions le point indiqué.

— Voici devant nous un village qui doit être Ham, et c'est là que nous devons jeter les ponts, en face de la rivière appelée l'Ormeau.

Ces marauds de Flamands se terrent comme des taupes...

Il n'y a pas moyen de trouver un paysan pour nous guider.

A ce moment, un chevau-léger s'avança au galop vers le groupe des généraux.

— Eh bien, qu'y a-t-il ? interrogea le duc du Maine.

Le chevau-léger répondit :

— Monseigneur, nous avons trouvé un guide.

— Amenez-le au plus vite, et à coups d'étrivières, s'il ne veut pas marcher !

— C'est que... Monseigneur...

— Eh bien, quoi ? Parlez donc !

— C'est un moine...

— Diable ! il faut être plus poli alors... Et ce moine, à quel ordre appartient-il ?

— C'est un frère de la Charité.

— Un Flamand ?

— Non, un Français... D'ailleurs, le voilà qui s'avance.

En effet une tache sombre apparaissait...

Et bientôt un frère de la Charité en son costume noir, la tête recouverte de son capuchon, s'arrêta devant les officiers.

— Mon frère, dit le chevau-léger, voici son Altesse Mgr le duc du Maine qui veut bien vous entendre.

Le moine prit la parole :

— Monseigneur, je viens apporter à l'armée des renseignements qui lui seront utiles, je l'espère.

— Vous habitez ce pays, mon frère ? interrogea le prince.

— Non, monseigneur, je ne le connais que depuis quelques jours. Et j'y suis venu avec plusieurs de mes frères. Nous venions de Paris pour suivre les règles de notre ordre, et donner nos soins aux blessés.

— Vous connaissez cette région, dites-vous. Eh bien, où se trouve le château de Froidmont ?

— Juste en face de vous, monseigneur, de l'autre côté de ce village, qui est Ham.

— Comment se comporte la rivière en cet endroit ?

— Le courant, brisé par un coude brusque, est très lent ; les berges sont en pente douce, et le sol du fleuve très stable.

— La profondeur ? demanda M. de Gournay.

— Variable, mais jamais bien grande.

— Comment le savez-vous ? reprit le général de la cavalerie, à qui le duc du Maine abandonnait l'interrogatoire.

— J'étais sur l'autre rive, lorsque j'ai vu venir de loin les troupes. Et comme elles se dirigeaient vers la boucle de Ham, j'ai pensé qu'elles allaient tenter ce passage.

— Bien raisonné... trop bien même pour un simple moine... murmura de Gournay, soupçonneux.

Il reprit tout haut :

— Et alors qu'avez-vous fait ?

— J'ai traversé la rivière, moitié en marchant, moitié en nageant, répondit simplement le moine.

Vous pouvez nous guider à cet endroit? demanda le duc du Maine. (Page 497.)

Les officiers jetèrent un coup d'œil sur la robe du frère de la Charité et constatèrent qu'elle était ruisselante d'eau.

Sans se préoccuper de l'examen dont il était l'objet, le moine continua :

— Il n'y a qu'un chenal d'une vingtaine de mètres où l'on n'ait pas pied...

Et là encore, il y a tout au plus deux mètres de profondeur.

— Vous pouvez nous guider à cet endroit? demanda le duc du Maine.

— Je suis là pour cela, monseigneur.

M. de Gournay se pencha vers le duc du Maine.

— Vous avez confiance en ce moine ? demanda-t-il.

— Dame, que voulez-vous... il parle fort bien.

— Trop bien, peut-être... Enfin, allons-y !

Tout en suivant le moine, qui marchait d'un pas rapide, M. de Gournay lui demanda :

— Comment vous appelez-vous, mon frère ?

— Frère Charles.

— Vous avez un autre nom ?

— J'en avais un, mais je l'ai oublié... Telle est la règle de notre ordre.

— C'est ennuyeux que vous ne puissiez nous suivre, car nous sommes pressés.

— Faites-moi donner un cheval, et vous pourrez galoper, dit le moine.

— Vous êtes cavalier, mon frère ?

— Oui, car avant de prendre cet habit, j'appartenais à votre monde, mon général.

— Ah ! je comprends, mon frère, votre connaissance des choses de la guerre...

Et peut-être avez-vous servi ?

— Je ne suis plus rien qu'un pauvre moine...

Mais, en effet, j'ai mené une autre existence, et, il y a quelques mois à peine que j'ai revêtu cette robe d'humilité.

A ce moment, un mousquetaire noir qui avait mis pied à terre, amena au moine une superbe bête, fringante et nerveuse.

Retroussant sa robe dans sa ceinture de cuir, le frère de la Charité se mit en selle avec l'aisance et la liberté d'un excellent cavalier.

Dans ce mouvement, le capuchon était retombé en arrière, découvrant une loyale et noble figure.

Un murmure courut parmi les officiers.

Gournay dit à l'oreille du duc du Maine :

— Voici un beau garçon qui ferait meilleure figure parmi vos mousquetaires que parmi des moines...

C'est quelque chagrin d'amour qui aura fait prendre le froc à ce gaillard-là !

Frère Charles, maniant son cheval avec habileté, avait pris le galop...

C'était un spectacle étrange que de voir ce brillant état-major galopant derrière un religieux.

Un quart d'heure après, le passage était reconnu.

Le duc du Maine fit jeter deux ponts qui allaient permettre de transporter d'une rive à l'autre les trente mille hommes du maréchal de Luxembourg.

Le soir, à la nuit tombante, trois moines étaient assis au coin de l'âtre d'une chaumière de Ham, lorsqu'un officier de mousquetaires noirs entra, suivi de deux autres cavaliers.

Cet officier salua les trois frères de la Charité, et demanda à celui qui était le plus proche :

— Mon frère, savez-vous si le propriétaire de cette maison pourrait nous préparer à manger ?

— Cela est très facile, monsieur, dit le moine, qui n'était autre que frère Charles.

D'ailleurs, nous sommes ici un peu chez-nous, ayant loué cette maison, afin d'y installer notre service de secours pour les blessés.

— Oh ! alors, je craindrais de déranger...

— Nullement...

Et si vous avez faim, messieurs, nous allons vous servir comme nous le ferions dans notre couvent.

L'officier allait protester, et parlait de se retirer.

Mais les jeunes gens qui l'accompagnaient, cédant à leur robuste appétit, déclarèrent qu'ils allaient confectionner eux-mêmes le repas avec les religieux.

Cependant, frère Charles, avait, dès l'arrivée des mousquetaires, rabattu son capuchon, qui abritait ses traits contre les regards indiscrets.

Il guettait de temps en temps par la porte ouverte, comme s'il attendait quelqu'un.

Le repas allait être servi, lorsqu'un frère de la Charité parut dans l'encadrement de la porte.

Sur un signe, il s'avança auprès de frère Charles, qu'il salua respectueusement.

Un entretien eut lieu à voix basse : on devinait des questions brèves, précises, avec des réponses non moins nettes...

L'officier des mousquetaires, intrigué, examinait la scène à distance.

Enfin, l'entretien secret prit fin ; frère Charles parut hésiter une minute, puis il s'avança rapidement vers le lieutenant.

— Monsieur l'officier, dit-il, M. le maréchal de Luxembourg est-il à Ham ?

— Je ne sais pas exactement, mon frère ; en tout cas, il a dû passer les ponts, et doit se trouver vers Jemmapes.

Le moine reprit :

— J'aurais une communication intéressante à lui faire.

A son tour, l'officier demanda :

— N'est-ce pas vous, mon frère, qui avez si bien guidé Mgr le duc du Maine, cet après-midi ?

— En effet, monsieur, c'est moi qui lui ai fourni quelques renseignements.

— Vous pouvez alors lui faire votre communication, car il doit coucher dans le bourg.

J'ai vu ses gens qui cherchaient tout à l'heure ses équipages.

A cet instant, un grand bruit de voix retentit au dehors.

Un groupe d'officiers apparut sur le seuil, entourant le duc du Maine, qui semblait de fort méchante humeur.

— Ah ! vous voilà, du Mesnil, cria-t-il en voyant l'officier ; savez-vous ce qui m'arrive ?

— Non, monseigneur, j'ignore...

Le duc fit un mouvement et repartit avec une certaine vivacité :

— Vous ignorez que le maréchal nous ayant fait marcher à une allure infernale depuis ce matin, nos équipages n'ont pu suivre...

Vous ne savez sans doute pas, non plus, qu'après m'être passé de déjeuner, je vais être forcé de me coucher sans manger, car on ne trouve rien dans ce village, les pontonniers et la cavalerie de M. de Gournay ayant déjà ravagé les vivres...

Mais que vois-je ?... Une table servie !...

Ah ! je comprends que vous ne soyez pas préoccupé, monsieur le lieutenant des mousquetaires !...

Sous ce reproche injuste, le marquis du Mesnil se redressa :

— Pardon, monseigneur, je ne pouvais me douter que Votre Altesse n'avait pas ses vivres, et qu'elle en serait réduite à envier le maigre repas de ses mousquetaires...

Cette table est à Votre Altesse, et nous allons nous retirer.

Le duc sentit que sa mauvaise humeur l'avait emporté sur sa justice, et comme ce n'était pas un méchant homme, il éclata de rire :

— Allons, du Mesnil, ne vous chagrinez pas, je partagerai votre dîner, et vous resterez à ma table ainsi que tous ces messieurs...

Dieu sait où nous serons demain... Passons cette soirée en paix et sans étiquette : nous ne sommes pas à la cour de mon père.

Et, ce disant, le prince s'assit à la table, et se tailla un large morceau de pain. Il en portait une tranche à sa bouche, lorsqu'il vit devant lui la sombre silhouette du frère de la Charité.

Ah ! vous voilà, frère Charles... Vous devez être las... Auriez-vous faim ?

— Non, monseigneur.

Je voudrais vous demander si Votre Altesse est bien renseignée sur les mouvements de l'ennemi.

— Renseignée?... Nous le sommes.fort peu...

Tout à l'heure, le maréchal, que je quitte, cherchait à savoir où se trouvait le prince de Waldeck.

— Je vais vous le dire.

— Vous?... s'exclama le duc du Maine, stupéfait.

Mais, mon frère, si ce n'était la robe que vous portez je dirais que vous êtes le diable!

Frère Charles se mit à rire, et, découvrant son jeune et frais visage entièrement rasé, il commença d'une voix calme, au milieu de l'attention générale :

— Monseigneur, j'ai, depuis hier, envoyé mes frères dans diverses directions.

Or, voici les derniers renseignements recueillis :

Le prince de Waldeck, qui était à Trézegnies, s'est mis en marche tardivement pour suivre le mouvement de votre armée.

La tête de colonne atteindra demain Gosselies...

Il semble irrésolu, espérant que l'armée prussienne fera à temps sa jonction avec lui pour le renforcer.

Son effectif est un peu inférieur au vôtre, mais très peu, deux ou trois mille hommes seulement...

— Alors nous avons?

— Vingt-quatre heures d'avance sur lui, répondit le frère de la Charité avec feu ; c'est-à-dire le temps de le battre.

— Eh! mais voici un religieux qui parle comme un reître! s'écria joyeusement le duc du Maine.

Je vais envoyer tout de suite ces renseignements au maréchal.

Et maintenant à table !

Mais il était dit que le duc du Maine ne dînerait pas tranquillement ce soir-là.

En effet, un bruit de chevaux, des exclamations et des piétinements retentirent au dehors.

La porte qu'on avait laissée entr'ouverte s'ouvrit brusquement...

Une femme en costume de cheval apparut dans l'encadrement, vivement éclairée par une torche que tenait un laquais.

— Geneviève!... murmura du Mesnil.

— La marquise du Mesnil!... s'exclama le duc en se levant de table.

— La marquise!... murmura frère Charles en rabattant son capuchon. Que vient-elle faire ici?...

Je veillerai !

Le duc du Maine connaissait la grande faveur dont jouissait la marquise auprès de madame de Maintenon, qui lui avait voué à lui-même la plus vive affection.

Et, d'ailleurs, son caractère galant le portait à s'amuser de cet incident, si invraisemblable, si peu explicable.

— Ah! mon Dieu, monseigneur le duc du Maine, s'écria Geneviève... que son Altesse me pardonne! je suis entré ici croyant y trouver mon mari, qu'un de ses mousquetaires m'avait dit occupé à dîner...

— Monsieur du Mesnil est là, en effet, dit le prince et si c'est son dîner que vous venez partager, j'ose espérer que vous voudrez bien m'accepter à sa table?

M. du Mesnil intervint, tandis que Geneviève, irrésistiblement jolie, minaudait vers le duc du Maine, très amusé.

Après avoir baisé la main de sa femme, du Mesnil lui demanda comment, l'ayant laissée à Versailles, il la retrouvait ainsi dans un village perdu des Flandres, au milieu des mouvements de troupes en marche, ce qui était bien dangereux pour une femme.

— Ta ta ta, c'est bien simple, monsieur le sermonneur, interrompit la coquette jeune femme, j'étais inquiète de votre sort, car les bruits les plus alarmants courent à Versailles, et, comme vous m'avez laissée deux longs mois sans me faire parvenir de vos nouvelles, j'ai fait part de mon inquiétude à madame la marquise de Maintenon, et je lui ai confié aussi mon désir de venir jusqu'à vous, afin d'avoir moi-même l'assurance que vous n'étiez pas tué ou blessé. La marquise m'a autorisé à quitter son service, pour venir à votre recherche, et me voici!

M. du Mesnil, quoique bien fixé sur le caractère de sa femme et sur le peu d'attachement qu'elle avait pour lui, mais malgré tout, follement épris de la charmeuse, prit pour de l'argent comptant tout ce qu'elle voulait bien lui conter.

Le duc du Maine, à qui s'adressait un peu aussi le petit discours de Geneviève, ne sembla point goûter l'explication et à un pli de son front la rusée comprit que cette grande démonstration d'amour pour son mari n'était pas sans étonner le prince.

Aussi, d'un geste rapprochant le duc et du Mesnil elle ajouta à voix basse :

— Je n'ai d'ailleurs obtenu mon congé de madame de Maintenon qu'à une condition, c'est de lui envoyer par un courrier sûr des nouvelles fraîches.

— Allons! ricana joyeusement le duc du Maine, je me doutais bien de quelque chose d'analogue et je vous remercie, madame, de votre loyauté et de votre franchise à mon égard.

Cette bonne marquise veut savoir ce que je deviens. Cela ne m'étonne pas de sa part; elle a toujours été une mère pour moi, continua-t-il avec accent... Eh bien! ne lui cachez rien, écrivez-lui dès ce soir, si vous voulez, tout ce que je fais et tout ce qui nous arrive.

— Oh! Monseigneur, je n'écrirai que ce que vous voudrez.

Ce pauvre du Mesnil regardait sa femme avec admiration, et se contentait de ce plaisir éminemment innocent. Aussi ne remarqua-t-il pas que derrière le duc du Maine, un moine en capuchon rabattu, allait et venait, mettant la dernière main au service de la table à laquelle le duc était adossé.

— Le prince très réjoui reprit :

— Alors on nous croit anéantis, disparus, envolés au souffle des alliés?

— Oui, Monseigneur! M. de Louvois, furieux de ce que Sa Majesté lui ait pour ainsi dire imposé la nomination de M. de Luxembourg, fait courir les plus méchants bruits dans l'espoir d'obtenir un brusque rappel du maréchal; et madame la marquise le soupçonne même d'intercepter des courriers.

— Il joue une grosse partie.

— Oui, mais, lorsque M. de Louvois déteste quelqu'un, il ne réfléchit pas.

— Belle marquise, vous allez lui jouer un bien vilain tour en donnant des nouvelles; et d'ici peu elles seront, je l'espère, de telle nature que Sa Majesté ne regrettera pas d'avoir confié le commandement de son armée à M. de Luxembourg.

— Puisque telle est votre pensée, monseigneur, reprit vivement Geneviève avec un éclair de joie dans ses grands yeux noirs, je vais envoyer ce soir même les détails que vous voudrez bien me donner.

Depuis ce matin que j'ai rejoint l'armée l'on m'a déjà fait pressentir une bataille prochaine et l'on m'a dit que l'armée passait demain la Sambre... Est-ce exact?

Le duc du Maine allait répondre et donner force détails sur les plans du maréchal, en se les appropriant un peu pour se faire valoir, lorsque frère Charles, dont le capuchon dérobait toujours le visage, s'approcha de lui.

— Monseigneur, dit le frère de la Charité, nous avons profité des quelques instants qui viennent de s'écouler pour mettre en état une chambre où Votre Altesse pourra se débarrasser de ses armes et secouer un peu la poussière de la route, afin de dîner plus à l'aise.

— Excellente idée, mon frère, mais nous avons une dame comme convive, et peut-être cette chambre lui serait-elle utile.

— Je vous remercie, Monseigneur, dit Geneviève en se mordant les lèvres; mes gens m'ont préparé un logis dans une maison voisine, je vais m'y rendre pour quitter ma tenue de cheval.

A ce moment, un mousquetaire apportait des vases rustiques pleins de fleurs cueillies dans les jardins d'alentour.

— Mais nous allons avoir un dîner fin ! s'écria joyeusement le duc du Maine, on se croira à la Cour ; il ne manquera que les violons.

— Nos violons, monseigneur, ce sont vos canons ! s'écria le frère Charles avec feu.

— Bien dit, mon frère, indiquez moi donc la chambre en question ; je vais y faire quelques ablutions et redresser un peu ma perruque...

Tandis que le moine conduisait le prince, Geneviève quittait la maison, accompagnée de son de mari. Elle paraissait préoccupée et murmura :

— Où donc ai-je déjà entendu la voix de ce moine ; elle me fait peur et plaisir, à la fois !...

Frère Charles, portant un flambeau grossier, avait précédé le prince beaucoup plus avec l'allure élégante d'un gentilhomme qu'avec la démarche d'un grave religieux ; ce que remarqua le prince fort curieux de deviner qui se cachait sous cette robe noire.

Les officiers qui attendaient dans la grande salle constatèrent que le frère de la Charité ne redescendait pas — et même que le duc, au bout d'un moment, renvoya son valet de chambre...

La toilette fut assez longue. Quand le prince reparut, il semblait soucieux, on entendit même ces mots, conclusion évidente de toute une conversation dite par le duc dans le petit escalier :

— Enfin faites pour le mieux, mon frère !... Quant au maréchal, il sera averti....

On remarqua également que frère Charles tenait à la main une feuille de papier fraîchement écrite dont il sécha l'encre avec un peu des cendres du foyer, et qu'il mit cette lettre dans sa poche.

La marquise survint à ce moment, et son premier mouvement fut de chercher des yeux la sombre silhouette du frère de la Charité :

Elle eut un soupir de soulagement : frère Charles avait disparu.

Geneviève du Mesnil était en grande toilette de cour, et sa fière beauté souleva un murmure d'admiration. Le nuage qui obscurcissait le front de M. le duc du Maine s'envola à sa vue.

Le prince fit placer la marquise près de lui, et le repas commença, étincelant de bons mots, avec toutes les formes et les politesses d'un dîner à Versailles... sans raideur, débarrassé de ce qu'il y avait de trop lourd dans l'appareil de l'étiquette.

La conversation roula sur la guerre et la bataille prochaine, mais le duc du Maine resta un peu dans le vague, donnant parfois des indications inexactes. A un moment, une question de la marquise le frappa par sa précision, et il lui demanda ironiquement :

— Avez-vous donc, madame, étudié avec M. de Louvois l'art de la stratégie et de la tactique ?...

A la vue du cavalier, elle poussa un cri de surprise et de terreur. (Page 511.)

La marquise sourit, pâlit un peu sous son rouge, et détourna la conversation

Cependant la nuit s'avançait, et un pesant sommeil était descendu sur les cantonnements de troupes disposées autour de Ham. Seuls, quelques hennissements de chevaux, des aboiements de chiens, et les cris intermittents des sentinelles troublaient la paix profonde d'une belle nuit d'été.

Tout semblait reposer dans le village et, deux heures du matin venaient de sonner à l'horloge de l'église, quand une porte s'ouvrit. Un cavalier en sortit tenant son cheval par la bride. Il s'approcha de la chaumière contiguë.

Dont la porte s'ouvrit également.

Une silhouette de femme apparut.

— C'est toi, Wagner ? demanda une voix étouffée.

— Oui, madame la marquise.

— Chut ! pas de titre ! Voici la lettre. Tu sais où le capitaine t'attend ?

— Oui, madame, à Gosselies.

— Tu connais ta route ?

— Très bien, je refais le chemin que nous avons suivi jusqu'au Châtelet, et là je trouve, de l'autre côté de la Sambre, une route directe.

— Bien ! Tu montreras ton brevet de courrier du roi, si les troupes françaises t'arrêtent.

— C'est entendu.

— Alors, pars de suite, et reviens ici demain, avec la réponse.

La porte se referma.

Le cavalier se mit en selle, et s'éloigna lentement d'abord, pour franchir les lignes de sentinelles, s'attendant bien à être arrêté.

En effet, il fut arrêté deux fois, et deux fois on le laissa passer, sur la vue d'une pièce qu'il montrait à l'officier.

L'homme était déjà à une certaine distance du village, et il allait lancer son cheval, lorsqu'il aperçut plusieurs cavaliers barrant la route.

— Allons bon, encore une patrouille !

Il y eut une seconde d'hésitation, comme s'il allait s'élancer à travers champs, mais il n'eut pas le temps de prendre une décision, déjà les cavaliers l'entouraient.

— Halte-là ! qui êtes-vous ?... où allez-vous ? demanda l'officier.

— Courrier du roi, retournant en France.

— Montrez vos papiers !...

— Voici l'ordre royal.

L'officier le parcourut.

— Qui vous envoie ? reprit-il.

— Mais cet ordre suffit.... répliqua le courrier.

— Il ne me suffit pas, à moi, dit l'officier dont la voix devint rude. Vous n'êtes pas courrier militaire, je veux savoir qui vous envoie...

— Madame du Mesnil, balbutia l'homme qui se sentait serré de près et voyait reluire les épées des chevau-légers.

— C'est lui ! s'écria l'officier.

A ce cri, les cavaliers se ruèrent sur le courrier, qui fut jeté à bas de son cheval, et ligotté en un tour de main.

Une fouille rapide fit trouver la lettre, et tandis qu'on entraînait à travers champs l'homme et le cheval, l'officier se dirigea vers un bouquet de bois.

Un frère de la Charité se tenait debout devant un feu clair.

L'officier lui remit la lettre en disant simplement :

— Voici le pli, l'homme est en lieu sûr.

Le frère parcourut rapidement le document et eut un geste de triomphe :

— Allons, je l'avais bien pensé : cette femme ne pouvait que trahir !

Il ajouta en secouant tristement la tête :

— Pauvre marquis ! Si tu voyais une pareille preuve !

Et qui sait ? Il l'aime tant, qu'il douterait peut être encore ?

L'officier attendait :

— C'est bien, lui dit le religieux qui n'était autre que frère Charles, votre tâche est achevée, et nos hommes ont bien gagné les quelques heures de repos qui leur restent. Je rendrai compte à Son Altesse de l'habileté avec laquelle vous avez accompli cette tâche délicate.

Avant de s'éloigner, l'officier tendit au moine un papier :

— Mon frère, voici l'ordre de monseigneur le duc du Maine, que j'avais oublié de vous rendre...

Et tandis que le moine restait songeur, l'officier, rassemblant ses cavaliers, s'éloignait en murmurant :

— Le duc du Maine choisit, en vérité, de drôle d'officiers pour son état-major, mais cela n'empêche pas ce moine de commander comme un colonel !

XIII

OÙ REPARAIT BERTRAND FEBVRE

Le lendemain, dès l'aube, les troupes françaises ayant passé la Sambre et s'étant massées face à l'ouest, le long du ruisseau de l'Ormeau, le maréchal de Luxembourg fit rompre les ponts établis sur la Sambre et les fit porter sur l'Ormeau, de façon à pouvoir traverser rapidement le ruisseau en face de Jemmapes, emplacement qu'il avait reconnu la veille.

Le duc du Maine, chargé de surveiller le passage des troupes, activait le mouvement, et se trouvait à la tête d'un pont.

Bientôt, M. de Gournay et sa cavalerie prennent la direction de Velaine en suivant les hauteurs.

Presque au même moment M. de Cheladet passait avec son corps le pont de Jemmapes.

Il apercevait au loin des partis de cavalerie espagnole éclairant l'armée du prince de Waldeck...

Ces cavaliers ne se doutaient nullement du mouvement offensif de l'armée française.

Celle-ci, après avoir dépassé l'armée des alliés par une marche de flanc vers l'est, se décidait ainsi à revenir brusquement vers ses ennemis en marchant vers l'ouest, sur la même rive que lui.

Emporté par son ardeur, M. de Cheladet opère sa jonction avec M. de Gournay.

Cela fait, il charge à la tête de la cavalerie française ces détachements de cavalerie qui se trouvaient en l'air, fort loin de l'armée alliée.

Le maréchal de Luxembourg, accompagné du duc du Maine, s'était porté sur les hauteurs de Velaine.

De là, il pouvait voir la cavalerie ennemie fuir rapidement.

Bientôt, une longue file de prisonniers se dirigea vers la route de Jemmapes.

La cavalerie française bien lancée, continuait sa poursuite.

A cet instant, le maréchal de Luxembourg, se tournant vers le duc du Maine, lui dit :

— Monsieur le duc, avez-vous parmi vos mousquetaires un jeune gentilhomme possesseur d'un bon cheval?

— Certes, monsieur le maréchal.

Et, tenez, voici M. de Préval, brigadier aux mousquetaires noirs, qui est un excellent cavalier, et qui a une bête très vite.

— Avancez, M. de Préval, dit le maréchal avec cette bonhomie un peu narquoise et parfois si bienveillante qui le faisait tant aimer de ses amis et détester de ses ennemis.

Le jeune homme obéit.

— Vous voyez mieux que moi ce qui se passe, car vous êtes encore loin de mes soixante-dix ans... Il me semble que la cavalerie ennemie fuit très loin, n'est-ce pas?

— Oui, monsieur le maréchal, vous avez fort bien vu...

Nos cavaliers la serrent de près...

Le gros des troupes de M. de Cheladet longe en ce moment un gros bourg qui doit s'appeler Fleurus.

— Oui, c'est bien cela...

Mais il me semble qu'il y a des troupes très loin en arrière... vers Heppignies.

— En effet, répondit de Préval...

Il y a des têtes de colonnes qui débouchent par là sur le plateau.

— Ah ! ce diable de Cheladet et cet animal de Gournay vont forcer le prince de Waldeck à prendre contact plus tôt que je ne le voudrais !...

Eh bien, monsieur de Préval, vous allez vous rendre aussi vite que possible auprès de ces messieurs et leur porter l'ordre de rester sur leur succès et de se retirer à Velaine, où ils passeront la nuit.

Fabrice, tout fier de cette mission, enleva son vigoureux normand et fila, comme un boulet, droit devant lui, en franchissant tous les obstacles qui auraient pu le retarder.

— Le beau cavalier !... le vaillant garçon !... s'écria le maréchal.

Quel est-il ?... d'où vient-il ?...

Sur un signe du duc du Maine, le marquis du Mesnil répondit au maréchal :

— C'est un de mes compatriotes, un ami, presque un parent, qui occupait jadis à Corneville les fonctions de bailli.

— Un bailli ?...

— Oui, monsieur le maréchal.

Sa famille voulait pour lui la carrière de robe, fort estimée des Normands, très amateurs de procès...

Mais il a jeté la robe aux orties, et il est entré dans ma compagnie.

— Allons, c'est un beau soldat !...

Vous le rappellerez à mon souvenir après la bataille.

Fabrice de Préval rejoignit les deux généraux près de Fleurus.

Il leur transmit l'ordre du maréchal...

L'accueil qui lui fut fait aurait rebuté tout autre que lui.

Les chefs et les soldats, tout enflammés de leur victoire, se révoltèrent à l'idée de battre en retraite...

Mais le jeune homme avait gardé de ses anciennes fonctions une grande expérience des hommes et des choses.

Il n'hésita pas à prendre sur lui de répéter à M. de Cheladet et de Gournay les raisons qui avaient été données en sa présence par M. de Luxembourg.

Aussi les deux officiers généraux, comprenant la gravité de la situation, ordonnèrent-ils la retraite...

Fabrice de Préval revenait vers Velaine à une allure plus modérée, car son cheval était las et la chaleur lourde l'accablait.

Tout à coup en longeant un petit bouquet de bois, il entendit le bruit d'un galop précipité.

En guerre, il faut toujours avoir l'œil au guet...

Or, un cheval qui galope derrière vous n'est pas chose négligeable.

Préval se retourna, et vit au loin un cavalier qui venait à travers champs.

A cette époque, si l'uniforme des troupes était assez rudimentaire, et si une certaine fantaisie régnait dans la tenue des hommes, c'était bien autre chose pour les officiers qui portaient souvent des costumes dont la coupe et, pour ainsi dire, la mode indiquaient seules, dans l'ensemble, la nationalité; l'unique signe vraiment distinctif de cette nationalité, consistait pour l'officier en une écharpe aux couleurs du pays qu'il servait.

Celui qui venait appartenait sans doute à des troupes irrégulières, car sans son écharpe blanche, on l'eût plutôt pris pour un officier wallon que pour un chef de troupes françaises.

Ayant rejoint M. de Préval, il se rangea à ses côtés, maintenant sa bête couverte d'écume.

Il salua le mousquetaire avec l'aisance d'un homme du monde.

— Pouvez-vous m'indiquer, monsieur, demanda-t-il, quel est le chemin le plus court pour me rendre à Ham?

Fabrice tressaillit au son de la voix de son interlocuteur.

Il chercha à voir son visage...

Mais, — détail singulier, — le cavalier, après l'avoir salué, avait enfoncé son chapeau de feutre sur ses yeux, de sorte qu'on ne distinguait pas bien ses traits.

— C'est très simple, monsieur, répondit Préval.

Prenez le pont de Jemmapes, qui doit être le moins encombré, et suivez la rivière à votre droite, sur l'autre rive.

Le cavalier salua de nouveau, en détournant légèrement la tête.

Il rendit ensuite la main à son cheval, qui bondit à travers les moissons luxuriantes, qu'il fendait de son poitrail.

— C'est curieux, j'ai déjà rencontré cet officier... Et sa voix a réveillé en moi des souvenirs... murmura le jeune homme.

Et voilà une chose étrange, il a dû passer par Ham, lui, avec l'armée, et il n'en connaît pas le chemin!

Cependant, le mystérieux officier avait atteint le pont.

Repoussant brusquement les soldats d'infanterie qui le traversaient, il atteignit la rive droite de la Sambre sans presque ralentir son allure.

Bientôt, il pénétra dans la rue principale de Ham, où il mit enfin sa monture au pas.

Les troupes avaient complétement évacué le village, et l'arrière seul de l'armée l'occupait.

Çà et là, des valets, des conducteurs de convois, des mercantis et des filles de joie erraient dans le bourg, criant et se chamaillant.

L'officier, visiblement préoccupé, cherchait de droite et de gauche, lorsqu'il aperçut un laquais qui, d'après sa livrée, devait appartenir au duc du Maine.

— Holà, mon garçon, dit-il en tendant un écu, viens me donner un renseignement.

— Deux, si vous le désirez, seigneur officier! s'écria le faquin en empochant l'aubaine inattendue.

— Sais-tu si madame la marquise du Mesnil, femme du capitaine des mousquetaires qui servent d'escorte à ton maître, est dans ce village.

— Madame la marquise est logée dans cette bicoque que vous voyez à gauche, après la grande grange.

— Merci, dit simplement l'officier en enlevant sa monture.

Une minute après, ayant mis pied à terre et attaché son cheval à la porte, il pénétrait dans la chaumière.

Geneviève du Mesnil se tenait debout dans la pièce d'entrée.

A la vue du cavalier, elle poussa un cri de surprise et de terreur.

— Qu'y a-t-il?... Quelle imprudence!... s'écria-t-elle.

Puis, prenant l'officier par la main, elle l'entraîna dans la seconde pièce, dont elle ferma la porte.

— Malheureux, vous allez vous faire pendre!... continua-t-elle à voix basse.

Et moi qui vous ai fait si bien recommander par mon courrier, qui vous a porté ma lettre de ne pas vous risquer ici!

— Votre lettre?

— Oui, ma lettre... celle que vous avez dû recevoir cette nuit, et où je vous donnais, malheureusement un peu tard, le plan du maréchal!

— Vous m'avez écrit?

— Mais, certes... Wagner est parti à deux heures du matin pour Gosselies.

— Je ne l'ai pas vu...

Et c'est parce que je n'ai rien reçu que je suis ici.

— Malédiction! s'écria Germaine en pâlissant.

— On l'aura arrêté!...

— Mais il avait son brevet de courrier du roi!

— Oh! c'est grave! fit l'officier en pâlissant à son tour, car cette lettre interceptée... vous êtes compromise!... C'est une preuve terrible!

— Une preuve, non. Mais un soupçon... Et cela suffirait pour m'inquiéter.

— Je ne comprends pas...

— La lettre était sans adresse et impersonnelle; elle ne contenait qu'une note sur les opérations et le but poursuivi par le maréchal.

Il était convenu que s'il était interrogé, Wagner dirait qu'il était chargé de porter cette note à Versailles pour être remise à la marquise de Maintenon.

J'avais d'ailleurs annoncé au duc du Maine lui-même, que j'écrivais à la marquise.

— Geneviève, dit le capitaine avec un pâle sourire, vous êtes prodigieuse !...

Votre intelligence et votre adresse m'effraient parfois !...

— Mais je suis désespérée de n'avoir pu vous prévenir.

— Hélas ! que voulez-vous... c'est une fatalité !...

Le prince de Waldeck est buté à une idée fixe : opérer sa jonction avec les troupes de l'Electeur de Brandebourg, et venir écraser le maréchal de Luxembourg...

Il commence seulement depuis deux jours à comprendre ce qui va se passer...

Et j'ai eu toutes les peines du monde à obtenir qu'il suivît le mouvement de flanc que notre service d'informations nous signalait...

Je n'ai pu vaincre son indolence hier, et lui faire doubler l'étape pour arriver à se maintenir à la hauteur du maréchal.

Si j'avais eu votre lettre, peut-être aurais-je pu le déterminer, grâce à elle, à marcher de nuit, et à se jeter dans Jemmapes avant les troupes françaises.

Même si l'on n'avait pu arriver à temps pour cela, on aurait pu les surprendre au passage de l'Ormeau...

— Alors ?... interrogea Geneviève.

— Alors, rien n'est perdu...

Et vous aurez encore la meilleure position...

Mais il y aura demain une terrible bataille !

— Mais que dois-je faire ?... Comment vous aider ?

— Eh bien, Geneviève, ne vous inquiétez plus de rien...

Vous avez fait le possible...

Maintenant vous ne pouvez plus rien... Je rendrai compte au roi d'Angleterre du précieux concours que vous nous avez prêté...

Et la générosité de mon maître récompensera vos efforts.

Un éclair de joie rapide passa dans les yeux de la marquise.

Elle attira le capitaine de Vaalberg dans ses bras, et lui tendit ses lèvres de feu. . . . .

. . . .

. . . .

Une heure après, l'officier du prince Waldeck reprenait à une vive allure la route de Velaine.

Il contourna ce village, où cantonnait une partie de l'armée française, et se lança dans la plaine de Fleurus.

Comme il longeait un petit bois, celui-là même où il avait dépassé, trois heures auparavant, Fabrice de Préval, il mit son cheval au pas.

— Je t'ai reconnu, capitaine de Vaalberg!... (Page 514.)

La nuit venait... une belle et douce nuit d'été...

Et dans le jour qui tombait la campagne prenait des teintes adorables.

L'âme ardente, passionnée du capitaine ne pouvait être insensible à ce charme pénétrant.

Malgré lui, il trahissait ses sentiments par une sorte de monologue comme le font souvent ceux qui sont accoutumés de voyager seuls à travers les campagnes.

— Délicieuse soirée!... disait-il.

Comme la nature est belle!...

Et penser que demain, ici-même, les troupes de Guillaume écraseront peut-être celles de Louis le Cruel!...

Peut-être... reprit-il; oui, malheureusement, il faut dire peut-être...

Avec ce damné maréchal dont nous n'avons pu empêcher la nomination, on ne peut compter sur rien!...

Il déjoue les meilleurs calculs!...

Le capitaine Vaalberg se retourna sur sa selle, jetant un coup d'œil sur le plateau.

En arrière, les minces colonnes de fumée indiquaient çà et là les campements de l'armée française.

Tout autour de lui la plaine était déserte.

En avant, au delà de Fleurus, d'autres colonnes de fumée montraient l'emplacement des grand'gardes de l'armée des alliés.

Les yeux de l'officier tombèrent sur son écharpe blanche :

— Allons, me voilà bientôt dans nos lignes...

Enlevons l'écharpe maudite, et quittons les couleurs de Louis, le persécuteur de mes frères!

L'acte accompagna les paroles.

M. de Vaalberg arracha et lacéra l'étoffe blanche, qu'il jeta à terre.

Puis, prenant dans une de ses fontes une écharpe aux couleurs d'Orange, il la noua à sa taille.

D'un violent coup d'éperons, il enleva sa courageuse monture, et reprit le galop vers les positions de l'armée des alliés.

Comme il s'éloignait, une silhouette noire se détacha du petit bois et s'avança sur la lisière.

C'était un frère de la Charité... c'était frère Charles.

Il se baissa, ramassa l'écharpe lacérée...

Puis se redressant, il regarda fuir le cavalier en murmurant :

— Je t'ai reconnu, capitaine de Vaalberg!...

C'était donc bien à toi qu'était destiné le message de la traîtresse!...

Et tu viens sans doute de la voir au milieu même de nos troupes!...

Puis, tandis qu'il regagnait une sorte de petit campement improvisé au milieu du bois, et au milieu duquel allaient et venaient cinq ou six frères de la Charité, le religieux continua :

— C'est étrange!...

Toutes les fois que je rencontre cet homme, il me semble que je l'ai déjà vu autrefois... ailleurs... je ne sais où!...

Le frère de la Charité se retira sombre, rêveur...

Il alla ensuite prendre place auprès des autres frères qui préparaient leur repas frugal.

La nuit était tout à fait venue lorsque frère Charles s'aventura hors du bois. Il marcha résolument vers Fleurus...

Tout en s'avançant dans cette direction, où ne devait se trouver aucune troupe française, frère Charles se parlait à lui-même avec une sorte d'agitation croissante :

— Oui, c'est là le devoir...

Puisque la robe qui me couvre m'interdit de combattre, je dois servir mon roi et mon pays d'une autre manière..

D'ailleurs, on ne semble pas comprendre de notre côté que la parfaite connaissance des mouvements et des intentions de l'ennemi constitue l'élément principal du succès...

J'aurais voulu voir le maréchal...

Mais il n'était jamais sur le point où je me trouvais...

Voyons ce qui se passe du côté de l'ennemi !

Un grand silence régnait sur la campagne déserte...

Des sauterelles et des grillons faisaient entendre leur chant monotone que coupaient parfois les hululements des hiboux.

Bientôt l'attention du religieux fut attirée par des hennissements lointains...

Une compagnie de perdreaux vint presque le heurter dans un lourd vol rasant les grands blés.

— Oh! voici des signes bien précis !...

Il y a là-bas, vers Wangenies des mouvements de troupes...

Allons, il faut savoir ce qu'il en est.

Retroussant sa robe dans sa ceinture, et se couchant presque au niveau des blés, frère Charles s'élança en avant, glissant sans bruit à travers champs. . . . .

. . . .

Le maréchal de Luxembourg, lui non plus, ne dormait pas.

Enfermé dans une chaumière de Velaine, il tenait conseil avec le duc du Maine et ses autres généraux.

A un moment donné, un bas-officier, frappant à la porte, l'entr'ouvrit et tendit un pli au duc du Maine.

Celui-ci le parcourut avec une satisfaction évidente.

Il fit ensuite un signe.

Tout le monde se tut.

— Monsieur le maréchal, dit le prince, vous vous souvenez de ce religieux dont je vous ai parlé?

— Oui, je crois... Un frère de la Charité qui vous a rendu de grands services hier...

Et qui, ce matin, vous a donné de précieux renseignements.

— Précisément.

Eh bien, ce brave cœur continue à nous servir avec un dévouement et une intelligence admirables.

Voici les notes qu'il m'envoie :

« Les Impériaux mettent la nuit à profit :

» Ils ont quitté les positions qu'ils occupaient en échelons en arrière de Wangenies.

» Ils prennent une position nouvelle en arrière du village de Fleurus.

» Leur droite paraît devoir se fixer entre Hyppignies et Wangenies.

» Le centre puis la gauche s'échelonnent vers Saint-Amand et au delà...

» Ils sont ainsi couverts par deux petits ruisseaux encaissés. »

Le duc du Maine ayant achevé, un silence régna dans la petite salle.

— Voilà des renseignements d'une étonnante précision dans leur concision ! s'écria le vieux maréchal en se levant avec une vivacité juvénile.

S'ils sont exacts, ce serait admirable, car cela prouverait chez le prince de Waldeck l'idée bien arrêtée de la défensive !...

Mais tout cela est-il exact?

— Nos éclaireurs ne sont pas revenus? demanda le duc du Maine.

— Ah! voici un des officiers, répondit le maréchal.

En effet, un mousquetaire entrait à ce moment dans la salle.

— Eh bien, du Mesnil, qu'avez-vous appris? demanda le prince.

— Monseigneur, les Impériaux surveillent Wangenies.

Tout prouve qu'ils comptent passer la nuit dans cette position.

Au delà d'Heppignies, sur la Sambre, je n'ai pas rencontré de troupes.

Le duc du Maine eut un mouvement de satisfaction.

— Vous voyez, monsieur le maréchal, c'est l'aile droite ! s'écria-t-il.

Un nouveau cavalier se présentait à l'entrée de la salle.

— Entrez, monsieur de Préval, s'exclama le prince.

Dans quel état êtes-vous !...

Vous choisissez une drôle d'heure pour vous baigner !...

Le jeune brigadier était, en effet, ruisselant d'eau et de boue.

Il sourit et s'excusa de se présenter dans cette tenue.

— Voici ce qui s'est passé, monseigneur, dit-il.

A peine m'aviez-vous donné l'ordre d'explorer le nord du village de Fleurus, que je me lançais à travers champs sans chercher à me dissimuler, puisque les renseignements de l'après-midi et la direction de la retraite de la cavalerie ennemie vous avaient indiqué que les Impériaux occupaient la région sud-ouest de Fleurus.

Dès que j'eus atteint ce village, que je traversai rapidement, je constatai que des troupes campaient au delà, en arrière.

En effet, je me heurtai à des grand'gardes sur la route de Fleurus à Saint-Amand.

Le duc du Maine lança un coup d'œil au maréchal.

Mais celui-ci était si attentif, qu'il ne vit pas l'air de triomphe du prince.

M. de Préval continua :

— Il fallait savoir jusqu'où s'étendait la ligne des troupes.

Et si j'avais échappé deux fois à la chasse que me donnaient les sentinelles, je ne pouvais, néanmoins, continuer à parcourir le front de l'armée à cheval, et ostensiblement...

J'attachai donc ma bête dans un bouquet d'arbres...

Et c'est à pied dans le lit d'un ruisseau que j'ai été jusqu'à Wagnelée, qui semble être la limite de la ligne.

Il y avait des trous profonds et bourbeux dans ce ruisseau.

Voilà ce qui explique l'état de mes vêtements.

Tout cela avait été dit si simplement et avec une si réelle absence de fatuité ou d'orgueil, qu'un murmure d'approbation courut sur les lèvres de tous ces officiers, blanchis sous le harnais, et bons experts en matière de courage et d'intelligence militaire.

— Voici deux fois en deux jours, monsieur de Préval, que vous vous signalez à mon attention, dit affectueusement le vieux maréchal.

Je m'en souviendrai.

Lorsque le jeune homme se fut retiré, le duc du Maine laissa éclater sa satisfaction.

— Eh bien, monsieur le maréchal, que dites-vous de mon religieux ? s'écria-t-il, très fier de voir ainsi vérifier le rapport de frère Charles.

— Je dis qu'il est bien malheureux que votre moine ne soit pas un officier, car ce serait de la graine de maréchal, répondit M. de Luxembourg en riant...

En attendant, messieurs, il n'y a plus à hésiter...

Le prince de Waldeck avec son armée, qui doit être égale à la nôtre, préfère la défensive...

C'est bon, nous l'attaquerons demain.

Il y a deux moyens : l'attaquer sur un point en faisant une fausse attaque sur un autre, et tâcher de percer sa ligne, ou bien...

— Ou bien ? firent anxieusement les généraux.

— Nous verrons cela demain...

Car pour cette seconde combinaison, il faut que le contact avec les ennemis confirme demain matin l'hypothèse que je viens d'émettre sur leur intention de nous attendre...

Donc, à demain, au lever du soleil ! . . . .

. . . .

. . . .

Cependant, soit que la fatigue n'eût pas de prise sur lui, soit que l'émotion que la veille d'une bataille laisse à ceux qui vont y assister pour la première fois se fût emparée du frère de la Charité, celui-ci n'avait pas pu s'endormir auprès de ses compagnons.

— Frère Jean ne revient pas... murmurait-il en attisant le petit feu qui brûlait au milieu de l'emplacement de leur petit campement.

Il y a quinze jours que je suis sans nouvelles de Paris.

J'espérais une lettre...

Il en était là de ses réflexions lorsqu'un pas fit craquer les branches mortes.

Un frère de la Charité apparut devant frère Charles.

Il s'inclina devant lui avec une nuance de déférence et lui tendit un pli.

Celui-ci l'ouvrit fébrilement...

Le feu ranimé lui permit de déchiffrer les lignes suivantes :

« Mon cher monsieur Charles,

» Papa me charge de vous écrire pour vous dire de revenir à Paris le plus tôt possible, car de graves événements sont survenus...

» Nous avons de bien importantes nouvelles...

» Quant à moi, je serais bien heureuse de vous voir renoncer à courir les champs de bataille et à exposer votre précieuse existence pour secourir des blessés qui ne vous sont rien et qui vous oublieront, une fois guéris.

» Voici ce qui se passe :

» Père a découvert la trace de Fouinard, ce misérable qui a enlevé le pauvre petit comte de Corneville.

» Je vois d'ici votre joie à l'annonce de cette bonne nouvelle.

» Mais, hélas ! tout n'est pas fini encore.

» Fouinard est en rapport à Paris avec toutes sortes d'individus, dont plusieurs appartiennent à M. de la Reynie, non qu'ils soient des agents en pied, mais ils sont salariés par la police et travaillent pour le préfet de police.

» Il est donc impossible qu'on ignore qu'il a enlevé le petit Henri...

» Il est évident que cet enlèvement *toléré* a été opéré pour le compte de quelqu'un qui a le pouvoir de faire fermer les yeux de la police probablement en invoquant un prétexte d'hérésie ou de politique quelconque, comme dans le cas de mademoiselle Hélène.

» Fouinard n'a plus l'enfant avec lui depuis qu'il demeure à Paris...

» Mais il y a quelqu'un évidemment à qui le coquin l'a confié...

» Et mon père peut apprendre d'un moment à l'autre le nom de ce complice, et cela *par des moyens qu'il vous expliquera*.

» Paris est très agité en ce moment par des choses horribles, et sur lesquelles il règne un profond mystère...

» M. de la Reynie a même eu à ce sujet un entretien avec le Roi...

» Sa Majesté lui a exprimé son mécontentement...

» Je veux parler des disparitions d'enfants sur lesquelles nous apprenons tous les jours des choses déchirantes.

» On a d'abord commencé par annoncer que des enfants de pauvres gens ou de petits artisans âgés de deux à cinq ans avaient été dérobés chez leurs parents...

» Puis, bientôt ces faits horribles se sont répétés, jetant l'épouvante et le deuil, même dans les familles de commerçants et de bourgeois.

» Toutes les recherches pour retrouver les victimes ont été vaines.

» Mais voilà que des cadavres de pauvres petits bébés se découvrent çà et là.

» La Seine en a rejeté du côté de l'île Louvière, en particulier.

» Dernièrement, vers onze heures du soir, un homme qui portait un fardeau sous un grand manteau fut arrêté sur le mail, le long du grand Arsenal, au moment où il se dirigeait vers la berge de la Seine précisément au-dessus de cette île.

» Comme on l'interrogeait sur le but de sa promenade tardive, l'individu prit la fuite.

» Mais, serré de près, il jeta son fardeau derrière un angle de l'Arsenal et gagna assez de terrain pour disparaître.

» Un des hommes du guet ramassa le fardeau, et défit le paquet.

» Devinez ce qu'il contenait.

» Un cadavre d'enfant!... un joli petit garçon d'environ quatre ans.

» Le pauvre petit être avait la gorge ouverte comme un agneau saigné!...

» Il avait, en effet, été saigné à blanc!...

» Le corps portait des stigmates étranges : des croix renversées mêlées de la lettre S, initiale du diable, et d'autres signes cabalistiques.

» Il paraîtrait donc que ceux qui enlèvent les enfants enlevés n'ont d'autre but que de les égorger.

» Les uns prétendent que l'on commet ces crimes abominables pour faire des bains de sang humain qui rendraient la jeunesse à des vieillards épuisés.

» D'autres affirment que ce sont des sorcières qui tuent ces innocents dans la célébration des rites immondes du Sabbat.

» Mon père affirme qu'il s'agit bien de misérables qui font des sacrifices pour s'attirer les faveurs du diable, et que cela s'appelle la Messe Noire ou Messe Diabolique!

» Voyez les dangers que court le petit Henri à une pareille époque, et entre les mains de gens de sac et de corde, comme ceux dans le pouvoir desquels il est tombé.

» Madame Hélène de Préval est en sûreté dans un village du Beauvaisis — où la novice carmélite a été conduite dare-dare, après son enlèvement du couvent de la rue Saint-Jacques, et où M. Fabrice l'a épousée secrètement.

» D'ailleurs, mon père sait qu'on a renoncé à la rechercher.

» Elle a reçu, ces jours-ci, des nouvelles de son mari, qui est aussi à l'armée de M. de Luxembourg, et que vous y voyez peut-être...

» Revenez donc bien vite, cher monsieur Charles, auprès de ceux qui vous aiment.

» Votre dévouée petite amie,

» Marie Brichon. »

Si le frère Jean ne s'était pas étendu et endormi près de ses compagnons, il n'eût pu voir sans scandale, frère Charles embrasser la signature de cette lettre avec une ardeur d'un caractère tout profane.

— Chère Marie, murmurait le jeune homme, tu as raison, je n'ai pas le droit de sacrifier ceux qui m'aiment et ceux que j'aime à ma passion de la science, et à mon goût pour les choses de la guerre.

Dès que nos armées auront remporté la victoire qu'elles doivent rencontrer dans ces plaines, je retournerai vers vous ! . . . .

. . . .

Bientôt, les premiers rayons du soleil levant éclairèrent la plaine de Fleurus.

Tout aussitôt de grands mouvements de troupes commencèrent à se dessiner.

Partout aux abords des villages ou des bouquets de bois, surgissaient des colonnes d'infanterie, des masses de cavaliers.

Le prince de Waldeck, qui s'était porté en avant de Wangenies, près de Fleurus, put se rendre compte du mouvement de l'armée française.

Il avait auprès de lui le capitaine de Vaalberg qui, pour la circonstance, avait revêtu un superbe costume tout chamarré d'or et de fines dentelles.

Vaalberg avait, en outre, arboré bien ostensiblement l'écharpe aux couleurs d'Orange et les insignes de chambellan du roi d'Angleterre, près du grand cordon de la Jarretière.

A vrai dire, le capitaine Vaalberg avait disparu. Ce n'était plus là le modeste officier de fortune, mais bien le grand seigneur de race.

On sentait que ce personnage bouillait en voyant la nonchalance du prince de Waldeck.

Un cri vint à ses lèvres : Monsieur Bertrand Febvre!... (Page 525.)

Le général en chef des Alliés s'était porté sur un léger renflement de terrain près et au nord de Fleurus.

— Vous voyez, *monsieur de Singham*, disait-il, que nous n'avions nullement besoin de nous presser...

Voici peu à peu les Français qui dessinent leur attaque.

Ils ne pouvaient agir autrement.

— Cela n'empêche qu'ils vont toujours mieux attaquer que se défendre! répliqua d'un ton bourru Singham.

— Oh! que vous êtes de méchante humeur, mon cher! s'écria le prince en riant.

Tenez, voyez-vous l'infanterie et la cavalerie se déployer vers Saint-Amand, et ici même en avant de Velaine!

Allons, tout va bien. Le maréchal de Luxembourg nous attaque franchement.

Eh bien, il va voir ce que valent nos vieilles troupes.

— Prince, je ne sais trop ce que j'éprouve...

Mais la naïveté... la simplicité d'une telle attaque de front m'étonne de la part d'un vieux renard comme M. de Luxembourg!...

— Eh! mon cher, que vouliez-vous donc qu'il fît?

— Attendons la fin.

— Oiseau de mauvais augure, veuillez donner des ordres pour mettre l'artillerie que j'ai désignée en batterie face au centre des Français.

On ouvrira le feu dès qu'ils prendront la formation de combat.

En effet, l'armée française se déployait entre Fleurus et Saint-Amand.

Son artillerie, en avant, au centre, montait à l'assaut des positions des alliés.

Bientôt, un feu violent éclatait!

La bataille s'engageait presque autour du petit bois où se tenaient les frères de la Charité.

Cependant le maréchal de Luxembourg qui, dès quatre heures du matin, avait parcouru le pays jusqu'à Ligny, avait tenu un rapide conseil avec M. de Gournay, le duc du Maine et M. de Rubantel.

Les généraux le quittèrent à la fois stupéfaits et effrayés de la hardiesse du plan qu'il venait de développer.

Le maréchal de Luxembourg, avec des forces égales à celles de son adversaire, allait tenter, pour la première fois, le fameux mouvement débordant et enveloppant qui fit la fortune des armes prussiennes en 1870, mais qui à cette dernière époque était basé sur de grandes supériorités numériques d'effectifs.

Tandis qu'au centre, l'attaque était poussée assez vigoureusement pour faire croire au prince de Waldeck qu'il avait affaire à toute l'armée française, le maréchal de Luxembourg lançait le duc du Maine vers midi sur l'aile gauche du prince de Waldeck, qu'il avait complètement tourné à l'abri des chemins creux bordés de haies et de hautes houblonnières.

Wagnelée, qui se trouvait être l'extrême limite du développement des Impériaux, devenait subitement le point important de la bataille.

Le reste de l'armée française concentrait son effort contre le centre de l'aile droite du prince de Waldeck. . . . .

Au plus fort de la bataille entre Fleurus et Saint-Amand, un petit groupe de moines aux vêtements troués allaient et venaient, relevant des blessés et les emportant à l'aide d'une charrette vers un bouquet de bois, où couchés sur des feuilles et sur de la mousse, de nombreux soldats de toutes armes recevaient les soins d'un religieux qui, les manches relevées, taillait, coupait, recousait les chairs pantelantes des pauvres diables.

Ce religieux, c'était frère Charles. Vers trois heures, épuisé de fatigue, ce vaillant et savant jeune homme s'arrêta une minute dans son terrible et douloureux labeur.

Un nouveau convoi apparut.

En tête s'avançait un jeune brigadier de mousquetaires noirs, porté par deux chevau-légers.

Il était un peu pâle, mais il avait la figure souriante.

Il fit une moue à la vue des rangées de blessés geignant et se lamentant.

— Diable, mon frère, vous avez de l'ouvrage ! dit-il à un religieux.

Mais j'espère bien ne pas être charcuté comme chacun de ces pauvres diables !

Au son de sa voix, frère Charles, qui venait de s'asseoir et méditait, la tête dans ses mains, se retourna brusquement :

— Ah ! mon Dieu !... Monsieur de Préval !... s'écria-t-il.

Un cri répondit au sien :

— Cyprien !... monsieur de Verderonne, veux-je dire !... Oh ! c'est vous, mon cher et bon ami !... Quoi ! sous ce costume !...

Et entre les deux hommes dont les mains s'étaient jointes, s'échangea ce court dialogue à voix basse :

— Cyprien, avez-vous prononcé vos vœux ?...

— Non, mon cher Fabrice.

J'ai pris cette robe pour venir soigner les blessés, pensant ainsi servir utilement mon pays et mon roi...

Je n'avais pu vous prévenir de ma résolution, puisque vous étiez déjà parti à l'armée...

Mais je vous fais causer, au lieu de vous soigner !

Vous êtes blessé!... Vite, qu'on m'aide!... dit frère Charles d'une voix forte.

Quoique Préval se défendît, déclarant qu'il n'avait pas grand mal, frère Charles le fit étendre à terre et commença d'examiner la jambe blessée.

Un coup de feu tiré de très près avait traversé les muscles de la cuisse.

Le projectile n'était pas resté dans la plaie.

La souffrance et une grande perte de sang avaient épuisé le blessé.

Mais tout de suite le chirurgien constata le peu de gravité de la blessure.

Seules, les chairs déchirées avaient souffert... le fémur et les artères étaient intacts. . . . .

. . . .

Cependant le prince de Waldeck, vaincu, battait en retraite...

Ses derniers bataillons luttaient pied à pied, vendant chèrement la victoire, décimant les troupes françaises.

Au milieu d'un groupe, un seigneur de haut rang combattait avec une rage et une vigueur terribles...

Tous ceux que l'épée de M. de Singham atteignait tombaient pour ne plus se relever.

Et tandis qu'entouré d'une poignée de cavaliers, il se retirait lentement en combattant, Singham, c'est-à-dire le comte de Lucenay, murmurait avec rage ces mots entrecoupés :

— Roi maudit!... Tu triompheras donc toujours!...

Jamais ma vengeance ne sera-t-elle donc satisfaite ?

Ah! malheureux prince de Waldeck, je t'avais bien fait sentir que tu n'étais pas de force à lutter contre le damné bossu. . . . .

. . . .

M. de Luxembourg, malgré son âge et sa faible complexion, avait payé de sa personne dans toute cette journée.

Comme il revenait vers Velaine, accompagné de son état-major, bien éclairci par la mort et par les blessures, il aperçut un grand mouvement autour du petit bois transformé en ambulance.

Un officier blessé qui en sortait lui expliqua ce qui se passait, et les grands services que rendaient les frères de la Charité.

— Ah! voilà l'occasion, monsieur le duc, dit le maréchal en se tournant vers le duc du Maine, de me présenter votre frère Charles.

Je serai heureux de le remercier et de ses renseignements et des soins donnés à nos blessés.

Poussant son cheval à travers les arbres, le vieux maréchal fut bientôt au milieu de la clairière où frère Charles achevait le pansement de la blessure de M. de Préval.

Le jeune homme avait le dos penché sur son ami, lorsque le bruit des chevaux s'élevant brusquement derrière lui, l'obligea à redresser la tête.

Il ne vit tout d'abord qu'un cavalier aux vêtements en désordre, et la petite taille que déformait une énorme bosse, avec un fier et sarcastique sourire.

Un cri vint à ses lèvres :

— Monsieur Bertrand Febvre !...

Le général en chef, se penchant, le dévisagea, et eut un geste d'étonnement :

— Non, mon jeune ami, vous vous trompez, je ne suis plus Bertrand Febvre, je suis le maréchal de Luxembourg !

XIV

LES SACRIFICES D'ENFANTS

Cependant la nouvelle de la victoire de Fleurus, parvenue à Versailles avec une grande rapidité, avait jeté une vive lueur de gloire et d'allégresse dans le déclin du grand règne, qui s'annonçait bien sombre.

Quelques jours après, un autre éclair d'apothéose sillonna le ciel de la monarchie quand le grand Tourville fit savoir qu'il avait défait le 10 juillet la flotte anglo-batave au cap de Beachy-Head, et que l'amiral Hubert qui la commandait s'était réfugié avec ses derniers vaisseaux dans la Tamise, abandonnant la mer aux Français.

Louis XIV était donc dans un excellent état d'esprit, lorsqu'on lui annonça l'arrivée de son fils et d'une mission d'officiers chargés de lui remettre les trophées de la victoire de Fleurus.

Après avoir embrassé et félicité le duc du Maine, le roi lui déclara que le lendemain même il recevrait les envoyés du maréchal de Luxembourg en audience solennelle.

Le bruit s'était vite répandu du retour du royal bâtard, et madame de Maintenon grillait d'avoir des nouvelles de la guerre, de la bouche même de celui des enfants du roi auquel elle s'intéressait le plus, et qu'elle avait élevé avec la tendresse d'une mère ; elle allait donc faire mander le duc du Maine, lorsque le jeune prince se fit annoncer chez elle.

En habile courtisan, le duc du Maine donnait à la puissante favorite, sa première visite, après l'audience royale.

Madame de Maintenon le reçut tout aussitôt, et avec une grande affection.

— J'ai tenu, madame la marquise, à vous présenter mes hommages dès que j'ai eu l'honneur d'être reçu par sa Majesté, dit Son Altesse.

— C'est bien à vous de ne pas oublier votre vieille amie, mon cher duc, et je suis heureuse d'avoir de votre bouche des détails exacts sur la brillante affaire de Fleurus, dont je ne sais pas grand'chose, en vérité. Madame du Mesnil, qui s'était rendue à l'armée pour avoir des nouvelles de son mari, et qui devait me renseigner, ayant précisément quitté le camp la veille de la bataille.

A ces mots, le duc s'aperçut seulement de la présence d'une femme qui se dissimulait dans un angle obscur de la pièce, et qui n'était autre que la belle Geneviève.

Le prince la salua avec une froideur visible.

Madame de Maintenon reprit :

— Alors notre petit bossu a encore fait merveille ?

— Mais oui, madame ; et je vais vous conter toute l'action.

Tandis que le duc se livrait au plaisir bien naturel de décrire la lutte à laquelle il avait brillamment pris part, il observait Geneviève et il lisait clairement dans les regards profonds de l'étrange femme, l'irritation que lui causait cette victoire des armes françaises.

Lorsqu'il annonça que Fabrice de Préval était chargé d'apporter les drapeaux pris à l'ennemi, il la vit tressaillir, et lorsqu'il ajouta que le brave mousquetaire, à cause de sa toute récente blessure, était accompagné par un frère de la Charité, la marquise ne put contenir une sorte de haut-le-corps, et une flamme jaillit de ses yeux noirs.

Le lendemain, l'audience solennelle eut lieu avec le plus grand éclat.

Un frisson d'émotion courut parmi les courtisans, lorsqu'on vit Fabrice de Préval, tout pâle, et appuyé sur l'épaule d'un soldat, s'avancer en tête des mousquetaires qui portaient les innombrables étendards qu'ils jetaient les uns après les autres, aux pieds du roi.

Lorsque la glorieuse jonchée fut terminée, Louis XIV fit signe à Fabrice de s'approcher.

— M. de Préval, dit-il avec un sourire affectueux, M. de Luxembourg a chargé M. le duc du Maine de m'apprendre votre belle conduite dans toute cette campagne, et elle explique la faveur qu'il vous a faite en vous confiant cette haute mission.

Le roi de France n'a rien à refuser à celui qui lui apporte une aussi belle moisson ; demandez-moi donc telle faveur que vous pouvez désirer.

Fabrice de Préval rougit violemment, comme si le peu de sang que lui avait laissé sa blessure affluait à son visage.

— Sire ! je ne saurais abuser de votre bonté, et ce n'est pas une faveur, c'est une grâce, un pardon, que je sollicite humblement de Votre Majesté.

— Une grâce, un pardon, fit le roi étonné... Et quel est le coupable ?

— Moi-même ! Sire.

— Parlez, monsieur, parlez ; je ne vous comprends pas, ou plutôt je ne devine pas cette énigme.

— Sire, une jeune fille, dont le nom n'est pas inconnu de Votre Majesté, a été soupçonnée de se laisser circonvenir par les ennemis de notre sainte religion ; elle a été enfermée dans un couvent... Cette jeune fille, je l'aime, Sire, et elle m'aime...

— Eh bien ! monsieur, épousez-la... Vous êtes assez bon catholique et assez loyal serviteur du roi pour lui servir de caution ; épousez-la, je vous y autorise, si elle est toutefois de bonne noblesse et digne de vous.

— Hélas ! sire, vos paroles me plongent dans la joie et dans l'affliction à la fois... Et c'est sur ce point même que j'implore ma grâce...

— Comment cela ? fit le roi sans se départir de sa bonne humeur.

— Sire, cette jeune fille, je l'ai aidée à fuir du couvent, et je l'ai épousée secrètement.

Louis XIV sursauta, et son sourcil se fronça.

Le duc du Maine, qui savait combien son père était jaloux de son autorité en pareille matière, eut un soupir de désespoir ; Son Altesse se disposait à intervenir en faveur de son protégé, lorsque le sourire reparut sur les lèvres du roi qui était décidément en excellente humeur.

— Allons, monsieur de Préval, dit Louis XIV, je vous pardonne pour cette fois votre folie, mais que diable ! il ne faudrait pas traiter les couvents comme les retranchements de M. de Waldeck, et leur donner l'assaut...

Le nom de votre femme ?

— Hélène de Corneville...

— De Corneville !... Est-elle parente du marquis ?

— Hélène est sa propre-fille, sire.

Louis XIV fronça le sourcil de nouveau, et sembla réfléchir un moment :

— Malheureuse famille ! murmurait-il... Corneville ! toi que j'ai tant aimé !... Au moins, sa fille pourra être heureuse...

Puis le roi reprit tout haut :

— C'est bien, monsieur de Préval, je ferai le nécessaire, et je vous autorise à donner le nom de Louis à votre premier fils.

C'était l'engagement d'être parrain de l'enfant, et le duc du Maine fut tout joyeux de voir accorder une telle faveur au jeune officier, pour lequel il se sentait une grande affection.

Quant à Fabrice, il se retira ébloui, affolé de tant de bonheur.

Au bas des grands degrés, le jeune officier des mousquetaires se laissa tomber dans les bras d'un frère de la Charité, qui l'attendait.

Il ne put que lui dire :

— J'ai la grâce d'Hélène ; nous allons pouvoir vivre au grand jour.

La nouvelle de la victoire de Fleurus, annoncée à son de trompe dans Paris et carillonnée à Notre-Dame, avait causé une grande joie chez le gros Thomas, et la gracieuse Marie Brichon s'était réjouie à la pensée que sans doute le chevalier de Verderonne allait bientôt revenir ; aussi ne fut-elle pas étonnée de voir au beau matin le chevalier pénétrer dans le logis de l'arracheur de dents.

La pauvre enfant ne put guère causer avec son amoureux, car tout aussitôt Brichon s'enferma avec lui dans son cabinet.

— Alors ! demanda Cyprien, vous avez retrouvé le petit Henri de Corneville ?

Brichon sentit et comprit l'impatience du jeune homme, mais d'un geste il arrêta les questions qui jaillissaient de ses lèvres.

— Monsieur de Verderonne, permettez-moi de procéder avec méthode. Il me faut d'abord vous fournir certaines explications qui viendront au cours de mon récit, vous faire certaines confidences du caractère le plus sérieux, le plus intime, qui vous prouveront assez et ce que je puis pour les gens que j'aime, et la confiance absolue que j'ai placée en vous...

— C'est bien, je me contiendrai... Parlez !

— Lorsque vous m'avez appris d'après la lettre de dom Martin, que le petit Fouinard avait enlevé Henri de Corneville, j'ai cherché à me remettre en mémoire la tête de cet individu ; et bientôt aidé de ma petite Marie, j'ai retrouvé qui il était... j'avais bien devant les yeux le type de ce triste sire que j'avais connu encore enfant.

Brichon fit une pause en homme qui réfléchit profondément.

Il reprit :

— Il n'y avait pas le moindre doute pour moi : l'enlèvement de l'enfant était payé par quelqu'un qui avait un intérêt à ce que les héritiers directs du marquis de Corneville disparussent les uns après les autres.

— C'était tellement mon avis, s'écria le chevalier de Verderonne, que je vous ai même dit le nom...

— Chut !... interrompit l'ex-charpentier ; il y a des noms qu'il ne faut pas prononcer à la légère, et quelque conviction que l'on puisse avoir.

Cet enlèvement devait fatalement amener le ravisseur et sa victime dans un milieu où un homme et un enfant pussent passer inaperçus... Or, où se cache-t-on mieux qu'à Paris ?

Aussitôt, j'eus l'idée d'une expérience... (Page 530.)

— Bien raisonné !

— Mon métier de charlatan, mon installation sur le Pont-Neuf, qui
est le centre de Paris, me donnent la quasi certitude de voir passer, un
jour ou l'autre, devant mes tréteaux tout être tant soit peu curieux qui
habite ou traverse la grande ville. Aussi ai-je l'habitude, pendant que je
fais mon boniment, de dévisager successivement tous mes auditeurs...
et cela pour plusieurs raisons que je vous expliquerai tout à l'heure...

Il y a quelques jours je remarque, au premier rang des badauds, un petit homme à museau de renard, qui me regardait bouche bée.

La tête du personnage me parut très amusante, et comme il me faut toujours un plastron pour essuyer la grêle de mes brocards et de mes épigrammes, je commençai à le prendre à parti.

Comme je jacassais d'une manière assez drôle sur la conformation des mâchoires, je le désignai à la foule comme le type le plus curieux, d'homme à la mâchoire de furet ou de fouine.

La galerie se mit à rire, et le petit bonhomme se fâchait tout rouge, lorsque le mot de fouine que je venais de prononcer, me rappela... qui ?... « Fouinard ! ». Oui, Fouinard, le petit Fouinard de Corneville.

Et tout de suite une lueur passa dans ma mémoire.

Aussitôt, j'eus l'idée d'une expérience, et me précipitant jusqu'à ses pieds, du haut de mes tréteaux, je lui fis des excuses, et lui déclarai que pour la peine, j'allais lui dire gratuitement la bonne aventure, en lisant dans les lignes de sa main.

Il se défendit d'abord, craignant une nouvelle farce, mais ses voisins lui conseillèrent d'accepter, et il se laissa faire.

Après le boniment d'usage sur sa santé et sa situation présente qui était modeste (c'était assez facile à voir d'après son allure et sa mise), je lui prédis qu'il s'enrichirait, qu'il arriverait aux honneurs, et même qu'il serait aimé d'une grande dame.

Je remarquai un violent tressaillement de mon « sujet » à cette dernière prédiction, et ses petits yeux gris brillèrent d'un vif éclat.

J'arrivai au moment propice :

— Mesdames et messieurs, m'écriai-je, on peut douter de mes prédictions pour l'avenir, puisque seul le temps peut les vérifier ; mais, il y a un moyen de prouver tout de suite mon savoir, c'est de parler à monsieur de son passé que j'ignorais totalement — avant d'avoir vu sa main.

Le petit homme parut assez ennuyé et parla de se retirer.

J'insistai, et je ne voulais pas lâcher sa main :

— Tenez, vous n'êtes pas depuis longtemps à Paris, et vous venez de l'ouest.

— C'est vrai, murmura le jeune villageois, empoigné malgré lui par l'émotion des gens qui croient au surnaturel.

— Vous venez de loin, d'un pays près de la mer, et vous n'êtes pas venu seul.

Il sursauta et parut effrayé.

— Je vois dans votre main la ligne du dévouement coupée de la croix des embûches... C'est pour le compte d'un autre que vous avez fait ce voyage ?...

Oh! c'est curieux... il y a un enfant qui joue un grand rôle dans votre vie... Prenez garde, il vous portera malheur !...

Je regardai mon gaillard dans les yeux : il était réellement bouleversé, et, comme ses voisins l'interrogeaient, il balbutia :

— Cet homme est le diable, ou il a un pacte avec Satan.

Et, arrachant sa main d'entre les miennes, il s'enfuit au travers de la foule, qui m'applaudissait.

Quoique sa fuite fût rapide, un de mes hommes que j'avais posté en dehors du cercle des spectateurs, réussit à le « filer », et une demi-heure après, je savais qu'il s'était rendu dans une auberge du quai de la Mégisserie, non loin du Grand-Châtelet.

Cette auberge, à l'enseigne des *Archers-du-Guet*, est fréquentée par des débardeurs, des ouvriers des mégisseries, et surtout par des espions de police.

J'appris cette nouvelle avec joie, car je ne doutais plus que mon homme fût Fouinard en personne, et j'étais sûr d'avoir là des renseignements précis sur son compte.

— Comment cela? fit Cyprien étonné.

— Ah! voilà, j'en suis arrivé aux confidences nécessaires, dit le gros Thomas avec une nuance d'embarras.

Écoutez-moi, monsieur de Verderonne, écoutez-moi bien, et ne formulez aucun jugement, avant d'avoir bien réfléchi...

La police à Paris est très compliquée.

A côté des exempts, soldats du guet et fonctionnaires de toute nature, il y a les agents secrets de M. de La Reynie, qu'on appelle dans le métier les « indicateurs », et tout une tourbe d'individus louches qui, par les services qu'ils rendent, obtiennent que l'on ferme les yeux sur un passé qui souvent pourrait les mener tout droit en place de Grève.

— Joli monde! fit M. de Verderonne.

— Hélas, oui !... Il y a de tout dans la police... même des honnêtes gens...

— Des honnêtes gens ?...

— Parfaitement, monsieur le chancelier... et tenez, croyez-vous que les bateleurs du Pont-Neuf soient tous des fripouilles?

— Non, certes, et j'ai connu chez vous de vos confrères qui sont, certes, très estimables.

— Eh bien, n'avez-vous pas, parfois, entendu dire que tous les bateleurs, jongleurs, musiciens et amuseurs ambulants, étaient un peu de la police ?

— C'est, ma foi, vrai.

— Voici la chose : nous avons tous besoin de la tolérance et même de la protection de M. le lieutenant de police : en revanche, il lui arrive de nous demander des services...

Le chevalier de Verderonne ne put contenir un geste significatif.

— Oh ! attendez avant de juger, comme je vous le disais tout à l'heure, s'écria le gros Thomas. Les services que nous rendons n'ont rien de méprisable, nous voyons passer bien des mines patibulaires durant nos parades, et plus d'un bandit, longuement recherché sans résultat, vient s'y montrer au grand jour ; dans ce cas-là, nous le signalons discrètement, et on le pince... N'est-ce pas tout profit pour l'État et la société ?...

D'autre part, il plaît à M. le lieutenant de police de savoir ce que font certains grands seigneurs et parfois certaines grandes dames bien indignes de leur rang, qui se risquent à venir *incognito* courir de répugnantes aventures sur le Pont-Neuf... et là encore les renseignements que nous fournissons n'ont rien de répréhensible.

— C'est assez juste, fit Cyprien... en somme, vous êtes dans les mêmes conditions que les autres...

— Eh bien, oui ! fit Brichon soulagé de son secret, mais avec cette différence que j'ai des rapports directs avec M. de La Reynie, qui vient même parfois dans mon cabinet et prend place sur le siège où vous êtes assis en ce moment.

— Diable ! fit le chevalier, en riant, vous n'êtes plus un agent, mais bien un confident !

— Ainsi donc, lorsqu'il s'agit de me renseigner, cela m'est facile, car la faveur dont je jouis auprès de M. de La Reynie n'est pas ignorée des principaux agents secrets.

— Alors, vous en avez profité ?

— Oui ; et j'ai bientôt su que le nommé Fouinard, était un agent subalterne engagé depuis peu, et placé sous la direction d'un personnage plus important que l'on connaît seulement sous le surnom du « Moine. »

— Tiens, comme c'est curieux !

— Ce surnom, provient simplement de ce que l'individu en question, est un ancien religieux.

Le brave Brichon s'arrêta, et en homme habitué à préparer ses effets, il prit un ton mystérieux :

— J'ai vu cet ex-moine et je vous le donne en cent, en mille pour deviner ce qu'il est et d'où il vient.

— Comment voulez-vous que je devine, dit le chevalier ?

— Vous le connaissez !

— Parlez, alors ! Ne me faites pas languir !

— Eh bien, ce moine n'est autre que Rufin, l'ancien clerc de maître

Dufresnoy, qui fut frère lai au couvent de Corneville, sous le nom de frère Théodore.

— Ah, tout s'explique !... Frère Théodore, a en effet, jeté le froc aux orties !...

— Et depuis cet événement que j'ignorais, il est venu habiter à Paris avec une paysanne qu'il a sans doute enlevée.

— Mais alors, l'enfant ?... le petit Henri de Corneville ?

— Attendez donc... J'ai mis en observation cet agent, et, grâce à une belle pièce d'or, j'ai su d'un des individus qui sont sous ses ordres qu'il y avait chez lui deux enfants, presque du même âge, dont l'un est sans doute le fils de sa maîtresse, et dont l'autre doit être le petit Henri de Corneville, car son arrivée coïncide avec celle de Fouinard.

— Mais qu'attendons-nous, s'écria Cyprien avec force, il faut tout de suite aller prendre l'enfant !...

— Tout beau ! Du calme ! Mon maître ?...

Enlever un enfant qu'élève la maîtresse, passant pour la femme d'un agent de M. de La Reynie, et cela au moment où les enlèvements d'enfants terrorisent Paris !

— Il suffirait de dire qui est cet enfant... d'expliquer comment...

— D'expliquer quoi ? l'enlèvement du petit Henri... Croyez-vous que M. de La Reynie l'ignore ?

S'il l'a toléré, c'est que l'affaire a des ramifications en haut lieu. Et, d'ailleurs, si le nommé Rufin déclare que c'est faux, que cet enfant est comme l'autre, fils de cette femme, sa compagne, comment prouverez-vous le contraire ! Surtout, si des gens puissants ont intérêt à vous empêcher de délivrer le pauvre petit ?...

— Que faire ? murmura Cyprien avec un profon découragement.

— Je ne sais trop, mais je vais étudier la chose ; et, avant peu, j'aurai un plan.

A ce moment, l'entretien fut interrompu par un coup frappé discrètement à la porte.

Sur la réponse du charlatan, un domestique entra et lui dit quelques mots, à l'oreille :

— C'est bien ! faites entrer, dit simplement le gros Thomas.

— Je vous gêne ?... demanda Cyprien.

— Non, mais ne me contredites en rien.

Un individu d'assez piètre mine fut introduit :

Il tendit un petit billet au charlatan, tout en jetant un coup d'œil soupçonneux sur le chevalier, qu'il dévisagea.

Après avoir parcouru le billet, le gros Thomas dit à l'individu :

— M. le lieutenant de police me mande que vous devez me donner des explications verbales... Parlez !...

— Devant monsieur ?

— Oui ; vous pouvez parler librement devant monsieur ; c'est un des bons amis de M. le lieutenant de police.

Le chevalier de Verderonne, médiocrement flatté peut-être, garda néanmoins le silence, devinant qu'il allait apprendre des choses intéressantes.

— Voici, monsieur Thomas, fit le mouchard, s'exécutant :

Monsieur le lieutenant de police, voudrait savoir ce qui se passe chez la Raisin, la sorcière qui demeure en face des Minimes, et, comme il paraît que vous y avez vos entrées, il voudrait que vous lui fassiez un rapport sur les « diableries » qui ont lieu là-dedans.

— Ah ! oui, j'ai déjà signalé à M. de la Reynie la messe à rebours ou messe noire, dite en l'honneur du Malin.

L'agent baissa la voix et comme s'il craignait que l'horreur de ce qu'il allait dire fît crouler les murs, il continua à voix basse :

— On affirme qu'il se fait chez la Raisin des sacrifices humains, et que les cadavres d'enfants qui bouleversaient tout Paris, pourraient bien provenir de l'antre de cette horrible sorcière... Monsieur de la Reynie a en main une convocation authentique à une « Messe noire », pour demain minuit.

Nous devons y aller en force, et vous devez passer chez le patron, pour recevoir ses instructions, avant de vous y rendre.

— Allons ! c'est bien, mon ami, j'irai demain matin au Châtelet.

C'est donc bien grave — qu'on n'envoie pas les agents ordinaires ?...

— Oh ! oui, ce doit être grave, j'ai entendu monsieur de La Reynie dire ceci : « Il n'y a que le gros Thomas capable de conduire cette affaire avec tact. D'ailleurs, lui seul connaît bien toutes les personnes de qualité qui fréquentent en cet endroit ; et seul il nous évitera de commettre des imprudences, de faire des bêtises... »

— Ah ! je comprends, fit le gros Thomas en riant, on veut donner un coup de filet, mais on a peur qu'il ne retienne de trop gros poissons !... On désire que je fasse les mailles larges, élastiques, à souhait !... O raison d'État, tu as toujours passé, et tu passeras toujours avant tout !... C'est bon... A demain soir, mon ami !...

Comme l'agent allait se retirer, il se rappela un dernier détail.

— Ah ! j'oubliais de vous dire de vous méfier du « Moine » ; il paraît qu'il joue un double jeu, et qu'il est très bien avec la Raisin... on dit même qu'il serait un de ses pourvoyeurs d'enfants !...

L'agent parti, le gros Thomas regarda Cyprien, et constata à son émotion, visible par sa pâleur, que la même idée leur était venue à tous deux.

— J'irai avec vous, chez la sorcière, dit simplement Cyprien ; et j'ai le pressentiment que nous y trouverons Rufin !

XV

LA MESSE NOIRE

Il fait nuit, pleine nuit.

S'il en faut croire les apparences, la mystérieuse maison de la rue Neuve-Saint-Gilles où le lecteur a déjà eu l'occasion de pénétrer, et de voir pas mal de choses des plus singulières, dort profondément.

Vous pourriez, semble-t-il, rester longtemps sous des murs si hauts, si épais, sans réussir à percevoir le moindre bruit, le moindre signe de vie. Jamais la sombre demeure n'a été plus muette, plus fermée. Jamais le quartier n'a été plus solitaire. Jamais non plus les ténèbres n'ont été plus denses.

Cependant si quelqu'un était là — et il n'y aurait dans ce fait, par ces temps si étranges, rien d'extraordinaire — si quelqu'un était là, dis-je, terré, accroupi derrière une borne, ou se tenant soigneusement dissimulé derrière une saillie de la muraille, et que ce quelqu'un-là eût de la patience autant que de la ruse, c'est-à-dire fût parfaitement expert à *voir* sans être vu, il pourrait bien ne pas tarder à être grandement satisfait...

Car à défaut de bruit, le silence continuant à être absolu, voici venir de la lumière. Un point lumineux apparaît au coude prochain que forme la rue, puis grandit en approchant et s'arrête devant la maison. C'est une torche ; l'homme qui la porte, d'ailleurs totalement masqué, ne marche pas, il glisse, et à la faveur de la vacillante et toute indécise clarté que le moindre souffle semble devoir éteindre — car la torche paraît projeter comme à dessein le minimum de lumière qu'une torche puisse dispenser — si le mur avait les yeux auxquels je faisais allusion tout à l'heure, — ces yeux-là pourraient distinguer en s'y appliquant beaucoup quatre silhouettes, quatre ombres suivant de près la première.

D'après les mouvements, l'observateur aurait pu deviner qu'une chaise à porteurs était là. Les quatre silhouettes étaient celles des porteurs de la chaise...

Des rideaux s'écartent, et aussitôt sort de la chaise une femme masquée, elle aussi, mais dont la richesse et l'élégance ne peuvent faire doute.

Sa taille est d'une incomparable sveltesse : elle fait deux pas, et ces deux pas suffiraient à révéler, pour qui possède un peu de monde, la présence d'une personne de haut rang.

Quelqu'un de l'escorte gratte à la porte — je dis *gratte* — car on ne touche pas au heurtoir. Ceci peut paraître ironique, amusant même, étant données la lourde massivité de la porte et la cour spacieuse qui doit la séparer du corps de logis, et la léthargie où doit être plongé ce logis abîmé, comme tout le voisinage, dans un sommeil auquel il est en vérité impossible de donner un autre nom.

Chose étrange, ce grattement a été entendu, car presque aussitôt la porte, bien graissée sans aucun doute, s'entre-bâille discrètement. La visiteuse pénétra, révérencieusement saluée par une personne qui ne peut être qu'une femme, et en qui on devine une jeune fille tant elle est souple, gracieuse, mignonne, aérienne.

Les porteurs de la chaise et l'homme à la torche, au courant très vraisemblablement des aîtres, et très vraisemblablement aussi munis d'instructions bien précises, vont remiser la chaise sans proférer un mot.

La jeune fille s'incline de nouveau très bas, sans mot dire, devant la nouvelle venue et cherche sa main... qui lui est abandonnée.

Les deux femmes s'enfoncent seules par la nuit dans le sillage d'une lanterne que porte la jeune fille qui guide la marche.

Laissant la maison à gauche, elles franchissent un étroit passage, et entrent dans une nouvelle cour, très grande, plantée d'arbres, qui peut être un parc.

Elles y font « un bon bout de chemin, » où la dame a tout le temps de regretter sa chaise douillette qui la berçait si mollement... Mais voilà... les « chaises » ne vont pas toutes seules, elles sont soutenues par des porteurs, et il y a des choses que les « porteurs », que des hommes vulgaires, de basse condition, ne doivent ni voir, ni approcher, ni soupçonner... C'est pourquoi la dame s'est résolue à faire deux ou trois cents pas à pied.

Si peu habituée qu'elle soit à un tel exercice, elle n'en paraît, il faut le dire, pour être juste, aucunement incommodée.

Sans avoir donné aucun signe de fatigue, elle arrive, avec la jeune fille, au seuil d'une porte dessinée en ogive, qui est ouverte. Elles descendent quatre marches — et se trouvent dans une vaste enceinte qui semble toute entourée de colonnes.

Elles traversent cette enceinte — un grand parterre très vraisemblablement — où à chaque instant se dégagent des bouffées de parfums, qui semblent naturels et délicieux.

La dame s'arrête un instant pour en savourer la volupté infinie.

Mais, au même moment, sa compagne lui dit à voix basse :

— C'est ici, nous y sommes.

Déjà la femme présentait le pauvre petit... (Page 543.)

Et, au même moment, la jeune fille élève sa lanterne.

La dame voit alors tout près d'elle une construction... C'est un pavillon au style sévère, qui ne rappelait en rien celui de la Renaissance, si aimé du grand siècle, — mais qui évoquait bien plutôt le genre étrange et toujours légèrement inquiétant des pagodes indiennes.

A ce moment, la visiteuse éprouva un tressaillement involontaire, mais elle le domina bien vite. Elle poussa d'une main ferme la porte entr'ouverte, et mit le pied dans un vaste hémicycle d'aspect bizarre, éclairé discrètement par de nombreuses lampes toutes voilées d'un crêpe et qui, pour le moment, semblait absolument désert.

La salle où se tenait debout l'inconnue était tendue d'une étoffe invariablement noire ; d'un noir de bitume ; les colonnes étaient noires comme si elles avaient été revêtues d'une couche de lave.

Le fond de la salle apparaissait isolé par une balustrade, formant à s'y tromper ce qu'on appelle le sanctuaire dans les églises, et la similitude était encore poussée plus loin, car, dans ce sanctuaire, il y avait une table, et cette table figurait aussi, à s'y méprendre, un autel, avec cette circomstance baroque que la partie supérieure de l'autel touchait le sol, et que sa partie inférieure était devenue la supérieure ; on voyait même, sur cet autel, une petite armoire qui évidemment était un tabernacle de forme peu ordinaire, mais un tabernacle... et tout semblait disposé pour une cérémonie ayant de grandes analogies avec la messe.

Peut-être la visiteuse distinguait-elle ce qu'il y avait d'anormal dans la partie supérieure de l'autel qui ne se découpait pas nettement comme eût fait une surface de bois ou de métal, et pouvait-elle le définir... Peut-être savait-elle que cet autel étrange, qui, de fait, ressemblait suffisamment à un lit posé sur un trépied, était surmonté ou, si l'on préfère, capitonné d'un... matelas, lui-même recouvert d'un drap mortuaire.

On eût dit que ce matelas funèbre attirait la belle dame...

Mais pour prendre une contenance, elle affecta de regarder le tabernacle qui était surmonté d'une croix — mais d'une croix bien singulière elle aussi puisque ses deux bras étaient à peine élevés de quelques pouces au-dessus du tabernacle, tandis que la pièce médiane de la croix se dressait très haute au-dessus desdits bras.

S'il avait fait plus clair, on aurait vu que le christ représenté sur cette croix était figuré subissant le supplice de saint Pierre — c'est-à-dire qu'il avait les pieds en l'air, et la tête en bas.

La femme masquée regardait aussi à droite et à gauche du tabernacle.

— Voilà des cierges noirs, dit-elle ; ils sont fait avec de la poix, n'est-ce pas ? interrogea la dame tout bas.

— J'ai entendu dire qu'ils étaient faits avec de la graisse de pendu, comme l'exige la Kabbale, répondit la jeune fille du même ton.

— De la graisse de pendu ?... répéta la questionneuse, un peu incrédule. Et qui a pu se procurer cette graisse ?

— J'ai aussi entendu dire que c'était le bourreau, qui loge dans cette même rue, et qui a la confiance de ma maîtresse.

— Lui-même ou un de ses aides ?

— Lui-même.

— Charles Sanson de Longval?

— Charles Sanson de Longval, répéta tout au long et lentement l'introductrice comme pour mieux affirmer son dire.

La dame se tut, et ses yeux se reportèrent sur l'autel, derrière lequel, dans le but probable de frapper plus fortement encore l'imagination, on avait disposé une draperie funéraire où figurait une croix tissée dans l'étoffe, mais invertie elle aussi et blanche pour qu'elle tranchât mieux sur ce fond lugubre.

Une femme entre deux âges, vêtue d'oripeaux bizarres, ne tarda pas à se présenter.

Elle se porta au devant de la dame, et bien qu'elle fût la maîtresse du lieu, et même la grande Magicienne, comme l'appelaient emphatiquement tous les habitués de la maison (le lecteur a sans aucun doute reconnu notre vieille connaissance, la Raisin), elle salua bas, presque obséquieusement, sans desserrer les lèvres.

— Le ministre de notre rite va venir, dit-elle après un instant, sans doute pour faire prendre patience à la dame qui ne devait pas avoir coutume d'attendre.

— C'est bien, fit celle-ci d'une voix tranquille...

Deux minutes ne s'étaient pas écoulées qu'un prêtre à barbe blanche, d'aspect grave et austère, revêtu d'ornements sacerdotaux, blancs comme la croix derrière l'autel, et brodés de pommes de pin noires, faisait son entrée dans le sombre hémicycle, saluait de la tête les deux femmes, et se dirigeait vers l'autel.

An même moment, la jeune fille qui s'était retirée, dès l'entrée de sa maîtresse, revenait avec des seigneurs et des dames du plus haut lignage.

Aucune de ces personnes ne devait jouer un rôle actif dans ce qui allait se passer. Aussi aucune n'avait cru devoir prendre la précaution de se masquer.

D'autres spectateurs sans conséquence sans doute, des gens de la maison, des serviteurs ou des amis intimes de la Raisin s'étaient glissés et installés sans bruit à la suite de cette élite, se nommant entre eux les illustrations qui la composaient.

La plus haute aristocratie était représentée en cette étrange circonstance. La Raisin eût été difficile, si elle n'eût été satisfaite.

Décidément elle était posée, lancée comme la sorcière officielle. *On avait tenu ce qui lui avait été promis.* Elle voyait chez elle, presque à ses genoux, cette Cour, la plus altière du monde.

Il était devenu réalité, le mot prestigieux qui l'avait tant impressionnée lorsque quelques années auparavant certaine châtelaine de son pays l'avait, pour la première fois, prononcé à ses oreilles.

Il y avait là un prince du sang, le duc de Vendôme avec sa maîtresse, la duchesse de Bouillon ; — la duchesse de Mortemart et de Vivonne, belle-sœur de madame de Montespan, — le maréchal duc de Luxembourg, le vainqueur tout récent de Fleurus, — la maréchale de La Ferté, — la marquise d'Alluye, — la princesse de Tingry, — les comtesses de Polignac et de Roure ; la comtesse de Soissons, — et un autre prince du sang : le prince de Condé !... avec bien d'autres hommes ou femmes portant des noms associés intimement à la grandeur et à la gloire du royaume.

Tout ce grand monde, venu par petits groupes dans la soirée, attendait docilement depuis un certain temps déjà, dans une autre partie toute voisine de l'étrange demeure.

Il y avait là aussi le chevalier de Verderonne, et Brichon, — oui Brichon, ou si l'on préfère le « gros Thomas », mais le « gros Thomas » vêtu avec la plus extrême simplicité, en homme qui ne tenait pas à être « remis » par aucun de ces grands personnages dont il était certainement connu.

Dès que la Raisin eut aperçu Brichon, dont elle semblait guetter l'arrivée, elle alla vers lui, et lui fit signe de la suivre avec son compagnon, le chevalier.

Elle les plaça à l'écart, tout contre le noir balustre du sanctuaire, dans un coin d'où l'accès embrassait l'autel dans ses moindres détails.

— Vos hommes sont là ? lui demanda-t-elle à voix basse.

— Voyez vous-même, répondit Brichon, en lui désignant vaguement un certain nombre d'assistants, et ils prêteront main forte, s'il en est besoin.

Ces mots d'ailleurs énigmatiques parurent inspirer beaucoup de confiance à la grande Magicienne qui remercia vivement son interlocuteur, et prit place au premier au rang de l'illustre « chambrée » avec de grands airs de dignité, qui auraient probablement fort réjoui Brichon et le chevalier, s'ils avaient été là pour s'amuser.

— Quelle est cette femme ? demanda le chevalier à son ami.

— C'est la maîtresse de céans, la Grande Magicienne, répondit Brichon avec un imperceptible sourire.

Les douze coups de minuit retentirent au cœur de chacun comme autant de glas... un frisson courut dans l'assistance... tous les fronts se baissèrent involontairement, comme sous une réprobation terrible descendue d'en haut...

Luxembourg lui-même, ce brave qui a assisté déjà à tant de furieux combats, Luxembourg dont le cœur n'a jamais battu plus vite sous les volées homicides de la mitraille, sentit un petit froid envahir ses veines et descendre jusqu'à ses entrailles. Que va-t-il se passer ? Que va-t-on faire entre ces murs noirs, ces colonnes noires, ces cierges noirs ?...

L'officiant jette un regard sur la Grande Magicienne et lève un doigt en l'air. La Raisin se porte alors lentement vers la dame au masque de velours, qui, elle seule, n'a pas frémi, qui, elle seule, n'a pas courbé le front, qui, elle seule, n'a pas senti un frisson courir par ses veines... Elle la prend par la main, et toutes deux, sous le poids des regards de plomb des assistants, se dirigent vers l'autel et s'inclinent profondément devant le prêtre.

Puis la dame se dévêt sans aucun trouble de pudeur... elle retire une à une, lentement, d'un geste aisé les diverses parties de son somptueux costume et les pose sur une chaise... elle ne conserve qu'un tissu dont la gaze toute transparente trahit les formes les plus séduisantes qu'ait jamais possédées créature humaine... Un murmure d'admiration circule parmi les hommes... un murmure de dépit circule parmi les femmes... et il y avait cependant dans cette foule brillante de grandes beautés plastiques révélées plus tard par de piquantes indiscrétions...

— Mais elle est peut-être de laid visage, dit pour se consoler la trop mûre maréchale de la Ferté, née Madeleine d'Angennes, à sa voisine :

— Pourquoi pas, car enfin ce masque... répondit Marie-Louise de Luxembourg, aussi connue pour sa laideur que pour sa galanterie.

— C'est impossible, répliqua le duc de Vendôme, qui était près de ces dames ; pareil corps ne saurait être surmonté d'une vilaine tête...

— Qu'en savez-vous ? fit avec aigreur la duchesse de Bouillon.

Tandis que ces propos s'échangeaient à voix basse, la dame s'étendait sur le matelas, cherchant d'instinct la pose la plus gracieuse qui pût lui convenir sur cette couche sordide ; de sa tête appuyée sur un oreiller que soutenait une chaise renversée, roulèrent jusqu'à terre les opulentes masses de sa noire chevelure.

La jeune introductrice s'approcha pour remplir l'office de clerc.

L'étrange sacrifice commença... Le moment de la consécration arrivé, la jeune fille agita la clochette.

— Attention ! souffle Brichon à Cyprien.

— Je suis prêt, répondit le chevalier.

Au tintement de la clochette une porte de communication s'ouvrit et une femme apparut, tenant dans ses bras un enfant de trois ans environ, beau comme le jour.

Un tressaillement violent de surprise et de pitié secoua tous les spectateurs.

Cyprien allait pousser un cri d'indignation, mais Brichon lui intima tout bas l'ordre de ne pas proférer un mot, de ne pas faire un geste... d'attendre son signal.

Et son regard plongea dans la foule.

Des regards vigilants répondirent au sien.

L'enfant, charmant, adorablement gracieux, jouait de ses doigts tout potelés avec les boucles de cheveux de la femme qui le portait. Et il posait quelquefois sa tête blonde sur la joue de celle-ci.

Mais la misérable se montrait indifférente à ses caresses et ne songeait qu'au rôle dont elle était chargée.

Elle éleva d'abord un peu l'enfant en l'air, comme pour montrer à tous les assistants qu'il était dans des conditions parfaites de vitalité. Elle le tint un instant dans cette position, puis l'approchant de la femme au masque de velours, elle lui laissa tout le loisir de le contempler.

Mais celle-ci prêtait toute son attention, accordait toute sa ferveur à ces paroles rituelles de l'officiant proférées en manière d'invocation aux Démons :

— *Astaroth, Asmodée, princes de l'Amitié, je vous conjure d'accepter le sacrifice que je vous présente de cet enfant pour les choses que je dois vous demander, au nom de cette femme qui s'est vouée volontairement au Maître, et qui va me les dire, et que vous entendrez, si bas qu'elles soient prononcées...*

A ce moment, Brichon tira doucement à lui le chevalier de Verderonne, puis s'approcha sensiblement, sans bruit, de la femme qui portait l'enfant.

Et le même mouvement s'opéra, de la part d'un certain nombre de spectateurs, sans qu'il fût remarqué du reste de l'assistance, soit que les autres personnes présentes fussent absorbées par l'imminence manifeste d'un drame palpitant, soit qu'elles s'imaginassent que ceux qui s'approchaient cédaient à une curiosité intense dont leur dignité ne leur permettait pas de partager l'élan.

Cependant l'officiant s'était penché vers la solliciteuse, et paraissait l'écouter avec une extrême attention.

L'interrompant de temps à autre, il s'écriait :

— Tu entends, Maître ! Tu entends Prince des Princes !... Roi sans égal !...

Quand l'impétrante eut fini de parler, c'est-à-dire d'énoncer le vœu qui la liait au diable, l'officiant s'approcha du tabernacle, l'ouvrit, prit un large couteau placé sur un plat d'argent, le fit passer vivement sous les yeux de la « damnée », et commanda d'une voix brève :

— L'enfant !

— Pourquoi, lui demanda celle qui le portait.

— Pour que son sang coule sur cet autel, c'est-à-dire sur cette femme, afin que le Maître exerce le vœu ardent quelle vient de lui adresser... Telle est la volonté du Malin.

— Puisqu'il en est ainsi prends-le, dit la femme.

C'était la formule, le jeu de scène réglé précédant le sacrifice de la victime.

Déjà la femme présentait le pauvre petit qui souriait toujours d'un sourire céleste, quand Brichon vif comme l'éclair, s'élança par-dessus la balustrade, et arracha le charmant petit être à l'indigne créature, en criant :

— A moi, Saint-Jean!

— Infâme! s'écria Cyprien, en bondissant vers la Raisin.

Mais Brichon d'une voix ferme :

— Arrêtez, chevalier, occupez-vous seulement de l'enfant.

Et déjà le cri « A moi, Saint-Jean! » produisait son effet, car Saint-Jean était un chef de la police bien connu, et tout le monde savait que c'était le signal des arrestations.

Aussi, c'était à qui se sauverait.

Quelques-uns restèrent dans les mailles du filet; beaucoup réussirent à gagner les portes, grâce aux signes d'intelligence que Brichon adressait à Saint-Jean.

En proie à la plus violente émotion, la dame qui avait joué un si grand rôle dans la cérémonie, n'y pouvant tenir, arracha violemment son masque, et se précipita à bas de l'autel.

— Qu'elle est belle! ne purent s'empêcher de crier les derniers assistants restés dans la salle.

— Ciel! La marquise Geneviève du Mesnil! s'écria Cyprien, au comble de la surprise.

— Le chevalier de Verderonne! s'écria Geneviève! — Lui, si près de moi; tandis que j'invoquais Satan pour me faire aimer de lui!...

Et pendant que Saint-Jean continuait à prendre les ordres muets de Brichon, la Raisin fuyait épouvantée.

L'officiant aussi fuyait, laissant choir dans son trouble une superbe barbe fausse, et montrant un visage qui arracha ce cri à Cyprien :

— Ah le misérable, le monstre! C'est frère Théodore!... c'est Rufin!

Et il allait s'élancer sur ses traces, quand un cri d'effroi poussé par l'enfant le retint.

Cyprien se rappela le devoir auquel il avait voué sa vie, et emporta triomphalement dans ses bras le cher petit être, qui n'était autre que... le comte Henri de Corneville, miraculeusement échappé à la mort.

FIN DE LA DEUXIÈME PARTIE

TROISIÈME PARTIE

LES AMOURS D'UN GALÉRIEN

I

LES MARCHANDS DE VENISE

On se souvient que madame de Lucenay n'avait pu résister aux multiples émotions qui avaient troublé ses couches et que, devenue folle, elle s'enfuyait éperdue hors du château au moment même où le bailli Fabien de Préval tentait de l'arracher des griffes de maître Dufresnoy, qui arrivait muni d'un arrêté de la Cour de Rouen, le nommant tuteur de la malheureuse démente.

Un bûcheron avait aperçu un blanc spectre qui s'enfuyait à travers bois, et jamais plus on n'avait eu de nouvelles de la comtesse. On sait que la folie donne à ceux qu'elle atteint des moments de surexcitation où la vigueur du malade semble surhumaine, et il n'est pas rare de voir des fous effectuer des marches de dix à quinze lieues sans prendre de repos. C'est ce qui advint à la pauvre comtesse de Lucenay : elle avait pris sa course au petit jour, et marcha ou plutôt courut pendant de nombreuses heures, se dirigeant vers l'Est avec une persistance étrange.

Instinctivement, la folle se dissimulait, lorsqu'elle voyait des êtres humains, de sorte que personne ne l'ayant aperçue, on ne put retrouver sa trace. A la tombée du jour elle rejoignit la grande route un peu audessous d'Elbeuf, et tomba épuisée sur un revers de fossé.

Ce fut là qu'un instant après une caravane de marchands italiens la découvrit.

Le chef de cette petite troupe, un gros Vénitien, le signor Ricardo

... Il ne put contenir son émotion. (Page 546.)

Anfretti, était un fort brave homme un peu voleur, mais pas méchant, et il fut pris d'une grande pitié à la vue de cette jolie femme
à peine vêtue, les pieds ensanglantés, étendue sur le bord de la
route.

Il marchait en tête de la caravane, et appela son jeune frère, Paolo,
qui était un beau jeune homme de vingt-sept à vingt-huit ans.

— Paolo! s'écria-t-il, vois donc cette malheureuse créature!

Est-elle morte ou encore vivante? Quel drame affreux l'a donc amenée là et dans un tel costume ?

Le cadet des Anfretti sauta lestement à bas de son cheval et s'approcha de la femme étendue.

A la vue de la ravissante créature couchée sur l'herbe, il ne put contenir son émotion :

— Oh ! Ricardo, c'est une femme de haute condition, et elle est bien belle ! s'écria-t-il tandis qu'il s'agenouillait auprès de la malheureuse.

A peine eut-il touché la robe de madame de Lucenay que celle-ci tressaillit et revenant à elle se dressa sur ses pieds :

— Que me voulez-vous ? demanda-t-elle d'un air égaré... Où est ma fille ? Rendez-moi mon enfant ! Ne la laissez pas à son père, il va la tuer ! Le misérable !... Oh ! les dragons ! Ils vont prendre mon enfant !

Les paroles sortaient pressées, hachées de ses lèvres contractées... Ses yeux hagards, le son rauque de sa voix, tout indiquait la folie. Les deux frères se regardèrent.

— Tu vois, dit Ricardo, c'est bien un drame terrible qui s'est joué autour de cette pauvre femme et qui l'a jetée en travers de notre route... Elle est folle... Qu'allons-nous faire ?

— On ne peut la laisser ainsi, s'écria Paolo Anfretti avec feu, il faut l'emmener, la faire soigner !...

— Tu as raison, mon frère, si Dieu l'a mise sur notre route, c'est qu'il veut que nous la sauvions... Mais comment la transporter ?

Paolo réfléchit une minute, puis :

— Je vais l'envelopper dans mon grand manteau de soie, et la placer en travers de ma selle. Ma jument est douce, et je puis très bien ne la conduire que d'une main.

Sur l'approbation de son frère, le jeune homme se mit en devoir de jeter son manteau sur les épaules de la folle, et de l'en draper, des pieds à la tête.

D'abord madame de Lucenay donna des marques d'épouvante et fit mine de s'enfuir, mais bientôt elle se calma.

Paolo lui parlait doucement comme à un enfant craintif et le beau visage du jeune Italien respirait tant de douceur et de bonté que la pauvre folle se calma et bientôt lui sourit.

S'étant mis en selle, il lui demanda de venir près de lui pour aller chercher son enfant et elle se laissa mettre dans les bras du jeune homme par un des serviteurs. La petite caravane reprit sa route vers Rouen.

Le premier moment d'émotion passé, chacun reprit le cours de ses idées. Seul, Paolo, chargé de son précieux fardeau, se laissait aller à l'étrange émotion qui s'emparait de lui.

La délicate beauté de la blonde madame de Lucenay l'avait profondément impressionné et il avait beau songer au triste état de la malheureuse, il ne pouvait s'empêcher de tressaillir au contact du corps élégant de la jeune femme. La pauvre folle semblait d'ailleurs éprouver une brusque sympathie pour l'élégant marchand; et, comme une enfant, elle se laissait aller à ce penchant instinctif.

Ayant été plusieurs fois un peu secouée par un faux-pas de la robuste jument de Paolo, elle jeta ses bras nus autour du cou du jeune homme, et bientôt, épuisée de fatigue, elle laissa rouler sa tête sur son épaule et s'endormit.

Paolo réfléchissait, et il ne pouvait chasser de son esprit la douce émotion qui s'emparait de lui. Il avait beau se représenter le triste état de la malheureuse femme, l'étrangeté de la situation, la distance et les conditions sociales qui le séparaient de la pauvre fille; un tendre sentiment n'en naissait pas moins dans son cœur.

Aussi lorsqu'arrivé à Rouen, Ricardo parla de remettre la fille aux autorités locales, il protesta avec feu contre une pareille mesure.

Il prouva à son frère que cette femme, appartenant évidemment à une famille noble, avait dû être la victime de quelque drame et que, la remettre entre les mains d'un magistrat, c'était sans doute la livrer à ses bourreaux, à ceux-là mêmes qui l'avaient rendue folle.

Elle avait, à plusieurs reprises, parlé des dragons et exprimé sa terreur... Or les Anfretti n'ignoraient pas les horreurs des dragonnades et, au cours de leurs voyages à travers la France, ils avaient assisté à plus d'un massacre de protestants.

Paolo n'eut donc pas de peine à persuader à son frère d'emmener la folle qui était d'ailleurs très tranquille. Une sorte d'atonie s'était emparée de la malade et, sauf quelques terreurs brusques, elle ne sortait de sa somnolence que pour prendre de temps à autre des aliments.

Un médecin aliéniste, s'il y en avait eu à cette époque, aurait de suite diagnostiqué les fâcheux symptômes d'une folie chronique et probablement incurable.

— Nous la confierons à notre sœur Lucrezia et ta femme, la bonne Maria, avait dit Paolo à son frère, et elles la soigneront si bien qu'elles la guériront.

Il fallut se munir d'une litière pour continuer le voyage de retour vers le Midi, tout au moins jusqu'à la Saône, car à partir de là, les Italiens continuaient leur chemin par eau.

Le but de leur voyage était Marseille, où se trouvait un entrepôt de leurs précieuses marchandises.

C'est que les Anfretti n'étaient pas de vulgaires forains, et vers le règne de Louis XIV les grands bazars modernes ou même les simples boutiques d'objets d'art, étaient encore presque inconnus. Seuls, des Juifs habiles venaient offrir à domicile des marchandises cachées dans quelques mystérieux magasins dont personne ne connaissait l'emplacement.

La plupart du temps, les riches étoffes de soie alourdies par les broderies d'or et d'argent, les armes magnifiquement ciselées, les bijoux exquis, les émaux et les bronzes des maîtres, les riches vaisselles plates, les beaux ivoires et les meubles précieux étaient apportés d'Italie par des caravanes organisées par de riches marchands génois, florentins ou vénitiens.

Les uns, par crainte des pirates, prenaient la route de terre par les Alpes ou la Suisse, comptant sur leurs nombreux serviteurs bien armés pour se défendre contre les bandes de voleurs.

D'autres, effrayés par l'état de guerre presque permanent qui lançait à travers le Piémont des troupes de soldats mercenaires, moitié combattants, moitié pillards, préféraient la route de mer, et les Anfretti, les plus riches négociants de Venise, avaient opté pour ce dernier mode de transport. Ils avaient choisi le port de Marseille pour y débarquer les marchandises venues de Gênes, de Civita-Vecchia, de Naples et de l'Adriatique, et ils y avaient un entrepôt important.

Ce fut donc à Toulon qu'arriva, deux mois après, la caravane.

La malheureuse madame de Lucenay paraissait très fatiguée du voyage et, à peine arrivée, elle tomba malade.

Bientôt son état s'aggrava, et la gravité de son état obligea les frères Anfretti à prendre une décision.

La maladie, qui n'était pas encore connue à cette époque, quoique déjà très fréquente, était la fièvre typhoïde qu'on se contentait d'appeler fièvre maligne, d'un nom générique qui désignait toutes les affections fébriles non classées. Ricardo Anfretti crut devoir s'adresser à des religieuses qui passaient pour très habiles dans l'art de soigner les malades.

Il se rendit donc au couvent de Sainte-Marie-des-Chaînes, situé à quelque distance de la ville. Ce couvent servait d'abri à un ordre de religieuses qui se consacraient tout particulièrement au service hospitalier et qui soignaient les forçats des galères.

La sœur supérieure reçut fort bien le riche marchand qui, d'ailleurs, venait lui offrir une superbe nappe en point de Venise pour l'autel de la chapelle du couvent.

— Confiez-nous votre pauvre malade, lui dit-elle, et nous vous la rendrons, si Dieu veut bien lui donner la santé.

En tout cas, il n'est pas convenable que vous gardiez auprès de vous cette infortunée, du moment ou vous ne pouvez pas la conduire dans votre famille.

Madame de Lucenay fut donc admise comme pensionnaire au couvent de Sainte-Marie-des-Chaînes. La supérieure était une femme d'un grand cœur et d'un esprit élevé ; belle encore, quoique l'âge et sans doute quelques grands chagrins aient ravagé ses traits, sœur Agathe exerçait sur tout son entourage et sur tous ceux qui l'approchaient un grand ascendant.

Sans aucun doute, elle avait dû occuper une brillante situation dans le monde. Elle était de noblesse, ainsi que le prouvait un Christ d'ivoire encadré sur fond de velours et dont le cadre était surmonté d'un écusson, souvenir de famille qui l'avait suivie jusqu'au couvent.

Elle parut s'intéresser vivement à la pauvre femme ; plusieurs fois elle chercha à savoir qui elle était, d'où elle venait, mais elle se heurta au mutisme et aux divagations de la malade.

Lorsque les frères Anfretti l'avaient confiée à la garde des religieuses ils avaient annoncé qu'ils viendraient prendre de ses nouvelles à leurs passages à Marseille ; et, en effet, Paolo se rendit à plusieurs reprises au couvent.

Chaque fois, la supérieure lui laissait voir la malade qui donnait des signes manifestes de joie et reconnaissait très bien son sauveur, dont elle avait retenu le petit nom.

Malheureusement, si la santé de la comtesse se rétablissait de jour en jour, la folie ou plutôt la paralysie cérébrale persistait, sans que rien fît espérer une guérison prochaine.

II

LES MYSTÈRES SANGLANTS

La bagarre de la rue Neuve-Saint-Gille eut un grand retentissement non seulement à Paris, mais à Versailles, et M. de La Reynie se vit forcé de faire un long rapport au roi qui se montra vivement préoccupé.

La Raisin avait été arrêtée ainsi qu'une partie de son personnel ; Ruffin lui aussi était sous les verrous et quelques-uns des spectateurs, gros bourgeois ou gens de petite noblesse, étaient enfermés au Châtelet.

Les mailles du filet avaient bien laissé échapper les gros poissons, ainsi que l'avait annoncé Brichon, mais l'on jasait ferme, et le procès qui se préparait menaçait d'être fécond en révélations.

Ce fut le conseiller David Chartier de Candeilles qui reçut la lourde mission d'instruire cette affaire.

Une pareille tâche convenait bien à ce magistrat intègre et son nom donna confiance à ceux qui craignaient de voir l'affaire étouffée.

. . . .

Lorsque Cyprien s'était élancé hors de l'affreux sanctuaire, emportant dans ses bras le petit Henry de Corneville, le gros Thomas lui avait frayé passage au milieu des agents et, accompagné de Saint-Jean, leur chef, il avait atteint rapidement la rue.

Là, le charlatan du Pont-Neuf déclara que son jeune ami et lui allaient mettre l'enfant en sûreté.

Saint Jean protesta :

— Mais, c'est une pièce à conviction que cet enfant ! s'écria-t-il, et c'est la preuve vivante, palpable du crime qui allait se commettre !

— Précisément, répliqua le gros Thomas, c'est une pièce à conviction et plus précieuse encore que vous ne le croyez. C'est pourquoi je tiens à mettre cet enfant en sûreté.

Vous direz simplement à M. le lieutenant de police que je me suis chargé de le placer à l'abri de toute tentative criminelle, et que je suis prêt à le produire à la première réquisition.

Le policier connaissait le grand crédit dont jouissait le charlatan auprès de M. de La Reynie, aussi n'insista-t-il pas.

Il se contenta de lui donner un des soldat du guet pour l'accompagner et lui prêter main-forte contre les coupeurs de bourses.

Le groupe composé de Cyprien portant le petit Henry, du gros Thomas et du soldat, s'enfonça dans la rue Neuve-Saint-Gille, puis tourna le coin de la rue Cousture-Sainte-Catherine, et descendit dans la direction de la rue Saint-Antoine.

Arrivé à l'angle de la rue des Francs-Bourgeois, le gros Thomas dit à mi-voix à ses deux compagnons :

— Continuez votre route ! Je m'arrête un moment, mais je vous rattraperai.

En effet, il disparut dans la baie obscure de l'hôtel d'Angoulême, et se dissimula derrière une borne gigantesque qui faisait saillie.

Quelques secondes s'écoulèrent, et un pas furtif se fit entendre, venant, lui aussi, du haut de la rue.

Bientôt une silhouette d'homme apparut dans la partie opposée de la rue qu'éclairait la lune, à son déclin.

Le nouveau venu était mince et de petite taille.

Il s'avançait cauteleusement, et, visiblement, il épiait le groupe qui s'éloignait.

Craignant sans doute d'être aperçu, il eut la malencontreuse idée de prendre le côté à l'ombre et passa le long de l'hôtel d'Angoulême ; mal lui en prit, car à peine eut-il dépassé le portail que le gros Thomas bondit sur lui et l'abattit d'un violent coup sur la tête, porté avec un instrument contondant.

Le petit homme tomba comme une masse.

Aussitôt, le charlatan, le relevant, le traîna dans la partie éclairée de la rue Sainte-Catherine.

Il l'examina un moment, puis murmura :

— Il n'y a pas de mal, il n'est qu'étourdi ; et le voilà dégoûté pour un moment de nous suivre...

Allons, maître Fouinard, tu nous espionnais, et je doute fort que ce fût pour le compte de M. de La Reynie !

Laissant le corps étendu, là où il l'avait porté, le gros Thomas remit dans sa poche son arme, qui n'était autre chose qu'une pince à arracher les dents, et prenant son élan, il rejoignit ses amis en courant.

— Eh bien, qu'y avait-il ? demanda Cyprien.

— Oh ! rien de grave, un individu qui nous suivait...

— Alors ?

— Alors, je l'ai prié de se mêler de ses affaires, et non des nôtres.

— Et cela a suffi pour l'empêcher de nous suivre ?

— Il s'est arrêté net ! dit le gros Thomas avec un rire ironique.

Jusqu'à ce moment le petit Henry de Corneville, foudroyé par l'émotion qui s'était emparée du pauvre enfant, au cours de la triste cérémonie, n'avait pas prononcé une parole.

Rassuré par la bonté de Cyprien qui le portait enveloppé dans son manteau, il demanda d'une petite voix douce :

— Monsieur, où allons-nous ?... C'est loin encore !

— Non, mon enfant, dans un quart d'heure, tu seras à l'abri des méchants qui veulent te faire du mal.

— Je ne verrai plus le méchant hommme ?

— Non, tu verras de bonnes gens qui te soigneront bien.

— Ah oui ! comme là-bas, loin, tata Reine.

— Voyez-vous, dit Cyprien, il n'oublie pas cette bonne dame Reine. Oui, mon chéri, tu la verras bientôt dame Reine, et le château de tes pères.

— J'ai faim, se contenta de dire l'enfant, plus préoccupé de ce détail prosaïque que du château de Corneville.

Et il ajouta :

— J'ai sommeil.

Puis, posant sa mignonne tête, aux belles boucles blondes, sur l'épaule du chevalier de Verderonne, il s'endormit avec la belle rapidité de l'enfance.

Ce fut tout endormi que le jeune homme le déposa sur le lit du gros Thomas, quelques instants plus tard.

La lune descendait rapidement sur l'horizon et le corps de Fouinard restait toujours étendu sans mouvement.

Aux premiers rayons de l'aube, la fraîcheur brusque qui précède l'aurore ranima enfin le petit homme. Il fit un mouvement, puis parvint à s'asseoir par terre.

Il murmura d'une voix plaintive :

— Les misérables, ils m'ont tué !

Mais comme un homme mort n'a pas l'habitude de monologuer, Fouinard conclut qu'il vivait encore.

Il tâta ses jambes, ses bras et son buste, et constata que tout cela était en assez bon état.

Mais, lorsqu'il en arriva à la tête, il poussa un cri de douleur : une formidable bosse se dressait sur sa nuque, et il comprit qu'il avait été assommé par derrière.

Quoiqu'il fût encore tout étourdi du terrible choc, il se remit sur ses pieds, et s'orienta.

Il reconnut l'hôtel d'Angoulême, et se mit en marche dans la direction de la rue Saint-Antoine.

Il titubait un peu, et les maraîchers qui le rencontrèrent à cette heure matinale pensèrent qu'ils avaient affaire à un pochard.

Il faisait grand jour, lorsque l'ex-barbier de Corneville atteignit le Palais-Royal. Il longea la demeure du frère du roi, et s'arrêta devant une maison de modeste apparence, non loin de l'hôtel de La Vrillière.

— Est-elle rentrée ici ? se demanda-t-il. Pourvu qu'il ne lui soit rien arrivé. Je l'ai bien vu franchir le cordon des soldats et des agents, mais comment a-t-elle osé à pareille heure regagner seule ce logis ?

Fouinard, ayant constaté que la ruelle était déserte, s'approcha d'une étroite petite porte, et frappa à l'aide du marteau une série de coups irrégulièrement espacés.

Au bout d'un moment, un guichet grillé s'ouvrit et une voix demanda :

— Qui est là ?

— C'est moi, Fouinard.

— Ah ! bien, on vous attend.

La porte s'ouvrit aussitôt, et une vieille femme la referma, dès que le jeune homme en eut franchi le seuil.

— Madame est rentrée ? demanda-t-il anxieusement.

Il y a longtemps, et elle a demandé plusieurs fois après vous.

Fouinard eut un geste de satisfaction, et s'élança dans un petit escalier. Arrivé devant une porte que recouvrait une tapisserie, il frappa et sur

Quelque chose passa en sifflant dans l'obscurité... (Page 558.)

une réponse venue du dedans, il pénétra dans un coquet boudoir.

La marquise du Mesnil était étendue sur une chaise longue, revêtue d'un élégant déshabillé.

La lumière du jour, quoique tamisée, laissait distinguer sur son visage les traces des émotions de la nuit, et l'agitation fébrile de ses mains montrait l'état d'énervement dans lequel elle se trouvait.

A la vue de Fouinard, elle se redressa d'un bond.

— Ah! te voilà, coquin ! D'où viens-tu, traître ? s'écria-t-elle avec un accent de rage qui frappa le jeune homme si injustement insulté.

— Oh! madame, dit-il avec une douceur triste, pourquoi doutez-vous de moi ?

— Pourquoi je doute de ton dévouement ? C'est un peu fort !... Je te fais entrer au service de M. de La Reynie, pour être tenue au courant des faits et gestes de la police, et tu as failli me laisser prendre dans le guêpier ! Que dis-je, tu faisais même partie de ceux qui devaient s'emparer de moi !

— Est-ce que Ruffin n'est pas de la police ? Est-ce qu'il n'est pas mon chef ?

Cette simple réponse coupa net l'indignation de la marquise.

— Il est vrai que Ruffin ne m'avait pas averti, lui non plus.

— Cela tient à ce que, comme moi, il ne savait rien...

— Je ne comprends pas, explique-toi !...

— C'est pourtant bien simple... on se méfie de lui et de moi, et on nous avait parlé d'une expédition dans le quartier de l'Arsenal...

— Qui donc alors nous a dénoncés ?

— Ceux sans doute qui m'ont frappé !

Et d'un geste, Fouinard montra sa nuque tuméfiée et sanglante.

Geneviève eut un mouvement d'émoi, et adoucit brusquement sa voix.

— Oh! mon petit Fouinard, tu es blessé ! Appelle Clémence ! Je vais te panser.

— Rien ne presse, madame, tout à l'heure, je mettrai un peu de vulnéraire, mais j'ai reçu un coup hier soir après la bagarre de la rue Neuve-Saint-Gille, et je suis resté évanoui devant l'hôtel d'Angoulême jusqu'au lever du soleil, je puis donc attendre... Le temps presse, il faut ouvrir !... Vous avez pu vous échapper, mais ne vous rassurez pas... Vous avez été obligée de vous faire connaître à notre chef supérieur, l'exempt de police Saint-Jean... D'autre part, on vous a reconnue dans la femme qui jouait le principal rôle dans la messe du diable...

Fouinard baissa la tête et poussa un profond soupir :

— Je n'étais pas dans la salle, car on m'avait amené avec les agents du dehors, et je n'ai pu entrer, mais d'autres qui s'y trouvaient ont parlé...

— Qu'a-t-on dit ? fit Geneviève avec inquiétude.

— On m'a dit que la femme avait prononcé un vœu... un vœu d'amour...

— Eh bien ?...

— Cette femme ? c'était vous ?

— N'ai-je pas le droit d'aimer qui me convient? fit Geneviève avec hauteur.

Fouinard tressaillit violemment.

Un rauque gémissement, cri de rage et de douleur, s'échappa de sa gorge contractée :

— Ah! vous aimez un homme et vous l'aimez assez pour donner votre âme au diable, pour vous damner afin d'avoir son amour !

Ceci fut dit avec une telle fureur, que Geneviève effrayée ne se révolta pas :

— Mon pauvre Fouinard, que veux-tu, on ne peut commander à l'amour et souvent l'on veut être aimée de qui ne vous aime pas.

Le petit homme eut un geste d'ironique triomphe.

— Oui, de qui ne vous aime pas... dites même : de qui vous hait.

— Que veux-tu dire ?

— Son nom, c'est ?...

— Le chevalier de Verderonne.

— J'en étais sûr, mais je voulais l'entendre de votre bouche !

Eh bien! cet ennemi invisible qui vous poursuit de ses coups... c'est le chevalier de Verderonne.

— Impossible! fit Geneviève, avec un geste d'épouvante...

Fouinard, redressant sa petite taille, s'avança vers la marquise; il lui saisit les mains, et, d'une voix saccadée, continua :

L'homme qui conduisait la perquisition de ce soir avait à ses côtés le chevalier de Verderonne, et l'a introduit dans la salle basse de la Raisin.

Le chevalier de Verderonne a disparu de Paris pendant deux mois, et c'est à ce moment que certains de vos projets politiques ont été contrecarrés... et je suis sûr qu'il était pour quelque chose dans les embûches tendues autour de vous.

C'est le chevalier de Verderonne qui a fait évader mademoiselle de Corneville !

— Oh! mon Dieu! que dis-tu là ?...

La voix de Fouinard devint acerbe, et sifflante comme un claquement de fouet.

— Ah! vous aimez le chevalier de Verderonne, madame la marquise; eh bien! sachez que c'est lui qui, cette nuit, a enlevé le petit Henry de Corneville que j'avais eu tant de peine à vous livrer.

Et c'est parce que je le suivais qu'un de ses séides caché derrière la borne de l'hôtel d'Angoulême m'a assommé pour m'empêcher de voir ce qu'on allait faire de l'héritier de la fortune et des titres du marquis de Corneville !

— Mais, enfin, pourquoi cet homme s'intéresserait-il aussi à cette famille?

— Pourquoi? Mais parce que cet homme n'est pas un inconnu pour vous, parce qu'il est le fidèle serviteur des Corneville ; parce que ce misérable que j'ai reconnu cette nuit, c'est... Cyprien, l'ancien barbier de Corneville !

Geneviève, saisissant sa tête à deux mains, poussa un cri de rage :

— Ah ! je comprends la ressemblance ! murmura-t-elle... Deux fois cet homme m'a repoussée et toujours je le retrouve en travers de ma route !...

Fouinard, sois content !... Le vœu que je faisais cette nuit au cours de la terrible cérémonie, je le renie ! Maintenant, c'est de la haine que j'éprouve pour cet imposteur !

Et tu sais, la haine de Geneviève du Mesnil est aussi terrible que son amour est ardent !

Cyprien, chevalier de Verderonne, usurpateur sans doute d'un titre auquel tu n'as pas droit, protecteur des Corneville, tu sauras avant peu ce que peut faire une ennemie telle que moi !...

Fouinard eut un cri de triomphe et se laissant tomber aux pieds de la marquise, il prit une de ses mains qu'il couvrit de brûlants baisers. Et Geneviève, sans avoir l'air de se rendre compte de la situation, murmurait des paroles de haine, les yeux perdus dans l'espace. . . .

. . . .

...Lorsque la gracieuse fille du gros Thomas se leva de grand matin, elle fut bien surprise de trouver dans le lit de son père un bel enfant qui lui tendit les bras, avec un joyeux sourire.

Son étonnement ne connut plus de bornes, lorsqu'elle apprit que cet enfant n'était autre que l'héritier des Corneville, arraché la nuit même aux égorgeurs.

Déjà elle faisait des projets d'avenir, et se sentait tout heureuse d'avoir le si intéressant orphelin à soigner et à dorloter, mais son père l'arrêta d'un mot :

— Le petit Henry ne peut rester chez nous : ses ennemis nous ont vus l'emporter ; ils pourraient trop facilement se douter qu'on le cache ici, et je ne veux négliger de prendre aucune précaution.

— Père, que vas-tu faire ? interrogea la jeune fille.

— Je vais remettre cet enfant entre les mains d'honnêtes gens, absolument sûrs qui, d'ailleurs, ignoreront sa naissance et sauront le mettre à l'abri d'un nouvel enlèvement.

— Garde-le jusqu'à ce soir, donne-lui à manger et amuse-le de ton mieux, ce cher petit ! Il partira d'ici dans la nuit.

En effet, le soir, Cyprien vint rejoindre le charlatan chez qui se trouvait déjà son premier aide Gaultier-Lartigues. Les deux hommes étaient armés comme s'ils partaient pour la guerre. En peu de mots, l'ex-charpentier de Corneville les mit au courant de son plan.

Il s'était rendu l'après-midi au quai de Grève, où il savait trouver un sien ami, propriétaire d'un bateau qui faisait les transports des marchandises entre Rouen et Paris.

Ce brave homme, nommé Jérôme Vatelot, logeait à bord de sa péniche avec sa femme et les deux enfants qui lui restaient.

Il avait perdu, quelques mois auparavant, un garçon de l'âge du petit Henry de Corneville, et lorsque le charlatan lui proposa de prendre à son bord un nourrisson du même âge, Jérôme Vatelot s'écria :

— C'est une bonne idée, ça consolera la patronne de la perte de notre petit Jacques !

L'histoire qu'avait racontée le gros Thomas était fort simple. Et comme Jérôme et sa femme le savaient le meilleur des hommes, ils le crurent sans discussion.

Brichon avait déclaré qu'un de ses aides, veuf avec un enfant, étant mort d'un chaud et froid, il avait décidé d'élever l'orphelin — et qu'il voulait lui faire apprendre le métier de batelier, pour le lancer plus tard dans le commerce sur la Seine.

C'était donc vers la place de Grève qu'il fallait se diriger.

— Avant tout, dit le gros Thomas, il faut dépister les gens qui font peut-être le guet autour de ma maison.

— Comment nous y prendre? demanda le chevalier de Verderonne.

— Vous allez sortir avec Gaultier par l'issue qui donne rue Dauphine, et vous vous avancerez lentement vers le quai, puis vous tournerez à gauche, et passerez devant la porte principale de la maison.

Je vous verrai par la fenêtre, et alors, à ce moment même, je quitterai la maison avec l'enfant. Mais au lieu de sortir par le quai, j'utiliserai une troisième issue que vous ne connaissez pas.

— Comment, vous avez donc des quantités de portes? s'écria Cyprien.

— Oui! autant qu'un renard a de bouches à son terrier.

— Et cette issue?

— Donne dans la rue de Nevers, grâce à une communication que j'ai fait établir entre ma cour et celle de cette maison.

— Que ferons-nous alors?

— C'est très simple : vous, monsieur de Verderonne, vous remonterez la rue de Nevers, et, si vous constatez qu'elle est déserte, vous sifflerez trois fois, avec ce petit sifflet.

Pendant ce temps, Lartigues restera à l'entrée de la rue de Nevers, et il se chargera d'empêcher de passer pendant un moment tous ceux qui tenteraient de vous suivre.

Lorsque vous m'aurez rejoint devant la troisième maison, nous filerons à une allure rapide vers le fond de la rue de Nevers. Là, nous tournerons à gauche et rejoindrons la rue Dauphine, puis nous gagnerons le

Petit-Pont, en suivant les rues et les quais de façon à traverser la Cité à la hauteur de la Grève.

Gaultier-Lartigues demanda :

— Et moi ? Que ferai-je ensuite ?

— Toi, tu iras nous attendre au Petit-Pont, en ayant soin de dépister ceux qui tenteraient de t'emboîter le pas de trop près.

Tout se passa, d'abord, comme l'avait prévu le gros Thomas, et bientôt accompagné du chevalier, il atteignit la rue Dauphine, puis ils se perdirent dans le dédale des petites ruelles du quartier des Augustins.

A cette époque lointaine où l'éclairage public était presque nul, la rue de Nevers était, la nuit, plongée dans une obscurité complète. Aussi, lorsque Cyprien eut quitté Gaultier-Lartigue, à l'entrée de l'étroit défilé, les deux hommes se perdirent-ils de vue presque immédiatement.

Lartigue s'était effacé de côté en se collant contre une borne qui faisait l'angle du quai et de la rue de Nevers, bien résolu à arrêter quiconque voudrait passer par là avant que le délai fixé par le gros Thomas se fût écoulé.

Or, Cyprien et le gros Thomas n'avaient pas fait cinquante pas dans la rue, qu'un homme venant du quai tenta de s'élancer dans la même direction.

A la lueur des fenêtres d'un cabaret voisin, devant lequel passa le *quidam*, Lartigue reconnut un des plus redoutables coupeurs de bourse dont regorgeait le Pont-Neuf. Le coquin n'avait pas vu l'aide du gros Thomas caché par le tournant de la rue, et sans défiance, il le rasa presque.

Lartigue ne fit ni une ni deux, il le saisit par le bras et l'arrêta net dans son bel élan, en le faisant pivoter sur lui-même.

Le gaillard fut surpris, mais se mit instinctivement sur la défensive ; dégainant une longue rapière qui lui battait sur les talons :

— Arrière, si tu tiens à ta peau, cria-t-il d'une voix courroucée !

Puis, il tenta de passer ; mais Lartigue tenait toute la largeur de la rue.

— Attendez, mon bon seigneur, disait-il d'une voix avinée en se dandinant comme un pochard ; on ne passe qu'après avoir payé à boire à un pauvre homme qui meurt de soif.

— Arrière ! cria de nouveau le coupeur de bourse avec une colère croissante, ou je te fais passer la soif, en te plantant mon épée dans la gorge.

Impatienté du retard qu'il éprouvait, et sûr d'être facilement maître d'un homme qui semblait abruti par l'ivresse, le bandit porta la pointe de son épée au visage de Lartigue, qu'il effleura même.

— Ah ! tu veux mordre, méchante bête, cria l'aide du gros Thomas... tant pis pour toi !

Quelque chose passa en sifflant dans l'obscurité... Un bruit sec retentit

qui fut suivi d'un second choc plus sourd, et le voleur s'abattit lourdement sur le sol, laissant échapper son épée brisée au ras de la garde par
un premier coup de bâton de Lartigue, qui, d'un revers du même instrument, lui avait fendu le front.

Après avoir poussé le corps inanimé du bout de son pied, le brave
garçon murmura :

— Je crois qu'il a son compte ; tant pis pour lui... Je n'aime pas les menaces !

Puis, d'un pas régulier, et en flâneur qui prend le frais, il se dirigea
vers le petit pont en suivant les berges de la Seine ; on arriva sans encombre au quai de la Grève, et, malgré l'obscurité, le gros Thomas eut
bien vite trouvé le bateau de Gérome Vatelot.

Ses deux compagnons se tinrent à distance, tandis qu'il s'engageait sur
l'étroite planche conduisant à bord.

La remise de l'enfant s'opéra très rapidement, et le petit Henry, qui
pleurait d'abord à la pensée de quitter son protecteur, se consola vite,
très amusé par l'idée d'habiter sur un bateau. . . . .

. . . .

Cependant, David Chartier de Candeilles poursuivait son enquête, et
après avoir tenté de savoir la vérité par la bouche des détenus, il avait
commencé à interroger les témoins fort nombreux qu'il convoquait
chaque jour. Peu à peu, sa conviction se faisait claire et nette : la Raisin n'en était pas à son premier crime et de nombreux enfants avaient
déjà dû être immolés dans l'horrible cérémonie de la Messe-Noire.

Quant aux complices ils étaient nombreux, mais de grands noms mur-
murés à son oreille l'avaient fait frissonner.

Un jour qu'il rentrait du Châtelet, où il venait d'avoir une longue conférence avec M. de La Reynie, il trouva chez lui Cyprien qui l'attendait.

— Ah ! mon jeune ami, s'écria-t-il, j'avais complètement oublié que
je vous avais prié de souper avec moi.

— Si je suis indiscret, ou si je vous dérange en quelque manière, je
vais me retirer, dit le chevalier de Verderonne.

— Mais, si je vous ai mandé, c'est au contraire parce que j'ai besoin
de vous, pour m'aider dans mon travail et peut-être me donner conseil.

— Vous donner conseil, moi ! Mais vous voulez plaisanter, monsieur
de Candeilles ?

— Non ! je ne plaisante pas, mon cher enfant, et il est des cas où
ni l'âge, ni l'expérience, ni la situation ne peuvent empêcher, dispenser
un honnête homme d'interroger la conscience et le cœur d'un autre
honnête homme.

Il y avait une telle gravité triste dans la voix du magistrat, que Cyprien
comprit qu'il se passait quelque chose d'extraordinaire.

— M. de Candeille, dit-il ; vous connaissez mon affection et mon respect : c'est vous dire que je répondrai avec toute la sincérité de mon âme et sans hésitation sur tout ce que vous me ferez l'honneur de me confier et de me demander.

Le conseiller s'accouda sur son bureau, appuyant sa belle tête au profil de camée antique, sur sa main gauche.

— Vous savez mieux que personne, commença-t-il, combien j'ai lutté, combien j'ai peiné pour découvrir la vérité sur cette terrible et hideuse affaire de la Messe Noire. Vous n'ignorez pas que, grâce aux nombreux et prodigieux témoignages recueillis, ainsi qu'aux documents trouvés dans la maison de la rue Neuve-Saint-Gille, j'ai presque fait la lumière sur ces mystérieuses et monstrueuses orgies, mais ce que vous ne savez pas, sans doute, c'est que je suis sur le point d'atteindre, de démasquer et de frapper de puissants coupables.

— Je le prévoyais, dit simplement le chevalier de Verderonne.

— Ces gens-là ont peur, continua le conseiller, et ils se défendent.

Après avoir suborné ou intimidé la plus grande partie des témoins qui cherchent maintenant à retirer leurs premières déclarations, ils en viennent aux menaces.

— Que voulez-vous dire ? s'écria Cyprien.

David Chartier étendit la main droite, et prenant quelques feuillets, les tendit à Cyprien qui les parcourut.

C'était une liasse de lettres anonymes, plus violentes les unes que les autres. L'une d'elles attira l'attention du jeune homme.

Écrite sur un beau vélin d'une écriture déguisée, mais fine et aristocratique, elle devait émaner d'une femme, et d'une femme non seulement de race, mais instruite et intelligente.

Elle se résumait en ceci : David Chartier était prévenu qu'en voulant atteindre des gens puissants et haut placés, il risquait non seulement sa réputation qu'un procès destiné à fatalement avorter lui ferait perdre sans retour, mais qu'il exposait aussi sa vie...

— C'est à propos de ces menaces que vous vouliez me consulter ; demanda le jeune homme.

— S'il n'y avait que ces lettres anonymes, dit en souriant légèrement le conseiller, je ne vous aurais pas dérangé... Ce sont là des choses auxquelles un magistrat est accoutumé, et certes, je méprise absolument ces menaces ; mais le cas est plus grave.

— Depuis trois jours, j'ai eu deux entrevues avec M. de La Reynie, et savez-vous quel en est le résultat ? Savez-vous quel conseil le lieutenant de police m'a donné, lorsqu'il a vu mon dossier ?

— Il vous a demandé de remettre votre rapport à la Chambre ardente ?

Madame de Maintenon eut un geste d'épouvante. (Page 564.)

— M. de La Reynie m'a conseillé, que dis-je, m'a presque ordonné d'étouffer l'affaire.

Ces derniers mots avaient été prononcés d'une voix vibrante, où éclatait toute l'indignation de l'honnête homme outragé.

Chartier s'était levé et, la main posé sur les dossiers qui recouvraient son vaste bureau, il demanda :

— M. de Verderonne, j'ai dans votre droiture et dans la rectitude de votre jugement une confiance absolue ; je veux vous demander : « Que dois-je faire? Que doit faire un magistrat en présence de tels faits, quand le pouvoir prend une telle attitude? Ces dossiers, selon votre réponse, seront réduits en cendres ou remis à la Chambre ardente... Parlez !

Cyprien avait pâli, bouleversé par l'émotion intense qui s'emparait de lui. Emporté par la grandeur de la scène, il s'était levé, lui aussi :

— M. Chartier de Candeilles, la réponse que je vais vous faire vous la connaissez d'avance.

Un magistrat comme vous, qui se rit des menaces de mort, ne saurait hésiter ; ces dossiers doivent être remis aux juges chargés de frapper les coupables.

— Merci, mon ami, merci ! s'écria David Chartier ; vous n'avez pas douté de moi, de même que je ne doutais pas de vous ; mais j'avais besoin de l'approbation d'un honnête homme.

La réponse que vous venez de faire à ma question, il y a une heure que je l'ai faite à M. de La Reynie !

La justice doit suivre son cours, si grands que soient les coupables, si puissantes que soient les influences qui les protègent !

Et, ouvrant ses bras, le digne magistrat attira à lui Cyprien profondément ému de l'étreinte cordiale du vieux conseiller.....

La marquise du Mesnil, remise de ses émotions, était rentrée le lendemain de Versailles où son absence de deux jours n'avait pas été remarquée, sa femme de chambre ayant déclaré qu'elle était indisposée et gardait le lit.

Le bruit que l'affaire de la rue Neuve-Saint-Gille, avait fait à Paris n'était rien auprès de l'émotion soulevée à Versailles.

Si l'émotion était ici plus discrète et ne se traduisait que par des conversations à voix basse dans les couloirs, elle n'en atteignait pas moins une grande importance et bientôt madame de Maintenon, instruite une des premières de tous les détails, crut devoir en parler ouvertement dans son entourage.

Une après-midi qu'elle se trouvait dans le parc, au milieu de son petit cercle formé de dames d'honneur et de deux ou trois amies de grande lignée, elle se laissa aller à trahir ses préoccupations :

— Eh bien! mesdames, que pensez-vous de cette affreuse histoire qui s'est passée à Paris? demanda-t-elle.

Il y eut un discret murmure d'étonnement, et quoique toutes les personnes présentes se doutassent parfaitement de quoi il s'agissait, il y eut des gestes interrogateurs.

— Allons, ne faites donc pas les ignorantes, s'écria madame de Maintenon, vous n'êtes pas sans savoir quelque chose de ces horreurs.

Et, tenez, vous, madame du Mesnil qui avez causé avec M. de La Reynie lorsqu'il attendait mon petit lever, vous devez en savoir long!...

Ainsi interpellée, la belle Geneviève se troubla et rougit fortement:

— Mais, madame, M. de la Reynie ne m'a rien appris à ce sujet, je ne sais que ce que l'on dit tout bas : on parle d'une histoire de sorcellerie... il paraît que, dans une affreuse parodie de la messe, on aurait invoqué le malin esprit...

Cela n'a rien de bien étonnant par les temps de magie et de soi-disant possessions où nous nous trouvons.

Pour mon compte. Je ne suis guère inquiète. Une bonne brûlerie, après une ou deux séances de torture sérieuse, suffira pour exorciser les « possédés » qui sont, je crois, arrêtés.

— Eh bien! ma mie, vous arrangez bien les choses et simplifiez singulièrement les événements... Ne savez-vous donc pas qu'il est question d'un antre où l'on amenait pour être immolés selon les rites d'un culte monstrueux, de pauvres petits enfants volés à leurs parents, dont les cadavres, depuis quelque temps, étaient à chaque instant repêchés en Seine?

Un murmure de réprobation courut parmi les dames ; toutes les langues se délièrent instantanément ; et ce fut bientôt à qui conterait les détails les plus atroces.

L'heure de rentrer pour le repas du soir étant venue, madame de Maintenon prit le bras de madame du Mesnil pour retourner au château.

Dès que Geneviève fut seule avec la toute-puissante favorite, son allure changea :

— Madame la marquise, dit-elle d'une voix grave, vous m'excuserez, si j'ai feint tout à l'heure d'ignorer les détails de la triste affaire de la rue Neuve-Saint-Gilles ; aucune de ces dames, certes, ne m'a rien appris ; mais je n'ai pas cru devoir attiser ce feu de curiosité malsaine. J'aimerai bien mieux savoir comment on pourrait s'y prendre pour atténuer tout cet éclat...

— Mais alors, ma chère enfant, demanda madame de Maintenon étonnée, vous voudriez donc que les auteurs de ces crimes ne reçoivent pas le châtiment qu'ils méritent?

— Oh ! madame, si l'on pouvait châtier sans tapage les misérables qui ont organisé de pareilles cérémonies et commis des forfaits si abominables avec des sacrilèges si monstrueux, certes, je serais la première à demander que la justice agisse; mais il est bien difficile de faire le départ exact entre les auteurs des meurtres et les personnes qui, surtout coupables, de curiosité, ont seulement assisté à ces infamies.

— Expliquez-vous, Geneviève, je ne vous comprends pas...

— Vous ignorez donc, madame, qu'il y avait chez la Raisin la fine fleur de la noblesse ; vous ne savez donc pas que cette odieuse créature et ses complices subalternes désignent à M. Chartier de Candeilles, le conseiller instructeur de la Chambre ardente, des personnes des deux sexes qui ont leurs petites et grande entrées à la cour... Que dis-je ? parmi les personnes compromises, on en cite qui ont des tabourets au cercle de la Reine...

Madame de Maintenon eut un geste d'épouvante. Geneviève du Mesnil dissimula un sourire de triomphe et continua :

— Comment ! M. de La Reynie ne vous a-t-il pas dit ce qu'on murmure tout bas ?... Voulez-vous donc des noms ? on parle ouvertement du comte de Clermont, de la comtesse de Soissons, du marquis de Rheims, de la comtesse de Roure et de cent autres...

— Mais c'est horrible !

— Il y a tel habitué de la maison de la rue Saint-Gilles dont le signalement est d'une précision édifiante ... C'est un vieillard, petit, bossu...

— Oh, mon Dieu ! s'écria madame de Maintenon, serait-ce... ?

Madame du Mesnil l'interrompit.

— Voyez-vous le vainqueur de Fleurus devant la Chambre ardente ?

Le coup porta admirablement, car la marquise de Maintenon baissa tristement la tête, et murmura :

— Dans quel temps vivons-nous, et que va-t-il advenir de tout ceci !... Oui, vous avez raison, ma mie, et votre esprit si sérieux et si sagace a bien jugé... il faut que cette affaire soit menée discrètement et avec tact...

Geneviève allait indiquer sans doute à la marquise le moyen de donner satisfaction à l'opinion publique, sans toucher à des têtes trop élevées, lorsque le valet de chambre du roi parut et s'avança auprès de madame de Maintenon.

— Sa Majesté, désireuse d'entretenir madame la marquise d'une affaire urgente, prie madame la marquise de bien vouloir lui accorder un moment d'entretien, dit-il en s'inclinant profondément devant l'épouse morganatique de Louis XIV.

— C'est bien, mon ami, dites à Sa Majesté que je rentre dans mes appartements, et que je suis ses ordres.

Au même moment un valet de pied du service de la marquise se présenta à son tour et annonça que M. de La Reynie sollicitait une audience.

— Geneviève, mon enfant, dit madame de Maintenon, tenez donc compagnie à M. le lieutenant de police ; je le ferai appeler dès que le roi me quittera.

Tandis que la marquise montait par l'escalier à son appartement, Geneviève se rendait dans le vaste salon où attendait le Lieutenant de police.

— Allons ! il n'était que temps, murmura-t-elle tout en gravissant l'escalier ; et je crois que le coup a porté... Le roi veut lui parler du dernier rapport de La Reynie, mais que diable peut bien désirer encore le Lieutenant de police ?

En entrant dans la pièce où attendait M. de La Reynie, elle eut la sensation immédiate qu'il se passait quelque chose de grave.

Debout, dans l'embrasure d'une fenêtre, le Lieutenant de police parcourait un dossier.

Son front soucieux, un léger tic nerveux qui crispait son visage, et l'embarras avec lequel il la salua, tout cet ensemble fit frissonner Geneviève, qui, cependant, resta maîtresse d'elle-même.

— Madame, lui dit le très haut fonctionnaire, vous savez combien j'ai pour vous de sympathie, et combien je vous suis dévoué ; je vais vous donner une preuve matérielle de cette sympathie et de ce dévouement. Voici un dossier entièrement écrit de la main du conseiller Chartier de Candeille, et je suis heureux de vous le faire lire, avant de le présenter à madame la marquise et sans doute au roi.

J'ai quelques mots à dire à M. le maréchal de Luxembourg, que je viens d'apercevoir dans la grande galerie, je vous laisse le dossier et je reviens dans un instant.

Restée seule, Geneviève parcourut rapidement les feuillets de la large et fière écriture du conseiller. Il y avait là une confirmation éclatante, indiscutable de tous les faits avancés par Geneviève, et la preuve matérielle des accusations portées contre les plus grands seigneurs et les plus grandes dames.

Tout à coup, elle tressaillit et pâlit,... puis, un flot de sang colora son blanc visage.

C'est qu'elle venait de lire son nom en tête d'un feuillet... Dans un rapide résumé des interrogatoires et de son enquête, David Chartier établissait qu'elle était l'héroïne principale des orgies de la rue Neuve-Saint-Gilles, et la plus haute protectrice de la Raisin !

Malgré la rudesse du coup, madame du Mesnil recouvra vite son sang-froid, et son fin visage se crispa sous l'effort de la réflexion.

Un pâle sourire détendit ses traits, et lentement, posément, elle retira le feuillet du dossier, le plia, et le glissa dans son corsage.

Quelques instants après, le Lieutenant de police rentra dans l'anti-chambre de la marquise de Maintenon.

— Tenez, monsieur de La Reynie ! Voici votre dossier. Il arrive fort à point pour confirmer auprès de madame la marquise les renseignements que je lui avais donnés.

Je crois que madame de Maintenon est occupée en ce moment à éclairer le roi sur la gravité de cette affaire, et sur la nécessité d'en diminuer les proportions... Les vrais coupables sont plutôt ceux qui se livraient à ces infâmes pratiques que les gens de Cour qui y assistaient par curiosité de désœuvrés.

En tout cas, je n'oublierai jamais la sympathie que vous éprouvez pour moi, monsieur le Lieutenant de police, et vous pouvez compter sur tout le faible crédit dont je puis disposer.

M. de La Reynie rougit légèrement, et s'inclina devant la jeune femme.

Quand il fut seul, le Lieutenant de police feuilleta rapidement le dossier et eut un sourire ironique, lorsqu'il constata qu'il manquait un feuillet.

— Allons, je viens de me faire une amie puissante, mais vraiment si j'avais emporté mon dossier dans la grande galerie où se pressent tous les courtisans, il est probable qu'il n'en serait guère resté que la cou-verture !　.　.　.　.　.　.　.　.　.　.　.　.　.　.　.　.

.　.　.　.　.　.　.　.　.　.　.　.　.　.　.　.　.

La marquise du Mesnil était logée tout à l'extrémité du château, du côté de l'Orangerie ; et souvent madame de Maintenon lui avait offert un plus bel appartement ; mais Geneviève tenait pour beaucoup de raisons à ce petit « logement » isolé et suffisamment éloigné pour qu'elle échappât à tout espionnage, et qu'elle pût y recevoir en toute tranquillité qui bon lui semblait, sans attirer l'attention de personne.

Lorsqu'elle pénétra dans son boudoir, un homme l'y attendait.

Elle eut un mouvement de joie en reconnaissant la mine de renard de Fouinard.

— Ah ! mon petit Fouinard, que tu viens à propos ! J'ai du travail pour toi !

— Vous savez bien, madame, que je suis nuit et jour à vos ordres, et que votre esclave est prêt à tout pour votre service...

— Saurais-tu imiter une écriture ?

— Cela dépend de l'écriture...

— Tiens : celle-ci...

Et Geneviève prit dans son corsage le feuillet dérobé au rapport du conseiller Chartier.

— Oh ! parfaitement, voilà une belle et franche écriture ; rien n'est plus facile que la reproduire après quelque essai.

La marquise du Mesnil ouvrit un secrétaire, et y prit une note.

— Tiens, Fouinard, tu vois cette pièce ! Il faut qu'elle soit recopiée et qu'elle semble écrite de la même main que ce modèle...

Fouinard avait lu le feuillet du dossier.

— Qui donc a osé écrire cela sur vous ? demanda-t-il avec une sourde colère.

— C'est le conseiller David Chartier...

— Ah, l'ami du chevalier de Verderonne ! l'ami de Cyprien ! rugit Fouinard.

— Oui, mon petit ami, et c'est toi qui vas châtier l'un par l'autre. Tu comprendras mon plan, lorsque tu recopieras ma petite note.

L'ancien aide de Cyprien lut rapidement le document que Geneviève avait pris dans son secrétaire.

Il eut un geste d'étonnement.

— Mais David Chartier niera cette pièce, et dira que son écriture a été imitée...

— A moins que David Chartier ne meure subitement, et que l'on trouve sur son bur eauce papier, et une lettre anonyme que j'y joindrai.

Fouinard ne put contenir un frisson d'épouvante; mais il se remit bientôt, et répondit simplement :

— ... Et c'est moi... qui serai chargé de cette mission, n'est-ce pas ?

— Oui, mon cher Fouinard, je n'ai confiance qu'en vous, dit la marquise avec un sourire. — Et si vous réussissez... eh bien, vous me demanderez la récompense que vous voudrez...

Fouinard dans un élan passionné saisit la main de la marquise qu'il pressa violemment contre ses lèvres :

— Vous savez bien, dit-il, que je m'ambitionne qu'une seule récompense !

— Sauvez-moi et vengez-moi, d'abord, vous me le direz après ! répliqua Geneviève avec un sourire plein de promesses.

III

UN MAGISTRAT

David Chartier avait l'habitude de quitter Paris dans le courant de juillet. Il se rendait alors dans sa propriété d'Elbeuf, où il passait la majeure partie de l'été, et de l'automne, mais rappelé à Paris pour l'instruction de l'affaire de la Messe Noire, il n'avait pu, cette année-là, donner suite à ses projets de villégiature.

Son inséparable ami, le marquis de Famars, lui aussi, renonçait bientôt à partir dans ses terres, pour lui tenir compagnie, et aussi pour se délecter dans ce gros scandale qui l'amusait fort, surtout parce qu'il le vengeait de cette cour, d'où sa méchante langue l'avait fait éloigner.

On avait repris les petits dîners fins où l'on dégustait de bons vins dignes de l'exquise chère qui avait rendu célèbre le cuisinier du conseiller ; et le chevalier de Verderonne était un des commenssaux habituels de David Chartier.

Quelques jours après l'entrevue de M. de La Reynie et de la marquise du Mesnil, un de ces festins intimes avait lieu chez le conseiller au Parlement.

Et le marquis de Famars harcelait son ami de questions indiscrètes.

— Allons donc, Chartier, ne te fais pas prier comme une jolie femme et ne nous laisse pas languir ; des noms, des noms !... il me faut des noms !

— Et le secret de l'instruction, qu'en fais-tu, malheureux ?... s'écria le conseiller, songe donc que je suis lié par le devoir le plus élémentaire !... Je ne dois rien dire avant que mon dossier ne soit remis à la Chambre ardente ; et, alors, ce ne sera plus moi qui parlerai, c'est elle qui dira les noms, en prenant les décisions de renvoi devant sa juridiction.

— Enfin, tu ne veux pas me dire si celle qu'on nomme tout bas à la Cour « la Belle Sorcière » est comprise dans ta fameuse liste...

— A qui fais-tu allusion, langue de vipère ?

— Oh ! voyez l'innocent ? Il ne sait pas qui est la « Belle Sorcière ! » Tu ne connais sans doute pas la favorite de la favorite !... la belle Geneviève du Mesnil, première dame d'honneur de la marquise de Maintenon !

— Je te jure que j'ignorais ce surnom qui ne fait que confirmer ma conviction.

— Ah ! Ah ! voilà un aveu...

— Animal, qui passe son temps à me tendre des pièges !... Eh bien ! tiens ! Demande au chevalier de Verderonne ! Il en sait plus long que moi sur cette femme...

Mais auparavant, goûtons de ces pêches exquises que mon chef fait venir des environs de Paris... Elles sont récoltées dans un petit village situé plus loin que Vincennes, et qu'on nomme Montreuil.

— Voyons ces pêches ! et nous interrogerons après l'aimable chevalier...

En effet, un laquais présentait sur la table une pyramide de fruits

... Je suis empoisonné!... tout bonnement... (Page 570.)

splendides, et, au sommet, des pêches merveilleuses s'étageaient sur de
la mousse.

Le marquis de Famars prit un fruit entier, car il était très gourmand,
et ne pouvant plus, à cause de sa goutte, se laisser aller à son penchant
pour les aliments solides, il se rabattait sur les fruits et les sucreries,
qui lui étaient permis.

David Chartier, petit mangeur, mais gourmet, dit au maître d'hôtel de séparer une pêche en deux, et de lui en donner la moitié. Opération simple dont le domestique mit pas mal de temps à s'acquitter sur une table placée dans un angle de la pièce.

Cyprien réclama l'autre moitié du fruit qu'il commença de manger.

David Chartier ayant séparé sa moitié de pêche en plusieurs fragments, en porta un à sa bouche, et l'avala.

Presqu'aussitôt, il fit un effort pour recracher le fragment du fruit, et porta sa main à sa gorge.

Au premier moment, les convives crurent que le conseiller avait avalé de travers, et déjà M. de Famars se disposait à le plaisanter, lorsque le magistrat très pâle, les traits contractés, se leva brusquement, et dit d'une voix rauque :

— Cyprien, mon enfant, mes ennemis ne m'ont pas menacé en vain... ils ont mis leurs projets à exécution... Je suis empoisonné!... tout bonnement... Oh ! que je souffre !

Le malheureux était retombé sur son siège, où il se tordait en d'atroces douleurs, tandis qu'il faisait des efforts pour rendre ses aliments.

Ce fut un moment d'effroyable désordre, mais, au milieu du désarroi général, un seul homme, Cyprien, avait gardé son sang-froid.

S'étant élancé le premier vers le magistrat, il défaisait son pourpoint pour dégager sa poitrine.

Comme des serviteurs s'empressaient autour de lui, il donna des ordres et appelant un laquais, il lui dit :

— Vous allez vous rendre rue Saint-Lambert, chez Glaser, et vous y prendrez les médicaments inscrits sur ce papier...

Et il griffonna rapidement une ordonnance.

Comme le laquais lui demandait si Glaser se contenterait de ce bout d'écrit, le jeune homme lui répondit :

— Dites que c'est M. Cyprien qui vous envoie, et M. Glaser vous remettra tout cela.

Le domestique s'éloigna rapidement :

— Mais enfin, quel est ce poison?... Et pourquoi serait-il empoisonné? demanda le comte de Famars.

Le chevalier de Verderonne hocha tristement la tête :

— Ce poison, quel est-il? Toute la question est là? Il y en a tant, et ceux qui l'ont menacé de mort, sont gens habiles et experts dans l'art de la chimie.

— Mais, enfin, qui soupçonnez-vous?

— Ceux de vos amis, monsieur de Famars, dont les noms figurent au rapport de M. de Corneville !

— Comment? une chose pareille serait possible? s'écria M. de Famars.

— Hélas ! vous le voyez !... Et ces médicaments qui n'arrivent pas !

L'état du conseiller s'aggravait. Il ne pouvait que proférer de sourds gémissements, et par moments des spasmes le tordaient sur son fauteuil.

Les yeux horriblement tournés, le teint livide, les sueurs glacées et l'effroyable constriction de la gorge, à travers laquelle la respiration sifflait sinistrement, tout faisait pressentir une fin prochaine.

Cyprien, atterré, lisait les effrayants symptômes de la mort imminente sur le visage de son ami, et se désespérait de son impuissance.

Lorsque le laquais, qui avait fait grande diligence, revint, il était trop tard.

La rigidité tétanique avait commencé, et les extrémités se refroidissaient déjà.

En vain, le chevalier de Verderonne tenta tout ce qu'en l'état de la science, à cette époque, il était possible de faire... il n'obtint, hélas aucun résultat.

Un dernier spasme souleva le malheureux magistrat qui retomba avec un affreux gémissement.

Le chevalier se pencha sur lui : il était mort.

Il y eut un véritable affolement et tous les convives s'enfuirent épouvantés, non par cette mort elle-même, mais par sa cause terrible, effrayante et malheureusement fréquente depuis quelques années : le poison !

Tandis que sur les ordres de Cyprien, l'on transportait le corps de David Chartier sur son lit, où l'on procédait aux apprêts de la toilette funèbre, un petit aide de cuisine se glissait à travers les vastes galeries de l'hôtel et gagnait le cabinet de travail du conseiller au Parlement.

Il en entr'ouvrit la porte, se glissa doucement dans la pièce, et en ressortit presqu'aussitôt.

Personne n'avait vu le petit cuisinier entrer dans la pièce; personne ne l'en vit sortir et quelques instants après il était de retour aux cuisines.

. . . .

La mort subite du conseiller au Parlement mit le comble à l'émotion des Parisiens, et si à cette époque les journaux n'existaient pas, en revanche la chronique parlée qui fait encore les délices des populations sauvages de l'Afrique, se chargea de répandre en quelques heures dans toute la grande ville l'histoire de l'empoisonnement foudroyant du malheureux magistrat.

Depuis quelques années les décès étranges et inexpliqués s'étaient succédé avec une fréquence navrante : on n'entendait parler que de parents à héritage succombant rapidement à des maux inconnus, et l'on s'entretenait tout bas de poudres mystérieuses qui, données à des malheureux, les faisaient passer de vie à trépas, sans qu'aucune preuve pût être établie.

Les terribles médicaments s'appelaient même « poudre de succession », surnom d'une effroyable précision !

Le lendemain du triste événement, M. de La Reynie se trouvait dans son bureau, la tête entre ses mains, jetant de temps à autre les yeux sur les tours du petit Châtelet, qu'il apercevait par sa fenêtre ouverte, comme si elles eussent pu lui donner la clef de l'énigme qui le préoccupait si fort.

Il n'était pas de bonne humeur, M. le Lieutenant de police, et comme tous les gens en butte à une violente préoccupation, il se parlait à lui-même.

— Il ne manquait plus que cela, murmurait-il, me voilà dans de jolis draps.

Le roi veut qu'on fasse justice à tout prix et les autres me tourmentent pour qu'on étouffe l'affaire... tout au moins en ce qui les concerne !... Je parviens à force d'habileté à enrayer le scandale, je réduis le procès à sa plus simple expression... Ne pouvant arrêter cet intraitable David Chartier, j'intrigue auprès des membres de la Chambre Ardente et j'obtiens que l'on ne suivra pas le conseiller instructeur dans tout son rapport, qu'on réduira le nombre des victimes expiatoires...

Et voilà qu'on m'empoisonne mon conseiller !

Allez donc dire maintenant qu'il n'a pas été tué, parce qu'il voulait la lumière !

Ce sera commode de prouver au Roi et aux Parisiens qu'il n'y avait pas des gens puissants intéressés à la disparition de ce malheureux !

Il n'y a pas à dire, pour tout le monde, on l'a empoisonné, et le motif est clair, net, indiscutable !...

Un coup discret frappé à la porte arrêta le monologue du lieutenant de police.

Sur sa réponse affirmative, un agent entra :

— Qu'y a-t-il, Saint-Jean ? demanda M. de La Reynie.

— C'est un pli qu'on vient d'apporter pour M. le Lieutenant de police avec la mention : « Absolument personnel ».

— Donnez, dit le fonctionnaire en prenant la lettre.

— Pardon, fit l'exempt en gardant la lettre, si Monsieur le lieutenant de police voulait me permettre, je l'ouvrirais et la lui remettrais ensuite...

— Pourquoi cela ? fit M. de La Reynie étonné.

— Parce que, voyez-vous, monsieur, par le temps qui court, il n'est pas prudent d'ouvrir une lettre dont on ne connaît pas la provenance, et l'on dit qu'il y a des poisons si subtils, qu'en ouvrant une lettre, on peut tomber foudroyé...

Le Lieutenant de police eut un triste hochement de tête et murmura :

— Lui aussi, croit qu'il y a des gens intéressés à faire disparaître ceux qui servent la justice !

— Saint-Jean, reprit-il tout haut, votre intention vous honore et me prouve, ce dont je ne doutais pas, que vous êtes aussi brave que dévoué, mais mon devoir est d'ouvrir cette lettre, quoi qu'il en advienne.

Et, d'une main qui ne tremblait pas, le haut fonctionnaire déchira l'enveloppe.

Il ne s'en échappa qu'un petit billet parfumé et d'une écriture évidemment déguisée.

Tandis que le brave exempt se retirait rassuré, le Lieutenant lisait les lignes suivantes :

« Monsieur,

» Un ami de la justice, désireux de voir punir un des crimes les plus affreux de notre époque, serait heureux d'aider à découvrir le coupable. Si vous voulez savoir comment et pourquoi l'on a fait mourir le digne magistrat chargé de l'enquête sur l'affaire de la rue Neuve-Saint-Gille, ne suivez pas la voie tracée par les racontars populaires, et ne cherchez pas un rapport trop direct entre cette affaire et ce crime.

» C'est sur la propagation de ce bruit, de cette conviction que compte l'assassin, un vulgaire imposteur qui, usurpateur d'un titre de noblesse auquel il n'a pas droit, avait su inspirer à David Chartier une confiance qu'il allait perdre.

» En effet, une lettre de la même main que celle-ci avait averti le conseiller de la fraude dont il était pour ainsi dire le complice, et il est probable que le misérable, démasqué, a frappé celui qui le croyait un ami sûr.

» Cherchez, Monsieur le Lieutenant de police, et vous trouverez facilement le coupable, mais ne le laissez pas s'échapper, car il est énergique et habile.

» Un Ami de la Justice. »

M. de La Reynie avait l'habitude de recevoir un grand nombre de messages de cette nature, dénonçant des gens souvent fort honorables et bien innocents des crimes qu'on leur imputait; mais il avait également pour principe d'examiner toutes les dénonciations même anonymes, car, s'il s'en trouvait une sur mille de sérieuse, il se considérait comme bien récompensé de son travail; il ne pouvait donc négliger cette lettre, d'autant que son auteur devait appartenir à l'aristocratie ou à la classe la plus élevée de la bourgeoisie.

Il faut bien le dire, en la circonstance, M. de La Reynie attacha une importance plus grande à la lettre, car si elle disait vrai, c'était une rude épine qu'on lui tirait du pied, et il avait dans cette nouvelle affaire une heureuse diversion capable de détourner l'attention du sinistre hôtel de la Raisin. Se rendre au cabinet de M. le conseiller La Harpière, chargé de l'enquête sur la mort de David Chartier, fut l'affaire d'une minute, puisque ce bureau se trouvait au Grand-Châtelet.

Dès qu'il eut pris communication de la lettre anonyme, le conseiller sursauta sur son vaste fauteuil, et fouillant dans un monceau de paperasses, il eut vite extrait deux papiers, une lettre, et une vaste feuille recouverte d'une grande et ferme écriture.

— Tenez, dit le magistrat, voici qui corrobore bien l'accusation que vous m'apportez.

En effet, il y avait là une lettre semblable à la lettre anonyme, écrite sur le même papier et de la même main, et dont voici le contenu :

« Monsieur le Conseiller,

» Vous placez bien mal votre précieuse amitié, et vous avez le tort fort grand de vous lier avec des gens dont vous ignorez l'origine.

» Si vous voulez en avoir la preuve, employez donc votre haute influence et les moyens d'investigation qui sont à votre disposition pour vous renseigner sur le chevalier de Verderonne, et informez-vous par quel moyen le pauvre petit barbier de Corneville, connu jusqu'alors sous le nom de Cyprien, est devenu subitement le chevalier de Verderonne, jeune homme riche, ou, tout au moins, aisé.

» Vous remarquerez que ce garçon, presque un serviteur, jouissait de la faveur du marquis de Corneville, qu'il circulait librement à toute heure dans le château, et que sa fortune date de la disparition du marquis de Corneville, tué ou arrêté au cours d'une bagarre politique.

» Croyez, monsieur le conseiller, à toute ma haute estime.

» Un Ami de la Justice. »

— Diable ! fit le lieutenant de police, voilà qui se précise, il y a le nom en toutes lettres... Je vais faire rechercher le dossier...

— Inutile, dit le conseiller, j'ai moi-même demandé chez vous des renseignements qui vont me parvenir d'un moment à l'autre.

En attendant, voici une note de la main de ce pauvre David Chartier, et que j'ai trouvée sur son bureau à côté de cette lettre anonyme.

La grande feuille manuscrite passa des mains du magistrat dans celles du fonctionnaire.

— Oui! c'est bien là l'écriture de votre collègue, dit le Lieutenant de police, et je vois que lui aussi avait fait son enquête, car voilà une dénonciation bien nette avec tous les détails des résultats obtenus dans ses recherches.

Évidemment, l'assassin a eu vent de cette demande de poursuite, et comme il se doutait que l'usurpation d'un titre de noblesse entraînait les galères, il a préféré se débarrasser de l'accusateur!...

— Il y a mieux! fit le conseiller avec un petit air de triomphe.

— Quoi donc?

— Savez-vous quel était l'un des convives du dîner à la fin duquel David Chartier a trouvé la mort?

— Je n'ai pas les noms présents à ma mémoire...

— Eh bien, le chevalier de Verderonne était du dîner, et même les témoins s'accordent à dire qu'il a mangé la moitié de la pêche où se trouvait le poison.

— Il n'est pas mort?

— Il n'a même pas été incommodé! déclara le conseiller avec un geste de satisfaction...

— Ah! mais l'affaire devient très claire.

— Bien plus, c'est lui qui a porté les premiers secours au conseiller, et c'est entre ses bras qu'il est mort!

— Comment a-t-il pu soigner le malade?

— Mais vous oubliez que c'est un ancien barbier de village, une espèce de moitié médecin, moitié chirurgien.

— Et moitié empoisonneur! acheva le Lieutenant de police d'un ton qui aurait fait froncer le sourcil aux médecins qui l'auraient entendu.

— Parfaitement, reprit M. La Harpière. Bien mieux, je l'ai fait suivre et j'ai appris que, sous son ancien nom de Cyprien, il travaillait très souvent au laboratoire de Glaser, l'apothicaire de la rue Saint-Lambert.

Le Lieutenant de police baissant la voix murmura :

— On dit que ce Glaser n'est pas étranger aux morts subites qui déciment la noblesse depuis quelques années, et l'on prétend qu'il n'est pas étranger à la fabrication de la « poudre de succession » !

— Précisément! Si l'on ne peut parler trop haut de faits vagues et non prouvés, on peut néanmoins se faire une conviction sur ce simple détail que, collaborateur de Glaser, le pseudo-chevalier de Verderonne en connaît tous les secrets.

— Eh bien, mais voilà une affaire tirée au clair, ce me semble, déclara d'un ton tout joyeux le Lieutenant de police, et je crois que l'arrestation s'impose...

— J'allais vous demander d'y procéder...

— Ce sera fait ce soir même...,

Et M. de La Reynie se retira, bien heureux de découvrir enfin un coupable qui ne tenait à personne et dont la condamnation n'affligerait aucun haut personnage.

Le lendemain matin, dès la première heure, le malheureux Cyprien était enlevé au saut du lit et conduit au Châtelet.

Gervais, en paysan normand, prudent et avisé, s'était dit qu'il n'y avait pas grand avantage à partager le sort de son maître, et il avait su affecter un esprit si obtus et si borné que l'exempt Saint-Jean, chargé d'arrêter le chevalier de Verderonne, avait cru devoir le laisser en liberté, n'ayant d'ailleurs reçu aucun ordre concernant les domestiques de l'accusé.

Dès que son malheureux maître fût parti dans une voiture escortée de gardes, il courut chez le gros Thomas lui annoncer la triste nouvelle.

— Ben sûr que ce doit être une erreur, monsieur Brichon, lui dit-il.

— Non, je crains que ce soit plus grave que tu ne penses, répondit l'ex-charpentier, et je suppose qu'il y a quelque coup de nos ennemis. La belle marquise ne peut pas digérer qu'on se jette en travers de ses affreux projets; et elle ne nous pardonne pas d'assommer ses fidèles agents.

— Mais enfin de quoi l'accuse-t-on, ce pauvre cher M. Cyprien?

— C'est ce que je vais savoir, répliqua Brichon d'un ton décidé.

S'étant habillé, il se rendit au Châtelet et demanda à parler à M. de La Reynie. Celui-ci était d'excellente humeur, car il venait d'apprendre que son coupable était sous les verrous, et il n'hésita pas à recevoir le gros Thomas dont les renseignements lui étaient précieux.

Aux premiers mots du charlatan, il prit une figure pincée, un air renfrogné qui ne présageait rien de bon.

— Mon bon Thomas, vous vous engagez là dans une bien mauvaise voie, et vous avez bien tort de vous faire le défenseur d'un grand criminel qui a dû vous abuser, comme il en a trompé bien d'autres.

— Oh ! monsieur le lieutenant de police, pouvez-vous me dire une chose pareille ! A moi qui l'ai presque vu naître, qui l'ai connu tout enfant !

M. de La Reynie donna les signes d'une profonde stupéfaction.

— Voyons, qu'est-ce que vous me racontez là... Vous avez connu le chevalier de Verderonne enfant ? C'est impossible.

— Mais non, ce n'est pas impossible, monsieur, puisqu'il y a seize ans, ce brave enfant m'a remis un bras que j'avais eu cassé en tombant d'un échafaudage...

— Il vous a remis un bras ?

— Mais oui, ce bon Cyprien, il est si habile chirurgien...

— Vous l'appelez Cyprien, vous voyez bien que vous connaissez son imposture.

— Je suis chargé de recevoir vos aveux... (Page 581.)

— Quelle imposture ?

— Son faux titre !

— Mais Cyprien, l'ancien barbier de Corneville, a parfaitement le droit de s'appeler le chevalier de Verderonne, puisqu'avant de partir pour la triste affaire de Quillebœuf, le marquis de Corneville lui a remis la lettre de noblesse et une petite fortune, et même, à mon avis, Cyprien est un bâtard du marquis de Corneville.

M. de La Reynie eut un brusque sursaut.

— Allons bon, me voilà encore dans une affaire désagréable ! murmura-t-il.

Puis, se ressaisissant, il réfléchit que le marquis de Corneville, mort ou prisonnier d'État, n'était qu'un rebelle, et que son protégé pouvait être puni impunément. D'ailleurs, le gros Thomas tout malin, qu'il était, pouvait fort bien s'être laissé prendre aux contes qui avaient endormi la défiance et la finesse de David Chartier.

— La question d'usurpation de titre est une question secondaire dans l'affaire qui nous occupe, déclara le Lieutenant de police, et une accusation plus grave pèse sur votre protégé, mon pauvre Thomas.

— Laquelle, mon Dieu ?

— Il ressort d'une première enquête que le nommé Cyprien serait coupable d'avoir empoisonné le conseiller David Chartier de Candeilles, avec lequel il dînait, lorsque le magistrat est mort subitement.

— Mais c'est épouvantable et absurde ! Comment et pourquoi ce pauvre M. de Verderonne aurait-il assassiné son seul ami et protecteur ?

— Ne vous livrez pas à des protestations si violentes sans connaître la vérité, répliqua le fonctionnaire en se levant, pour indiquer que l'audience était terminée. Je puis vous dire qu'on avait fait connaître à M. Chartier de Candeilles la situation irrégulière du nommé Cyprien ; et l'honorable magistrat se disposait à le dénoncer à la justice, lorsqu'il est mort !

Le gros Thomas était bouleversé et une émotion intense s'emparait de lui. Ce fut les larmes aux yeux et d'un ton suppliant qu'il continua :

— Mais, monsieur le Lieutenant de police, réfléchissez un instant que ce garçon ne cachait pas sa position à M. David Chartier ; il m'a raconté que le conseiller savait toute son histoire, et lui avait même conseillé de ne pas se présenter à la Cour tant que son titre ne serait pas régularisé. Et puis, voyons, vous savez aussi bien que moi d'où part le coup... Vous connaissez beaucoup mieux que moi quels sont ceux qui avaient besoin de fermer la bouche du conseiller enquêteur, chargé de l'affaire de la rue Neuve-Saint-Gilles !

M. de La Reynie, quelque maître qu'il fût de lui, ne put s'empêcher de tressaillir, et il eut le tort de trahir sa contrariété par un mouvement de colère :

— Finissons-en, monsieur Thomas, et ne venez plus m'importuner de vos sottes réflexions s'écria-t-il d'un ton irrité, ou sinon, je serais forcé de vous considérer comme le complice du misérable que vous osez défendre. Nous saurons bien, d'ailleurs, lui faire avouer son crime.

Le malheureux Brichon épouvanté ne put que balbutier une formule quelconque de salutation ; et tout en se retirant il murmura :

— Pauvre monsieur Cyprien, il est perdu, et avant de le faire mourir ils vont le torturer !

IV

LA CHAMBRE DE « BON BEC »

De nos jours, l'on reproche à des juges d'instruction d'user d'intimidation sur des prévenus pour obtenir des aveux, et de fatiguer un détenu par des longs et rudes interrogatoires destinés à briser sa force de résistance; que dirait-on donc des moyens employés pour obtenir les aveux d'un accusé sous l'ancien régime?

L'opération était fort simple : un accusé se refusait-il à se reconnaître coupable?

On lui donnait la question.

La question ou, à plus franchement parler, la torture était très variée en sa forme : il y avait les poucettes, l'eau, les brodequins, l'échelle, le feu, les tenailles, etc.

Et c'était sur ces moyens-là que l'on comptait pour obtenir des aveux de Cyprien.

Trois jours après qu'on l'eut enfermé dans un cachot obscur et maisain, où la lumière filtrait à peine, ce malheureux jeune homme fut subitement tiré de ses sombres rêveries par un bruit de pas et de verrous.

Trois hommes pénétrèrent dans sa cellule.

L'un d'eux, le gardien-chef, lui dit d'un ton rude :

— Allons, venez! suivez-nous, et tâchez de marcher droit!

— Où me conduisez-vous? demanda le chevalier.

— Devant M. de La Harpière, conseiller à la Tournelle, qui va vous interroger.

— Ah! tant mieux! je vais pouvoir m'expliquer; je vais savoir ce dont on m'accuse...

— Si j'ai un conseil à vous donner, mon cher garçon, c'est d'avouer tout de suite; ça vaudra mieux!

— Mais d'avouer quoi? je ne sais même pas ce dont je suis accusé!

— Enfin, ça vous regarde! Si vous préférez souffrir, faites ce que vous voudrez.

Cyprien ne comprenait pas, et suivait ses geôliers.

Ils le conduisirent, après quelques détours, à un escalier qui semblait s'enfoncer profondément.

— Où suis-je donc? demanda-t-il encore.

Un geôlier, touché sans doute par sa grâce et sa jeunesse, lui répondit :

— Vous allez à la chambre de Bon-Bec, et voici l'escalier qui conduit au sous sol.

— Quel drôle de nom, et que signifie-t-il?

— Il n'est pas drôle pour les malheureux comme vous, et il signifie qu'on finit presque toujours par y parler et en dire plus qu'on ne voudrait !

— Je ne comprends pas.

— Ah ! vous ne savez donc pas ce que c'est que de subir la question?

Le malheureux Cyprien frissonna; il sentit son sang se glacer dans ses veines ; il avait souvent entendu parler des souterrains sinistres où l'on torturait les infortunés qui ne voulaient pas se reconnaître coupables.

Il voulut parler, mais son gosier comprimé par l'émotion se refusa à laisser sortir une syllabe.

Être jeune, beau, joyeux de vivre, et savoir que dans un moment les mains brutales du bourreau s'appesantiront sur vos épaules, vous coucheront sur les chevalets, qu'on va vous broyer les pieds, vous mordre les chairs avec d'horribles instruments !

Et savoir que lorsque la souffrance vous aura tordu, déchiré, anéanti, on trouvera le moyen de la prolonger en la variant, afin de vous rappeler à la perception du mal atroce que vous endurez !

Telles étaient les pensées du jeune homme, et son silence s'expliquant suffisamment par ses angoisses.

Mais après cette première émotion, terrible, cette révolte de la chair, le vaillant garçon se ressaisit...

Son courage s'exaltait à l'idée du supplice.

Il saurait tenir tête à ses juges, à ses bourreaux.

Il braverait la torture et se rirait des menaces... D'ailleurs, la mort viendrait le délivrer, et jamais de ses lèvres ne sortirait un mot qui ne fût la vérité !

Le chevalier de Verderonne en était là de ses effroyables réflexions, lorsqu'on l'introduisit dans une vaste pièce au plafond bas et voûté. Elle n'avait pas de fenêtre, étant une cave, et n'était éclairée que par des grosses torches de cire qui brûlaient dans des chandeliers de fer.

A une extrémité, se trouvait une grande table derrière laquelle se tenaient un vieux magistrat, un greffier et un médecin.

Plus près de lui, un homme de stature élevée et de force herculéenne, habillé d'un surcot rouge sombre, et les bras nus, causait avec deux autres hommes.

Il devina de suite que c'était le bourreau avec ses aides.

Il y avait autour d'eux des engins étranges : horribles ferrailles, chevalets de bois, roues dentelées, maillets et carcans qui étaient évidemment destinés à servir immédiatement...

Cyprien vit tout cela d'un coup d'œil et s'avança, sans hésitation, comme s'il n'avait rien compris.

Impressionné par l'allure calme et fière du jeune homme, le bourreau le laissa faire.

Le chevalier s'approcha de la table et salua avec aisance le conseiller étonné.

— Monsieur, lui dit-il, vous êtes sans doute l'honorable magistrat qui doit m'interroger ?

— Je suis chargé de recevoir vos aveux et les révélations que vou allez faire au sujet du crime affreux que vous avez commis.

Le chevalier ne broncha pas, mais il continua avec un léger tremblement de colère dans la voix :

— De quel crime parlez-vous, monsieur le conseiller ?

Sans se rendre compte que les rôles s'intervertissaient, le conseiller répliqua :

— Vous avez empoisonné le conseiller David Chartier.

— Quel est donc le misérable qui ose porter contre moi une telle accusation ? rugit Cyprien, en se retournant comme pour chercher autour de lui son accusateur. Il ne vit que le bourreau et ses aides qui, vivement intéressés par cette scène inattendue, se rapprochaient.

D'ailleurs, interrogations et répliques allaient se succéder avec la rapidité foudroyante d'un assaut d'escrime.

— Une lettre anonyme vous a dénoncé au conseiller Chartier de Candeilles comme un imposteur de noblesse ; et ce magistrat a fait une enquête qui a confirmé la vérité de la dénonciation.

Outré de s'être laissé séduire par vous, il allait vous dénoncer et vous faire condamner ; vous avez voulu lui fermer la bouche, espérant qu'après lui rien ne resterait pour vous confondre, mais on a retrouvé dans ses papiers et la lettre accusatrice et le brouillon du rapport du conseiller... Quant au poison, vous l'avez dérobé chez Glaser, et vous l'avez introduit dans le fruit dont vous avez mangé une moitié. D'ailleurs, il y avait chez vous un autre calcul...

— Ah ! lequel ? demanda ironiquement Cyprien, qui tout d'abord semblait rêver en écoutant ces paroles.

— Vous connaissiez les dispositions testamentaires du conseiller dont vous aviez su capter la confiance et l'amitié.

— Quelles dispositions testamentaires ?

— Allons, ne feignez pas d'ignorer que le conseiller vous léguait toute sa fortune !...

— Il me léguait ?... balbutia Cyprien bouleversé...

— Oui, et vous le saviez bien ! Inutile de nier... Et tout s'explique... Dénoncé, vous perdiez le fruit de votre habile campagne auprès de mon honorable collègue... Il fallait agir vite et le poison était prêt, il n'y a, paraît-il, qu'à choisir dans les bocaux de Glaser.

Le chevalier restait silencieux, écrasé par l'émotion : ainsi ce digne homme, ce grand cœur lui avait laissé toute sa fortune, tous ses biens : C'était donc pour cela qu'il lui avait dit un jour : « Mon enfant, ne vous préoccupez pas de l'avenir ; votre situation s'améliorera peut-être, certainement même, un jour ! »

Digne vieillard, qui avait voulu qu'après lui son jeune ami fût en état de tenir son rang !

Cyprien n'en revenait pas. La reconnaissance l'étouffait. Il ne pouvait dire un mot !

Le conseiller La Harpière triompha de ce silence :

— Vous voyez ! Vous ne niez pas... Vous êtes démasqué !... Voulez-vous signer vos aveux ?

Cyprien tressaillit et s'avançant d'un pas, presque menaçant :

— Mes aveux ? s'écria-t-il, vous voulez rire, monsieur le conseiller... Au moment où vous m'apprenez ce que voulait faire pour moi, l'homme d'élite, la grande âme, le puissant esprit que des misérables ont supprimé, vous vous étonnez que l'émotion m'ait coupé la parole, et vous osez prétendre que par là même j'avoue l'avoir tué.

Dites donc plutôt, monsieur le conseiller, que vous avez besoin de perdre un innocent pour sauver de grands coupables !...

— Accusé, changez de ton, ou je cesserai de vous entendre !

Lisez plutôt ce rapport de la main du conseiller qui est annexé à la lettre où vous êtes dévoilé.

Et, d'un geste victorieux, le conseiller tendit au chevalier les deux pièces extraites du dossier.

A la vue de la note qu'on lui présentait comme écrite de la main de David Chartier, le jeune homme eut un geste d'étonnement.

— Je ne comprends pas ! murmura-t-il.

— C'est bien simple, cependant, dit La Harpière avec ironie.

— Vous croyez cela, monsieur ? répondit froidement le chevalier.

Le conseiller sentit toute l'impertinence de la phrase ; c'était un esprit très étroit, très vaniteux, mais ce n'était pas un malhonnête homme.

Habitué à voir trembler devant lui de pauvres diables, il était jusqu'à un certain point, à son insu, intéressé par ce beau garçon qui semblait conduire lui-même son interrogatoire.

Il maîtrisa donc le mouvement d'irritation que le ton du jeune homme faisait naître en lui et demanda :

— Quelles explications allez vous fournir ! Je suis curieux d'entendre jusqu'au bout votre défense.

Cyprien examinait avec une vive attention le brouillon du rapport.

— Monsieur le conseiller, avez-vous là une pièce quelconque émanant de la main de feu David Chartier ?

— Oui, voici une page d'un autre brouillon relatif aux horreurs de la rue Neuve-Saint-Gilles.

Le jeune homme saisit le document et l'étudia un moment. Bientôt, un sourire vint illuminer son visage pâli par la prison.

— La note relative à la lettre anonyme n'est pas de la main de David Chartier...

— Votre victime était mon meilleur collègue, et je n'hésite pas à reconnaître son écriture, s'écria le conseiller.

— C'est un faux, dit simplement Cyprien. Et je vais vous dire pourquoi. D'abord M. Chartier de Candeilles connaissait mon histoire que je lui avais un jour entièrement contée, et ce brouillon de rapport contient des détails inexacts qui ne concordent pas du tout avec ceux que je lui avais donnés, et qu'il lui avait été facile de vérifier.

— Ah David Chartier savait ?...

— Toute mon histoire.

La Harpière resta un moment abasourdi, et dit simplement :

— Continuez !

— De plus, si habile qu'ait été le faussaire, il n'a pas pu aller jusqu'au bout, sans se trahir.

— Comment cela ?

— Son écriture à lui, où se reflète directement son propre tempérament, perce par endroits.

L'homme qui commet un pareil crime est un être dissimulé ; aussi ses mots doivent se terminer en crochets, et voyez !... les crochets apparaissent par moments...

Cherchez dans l'écriture loyale et franche de David Chartier : il n'y a pas de crochets !

Le sensualisme bestial s'y traduit par des lettres en massue... il y en a plusieurs dans le document apocryphe... En trouvez-vous dans le document qui est vraiment de la main de ce pauvre conseiller ?

La Harpière était abasourdi, et penché sur le papier, il examinait avec attention les feuillets que le chevalier de Verderonne étalait sous ses yeux.

Quant au bourreau et à ses aides, très amusés, ils écoutaient de toutes leurs oreilles.

— Voyons! Lisez d'une seule haleine ce rapport... Est-il digne d'être signé par un homme de l'éducation et de la valeur de David Chartier?

Regardez ! Quelles expressions triviales ! Et en tout cas bien étrangère au style ordinaire des magistrats !

— Mais enfin, comment expliquez-vous la présence des documents sur le bureau du conseiller.

— Et la présence du poison ?

— Mais vous, ou votre complice, avez dû l'introduire dans le fruit...

— Ah ! voilà donc enfin le mot lâché !... J'ai un complice... il a mis le poison dans le fruit... Eh bien, oui, il y a un complice qui a mis le poison dans le fruit, et n'a-t-il pas pu mettre aussi les deux pièces qui m'accusent sur le bureau du conseiller ?

Seulement, voilà !... Ce complice n'agissait pas pour moi, mais pour d'autres qui avaient intérêt à voir disparaître le rapporteur des odieuses scènes qui se passaient chez la Raisin !

Le greffier, le bourreau et ses aides, empoignés par la voix vibrante du jeune homme et la clarté de son raisonnement, ne purent contenir un murmure approbateur.

La Harpière, écrasé, tenta encore de se soustraire à la domination qu'exerçait sur lui la défense de l'accusé.

Il hasarda :

— Enfin, comment expliquez-vous qu'ayant partagé la pêche avec David Chartier, vous n'ayez pas même été incommodé, tandis qu'il en est mort ?...

— J'ai partagé la pêche empoisonnée... interrogea le chevalier de Verderonne.

— Mais il y a des dépositions précises des convives... Tenez en voici une...

Et il lut dans le dossier qui lui avait été tendu :

— Hum !... Hum !... « A ce moment David Chartier déclara qu'il ne mangerait que la moitié du superbe fruit ; il le fit couper et fit offrir l'autre au chevalier de Verderonne... »

Et, alors, Cyprien s'écria :

— Que disiez-vous donc, monsieur le conseiller ? On a déclaré que David Chartier avait fait couper le fruit, et m'en avait fait offrir l'autre moitié... Il y a bien « *fait* couper... *fait* offrir !... »

Vous avez sans doute ordonné l'arrestation du valet qui a découpé le fruit, et en a remis au conseiller la moitié empoisonnée ?

— Mais non !... Je ne sais ! balbutia le malheureux La Harpière anéanti.

— Ah çà ! dit le bourreau à ses aides, est-ce que le petit jeune homme va nous ordonner de mettre les brodequins au conseiller pour lui faire avouer qu'il est un âne bâté !

Lorsqu'on avait désigné M. de La Harpière, comme conseiller instruc-

— Vous ne me ferez jamais rien avouer, monsieur de La Reynie! rugit-il...
(Page 594.)

teur, on avait tablé sur son peu d'intelligence et sur ses habitudes rou-
tinières, pour ne pas voir venir les choses de trop loin; et l'on espérait
bien que ce malheureux conseiller se trouvant en présence d'un accusé
déjà terrifié par l'aspect sinistre de la chambre de torture, n'hésiterait
pas à lui faire donner la question et qu'il n'aurait pas grand peine à
obtenir une bonne confession qui terminerait l'affaire.

Mais on avait compté sans l'énergie et la haute intelligence du chevalier, qui, d'un seul coup avait dominé et pour ainsi dire écrasé son juge. Le jeune homme sentait bien qu'il avait cause gagnée ; et déjà il triomphait lorsqu'un nouveau personnage apparut, pénétrant dans la vaste salle par une porte dissimulée derrière la table du conseiller.

Cyprien sentit que celui-là, c'était l'ennemi.

Le nouvel arrivant n'était autre que M. de La Reynie qui, désireux de voir la tournure que prenait l'interrogatoire, était descendu à la chambre de torture.

En ouvrant la porte, il avait été tout étonné de ne pas entendre les cris de douleur du patient, et son étonnement avait été porté à son comble par les dernières phrases du chevalier de Verderonne.

Il tenait à son accusé, et on allait le laisser s'échapper !

Prenant à part La Harpière, il lui fit comprendre que sa faiblesse serait mal vue en haut lieu, et lui dit que le roi attendait le résultat de son instruction pour lui octroyer le titre de baron qu'il sollicitait depuis vingt ans.

Il n'en fallut pas plus pour rendre le mouton enragé, et ce fut sur un ton rogue et cassant que La Harpière reprit l'interrogatoire.

— Ainsi vous persistez à prétendre que vous n'êtes pas l'assassin de David Chartier ? dit-il avec une rudesse qui surprit Cyprien.

— Mais il me semble, monsieur le conseiller, que j'établis clairement mon innocence, répliqua le jeune homme.

— Billevesées que toutes ces histoires d'écriture contrefaite.

Vous voudriez m'en faire accroire, mon garçon, mais voilà assez de discours, oui ou non, avouez-vous votre crime ?

— Je n'avouerai jamais un crime que je n'ai pas commis ! s'écria le chevalier de Verderonne, et quant à ma culpabilité vous en doutiez vous-même tout à l'heure, vous en douteriez encore, si l'on n'était pas venu sans doute vous donner l'ordre de me considérer comme un coupable.

La réponse était dure, et elle était maladroite à l'égard d'un vaniteux comme La Harpière.

Celui-ci, rouge de colère, se leva, et appelant le bourreau d'un geste :

— Faites votre devoir, dit-il, et commencez par les brodequins !

Le chevalier de Verderonne frissonna et devint horriblement pâle, lorsqu'il sentit les mains des aides du bourreau s'appesantir sur ses épaules ; mais il surmonta cette première défaillance. Les aides lui lièrent les mains et l'étendirent sur une sorte de table massive.

Bientôt le malheureux fut fixé à cette table, de façon à ne pouvoir faire un mouvement.

Seule, la jambe droite fut laissée libre.

Ayant mis cette jambe à nu, depuis le milieu de la cuisse jusqu'au pied, le bourreau l'emboîta dans un étau formé de deux planches, qu'il serra fortement à l'aide de cordes et de courroies.

Cela avait l'air d'une jambe cassée placée dans des éclisses.

Prenant un énorme maillet de bois et un coin en fer, le tortionnaire glissa la pointe du coin entre l'étau et la jambe du patient.

Puis il commença à faire pénétrer le coin à coups de maillet en broyant les chairs.

La douleur fut atroce; et Cyprien ne put contenir un gémissement.

Le bourreau, qui était vraiment ému de pitié pour ce brave garçon, se pencha sur lui, et lui demanda :

— Avez-vous à parler, faut-il m'arrêter?

— Je n'ai rien à dire, si ce n'est que je suis innocent!

Le bourreau baissa la voix :

— Avouez donc le crime dont on vous accuse, vous serez toujours forcé d'en arriver là. Ce n'est pas la peine de souffrir inutilement. Vrai, ça me fait quelque chose de donner la question à un brave garçon comme vous me semblez être.

Dans sa souffrance, Cyprien fut profondément touché de la pitié qu'il inspirait au bourreau; mais, malgré tout, il ne voulait pas céder; et ce fut d'une voix vibrante qu'il s'écria :

— Vous pouvez me torturer jusqu'à la mort, mais rien ne me fera avouer un crime que je n'ai pas commis !

La Harpière haussa les épaules, et dit simplement :

— Continuez !

Le bourreau frappa encore deux ou trois coups, puis s'arrêta : le coin entier avait pénétré dans l'étau, écrasant les chairs qui saignaient.

— Un autre coin, dit le conseiller.

Un aide plaça un second coin près du premier ; mais d'un signe, le bourreau le lui fit déplacer, et tandis qu'il se penchait pour l'arranger, il souffla à l'oreille de Cyprien :

— Je le mets de manière à ne pas casser l'os de la jambe.

Le malheureux jeune homme le remercia d'un pâle sourire.

Les coups de maillet retentirent de nouveau.

Là on entendit les dents du patient grincer, et ce fut tout :

— Un autre encore, dit froidement La Harpière.

Le bourreau eut un hochement de tête, qui semblait dire :

— C'est bien inutile, il ne parlera pas !

Au troisième coin, la douleur fut tellement épouvantable, que Cyprien poussa un effroyable cri...

Le bourreau cessa de frapper, tandis que le conseiller au Parlement demandait encore une fois :

— Accusé! avouez-vous avoir empoisonné David Chartier de Can-deilles?

— Je jure que je suis innocent! cria le chevalier d'une voix brisée.

— Continuez, dit La Harpière.

Deux ou trois coups de maillet retentirent lugubrement.

— Un autre coin! ordonna le conseiller.

— Pardon, monsieur, fit le bourreau, le règlement interdit au-delà de trois et, d'ailleurs, le patient est évanoui.

Le chevalier de Verderonne venait de perdre connaissance.

— C'est bien, donnez-lui l'eau.

Le bourreau débarrassa la jambe de Cyprien de son étau, et mit au jour une masse informe et sanguinolente, tandis qu'un aide frictionnait les tempes du malheureux chevalier avec de l'eau et du vinaigre.

Lorsqu'il fut revenu à lui, le bourreau et ses aides le soulevèrent, et l'étendirent sur une sorte de chevalet.

Un des aides lui attacha des poids aux jambes, de façon à étirer le corps du malheureux dont les bras relevés furent attachés au bas du chevalet.

L'estomac était ainsi distendu de manière à absorber le liquide qu'on allait verser dans la bouche du patient.

Le bourreau ayant ouvert la bouche de l'accusé, un aide introduisit l'extrémité d'un entonnoir fort avant dans le gosier.

— La question ordinaire, dit La Harpière.

— Le bourreau prit alors un énorme broc contenant la valeur de quatre potées d'eau, et commença à verser lentement dans l'entonnoir.

On pouvait suivre à vue d'œil l'effroyable dilatation de l'estomac du patient, qui commença à se tordre de douleur.

Lorsque toute l'eau fut absorbée, le bourreau retira l'entonnoir de la bouche de sa victime.

A ce moment M. de La Reynie impatienté sortit de l'ombre, où il se tenait :

— Allez-vous enfin parler, s'écria-t-il avec une sorte de rage, allez-vous vous décider à avouer?

Cyprien, la face congestionnée, ne put répondre que par un râle effrayant.

— Attendez un instant, M. le Lieutenant de police, dit le bourreau, il ne peut parler en ce moment...

Quelques minutes d'un silence effrayant se passèrent durant lesquelles on n'entendait que la respiration du pauvre Cyprien.

— Peut-il parler? demanda La Reynie, toujours impatient.

— Oui! murmura le chevalier.

— Vous vous décidez à reconnaître?...

— Que je suis innocent, dit d'une voix sifflante le malheureux.

La voix calme et glacée de La Harpière répondit :

— Alors, la question extraordinaire.

Le bourreau eut un soupir, tandis que les aides remplacèrent le chevalet par un autre plus élevé, et augmentèrent les poids pendus aux pieds du patient.

Un nouveau broc d'eau fut versé comme le précédent.

Les souffrances du chevalier devaient être épouvantables, car s'il ne pouvait crier, en revanche, les contorsions de corps qui, par moments, soulevaient les poids énormes, montraient toute l'horreur du supplice.

Cette fois encore, un évanouissement mit fin au martyre de l'infortuné jeune homme.

Sur un signe de M. de La Reynie, le bourreau transporta Cyprien inanimé devant le feu qui brûlait dans un angle de la cour, et lui donna les soins que nécessitait son état, car il était de toute importance que l'accusé ne mourût pas à la torture.

On eut de la peine à le ranimer.

Cependant la grande vigueur du jeune homme triompha encore une fois, et le bourreau le ramena devant le conseiller en le soutenant sous les bras.

Lorsqu'il fut assis sur un siège placé devant La Harpière, le lieutenant de police lui demanda encore une fois :

— Voulez-vous parler?

— Je vais parler; balbutia le jeune homme.

Le bourreau eut un geste d'étonnement, tandis que M. de La Reynie tout joyeux, murmurait :

— Enfin, nous tenons son aveu.

La Harpière ajouta avec bonhomie :

— Voyez-vous, mon cher, il n'y a encore que la question de l'eau, c'est merveilleux !

Le bourreau apporta un cordial énergique, tandis que ses aides, frictionnant le ventre et l'estomac du malheureux, rétablissaient la circulation du sang.

— Parlez ! dit avec empressement M. de La Reynie.

— Je vais faire des révélations, dit le chevalier, et je les adresse en particulier à M. de La Reynie qui me comprendra mieux...

Ce préambule jeta une douche glacée sur la joie du Lieutenant de police.

— Oui ! continua le chevalier de Verderonne, je vais vous donner le nom de l'auteur de l'empoisonnement dont on m'accuse.

— Que voulez-vous dire? fit La Harpière subitement intéressé.

— Quelque mensonge, s'écria le Lieutenant de police, subitement gêné.

— Mais ce peut être très intéressant, insista le conseiller qui ne connaissait pas les dessous de l'affaire, nous allons sans doute savoir les noms des complices.

— M. Chartier vous a remis il y a quelques jours, monsieur le Lieutenant de police, un rapport pour le roi où figurait la liste des complices et des spectateurs des orgies de la rue Neuve-Saint-Gille. Cette note contenait tous les détails nécessaires pour établir les degrés de culpabilité des gens désignés dans ce document.

— Comment savez-vous cela ? balbutia le fonctionnaire.

— Ah ! vous avouez, que cette note vous a été remise !

— Misérable ! s'écria le Lieutenant de police ; vous vous permettez de m'interroger.

M. de La Harpière commençait à s'amuser beaucoup du moment où ce n'était plus à lui que s'en prenait l'accusé.

Quant au bourreau et à ses aides, on aurait pu trouver dans les regards qu'ils échangeaient toute l'admiration qu'ils éprouvaient pour ce patient épuisé par la souffrance qui trouvait encore la force de se transformer en accusateur.

La colère du fonctionnaire n'arrêta pas Cyprien qui se ranimait à vue d'œil.

— Eh bien ! dans ce rapport que j'ai lu et à la rédaction duquel j'ai collaboré, il y a une page consacrée à une femme qui a joué le rôle principal dans la dernière Messe Noire, dite chez la Raisin.

Cette femme était désignée, en outre, comme une empoisonneuse !

Le rapport disait qu'elle avait reçu des mains de Glaser une graine contenant un poison subtil... c'est la fève de saint Ignace.

Eh bien ! c'est avec le suc de la fève de saint Ignace que le conseiller David Chartier a été empoisonné !

Il fallait bien fermer la bouche de l'accusateur...

— Malheureux ! vous osez prétendre que David Chartier a été empoisonné par...

Le Lieutenant de police s'arrêta net :

— Allons ! monsieur de La Reynie, continuez, s'écria Cyprien, avec un geste de triomphe, il est bon qu'on sache le nom de celle que vous défendez, et puisque vous n'osez le faire, je nommerai... la marquise Geneviève du Mesnil !

La Harpière eut un geste de profonde satisfaction :

— Tiens ! tiens ! c'est fort intéressant ! s'écria-t-il.

M. de La Reynie avait pâli de rage.

— Cet homme est fou, et il ne sait ce qu'il dit.

Qu'on reprenne la question ! Il y a encore les fers rouges, le plomb fondu, et le collier de fer.

Cyprien se dressa effrayant, livide, la rage au cœur, la face convulsée :

— Vous ne me ferez jamais rien avouer, M. de La Reynie, rugit-il, mais prenez garde, ce que je viens de vous dire, d'autres le savent, et si je meurs à la torture, eh bien, il y a des gens qui iront dire au Roi comment vous entendez la justice, et comment vous exécutez les ordres de S. M. I...

Le coup fut rude et le Lieutenant de police resta un moment abasourdi. Il s'était dit : « Morte la bête, Mort le venin », et voici qu'un nouveau danger se dressait devant lui.

David Chartier avait parlé, et il y avait des témoins !

En homme habile, il n'hésita pas, et battit en retraite :

— Ce malheureux a le délire, il ne sait ce qu'il dit, déclara-t-il d'un ton calme ; bourreau, portez-le dans sa cellule, nous aviserons plus tard.

Cyprien sentit qu'il triomphait, et n'insista pas.

Ainsi cette idée, cette sorte de double vue qui, au milieu de ses atroces souffrances, lui avait révélé la comédie qui se jouait autour de lui, venait de lui sauver la vie.

Il voulait maintenant se remettre, réfléchir, et il sentait qu'en jouant serré, il pourrait sans doute sauver sa tête.

La douce figure de Marie Brichon lui apparut comme dans un rêve, et il se reprit à aimer la vie, à vouloir échapper au supplice et revoir celle qu'il aimait.

Tandis que les aides le transportaient dans la cellule, le bourreau se pencha vers lui :

— Vous êtes témoin, dit-il à demi-voix, que j'ai fait tout ce que j'ai pu pour vous éviter un trop grand mal, j'ai placé les coins de manière à ne pas briser les os de votre jambe qui sera remise dans huit jours, et j'avais vidé à moitié les deux brocs pour ne pas vous rompre l'estomac. J'ose espérer que vous le direz à maître Thomas, — afin qu'il ne m'en veuille pas !

V

LA FRANC-MAÇONNERIE DU PONT-NEUF

Le brave Brichon était revenu fort triste de sa visite au Lieutenant de police, et une vive inquiétude s'était emparée de lui.

Il commençait à voir l'avenir du chevalier de Verderonne bien en noir et se demandait comment le pauvre garçon allait se tirer de ce mauvais pas.

Quant à la pauvre Marie, son chagrin frappa son père, qui seulement commença à deviner une partie de la vérité.

— Allons, il ne nous manquait plus que cela ! se dit le gros Thomas, ne voilà-t-il pas que cette gamine a été s'amouracher de cet enjôleur de Cyprien !

Je n'avais pas compris la portée des amabilités de ce diable de chevalier ! Il aurait bien pu rester en Normandie et ne pas venir monter la tête à ma pauvre fille !

Le bon caractère et le noble cœur du charlatan reprirent le dessus. Bientôt, il se fit des reproches :

— Tu as tort, Brichon, de te monter la tête ; et ce malheureux jeune homme n'est pas coupable, c'est toi qui as eu tort de laisser tout le temps ensemble ces deux jeunesses... Maintenant, le pauvre garçon a autre chose en tête que les amourettes et mon devoir de penser seulement à essayer de le sauver.

Tout en continuant son métier, source de son aisance, disons même de sa fortune, le gros Thomas mettait en jeu toute son influence pour savoir ce que devenait le chevalier de Verderonne.

Il existait à cette époque une sorte de franc-maçonnerie qui unissait les bateliers du Pont-Neuf, et toutes sortes de braves gens exerçant des professions décriées, mais nullement malhonnêtes en elles-mêmes...

On trouve chez tous les parias un esprit de camaraderie, une sorte de solidarité qui est la force des minorités et des opprimés.

Le gros Thomas était une puissance, et tous s'inclinaient devant son autorité.

Bien des fois, des litiges survenant entre les membres de la confrérie, le charlatan était appelé à juger le différend, les pauvres diables sachant bien que la comédie de l'huître et des plaideurs se jouerait pour eux une fois de plus, s'ils s'adressaient à la justice.

Dans ces conditions, il fut facile au gros Thomas de savoir ce qui se passait au Châtelet.

D'autre part, il lui revenait que l'opinion publique, sans doute habilement travaillée, n'était pas favorable au malheureux Cyprien ; dans ces conditions il ne restait qu'une chose à faire, s'adresser à cette même opinion publique dont on commençait vaguement à concevoir quelque crainte.

La parade du gros Thomas n'était pas un simple boniment de dentiste, mais bien une véritable comédie foraine jouée par le charlatan et ses aides, comédie vigoureusement satirique avec des tirades et des scènes

Le papier fut lu par l'officier du guet sur la place de Grève. (Page 598.)

à double entente où, d'une façon transparente défilaient les faits du jour et les personnages en vue, le tout agrémenté de mordantes railleries.

Une après-midi, le gros Thomas annonça :

L'art de saigner les petits enfants.

Il y eut un murmure d'émotion dans la foule, et, tout de suite, les badauds s'appelant de la voix et du geste accoururent en foule.

Tout le monde avait deviné qu'il s'agissait de l'affaire de la rue Saint-Gille.

En effet, la parade commença par le simulacre de la messe noire, et Gaultier-Lartigue demandant ce que la police allait dire d'une pareille cérémonie, le gros Thomas lui répondit :

— Elle va instruire l'affaire, mais comme il y a de gros poissons dans le filet, les mailles casseront et seul le fretin restera pris dans un coin du filet.

La foule applaudit à l'allusion.

— Mais, mon cher seigneur, reprit Gaultier Lartigue, n'y a-t-il pas un magistrat qui a recherché et trouvé les vrais coupables ?

— Certes, mon garçon, il y a des honnêtes gens partout, même parmi les gens de justice.

Seulement, vois-tu ? le travail, ça tue les conseillers au Parlement.

A moins que ce ne soient les coupables eux-mêmes qui se débarrassent d'un juge gênant.

— Mais que dites-vous ? s'écria Gaultier-Lartigue, mais ces coupables le sont une fois de plus et l'on va se saisir de leur personne et les rouer en place de Grève !

— Allons, Gaultier, mon pauvre ami, tu n'entends rien à la politique ? Comment, tu te figures que l'on va pincer des gens de haut rang et que la justice va livrer au bourreau des personnages bien en cour !

— Mais le roi, que pense-t-il de tout cela ?

— Sa Majesté, sois-en certain, est animée des meilleurs sentiments, et, quels que soient les coupables, il frapperait haut et ferme, seulement...

— Seulement ? répéta Gaultier.

— Il y a un petit seulement, c'est que le roi ne voit qu'à travers les barbes d'un bonnet et même d'un bonnet de marquise et que ce bonnet-là l'empêche de rien voir...

La joie de la foule devenait du délire.

Gaultier-Lartigue reprit, d'un air de plus en plus niais :

— Ainsi on ne trouvera pas le coupable ?

— Attends donc, malheureux naïf. Que dirait le bon peuple de Paris s'il n'avait pas un bon supplice en place de Grève pour le consoler de voir ses enfants égorgés sur le ventre des grandes dames...

— Je ne comprends pas, fit Lartigue.

— C'est cependant bien simple, grand godiche ! Le peuple veut un coupable, eh bien ! il l'aura et l'on accuse déjà de tous les crimes un pauvre jeune homme venu de la campagne pour s'amuser à Paris.

Il avait le tort d'être l'ami du conseiller empoisonné... Par qui peut-on être empoisonné, si ce n'est par un ami ? Donc le bon petit jeune homme est l'empoisonneur. De là à conclure que c'est lui qui a saigné tous les pauvres marmots dont on retrouve de ci de là les cadavres, il n'y a qu'un pas... Il sera bien heureux si on ne l'accuse pas de l'assassinat du bon roi Henri IV, mort il y a quatre-vingts ans !

La joie de la foule n'eut plus de bornes, et ce jour-là elle décerna au gros Thomas une ovation sensationnelle.

Cependant, il y eut au moins un des auditeurs du charlatan qui ne prit pas très grand plaisir à cette parade; celui-là s'éloigna rapidement dans la direction du Palais-Royal, avec la mine d'un homme qui vient d'entendre des choses désagréables.

Nous le retrouvons frappant à la porte du mystérieux pied-à-terre de madame Du Mesnil, où il fut introduit tout aussitôt.

La belle marquise semblait attendre, car elle s'écria en le voyant :

— Ah ! enfin te voilà, mon pauvre Fouinard !

— Vous me pardonnerez, madame la marquise, si je suis en retard, mais j'ai dû m'attarder sur le Pont-Neuf.

— Pourquoi cela ?

— Pour entendre une parade.

— Ah ça, deviens-tu fou ?

— Pas du tout.

— Explique-toi.

— J'ai voulu entendre la parade du gros Thomas.

— Ah ! notre ennemi !

— Oui, vous pouvez bien le dire : notre ennemi !

— Que fait-il ? Que dit-il ?

— Savez-vous quel était aujourd'hui le titre de sa parade ?

— Non, comment veux-tu que je sache cela ?

— Oh ! le titre me dispensera d'explications :

Cette parade a eu un énorme succès, et elle était intitulée : *l'Art de saigner les petits enfants !*

La belle Geneviève se dressa, livide de colère :

— Ah ! le misérable ! s'écria-t-elle en crispant ses poings tendus dans l'espace, comme si elle voulait en écraser son adversaire.

— Ne vous emportez pas, madame, ce qu'a dit aujourd'hui le charlatan, nous servira peut-être demain...

J'ai d'autres choses plus intéressantes à vous raconter :

— Oh ! oui, c'est juste, parle-moi de l'enfant, qu'as-tu appris ?

Fouinard eut un geste de triomphe; avec le ton assuré d'un acteur sûr de ses effets il commença son récit que Geneviève écoutait avec une vive attention :

— Vous vous souvenez, madame la marquise, qu'un de mes hommes qui voulut suivre le charlatan, et le chevalier de Verderonne, fut assassiné à l'entrée de la rue de Nevers, par un des aides du gros Thomas.

Cet incident dérouta notre surveillance, et je n'ai pu savoir où l'enfant fut porté cette nuit-là, mais une phrase surprise au cours d'une conversation avec un des employés du gros Thomas, m'apprit que le petit Henry de Corneville avait été confié à des mariniers de la Seine.

— Le renseignement était précieux.

— Oui, mais un peu vague, et j'entrepris une enquête sérieuse. Je relevai la liste des mariniers stationnés à Paris, le jour de la disparition de l'enfant, et je me figurais qu'en découvrant celui qui aurait un enfant blond de quatre à cinq ans à son bord, je trouverais facilement le petit Henry.

— Il me semble, en effet, que le procédé était excellent! s'écria Geneviève.

— Hélas! non, madame, car les mariniers ont tous de nombreux enfants.

Et j'en ai trouvé plus de quarante qui ont des petits garçons de quatre à cinq ans avec des cheveux blonds?

— Alors, que faire?

— Tenez-vous beaucoup à mettre la main sur l'enfant?

— Non!

— Vous ne désirez pas sa mort?

Elle n'est pas nécessaire à mes projets.

Tu sais que le marquis de Corneville n'est que disparu, et qu'aucun acte de décès n'existe; par conséquent ses biens restent sous séquestre.

Le roi a maladroitement gracié la fille. Mais cet imbécile de Fabrice de Préval, dans son désintéressement, n'a pas demandé qu'on lui restituât sa part des biens paternels, de sorte que je puis toujours demander, moi, que cette fortune soit confiée à ma garde, jusqu'à ce que le petit Henry soit retrouvé.

Et je ferai le nécessaire pour qu'on ne le retrouve pas.

— Vous resterez indéfiniment en possession de cette fortune.

— Tu m'as bien compris?

— Alors, mon plan est bon; il suffit que le gros Thomas et sa bande perdent la trace de l'enfant.

— Oui, mais comment?...

— C'est bien simple, vous allez demander à M. de La Reynie de faire annoncer à son de trompe que l'enfant sauvé le jour de la Messe Noire chez la Raisin, a été volé de nouveau, et qu'une peine sévère frappera celui qui le détient et qu'on recherche.

Le marinier n'osera pas livrer l'enfant de peur d'être accusé de complicité... Il se sauvera de Paris, et perdra l'enfant qui pourrait le compromettre.

— Ton idée est merveilleuse, mais ne crains-tu pas que ce misérable Thomas, qui a tous les courages, n'intervienne !

— Si, parfaitement ! Aussi faut-il faire arrêter d'abord le gros Thomas pour crime de lèse-majesté commis au cours de son insolente parade d'aujourd'hui... Vous voyez bien qu'elle va nous être utile !

— Tiens, tu es le génie du mal en personne, mon petit Fouinard, et je veux t'embrasser pour tout le plaisir que tu me causes.

La terrible enchanteresse jetant ses bras autour du cou du jeune homme, posa ses lèvres de feu sur celles de son sauvage complice. . . .

. . . .

L'arrestation de Brichon fut habilement exécutée par M. de La Reynie qui, l'ayant fait appeler un matin, le fit appréhender dans son antichambre et enfermer séance tenante dans une solide cellule du Grand-Châtelet.

Malheureusement pour M. le Lieutenant de police, le gros Thomas avait pris ses précautions; et dix minutes après, l'événement était connu de tout le Pont-Neuf.

Une partie de l'après-midi se passa en alleés et venues de Gaultier-Lartigues, et le soir lorsque l'heure de la parade fut arrivée, une foule plus considérable que la veille se trouva rassemblée devant la baraque du gros Thomas, dans l'espoir d'entendre de nouvelles saillies sur le mystère de la rue Saint-Gilles.

Gaultier-Lartigue, en habit de ville, parut seul sur les tréteaux, et déclara à la foule assemblée que le grand, le célèbre charlatan était arrêté du matin, et jeté dans un obscur cachot pour avoir dévoilé la vérité au peuple.

Il y eut de violents murmures et des protestations indignées ; des gens plus vifs que les autres parlèrent de délivrer le gros Thomas, et de tout casser dans la Cité.

D'un geste, Gaultier-Lartigue les calma, en convoquant tout le monde pour le lendemain, cinq heures.

La nuit fut assez calme ; cependant les rapports de police apprirent à M. de La Reynie qu'il y avait eu des conciliabules jusqu'à une heure avancée.

Le lendemain matin, la publication de l'annonce relative à l'enfant enlevé eut lieu sur plusieurs points des bords de la Seine, et Gaultier-Lartigue n'y prêta qu'une faible attention, bien tranquille sur la cachette du petit Henry.

Le papier fut lu par l'officier du guet sur la place de Grève juste en face des bateaux amarrés à la berge.

La femme de Jérôme Vatelot courut entendre la lecture, tout comme les autres commères de la région, et elle rentra toute effarée à bord de la péniche. Jérôme Vatelot se fit raconter par le menu, toute la proclamation :

— Si on rendait le petit garçon au gros Thomas, dit-il !...

— Mais tu ne sais donc pas qu'on l'a arrêté hier ? répliqua sa femme.

— Oh ! diable, ce n'est pas drôle !... Et si on le perdait dans Paris ?...

— C'est bien cruel... Ce pauvre innocent, il pourrait retomber encore dans les mains de ses assassins !...

— C'est juste.

— D'ailleurs, si on l'interrogeait, il serait capable de nous faire retrouver en expliquant d'où il vient !...

— Tu as raison ; mais que faire ?

— Écoute, notre chargement est presque complet... Partons de suite pour Rouen... Là, on laissera le petit chez notre cousine Élodie Vatelot, et bien malin qui viendra l'y chercher... Elle le fera passer pour notre fils. Plus tard, lorsque cette affaire sera tirée au clair, on pourra toujours le retrouver.

— Décidément, ma femme, c'est la sagesse qui te fait parler... mais nous éviterons de nous laisser retrouver par le gros Thomas, car il nous compromettrait.

. . . .

Le lendemain, dès le matin ; une certaine animation régnait sur le Pont-Neuf et dans le quartier de la place Dauphine.

Le Lieutenant de police, sur les rapports qu'on lui avait fait la veille, envoya une vingtaine de soldats du guet divisés en deux petits groupes qui s'installèrent aux deux extrémités du pont, afin d'arrêter ceux qui tenteraient de faire du tapage.

Cette mesure avait jusqu'alors suffi pour calmer les petites bagarres si fréquentes à cette époque sur le Pont-Neuf.

Cependant, vers trois heures, l'officier qui commandait les soldats, constata que la foule prenait des proportions très considérables, et il avisa M. de La Reynie que la circulation était complètement interrompue aux abords de la baraque du grand Thomas.

Presqu'aussitôt, Gaultier-Lartigue parut sur l'estrade, non pas dans son costume, mais revêtu du morion, de la demi-cuirasse et de la casaque de bufle, comme s'il partait en guerre.

Une longue colichemarde, datant de Henri IV, battait sur ses talons, et deux énormes pistolets d'arçon étaient passés dans sa ceinture.

Les autres aides du charlatan étaient habillés de même.

Il y eut dans la foule des murmures d'étonnement et des interpellations.

— Partez-vous donc en guerre? interrogea une voix dans les rangs serrés des spectateurs.

— Oui, mes seigneurs, les amis du gros Thomas n'auront pas la lâcheté de le laisser torturer et assassiner, s'écria Lartigue en brandissant sa lourde épée.

La voix, celle d'un compère, sans doute, reprit :

— Qu'allez-vous donc faire ?

— Nous allons attaquer le grand Châtelet, pour délivrer notre ami qu'on doit mettre ce soir même à la torture, afin de lui faire expier sa trop grande clairvoyance pour le punir de vous avoir révélé quels étaient les vrais coupables dans les Sacrifices d'enfants et les Empoisonnements.

— Et vous croyez que vous allez prendre cette forteresse à quatre ou cinq que vous êtes? continua le compère, tandis que la foule devenait houleuse.

— Quatre ou cinq? répéta Gaultier-Lartigue d'un ton ironique, allons mon ami, vous oubliez le vaillant peuple de Paris qui aime le gros Thomas comme nous et qui nous suivra; c'est quatre, cinq, dix, vingt mille hommes qui marcheront avec nous.

— Oui, oui, en avant! hurlèrent des voix nombreuses.

Une fâcheuse intervention vint mettre le feu aux poudres.

L'officier, à la tête d'un des groupes de soldats du guet, s'avança criant :

— Au large, les badauds, il faut laisser la circulation libre, et vous autres, les pîtres, tâchez de rentrer au plus vite chez vous, sinon je vous emmène.

— Voyez, vaillants habitants de Paris, comme l'on vous traite! s'écria triomphalement Gaultier-Lartigue. Vous laisserez-vous insulter par ce vil policier ?

La foule était bien au point, où il fallait l'amener, et une immense clameur retentit :

— A l'eau ! A l'eau !

En un clin d'œil, le flot populaire submergea littéralement les soldats de police... Deux ou trois hommes furent enlevés et jetés dans la Seine, par dessus le parapet, tandis que le reste s'enfuyait éperdu.

La chose avait duré deux minutes à peine, mais, comme à un signal des hommes armés sortaient des baraques du Pont-Neuf et des cabarets de la place Dauphine.

Des colonnes se formèrent et s'élancèrent au pas de charge vers le grand Châtelet, culbutant tout ce qui tentait de les arrêter.

M. de La Reynie était enfermé dans son cabinet avec le conseiller La Harpière et lui annonçait que sur sa demande le roi allait signer ses lettres de noblesse lui conférant le titre de baron.

— Cela fera très bien, baron de La Harpière, mon cher conseiller, et je suis heureux d'être le premier à vous féliciter.

— Je vais recevoir les papiers prochainement, interrogea anxieusement le magistrat.

— D'un moment à l'autre, cher ami... Mais quel est ce bruit ?

Une grande clameur montait du dehors jusqu'au bureau du Lieutenant de police.

On frappa.

C'était le fidèle Saint-Jean.

— Qu'y a-t-il ? demanda M. de La Reynie.

— Une émeute, monsieur le lieutenant de police.

— Aux portes du Grand-Châtelet ?

— Oui, c'est la foule conduite par les bateleurs du Pont-Neuf qui réclament le gros Thomas.

M. de La Reynie fronça le sourcil :

— Comment a-t-on laissé ces manants venir jusqu'ici ? demanda-t-il.

— Ils ont jeté les hommes de garde par dessus le Pont-Neuf et l'officier vient de rentrer.

J'avais mis au devant d'eux tout ce que j'avais de monde; mais j'ai peur que ce soit en vain; car ils sont armés et tenez !... Entendez-vous ? la bataille s'engage.

En effet, une fusillade pétillait, dominant les clameurs, puis elle s'éteignit et un bruit sourd retentit.

Un agent, le front ensanglanté, entra.

— Monsieur le Lieutenant, on attaque les portes avec des madriers et on jette des fascines dans le saut de loup pour escalader les murs.

— C'est trop fort ! s'écria le fonctionnaire stupéfait et indigné... Il n'y a donc pas de troupes à Paris.

— Monsieur le Lieutenant de police, nous avons été surpris; et je viens de faire demander les gardes françaises de l'Arsenal et les Suisses de la Bastille.

— Mais ils n'arriveront pas à temps ! s'écria M. La Harpière, tout frissonnant de terreur et qui regardait par la fenêtre... Les voilà qui envahissent la cour intérieure.

Un nouvel agent fit irruption dans le bureau en s'écriant :

— Les jeunes gens de l'Université viennent de passer le pont au Change et attaquent le Châtelet par son autre front !

Cette fois-ci, M. de La Reynie pâlit :

— Oh ! les canailles, ils ont bien préparé leur coup... C'est bien, mes amis, descendez, je vous donnerai des ordres, dès que j'aurai conféré avec monsieur le conseiller.

La porte une fois fermée, il dit simplement :

— Mon cher La Harpière, que feriez-vous à ma place ?

— Je leur rendrais le gros Thomas, cet homme nous est inutile, et son

Lorsqu'il l'enleva, le gros Thomas recula de deux pas. (Page 602.)

passage sous les verrous le calmera... Conseillez-lui de se tenir tranquille
à l'avenir, et il ne nous gênera plus.

Le conseiller baissa la voix :

— En somme, ménageons la marquise du Mesnil mais n'ignorons rien
ni de ses haines, ni de ses querelles.

Il ne faut pas trop s'engager avec elle, la faveur passe...

M. de La Reynie ne put s'empêcher de sourire :

— Vous avez raison, La Harpière ; je vais faire remettre en liberté le
charlatan.

Un quart d'heure après, le gros Thomas était littéralement porté en
triomphe, jusqu'à son estrade où il fut forcé de faire une harangue à
la foule pour obtenir qu'elle se dispersât paisiblement.

VI

LA CHAÎNE

A quelques jours de là, le gros Thomas était occupé à préparer un
boniment pour la parade de l'après-midi, lorsque un domestique vint lui
annoncer qu'un gentilhomme demandait à le consulter pour une dent
dont il souffrait cruellement.

Le charlatan le reçut immédiatement dans son cabinet.

Le gentilhomme devait bien souffrir, car malgré la chaleur de ce beau
mois de septembre, il s'était entouré le visage d'une large bande de taffetas
noir.

Lorsqu'il l'enleva, le gros Thomas recula de deux pas, et poussa une
exclamation d'étonnement : c'était M. de La Reynie !

L'ex-charpentier de Corneville était un trop fin matois pour se laisser
surprendre ; et ce n'était pas le malin normand qui se serait abandonné à
un premier mouvement d'orgueil en voyant chez lui le haut fonctionnaire qu'il avait si récemment vaincu.

La présence de son adversaire chez lui pouvait lui causer une satisfaction profonde, mais il n'en laissa rien paraître.

Ce fut avec une respectueuse politesse qu'il offrit un siège à son noble
visiteur ; et qu'il lui demanda s'il souffrait beaucoup de sa dent.

Rejetant loin de lui le bandeau de soie noire, le Lieutenant de police
répondit d'un ton bref :

— Non, je ne souffre nullement, mais je désirais ne pas être reconnu.

J'ai besoin de vous parler sans que personne nous entende.

— Les murs de ce cabinet sont capitonnés afin d'étouffer les cris des patients, répondit le gros Thomas sans paraître ému ou tout au moins étonné de ce préambule ; vous pouvez donc parler sans craindre d'être entendu.

Le Lieutenant de police se recueillit, un moment, en homme qui ne sait trop par quel bout attaquer la question, puis il commença :

— Thomas, vous êtes un garçon très fort ; et j'ajouterai, chose plus rare, vous êtes un très honnête homme.

— Oh ! monsieur, vraiment, c'est trop de bonté...

— Non, non, je dis ce que je pense, et je m'explique... vous êtes très fort, puisque tout humble et petit que vous semblez être, vous avez parfois une puissance assez grande pour me battre à plates coutures.

— Monsieur le lieutenant de police !...

— Ne protestez pas ; je dirai même qu'il y a des moments où je me dis : « Si le gros Thomas le voulait, il serait bien capable de me faire arrêter par mes propres agents... »

Le charlatan, de plus en plus embarrassé, esquissa un geste de protestation.

Il avait évidemment le dessous dans cette première partie de la bataille, car il ne voyait pas encore où voulait en venir son adversaire.

— Je continue ! fit le lieutenant de police, et prenant de l'assurance : Vous êtes en outre un très honnête homme. En effet, votre énergie, votre clairvoyance et votre volonté bien arrêtée de démasquer les coupables dans cette malheureuse affaire de la rue Neuve-Saint-Gille prouve combien votre conscience vous pousse à vous intéresser au triomphe de la justice.

Thomas Brichon dressa l'oreille ; il commençait à entrevoir le but.

— Votre fidélité à vos amis m'est un sûr garant de votre loyauté, et je n'en veux comme preuve que l'intérêt que vous portez à ce Cyprien, soi-disant chevalier de Verderonne...

— Allons, nous y voilà, se dit en lui-même le charlatan... tenons-nous bien et jouons serré !

— Eh bien, continua le fonctionnaire, tout heureux d'être sorti de son filandreux préambule, je viens faire appel à cette loyauté pour vous demander conseil.

— Oh ! conseil ? A moi ? Au pauvre arracheur de dents du Pont-Neuf ?

— Oui, à l'homme fort et juste auquel je faisais allusion tout à l'heure, je viens dire ceci : « Que feriez-vous à ma place ? »

— Expliquez-vous, monsieur le Lieutenant de police !...

— Voyons, Thomas, croyez-vous que j'ignore quels sont les coupables et des assassinats de la rue Neuve-Saint-Gille, et de l'empoisonnement de David Chartier?

— Pour ce dernier crime, surtout, vous ne devez pas avoir de doutes interrompit Thomas.

— Parlons brutalement : croyez-vous que c'est par plaisir que je n'éclaire pas la justice et que je n'éprouve pas un profond remords à faire dévier les enquêtes.

— Je vous crois un trop honnête homme...

— Oui, n'est-ce pas? Eh bien, la solution est très nette, je n'ai pas assez de force pour lutter contre ces misérables : on a fait périr David Chartier, mais ce sera plus simple, on me fera révoquer, que dis-je, c'était presque fait il y a quelques jours, et une fois exilé dans mes terres les plus lointaines, on trouverait un malhonnête homme ambitieux qui serait trop heureux de sacrifier dix, vingt innocents pour sauver un seul des coupables.

— Ah ça ! c'est rudement vrai, s'écria naïvement le charlatan.

— Alors, que faire entreprendre?... la lutte contre le principal coupable?

Le gros Thomas était devenu très sombre ; il fallait que la situation fût bien grave, pour que M. de La Reynie se laissât aller à pareille confidence. Aussi, sentant l'importance du moment, le brave homme se départit de sa réserve :

— Monsieur de La Reynie, dit-il avec une dignité inattendue chez un homme de sa classe, vous avez raison d'avoir confiance en moi et je vais vous répondre franchement : non, vous n'êtes pas de force, du moins en ce moment, pour entreprendre la guerre contre la terrible et puissante marquise du Mesnil. Cette femme a, je le sais, une influence formidable à la Cour et madame de Maintenon ne jure que par elle... laissons donc l'affaire de la rue Saint-Gille !

Quant à l'empoisonnement de David Chartier, le fait est plus simple et plus précis... Le magistrat a été tué par le subtil poison de la fève de Saint-Ignace, et une provision de cette amande si dangereuse a été livrée par Glaser à la marquise Geneviève quelques jours avant le crime...

— Croyez-vous que toutes les preuves possibles arriveront à ruiner d'un seul coup le crédit de la marquise.

— C'est juste, fit tristement le charlatan, mais puisque vous étouffez les preuves de la culpabilité de la marquise, pourquoi accuser un innocent de ce crime, alors que cette accusation part de la personne même que vous savez être la vraie, la seule coupable.

Pour le coup, M. de La Reynie eut un soubresaut :

— Vous croyez, balbutia-t-il.

— Je suis sûr que les lettres de dénonciation et les faux documents trouvés chez David Chartier, sortent de la main de madame du Mesnil !

Le Lieutenant de police baissa la tête en homme qui ne peut plus rien.

— Je n'accuse pas un innocent, et je reconnais que ce Cyprien est un esprit de tout premier ordre et un homme d'une grande valeur et d'une belle énergie... Je suis ici, Thomas, pour vous dire que grâce à moi on a renoncé à lui donner la question, et que le conseiller La Harpière a renoncé, sur ma demande, à l'inculper dans cette affaire...

Je viens vous demander en échange, de renoncer, vous aussi, à vous mêler de tout cela....

— Alors Cyprien est libre ? fit joyeusement le brave Brichon.

— Hélas non, et sur ce second point, je ne suis impuissant... Le Parlement a retenu le fait d'usurpation de noblesse, et votre pauvre ami est embarqué dans un bien mauvais procès. Je l'ai sauvé de la torture et d'une mort horrible mais je ne puis lui éviter une condamnation qui le mènera aux galères.

Le gros Thomas frissonna :

— Mais ce titre lui appartient parfaitement, s'écria-t-il, et il ne l'a nullement usurpé !

— Je veux bien ne pas en douter, fit le Lieutenant de police, mais les apparences sont contre lui.

Au moment où le marquis de Corneville disparaît dans une bagarre où il avait neuf chances sur dix de trouver la mort, ce jeune homme, occupant une position subalterne et connu comme une sorte d'enfant trouvé, quitte subitement le pays de Corneville, et apparaît à Paris avec un titre et une fortune que personne ne lui connut auparavant.

— C'est vrai, fit naïvement le charlatan, écrasé par la logique du raisonnement.

M. de La Reynie contint un geste de satisfaction, et continua avec animation :

— Le jeune Cyprien raconte bien qu'il a reçu les lettres de noblesse qu'il exhibe des mains du marquis de Corneville, ainsi que la petite fortune dont il vit, mais il est malheureux que ce fait se produise juste au moment où le marquis n'est plus là pour confirmer ses dires !

— Hélas ! c'est bien malheureux !

— Vous comprenez donc que si l'on peut écarter l'accusation d'empoisonnement, l'autre chef d'accusation, l'usurpation de noblesse, est beaucoup plus solidement établi, et quelle que soit votre conviction, qui est la mienne, nous n'y pouvons rien.

— Que faire ? murmura le grand Thomas.

— Écoutez-moi, mon cher Thomas, fit le fonctionnaire avec une fausse bonhomie, tâchons de sauver d'abord la tête de ce malheureux garçon, et évitons-lui la torture.

Ensuite on obtiendra sa grâce...

— Mais, enfin, que va-t-il lui arriver ?

— On le condamnera aux galères, évidemment, mais pour quinze ou vingt ans, et au bout de quelques mois j'obtiendrai sa grâce.

En somme, c'est un voyage désagréable à Marseille et bientôt le retour...

Le Lieutenant de police était si patelin, si affectueux que, malgré toute sa finesse, Brichon cédait insensiblement :

— Vous croyez arriver à cela ? demanda-t-il.

— Oui ! si vous m'aidez.

— Mais en quoi puis-je...

— En tenant compte de ce que je vais vous dire.

— Parlez, monsieur ! ordonnez ! je suis prêt à concourir au sauvetage de mon pauvre ami !

— Tenez-vous essentiellement à stigmatiser sur vos tréteaux les coupables mystérieux dont nous parlions tout à l'heure ?

— Mon Dieu, pas absolument. Ce que j'en faisais, c'était pour venger Cyprien des accusations injustes dont il était l'objet.

— Alors, vous laisserez les Parisiens, esprits frondeurs, mais légers, oublier cette triste affaire de la rue Saint-Gille ?

— Oh ! certes, du moment où Cyprien n'est plus accusé de ces crimes !

— Eh bien ! le reste me regarde... Vous avez, m'a-t-on dit, une police mieux organisée que la mienne ; demandez-lui dès demain ce que devient votre ami, et vous verrez qu'en attendant son procès, il ne sera pas malheureux.

D'ailleurs, lorsque le moment sera venu, où le secret sera levé, vous pourrez le voir tous les jours.

M. de La Reynie se retira triomphant.

Quant au charlatan, il restait plongé dans une grande tristesse, car il savait que la condamnation aux galères était une bien terrible peine, et il n'osait trop compter sur la grâce rapide que lui faisait espérer le Lieutenant de police.

Le procès de Cyprien fut vite jugé, et n'eut qu'un faible retentissement, le délit d'usurpation de noblesse n'étant pas de ceux qui passionnent l'opinion publique.

Le malheureux jeune homme se défendit avec la plus grande énergie, mais les apparences étaient vraiment contre lui, et tous les témoignages qu'il invoquait tournaient à son désavantage, car les témoins étaient soit disparus, soit d'assez peu de mémoire pour se souvenir des détails auxquels le chevalier de Verderonne faisait allusion.

Le jugement le condamna à vingt ans de galère, mais grâce sans doute à un mouvement de pitié des juges, lui évita la marque à l'épaule avec le fer rouge.

En apprenant la fatale nouvelle, Marie Brichon tomba à terre foudroyée par la douleur.

Lorsqu'elle revint à elle, la malheureuse enfant se laissa aller à son profond désespoir.

Comme son père lui demandait :

— Tu l'aimes donc bien, notre pauvre ami ?

Elle répondit :

— Je lui ai donné mon cœur et c'est pour la vie.... Pardonne-moi, père, de t'avoir caché notre amour !

Nous nous sommes fiancés peu de jours avant son arrestation, et voici la bague qu'il m'a donnée, et que je ne quitterai jamais.

En prononçant ces mots, la jeune fille prenait à son cou une fine chaîne d'or, et tirait de son corsage un gros anneau qui était attaché à cette chaîne.

C'était la bague que le marquis de Corneville avait remise à Cyprien, et qui venait, avait-il dit, de sa mère.

Brichon ayant annoncé au bout de quelques jours que les forçats allaient partir, sa fille tomba dans une sorte d'horrible prostration.

Tant qu'elle avait pu voir de temps à autre Cyprien dans sa prison, tant qu'elle avait su que le pauvre garçon vivait à si petite distance d'elle, une sorte de consolation la soutenait et peut-être aussi le vague espoir de la grâce promise.

Le départ des galériens la ramenait brutalement à la réalité : elle voyait commencer le long et cruel martyre de son bien-aimé, et sa douleur était effrayante.

En vain, le gros Thomas, navré du chagrin de la pauvre enfant, tenta-t-il tout ce qui fut possible pour la calmer.

La veille du départ Marie Brichon demanda à son père une minute d'entretien :

Lorsque le charlatan la vit entrer dans son bureau il fut frappé de son étrange physionomie.

Les traits, tendus par une volonté qu'on sentait implacable, donnaient à son gracieux visage une expression de résolution inébranlable. Les yeux secs ne laissaient plus échapper de larmes, comme si l'excès de la douleur en eût tari la source.

— Mon père, dit-elle, je viens vous faire mes adieux.

— Comment ? tes adieux ? Tu perds la raison, ma pauvre Marie ?

— Non, mon père, j'ai tout mon sang-froid et la décision que j'ai prise est très raisonnable ; je suis sûre que tu l'approuveras...

— Explique-toi, je ne comprends pas, ou plutôt j'ai peur de comprendre !

— Vous vous souvenez, mon cher père, que j'ai exprimé ces jours-ci le désir d'entrer au couvent et de consacrer ma vie à Celui qui seul peut calmer nos souffrances ?

— Hélas ! oui, gémit le pauvre père, je n'avais que cette fille adorable et charmante et il faut que je la perde !

— Mon père, Dieu vous donnera comme à moi la résignation, mais écoutez-moi bien... Afin de mettre mon projet à exécution j'ai consulté la mère supérieure des Filles Sainte-Marie ; c'est un ordre qui soigne les blessés, les malades et les prisonniers.

— C'est là que tu veux entrer ?

— Non, mon père, seulement la supérieure m'a fourni de précieux renseignements sur une maison de leur ordre, Sainte-Marie-des-Chaînes, qui est installée à Endoume et dont les religieuses soignent les galériens malades.

Le gros Thomas eut un geste d'épouvante.

— Quoi, tu voudrais aller t'enfermer dans ce couvent, te consacrer à cette tâche effrayante ? Ne sais-tu pas que les criminels endurcis qui composent la majeure partie des galériens n'ont que des injures et de la haine pour les saintes femmes qui les soignent et les secourent au milieu de leurs souffrances ?

— Qu'importe, mon père, je n'en verrai qu'un seul, il n'y en aura qu'un pour moi, celui que l'on a condamné injustement sous le nom de Cyprien et qui sera toujours pour moi Charles-Auguste, chevalier de Verderonne !...

— Mais enfin, qu'espères-tu ?

— J'ai foi en Dieu, mon père, en Dieu seul maître de l'avenir, grand réparateur des iniquités !

— Oui, tu attendras sa grâce, je le veux bien, mais si tu entres dans cet ordre à quoi cela avancera-t-il ?

— Je ne compte pas prononcer de vœux, mais être simple pensionnaire, de façon à quitter la communauté lorsque le chevalier nous sera rendu.

Le gros Thomas eut un triste hochement de tête :

— Elle a réponse à tout, murmura-t-il, mais elle oublie une chose c'est son pauvre père qu'elle abandonne... Enfin tu as raison, enfant, l'amour est plus fort que tout !

Marie, à ce doux reproche, fondit en larmes et ne put qu'embrasser son père en sanglotant.

. . . .

Sur la route poudreuse s'avance la longue file des forçats.

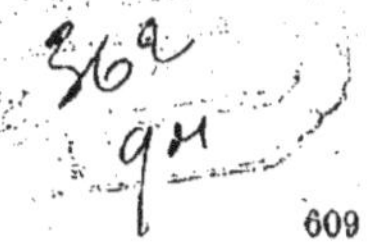

Joseph le Borgne lui tendit le verre vidé et la remercia d'un sourire...
(Page 611.)

Reliés entre eux par une chaîne qui passe dans celle qui les unit deux par deux, les malheureux s'avancent péniblement, portant le lourd fardeau de leurs fers.

Sur cette blanche route du midi, le soleil d'automne est brûlant et la sueur coule des fronts baissés.

De temps à autre, au passage des villages, un chant grossier, sauvage, monte entrecoupé de cris obscènes à l'adresse des badauds.

Les fronts se dressent insolents, provocants, pleins de la rage de la bête prise au piège. Tandis que le fouet des gardiens à cheval se lève, prêt à retomber sur les épaules à demi-nues.

Les gardes-françaises et les gardes-chiourme de l'escorte hésitent à frapper, parce qu'ils comprennent que la fièvre et le délire naissent de l'excès de souffrance, et qu'en somme, ils ne sont chargés que d'une chose : conduire la chaîne jusqu'à Marseille, sans qu'un homme manque à l'appel.

Aussi, gare aux forçats qui essaient de s'évader ou simplement de ralentir la marche vers le but fatal ; le fouet s'abat sur eux, lacérant les chairs et les vêtements ; la pointe des sabres pique les reins courbés et le seul motif d'arrêt est le détachement de la chaîne d'un forçat mort à la peine.

En queue du sinistre cortège, un petit groupe de forçats marche avec une toute autre allure !...

Soit que la chaîne d'accouplement fût trop courte, soit que, par une faveur mystérieuse, on eût voulu isoler ces détenus, quatre forçats groupés par un lien qui unissait leur double chaîne s'avançaient péniblement.

Leur aspect était bien différent de celui des autres condamnés : quoiqu'ils fussent accablés par la fatigue, et que par moments le choc d'une pierre heurtée du pied leur tirât un douloureux gémissement, ils allaient gravement, le front haut, sans arrogance, et leurs visages respiraient la droiture et l'honnêteté en opposition marquée avec l'expression bestiale des détenus de la grande chaîne.

Sous la livrée du bagne, ces hommes avaient encore de fières mines, et l'un d'eux, le plus jeune, arrachait des cris de pitié du cœur des jeunes femmes assemblées pour voir passer la chaîne.

Quoiqu'il fût bien las, il soutenait les pas chancelants de son compagnon, un vieillard à barbe blanche.

— Joseph-le-Borgne, dit l'exempt qui commandait les troupes d'escorte, tu auras de la peine à amener les quatre traînards à Marseille, le vieux ne tient plus debout.

Le garde-chiourme interpellé était un colosse barbu, dont la mine repoussante était aggravée par l'absence de l'œil droit perdu dans une bagarre au bagne ; il répondit d'un ton bourru :

— Tu sais bien qu'à cause du joli cœur, on a ordre de les mettre en charrette s'ils ne peuvent pas marcher.

— Ces sacrés parpaillots, ils ont de la veine qu'on leur ait donné comme compagnon le jeune homme en question, fit l'exempt.

— Oh ! eux, je m'en moque ! fit le gardien d'un ton rageur ; mais le petit j'y tiens comme à la prunelle de mon dernier œil !

C'était là une des plaisanteries favorites du Borgne, et l'exempt crut devoir rire par politesse, puis il demanda en baissant la voix :

— C'est la recommandation de M. de La Reynie qui te le rend si précieux ?

— Oui ! certes, dit Joseph, et puis il y a aussi la petite blonde si mignonne qui nous suit...

— Ah ! elle te graisse la patte, animal ?

— C'est possible, mais ça ne suffirait pas.

— Alors ?

— C'est la fille du gros Thomas !

— Le charlatan du Pont-Neuf ?

— Oui.

— Eh bien ! je ne comprends pas.

— Tu ne sais pas que nos tristes positions se recrutent un peu partout, et que beaucoup de pauvres diables provenant des métiers de bateleurs et de marchands ambulants finissent par échouer dans nos professions de gardiens de prisons et de bagnes...

— Après avoir beaucoup marché, ils prennent leurs invalides...

— Oui, c'est cela. Eh bien, moi, je suis un ancien du Pont-Neuf, et j'ai fait partie de l'association ; alors, tu comprends : le père des compagnons, à nous autres, c'est Thomas...

L'exempt réfléchit un instant :

— Tu as raison, dit-il, quelque métier qu'on ait fait, on se souvient toujours des camarades, et quand j'aurai quitté le régiment, je ne l'oublierai pas.

— Ah ! voilà la petite blonde ! s'écria Joseph.

En effet, en arrière du convoi, une voiture accourait tirée par deux chevaux de poste.

Elle s'arrêta à quelques mètres de la dernière chaîne.

Une jeune fille en descendit. Elle portait au bras un panier et courut vers la chaîne.

— Arrivée à la hauteur du petit groupe, elle échangea un navrant sourire avec le plus jeune des trois forçats.

— Cyprien ! murmura sa fraîche bouche.

— Marie ! répondit dans un soupir le pauvre garçon.

Puis, vive et alerte, comme si depuis un mois qu'elle suivait les forçats, la fatigue n'avait pas eu prise sur elle, la gracieuse enfant s'approcha du farouche garde-chiourme, et lui tendit un gobelet rempli d'un pétillant vin du Rhône.

Joseph-le-Borgne lui tendit le verre vidé, et la remercia d'un sourire qu'on aurait cru impossible à cette rude figure.

Alors, ce fut le tour de l'exempt qui salua galamment, et enfin la pauvre Marie offrit à boire à Cyprien, et à ses trois compagnons.

Cependant, les forçats avaient vu de loin cette scène, et tout aussitôt un murmure avait couru dans les rangs ; les chants obscènes et grossiers s'étaient tus, les hommes débraillés avaient, avec un cliquetis sinistre de chaînes, réparé le désordre de leurs vêtements. C'est que l'ange des forçats, comme on l'appelait, allait passer le long de la chaîne.

En effet, Marie Brichon, la cruche d'une main, courait le long de la sinistre colonne, tendant le gobelet plein à tous les misérables, tandis qu'en arrière, trois voix graves et sonores entonnaient un psaume au chant large et puissant :

« *Seigneur, bénissez la main secourable!...* »

VII

LES GALÈRES

Devançons l'infortuné Cyprien sur sa route de douleur.

Et pendant qu'on le traîne avec la chaîne abjecte dont il est devenu un des anneaux vivants — vivants seulement pour la torture et pour la honte, — voyons par un coup d'œil anticipé ce qui l'attend au terme de ce cruel voyage.

Il est trop facile, hélas! de s'attendrir et de s'indigner en pareille matière. Le sujet comporte tant d'émotion et dégage tant d'horreur qu'il vaut mieux encore, tout compte fait, le traiter avec sang-froid et avec précision.

En un mot, comme en deux mille, Cyprien va aux galères... Son crime est d'avoir été trop homme de bien et d'avoir perdu l'appui du marquis de Corneville, en essayant de sauver l'enfant qui représente tout ce qui peut maintenant rester d'avenir et d'espoir à une race illustre. Voilà qui est entendu.

Il reste à savoir exactement ce qu'était la peine des galères sous Louis XIV.

La peine des galères consistait à servir, c'est-à-dire à ramer, c'est-à-dire à souffrir indéfiniment, c'est-à-dire à mourir le plus souvent à petit feu, quelquefois très vite, sur les navires qui portaient ce nom, et venaient directement de l'antiquité phénicienne, grecque et romaine...

Par sa forme, comme par toute son organisation, la galère est la négation absolue du progrès matériel et moral.

Elle n'a rien de commun avec les vaisseaux proprement dits qui forment la marine royale. C'est le navire primitif tout bas, très allongé, actionné par le bras humain prolongé lui-même par une sorte d'autre bras artificiel qui va, vient, brassant l'élément liquide et qui s'appelle « la rame... » C'est l'ignorance, c'est la barbarie qui flotte.

Les galères étaient essentiellement affectées à la Méditerranée dont elles ne sortaient pour ainsi dire jamais. Elles étaient par la forme, et surtout par l'âme — si l'on peut associer de tels mots — elles étaient proches parentes des négriers et de tous les vaisseaux montés par des pirates algériens, turcs, égyptiens, qui écumaient les flots classiques.

Toute la chrétienté avait pleuré pendant de longs siècles sur les mauvais traitements et les souffrances sans nom, qu'avaient endurés à bord des galères les chrétiens tombés dans les mains des infidèles.

Mais l'humanité ne pourra jamais assez rougir de la façon dont les gouvernements chrétiens imitèrent cet exemple, et du raffinement de cruauté avec lequel furent par eux traités les galériens — qui n'étaient pas toujours, hélas! comme nous serions tentés de le croire maintenant, des condamnés, ni des coupables.

Quand on rencontrait une galère en action, en plein travail, je veux dire en pleine mer, allant par exemple de Marseille en Algérie, comme on disait alors, on éprouvait une impression d'effroi.

De la terreur était produite par l'air martial de la galère, par la crudité hostile de tout un étalage de fauconneaux et d'espingoles groupés au-dessous de la gueule béante d'une longue pièce de canon qu'on appelait le *coursier*, et aussi par les soldats armés de fusils placés sur une sorte de plafond qui s'appelait la « rambarde »; une manière d'allée était ménagée de l'extrémité du pont pour le recul du coursier; à droite et à gauche de cette allée appelée la « coursive », étaient assis... non vissés, pour le jour et pour la nuit, des hommes sans culottes, sans souliers, sans bas, des hommes nus, couverts de toutes les gales et de toutes les vermines que peut faire éclore le soleil italo-africain chauffant en même temps à blanc les seaux tout proches plein d'excréments à découvert.

Au-dessus de ces jambes, de ces torses, on apercevait des têtes exténuées et farouches toutes convulsées par d'horribles grimaces : grimaces de tortures, grimaces d'injures, grimaces du désespoir, grimaces de la fatigue infinie, éternelle, qui n'a aucun repos à espérer et qui le sait.

Si la galère était, comme la plupart du temps, une galère dite « subtile », elle passait vite, car il y avait en général vingt-cinq bancs de forçats auxquels la présence du *comite* — on appelait ainsi le garde de la chiourme qui faisait les cent pas sur la coursine — communiquait une énergie extraordinaire, dont le geste, d'ailleurs très monotone, consistait à faire jouer sans relâche, banc par banc, au-dessus des baccalats et de l'apostis, le mécanisme simple, mais épique, de la rame gigantesque toute d'un même morceau, découpée dans le même arbre de hêtre.

La vision affreuse fuyait vite dans l'immense flamboiement des flots, mais elle laissait un souvenir ineffaçable : on revoyait toujours cette nef d'enfer avec ces têtes de démons si effrayants et de patients si lamentables, qui confondaient dans le même effort surhumain leurs énergies, leurs colères, leurs scélératesses, leurs perversités, ou simplement leurs infortunes, blanches de lividité, jaunes, et leurs figures brunes, noires ou rouges du rouge le plus éclatant.

Tout l'assortiment des types de la Méditerranée passa sur les galères et Dieu sait si les droits de la couleur y étaient hautement exercés. On y voyait des Savoyards — un jour qu'on manquait de rameurs le roi acheta pour ramer sur ses vaisseaux tout un lot de forçats savoyards — des Napolitains, des Génois qui étaient là comme volontaires, qui faisaient ce travail et portaient les fers pour quatre sous par jour (ils étaient appelés les *bonevoglii*); on y voyait des Maltais, des Candiotes, des Albanais ; on y vit même pendant un temps des Iroquois, qui avaient été attirés dans un piège pour grossir la chiourme puis transportés directement des grands lacs de l'Amérique septentrionale à la « Réale » de Marseille.

Et l'on pensait malgré soi longtemps, longtemps au *comite*, à l'homme qui marchait seul dans la coursive, parce qu'on savait que c'était lui qui tenait en respect toutes ces douleurs, toutes ces scélératesses ou tous ces désespoirs, avec le fouet toujours levé sur les reins nus, et s'abaissant souvent pour pas grand'chose...

L'obsession devenait particulièrement cruelle, — et au moment où nous sommes arrivés de ce récit la question devait se poser souvent, — quand on arrivait à se demander si telle ou telle figure plutôt douce, plutôt épouvantée qu'on avait aperçue et retenue au milieu de tout ce grouillement à la fois spectral et bestial, n'était pas celle d'un parfait honnête homme coupable seulement d'être protestant et de l'avoir montré en lisant une Bible, en conservant un psautier, envoyé aux galères comme de juste, pour ce seul acte, auquel on faisait faire un voyage « fatigant comme celui d'Alger » pour obéir aux dernières instructions de Son Excellence le ministre de la marine, M. le marquis de Saignelay.

Il est vrai qu'on ne voyait pas toujours les galères sous un tel aspect.

Quand on était un personnage, un étranger important ou un homme de qualité bien en cour, et qu'on allait, étant venu en Provence, saluer M. l'intendant de Marseille, il était bien rare que celui-ci ne vous invitât

pas à venir faire une visite à la Réale, c'est-à-dire à la flotte des galères.

Alors les galériens endossaient une belle casaque rouge, et la galère
faisait toilette.

Telle qu'une jolie femme, elle se revêtait des plus beaux atours. Elle
se couvrait littéralement de flammes, de banderoles, d'étendards;
et rien n'était d'un effet plus joli que les riches pavillons de taffetas
brodés aux armes du souverain en or et en soie, flottant fièrement au
vent.

On conduisait cérémonieusement les visiteurs à l'arrière du navire,
et on les faisait monter dans le « carrosse », — partie élevée qui était
quelque chose comme la dunette de commandement.

Là, ils éprouvaient une sensation d'éblouissement véritable ; rien n'était
plus majestueux, rien n'était plus magnifique que le spectacle qui se
présentait alors à leurs regards, — ce spectacle fait de tout l'éclat, de
tout le mouvement de vie intense de l'un des plus grands ports du
monde, qui apparaissait comme couché à leurs pieds, et autour d'eux
étaient multipliées toutes les élégances de l'art le plus raffiné : ils étaient
sous une somptueuse tente de damas cramoisi, toute frangée de crépines
d'or, décorée, avec un luxe inouï, d'étoffes rares, de fleurs, de tableaux,
de statues dont quelques-unes sortaient du ciseau de Puget. C'était
comme un reflet immédiat, direct de Versailles, qui se balançait sur la
croupe humide des flots.

Quand l'intendant faisait bien les choses, — et il les faisait toujours
admirablement, — on entendait les sons charmants autant que délicats
d'un excellent orchestre, — et la satisfaction du visiteur allait jusqu'à
l'enivrement.

La musique vocale était fournie par les galériens qui formaient un
chœur des plus pittoresques. Il est vrai que la « partie » de la chiourme
était des plus réduites ; elle consistait seulement à crier de temps en
temps en signe de réjouissance : *Hou ! hou !*

Et les choristes improvisés s'acquittaient de ce soin avec un entrain et
une énergie qui donnaient à la manifestation de leur joie une expression
plutôt sauvage que galante. C'était, à proprement parler, le seul détail de
la fête qui détonnât un peu, mais il disparaissait dans la beauté de l'ensemble, — et ceux qui avaient reçu les honneurs d'une telle réception se
retiraient émerveillés de ce qu'ils avaient vu à bord de la galère.

C'était, en effet, le triomphe de la mise en scène et de la couleur
juxtaposé aux horreurs de l'enfer, et pour ainsi dire rehaussé par leur
contraste.

Mais du côté des forçats, le tableau changeait...

Ce n'était pas tous les jours fête, il s'en fallait.

J'ai dit qu'ils étaient rivés les uns aux autres, qu'ils passaient leur vie attachés au banc de galère.

Pour toute nourriture, ils n'avaient qu'un peu de fèves à l'huile, un peu de lard, un peu de pain noir.

Ils étaient traités avec une brutalité, et l'on peut même dire une cruauté extraordinaires.

En chiffres exacts, la « chiourme » était exactement répartie par bâtiments de 118 galériens, sans compter 80 mariniers de rames, 92 soldats et 30 mariniers de *rambade*.

Les 25 bancs des galériens surveillés par le *comite*, flanqués de 10 gardiens, étaient resserrés dans un endroit appelé la « vogue ».

La « vogue » n'avait pas plus de vingt-cinq mètres de superficie. C'était là que s'écoulait tout le drame de l'existence de ces misérables.

La discipline était terrible.

Si un condamné se laissait aller jusqu'à frapper un gardien avec un bout de la chaîne à laquelle il était rivé, il était rompu, c'est-à-dire qu'on lui brisait les membres sur la roue avec une barre de fer.

Pour avoir tué un camarade, ils étaient pendus. Le châtiment, pensez-vous, était assez mérité. Mais pour avoir juré le nom de la Vierge ou le nom de Dieu, ils avaient la langue percée ; la première fois qu'ils essayaient de se sauver, on leur coupait l'oreille.

A la deuxième tentative d'évasion, ils avaient le nez coupé, et ils étaient condamnés à vie.

D'ailleurs, à l'époque, la durée légale de la condamnation aux galères n'avait qu'une signification relative.

En général, la nature des peines dépendait des circonstances. Quand le roi avait besoin de rameurs, on condamnait beaucoup aux galères.

« Le roi écrivait un jour (le 11 avril 1662) le ministre Colbert aux présidents des Parlements ; le roi m'a commandé de vous écrire ces lignes de sa part pour vous dire que Sa Majesté désire rétablir le corps des galères et en fortifier la chiourme par toutes sortes de moyens ; son intention est que vous teniez la main à ce que votre compagnie y *condamne le plus grand nombre de coupables qui se pourra* et que l'on convertisse même la peine de mort en celle des galères... »

En annonçant la condamnation de cinq galériens, Claude Fellot, intendant de Poitou, ajoutait avec placidité : « Il n'a pas tenu à moi qu'il n'y en ait eu davantage, mais *on n'est pas bien maître des juges.* »

En décembre 1676, il y avait à Marseille près de cinq mille forçats, mais la mort y faisait dans la chiourme d'affreux ravages.

Pour combler les vides, on eut l'idée d'envoyer sur les galères les vagabonds et les gens sans aveu, tels que les mendiants, les contreban-

S'agenouillant aux pieds de la supérieure, le pauvre Cyprien lui baisa
les mains. (Page 623.)

diers... Il fallait des rameurs ! Des paysans trop pressurés par l'impôt
multiple qui pesait sur eux faisaient-ils un semblant de révolte, on les
envoyait aux galères, et la plupart du temps ils mouraient avant d'y
arriver.

C'était un jeu de prolonger la peine des condamnés — et c'était un
jeu aussi de se procurer des « rameurs » par tous les moyens.

Rien n'est plus expressif à ce point de vue, plus caractéristique que l'anecdote suivante qui était racontée par un bon religieux du dix-septième siècle, le père Fournier :

« Il y a quelques années qu'un vice-roi de Sicile, s'apercevant que tout
» le pays, à cause de sa fertilité, se remplissait de ces fainéants et gros
» bélîtres qui se disloquaient les bras par artifice et se font venir, quand
» ils veulent, des ulcères plus horribles à voir que difficiles à guérir ; et
» que d'autre part, les galères du roi, son maître, étaient dégarnies, s'avisa
» d'un merveilleux expédient, car il institua des jeux publics vers le
» carême-prenant, et fit publier que tous ceux qui pourraient sauter,
» d'un plein saut, jusqu'à un tel endroit, auraient une pistole. — ceux
» qui viendraient jusqu'à une telle hauteur, un écu d'or...
» Au jour ordonné, il accourut une étrange multitude de ces individus,
» et tous ceux qu'on avait vus quatre ou cinq jours auparavant, étendus
» aux portes des églises avec des fistules dans les jambes, et des plaies
» gangreneuses, comparurent aussi frais et gaillards que les plus robustes
» lutteurs des jeux olympiques, et se présentèrent d'une contenance
» assurée pour sauter, et gagner la pistole. Or, ce malheur porta pour
» eux qu'ils gagnèrent plus qu'ils ne voulaient ; tous ceux qui pouvaient
» atteindre à la marque étaient assurés d'avoir une pistole ; mais on les
» marquait tous pour les envoyer aux galères, puisqu'ils étaient si dispos,
» et avec un saut, *ils gagnèrent leur vie pour dix ans.* »

. . . .

. . . .

C'était une joie pour les habitants de Toulon lorsque les galères quittant Marseille, qui était plutôt leur port d'attache, venaient dans le port de guerre rejoindre l'escadre. Aussi lorsqu'au mois d'août 1701, on signala l'approche des derniers navires à rames employés dans les marines d'État, ce fut un mouvement de curiosité dans la ville, d'autant que les galères étaient au complet.

La supérieure du couvent de Notre-Dame-des-Chaînes fut une des premières avisées.

En effet, la maison-mère de Toulon avait son annexe à Marseille et le dévouement des sœurs pour les galériens se montrait aussi bien au couvent de Toulon qu'à celui de Marseille.

Sœur Charlotte fut donc prévenue que des milliers de malheureux naviguant depuis la veille, couchés sur l'horrible banc de nage, allaient accoster au port du Mourillon.

— Mes enfants, préparons-nous à secourir les pauvres forçats, dit-elle à ses sœurs. Combien de ces hommes sont tombés épuisés par cette chaleur ? Nous tenterons de soulager ceux que la mort n'aura pas délivrés de leurs souffrances !

Un pêcheur dévoué aux pieuses femmes était venu les prévenir. La supérieure lui demanda :

— Cyrille, mon ami, dis-moi, crois-tu que toute la flotte des galères soit réunie?

— Oh! oui, ma mère, la rade est toute blanche de l'écume des navires qui sont bien nombreux.

— Mais pourquoi ce grand déplacement au mois d'août ?

— Ma mère, la guerre vient d'éclater entre l'Angleterre d'une part et la France et l'Espagne de l'autre. On dit que des escadres anglaises menacent les ports espagnols. Or, par le calme plat qui règne en ce moment en Méditerranée, la flotte française a grand'peine à se porter au secours des ports d'Espagne... On veut y envoyer les galères qui, malgré la lenteur de leur marche, vont jour et nuit sans être obligées d'attendre le vent.

Comme se parlant à elle-même, la sœur Charlotte conclut :

— Si toute la flotte des galères vient ici, le pauvre Cyprien doit être à bord puisqu'il est attaché à la comptabilité générale.

Et sur cette réflexion, elle donna l'ordre aux religieuses de se munir des caisses de secours contenant le matériel de pansement et les médicaments.

Bientôt la file des religieuses s'allongea sur la route du Mourillon, se dirigeant vers l'appontement des galères. Toutes étaient saluées par les habitants de la banlieue toulonnaise.

Et bientôt le touchant cortège se présenta à l'entrée des bâtiments servant de dépôt et d'arsenal pour les galères.

A la vue des saintes filles, les farouches garde-chiourmes laissèrent apparaître un sourire sur leurs durs visages et s'inclinèrent respectueusement devant celles qu'ils appelaient les anges du bagne.

C'est qu'elles prêtaient leurs concours à tous indistinctement, les bonnes sœurs de Notre-Dame des Chaînes, et que plus d'un des gardiens avait reçu les soins de celles qui avaient autant de pitié pour les forçats que pour leurs durs maîtres. Les galères arrivées dans l'avant-port avaient évolué avec un merveilleux ensemble, et, par un gracieux virage, avaient présenté l'arrière au quai du Mourillon.

Puis, lentement, sous l'effort des coups d'aviron qui s'étaient mis à battre l'eau au commandement de « Sciez arrière », les superbes et élégants navires étaient venus s'amarrer par la poupe de façon à n'avoir qu'à larguer les amarres et border les avirons pour prendre le large.

En tête de la ligne se tenait la galère du général en chef surmontée d'une immense flamme à son mât unique.

C'était une galéasse à 36 bancs de nage à bord de laquelle se tenait le *chef de l'escadre des galères;* elle était splendide avec ses peintures éclatantes, ses parties dorées et la riche ornementation de sa poupe et de sa proue.

Au moment où la supérieure de Notre-Dame des Chaînes s'approchait de la palmette de poupe qui touchait le quai, la porte du carrosse s'ouvrait et le capitaine en sortait.

A la vue de sœur Charlotte, il retira son vaste feutre à plumes et s'inclina respectueusement devant elle :

— Ah ! ma mère, lui dit-il du haut de la galéasse, je vois que quelque diligence que nous puissions faire, votre cœur nous devance et nos blessés trouvent toujours les secours prêts. Je vais faire substituer l'escalier à l'échelle afin que vous puissiez monter à bord.

Tandis que l'ordre s'exécutait, le capitaine de Saint-Tourvès se laissa glisser sur le quai du haut de l'espalier à l'aide d'un simple cordage.

L'officier était un jeune homme ayant bonne mine et fière allure.

De petite noblesse de la région, il n'avait pu facilement percer au milieu des aristocratiques officiers de la marine de guerre ; il avait préféré opter pour le service des galères, moins estimé que celui des vaisseaux à voiles, mais aussi plus facile pour l'avancement et plus avantageux au point de vue de la rémunération.

Lorsqu'il était arrivé quelques années auparavant, très recommandé par Seignelay, dont il était quelque peu parent par sa mère, il avait eu d'abord le commandement d'une petite galère ou brigantin, il avait fait preuve d'une grande habileté nautique et était rapidement arrivé au commandement de la galère capitane que le général des galères, un grand seigneur qu'on ne voyait presque jamais, montait aux jours de fêtes.

Ni pire ni meilleur qu'un autre, M. de Saint-Tourvès dédaignait de s'abaisser au rôle de garde-chiourme et laissait aux bas-officiers le soin de s'occuper des forçats, se cantonnant dans son rôle de marin et de chef de l'escadrille.

A peine eut-il touché terre, qu'il s'inclina avec respect devant la supérieure de Notre-Dame des Chaînes.

— Ma mère, dit-il, j'ai quelques malades à bord, mais déjà ils ont reçu les soins d'un concurrent qui a pris les devants.

La sœur Charlotte eut un éclair de joie dans ses yeux d'ordinaire un peu mornes :

— Cyprien ? dit-elle simplement.

— Oui, ma mère, votre protégé, qui est un merveilleux chirurgien... il s'est produit en cours de route un accident...

— Grave ? demanda la religieuse.

— Oui, le comite, mon meilleur officier, se trouvait dans la coursie lorsqu'un coup de tangage a détaché le gros canon que nous appelons le coursier.

— Oh ? mon Dieu, le pauvre homme a dû être blessé !

— En effet, et votre protégé qui, n'étant plus couplé depuis plusieurs années, a libre circulation, se trouvait assis près du canon.

Voyant le danger que courait l'officier, il s'est élancé, mais il était trop tard, le comite Dumartin a été renversé et la pièce lui a cassé une jambe ; il allait être écrasé complètement lorsque Cyprien a pu glisser un anspect sous les roues du canon et le maintenir jusqu'à ce qu'on eût relevé le blessé.

— Le brave cœur ! murmura la religieuse.

— Il a en outre soigné le comite avec une grande habileté et affirme que dans six semaines, au plus, mon officier sera sur pied et sans nulle trace de sa blessure.

— Vous voyez, capitaine, que vos bontés pour lui ne sont pas perdues !

— Certes, aussi ai-je voulu le récompenser de sa belle conduite.

— Ah ! merci.

— Eh bien ! lorsque je lui ai dit de me demander ce qu'il désirerait, savez-vous ce qu'il m'a répondu ?

— Comment pourrais-je deviner !

— Il ne m'a rien demandé pour lui, mais il m'a supplié de faire découpler un vieil enragé de parpaillot, qui avait été il y a dix ans son compagnon de chaîne et qui m'a l'air de vouloir rendre son âme au diable.

— Ah ! c'est bien lui, cœur généreux qui ne pense pas à lui-même !

— Comme je m'étais engagé, je lui ai accordé la faveur de laisser débarquer ce vieil enragé et il va vous le remettre ; mais s'il s'oubliait je n'ai pas voulu l'oublier...

— Que voulez-vous dire ?

— Je viens d'accorder à votre protégé une grande faveur.

— Laquelle ?

— Je lui ai fait enlever la chaîne qu'il portait au pied et il n'a plus que le cercle de fer de la ceinture, ce qui lui permet d'aller et venir sans fatigue.

La supérieure allait se confondre en remerciements, lorsque Cyprien vint en haut du château d'arrière ou l'escalier venait d'être posé.

Depuis plus de dix ans qu'il était aux galères le pauvre garçon avait bien changé, mais si l'âge et la souffrance lui avaient donné une mine plus mâle et bronzé le teint, ses traits un peu durcis avaient conservé leur fierté et leur distinction.

— Capitaine, puis-je faire descendre le comite ? demanda-t-il.

— Parfaitement, et voici madame la supérieure qui va le recevoir à l'infirmerie du couvent.

Quatre forçats furent couplés, deux par deux, apparemment, portant la civière sur laquelle le blessé était étendu.

Dès qu'il fût à terre une religieuse prit la tête du cortège qui allait s'éloigner, lorsque Cyprien demanda :

— Capitaine ?

— Que veux-tu ?

— Vous avez eu la bonté de me promettre ?... Il n'osait achever...

— Oh! oui, je te vois venir, tu veux aussi débarquer ton parpaillot!

Cyprien sourit en signe d'acquiescement.

— Allons, va! emmène-le, il n'en a pas pour longtemps et j'espère qu'au milieu de ces saintes femmes il abjurera son hérésie avant de mourir.

Une seconde civière s'avança sur l'escalier, portée par des forçats.

Un vieillard y était étendu, dont la maigreur effrayante et la pâleur sinistre faisaient peine à voir.

Malgré sa barbe blanche inculte et la décomposition de ses traits, une expression de pieuse résignation répandait un grand calme sur sa face ravagée.

Comme la civière passait devant Cyprien, le vieillard entr'ouvrit les yeux et d'une voix faible murmura :

— Merci, mon fils, je vais bientôt aux pieds du Très-Haut et je le prierai afin que tu échappes à cet effroyable enfer!

S'agenouillant aux pieds de la supérieure, le pauvre Cyprien lui baisa les mains, tandis que le triste cortège s'éloignait.

— Je suis bien heureux de vous revoir, mon ami, lui dit la sœur Charlotte, voilà plus de deux mois que je n'avais de vos nouvelles, mais je savais que ma petite Marie veillait sur vous à notre maison de Marseille.

— Si Marie n'est pas encore arrivée elle ne doit pas être loin, car elle a dû partir il y a deux ou trois jours de Marseille, pour venir auprès de vous, répondit le jeune homme.

— Eh bien! si le capitaine le permet, vous viendrez tout à l'heure soigner l'officier blessé et nous indiquer les pansements à faire...

La demande indirecte était habilement basée sur l'intérêt que portait le capitaine à son officier, aussi l'autorisation fut-elle accordée.

— Nous avons des blessés dans l'entrepont, ma mère, dit Cyprien.

— C'est bien, voici nos infirmières et nous allons monter à bord.

Ce fut un bien lamentable spectacle qui s'offrit aux yeux de sœur Charlotte, et quelque habituée que fût la religieuse à cette triste scène souvent renouvelée devant ses yeux, elle ne put retenir un soupir de douleur.

Les forçats étaient encore à leur place sur les bancs de nage, et la plupart s'étaient laissé tomber, écrasés par l'effrayante fatigue d'une rude traversée contrariée par le vent debout.

Chaque banc comportait deux couples de forçats, et ces quatre hommes devaient suffire bien juste à la manœuvre du gigantesque aviron qui pendait le long des flancs de la galère.

— Dans quel triste état sont ces malheureux! dit la supérieure à une vieille religieuse qui l'accompagnait.

Voyez, leurs mains sont ensanglantées!

— Tenez, reprit la sœur, en voici un qui a eu la main écrasée sans doute entre sa rame et l'apostis.

D'autres galériens épuisés avaient dû abandonner leur rame un moment, car leurs dos nus étaient zébrés de lignes sanglantes tracées par le fouet des garde-chiourmes.

Tandis que les religieuses secouraient les malheureux, la supérieure achevait sa tournée, puis se dirigeait vers le couvent accompagnée de Cyprien, heureux de la permission accordée par le capitaine, faveur immense lorsqu'on pense à la triste condition des autres galériens.

C'est que depuis dix ans que le pauvre faisait partie de la triste troupe des forçats, il avait vu peu à peu son sort s'améliorer.

D'abord, soumis à l'affreux régime des autres détenus, le malheureux jeune homme n'avait pas tardé à tomber malade. Abandonné sans aucuns soins, séparé de son compagnon de chaîne, il avait vu son état s'aggraver.

Heureusement que le gardien-chef qui l'avait amené pouvait arriver jusqu'à lui.

Joseph-le-Borgne n'oubliait pas Marie Brichon, et il la prévint dès qu'il sut l'état de Cyprien.

La jeune fille avait revêtu le costume des nonnes de Notre-Dame des Chaînes et habitait le couvent d'Endoume.

La supérieure était en ce moment à la maison de Marseille, et comme elle s'intéressait vivement au sort des deux pauvres enfants, elle résolut de faire une démarche pour obtenir que le malade lui fût confié.

Grâce au prestige qui entourait son ordre et son origine aristocratique, sœur Charlotte jouissait d'un grand crédit auprès des capitaines des galères, et elle obtint que le pauvre Cyprien fût transporté au couvent.

L'allure fine et distinguée du jeune homme, la douceur et l'énergie unies dans ce corps élégant avaient d'ailleurs fait bonne impression sur ses chefs qui s'étaient enquis de son histoire.

A cette époque où les galères recélaient surtout des huguenots, le fait d'une condamnation comme celle dont était frappé Cyprien constituait une moindre infamie, d'autant que pour tous les esprits sans passion, l'affaire n'était pas claire, et l'on soupçonnait de suite quelque louche machination contre un jeune bâtard de bonne famille.

Aussi, comme la bâtardise de grande race n'était nullement infamante, Cyprien trouvait aux galères des esprits bien disposés en faveur d'un catholique noyé parmi ces damnés protestants pour lesquels aucune pitié n'était admise.

La maladie du pauvre Cyprien fut longue, mais malgré ses souffrances, ce fut encore le moment le plus heureux de ces dix années que les deux mois passés entre la vie et la mort, soigné par sa chère Marie et par les bonnes sœurs de Notre-Dame des Chaînes.

La supérieure s'était sentie, dès le premier jour, une profonde sympathie pour ce jeune homme, si différent des criminels de droit commun, êtres vils, plus voisins de la bête que de l'homme, qu'elle avait coutume de soigner. Il était aussi bien différent des tristes et sombres martyrs du protestantisme qui ne savaient que chanter des psaumes, en réponse aux exhortations des religieuses... Cyprien rétabli dut regagner son poste; mais sur l'ardente prière de la supérieure, et vu son état extrême de faiblesse, il ne fut pas accouplé de nouveau, et ne reprit pas sa place au banc de nage.

Grâce à son instruction et à sa belle écriture, on le plaça à la comptabilité du bagne, et sauf l'alimentation et le couchage, il put jouir d'un régime de faveur.

Bien mieux, lors des visites des sœurs aux malades et aux blessés, il pouvait se trouver sur leur passage, et s'entretenir avec sa chère Marie qui ne manquait jamais une des occasions qui s'offraient de pénétrer dans les locaux du bagne.

Malgré les promesses de M. de La Reynie, la grâce ne venait pas, et le séjour aux galères du malheureux se prolongeait ainsi depuis plus de dix ans.

Il avait fini par n'avoir plus d'espoir et attendait tristement, bien découragé, soit l'expiration de ses vingt ans de galères, soit la mort, la grande libératrice des prisonniers.

C'était dans cette disposition d'esprit qu'il se dirigeait vers le couvent de Notre-Dame des Chaînes.

Malgré tout, la jeunesse reprenait peu à peu ses droits, et l'âme de Cyprien s'ouvrait à des pensées moins tristes à mesure qu'il avançait à travers les faubourgs de Toulon.

Pour la première fois depuis dix ans, le pauvre garçon se trouvait seul, libre, hors des murs du bagne.

La route poudreuse, les oliviers grillés par le soleil, lui semblaient admirables.

Des enfants jouaient et criaient sur le pas des portes des chaumières,

Elle poussa un cri strident : Cyprien! Cyprien! cria-t-elle. (Page 628.)

des cultivateurs passaient en chantant se rendant à leurs champs, ou conduisant des chariots attelés de mulets.

Cyprien ne sentait plus cette lourde chaîne lui frapper les talons, et le cercle de fer qui lui enserrait la taille lui semblait une ceinture légère.

Cyprien était bien venu déjà plusieurs fois à la maison de Toulon, mais c'était en corvée commandée, avec d'autres forçats, sous la conduite d'un gardien, tandis qu'aujourd'hui, par une faveur inespérée, on le laissait seul, libre pour quelques heures!... Doucement, sœur Charlotte lui comptait les efforts que l'on faisait pour lui.

Sa grâce était demandée au roi et nul doute qu'on ne l'obtînt.

Le pauvre garçon hocha tristement la tête ; il se savait un puissant ennemi à la Cour et il doutait.

On arriva enfin au couvent-hôpital de Notre-Dame des Chaînes.

Comme la supérieure et le forçat allaient franchir la petite porte donnant accès dans le vestibule, une personne s'élança vers eux.

Il y eut deux cris qui se confondirent :

— Cyprien !

— Marie !

Et les deux pauvres jeunes gens tombèrent dans les bras l'un de l'autre.

Marie Brichon, ayant appris que l'escadre des galères se dirigeait vers Toulon, avait voulu tenter de l'y rejoindre et était accourue de Marseille. Cyprien se laissa tout d'abord aller à la joie de cette entrevue et c'était un spectacle curieux que les épanchements de ce forçat et de cette jeune fille en costume de novice.

Tandis qu'ils s'entretenaient dans le vaste parloir du couvent, un bruit de voix vint les troubler.

Deux personnages richement habillés venaient d'être introduits.

Une grande ressemblance semblait indiquer que ces deux hommes étaient proches parents, peut-être frères, quoique l'un commençât à être un vieillard, tandis que l'autre ne devait pas avoir encore atteint la quarantaine.

Marie Brichon les reconnut pour les avoir déjà vus au couvent, et elle les nomma à Cyprien.

— Ce sont les frères Anfretti, deux très riches marchands vénitiens.

— Que viennent-ils faire ici ? demanda le galérien.

— Ces braves gens ne passent jamais par Toulon sans s'informer de la santé d'une pauvre femme folle qu'ils ont confiée un jour, il y a dix ans, à la garde de la supérieure.

Ils récompensent le couvent des soins qu'on lui donne par de magnifiques dons.

— C'est une de leurs parentes !

— Non, cette malheureuse a été trouvée par eux en Normandie sur la grande route.

— Ils l'ont amenée jusqu'ici !

— Oui, cette pauvre femme a dû perdre la raison à la suite de quelque drame terrible ; elle était terrifiée et craignait toujours que des ennemis qu'elle se figurait voir allaient la tuer.

— Quelle curieuse histoire !

Marie Brichon qui parlait à demi-voix baissa encore le ton et ce fut dans un murmure qu'elle ajouta :

— La supérieure a dû recevoir d'elle certaines confidences, car elle m'a dit que cette infortunée appartenait à une famille protestante et que son enfant lui avait été enlevé.

— Son enfant ?

— Oui, elle réclamait toujours dans son délire un enfant qu'on lui a pris et elle se plaignait en même temps que des dragons du roi la menaçaient.

— Tout cela est bien étrange ! fit Cyprien en se passant la main sur le front comme pour en chasser une idée importune.

A ce moment, la supérieure entrait dans le parloir et tendait ses mains aux Vénitiens qui les baisèrent respectueusement.

— Votre protégée continue d'aller de mieux en mieux et elle a même eu des éclairs de raison depuis quelques mois.

— Ah ! tant mieux, madame la supérieure, s'écria le plus jeune des marchands avec une joie évidente.

— Vous allez en juger vous-même, car la voici.

Une porte s'ouvrait et une femme revêtue du costume des novices entra, conduite par une sœur converse.

La malheureuse protégée des Anfretti n'avait pour ainsi dire pas vieilli depuis dix ans et sa beauté s'était conservée intacte.

Elle avait encore plus grand air sous le voile des novices et son pauvre visage morne s'anima à la vue des deux frères.

Ce fut de cette voix chantante qui caractérise certains fous, qu'elle dit :

— Ah ! voilà Paolo... Vous êtes bien gentil de venir me voir ; il y a longtemps, bien longtemps, que vous n'êtes venu...

Paolo Anfretti voulut balbutier quelques mots, mais l'émotion lui serrait la gorge.

Brusquement, un pli se creusa dans le front pur de la pauvre folle et ce fut d'une voix rauque qu'elle demanda :

— Avez-vous trouvé ma fille ? je veux ma fille ? chassez les dragons, ils sont les complices de mon mari.

Depuis que la folle avait été introduite dans le parloir, Cyprien, qui se tenait avec Marie Brichon dans un angle obscur, n'avait pas prononcé un mot.

A la vue de l'infortunée, il avait saisi nerveusement la main de son amie et, haletant, il observait avec une fixité étrange, la protégée de Vénitiens.

Il semblait que toute son âme passait dans ses yeux, et Marie Brichon fut effrayée de son expression, lorsqu'il se leva, et s'avança lentement vers le groupe.

A la vue du galérien, reconnaissable à son costume, les marchands eurent un geste d'étonnemment; mais Cyprien ne les voyait pas, son attention était entièrement absorbée par la folle.

Ce ne fut que quand il se trouva à deux pas d'elle, en pleine lumière, que la malade tourna ses regards vers lui.

L'effet fut foudroyant.

Elle poussa un cri strident :

— Cyprien ! Cyprien ! cria-t-elle, tu sais où est ma fille, donne-la moi ! Ne laisse pas son père la prendre, il la tuerait !

Et la malheureuse s'abattit lourdement à terre, évanouie.

Tandis qu'on s'empressait autour d'elle, Paolo s'élança vers le galérien.

— Vous connaissez cette femme ? Qui est-elle ? Que savez-vous ? demanda-t-il.

— Je sais quelle est cette malheureuse, et nous l'avions bien cherchée à l'époque où vous l'avez trouvée répondit le jeune homme.

— Mais quelle est-elle ? quel drame affreux l'a jetée sur notre route ?

— Je ne puis parler que seul à la supérieure de ce couvent, répondit Cyprien, il ne m'appartient pas de livrer le secret de cette pauvre martyre.

Sur un signe de sœur Charlotte, tous se retirèrent, et resté seul avec elle, Cyprien lui dit en peu de mots les malheurs de madame de Lucenay.

La supérieure de Notre-Dame-des-Chaînes, réfléchit un moment, puis elle conclut :

— Je ne sais encore ce qu'il faudra faire ; en attendant, je ne révélerai pas l'identité de notre pauvre malade.

— Même à ces étrangers qui semblent s'intéresser si vivement à elle ?

— Même aux frères Anfretti.

Cyprien, bouleversé par cette étrange découverte, se dirigea vers l'infirmerie où il s'absorba dans sa tâche de chirurgien, oubliant tout du moment où il exerçait sa noble profession.

Son ancien compagnon de chaîne, le vieux protestant, était étendu dans un lit, chose pour lui bien nouvelle, car depuis dix ans il n'avait connu que le banc de la galère ou les planches du lit de camp du bagne les jours de débarquement.

Mais, hélas, ce lit était évidemment sa couche funèbre.

Sur ses traits d'une maigreur effrayante, une pâleur s'étendait, transperçant sa peau bronzée par le soleil, hâlée par le vent; ses yeux caves, enfoncés profondément dans l'orbite, étaient à demi-clos et par moments affreusement tournés ; un râle horrible s'échappait de sa poitrine, mêlé à des paroles vagues échappées au délire.

Le jeune homme, penché sur le malade, l'examinait avec attention.

— Eh bien ? demanda Marie Brichon qui se tenait près de lui.

Cyprien eut un hochement de tête significatif.

— Nous le soignerons bien, on pourra peut-être le sauver ? demanda la jeune fille.

— C'est la fin, répondit le jeune galérien avec la brutalité de l'homme de science.

La machine est usée et nous ne pouvons reconstituer un corps humain surtout lorsqu'il est brûlé par tous les bouts.

Le malheureux huguenot entr'ouvrit lentement les yeux et son regard, troublé par les approches de la mort, se fixa sur son ancien compagnon de chaîne.

— Cyprien, murmura-t-il d'une voix à peine perceptible, Cyprien vous êtes bon ; Dieu qui plane au-dessus de nos querelles vous récompensera.

Remerciez ces pauvres femmes des soins qu'elles me prodiguent, à moi, qu'elles considèrent comme l'ennemi de leur religion... Dieu est unique, le même pour tous, et qu'importe l'erreur des uns ou des autres, la foi de celui qui croit lui fait pardonner son erreur...

Le souffle manqua un moment au moribond.

Il continua d'une voix qui allait en s'affaiblissant :

— Je vais bientôt savoir !... Dans quelques instants je serai au pied du Très-Haut qui me jugera...

— Nous allons vous sauver, vous guérir, dit doucement Marie Brichon.

Le vieillard eut un sourire d'une triste ironie :

— C'est la fin, je le sens, dit-il, je ne souffre plus... Me guérir c'eût été prolonger mes souffrances et dix ans d'agonie suffisent pour expier les fautes qu'on a pu commettre. Je sens le froid qui monte... La mort c'est la délivrance...

Un long râle coupa la voix du mourant ; puis, se redressant à demi sur son lit d'agonie, les yeux hagards, secoué par un spasme effrayant il cria :

— Seigneur me voici !... Tu as enfin pitié de moi !... Je me remets entre tes mains...

Un soupir effrayant s'exhala de sa poitrine et il retomba inerte, tandis que ses yeux grands ouverts semblaient contempler avec une expression d'étonnement un spectable invisible à tous.

— C'est fini ! dit simplement Cyprien, tandis que Marie Brichon et les autres sœurs s'agenouillaient près du lit.

Comme Cyprien se retirait et se dirigeait vers le parloir du couvent, un bruit de chevaux se fit entendre dans la cour extérieure.

Instinctivement le jeune homme jeta un coup d'œil par la fenêtre, puis avec un cri de joie, il s'élança vers la porte qui donnait accès dans cette cour.

Un superbe cavalier, dont le beau et sévère costume des mousquetaires noirs était souillé de poussière, descendait de cheval tandis que deux soldats formant son escorte, se précipitaient pour lui tenir sa noble bête.

Dans un angle de la cour, Joseph le Borgne rassemblait les forçats qui avaient apporté les blessés et les mettait en rang pour se rendre en ville faire les corvées d'approvisionnement.

Le capitaine de Saint-Tourvès entrait au même moment dans la cour.

Quel ne fut pas son étonnement de voir le brillant mousquetaire tomber dans les bras du galérien Cyprien et l'embrasser longuement.

Ce brave de Saint-Tourvès n'en revenait pas !

— Comment se disait-il, voilà un officier des mousquetaires, c'est-à-dire un homme qui a au moins le pas sur un colonel, puisque son colonel est maréchal de France, un homme qui appartient forcément à la plus vieille noblesse et qui jouit d'une des plus belle situations de la Cour, et cet homme saute au cou d'un de nos forçats ?

Il en était là, lorsqu'il vit le mousquetaire et Cyprien s'avancer vers lui :

— Monsieur de Saint-Tourvès, dit l'officier, avec un gracieux sourire et cette aisance que donnait l'habitude de la Cour, je prends la liberté de me présenter à vous et de vous demander en grâce un service.

Je suis M. Fabrice de Préval, lieutenant en premier aux mousquetaires de Sa Majesté, et j'ai l'honneur de vous demander d'accorder l'après-midi à mon pauvre ami, le chevalier de Verderonne, me portant garant de sa parole qu'il réintègrera le bord au couvre-feu.

La politesse de Fabrice, qui occupait un rang supérieur au sien, flatta singulièrement le brave méridional dont la vanité était le côté faible.

— C'est une grande joie pour moi, déclara-t-il en saluant jusqu'à terre, que de faire la connaissance d'un des brillants officiers de Sa Majesté, et je ne saurais trop fêter une telle rencontre, en vous accordant ce que vous me faites l'honneur de me demander.

D'ailleurs, Cyprien jouit à mon bord d'une situation toute particulière, qui ne fera que s'améliorer, du moment qu'une aussi haute personnalité s'intéresse à lui :

Il y avait loin du Saint-Tourvès cherchant à se donner des airs de cour, pour se mettre à la hauteur de M. de Préval, au Saint-Tourvès grossier et brutal à son bord.

Cyprien contenait difficilement l'envie de rire que lui inspirait le petit hobereau provençal, mais il était bien heureux de pouvoir passer quelques heures avec son cher Fabrice, qu'il n'avait pas vu depuis des années.

Le pauvre Cyprien sentait que cette arrivée imprévue devait être motivée par de gros événements, et il lui sembla qu'il y avait là un bon présage pour lui.

Sa pensée se reporta vers le martyr qui venait d'expirer dans ses bras, et la bénédiction du moribond lui parut déjà s'étendre sur lui.

Cependant M. de Saint-Tourvès avait engagé une longue conversation avec Fabrice.

Ce dernier lui contait l'affreuse erreur judiciaire dont Cyprien était la victime, et comment le doute, au lieu de profiter à l'accusé, avait été exploité contre lui par l'accusation.

Le capitaine de la galère-amirale n'avait jamais attaché beaucoup d'importance à ce que lui avait dit Cyprien, mais la chose devenait grave dans la bouche d'un officier du roi, et lorsque Fabrice lui dit en concluant que l'affaire allait être portée devant Sa Majesté, qui gracierait sans doute le malheureux galérien, M. de Saint-Tourvès se promit bien de combler Cyprien de nouvelles faveurs, afin d'avoir plus tard un protecteur puissant dans Fabrice de Préval.

Pour conclure, il fallut frapper un grand coup :

— Vous ne connaissez pas nos galères, monsieur de Préval ? demanda-t-il.

— Non, monsieur, et j'avoue que je ne serais pas fâché d'en visiter une si les règlements le permettent.

— Mais ce sera pour moi joie et honneur que de vous recevoir à bord de la plus belle d'entre toutes, dont j'ai le commandement.

Mais une galère au port est un oiseau privé de ses ailes, et si vous voulez bien me faire le plaisir demain de venir à mon bord, à cinq heures du matin, nous irons faire un tour en mer.

— Je crains de vous déranger, et je n'ose accepter, car vous êtes en approvisionnement.

— Oh! nous avons plusieurs jours pour embarquer des vivres, des munitions et du matériel de guerre que nous devons porter à Carthagène, sur la côte d'Espagne.

— Ah ! vous allez combattre, sans doute.

— Mais oui, les Anglais ont lancé des escadres dans la Méditerranée pour tenter quelques mauvais coups contre les ports du roi Philippe V, petit-fils de Sa Majesté Louis XIV.

— Notre éternel ennemi Guillaume d'Orange a refermé contre nous une formidable ligue, répondit de Préval en secouant la tête, je viens de l'armée d'Italie où Catinat se fait battre par le prince Eugène.

— Ah! que n'avons-nous encore un maréchal du Luxembourg !...

— Hélas! nos grands chefs sont morts!

— Et on ne les a pas remplacés!

— Allons, monsieur de Préval, chassons les idées tristes... Finissez cet après-midi avec votre protégé, et je vais vous demander la permission de me retirer, afin de préparer notre promenade de demain.

Cyprien qui avait entendu cette conversation, quoiqu'il se tînt à distance, poussa un soupir, car il songeait aux malheureux galériens, ses compagnons, qui allaient, de par le fait de la promenade improvisée, subir un supplément de misère et de souffrances.

Resté seul avec le pauvre garçon, Fabrice lui déclara qu'il avait de graves nouvelles à lui apprendre. Il voulut l'emmener en ville, mais d'un geste Cyprien montra son ignoble livrée, la culotte rapiécée et la veste déguenillée de galérien.

Sur un ordre de Fabrice, un des soldats jeta sur les épaules de Cyprien un justaucorps qu'il mettait pour le pansement des chevaux.

En l'aidant à en passer les manches, Fabrice ne put retenir un cri de pitié : il venait d'apercevoir, rivé autour de la taille du jeune homme, l'affreux cercle de fer où un anneau attendait l'extrémité de la chaîne.

Lorsque la livrée d'infamie fut un peu dissimulée, les deux amis se dirigèrent vers une guinguette dont les berceaux couverts de vignes se dressaient sur le bord de la mer, le long de la route de la Corniche. —

En quelques mots, Fabrice de Préval raconta ce qui lui était arrivé ces dernières années.

Envoyé plusieurs fois à l'armée, le vaillant garçon s'y était distingué de nouveau, et la faveur du roi l'en avait récompensé. Il aurait pu briguer une charge à la cour, mais de Préval n'avait pas un tempérament de courtisan, et il se contenta de monter en grade aux mousquetaires noirs, refusant un régiment que le roi lui avait offert.

D'ailleurs, madame Hélène de Préval ne voulait point paraître à la cour du roi qui avait fait disparaître son père dans quelque affreux cachot. Sans nouvelles du malheureux vieillard depuis dix ans, on devait le considérer comme mort.

— Poussé par Hélène qui conserve toujours un vague espoir, continua l'ex-bailli de Corneville, je fis dernièrement une grave tentative qui eut des résultats inattendus...

— Que s'est-il passé ? demanda Cyprien vivement intéressé.

— Le ministre actuel de la guerre, qui se nomme Chamillard, m'a pris en amitié.

— Ah ! tant mieux !

— De plus, ce ministre a une maîtresse.

— C'est assez ordinaire.

— Oui, mais ce qui l'est moins, c'est le nom de cette maîtresse...

— Et ce nom ?

— Je vous le donne en mille à deviner !...

— Comment voulez-vous que je devine ?

— Vous la connaissez.

— Moi ?

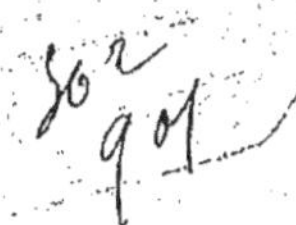

Reconnaissez-vous votre protégé sous ce costume? dit-il. (Page 637.)

— Oui, vous !

Et avec un sourire narquois qui en disait long, Fabrice de Préval ajouta :

— Vous l'avez beaucoup connue ?

— Ne me faites pas languir...

— C'est l'honnête épouse d'un digne notaire venue exprès de Normandie, pour faire le bonheur du ministre de la guerre.

— Pauline ! Pardon, madame Dufresnoy ! s'écria Cyprien en rougissant.

— Ah ! vous ne serez jamais un diplomate, mon pauvre ami, et voilà une exclamation qui est un aveu... Passons... Madame Dufresnoy, devenue baronne de Regneville, m'a pris sous sa protection.

Je lui ai demandé de m'aider à savoir ce qu'était devenu le marquis de Corneville.

Elle a paru d'abord suffoquée de mon désir, puis m'a déclaré que sa canaille de mari (il paraît qu'ils sont brouillés à mort) devait être pour quelque chose dans la disparition du malheureux marquis.

— Comment, madame Dufresnoy est mal avec son mari ?...

— Oui, celui-ci est au service de la marquise Du Mesnil dont l'influence est toujours grande et il y a une rivalité féroce entre la maîtresse du Chamillart et la marquise Geneviève.

— Tiens, c'est étrange, fit Cyprien.

— Je continue mon récit, reprit de Préval. Je détrompai madame la baronne de Regneville et lui prouvai que le roi seul avait fait enfermer le marquis, afin, d'ailleurs, de lui éviter l'échafaud sur lequel sont montés ses complices.

Elle a bien voulu faire agir Chamillart qui fit faire des recherches au nom du roi.

On trouva l'entrée du marquis à la Bastille mais il en était sorti presque aussitôt pour une destination inconnue.

Je comptai alors à madame Dufresnoy l'histoire de votre visite au gouverneur de la Bastille et cette fine-mouche n'hésita pas.

Elle me déclara que pour dépister les gens qui paraissaient s'intéresser au marquis, on l'avait fait rayer des registres d'écrou puis partir sans doute plus tard pour une autre prison sous un faux nom.

Elle ne douta pas une minute que le coup ne vînt de Geneviève Du Mesnil, sur laquelle elle a l'air d'en savoir long.

— Oh ! comme c'est curieux, voilà que vous avez comme alliée celle qui fut une de mes ennemies !

— Oui, et une bonne alliée ! Vous allez d'ailleurs la voir tout à l'heure.

J'ai donc continué mes recherches, et, prenant tous les noms d'inconnus qui ont quitté la Bastille depuis dix ans pour une autre destination, j'ai suivi la trace de ces détenus.

Depuis deux ans je cours à travers la France entre deux campagnes et je n'ai rien trouvé. Je suis d'ailleurs secondé par mon fidèle Norré.

— Le beau Norré ?

— Oui, celui qui, après avoir enlevé mon Hélène, me l'a si heureusement rendue.

— Comment êtes-vous venu dans le Midi ?

— Pour deux raisons : la première, c'est qu'il me restait deux pistes à suivre : un nommé Rousselet, transféré de la Bastille au château d'If, et un autre détenu, beau vieillard à barbe blanche, qui a été conduit à l'île Sainte-Marguerite sous le nom roturier de Bertin.

— Avez-vous tenté de savoir si l'un de ces hommes pouvait être le marquis ?

— Norré a pu s'introduire au château d'If.

— C'est une opération peu commode !

— Mais vous savez bien que Norré arrive à bout des plus grandes difficultés !

— C'est vrai !... Eh bien ?

— Le Rousselet en question était un ancien serviteur de madame de Maintenon qui en savait trop long et avait trop parlé.

— Et pour le détenu de Sainte-Marguerite ?

— Pour celui-là, je ne sais rien encore, et j'irai ces jours-ci ; jusque-là j'ai un ordre du ministre de la guerre qui me permet de visiter tous les châteaux-forts de nos frontières maritimes pour une enquête sur la défense des côtes ; mais vous ne me demandez pas quelle est la seconde raison de mon voyage à Marseille et à Toulon ?

— Ah ! c'est vrai ! Et cette seconde raison ?

— C'est vous !

— Moi !

— Oui, vous ! mais ce n'est pas le simple désir d'avoir de vos nouvelles et de vous voir qui m'amène, car je connais par les lettres de Marie Brichon à son père tous les moindres détails de votre triste existence.

— Mais alors ?

— Je viens vous prévenir que l'on se remue en votre faveur et que nous tentons un grand effort pour obtenir votre grâce.

— Je ne comprends pas ! vous dites nous...

— Eh bien, oui, madame Dufresnoy et moi !

— Pauline s'occupe de moi ?

— Oui, Pauline, que vous ferez bien d'appeler madame la baronne ne vous a pas oublié, et lorsque je lui ai appris votre triste sort, les larmes lui sont venues aux yeux.

— Mais alors je suis sauvé !

— Non, pas encore, car quelque puissante que soit madame Dufresnoy, la marquise Geneviève l'est encore plus et si elle apprend qu'on demande votre grâce, elle tentera l'impossible pour que vous ne reparaissiez jamais parmi l'humanité dont elle voudrait tant vous voir rayé définitivement.

— Cette bonne marquise, comme je le lui rends bien ! s'écria Cyprien avec un sourire amer. Quant à moi, je n'ai qu'un rêve, qu'un seul désir, c'est de la voir monter sur l'échafaud qu'elle a mérité tant de fois !

— Espérons que ce jour arrivera et que la pauvre famille des Corneville sera vengée.

Fabrice et Cyprien restèrent un moment plongés dans leurs sombres réflexions, puis l'ancien bailli de Corneville reprit :

— Vous avez su ce qui était arrivé pour le petit Henry de Corneville ?

— Oui, Marie m'a appris que le grand Thomas n'a plus retrouvé à la Grève le batelier à qui il avait confié le pauvre enfant et que toutes ses recherches ont été vaines...

— Qu'a-t-il pu devenir ? Hélène, qui réclamait son neveu, tout heureuse de recueillir l'héritier de sa famille et de le faire réintégrer dans son château, a été profondément désespérée de ce nouveau malheur.

— Oh ! mon Dieu, s'écria Cyprien, ne daignerez-vous pas un jour étendre votre main sur les Corneville et leur rendre leur antique splendeur ?

. . . .

Le capitaine de la galère-amirale était un malin et lorsqu'il faisait les choses, il ne les faisait pas à demi. Aussi, voulant montrer sa galère sous son meilleur aspect, il se méfia de ces coquins de galériens, gens mal intentionnés qui, pour le vexer, seraient bien capables de se laisser un peu mourir en route.

En venant de Marseille on en avait jeté deux par-dessus bord, et comme la journée du lendemain promettait d'être chaude, il fallait éviter que pareille mésaventure se produisît devant l'hôte de marque.

M. de Saint-Tourvès ordonna donc que l'on servît aux forçats un bon repas complètement différent de l'atroce pitance de l'ordinaire.

Afin que les hommes puissent bien dormir, il fut décidé qu'ils seraient détachés et pourraient coucher à leur guise sur la rambade ou dans la coursive.

Le soir même, on commença la toilette de la galère, opération confiée à des calfats et des tapissiers spéciaux aidés de quelques galériens privilégiés.

Des étoffes superbes, sorties de la soute spéciale où on les gardait avec soin, vinrent orner diverses parties du château d'arrière, appelé ordinairement la cabine.

La grande voile latine rouge brodée d'or fut enverguée, et des oriflammes en ornèrent l'antenne.

D'autres pavillons de soie aux couleurs éclatantes furent fixés aux bordages, sur de petits mâts.

Enfin, des toiles colorées furent étendues au-dessus de la coursive et des bancs de nage, de façon à dissimuler entièrement le mouvement des galériens ramant.

Ceux-ci, réveillés avant le jour, reçurent l'ordre de se nettoyer dans de vastes baquets ; les cheveux trop longs, les barbes broussailleuses, furent élagués.

Enfin, après une copieuse distribution de vin, qui porta les galériens au comble de la joie, on leur fit revêtir l'uniforme de cérémonie, bonnet rouge et casaque rouge.

Le nouveau comité qui remplaçait le blessé débarqué la veille, refroidit un peu l'enthousiasme, en promettant vingt-cinq coups de fouet pour tout bruit discordant ou parole malséante, et quelques heures de crapaudine pour les hommes qui donneraient un faux coup d'aviron.

A l'heure dite, Fabrice de Préval apparut au bas de l'escalier et M. de Saint-Tourvès alla le saluer.

Le malin provincial avait réfléchi toute la nuit, et comme son rêve était d'aller à Versailles, il s'était dit qu'il était nécessaire de frapper un grand coup.

Lorsque les accolades et salutations d'usage à cette époque eurent été échangées, il conduisit l'ancien bailli de Corneville à la cabine, où un lunch matinal était servi.

— Reconnaissez-vous votre protégé sous ce costume ? dit-il, en montrant Cyprien debout à l'entrée de l'élégant salon.

Fabrice de Préval eut un geste d'étonnement.

Cyprien se tenait debout devant lui, coquettement habillé d'un uniforme à demi militaire.

D'un geste, le jeune homme, avec un joyeux sourire, lui montra qu'il n'avait plus l'horrible cercle de fer autour de la taille.

Le capitaine, après avoir joui un moment de l'étonnement du lieutenant des mousquetaires, lui dit, se rengorgeant :

— J'ai étudié hier nos règlements, et j'ai pu y trouver un article qui autorise à nommer gardiens ceux des condamnés à temps qui donnent de grandes satisfactions à leurs chefs.

J'ai donc fait briser la chaîne de Cyprien, ou du moins ce qu'il en restait, et je l'ai investi des fonctions de gardien, avec cette simple règle qu'il ne peut quitter le bord qu'avec autorisation spéciale.

— Tenez Cyprien, ajouta-t-il avec la majesté d'un roi qui crée un maréchal de France, voici le signe de votre autorité, usez-en énergique-ment toutes les fois que le service l'exigera.

Et il lui tendit un effroyable nerf de bœuf, sur lequel on distinguait des taches brunes, qui n'étaient autres que les traces sanglantes des coups portés en pleine chair.

Le capitaine mit sur le compte de la timidité et de l'émotion l'hésitation que le jeune homme mit à prendre l'instrument de torture, ne se doutant pas une minute de l'effroyable répugnance que Cyprien éprouvait à devenir le bourreau de ses compagnons!

Bientôt le beau bâtiment s'ébranla lentement, obéissant à l'impulsion de quelques avirons courts à l'aide desquels on dégageait le bâtiment de ses voisins.

Au bout de quelques instants, la galère se trouva hors du port, et la rade apparut encadrée de ses coteaux verdoyants, sous le soleil matinal.

Les longs avirons quittèrent le bord de la galère et s'étendirent horizontalement, comme les ailes d'un cygne prêt à s'envoler.

Un coup de sifflet retentit.

De chaque côté du navire, dans un seul mouvement, les vingt-cinq rames battirent l'eau avec un ronflement sourd; il sembla à Fabrice de Préval que la galère était soulevée sur l'eau, et elle s'élança vers la passe avec une vitesse qui le stupéfiait.

Un chant triste et monotone montait à lui, de l'entrepont des galériens rythmant le mouvement des rames; la mer, blanche d'écume, semblait gémir sous le choc cadencé et un blanc sillage restait loin en arrière.

Lorsque les passes furent franchies, la galère s'engagea entre la terre et les îles d'Hyères.

La voile latine fut larguée, et sous la double impulsion des bras des galériens et du souffle du mistral, le bâtiment glissa dans un cadre merveilleux.

M. de Saint-Tourvès faisait les choses fort galamment, et un excellent déjeuner fut servi à terre, lorsqu'on débarqua aux îles d'Hyères.

Le retour ne fut pas moins brillant que l'aller, sauf qu'un maladroit, malgré tous les bons soins de M. de Saint-Tourvès, se laissa mourir d'un coup de chaleur.

Heureusement que la chose passa inaperçue, et que pour éviter d'attirer l'attention du visiteur, le comite eut l'ingénieuse idée de laisser tomber le cadavre dans la soute aux poudres par le panneau qui se trouvait près du banc.

. . . .

Le lendemain, Fabrice de Préval quittait Toulon pour se rendre aux Antibes où il fréterait une barque afin de visiter le château de Sainte-Marguerite.

Là, tout en paraissant étudier la valeur stratégique du fort, il saurait bien dénicher le détenu Bertin.

Tandis que le lieutenant des mousquetaires poursuivait ses recherches, les galères achevaient leurs approvisionnements.

Le départ approchait et déjà une escadre composée de plusieurs vaisseaux de ligne, de frégates et de corvettes, avait mouillé en grande rade, pour convoyer les galères servant de transport.

La veille du jour fixé pour mettre à la voile, Fabrice de Préval rentra à Toulon.

Lorsqu'il arriva à la galère-amirale, Cyprien, qui était occupé à surveiller l'installation de petites pièces d'artillerie, devina à sa mine qu'il avait fait fausse route,

— C'est fini, la dernière trace est vérifiée, lui dit le gendre du marquis de Corneville, et nous avons fait fausse route ; ce Bertin est un vieux gazetier, auteur de pamphlets, enfermé pour le mordant de sa plume.

— Alors, tout espoir est perdu?

— Non, pas encore, mais je commence à croire qu'Hélène avait raison !

— Que disait madame de Préval ?

— Elle prétend que son père, s'il vit encore, est toujours à la Bastille.

— Et qu'allez-vous faire ?

— Je retourne à Paris m'en assurer, répondit Fabrice de Préval avec une froide résolution.

— Pourvu que cela soit ! soupira Cyprien.

— Mais je vais aussi m'occuper de votre grâce, tandis que vous allez entreprendre une rude traversée.

— Oh! je ne me plains pas, car la faveur de combattre pour son pays, que n'avait pu obtenir le chevalier Verderonne, va sans doute être accordée au forçat Cyprien !

VIII

HAUT LES CŒURS

Sur la mer étincelante aux rayons du soleil, la flottille des galères s'avance majestueusement. Les rames battent l'eau en cadence tandis que la grande voile latine, gonflée par la brise, aide à l'effort des rameurs.

En tête marche la galère-amirale, baptisée du nom mythologique d'*Uranie*, en l'honneur des astres qui guident le marin. Derrière elle les galéasses, les frégates et les galiotes précèdent les galères subtiles, plus rapides et moins bien armées.

A bord, on travaille activement, car on approche des côtes d'Espagne et il y a bien des chances pour qu'on rencontre l'ennemi croisant devant Carthagène.

On se prépare donc au combat et la tâche est délicate, car il y a long-temps que les galères n'ont eu affaire à sérieuse partie.

Ce sont des bâtiments de guerre bien démodés et, sauf les pirates barbaresques, elles n'ont plus d'adversaires à qui on puisse les opposer.

Pour les pirates assez hardis pour approcher des côtes françaises, il suffisait de profiter d'une accalmie et de les entourer d'une nuée de galères qui, en quelques coups de leur gros canon d'avant appelé « coursier », démataient le léger navire.

Les pirates, faits prisonniers presque sans combat, étaient pendus haut et court et les galères rentraient triomphalement à Marseille.

Ces rares et faciles victoires avaient été cause que l'armement des galères était depuis longtemps très négligé; une partie de l'artillerie n'était pas entretenue et les hommes qui devaient servir les pièces étaient peu exercés.

Lorsqu'à bord de l'*Uranie*, Cyprien, tout joyeux à l'idée qu'on allait peut-être se battre, demanda à servir le coursier; M. de Saint-Tourvès lui confia non seulement la direction de la grosse pièce, mais aussi la charge de faire mettre le reste de l'artillerie en état.

— Je ne sais, mon brave Cyprien, lui dit-il, si nous pourrons utiliser nos canons, mais enfin il faut être prêts.

— Vous ne croyez pas capitaine, que nous serons attaqués?

— Oh! si, mais je ne crois pas que l'amiral de Lauverdière, qui commande l'escadre, nous laisse nous engager. Il préférera faire donner ses navires.

— Oui, en effet, nous ne sommes que des transports! fit Cyprien avec amertume en regardant la longe file de navires de guerre qui escortaient les galères.

M. de Saint-Tourvès sourit :

— Vous ne voudriez cependant pas qu'avec notre gros canon, les quatre pièces de bord et le canon d'arrière, nous nous mesurions avec un vaisseau de ligne et ses quatre-vingt-dix canons?

— Hélas! vous avez raison, capitaine, nous ne sommes pas en état de nous battre.

— Oui, mais nous pouvons être forcés, pendant un moment, de faire tête à un ennemi qui se jetterait à l'improviste sur nous et dans ce cas l'*Uranie*, si certaines conditions se produisaient, serait bien capable de dire son mot.

Cyprien dressa l'oreille et, avec un naïf empressement, demanda :

— Que voulez-vous dire, capitaine?

— Si un temps calme, un vent faible ou nul nous mettait en présence

— Par où viens-tu? demanda l'amiral. L'enfant montra un des longs cordages... (Page 647.)

d'une flotte anglaise ou hollandaise, eh bien ! grâce à nos avirons, nous pourrions nous jouer d'elle, nous approcher ou nous éloigner des vaisseaux à notre gré...

— Mais je ne comprends pas !...

— Attendez donc, impatient... Eh bien, si l'*Uranie* pouvait se tenir dans le voisinage d'un navire de guerre, mais hors la portée de ses canons, elle pourrait lui causer de graves préjudices.

— Comment cela ?

— Votre canon, le coursier, est une superbe pièce, don de feu M. de Louvois qui l'avait fait couler pour son artillerie de siège.

Les dimensions anormales de cette pièce l'ayant fait repousser par l'artillerie de terre, on décida de nous confier ce monstrueux canon qui a une portée double des pièces ordinaires de marine.

Le comite, vieux loup de mer, s'était rapproché du capitaine et de son favori. Il avait entendu la fin du dialogue.

— Oh ! je voudrais bien être à bonne portée, et je vous garantis qu'avec des boulets ramés comme j'en ai fait préparer, on jouerait une fière partie de quilles dans les mâts des Anglais !

A ce moment, un coup de canon du vaisseau amiral *Le Richelieu* avertit la flottille que M. de Lauverdière avait des signaux à échanger.

En effet, l'amiral, ayant constaté que le vent tombait, ordonnait aux galères de cesser de ramer pour ne pas s'éloigner de l'escadre arrêtée par le calme plat.

Il est juste de dire que l'ordre fut accueilli par les galériens avec des cris de joie, et que, quoique la nuit ne fût pas venue, tous les équipages se laissèrent aller au sommeil.

— C'est dur d'être arrêté au moment d'arriver au port, ricana le comite.

— Est-ce que ce calme va durer ? lui demanda de Saint-Tourvès.

— Nous pouvons rester ainsi un jour et même deux jours !

— Diable ! et nous sommes à l'endroit où il faudrait aller le plus vite.

— D'autant que ce calme ne s'étend peut-être pas bien loin, et qu'à vingt ou trente lieues d'ici, vers la côte, il peut y avoir une bise suffisante pour permettre à l'escadre de blocus de passer entre nous et la terre.

Cyprien fut presque heureux de l'événement qui allait peut-être rendre un combat inévitable.

La nuit se passa dans l'immobilité, et au lever du soleil rien n'indiquait un changement de temps.

Une épaisse brume de chaleur couvrait la mer et empêchait les navires de se voir les uns les autres.

De chaque bâtiment, on apercevait seulement celui qui le précédait et celui qui le suivait.

— Nous voilà dans un joli guêpier, murmura Saint-Tourvès. L'amiral
ne doit pas s'amuser à bord du *Richelieu*.

En effet, les voiles des grands navires de queue pendaient immobiles,
sans qu'un souffle les fît s'agiter. La mer semblait recouverte d'une
couche d'huile.

Le soleil rouge perçait à peine la brume, et il faisait déjà une chaleur
accablante.

L'inquiétude n'était pas moins grande à bord du *Richelieu*, le vaisseau-amiral de l'escadre.

Le coup d'œil était, d'ailleurs, bien différent à bord de ce beau vaisseau ;
et certes, Cyprien eût été heureux et fier d'y servir comme simple matelot.

A cette époque, déjà, la marine de guerre avait cette belle tenue et
cette admirable discipline qui fait la puissance et le prestige de notre
marine actuelle.

Si ces résultats n'étaient pas obtenus, comme maintenant, par le sentiment du devoir et le culte de la patrie, et si parfois le terrible « chat à
neuf queues » devait intervenir pour maintenir la crainte, un sentiment,
toujours le même, guidait officiers et matelots : la solidarité devant le
danger perpétuel et l'égalité devant la mort.

Aussi, pris dans ce brouillard et cloué par le calme plat, au moment
où l'ennemi devait être proche, l'équipage entier du *Richelieu* attendait,
anxieux, le vent qui devait dissiper la brume menaçante.

Chaque officier, chaque homme était à son poste de combat ou de
manœuvre.

Et les quatre-vingt-dix canons du colossal navire tendaient leurs
gueules sombres et menaçantes, d'où pouvait jaillir un ouragan de fer.

Malgré le silence imposé, on entendait des chuchotements... C'est
qu'on échangeait à demi-voix des impressions dans ce moment solennel.

Tout à coup, à l'avant, dans la batterie découverte qui formait la première rangée de dents du *Richelieu*, un éclat de rire si jeune, si frais,
qu'il ne pouvait sortir que d'une bouche presque enfantine, perla et
s'égréna dans le silence.

L'officier de quart à l'avant fronça le sourcil, puis un sourire dérida
son visage :

— Victor, viens ici ! cria-t-il.

Il y eut un galop de poulain échappé, puis sautant par-dessus une
rangée de seaux pleins d'eau pour refroidir les canons, un jeune gars
apparut.

Ce n'était plus un mousse que ce grand garçon d'une quinzaine
d'années, et ce ne pouvait être encore un matelot.

Admirablement proportionné, d'une élégance de formes, d'une finesse
étranges, chez un enfant du peuple, le jeune Victor dressait fièrement sa

tête encadre de boucles blondes, qui s'échappaient de dessous son béret.

Il se mit au port d'armes devant son officier, avec une aisance où il y avait à la fois du respect et de l'affection.

— Présent, capitaine ! dit-il simplement.

Le lieutenant de vaisseau essaya de prendre un air sévère :

— Je croyais avoir dit, tout à l'heure, que le silence le plus absolu devait régner dans les batteries tant que le brouillard ne serait pas levé.

Tu es assez intelligent et assez bon marin, pour savoir que quand il n'y a pas de vent, la voix porte loin en mer, et que nous ne sommes peut-être qu'à quelques encâblures d'une escadre ennemie !

— Pardon, capitaine, ç'a été plus fort que moi, le rire m'a pris...

— Oui, tu ris toujours, mon petit Victor, mais tâche de faire un nœud plat sur ta langue, reprit affectueusement l'officier...

Et qu'est-ce qui te faisait rire si fort ?

— C'est mon matelot, le petit Jacques. Son père, le quartier maître Grenicheux, lui ayant demandé à quel poste il allait se placer pendant le combat, il a déclaré qu'il irait se cacher à fond de cale...

— Mon pauvre Victor, tu as là un drôle de matelot, et je crains bien que ce pauvre enfant, si chétif, ne te porte pas grande aide en cas de débardage !

— Je l'aime bien tout de même, mon petit Jacques, dit le jeune matelot, et même c'est peut-être pour sa faiblesse que je l'aime.

— Oui, je sais que tu fais son ouvrage avec le tien, et que tu le protèges contre tous ceux qui veulent abuser de son manque de force.

Victor rougit et baissa la tête.

— Va et tâche de ne plus faire de bruit, lui dit l'officier, en lui donnant une tape amicale sur l'épaule.

A ce moment l'amiral apparut, contournant le mât de misaine.

— Eh bien ! rien de nouveau par ici ? demanda-t-il à l'officier de quart.

— Non, amiral, je n'ai rien à signaler.

— Vous avez une vigie là-haut ?

— Oui, amiral, j'en ai même deux.

— Où sont-ils ?

— Dans la hune du mât de perroquet.

— Et comment communiquez-vous ?

— Comme on ne peut les héler puisqu'il faut garder le silence, ils ont ordre de descendre à tour de rôle... Et tenez, voici Lavanant qui descend ; c'est mon meilleur gabier.

Le matelot vint s'arrêter à trois pas du groupe des officiers, la main à son béret.

— Eh bien ? fit le lieutenant avec impatience.

— Rien de nouveau, capitaine, sauf que la brume s'abaisse ; de notre poste on voit la pomme de pavillon du grand mât qui brille au soleil...

M. de Lauverdière sursauta et demanda avec précipitation :

— Vous croyez que du haut du grand mât on domine le brouillard ?

— Oui, amiral, j'en suis sûr.

M. de Lauverdière secoua la tête et avec un soupir :

— Si j'avais seulement vingt ans de moins, j'y monterais.

— C'est bien difficile, fit le lieutenant de vaisseau.

— Oui, je le sais, c'est ce qui fait que j'hésite à y envoyer quelqu'un, et puis il faudrait un homme ayant de bons yeux et un autre, quelqu'un d'intelligent...

— Pardon, excuse, amiral, déclara Lavanant, je ne demande pas mieux que de risquer l'ascension... mais il y a ici un fier matelot, quoique encore moussaillon qui, sous le rapport des yeux et de la science, en remontrerait à tout un chacun, et qui la connaît, la pomme du pavillon.

— Qui cela ? fit l'amiral étonné...

— Tu veux dire : Victor... interrompit, comme malgré lui, l'officier de quart.

— Pour sûr que c'est le sacré moussaillon, s'écria Lavanant, avec une intonation admirative.

— Je lui ai défendu de faire de ces folies-là ? s'écria le jeune officier avec colère.

— N'empêche qu'il y va souvent, le petit gars, il appelle cela faire un tour à la campagne.

— C'est ce gentil garçon qui est de service au mât de beaupré ? demanda l'amiral.

— Oui, amiral, et je le punirai pour avoir désobéi...

— Oui, c'est fort juste, mais je le gracierai, s'il monte là-haut encore une fois, et cette fois-ci pour le service... Appelez-le.

Le nom de Victor n'était pas prononcé, que le gamin était debout devant l'amiral ; celui-ci l'examina curieusement, et on vit bien qu'il était séduit par la bonne mine de l'enfant.

— Quel âge as-tu ? demanda-t-il.

— Je crois que j'ai quinze ans, répondit le mousse.

— Tu crois ?...

— Je ne sais rien de ma naissance, je suis un enfant trouvé, dit tristement le jeune homme.

— Pauvre petit ! Et comment es-tu venu à la mer ?

— J'ai été recueilli étant enfant, après bien des pérégrinations dont je n'ai qu'un vague souvenir, par des paysans des environs de Rouen.

Comme j'avais envie de voir la mer, ils m'ont confié à un batelier qui faisait le service de Rouen au Havre, et qui était leur parent. Je n'ai plus voulu quitter ces braves gens ; quoique je n'eusse que dix ans, je suis resté comme mousse.

L'homme est mort il y a trois ans, et la femme a été obligée de vendre la barque, puis de se placer comme domestique ; alors, je suis entré comme mousse à bord d'une corvette. J'y ai trouvé un brave matelot, le quartier-maître Grenicheux qui avait, m'a-t-il dit, connu le batelier chez qui j'avais appris le métier ; il m'a pris en amitié, et puis il avait un fils du même âge que moi.

L'année dernière nous sommes passés tous les trois à bord du *Richelieu*, qui recrutait son équipage parmi l'escadre de Brest.

Le jeune homme avait débité si gentiment et si simplement sa petite histoire, que l'amiral lui sourit.

— On m'a dit, mon enfant, que tu grimpais parfois tout en haut du grand mât.

Victor rougit, balbutia, et ne sut quoi répondre :

— Oui, et je t'ai même flanqué quatre jours de fers pour m'avoir désobéi, dit l'officier de quart, d'un ton qu'il s'efforçait de rendre sévère.

— Et moi ! reprit l'amiral, je lève la punition, si tu retournes là-haut voir ce qui se passe autour de nous.

Le mousse n'en attendit pas plus, et d'un bond fut au plat-bord.

Il grimpa lestement le long des haubans.

Tous les officiers le suivaient anxieusement des yeux.

Il disparut d'abord derrière la grande voile qui pendait tristement le long du mât, puis reparut dans la grande hune.

Un instant après, on le vit passer dans les haubans du grand perroquet, et il disparut de nouveau.

Ici commençait le danger, car il n'y avait plus de haubans, et pour monter à la vergue du petit perroquet, il fallait se glisser le long des étais.

Bientôt il apparut encore, mais comme un point perdu dans le brouillard ; il était sur la vergue du petit perroquet.

On le vit s'arrêter un moment, jeter un coup d'œil circulaire, puis disparaître encore derrière le grand cacatois qui était aussi ferlé, toutes les voiles étant dehors pour profiter de la première risée de vent.

Il y eut un moment d'anxiété qui se prolongea assez longtemps, car la pomme du pavillon qui surmontait le grand mât était presque invisible dans la brume.

Cependant, l'officier de quart s'écria :

— Je le vois, il s'est attaché avec sa ceinture au mât, et il a la main sur la pomme dorée.

— C'est un fier gabier que votre mousse, M. de Lanzély, lui répondit l'amiral, et s'il revient sans accident, je vous autorise à lui annoncer qu'il est nommé gabier de beaupré, puisqu'il est déjà attaché à ce mât.

— Amiral, le voilà qui descend !... s'écria le capitaine de frégate, chef d'état-major de l'amiral.

En effet, le petit point noir avait disparu.

En vain, les officiers guettaient les haubans, rien ne paraissait.

Tout à coup le choc de deux pieds sur le pont fit retourner tout le groupe : Victor était debout, calme et souriant.

— Par où viens-tu ? demanda l'amiral.

L'enfant montra un de longs cordages qui, de la tête du mât, viennent se fixer aux plats-bords.

— Tu as descendu par les étais ?... A la force du poignet ?...

— Oui, amiral, mais il s'agit de chose grave.

Et le mousse prit un air sérieux, tandis que sa figure exprimait une émotion intense.

— Qu'as-tu vu?

— D'abord le haut des mâts des galères, car la brume s'abaisse rapidement, et elle n'est plus qu'à mi-hauteur du mât de perroquet.

— Et puis?

— Puis au-delà de la ligne des galères et en colonne de marche perpendiculaire à la nôtre, une vingtaine de voiles...

— C'est l'ennemi? s'écria l'amiral.

— Oui, amiral, et même à la hauteur de la voilure, il y a bien cinq gros vaisseaux et bon nombre de frégates.

Les officiers se regardèrent avec une expression d'inquiétude visible.

— Diable! nous voilà avec une flotte entière sur les bras !

Tant pis, on fera son devoir et Dieu décidera!

Quant à toi moussaillon, quoique tu n'aies pas l'âge, je te nomme gabier de beaupré. A ton poste, car on va avoir fort à faire.

— Merci, amiral! Vive le roi! s'écria le gamin. Et mort aux Anglais !

La situation n'était pas brillante pour la flotte française. Prise par le calme plat, elle se trouvait placée sur deux lignes perpendiculaires à celle de la flotte anglaise, avec au premier rang les galères, combattants insuffisants, et la menace de voir l'escadre anglaise, au premier souffle de la brise qui allait se lever, prendre la position la plus avantageuse pour couper la flotte française et la disperser.

Les Anglais avaient en outre l'avantage du tonnage et du nombre.

Pour comble d'infortune, le brouillard se dissipa sous un léger souffle du sud, et brusquement les deux escadres s'aperçurent.

Le vent gonflait déjà les voiles des navires anglais, tandis que les bâtiments français allaient se trouver vent debout.

M. de Lauverdière n'hésita pas.

Sur un premier ordre, ses navires se préparèrent à virer de bord, et à se former en ligne, dès que le vent le leur permettrait.

Faisant face à l'ennemi, ils allaient se trouver vent debout et mettre en panne.

Un second ordre enjoignit aux galères de se mettre en mouvement, de faire front en sens inverse pour venir passer entre les vaisseaux de guerre, et se mettre derrière eux hors de portée des canons.

La manœuvre des galères fût exécutée rapidement : les longs avirons tombèrent à la mer d'un seul mouvement ; et gracieux et légers comme des cygnes, les bâtiments s'élancèrent vers l'escadre, comme si ils allaient exécuter une figure de quadrille.

Il était temps, car, poussé par une rafale de vent, le premier bâtiment anglais, un colossal vaisseau de ligne, le *Thunderer*, qui portait le pavillon de l'amiral Benbow, serrait de près l'*Uranie*.

Il faut rendre cette justice à M. de Saint-Tourvès qu'il ne fuyait qu'à regret ; aussi, lorsque Cyprien, le visage empourpré d'une étrange émotion, lui fit remarquer que l'ennemi était à portée du coursier, il ne put que demander :

— Que voulez-vous donc faire?

— Si l'on virait de bord un instant, capitaine, je lui enverrais un boulet?

De Saint-Tourvès hésita, puis :

— Eh bien, allons-y! s'écria-t-il, si nous ne nous battons pas, nous tirerons au moins le premier coup de canon.

Les galériens eux-mêmes étaient énervés de cette fuite ; aussi le virage commandé fut exécuté avec une promptitude foudroyante qui stupéfia autant l'amiral anglais que les officiers de Richelieu.

— Ah çà! qu'est-ce que fait Saint-Tourvès, il devient fou ! s'écria M. de Lauverdière. Voyez donc, Lanzély! il vire de bord !

— Oui, s'écria l'officier interpellé, il va nous masquer, et recevra la bordée de l'anglais, sans que nous puissions riposter!

— Mais il ouvre le feu! pardieu, il devient fou !

En effet, le coursier venait de tirer le premier boulet, et Cyprien penché sur la palmette d'avant, regardait anxieux.

Il poussa un cri de joie.

Malgré la distance, le projectile frappa l'eau à quelques brasses sur la gauche du *Thunderer*.

La pièce rapidement rechargée fut bientôt prête. Cyprien pointa lentement, puis, prenant la mèche, il alluma lui même.

La formidable explosion l'environna de fumée, mais le jeune homme s'était jeté de côté et attendait.

Cette fois, le projectile prit le navire dans sa longueur, découpant une

Cyprien poussa un hurlement de joie auquel répondirent les acclamations de
l'équipage du *Richelieu*. (Page 650.)

large échancrure dans la misaine, il brisa la vergue de la grande voile,
et coupa des manœuvres à l'artimon avant de se perdre dans la mer.

On vit distinctement les officiers s'agiter à bord du *Thunderer*, puis
deux pièces placées à l'avant firent feu.

Les projectiles vinrent, en ricochant sur l'eau, mourir près de l'*Uranie*.

De Saint-Tourvès eut une idée ingénieuse. Tandis qu'on rechargeait
le coursier, il fit nager arrière, de sorte que l'*Uranie* reculant conser-

vait sa distance et se maintenait hors de portée des canons anglais.

— Attention, Cyprien! cria le capitaine, c'est ton dernier coup.

— J'ai mis un boulet ramé, répondit le jeune homme.

En effet, lorsque le coup fut parti, un ronflement caractéristique avertit l'amiral Benbow que son vaisseau allait subir un grave choc.

En effet, un craquement sinistre l'avertit qu'un mât était atteint, et aussitôt le mât de perroquet de misaine s'abattit entraînant le cacatois et rompant les ralingues, et les manœuvres de la grande voile de misaine, bouleversant toute la mâture à l'avant.

Le boulet ramé continuant sa course avait encore coupé les manœuvres de la voile de hune du grand mât, de sorte que le désarroi des voiles fit porter le bâtiment qui vint à tribord, s'arrêtant dans sa marche.

Cyprien poussa un hurlement de joie, auquel répondirent les acclamations de l'équipage du *Richelieu*.

Cependant, l'amiral Benbow voyant qu'il présentait le flanc vers la galère, et que la distance avait diminué, ordonna le feu des pièces de bâbord.

Ce fut une explosion formidable, et une pluie de projectiles s'abattit sur notre navire plat.

Heureusement que la portée était encore un peu longue, et que peu de projectiles atteignirent l'*Uranie*.

Cependant, deux galériens furent tués, et les débris sautant de la cabine prouvèrent qu'un projectile l'avait atteinte.

La galère avait rapidement viré de bord et, soulevée littéralement par ses rameurs, elle passa sous l'arrière du *Richelieu* pour aller rejoindre les autres bâtiments.

Au moment où M. de Saint-Tourvès se trouva à la hauteur du château d'arrière du vaisseau-amiral, M. de Lauverdière s'y présenta.

— Bravo, de Saint-Tourvès! cria-t-il, vous venez de nous sauver en arrêtant l'escadre anglaise... N'oubliez pas, après le combat, de me signaler votre conduite! Je ferai un rapport spécial et je tiens à le signaler.

En effet, le répit occasionné par l'arrêt du *Thunderer* et la nécessité où l'on était de dégager le navire des débris de mâture et de voilure, permit à l'escadre française de virer de bord, et d'accueillir la mise en ligne de l'escadre anglaise par une formidable canonnade.

L'action était engagée, mais la situation désastreuse de la flotte française s'était singulièrement améliorée.

En effet, l'intervention de l'*Uranie* avait donné le temps aux galères, de franchir la ligne des vaisseaux de guerre et de les démasquer, de sorte qu'ils pouvaient tirer tandis que l'escadre anglaise exécutait la conversion qui devait la faire venir en ligne.

Dans ces conditions, le mouvement exécuté trop tard par les navires anglais que le brouillard avait trompés, s'effectuait sous le feu de notre artillerie, prenant les vaisseaux ennemis dans une fâcheuse posture.

Les avaries causées aux vaisseaux anglais furent bientôt visibles, mais ils avaient pour eux la supériorité incontestable du nombre.

Dans chaque genre d'unités, les Anglais comptaient deux ou trois navires de plus que nous.

Un grave incident allait égaliser les forces ; plusieurs des bâtiments étaient commandés par des officiers irlandais, et ceux-ci, désespérés d'avoir à combattre une escadre composée en partie des navires, qui dix ans auparavant avaient tenté de délivrer l'Irlande du joug anglais, ne purent résister à la tentation de les aider, et, prétextant les avaries de leur mâture, se retirèrent du combat où ils ne reparurent plus.

Pour le moment, le combat donnait son maximum, et la brise matinale était déjà impuissante à dissiper l'épais nuage de fumée qui enveloppait chaque bâtiment.

Cependant, les galères s'étaient retirées à un mille à peine des navires les plus rapprochés.

M. de Saint-Tourvès, profitant de ce que le peu de force du vent le rendait maître de gagner de vitesse n'importe quel navire qui eût tenté de l'approcher, avait voulu rester près du champ de bataille, avec le regret que son artillerie insuffisante ne lui permît pas de se mesurer avec quelque navire anglais.

Quant à Cyprien, il ne tenait pas en place, et courant le long de la rambade il guettait le combat, n'en perdant pas la moindre phase et signalant à son capitaine les événements.

— Le vaisseau-amiral anglais que nous avons si bien démâté est aux prises avec le *Richelieu*... cria-t-il à M. de Saint-Tourvès.

— Ils sont seuls, tous les deux ? demanda le capitaine tranquillement assis devant la cabine.

— Le *Richelieu* est assez éloigné de nos autres navires qui semblent tous fort occupés... La fumée m'empêche de voir ce qui passe chez les Anglais..

Ah ! voilà un autre vaisseau de ligne des Anglais, qui vient au secours de son amiral ! Il s'avance lentement... Bientôt, il va être à portée !

— Mais le *Richelieu* va être pris entre deux feux ! s'écria M. de Saint-Tourvès en montant à son tour sur la rambade.

— Diable ! continua le capitaine, le second vaisseau anglais manœuvre pour couper le *Richelieu* de l'escadre...

— Tenez, il ouvre le feu ! voilà l'artimon du *Richelieu* qui est coupé à la première hune.

— La situation est terriblement grave !... fit le commandant des galères d'un air soucieux.

— Aucun navire ne peut venir à son secours, murmura Cyprien... A moins que?...

— Que... quoi? Que veux-tu dire?

A moins que nous n'y allions !... capitaine.

— Tu es fou! dit de Saint-Tourvès amicalement, en frappant sur l'épaule du jeune homme.

Le jeune homme prit un ton suppliant :

— Voyez donc, le nouveau vaisseau anglais est complètement perdu dans la fumée... Si nous ne le voyons pas, il ne nous voit pas.

On pourrait s'approcher...

— Eh bien ! à quoi cela mènerait-il?

Pouvons-nous faire taire ses quatre-vingt-dix ou cent canons, avec notre coursier, nos deux pièces ordinaires et les petits fauconneaux et espingoles qui sont au bastingage ?

— Non, capitaine, mais je pensais que nous avions quatre cents hommes à bord de l'*Uranie*...

— Achève ta pensée !...

— Et que, si seulement la moitié de ces quatre cents hommes sautaient à bord de l'anglais, il serait bien malade !

— Tu veux donner l'abordage avec des galériens ?

— Mais oui, ce sont des Français... il y a parmi eux beaucoup de ces malheureux réformés, dont tout le crime consiste à ne pas penser comme nous au sujet de la messe. Ceux-là sont d'honnêtes gens ; parmi eux, se trouvent des gentilshommes, qui ne demanderaient pas mieux que de risquer une mort glorieuse, plutôt que de traîner leur triste existence aux galères.

— C'est vrai, dit le capitaine rêveur... mais ils sont enchaînés et l'opération du dérivage est longue...

— Vous oubliez, capitaine, que les hommes depuis le départ de Toulon ne sont plus couplés, et que tous ceux destinés au service des pièces sont dérivés de la chaîne de pied.

Tandis que ceux-là seront armés avec les sabres, les haches et les fusils de la soûte, on dérivera tous ceux qui voudront combattre.

Sans répondre, M. de Saint-Tourvès appela le comite et lui donna des ordres pour l'exécution desquels il s'élança aussitôt suivi de Cyprien.

Bientôt des cris, des acclamations montèrent de l'entre-pont des galères, tandis qu'un chant grave dominait les cris : les protestants invoquaient dans un cantique le Dieu des combats, heureux de mourir pour le pays qui les martyrisait . . . .

. . . .

Lorsque le feu s'était ouvert entre le *Richelieu* et le *Thunderer*, l'avantage était certainement pour le navire français qui, sans avaries et avec l'avance d'une première bordée tirée à bonne distance, avait en face de lui un ennemi dont la mâture avariée devait être réparée en plein combat.

Malheureusement la faiblesse de la brise ne permettait guère d'évoluer, et l'amiral de Lauverdière dut renoncer à virer de bord pour tirer successivement ses deux bordées, ce qui lui aurait donné un avantage formidable sur le navire anglais qui, avec ses avaries, était forcé de tirer d'un seul bord, jusqu'à ce que l'ordre fût rétabli dans sa mâture.

L'absence de vent eut un autre résultat, c'était d'empêcher de voir clair autour de soi, la canonnade environnant chacun des combattants d'un épais nuage de fumée qui se mêlait aux débris de la brume matinale et ne laissait apercevoir l'ennemi que par de brusques éclaircies bien vite refermées.

Dans ces conditions, ou les pièces mal pointées lançaient les projectiles au hasard, ou il fallait ralentir ce tir pour voir un peu clair.

Le combat menaçait donc de se prolonger de ce côté.

A bord du *Richelieu*, l'équipage était plein d'ardeur; dans toutes les batteries on rivalisait de zèle, et ce n'était pas dans la batterie découverte de l'avant que l'on était le moins ardent au combat.

Le quartier-maître Grenicheux avait la direction des deux canons de chasse braqués par de larges embrasures de chaque côté du beaupré et d'une pièce de bâbord, les deux premiers canons n'étant utilisés qu'accidentellement.

Il concentrait donc toute son activité sur son unique pièce de bordée.

— Heureusement, capitaine, que nous sommes du bon bord, disait-il au lieutenant de Langély, qui commandait à bâbord, car je ne sais pas ce que je ferais si j'étais condamné à laisser mes pièces silencieuses comme les camarades de tribord !

— C'est vrai, dit l'officier, et nous avons même une supériorité sur les pièces d'arrière, c'est que nous sommes souvent plus dégagés de la fumée qu'eux.

A ce moment, une voix juvénile se fit entendre :

— Maître Grenicheux, voilà une éclaircie !

— Ah ! c'est toi, gamin ? Qu'est-ce que tu deviens ?

— Je vais servir votre pièce.

— Ah ! me voilà un beau servant !

— Vous pouvez railler, dit le gamin vexé, n'empêche pas que lorsque vous aurez des hommes de démolis, vous serez bien heureux que je vous apporte des gargousses.

En effet, le jeune homme portait plusieurs gargousses dans un sac en toile.

Grenicheux, profitant du jour, pointait sa pièce.

Le coup parti, le mousse Victor et lui se penchèrent sur le bordage, regardant le point visé.

Au moment d'approcher la mèche, Grenicheux avait dit :

— Au beaupré de l'english !

— Touché, mais un peu bas ! cria Victor avec cette familiarité que lui avait laissé prendre le quartier-maître.

En effet, le projectile avait coupé la martingale.

— Sacré moussaillon de malheur, est-ce que tu vas critiquer ton chef ! lui dit-il, moitié fâché, moitié riant.

— Je ne suis pas un moussaillon ! s'écria l'enfant, avec indignation.

— Qu'est-ce que t'es donc ?

— Je suis gabier de beaupré !

— Et depuis quand ?

— L'amiral l'a, en effet, il y a un quart d'heure, nommé gabier, quoiqu'il n'eût pas l'âge, interrompit le lieutenant de vaisseau.

— Un joli gabier que ça va faire ! grommela Grenicheux, au fond, très content de son protégé.

Un boulet anglais passa à deux mètres au-dessus du groupe, avec un affreux ronflement.

Instinctivement Victor baissa la tête, mais aussitôt réagissant contre ce mouvement naturel, il la redressa en criant :

— Bonjour, m'sieu le boulet, et bon voyage ! Vous avez passé trop haut !

— Brave petit cœur, fit l'officier.

Et il ajouta :

— Reste près de moi, Victor ! Je vais t'envoyer porter des ordres.

— Merci, capitaine, ça vaut mieux que de trimballer des gargousses, et puis, je vais être bien placé.

— Qu'entends-tu par là ?

— Là où vous serez mon lieutenant, c'est là où on se battra le plus !

Grenicheux paraissait de mauvaise humeur :

— Est-ce malheureux, dit-il au lieutenant de Langély, qu'on ne puisse pas utiliser mes deux grosses pièces d'avant.

— Les deux canons de chasse ?

— Oui, ces deux beaux joujoux-là ne peuvent pas se pointer à plus de quarante-cinq degrés de la ligne du bâtiment.

— Il faudrait, en effet, pouvoir les mettre à quatre-vingt-dix degrés.

— Il n'y a pas d'embrasures latérales.

Un fracas terrible vint couper le dialogue.

Un boulet anglais venait de frapper en plein dans la muraille, près de l'avant, et y avait pratiqué une large brèche.

Le projectile s'était ensuite logé à la base d'une armature du beaupré.

— Diable, le tir de l'ennemi se rectifie ! s'écria l'officier.

— C'est qu'il s'est rudement rapproché depuis un moment et peut-être contre son gré, car voilà une de nos bordées qui lui a fait du mal.

En effet, par une éclaircie de la fumée on aperçut à la pointe supérieure de l'artimon tout un paquet de vergues dégringoler le long du mât et s'abattre sur le pont où cette avalanche arrêtait momentanément le tir de sept ou huit pièces. Victor s'était élancé vers la brèche que deux ou trois matelots allaient boucher tant bien que mal.

Il leur dit quelques mots et revint en courant :

— Maître Grenicheux, vous savez que je ne pointe pas mal vos grosses pièces?

— Ah oui ! tu t'es amusé à pointer les jumelles (c'était le surnom des pièces) aux exercices de tir...

— Eh bien, si vous me promettez de me laisser tirer le premier coup de la pièce de bâbord, je vais vous donner le moyen de la mettre en batterie.

— Accordé, n'est-ce pas, Grenicheux? s'écria gaiement le lieutenant de vaisseau.

— Ah de grand cœur, capitaine !... Parle, sacré moussaillon, pardon, sacré gabier !

— Je viens de dire aux charpentiers de rétrécir seulement la brèche et de laisser une embrasure... Il suffira de détacher le canon de chasse et de le retourner... Il est juste en face et ce sera les Anglais qui auront fait eux-mêmes une embrasure pour leur tirer dessus !

— Bravo, mon petit Victor, s'écria M. de Langély. Grenicheux, faites mettre votre jumelle en batterie et que le gamin pointe le premier coup !

Victor bondit joyeusement vers le lourd canon que huit hommes retournèrent et chargèrent.

L'enfant grimpant sur l'affût en fit manœuvrer la vis de pointage avec le plus grand soin... Il attendit un bon moment.

Soudain une légère rafale déchira la lourde fumée de la poudre et tout l'avant du *Thunderer*, placé parallèlement à celui du *Richelieu*, apparut dégagé lui aussi par le souffle de la brise.

Saisissant la mèche, Victor l'approcha de la lumière.

L'explosion de la grosse pièce, très caractéristique, domina le bruit des autres canons.

En même temps, le gabier criait au quartier-maître :

— Attention, maître Grenicheux ! voilà comme on pointe pour abattre le beaupré !

Un hourrah enthousiaste des matelots, auquel répondit un cri de rage à bord du *Thunderer*, montra à Victor qu'il avait réussi.

Le projectile avait atteint la proue du navire-amiral anglais et avait fait voler en morceaux la figure sculptée à l'avant et en même temps avait fortement entamé le beaupré à sa sortie de l'avant. Un instant on avait pu croire que l'entame n'était point suffisante, mais un craquement sinistre se fit entendre, et le mât de beaupré tomba à la mer entraînant toute la voilure d'avant, privant le vaisseau de ses forces et le mettant dans l'impossibilité de gouverner et de virer de bord rapidement, si on l'eût voulu.

L'amiral Benbow s'était bien rendu compte de la gravité de l'avarie, car on vit une nuée de mousses se ruer sur l'avant et le débarrasser des bordages qui retenaient les débris flottants sur la mer.

D'autres matelots s'empressaient de dégager l'armature du beaupré et d'y engager un mât de fortune.

Le jeune Victor, grisé de son succès, laissait éclater une joie enfantine lorsque tout à coup l'amiral de Lauverdière apparut sur l'avant accompagné de ses officiers.

Au même instant une voix cria de la grande hune :

— Navire ennemi, par bâbord arrière !

— Qu'y a-t-il ? qu'est-ce ? demanda l'amiral avec inquiétude.

— Descends, Lavanant, cria M. de Langély.

Le matelot se laissa glisser le long des haubans.

— Eh bien, parle, dit fiévreusement l'amiral.

— Amiral, c'est un gros vaisseau de premier rang qui s'est avancé caché par la fumée du vaisseau-amiral anglais et qui déborde son arrière de manière à défiler sous le nôtre, et dame, ça va chauffer.

Au même moment, une explosion formidable retentit, et un ouragan de fer balaya l'arrière du navire, brisant la partie haute du château d'arrière, et bouleversant la batterie découverte et la batterie d'entrepont, semant de morts et de blessés toute cette partie du *Richelieu*.

— Oh ! amiral, cinq minutes plus tôt, vous étiez tué ! s'écria le capitaine de vaisseau commandant en second.

— Dieu ne l'a pas permis ! dit gravement M. de Lauverdière, que sa volonté soit faite !

Les officiers se signèrent, et seul, l'amiral ne fit pas le geste.

Grenicheux se pencha vers le petit Victor :

— Vois-tu, mioche... l'amiral n'a pas fait le signe de croix...

— Faut pas parler de ça, maître, dit le jeune homme, tout le monde sait bien à bord qu'il en tient pour la Réforme, mais on le cache de péur que les sales bêtes de terriens ne lui fassent des misères.

Cependant l'amiral avait donné rapidement plusieurs ordres, et tout aussitôt les sifflets des officiers de tribord avaient appelé les hommes de la bordée qui s'étaient élancés dans les haubans, grimpant de tous côtés dans la mâture.

Je ne veux pas que tu te fasses tuer inutilement. (Page 659.)

— Messieurs, dit alors l'amiral aux officiers de bâbord, brûlez de la poudre, tirez tant que vous pourrez, afin de masquer la manœuvre avec votre fumée.

En effet le *Richelieu* allait quitter son immobilité, et évoluer de façon à faire face autant que possible aux deux ennemis à la fois.

Le navire était resté jusqu'alors en panne, c'est-à-dire qu'une partie de ses voiles étant serrées, les autres avaient été orientées de façon à contrarier leurs efforts et à immobiliser le navire sous des poussées contraires.

En un instant, le *Richelieu* fut couvert de toile et, sous l'impulsion de la brise qui s'établissait, il glissa lentement, commençant à dépasser le *Thunderer* et virant en même temps de façon à présenter son flanc aux deux côtés du triangle formés par les deux vaisseaux anglais.

Il devenait ainsi la base de ce triangle.

Quelqu'un que cette manœuvre enthousiasma, ce fut Grenicheux.

— Les deux jumelles vont pouvoir tirer sur l'amiral anglais, cria-t-il.

— J'en prends une, dit Victor ; et le brave gamin profitant de ce qu'un chef de pièce venait d'être tué, s'installa à l'une des grosses pièces.

— Avant cela, dit Grenicheux, va donc voir à l'infirmerie ce que devient Jacques !

— J'ai pas attendu votre ordre, maître, fit le jeune garçon d'un ton de reproche. Je suis déjà descendu deux fois embrasser votre pauvre fils...

— Et alors, que fait-il ?

— Il pleure et se bouche les oreilles, pour ne pas entendre le canon, répondit le gamin en éclatant d'un bon rire qui gagna les servants de la pièce.

Grenicheux voulut prendre la défense de son rejeton !

— Il n'est pas bien vigoureux, le pauvre enfant.

— Oh pour ça, oui ! on dirait une fille, répliqua Victor.

Le père Grenicheux eut un sourire étrange, et ne répondit pas.

Une nouvelle bordée du vaisseau anglais passa cette fois-ci avec un ronflement sonore sur la gauche du *Richelieu*.

— C'est ça, dit Grenicheux, tire la fumée, mon vieux, cela ne fera de mal à personne, il n'y a plus de bâtiment derrière !

Des deux vaisseaux anglais on se rendit vite compte de l'habile manœuvre de M. de Lauverdière et bientôt les feux des deux ennemis se croisèrent sur le *Richelieu* où les dégâts augmentaient. Sur le pont la position devenait intenable.

— Victor ! appela le lieutenant de vaisseau.

— Présent ! capitaine.

— Tu vas avoir l'obligeance de laisser ta pièce à un autre chef... Voilà Lavanant qui est bon pointeur.

Des larmes vinrent aux yeux du gamin :

— Qu'est-ce que j'ai fait, capitaine, pour me dégrader ? dit-il d'une voix larmoyante.

— Je ne te dégrade pas, j'ai une mission à te donner.

— Laquelle, capitaine ?

— Tu vas te rendre à la soute aux poudres.

— Oui, capitaine.

— Tu diras de ma part à l'enseigne qui dirige la réserve de te mettre au monte-charge, où tu resteras jusqu'à ce que je te rappelle.

— Oh ! vous voyez bien que je suis en disgrâce, cria l'enfant avec indignation.

Le lieutenant de vaisseau eut un haussement d'épaules, puis se penchant sur le jeune garçon, il lui passa affectueusement le bras autour du cou et lui dit à demi-voix :

— Je ne veux pas que tu te fasses tuer inutilement, et d'ici un quart d'heure il ne restera pas un servant sur quatre de vivants dans la batterie découverte.

— Mais je voudrais...

— Tais-toi, et va à ton nouveau poste. Je te donne ma parole que si nous devons tous y passer, je te ferai rappeler et tu mourras avec moi !

Il y avait tant de bonté et d'affection sincère dans la voix de l'officier que l'enfant s'éloigna, la tête basse, sans plus résister.

Cependant l'amiral Benbow, quoique blessé légèrement, triomphait.

Pour lui le sort du combat était lié à celui de l'amiral de Lauverdière, et malgré la nouvelle grave qu'il venait de recevoir de l'inaction inexplicable d'une partie de ses meilleurs bâtiments, il pouvait espérer encore la victoire, car sur toute la ligne ses vaisseaux tenaient les nôtres en échec.

Il s'agissait pour lui d'écraser rapidement le *Richelieu*, et de reporter l'effort des deux splendides vaisseaux de ligne sur le restant de l'escadre française.

Déjà le feu foudroyant de l'*Albert*, le nouveau vaisseau, avait éteint une partie de l'artillerie de M. de Lauverdière, et tout faisait présager une prompte victoire.

Le capitaine de l'*Albert*, un des meilleurs officiers de la marine anglaise, excitait ses hommes de la voix et du geste, lorsque, tout à coup, un projectile vint briser son banc de quart qu'il venait de quitter.

D'autres boulets étaient venus balayer le pont.

Il demeura stupéfait : ces projectiles venaient presque en sens inverse de ceux du *Richelieu* !

La fumée commençait à se dissiper et il s'élança vers le bord opposé.

La lourde vapeur courait sur l'eau et aucune mâture n'était visible de ce côté.

Cependant, un seul mât de peu de hauteur émergeait de la fumée, et semblait s'avancer sans la moindre voile !

Puis, en quelques secondes, il s'approchait rapidement.

Un long fuseau déchira la brume, s'avançant comme une sorte de monstre marin dont les puissantes nageoires frapperaient l'eau en cadence : c'était la galère amirale l'*Uranie* qui s'élançait à l'abordage.

Avant que le commandant de l'*Albert* eût pu faire commencer le feu, tous les fauconneaux et les espingoles de la galère criblèrent le pont et les batteries basses de leur mitraille.

Un choc retentit, des grappins s'abattirent sur la voilure de l'*Albert*, tandis que les immenses avirons relevés pénétraient dans les embrasures des canons, renversant les servants, et empêchant les mantelets de se rabattre. Alors, ce fut un effrayant spectacle.

Les trois quarts de l'équipage de la galère sautèrent à l'abordage.

Deux cents forçats hurlant, brandissant des haches, des sabres, des piques, des pistolets, se ruèrent sur le pont et dans les batteries.

On eût dit une horde de démons, et la surprise fut telle, que pendant un moment, l'équipage de l'*Albert* n'obéit pas aux ordres des officiers; mais bientôt la défense s'organisa.

Les marins anglais, avec le sang-froid et l'admirable discipline des marins de guerre, se rassemblèrent en deux groupes, l'un à l'arrière, l'autre à l'avant, et formèrent deux troupes compactes que renforcèrent des fusiliers qui montaient sur les panneaux d'avant et d'arrière.

Des pièces furent retournées qui, mises en batterie, devaient balayer le pont obliquement.

Toutes ces mesures auraient peut-être triomphé des abordeurs qui, insuffisamment commandés et peu expérimentés dans cette sorte d'attaque, n'avaient pas songé à s'emparer des châteaux d'avant et d'arrière d'où ils auraient dominé le pont.

Seulement Cyprien avait eu, lui, une idée qui, communiquée au comite, l'avait fait tressaillir.

Le capitaine de Saint-Tourvès, après quelques mots échangés avec le comite, avait approuvé « l'idée ».

Voici en quoi consistait « l'idée » de Cyprien.

On se souvient que les avirons avaient maintenu ouverts les mantelets des sabords, dont les pièces étaient restées muettes, puisque l'arrivée de la galère avait été trop brusque et trop inattendue pour que les servants pussent les employer.

Cyprien, à la tête d'une quarantaine d'hommes résolus, s'était élancé le long des rames et, se ruant dans l'intérieur, avait surpris les hommes de la batterie sans autres armes que leurs écouvillons.

Il y avait eu là une effroyable panique dans toute la partie arrière du vaisseau, et la place était restée libre, les matelots anglais organisant la défense vers la partie avant de la batterie.

Bientôt, la galère s'étant encore rapprochée du flanc du vaisseau de guerre, le comite jeta une planche entre la rambade et un sabord, puis il s'avança suivi de deux galériens qui portaient avec précaution un paquet pesant et volumineux.

Les trois hommes disparurent dans les flancs du navire.

Cependant le combat se prolongeait, acharné, terrible, sur le pont du vaisseau.

Les protestants qui s'étaient isolés des autres forçats, se battaient comme des lions, et serrés en groupe compact, donnaient assaut au château d'arrière, moins bien garni de défenseurs que la partie avant du bâtiment, chose explicable, puisque l'abordage avait eu lieu vers l'arrière et que la première panique, en entraînant la grosse masse des hommes vers l'avant, avait dégarni ce poste.

Seul, l'état-major de l'*Albert*, entouré d'une vingtaine de marins, soutenait l'assaut furieux des galériens.

Le comite et ses deux compagnons n'étaient pas restés bien longtemps dans la batterie, car on les vit reparaître et franchir précipitamment leur fragile passerelle.

Cyprien, très pâle, les suivait, accompagné de la plupart des combattants de la batterie.

— Il faut appeler les autres, cria-t-il au comite, lorsqu'il fut à bord de l'*Uranie*.

— Appelez ceux que vous voudrez, mais tant pis pour les autres, il faut surtout nous éloigner au plus vite.

Sur un signe de Saint-Tourvès, les trompettes marines sonnèrent le commandement de « tout le monde au banc de nage » qui servait de rassemblement aux forçats, tandis que Cyprien, monté sur la cabine, dont le toit était au niveau du pont, appelait à grands cris les combattants.

Parmi les galériens, une cinquantaine répondirent à l'appel du jeune homme, mais les soixante protestants qui s'emparaient à ce moment du château d'arrière de l'*Albert*, ne l'entendirent pas ou ne voulurent pas obéir.

Cyprien allait tenter un dernier effort, lorsqu'un grondement sourd retentit dans la batterie, et une gerbe de fumée noire et d'étincelles jaillit par les sabords.

— Vite aux avirons! poussez au large! hurla le comite, tandis que les forçats comprenant le danger, se ruaient sur les longues rames.

— Mais ces malheureux vont périr, s'écria Cyprien, avec angoisse.

— Ne vaut-il pas mieux cela que les galères à perpétuité, dit philosophiquement M. de Saint-Tourvès.

— C'est peut-être pour cela qu'ils ne vous ont pas répondu, fit le comite.

— C'est juste, murmura le jeune homme, ils préfèrent se faire tuer... mais ils ne s'attendent pas à sauter!

— C'est plus vite fait, voilà tout! lança le comite en ricanant.

L'*Uranie*, sous l'impulsion des rames, commença à s'éloigner rapidement, tandis qu'une épaisse fumée sillonnée de flammes jaillissait de toutes parts des flancs du beau navire anglais.

Tout ceci n'était pas resté inaperçu des deux autres combattants..

L'abordage ayant fait cesser la canonnade de l'*Albert*, la fumée s'était vite dissipée sous les rafales de la brise qui s'établissait, et l'amiral de Lauverdière avait poussé un cri de surprise en voyant le feu de son plus dangereux adversaire s'éteindre.

Puis, bientôt, l'étonnement avait fait place à la stupeur, lorsqu'il avait vu la longue silhouette de la galère collée au flanc du vaisseau de guerre.

— Mais c'est l'*Uranie* qui donne l'abordage ! s'écria-t-il... de Saint-Tourvès est devenu fou !

— Pas tant que cela, il nous sauve ! s'écria le commandant du *Richelieu.*

— Ces damnés galériens sont de vrais démons ; regardez-les, ils sont maîtres de la moitié du navire !

— Ils sont capables de le prendre.

— Non, ils ne sont pas assez nombreux, et tenez, voilà les canons du château qui les mitraillent.

— Voyez, ils se sauvent tous, ils sautent à bord de l'*Uranie* qui, maintenant qu'elle n'est pas à l'abri de la fumée va se faire couler.

— Non, fit l'amiral, avec une gravité triste, ils ont mis le feu à bord, et près des soutes d'arrière, tenez, voyez-vous cette fumée épaisse, c'est du feu grégeois, le navire va sauter !

Il y eut un moment d'émotion et tout le monde se tut devant cet effrayant dénouement.

Il n'y a pas un marin qui ne soit ému lorsqu'il va assister à l'anéantissement d'un superbe navire et des centaines d'hommes qui le montent, ce navire fût-il un ennemi prêt à l'anéantir lui-même.

Cependant, lorsque les flammes avaient commencé à jaillir par les sabords, les marins anglais avaient poussé un cri d'effroi, et l'immense clameur montant de toute part avait révélé à tous le danger.

Au même moment le groupe des protestants avait pu gagner l'arrière et l'un d'eux, d'un coup de sabre, avait coupé la drisse du pavillon d'artimon.

Le drapeau anglais s'abattit sur le pont sans que personne à bord y fît attention, tant l'affolement était grand parmi l'équipage.

On se ruait aux canots, et, de toutes parts, on avait cessé de combattre contre la poignée de forçats qui restait maîtresse de l'arrière.

En quelques minutes les flammes avaient jailli avec une telle intensité que les chaloupes elles-mêmes flambaient.

Des hommes se jetaient à la mer.

Les galériens avaient, eux aussi, compris le danger, ils s'étaient groupés et, agenouillés sur le pont, ils priaient tandis qu'un des leurs, un pasteur, les yeux levés au ciel, les bras étendus, les bénissait.

Tout à coup, une effroyable explosion éventra le navire.

Une colossale gerbe de feu monta au ciel, tandis que tout disparaissait dans une effrayante nappe de fumée.

Lorsqu'elle se fut dissipée, on ne vit plus que la mer jonchée de débris fumants et de fragments de mâture, où quelques hommes se cramponnaient.

Il y avait eu comme une trêve tacite, le canon s'était tu à bord du *Thunderer* et du *Richelieu*.

Au loin, on voyait encore des navires anglais aux prises avec l'escadre française.

Des canots partis du *Thunderer* croisèrent un instant sur le lieu de la catastrophe, puis le navire anglais fit un signal répété de proche en proche, et l'escadre anglaise s'enfuit éperdument sans être poursuivie, tandis qu'on voyait au loin ceux de ses navires dont l'abandon avait causé sa défaite...

Une heure après l'amiral de Lauverdière embrassait M. de Saint-Tourvès en lui disant :

— Vous nous avez sauvés ! Je ferai mon rapport au roi !

. . . .

. . . .

Quant au mousse Victor, il eut toutes les peines du monde à rassurer son petit camarade Jacques, terrifié.

QUATRIÈME PARTIE

LES DEUX MOUSSES

I

« IN VINO VERITAS »

A l'époque de notre récit, Paris, en tant que ville, s'arrêtait aux fortifications de l'époque dont il est facile de retrouver les traces.

En effet, comme dans toute les villes qui ont un accroissement continu à travers les siècles, chaque cercle de boulevards indique une série d'anciennes fortifications. On désignait d'ailleurs par le mot boulevard les larges chemins de ronde qui longeaient intérieurement les fortifications ; et de là, par extension, le mot boulevard est pris souvent pour celui de rempart.

Sous le règne de Louis XIV, les fortifications de Paris partaient de la Bastille et suivaient la ligne des grands boulevards où la porte Saint-Denis et la porte Saint-Martin en marquent encore la trace.

Hors cette limite, on était dans une verdoyante banlieue, très cultivée et où de rares maisons de maraîchers occupaient seules les champs laissés libres par des grands parcs qui abritaient d'innombrables couvents.

La route des Amandiers, un des plus jolis chemins de campagne, longeait un des côtés des propriétés appartenant au couvent des Annonciades du Saint-Esprit, dont l'entrée donnait sur la rue Pincourt.

A l'extrémité du mur de clôture du couvent se dressait ce que nous appellerions une villa, et ce qu'on désignait à cette époque sous le nom

Brusquement, elle arrêta son mari et lui dit d'une voix ferme et résolue : (Page 667).

de « Maison des Champs » et qui n'est autre que notre maison de campagne actuelle.

Ce petit bâtiment d'aspect coquet, situé au milieu d'un minuscule petit parc, se cachait de la route derrière de grands arbres et une jolie grille en fer forgé.

Un saut-de-loup l'entourait complètement, ne laissant que le passage de la grille.

Des communs bien bâtis et contenant des écuries, des remises, une volière, un pigeonnier, un poulailler et deux enclos indiquaient que le confortable régnait dans cette propriété.

D'ailleurs un superbe potager-verger était là pour donner un air de prospérité à cette petite maison des champs qui devait évidemment être habitée toute l'année.

Disons-le tout de suite, c'était le nid où Fabrice de Préval et sa chère Hélène abritaient leur bonheur que troublait seul le chagrin qu'ils éprouvaient en pensant à leur malheureux père, au pauvre Henry de Corneville, et aussi à l'infortuné Cyprien.

Un bruit de chevaux a retenti sur la route. La vieille grille a tourné sur ses gonds en grinçant furieusement; et des silhouettes d'hommes et de chevaux se profilent sur l'allée centrale.

Aussitôt, une porte de la maison donnant sur la terrasse s'est ouverte et Hélène de Préval s'est élancée au-devant de son mari.

Hélène est toujours belle. Les années ont seulement mûri cette beauté fière, et ont donné à la jeune fille l'opulence des formes de la femme.

A côté d'elle un bel enfant aux cheveux blonds, de ce blond ardent des Normands, court les bras levés en criant :

— Papa, voilà papa qui revient!

Fabrice de Préval a jeté sa bride à ses fidèles soldats qui se dirigent tous deux vers l'écurie, bien contents d'être enfin rentrés du formidable voyage à travers la France.

Quant au lieutenant des mousquetaires noirs, il est vite dans les bras de sa chère Hélène.

Les questions se croisent, rapides, et rapides aussi sont les réponses.

— Eh bien, qu'as-tu trouvé?

— Rien de nouveau.

— A Marseille?

— Une fausse piste.

— A l'île Sainte-Marguerite?

— Aussi.

— Et à Lyon? au château de Pierre-en-Scize?

— Rien non plus.

Hélène de Préval laissa tomber tristement ses bras.

En la voyant s'enfoncer dans une triste rêverie, son mari voulut détourner le cours de ses pensées :

— Tu ne me demandes pas des nouvelles de Cyprien? dit-il.

— C'est vrai! au fait, que devient le malheureux garçon?

— Sa situation au bagne s'est améliorée; et je crois avoir fait le nécessaire pour qu'elle s'améliore encore.

— Nous allons nous occuper de sa grâce, n'est-ce pas?

— Certainement, ma chère Hélène !

Tandis qu'ils se dirigeaient vers le perron de la maison, Hélène réfléchissait.

Brusquement, elle arrêta son mari et lui dit d'une voix ferme et ré résolue :

— Commences-tu à croire que j'avais raison ?

— Oui, ma chérie, j'y suis bien forcé, puisque je n'ai trouvé nulle part aucune trace, aucun indice de la présence du marquis ou même de son passage.

— Tu sembles encore douter... Eh bien ! crois-moi, je te jure que mon père est encore à la Bastille !

— Oui, sans doute, il faut bien qu'il y soit !...

— Oh ! je vois bien que tu ne me crois pas ! s'écria Hélène avec un pâle et triste sourire, mais cela m'est égal ! J'ai un allié qui, lui, croit à la justesse de mon idée, et il saura bien trouver quelque chose qui te convaincra.

— Quel est cet allié, si confiant ?

— Tu ne devines pas ?

— Si, je me doute que c'est Noré.

— Tout juste, Noré... Le beau Noré, comme on dit encore, quoiqu'il soit moins coquet et moins fringant que jadis.

— Tu l'as vu ces temps-ci ?

— Oui, il est venu me demander si tu n'avais pas besoin de lui...

— Diable, est-ce que ses affaires ?...

— Elles ne sont pas brillantes ; et il vient souvent dîner ici.

— Oui, tu fais bien de le nourrir, car l'argent file dans ses doigts. Et que comptes-tu faire de lui ?

— Il m'a offert de s'assurer que mon père est encore à la Bastille.

— Il ne doute de rien !

— Dame, nous sommes payés pour savoir qu'il réussit dans tout ce qu'il entreprend !

— C'est juste ! Eh bien ! tu lui donneras de l'argent et tu le mettras en route... S'il revient, je suis prêt à continuer la campagne.

Hélène ne répondit rien ; mais ses baisers tinrent lieu des remercie-ments.

.   .   .   .

L'après-midi avait été très chaude, orageuse même, et le soleil, que voilaient par moment des nuages, était encore très ardent. Aussi peu de promeneurs se risquaient-ils dans la partie découverte qui environnait la Bastille.

Cependant, un bourgeois, qu'à son chargement de gaules, de fils et hameçons, on pouvait reconnaître pour un sérieux pêcheur à la ligne, remontait le chemin de ronde des remparts en longeant le petit Arsenal, dans la direction de la célèbre prison d'État.

Il revenait évidemment de tenter la fortune au bord du mail, dans le petit bras de l'île Louviers.

Arrivé devant le fossé, entourant de ce côté la première enceinte de la Bastille, il ne tourna pas vers la rue Saint-Antoine.

Attiré sans doute par la vue de l'eau, il s'approcha du bord du fossé et s'y assit, posant son attirail près de lui.

Bientôt, il se mit à jeter des pierres dans l'eau.

Un homme qui jette des cailloux dans un fossé offre un spectacle banal, mais les fossés de la Bastille n'étaient pas des fossés ordinaires ; aussi, maître Barthélemy Bonjarron, un des gardiens-chefs de la prison, qui sortait suivant son habitude à cette heure pour aller boire son pot de vin blanc avant de dîner, crut-il devoir examiner de près ce flâneur.

A mesure qu'il se rapprochait, son front se rassérénait.

En effet, le badaud avait bien l'aspect d'un bon bourgeois désœuvré occupant ses loisirs à l'exercice inoffensif de la pêche.

Sous son large chapeau de paille, sa face bonasse, rasée de frais, étalait toute la béatitude d'un homme habitué à bien boire, bien manger, bien dormir, et à taquiner le « goujon » de son mieux.

Barthélemy Bonjarron comprit de suite que, s'il jetait des pierres, c'était pour faire mouvoir le poisson amené à la surface par l'orage menaçant.

— Eh bien, mon brave homme, vous trouvez que nos fossés sont poissonneux, et vous voudriez bien y jeter votre ligne?

Le bon bourgeois leva les yeux sur le costume à demi militaire de son interlocuteur, et parut très impressionné par la multiplicité de galons que le gardien chef très vaniteux avait étalé sur ses manches.

— Hélas! monsieur l'officier, repliqua-t-il, je voudrais bien pêcher dans ces fossés, mais je n'y suis pas autorisé... Ce qu'il y en a du poisson !... Et du beau !

Le gardien-chef fut profondément flatté de ce titre d'officier, aussi devint-il très aimable :

— Monsieur est amateur de pêche à la ligne ? dit-il en souriant.

— Oh! j'adore ce genre de pêche, mais je n'y ai vraiment pas de chance en Seine.

— Je suis heureux de pouvoir vous autoriser à jeter vos lignes dans ce fossé... M. le gouverneur se réserve les grands fossés intérieurs, mais il laisse aux... officiers de la Bastille le droit de pêcher dans les sauts-de-loup extérieurs... ainsi donc, monsieur...?

— Jean Falempin, rentier...

— Belle profession, monsieur... Ainsi donc, monsieur Jean Falempin, je vous accorde la permission de pêcher dans tous les sauts-de-loup extérieurs... Si l'on vous faisait une observation, vous diriez que c'est moi, Barthélemy Bonjarron, qui vous y ai autorisé.

Le brave bourgeois se confondit en remerciements et, comme c'était un homme qui savait vivre, il voulut à toute force offrir un pot de vin blanc à son nouvel ami.

Celui-ci, dont c'était l'heure, n'eut garde de refuser, et tout en se faisant prier, il se laissa entraîner aux « Tours de la Bastille », une excellente auberge réputée pour ses vins et sa cuisine.

Le bourgeois Falempin était un homme cossu, et semblait fort connu de l'aubergiste, qui le salua très bas.

Le gardien-chef sentit son cœur ému d'une vive sympathie pour son ami, lorsque celui-ci ordonna qu'on montât deux bouteilles de vin de Chablis sur la terrasse qui se dressait sur le toit de la maison, et qui avait vue sur l'ensemble imposant de la Bastille.

C'est qu'après la vanité le plus gros travers de Barthélemy Bonjarron était une sérieuse gourmandise compliquée d'une soif inextinguible.

On y était fort bien sur cette petite terrasse, enserrée entre deux hautes toitures de maisons voisines qui l'abritaient du soleil ; elle était recouverte d'une banne épaisse, et le long des poteaux qui la soutenaient tout un jardin suspendu grimpait et enroulait des plantes fleuries.

L'excellent M. Falempin était d'humeur communicative, et il eut vite confié à son nouvel ami que sa profession de rentier était de date assez récente.

Il avait amassé une honnête fortune dans le commerce de l'épicerie ; et, comme il allait se retirer, deux ans auparavant, il avait eu le malheur de perdre son épouse, morte de suffocation dans un accès de colère.

Le malheur n'avait pas été bien grand, car madame Falempin possédait une humeur désastreuse, et la colère, cause de sa mort, n'était qu'une des manifestations quotidiennes de ce caractère par trop acariâtre.

Le brave épicier s'était donc trouvé tout à coup délivré à la fois des soucis du commerce et des criailleries de son épouse.

C'était trop de calme à la fois ; aussi se laissait-il aller à la passion de la pêche.

— Ah ! voyez-vous ! Les femmes sont bien insupportables, et il vaut bien mieux rester célibataire, déclara d'un ton dogmatique le gardien-chef de la Bastille.

— Et vous avez sans doute suivi cette idée ? demanda le commerçant retiré.

Barthélemy Bonjarron lança un coup d'œil oblique à son interlocuteur, mais rien dans l'expression bonasse et un peu niaise du bourgeois ne put lui faire croire à une ironie.

C'est qu'en effet il courait une histoire dans le quartier de la Bastille sur la femme du guichetier.

Ce pauvre homme avait eu la malencontreuse idée de vouloir enfermer avec lui dans la sombre prison une jeune et jolie ouvrière du quartier, qui, fière au début d'avoir épousé un personnage tel que M. Bonjarron, se lassa bien vite de la triste existence dans ces sombres murs.

Un beau jour, l'ordre vint de mettre en liberté un jeune écervelé de grande famille que son père avait fait enfermer quelques mois, afin de mettre fin à une liaison trop bruyante.

Il faut croire que madame Bonjarron n'avait pas déplu au jeune seigneur, lorsqu'elle lui portait le repas fin que le gouverneur l'avait autorisé à faire venir du dehors.

En effet, le jour de l'élargissement du jeune homme, madame Bonjarron sortit de la Bastille pour aller aux provisions ; et, depuis lors, elle n'y était pas rentrée.

Rassuré sur l'ignorance de son malheur, le gardien-chef répondit d'un ton suffisant :

— J'ai été marié, mais j'ai pu m'affranchir de ces liens trop pesants pour un homme comme moi !

Il ne vit pas l'imperceptible et fugitif sourire qui crispa les lèvres du bon bourgeois.

— Et où prenez-vous vos repas ? demanda Falempin en versant une copieuse rasade de chablis à son interlocuteur.

— Tantôt à la cantine de la Bastille, tantôt au dehors.

— Oh ! moi, je déjeune et dîne ici, la cuisine y est délicieuse.

— Je vous crois ! fit le gardien ; peste, c'est que l'auberge des *Tours de la Bastille* est la plus réputée de tout le quartier Saint-Antoine ! On voit bien que vous avez fait fortune dans l'épicerie !

Le bourgeois sentit au ton plein d'envie de son interlocuteur que le coup avait porté, et il n'insista pas pour le moment.

— A propos, qu'y a-t-il comme poissons dans le saut-de-loup ?

— Oh ! nous avons de la tanche, de la carpe, du gardon et du brochet !

— Du brochet ? dans un fossé ?

— Oh ! mais, pardon, il est alimenté par de l'eau courante, et un ruisseau traverse les grands fossés et le saut-de-loup qui, d'ailleurs, communique par un canal souterrain.

— En effet, je crois avoir vu une voûte, que j'ai prise pour une bouche d'égout.

— C'est cela, juste en face de l'endroit où vous jetiez des cailloux, dit le gardien-chef avec un gros rire.

Sur un signe de Falempin, une accorte servante, qui disposait un couvert sur une table voisine, rapporta une troisième bouteille couverte de toiles d'araignées.

— Ah ! le brochet, c'est le roi des poissons, déclara Falempin avec une admiration profonde.

— C'est bon, le brochet, répliqua Barthélemy Bonjarron, mais il demande à être bien préparé.

— Vous n'avez jamais mangé ici de matelote de brochet ?

— Non, hélas ! fit le gardien, avec un gros soupir. Vous comprenez que mon traitement n'est pas assez élevé pour me permettre cette dépense... Et je le regrette, car il paraît que le patron a une fameuse recette...

— C'est absolument exquis ! s'écria Falempin avec enthousiasme ; et à ce propos, il me semble que le patron m'a annoncé qu'il m'en servirait pour mon dîner.

— Amélie ! dites-moi, mon enfant, n'y a-t-il pas ce soir de la matelote de brochet ?

— Mais oui, monsieur Falempin, et voici le petit vin du Nivernais que vous aimez tant à boire, avec votre matelote.

Le supplice de Tantale n'était rien auprès de celui qu'endurait l'infortuné Barthélemy Bonjarron, en entendant ce dialogue.

Ses yeux luisaient, ses lèvres s'entr'ouvraient, découvrant une superbe dentition que ses moustaches noires ne cachaient pas, et un léger tremblement agitait les coins de sa bouche, humides à l'idée d'une telle bombance.

Ce fut bien pis lorsque, très naïvement, le bon bourgeois demandant ce qu'on allait lui servir avec la matelote, il entendit énumérer une série de plats succulents, qui tous avaient fait la célébrité de l'auberge des *Tours de la Bastille.*

— Eh bien ! vous allez vous régaler ce soir, mon bon ami, dit le gardien-chef avec une bonhomie affectueuse que lui donnaient à la fois la bouteille de vin vidée, et l'émotion d'un tel menu.

Jean Falempin sembla réfléchir un moment, puis, avec une certaine timidité, il demanda :

— Mon Dieu, monsieur l'officier, je ne sais vraiment... mais enfin... si j'osais... je vous prierais de vouloir bien me faire l'honneur de partager mon modeste dîner ?

Le coup fut rude, mais Barthélemy Bonjarron resta très digne, et contenant sa joie, répondit :

— Mon Dieu, mon cher monsieur Falempin, en temps ordinaire, les exigences du service m'obligent à rentrer de bonne heure... heureusement, ce soir, je ne suis pas de service de nuit, et n'ai pas de ronde à faire, je vais donc pouvoir accepter sans façon votre aimable invitation.

Falempin ne le laissa pas achever ses explications :

— Amélie ! cria-t-il, vite un second couvert, une seconde bouteille et que le patron se signale ce soir, car monsieur l'officier me fait l'honneur de partager mon modeste dîner !

Décidément ce bourgeois avait des manières de grand seigneur et le dîner était délicieux.

Le gardien-chef se laissait aller à son penchant pour la bonne chère et il fut bientôt tout échauffé par les excès de nourriture et de boisson auxquels il se livrait.

Tandis que les pâtés de venaison succédaient à la fameuse matelote de brochet et qu'un délicieux petit vin de Chinon reposait du Bourgogne blanc, l'excellent M. Falempin contemplait le colosse de pierre qui dressait ses sombres murailles devant lui.

L'auberge des *Tours de la Bastille* faisait partie de la longue rangée de boutiques qui s'adossaient au mur limitant le grand fossé entourant le château lui-même et le jardin du gouverneur, sorte de terre-plein bastionné et très élevé.

En somme, on pourrait résumer ainsi l'aspect de la Bastille : un rectangle portant sur ses deux plus grands côtés (les faces est et ouest) huit tours à peu près pareilles et groupées une à chaque extrémité, et deux à distance égale au milieu du côté.

En second lieu un terrain pentagonal très élevé et soutenu par des murs descendant à pic jusqu'aux fossés. Un pont-levis franchissant un embranchement du fossé qui séparait le jardin du château aboutissait entre deux tours médianes, la tour du Trésor et la tour de la Chapelle.

Tout ceci était connu sans doute de M. Falempin et cependant ses yeux ne quittaient pas la sombre construction.

De la terrasse de l'auberge on distinguait très bien les lucarnes des cellules et il était même possible d'échanger des signaux avec les prisonniers.

— C'est tout de même un beau château que votre Bastille, déclara le bourgeois d'un air convaincu.

— Ça dépend de la manière dont on est appelé à l'apprécier, mon cher Falempin, s'écria le gardien chef avec un gros rire où perçait un peu d'ivresse.

— C'est fort juste, mon cher officier, et si j'étais dedans je ne serais peut-être plus de cet avis.

— Tenez, voyez-vous au ras de l'eau cette ouverture?... (Page 676.)

A moins que vous ne soyez un fonctionnaire comme moi.

— Même comme cela, la Bastille me paraîtrait plus agréable à voir du dehors... Et vous êtes heureux là-dedans ?

— Oh! beaucoup moins, depuis que M. de Besmaux n'est plus, car M. de Saint-Mars, son successeur, est bien dur pour nous autres, fonctionnaires.

— Et puis, ne dit-on pas que le nouveau major ?...

— Ah ! son neveu, cette rosse de Carbé, ne m'en parlez pas, quelle sale bête !

— Diable, mais ce n'est pas toujours drôle d'avoir de tels chefs... Et vous avez beaucoup de monde en ce moment ?

— C'est plein ! archi-plein !

— Il me semble cependant qu'il n'y a qu'une quarantaine de cellules.

— Quarante-deux, exactement.

— Eh bien ! cela ne fait pas énormément de prisonniers.

— Gros malin, il y a quarante-deux cages, mais on a mis jusqu'à quatre oiseaux dans la même !

— Oh ! oh ! ce n'est guère confortable !

— Sûrement, mon vieux, mais tu comprends que les protestants ont besoin d'avoir avec eux de bons catholiques pour les amener à abjurer leur hérésie !

Barthélemy Bonjarron devenait familier et, chose curieuse, le brave bourgeois en semblait tout heureux.

— Ça doit être bien mélangé comme monde, tous ces prisonniers ? continua-t-il.

— Ah ! ne m'en parlez pas, il y a de tout, même des femmes.

— Des femmes ? pas possible !

— Oui, des protestantes.

— Et sans doute vous avez aussi des vieillards ?

— Je te crois ! Il y a là des gens qui ont vingt et trente ans de Bastille.

M. Falempin étouffa un soupir, puis il reprit son habile interrogatoire :

— J'ai connu dans le temps un seigneur qui a été votre prisonnier...

— Tiens, c'est drôle !

— Oui, je suis Normand d'origine et j'ai connu le fameux marquis de Corneville qui avait été l'un des chefs de cette malheureuse échauffourée de Quillebœuf.

— Je me souviens de l'histoire, mon vieux Falempin, même qu'on a décollé pas mal de gentilshommes à Rouen... Et ton marquis, alors ?

— A été enfermé à la Bastille... Le roi l'aimait, il avait été, paraît-il, gentilhomme de sa chambre quand il était tout jeune... Aussi a-t-il voulu le sauver de l'échafaud en le faisant transférer à la Bastille...

— La Bastille sauvant la vie de quelqu'un, s'écria le gardien-chef en éclatant de rire. Ah ! ah ! elle est bien bonne.

Lorsque l'hilarité de son interlocuteur se fut calmée, le bourgeois tenace reprit :

— Oui, ce pauvre vieux marquis de Corneville doit être mort actuellement, car on n'en a plus entendu parler.

— Attends, mon cher Falempin, que je réfléchisse !

Et l'ivrogne fit un effort pour rassembler ses idées :

— Voyons un peu, fit-il d'une voix pâteuse ; Corneville, je n'ai plus ça à la Bastille... A moins que...

— A moins que ? interrogea anxieusement l'ancien épicier.

— A moins qu'il n'y soit pas sous son nom !

Un éclair de joie brilla dans les yeux du bourgeois qui se contint et demanda négligemment :

— On débaptise donc parfois les prisonniers ?

— Mais oui, par crainte d'indiscrétion de la part de mes subalternes, les porte-clefs, qui seraient gens à ne pas être discrets... autant que moi, par exemple !

Un sourire effleura les lèvres de l'épicier qui reprit :

— Ah ! ce pauvre M. de Corneville, je le vois encore il y a une dizaine d'années... C'était un beau vieillard de grande taille, tout blanc de cheveux avec une figure longue qu'allongeait encore une barbe blanche qu'il portait taillée en pointe, comme du temps du roi Henry IV.

Il avait la vue mauvaise, et s'il avait vécu, il serait presque aveugle.

Barthélemy Bonjarron se reprit à rire, secoué par une hilarité d'homme très ivre :

— Oh ! oh ! oh ! elle est bien bonne ! Ton Corneville, je le connais, c'est le père Ventre-Saint-Gris ! Nous avons ainsi surnommé le vieux fou qui nous rase toujours avec sa pétition au roi Louis XIV... Oui, c'est cela, on n'a pas donné son nom au personnel ; c'est le numéro 28 !

Si le gardien-chef n'avait pas été aussi ivre qu'il l'était, il eût été bien étonné de l'attitude de son nouvel ami et du changement qui venait de s'opérer en lui.

La figure bonasse avait pris une expression de triomphe et d'énergie, qui n'avait rien d'un épicier retiré, et le coup de poing qu'il donna sur la table trahissait une vigueur peu commune chez un homme à cheveux blancs.

Mais Barthélemy Bonjarron n'était plus en état de rien remarquer, et maître Falempin reprit presque aussitôt sa mine paterne.

— Ah ! vous croyez que le numéro 28 serait le vieux marquis de Corneville ? dit le bourgeois avec le plus grand calme.

L'ivrogne se fâcha comme tout bon pochard qui n'aime pas la contradiction :

— Puisque je vous dis que c'est lui ! là, c'est un peu fort ; douteriez-vous de ma parole ? s'écria-t-il d'un ton irrité.

— Calmez-vous, cher ami, reprit l'autre avec perfidie, je pensais seulement qu'un vague signalement était suffisant pour établir...

— Je n'établis rien, nom de nom ! s'écria le gardien-chef hors de lui. Palsambleu ! allez-vous me donner un démenti, quand je vous dirai que ce vieux gâteux m'a dit lui-même que c'était le marquis de Corneville... même que j'ai fait un rapport au gouverneur qui m'a défendu de faire allusion à ce nom-là.

Il a même ajouté :

— Bonjarron, cet homme doit être mort pour tous, et il ne figure plus sur le livre d'écrou.

Cette fois-ci, le digne Falempin eut un tel soubresaut que les bouteilles et les verres roulèrent à terre.

Appelant la servante, il fit rapporter des verres et des bouteilles pleines.

— Ami Bonjarron, dit-il, ne vous inquiétez pas, les bouteilles étaient quasiment vides ; grâce à ce petit accident, en voici de nouvelles plus fraîches et pleines.

— Ça, c'est très bien, fit le pochard en saisissant un verre, renversez souvent la table !

— Alors, vous disiez donc que le numéro 28 était dans la Tour de la Chapelle ?...

— Voyons, voyons, qu'est-ce que jabote ce sacré pêcheur à la ligne ? Je vous ai dit que c'est dans la Tour du Puits, dans le cachot du bas.

— Ah ! oui, le cachot du bas...

— Attendez, voilà des éclairs, et quoique la nuit soit venue et que la Bastille semble se remuer comme cette table qui tourne aussi, je vais vous montrer le soupirail du cachot du numéro 28 !

L'orage montait, en effet, et des éclairs zébraient l'obscurité, éclairant jusqu'au fond du fossé la sombre prison d'État.

— Tenez, voyez-vous au ras de l'eau cette ouverture ? cria le gardien-chef.

— Oui, j'ai vu, en effet, comme une bouche d'égout.

— Eh bien, c'est sa fenêtre !

— Le malheureux !

— C'est pas très gai, et il fait meilleur ici.

— Je vous crois, ami Bonjarron.

— D'autant qu'il ne peut voir le ciel.

— Comment cela ?

— Mais le mur à la base de la Tour a six pieds d'épaisseur.

— De sorte qu'il ne peut pas recevoir de jour.

— Ah ! quand il fait très clair à travers les deux grilles, il distingue juste l'eau du fossé et le pied du mur où est adossée cette auberge...

— Il y a deux grilles ? demanda Falempin, rêveur.

— Dame, oui, vous comprenez que l'ouverture est large assez pour le corps d'un homme ; en conséquence, il y a la grille extérieure et une grille intérieure, à l'orifice du côté du cachot.

— Ah ! c'est bien compris.

— D'ailleurs, le vieux est hors d'état de faire quoi que ce soit pour s'échapper.

— Je n'en doute pas... malgré cela on doit faire des rondes ?

— Oh ! seulement une le matin à sept heures, et une autre le soir à la même heure.

C'est simplement pour voir s'il est vivant et lui remettre sa nourriture.

— C'est juste, approuva l'ex-épicier.

— On ne s'évade pas facilement de chez nous, dit d'un air assuré le gardien-chef.

— C'est rare les évasions, et c'est pas ce pauvre vieillard qui pourrait en donner l'exemple.

Un coup de tonnerre formidable ébranla l'auberge qui sembla remuer dans ses fondements.

— Il faut que je rentre, si je ne veux pas être trempé, dit Barthélemy Bonjarron, en essayant de se lever.

— Vous n'avez que le temps de gagner la poterne, répondit Falempin avec un singulier empressement.

Et comme le gardien titubait, il le soutint et l'aida à descendre l'escalier assez raide.

A un coude très obscur, les deux hommes croisèrent un individu qui s'effaça pour les laisser passer.

Au moment où il croisait ce nouveau personnage, l'ex-épicier se pencha vers lui, et d'une voix légère comme un souffle, lui lança ces mots :

— Je reviens, préparez l'échelle !

En effet, après avoir soutenu Bonjarron de plus en plus chancelant jusqu'à la poterne, le bon bourgeois le remit à un porte-clefs qui causait avec la sentinelle.

— Tenez, mon ami, lui dit-il, voici M. Bonjarron, votre chef, qui vient de dîner avec moi ; la chaleur et l'orage l'ont un peu incommodé ; conduisez-le à sa chambre, et tâchez qu'on ne s'aperçoive pas de son indisposition.

En même temps, il poussait un écu dans la main du porte-clefs qui, enthousiasmé, chargea sur son dos son chef, lequel devenait tout à fait inerte.

Aussitôt le brave Falempin, fuyant l'averse qui commençait à tomber, prit ses jambes à son cou et retourna à l'auberge des « Tours de la Bastille. »

Au lieu de monter jusqu'à la terrasse, il s'arrêta un étage plus bas, et pénétra dans une petite chambre donnant sur le carré où il avait rencontré le personnage mystérieux.

La pièce était éclairée par une cire qui brûlait en jetant une faible clarté.

A sa lueur, on pouvait distinguer l'interlocuteur de Falempin; c'était le lieutenant Fabrice de Préval.

Quant au petit bourgeois, son allure avait changé et sa taille voûtée s'était redressée :

Ce fut d'une voix sonore qu'il s'écria :

— Ouf! j'en ai assez de ce déguisement, j'ai la tête en feu sous ma perruque !

Et d'un geste l'opulente chevelure blanche alla tomber sur la table, découvrant un crâne garni d'épais cheveux noirs coupés ras.

S'approchant d'un pot d'eau, il s'y trempa le visage et les rides disparurent.

— Sais-tu, Noré, que tu as fait un rude sacrifice en coupant tes superbes moustaches ! s'écria M. de Préval... Mais aussi tu étais arrivé à te faire la tête de l'emploi !

— Ah ! tout n'est pas rose dans notre métier, mais ce n'est rien auprès de ce que je vais faire !

— Mais, dis-moi d'abord...

— Tout ! je vais vous dire tout ! M. de Corneville est enfermé dans le cachot qui se trouve au bas de la tour du Puits !

Fabrice de Préval, très ému, s'était levé :

— Et cette tour? demanda-t-il.

— La voilà ! dit simplement le beau Noré.

D'un geste, il montrait par la fenêtre ouverte une masse sombre qu'illuminaient par moment les éclairs.

Les deux hommes examinèrent en silence la masse de pierre dont les assises détenaient le malheureux prisonnier.

— Qu'allons-nous faire ? demanda M. de Préval ; parlez, mon brave Noré. Vous êtes plus habile stratège que moi pour tout ce qui est coup de main et enlèvement.

— C'est la pratique qui vous manque, répondit modestement l'ancien sergent recruteur.

Nous sommes en face d'une place forte qu'il faut prendre par la ruse...

Or, dans ce cas il faut commencer par reconnaître la place ; ce que je vais faire...

— Comment ? Que voulez-vous dire ?

— L'échelle ?

— Elle est prête.

— Bien... Le mur de revers du fossé s'arrête à trois pieds au-dessous de cette fenêtre.

Je vais m'installer sur la crête du mur et vous allez solidement fixer l'échelle de corde à la barre d'appui.

— Vous voulez descendre dans le fossé ?

— Oui, il fait très chaud, mon dîner est loin, d'autant que j'ai peu mangé, et un bain me sera très favorable.

— C'est de la folie !

— Pas du tout, l'occasion est unique, il fait un temps de chien, et avec les torrents d'eau qui tombent, la sentinelle qui, du sommet de la tour, inspecte les fossés, a dû certainement s'abriter. D'ailleurs elle ne pourrait rien distinguer, aveuglée par les éclairs qui rendent encore plus impénétrable le rideau de pluie.

— En effet, l'occasion est propice ; mais que comptez-vous donc faire dans le fossé ?

— J'ai l'intention d'aller demander à M. de Corneville des nouvelles de sa santé.

— Ah ! je comprends, mon brave ami, dit de Préval avec effusion, vous allez déjà préparer une évasion que...

— Que vous n'osiez espérer si rapide ?

— Oh ! certes ! Et vous pensez réussir ?

— Il n'y a qu'une chose qui m'empêchera d'amener ce soir M. de Corneville à sa fille.

— Quel obstacle vous arrête ?

— Deux grosses grilles à couper.

— Diable ! c'est vrai, le soupirail est bien fermé.

— Je vais ce soir même couper la grille extérieure, ou, tout au moins, commencer le travail.

M. le marquis de Corneville coupera celle du dedans d'ici demain... Il n'a que cela à faire pour tuer le temps !

Allons, en route ! Et n'oublions pas la trousse aux limes et aux outils !

Ayant saisi un petit sac qui se trouvait sur la table, le beau Noré se le fixa sur la poitrine. Il avait d'ailleurs enlevé ses chaussures et son pourpoint.

Il prit également une sorte de ceinture de toile contenant du liège et qui l'aiderait à nager. Tandis qu'il enjambait la barre d'appui de la fenêtre et prenait pied sur la crête du mur, M. de Préval amarrait soliment une fine échelle de soie à barreaux de bois qui se déroula le long du mur et se confondit avec lui.

Deux arcs-boutants la tenaient éloignée du mur d'environ un pied.

Aussitôt Noré commença à descendre.

Deux minutes longues comme des siècles s'écoulèrent, et le flottement de l'échelle indiqua que le hardi aventurier avait pris pied au fond du fossé.

Noré était dans l'eau seulement jusqu'aux genoux, mais, à mesure qu'il s'avançait, la profondeur augmentait.

Il s'était d'ailleurs baissé de façon à entrer dans l'eau jusqu'au cou.

A un moment, il perdit pied, mais, soutenu par sa ceinture, il continua d'avancer en nageant.

Grâce à l'envasement des siècles la partie du fond voisine de la tour était assez élevée et il put reprendre pied avant même d'atteindre les assises.

Arrivé là, il attendit un moment, enfoncé dans l'eau jusqu'au cou.

Un éclair lui montra sur sa gauche le soupirail du cachot à cinq ou six pieds au-dessus de sa tête.

— Allons, murmura-t-il, voilà le moment d'utiliser mes engins !

Il prit dans son sac une corde munie d'un crampon de fer à chaque extrémité.

Lançant un des crochets vers les barreaux de la grille il l'y accrocha du premier coup.

Le beau Noré resta un instant immobile, puis aucun mouvement ne se produisant, il sortit de l'eau en ayant soin de se placer au-dessous du soupirail collé au mur de la tour.

Dans cette position, il raccourcit sa corde de façon à ce qu'elle n'ait que quatre ou cinq pieds de long, et levant les bras, il lança le second crampon qui s'accrocha à son tour à la grille.

Alors seulement, à la force du poignet, il plaça d'abord ses genoux, puis ses pieds dans la boucle formée par la corde, et s'y installa assis à la façon des ravaleurs qui se suspendent à une corde pour exécuter les travaux le long d'une maison.

— Merveilleux ! dit-il, on est là comme dans un fauteuil pour faire le causette avec ce brave marquis.

Le beau Noré colla alors son visage contre l'épaisseur d'une grille, et à la lueur d'un éclair, il put distinguer le boyau long de près de deux mètres et qui aboutissait à une seconde grille.

La lucarne de la cellule, s'il y en avait une, devait être ouverte, car il put distinguer un trou noir.

— Diable ! est-il toujours là ? dit-il.

— Voyons un peu, il faut l'appeler !

— Corneville ! Corneville !

Deux minutes après le buste de l'ancien recruteur apparaissait à l'orifice du soupirail
dans la cellule. (Page 687.)

86ᵉ Liv. 86ᵉ Liv.

Un silence profond ! Rien ne répond ! Il ne peut cependant pas hurler pour ameuter toute la Bastille !

— Corneville ! Corneville !

Noré, le visage collé à la grille, perçut distinctement un léger bruit; puis une voix que la résonance du cachot et l'éloignement rendait vraiment sépulcrale, répondit :

— Qui m'appelle dans ma tombe ?

Est-ce Dieu qui daigne mettre un terme à mes souffrances ?

— Non, répondit Noré, ce sont vos amis qui viennent vous délivrer.

— Mes amis ? Il y a longtemps que je n'en ai plus !

Sait-on seulement si je suis encore du monde ?

Je n'attends ma délivrance que de la mort !

— Je vais vous expliquer... mais avant tout, ne craignez-vous pas qu'on ne nous dérange ?

— La dernière ronde est faite depuis longtemps déjà, et jusqu'à demain matin, il ne viendra personne... Mais qui êtes-vous ?... Que voulez-vous ?...

— Vous ne me connaissez pas, mais je suis envoyé par Fabrice de Préval.

— De Préval ? le bailli de Corneville... c'était un brave cœur, et ma pauvre Hélène l'aimait bien !

— Elle l'aime toujours, mais il n'est plus bailli.

Il y eut un silence, puis la voix reprit :

— J'ai la tête brisée, je n'ai jamais tant parlé depuis de longues années !...

Vous dites qu'Hélène aime toujours de Préval... Vous savez donc ce qu'est devenue ma pauvre fille, après que de misérables ravisseurs me l'eurent enlevée ?...

— Hum ! hum ! murmura Noré, il est dur, le marquis... enfin, c'est son droit.

Il reprit tout haut :

— Votre fille, monsieur le marquis, est heureuse autant que peut l'être une fille qui pleure son père depuis dix ans, et si je dis qu'elle aime M. de Préval, c'est qu'elle est sa femme depuis longtemps.

— Elle a pu épouser le bailli ?

— M. de Préval n'est plus magistrat; il est lieutenant aux mousquetaires noirs, et fort bien en Cour, à cause de ses brillants faits d'armes à la guerre.

— Que me dites-vous ? Est-ce que je rêve ? Fabrice a rang de colonel... dans cette belle compagnie, où un simple mousquetaire a rang d'officier !

Ah ! le brave cœur, je disais bien qu'il ferait un bon soldat !

La voix s'animait. On sentait que le malheureux revenait à la vie.

— Vous êtes victime d'une infâme machination, Monsieur de Corneville, reprit le beau Noré, et si vous êtes encore à la Bastille, c'est qu'il est impossible d'établir votre présence en ces lieux, car votre écrou a été levé quelques jours après votre arrivée ici, de sorte que si le roi vous y réclamait, registres en main, on prouverait que vous en êtes parti, il y a dix ans !

— Ma tête se brouille, je ne comprends plus !

— N'essayez pas de comprendre, on vous expliquera plus tard... Le temps presse... Il faut vous évader.

Écoutez-moi... Votre grille est-elle épaisse ?

Les barreaux sont-ils croisés ?

Êtes-vous mince et pouvez-vous passer dans une étroite ouverture ?

— Ma grille est moins forte que celle qui est de votre côté, et elle est à barreaux droits, mais de forte taille... Quant à mon corps, il est bien mince, et je suis d'une terrible maigreur ; deux barreaux sciés pourraient me livrer facilement passage... mais la grille de votre côté est formidable.

— Je le vois bien, car tandis que nous causons, je travaille à la couper... Heureusement que d'un côté le ciment cède au point que je crains de tomber avec, lorsque je l'aurai coupée du haut.

— Que dois-je faire pour vous aider ?

— Je vais vous envoyer des limes... Amusez-vous à couper deux de vos barreaux.

Je reviendrai demain vers minuit, et j'espère que j'aurai fini ; tâchez d'être prêt.

Essaie-t-on vos barreaux ?

— Très rarement, une fois tous les huit jours peut-être.

Au début on les frappait soir et matin, mais comme je n'ai fait aucune tentative pour m'évader, on n'y porte guère attention.

— Pourvu qu'on n'y fasse pas d'essais d'ici demain soir.

— Je vais me mettre au lit, et comme à cause du peu d'air qui vient de la lucarne, j'ai placé ma couchette juste au-dessous, il faudrait me faire lever, ce qui occasionnerait une perte de temps au porte-clefs toujours pressé.

— Parfait ! Alors voilà les limes, travaillez ; mais je me sauve, je n'en peux plus, et mon poste n'est pas agréable ; d'autant qu'il pleut à torrents !

Un petit paquet vint heurter la grille intérieure, en rendant un son métallique.

Le marquis dut s'en saisir avec empressement, car, en descendant, le beau Noré entendit grincer une lime sur les barreaux.

— Allons, il prend goût à l'idée d'être libre, le vieux marquis, dit-il.

La traversée s'effectua de la même manière au retour qu'à l'aller, et Fabrice de Préval, qui commençait à être très inquiet, sentit avec joie l'échelle se tendre sous le poids de son compagnon d'aventures.

Bientôt la silhouette du beau Noré se dessina dans l'embrasure de la fenêtre, mais, hélas! dans quel état!

Ce n'était qu'un paquet de boue! Son visage ruisselait de pluie tandis que ses mains, ensanglantées par des écorchures, témoignaient de l'effort qu'il venait de faire.

— Eh bien? interrogea anxieusement Fabrice de Préval.

Le beau Noré répondit simplement :

— Demain, à cette heure-ci, le marquis de Corneville sera dans cette chambre ou j'aurai quelques balles dans la peau !

II

DANS LES FOSSÉS DE LA BASTILLE

La journée du lendemain fut bien longue au gré du lieutenant des Mousquetaires Noirs.

Il s'était installé de bonne heure à l'auberge des « Tours de la Bastille » et, à juger par l'attitude obséquieuse de l'hôtelier, il faut croire que la forte somme avait été versée, car en quittant la chambre où s'était installé Fabrice de Préval, le digne homme conclut :

— Enfin, je ne sais rien et ne veux rien savoir. Vous êtes un officier du roi qui venez prendre pension chez moi avec votre ami, un épicier retiré, et le reste vous regarde.

Couchez-vous et dormez, en ayant bien soin de faire constater que vous allez au lit.

— D'ailleurs croyez-moi, ajouta de Préval en forme de conclusion, je mets au défi le gouverneur de la Bastille de venir réclamer au grand jour le prisonnier qui va sans doute quitter la forteresse!...

Enfin, la nuit vint, une nuit claire, au ciel étoilé, que rendait encore plus lumineuse le croissant de la lune alors en son premier quartier.

Dans la petite chambre, Fabrice et Noré tenaient conseil.

— Oh ! ces lendemains d'orage ! Il fait une clarté vraiment insupportable, disait l'ancien recruteur.

— Oui, on voit clair comme en plein jour.

— Puis l'air est calme, et tous les bruits s'entendent.

— Il faut attendre le coucher de la lune.

— D'ailleurs la nuit est fraîche, et il va se lever un petit brouillard sur l'eau des fossés...

La nuit s'avançait sans que rien vînt en troubler la sérénité.

Les deux « conspirateurs » assistèrent aux rondes, puis à la relevée des sentinelles, que l'on voyait aller et venir sur les tours.

Le bruit de leurs pas venait jusqu'à eux.

Enfin, vers minuit, l'obscurité s'étant épaissie, Fabrice de Préval lança l'échelle de corde.

Le bas de l'échelle frappa l'eau du fossé.

Aussitôt la sentinelle de la tour du Puits s'arrêta, et on la vit se pencher entre deux créneaux.

Le soldat resta un moment à guetter, puis reprit sa marche.

Fabrice avait depuis longtemps éteint la lumière dans la chambre et tout le monde semblait dormir à l'auberge.

Le beau Noré, enjambant l'appui de la fenêtre, commença sa descente.

Il eut beau prendre de grandes précautions, des petits bruissements se produisirent, qui attirèrent l'attention du factionnaire.

Sa préoccupation était visible ; il allait et venait le long des créneaux, essayant de distinguer d'où venait le bruit, mais le corps de Noré se confondait avec le mur.

Enfin, il atteignit l'eau, et s'y enfonça avec l'intention d'attendre longuement que le soldat fût rassuré sur les bruits qu'il avait pu percevoir. Au bout de dix minutes il commença lentement sa traversée qui s'accomplit fort bien.

Arrivé sous la lucarne, il recommença sa manœuvre de la veille, mais avec toutes sortes de précautions, car le moindre bruit pouvait de nouveau appeler l'attention du factionnaire.

D'autre part, il craignait de détacher la grille déjà fortement ébranlée.

Aussi dès qu'il fut arrivé à son poste, il appela doucement :

— Monsieur de Corneville ?

— Je suis là, répondit le vieillard.

— La grille intérieure ?

— Elle est coupée, j'ai la place pour passer.

— Bien ; tenez, fixez le bout de cette corde solidement, car il faut que je me détache de la grille qui ne tient plus beaucoup.

Le marquis tira à lui la corde, puis il revint au soupirail :

— J'ai amarré le bout à un gros anneau de fer scellé au mur, et qui sert à enchaîner les prisonniers récalcitrants.

— Ça va bien, alors, j'achève la grille.

Malheureusement, au moment où, ayant terminé son travail, Noré détachait la lourde grille, des plâtras se détachèrent et churent dans l'eau.

Presque aussitôt, de petites parcelles de pierres effritées qui lui tombèrent sur la tête apprirent à l'ancien sergent que quelqu'un se penchait par un créneau juste au-dessus de lui.

Évidemment, la sentinelle regardait...

L'obscurité était-elle assez profonde dans le fond du fossé pour l'empêcher de rien distinguer ?

Telle était l'angoissante pensée de Noré qui continuait à garder l'immobilité. Au même moment, il entendit un bruit de pas.

Le factionnaire avait dû appeler ou par un moyen quelconque attirer l'attention de son collègue de la Tour du Coin, car celui-ci accourait.

Une conversation s'engagea qui parvenait très distinctement au beau Noré, toujours immobile :

— Il y a de drôles de bruits depuis un moment dans le fossé ! disait le premier soldat.

— Qu'est-ce que tu racontes là ? disait le second, je n'ai rien entendu de la Tour du Coin, et l'on ne voit rien.

— Si !... Il y a eu comme des plongeons dans l'eau, puis des grattements.

— Ah ! que t'es naïf ! ce sont les rats des fossés ; il y en a d'énormes et toute la nuit ils sautent à l'eau et grimpent le long des pierres.

On dit même qu'ils pêchent et mangent le poissons.

— Tu crois que ce sont des rats ?

— J'en suis sûr ! Reste donc calme, c'est pas encore cette nuit que tu gagneras la prime d'évasion !

— Tiens, écoute !...

Un petit bruit se faisait entendre, puis des petits cris aigus montèrent jusqu'aux soldats.

— Tiens ! tu vois, voilà les rats qui se battent ! s'écria le sceptique.

— Ah ! c'est vrai ! Allons, me voilà tranquillisé !

Pendant ce temps, Noré se livrait à un silencieux accès d'hilarité.

C'était lui qui, en inclinant sa lime sur le fer d'un barreau, avait si bien imité les cris des rats que la sentinelle s'y était laissée prendre.

Il continua aussitôt son travail fort avancé.

Bientôt la lourde grille céda, et il la laissa glisser dans l'eau avec des précautions infinies.

La voie était libre ; mais la partie la plus rude de sa tâche commençait.

Il sentait combien était grande la difficulté de réussir dans une telle entreprise.

Il s'agissait, en somme, de faire traverser le fossé et gravir l'échelle de corde à un vieillard presque aveugle et d'une grande faiblesse, et cela sous le nez des sentinelles, par une nuit relativement claire.

— Allons, monsieur le marquis, dit-il à demi-voix, nous sommes prêts ; voulez-vous venir ?

— Comment dois-je me présenter pour passer ? La tête ou les pieds en avant ?

En effet, l'embrasure longue de près de deux mètres était trop étroite pour s'y avancer sur les genoux et force était au vieillard de s'y glisser comme dans une cheminée.

— Venez, si vous le pouvez, les pieds en avant et sur le dos, répondit le beau Noré.

Il entendit pendant un moment un bruit comme un froissement, puis le souffle haletant d'un homme qui s'efforce de faire un travail au-dessus de ses forces.

— Attendez, dit-il, je vais aller vous rejoindre et je vous pousserai.

— Oui, c'est cela, venez à moi car je ne puis aller à vous... Le travail de ces deux jours pour scier mes barreaux a épuisé ce qui me restait de forces.

Deux minutes après le buste de l'ancien recruteur apparaissait à l'orifice du soupirail dans la cellule.

Une petite lampe abritée dans un coin éclairait faiblement le cachot.

Dans le milieu de l'étroite pièce, un grand vieillard, dont les longs cheveux et la grande barbe blanche n'avaient dû jamais être coupés depuis dix ans, se tenait debout, immobile.

D'un effort Noré fut debout sur le lit placé au-dessous du soupirail.

— Oh ! de la lumière ! fit-il.

— Oui, c'est un guichetier qui l'a oubliée un jour que j'avais été gravement malade. Alors, je l'ai cachée dans ma paillasse et je ne l'allume qu'aux grandes occasions.

— J'espère que ce sera la dernière, monsieur le marquis ; mais vous avez bien fait de l'allumer, car j'ai besoin de voir clair.

Voyons, votre vue était très affaiblie, je crois, lorsque l'on vous a arrêté ?

— En effet, j'avais les yeux malades, mais, chose curieuse, l'obscurité de la prison a affiné ma vue ; et je distingue les choses beaucoup mieux... J'ai pris, notamment, l'habitude de voir dans l'obscurité.

— Bon, voilà le plan que nous allons mettre à exécution : je vais vous introduire dans le soupirail et vous pousser doucement.

Lorsque vous sentirez que vous dépassez l'ouverture extérieure, laissez vos jambes, puis votre corps glisser le long du mur.

Je vous retiendrai par le bras, et je me glisserai derrière vous la tête en avant.

Lorsque vos mains seront au bord du soupirail, je suis sûr que, grâce à votre haute stature, vos jambes seront dans l'eau du fossé et que vous toucherez le fond.

— L'eau n'est pas profonde ?

— Le long de la tour, il n'y a pas plus d'un pied d'eau ; mais, en s'éloignant, le fond s'abaisse, et de plus il y a de la vase.

Le marquis monta sur le lit et dit simplement :

— Allons-y !

Le beau Noré le reçut sur ses bras et le poussa lentement dans l'étroit boyau.

Bientôt le marquis y disparut tout entier.

— Je sens mes jambes qui pendent, dit le vieillard.

— Bien, continuons !

— Ah ! voilà mes reins qui sont dans le vide.

— Je vous tiens bien, dit Noré, le buste déjà introduit dans le soupirail.

— Mes pieds touchent l'eau... Voilà le sol... Vous pouvez me lâcher, murmura le marquis de Corneville au bout d'un moment.

— Surtout ne bougez pas, recommanda Noré, qui avec une souplesse de singe accomplissait le trajet à son tour.

Il exécuta une sorte de rétablissement ; et s'aidant de sa corde restée amarrée au lit, il se trouva debout dans le fossé à côté du marquis.

La sentinelle, qui continuait à aller et venir, s'arrêta en ce moment.

— Le factionnaire a entendu quelque chose, souffla l'ancien sergent-recruteur à l'oreille du marquis. Il nous guette !

— Que faut-il faire ?

— Rester absolument immobile.

— Ah ! c'est bon de respirer l'air pur du dehors, murmura le marquis en respirant avec effort.

— L'air est frais ce soir, nous avons une nuit froide.

— Et cela ne fait rien.

— Si, cela fait que ça va nous aider.

— Que voulez-vous dire ?

— Tenez, voyez-vous cette petite ouate blanche qui s'étend sur le fossé ?

— Oui, on dirait du brouillard... bien léger, en vérité.

— Parfaitement, mais il se lève seulement, et va atteindre son maximum au petit jour, c'est-à-dire dans une heure d'ici... Attendons encore un peu ; et je défie bien la sentinelle de nous voir traverser.

En effet, quelques instants après, la couche de brouillard s'était sensiblement épaissie.

— Vivement! montez, s'écria de Préval d'une voix étouffée. Et d'un vigoureux effort,
il amena le marquis sur la crête du mur. (Page 692.)

La « ouate blanche » s'étendait maintenant sur les fossés, et les
recouvrait d'un voile épais de plus de deux mètres.

Ce petit brouillard, qu'aucun souffle n'agitait, montait plus haut que
les deux hommes, qui ne distinguèrent plus rien.

— Nous pouvons nous mettre en route maintenant, dit le beau
Noré, en détachant sa ceinture de liège, et en la passant autour du
corps du marquis.

Les deux hommes s'avancèrent lentement, côte à côte, et bientôt ils furent au milieu du fossé.

Noré nageait silencieusement à côté du vieillard, qui lui aussi fendait l'eau savamment, ayant été dans sa jeunesse un très bon nageur.

— C'est drôle, dit tout à coup Noré, il me semble qu'il y a longtemps que nous nageons et je n'ai toujours pas pied ?

— Quelle largeur a le fossé ? demanda le marquis.

— Cent trente pieds, environ.

— Nous avons fait plus que cela.

— Mais, alors, nous avons tourné !

— C'est bien possible. On ne voit pas où l'on va et il suffit de nager plus fort d'un bras que de l'autre pour tourner en rond.

— Diable ! c'est que je me fatigue, fit Noré.

— Vous n'avez pas de ceinture ?

— Non, je n'en avais qu'une, et je vous l'ai donnée.

— Elle est assez forte pour nous soutenir tous deux la tête hors de l'eau ; appuyez-vous sur moi et reposez-vous.

— Il y a un moyen de nous orienter : écoutons les pas de la sentinelle.

Ils se turent tous deux un moment.

— Avez-vous entendu ? demanda Noré.

— Oui, j'ai entendu le factionnaire poser son mousquet, la crosse a sonné sur les dalles de la tour.

— C'est bien, moi, je l'ai entendu aussi. Et d'où vous semblait venir le bruit ?

— De ma gauche.

— Moi aussi, j'ai cru qu'il venait de gauche.

— Cela tient à ce que nageant plus fort du bras droit nous avons tourné à gauche.

— Alors, nageons vers notre droite.

Deux minutes après, le marquis dit : « Mes pieds touchent la vase du fond. »

Bientôt les deux hommes, toujours enveloppés dans le brouillard, sentirent le terrain monter sous leurs pieds.

Enfin, Noré qui marchait en avant, les bras étendus, s'arrêta en disant simplement :

— Le mur !

— Que faut-il faire, demanda le marquis avec une impatience dans la voix.

— Cherchons l'échelle !

— A droite ou à gauche.

— Un de chaque côté. Celui qui l'aura trouvée sifflera tout doucement.

Une minute s'écoula, puis le marquis siffla.

Noré, sans se hâter, de peur de faire du bruit, le rejoignit.

— Il s'agit de monter là-haut, dit-il au marquis ; en avez-vous la force ?

— Quelle hauteur ?

— Trente pieds.

Le marquis eut un soupir :

— J'essaierai, dit-il tristement.

— Attendez, j'ai prévu une faiblesse trop grande.

Et ses mains cherchèrent le long du mur :

— Ah ! voilà ma corde !

Il tira sur une solide cordelette qui pendait près de l'échelle de corde.

Au bout de quelques secondes, une secousse lui répondit :

— Tenez, monsieur le marquis, dit-il, je vais vous attacher cette corde solidement autour de la taille, et l'on vous soutiendra, de sorte que vos bras et vos jambes, soulagés d'une partie du poids de votre corps, ne se fatigueront pas trop.

— Vous avez pensé à tout ! murmura le vieillard avec une profonde expression de gratitude. Si Dieu veut réellement que je sois délivré, il me permettra de vous prouver ma reconnaissance !

Sur une secousse donnée par Noré, la corde se raidit, et le marquis commença l'ascension de l'échelle.

Les trois ou quatre premiers mètres furent franchis sans encombre ; mais, à ce moment, le marquis s'arrêta :

— Attention ! nous allons sortir du brouillard, dit-il à Noré qui montait derrière lui.

— Allons doucement ! répondit celui-ci.

Les deux hommes, l'un derrière l'autre, émergèrent de la nappe de brouillard.

Le ciel blanchissait déjà, et l'aube accusait plus nettement la silhouette sombre de la Bastille, laissant encore heureusement le gouffre des fossés dans l'ombre.

Le factionnaire avait cessé de marcher et, transi par le froid matinal, avait dû se retirer dans la guérite, d'où il pouvait d'ailleurs surveiller dans toutes les directions.

Il ne restait plus que deux mètres à franchir, lorsqu'il sortit précipi-tamment de son abri et vint regarder dans la direction des fugitifs.

Son mouvement brusque avait été bruyant, et fort heureusement avait attiré l'attention des deux hommes.

Sur un mot lancé par Fabrice de Préval qui se tenait à la fenêtre de l'auberge, Noré et le marquis restèrent immobiles.

Le soldat regardait, allait jusqu'au bout de la courtine, puis revenait. Il avait évidemment vu quelque chose qui l'intriguait.

Il voulut appeler encore une fois son camarade de la Tour du Coin, mais celui-ci avait dû s'endormir, car il ne répondit pas.

Impatienté, le factionnaire de la Tour du Puits descendit des créneaux et se mit à courir dans la direction de l'autre tour.

— Vivement! montez, s'écria de Préval d'une voix étouffée.

Et d'un vigoureux effort, il amena le marquis sur la crête du mur.

D'un bond, Noré fut à ses côtés, et d'un commun effort, les deux hommes hissèrent le marquis épuisé jusqu'à la fenêtre, que Noré franchit à son tour.

Il n'était que temps.

Les deux soldats revenaient en courant.

Noré, accroupi derrière l'appui de la fenêtre, les vit se concerter, puis s'éloigner.

Aussitôt, il se mit en devoir de hisser l'échelle de corde.

Puis il referma la fenêtre.

Pendant ce temps, Préval avait entraîné le marquis dans une pièce voisine où il y avait une lanterne allumée.

Les deux hommes tombèrent dans les bras l'un de l'autre. . . . . .

. . . .

Cependant, le chef du poste, averti par les factionnaires, accourait.

On lui montra le mur où des ombres avaient paru s'agiter.

— Pourquoi n'avez-vous pas tiré dessus? demanda-t-il au factionnaire.

— Je n'étais pas sûr, je n'ai pas voulu alarmer tout le monde pour rien.

— Imbécile! il ne fallait pas m'appeler, et plus tard, vous auriez pu dire que vous n'avez rien entendu!

— Enfin, quoi, qu'y a-t-il?... Je ne vois rien.

Le jour se levait rapidement, et on pouvait distinguer le mur dans la porte qui émergeait du brouillard.

Celui-ci, d'ailleurs, se levait peu à peu.

Un soldat accourut de la Tour du Coin.

— Le soupirail du rez-de-chaussée de la Tour du Puits! criait-il.

— Eh bien! que lui arrive-t-il? interrogea rageusement le sergent.

— Il n'a plus sa grille, et elle sort à moitié de l'eau au pied du mur.

— Vlan, ça y est! Une évasion; nous sommes frais, et cela à cause de cette buse qui n'a pas fait feu sur les ombres.

— Je croyais que c'était des rats! fit piteusement le pauvre factionnaire.

— On va t'en donner des rats, dans le cachot où le gouverneur va t'envoyer réfléchir un peu.

Le sergent, très ennuyé, se décida à faire réveiller le gouverneur.

Ce fut alors un grand mouvement dans toute la Bastille, et Barthélemy Bonjarron fut bientôt sur pied.

Précédant le major M. Corbé, il se rendit au cachot du numéro 28.

Un coup d'œil jeté à l'intérieur de la triste cellule, leur apprit que l'oiseau était envolé.

La lampe qui brûlait encore eut le don d'exaspérer le major qui décida qu'une enquête allait avoir lieu, pour savoir qui avait procuré ce luminaire au prisonnier.

On acquit bien vite la conviction que le détenu, s'étant évadé par le fossé, avait dû gravir le mur d'enceinte.

— Il y avait des complices au dehors, car, avec ses seuls moyens, ce vieillard n'aurait pu sortir des fossés de la Bastille, dit le major.

— Évidemment, dit le gardien-chef, à moins qu'il n'y soit encore à barboter, caché peut-être dans les herbes.

Il y a quelques années, un prisonnier a été repris de cette manière.

— Vite, faites explorer les fossés avec un bateau, dit le major.

Ah ! voilà mon oncle ! dit-il en se tournant vers la porte du cachot.

— Eh bien! qu'est-ce qu'on me dit, s'écria M. Saint-Mars en entrant, le vieux marquis, je veux dire le numéro 28, s'est évadé?

— Parfaitement, mon oncle, et je vais donner l'alarme et fouiller les maisons adossées au mur et d'où lui sont venus les secours.

Le gouverneur eut un froncement de sourcils.

— C'est fâcheux ! très fâcheux ! Si l'on pouvait reprendre de suite le fugitif, cela vaudrait mieux que de faire du bruit.

— Il se pencha à l'oreille du major :

— Vois-tu, mon cher neveu, la situation est délicate ; voilà un détenu qui se sauve, c'est fort bien, mais en le réclamant trop bruyamment on attire l'attention sur un homme disparu, auquel des gens, peut-être assez influents, s'intéressent, des gens qui le croient mort... Tu me comprends, on nous a recommandé de faire oublier cette vieille ganache et de le laisser mourir tranquille, quitte à ce moment à révéler son existence par son acte de décès.

— Mais enfin, ces recommandations, tout en émanant d'une personne puissante, ne viennent pas du roi?

— Au contraire, fit le major à demi-voix, on est venu il y a quelque temps avec un ordre signé « Chamillard » nous demander s'il n'y avait pas eu ici un détenu du nom de Corneville...

— Tu vois, il y a là un conflit et, s'il faut ménager la chèvre et le chou, il ne faut pas mettre non plus le doigt entre l'arbre et l'écorce... Voilà deux proverbes qui résument, je crois, fort bien la situation.

— Je conclurai en disant : de la prudence ! de la prudence !

Barthélemy Bonjarron rentrait tout gonflé d'importance.

— Monsieur le gouverneur, dit-il, j'ai l'honneur de vous annoncer que j'ai trouvé des traces d'escalade le long du mur d'enceinte... Il n'y a pas de doute possible, c'est bien par là que le numéro 28 s'est enfui.

— Et quelle est la maison adossée à cet endroit du mur.

— C'est l'auberge des *Tours de la Bastille*, répondit le gardien-chef avec un soupir qui s'adressait évidemment aux bons souvenirs que lui avait laissé certain dîner.

Le gouverneur échangea un coup d'œil avec son neveu :

— J'irai moi-même interroger l'hôtelier, et en attendant il faut cerner rapidement le pâté de maisons.

— Dès l'alarme donnée, des factionnaires ont été espacés le long de la rue Saint-Antoine et sur le chemin de ronde des fortifications, répondit le gardien-chef.

Le gouverneur fortement escorté de porte-clefs, de soldats et d'officiers, se rendit alors à l'auberge des *Tours de la Bastille*.

Après avoir fait grand tapage à la porte on vit apparaître derrière un judas la figure rougeaude de la servante qui, les yeux bouffis de sommeil, cherchait à distinguer les gens qui la réveillaient de si grand matin.

— Allez, messieurs les voyageurs, ne faites donc point tant de tapage pour que l'on vous ouvre ! s'écria la maritorne d'un ton bougon.

— Dites à l'hôtelier qu'il vienne de suite et ouvrez vite, sinon vous irez coucher à la Bastille ! cria Barthélemy Bonjarron.

Voici monsieur le gouverneur qui veut voir votre maître immédiatement !

La servante poussa un grand cri, ouvrit la porte, et s'enfuit en appelant son maître.

L'hôtelier apparut bientôt, à demi habillé et la mine effarée.

— Monsieur le gouverneur, j'ai l'honneur de déposer à vos pieds tous mes respects, dit-il avec de grandes salutations.

Oserais-je vous prier de me dire ce qui me vaut l'honneur de votre visite ?

— Allons, point de tergiversations, car vous savez qu'il y a un châtiment expéditif pour les complices d'évasion !

Nous avons des cordes solides et de belles potences ! Où est le prisonnier qui s'est évadé il y a une heure par votre maison ?

— Un prisonnier ? évadé ? Par ma maison ? s'écria l'aubergiste en donnant les marques d'un profond ébahissement.

— Oui, on est monté fouiller votre maison et, si on le trouve avant que vous n'ayez avoué, gare à votre cou !

— Mais je vous jure, monsieur le gouverneur, balbutia le pauvre diable que la peur gagnait.

A ce moment il lui vint du secours dans la personne de Fabrice de Préval qui pénétra dans la salle où se tenait cette conversation. Il était à demi habillé et avait son épée sous le bras.

— Ah ! ça, quel est donc ce tapage ? demanda-t-il en ayant l'air de ne pas reconnaître M. de Saint-Mars ; votre maison est bien mal tenue, monsieur l'aubergiste, et je n'y descendrai plus.

Puis, feignant de voir le gouverneur et son neveu :

— Ah ! pardon, messieurs, je ne vous avais tout d'abord pas aperçus.

— Qu'est ce gentilhomme, demanda M. Corbé avec l'insolence qui lui était habituelle.

Fabrice de Préval bondit sous l'impertinence.

— C'est sans doute à moi que vous faites allusion, mon garçon ? dit-il.

Eh bien, ce gentilhomme a l'avantage sur vous d'être de bonne famille et il va avoir l'honneur de vous décliner ses noms et qualités :

Le lieutenant Fabrice de Préval, des Mousquetaires-Noirs, chargé de mission par M. le ministre de la guerre, et qui est, par-dessus le marché, fort disposé à vous allonger les oreilles.

Corbé, rageur et furieux, allait s'élancer sur son adversaire, lorsque son oncle le saisit par le bras et le contint tandis qu'il répondait :

— Monsieur le lieutenant aux Mousquetaires-Noirs, mon neveu a eu le tort de ne pas se faire connaître d'abord de vous ; il est major de la Bastille dont je suis le gouverneur, et vous avez le plus grand tort de le provoquer.

— Oh ! monsieur le gouverneur, dit de Préval, excusez-moi, j'ignorais votre qualité, mais du moment où monsieur le major me fait des excuses par votre bouche, croyez bien, que je retire la vivacité de ma réplique.

Cette façon de s'excuser acheva de mettre hors de lui M. Corbé, mais son oncle lui imposa silence.

Le gouverneur s'expliqua : il parla de l'évasion et des soupçons qui planaient sur l'aubergiste.

Fabrice, au grand étonnement de ce dernier, lui fit des reproches et lui demanda d'un air courroucé s'il était vrai qu'il fût complice d'une pareille chose.

Le malheureux commençait à perdre de nouveau la tête, lorsque de Préval se tournant vers le gouverneur, lui demanda :

— A propos, comment se nomme ce fugitif ?...

— M. Saint-Mars fut pris d'une quinte de toux subite.

Dès qu'il eût recouvré l'usage de la voix, il répondit.

— Hum ! hum !... Je n'ai pu encore voir le registre d'écrou... Vous savez, les prisonniers perdent leur nom en entrant à la Bastille.

C'est le numéro 28...

— Oui, oui, c'est le numéro 28, renchérit M. Corbé.

— Nous allons alors nous assurer de son identité, en consultant vos registres d'écrou, dit froidement M. de Préval.

— Nous allons nous assurer?... fit M. Saint-Mars stupéfait... mais de quel droit, M. de Préval?...

— Oh! voyez comme je suis étourdi lorsqu'on me réveille à l'improviste... Excusez-moi, monsieur le gouverneur, j'ai oublié de vous faire part de la mission dont M. Chamillard m'a chargé auprès de vous.

C'est même dans le but de vous rendre visite à une heure moins matinale que j'étais venu, de Versailles, coucher dans cette auberge.

M. Saint-Mars eut un léger frisson... Les gouverneurs de la Bastille, personnages importants, dotés par leur fonction d'un gros revenu, n'aimaient pas beaucoup les missions et les inspections, car ils avaient pas mal de choses à cacher.

M. de Saint-Mars fit contre mauvaise fortune bon cœur, et il sourit en signe d'acquiescement.

M. de Préval continua :

— Je suis précisément chargé, ainsi que l'établit cette lettre, de faire le relevé des prisonniers détenus à la Bastille, et d'en dresser une liste avec noms et qualités, ainsi que la date d'entrée de ces prisonniers.

Le coup fut rude ; et M. le gouverneur, ainsi d'ailleurs que M. le major, pâlirent visiblement.

— Mais, en effet, voyons la lettre du ministre ! balbutia le gouverneur qui fit mine de lire l'ordre ministériel, lequel tremblait fortement dans sa main.

Corbé sentit que son oncle manquait d'assurance, et il intervint.

— Monsieur, si vous voulez venir au château, nous serons heureux de vous remettre tous les documents.

— En attendant, insista de Préval, voulez-vous envoyer un de vos officiers relever le nom du numéro 28.

Il n'y avait plus moyen de tergiverser. Aussi, avec une promptitude de décision remarquable, M. de Saint-Mars se décida à sacrifier son prédécesseur.

— Mon Dieu! cher monsieur, le cas du numéro 28 est assez curieux.

— Très curieux, en effet, approuva le neveu.

— Oui, figurez-vous qu'il n'est inscrit sur aucun registre d'écrou, et que mon prédécesseur, M. Besmeaux, avait négligé cette formalité en le recevant.

— Ah! oui, il y a là une effroyable coutume, s'écria M. de Préval, on engloutit ainsi des gens qui perdent tout espoir de voir le jour... Eh bien, croyez-moi, monsieur le gouverneur. Vous n'avez pas retrouvé ici votre

— Eh bien! quand cela serait?... Ai-je à te rendre compte de mes sentiments?
(Page 700.)

prisonnier, puisque vos hommes redescendent de leur visite domiciliaire ; ne cherchez pas plus longtemps à le rejoindre, car il faudrait alors avouer que sa présence à la Bastille n'était motivée par aucun document sérieux, et l'affaire ferait peut-être trop de bruit.

A tout à l'heure, monsieur le gouverneur! Je vous demande la permission de me vêtir plus décemment, avant de vous rendre visite.

La retraite de M. Saint-Mars fut rapide, et sans son neveu qui sauva les apparences en donnant quelques ordres aux soldats et aux gardiens, elle eût pu paraître une fuite.

Quant à l'aubergiste, qui s'était fait tout petit dans son coin, il était absolument suffoqué de la manière dont son locataire avait remis à leur place le gouverneur et son neveu.

— Vous voyez, lui dit Fabrice de Préval, qu'il y a parfois des prisonniers après lesquels on ne court pas.

III

INQUIÉTUDE

Depuis une dizaine d'années, de grands changements s'étaient produits à la cour de Louis XIV ; les fêtes avaient cessé, la gaîté, l'entrain avaient abandonné l'entourage du vieux roi ; et les défaites se joignant à la vieillesse et à la maladie avaient jeté un sombre voile sur cette cour naguère si vivante.

Le règne, commencé dans les malheurs et les tristesses, finissait lugubrement.

L'influence de madame de Maintenon se maintenait ; mais de ce côté aussi la vie n'était plus gaie, la dévotion de la marquise imposait à tous son austérité et ses pratiques sévères.

Les courtisans, prenant le ton du roi et de son épouse, adoptaient des costumes moins brillants et une apparente gravité qui cherchait l'approbation du maître.

La belle Geneviève commençait à sentir le poids du temps ; et si sa beauté possédait encore tout son éclat, le soir aux lumières, on pouvait relever sous l'éclairage cru du jour des traces non équivoques du passage des ans.

Elle avait été une des premières à adopter la coiffure aux longues barbes avec le maintien pieux de la quasi-reine et il n'eût pas fallu devant elle tenir des propos trop libres.

Les mauvaises langues, et Dieu sait s'il y en avait à la Cour, prétendaient bien que ses fréquents voyages pour visiter les communautés religieuses de Paris dissimulaient mal de fréquents séjours dans une petite maison voisine du Palais-Royal où il se passait d'effroyables choses. Elles attribuaient la fatigue que rapportait madame Du Mesnil de ces déplacements bien moins aux jeûnes et aux macérations qu'aux excès de tout genre. La calomnie, il est vrai, s'attaque toujours aux favoris des souverains et souveraines. Depuis que le monde est monde la jalousie et l'envie poussent à dénigrer les heureux.

Quoiqu'on fût encore en été et que rien n'annonçât la saison triste, madame du Mesnil errait un matin dans le parc, du côté de l'endroit où se tenait d'habitude madame de Maintenon, revêtue d'un sombre costume digne des jours les plus maussades de l'hiver.

Elle ne semblait pas sensible au charme des beaux jours et son pied foulait avec indifférence les premières feuilles mortes.

Ses yeux, qui se portaient vers le château, furent frappés par la vue d'un individu mince et fluet qui s'avançait d'un pas pressé dans sa direction ; ce petit homme était vêtu d'un costume noir, ayant un peu l'aspect d'une tenue d'ecclésiastique, et que portaient d'ordinaire les fonctionnaires attachés à la maison des grands personnages.

— Fouinard ! murmura Geneviève ; il faut qu'il se passe quelque chose de grave, pour qu'il ose venir me chercher dans les jardins réservés ! Mes pressentiments seraient-ils justes et La Raisin aurait-elle raison avec ses sinistres prédictions ?

Un moment après, le petit chirurgien-barbier s'arrêtait tout essoufflé devant celle à laquelle il avait donné son âme et sa vie.

— Madame, excusez-moi si j'ai eu la hardiesse de venir vous chercher ici, mais j'avais une importante nouvelle à vous annoncer...

— Parlez vite ! s'écria la marquise avec angoisse.

— Le marquis de Corneville...

— Il est mort ? interrompit Geneviève.

— S'il en était ainsi, madame, je vous aurais dit une bonne nouvelle, fit le petit homme cyniquement.

— Eh bien, alors ?

— Le marquis de Corneville s'est évadé de la Bastille !

— Allons donc, tu deviens fou ! Ce vieillard ?... s'évader ? mais, c'est impossible !

— C'est très possible, puisque cela est. Seulement, il a reçu de l'aide du dehors...

— De l'aide ? Il y a donc encore quelqu'un qui s'intéresse aux Corneville ?

— Hélas, oui, madame, et quelqu'un que vous n'avez pas encore pu briser !

— M. de Préval ?

— Lui-même.

— Comment a-t-il su que le marquis était à la Bastille ?

— M. de Saint-Mars l'ignore ; mais le fait est que pour lui comme pour moi, il n'y a pas de doute, car M. de Préval se trouvait dans la maison par où s'est évadé le marquis.

Le gouverneur aurait bien voulu l'atteindre ; mais le coquin s'est regimbé et c'est le gouverneur qui a dû baisser pavillon et renoncer à poursuivre le marquis.

— Pourquoi cela ?

— Parce que notre ennemi était bien armé ; il avait un ordre de Chamillard le chargeant d'une enquête sur les prisonniers de la Bastille ; et il a paru étonné que M. de Saint-Mars ne sût pas le nom de ce prisonnier mystérieux qui ne figurait pas sur le livre d'écrou.

— Je pensais bien que ce Chamillard me trahissait, fit Geneviève pensive...

Alors, on ne sait ce qu'est devenu le vieux marquis ?

— Le gouverneur l'ignore, mais je le saurai et je me doute déjà de sa retraite...

— Parle, que crois-tu ?

— Pour moi, il est caché route des Amandiers, dans le petit château de M. de Préval... Où serait-il mieux qu'auprès de sa fille ?

— C'est juste... Ah ! que ne suis-je débarrassée de ce Préval ! C'est mon dernier ennemi.

Lui mort il ne resterait personne !...

La marquise s'enfonçait dans une sorte de rêverie et pensait tout haut, sans se préoccuper de Fouinard, devenu tellement son esclave qu'elle ne lui dissimulait aucune de ses pensées :

— Oui, tous ont été brisés !... Ce Cyprien lui-même est au bagne... mort sans doute, car la vie n'est pas longue dans cet enfer !... Ah ! s'il avait voulu !...

Geneviève poussa un soupir où il y avait comme un profond regret ; et elle ne vit pas que cette phrase avait fait frissonner Fouinard.

— On dirait, madame, que vous regrettez Cyprien ? demanda-t-il d'une voix rauque ou grondait une sourde colère.

— Eh bien, quand cela serait ?... Ai-je à te rendre compte de mes sentiments ?

Le petit homme baissa la tête, et ne répondit pas.

— Allons, fit l'enchanteresse avec un sourire, il faut aviser ! Va m'attendre à la maison du Palais-Royal ! J'y serai cet après-midi, nous causerons...

Il y avait une promesse voilée dans cette phrase dite sur un ton dont la douceur contractait avec la phrase précédente — et un éclair de joie folle passa dans les yeux du misérable.

Rentrée dans son appartement, Geneviève du Mesnil ouvrit un mignon bureau fermé à clef, et y prit un livre de comptes.

Là était toute la comptabilité du fruit de ses crimes, les sommes extorquées au notaire Dufresnoy sur ses bénéfices dans la gestion des biens de Lucenay, les produits des terres de Corneville dont elle était gérante et usufruitière depuis que la mort de Belphégor de la Sapinière, tué à l'armée d'Italie, l'avait faite seule tutrice du petit Henry de Corneville, disparu sans doute à tout jamais.

— Que va faire le marquis de Corneville? murmura-t-elle. Il est toujours sous le coup de la lettre de cachet. Osera-t-il reparaître?

Ce misérable Fabrice tentera-t-il d'obtenir sa grâce? Le roi l'a oublié, mais si on lui rappelle les faits à son souvenir... il serait bien capable de grâcier son vieil ami qu'il n'a pas voulu condamner à mort comme les autres révoltés...

Alors, c'est la levée du séquestre, et des comptes à rendre!

Toute cette fortune m'échapperait? Allons donc!... J'ai tant fait que je puis bien lutter encore. A nous deux, monsieur de Préval!

. . . .

Raconter l'entrevue d'Hélène avec son vieux père est impossible : il y a des bonheurs et des joies que nulle plume ne saurait décrire.

Quand après une nuit d'effroyable angoisse, la jeune femme vit Noré, accompagnant un homme enveloppé d'un grand manteau, franchir la grille du petit château, elle ne put contenir son émotion, et s'élança au-devant du marquis qui la pressa longuement dans ses bras...

Il fut convenu que pendant quelque temps le vieillard se tiendrait bien caché dans la propriété ; et que l'on aurait ainsi le temps d'étudier le moyen de le conduire hors de France, tandis qu'on chercherait à faire signer sa grâce au roi.

Plusieurs jours se passèrent, et la tranquillité revint dans la maison ; le marquis reprenait à vue d'œil ; et sa maigreur, la couleur livide de son teint, sa grande faiblesse, tout cela disparaissait.

Les dix ans de prison avaient passé sur sa robuste vieillesse sans anéantir sa vigueur ; et il prétendait en riant que le bonheur allait le rajeunir. Chose curieuse, l'obscurité avait reposé ses yeux, et sa vue, sans être bien bonne, était plutôt meilleure qu'avant sa longue et douloureuse claustration.

Une après-midi qu'Hélène jouait avec son enfant devant la terrasse du château, la cloche de la grille résonna.

Elle n'y prêta guère attention, car sa bienfaisance inépuisable attirait force mendiants qui ne partaient jamais les mains vides.

Cependant, une servante accourait:

— Madame, dit-elle, c'est un petit marchand ambulant qui demande si madame veut lui permettre de lui présenter quelques étoffes et des vêtements de dames et de cavaliers.

— Remerciez-le, Justine, et dites-lui que nous n'avons besoin de rien.

— C'est malheureux que madame ne veuille pas voir : il y a de si jolies choses et pour rien ; pour les donner à ce prix-là il faut qu'il les ait volées !

Hélène sourit à la naïve exclamation de la servante, puis elle réfléchit avant de répondre.

A cette époque où les grands magasins étaient inconnus, les tentations pour la femme étaient plus rares ; mais les rayons de nouveautés étaient remplacés par les mystérieux coffres des marchands ambulants, et si les soldes et les articles-réclames des expositions n'existaient pas, il y avait des *occasions* tout de même qui séduisaient les filles d'Ève.

Aussi le résultat des réflexions d'Hélène se résuma en ces mots :

— Amenez-moi ce marchand !

Bientôt une petite charrette traînée par un âne parut au bout de l'avenue.

Un petit homme à la figure en lame de couteau coupée d'une moustache rousse, le dos affligé d'une monstrueuse bosse, conduisait le paisible coursier par la bride.

Arrivé devant madame de Préval, il arrêta l'animal et s'inclina profondément.

Il commença tout de suite le boniment des marchands ambulants, énumérant et vantant les marchandises qu'il se mettait en devoir d'extraire de lourdes caisses.

Bientôt le sol fut jonché d'étoffes précieuses, de lourdes broderies, d'objets de toilette de toute nature que le marchand jetait aux pieds de la jeune femme, en donnant des prix vraiment peu élevés.

Au premier moment Hélène avait éprouvé une émotion pénible en entendant résonner la voix aiguë de l'affreux petit homme ; et même elle avait eu l'impression d'une voix déjà entendue. Mais tout aussitôt, elle fut captivée par la vue des belles choses étalées à ses pieds, tant il est vrai que la plus modeste et la moins coquette des femmes est toujours capable de succomber à la tentation de brillants atours.

— Madame est sans doute mariée ? dit le petit marchand. Voici de beaux vêtements pour un élégant cavalier comme doit l'être l'heureux époux de madame.

Et il jeta négligemment des trousses et des justaucorps, des pourpoints et des chausses.

En fille dévouée, Hélène pensa aussitôt à l'insuffisance de la garderobe du marquis, son père, et résolut de profiter de l'occasion qui lui permettait de la remonter.

— Faites-moi voir des vêtements plus grands que ceux-ci, votre plus grande taille même.

— Ah ! M. de Préval est si grand, fit le marchand en dardant un regard aigu sur la jeune femme.

— Oui, il est très grand, dit Hélène précipitamment ; mais la rougeur fugitive qui accompagna ce mensonge n'échappa pas au petit homme et il eut un méchant sourire.

Il présenta aussitôt d'ailleurs des vêtements de grande dimension tout galonnés d'or et de rubans éclatants.

— Voici ce qu'il faut à un jeune cavalier, dit-il en les jetant aux pieds d'Hélène.

Madame de Préval protesta :

— Je veux des habits plus sombres, des habits de voyage, dit-elle.

— Ah ! parfaitement, voici votre affaire.

La négociation commençait ; et le marchand se montrait très accommodant, lorsque tout à coup M. de Préval apparut dans l'allée en compagnie de deux hommes dont l'élégant costume indiquait de riches bourgeois, peut-être même des gentilshommes en voyage ; car ils portaient de belles armes de fabrication italienne.

Lorsqu'il vit les nouveaux venus, le bossu parut contrarié ; évidemment on dérangeait ses opérations commerciales. Par discrétion, il s'éloigna de quelques pas et, tout en rangeant les caisses dans sa voiture, il observa la scène qui allait se passer, sans que cependant la conversation pût parvenir jusqu'à lui, d'autant qu'Hélène allant au-devant des nouveaux venus augmenta encore la distance à laquelle il s'en trouvait.

— Ma chère Hélène, dit Fabrice, permets-moi de te présenter MM. Anfretti dont je t'ai parlé ; ce sont ces marchands de Venise qui ont sauvé notre pauvre et chère madame de Lucenay, et qui se sont intéressés à elle. Ce sont des gentilshommes, car tu n'ignores pas qu'à Florence et à Venise la noblesse n'interdit pas le commerce.

— Messieurs, je sais combien vous avez été bons et généreux pour ma pauvre amie ; soyez les bienvenus dans notre modeste maison.

— Madame, dit l'aîné des Anfretti avec cette voix grave et harmonieuse des Italiens, nous connaissons tous les malheurs qui ont fondu sur la noble maison de Corneville ; et nous faisons tous nos vœux pour que Dieu vous délivre de vos chagrins.

— Tu ne te doutes pas de la bonne nouvelle que ces messieurs m'ont apportée à Versailles, d'où je les amène à notre demeure, dont ils ignoraient l'adresse ?

— Une bonne nouvelle ?

— Oui, madame, reprit l'aîné des Anfretti ; et d'abord l'état mental de madame de Lucenay s'améliore de jour en jour, à tel point que la Supérieure de Notre-Dame-des-Chaînes ne désespère pas la voir prochainement recouvrer complètement la raison.

: — Mais il y a autre chose aussi, dit Fabrice.

— Oui, la Supérieure nous a fait charger d'une mission de confiance par le capitaine des galères, M. de Saint-Tourvès, qui m'a remis un pli pour M. de Préval.

C'est une demande de grâce en faveur de Cyprien, qui a, paraît-il, joué un grand rôle dans la bataille de Carthagène, combat qui fut un grand succès pour notre marine.

L'amiral commandant l'escadre a même contresigné la demande et M. de Saint-Tourvès a bon espoir.

Hélène laissa éclater la joie que lui causaient ces deux nouvelles, tandis que son mari jetait un coup d'œil sur les étoffes et vêtements étalés à terre.

— Je t'avais dit, ma chère amie, fit-il avec un doux sourire, de prendre garde à ces marchands ambulants, ce sont parfois des espions et des hommes dangereux.

— Je suis absolument de votre avis, M. de Préval, dit Ricardo Anfretti, nous fournissons souvent de la marchandise à ces individus, et s'il y a parmi eux de très honnêtes commerçants, il y a aussi de rudes canailles !

— Oh ! oui, fit Paolo, et Dieu sait à quoi sert l'étiquette de cette profession !

— Je ne veux pas te déranger dans tes achats, dit de Préval, rappelle le marchand qui s'est éloigné, et nous assisterons à tes emplettes.

Les trois hommes s'assirent, tandis que d'un geste, la jeune femme appelait le petit bossu.

Celui-ci reprit son boniment, mais il était visiblement gêné par les regards qu'il sentait peser sur lui.

— Combien vendez-vous cette étoffe ? demanda tout à coup Paolo, le cadet des Anfretti.

C'était un magnifique tissu de soie brochée d'un beau travail italien.

— Vingt pistoles la pièce de soixante pieds, répondit le marchand.

Les deux frères échangèrent un regard, puis Ricardo, se levant, dit à M. de Préval :

— Voulez-vous me faire visiter votre parc, qui me semble fort beau ?

— Ah ! c'est vrai, dit Fabrice, j'ai oublié de vous faire accomplir le tour du propriétaire !

Lorsqu'ils furent à une petite distance, Ricardo Anfretti quitta son expression souriante, et la figure grave, demanda à M. de Préval :

— Craignez-vous quelque chose ?

— Qu'entendez-vous par là ? répliqua le mousquetaire.

— J'entends, quelqu'un a-t-il intérêt à vous surveiller ?

Fabrice hésita ; puis, brusquement :

Le faux marchand voulait s'enfuir, mais une main de fer le cloua au sol.
(Page 707.)

— Eh bien ! oui, je cache chez moi un fugitif.

— Tout s'explique, alors !

— Que voulez-vous dire ?

— Ce marchand est un espion.

— A quoi avez-vous pu le voir ?

— Vous avez remarqué que j'ai demandé le prix de cette pièce de soie ?

— Oui, le marchand en a demandé vingt pistoles, ce qui m'a semblé très bon marché.

— Cette étoffe sort de notre maison, et nous l'avons vendue trente pistoles au marchand qui nous l'a achetée en première main.

— Et celui-ci qui la tient en seconde main, n'en demande que vingt! s'écria Paolo.

— Cela est suffisant, dit Fabrice de Préval; d'ailleurs, je ne sais où j'ai entendu la voix de ce bossu, mais je suis sûr que ce n'est pas la première fois que je me trouve en sa présence.

— Surveillez-le!

— C'est ce que je vais faire.

Fabrice de Préval se rapprocha du marchand qui, rassuré, avait repris son boniment avec plus d'ardeur.

Ses yeux fureteurs guettaient de droite et de gauche, tout en parlant.

Le lieutenant des mousquetaires l'écoutait en silence, cherchant par son langage à découvrir son origine.

— De quelle partie de la France êtes-vous, mon garçon? demanda-t-il brusquement.

— De l'Orléanais, seigneur, répondit tout de suite le bossu.

— Tiens, à vous entendre parler, je vous aurais cru Normand.

— Oh! j'ai voyagé longtemps en Normandie, répliqua le petit homme.

— C'est donc cela que vous avez pris certaines tournures de phrases et certains mots qui ne sont employés qu'en Normandie.

— On prend la manière de parler des pays que l'on fréquente.

Le bossu s'était tu brusquement, les yeux fixés sur un point derrière M. de Préval, et sa figure refléta une violente satisfaction; mais il se maîtrisa aussitôt et baissa les yeux sur ses marchandises.

Ce jeu de scène n'échappa pas à M. de Préval, qui se retourna : le marquis de Corneville venait d'apparaître au détour d'une allée.

Le vieillard n'avait pas aperçu de loin le marchand, et croyait ne trouver là que son gendre et sa fille; il s'était arrêté, surpris à la vue d'un étranger.

Tout ceci n'avait pas duré une minute.

Fabrice s'élança vers le marquis de Corneville, et lui dit quelques mots.

Celui-ci s'éloigna rapidement.

Pendant un instant, le mousquetaire observa le petit bossu, puis s'approchant de lui, il fit mine de toucher aux objets qu'il déballait d'une dernière caisse.

Tout à coup, d'un geste rapide comme un éclair, Fabrice saisit les moustaches du bossu qui lui restèrent dans la main, tandis que le visage du petit homme apparaissait privé de cet ornement.

Au cri poussé par le bossu, répondit une exclamation de M. de Préval :

— Fouinard, s'écria-t-il !

Le faux marchand voulait s'enfuir, mais une main de fer le cloua au sol.

— Pas un cri, pas un geste, ou je te plonge cette dague dans la poitrine, dit la voix rude du beau Noré, brusquement apparu.

En un tour de main, l'agent de la marquise du Mesnil fut ligotté et emporté vers la maison, tandis que sa fausse gibbosité roulait piteusement à terre.

— Allons, mon petit, dit Noré, sois bien sage, car m'est avis que tu ne sortiras pas de mes mains !

Les caisses furent soigneusement regarnies de leurs objets, remises sur la voiture qui fut cachée dans une petite remise fermée, et l'âne alla rejoindre deux de ses congénères dans un pré voisin.

Fabrice de Préval, séduit par la belle allure et le grand bon sens des frères Anfretti, qu'il avait pu déjà apprécier dans leur rencontre de Toulon, crut devoir les mettre au courant de la situation dont il leur avait déjà parlé en leur expliquant quels ennemis puissants avaient frappé le pauvre Cyprien.

Ceux-ci se concertèrent un moment, puis Ricardo, s'adressant à Fabrice, lui dit simplement :

— L'œuvre que vous avez entreprise est grande et noble, et digne d'un cœur comme vous ; elle se rattache indirectement à cette pauvre madame de Lucenay, à laquelle nous nous intéressons vivement, et à ce malheureux Cyprien dont les malheurs nous ont été souvent contés par la digne supérieure de Notre-Dame-des-Chaînes.

Nous n'avons pas l'intention, mon frère et moi, de rester neutres en présence de cette lutte du bien contre le mal, et je vous offre notre modeste concours.

Fabrice de Préval, très ému, tenta de protester :

— Mais il y a un réel danger...

— Laissons cela de côté, dit Ricardo Anfretti avec un sourire, nous en avons vu bien d'autres dans notre existence, et ne repoussez pas le concours que nous vous apportons, car il est peut-être plus puissant que vous ne croyez !

Le lieutenant aux mousquetaires ne put que tendre ses deux mains aux marchands vénitiens, qui les serrèrent avec effusion.

. . . .

Lorsque Fouinard avait combiné sa ruse à l'effet de découvrir la retraite du marquis du Corneville, il n'avait pas voulu dévoiler son plan à la marquise du Mesnil, mais il lui avait promis de ne rester au plus que vingt-quatre heures absent.

Lorsque ce laps de temps fut écoulé, Geneviève commença à s'inquiéter, non qu'elle portât grand intérêt à son petit amoureux, mais parce qu'il lui était très utile, et que la prolongation de son absence l'obligeait de penser à un accident possible.

Le soir du second jour, elle se décida à aller aux nouvelles, et fit préparer une voiture pour se rendre à Paris.

En arrivant à la petite maison du Palais-Royal, elle demanda à Clémence, la vieille servante :

— Fouinard n'est pas venu ?

— Non, madame, je ne l'ai pas revu depuis deux jours.

— Comment est-il parti d'ici ?

— Avec une voiture traînée par un âne, et sur laquelle il avait chargé les caisses de marchandises que madame lui avait fait préparer.

— Et Ruffin ?

— Il n'a pas paru depuis quelques jours.

— Oui, il se cache toujours un peu, et n'aime pas à se montrer ici.

— C'est bon, je vais le voir chez lui.

Avec cette promptitude de décision qui la caractérisait, Geneviève quitta ses vêtements élégants, et revêtit un costume qui tenait le milieu entre la femme du peuple et la petite bourgeoise.

Ce fut à pied et dans cet accoutrement qu'elle s'engagea dans les ruelles borgnes qui environnaient le couvent des Filles-Dieu, non loin de la Cour-des-Miracles et de la Nouvelle-Boucherie.

Là, au fond d'une impasse, se trouvait une maisonnette d'aspect sordide précédée d'un petit enclos de quelques mètres de large, où séchait du linge étendu sur des cordes.

La marquise entra résolument dans l'enclos, en écartant les loques qui pendaient autour d'elle, et elle se disposait à frapper lorsqu'elle entendit un bruit de dispute.

Geneviève du Mesnil était une femme pratique, et ne dédaignait aucun moyen de se renseigner sur les hommes et les choses ; or, une dispute en apprend plus que toutes les causeries.

Elle n'hésita pas et resta derrière la porte mal close, à écouter ce qui se disait dans la maison :

— J'en ai assez, à la fin, clamait une voix féminine arrivée aux notes aiguës de la fureur, si je te laisse faire tout ce qui te plaît, c'est qu'il faut vivre, et maintenant que tu n'as plus d'emploi, ce n'est pas en restant honnête que tu nous feras manger...

— Eh bien, alors, pourquoi ne veux-tu pas que Jacques m'accompagne ? répondit la voix goguenarde de Ruffin.

— Je te dis que tu feras ce que tu voudras, mais je ne veux pas que mon fils aille finir ses jours sur la place de Grève.

— C'est ça ! Moi, ça te serait égal !

— Parfaitement.

— Tu as une rude affection pour moi !

— Je te hais, je te déteste. Ah ! si c'était à refaire, je ne quitterais plus ce pauvre Grenicheux ; on n'était pas bien heureux, mais ça valait encore mieux que d'être la compagne d'un malandrin.

— Pourquoi m'as-tu suivi ? Je ne t'ai pas emmenée de force, je pense ?

— Tu m'as indignement trompée !

— Moi ?

— Oui, toi, espèce de défroqué ! Tu n'es pas venu, n'est-ce pas, me raconter que j'allais être riche, heureuse, que j'aurais de belles toilettes et de beaux colifichets, comme les dames de la ville !

— Ne t'ai-je pas fait de beaux cadeaux ?

— Oui, au début ; puis au bout de quelques mois la misère est venue... Encore si tu étais resté au service de M. de La Reynie !... Mais non, tu t'es fait pincer chez la Raisin avec tes inventions impies de messe noire ; et voilà onze ans qu'on traîne la misère et qu'on se cache !

Non, je te dis, cent fois non, mon fils n'ira pas voler avec toi !...

— Mais il n'y a pas de danger... j'ai seulement besoin d'un jeune garçon mince et souple, qui passe par un petit soupirail pour aller ouvrir une porte de l'intérieur... Après cela il pourra se sauver et je ferai le reste !

— Je te dis non encore une fois, et si je savais où trouver Grenicheux je lui enverrais Jacques, il en ferait un honnête pêcheur comme lui.

— Et si cela plaît à Jacques, s'il veut venir avec moi, ce soir ?

— Je lui défendrai de te suivre !

— Et s'il t'envoie promener ?

— Je lui dirai que tu n'es pas son père, et que son père à lui est un honnête homme !

— Tu ne feras pas cela ?

— Si !

— Attends un peu, alors, tu vas voir !

Un bruit de gifles retentit. Puis des objets furent renversés, il y eut un cri de rage de Ruffin, une clameur de femme, et un tapage de bouteilles brisées et d'objets bousculés.

Geneviève jugea qu'il était temps de paraître, et elle frappa violemment à la porte.

Un profond silence succéda au bruit.

Comme rien ne bougeait, la marquise inquiète frappa de nouveau.

La porte s'entr'ouvrit enfin et la tête décoiffée de Jeanne Grenicheux parut dans la fente.

Une joue rouge et tuméfiée, une écorchure et une bosse au front témoignaient qu'elle n'avait pas toujours eu le dessus dans la bataille.

Elle hésita une seconde, puis reconnut la marquise.

— Entrez donc, madame, dit-elle d'une voix subitement obséquieuse, je ne m'attendais guère à l'honneur de votre visite, et tout n'est pas bien en ordre, chez nous.

— Cela ne fait rien, ma brave femme, dit Geneviève en pénétrant dans la pièce principale, j'ai simplement besoin de causer à votre mari, pour une affaire urgente.

L'aspect de la salle montrait suffisamment que tout n'était pas en ordre, car le sol était jonché de débris de batterie de cuisine et de meubles renversés.

— Vous étiez occupée à mettre votre ménage en ordre, dit la marquise avec une ironie voilée qui échappa à l'ex-pêcheuse.

— En effet, ma bonne dame, je faisais mon nettoyage du samedi.

— Mais Ruffin n'est donc pas ici?

— Si, madame il est en haut, en train de se mettre une compresse sur une petite blessure qu'il vient de se faire au front en se cognant au buffet.

Madame du Mesnil sourit imperceptiblement.

— Priez-le de se presser, n'est-ce pas? dit-elle.

Une minute après, Ruffin, le front entouré de linges mouillés, apparut en haut d'un étroit escalier.

Il se répandit lui aussi en excuses et en salutations; mais la marquise coupa court à ses protestations de dévouement, en lui disant:

— Savez-vous ce que Fouinard a été faire il y a deux jours?

— Hum! Hum! en effet, je sais, sans savoir...

— Enfin, Fouinard vous a-t-il prévenu des démarches qu'il allait tenter?

— Eh bien! oui! il m'a appris l'évasion du marquis de Corneville et avant-hier il m'a annoncé qu'il espérait bien trouver sa cachette avant vingt-quatre heures.

— Fouinard m'avait également promis d'être de retour au bout d'un jour; et en voilà bientôt trois qu'il est parti.

Ruffin fronça le sourcil:

— Diable! voilà qui est grave! Il n'allait pas assez loin pour être si longtemps absent!

— Pas assez loin?... Vous saviez donc où il allait?

— Mais oui, c'est moi qui lui ai indiqué le gîte probable du vieux marquis de Corneville.

— Alors, on pourrait retrouver sa trace?

— Parfaitement.

— Eh bien, Ruffin, je vous charge de savoir ce qu'il est devenu.

Et d'abord où allait-il déguisé en marchand ?

— Il voulait s'introduire dans la maison de campagne de M. de Préval où habite sa femme Hélène de Corneville.

— Évidemment, c'est là qu'est le marquis ! s'écria Geneviève.

— Oh ! pardon, cela n'est pas certain, et même ce serait le dernier endroit où il devrait se cacher, si son gendre n'était pas sûr de l'impunité, tout au moins pour le moment.

— Oui, en effet, vous avez raison... mais qu'est-ce qui a pu faire croire à Fouinard que le marquis se trouvait là ?

— Des renseignements que j'ai recueillis... On a vu un vieillard dans le jardin de loin... par-dessus un mur en ruine... Des domestiques ont jasé...

— Et, alors, mon petit secrétaire est devenu marchand ambulant, pour pénétrer dans la propriété ?

— Oui, c'est cela même...

— Tenez, voici cent écus à valoir sur vos frais, mettez-vous en route.

La vue de l'or mit le ménage de Ruffin en joie, et sans qu'un mot fût échangé, la marquise put deviner que la paix était faite entre les deux combattants.

Jeanne Grenicheux, d'ailleurs, en donna la preuve :

— Jacques va rentrer, dit-elle à son amant, tu peux le prendre avec toi, je ne te le refuserai jamais, du moment que c'est pour le service de madame la marquise !

Le jour tombait, lorsque Ruffin arriva devant le petit château de la route des Amandiers. Il était accompagné d'un beau garçon d'une quinzaine d'années, déjà presqu'un homme, qui marchait gaiement à ses côtés, tout joyeux de sortir des murs sombres de la capitale.

L'ancien moine de Corneville avait un grave défaut, il était suffisant et vaniteux.

Convaincu de ses talents de policier, après quelques succès remportés comme agent de M. de La Reynie, il aimait à étonner le jeune garçon par sa finesse et sa perspicacité :

— Tu vas voir comment on retrouve la trace d'un homme disparu subitement...

Tu m'écoutes bien, Jacques ?

— Oui, papa, fit le jeune homme docilement.

— Tu as remarqué que j'ai habilement interrogé les gardes de la porte Saint-Antoine, tout à l'heure, quand nous somme sortis ?

— Oui, papa, et l'un même t'a dit qu'il se souvenait du passage avant-hier d'un bossu conduisant une charrette à âne.

— Bien... Donc, Fouinard est sorti de Paris, allant évidemment au château de la route des Amandiers. Ce château, le voici... Il faut maintenant savoir si Fouinard y est venu.

— Comment vas-tu faire?

— Ce château est peu fréquenté; approchons-nous de l'entrée principale... la terre est molle, elle doit garder les empreintes des chevaux et voitures qui y sont entrés.

— En effet, la terre battue devant la grille et sur le petit pont qui franchissait le saut-de-loup, était piétinée.

Ruffin, après avoir constaté que personne ne pouvait le voir, et qu'aucun passant n'était en vue :

— Il faut nous dépêcher, car le jour baisse, dit-il. Voyons! voilà des fers de chevaux, les roues d'une grosse charrette... Évidemment, c'est une voiture de culture... Ah! voici une trace de petites roues et un pied d'âne !

— C'est vrai! fit le jeune Jacques d'un ton admiratif, qui flatta profondément Ruffin.

Emporté par sa vanité, le conférencier continua d'un ton doctoral :

— Les traces vont, dans le sens de la grille : c'est l'entrée de Fouinard... Sortent-elles ensuite? Mais il n'y a que des trous entrant, il n'y a pas de doute, Fouinard est entré, mais il n'est pas sorti !

Jacques resta frappé d'admiration, et Ruffin triompha modestement.

Son triomphe fut de courte durée, car le jeune grçon lui demanda naïvement :

— Et après?

— Comment, après?

— Oui, Fouinard n'est pas sorti, mais qu'est-il devenu?

— Ah! cela devient plus difficile, et un autre que moi renoncerait à en savoir plus long.

Pour ce soir, voilà déjà un pas de fait... Demain, je verrai à pénétrer dans l'antre des Corneville.

— Ne te fais pas prendre, toi aussi, père !

— Ne crains rien, on ne prend pas Ruffin comme un simple Fouinard !

Si Ruffin avait été moins entiché de sa science policière et de son habileté, il eût remarqué que les branches d'un des ifs qui ornaient l'entrée du château en dedans de la grille avaient remué quoiqu'il n'y eût pas de vent, et il se fût méfié; mais la vanité chasse la prudence.

— Allons nous asseoir là-bas le long de cette haie, pour étudier la situation, dit-il, à son pseudo-fils, nous observerons les allées et venues, car la nuit tombe ; et l'heure du souper est proche.

Grimpant sur le talus qui bordait la route en face de la grille, les deux compagnons s'assirent contre une haie.

Son corps roula jusqu'en bas avec un grand bruit, tandis que Yves, une lumière
à la main, se penchait au-dessus de la rampe. (Page 718.)

L'obscurité qui venait vite les rendait presque invisibles. Mais cette
obscurité permit aussi à un grand diable à l'allure militaire de sortir du
parc par une petite porte située à deux cents mètres de là, et de se glisser
de l'autre côté de cette haie, à l'abri de laquelle il put s'avancer cauteleusement, jusque dans le champ, presque derrière Ruffin et le jeune
Jacques.

L'enfant avait demandé :

— Qu'allons-nous faire maintenant ?

— Il faut attendre le jour ; et nous allons rentrer à Paris où nous allons aller souper dans un endroit de la rue Saint-Paul, à l'enseigne de la *Corne-d'Or*, où il y a de fameux vin.

Le jeune garçon ne parut pas séduit par le vin promis.

— On y boit aussi de l'hypocras exquis ! ajouta-t-il.

Au mot hypocras, les yeux de Jacques brillèrent d'un éclat significatif et qui n'échappa pas au tentateur.

Les deux hommes se mirent donc en route.

Le grand gaillard qui avait écouté la fin de leur conversation à travers la haie s'élança de son côté à travers champs, et franchit la porte Saint-Antoine quelques instants avant eux.

Ce fut en les précédant toujours de quelques minutes qu'il pénétra dans le cabaret de la *Corne-d'Or*.

Il était déjà attablé devant un pot de vin de Bourgogne, lorsque Ruffin et le petit Jacques y arrivèrent à leur tour.

Ils prirent place non loin du grand diable dont le costume modeste et la tournure militaire n'attirèrent pas autrement leur attention...

D'ailleurs, ce soldat de fortune devait être déjà ivre car il redemanda un second pot d'une voix pâteuse, et tomba bientôt endormi.

Ruffin n'avait pas renoncé à commettre l'infamie contre laquelle s'élevait si vigoureusement Jeanne Grenicheux.

Il se mit en devoir d'enivrer le petit Jacques qui se laissait aller à sa passion pour l'hypocras. Tout en le faisant boire, il lui expliquait qu'au lieu de rentrer il allait essayer d'avoir des renseignements ailleurs ; mais il fallait s'introduire dans une maison, et pour cela l'aide de Jacques lui était nécessaire.

L'enfant soupçonneux se défendit d'abord, puis céda, étourdi par la boisson.

Comme la salle était vide, et que le soldat ronflait comme un tambour, Ruffin se laissa aller à élever un peu la voix, en expliquant que l'endroit en question était un hôtel formant l'angle de la rue Saint-Paul et de la rue Saint-Antoine, et qu'il fallait s'introduire par une étroite lucarne sur la rue Saint-Paul, afin d'ouvrir du dedans une petite porte voisine de cette lucarne. Bientôt Ruffin quitta le cabaret, entraînant son futur complice, à qui il déclara que la chose ne pouvait guère se faire avant onze heures ou minuit et qu'il fallait aller souper dans un autre établissement qu'il connaissait bien et qui se trouvait rue Saint-Antoine.

A peine Ruffin eut-il quitté le cabaret que le soldat se réveilla en sursaut ; et sa tête cachée dans ses bras arrondis sur la table apparut en pleine lumière.

Le dormeur n'était autre que le beau Noré, qui ne semblait pas le moins du monde en état d'ébriété. Il appela la servante d'une voix ferme :

— Tu connais bien tous les habitants notables du quartier, ma belle enfant? demanda-t-il.

La grosse maritorne, très flattée d'être appelée ma « belle enfant », répondit en minaudant :

— Voilà dix ans que je suis ici, et je connais beaucoup de monde.

— Alors tu pourras me dire à qui appartient l'hôtel qui fait le coin de cette rue-ci et de la rue Saint-Antoine?

— Oh! parfaitement, c'est à ce vieil avare de La Harpière, un conseiller au Parlement qui vit très retiré, et qui passe son temps, dit-on, à compter ses écus...

Et il paraît qu'il en a beaucoup!

— C'est parfait! merci, ma belle enfant!

Le beau Noré prit dans la poche de son justaucorps un petit morceau de papier et écrivit quelques mots : puis il plia le papier et sortit rapidement du cabaret, après avoir donné un fort pourboire à la maritorne.

Un instant après, il frappait à la porte du conseiller La Harpière, remettait le billet au domestique, qui était venu ouvrir, et s'éloignait précipitamment.

Le conseiller était installé devant le bureau de son cabinet de travail au premier étage, lorsque son valet de chambre, Yves, vint lui remettre le petit billet.

M. La Harpière le prit et demanda :

— Qui a apporté cela ?

— Un homme qui s'est enfui, m'sieu le conseiller; c'était une des manies du brave Breton de dire à tout bout de champ : « M'sieu le conseiller »

— C'est bon, fit le magistrat.

Le domestique parti, il retourna le billet et l'examina avant de l'ouvrir.

Le digne homme avait une innocente manie, il posait pour deviner tout de suite le contenu d'une lettre ou le but d'une visite.

— Ça, c'est à n'en pas douter une dénonciation : le chiffon de papier sale, l'homme qui s'enfuit...

Évidemment on me dénonce quelque crime réel ou imaginaire... Voyons un peu.

— « Monsieur le conseiller,

» La présente est afin de vous faire savoir que des misérables vont se livrer à un affreux attentat...

— Voyez-vous cela, je ne m'étais pas trompé, sauf que le crime n'est pas encore commis, dit La Harpière avec un petit rire satisfait.

Hum! hum! Dieu que c'est mal écrit... « Un affreux attentat qui doit se perpétrer à minuit au plus tard. » Diable ! c'est court ! « Les criminels sont au nombre de deux ; l'un un est jeune innocent qu'est pas capable de discerner le mal, l'autre est un dangereux bandit... l'enfant doit passer par une lucarne pour ouvrir la petite porte sur la rue Saint-Paul... »

— Tiens, c'est près d'ici ! Si ce billet est mal écrit, il est encore plus mal rédigé : quelle langue ! Mon Dieu quelle langue, et mon ami Despréaux serait indigné d'un tel style !

— Ah ! voici enfin... « Pour lors, je dois vous dire que le but du voleur est de s'emparer d'un fort magot qui serait caché au premier dans le cabinet de travail...

— Ah ! mon Dieu, que vois-je... « dans le cabinet de travail de M. La Harpière que j'ai bien l'honneur d'avertir. »

— Au secours, Yves, Lafleur, Marie, à l'assassin ! venez vite !

Et M. La Harpière, se levant d'un bond, se mit à sonner violemment, en proie à une terreur profonde.

Le brave domestique apparut, calme, impassible :

— C'est y point que vous êtes malade, m'sieu le conseiller ? dit-il, avec le plus grand flegme.

— Non, je ne suis pas malade, je suis mort, ou plutôt j'ai failli être assassiné, volé, pillé !

— Bon Dieu ! par Saint-Yves, mon patron, vous parlez bien pour un homme mort, fit le Breton sans paraître très ému.

La Harpière comprit qu'il était ridicule, et redevint maître de lui :

— Des malandrins vont attaquer l'hôtel cette nuit, dit-il d'une voix frémissante.

— Ben, ce sera amusant, m'sieu le conseiller, répondit le domestique.

— Tu sais où sont mes pistolets ?

— Oui, m'sieu le conseiller.

— Tu les chargeras.

— Oui, m'sieu le conseiller.

— Tu diras à Lafleur de prendre dans le carrosse les grands pistolets, et tu les lui chargeras avec soin.

— Oui, m'sieu le conseiller ; et qu'est-ce que le cocher, il en fera des pistolets ?

— Il les apportera avec lui en venant me rejoindre ici.

— Bien, m'sieu le conseiller.

— Et toi, quelle arme prendras-tu ?

— Dame ! combien qu'y sont les malandrins ? Une douzaine ! une vingtaine !

— Holà ! Holà ! Comme tu y vas, mon brave Yves, ils sont deux, un homme et un enfant.

— Et c'est pour cela que vous chargez tous les pistolets, m'sieu le conseiller ?

— Comment veux-tu donc nous défendre ?

— Mais avec l'aide de Lafleur, je pourrions bien ficeler les deux pratiques et vous les apporter comme des petits Saint-Jean.

La Harpière réfléchit un moment, et le résultat de sa réflexion fut qu'une arrestation provoquerait un procès où il serait partie plaignante, ce qui n'était pas d'un heureux effet, et qu'en outre, pour éviter à l'avenir pareille tentative, un bon exemple valait mieux.

— Non ! Yves, ces gens-là sont d'infâmes criminels, et je ne voudrais pas que des honnêtes gens risquassent leur vie contre de tels misérables.

— Merci, m'sieu le conseiller, vous êtes bien bon.

— Écoute donc, vous allez vous armer et venir me rejoindre tous deux.

Lorsque les voleurs auront pénétré dans l'escalier qui accède à ce cabinet, nous tirerons dessus et vous les attaquerez.

Très prudent, le brave conseiller ne tenait pas à prendre part au corps à corps possible.

A onze heures, la garnison était au complet, plus même, car elle était renforcée de la grosse cuisinière Marie, armée d'une broche et d'un couteau de cuisine de grande dimension.

Cependant Ruffin était arrivé à son but. Jacques, grisé par de copieuses libations, le suivait docilement dans la direction de la rue Saint-Paul.

Le malheureux enfant était suffisamment enivré pour ne pas se rendre compte de la portée de l'acte qu'il allait accomplir ; et il écoutait docilement les recommandations de son compagnon.

Arrivés rue Saint-Paul, Ruffin lui montra la lucarne, et le prenant sur ses épaules lui fit la courte échelle ; les mains de Jacques atteignirent le bord de l'étroite baie et s'y cramponnèrent.

Un simple rétablissement l'assit sur l'appui et il n'eut qu'à pousser le châssis mal fermé pour ouvrir la petite fenêtre.

— Tu n'entends rien ? lui demanda l'ancien moine.

— Non, père, il fait noir comme dans un four.

— C'est bien, descend en dedans et fais six pas à ta gauche, tu trouveras la petite porte et tu en tireras les verrous.

Jacques se laissa tomber en dedans et resta quelques secondes étourdi à la fois par sa chute et par sa demi-ivresse.

Enfin il se décida à tâtonner le long du mur, se heurtant parfois à des débarras, accumulés dans le couloir, et il parvint à atteindre la petite porte.

Les verrous glissèrent facilement et la porte s'ouvrit. Ruffin s'avança alors avec précaution et se dirigea vers les premières marches de l'escalier en colimaçon qui se trouvait en face de la petite porte.

— Où vas-tu, père ? interrogea l'enfant.

— Je vais, ainsi que je te l'ai dit, veiller un ami qui habite ici...

— Que faut-il faire, maintenant ? demanda Jacques d'une voix pâteuse.

— Toi ! Je ne sais ?

Ruffin hésita un moment ; il lui répugnait d'entraîner le malheureux enfant plus loin dans la sinistre aventure où il s'engageait, et il craignait aussi qu'en découvrant le but de l'effraction, le pauvre petit, malgré son triste état, ne se révoltât.

— Reste dans la rue, dit-il.

— Bien, répondit Jacques docilement.

— Tu feras le guet, et si quelqu'un vient, siffle-moi !

Tandis que l'enfant titubant allait s'accoter à la maison d'en face, Ruffin gravit résolument le petit escalier.

Au moment où il atteignait les dernières marches une porte s'ouvrait brusquement. Un flot de lumière l'aveugla.

Presque en même temps, quatre coups de feu éclatèrent, et Ruffin chancela, puis s'abattit lourdement sur l'escalier.

Son corps roula jusqu'en bas avec un grand bruit, tandis que Yves, une lumière à la main, se penchait au-dessus de la rampe.

— M'sieu le conseiller, il a son compte, dit le Breton avec le même flegme qu'il eût annoncé le dîner du magistrat.

— Tu crois, Yves ? répliqua de loin la voix un peu chevrotante du conseiller au Parlement.

— Je vais voir, m'sieur le conseiller, répondit simplement le brave colosse.

Et il se mit en devoir de descendre.

— Prends garde, il n'est peut-être pas mort.

— Ça ne fait rien, j'ai ma hache, m'sieu le conseiller

— Et s'il y en a d'autres ?

— Puisque j'ai ma hache ! répliqua avec impatience le compatriote de Duguesclin qui ne se doutait certainement pas de l'héroïsme de sa réponse.

Il y eut un silence, puis une voix venant d'en bas cria :

— M'sieu le conseiller, il est bien péri, allez !

. . . .

Au bruit des coups de feu Jacques avait sursauté et s'était rapproché vivement.

Il avait entendu la chute du corps qui déroulait, et aussitôt, à travers son ivresse qui se dissipait, il devina, il comprit l'horrible drame.

Son père venait de tomber sous les coups des gens chez lesquels il avait voulu voler.

Une terreur folle s'empara du pauvre enfant ; et s'élançant vers la rue Saint-Antoine il se mit à fuir éperdument, courant devant lui sans reprendre haleine, sans répit, avec l'horrible sensation de gens qui le poursuivent, n'osant se retourner, attendant lui aussi les affreux coups de feu qui avaient abattu Ruffin.

Quoique personne ne songeât à le poursuivre, puisqu'on ne se doutait même pas qu'il eût assisté à la scène, et que tout le personnel de La Harpière fût trop occupé du mort pour rechercher l'enfant, le pauvre Jacques n'en courait pas moins avec la rapidité d'un jeune faon traqué par les chasseurs.

L'instinct de la conservation guidait ses pas, et lorsque à bout de souffle, épuisé, la tête en feu, le malheureux se laissa tomber sur le sol, ce fut à la porte de la maison de Ruffin.

Au bruit de sa chute, au gémissement qu'il poussa, sa mère vint ouvrir :

— Ah ! mon Dieu, qu'as-tu ? mon Jacques ! s'écria-t-elle en le reconnaissant.

Elle le releva et le soutint jusqu'à un fauteuil sur lequel elle l'étendit.

— Oh ! mère, j'ai peur ! murmura le pauvre petit, en claquant des dents.

— Mais qu'est il arrivé ?

— Père m'a emmené plus loin que la Bastille, puis nous sommes revenus... Nous avons bu dans des cabarets rue Saint-Paul... rue Saint-Antoine, ailleurs, je ne sais où... puis on est revenu rue Saint-Paul ; papa m'a fait passer par une fenêtre, pour ouvrir une porte.

— Ah ! le misérable ! clama madame Grenicheux avec rage.

— Ne dis pas cela, petite mère... père est mort.

— Ruffin ? mort ?

— Oui ! oh ! c'est affreux, des coups de pistolet !... Il est tombé !... Il a déroulé les escaliers... Par le porte ouverte je l'ai vu rester là... Puis des hommes sont descendus avec des lumières... Alors j'ai fui, j'ai couru à en mourir ; et je suis tombé ici ! Oh ! pauvre père !

— Ne pleure pas cette canaille, ce n'est pas ton père !

— Pas mon père ?

— Non, ton père s'appelle Grenicheux ; c'est un honnête pêcheur ! Ah ! quel malheur que je l'aie quitté, que j'aie suivi ce coquin de Ruffin !...

— Mon père est pêcheur, fit l'enfant en fixant dans le vague ses grands yeux dilatés par l'émotion... Alors j'avais raison de ne pas aimer cet homme qui m'a entraîné ce soir...

— Jamais Grenicheux n'aurait essayé de faire de toi un voleur... Non, tu serais un bon et brave mousse.

— La mer, ce doit être bien beau, mère?

— Tu l'as vue, étant enfant, mais tu étais bien petit.

— Il me semble parfois que je rêve la nuit et cependant mes yeux sont ouverts... Je vois de l'eau, beaucoup d'eau... Il y a dessus des bateaux... mais pas comme ceux de la Seine, beaucoup plus grands, plus beaux, avec des mâts immenses et des voiles qui montent au ciel... Il y a dessus des hommes aux mines rudes, mais franches, qui vont et viennent au milieu de rangées de canons...

Parmi eux il y en a un qui a une bonne figure, il n'est pas vêtu comme d'autres; et il y a des galons à son bonnet et sur ses manches... Il me semble qu'il m'appelle de la main... Puis tout s'efface!

Madame Grenicheux, effrayée, écoutait son fils qui parlait en proie à une sorte d'exaltation nerveuse.

— Comment a-t-il pu voir ainsi en rêve un navire de guerre, lui qui n'en n'a jamais vu en réalité, murmura la malheureuse femme.

— Et cet homme, ce matelot, comment est-il? interrogea-t-elle comme malgré elle.

— Il est grand, fort, un peu voûté, et sa bonne figure souriante est encadrée d'un collier de barbe rousse.

— Grenicheux! c'est lui! c'est ton père que tu vois en rêve... mais c'est un pêcheur, il ne peut être à bord d'un navire de guerre!...

A moins que... Ce serait étrange? Dieu lui ferait-il voir réellement ce qui se passe au loin?

— Mère, murmura le pauvre enfant en renversant sa tête fatiguée, emmène-moi, allons rejoindre mon père.

— Hélas! pauvre petit, Dieu sait où il est! Et d'ailleurs le malheur est irréparable, il y a des choses qu'on ne peut effacer!

— Ne restons pas dans cet affreux Paris, mère, partons, fuyons bien loin!

— Oh! oui, puisqu'on m'a débarrassée de cette canaille de Ruffin, nous allons partir, nous retournerons là-bas en Normandie... on y a bien besoin d'une fille de ferme et les pêcheurs seraient bien heureux d'avoir un mousse comme toi.

J'irai demander un secours à la marquise, elle ne peut pas me le refuser, et nous partirons pour le pays.

. . . .

La marquise Geneviève Du Mesnil est étendue sur une chaise longue, dans sa petite maison du Palais-Royal; elle est sombre et toute sa fierté semble être tombée. Elle vient de recevoir la visite de Jeanne Grenicheux, et le coup semble avoir été rude.

— Une main invisible frappe tous mes complices, dit-elle. Fouinard disparu, Ruffin mort, le marquis évadé... que se passe-t-il autour de moi?

— Oui, madame, il s'appelait le chevalier de Verderonne! — Pauline poussa un grand cri...
(Page 726.)

91ᵉ Liv. 91ᵉ Liv.

Je sens comme une main invisible qui m'étreint. Il y a autour de moi un filet dont les mailles se resserrent...

J'ai peur !

Est-ce que réellement Dieu existerait ? Est-ce que le démon, à qui j'ai vendu mon âme, ne me protégerait plus ?...

Ah ! si mes ennemis me voyaient, ils seraient trop heureux, et Cyprien rirait bien de moi ! Non, Geneviève du Mesnil tiendra tête à l'adversité, et malheur à mes ennemis ! Ils verront que la panthère menacée a de terribles coups de griffe !

IV

LA FAVORITE DU MINISTRE DE LA GUERRE

Dans un coquet hôtel de la rue de l'Orangerie contigu aux bâtiments affectés au ministre de la guerre, était logée la baronne de Regneville, — autrefois Pauline Dufresnoy.

De trop fraîche noblesse, Pauline Dufresnoy n'était pas admise à la Cour ; mais le ministre, son amant, lui contait ce qui s'y passait, et la tenait au courant de tous les potins de l'œil-de-bœuf.

La femme du notaire de Corneville n'était pas une méchante femme ; et même elle avait bon cœur. Démoralisée par l'influence pernicieuse du misérable qu'elle avait épousé, ce petit être gracieux, potelé et fait pour l'amour était devenu peu à peu le monstre inconscient que nous avons vu opérer en pays normand.

Un beau jour, elle avait compris le jeu infâme de son mari, et, s'étant éloignée de Cornveille par suite de démarches à faire elle avait poussé jusqu'à Versailles pour remettre à la marquise du Mesnil de l'argent que Dufresnoy envoyait à sa cliente.

La vue de la brillante cour de Louis XIV l'avait grisée, et elle avait prolongé son séjour à Versailles.

A mesure qu'elle échappait à l'influence quotidienne du notaire, son âme s'ouvrait à de meilleurs sentiments.

Elle avait horreur de tout ce qu'elle savait, et encore plus de tout ce qu'elle devinait de crimes entre son mari et Geneviève, et une répugnance invincible s'emparait d'elle, à l'idée de retourner à Corneville.

Tête sans cervelle, avide de luxe et de plaisir, elle voyait bien dans son miroir qu'elle se trouvait à un moment de sa vie, où elle était plus désirable qu'elle ne l'avait jamais été, et des idées folles, des songes insensés la hantaient.

Un jour qu'elle quittait la grande cour du Château, venant des appartements de la marquise du Mesnil, elle croisa un élégant gentilhomme paraissant âgé de quarante-cinq à cinquante ans, l'air suffisant et fier de sa personne.

Sans qu'elle semblât y prendre garde, elle remarqua qu'il se retournait, et qu'il la regardait longuement.

Comme elle passait la grille, elle le vit parler à un domestique et la désigner.

Elle s'éloigna lentement, et put bientôt constater qu'elle était suivie jusqu'à sa demeure, située avenue de Saint-Cloud.

Le lendemain, un domestique sans livrée apportait un billet dans lequel, avec tout le style prétentieux et amphigourique de l'époque, un seigneur qui ne se nommait point sollicitait l'honneur de lui présenter ses hommages.

Elle accepta de recevoir ce seigneur qui devait être l'inconnu de la veille, et qui l'était, en effet.

Au cours de la visite, elle eut vite fait de constater que ce n'était pas un méchant homme mais qu'il était fat et très suffisant. Elle se fit donc très petite, très modeste, ignorant tout de la Cour et bien ennuyée de retourner dans un pays auprès d'un vieux mari qu'elle détestait.

Elle laissa d'ailleurs percer une profonde admiration pour le gentilhomme, qui s'était présenté sous un nom qu'elle jugeait un nom d'emprunt.

Elle reçut une série de visites de son amoureux qu'elle faisait languir, et à qui elle n'accordait que de légères privautés.

Durant ces visites, elle s'était renseignée, et elle sut bientôt qu'elle avait affaire au ministre de la guerre Chamillard.

Elle n'en continua pas moins sa comédie; mais finit par succomber, lorsqu'elle vit qu'il était arrivé au paroxysme de la passion.

Elle joua alors, en coquette rusée qu'elle était, la comédie du remords et elle atteignit son but; Chamillard lui annonça qu'il habitait la Cour et qu'il avait acheté un petit hôtel, un véritable nid d'amoureux, où il avait fait établir une communication avec ses appartements.

Pauline Dufresnoy céda, tout en semblant toujours ignorer l'identité de son amant.

Ce fut le jour de son installation dans le petit hôtel, que Chamillard voulut l'éblouir en lui révélant sa qualité.

La jolie notairesse joua admirablement la comédie et sembla tellement émerveillée que le vaniteux ministre l'en aima encore plus.

Aussi, quelques mois après, il obtenait pour elle le titre de baronne de Regneville, reversible sur ses enfants, s'il en venait.

C'est donc dans la coquette bonbonnière où elle habitait que nous retrouvons Pauline, qui avait signifié à son mari, par une lettre énergique, qu'elle comptait se fixer à Versailles, et qu'il n'ait plus à s'occuper d'elle.

La petite baronne reposait étendue sur une chaise longue, lorsque sa camériste vint lui annoncer que de riches marchands, venus au château pour offrir des objets superbes, avaient sollicité l'honneur de lui soumettre quelques étoffes de prix.

Curieuse comme une enfant, la jolie Pauline donna l'ordre de les introduire dans son boudoir.

Une minute après, Ricardo et Paolo Anfretti s'inclinaient devant elle.

— Bonjour, messieurs, dit-elle, en les regardant curieusement, où sont les objets que vous avez demandé à me présenter?

— Madame la baronne va nous dire ce qu'elle veut voir, et nos serviteurs vont immédiatement monter les caisses.

— Ce que je veux voir? mais tout ce que vous avez!

— Oh! alors, la tâche est simplifiée, dit Ricardo avec un sourire étrange.

Sur un signe de lui, son frère quitta la pièce, et revient bientôt suivi de laquais portant de lourdes caisses qu'ils ouvrirent.

Ricardo prenait les objets au fur et à mesure et les montrait à Pauline éblouie.

— Voici les soieries d'Italie, soies unies ou à ramages; voyez ces coloris tendres et changeants; voici les brocarts tissés d'or ou d'argent.

Tenez, madame la baronne, voici une étoffe rose à dessin en fil d'argent qui siérait bien à votre beauté; le rose en est très doux et met des reflets chatoyants au visage; elle rend une jolie femme encore plus séduisante.

Voilà de belles soieries de Damas, si lourdes, si épaisses, qu'elles s'en tiennent toutes roides.

Ceci, en revanche, est l'opposé; ce sont les gazes impalpables d'Orient qu'un souffle d'air fait palpiter...

Là-bas, sur la côte d'Asie, les épouses des sultans n'ont que cette gaze pour tout vêtement.

Voyez cette écharpe aérienne que mon haleine gonfle comme une bulle de savon, eh bien! le roi des rois, le commandeur des croyants en a tranché une d'un mouvement du cimeterre que nous lui avons vendu, il y a un an.

Après avoir essayé cette merveilleuse lame sur cette fine étoffe, il voulut voir si son fil était capable de trancher un corps plus résistant, et comme il y avait là un de ses vizirs qui lui déplaisait, il le fit ligotter par ses eunuques, et lorsqu'on lui eut fait incliner la tête devant lui, il le décapita d'un seul coup du cimeterre.

— Quelle horreur ! s'écria la petite baronne, en frissonnant.

— Passons à un sujet plus gai, belle dame, puisque celui-là vous impressionne... Tenez, voici des verreries de Venise si légères, qu'un souffle les briserait... Ce gobelet ne pourrait supporter la lèvre brutale d'un homme, et il faut, pour y boire, toute la douceur de vos lèvres.

Voyez donc ce que tient mon frère, ce sont des dentelles de Venise, de Florence, de Milan, faciles à distinguer ; les unes, lourdes et épaisses, les autres, si ténues qu'on n'ose les toucher.

Ah ! tenez, voici une garniture de robe qui est fort belle...

— C'est du point de Venise ?

— Oui, mais exécuté en France, et vous ne sauriez deviner par quelle étrange ouvrière.

C'est une pauvre folle en traitement au couvent de Notre-Dame-des-Chaînes, à Toulon, qui l'a exécutée.

— Une folle ? demanda Pauline étonnée.

— Oui, une infortunée qui perdit il y a plus de dix ans la raison dans un drame horrible.

Elle était riche, heureuse, aimée de son mari ; elle allait mettre au monde un enfant, lorsque tout son bonheur s'est écroulé et l'enfant, espoir de sa pauvre mère, est né au milieu des larmes... Cet enfant lui fut enlevé presque aussitôt par son mari injustement jaloux.

Elle devint folle, et s'enfuit... Nous l'avons recueillie et placée dans ce couvent, où elle apprit à faire ces belles dentelles qu'elle a exécutées pour nous remercier.

Pauline Dufresnoy voulut parler, mais les mots ne sortirent pas de sa gorge contractée... Le spectre de madame de Lucenay se dressait devant elle, elle aurait voulu savoir qui était cette folle, mais elle n'osa pas le demander.

— Ah ! Paolo, donne-moi ce curieux objet, s'écria Ricardo !

Son frère lui tendait une coquette monture d'éventail en nacre ciselée.

Voici une monture qui n'attend plus qu'une gouache de Rigaud pour papilloter aux mains d'une princesse.

Cette nacre si habilement travaillée a aussi une curieuse histoire ; c'est l'œuvre d'un galérien.

— Comment, c'est un galérien qui a ciselé cette adorable pièce ? demanda la baronne.

— Oui, madame, le malheureux qui fit cela est un brave garçon injustement condamné aux galères, et qui, dans ses rares moments de repos, s'est amusé à tailler ces élégantes figurines.

Pauvre garçon, il ne se doute pas, tandis qu'il souffre dans cet enfer, que de jolies mains tournent le fruit de ses veilles...

Tenez ! Il a eu la coquetterie de signer son œuvre, et vous voyez sur la monture un C. Le pauvre Cyprien a voulu laisser un peu de lui-même dans son petit chef-d'œuvre.

La baronne de Regneville avait effroyablement pâli, et elle laissa tomber sur ses genoux la monture qu'elle tenait à la main...

— Vous avez dit : « Cyprien »?... demanda-t-elle avec une expression d'angoisse qui frappa les deux frères.

— Oui madame, ce malheureux s'appelle Cyprien.

— Il n'a pas d'autre nom ?

— Il n'en a plus d'autre, madame, car il a été condamné pour avoir voulu porter celui qui lui appartenait.....

— Et cet autre nom ? Vous le savez ?

— Oui, madame, il s'appelait le chevalier de Verderonne !

Pauline poussa un grand cri...

— Parlez vite ! Dites-moi, Cyprien, le pauvre garçon est au bagne ? Alors, c'est donc vrai ce qu'on m'avait dit ? C'est donc possible qu'il ait été condamné ?

— Hélas, madame, puisque vous connaissez ce jeune homme, ayez pitié de lui ! Car voilà près de onze ans qu'il souffre, et que personne ne l'aide...

Pauline Dufresnoy avait toujours conservé, au fond de son cœur, le souvenir de celui qu'elle avait aimé ; et l'on peut dire qu'au milieu de sa vie très agitée, un souvenir très doux lui était resté de ses relations avec le jeune barbier, qui avait été peut-être son seul et sincère amour.

Dans son émotion, elle ne se contint pas, et sans voir le coup d'œil joyeux qu'échangeaient les Anfretti, elle se mit à les interroger sur le sort de Cyprien, ne leur cachant pas qu'elle l'avait connu jadis, et qu'elle s'intéressait toujours à lui.

Ricardo lui conta alors par le menu toute la vie de Cyprien au bagne et comment son sort s'était amélioré.

Ils en vinrent au glorieux combat de Carthagène et lui montrèrent Cyprien devenant un héros.

On pouvait suivre sur les traits de la jeune femme toutes les émotions et tous les sentiments qui l'agitaient au cours de ce récit.

— Oh ! le bon cœur, le vaillant garçon ! s'écria-t-elle avec une expression d'admiration.

— Eh bien ! reprit Ricardo, puisque vous semblez vous intéresser à notre pauvre ami, vous pourrez madame la baronne nous prêter un précieux concours.

— Parlez, je suis prête à mettre tout mon faible crédit à son service.

— Voici, madame, une lettre du capitaine des galères, M. de Saint-Tourvès, qui sollicite sa grâce.

— Donnez-moi cette lettre, je la remettrai ce soir à M. Chamillard qui fera signer la grâce au roi !

V

UN REVENANT

Tous les grands événements qui agitent un royaume, tous les faits politiques ou sociaux qui bouleversent Paris et les grandes villes ont souvent encore de nos jours une bien faible répercussion dans les villages des campagnes.

On juge ce qu'il en était à cette époque où aucun moyen de transport ne reliait les capitales à la province et où les journaux n'existaient pas encore.

Aussi Corneville-sur-Risle n'avait subi aucun des contre-coups des événements parisiens et la vie s'y trouvait paisible et monotone.

Depuis deux ans qu'il avait été abandonné par sa femme, maître Dufresnoy avait beaucoup vieilli.

Une première attaque de paralysie, précédant sans doute d'autres plus graves, avait affaibli ses facultés et lui avait presque ôté l'usage d'un bras.

Son cerveau malade enfantait des cauchemars et il était en proie à une terreur continuelle.

Il se figurait que l'attaque qui l'avait frappé était le résultat d'une tentative d'empoisonnement, et la conviction que la marquise du Mesnil cherchait à se débarrasser de ce complice gênant s'emparait de lui, le tenaillait toutes les minutes de sa misérable existence, empoisonnant ses derniers jours.

C'était là un des seuls et rares sujets de conversation des commères.

On jasait aussi sur Gaspard qui, cantonné avec son épouse dame Reine, dans le fromage qu'était l'intendance de Corneville, amassait écu sur écu et passait pour colossalement riche.

Se contentant des miettes copieuses que lui laissaient Geneviève et Dufresnoy, il ne leur portait pas ombrage et vivait l'âme tranquille, salué très bas par tout le village.

Il partageait la situation prépondérante avec le grotesque personnage qui avait succédé à Fabrice de Préval dans les fonctions de bailli.

Ce digne homme, bedonnant et très porté sur sa bouche, pressurait et exploitait les braves gens de Corneville et, grâce à son habile trafic de la justice, amassait lui aussi de beaux louis d'or dans une bonne cachette.

Un beau soir d'automne, on était en septembre, les deux amis descendaient l'avenue du Château, Gaspard faisant un bout de conduite au bailli qui l'était venu visiter, lorsqu'ils aperçurent un personnage étranger au pays, qui se promenait, jetant de droite et de gauche les yeux sur le paysage comme un homme qui cherche quelque chose ou qui visite un pays.

C'était un homme d'une cinquantaine d'années, mais vieilli et fatigué par une vie sans doute rude ou par des chagrins qui avaient barré son front de grosses rides.

Il portait une courte barbe grisonnante, taillée à la manière des matelots du Nord, ce qui empêchait de bien distinguer le bas de son visage.

Son costume simple mais fait de drap de bonne qualité indiquait que ce n'était pas un simple matelot. Dès que le bailli et Gaspard l'aperçurent ils ralentirent le pas et se mirent à l'observer.

Des deux hommes, Gaspard était la forte tête, et le bailli, cervelle obtuse, avait pour lui une profonde admiration.

Ce prodigieux magistrat n'avait d'intelligence que pour exploiter ses administrés et ordinairement approuvait tout ce que disait son compère.

— Voilà un homme qui n'est pas d'ici, déclara gravement l'intendant.

— ... Qui n'est pas d'ici, répéta le bailli comme un écho.

— Il cherche quelqu'un ou quelque chose, continua Gaspard, heureux de cette approbation.

— ... Ou quelque chose, fit le bailli.

— Ce doit être un marin... Et même un marin qui n'est pas Normand.

— En effet, appuya le bailli.

— Ne pensez-vous pas, compère, que c'est un officier de marine marchande d'Angleterre ou de Hollande ?

— Je le pensais, compère, je le pensais ! s'écria le bailli très fier que Gaspard pût le croire capable de penser, surtout après un copieux déjeuner.

— Ah ! il se dirige de ce côté, on dirait qu'il veut nous parler.

En effet l'étranger se décida à aborder les deux compagnons.

— Ce fut d'une voix sourde, avec l'accent guttural des gens du Nord qu'il demanda :

— Pardon, mes maîtres, pouvez-vous m'aider à avoir quelques renseignements sur des personnes du pays ?

— C'est possible, dit Gaspard prudemment, et il ajouta :

— D'ailleurs ça dépend.

— Restez, ne vous éloignez pas! Répondez-moi... C'est la marquise du Mesnil?...
(Page 735.)

— Voilà la chose... Permettez à un marin de parler avec la franchise
des gens de mer.

— Vous êtes marin? fit Gaspard avec un sourire de satisfaction.

— Capitaine Vatanson, de la marine suédoise... Je commande un
beau brick en ce moment au Havre-de-Grâce; et j'ai quitté mon bord, pen-
(ant le déchargement des marchandises, pour venir exécuter une mission qui m'a été confiée lors de mon passage en Hollande.

Je vous avouerai même que je voudrais bien accomplir rapidement ma mission, car on dit que mon pays va entrer dans une alliance conclue contre le roi de France.

— Et vous craignez d'être arrimé par un navire de guerre français, si la guerre éclatait ?

— Précisément ; et puis vous savez, les marins n'aiment guère à bourlinguer sur le plancher des vaches.

— C'est juste.

— Je vais vous expliquer mon affaire.

Gaspard et le bailli ne purent retenir un soupir de satisfaction; leur curiosité, violemment excitée, les rendait très attentifs.

— L'individu qui m'a escorté sur les quais de Rotterdam était un gentilhomme, évidemment, mais il ne m'a dit ni son nom, ni sa qualité.

Il m'a simplement demandé si j'allais en France, et à quel port je comptais toucher.

Lorsque je lui eus répondu que j'étais en chargement pour le Havre, il me parut très intéressé, et me chargea de me rendre au village de Corneville.

— Vous y êtes ! s'écria le bailli qui cherchait depuis un instant à placer un mot.

— Je devais dans ce village me renseigner exactement sur d'anciens habitants du pays, des seigneurs dont j'ai les noms sur mon carnet.

Le capitaine Vatanson ouvrit un petit livre qu'il prit dans sa poche.

— Voyons, dit-il... Cinquante sacs de laine à Samuel... ce n'est pas ça... Faire remettre une ferrure neuve au boute-hors de beaupré... c'est pas encore ça...

Corneville-sur-Risle... le marquis, sa fille, son petit-fils...

C'est ça, nous y sommes, voilà la liste...

Le front de Gaspard se rembrunit ; ce que voyant, le bailli prit un air grave.

Ce jeu de physionomie n'échappa pas à l'œil perçant du marin qui observait Gaspard, tout en lisant :

— Avant de vous demander des détails, dit-il, je serais heureux de savoir à qui j'ai l'honneur de parler. Je pense que vous êtes des notables de Corneville?

— En effet, vous ne vous trompez pas, capitaine, je suis Gaspard, l'intendant du château de Corneville, et voici monsieur qui est notre bailli.

— Je suis le bailli de Corneville, crut devoir ajouter le gros homme avec suffisance.

— Messieurs, je suis vraiment confus, reprit le marin, et je ne sais comment vous remercier de votre amabilité.

Je suis, je vous l'avoue, un peu embarrassé pour accomplir ma mission...

Voilà ! C'est que je devais m'adresser à quelque paysan du pays, et l'inconnu, mon client, m'avait confié cette bourse pour récompenser le donneur de renseignements, et, vraiment, je n'ose vous offrir... à vous, des hommes de cette importance...

La bourse paraissait bien garnie, et les yeux de Gaspard étincelèrent à sa vue.

— Mais ne vous gênez pas, monsieur le marin... nous ferons des aumônes aux pauvres de la commune...

— Oui, nous saurons utiliser cette somme, fit le bailli, dont l'épaisse cervelle s'animait à la vue de l'or.

Le capitaine Vatanson réprima un fugitif sourire, et murmura entre ses dents :

— Allons, Gaspard n'a pas changé !

Il reprit tout haut :

— Me voilà donc à mon aise pour vous interroger.

— Parlez, capitaine, parlez !

— Le marquis de Corneville ?...

— Disparu !... depuis onze ans...

— Mort ?

— Peut-être. En tous cas, nous sommes sans nouvelles.

— Sa fille ?

— Enlevée un peu avant le départ du marquis.

— Le jeune de Corneville, son petit-fils ?

— Enlevé à son tour dans des conditions mystérieuses.

— Ah çà ! il n'y a plus personne au château ?

— Il n'y a que moi, dit Gaspard d'un air qui voulait dire : « Et c'est assez. »

— Diable ! si je ne récolte que des renseignements dans ce genre, ma mission sera vite accomplie.

Voyons un peu les autres noms...

— Ah ! il y a une histoire de Lucenay... un drame au château de Lucenay... Lucenay, est-ce près d'ici ?

— A deux lieues seulement.

— Qu'est-ce que ce drame du château de Lucenay ?

Les deux compères se regardèrent, il y a des souvenirs qu'on n'aime pas réveiller. A la vérité, c'était si loin, qu'on pouvait bien en parler ; et puis, il y avait cette diablesse de bourse qui dansait dans la main du capitaine !

Gaspard, après une courte hésitation, se décida, et tout d'une traite, raconta ce qui s'était passé au château de Lucenay.

— Alors, conclut le capitaine, tous ont disparu : le comte, la comtesse et la petite Germaine ?

— Mon Dieu, oui !

— Pas un de ces malheureux n'a été revu au pays ?...

Le marin réfléchit un moment, puis il demanda encore brusquement :

— Voyons, monsieur l'intendant, vous vous nommez Gaspard, m'avez-vous dit, et je vois, en effet, votre nom sur mon carnet.

— Sur votre carnet ?

— Oui, il y a même une question que je dois vous adresser en particulier ; mon mystérieux client m'a bien recommandé de me ménager un tête-à-tête avec vous.

Gaspard commençait à être mal à l'aise. Quelle diable d'histoire y avait-il là-dessous ?

— Alors votre homme vous a parlé de moi ? demanda-t-il avec une visible inquiétude.

— Oui, voulez-vous me donner une minute d'entretien ?

— Mais parfaitement ; vous permettez, monsieur le bailli ?...

— Faites ! mon ami, faites !...

Le bailli s'éloigna discrètement, d'une vingtaine de pas.

Aussitôt le capitaine dit à l'intendant de Corneville :

— Donnez-moi des détails précis sur la disparition de la petite Germaine.

Du coup, Gaspard fut démonté et balbutia :

— Mais on croit que c'est son père qui l'a emportée...

— Je ne vous demande pas ce qu'on croit, mais ce que vous savez.

Gaspard acculé hésita encore, puis avec résolution :

— Eh bien, oui ! c'est son père qui l'a emportée !...

— Qu'en a-t'il fait ?

L'intendant ne pouvait se résoudre à dire ce qu'il savait, car si le secret de Lucenay lui semblait dur à lâcher, il y avait le côté Corneville dont il ne voulait pour tout l'or du monde parler.

— Voyons, répéta le capitaine Vatanson, allez-vous vous décider à parler ?

Vous voyez cette bourse, elle contient cinquante quadruples d'Espagne, ce qui fait...

— Quatre mille livres ! soupira Gaspard.

Le capitaine attendit une seconde, puis devant le mutisme persistant de l'intendant, il prit une résolution.

— Ecoutez-moi bien, monsieur Gaspard, dit-il, il faut en finir. Je suis pressé, il faut que je rejoigne mon navire... Je vous ai dit que j'ignorais le nom du mystérieux et généreux personnage qui m'a chargé de cette délicate mission, et cela est vrai ; mais j'ai des soupçons basés sur des détails que cet inconnu m'a donnés... Comment est fait ce comte de Lucenay?

— C'est un homme de votre taille et de votre force, répondit Jean Gaspard avec empressement, heureux qu'il était d'échapper à la délicate question qui lui avait été posée.

Il était plus jeune que vous à l'époque, et portait la moustache, il avait un peu vos yeux, mais la figure n'avait pas la même expression et je le vois encore le soir...

— Le soir?...

— Le soir où je le vis pour la dernière fois.

Le capitaine n'insista pas, et reprit :

— Pour moi, mon inconnu devait être le comte de Lucenay.

— Vous croyez, fit Gaspard, vivement intéressé.

— Oui, car cet homme m'a dit : « Interrogez Gaspard, et s'il refuse de répondre, dites-lui qu'il faut qu'il parle et qu'il vous raconte ce qu'il a fait de la petite Germaine que lui a confiée le comte de Lucenay. »

Le coup fut rude. Gaspard, qui commençait à perdre un peu la tête, la perdit tout à fait, et son affolement lui délia subitement la langue.

— Eh bien! puisque vous savez, voilà la chose! Je l'avais mise en nourrice à Roque-sur-Rille, où je l'avais même fait baptiser...

— Vous l'avez fait baptiser? dit le capitaine avec une sorte de colère.

— Mais j'ai cru que, la pauvre petite, ça lui porterait bonheur.

Le capitaine fit un effort, et se domina.

— Son père n'était-il pas protestant?

— En effet, mais comme il détestait cet enfant, j'ai cru qu'il lui serait indifférent...

— Pourquoi donc M. de Lucenay détestait-il cette fille, son unique héritière? interrompit le marin suédois, en jetant sur l'intendant un regard profondément inquisiteur.

Gaspard eut un hochement de tête significatif et répliqua :

— Le malheureux comte était à peu près fou, et ce n'est que par la suite que j'ai deviné tout ce qu'avait dû souffrir cet homme qui a été indignement trompé...

Le capitaine mordit violemment sa grosse moustache, tandis qu'il serrait dans sa main son épaisse barbe.

— Ah oui! s'écria-t-il d'un ton amer, je comprends maintenant pourquoi il détestait cet enfant, fruit de l'adultère!

Gaspard ouvrait de grands yeux et protestant :

— Vous n'y êtes pas du tout mon bon monsieur, j'ai dit trompé, mais pas par sa femme...

— Comment? Qu'entendez-vous par là?

— Mais oui, on lui a fait croire que la pauvre comtesse était la maîtresse de Raoul de Corneville, ce qui était faux ! archi-faux !

— Mais alors, pourquoi ne lui avez-vous pas dit ? s'écria le marin.

— Je n'avais pas deviné ce qui se passait en lui, et tous ces événements se sont succédé si vite que j'ai compris tout cela trop tard !

— Mais enfin, il y a des gens qui avaient le même soupçon...

— Des gens qui avaient le même soupçon ? dit Jean Gaspard, stupéfait, mais comment savez-vous cela ?

— Non, je ne sais rien... Je suppose, balbutia le capitaine Vatanson.

— Ah ! je me disais aussi... Pour moi, il y a eu de méchants avis donnés, des calomnies débitées au comte de Lucenay, et j'ai bien cherché... Il y a une histoire de femmes là-dessous.

— Que soupçonnez-vous ?

— Je crois qu'une femme a manigancé tout cela par jalousie du comte Raoul de Corneville, et puis, aussi par intérêt... l'héritage des Corneville est bien beau et celui de Lucenay aussi !

Une émotion étrange s'emparait du marin suédois, émotion qui échappait à Gaspard, tout bouleversé par ses souvenirs et par l'étrangeté de la scène. Le capitaine se dominait, mais au son de sa voix, on sentait qu'il était profondément frappé de ce qu'il apprenait.

— Voyons, monsieur Gaspard, je suis chargé, en cas de renseignements importants, de doubler la somme première, je la double à l'instant, mais sur votre salut éternel, parlez, dites-moi tout ce que vous soupçonnez ?

Gaspard fut ébloui ; il se recueillit un moment et dit :

— Écoutez, capitaine, je vois le bailli qui se morfond ; je vais prendre congé de lui, et vous emmener à l'écart.

— Faites vite, dit simplement le marin.

Cinq minutes après, les deux hommes étaient assis sur le banc de pierre du marquis, au pied du gros Poirier des Moines.

L'intendant fit d'abord le récit de l'enlèvement de Germaine, par Ruffin, et narra sous un jour qui lui était très favorable sa tentative de lutte contre Dufresnoy.

— Alors, Dufresnoy sait où est la petite Germaine ? demanda le capitaine Vatanson, avec vivacité.

— Non, car on l'a encore reprise.

Et, tout aussitôt, Gaspard raconta le tour joué par Ruffin à Me Dufresnoy.

— Vous voyez, conclut-il, qu'il y avait encore d'autres intéressés à la disparition de la fillette.

— C'est un fier coquin que ce Dufresnoy, mais il y a évidemment quelqu'un derrière lui.

— C'est ce que je me suis dit, fit Gaspard, et dame! j'ai mon idée...

— Nommez-moi la femme à laquelle vous avez fait allusion tout à l'heure, s'écria le capitaine en étreignant le poignet de l'intendant.

— Diable! ne serrez pas si fort, mon maître, j'ai la main tout engourdie... Vous me demandez un nom... mais c'est très grave, une pareille accusation... contre des personnages puissants... on peut être pendu pour moins...

— Vous ne voulez pas parler? rugit le capitaine.

— Je ne veux pas dire de nom, mais que diable, vous connaissez maintenant toute l'histoire des Deux Châteaux : eh bien! cherchez à qui les crimes ont profité.

Le capitaine réfléchit une minute, puis ses yeux s'ouvrirent et prirent une expression de terreur, d'angoisse, et de colère effrayante. Sa bouche s'ouvrit comme s'il voulait parler, mais il ne sortit de cette bouche convulsée qu'un son rauque.

Gaspard, effrayé, s'était levé.

— Restez, ne vous éloignez pas! Répondez-moi... c'est la marquise du Mesnil?...

— Je ne l'ai pas nommée! cria Gaspard effrayé...

— Oh! c'est épouvantable! murmura le capitaine en se laissant tomber sur le banc de pierre.

Puis, se redressant, il prit le bras de Gaspard, et lui dit d'une voix solennelle :

— Jurez-moi sur cet or que je vais vous remettre, et que vous aimez par-dessus tout; jurez-moi sur ceux que vous pouvez aimer, jurez-moi sur votre salut éternel que vous êtes bien sûr qu'il n'y a jamais rien eu de coupable entre madame de Lucenay et le comte Raoul de Corneville!

— Je le jure! dit Gaspard profondément émotionné par l'angoisse profonde qui se lisait sur le visage du marin.

— C'est bien, reprit le capitaine, redevenu subitement maître de lui, j'ai tous les renseignements que m'a demandés mon mystérieux client.

Je vais partir pour retourner au Havre ; seulement croyez-moi, monsieur Gaspard, il y a eu bien des crimes de commis ici ; mais l'heure du châtiment sonnera bientôt pour tous les coupables.

Priez pour ceux qui, quoique ayant commis les plus affreux de ces crimes, ne sont peut-être pas les plus criminels!

Le marin jeta dans les mains de Gaspard ébloui la poignée d'or promise, et d'un pas ferme et résolu, il s'éloigna à travers champs vers la grande route.

L'intendant resta un moment les mains ouvertes pleines de larges pièces d'or ; puis, relevant la tête, il murmura :

— Je voudrais bien voir le capitaine Vatanson, sans sa grande barbe!

VI

RECHERCHES

L'arrivée d'un étranger à Roque-sur-Rille était un événement si imprévu, que tout le petit village se mettait sur les portes.

Il n'y avait d'ailleurs pas grand monde qui pouvait venir dans cette localité isolée, ne se trouvant sur aucune route...

C'est ce que se disait l'abbé Clichetot, curé de Roque-sur-Rille, lorsqu'il vit un cavalier s'arrêter devant son modeste presbytère.

Le voyageur satisfit bien vite sa curiosité ou, tout au moins, l'alimenta sérieusement dès les premiers mots.

— Mon père, dit-il, avec un fort accent étranger, n'y a-t-il pas eu dans votre village un habitant du nom de Grenicheux?

— En effet, monsieur, j'ai eu Grenicheux parmi mes ouailles, et même c'était un fort brave homme, très pieux, mais vraiment pas heureux du moins jusqu'à son départ de Roque; car depuis lors, je n'ai pas eu de ses nouvelles...

— Oui, en effet, je sais qu'il a quitté Roques il y a longtemps... Mais ne pourrait-on avoir des renseignements par quelqu'un du pays?

— Oh! vous avez vraiment de la chance, s'écria le curé, car il y a quinze jours à peine, sa femme et son fils sont revenus ici.

— Madame Grenicheux revenue ici?... s'écria le voyageur avec joie.

— Oui, elle s'est placée dans la ferme, qui est à l'entrée du bourg et son fils s'est engagé chez un pêcheur.

Le gas doit être à la mer, mais vous trouverez certainement Jeanne Grenicheux à la ferme Jeantet.

Après avoir remercié le digne curé, et lui avoir remis une belle pièce d'or pour ses pauvres, le cavalier se rendit à la ferme.

La pauvre Jeanne Grenicheux était, en effet, revenue à son point de départ comme la biche blessée qui revient à son quartier favori de la forêt.

Elle était tellement changée, la belle pêcheuse, que l'on avait eu peine à la reconnaître; mais comme on avait bon cœur à Roque-sur-Rille, on avait eu pitié de son triste état; et on l'avait tout de suite engagée comme servante à la ferme que le curé avait désignée au voyageur.

Quant au fils, tout le monde s'était accordé à dire que c'était un beau garçon, solide et vigoureux, et un vieil ami de son père l'avait pris avec lui sur sa barque, comme mousse.

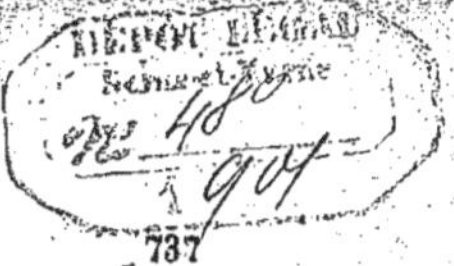

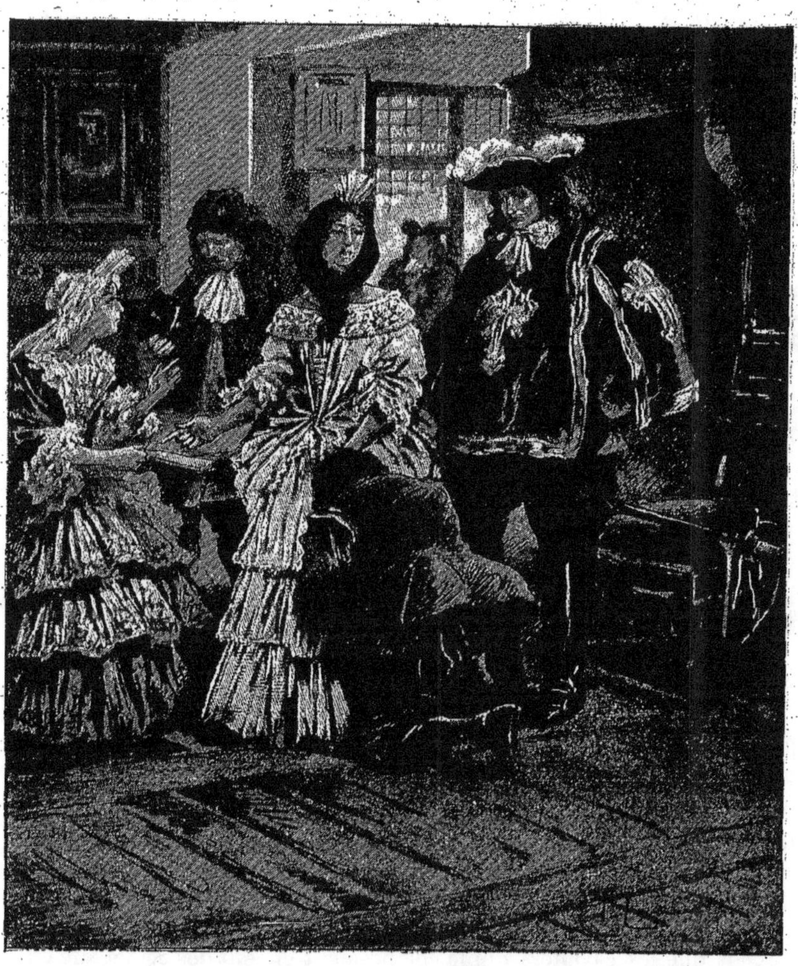

Se jetant aux pieds d'Hélène, il lui baisa les mains.... (Page 739.)

La Grenicheux, comme on dit en Normandie, était seule à la ferme, les maîtres étant partis au marché de Pont-Audemer.

Elle reçut le visiteur avec la méfiance des gens malheureux qui n'attendent rien de bon de l'inconnu.

Cependant, des pièces d'or reluisant dans la main de l'homme à la grande barbe calmèrent ses appréhensions et elle le fit entrer dans la salle basse de la ferme.

L'entretien fut très long, et Jeanne Grenicheux avait les yeux rouges lorsque l'étranger monta à cheval et s'éloigna ; mais on aurait pu entendre tinter de beaux ducats dans la poche de sa jupe de futaine.

Au même moment, ses maîtres revinrent du marché, et ils étaient si émotionnés par les nouvelles qu'ils apportaient, qu'ils ne firent pas attention à l'état de Jeanne Grenicheux.

C'est qu'aussi ces nouvelles étaient bien intéressantes, si intéressantes même que l'ex-maîtresse de Ruffin y prêta une vive attention.

Une nouvelle très grave avait été apportée de Corneville sur le marché de Pont-Audemer : maître Dufresnoy, le notaire de Corneville bien connu dans toute la région, avait été trouvé le matin mort dans son lit, un poignard planté en plein cœur.

Chose étrange, tous ses papiers avaient été bouleversés, et quoiqu'il y eût chez maître Dufresnoy de fortes sommes d'argent, et des objets de prix, rien de tout cela n'avait été touché.

. . . .

Après ce drame, Corneville était retombé dans le calme et la monotonie, lorsqu'un beau jour un cortège brillant fit son entrée dans la petite ville.

Un somptueux carrosse s'avançait lourdement sur la route traîné par de vigoureux chevaux du Perche.

En avant de la riche voiture, deux cavaliers armés jusqu'aux dents trottaient fièrement.

Derrière le carrosse, plusieurs domestiques à cheval également armés, précédaient deux autres cavaliers qui, comme les premiers, appartenaient aux chevau-légers.

A la portière du carrosse, chevauchait un superbe officier des mousquetaires noirs, qui s'entretenait avec deux dames assises dans la pesante et magnifique voiture.

L'escorte surtout excitait la curiosité des commères, non pas à cause du fait lui-même, la région étant infestée de bandits, mais à cause de ce fait que les cavaliers qui la composaient étaient des soldats de l'armée régulière.

Ce fut comme une révolution dans le pays, lorsqu'on eût reconnu, dans le beau mousquetaire, l'ancien bailli Fabrice de Préval et dans l'une des deux dames... Hélène de Corneville en personne !

Quant à l'autre voyageuse, que toute la domesticité et les soldats entouraient de grandes marques de respect, tout d'abord, personne ne reconnut en elle l'épouse de défunt maître Dufresnoy.

La toilette éblouissante et tapageuse de Pauline, l'allure majestueuse qu'elle prenait maintenant, ôtait toute idée de rapprochement entre la baronne de Regneville et l'ancienne notaresse.

Cependant Pauline sonnait à la porte de sa maison et l'ancien petit clerc devenu un homme vint ouvrir.

Sa stupéfaction fut tellement profonde qu'il ne put que balbutier :

— Oh ! madame.

Et il s'enfuit en criant à la domestique et aux clercs : « Voilà la patronne en carrosse et puis si belle, si belle ! »

Bientôt la nouvelle se répandit amplifiée, et parvint au château.

En apprenant l'arrivée d'Hélène de Corneville, Gaspard faillit avoir une attaque d'apoplexie. En présence du danger, il recouvra rapidement son sang froid, et s'élança vers le village.

Lorsqu'il arriva à l'étude Dufresnoy, où tout le monde avait mis pied à terre, Fabrice se disposait à le faire demander.

L'intendant avait bien préparé son petit discours, et il joua une admirable comédie.

Se jetant aux pieds d'Hélène, il lui baisa les mains, tandis que des larmes coulaient de ses yeux :

— Dieu a bien voulu exaucer mes prières, s'écria-t-il d'un ton déclamatoire, il a bien voulu permettre, qu'avant de mourir, je revoie la fille de mon maître !... Que toute ma joie aille au Très-Haut en remercîment du bonheur qu'il me cause !...

Bienheureuse Vierge Marie !... Vous avez bien voulu intercéder pour moi...

— Allons, calmez-vous, mon bon Gaspard, dit Hélène toute à la joie de revoir Corneville ; et ne sentant pas ce qu'il y avait de faux dans cette explosion de reconnaissance.

— Me calmer ? s'écria le fourbe avec un redoublement de lyrisme, me calmer quand mon cœur déborde d'allégresse ? Non, je vais courir au château prévenir le personnel, hélas bien restreint, pour que tout soit prêt afin de recevoir notre bonne comtesse, mademoiselle de Corneville.

— Pardon, madame de Préval, interrompit d'un ton sec, Fabrice, agacé de la comédie.

De son côté, Hélène doucha l'enthousiasme de l'intendant :

— Non, ne faites rien préparer au château ! dit-elle tristement, ce n'est pas encore aujourd'hui que je pourrai rentrer dans la maison de mes pères.

Je ne suis venue à Corneville que pour assister à l'installation du successeur de feu Dufresnoy, qui vient recevoir des mains de sa veuve, madame la baronne de Regneville, les dossiers de l'étude.

C'est encore à ce nouveau notaire que vous aurez affaire, Gaspard.

— Comment vos terres, votre château ne vous sont pas rendus ? s'écria Gaspard en dissimulant mal la joie qui brilla dans ses petits yeux gris.

— Rien n'est changé pour le moment, dit d'un ton sec Fabrice de Préval... Sa Majesté a bien voulu distraire du séquestre qui frappe les biens de Corneville, les terres et redevances qui sont l'apanage et la dot de ma femme.

Quant aux propriétés de Corneville, mises sous séquestre lors des événements de Quillebœuf, le roi en a maintenu la confiscation provisoire jusqu'à ce que l'héritier de Corneville soit retrouvé.

Gaspard nageait dans la joie... Il n'y avait guère d'espoir que l'on retrouvât le jeune Henry, et puisqu'il n'y avait pas de changement, la gérance et l'usufruit des biens continueraient à appartenir à Geneviève du Mesnil nommée gardienne du séquestre dix ans auparavant.

Généreuse comme un voleur, la marquise n'était point sévère pour les comptes ; et la cachette de Jean Gaspard allait bientôt devenir trop petite pour le tas de belles pièces d'or qui s'y amassait.

Cependant le sort du marquis de Corneville intriguait fort l'intendant et il trouvait curieux qu'on ne fît aucune allusion à sa personne...

Aussi crut-il devoir tendre un piège à la fille de son maître ; et ce fut d'un ton plein de componction qu'il s'écria :

— Ah ! quel malheur, que feu M. le Marquis se soit embarqué dans cette triste affaire, où nous avons tous failli trouver la mort :

Fabrice de Préval avait compris la ruse ; et il ne laissa pas à Hélène le temps de répondre :

— Le malheur ! s'écria-t-il, c'est la mort du comte Raoul de Corneville, qui est le point de départ du coup de tête du marquis. Et je serais bien curieux de savoir la vérité sur cette mort, sur ce mystérieux assassinat, maître Jean Gaspard !

La riposte démonta visiblement l'intendant, qui ne put que balbutier :

— Personne ne sait... ce qui s'est passé !... Et je voudrais bien, moi aussi savoir...

— On m'a dit que vous en saviez beaucoup plus long que vous ne voulez l'avouer, maître Gaspard, et nous en recauserons un autre jour !

En attendant, tenez-vous à la disposition du nouveau notaire qui arrive en ce moment ; et d'un geste, Fabrice congédia le coquin, fort heureux de voir cesser un entretien aussi délicat.

Lorsque Fabrice, Hélène et Mme Dufresnoy eurent terminé avec le notaire, le pompeux cortège reprit le chemin de Pont-Audemer, Hélène ne voulant pas monter jusqu'au château.

Il lui aurait été en effet trop pénible de revoir dans de telles conditions la demeure où s'était écoulée son enfance, et où étaient morts tant d'êtres aimés.

Déjà l'infortuné Gaspard se remettait des émotions causées par la venue de Fabrice de Préval et de sa femme, lorsqu'une nouvelle visite vint de nouveau troubler sa paisible existence d'avare et de thésauriseur.

En effet, un beau matin, comme il se disposait à faire une tournée dans le domaine, il vit apparaître une élégante cavalière suivie de plusieurs domestiques, qui pénétrait hardiment dans la cour du château de Corneville.

Il n'eut pas besoin de regarder deux fois pour reconnaître Madame du Mesnil.

La belle Geneviève avait préféré, comme plus rapide, ce mode de transport, et elle arrivait de Versailles dans cet équipage.

Dès les premiers mots, Gaspard vit qu'un orage terrible grondait dans le cœur de la terrible créature.

— Maître Gaspard, comment se fait-il que vous ne m'ayez pas prévenue des visites que vous recevez ici ?

— Mais, Madame la marquise, j'ai pensé que vous n'ignoriez pas la décision royale....

— Oui, encore un coup de cette péronnelle de Pauline Dufresnoy, et une méchanceté de cet incapable Chamillard !

— D'ailleurs, je comptais écrire à Madame la marquise pour la prévenir que beaucoup de fermages étaient rentrés et que...

— C'est bien de cela qu'il s'agit ! s'écria l'impétueuse femme avec violence... Sais-tu ce qui se passe ?

— A quel propos, madame ?

— A propos de Lucenay !

— Non... A moins que....

— Que ? Quoi ? achève. Que sais-tu ?

— Que M. le comte ne revienne...

— Que tu es bête ! le comte a une belle situation à l'étranger, et il n'a pas envie de se faire envoyer à l'échafaud, comme traître et protestant...

— Alors, je ne comprends pas...

— On m'a affirmé que la comtesse de Lucenay a été retrouvée folle...

— Elle est folle ?...

— Ou plutôt elle l'était, mais il paraît que je ne sais quelle stupide religieuse s'est mise en tête de la guérir, et que des marchands italiens, qui s'intéressent à elle, vont faire demander son envoi en possession des bois de Lucenay...

— Mais, elle en était aussi, de la vache à Colas...

— C'est possible, mais comme la religieuse en question l'a convertie, ce qui n'a pas dû être difficile puisqu'elle est folle, cela suffirait pour la faire envoyer en possession de ses biens.

— Ah ! diable ! voilà qui est grave ! s'écria Gaspard, désespéré.

— N'est-ce pas, mon brave Gaspard, que c'est très grave ? fit Geneviève avec un rire amer.

— Que faire ? mon Dieu, que faire ?

— N'invoque donc pas Dieu qui n'a rien à voir dans nos affaires, imbécile !... Contente-toi d'invoquer le diable, dit la marquise du Mesnil... ce qui est peut-être la même chose...

— Oh ! madame la marquise !

— Oui, va, mon vieux Gaspard, je me rends justice ; et je sais ce que je vaux.

Ecoute bien ce que je vais te dire, et comprends-moi !

Madame de Lucenay peut obtenir d'être envoyée en possession des biens de Lucenay, mais à une condition, c'est qu'elle prouve que sa fille est morte, car lorsque le séquestre a été mis sur ses biens, cela a été fait, grâce au plan de ce pauvre Dufresnoy, en vue de conserver ce bien pour la petite Germaine de Lucenay disparue, de même que l'on conservait les biens de Corneville pour le petit Henry disparu.

— C'est juste.

— Donc, il faut prouver la mort de Germaine. Ou...?

— Ou... ? répéta Gaspard.

— ... Ou retrouver et produire la petite Germaine, acheva Geneviève d'une voix sifflante...

— Mais alors ?...

— Alors, comme cette enfant est désignée depuis douze ans comme l'héritière du comte de Lucenay, son père, dépossédé à jamais, elle hérite à charge sans doute de faire une honorable pension à sa mère toujours folle, ou tout au moins insuffisamment rétablie !

— Je ne vois pas bien quel intérêt Madame la marquise aurait à une telle solution...

— Cette fillette ou plutôt cette jeune fille de seize ans n'est peut-être pas dans une brillante position, et sa reconnaissance pour ceux qui la retrouveraient se traduirait peut-être par un acte de générosité, par l'abandon d'une partie de la fortune qu'on lui ferait retrouver d'une manière imprévue...

Gaspard leva les bras au ciel, ébloui, fasciné par le génie malfaisant de la marquise...

— Oh ! superbe, s'écria-t-il ; mais Madame la marquise a donc retrouvé la petite Germaine ? Je croyais que Grénicheux avait disparu avec elle, après que cette canaille de Ruffin avait enlevé sa femme ?

— Germaine ? je ne sais pas ce qu'elle est devenue, mais peu m'importe...

— Si vous n'avez pas Germaine, comment ferez-vous ?

— Je m'en passerai... Je préfère même ne pas avoir sous la main la vraie Germaine, car entourée et conseillée, elle pourrait se considérer comme dégagée vis-à-vis de moi et ne pas me tenir compte du service rendu, tandis que si je trouve une Germaine telle que je la voudrais, elle serait à moi, bien à moi, et personne ne pourait me l'enlever !...

— Trouver une Germaine? interrogea Gaspard.

— Eh ! oui, imbécile, n'y a-t-il donc pas dans le pays, du côté de Roque-sur-Rille, une fille quelconque, née ou baptisée en 1668, et qui sait?... une enfant trouvée, sans père ni mère ?

— Oh ! ça peut se trouver et ce ne sont pas les bâtards qui manquent dans le pays ; seulement de là à en faire une comtesse de Lucenay...

— Il n'y a qu'un pas ! s'écria Germaine... Que faut-il? Que Jean Gaspard déclare avoir reçu l'enfant en dépôt des mains du comte de Lucenay.

— Diable, quelle affaire !...

— Tais-toi et écoute-moi. Tu déclares que Germaine reçue par toi a été remise à la femme Grenicheux. Il suffit que celle-ci déclare que l'enfant trouvée a été abandonnée par elle à un endroit déterminé... qui sera naturellement celui où la jeune fille aura été trouvée, et le tour est joué !

— Admirable ! superbe !

— Alors, c'est convenu, cherche-moi une Germaine et je me charge du reste !

. . . .

Gaspard avait perdu toute sa quiétude et lorsqu'il regagna la petite aile du château, par la porte restée ouverte, et où il logeait avec dame Reine, son épouse, il portait la tête basse, et semblait atterré, ou tout au moins très inquiet.

Il s'enferma dans son bureau, refusant de recevoir les fermiers et paysans qui venaient le voir.

Les réflexions de l'intendant furent longues, et lorsqu'il sortit de sa retraite, on l'entendit murmurer :

— Il n'y a pas à dire, il faut lui obéir !

Aussitôt, il fit seller un cheval, et partit dans la direction de Roque-sur-Rille.

Arrivé dans ce village, il se rendit chez le brave abbé Clichetot qui lui fit un chaleureux accueil :

— Ah ! voilà maître Jean Gaspard qui nous arrive, s'écria le digne prêtre, quel bon vent vous amène ? Ce n'est pas l'échéance des fermages ; et les tenanciers de Corneville n'ont rien à vous remettre.

Il faut dire que la famille de Corneville, comme le marquis de Carabas, possédait des terres un peu partout dans la région.

— Non, ce n'est pas pour encaisser de l'argent que je viens, dit Jean

Gaspard, c'est une simple tournée d'inspection qui m'amène ; j'ai eu à prévenir plusieurs fermiers sur la route d'ici à Pont-Audemer, que dorénavant ils auraient affaire à madame Hélène de Corneville, épouse de M. de Préval, le roi, à la suite de son mariage, ayant levé le séquestre mis sur ses apanages.

Alors, je me suis dit : « Il sera tard, je vais aller demander à dîner à mon ami l'abbé Clichetot... »

— Excellente idée, j'ai justement un superbe canard sauvage...

— Que nous arroserons avec deux ou trois bouteilles des Canaries que j'ai là dans les fontes de ma selle.

Le brave curé avait un faible pour le vin des Canaries, et cette canaille de Gaspard le savait bien.

Le dîner fut très gai ; au dessert, l'intendant de Corneville parla du village, des habitants, de la natalité dans le pays.

— Tiens, à propos, j'avais une commission à faire de la part de madame du Mesnil, et j'allais oublier de profiter de ma visite ici pour remplir cette petite mission.

— Madame la marquise Du Mesnil ? fit l'abbé Clichetot d'une voix un peu pâteuse, mais elle est venue il y a deux jours à Roque-sur-Rille !

— Elle est venue ici ? s'écria Gaspard avec étonnement.

— Oui, même qu'elle s'intéresse à la malheureuse femme de Grenicheux, qui est revenue habiter toute seule avec son fils Jacques... On ne sait ce qu'est devenu son mari.

Gaspard contint une exclamation, et redit en lui-même :

— Voilà qui est intéressant ! Décidément la marquise est rudement forte.

Il reprit tout haut :

— Voilà ce que voudrait la marquise : elle désirerait savoir si vous vous souvenez d'un baptême que vous avez fait avec moi et madame Grenicheux, comme parrain et marraine, en mai 1688 ?

— Attendez donc, oui, je me souviens, une fille, je crois, que madame Grenicheux a commencé à élever avant son départ.

— C'est cela !

— J'ai toujours mon registre, mais quel intérêt...

— Un intérêt assez grand, paraît-il, car madame du Mesnil recherche cette fille qui doit être une jeune fille maintenant.

— Mais qu'en a fait la femme Grenicheux ?

— Ah ! voilà, la Jeanne, lorsqu'elle est partie d'ici, a commis une lourde faute.

— Ah ! mon Dieu !

— Oui, comme les parents inconnus qui par mon entremise lui avaient confié l'enfant ne payaient pas la pension promise, elle l'a abandonnée.

Elle se mit à danser devant Jeanne Grenicheux, en chantant : (Page 749.)

— Dame, fit l'abbé en bon Normand, puisqu'ils ne payaient pas !
Et puis vous, vous les connaissez les parents ?

— Mais non, c'est un cavalier qui m'a remis ce bébé au marché de Pont-Audemer en me priant de le placer en nourrice à Roque-sur-Rille.

— Où l'a-t-elle abandonnée, cette fillette ?

— Ah voilà, je ne savais pas que Jeanne Grenicheux était de retour, mais je comptais me renseigner sur l'abandon dans le pays... Si on a trouvé ici une petite fille âgée de quelques semaines en juin 1688, ce serait évidemment elle.

— Attendez un peu, fit l'abbé en se levant péniblement, j'ai un carnet sur lequel je note, depuis que je suis curé de Roque, tout ce qui se passe jour par jour...

— Oh ! me voilà sauvé !

— Tenez, fit le prêtre qui avait atteint un registre, voilà l'année 1688... mois de juin... On a volé un cochon de six mois à Perrichon, c'est pas ça... La femme Mathurin s'est battue au lavoir, c'est pas encore ça... Une barque a fait côte à l'entrée de la Rille, les hommes se sont sauvés, c'est pas ça... Ah ! voilà : on a trouvé une petite fille de deux mois environ dans la lande à Roger, et comme elle n'avait pas de nom on l'a nommée Serpolette, parce que la lande est pleine de serpolet.

— C'est bien ça, il n'y a pas d'erreur ; il suffira à madame du Mesnil de demander confirmation à Jeanne Grenicheux et l'enquête est terminée.

— Cette Serpolette habite toujours votre paroisse ?

— Mais oui, c'est même un bien mauvais sujet, elle a le diable au corps, et elle est déjà fort gentille, de sorte qu'elle court avec les garçons.

Quand on lui jette à la tête sa naissance, elle répond toujours : les enfants trouvés sont des filles de prince pour le moins !

— Ah ! la petite coquine, fit Gaspard ; je vois ça d'ici, elle a du sang vif dans les veines.

— Eh bien, c'est madame du Mesnil qui va être contente.

— Mais enfin, pourquoi la cherche-t-elle ?

Gaspard prit un air mystérieux, et se penchant à l'oreille du curé, il lui souffla :

— Pour moi, c'est que madame la marquise a trouvé sa famille, et qu'elle veut la lui indiquer...

Mais surtout, silence là-dessus !

Il comptait bien, le rusé intendant, sur la langue du bon curé, qui jouissait d'une réputation de bavard bien établie.

La Serpolette, dont il était question, était une belle fille déjà formée comme une femme, point sotte, mais tête de linotte, dont l'imagination folle développait en elle tous les rêves les plus biscornus.

Grande, mince, avec une poitrine déjà accentuée et des hanches au balancement lascif, Serpolette attirait les garçons du pays qui couraient tous après elle, guettant un des doux regards de ses grands yeux d'un bleu sombre.

Elle riait d'eux, insolente et fière.

Le surlendemain de la visite, comme Serpolette revenait de conduire dans un champ une vache de la ferme où elle était occupée, un gars de Roque, le beau Nicolas, le plus faraud des jeunes gens du pays, aperçut de loin, et accourut au-devant d'elle.

— Holà! Serpolette, ma mie, écoute un peu? lui cria-t-il...

— Qu'y a-t-il, mon Nicolas? Le feu est-il au pan de la chemise de m'sieu le curé? répondit la gamine d'un ton narquois.

— Plaisante pas ou je te dirais pas la nouvelle, répliqua le rusé paysan sûr de prendre la jeune fille par la curiosité.

— Quoi donc qu'il y a? fit Serpolette.

— Il y a qu'on en raconte dans le pays!

— Eh! dis-moi cela, mon Nicolas.

— Eh bien! ma Serpolette, m'sieu le curé il cause d'une drôle d'histoire.

— Laquelle, donc?

— D'une fille abandonnée il y a quinze ans, par un grand seigneur, dans notre bourg.

— Tu dis une fille abandonnée? s'écria Serpolette avec une curiosité non dissimulée.

— Oui, c'est un comte qui l'a abandonnée, parce qu'il avait de mauvaises idées sur sa femme... Même que c'était pas vrai...

— Eh alors? demanda Serpolette, haletante.

— Alors, continua Nicolas triomphant et ménageant ses effets, alors la bonne marquise du Mesnil....

— Madame Geneviève? interrompit Serpolette.

— Oui, madame Geneviève s'est mise en tête de rendre sa fortune à cette jeune fille... Faut dire que le père avait passé à l'étranger, et que ses biens sont sous séquestre jusqu'à ce qu'on trouve la fille.

— Et que fait madame du Mesnil? demanda Serpolette.

— Elle a fait interroger la femme qui avait reçu la fillette en dépôt, et l'avait abandonnée.

— Quelle est cette femme? fit la jeune fille anxieuse.

— C'est la Grenicheux qui vient de revenir.

— Ah! sait-on ce qu'a dit madame Grenicheux?

— Non, c'est là que s'arrêtent les renseignements.

Serpolette ne répondit rien au beau Nicolas, mais elle lui tourna brusquement les talons, et s'enfuit éperdument, le laissant tout stupéfait.

Elle courut tout d'une traite jusqu'à la ferme où travaillait la femme de Grenicheux.

La première personne qu'elle aperçut fut son amoureux en titre, celui de tous les jeunes gens du pays qui nourrissait pour elle l'amour le plus violent, Jacques Grenicheux, le jeune pêcheur.

— Où est ta mère? demanda-t-elle, haletante.

— Elle est là, charmante Serpolette.

— Dans la ferme ?

— Oui, dans la salle basse.

Serpolette voulut s'élancer, mais Jacques la retint par sa jupe :

— Serpolette, m'aimeras-tu un jour ? demanda-t-il d'une voix suppliante.

— J'aime pas les enfants et tu n'es qu'un enfant, répondit la jeune fille.

— Je suis un homme ! s'écria Jacques avec colère.

— Allons donc, et puis, d'ailleurs, ça m'est égal, je n'aimerai jamais qu'un comte ou un marquis !

— Oh ! que tu es méchante, Serpolette !

— C'est possible, mais fiche-moi la paix ! J'ai affaire à ta mère.

D'un bond, la bizarre fille était dans la salle basse, où Jeanne Grenicheux raccommodait du linge.

A la vue de Serpolette, la pauvre femme se dressa très émue ; elle rougit, puis pâlit, et resta toute embarrassée.

Serpolette ne vit rien de ce jeu de scène, ou n'y attacha pas d'importance.

Elle se jeta au cou de Jeanne Grenicheux et lui dit d'une voix entrecoupée :

— Ma bonne Grenicheux, je vous en supplie, dites-moi la vérité ?

— Sur quoi puis-je vous dire la vérité, ma Serpolette ? Vous avez l'air tout agité ; qu'est-ce qui vous trouble ainsi ?

— Oh ! ma chère dame, je suis affolée !... pardonnez-moi, mais je vous en supplie... n'avez-vous pas reçu en dépôt une petite fille, il y a longtemps.

— En effet, j'ai eu le malheur d'accepter ce dépôt des mains de Gaspard...

— Ah ! c'est bien ce que l'on raconte ! Et cette petite fille ?

— N'ayant point reçu la pension promise, et devant quitter le pays avec mon homme, nous l'avons abandonnée...

— Où cela ? A quelle époque ? murmura Serpolette, haletante.

— En mai 1688, répondit Jeanne Grenicheux.

Si Serpolette n'avait pas été si émue, elle eût remarqué que la femme du pêcheur répondait bien sèchement à ses questions et sans paraître s'en étonner. On aurait même pu croire qu'elle récitait une leçon apprise de longue date.

Mais Serpolette avait perdu le peu de tête qu'elle avait, et elle cria plutôt qu'elle ne demanda :

— Où cela ? où cela ?

— Dans la lande du haut de la côte, où il y a tant de serpolet, que les lapins du bois y sont toujours à manger.

On aurait pu croire que Serpolette était devenue subitement folle.

Elle se mit à danser devant Jeanne Grenicheux, en chantant :

— Tra la la ! Tra la la. C'est moi, Serpolette, la fille noble et riche ! Tra la la ! Tra la la ! Je vais avoir un beau château ! Des beaux seigneurs vont me faire la cour ! Tra la la ! Tra la la !...

Jeanne Grenicheux baissa tristement la tête, et murmura si bas que la folle enfant ne l'entendit pas :

— Pauvre fille ! Quelle triste comédie l'on me fait jouer !

Serpolette se ressaisit cependant, et une idée subite la fit s'enfuir aussi vite qu'elle était venue.

Elle voulait maintenant voir la marquise du Mesnil, et, dès qu'elle aperçut de loin le beau Nicolas, elle lui sauta au cou, le suppliant de lui faire trouver au plus vite la marquise. Nicolas, un peu ahuri, lui indiqua la route à suivre pour se rendre au château, où la marquise Geneviève pouvait bien encore se trouver, attendu qu'il y avait trois ou quatre jours à peine qu'elle était venue au village de Roque-sur-Rille.

Malgré la longue distance qui séparait le bourg du château, situé à trois lieues de là, Serpolette partit aussitôt.

On remarqua non sans surprise à Roque qu'elle n'était pas revenue le lendemain ni les jours suivants ; mais ce qu'on put constater, c'est que ce vieux fouinard de Gaspard revint dîner avec son bon ami l'abbé Clichetot.

On étrangla force bouteilles, ce soir-là.

Au dessert, Gaspard voulut consulter le registre des baptêmes de la paroisse de Roque, et tandis que l'abbé débouchait un dernier flacon, il détacha délicatement un feuillet tout jauni par le temps, et le mit dans sa poche, et le bon curé ne s'en aperçut mie, occupé qu'il était à extraire le bouchon sans agiter la vénérable bouteille.

VII

LA SUPÉRIEURE DE NOTRE-DAME-DES-CHAINES

Lorsque les galères étaient revenues à Marseille après la bataille de Carthagène, et après avoir ravitaillé ce port espagnol, des fêtes avaient salué le retour des vainqueurs.

Les officiers et le personnel administratif des galères s'étaient vu acclamer et couvrir de fleurs par les jeunes filles et les jeunes gens de la ville, tandis que les pauvres forçats recevaient des secours et quelques adoucissements de la part des âmes charitables.

M. de Saint-Tourvès n'était pas un méchant homme, et si, dans sa cervelle étroite, il entrait peu de pitié pour la masse des galériens placés sous sa direction, c'est qu'il était incapable de discuter un état de choses existant, et que son culte pour les gens haut placés, son respect pour la hiérarchie, l'empêchait de discuter des arrêts et des condamnations prononcés en hauts lieux.

Pour lui, tous les galériens étaient des misérables indignes de pitié, mais, cependant, une exception était née dans son esprit, et l'heureux bénéficiaire de cette exception n'était autre que Cyprien.

M. de Saint-Tourvès avait admis que Cyprien pouvait être victime d'une erreur judiciaire, surtout depuis qu'il avait découvert au jeune homme des protecteurs puissants.

Maintenant, il se glissait un autre sentiment dans son cœur à l'égard de celui qu'il avait élevé, de sa propre autorité, au grade important de garde-chiourme : M. de Saint-Tourvès bénissait en lui-même l'homme qui, par son habileté, sa hardiesse et son enthousiaste ardeur, avait provoqué l'attaque couronnée de succès de l'*Uranie*.

L'amiral de Lauverdière avait dit à M. de Saint-Tourvès, en le quittant :

— Capitaine, j'indique très nettement dans mon rapport le rôle important que vous avez joué dans le combat, et je crois qu'un emploi à la Cour sera la juste récompense de vos mérites.

Un emploi à la Cour ! Habiter Versailles, vivre dans l'éblouissement et la splendeur des fêtes royales, que la légende lui apportait grossies et amplifiées, tel avait toujours été le rêve du cadet de Provence !

Aussi, ce que Cyprien était devenu un personnage important !

On lui avait fait déposer son fouet de gardien, et cela à sa grande joie, car cet instrument de torture lui brûlait les mains ; et sa répugnance à s'en servir était si grande qu'il n'en faisait aucun usage.

Bien mieux, un titre plus ronflant était venu remplacer celui de gardien : il était devenu secrétaire de monsieur le capitaine des galères !

Tous ces honneurs n'avait pas enlevé au pauvre garçon la mélancolie de sa vie brisée, et si ce n'eût été la joie de voir à tout moment l'ange qui le consolait de toutes ses douleurs, il fût resté insensible à son changement de position.

Mais la faculté d'aller et de venir lui permettait d'embrasser souvent sa chère Marie, celle que les bonnes sœurs appelaient naïvement « la fiancée du galérien », et c'était un touchant spectacle que de voir ces deux beaux jeunes gens, au front voilé de mélancolie, causer des heures entières sur un banc de la cour d'entrée du bagne.

Sœur Charlotte, la supérieure du couvent, avait quitté la maison de Toulon et se trouvait à la maison-mère de Marseille au moment de l'arrivée de la flotte des galères, et, en apprenant la nouvelle des hauts faits de Cyprien, elle en avait éprouvé une joie intense.

Souvent elle s'était demandé quel motif la poussait ainsi à s'intéresser si particulièrement à ce jeune forçat, et en y réfléchissant, elle était frappée de l'affection qu'elle éprouvait pour Cyprien.

Elle mettait cet intérêt excessif sur ce fait que l'histoire du jeune homme était fort touchante, et son cas grandement digne de pitié.

D'ailleurs, elle ne connaissait pas toutes les particularités de son histoire, et Marie Brichon, par discrétion, n'avait jamais voulu l'importuner par des détails oiseux, d'autant que sœur Charlotte affectait d'être complètement désintéressée de tout ce qui se passait dans le monde.

Cependant, sa curiosité s'éveillait au récit très modeste que Cyprien lui fit de la bataille navale de Carthagène, et après une visite du jeune homme, elle demanda à Marie Brichon quelques détails sur sa jeunesse et les causes de sa condamnation.

Celle-ci, naïvement, lui raconta tout ce qu'elle savait, et insista sur ce fait que Cyprien était surtout frappé pour avoir voulu défendre la famille de Corneville, contre de mystérieux persécuteurs.

— Corneville ! murmura sœur Charlotte, Corneville, que de souvenirs ce nom éveille en moi ! Dieu ne veut donc pas me donner l'oubli qu'il fait résonner ce nom à mon oreille ?

La supérieure avait levé au ciel ses beaux yeux flétris par les larmes, et ses mains aristocratiques, que l'âge et les souffrances de la rude vie religieuse avaient émaciées, se joignaient dans un geste de prière.

La rêverie l'entraînait, et elle oubliait qu'elle parlait devant un témoin.

— Oui, le souvenir et le remords me suivront jusqu'à la tombe, continua-t-elle... Heureux ceux dont l'âme est en repos !... Qu'importent les souffrances du corps, si le cœur est apaisé ; mais, non, cela ne m'est pas permis, et je dois toujours souffrir !

Il y avait une si profonde douleur dans les paroles de la supérieure, que la douce et tendre Marie se mit à genoux devant elle, et lui prit doucement les mains qu'elle porta à ses lèvres.

Vivement émue, sœur Charlotte l'attira vers elle, et lui déposa un long baiser sur le front.

— N'écoutez pas les divagations d'une pauvre folle comme moi, mon enfant ! Près de trente ans de prières et de recueillement n'ont pu cicatriser les plaies saignantes de mon cœur, et toute malheureuse que vous êtes, je vous envie...

Marie ne put que balbutier quelques mots de consolation.

La supérieure de Notre-Dame-des-Chaînes, voulant détourner la conversation, lui demanda doucement :

— Ma petite Marie, c'est une médaille bénie que vous portez à cette chaîne, dont un bout dépasse votre collerette.

La gracieuse jeune fille rougit bien fort et voulut rentrer la malencontreuse chaîne d'argent :

— Non, dit-elle, c'est un souvenir, une bague de fiançaille, et comme la règle du couvent m'interdit de la porter au doigt, je l'avais dissimulée ainsi, ne voulant pas m'en séparer.

Et elle ajouta, les yeux gonflés de larmes :

— S'il le faut, je vais la retirer...

— Non, non, gardez-la, mon enfant, vous n'avez d'une religieuse que l'habit, et vous n'êtes ici, comme cette pauvre madame de Lucenay, qu'une pensionnaire; la règle de notre ordre ne s'applique donc pas à vous.

Heureuse de cette autorisation, la jeune fille, tirant sur la chaîne, fit sortir la bague de la collerette et la montrant à la supérieure :

— Voyez-vous, ma mère, dit-elle en souriant, c'est ce petit bijou qui me dicte mon devoir, et me donne du courage.

Sœur Charlotte avait jeté un regard distrait sur l'anneau d'or, un chaton orné d'une grosse opale ; puis, tout à coup, un tremblement convulsif agita ses mains, tandis qu'une pâleur effrayante envahissait son beau visage aux traits toujours purs, malgré l'âge.

Un douloureux soupir s'échappa de ses lèvres.

Marie Brichon, terrifiée par ces symptômes d'un malaise subit, ne put que s'écrier :

— Qu'avez-vous, ma mère? Vous sentez-vous indisposée? Voulez-vous que j'appelle ?...

— Non! non! n'appelez personne !... Mais, pour Dieu, dites-moi d'où vous tenez cette bague ?...

— Mais je vous l'ai dit, ma mère, c'est l'anneau de fiançailles que Cyprien m'a donné...

— Mais lui-même, de qui le tenait-il? Oh! mon Dieu! ma tête éclate! Parlez, Marie, parlez!

La jeune fille, terrifiée de l'exaltation de la supérieure, s'empressa de répondre :

— Cyprien m'a affirmé à plusieurs reprises que cet anneau lui avait été remis par le marquis de Corneville, en même temps que sa petite fortune et les lettres qui lui conféraient la noblesse... Il a même ajouté que le marquis lui avait déclaré que cet anneau lui venait de sa mère.

— De sa mère !... Dieu tout puissant, serait-ce possible !...

Sœur Charlotte, en proie à une exaltation effrayante, s'était levée et ses

Cyprien eut un mouvement de recul comme si un précipice se fut ouvert
devant lui. (Page 759.)

mains se cramponnaient à ce bijou mystérieux, tirant sur la chaîne dont
les maillons meurtrissaient le cou blanc et frêle de la jeune fille.

Marie Brichon, consternée, ouvrit le fermoir, et la bague resta aux
mains de la supérieure.

Celle-ci s'approcha de la fenêtre, et avec l'assurance d'une personne
au courant du secret, elle appuya sur la moulure supérieure de la
monture.

Après quelques efforts, le chaton s'ouvrit avec un claquement sec, découvrant un petit cadre en émail, où se trouvaient gravées deux initiales : C A, surmontées d'un tortil de baron.

Un cri rauque jaillit de la gorge de la religieuse, qui s'abattit à terre comme une masse.

Affolée, Marie Brichon appela au secours. Il lui fallut l'aide de plusieurs sœurs, accourues à ses cris, pour transporter la supérieure dans sa cellule.

Bientôt, sœur Charlotte recouvra ses sens ; mais son premier mot fut :

— La bague?... Où est la bague ?

— La voici! dit Marie, en lui tendant le bijou.

La supérieure, les yeux remplis de larmes, la contempla un moment ; puis, la rendant à la jeune fille, elle murmura :

— Seigneur, mon Dieu, Père tout-puissant et miséricordieux, que votre volonté soit faite! Je reconnais là votre volonté, et puisque vous avez amené cette rencontre, c'est que vous voulez me donner cette joie suprême.

Se soulevant sur sa pauvre couchette, sœur Charlotte, ajouta :

— Mes sœurs, laissez-moi seule avec Marie Brichon ; je vais mieux, et j'ai besoin de m'entretenir avec cette jeune fille.

Marie, profondément impressionnée, se rapprocha de la supérieure qui, lui saisissant les mains, l'attira vers elle :

— Écoutez-moi, mon enfant, dit-elle d'une voix grave, ce que vous allez entendre, c'est ma confession...

— Mais, ma mère, je n'ai pas qualité pour entendre...

— Ne m'interrompez pas... Souvent j'ai dit à des prêtres mes angoisses et mes repentirs... Mais Dieu permet de se confesser à tous, et dans l'Église primitive, la confession était publique...

Il faut que *vous*, vous sachiez la vérité, pour la *lui* dire, à *lui*, car je n'en aurais pas le courage.

— Parlez donc, ma mère... je ne comprends pas.

Sœur Charlotte se recueillit un moment, comme pour rassembler de lointains souvenirs, et commença en ces termes :

— J'appartiens à une famille de bonne noblesse ; les barons de Noirmont ont eu des ancêtres aux croisades, et mon père servit avec honneur sous le feu roi Louis XIII.

Il était déjà d'un certain âge lorsque Sa Majesté Louis XIII sortit de tutelle, et bientôt il se retira de la Cour, la jeunesse un peu turbulente du souverain effrayant sa sévérité et la rigidité de ses mœurs.

Cependant, comme j'étais fille unique et que c'était seulement à la Cour que je pouvais trouver à me marier, il me fit attacher comme demoiselle d'honneur à la reine-mère.

Je fus la spectatrice des intrigues amoureuses du roi et le hasard voulut que je fusse très liée avec mademoiselle de La Vallière lorsque Sa Majesté lui fit une cour assidue.

Louis était jeune, beau, très séduisant, et, de toutes celles qu'il distinguait, nulle ne sut lui résister.

Je fus attachée à la personne de la nouvelle favorite, et ce fut l'origine de mon malheur.

La pauvre supérieure s'arrêta un moment, se recueillant, et comme puisant une force nouvelle dans le souvenir de ses douleurs.

Elle reprit d'une voix éteinte :

— Je voyais le roi tous les jours, et je sus bien vite que dans ce cœur volage naissait, sinon un amour, du moins un caprice pour moi.

Je perdis la raison et je ne combattis pas la passion qui s'emparait de mon cœur.

Bientôt Louis se rendit compte de l'effet produit par ses amabilités et son orgueil en fut excité.

J'oubliai tout, et l'honneur de ma famille, et l'amitié qui m'unissait à mademoiselle de La Vallière. Un soir que j'étais remontée dans le coquet petit appartement que j'occupais dans le palais, on frappa à ma porte.

J'ouvris : le roi était devant moi, le chapeau à la main, me demandant d'une voix douce une minute d'entretien.

Je le laissai entrer et il referma la porte derrière lui. . . . .

Sœur Charlotte laissa tomber sa tête entre ses mains et garda un moment le silence...

Marie Brichon, stupéfaite et bouleversée, respecta son émotion.

Bientôt, se dominant, la supérieure reprit d'une voix âpre et rude :

— Le caprice du roi dura peu de temps, et lorsque je compris l'étendue de ma faute, il était déjà distrait par d'autres amours.

J'allais être mère !

Lorsque j'en fis l'aveu au roi, il en parut contrarié, puis il me dit avec une grande bonté :

— Charlotte, ne vous inquiétez pas; votre enfant aura une situation telle qu'il ne regrettera pas la faute de sa mère et ce n'est pas de lui que vous recevrez jamais un affront; si c'est une fille, je la marierai dans de belles conditions; si c'est un fils, un brillant avenir l'attend...

Certes, à ce moment Louis ne mentait pas; mais auprès de lui un mauvais génie veillait.

Lorsque j'accouchai, soignée par mademoiselle de La Vallière qui m'avait pardonné et fut d'une bonté pour moi au-dessus de tout éloge, il fut décidé que l'enfant serait élevé au château par une nourrice.

Pour mon malheur, l'homme fatal auquel je fais allusion intervint.

M. de Colbert vint me voir, dès que je fus rétablie.

Après quelques circonlocutions et, comme irritée et inquiète, je le sommais de parler franchement, il me dit brutalement :

— Madame, j'ai le regret de vous annoncer que le roi a décidé de vous séparer de votre fils.

— Me séparer de mon fils ? m'écriai-je.

— Momentanément, tout au moins, et cela dans son intérêt.

— Expliquez-vous, par grâce, expliquez-vous !

— C'est très simple et vous êtes trop intelligente pour ne pas comprendre.

Un fils du roi peut porter ombrage à bien des membres de la famille royale, et des ambitieux peuvent s'emparer de lui et s'en faire une arme contre la tranquillité du prince.

Vous n'êtes qu'une femme faible, sans guide et vous pourriez vous laisser tenter ou influencer par des brouillons comme il n'y en a que trop.

Il vaut donc mieux que cet enfant soit élevé loin de vous, dans l'ignorance de sa position.

Si, vers vingt ans, il fait montre des qualités que doit avoir un fils de Sa Majesté et d'une personne aussi distinguée que vous, nous lui ferons une belle situation.

En tous cas, il sera toujours à l'abri du besoin, et sera confié à des gens qui l'élèveront dignement.

Ainsi donc je viendrai prendre votre enfant demain pour le remettre à la personne à laquelle Sa Majesté daigne le confier.

Le coup fut terrible, et toute la nuit je rêvai de partir avec mon enfant ; mais encore malade, alitée, je ne pouvais tenter de fuir, d'autant que je m'aperçus bien vite que j'étais étroitement surveillée.

Lorsque le moment de la séparation fut venu, j'eus une crise terrible et une fièvre cérébrale se déclara. Je fus un mois entre la vie et la mort, et quand, admirablement soignée par mademoiselle de La Vallière, je revins à la vie, je restai comme hébétée, et je demandai à ma pauvre mère qui avait passé ce long mois près de mon lit de souffrance de me conduire à un couvent où je me retirai.

Depuis lors, je suis venue m'établir ici, où depuis vingt-cinq ans, je consacre mes jours aux soins des tristes prisonniers des galères.

J'avais eu soin de confier, pour être remise à mon fils, cette bague dont la vue m'a fait à la fois tant de bien et tant de mal.

Pour moi il n'y a plus de doute, le marquis de Corneville aura reçu cet enfant en dépôt, et mon pauvre petit Charles n'est autre que le galérien Cyprien !

— Oh! mon Dieu, fit Marie Brichon, serait-ce possible ?... Et cependant le titre de noblesse portait : Charles-Auguste, chevalier de Verderonne...

— Charles Auguste ! ce sont les prénoms sous lesquels le chapelain de la Cour avait baptisé mon enfant !

Marie Brichon ne répondit rien, mais son fin et gracieux visage prit une expression de tristesse profonde.

— C'est un grand bonheur que Cyprien soit votre fils, madame, et qu'il ait le roi pour père, car le voilà sauvé, et il sortira du bagne pour prendre dans le monde un rang digne de lui.

— Qu'avez-vous donc, mon enfant? demanda la religieuse frappée de la tristesse de la jeune fille. Il me semble que ce bonheur vous attriste ?

— Je ne puis qu'être heureuse, ma mère, de voir Cyprien heureux ; mais je pleure mon bonheur perdu, car je ne puis plus épouser un homme de son rang !

Et la pauvre enfant fondit en larmes.

Sœur Charlotte s'était levée de son lit, et étreignant dans ses bras Marie Brichon, elle lui dit d'une voix douce :

— Marie, mon enfant, Cyprien ne cessera pas de vous aimer... Il ne dépend que de sa mère, puisqu'il n'a pas de père, et je ne fais qu'un seul vœu, c'est de pouvoir, dans un avenir prochain, vous appeler ma fille.

— Tenez, reprenez cette bague de fiançailles, elle vous appartient, et sera votre anneau de mariage.

La fille du charlatan ne put qu'embrasser les mains de madame de Noirmont, qu'elle étreignait avec amour.

Sœur Charlotte, frissonnante d'émotion, reprit :

— Marie, je veux le voir, je veux l'embrasser et je n'ose... S'il allait me maudire ? S'il allait me repousser?

— Oh! madame, comment pouvez-vous avoir une telle pensée ? s'écria la jeune fille avec indignation.

Cyprien est un noble cœur, et toujours il me demandait : « Quand donc saurai-je le nom de mère ? Je voudrais tant prononcer ce nom dans mes prières. »

Il me disait souvent : « Ma mère a dû être bien malheureuse pour être forcée d'abandonner son enfant! Elle doit être belle et bonne, je le sens, je le devine... Il me semble parfois que je la vois dans mes rêves! »

Pouvez-vous donc douter d'un tel cœur ?

— Pardonne-moi, mon enfant, dit la supérieure le visage illuminé d'une joie pure, si j'ai eu de semblables craintes, c'est que, vois-tu, ce serait si horrible, que j'en mourrais s'il ne m'aimait pas !

— Voulez-vous que je l'amène, s'écria Marie ; à cette heure il peut sortir du bagne et je vais l'envoyer chercher?

— Non! pas encore, je n'ose, j'ai peur... Je ne me sens pas en état de me dominer... Oh! mon Charles! je vais donc pouvoir t'embrasser...

Tenez, Marie, prévenez-le doucement, dites-lui que j'ai connu sa mère, que je la connais... que je lui en parlerai... et amenez-le dans une heure.

En attendant, je vais prier Dieu de ramener le calme dans mon pauvre cœur bouleversé :

·   ·   ·   ·   ·   ·   ·   ·   ·   ·   ·   ·   ·   ·   ·   ·   ·

Une heure plus tard, Cyprien était introduit dans le vaste parloir qui précédait la salle d'hôpital.

Debout, tournant le dos aux fenêtres, afin de tenir son visage dans l'ombre, la supérieure attendait, calme et froide en apparence.

Le jeune homme, au contraire, paraissait violemment ému.

Dès qu'il se trouva en présence de la religieuse, il commença à l'interroger, avec une ardeur impétueuse :

— Oh! madame, dit-il, Marie m'a annoncé que vous pensiez connaître ma mère; parlez-moi d'elle, je vous en supplie!... Vous ne savez pas la joie que j'éprouverai à entendre son nom, et à recevoir de votre bouche des détails sur elle!

Hélas! ce sont les premiers qui me seront donnés, car jamais le marquis de Corneville ne m'a dit autre chose que ceci :

« Votre mère, Cyprien, est une pauvre martyre, et c'est bien contre son gré que vous lui avez été enlevé. »

Cela est-il vrai? N'est-ce pas que ma mère ne m'a pas abandonné?

— Oh! Cyprien, vous pouvez être sûr que votre mère eût donné tout ce qui lui restait à vivre pour vous garder auprès d'elle quelques jours, quelques heures!

— Alors, c'est mon père qui m'a ravi à l'affection de la pauvre martyre?

— C'est, en effet, par la volonté de votre père que vous fûtes confié au marquis de Corneville.

— Oh! vraiment, cet homme!...

— Taisez-vous, Cyprien, interrompit la religieuse avec violence, un fils ne doit pas juger son père, et, d'ailleurs, il était mal conseillé : un esprit sévère, que dis-je, cruel, barbare, un froid calculateur, qui n'a pas compris que je pardonnerais toujours, a invoqué la raison d'État, la féroce raison d'État, au nom de laquelle on commet bien des crimes...

— La raison d'État?... murmura Cyprien avec stupeur, qu'avait donc à faire la raison d'État avec ma modeste personne?

La supérieure eut un geste d'orgueil!

— Qui vous a dit, Cyprien, que vous fussiez de modeste origine?

— Oh! en effet, madame, j'oubliais que Marie m'avait dit que ma mère était noble, et que j'étais le fruit d'une faute ; mais cela n'explique pas...

— Mon enfant, fit sœur Charlotte avec douceur, vous ignorez donc qu'une fille noble n'a d'excuse que lorsque sa faute l'élève si haut que tout peut s'excuser...

— Que voulez-vous dire?

— Je veux dire que l'amour d'un roi n'est pas une honte...

— Un roi ?...

— Vous êtes fils de Sa Majesté Louis XIV, dit gravement la supérieure.

Cyprien eut un mouvement de recul comme si un précipice se fût ouvert devant lui.

Ses bras s'agitèrent, tandis qu'il étreignait dans ses mains son front prêt à éclater sous le bouillonnement des pensées :

— Mon Dieu... moi, le galérien... fils du roi !... Mais ce père qui m'abandonne... se souvient-il seulement que j'existe ?...

Puis, il continua avec une violence croissante :

— Que m'importe ce père, pour qui je n'existe pas... Non, ce que je veux connaître, c'est cette malheureuse qui n'oublie pas son enfant, elle, j'en suis sûr, et qui le regrette, le pleure, dans la tristesse, l'abandon... Vous connaissez ma mère? eh bien, nommez-la-moi, madame, afin que tous les jours ma prière aille vers elle, et que, si jamais l'heure de la délivrance sonne pour moi, je puisse aller me jeter à ses pieds, et lui faire oublier, par mon affection et mes caresses, tout ce qu'elle a souffert à cause de moi.

C'en était trop, la malheureuse madame de Noirmont ne put résister plus longtemps et ce fut d'une voix expirante qu'elle cria :

— Charles ! mon enfant, embrasse ta mère !

— Ma mère ?... Vous, ma mère !

Et Cyprien reçut la pauvre femme dans ses bras.

Il l'assit alors dans un fauteuil et, s'agenouillant devant elle, il lui couvrit les mains de baisers, tandis que de grosses larmes, larmes de joie et de bonheur, coulaient lentement sur les joues de la religieuse.

Durant cette scène, Marie Brichon s'était tenue à l'écart, et, les mains jointes, elle contemplait ce touchant spectacle.

Tout à coup Cyprien l'aperçut, et, courant à elle, il la prit par la main.

— Viens, dit-il, viens, ma bien-aimée Marie, te mettre aux genoux de ma mère...

Puis, s'agenouillant à son tour, il dit à madame de Noirmont :

— Ma mère, bénissez vos enfants !

La supérieure de Notre-Dame-des-Chaînes étendit ses mains au-dessus de leur tête, et d'une voix grave :

— Mon Dieu, bénissez mes deux enfants! Et faites que bientôt soient unis et heureux.

Puis, s'adressant à Marie :

— Tu vois bien, Marie, que Cyprien ne t'oubliait pas !

— Oh ! la méchante, dit le jeune homme en souriant, elle a douté de moi !

Bientôt la triste réalité les ressaisit tous trois. Ce fut la supérieure qui la première redescendit sur la terre :

— Maintenant que je t'ai retrouvé, mon Charles, il faut que je m'occupe de toi... Avant un mois, tu seras libre.

— Qu'allez-vous donc faire, ma mère ? demanda tristement le jeune homme. A qui vous adresserez-vous donc qui veuille bien s'intéresser à moi ?

— A ton père.

— C'est à lui que vous allez demander ma grâce ?

— Non, pas grâce, mais justice !

— Et vous croyez... ?

— Je crois que lorsque Louis saura que celui dont il est le père est la victime de sombres machinations, sa colère saura non seulement réparer le mal, mais punir les coupables... Ou alors c'est qu'il aurait bien changé !... Demain, je pars pour Versailles !

On entrait facilement dans les cours et dans les escaliers du château de Versailles, sans cesse animés par un va-et-vient, pour ne pas dire un grouillement des plus pittoresques ; mais une barrière terrible à fanchir surgissait lorsqu'on voulait pénétrer dans les galeries du palais et dans les couloirs accédant aux divers appartements.

Il y avait, cependant, une catégorie de personnes qui, à cette fin de règne, passait partout, et n'était arrêtée qu'à l'extrême limite des dégagements intérieurs.

En effet, tout ce qui portait la robe monacale ou le froc avait libre accès, et c'est à peine si l'on osait interroger un religieux ou une religieuse au centre de la galerie de l'Œil-de-Bœuf.

Aussi, lorsqu'une modeste voiture déposa à la grille du château sœur Charlotte et Marie Brichon, les gardes s'inclinèrent-ils respectueusement devant le costume blanc et bleu qu'ornait la croix abbatiale.

Il faut dire que la supérieure de Notre-Dame-des-Chaines avait grand air, et en imposait de suite.

Ce fut avec un calme imperturbable qu'elle gravit les degrés, accédant aux grands appartements et qu'elle s'avança dans la galerie.

Un gentilhomme de la chambre s'avança au-devant d'elle pour lui demander ce qu'elle désirait.

Tandis qu'il s'approchait, elle le reconnut parfaitement, malgré les trente ans qui avaient passé sur le vieux courtisan, sans trop changer son visage.

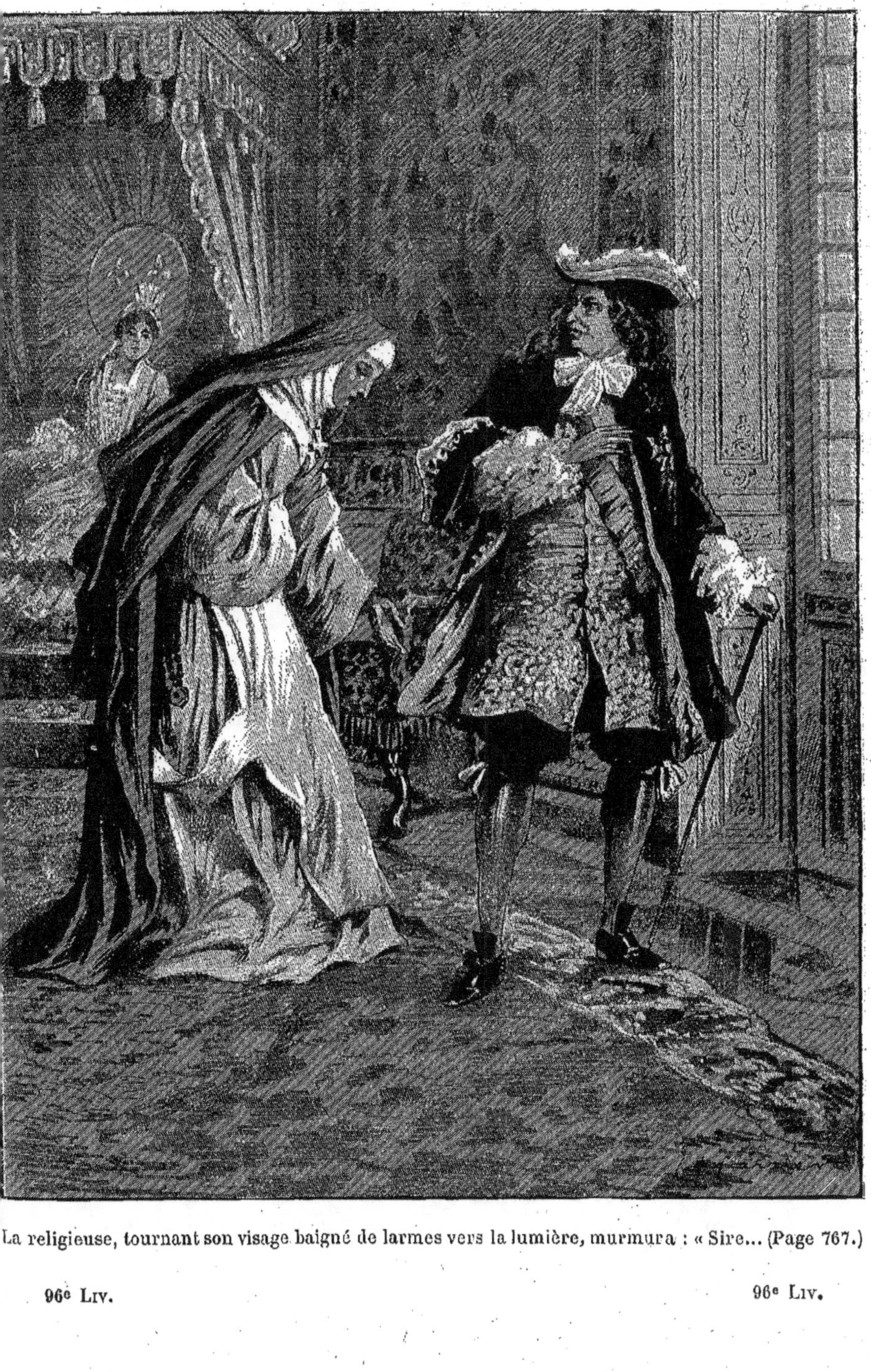

La religieuse, tournant son visage baigné de larmes vers la lumière, murmura : « Sire... (Page 767.)

— Ma Mère, vous avez une audience? demanda-t-il en s'inclinant devant la supérieure, dont le visage était en partie caché par l'ombre de sa cornette.

— Non, monsieur de Narancey, je n'ai pas d'audience, mais je voudrais voir madame la marquise de Maintenon.

Le vieux courtisan fut tout à fait interloqué; et il ne put que balbutier :

— Qui dois-je faire annoncer? Je ne sais si madame la marquise peut recevoir en ce moment... Je vais m'informer...

— Veuillez dire à madame la marquise que la supérieure du couvent de Notre-Dame-des-Chaînes de Marseille sollicite de sa bonté une audience, et qu'elle vient exprès à Versailles pour l'entretenir d'une affaire qui intéresse Sa Majesté.

Le ton et l'attitude de sœur Charlotte achevèrent d'écraser le brave M. de Narancey, qui ne put que s'acquitter du message qu'il fit transmettre à la marquise.

Un instant après la religieuse était introduite chez celle qu'on commençait à appeler tout haut la reine.

Dans cette Cour devenue si sombre, si morne après avoir été si brillante, la moindre apparition d'une figure nouvelle était l'objet de longues conversations.

Aussi, dès que la religieuse eût été introduite, on accourut de partout interroger le vieux courtisan.

— Eh bien ! qu'est-ce que cette nonne? demanda une rieuse jeune fille.

— Elle a grand air, fit un officier.

— Oh ! ce doit être quelque femme de qualité, déclara M. de Narancey avec une fatuité comique ; elle me connaît, elle m'a appelé par mon nom, alors que personne n'avait pu le lui dire.

— Voyez-vous ce diable de baron, s'écria la jeune fille ; il ne veut pas l'avouer, c'est une de ses victimes qui a pris le voile de désespoir !

— Eh ! Eh ! ma belle enfant, j'en ai connu d'aussi jolies que vous qui ne dédaignaient pas de m'avouer leur flamme.

— Oh ! alors, elles doivent être éteintes depuis longtemps, à moins que ce ne soient de bonnes grand'mères.

L'attaque était un peu dure, mais M. de Narancey avait une merveilleuse infirmité pour un courtisan qui veut rester bien avec tout le monde : il était atteint d'une surdité intermittente, qui n'apparaissait que s'il avait des choses pénibles à entendre.

Il fit donc la sourde oreille, et rompit les chiens.

— A propos, savez-vous la cause du brusque départ de la marquise du Mesnil pour la Normandie?

— Non, non, parlez ! firent plusieurs voix, car le groupe avait grossi.

— Eh bien ! l'on dit qu'elle a retrouvé l'héritière d'une grande fortune qu'elle gérait par suite de la disparition dramatique de toute une famille dont elle était quelque peu cousine.

— Cela a dû la fâcher bien fort qu'on retrouvât l'héritière, dit l'officier des gardes.

— Pas du tout ; c'est elle qui, après de longues recherches, a retrouvé la jeune fille, et elle est partie pour la mettre en possession de sa fortune.

— Madame du Mesnil est une sainte ! dit d'un air pincé une vieille marquise célèbre par sa méchanceté et le venin de sa terrible langue.

Il y eut des rires étouffés.

— Parfaitement ! Ce sont les propres paroles de madame de Maintenon, et vous savez que madame la marquise ne se trompe jamais.

Ceci fut dit si drôlement qu'il n'y eut qu'un éclat de rire.

— On est bien gai par ici ! dit une voix aigre.

Tout le monde se retourna, et l'on vit un petit vieillard tout cassé s'appuyant sur deux cannes.

Il n'y eut qu'un cri :

— Oh ! voilà M. de Famars !

— Mais oui, mes enfants, voilà ce vieux sauvage... Que voulez-vous, il faut bien que je me montre un peu à la Cour, puisque j'ai été gracié par Sa Majesté, et que l'on m'a rouvert les portes de ce lieu enchanteur...

Seulement, depuis que j'y reviens, j'ai pu constater qu'aucun endroit sur terre n'est plus lugubre et plus triste... On se croirait dans un cimetière au mois de décembre.

— Alors, vous regrettez votre rappel à la Cour ?

— Je ne sais trop ; et il y a des moments où je me dis que mon coquin de neveu, en profitant de son crédit pour me faire revenir dans ce triste lieu, a résolu d'abréger mes derniers jours... Enfin, voyons !... De quoi causait-on, et qu'est-ce qui vous faisait rire ?

— Nous parlions de la marquise du Mesnil.

— Chut ! fit le vieux comte en se baissant pour jeter un coup d'œil sous une banquette voisine, êtes-vous sûrs qu'on ne nous entend pas ?

Et il s'approcha, avec des mines burlesques, du mur qu'il se mit à ausculter.

On se tordait dans la galerie.

— Mesdames, messieurs, je ne vois pas ce qu'il y a de risible à parler de madame du Mesnil... Moi, quand j'en parle, je prends des précautions et j'en ai le frisson tout le restant de la journée... Eh ! là-bas, ma belle enfant qui riez si bien, prenez garde, une mauvaise tisane peut vous être servie par votre camériste... Alors vos jolies dents s'en iront, votre teint deviendra jaune, votre peau se ridera, vos cheveux tomberont, et bientôt la mort viendra soulager vos souffrances. On est mort beaucoup ces dix dernières années à la Cour !...

Les rires s'éteignirent et tout le monde frissonna sous les phrases cinglantes de l'amer vieillard. M. de Famars reprit :

— C'est une sainte, madame du Mesnil, que dis-je ? c'est un ange, mais de la famille des anges déchus, qui entourent Satan !

Il y a huit jours, j'envoyai un valet de chambre engagé depuis peu chercher chez l'apothicaire un onguent que j'emploie à me faire frictionner les jambes.

Par hasard, avant de m'en servir, j'examinai le bocal, et je constatai que le parchemin qui le fermait était un peu froissé, et le cordon attaché d'une manière différente de l'ordinaire.

Je ne sais quelle idée baroque me passa par la tête, et je fis amener un vieux chien perclus de douleurs que j'aurais dû faire abattre depuis longtemps. Je le frictionnai avec ma pommade.

Le lendemain, il me parut tout triste, et comme malade.

Je le fis oindre de nouveau avec l'onguent, et le surlendemain il avait cessé de souffrir : il était mort !

— Vous avez fait arrêter votre laquais ? demanda une voix.

— Jamais de la vie ! répliqua le vieux vicomte de Famars. J'ai réfléchi et me suis souvenu que quelques jours auparavant j'avais mal parlé de madame du Mesnil.

J'avais fait allusion à certaine petite maison voisine du Palais-Royal, où de mauvaises langues prétendent, à tort, avoir vu pénétrer la belle marquise, et cela en compagnie de cette infâme sorcière, la Raisin, qui, je ne sais comment, échappe toujours aux fagots !

J'ai compris pourquoi ma pommade était si énergique, et j'ai bien juré de ne pas porter plainte contre mon laquais, car je n'ai pas oublié le sort de mon ami David Chartier.

Depuis lors, je me considère comme suffisamment averti, et ne m'occupe plus des affaires de la favorite de madame de Maintenon.

Il y eut un mouvement d'horreur parmi les auditeurs; mais, presque aussitôt, la curiosité effaça cette impression : une demoiselle d'honneur de madame de Maintenon passait rapidement, et jeta simplement ces mots :

— Madame la marquise fait demander à Sa Majesté de vouloir bien passer chez elle !

Aussitôt les bavardages éclatèrent, chacun cherchant un rapprochement entre la visite de la religieuse et l'arrivée du roi.

En effet, Louis XIV parut un instant après, et pénétra chez madame de Maintenon.

En entrant, le roi s'avança rapidement vers le siège de la marquise, vers le fauteuil ayant l'aspect d'un petit trône, placé dans la fameuse « niche rouge » qui jouait les dais.

Il s'inclina devant son épouse morganatique, et lui baisant la main, il dit :

— Vous avez désiré me voir, madame ; j'ose espérer qu'il ne s'agit de rien de grave ?

— Mon Dieu ! je ne pourrais pas dire, sire, que ce dont il s'agit n'est pas grave, mais le mal est réparable, et pour votre honneur et pour le repos de votre conscience est la mienne, ce mal ne peut durer.

— Qu'est-ce donc ? Expliquez-vous, marquise ! fit le roi étonné et même ému de là solennité des paroles de madame de Maintenon.

Celle-ci, se levant, montra du geste sœur Charlotte, qui se tenait immobile dans l'embrasure d'une fenêtre, et que le roi n'avait pas remarquée :

— C'est madame la supérieure de Notre-Dame-des-Chaînes qui va expliquer la chose à Votre Majesté.

Le roi eut une sorte de mouvement nerveux, et dit simplement :

— Parlez, madame !

Sœur Charlotte s'avança en ayant soin de se tenir à contre-lumière, et ce fut d'une voix étranglée par l'émotion qu'elle commença :

— Sire, je suis la supérieure d'un ordre qui se consacre entièrement aux soins des galériens, et qui possède une maison dans chacun des ports d'attache des galères du roi : Marseille et Toulon.

— C'est une œuvre très louable, d'autant qu'il y a sur nos galères de bien grands criminels dont vous pouvez ramener les cœurs vers Dieu.

— Il y aussi, parfois, des innocents victimes d'infâmes machinations, s'écria la supérieure avec feu, et c'est en faveur d'une de ces victimes que je viens implorer la justice de Votre Majesté.

Louis XIV fronça le sourcil : il n'aimait pas beaucoup les histoires d'erreurs judiciaires, et tenait la justice royale pour infaillible.

— Que voulez-vous dire, madame ? fit-il avec une certaine hauteur.

— Sire ! daignez m'écouter en peu de mots : une fille noble fut séduite un jour, et de cette union naquit un enfant, un fils... Pour des raisons que je vous expliquerai plus tard, cet enfant fut enlevé à sa mère et confié à un noble gentilhomme qui l'éleva, et fit de lui un brave cœur.

Lorsque le jeune homme eut vingt ans, celui qui l'avait élevé lui remit une petite fortune et des lettres de noblesse qui avaient été délivrées dans ce but ; malheureusement la chose s'était faite sans témoin, et il était difficile, sinon impossible, d'établir que ces lettres étaient bien destinées au jeune homme.

D'autre part, ce malheureux enfant, qui a une âme grande, noble, généreuse, eut le tort de vouloir dénoncer et démasquer des criminels; il révéla les saturnales qui avaient pour abri l'antre d'une sorcière, rue Neuve-Saint-Gilles, et aussitôt de mystérieux ennemis tentèrent de le perdre.

Accusé de l'empoisonnement de David Chartier de Candeilles, il parvint à prouver son innocence, après avoir subi la question.

Mais, alors, on retint contre lui le chef d'accusation d'usurpation de noblesse. Il fut condamné à vingt ans de galères, il y a dix ans de cela !

— L'affaire de la Messe Noire? David Chartier ? Je me souviens de cela, fit le roi très sombre... Ce fut une fâcheuse histoire... Et ce jeune homme, c'est votre protégé, madame ?

— Hélas ! oui, sire; et je ne sais si le récit détaillé de la bataille de Carthagène est venu jusqu'à vous.

— Oui, madame, ce récit, je l'ai lu dans le rapport de M. de Lauverdière, il y a quelques jours, et j'ai été bien heureux de voir l'héroïsme de nos marins, et même la belle conduite de nos galères.

— Eh bien ! sire, l'homme qui a joué le plus grand rôle après son chef, M. de Saint-Tourvès, c'est mon protégé qui, grâce à sa bonne conduite antérieure, était déjà élevé au rang de gardien auxiliaire.

— Je sais parfaitement ce que vous voulez dire, et même M. de Lauverdière cite le nom du jeune homme en demandant sa grâce; il s'appelle, si je ne me trompe, Cyprien ?

— C'est cela même, s'écria la religieuse avec un mouvement de joie, je suis heureuse de voir que rien n'échappe à Votre Majesté.

— Eh bien ! mais je ne me refuse pas à grâcier ce jeune homme, fit le roi flatté de la réflexion de la sœur, et je vais donner l'ordre de dresser des lettres de rémission en sa faveur...

— Ce n'est pas une grâce, sire, que j'ose implorer, interrompit sœur Charlotte, c'est justice, c'est la réparation du préjudice causé...

— Oh ! madame, c'est une grosse affaire que de casser un jugement du Parlement...

— Sire, j'implore Votre Majesté à genoux ! dit la religieuse en se jetant aux pieds du roi; sire, ayez pitié d'une pauvre mère... Cyprien est mon fils, ce fils que M. de Colbert m'enleva si cruellement.

— Votre fils? M. de Colbert? demanda le roi avec une expression d'étonnement, presque de frayeur; mais qu'est-ce que cette histoire ? Mais qui êtes-vous donc ?

La religieuse, tournant son visage baigné de larmes vers la lumière, murmura :

— Sire, trente années de larmes et de douleurs ont passé sur le visage de Charlotte de Noirmont, et l'ont sans doute rendu méconnaissable ?

A ce coup si rude, le masque de majesté et d'impassibilité que

Louis XIV savait fixer sur ses traits fondit subitement... S'élançant vers la religieuse, le roi la prit par les mains et l'entraîna vers la fenêtre.

Il contempla un moment ses traits ravagés où l'on retrouvait encore la trace de sa fière beauté ; puis il se cacha le visage dans ses mains en murmurant :

— Oh ! Charlotte ! Charlotte ! Est-ce possible, votre fils aux galères !

— Hélas ! Sire, c'est la sombre et sinistre vérité, le fils de Louis XIV est sur les galères du roi !

Madame de Maintenon, voyant combien le roi était accablé, crut devoir intervenir :

— Je n'ai pas besoin de conseiller Votre Majesté, dit-elle, et je pense qu'elle réfléchit en ce moment à la manière la meilleure pour rendre une éclatante justice, et réparer le mal qu'on a fait en son nom.

— Oui, madame, je veux que ce malheureux jeune homme soit tellement élevé qu'il oublie l'abaissement momentané qu'il a subi.

Le roi se tourna vers mademoiselle de Noïrmont.

— Charlotte, avez-vous l'intention de retourner à Marseille ?

— Puisque j'ai réussi dans la mission que je m'étais donnée, je n'ai plus qu'à remercier Votre Majesté et je compte partir ce soir même.

— Eh bien ! vous allez emporter l'ordonnance cassant le jugement et un ordre appelant notre fils à la Cour.

— Et moi, dit madame de Maintenon, je suolliciterai le roi de vouloir bien le désigner comme gentilhomme de la chambre et de l'attacher à ma personne.

VIII

COUP DROIT

Cependant l'orage montait et devenait menaçant.

Tandis que Geneviève, radieuse de son ingénieuse invention d'une héritière des Lucenay, s'installait au castel du Mesnil, pour mener son plan machiavélique à bonne fin, la foudre grondait au château de Versailles.

Fabrice de Préval avait enfin pris une résolution, et il s'était décidé à éclairer le roi sur les machinations de la belle marquise.

Il avait lentement ramassé les preuves, une à une, et la délivrance de

Cyprien, la révélation miraculeuse de la situation du jeune homme lui donnaient une force énorme.

Madame de Noirmont avait parlé, elle avait montré le rôle joué par Préval et par le marquis de Corneville, dans l'affaire du chevalier de Verderonne, et elle avait en quelques mots indiqué que les mystérieux empoisonneurs, les démoniaques de la rue Neuve-Saint-Gilles, étaient les puissants ennemis acharnés à la perte du jeune homme.

Depuis que l'image de ce fils avait reparu devant lui, subitement et tragiquement, le roi rêvait souvent, et une lueur perçait qui lui montrait le chemin de la vérité.

La marquise de Maintenon, qui, dans sa haute position, avait su conserver toute sa prudence et son habileté, exploitait cette sensibilité et cette émotion royales.

Aussi, insistant sur le rôle d'intermédiaire qu'elle avait joué, elle se montrait aux yeux de son morganatique époux, comme la protectrice de sa grandeur et la mère affectueuse de ce beau-fils. Rien ne lui faisait présager que de là partirait le coup qui allait frapper sa favorite.

Un soir, le roi avait dit :

— Je voudrais savoir la vérité sur tous ces événements, il faudra que je fasse appeler M. de Préval demain, il est le gendre de ce pauvre Corneville, et il a connu le chevalier de Verderonne, en attendant que je voie ce jeune homme, il me renseignera.

Le lendemain, parmi les suppliques que transmettait le gentilhomme de la chambre, en service, ce jour-là, se trouvait une demande d'audience de l'officier des Mousquetaires Noirs.

A l'énoncé du nom, le roi tressaillit :

— S'il est là, faites-le entrer de suite, dit-il avec un empressement qui eut fait mourir de joie le courtisan, honoré d'une telle réponse.

Fabrice de Préval venait, en effet, tenter un suprême effort auprès du roi, afin d'essayer d'obtenir justice pour la malheureuse famille de Corneville.

Lorsque l'ex-bailli de Corneville fut introduit dans le cabinet de travail du roi, il perdit un peu de sa belle assurance, et resta un moment hésitant ; mais, le roi, pressé de mettre son projet à exécution :

— Je suis heureux de vous voir, M. de Préval, dit-il, et j'ai quelques renseignements à vous demander.

— Votre Majesté sait que je suis prêt à tout pour son service, déclara le jeune homme d'un ton à la fois respectueux et résolu.

— Oh ! monsieur, il ne s'agit pas de charger comme à Fleurus, reprit le roi avec un sourire affectueux, et cela, je sais que vous êtes toujours prêt à le faire...

— Non, ce que je vous demande est plus grave encore, et le

Des preuves! des preuves! cria-t-il en saisissant le bras de M. Préval...
(Page 772.)

service est si grand que j'hésite à mettre votre courage à l'épreuve.

Le lieutenant des Mousquetaires fut stupéfait de ce préambule et voulut protester :

— M. de Préval, interrompit Louis XIV, je vais vous demander ce qu'un roi sait toujours difficilement : la vérité.

Le sourire ironique du roi disait assez combien il doutait qu'à la Cour, le souverain pût obtenir une telle chose.

— Sire ! répondit M. de Préval avec un noble orgueil, un courtisan hésiterait peut-être, mais un soldat comme moi ne cherchera pas à dissimuler, dût-il encourir une disgrâce !

La réponse plut au roi, qui reprit :

— Si je ne me trompe, vous êtes, monsieur, allié à la famille de Corneville ?

— En effet, j'ai eu l'honneur, avec l'assentiment de Votre Majesté, d'épouser mademoiselle Hélène de Corneville, fille du marquis, auprès duquel j'ai passé ma jeunesse.

— Bien ! c'est là le point sur lequel vous allez me renseigner. Quelle est la situation actuelle de la famille ?

Fabrice de Préval eut un éblouissement ; il lui semblait que le ciel venait à son aide, et ce fut d'une voix émue qu'il commença :

— Puisque Votre Majesté désire la vérité, je vais avoir l'honneur de la lui donner tout entière.

Le marquis de Corneville vivait heureux auprès de son fils, de sa belle-fille et de sa fille, lorsque son fils Raoul fut assassiné d'une façon très mystérieuse dans une bagarre avec des dragons qui recherchaient un protestant, parent éloigné des Corneville, M. de Lucenay.

Le marquis accusa les dragons d'une mort à laquelle ils étaient peut-être étrangers, et il vint à la Cour pour se plaindre.

L'affaire était peu claire, et il fut éconduit ; peut-être déjà des influences étaient-elles en jeu pour l'écarter.

Il revint à Corneville où il eut la douleur de voir sa belle-fille mourir peu après la naissance de son petit-fils Henry.

Un nouveau drame mystérieux vint encore troubler le cœur du pauvre vieillard : sa fille Hélène fut enlevée par une troupe de soldats assez louche, et jetée dans un couvent sous l'inculpation de frayer avec ceux de la religion réformée.

Là encore une influence néfaste se faisait sentir, car l'accusation était absolument calomnieuse...

— Mais comment a-t-on pu accomplir un tel acte ? interrompit le roi avec une vivacité qui prouvait combien il prenait d'intérêt au récit.

— Sire ! les ravisseurs avaient une lettre de cachet, et ma fiancée fut enfermée aux Carmélites, d'où je l'enlevai plus tard.

— Oui, je me souviens de cette histoire... Continuez.

— Le marquis perdit la tête, et ce vieillard, aigri, se laissa entraîner dans une conspiration qui se termina par l'échauffourée de Quillebœuf.

Arrêté, il allait passer devant la Cour de Rouen, qui l'aurait infailliblement condamné, lorsque Votre Majesté, se souvenant de cet ami de jeunesse, et mettant en regard du crime le souvenir des services passés, résolut d'arracher l'infortuné vieillard à l'échafaud en le faisant enfermer à la Bastille.

Le marquis de Corneville ne figura pas au procès de Rouen : il était sauvé !

Vous avez daigné, sire, laisser entendre à M. du Mesnil, qui implorait votre inépuisable bonté, que l'affaire oubliée, M. de Corneville sortirait de son cachot, du moment où cette mesure de clémence ne ferait pas de bruit.

— En effet, dit le roi, je me souviens parfaitement de tout ceci, et je me réservai de faire remettre en liberté ce pauvre vieillard... Cela a dû être fait, car lorsqu'on me montre l'état des détenus de la Bastille, je ne vois pas son nom...

— C'est ici que je dois implorer la bonté de Votre Majesté, car la vérité devient difficile à dire.

— Parlez ! monsieur, parlez ! Un roi peut et doit tout entendre ! s'écria le monarque avec hauteur.

— Eh bien ! sire, quelques jours après son incarcération à la Bastille, le marquis de Corneville était porté sur le registre d'écrou comme ayant quitté la prison, alors qu'on l'y conservait et qu'il y était encore, il y a deux mois.

— Que veut dire cela ? s'écria le roi avec un profond étonnement.

— Sire, veuillez me permettre de continuer à vous parler librement, et Votre Majesté saura tout.

— Continuez !

— Il restait au château de Corneville un chétif enfant, l'héritier de la lignée.

Le pauvre petit Henry fut, lui aussi, enlevé par un louche individu, exerçant la profession de barbier du village, et qui disparut en même temps que lui.

La grande fortune des Corneville n'avait plus de maître ; aussi une parente, madame du Mesnil, se fit-elle désigner pour la gérer jusqu'à ce que ses véritables possesseurs revinssent en prendre possession.

— Ah ! vous parlez de madame du Mesnil, la grande amie de cette bonne marquise ?

— Oui, sire, madame la marquise de Maintenon est trop bonne et trop confiante, et si j'osais, je vous dirais même qu'elle place imprudemment son amitié.

Le roi eut un haussement d'épaules :

— Depuis des années je dis à la marquise, qu'elle a tort de s'attacher ainsi à cette femme, qui a en elle je ne sais quoi d'inquiétant.

— Oh ! combien je suis heureux que Votre Majesté ait eu cette pensée.

— Pourquoi cela ?

— Parce que la coupable de tout ce qui arrive est Geneviève du Mesnil.

— Expliquez-vous !

— La lettre de cachet qui a permis l'enlèvement d'Hélène de Préval, avait été sollicitée par madame du Mesnil.

C'est elle qui a fait enlever le petit Henry de Corneville.

Si Votre Majesté n'a plus entendu parler du marquis de Corneville, c'est parce que madame du Mesnil, usant de son influence, avait obtenu de feu M. de Besmaux qu'il rayât purement et simplement le marquis du registre d'écrou de la Bastille.

Et tout cela, sire, pour mettre la main sur la fortune des Corneville !...

D'ailleurs, la marquise du Mesnil a entretenu des relations avec les ennemis de Votre Majesté, et elle a tenté de faire battre l'armée la veille de la bataille de Fleurus !

Enfin, elle se livrait à la sorcellerie, c'est elle qui était l'héroïne des Messes-Noires de la rue Neuve-Saint-Gilles.

Pour terminer cette effroyable histoire, j'ajouterai que sa science des poisons et sa fréquentation chez Glaser, expliquerait peut-être certains décès foudroyants à la Cour ou ailleurs, comme celui de David Chartier de Candeilles, le conseiller chargé de l'enquête sur les crimes de la rue Neuve-Saint-Gilles ?

Louis XIV s'était levé brusquement, l'épouvante dans les yeux :

— Des preuves ! Des preuves ! cria-t-il en saisissant le bras de M. de Préval. Mon Dieu, je comprends qu'on n'ose pas toujours dire la vérité au roi, lorsque la vérité est aussi effroyable.

— Les preuves ! je les ai, sire ! dit simplement M. de Préval en prenant dans son habit des liasses de papiers qu'il tendit au roi . . . .

. . . .

L'entretien se prolongea encore, puis le roi passa chez madame de Maintenon où il resta fort longtemps.

On put constater qu'il y eut une scène assez vive, car la marquise avait les yeux rougis par les larmes, lorsque le roi la quitta...

Le bruit s'était vite répandu, on ne sait comment, que des faits graves allaient se passer, et que des arrestations étaient imminentes.

D'ailleurs, le soir même, Fabrice de Préval et une escorte de mousquetaires partaient pour une expédition mystérieuse.

Le bailli de Corneville n'avait pas hésité à faire part à madame de Regneville du résultat de sa démarche, et la veuve du notaire, de plus en plus baronne, depuis la mort de son mari, n'avait pas hésité à féliciter le jeune homme du coup porté à son ancienne alliée.

D'autre part, la baronne avait reçu de Corneville, où elle avait tout un service de renseignements, une nouvelle surprenante : madame du Mesnil avait retrouvé la fille du comte de Lucenay, abandonnée par ordre de son père même, au petit village de Roque-sur-Rille.

Pour ceux qui avaient connu le comte de Lucenay, l'histoire était très plausible et la trouvaille assez naturelle ; mais pour les gens bien renseignés, il y avait là quelque chose d'étrange.

C'est ce sentiment qu'exprima Fabrice, lorsque madame de Regneville lui conta la nouvelle :

— Voilà qui est fort étonnant ! murmura-t-il. Comment, de gaieté de cœur, la rapace marquise va-t-elle renoncer à la gérance d'une fortune qu'elle devait s'être habituée à considérer comme sienne ?

Elle recherche et retrouve celle à qui elle doit rendre des comptes !... Je ne comprends pas son but, et ne m'explique pas sa conduite.

Madame de Regneville réfléchissait :

— Quelqu'un a-t-il pu savoir si madame de Lucenay a été retrouvée encore folle ? demanda-t-elle brusquement à son interlocuteur.

— Peu de personnes le savent, mais, cependant, je crois en avoir parlé, et il est très possible qu'au moment où je me suis occupé de la grâce de Cyprien, c'est-à-dire avant la découverte presque miraculeuse de sa noble origine, j'aie causé du couvent de Notre-Dame-des-Chaînes et de la pauvre folle...

— Allons, tout s'explique ! s'écria la favorite au ministre ; madame du Mesnil a su le retour prochain de la comtesse, et, afin de couper court à toute réclamation, elle a retrouvé la petite Germaine à qui elle rendra les comptes qu'elle voudra, la jeune fille étant trop heureuse de son brusque changement de position pour être bien regardante.

— Oui, c'est cela, s'écria Fabrice de Préval ; mais elle avait donc l'héritière des Lucenay en quelque sorte sous la main, pour la retrouver au bon moment ?

— Peut-être connaissait-elle son existence... A moins que...

— A moins que ?... répéta de Préval.

— A moins qu'elle n'ait simplement fabriqué une héritière, avec une enfant trouvée quelconque, ce qui serait très fort !

— Avez-vous des détails sur l'enfant ?

— Non, j'en attends aujourd'hui.

— J'aurai l'honneur et le plaisir de venir vous revoir ce soir, avant de partir pour la mission que m'a confiée le roi, dit l'officier des mousquetaires, et je vous demanderai quelques détails, si vous en avez reçu.

L'après-midi, un courrier arriva, en effet, de Normandie, et remit un pli à l'ex-madame Dufresnoy.

A la lecture des renseignements, la petite femme bondit, puis devint toute rouge, et finalement se mit à pleurer, ensemble de faits qui, dans tous les pays du monde, caractérisent une violente émotion.

Le lieutenant des mousquetaires noirs eut avec elle un long entretien à la suite duquel madame de Regneville se décida, elle aussi, à partir en voyage.

IX

FOUDROYÉE !

Cependant Geneviève du Mesnil triomphait, partout la nouvelle se répandait du retour de la fille des Lucenay et de sa rentrée en possession de ses biens.

Un conseiller de la Cour de Rouen était venu instruire l'affaire et s'était installé à Corneville, siège du bailliage de la région.

Dans une audience publique tenue à la maison de ville, vaste salle où se réunissaient les notables du village pour la répartition des tailles et corvées, on avait élevé une estrade sur laquelle trônaient le conseiller, le bailli et le greffier.

A côté de la table se trouvaient également sur l'estrade deux fauteuils.

Le public attendait depuis fort longtemps lorsqu'enfin le conseiller et le bailli, s'arrachant à un copieux déjeuner offert par la marquise du Mesnil, firent leur entrée dans la salle.

Bientôt l'on vit s'avancer Geneviève suivie d'une jeune fille mise avec la dernière élégance.

Ce n'était que rubans et fanfreluches, et pour tout observateur perspicace on voyait qu'elle était un peu embarrassée de ce brillant costume, malgré un air effronté qu'elle affectait.

Il y eut un murmure, puis des chuchotements :

— Oh ! mais c'est la Serpolette de Roques-sur-Rille, murmura Catherine.

— Qui ça, Serpolette ? fit Gervais.

— Eh ben donc, la petite qu'a été trouvée dans la lande, répliqua Manette.

Catherine renchérit :

— Mais oui, une diablesse de gamine qui disait toujours qu'elle était une fille noble abandonnée.

— Dame, fit Gervais avec le bon sens qui le caractérisait, il me semble, m'est avis qu'elle ne se trompait guère !

— Silence, tout le monde, glapit Grippardin, l'huissier audiencier.

Un silence se fit, très profond, car tous voulaient savoir ce qu'il y avait de vrai dans les bruits qui circulaient.

Le bailli commença alors la lecture d'un long grimoire : il y était dit fort longuement et dans un langage spécial aux gens de loi que la haute et noble dame Geneviève marquise du Mesnil se présentait pour faire reconnaître comme vicomtesse Germaine de Lucenay une jeune fille connue jusqu'alors sous le nom de Serpolette et habitant le village de Roques-sur-Rille.

La lecture du papier achevée, le conseiller prit la parole et dit :

— Marquise Geneviève du Mesnil, vous nous avez requis aux fins de rétablir en ses privilèges et prérogatives Germaine, vicomtesse de Lucenay?

— Oui, monsieur le conseiller, répondit la marquise d'une voix claire.

— Vous nous présentez, comme étant ladite demoiselle la nommée Serpolette ici présente, enfant trouvée de Roques-sur-Rille. Êtes-vous décidée à affirmer son identité?

— Oui, monsieur le conseiller.

— Avez-vous des preuves et témoignages à produire ?

— Oui, monsieur le conseiller.

— Greffier, appelez les témoins cités à la requête de madame la marquise, et citez-les à ce tribunal, dans l'ordre, afin que nous les entendions.

— Maître Gaspard, intendant de Corneville ! glapit Grippardin d'une voix de fausset qu'il ne prenait que dans les grandes circonstances.

Gaspard s'avança digne et majestueux, au milieu du murmure respectueux sinon sympathique des paysans.

— Maître Gaspard, dites ce que vous savez, demanda le conseiller.

Après s'être pour ainsi dire raffermi en échangeant un coup d'œil avec Geneviève, le coquin commença un long mais très précis récit des événements au cours desquels le comte de Lucenay lui avait confié sa fille, avec mission de l'abandonner en un lieu quelconque.

Comme il terminait cette phrase, une voix qui venait on ne sait d'où, cria :

— C'est faux ! Il a menti !

Ce fut une vive émotion dans le public et parmi les divers personnages.

— Qui a parlé? demanda le conseiller.

Il y eut un silence glacial.

— Que celui qui vient de démentir la déclaration de maître Gaspard s'avance devant nous, reprit le conseiller.

Même silence.

— Mais enfin qui a parlé ? d'où vient la voix ? clama le bailli.

Il y eut un grand brouhaha et après des réponses contradictoires on finit par décider que la voix venait de la voûte de la salle ou tout au moins des hautes fenêtres qui l'éclairaient.

L'audience continua donc, et Gaspard signa sa déposition après avoir déclaré qu'il avait eu un mouvement de pitié et qu'au lieu d'abandonner la petite Germaine il l'avait confiée à Jeanne Grenicheux.

— Introduisez la femme Grenicheux, dit le conseiller.

La pauvre Jeanne entra, les yeux très rouges et l'air embarrassé d'une personne qui a beaucoup pleuré et qui n'a pas la conscience tranquille.

— Avez-vous reçu des mains de Gaspard ici présent un enfant du sexe féminin âgé de quelques jours ? demanda le représentant du Parlement de Rouen.

— Oui, monsieur le conseiller, répondit la pauvre femme du ton d'un enfant qui récite une leçon.

— Vous aviez mission de garder cette fillette ?

— Oui, monsieur le conseiller.

— Vous vous êtes décidés, votre mari et vous, à quitter Roque-sur-Rille quelques semaines après ?

— Oui, monsieur le conseiller, la vie y était trop dure et nous comptions mieux réussir ailleurs, sur la côte.

— C'est à ce moment que vous vous êtes décidée à abandonner la petite fille ?

— Oui, nous ne pouvions l'emmener avec nous ; alors je l'ai déposée un matin dans la lande à un endroit très passager où j'étais sûre qu'on la ramasserait tout de suite.

— Et cette fillette c'est la nommée Serpolette ici présente, vous le jurez.

— Oui, je le... jure, monsieur le conseiller, murmura d'une voix étouffée la malheureuse Jeanne Grenicheux qui pâlissait et rougissait tour à tour.

A ce moment, la voix mystérieuse retentit tout à coup :

— Cette femme a menti ! dit la voix qui tombait du ciel.

Cette voix sonore, caverneuse, qui semblait venir de l'autre monde, glaça d'effroi tous les assistants. Il y eut un silence sépulcral au milieu duquel on entendit Jeanne Grenicheux pousser un sourd gémissement.

Une fois encore le conseiller demanda :

Arrivé à trois pas de la marquise, il s'arrêta, et lut d'une voix vibrante le parchemin qu'il tenait à la main. (Page 779.)

— Vous qui protestez contre ces témoignages, veuillez vous approcher et dire en quoi ils sont faux !

Il y eut des murmures :

— Ce n'est pas une voix de créature humaine, dit Manette.

— C'est quelqu'un de l'autre monde, ajouta Catherine j'ai bien reconnu la voix du diable.

Sans chercher à approfondir la question de savoir comment Catherine connaissait si bien la voix du diable, le greffier, qui s'était avancé au milieu de l'auditoire, demanda d'où l'on avait entendu venir la voix mystérieuse.

Plusieurs paysans désignèrent les deux dernières baies dans le fond de la salle dont le vitrage était ouvert.

En même temps, deux ou trois paysans, plus hardis que les autres, s'élancèrent au dehors, et l'un d'eux rentra presque aussitôt, disant :

— Il n'y a personne sous les fenêtres de la maison de ville, mais une échelle est dressée contre l'avant-dernière fenêtre.

— Ce n'est qu'un mauvais plaisant que nous ferons passer par les verges, si nous le prenons, déclara le conseiller au Parlement de Rouen.

On reprit la séance, et le magistrat résumant les débats conclut à l'identité de Serpolette avec Germaine de Lucenay.

— ... En conséquence, déclarons et ordonnons que Germaine de Lucenay sera envoyée en possession des biens de la famille de Lucenay mis sous séquestre après la fuite de l'hérétique comte de Lucenay.

— Serpolette n'est pas Germaine! Ceux qui l'affirment sont des imposteurs! rugit de nouveau la voix d'un ton éclatant en roulant comme le tonnerre sous la voûte sonore de la grande salle.

— Arrêtez-le! Arrêtez-le! crièrent à la fois le bailli, le conseiller et le greffier.

Vingt paysans se ruèrent au dehors, et les premiers sortis aperçurent au loin un homme de haute stature, qui disparaissait derrière une haie.

Malgré toute leur diligence, il n'y avait plus personne de l'autre côté de la haie.

Seul, un petit gamin d'une dizaine d'années fit une trouvaille : c'était une fausse barbe noire qu'il rapporta triomphalement.

Pendant cette chasse à l'homme, Gaspard était sorti aussi, et avait examiné l'échelle.

Tout en haut, piqué au montant, un poignard maintenait un chiffon de papier fixé à l'échelle.

Gaspard s'en empara, et lut ces mots griffonnés à la hâte :

« Gaspard et Jeanne Grenicheux sont des imposteurs soudoyés par Geneviève du Mesnil. Malheur à eux trois, malheur! »

L'intendant de Corneville eut un frisson de terreur, puis il haussa les épaules :

— Bah! murmura-t-il; qui peut donc se douter... et qui serait capable de mettre à exécution une telle menace?

Le gamin, qui rapportait la fausse barbe, la lui tendit comme à l'homme le plus important de la localité.

Gaspard l'examina un moment, puis sa figure jaune s'allongea et devint très pâle.

— Je reconnais cette barbe, et je crois bien l'avoir vue sur le visage du capitaine Vatanson, murmura-t-il, si ce que je soupçonne est vrai; oh! alors, la menace est terrible, et cet homme a raison de chercher à démolir les plans de la marquise!

Cependant, la cérémonie s'achevait, et une sorte de cortège s'était formé.

La marquise se dirigeait vers le grand portail de la salle, appuyée sur le bras du conseiller, et suivie de Serpolette, très raide et très fière, dans ses beaux atours.

Gaspard, le nouveau notaire, le curé et les notables de Corneville, suivaient, ainsi que les fermiers de Lucenay, qui poussaient de joyeux vivats en l'honneur de la jeune vicomtesse.

Tout à coup, dans la large baie du portail, un brillant officier apparut :

— Fabrice de Préval! murmura Geneviève avec effroi, en s'appuyant au bras du conseiller.

Le lieutenant des mousquetaires-noirs, revêtu de son brillant uniforme, s'avança au milieu de la salle, au-devant du cortège, et tout le monde put remarquer qu'il gardait son chapeau sur la tête, et tenait dans la main droite une feuille de papier revêtue de larges sceaux de cire rouge.

Arrivé à trois pas de la marquise, il s'arrêta, et lut d'une voix vibrante le parchemin qu'il tenait à la main :

— Par ordre du roi, Geneviève, marquise du Mesnil, je vous arrête.

— Moi?... Vous osez? Êtes-vous fou? s'écria la marquise en pâlissant terriblement.

—... Vous êtes inculpée de malversations, abus de confiance, sorcellerie, empoisonnements, et de crime de haute trahison.

En vertu de cet ordre, je dois vous conduire, de gré ou de force, à la prison de la Bastille, pour attendre votre comparution devant le Parlement.

La foudre tombant aux pieds de Geneviève du Mesnil, ne l'eût pas plus anéantie. Elle resta un moment comme écrasée, tandis que tous et le conseiller, le premier, s'écartaient d'elle avec horreur.

Elle releva la tête et eut comme une velléité de s'enfuir, poussée par l'instinct de la bête sauvage qui était en elle; mais, devant la porte, un carosse était arrêté, qu'encadraient des mousquetaires à cheval, le pistolet au poing. La fuite était impossible; elle plia :

— Allons, mes ennemis ont profité de mon absence pour extorquer au

roi cet ordre, et cela à l'aide de dénonciations calomnieuses ; mais rira
bien qui rira le dernier, monsieur de Préval ! Vous jouez votre tête
contre la mienne, et nous verrons qui aura le dernier mot. Partons !...

— Une minute, madame, dit Préval, il y a une petite question à
régler.

Serpolette stupéfaite, mais non déroutée, écoutait cette scène avec
impatience :

— Ah çà ! dit-elle d'un ton impertinent, si l'on arrête la marquise,
qu'est-ce qui va me conduire à mon château ?

— C'est précisément à votre sujet, mademoiselle, que j'ai quelque
chose à ajouter. Voici, d'ailleurs, une personne qui va nous renseigner.

En effet, une petite personne pimpante, élégante, mise à la dernière
mode, entrait escortée d'une soubrette élégante et d'un bas-officier
attaché à la garde de sa précieuse personne, par le ministre de la
guerre.

Madame de Regneville s'avança rapidement au devant du conseiller,
devant lequel elle s'inclina :

— Monsieur le conseiller, dit-elle, voulez-vous recevoir ma déposition
hors la présence de tous ces manants ?

— Parfaitement, madame, fit le conseiller très déférent à la vue de
celle dont il connaissait bien les aventures. Mais à quel sujet ?

— Au sujet de cette petite, dit simplement l'ex-notairesse, en montrant Serpolette, d'un geste impertinent.

Celle-ci allait répliquer vertement, mais un coup d'œil sévère de Fabrice de Préval l'arrêta net dans son indignation.

— Faites évacuer la salle ! cria le greffier sur un ordre du conseiller.

Et, tout aussitôt, les paysans furent poussés au dehors par Gaspard
et le bailli.

Seule, Jeanne Grenicheux resta près du groupe, et cela à la demande
de Fabrice de Préval :

— Monsieur le conseiller, veuillez demander à madame Grenicheux
si lorsqu'elle a quitté Roques-sur-Rille, elle a bien abandonné Germaine
de Lucenay dans la lande au Serpolet.

A cette question de l'ex-dame Dufresnoy, la pauvre femme balbutia,
rougit, et se prit à pleurer.

— Vous voyez son trouble, dit simplement Fabrice au conseiller ; il
est un aveu suffisant.

— En effet, il semblerait...

— Écoutez, monsieur le conseiller, pour la vérité et la justice, je vais
faire un pénible aveu, dit Pauline.

Durant une assez longue absence de défunt mon mari, je devins enceinte... Ne voulant pas lui avouer cette grossesse, je parvins à la dissi-

muler, et j'accouchai en mai 1688, quelques jours avant cette pauvre comtesse de Lucenay. Rétablie au bout de six ou sept jours, j'entrepris le voyage de Roques-sur-Rille, et c'est moi qui ai perdu cette fillette dans la lande, à l'endroit où on l'a retrouvée.

L'enfant avait sur l'épaule gauche une fraise rouge, ce qu'on appelle une *envie*... elle était petite, mais a dû grossir.

Serpolette poussa un cri :

— Comment, je ne suis pas comtesse ! Mais c'est affreux ! C'est épouvantable ! Oh ! quel malheur !

Et elle se mit à sangloter :

— Avouez-vous, Jeanne Grenicheux ? demanda le conseiller.

— Hélas ! oui, pardon, monsieur le juge, s'écria la malheureuse.

— Et vous, Serpolette, portez-vous une fraise rouge sur l'épaule ?

— Heu ! Heu ! je crois bien que je l'ai, la marque ! Heu ! Heu ! je suis t'y malheureuse tout de même. . J'ai été comtesse qu'une heure !

— Calmez-vous, ma fille, dit l'ex-dame Dufresnoy, je suis baronne seulement, mais je vous emmène à la Cour, et si vous voulez bien apprendre les belles manières, vous y ferez votre chemin.

— Oh ! ça, c'est gentil, maman, emmenez-moi bien vite de ce vilain pays !

La folle éclata de rire en frappant des mains.

— Et nous, madame, partons pour la Bastille ! dit Fabrice de Préval.

— Ah ! vous êtes bien content, monsieur, répliqua amèrement Geneviève, en montant dans le carrosse, et vous avez sans doute profité de mon absence pour obtenir la grâce de votre Cyprien, car je sais que vous vous en occupiez.

— Cyprien n'a pas besoin de grâce, car justice lui est rendue, et son père l'a donné comme gentilhomme de la chambre à madame la marquise de Maintenon, qui l'avait demandé.

— Comment, que voulez-vous dire ? madame de Maintenon l'a demandé... Mais qui est donc le père de cet enfant trouvé ?

— Cyprien doit être en ce moment auprès de ce père... Et ce père, c'est... Sa Majesté Louis XIV.

Geneviève, écrasée, anéantie, se renversa dans le fond du carrosse, avec un sourd gémissement.

X

LES DEUX MOUSSES

Après sa brillante campagne en Méditerranée, l'escadre de l'amiral de Lauverdière reçut la mission de convoyer une série de gros navires revenant de l'Inde avec de riches cargaisons.

Il s'agissait d'amener ces bâtiments au Havre en forçant les croisières anglaises, dans le cas où on ne pourrait les éviter.

Le voyage se fit sans encombre jusqu'au large des côtes de France; mais, arrivée à la hauteur de Brest, une escadrille anglaise tenta un coup de main qui échoua piteusement, l'amiral anglais ne s'attendant pas à rencontrer une telle quantité de navires de guerre dans l'escorte d'un convoi.

Cependant un bâtiment léger était détaché au début du combat et avait fait route pour Portsmouth où il avait signalé la force de l'escorte.

Une certaine quantité de gros vaisseaux avaient alors établi une croisière devant le Havre et une terrible bataille avait failli arrêter le convoi qui put cependant s'engager dans la baie de Seine et se mettre à l'abri.

Durant ces deux affaires, le pauvre petit Jacques Grenicheux avait donné les signes manifestes d'une pusillanimité toujours grandissante. Tandis que son inséparable ami, le jeune Victor, qui devenait un homme, se signalait par des actes de bravoure et par une intelligence de l'art de la guerre maritime tout à fait remarquable, le pauvre Jacques s'était affalé à fond de cale, et n'avait osé en sortir que longtemps après que la canonnade eût cessé.

Le soir du combat, le quartier-maître Grenicheux était de quart sur le pont, et un curieux qui l'eût guetté l'eut entendu parler à demi-voix.

— Ça ne peut pas durer, murmurait-il, il faut une solution. Jacques, par sa faiblesse et son manque de courage se fait remarquer !... On l'appelle la fille !... On finirait par se douter... Il faut le débarquer... Me voilà en face de Roques-sur-Rille. J'ai un petit magot avec mes parts de prises et ma solde... Je pourrais bien revenir là d'où je suis parti... et alors on vivrait tranquille... Allons, c'est décidé ! Je ne regretterai qu'une personne, c'est le petit Victor. Ah ! quel charmant garçon, et quel fin marin ça fera !...

Le lendemain, Grenicheux expliqua que son fils Jacques n'était pas fait pour le métier, et qu'il allait le débarquer, si l'on voulait bien lui donner son congé.

Le capitaine n'hésita pas à signer le congé d'un mousse qui n'était bon à rien; mais, lorsque Grenicheux parla lui aussi de se retirer, il n'en fut pas de même.

L'officier ne voulut pas le laisser partir, et sachant combien la nostalgie du bord frappait les marins débarqués, et les encourageait à rembarquer, il lui accorda trois mois de congé, le navire devant entrer en réparation à Cherbourg, fatigué qu'il était par ses longues croisières.

Lorsque Victor sut que son ami Jacques débarquait, ce fut un désespoir terrible, et il ne put que s'asseoir sur un affut et sangloter amèrement. Grenicheux, très ému lui-même, cherchait à le consoler, mais en vain. D'ailleurs, aux larmes de Victor se mêlaient celles de Jacques non moins désespéré de quitter son ami.

Grenicheux eut une trouvaille :

— Écoute, mon Victor, je vais demander pour toi une permission de quelques semaines, et tu viendras la passer à Roques avec nous.

Victor accepta, et s'apaisa.

Le lendemain, une baleinière du *Richelieu* filait dans la baie de Seine, et venait s'échouer sur la plage de Roques-sur-Rille.

Les payans et les pêcheurs étaient nombreux sur le sable, occupés à regarder au loin l'escadre mouillée dans la baie de Seine; aussi vingt personnes se précipitèrent-elles, soi-disant pour aider à amarrer le canot, mais, en réalité, pour voir quel était le quartier-maître qui débarquait à Roques en compagnie de deux mousses.

Grenicheux reconnut plusieurs de ses anciens camarades...

— Eh ! Laroque, eh ! Pinchon, qu'est-ce donc que vous avez ? cria-t-il, on ne reconnait donc plus ses amis ?

— Allez ! marchez ! c'est-y point le gas Grenicheux !

— Oh ! c'est Grenicheux qui revient.

— Ce qu'il est beau !

— C'est au moins un officier !

Les exclamations se croisaient tout autour du marin, très fier de l'effet produit.

C'est qu'aussi le brillant quartier-maître n'avait rien du malheureux pêcheur parti quatorze ans auparavant, pour échapper à la misère.

Cependant, les premières effusions passées, Grenicheux s'était mis en marche vers la rue principale, entouré d'une nuée de commères accourues de toutes parts, et suivi des deux mousses.

— C'est curieux ce que la Jeanne est cachottière, dit l'une à haute voix.

— Ça, c'est bien vrai, elle ne nous a rien dit du retour de Grenicheux.

— C'est peut-être bien que le gas n'avaient point prévenu ; aussi, dame ! quand on est à la mé, on n'a point de courrier pour envoyer une lettre !

Grenicheux avait tout entendu, et il se demandait :

— Que veulent-elles dire ? Est-ce que Jeanne serait ici ? Est-ce que ma femme serait, elle aussi, revenue au pays ?

La réponse ne se fit pas attendre.

Une femme pauvrement vêtue débouchait sur la cale de Roques, attirée sans doute par tout le bruit et le mouvement qui s'y produisaient.

Comme à ce moment, le petit cortège achevait de gravir la pente empierrée sur laquelle on tirait les barques au sec, la femme se trouva face à face avec Grenicheux.

Celui-ci ne put contenir une exclamation, et s'arrêta net, en criant :

— Jeanne !

La jeune femme poussa alors un grand cri, et se laissa aller dans les bras d'une commère, qui se trouva juste à point pour l'empêcher de tomber à terre.

De l'avis unanime, on constata que les époux avaient été fort saisis de se rencontrer, alors qu'on croyait qu'ils s'attendaient à se retrouver.

Quel qu'ait été le premier sentiment éprouvé par Grenicheux, le brave marin avait trop bon cœur pour n'être pas ému de la détresse de celle qui avait été la belle Jeanne Grenicheux, et qui, maintenant, ne conservait pas grand chose de ses attraits.

Aussi s'élança-t-il au secours de sa femme, et aida-t-il à la transporter dans une chaumière voisine.

Lorsqu'elle eut repris ses sens, la pêcheuse qui les avait reçus les laissa seuls, tant par discrétion, que pour aller voir les deux mousses qui bavardaient sur le pas de la porte, et racontaient les batailles que venait de livrer l'escadre. Jeanne, revenue à elle, se jeta aux genoux de son mari, en versant des torrents de larmes.

Grenicheux, très ému, et fort embarrassé, ne savait que dire :

— Alors, te v'là Jeanne ! t'es revenue ici ? murmurait-il.

— Oh ! pardonne-moi, Grenicheux, j'ai été bien punie, bien malheureuse, va ! Si tu savais tout ce que j'ai souffert !...

— Et qu'est-ce que tu fais ? interrogea le pêcheur.

— Je suis servante à la ferme de la Lande-Verte.

— Pauvre femme, c'est bien dur... Écoute, dis-moi donc...

La voix de Grenicheux se voila d'émotion, et ce fut presque tout bas qu'il demanda :

— Et notre fils ?

— Ah ! c'est un beau gas, va, Grenicheux ! Il te ressemble comme

—Oh! mon Dieu! murmura-t-elle, quelle ressemblance
Suis-je hallucinée?... (Page 788.)

lorsque je t'ai connu, il est à la mer avec le fils au père Laroque, avec
qui il est associé. Il va revenir.

Un éclair de joie brilla dans le regard de Grenicheux, et sa femme
comprit qu'elle venait de gagner sa grâce.

Le marin eut une hésitation, puis il demanda :

— Et l'autre, qu'est-il devenu, le coquin... celui qui t'a emmenée ?

Jeanne baissa la tête, et répondit :

— Le misérable est mort, comme il devait finir, d'un coup de pistolet, au moment où il volait dans une maison.

— Tant mieux ! fit durement le pêcheur.

Puis, il reprit avec hésitation et inquiétude :

— Jacques... Sait-il qu'il a un père ?

— Oh ! Grenicheux, tu ne doutes pas de cela, n'est-ce pas ? J'ai toujours dit au petit que son père n'était pas ce misérable, que tu étais parti en mer, et que tu n'étais jamais revenu... Tout le monde ici ignore notre histoire, et tous lui ont fait ton éloge, et il parle souvent de toi...

A ce moment, la porte s'ouvrit, et un grand et beau garçon se rua dans la chaumière :

— Papa, papa est là ? cria-t-il anxieusement.

Il vit Grenicheux, les bras ouverts, et l'étreignit de toutes ses forces en l'embrassant.

Après les premières effusions passées, Grenicheux ouvrit la porte, et appela :

— Jacques ! Jacques !

Le mousse entra et vint se serrer contre son père, en regardant curieusement la femme et le jeune homme.

— Qu'y a-t-il, père ? demanda-t-il.

— Il y a que voilà ma femme et mon fils Jacques...

— Eh bien, et moi, je ne suis donc pas ton fils, ton Jacques ?

— Si, tu es aussi mon enfant chéri, mais tu n'es pas mon fils Jacques, puisque le voilà...

— Ah ! mon Dieu, s'écria Jeanne Grenicheux, c'est elle, c'est la petite Germaine ; la vraie, celle-là !...

— Eh bien ! oui, fit Grenicheux avec un bon rire, le mousse du *Richelieu*, c'est une fille !

— Et une fille qui sera bientôt la vicomtesse de Lucenay, dit Jeanne Grenicheux en embrassant la fillette qui, toute rougissante, se pressait contre elle.

Lorsqu'une heure après, Grenicheux apprit à Victor que le petit Jacques était une fillette, celui-ci fut tellement abasourdi, que Jacques Grenicheux, le vrai fils du pêcheur, se moqua de lui.

Néanmoins, Victor en resta tout attristé, il ne pouvait se faire à l'idée que son petit mousse était une jeune fille, et qu'il allait la perdre...

Ces événements se passaient peu de temps après l'arrestation de Geneviève du Mesnil, et madame de Préval, qui était venue dans la région pour prendre possession de ses terres, se trouvait à Pont-Audemer.

On la prévint du retour de Grenicheux, et, le lendemain, elle pénétrait dans la chaumière qu'avait, séance tenante, louée le quartier-maître, et où il avait installé sa femme, son fils, et la petite Germaine.

Madame de Préval était escortée du beau Noré, qui lui servait de garde-du-corps et d'intendant. Nous disons le beau Noré, quoique le sergent recruteur eût vieilli depuis l'époque où il avait acquis ce surnom, et qu'il eût maintenant la moustache grise et le visage bien ridé ; mais, pour tous ceux qui l'avaient connu jadis, il gardait son sobriquet.

Il avait eu la joie de conduire lui-même à la Bastille la marquise Geneviève du Mesnil, et, devenu libre, maintenant qu'il n'avait plus de prisonnier à garder, il s'était mis à la tête du personnel qui accompagnait madame de Préval dans le voyage qu'elle avait entrepris, tandis que son mari devenait le justicier et le vengeur de sa famille.

Dès que les Grenicheux surent qu'ils avaient affaire à la fille du marquis de Corneville, ils se jetèrent à ses pieds, jurant que tous étaient au service de la noble famille, et la priant d'excuser le rôle infâme que la marquise Geneviève avait fait jouer à la pauvre Jeanne, tant par menaces que par promesses.

— Heureusement, madame, que je suis arrivé à temps pour réparer le mal, dit le quartier-maître.

— Comment, expliquez-vous, car les bruits parvenus jusqu'à moi étaient peu clairs, dit Hélène.

— Voici la chose en deux mots : ce coquin de Gaspard n'a pas menti lorsqu'il a dit qu'une fillette âgée de quelques jours lui avait été confiée, il y a quatorze ans, par M. de Lucenay, et qu'il nous avait remis cette fillette sans nous donner son identité.

— Son récit était donc exact?

— Oui, mais jusque-là seulement. Il nous confia l'enfant, non pour le perdre, mais pour l'élever, et il nous versa un terme de pension. L'enfant fut même baptisée par le curé de Roque.

Malheureusement, un bandit, envoyé je ne sais trop par qui, vint nous persuader de quitter le pays, car, disait-il, les gens qui avaient confié l'enfant à Gaspard, viendraient pour l'assassiner.

Ma femme et moi nous nous laissâmes prendre à cette fable, et le bandit nous emmena du côté d'Avranches.

A la suite de divers événements ma femme quitta le pays avec mon fils, et, moi, je m'embarquai avec l'enfant que j'emmenai avec moi dès qu'il put marcher. Je faisais passer la petite pour mon fils, et ce fut ainsi qu'elle put être prise comme mousse, il y a quelques années, lorsque j'entrai dans la marine de guerre.

C'est ce mousse que j'ai ramené ici avant-hier avec moi, et qui a repris les habits de son sexe.

— Où est-elle? demanda madame de Préval avec curiosité.

— Elle est au dehors à réparer des filets que je viens d'acheter dans une vente, après décès d'un de mes anciens camarades.

Hélène sortit devant la cabane et elle ne put s'empêcher de rire à la vue de l'étrange créature qui, à cheval sur un escabeau, un béret de matelot sur le fond de la tête, était occupée au raccommodage d'un tramail. Avec son teint hâlé, ses cheveux coupés ras, Germaine, qui la veille, habillée en homme, semblait une fillette, paraissait aujourd'hui un garçon déguisé en femme.

Madame de Préval s'amusait à l'interroger, lorsque tout à coup un grand et beau garçon arriva en criant :

— Dis donc, ma *moussaillonne*, as-tu bientôt fini de pousser la navette ?

La vue de ce bel adolescent provoqua chez Hélène une étrange et subite émotion.

— Oh ! mon Dieu ! murmura-t-elle quelle ressemblance ? Suis-je hallucinée ?... Grenicheux, ce jeune homme est votre fils Jacques ?

— Non, madame, c'est un mousse du *Richelieu* qui est en congé ici... c'est le compagnon, l'inséparable, le matelot, quoi ?... de la petite Germaine.

— Mais qui est-ce ? d'où vient-il ? quels sont ses parents ?

— Ses parents ? Il ne les a jamais connus... C'est un enfant trouvé embarqué comme mousse vers l'époque où j'ai pris du service à bord du *Richelieu*, même que je venais de quitter une bien bonne corvette, mais que je ne regrette pas d'avoir...

Hélène de Préval l'interrompit brusquement :

— Il faut que je parle à cet enfant, dit-elle impérieusement.

— C'est bien facile, dit Jeanne.

Et elle appela :

— Victor, venez donc. Il y a une dame qui veut vous causer.

Le mousse quitta à regret sa *moussaillonne*, comme il appelait Germaine, et il accourut en disant :

— Présent, voilà Victor !

— Mon enfant, lui dit Hélène, tandis que les spectateurs de cette scène s'écartaient de quelques pas, vous n'avez jamais connu vos parents ?

— Non, madame, j'ai connu des gens qui ont été très bons pour moi, mais jamais je n'ai pu donner à quelqu'un le doux titre de père ou de mère.

— Pauvre garçon, murmura Hélène attendrie par le ton si triste avec lequel ceci avait été débité. Et vous avez été élevé ?...

— Un peu partout. En dernier lieu je travaillais avec des pêcheurs de la Basse-Seine... Je me souviens d'avoir vécu chez des paysans des environs de Rouen...

— Encore une question, mon enfant, dit madame de Préval d'une voix étranglée par une étrange émotion, pardonnez-moi mon indiscrétion ; mais il faut absolument que je sache... Vous n'avez pas de souvenirs d'un voyage sur l'eau, étant enfant... Vous ne vous souvenez pas d'avoir été plus ou moins longtemps à bord d'un de ces bateaux qui remontent la Seine jusqu'à Paris.

— Une péniche? fit le jeune mousse en riant, mais diable, si!... Je me souviens très bien que j'ai été amené à Rouen sur une péniche, puisque c'est le cousin du paysan à qui j'ai été confié qui m'a conduit sur ce bateau où des hommes m'avaient porté la nuit, dans une grande ville, qui, pour moi, doit être Paris.

Hélène eut un geste de joie terrible.

— Oh ! cette ressemblance avec Raoul !... cette ressemblance qui m'avait bouleversée elle est bien réelle... C'est lui! c'est Henry !... Écoutez bien, mon ami, et répondez-moi sans hésitation, sans crainte... Rappelez vos souvenirs à propos de ces hommes qui vous ont emporté la nuit... Y avait-il longtemps que vous étiez avec eux?

— Oh! non, il n'y avait que quelques jours ; et je me souviens très bien d'une scène étrange dans une grande salle tendue de noir : une femme nue, des lumières et un vilain homme qui me tenait et me menaçait d'un horrible couteau. Puis une bagarre, des cris, des coups de feu, et deux hommes qui m'emportent... Je suis dans une maison au bord de la Seine ou d'un fleuve qui lui ressemble... Mais non, ce doit être la Seine... Il y avait un des hommes, un gros avec un beau costume... Par la fenêtre, on voyait un pont avec des boutiques, des comédiens, des charlatans, comme j'en ai vu plus tard à Rouen et ailleurs. Je me souviens parfaitement d'une jeune fille... le nom même m'est resté, Marie !... je la rencontrerais, il me semble que je la reconnaîtrais.

— Oui, oui, Marie Brichon, un ange, une sainte, s'écria Hélène, qui ne pouvait se contenir. Venez avec moi, je vous emmène... Vous reviendrez, mais venez! Il faut que je vous conduise à Paris ; en route, je vous dirai tout... Mais voyez-vous, ici, en ce moment, je ne peux pas parler...

Avant que les Grenicheux pussent revenir de leur surprise, elle entraînait le mousse et reprenait la route de Pont-Audemer, laissant Germaine en pleurs.

Dans le carrosse, où madame de Préval avait fait monter le brave garçon, Victor, ahuri et très mal à son aise, demanda :

— Pardon, madame, mais si vous savez qui je suis, est-ce que vous me conduisez à mes parents.?

— Pauvre enfant, ta mère est morte peu de temps après ta naissance et ton père l'avait précédée dans la tombe... tu es orphelin!

— Mais alors, je n'ai plus personne...

— Si, tu as ton grand-père, bien vieux et bien cassé par les malheurs, mais pour qui tu seras la joie et la consolation suprême, et puis, tu as une tante qui t'aime déjà et qui voudrait t'embrasser...

— Une tante?...

— Oui, mon neveu, et qui t'embrasse, avec ou sans ta permission... Et la brave dame serra son neveu dans ses bras.

— Alors, je suis votre neveu? mais quel est donc mon nom?...

— Tu t'appelles Henry, comte de Corneville, dernier héritier du nom et des titres de la race...

XI

LES REVENANTS

Cependant le procès de la marquise Geneviève s'instruisait, et, chose curieuse, c'était encore M. de La Harpière qui en était chargé. Seulement, cette fois-ci, la consigne était de sévir contre un coupable, et non de torturer un innocent.

Le roi s'intéressait beaucoup au procès, et il avait voulu qu'on frappât sévèrement les coupables, quels qu'ils fussent.

Aussi les auditions de témoins se succédaient-elles dans une vaste salle du Châtelet où avait lieu l'instruction de l'affaire.

Un jour, on annonça un témoin de marque.

C'était, disait l'huissier au conseiller, un jeune et beau seigneur venu à cheval jusque dans la cour du Châtelet, escorté de nombreux cavaliers.

M. le Lieutenant de police était descendu le recevoir et le conduisait.

En effet, le cortège fit son entrée, et l'huissier annonça :

— M. le comte de Verderonne, gentilhomme de la chambre du roi !

M. de La Reynie se précipita auprès de La Harpière, et lui souffla :

— C'est un bâtard du roi qui vient de paraître à la Cour, et qui jouit des plus hautes faveurs.

La Harpière ne se sentait pas d'aise. Aussi, traita-t-il, de suite, le comte de Verderonne en Altesse.

— Monseigneur, dit-il, c'est un grand honneur pour moi d'être appelé à recevoir votre témoignage et, si vous daignez prendre mon siège, je vais m'asseoir sur ce tabouret.

— N'en faites rien, monsieur le conseiller, dit le jeune homme d'une voix grave et avec une sorte de tristesse, je suis ici comme témoin, et,

quelle que soit ma modeste personnalité, la justice n'a pas à s'en préoccuper, car ceux qui la représentent ici-bas doivent être au-dessus de
toutes ces vaines considérations.

La leçon était sévère, mais juste; et M. de La Reynie, qui avait pris
place dans un coin de la sombre pièce, se renfonça dans son fauteuil avec
la mine joyeuse d'un homme qui va bien s'amuser.

C'est que, lui avait vu déjà auparavant le fils de Louis XIV, et allant
au devant de toute récrimination, il avait su s'excuser auprès de son ancien prisonnier de l'attitude qu'il avait eue à l'égard du nommé Cyprien.

Au contraire, La Harpière ne pouvait nullement deviner qu'il avait en
face de lui son ancienne victime.

Cependant le comte regardait autour de lui, et se remémorait ses souffrances.

Quoiqu'il n'eût pas l'ombre d'un mauvais sentiment, le côté gai et un
peu espiègle de son caractère le poussait à jouer avec la souris que M. de
La Reynie jetait dans ses griffes.

— Monsieur le conseiller, c'est ici la chambre de torture, où se donne la
question? demanda-t-il.

— Parfaitement, monseigneur, et je vais avoir le plaisir de faire donner
devant vous la question à cette infâme sorcière dénommée La Raisin,
complice de l'abominable marquise.

— Oh ! évitez-moi cette séance, s'écria le jeune homme; je connais
votre habileté à cet égard, et je ne tiens pas à la mettre à l'épreuve...

— Vraiment, on vous a dit que j'étais habile... demanda le conseiller
en se rengorgeant.

— Oh ! je l'ai vu par moi-même, s'écria le comte de Verderonne, tandis
que M. de La Reynie se livrait à un silencieux accès d'hilarité.

— Comment, je ne comprends pas, fit La Harpière stupéfait.

— Vous ne comprenez pas, monsieur le conseiller; mais c'est bien
simple, car voici les brodequins qui me serrèrent les jambes, il y a une
dizaine d'années, et voici les pots d'eau que vous me fîtes avaler sans
me demander si j'avais soif... Voyons, rappelez vos souvenirs : vous savez
bien... l'affaire de l'empoisonnement de votre ami David Chartier.

Cyprien de Verderonne... Vous ne me reconnaissez donc pas ?

La foudre tombant sur la tête du conseiller ne l'aurait pas plus
anéanti ; il s'affaissa dans son fauteuil en gémissant :

— Oh ! monseigneur ! oh ! monseigneur, pardonnez-moi ! Ce n'est pas
ma faute !

La Reynie jubilait de plus en plus, et tous, jusqu'aux bourreaux dans
leur coin, s'égayaient ferme.

Le comte, s'étant suffisamment vengé, mit fin à la scène :

— Je vous disais tout à l'heure, Monsieur le conseiller, que la justice doit se tenir au-dessus de toutes les considérations humaines, et je suis étonné que vous ne me retourniez pas cette réflexion.

Faites votre devoir maintenant, comme vous l'avez fait jadis.

— Allons, dit M. de La Reynie, faites venir l'accusée !

Un instant après, Geneviève du Mesnil fut introduite.

Quoique prisonnière et vaincue, elle avait gardé toute sa morgue et sa fière mine.

Amenée devant le conseiller, elle le dévisagea froidement ; puis, tout à coup, ses regards se portèrent sur le comte de Verdéronne :

— Ah ! voilà mon ennemi, mon accusateur !... s'écria-t-elle.

Vous devez être heureux, Cyprien, du succès de votre campagne, et vous devez triompher de voir la marquise Geneviève du Mesnil entre les mains du bourreau... Votre ami M. du Mesnil vous en sera bien reconnaissant.

— Accusée, ne parlez pas aux témoins, dit d'un ton sévère M. de La Harpière.

Mais, d'un geste, Cyprien avait demandé la parole :

— Madame, dit-il d'une voix triste et grave, vous vous méprenez sur mes sentiments à votre égard ; jamais je n'ai nourri contre vous la moindre haine, et, si souvent vous m'avez trouvé en travers de votre chemin, si souvent j'ai tenté de déjouer vos projets, c'est que toujours ces projets étaient criminels, et que ces crimes je tentais d'en prévenir l'accomplissement.

Je vous pardonne les dix ans de tortures endurées au bagne, parce que moi seul en ai souffert ; mais les malheurs que vous avez causés depuis les tentatives criminelles de Corneville jusqu'au meurtre de David Chartier, ceux-là, certes, la justice ne vous les pardonnera pas.

Quant au digne et loyal gentilhomme dont vous avez gâté la vie et tenté de déshonorer le nom, je ne comprends pas que vous osiez penser à lui. Heureusement qu'il est au loin à l'armée d'Italie, où il cherche sans doute une mort glorieuse qui le délivrera d'un amour qui a fait de son existence un long et silencieux martyre.

Je prie Monsieur le conseiller, s'il veut bien m'accorder quelque crédit auprès de lui...

M. La Harpière s'inclina en signe d'assentiment.

— ... De vous épargner la torture que j'ai subie grâce à vous...

Il suffira au Tribunal d'entendre les témoins qui seront produits, d'examiner les pièces qui lui seront soumises, sans avoir besoin de vous arracher par la souffrance un aveu désormais bien inutile.

M. de La Reynie intervint à son tour :

— Il y a ici même, au Châtelet, un témoin qui demande à être entendu... Il ne veut pas se nommer et, suivant l'usage, il invoque le droit

Il s'appuya alors à un des piliers et dit d'une voix éteinte :
— Justice est faite... (Page 795.)

d'être entendu en présence de l'accusée qu'il se fait fort d'amener à des aveux ou en tous cas de confondre.

— En effet, dit La Harpière, le témoin n'est tenu de fournir son identité que si son témoignage est discuté par l'accusée ; c'est ce qui permet à des complices de dénoncer les crimes du coupable principal sans encourir le moindre risque ; c'est là un vieux droit qui est rarement invoqué.

Sur une approbation du bâtard de Louis XIV, qui dirigeait réellement les débats, un homme de haute stature fut introduit.

Si Gaspard se fût trouvé là, il eût reconnu la barbe noire du capitaine Vatanson. D'ailleurs, un vaste chapeau dissimulait complètement le haut de son visage.

Nous avons déjà décrit l'aspect de la vaste salle de torture : au fond, la table derrière laquelle se tenait M. de La Harpière et son greffier M. de La Reynie.

A côté de la table à droite, le siège où était installé Cyprien, en arrière des archers du guet appuyés sur leur hallebarde.

Devant la table, un escabeau où était assise la marquise et, en arrière d'elle, à une certaine distance, un guichetier qui l'avait amenée et plus loin au fond le bourreau et ses deux aides.

Toute cette scène était mal éclairée par des torches fumeuses.

L'inconnu, après avoir salué l'assistance, vint se placer à l'angle gauche de la table, assez près de l'accusée.

— Dites tout ce que vous savez, dit le conseiller, et jurez de dire la vérité, toute la vérité, rien que la vérité.

— Je jure, répondit l'homme d'une voix sourde, que les accusations que je vais porter contre cette femme sont absolument vraies, et que rien n'est exagéré dans les faits que je vais rapporter.

— Que lui reprochez-vous ? reprit le magistrat.

— J'accuse Geneviève du Mesnil ici présente d'avoir à plusieurs reprises tenté d'assassiner des membres de la famille de Corneville.

Je l'accuse d'avoir par de fausses et calomnieuses accusations excité le comte de Lucenay au meurtre de sa femme et de sa fille, je l'accuse d'avoir causé la mort du comte Raoul de Corneville tué par le comte de Lucenay dans une rencontre nocturne.

Cyprien eut un geste d'horreur, mais se contint.

— ... J'accuse Geneviève du Mesnil d'avoir servi d'espionne au roi d'Angleterre, Guillaume d'Orange, et d'avoir fourni à son favori, le baron Singham, tous les renseignements nécessaires aux armées alliées et aux diplomates anglais.

Je l'accuse, en outre, d'avoir, dans des buts diaboliques, fait immoler chez La Raisin des enfants en bas âge ; je l'accuse d'empoisonnements nombreux, dont celui de David Chartier !...

Geneviève, sous le coup de fouet des accusations, s'était levée et terrible, le doigt tendu, elle rugit :

— Cet homme en a menti ! c'est un faux témoin, j'exige qu'il se nomme !

— Tu veux mon nom, marquise du Mesnil, s'écria l'homme d'une voix éclatante, eh bien ! tant pis pour toi, car ce nom sera ton châtiment :

c'est celui d'un damné que les remords torturent, d'un homme que tu as jeté aux griffes du diable, et qui descendra avec toi en enfer...

Qui suis-je ? Eh bien, je vais le dire !

D'un geste arrachant sa fausse barbe et lançant au loin son vaste feutre, l'inconnu avait découvert son visage.

Son manteau rejeté laissait voir un superbe costume militaire, et sur sa poitrine brillaient les ordres de chevalerie anglaise. Son épée était soutenue par une écharpe aux couleurs d'orange.

— Qui suis-je ? dit-il d'un ton hautain et fier, cet uniforme vous le dit... je suis l'amiral baron de Singham, commandant les forces navales de Grande-Bretagne et de Hollande... Qui j'étais jadis avant que cette femme maudite m'ait poussé à abandonner ma patrie, quelqu'un ici vous le dira...

Et son regard se fixa sur Cyprien.

Celui-ci s'était levé et stupéfait il murmura :

— Vous, c'est vous, monsieur le comte de Lucenay ?

— Oui, c'est moi, Lucenay, la victime de cette femme, mais aussi le vengeur de ses autres victimes... Tu n'échapperas pas, Geneviève, au châtiment que tu as tant de fois mérité !

Avant qu'on l'eût pu arrêter, le comte de Lucenay s'était élancé vers la marquise qui n'avait pas bougé, clouée au sol par la stupeur.

La main de l'amiral anglais se leva et Geneviève, vacillant, s'abattit lourdement à terre, en poussant un sourd gémissement.

Tous les spectateurs de cette scène se précipitèrent vers le comte ; mais celui-ci s'était reculé de quelques pas, et l'on vit sa main droite frapper par deux fois sa poitrine, puis il laissa tomber à terre un objet brillant qui rendit un son métallique...

Il s'appuya alors à un des piliers et dit d'une voix éteinte :

— Justice est faite... Le même poignard... a frappé les deux coupables... Dieu, pardonnez-moi, comme je lui pardonne !...

Et le comte de Lucenay roula à terre à côté de sa victime.

La scène avait duré quelques secondes à peine, et l'émotion fut si profonde que tous les spectateurs restèrent un moment immobiles et silencieux.

Le bourreau s'étant approché et ayant examiné les deux corps, La Harpière demanda :

— Ils sont morts, tous deux ?...

— Oui, monsieur le conseiller.

— Diable ! mais alors je n'ai plus rien à faire ; et voilà un beau procès dans l'eau...

— Pas tout à fait, monsieur le conseiller, dit le comte de Verderonne, il y a encore les complices qu'il faut punir sévèrement.

— Oui, mais tout l'éclat du procès sur lequel je comptais pour attirer sur moi l'attention de Sa Majesté disparaît avec l'accusée principale.

— Oh ! qu'à cela ne tienne, dit Cyprien avec un sourire ironique, je puis vous affirmer que Sa Majesté a déjà su apprécier votre haut mérite et je suis autorisé à vous annoncer que d'ici quelques jours vous recevrez des lettres patentes vous conférant la noblesse avec le titre de baron de La Harpière.

Le digne conseiller faillit se trouver mal et ne put que murmurer :

— Ah ! monsieur le comte, cette nouvelle est le plus beau jour de ma vie !...

Se penchant vers M. de La Reynie, Cyprien lui dit :

Il vaut mieux qu'il en soit ainsi pour la famille de Lucenay et pour cet infortuné du Mesnil qui n'aura pas la douleur de voir mourir sa femme en place de Grève.

. . . .

Quelque temps après la disparition du mousse Victor, emmené par madame de Préval, Grenicheux fut convoqué ainsi que Germaine à Pont-Audemer, où il retrouva dans une hôtellerie une nombreuse société.

Il y avait là Fabrice de Préval, Cyprien accompagné de son fidèle Gervais qu'il avait appelé auprès de lui à la Cour, le beau Noré et une suite nombreuse. Le mousse Victor, habillé fort élégamment, fit un chaleureux accueil à la petite Germaine.

Il y avait là aussi un grand et fin vieillard dont les traits restaient cachés dans l'ombre.

Fabrice de Préval fournit quelques explications à Grenicheux, et celui-ci se joignit au cortège qui se mit en route pour Corneville.

Comme on était en automne, la nuit surprit les voyageurs qui n'atteignirent le village que la nuit tout à fait venue.

Ce fut chez le bailli qu'on alla tout d'abord frapper.

Celui-ci fit bon accueil à Fabrice de Préval qui, seul, pénétra dans son logis.

— M. le bailli, dit-il, je viens vous requérir pour prendre possession du château de Corneville que je dois remettre à ceux qui seuls en sont propriétaires. Voici l'ordre du roi et je me réserve une fois entré de révéler les personnes auxquelles reviennent les propriétés de Corneville.

Comme je ne veux pas avoir à parlementer avec cette vieille canaille de Gaspard, qui a, je l'ai su depuis peu, trempé dans de fort vilaines choses, je vous requiers pour m'accompagner.

— Vous accompagner au château ? la nuit ? fit le bailli en pâlissant

— Eh bien ! quel empêchement y a-t-il ?

— Ce ne sont pas des empêchements...

— Alors... quoi? Expliquez-vous.

— Ce sont... Ce sont les revenants !

— Des revenants? Ah ça ! monsieur le bailli est-ce que vous perdez la tête?

— Mais non, c'est justement que je ne veux pas perdre la tête... je vous jure que j'ai vu moi-même des lumières errer dans le château toute la nuit, alors que, sauf le petit logis de Gaspard, tout est fermé depuis onze ans.

Un soir que surpris par un orage, étant à dîner chez Gaspard, celui-ci m'a retenu à coucher et m'a logé dans une chambre voisine de son logement !... Eh bien je n'ai pas fermé l'œil...

— Le lit était mauvais? fit de Préval ironiquement.

— Non, mais les fantômes ont traîné des chaînes toutes la nuit en poussant d'horribles gémissements.

— Enfin, tout cela est très amusant, mais vous allez venir avec moi au château ; et je vous montrerai que les revenants sont beaucoup moins terribles qu'on ne le dit.

Le bailli voulut résister, mais de Préval le menaça de l'emmener de force, ce qui le calma un peu.

La petite colonne se mit à gravir silencieusement la montée vers le château.

En route, Fabrice de Préval demanda au grand vieillard qui marchait en tête, à côté de lui :

— Alors il y a une petite poterne par où nous pourrions pénétrer sans attirer l'attention de personne?

— Parfaitement, au pied de la tour de la bibliothèque ; c'est à l'opposé des communs...

Arrivé à l'endroit indiqué, le beau Noré s'avança avec une lanterne et examina la porte.

En un instant, il eut fait sauter la serrure vermoulue, et toute la petite troupe s'engagea dans de longs couloirs, éclairés par une torche unique.

Le bailli et notre vieil ami Gervais tremblaient de tous leurs membres.

Enfin, le cortège atteignit la salle des concerts, vaste salle située au milieu du château, et dont les fenêtres étaient visibles depuis le village .

— C'est ici que l'on voit les revenants, murmura le bailli.

— Eh bien, où sont-ils? demanda le mousse Victor en riant.

— Oh! il n'est pas minuit !...

— Attendons minuit, alors!

— C'est que j'ai bien peur, monsieur de Préval, murmura le bailli.

— Peur de quoi? des armures !

En effet, mal éclairée, la grande salle avait un aspect fantastique.

Aux quatre coins, des chevaliers bardés de fer se tenaient droits sur des carcans métalliques recouverts des armures et des caparaçons de guerre.

On eût dit les quatre tenants d'un tournoi prêts à s'élancer dans la lice.

Victor, qui examinait consciencieusement les chevaliers, poussa une exclamation.

— Oh! en voilà un sur roulettes!

Tout le monde s'approcha et l'on put constater que, grâce à un dispositif ingénieux, on pouvait, avec une seule main, faire voyager à travers toute la pièce le chevalier juché sur son fantôme de coursier.

—Oh! oh! fit M. de Préval, remarquez donc ces taches de cire partout sur le socle et l'armure. M'est avis que voilà le fantôme qui effraie tant monsieur le bailli, et je suis curieux de voir la fin de cette comédie.

Attendez donc, fit Victor: il est onze heures, les fantômes vont bientôt commencer leur danse; si quatre d'entre vous se cachaient dans les armures des quatre chevaliers de Corneville!

— Allons, Noré, un coup de main; nous allons enfermer là dedans monsieur le bailli et Gervais... Vous, prenez le troisième chevalier; quant à moi, je veux être sur des roulettes.

A la grande joie de Germaine qui, d'abord très effrayée, commençait à se rassurer, la chose fut faite et tout rentra dans l'ordre, le restant de la petite troupe se retirant dans une salle voisine.

Il y eut un long moment d'attente.

Comme minuit sonnait, Victor souffla à travers son casque :

— Attention! v'là les fantômes!

On entendit frissonner Gervais et le bailli, ce qui produisit un étrange bruit de ferraille heurtée.

— Silence! dit Victor.

Une petite porte dans la boiserie s'ouvrit, et un homme portant une lanterne parut.

— Diable, murmura le beau Noré dans son coin, mais ce fantôme, c'est Gaspard!

En effet, l'intendant s'avançait à petits pas.

Il tenait à la main une lampe, et sous son bras un sac de cuir.

Sur son épaule un drap blanc pendait, traînant derrière lui.

Après avoir exploré la salle d'un coup d'œil, il s'approcha de la boiserie au pied même du chariot roulant, et chercha un moment un bouton invisible qu'il pressa.

La boiserie s'ouvrit, découvrant une armoire de fer.

L'armoire, ouverte à son tour, découvrit un amoncellement de pièces d'or et d'argent.

C'était tellement inattendu et tellement éblouissant sous la lumière crue de la lampe, que les *armures tressaillirent.*

Gaspard leva la tête, effrayé.

— On dirait que ça a bougé? dit-il... Allons donc, vais-je croire moi aussi aux fantômes? Il serait même prudent que je joue ma petite comédie!

Aussitôt il se jeta le drap blanc sur la tête et s'approcha des fenêtres, sa lampe à la main, en ayant soin de passer et de repasser.

Il poussait en même temps de sinistres hurlements.

Il s'arrêta un moment.

Il lui avait semblé entendre rire derrière lui :

— Allons, qu'est-ce que j'ai ce soir? dit-il à haute voix.

Il faut que je compte mon trésor.

Il rouvrit l'armoire, et bientôt les piles de pièces étincelantes s'étalèrent sur une table voisine. Gaspard les contemplait amoureusement ses beaux louis d'or, ses doublons d'Espagne, ses énormes quadruples et ses fines pistoles; ses mains se plongeaient avec délice dans ce plat rutilant : il y portait ses lèvres et les embrassait avec une sauvage passion.

Tout à coup, il reçut un choc violent sur l'épaule et une voix caverneuse rugit :

— Misérable, laisse cet or que tu as volé à la famille de Corneville!...

Hagard, terrifié, Gaspard leva les yeux :

Sur son épaule s'appuyait la lance d'un des chevaliers, celui qui était monté sur une roulette.

Les autres chevaliers descendirent les uns après les autres de leur piédestal, et s'avancèrent menaçants.

L'intendant poussa un cri effroyable et tomba à genoux :

— Grâce! grâce! monsieur de Corneville, cria-t-il d'une voix qui n'avait rien d'humain.

— Voleur! Voleur! répétait le chevalier à la lance.

Et chaque fois la lance s'abattait sur la maigre échine de Gaspard.

Fou de terreur, le malheureux se recula et bondit vers la petite porte par où il était venu, en poussant des cris effroyables.

Alors, tous les spectateurs de cette scène s'avancèrent solennellement vers le grand vieillard qui s'était assis sur un vaste et antique fauteuil placé au milieu de la salle des ancêtres.

— Marquis de Corneville, et vous, comte Henry de Corneville, s'écria Fabrice de Préval, je vous salue dans l'antique domaine de vos pères où vous êtes enfin rentrés.

Le jour va se lever bientôt, et M. le bailli de Corneville, ici présent, se chargera d'annoncer le retour des maîtres de Corneville.

En attendant que les dernières formalités soient accomplies, et en attendant que Mme la comtesse de Lucenay, dont l'état cérébral s'améliore de jour en jour, soit revenue, Mlle Germaine de Lucenay demeurera au château de Corneville, le roi en ayant confié la tutelle au marquis.

— C'est ça Germaine, tu ne me quitteras pas, s'écria Henry de Corneville.

— Non ! jamais, dit l'ancien mousse du Richelieu, en levant ses beaux yeux sur son ami.

Le marquis de Corneville eut un doux sourire en contemplant les deux enfants, qui, la main dans la main, s'étaient assis à ses pieds ; et dans son esprit, un lien plus doux devait les unir plus tard.

A ce moment, un murmure étrange monta dans l'air, remplissant les vastes pièces du château de sonorités puissantes.

Tout le monde se regardait, étonné et effrayé.

— Il n'est pas nécessaire que M. le bailli annonce au bourg le retour des maîtres, s'écria Gervais. Voici les cloches de Corneville, muettes depuis plus de douze ans, qui sonnent un fameux *Te Deum*.

En effet, à toute volée, les cloches de l'abbaye lançaient dans la nuit leur plus gai carillon, portant au loin la bonne nouvelle.

Au milieu de l'émotion religieuse et de la joie, personne n'avait remarqué la disparition du comte de Verderonne ; et personne non plus ne remarqua le retour de Cyprien, quelques minutes après la fin du carillon.

Cyprien souriait doucement, lorsqu'on lui parlait des Cloches le lendemain de cette nuit mémorable ; et peut-être en savait-il long sur le pilier creux de la chapelle et sur l'escalier intérieur dont les bons moines s'étaient, de génération en génération, transmis le secret.

FIN